中国古代文学论丛　　淮南师范学院学术专著出版基金资助

明代杜诗批评资料汇编

金生奎·编

北京师范大学出版集团
安徽大学出版社

图书在版编目(CIP)数据

明代杜诗批评资料汇编 / 金生奎编. -- 安徽大学出版社，2024.10. -- (中国古代文学论丛). -- ISBN 978-7-5664-2834-9

Ⅰ. I207.227.423

中国国家版本馆 CIP 数据核字第 2024VJ1017 号

明代杜诗批评资料汇编

Mingdai Dushi Piping Ziliao Huibian

金生奎　编

出版发行：	北京师范大学出版集团 安 徽 大 学 出 版 社 （安徽省合肥市肥西路3号 邮编230039） www.bnupg.com www.ahupress.com.cn
印　　刷：	合肥华苑印刷包装有限公司
经　　销：	全国新华书店
开　　本：	710 mm×1010 mm　　1/16
印　　张：	47.75
字　　数：	685千字
版　　次：	2024年10月第1版
印　　次：	2024年10月第1次印刷
定　　价：	90.00元

ISBN 978-7-5664-2834-9

策划编辑：李加凯　　　　　　　　　装帧设计：李　军　孟献辉
责任编辑：李加凯　　　　　　　　　美术编辑：李　军
责任校对：龚婧瑶　　　　　　　　　责任印制：陈　如　孟献辉

版权所有　侵权必究

反盗版、侵权举报电话：0551—65106311
外埠邮购电话：0551—65107716
本书如有印装质量问题，请与印制管理部联系调换。
印制管理部电话：0551—65106311

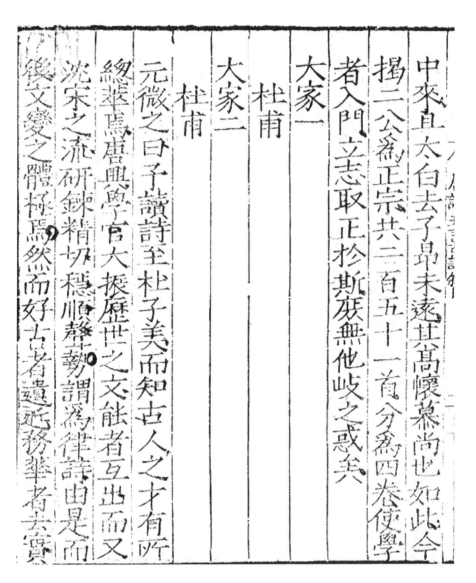

图1 《唐诗品汇》（嘉靖十六年刻本）卷首杜甫"大家"说（上）

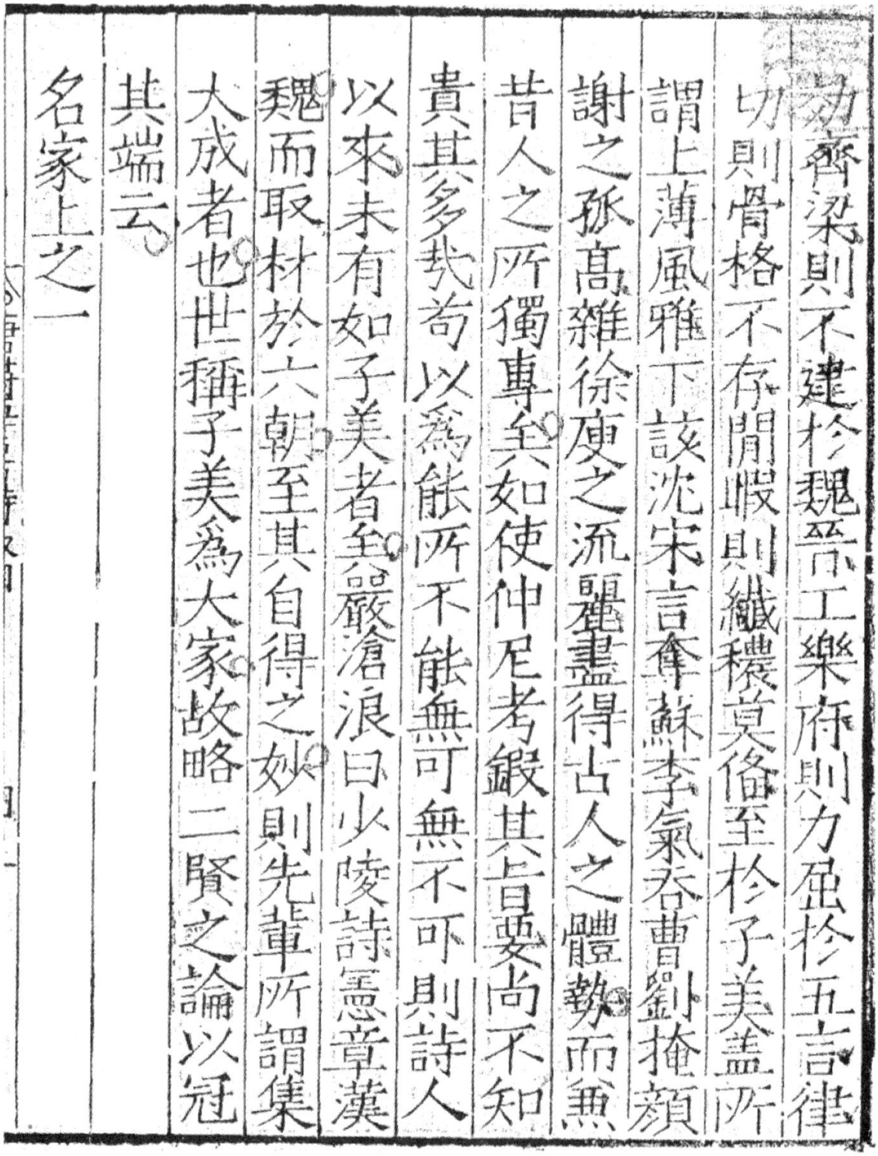

齐梁则不逮于魏晋工乐府则力屈于五言律切则骨格不存闲暇则纤秾莫俦至于子美盖所谓上薄风雅下该沈宋言夺苏李气吞曹刘掩颜谢之孤高杂徐庾之流丽尽得古人之体势而无昔人之所独专至如使仲尼考锻其旨要尚不知贵其多才奇以为能所不能无可无不可则诗人以来未有如子美者至其自得之妙则先辈所谓集魏而取材于六朝至其自得之妙则先辈所谓集大成者也世推子美为大家故略二贤之论以冠其端云

名家上之一

图 2 《唐诗品汇》（嘉靖十六年刻本）卷首杜甫"大家"说（下）

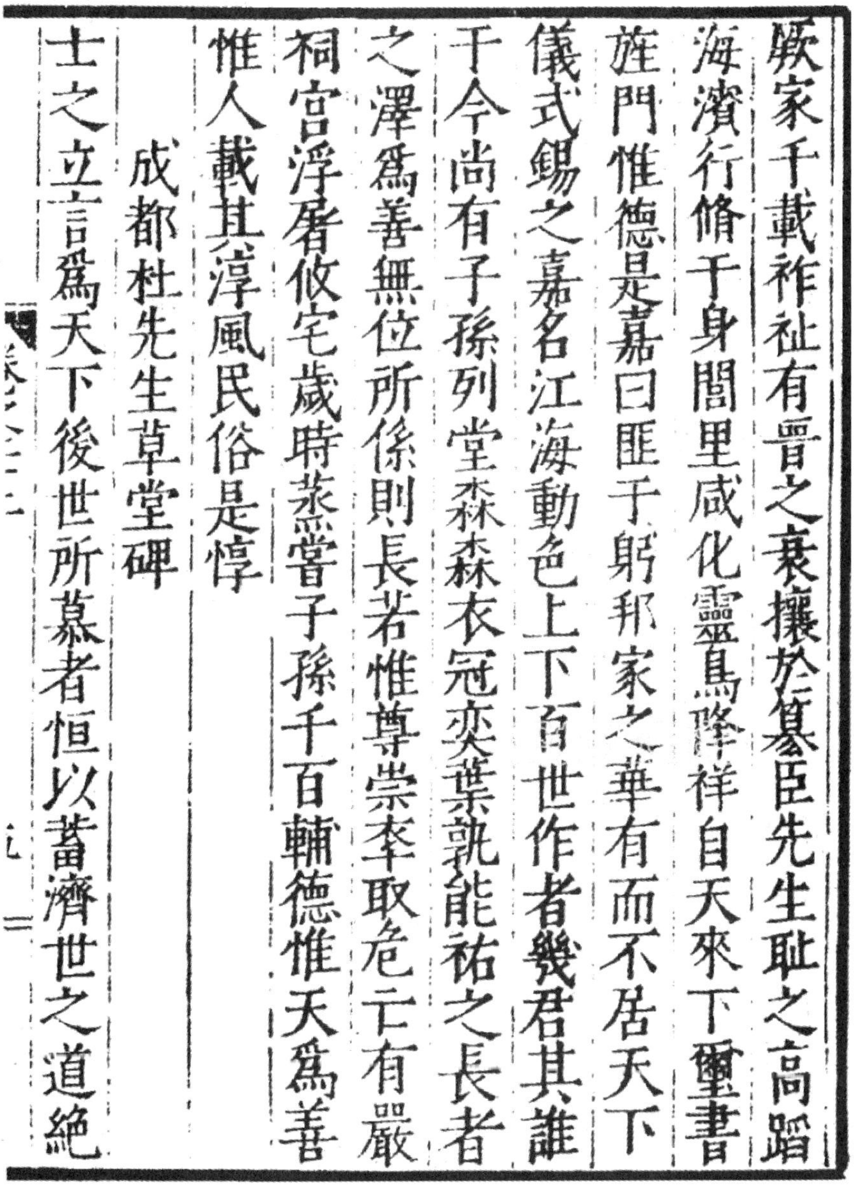

欻家千載祚祉有冐之衰攘於篡臣先生恥之高蹈
海濱行脩于身間里咸化靈爲降祥自天來下璽書
旌門惟德是嘉曰匪于躬邦家之華有而不居天下
儀式錫之嘉名江海動色上下百世作者幾君其誰
于今尚有子孫列堂森森衣冠奕葉孰能祐之長者
之澤爲善無位所係則長若惟尊崇奉取危亡有嚴
祠宫浮屠攸宅歲時蒸嘗子孫千百輔德惟天爲善
惟人載其淳風民俗是惇

　成都杜先生草堂碑

士之立言爲天下後世所慕者恆以蓄濟世之道絕

图 3　方孝孺《逊志斋集》(明刻本)卷二十二《成都杜先生草堂碑》(上)

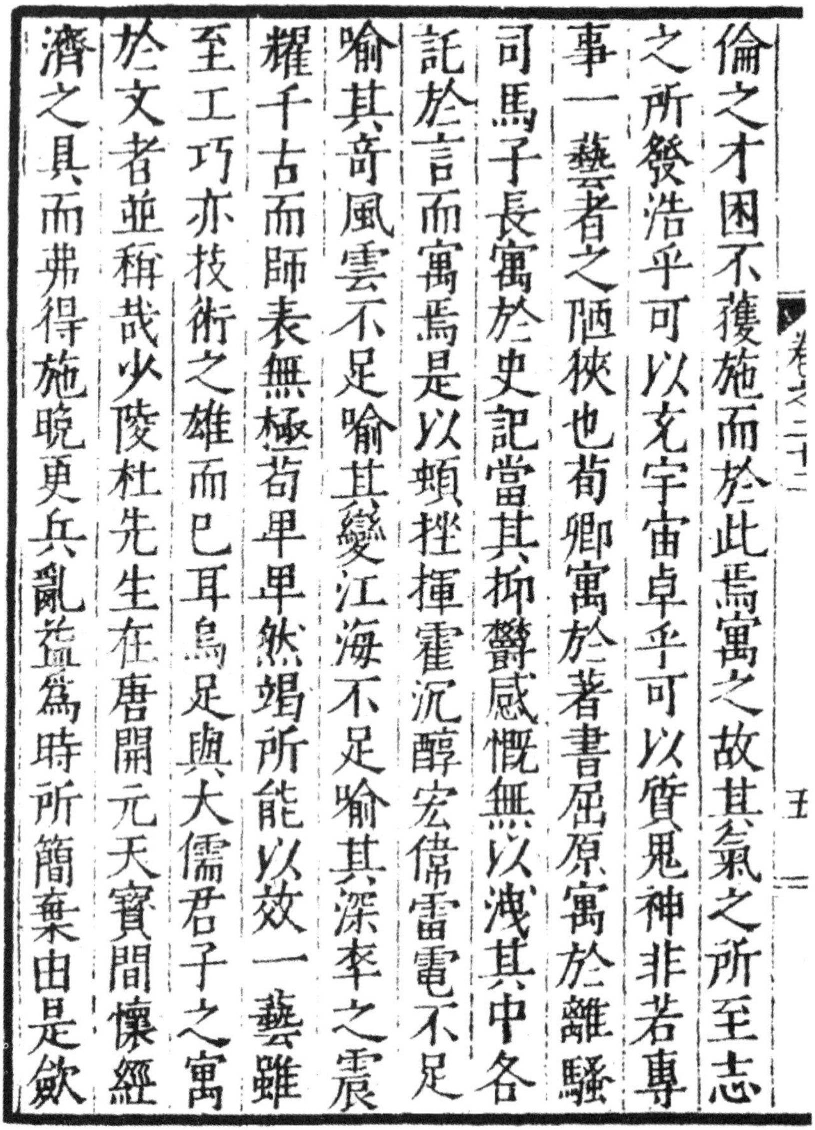

伦之才困不获施而於此焉寓之故其气之所至志之所发浩乎可以充宇宙卓乎可以质鬼神非若专事一艺者之陋狭也荀卿寓於著书屈原寓於离骚司马子长寓於史记当其抑郁感慨无以泄其中各託於言而寓焉是以顿挫挥霍沉醇宏伟雷电不足喻其奇风云不足喻其变江海不足喻其深率之不足耀千古而师表无极苟甲甲然娟所能以效一艺虽至工巧亦技术之雄而已耳乌足与大儒君子之寓於文者并称哉少陵杜先生在唐开元天宝间怀经济之具而弗得施晚更兵乱益为时所简弃由是欲

图4　方孝孺《逊志斋集》（明刻本）卷二十二《成都杜先生草堂碑》（下）

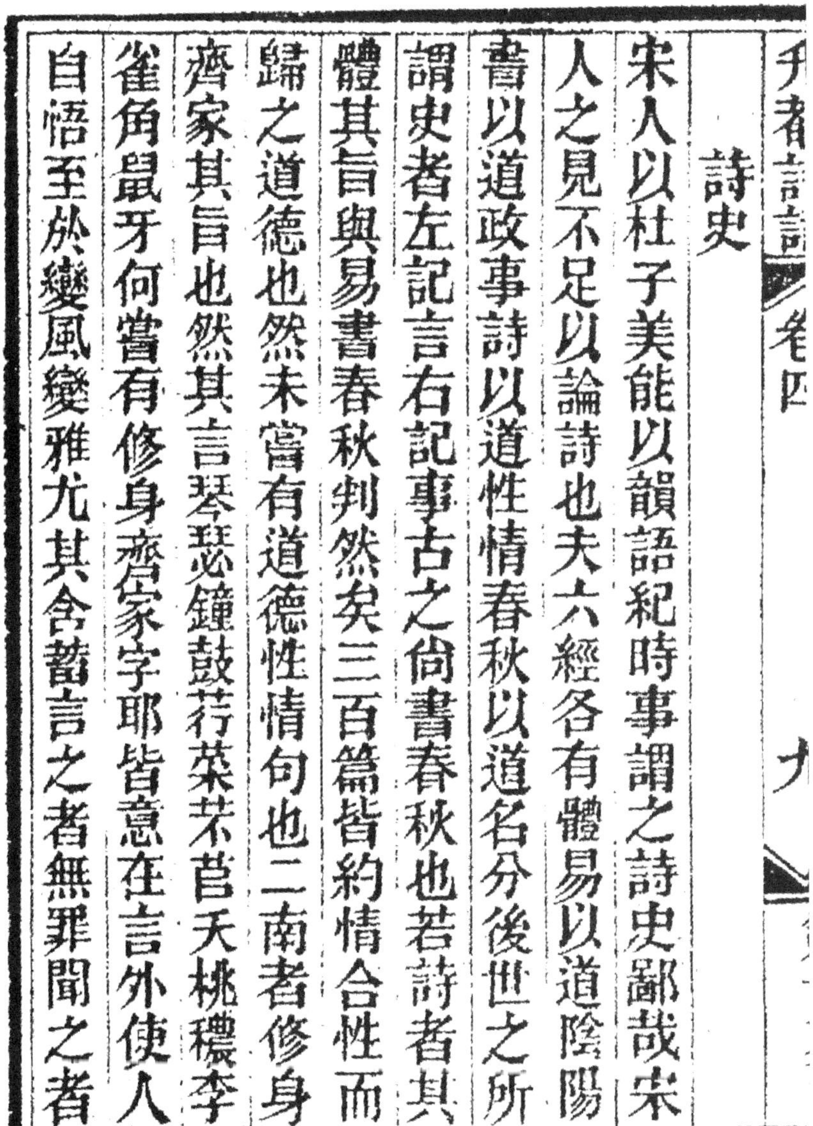
升菴詩話　卷四　九

詩史

宋人以杜子美能以韻語紀時事謂之詩史鄙哉宋人之見不足以論詩也夫六經各有體易以道陰陽書以道政事詩以道性情春秋以道名分後世之所謂史者左記言右記事古之尚書春秋也若詩者其體其旨與易書春秋判然矣三百篇皆約情合性而歸之道德也然未嘗有道德性情句也二南者修身齊家其旨也然其言琴瑟鐘鼓荇菜芣苢夭桃穠李雀角鼠牙何嘗有修身齊家字耶皆意在言外使人自悟至於變風變雅尤其含蓄言之者無罪聞之者

图 5　杨慎《升庵诗话》(清刻本)卷四《诗史》(上)

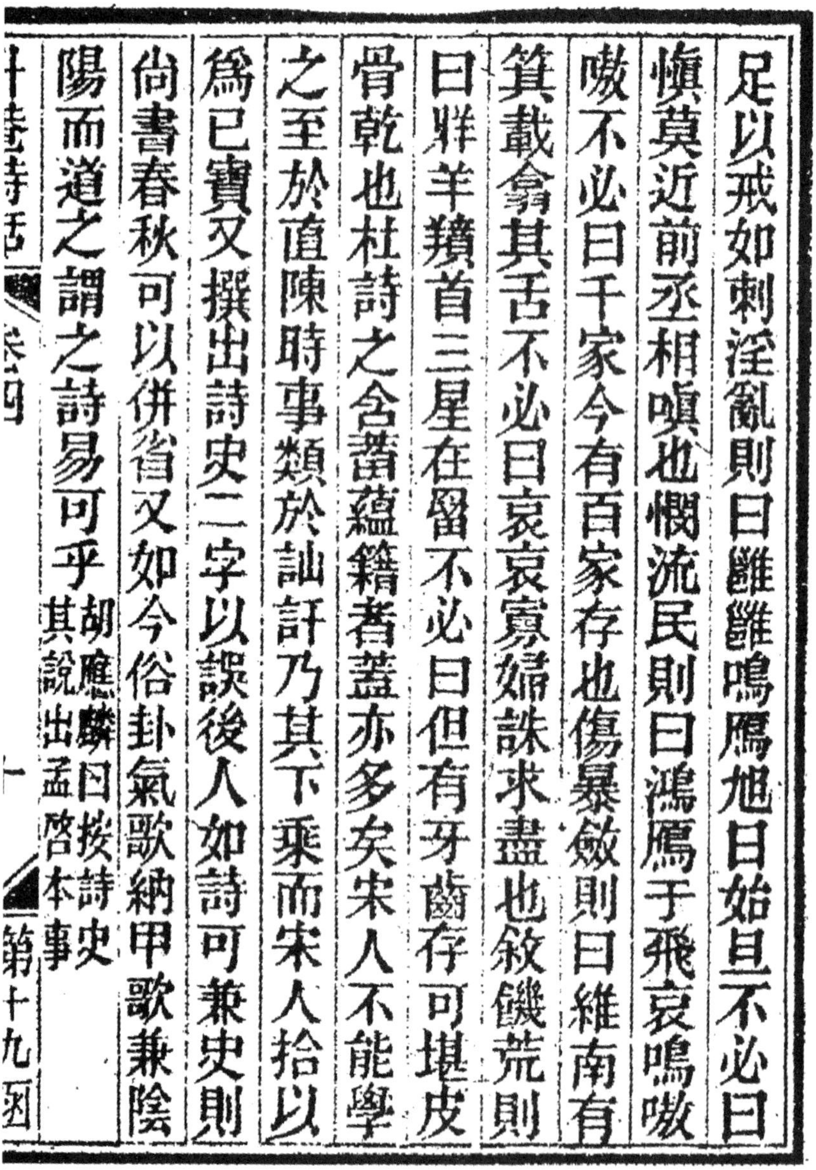
足以戒如刺淫亂則曰雝雝鳴鴈旭日始旦不必曰
慎莫近前丞相嗔也憫流民則曰鴻鴈于飛哀鳴嗷
嗷不必曰千家今有百家存也傷暴斂則曰維南有
箕載翕其舌不必曰哀哀寡婦誅求盡也敘饑荒則
曰牂羊羵首三星在罶不必曰但有牙齒存可堪皮
骨乾也杜詩之含蓄蘊籍者蓋亦多矣宋人不能學
之至於直陳時事類於訕訐乃其下乘而宋人拾以
為已寶又撰出詩史二字以誤後人如詩可兼史則
尚書春秋可以并省又如今俗卦氣歌納甲歌兼陰
陽而道之謂之詩易可乎 胡應麟曰撥詩史其說出孟啓本事
升菴詩話 卷四 第十九函

图 6　杨慎《升庵诗话》(清刻本)卷四《诗史》(下)

道是四金剛一迴戲臉都拋卻卻是郎當老郭郞不無謂也嗟乎今之君子孰不若從事于傀儡哉方其在前上處萬夫仰觀人固不敢以人視之而彼亦若不自知其爲人者無何搬弄既撤依舊面皮也世稱李太白爲詩仙杜子美爲詩聖孫器之評云太白如劉安雞犬遺響白雲戞其歸存恍無定處子美如周公制作盡善盡美後世莫容擬議確論也或以善陳時事稱子美爲詩史者豈足以盡之哉程子曰詩之盛莫如唐唐人善論文莫如韓愈愈之所稱獨高

图7　游潜《梦蕉诗话》（明刻本）杜甫"诗圣"说（上）

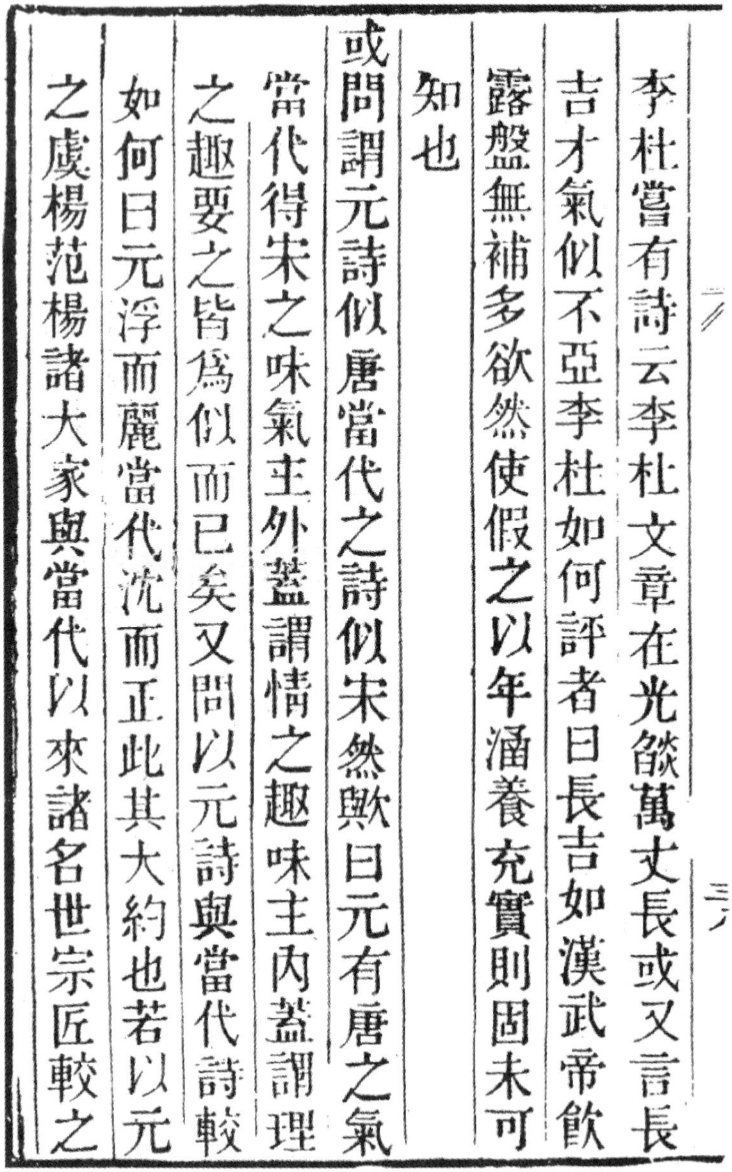

李杜嘗有詩云李杜文章在光燄萬丈長或又言長吉才氣不亞李杜如何評者曰長吉如漢武帝飲露盤無補多欲然使假之以年涵養充實則固未可知也

或問謂元詩似唐當代之詩似宋然歟曰元有唐之氣當代得宋之味氣主外蓋謂情之趣味主內蓋謂理之趣要之皆為似而已矣又問以元詩與當代詩較之如何曰元浮而麗當代沉而正此其大約也若以元之虞楊范楊諸大家與當代以來諸名世宗匠較之

图8 游潜《梦蕉诗话》（明刻本）杜甫"诗圣"说（下）

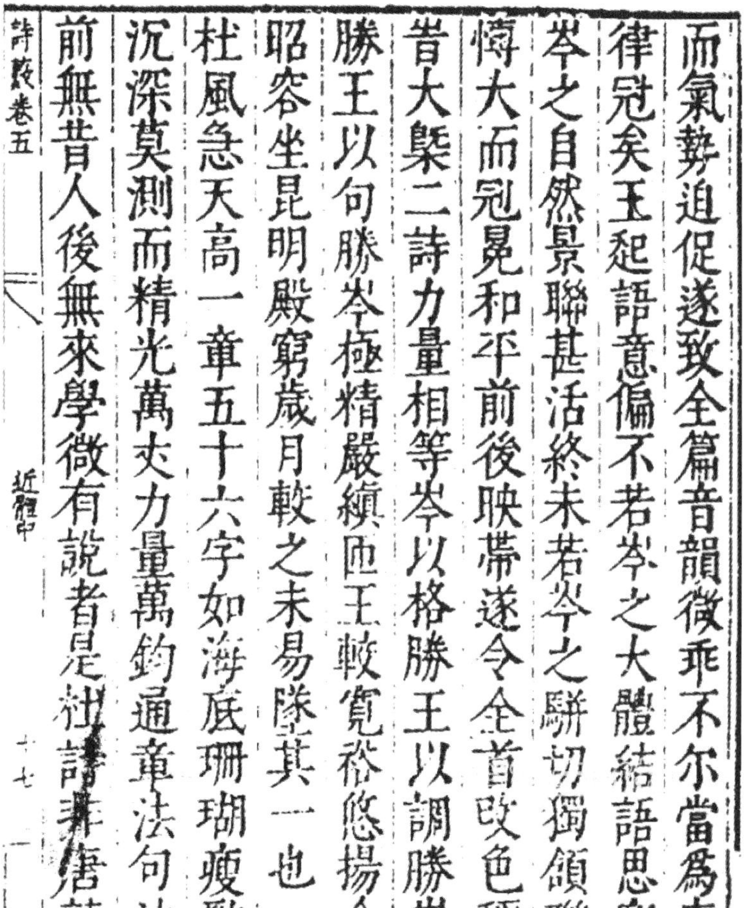
而氣勢迫促遂致全篇音韻微乖不尔當為唐七言
律冠矣王起語意偏不若岑之大體結語思窘不若
岑之自然景聯甚活終未若岑之駢切獨頷聯高華
愽大而冠冕和平前後映帶遂令全首改色稱最當
昔大槩二詩力量相等岑以格勝王以調勝岑以篇
勝王以句勝岑極精嚴縝密王較寬裕悠揚令上官
昭容坐昆明殿窮歲月較之未易隊其一也
杜風急天高一章五十六字如海底珊瑚瘦勁難名
沉深莫測而精光萬丈力量萬鈞通章法句法字法
前無昔人後無來學微有說者是杜詩非唐詩耳然
詩藪卷五　近體中　十七

图 9　胡应麟《诗薮》(明刻本)论杜甫《登高》为古今七律第一(上)

此诗自当为古今七言律第一,不必为唐人七言律第一也。元人评此诗云:一篇之内,句句皆奇,一句之中,字字皆奇,亦似识者。

黄鹤楼、郁金堂皆顺流直下,故世共推之,然二作兴会诚超而体裁未密,丰神固美而结撰非艰。若风急天高则一篇之中句句皆律,一句之中字字皆律而实一意贯串,一气呵成。骤读之,首尾若未尝有对者;细绎之,则铢两钧两毫芒不差。

胸腹若无意于对者;骫骳鳞峋坂之势,如百川东注于尾闾之窟。至用句用字,又皆古人必不敢道决,不能道者。真旷代之作也,然非初学士所当究心,亦匪浅识士所能赏。

图10　胡应麟《诗薮》(明刻本)论杜甫《登高》为古今七律第一(下)

序

甲辰春末,金君借五一长假之暇,访余于淝陵之阳、咄泉之西。此地向来以花事繁盛著称:四月稍早之时,满山桃李竞发,灿若云霞。游客纷纷而来,老幼相呼,度陌越蹊;男女共嬉,攀枝扶叶。一时热闹之状,过于街廛矣。至中旬,州城与山陵之间,平畴才数里,有油菜花田与麦田相掺,镶金错彩,黄碧斑驳,亦颇有可观焉,最得打卡网红、直播大妈之欢心也。至下旬,则野槐花开,山中闲步,每当清风起处,便花落阵阵,一路可尽享落英缤纷之美,足以畅幽人之怀也。今此诸花事已了,山居最是寂寥无味,老友相访,大慰吾情。乃呼儿使妇,移几案于敞庭,开春酒于老瓮。乃见丽日青天之下,山林迢迢,州城隐隐,心甚快悦。枣酒不醉,叹淮王竟成都厕之监;园蔬亦美,惜秦国终负投鞭之志。累举不歇,不知白日之西斜;高歌难继,乃悟青春之已逝。言契两人之心,誓成一日之欢。既而,酒尽盘空,捐手相别,君乃言有《明代杜诗批评资料汇编》一书将付梓,索序于余。今乃于灯下勉承其事,醉眼尚朦胧也。然翻检其书,不禁悚然而惊,豁然而醒,心中不能不有所感慨也!

杜公代称"诗圣"。然者何谓也?一者曰诗艺高迈,所谓"尽得古今之体势,而兼人人之所独专"也,承前启后,包罗无遗。一者曰道德伟岸,寄食干求之日,尚怜冻死之骨;漂泊流转之时,仍存葵藿之心。又诗笔如椽,"推见至隐,殆无遗事",着实记录一代转折之境况,遂更有"诗史"之誉也。故中唐以降,韩吏部便有"光焰万丈长"之赞叹,两宋时更现"千家注杜"之盛况,金代元好问拟出"杜诗学"之概念,明人高棅单标杜公以"大家"之名目。千载之间,论诗人声誉之隆、流传之广,天下无有如杜公者也。然而,此千秋万岁之盛名,毕竟乃杜公寂寞人生之身后事也。就其一生所求与所得言,杜公实乃一失败者尔!于政治抱负而言,杜公以"奉儒守官"为职事,立志于成就"致君尧舜上,再使风俗淳"之一代贤相事业。不虞长安十年,朝叩暮随,仅得右卫率府兵曹参军之任,履职不及月,安史之乱作也;及奔赴凤翔,侥幸得授左拾遗,而为官年余,亦仅有疏救房琯一事留于史书;后十余年间,乃流落于巴蜀湖湘等地,大多是辗转依附、衣食难继之窘迫状态;至大历五年(770)冬,投靠无门,终病卒于荒江扁舟之上,身后更贻人"牛肉、白酒"之讥①。呜呼,此际回视杜公往昔"窃比稷与契"之大言宏志,其许身亦何等之愚,无怪乎生前常取笑于同学之翁也!于文学追求而言,杜公"七龄思即壮,开口咏凤凰",一向以"诗是吾家事"而自许自傲。中岁以后,仕途蹭蹬,国家板荡,乃以诗歌创作为人生最大之情感所寄及价值所托,别裁伪体,转益多师,耽佳句,苦用心,诗律精细,健笔凌云,岂料辞世后数十年间,文集仅"行于江汉之南",大唐主流文坛中所流传者仅个些许"戏题剧论"之作耳。时人所编唐诗选本,杜公之诗往往一首也不曾被选入。噫,杜公一生萧条落寞如斯也!然生命价值之评判,尚有二端。古往今来,天下有恒河沙数般亿万众生,其绝多者仅具有生物学意义之生命长度耳,其所求者亦世俗标准下之种种,其生命价值之确认亦仅赖于身前短短百年也。不论其运势显通与偃塞,身死则名消,后世追抚其遗留,往往几无存迹焉。但亦有极少数一种人,在现世极不当心意,然始终心有所念、意有所持、身有所修、体有所行,即此生遭逢不佳,际遇难堪,总一灵咬住,"之死矢靡它",终因此乃有二次确认自我生命价值之机会也。如孔夫子以花甲之年被迫去鲁而游列国十余年,无所施展,不得已乃专力于整理六经、教育子弟,临终之日仍不免"泰山其颓乎"之叹。司马迁在刑余体残之穷年,

---

① (五代)刘昫:《旧唐书》卷一百九十下本传云:"啖牛肉、白酒,一夕而卒。"《文渊阁四库全书》本。

尽全力于太史令之职，写成"究天人之际，通古今之变"之史书，所能求者亦只是"藏之名山"耳。曹雪芹于绳床瓦灶、蓬牖茅椽之悼红轩中，十年间五次增删《石头记》，其弄笔之意亦不过在自悔自伤及使闺阁昭传也。此辈前贤往哲，其生前何等之沉郁牢骚也，然其身后亦何等之显扬隆盛也——夫子身后，儒学大道由之得以启发，终达成"至圣先师"之崇高地位；太史公之《史记》开创一代史书之新体例，得"史家之绝唱"等美誉；《石头记》演转为《红楼梦》，构建一代显学，百余年间活教授、博士及红学专家无数矣。于自身生物学意义之生命消歇之后，斯人斯徒，更能开创文化学意义之生命存在，其生命长度得以延展，生命价值获二度之确认。噫，杜公亦其类乎，余于此不能不有所感慨也！

  明人之诗学批评盛矣夥矣，观其论杜文字，承袭前人成说定论之外，亦多有创造贡献也。如高棅以九品区分唐诗，独标杜公以"大家"；杨慎"诗史"之辨，于宋人杜诗"诗史"说之拘泥固执处多有挽回；而"诗圣"之桂冠自明初至明后期，经百年间不断之偏移与纠正，最终归于杜公；至于前后七子诸人于杜诗字法、句法、章法之明辨，胡应麟、许学夷等于杜诗总结集成式之研判，皆前人所未及之境也。然余所思欲稍加申论者，非在是也。余观明人论杜公文字，其印象最深者，乃存于诸家之言杜，其实往往为言己，所谓夺杜公之酒杯浇自家之块垒也。譬如明初方孝孺与高启辈，皆有于杜公作强共鸣处：高氏读杜公《逼仄行》而"双泪迸落"①。按，高氏乃视自由如生命之诗人，其时为翰林院编修官参修《元史》，厌弃官场，欲去而不敢。而杜公《逼仄行》其诗虽微有吐槽官事烦冗之意，主旨则在于招友共饮也。就处境而论，杜公作此诗时实乃处一生之高点也②。故由此可知，高氏于杜公《逼仄行》一诗，实强作知音之感也！而方孝孺乃以事功为旨归之儒士，于诗文之事向不留意也。其任汉中教谕并往来蜀藩时，于杜公多有称誉，以为非直诗人，亦大儒君子也，

---

① （明）高启：《高太史大全集》卷十一《夜闻谢太史诵李杜诗》，《四部丛刊》本。
② 《逼仄行》作于唐肃宗乾元元年（758）春月，其自注云："赠毕曜。"其时杜公任左拾遗，毕曜为御史大夫。其诗中有云："速宜相就饮一斗，恰有三百青铜钱。"

夸杜诗"为唐一经,上配典坟",赞杜公有"治如唐虞之盛"之政治才能,如此云云,实在于方氏自己渴望进用建功,欲求而不得①,乃于杜公致君尧舜却身老江湖之际遇中苦求同调之感也。又或对杜公其人其诗径作狭隘化之评说、选择性之接受,拔高其人格之真实呈现,背离其诗歌之总体风貌。如永乐至成化年间,台阁诸公如杨士奇、杨荣、黄淮、王直,只是以伦理视角言说杜公其人其诗,以为杜公"有奥博之学、雄杰之才"②,可比"唐虞三代大臣",而杜诗所可极赏者皆在"忠君爱国之意",其所以超迈众人者"皆由夫性情之正"③。杜公倘有知,必连声曰:非止如是也,岂所敢当乎!而其时处江湖之远者,如陈献章、胡居仁、庄昶等理学家言杜者,亦只着眼于杜公定居成都草堂时少少吟咏风景之作,以"不离乎人伦日用,而见鸢飞鱼跃之机"④为标,以"本于性情之真"⑤为准,衡量杜公其人其诗,竟将杜诗中种种包涵天下、呼应时代之大雅之作弃之不顾,纳杜公于自适自乐、自独自守之狭门小径中。杜公倘有知,岂能不叹逼仄乎!又或于杜诗刻意作新解妙论,种种误读误解、误学误用之例,有明三百年真真不绝如缕也。比如,李梦阳极喜模拟杜诗。杜公有"负盐出井此溪女,打鼓发船何郡郎"诗句,写峡中江水迅疾,打鼓为节,以为行船拉纤者之助力也。李氏不究杜诗实情,乃效其语作《河发登望》,有诗句云:"买鱼沽酒此村口,打鼓鸣锣何处船。"李氏此诗写开封康王城外汴水情景也,北方水势稳顺,无需打鼓助行之用也,李诗之刻意袭用杜公诗句,便非实景;又继以"鸣锣",更是无谓,难怪时人讥之云,"令人一见匿笑,再见呕哕"⑥。又如杨慎氏自负渊博,著书宏多,以为杜公《丽人行》"珠压腰衱稳称身"一句后

---

① 方孝孺师出名门,起步高迈。25岁时,被朱元璋召见,未有授官;35岁时,二度被召,不能在京中御前听用,仅授以汉中教授等地方清闲之职。
② (明)王直:《抑庵文集》后集卷十一《虞邵庵注杜工部律诗序》,《文渊阁四库全书》本。
③ (明)杨士奇:《东里集》续集卷十四《杜律虞注序》,《文渊阁四库全书》本。
④ (明)陈献章:《陈白沙集》卷一《夕惕斋诗集后序》,《文渊阁四库全书》本。
⑤ (明)陈献章:《阵白沙集》卷一《送李世卿还嘉鱼序》,《文渊阁四库全书》本。
⑥ (明)王世贞:《艺苑卮言》卷四,见《历代诗话续编》,北京:中华书局,1983年,第1019页。

尚有未尽意处,乃伪托于古本,言其后尚有"足下何所着,红渠罗袜穿镫银"二句。钱谦益氏曾极言其伪托之状。余乃忆大学时代杜诗课上,莫砺锋先生曾言及杨慎此事,且评论云:不虞数百年前,杨慎氏亦乃下半身写作者也! 其时,卫慧、棉棉辈小说正大流行,故而有是语也。又如杜公《柏学士茅屋》诗中有"碧山学士焚银鱼"之句,自弘治间王鸿儒始,径把"焚银鱼"简化为"焚鱼",扭曲诗句原意;诗旨本在于鼓励勤读好学、一意向上,则变换解读为隐逸避世情怀之书写①,大违杜公原作之初衷矣。更有一种奇葩思路,视杜公诗中自设之政治抱负为杜公实际之政治才能,将对杜公诗才之祈慕仰望一转为对杜公政略之凭空设想,自明初至明末,代不乏人,皆以为杜公有"肱股之能""经济之略"②,申言:"唐之君与相能以子美为心,岂有成都之祸哉!"由以上种种可见,此辈或自以为杜公、杜诗之功臣,而实乃杜公、杜诗之戕贼也。此辈之爱杜公、杜诗,非真爱也,直错爱、乱爱、想当然之爱尔;此辈之粉杜公、杜诗,非真粉也,直脑残粉、瞎眼粉、失心粉尔。时代悬隔,诗人之心杳杳,论诗者之心瞢瞢,以意逆志非易事,诗至达诂更难求也。噫,天下论杜者纷纷,而知杜者又几人哉? 余于此不能不有所感慨也!

　　佛家有云,凡事从第一义入手,始可称善矣。金君此编搜罗明代论杜诸家至数百人,汇集文字六十余万言,又自有《凡例》,且稍作注释,其用心用力亦可谓勤矣。然于学术之道言之,杜诗研究固是古代文学学科领域之正道也。杜诗研究之研究即所谓杜诗学者,则已落入第二乘,近偏门矣。此编乃杜诗学范畴下之资料汇集,琐细饾饤,烦冗沉渣,或可有堆积之功,实难见探究之力,则又在更下流也。先贤有云:君子耻居下流。以此而论,余意金君恐非君子也! 且今世乃电子信息之时代也,电子化、网络化非单为一般社会生活之写照,学术领域亦同之矣。君不见各种古籍电子检索共享平台乎? 关键词一出,一键而得其结果也。二十年前,君此书或可免人收集检索之难,今一键可得之事,谁人屑于自劳其事,特特去翻检此书耶? 君穷数年之力,为此简

---

① 详见金君《明代杜诗接受研究》一书第五章第二节,合肥:安徽大学出版社,2019年。
② (明)康海:《对山集》卷四《韩汝庆集序》,《文渊阁四库全书》本。

易无用之书,覆斋瓯嫌其轻薄,叠短凳憎其夯荡。付梓发行之后,翻斯书查其文者,一年或有二三人。此岂有识君子之所为哉?噫,金君恐非君子也!又且写书求序,惯例乃在于访求名家,拜托大佬,皆在于唯有卓绝显赫之士方能作精通高明之论也。如此得名获奖,方可有所依赖也。金君所编之书本已草草,索序于余,则更增其草草也。君之不智若斯,君其非君子可谓定论也矣。余于金君之所为,亦不能不有所感慨也!

  余教书于山中学校,平居颇爱读书,不作甚解之求;日常最喜"打油",难顾平水之韵。所教学生,虽无嘉树之姿,尽是朴野可爱,其父母多为失业矿工,最喜喝酒打牌、斗殴叫怒,然每于家长会上见余,皆持礼恭敬若处子也;所事工作,不免机械之态,然亦多闲暇自适,每周带课两班,其余时间看花、看树、看水、看山、看人,一任所愿。虽周末必有学习,要在点卯耳。春花烂漫之时,不顾有人或无,山中自在行歌。坡上坡下,时有野雉扑簌而出,飞才数丈,又扑簌入于草中林下也。秋云高旷之季,余最喜徒步登四顶山之主峰。既上,左有曲淝,右有清淮,远目则有寿州城民居连绵,回首乃见奶奶庙宝像庄严①。更有淮王墓、廉颇坟、茅仙洞,自东向西,断续延绵于高坡疏林间,最是能发登临之感怀也。此皆余之所乐也,金君抑或有所不值者也。君居城中,博士早读,教授已评,处太平之时世,享清闲之光景,壮年不再,但身体尚康健;财货不富,但日用总自由,君当思有所振作也,君其勉之哉!

考槃居士字于无不为斋

2024 年 4 月 13 日

---

① 此庙本名乃碧霞元君庙,庙中塑像精美,栩栩然如生也。乡人无知,称碧霞元君为"四顶山奶奶",元君庙便转名为"奶奶庙"也。虽崇拜之意稍减,但亲切之感则多矣。又,据郦道元《水经注》云,唐以前山上便有老子庙矣,据此则此山之主神为男性,当时乡人或呼庙名为"爹爹庙"也。元以后全真教大行于北中国,此山上之老子便让位于泰山女神碧霞元君也。世事盛衰,人情转移,仙家其亦不得免乎?

凡 例

一、是书所收录的文字,以包含诗学批评意味或涉及杜甫其人评说为是,其要在能见诗学事实、诗人轶事,可显论者之偏重好尚。其他如集杜、次韵杜诗、简单称引杜甫其人其诗者,除少数例外,大多省略不录。

二、明人杜集仍传世者,其涉杜文字概不收录,以其有专书存在之故也,如单复《读杜愚得》、卢世㴶《读杜私言》、王嗣奭《杜臆》之类;若仅有序跋之类传世者,则存录之。

三、明代唐诗选评之作甚夥,如《唐诗所》《唐诗归》《唐诗镜》《唐诗选》之类,其涉杜文字在数不少,但往往饾饤碎屑,不成体系,按原书格式收录则体量过于庞大,径录其评语则读者不能明其头绪,其有如鸡肋,故而亦弃置不录。

四、全书以时代为序,分为三编:洪武至成化为上编,弘治至隆庆为中编,万历至崇祯为下编。约略而言,李东阳和王世贞为三编之分野,以李、王二人实为明代诗风转移之两大关键与标志也。

五、全书材料按人物排比,而人物大体上以生年早晚为序。生年不可确考者亦不少,则以其交谊行履之迹附于同时代者之后。

六、凡处元明或明清易代之际者,按传统之习惯归类之。其中,由元入明者之涉杜文字,不再详加区分其作于元末抑或入明之后,以明初诗学风尚受元季流风沾染良多,元末明初之诗学认知实为一体之故也。

七、所收各家涉杜文字其排列顺序大致先诗话,后文集,次杂著。大多是本人的著述,少数是见于他人著作中的转述。

八、全书涉及之明人著作,其依据版本以早期版本为主,以近现代之整理本为参校。一般在各段文字之后括注书名、卷次、篇名,当书名与前一条相同时,则仅标卷次、篇名;当书名、卷次均与前一条相同时,则标"同上"和篇名;当书名、卷次、篇名均与前一条相同时,则标"同上"。若整部书中有大量杜诗批评资料,见先标书名、卷次、篇名,后录正文。

九、全书以简体字为准。异体字一般径直改为通行之规范字;若涉及人名、地名等专属称谓者,涉及古文字学意义的评说,则一仍其旧;通假字、假借字之类,仍然保持原貌;没有对应简化字的繁体字不作类推简化。凡此种种,意在不改变文字原初之义或原有语法关系基础上,有便于初学者阅读。原文文字缺漏处,乃以■代替之;原文文字漫漶不清者,乃以□代替之。原文为小号字的也用小号字或移作页下注,若小号字为人物字、号之类的内容,则或直接省略;原文为小序的则用楷体,以示区别。

十、全书略有注释。主要包括以下情形:原文有明显错讹者,则改之,并加以注释说明;凡难明其正误者,一仍其旧,但页下以注释点出;涉及杜诗异文情形者,一般则保持其原貌,必要时给予说明;收录材料涉及之人或事不加注释则难以明了者,或所涉材料需要补充背景知识者,则稍作注解。

十一、全书标点符号的处理方式为:篇名中不加点号,篇名中若含有书名、篇名,也不加单书名号;诗句中不用顿号,诗句中出现书名、篇名则加书名号;篇名作为诗话的条目名时,不加书名号;诗、书、风、雅、颂,在特指的情况下,均加书名号,非特指则不加书名号;"楚骚"一词在全书中多次出现,当指《楚辞·离骚》,因此在书中标示为《楚骚》;类似于"汉""魏""初""盛""李""杜"等并称,一般都加顿号,若语义重在强调其整体性意义时,则不加顿号;相关文字一般采用整段或整句节录的方式,其前、后均不用省略号,其中间若有省略或不得已只录半句则用省略号标示。

目 录

上编　明代前期杜诗批评资料汇编（洪武到成化年间）

周霆震 ……………………………………………………… 1
张以宁 ……………………………………………………… 2
危　素 ……………………………………………………… 3
梁　寅 ……………………………………………………… 3
陈　谟 ……………………………………………………… 4
胡　翰 ……………………………………………………… 5
长谷真逸 …………………………………………………… 5
宋　濂 ……………………………………………………… 6
刘　基 ……………………………………………………… 8
宋　讷 ……………………………………………………… 8
贝　琼 ……………………………………………………… 9
刘如孙 ……………………………………………………… 10
朱　右 ……………………………………………………… 11
陶　安 ……………………………………………………… 11
汪广洋 ……………………………………………………… 11
龚　敩 ……………………………………………………… 12

徐一夔	12
王 祎	13
刘 崧	14
叶子奇	15
汪 叡	15
唐桂芳	15
林 弼	16
苏伯衡	17
谢 肃	17
易 恒	18
凌云翰	18
童 冀	18
杨 基	19
刘永之	19
张 适	19
罗 性	20
李 昱	20
妙 声	21
胡 奎	21
唐 肃	22
孙 蕡	22
高 启	23
朱 朴	24
朱 同	24
张孟兼	25
管时敏	26
董 纪	26
金 寔	27
张宇初	27

瞿　祐	28
梁　兰	29
蓝　智	29
史　瑾	30
陈南宾	30
高　棅	31
赵扬谦	33
王　褒	34
方孝孺	35
练子宁	39
王　绅	40
刘　鹰	41
胡　俨	41
王　绂	43
杨士奇	43
梁　潜	48
黄　淮	49
金幼孜	51
解　缙	51
胡　广	52
朱　椿	54
陈　琏	54
杨　荣	55
吴　讷	55
张　著	56
李时勉	57
魏　骥	57
王　英	57
李昌祺	58

陈敬宗	58
王　直	59
朱　模	60
镏　绩	60
高得旸	64
黄润玉	64
谢　晋	64
王　洪	65
王　佐	65
薛　瑄	65
唐文凤	69
吴与弼	69
刘　球	70
钱子正	71
郑　真	73
周　叙	73
怀　悦	75
周　鼎	76
聂大年	76
徐有贞	76
刘定之	76
李　贤	77
郑文康	78
曹　安	78
叶　盛	80
韩　雍	83
王　越	83
张　弼	84
黄　瑜	84

目 录

童　轩	84
张　宁	87
何乔新	89
沈　周	90
张　铁	90
倪　谦	91
章　纶	91
陈献章	92
杨守陈	94
周　瑛	95
罗　伦	95
胡居仁	96
余　祐	96
吴　宽	97
黄仲昭	100
陆　容	100
杨守阯	101
吴　俨	102
王鸿儒	102
石　珤	103
庄　昶	104
陆　简	105
钱　义	105
朱存理	106
周　琦	106
游　潜	106
程敏政	108
马中锡	110
杨　成	111

中编　明代中期杜诗批评资料汇编(弘治到隆庆年间)

李东阳 …………………………………………………………… 112

桑　悦 …………………………………………………………… 121

罗　玘 …………………………………………………………… 121

谢　迁 …………………………………………………………… 122

王　鏊 …………………………………………………………… 123

林　俊 …………………………………………………………… 124

沈　恺 …………………………………………………………… 125

张　诩 …………………………………………………………… 125

储　巏 …………………………………………………………… 126

朱诚泳 …………………………………………………………… 126

张志淳 …………………………………………………………… 127

都　穆 …………………………………………………………… 128

杨廷和 …………………………………………………………… 130

邵　宝 …………………………………………………………… 132

顾　清 …………………………………………………………… 134

祝允明 …………………………………………………………… 135

杭　淮 …………………………………………………………… 139

蒋　冕 …………………………………………………………… 139

张　习 …………………………………………………………… 140

钱百川 …………………………………………………………… 140

王云凤 …………………………………………………………… 140

夏尚朴 …………………………………………………………… 141

湛若水 …………………………………………………………… 143

费　宏 …………………………………………………………… 143

郑　岳 …………………………………………………………… 144

钱　琦 …………………………………………………………… 144

夏良胜 …………………………………………………………… 145

张　琦	145
王九思	146
陈　沂	147
唐　寅	148
文徵明	149
王守仁	149
李梦阳	149
孙　绪	152
何孟春	156
王廷相	159
朱　谏	162
林文俊	166
张孚敬	166
康　海	167
安　磐	168
边　贡	169
顾　璘	171
唐　锦	173
周　用	174
唐　龙	175
陆　深	176
崔　铣	179
张　含	180
吕　柟	180
孙承恩	182
夏　言	184
何景明	185
魏　校	186
孙一元	187

张邦奇	187
郑善夫	188
朱　浦	189
霍　韬	190
王廷陈	190
赵　香	190
宿　进	191
郎　瑛	191
应大猷	200
俞　弁	201
杨　慎	207
黄省曾	246
薛　蕙	246
王廷表	246
邵经邦	247
黄　佐	249
胡缵宗	253
常　伦	257
徐献忠	257
陆　粲	258
谢　榛	258
周复俊	270
皇甫汸	271
文　彭	273
林　春	274
薛应旂	274
高叔嗣	274
孙　升	275
何　迁	276

李开先	276
许　谷	277
姜　南	277
李　翊	278
赵完璧	279
归有光	280
尹　台	280
何良俊	280
丘云霄	282
沈　炼	283
唐顺之	283
俞　宪	284
王慎中	285
赵时春	286
王立道	287
朱长春	287
陈　束	291
俞　寰	291
张　瀚	292
李　蓘	292
李攀龙	293
海　瑞	293
杨　巍	295
方弘静	295
陆　楫	372
陈士元	373
徐师曾	373
胡　直	375
顾起纶	376

林兆恩	377
田艺蘅	377
王文禄	383
杨良弼	388
梁 桥	392
李豫亨	395
佘 翔	397
谭 浚	397
文肇祉	406
徐 渭	406
王 樵	407
钱文荐	409
吴国伦	410
宗 臣	411
来知德	412
张佳胤	413
杜朝绅	413
王世贞	414

下编 明代后期杜诗批评资料汇编（万历到崇祯年间）

李 贽	434
孙应鳌	436
邓元锡	437
董传策	438
朱孟震	438
艾 穆	440
王世懋	442
吕 坤	446
张元凯	446

温　纯	447
马　朴	447
仇俊卿	447
焦　竑	448
孙　矿	455
屠　隆	459
周履靖	466
郭子章	467
姚舜牧	468
于慎行	468
伍袁萃	469
吴稼竳	469
冯梦祯	469
张凤翼	470
顾宪成	472
汤显祖	473
邓伯羔	473
王兆云	474
臧懋循	476
赵南星	477
胡应麟	479
彭大翼	528
张　萱	529
何宇度	529
邢　侗	530
唐时升	531
费尚伊	531
江盈科	532
董其昌	535

朱国桢	537
黄汝亨	538
张懋修	539
曹于汴	540
陈继儒	541
郝　敬	542
支允坚	547
邓志谟	550
周　祈	550
顾天埈	551
龙　膺	551
孙能传	551
李　鼎	553
徐　㶿	553
叶秉敬	557
陶望龄	557
许学夷	559
孙承宗	591
顾起元	591
李日华	592
孙慎行	595
吴桂森	598
邓云霄	600
王嗣奭	603
谢肇淛	606
娄　坚	613
袁宏道	614
毕自严	616
胡震亨	616

戴君恩	638
袁中道	638
宋懋澄	640
冯复京	641
曹学佺	651
王思任	652
李流芳	653
鹿善继	653
陈　衎	653
姚希孟	653
艾南英	654
周　婴	654
刘若愚	655
沈　颢	656
董斯张	656
张次仲	663
瞿式耜	664
王　铎	664
李应昇	665
谈　迁	665
郑　鄤	665
吴应箕	666
叶廷秀	666
赵士喆	673
吴从先	681
徐树丕	681
费经虞	683
朱之瑜	686
张　溥	687

邝　露 ………………………………………… 687
张时为 ………………………………………… 688
黄淳耀 ………………………………………… 688
贺贻孙 ………………………………………… 691
陈子龙 ………………………………………… 700
魏学洢 ………………………………………… 701
蒋一葵 ………………………………………… 702
陆时雍 ………………………………………… 703
吴蕃昌 ………………………………………… 706
周　晖 ………………………………………… 706
何栋如 ………………………………………… 707
张　燧 ………………………………………… 707
陈　恂 ………………………………………… 708
双　清 ………………………………………… 709
刘仕义 ………………………………………… 709
惠康野叟 ……………………………………… 710
李　介 ………………………………………… 711

主要参考书目 …………………………………… 712

后　记 ……………………………………………… 728

上编
明代前期杜诗批评资料汇编(洪武到成化年间)

周霆震[①]

声之精者为诗,诗之精者为雅、为颂。古今诗人之穷无如子美,精于诗者亦无如子美。颠倒短褐,到处悲辛,信穷矣。致君尧舜,自比稷契,诗能穷之乎?周公思兼三王,制作雅颂,诗之精者也。"吉甫作颂,穆如清风",亦诗之精者也。诗不能穷人也,谓子美以诗而致穷且不可,谓古圣人而穷于诗可乎?(《石初集》卷首葛化序)

石初周先生……诗文雄伟俊迈,自成一家,有金玉之音,无脂韦之态。……悲歌慷慨,由少陵忠爱根之。(卷首张莹序)

巫山云暗失归樵,剑阁春深雪未消。泪堕中原天万里,蹇驴独过浣花桥。(卷五《赞少陵骑驴》)

诗自虞廷赓歌以至风、雅、颂,皆本性情,故其为言易知而感人易入。兴观群怨,盖有不期然而然者。汉世去古未远,若《东都赋》后五篇,及苏、李相赠答,与夫《十九首》之作,往往平易近情,义味渊永,读之者悠然有契于心。魏、晋以降,变而辞游,气卑而声促。唐初,始革其敝。至开元而极盛,李杜外,又各自成家。宋世虽不及唐,然半山、东坡诸大篇苍古,慷慨激发,顿挫抑

[①] 周霆震或作元人。然周氏入明后在世尚有12年;其传世的《石初集》,据张莹洪武五年(1372)序,"平生诗文千百篇,厄于灰烬,此编特兵后感时触事之作",主要是天下安定以后的晚年之作,所以视周氏为明代诗人,当更为恰当。

扬,直与太白、少陵相上下,后来作者其能仿佛之邪!(卷六《刘遂志诗序》)

吾安成吉村石初周先生诗文共十卷,皆其门人山东金事晏彦文所辑。先生性刚行洁,蚤有用世志……晚遭世变,东西奔走,不废吟哦。长篇短章,无非忧君爱国、悯民悼俗之言,识者谓可继杜少陵称为"诗史",信不诬矣!(附录彭时《书石初周先生文集后》)

张以宁

麒麟堕地天不惜,流落荒郊鲁叟悲。白发杜陵忧国泪,临风独咏《八哀诗》。(《翠屏集》卷二《过观州悼阿仲深状元》)

(朱伯良云)昔唐诗人一饭于君不忘,士至于今宗焉。(卷三《思存稿序》)

六经至矣,后乎经者,惟韩于文,犹杜于诗,善论者俱以圣称之,而犹于杜之文、韩之诗有说焉。(同上《瓶山存稿序》)

后乎《三百篇》,莫高于陶,莫盛于李、杜。大抵二《雅》赋多而比兴少,而杜以真情真景、精义入神者继之;《国风》比兴多而赋少,而李以真才真趣、浑然天成者继之,而为二大家。……然至乎近代陈氏①学杜者,论者谓如参曹洞诸禅,不犯正位,切忌死语。乃以禅论诗,又其后也。(同上《黄子肃诗集序》)

诗于唐赢五百家,独李、杜氏萃然为之冠。近代诸名人类宗杜氏而学焉,学李者何其甚鲜也?尝窃论:杜繇学而至,精义入神,故赋多于比兴,以追二《雅》;李繇才而入,妙悟天出,故比兴多于赋,以继《国风》。闯其藩篱者只见其不同,而窥其阃奥则谓其气格浑完,骨肉匀称,浩浩乎若元气块圠充两间、周万汇而厚且重者,适两相埒也。学杜者故诚未易及,而间学李者率喜于飘逸,弊于轻浮,盖知李之杰于材、高于趣,而于学之卓者,犹未悉之识也。(同上《钓鱼轩诗集序》)

---

① 编者按,"陈氏"云云,当指陈师道。揭傒斯《诗法正宗》引任渊语:"看后山诗,如参曹洞禅,不犯正位,切忌死语。"

诗至于唐而盛,盖其选无虑五百余家,人各不同,而固同于为唐。唐之大家,首称杜陵氏①。善学杜者,必本于二《南》、《风》、《雅》,干之于汉、魏乐府、古诗,而枝叶之以晋、宋、齐、梁众作,而后杜可几也。盖必极诸家之变态,乃能成一家之自得。不然,则耻于踵人后。(同上《马易之金台集序》)

《诗》三百篇古矣,汉苏、李五言及《十九首》次之,建安逮陶、阮又次之,谢宣城以下盛极矣,君子所不敢知也。唐数大家振六朝而中兴之,然视古宁无少愧乎?……(予)故尝手钞唐以上诗,繇苏、李止陶、阮。钞七言大篇,主李、杜二氏,近体专主杜,窃庶几志乎古也。(同上《送曾伯理归省序》)

诗必问学乎?诗非训诂文词也。诗不必问学乎?诗莫善乎读书万卷之杜甫氏也。去古逾远,诗不复列于工歌矣。漓而淳之,浮而沉之,返古之风,完古之气,以追其眇然既队②之遗音,舍问学何求矣。然而论议之蔓,援引之繁,堆积于胸,寖不能化,若兵移屯,乱槁盈地,文且不可为,况精华而为诗者乎?故问学者贵乎融者也。譬如大冶聚金,销而水之,百尔器备,惟所欲为。又如投盐于水,掬而饮之,只见其味,无有盐迹。此杜甫氏之诗,方之众作,超然骊黄之外,而投之无不如意者也。(同上《蒲仲昭诗序》)

危　素

自苏、李下至唐人,各以所见自为一家言。独杜甫氏涵浑浩博,兼备众体,所谓杰然者矣。(《危太素全集》卷一《刘彦昺诗集序》)

梁　寅

古《诗经》三百五篇,《国风》之变者咸取焉。其间淫泆之辞,非贤士大夫

---

① 明代杜诗"大家"说确立于高棅之《唐诗品汇》,然张以宁氏实为明人之首倡者,其集中称扬杜诗为"大家"者多处。
② "眇然既队"当作"渺然既坠"。

为之也,盖出于闾巷淫夫淫妇之为,而存之不削,所以垂鉴戒者也。若汉建安以后之诗,固降于二《南》、《雅》、《颂》,然犹为近古也,犹为可法也。逮于南朝之徐、庾,则弊矣。唐之李、杜,兼建安以后而过杨、骆、沈、宋,亦犹为近古也,犹为可法也。(《石门集》卷二《古今风雅序》)

陈 谟

嗟夫,唐以来诗人,唯李、杜为大宗。然至少陵赞"白也无敌",则独举参军之俊逸媲焉。夫俊可能也,逸为难。俊如文禽,逸如豪鹰。凡能粲然如繁星之丽天而不能回狂澜、障百川者,以能俊而不能逸故尔。……微少陵不足以知太白,微太白不足以拟参军也。(《海桑集》卷五《鲍参军集序》)

昔贤称杜诗似《史记》,岂不以天宝以来间事,不得少陵载而传之,安能如画?此史传所不及也。(同上《周石初集序》)

李伯葵氏以其《永言》示余,读之往复数四,叹其志于古道甚焉。盖近古莫如《选》,次古莫如唐,后来者莫或尚之。……尊《选》者易唐,李、杜以为剩出;右唐者弱《选》,魏晋①几成绝响。剽掠潜窃以为工,其为《选》也固不难;点缀花草以为媚,其为唐也亦安在?必若阮嗣宗、王仲宣所制,不犯《十九首》句字,而音节气韵酷似之,始可言《选》矣。必若李、杜为律、为长句,天纵浑成,关涉浩瀚,始可名唐矣。(同上《永言序》)

予尝慨乎天地之英华散于万物,其在人则为文章、事业,不得于事业则得于文章。李、杜光焰万丈,炳烈千古,将非不得于事业然耶?彼在天者,吾无如之何。顾吾所以自立与传后,何如斯贤达之高致也?(同上《竹间集序》)

称诗之轨范者,盖曰寂寥乎短章,春容乎大篇。短章贵清复缠绵,涵思深远,故曰寂寥,造其极者,陶、韦是也;大篇贵汪洋闳肆,开阖光焰,不激不蔓,反复纡至,故曰春容,其超然神动天放者,则李、杜也。不及乎寂寥者,为柳子

---

① 此处魏、晋二字之连用,意指魏晋文学,乃为一专门性概念,非一般性地泛指魏、晋两朝,故其间不加顿号也。

厚、王摩诘、储光羲、孟浩然,而六朝之靡靡以淫、促促以简者,弗与焉。过乎春容者,为韩退之、苏子瞻。韩公慷慨论列,如河出昆仑,极海而止,其忠愤激切,殆与少陵一饭不忘君者同机。苏公雄浑杰特,元气淋漓,引星辰而抉云汉,真可与太白神游八极之表。二公俱非绮章绘句之所比也,此诗之至也。(卷六《郭生诗序》①)

夫诗之元气,萃于杜工部。其散为万象,则百家千割焉。然少陵论诗,盖曰:"于道未为尊。"其度越百家,卓卓以此道者何? 仁义孝弟而已矣。(卷六《哦松集序》)

刘君子高为北平副使,得文丞相集杜四绝句以归。笔势飞动,与蛟龙薄日月、伏光景者争雄,可为希世之宝。子高已矣,其子士鸿出以示余,且求为志之。(卷九《书文丞相燕南感兴集杜四绝句后》)

学诗必自拟古始,虽李、杜亦然。(同上《书王伯允诗稿》)

胡　翰

大音在天地,浩浩空山河。作者推李杜,于古未足多。至哉《风》与《雅》,采之委巷歌。世人事雕琢,伐柯徒伐柯。(《胡仲子集》卷十《示顺生》其三)

长谷真逸②

宋南渡后,文体破碎,诗体卑弱,惟范石湖、陆放翁为平正,至晦庵诸子始

---

① 冀勤《金元明人论杜甫》一书在收录此文相关论杜文字时,题作"送郭生诗序",有误。该文末有语云:"今年来,双龙山中得郭生诗而读之,爱其绝出流辈,不追时妆。短章律度圆、事情切,大篇如《和杜北征》……"据此,可知此当是郭生诗集之序,而非《送郭生诗》之序也。

② 《农田余话》作者题为"长谷真逸",究为何人,自黄虞稷《千顷堂书目》等书著录其书以来,多以为是明正德年间人张翼。但据杜学林《〈农田余话〉作者考》(《陕西学前师范学院学报》2016年第12期第56~58页)等文考证,其人当是元末明初华亭人邵亨贞(1309—1401)。

欲一变，时习模仿古作，故有神头鬼面之论。时人渐染既久，莫之或改，及文天祥留意杜诗，所作顿去当时之凡陋，观《指南》前后录可见。不独忠义冠于一时，亦斯文间气之发见也。至元间，戴帅初、赵子昂诸公始出，作诗文皆从李、杜、韩、柳中来，顿扫昔时之气习。非惟遗山、刘静修诸公系中原大脉，而南人文格亦变。(《农田余话》卷上)

宋　濂

韩退之推李、杜文章光焰万丈。少陵之作，顿挫沉郁，高不可攀，深不可探；谪仙之辞，飘飘然游戏璇霄丹台，吹鸾笙而食紫霞，绝去人间尘土。思此无他，精华发为光耀，纵横交贯，不自知其所止。退之言当不诬。(《宋学士文集》卷七《詹学士文集序》)

天气有阴阳，阳气则热，而阴气则冷。初何阙于人事，唐人往往借以为喻，谓登枢要者为热官，守闲曹者为冷官，见诸咏歌、形于纪载者，何其多乎哉！天台张君天秩，守道君子也，于世无营，朝夕之间，唯饮木兰坠露，餐秋菊落英而已。遂取杜甫诗中"广文先生官独冷"语，以名其斋，盖若有激也。(卷二十五《题独冷斋卷后》)

《诗》三百篇，上自公卿大夫，下至贱隶小夫、妇人女子，莫不有作。而其托于六义者，深远玄奥，卒有未易释者。故序诗之人，各述其作者之意，复分章析句以尽其精微。至于《东山》一篇，序之尤详。且谓一章言其完，二章言其思，三章言其室家之望女，四章乐男女之得及时。一览之顷，纲提领挈，不待注释而其大旨焕然昭明矣。呜呼，此岂非后世训诗者之楷式乎！杜子美诗实取法《三百篇》，有类《国风》者，有类《雅》《颂》者。虽长篇短韵，变化不齐，体段之分明，脉络之联属，诚有不可紊者。注者无虑数百家，奈何不尔之思！务穿凿者，谓一字皆有所出，泛引经史，巧为傅会，楦酿而丛胜；骋新奇者，称其一饭不忘君，发为言辞，无非忠国爱君之意，至于率尔咏怀之作，亦必迁就而为之说。说者虽多，不出于彼则入于此，子美之诗不白于世者五百年矣。

近代庐陵大儒颇患之,通集所用事实别见篇后,固无缴绕猥杂之病。未免轻加批抹,如醉翁寱语,终不能了了,其视二者相去何远哉! 会稽俞先生季渊,以卓绝之识,脱略众说,独法序诗者之意,各析章句,具举众义,于是粲然可观,有不假辞说而自明。呜呼,释子美诗者至是可以无遗憾矣。抑予闻古之人注书,往往托之以自见。贤相逐而《离骚》解,权臣专而《衍义》作,何莫不由于斯? 先生开庆己未进士,出典方州,入司六察。其冰蘖之操,谅直之风,凛然闻于朝著。不幸宋社已屋,徘徊于残山剩水之间,无以寄其罔极之思。其意以为忠君之言随寓而发者,唯子美之诗则然。于是假之以泄胸中之耿耿,久而成编,名之曰"杜诗举隅"。观其书,则其志之悲从可知矣。(卷三十七《杜诗举隅序》)

右韩忠献王琦所书杜甫《画鹘行》①,端严厚重,古所谓颜筋柳骨,殆无以过之。展卷熟视,则夫垂绅正笏、不动声色而措天下于泰山之安者,其气象犹可想见其仿佛也。朱文公有云:"韩公书迹,虽与亲戚卑幼,未尝有一笔作行草势。"②以此观之,王之为人,由中达外,无斯须不本于诚,故其建功立事,凝定不摇,德在生民而名著史册,宜也。(同上《跋韩忠献王所书义鹘行后》)

开元、天宝中,杜子美复继出,上薄《风》《雅》,下该沈、宋,才夺苏、李,气吞曹、刘,掩颜、谢之孤高,杂徐、庾之流丽,真所谓集大成者,而诸作皆废矣。并时而作,有李太白宗《风》《骚》,及建安七子,其格极高,其变化若神龙之不可羁。……由此观之,诗之格律崇卑,固若随世而变迁,然谓其皆不相师可乎? 第所相师者,或有异焉。其上焉者师其意,辞固不似而气象无不同;其下焉者师其辞,辞则似矣,求其精神之所寓,固未尝近也。然惟深于比兴者,乃能察知尔。虽然,为诗当自名家,然后可传于不朽。若体规画圆,准方作矩,终为人之臣仆,尚乌可谓之诗哉! 何者? 诗乃吟咏情性之具,而所谓《风》《雅》《颂》者,皆出于吾之一心,特因事感触而成,非智力之所能增损也。古之

---

① "《画鹘行》"当作"《义鹘行》"。
② 朱熹《晦庵集》卷八十四《跋韩魏公与欧阳文忠公帖》:"韩公书迹,虽与亲戚卑幼,亦皆端严谨重,略与此同,未尝一笔作行草势。"

人，其初虽有所沿袭，末后自成一家言，又岂规规然必于相师者哉！呜呼，此未可为初学道也。近来学者，类多自高，操觚未能成章，辄阔视前古为无物，且扬言曰："曹、刘、李、杜、苏、黄诸作虽佳，不必师。吾即师，师吾心耳。"故其所作，往往猖狂无伦，以扬沙走石为豪，而不复知有冲和纯粹之音，可胜叹哉！可胜叹哉！濂非能诗者，因足下之言，姑诵所闻，惟足下裁择焉。（吴讷辑《文章辨体》卷二十八《答章秀才论诗》）

赞曰：世言杜甫一饭不忘君，今考其诗，信然。凤虽至老，但语及胜国事，必仰视霄汉，凄然泣下。故其诗亦危苦悲伤，其殆有得于甫者非耶？（《蒲阳人物记》卷下《文学篇·方凤》）

刘　基

言生于心而发为声，诗则其声之成章者也。故世有治乱，而声有哀乐，相随以变，皆出乎自然，非有能强之者。是故春禽之音悦以豫，秋虫之音凄以切，物之无情者然也，而况于人哉！予少时读杜少陵诗，颇怪其多忧愁怨抑之气，而说者谓其遭时之乱，而以其怨恨悲愁发为言辞，乌得而和且乐也。然而闻见异情，犹未能尽喻焉。比五六年来，兵戈迭起，民物凋耗，伤心满目，每一形言则不自觉其凄怆愤惋，虽欲止之而不可，然后知少陵之发于性情，真不得已。而予所怪者，不异夏虫之凝冰矣。（《诚意伯文集》卷五《项伯高诗序》）

少陵昔避乱，买屋西枝村。卜邻得赞公，聊可与晤言。四郊斗豺虎，烟尘塞乾坤。中宵望北辰，惨戚衰老魂。我今亦漂泊，不得归本根。感此一太息，欲语声复吞。（卷十三《题鲜于伯机书杜工部诗后》）

宋　讷

昔人论杜少陵以诗为文，韩昌黎以文为诗者，盖诗贵有布置也。有布置，则有得其正、造其妙矣。故学诗当学杜，则所学法度森严，规矩端正，得其师

焉。(《西隐集》卷六《纪行程诗序》)

贝　琼

　　诗盛于唐,尚矣。盛唐之诗,称李太白、杜少陵而止。乾坤清气常靳于人,二子得所靳而形之诗,潇湘、洞庭不足喻其广,龙门、剑阁不足喻其峻,西施、南咸不足喻其态,千兵万马不足喻其气。若夜郎、夔子诸篇①,天发其藻,神泄其秘,二子亦岂知其诗之至于如此哉!予尝读二集而玩之,其凡则约乎情而反之正,表里《国风》而薄乎《雅》《颂》,代之作者,咸嗜其味矣。不过醯一于酢,醴一于醨,而忘其醇且和者。长庆以降,已不复论。宋诗推苏、黄,去李、杜为近,逮宋季而无诗矣。非无诗也,于二子之诗嗜而不知其味,故曰无诗。岂乾坤清气至是益靳,而得之者益寡欤?有元混一天下,一时鸿生硕士,若刘、杨、虞、范出,而鸣国家之盛,而五峰、铁崖二公,继作瑰诡奇绝,视有唐为无愧。或曰刘、杨而下善诗矣,岂皆李、杜乎?则应之曰:韶濩息而鼓吹作,衮冕弃而南冠出,固有非李、杜而李、杜者也。(《清江先生文集》卷一《乾坤清气序》)

　　右胡季诚先生《南征诗》一卷,自固安达吴门凡二十首,跋涉千里,朝烟暮雨,边情旅愤,备见歌咏。而含凄茹辛、沉郁顿挫,一出性情而具经纬之体,非徒摹拟少陵而作者也。少陵自入夔州诸诗,若轮扁之斫,有不能传之妙,山川之助,亦不可诬。②(卷三《跋胡季诚南征诗后》)

　　昔杜少陵在夔州西阁曝日,见之于诗者,可谓极其形容矣。(卷五《炙背轩记》)

　　昔杜少陵放浪梁、宋、吴、越,后仕玄宗、肃宗,官至拾遗。然流离顿踣之

---

① 检索李、杜集,无有直接以"夜郎""夔子"名篇者,故不括以书名号。揣测贝氏之意,大约泛指李白流放夜郎、杜甫寓居夔州时所作之诸诗篇。
② 据跋语后半段文字,此跋当写在元代。然元明易代时文士所作恐多有此类情形,因文学史上向以明人视之,不便详细区分,姑且收入书中也。

际,由鄜入蜀,东屯、瀼西,凡三筑草堂,少陵没而天下称之。先生之与少陵,其迹同,其趣同,其文章之信于时同,异时小蓬台将见摅于图志,杜少陵之草堂何足侔哉!(同上《小蓬台志》)

水之有本而最巨者,莫过于河。盖自昆仑至积石,自积石至龙门,从天而落,径山硖间千数百里,而巨石之所盘束,梗于前而薄于后,不得纡徐漫衍而行也。……及其山穷岸阔,豁然奔放……一日千里,夷然至大陆而趋于海矣。惟其势之悍也,遏之而愈起;声之洪也,挠之而益震。涌若云翻,怒若雷奔,触者无不崩,而当者无不败。此河之奇观见于龙门之阻,非龙门亦无以见河之浩浩汤汤也。使无其本,而朝盈夕涸,求其涣而为文,荡而为声,恶可得哉!士之厄而通者亦然。圣人弗论也,若唐之韩退之、柳子厚、李太白、杜少陵,宋之欧阳永叔、苏子瞻,所谓天下之士,亦皆起于困踣颠顿,则揭阳、柳州、夜郎、夔子、夷陵、儋耳,其犹河之龙门欤?六子至是,道益彰,文益奇,誉益崇,又孰得而抗之也?由其所蓄类于河之有本而最巨者矣。故常谓物之出于寻常者,不抑则不振,不塞则不昌。今日之屈,后日之伸;后日之伸,今日之屈。此理之必然不可诬也。(卷二十《送郑千之序》)

唐杜甫落落不偶,间关兵马之间。至奉先所述,引葵自况。人之葵已,计当时势位之尊、显融一时者,何可胜数?禄山破关中,忍忘所事而北面臣虏,则如葵之倾阳,抑何鲜邪?呜呼,物有不可夺之性,所以异于物;人有不可回之心,所以异于人。然贵非所贵,而贱其所可贵,寔天下古今之同病,非独葵也。(卷二十六《葵轩记》)

刘如孙

尝读少陵诗,至"乾坤万里眼,时序百年心",未尝不三叹其所见之广,所会意之深。盖以心之所至,即目之所至,而心乎千万里。(《刘坦斋先生文集》卷二《赠神乐观羽士徐万里诗序》)

朱 右

古诗《三百篇》以《风》《雅》《颂》为三经,赋、比、兴为三纬,其音节体制概可考也。后之作者固蔑以复加,而后之作者舍是亦无以为法。自夫王泽下衰,《雅》《颂》不继,王官失职,巡狩不陈,而诗乐之教不行于天下尚矣。东周以还,郢骚之怨慕,杨、马之浸衍,晋、宋之荡靡,古意弥失,而音节体制亦与时下,乌在其能复古乎?唐兴,以诗文鸣者千余家。其间足以名后世而表见者,惟李白、杜甫、韩愈而已。诗其可易言哉?何则李近于《风》,杜近于《雅》,韩虽以文显,而其诗正大从容,亦仿佛古颂之遗意,以故传诵后世,而人宗师之。(《白云稿》卷四《羽庭稿序》)

陶 安

上虞等慈寺僧曰熹,居有水木竹石之幽,前直钟楼取杜少陵"闻钟发深省"之句,题其斋曰"深省"。吾意少陵遭时乱离,羁孤旅途,困厄其身,忧苦其情,一夕宿招提境,倏尔离氛,歇息幽静,及闻晨钟,释然神融,豁然心开,知戚欣、穷达、得丧、聚散皆身外之物,不足挠乎其中。一时之顷,独有感悟,脱略世累,其为深省,充然自得,乃旷达之高致也。若夫求道者之深省,则不止乎是,亦无待于闻钟而后然者。(《陶学士集》卷十六《深省斋记》)

汪广洋

济南山水多佳丽,工部文章最典型。(《凤池吟稿》卷八《历下亭临眺》)

点缀秋容亦费思,芙蓉泉上晚晴时。景于佳处烦清赏,兴到无声绝有诗。天外好山来隐隐,云边归鸟去迟迟。更怜箕踞哦松者,多是长安杜拾遗。(同上《题王明府历下秋兴图》)

闻君旅寓宣城日,绝似拾遗殊可怜。瘦蹇骑从官道侧,苦吟书遍草堂前。孤撑老气陵严武,特立贫交许郑虔。郡中况有贤知己,应是时时送酒钱。(同上《柬宣城俞用中兼贻郡守》)

少陵老去忧多病,王粲年来喜事戎。(程敏政《新安文献志》卷五十五载汪广洋《过徽州别魏府尹》)

龚 敩

久别可人胡贰宰,近来诗思复无同。坡因海外文偏好,杜向秦州句转工。漂泊有谁窥梗概,艰危自古见英雄。乾坤怪得无清气,却在溪山浙水东。(《鹅湖集》卷三《雪夜观胡贰令本道诗稿因题》)

命驾黄牛峡,扬舻白鹭洲。瞿唐高不顾,蜀道险无忧。牢落怜工部,精忠羡武侯。伤心斜谷口,怀古瀼西头。(同上《寿马太守长律三十四韵》)

徐一夔

何水部逊,字仲言,世为东海人。八岁能赋诗,弱冠有文名。当时范云、沈约皆负重名,云称其文"含清浊,中今古",沈约亦面誉之曰:"吾读卿诗,一日三复,不能自已。"其为当时名人所推重盖如此。唐人于诗为尤盛,而杜子美出诸家右,亦推重之,曰"沈范早知何水部"是也。水部尝为梁建安王行参军记室,后官至尚书水部郎。从其王镇扬州时,东阁有梅方发,水部倚树而吟,终日不去。其诗清绝,见于家集,至今犹脍炙人口。后来杜子美在蜀会裴节度登东亭送客,见梅赋诗,因用其事和裴诗,遂有"东阁官梅动诗兴,还如何逊在扬州"之句,此宪使公之梅阁所以名也。(《始丰稿》卷十《梅阁记》)

海昌郭子振氏得此图,甚加秘重,请余识之。子振以世医名,故知所尚如此。吾闻昔有好为诗者,尝画杜子美像而师事之。惟谨医家以扁鹊为宗,子振之爱重此图,亦诗人像杜子美而事之意,因识而归之。(卷十四《跋李唐所

画扁鹊授方图》）

王 祎

水积从天降，山连与蜀通。遗碑李广宅，废寺隗嚣宫。度陇迟回际，游秦感慨中。长怜少陵老，曾此叹途穷。（《王忠文公集》卷二《秦州》）

每多杜甫能自期，许身欲比稷与卨。政图事主尽愚疏，岂意谋身转迂拙。（同上《二月望在巩昌客馆夜梦归里中与金十二丈傅九文学同游高五处士别业既觉有感而赋》）

常怪栖栖杜少陵，愁篇苦句每相仍。只今世故多离乱，欲写艰难愧未能。（卷三《漫兴四首》其三）

古今诗道之变，非一也。气运有升降，而文章与之为盛衰，盖其来久矣。《三百篇》勿论已，汉以来苏子卿、李少卿，实作者之首，此诗之始变也。迨乎建安，接魏黄初，曹子建父子起而振之，刘公榦、王仲宣相为倡和。正始之间，嵇、阮又继作，诗道于是为大盛，此其再变也。自是以后，正音稍微。逮晋太康而中兴，陆士衡兄弟、潘安仁、张茂先、张景阳、左太冲，皆其称首。而陶元亮天分独高，自其所得，殆超建安而上之，此又一变也。宋元嘉以还，三谢、颜、鲍者作，似复有汉、魏风，然其间或伤藻刻，而浑厚之意缺焉，视太康不相及矣。齐永明而下，其弊滋甚。沈休文之拘于声韵，王元长之局于褊迫，江文通之过于摹拟，阴子坚、何仲言之流于纤琐，徐孝穆、庾子山之专于婉缛，无复古雅音矣，此又一变也。唐初袭陈、隋之弊，多宗徐、庾，张子寿、苏廷硕、张道济、刘希夷、王昌龄、沈云卿、宋少连，皆溺于久习，颓靡不振。王、杨、卢、骆始若开唐晋之端，而陈伯玉又力于复古，此又一变也。开元、大历，杜子美出，乃上薄《风》《雅》，下掩汉、魏，所谓集大成者；而李太白又宗《风》《骚》而友建安，与杜相颉颃。复有王摩诘、韦应物、岑参、高达夫、刘长卿、孟浩然、元次山之属，咸以兴寄相高，以及钱、郎、苗、崔诸家，比比而作。既而韩退之、柳宗元起于元和，实方驾李、杜，而元微之、白乐天、杜牧之、刘梦得，咸彬彬附和焉。唐

世诗道之盛,于是为至,此又一变也。(卷五《练伯上诗序》)

夫诗之感人者,非感之者之为难,乃不能不为之感者为难也。是故发于情而形于言,故曰诗情之所发,诚则至焉。诚之所至,其言无不足以感人者。惟夫能知其可感而有感,奋发惩创而不能自已焉,斯又不易能矣。今观段先生之诗,所以示其甥者,至情迫切,溢乎言辞。其甥赵君辄能感之而疾以瘳,吾于是知诗之感人其效乃若是也。昔有病疟者,杜子美告之曰:"诵吾诗可治。"如其言,而疾果愈。其事岂与此适相类耶?子美所告者常人,其相感且若是,矧先生于赵君天伦之至者耶?(卷十七《书段吉甫先生示甥诗后》)

杜工部《七歌》,乾元庚子岁,由华州司功弃官,自秦州如同谷所作。当艰难险阻之时,发激烈悲慨之语,读者犹为感愤,而况于亲履之乎!文信公《六歌》,实继工部而作。信公为宋丞相,国既灭而身已俘,遂秉大节以死,其所履者又非工部之比。《六歌》作于至元戊寅五月渡淮而后,伤家痛国,悲慨激烈之甚,比之《七歌》,尤人所不忍读。百世之下,读其辞而有不为之感愤者,尚为有人心哉!今吴君合二人之作,书为一卷,以表显之,盖庶几有闻风而兴起者矣。(同上《跋七歌六歌后》)

刘 崧

杜陵抱病犹耽饮,庾信还乡且赋骚。(《槎翁诗集》卷七《雨中道出芎城将访新安希颜王征君不果有作奉寄》)

杜陵短褐鬓如丝,饭颗凄凉日午时。为报西流夜郎客,锦袍霜冷更相思。(同上《题杜草堂戴笠小像》)

何家园里千章绿,杜老溪边十亩阴。不是画图存古意,风霜剥落见初心。(同上《题古木幽篁图》其一)

万郎风骨自清奇,解赴从军五字诗。却笑当年杜陵老,漫称骥子好男儿。(同上《赠万礽归清江定侯帅阃》其一)

叶子奇

唐以诗文取士。三百年中,能文者不啻千余家,专其美者,独韩、柳二人而已。柳稍不及,止又一韩。能诗者亦不啻千余家,专其美者,独李、杜二人而已。李颇不及,止又一杜。世之至宝,非独造物所吝惜,而亦造物所难成。(《草木子》卷四《谈薮篇》第一条)

人徒知李、杜为诗人而已矣,而不知其行之高、识之卓也。杜甫能知君,故陷贼能自拔,而从明、肃于抢攘之中也;李白能知人,故陷贼而有救,以能知郭汾阳于卒伍之中也。(同上第二条)

汪 叡

古人之咏七哀者,盖感而发其可哀,有是七者之目。至杜子美《八哀诗》,则一篇为一人作,是则七哀者其哀在己,而八哀者其哀在人也。仲鲁窃哀平日交游取益为师若友者,其守节服义、无所屈挠,凡七人焉。……感而哀悼,前后岁月不同,兹录为一卷,以便观览、序纪其实,辞达乎情。情义所存,风教所系也哉。(程敏政《新安文献志》卷四十九载汪叡《七哀辞》)

唐桂芳

犹思西湖游,千金购朱舫。荷盘擎露珠,风侧泻银浪。惜无杜陵狂,顾欲铲群嶂。(《白云集》卷一《答仁表贤友》)

《北征》杜子美,《南山》韩退之。二老不可作,宇宙无此诗。(同上《用韵谢仲儿》)

杜陵亦生天宝后,新诗句句干戈愁。(卷二《长句寄洪明善》)

白头杜老遭离乱,几度移家住瀼西。自喜文章称怪怪,谁怜踪迹返栖栖?

袖长肯向筵前舞,橘熟应须霜后题。见说省中多暇日,一帘红药雨声齐。(卷三《奉仲修同知》其二)

杜陵一览众山小,好事元戎况有亭。红树深明朝雨暗,白鸥飞尽晚烟青。关河表里连城郭,日月东西绕户庭。眼力欲穷千里外,动人霜角酒初醒。(同上《寄题溪山一览亭》其一)

绿绮不传天上谱,白云自是画中诗。苟知处世二宜去,何必操心六出奇。杜甫无家长作客,虞翻多病老如期。相思㶁㶁阶前水,流到西湖月上时。(同上《朝宗进士和韵有怀》)

分明李杜虽同世,见面何如直见心。稍稍诗存赋比兴,寥寥人有去来今。一身万里长为客,二句三年费苦吟。雨后江村沙路稳,何时骑马定相寻。(同上《和子静先生韵答见梅兄希贤侄》其二)

杜甫夔州坡广海,南行壮观亦如之。(卷四《鄱阳湖阻风》)

《三百篇》经圣人删定,不敢以格律之。汉魏晋宋不得为商周,唐宋不得为汉魏晋宋,亦时使之然也。君之诗典雅有似《十九首》者,冲淡有似谢宣城者,高迈有似李翰林者,雄伟有似杜工部者。(卷七《黄季伦诗跋》)

林　弼

今夕复除夕,难为守岁谋。江山非故国,风雪尚孤舟。榾柮红生面,梅花白上头。穷年未归去,莫怪杜陵愁。(《林登州集》卷四《除夕》)

菊花要结岁寒知,为爱梅花开故迟。彭泽归来空嗜酒,杜陵老去强题诗。鸡鸣风雨五更梦,雁落江湖万里思。三十潘郎苍鬓改,故人相见问伊谁。(同上《答胡梅所菊节有怀》其二)

纸帐更长月影孤,梅花清梦绕西湖。左思才擅《三都赋》,诸葛名成八阵图。汉殿丹青俱寂寞,吴宫花草易荒芜。白头杜老谋生拙,却道儒冠解误儒。(同上《再用韵二首》其二)

雨雪常年苦晦冥,乾坤此日喜晴明。宫梅落后余寒尽,野菜香时新暖生。

方朔占书应有验,杜陵诗句谩多情。从今部户安生遂,重捧椒觞颂太平。(同上《赋得人日不阴》)

有客丹心一寸孤,都忘身世在江湖。十年泽国多戎垒,万里云霄渺壮图。夜雪萧斋红榾柮,秋风楚畹绿蘼芜。杜陵老大长忧国,谩叹乾坤一腐儒。(卷六《用韵述怀》)

高堂昼日坐鸣琴,满地棠梨散绿阴。白雪阳春空下指,青天明月是知心。陶公避俗从沉醉,杜老忧时更苦吟。无限扁舟江上意,洞箫袅袅有余音。(同上《和韩南胜四首之二》其一)

块沤集者,贾君彦芳自名其所为诗也。……今夫山土之至高者也,自其一块言之,则块亦山也;海水之至深者也,自其一沤言之,则沤亦海也。《三百篇》者,昆仑也,渤澥也。汉魏、李杜,乔岳也,大川也。昆仑、乔岳固不以一块为加损,然一块之助亦所不弃也;渤澥、大川固不以一沤为余欠,然一沤之溢亦所不辞也。块反于土,沤反于水,虽不足为高深,而谓无资于高深焉不可也。向使古人之诗极其高深,后人举不足以得其一二,则虽皆无作可也。然则一篇之佳,亦古人之一块;一句之善,亦古人之一沤也。(卷十三《块沤集序》)

苏伯衡

唐之诗,近古而尤浑噩,莫若李太白、杜子美。至于韩退之,虽材高欲自成家,然其吐辞暗与古合者可胜道哉!(《苏平仲文集》卷四《古诗选唐序》)

谢 肃

蜀人休笑杜陵狂,倚阁哦诗雨气香。自有波澜能浩荡,欲回巫峡作潇湘。(《密庵集》戊卷《题巫峡潇湘图》)

易　恒

多尔广陵客,村心又卜居。杜陵愁有赋,张旭醉能书。(《陶情集》卷二《王友恒》)

痴绝虎头空画癖,穷愁杜子尚诗朣。(同上《过南涧西楼见倪云林谢龟巢二先生诗稿赋此以寓怀感》)

凌云翰

层冰蹙裂度交河,天马谁能更作歌。却忆少陵诗思好,万蝉鸣处晚凉多。(《柘轩集》卷一《洗马图》)

谁写江南枫树林,草堂知有客相寻。野船怪得轻如叶,秋水今朝五尺深。①(同上《画》其二)

东阁官梅动诗兴,多才依旧能潦倒。绝笔长风起纤末,乱插繁花向晴昊。却意年年人醉时,千朵万朵压枝低。不知明月为谁好,武陵春树他人迷。中夜起坐万感集,山鬼啾嗄雪霜逼。岁暮穷阴耿未已,临风三嗅馨香泣。②(卷三《画梅集杜句》)

童　冀

韦郎五字继苏州,妙句难将尺璧酬。几度春风贫里过,十年乡国梦中游。少陵剑外犹漂泊,太史周南久滞留。闻道王师方转战,五湖何日遂归舟?(《尚䌹斋集》卷一《次韦德希思归韵》)

少陵老去孤忠在,定有新诗纪《北征》。(同上《次邓作霖韵三首》之二)

---

① 诗后有注云:"右少陵诗意。"
② 诗中每一句都标了出处,今省略。

杨　基

黑风吹云江雨急,破篷萧萧衣被湿。妻孥顶笠待天明,我亦负襁中夜立。大奴操瓢不停手,小奴张灯照鼋吼。君不见杜陵茅屋叹秋风,此厄命穷无不有。(《眉庵集》卷四《负襁行》)

刘永之

昔之论诗者,曰:"诗人少达而多穷。"或为说以解之曰:"非诗之能穷人,殆穷者而后工耳。"是二者皆非也。惟不以穷达累其心,而后辞有大过人者。古之诗人若晋陶渊明,唐李白、杜甫、孟浩然、韦应物,是皆魁垒奇杰之士,不得志于时。而其胸中超然,无穷达之累,故能发其豪迈隽伟之才、高古冲淡之趣,以成一家之言,名世而垂后,千载之下颂其诗而想见其人,犹为之低回叹息,以为不可企及。使其感愤郁积,出为羁穷愁叹之辞,譬之寒蝉、秋螀,哀吟悲唱于灌莽之中,以自鸣其不幸,虽工何足取哉!(《刘仲修先生诗文集》卷七《刘子高诗集序》)

"思亲步月清宵立",此杜子美诗也。洪武五年,监察御史刘侯彦伦分司江西,命善画者取其语绘以为图。(同上《清宵步月图记》)

唐王右丞工诗善画,论者谓其诗为有声之画,而画为无声之诗。由是后世画者往往取诗人之语而写之,以传于世。……今御史刘侯独取杜子美"清宵步月""白昼看云"之句,使画师画为二图,以寓其思亲忆弟之意。(同上《白昼看云图记》)

张　适

作吏应疏酒与琴,萧条何以豁冲襟。绝交宜折山公简,排闷能忘杜甫吟。

公馆树阴啼鸲乱,江村雨过落花深。出门扰扰皆尘杂,徒抱悠悠静者心。(《张子宜集》诗集卷五《次韵二首答苏二庾官见寄》其一)

乃诵老杜"心清闻妙香"之句,因以为韵,各赋诗一首。诗成夜已久矣。(文集卷二《南湖草堂宴集诗引》)

罗 性

昔晋处士思亲友赋《停云》之诗,杜工部怀谪迁有"江东暮云"之句……是数贤者或怀亲,或怀友,皆托云而兴思,何欤?夫云在霄汉间为闲气,先正有曰"人得天地之气以生",则所思所怀讵非气之所同者相感而然耶?(《罗德安文集》卷二《白云亲舍图诗序》)

李 昱

李杜日已远,畴能振风雅。淫哇既纷靡,视古气益下。雷鸣喧瓦缶,遂谓黄钟哑。鱼目轻夜光,驽骀鄙宛马。独立天地间,长怀何由写。白雪非不弹,举俗和者寡。(《草阁诗文集》诗集卷一《五言古诗凡十四首》其一)

山雨沾衣湿,江云度水寒。也应如杜甫,曾此过苏端。绿蚁春浆瓮,青丝野菜盘。平生谢拘束,与子罄相欢。(诗集卷三《雨过许叔大》)

工部人千古,成都屋数椽。云安尝伏枕,涪万不闻鹃。屡过瞿唐峡,须乘滟滪船。垂堂能弗戒,上濑却劳牵。捩柂凭三老,摊钱问长年。壮游虽去邑,故隐必归田。步履西郊外,移家二崦边。白盐疑雪积,赤甲与霞骞。所值干戈地,皆成锦绣篇。江花供句好,汀草映袍鲜。一老俱云已,群公抑有焉。(诗集卷四《题蜀山图五十四韵》)

烽火连天黑,旌旗照地红。秋风破茅屋,愁杀杜陵翁。(拾遗《愁》)

妙 声

簿领劝农出郭西,桑麻原隰绿阴齐。吟残三月桃花雨,蹋遍千村燕子泥。陶令喜寻庐岳社,杜陵甘老浣花溪。欲知思爱深多少,处处春风布谷啼。(《东皋录》卷上《赠王主簿》)

每诵新裁乐府词,历观群制副深期。兰苕翡翠春风后,碧海珊瑚夜月时。吴下篇章谁最好,杜陵才力晚尤奇。何由一鼓沧江柁,春水相从咏竹枝。(同上《题郭义仲诗集》)

而独长于诗,博采汉、魏以降,而以杜少陵为宗,取喻托兴,得风人之旨,故其诗清丽幽茂而皆可传也。(卷中《衍道原送行诗后序》)

胡 奎

三月三日雨晴初,东望东冈无鲤鱼。杜陵爱酒自多债,太傅治安还有书。洛中牡丹少闲地,江上燕子识吾庐。木兰丹擢桃花水,颇怪近来踪迹珠。(《斗南老人集》卷三《寄东冈贾征君》)

陶令得钱付酒家,杜陵有地只栽花。古称旷达谁能及,人卖痴呆我得赊。半醉半醒风韵在,初三初四月钩斜。足音若许来空谷,竹外弹琴竹里茶。(同上《和友人家字韵》)

金水河边承诏日,丹阳郭外买舟时。还家咫尺无书问,抱被寻常有梦知。高适平生孟诸野,杜陵人日草堂诗。乌巾且漉黄花酒,莫遣秋霜上鬓丝。(同上《寄高征士》)

绿阴门巷麦秋天,欲访高斋拜不前。诗史少陵元姓杜,文章司马旧名迁。竹间只许安茶具,花外何烦棹酒船。昨日山庖分盛馔,笑看儿女舞回旋。(同上《招饮答谢》)

台州地阔海溟溟,南极老人自有星。千崖无人万壑静,老身古寺风泠泠。

有时自发钟磬响,芝草琅玕日应长。昏黑应须到上头,安得仙人九节杖。不见旻公三十年,清诗句句尽堪传。陶冶性灵存底物,晴窗检点白云篇。(卷四《集杜少陵诗句一首奉寄云庵法师》)

万里桥西一径斜,白头乱后得还家。经旬出饮向何处,黄四娘家看好花。(卷五《子美醉归图》)

归到成都万里桥,寻春问酒不须招。扬鞭指点溪南路,黄四娘家花正娇。(同上《题子美游春图》)

拾遗归隐浣花村,日醉田家老瓦盆。满眼好山驴背稳,也胜朝扣富儿门。(同上《题杜子美游春图》)

独树浣花村,归寻老瓦盆。秋风吹破屋,也胜富儿门。(卷六《杜甫》)

唐 肃

丰本,盖古仙人也。……唐隐者卫宾与拾遗杜甫善,甫尝过宾宿,先生亦冒雨至,相与饩饮甚适。甫□诗美之,载甫集中。(《丹崖集》卷七《丰本传》)

甚矣,贤人君子之泽非惟及其宗族里闾与夫门人弟子,虽奴隶仆御之徒亦得以沾濡造就而托名于不朽。若玄君子之渔童、樵青,杜少陵之柏夷、阿段,王褒之便了,陶侃之胡奴,颜真卿之银鹿,计其人何足称数,然千载之下久能谈道其名,岂非贤人君子之泽之所及哉!(卷八《跋跛奚诗卷》)

孙 蕡

魏文帝作《燕歌行》,盖秋风四时之变,而其音韵铿锵,情思凄怆,为千古七言之祖。其后如少陵《秋风》两首,邢君实《秋风》三叠,皆本此而作者也。(《西庵集》卷二《秋风词序》)

蜀城风物冷凄凄,马上哦诗日向西。雪岭冰融春水绿,锦江花落子规啼。卧龙祠废碑横草,杜老堂空雨涨溪。回首胜游成往事,倚风吟断意俱迷。(卷

六《怀四川二首》其一）

　　草堂烟树入青霄,汉殿荒台秀黍苗。宇宙诗名今尚在,风云霸气未全消。寒星夜落支机石,锦水春明骊马桥。花柳旧游今几载,西风蓬鬓影萧萧。（卷六《怀四川二首》其二）

　　老去佳辰得几逢,登临此会叹匆匆。云来汴水波光白,日落屏山树杪红。抱病独怜贫子美,休官惟羡老陶翁。遥知弟妹家山里,几向天涯倚断鸿。（同上《虹县九日登五女冢三首》其二）

　　幽居僻类杜陵家,春日垂垂橘柚花。花径今朝缘客扫,磁瓶汲水自煎茶。（卷七《幽居杂咏七十四首》其二十六）

高　启

　　夫自汉、魏、晋、唐而降,杜甫氏之外,诸作者各以所长名家,而不能相兼也。学者誉此诋彼,各师所嗜,譬犹行者埋轮一乡而欲观九州之大,必无至矣。盖尝论之:渊明之善旷而不可以颂朝廷之光,长吉之工奇而不足以咏丘园之致,皆未得为全也。故必兼师众长,随事摹拟,待其时至心融,浑然自成,始可以名大方而免夫偏执之弊矣。（《高青丘凫藻集》卷二《独庵集序》）

　　吴城西南陬有曰朱家园者,父老言宋朱勔故墅也。庐山陈惟寅氏得之,更名曰"绿水",以园中有池且用杜子美诗语也。（卷三《绿水园杂咏序》）

　　少陵观张旭草圣,极叹其妙。至东坡题王逸少帖,则诋张为书工。昌黎《石鼓歌》则又诋王为俗书。是三公之言何戾耶？（卷四《跋张长史春草帖》）

　　郗参军能为安道买山,史尝见美；王录事不资少陵筑堂,诗已遭嗔。非逢有力之人,曷济无家之客！（卷五《城南草堂疏》）

　　左伸右屈多异态,天自出巧非人为。画师安能把笔写,樵子岂敢操斤窥。杜陵枯柟已憔悴,蜀相老柏非瑰奇。何如此树怪且寿,呵卫定想烦灵祇。（卷九《偃松行》）

　　前歌《蜀道难》,后歌《偪仄行》。商声激烈出破屋,林鸟夜起邻人惊。我愁寂寞正欲眠,听此起坐心茫然。高歌隔舍与相和,双泪迸落青灯前。李供奉,杜拾遗,当时流落俱堪悲。严公欲杀力士怒,白首江海长忧饥。二子高才且如此,君今为我将何为!(卷十一《夜闻谢太史诵李杜诗》)

桃花梨花已狼籍,踯躅花开如火炎。时过上巳和而畅,人比杜陵清且廉。园中雨流水绕砌,林下鸟鸣风满帘。把酒亦知君意好,醉多谬语莫相嫌。(卷十五《饮陈山人园次能翁韵》)

西风驴上倚吟魂,只到庞公旧隐村。何事能诗杜陵老,也频骑叩富儿门?(卷十七《题孟浩然骑驴吟雪图》)

朱　朴

天上归来鬓未秋,杜陵幽兴付沧洲。丛篁绝壁空山晚,独抚寒松看水流。(《西村诗集》卷上《为西皋画山水》)

杜老长贫淹酒债,何郎新兴动官梅。(同上《霜降日得西皋诗中有速诸公社饮意予亦以此订约》)

红袖不沾司马泪,清篇唯带杜陵愁。(卷下《和阳明王公入楚韵》)

朱　同

君不见少陵愁坐方书空,乱发过耳徒蓬松。苍天欲留千载名,故为起僵令诗工。(《覆瓿集》卷二《黄亲和前韵见示因再用韵奉寄》)

是处青山好结庐,杜陵每爱野人居。白云不作苍生雨,长向林中伴读书。(卷三《画扇》)

落日溪头曾舣舟,新亭俯瞰碧波流。当时对饮偶嘉会,此日题诗思旧游。天葆远涵清镜晓,齐云平接野烟秋。少陵醉后雄篇在,幕府还能为尔留。(同上《游观崖亭图》)

诗之为教与政通。夫言之精者为文,文之精者为诗,甚矣诗之未易言也。

明良喜起之歌,由来远矣。古之圣人,以法制禁令不足止人之邪心也,是以二《南》之诗,正始之道,王化之基,用之乡人邦国,使夫人之感发,兴起于歌咏之间,涤荡消融,涵泳洞彻,而不自知其迁善远罪,此上之所资以为教者然也。下而至于闾巷小人女子,亦莫不有作焉。虽未必当于理,而发于情之天有不能自已者。其文理音节之高下,有关风化之盛衰,是以天子巡狩则命太师陈诗以观民风。昔吴季子观周乐而知诸国为政之得失,虽其聪明绝识有过人者,而要之音韵节奏有不纯在文字之间,是以声入心通,若是其神妙,而非后世之所能及也。后之为政,既不能如三代,则其诗亦与之俱下。然时有治忽,政有污隆,则诗亦不能不随之升降,其亦囿于气化之中,而不自知其然耶。间有杰然而出者,唐之陈子昂、李白、杜甫辈,其冠也。然数子者岂独长于诗哉!有其才而未尽用于世,于是发而为诗。向使推其蕴以庸于时,则其政事之美,必有绝出人者。后之学者,徒知步骤其句读,而不知所以为高者有不在乎句读之间,是以学之愈工而愈不能及也欤!(卷四《送副使丁士温赴召诗序》)

皇帝有天下之四年……维时舟次南陵之毛家浦,芦苇风生,东溟月出,并舸中流,传觞倡和,共叹人生出处之难而聚会之不易也。于是以杜工部"星临万户动,月傍九霄多"之句,分韵赋诗以纪之,亦且以寓夫箴规之意。(同上《舟行分韵诗序》)

不须吉梦到熊罴,彩服趋庭春昼迟。杏倚云边根自固,桂花月窟种尤奇。膏腴接壤鱼鳞集,臭味同芳草木知。索饭门东啼正急,杜陵空有两男儿。(卷八《范平仲贺大同自杭归觅程子尚为嗣诗》其二)

张孟兼

古之人有遭谗迁逐者,或闵其魂魄离散而不复还,故为辞哀之,其人未尝死也。杜甫"剪纸招我魂",正此类也。(《白石山房逸稿》卷下《释登西台恸哭记》)

管时敏

闻道双溪似瀼西,草堂小筑足幽栖。杨雄奇字知谁问,杜甫新诗漫自题。满座荷风鱼跃浪,一帘花雨燕争泥。白头无意蒲轮召,只恐文光动壁奎。(《蚓窍集》卷六《伴读周庠求题其师叙南游克成先生双溪草堂》)

董　纪

杜陵达道笑渊明,有子贤愚何足齿。(《西郊笑端集》卷一《季子延奴初学语见书帙在案时辄作嚅呢呢呢声若解诵然以其不由教而能尔故喜而赋诗且以示浩使知有所警云》)

比似杜陵心更忙,无钱自买百花庄。气消尘匣斗牛剑,梦短客檐风雨床。湖海知名交岂少,林泉得所趣偏长。明年果遂归田计,钓月耕云乐未央。(同上《答张梦辰见寄》)

人生交结贵相知,白首何嫌契合迟。惠远肯沽陶令酒,杜陵能赋巳公诗。山中汤饼无虚日,溪上鲈鱼正及时。更为少留差可意,杖藜来往得追随。(同上《奉简陆宅之先生并晏如上人二首》)

"九载一相逢,百年能几何",此杜少陵《别唐十五》诗也。(同上《与俞原肃并序》)

别驾山居草作堂,胜如工部百花庄。鹤雏转顶丹砂渥,松木凝脂琥珀香。月下敲门僧问字,雪中扫径客携浆。林泉足可容真隐,只恐声名自播扬。(同上《胡鼎文草堂》)

鹳鹉湾头一草堂,绕墙桃李绕堤桑。宽如五柳陶家宅,僻似百花工部庄。雨洗春犁闲倚壁,风吹故纸乱堆床。庞公虽道为农好,也欲教儿识数行。(同上《耕读庄为俞原鲁》)

张翰弃官则隐于江东,杜陵闲居则隐于瀼东,今子居云东而复以隐名之,

亦将以二三子同其迹乎？（卷二《云东小隐记》）

金 宥

我观此图妙入神，当年肯让曹将军？题诗欲学《丹青引》，却惭末①是杜陵人。（《觉非斋文集》卷五《题唐马图》）

诗所以言志也。《风》《雅》以降，莫盛于唐，而少陵又唐之集大成者。然遭时丧乱，流离困苦，故其声率多痛心□首。（卷十四《赠邓先生宗经归潜山诗叙》）

诗之绮丽易工而平淡难到，纤巧不足贵而浑厚典雅可喜，此古人论诗之至言也。然诗为心声，心得其所养则发而成声者，出乎性静之正，所谓有德者必有言也。钱塘周可□先生早游庠序，从始丰徐先生学《易》……览湖山之胜，以诗酒相与娱乐，酒酣寄兴于诗，以陶写性情，不事雕缋而天趣独至。五言古诗慕韦苏州之平澹，歌行希踪大李，律诗取法杜少陵，绝句盖亦不出唐人矩矱。总若干篇，题曰"兰圃稿"。（同上《兰圃遗稿叙》）

右古今诗若干首，云间尚讷陆先生手稿也。先生吴中望族，洪武间以硕学高行举于乡，再令岩邑，所至辄有唐政，至今人犹思之。观其诗浑涵流丽，若从容乎少陵之矩矱，而椎奇瑰卓又可以蹑踪韩吏部。（卷二十八《跋陆先生诗稿》）

张宇初

孟子之言曰："王者之迹熄而《诗》亡，《诗》亡然后《春秋》作。"夫诗岂易言哉？自《三百篇》、古赋之下，汉之苏、李，魏之曹、刘、王、应，去《风》《雅》未远，始有以变之。晋初，阮、陆、潘、左之徒尤未湮坠。逮六朝，鲍、谢、颜、张出，而

---

① "末"当作"未"。

音韵柔嫚,体格绮丽,则风雅之淳日漓矣。暨唐初宋、杜、陈、刘,盛唐韦、柳、王、孟作,而气度音节,雄逸壮迈,度越于前者也。而集大成者,必曰少陵杜氏。在当时,如高、李、岑、贾,亦莫之等焉。则杜氏之于穷达、欣戚发乎声歌者,有合乎《风》《雅》而足为楷法矣。(《岘泉集》卷二《云溪诗集序》)

瞿　祐

《归田诗话》

上　卷

少陵识大体　老杜诗识君臣上下,如云"万里频送喜,无乃圣躬劳""至今劳圣主,何以报皇天""周宣汉武今王是,孝子忠臣后代看""神灵汉代中兴主,功业汾阳异姓王"。《上哥舒开府》及《韦左相》长篇,虽极称赞翰与见素,然必曰"君王自神武,驾驭必英雄""霖雨思贤佐,丹青忆老臣",可谓知大体矣。太白作《上皇西巡歌》《永王东巡歌》,略无上下之分。二公虽齐名,见趣不同如此。

太白胸次　太白诗云:"划却君山好,平铺湘水流。巴陵无限酒,醉杀洞庭秋。"是甚胸次!少陵亦云:"夜醉长沙酒,晓行湘水春。"然无许大胸次也。

相如琴台　老杜《琴台》诗云:"茂陵多病后,尚爱卓文君。酒肆人间世,琴台日暮云。野花留宝靥,蔓草见罗裙。归凤求凰意,寥寥不复闻。"宝靥、罗裙,盖咏文君服饰,而用意亦精矣。以大家数而为此语,近于雕琢。然全篇相称,所以不可及。近阅《李琬传》,有"蔓草野花留服饰,风魂月魄断知闻",知其出于此,然亦善用事。

《山石》句　元遗山《论诗》三十首,内一首云:"有情芍药含春泪,无力蔷薇卧晚枝。拈出退之《山石》句,始知渠是女郎诗。"初不晓所谓,后见《诗文自警》一编,亦遗山所著,谓"有情芍药含春泪,无力蔷薇卧晚枝"此秦少游《春雨》诗也,非不工巧,然以退之《山石》句观之,渠乃女郎诗也。……然诗亦相题而作,又不可拘以一律,如老杜云"香雾云鬟湿,清辉玉臂寒""俱飞蛱蝶元相逐,并蒂芙蓉本自双",亦可谓女郎诗耶?

中　卷

浣花醉归图　山谷《题浣花醉归图》云:"中原未得平安报,醉里眉攒万国愁。"能道出少陵心事。赵子昂诗云:"江花江草诗千首,老尽平共用世心。"亦仿佛得之。

梁　兰

载酒命童子,驾言适桥西。东风倏而来,满林莺乱啼。选幽果何所?无乃黄家蹊。(《畦乐诗集》之《题画四首·题杜甫游春》)

蓝　智

《三百篇》之下,如渊明之萧散,陈子昂之典雅,李白之飘逸,杜甫之忧世,浩然之闲靖,应物之冲澹,东野之奇古,长吉谲怪,微之之沉着,乐天之痛快,虽体制与时变更,亦各随其赋禀之天才而自为一家者也。(《蓝涧集》卷首张昶《蓝涧诗集序》)

唐兴,沈、宋名家始摆去六朝之习,研声势,创为律诗,诗体为之一变。独陈子昂以幽邃之旨振豪宕之音。逮太白,天才维逸,举气豪迈,笔札亦似之。杜甫则苦思深沉,况其气雄浑,其举壮丽,辙汉、魏,轥轹六朝。逾宋迄元,虽有作者,未能或之先也。元初,犹循习金、宋之轨。在宋,独坡、谷、金陵①绝伦。坡似李,谷似杜,金陵在苏、黄之间。(同上蒋易序)

风雅千年盛,文章一代尊。雄辞排海岳,高兴动乾坤。李杜卞名并,高岑体制存。夜深歌古调,幽意与谁论。(卷一《杜虞范诗有感》)

隔水黄鹂时一鸣,近人胡蝶亦多情。孤城莫雨丝丝细,高阁春云片片轻。

---

① 此处"金陵"当指王安石。

杜甫自知诗作祟,陶潜深仗酒为名。未传江汉休兵甲,厌听东风鼓角声。(卷三《春日》)

广文好客能赊酒,令尹休官尚转蓬。独鹤不归沧海上,双凫犹在白云中。仲舒经术传三策,杜甫文章跨数公。独立晴沙最相忆,落花飞絮满东风。(同上《暮春奉怀李葛二先生》)

杜陵老去多诗兴,不待尊前急雨催。(同上《九日西山燕集次靖之韵追怀虚白高士》)

少年自许万人雄,肯念林居野兴同。饭颗诗成惭杜子,鹿门老去忆庞公。青山白水宜春月,紫燕黄鹂共晚风。兴发会随田父饮,放歌未觉酒尊空。(同上《答陈道原见寄山居诗韵》)

广文家住大江东,官冷时时叹转蓬。读《易》夜分松寺月,鸣琴春度杏坛风。久知杜甫诗徒苦,应笑扬雄赋未工。翰墨交游今绝少,一生襟抱几人同。(同上《寄程伯莱教授》)

谪仙何处驾长鲸,杜甫空歌拾瑶草。(卷六《题林士衡所画揭学士方壶歌图并寄葛原哲经历》)

昔歌杜甫洞庭作,壮思高秋动寥廓。(同上《泛洞庭湖作》)

史 瑾

少陵湖海士,诗就鬼神惊。去国同王粲,忧时过贾生。才名山岳重,富贵羽毛轻。此际无由见,空含万古情。(《独醉亭集》卷上《游山分得渊明杜甫次韵》)

天涯春尽强提携,百丈牵江过瀼西。谁识少陵忧国恨,东风处处杜鹃啼。(卷下《过瀼西》)

陈南宾

西出秦关道路长,岷峨东望郁苍苍。蓬莱三赋旧无敌,同谷七歌今可伤。

茅屋秋高风瑟瑟，布衾铁冷雨床床。浣花溪上应回首，千载令人忆草堂。（周复俊《全蜀艺文志》卷十三《游草堂》）

出峡是何境，栖巢亦恋枝。不应三亩券，买得古今祠。浅泊龙犹侮，孤鸣凤自悲。只因篱芷近，屈宋有前期。（钱谦益《列朝诗集》丁集卷十五《西瀼杜少陵祠》）

高　棅

元微之曰："予读诗至杜子美，而知古人之才有所总萃焉。唐兴，学官大振，历世之文能者互出。而又沈、宋之流研炼精切，稳顺声势，谓为律诗。由是而后，文变之体极焉。然而好古者遗近，务华者去实，效齐、梁则不逮于魏、晋，工乐府则力屈于五言，律切则骨格不存，闲暇则纤秾莫备。至于子美，盖所谓上薄《风》《雅》，下该沈、宋，言夺苏、李，气吞曹、刘，掩颜、谢之孤高，杂徐、庾之流丽，尽得古人之体势，而兼昔人之所独专矣。如使仲尼考锻其旨要，尚不知贵其多哉。苟以为能所不能，无可无不可，则诗人以来，未有如子美者矣。"严沧浪曰："少陵诗宪章汉、魏而取材于六朝，至其自得之妙，则先辈所谓集大成者也。"世称子美为大家，故略二贤之论以冠其端云。（《唐诗品汇》卷首《五言古诗叙目·大家》）

夫诗莫盛于唐，莫备于盛唐，论者惟杜、李二家为尤。（同上《五言古诗叙目·名家》）

五言长篇，自古乐府《焦仲卿》而下，继者绝少，唐初亦不多见，逮李、杜二公始盛。至其铺陈终始，排比声韵，大或千言，次犹数百，辞意曲折，队仗森严，人皆雕饬乎语言，我则直露其肺腑；人皆专犯乎讳忌，我则回护其褒贬，此少陵所长也。太白又次之。韩愈晚出，力追前人。先辈尝谓《南山》诗与少陵《北征》互有优劣，斯言近之善乎。严沧浪有云："李、杜、韩三公之诗，如金鸥擘海，香象渡河，龙吼虎哮，鼍翻鲸跃，大枪大刃，君王亲征，气象各别。"予故合三家诗共五篇为一卷，附于五言短调之后，学者观之，亦足以广其藻思耳。

(同上《五言古诗叙目·长篇》)

王荆公尝谓:"杜子美之悲欢穷泰,发敛抑扬,疾徐纵横,无施不可,故其所作有平淡闲易者,有绮丽精确者,有严重威武若三军之帅者,有奋迅驰骤若泛驾之马者,有澹泊闲静若山谷隐士者,有风流酝籍若贵介公子者。盖其绪密而思深,观者苟不能臻其阃奥,未易识其妙处。夫岂浅近者所能窥哉!此子美所以光掩前人,后来无继也。"余观其集之所载《哀江头》《哀王孙》《古柏行》《剑器行》《渼陂行》《兵车行》《洗兵马行》《短歌行》《同谷歌》等篇,益以斯言可征,故表而出之为大家。(同上《七言古诗叙目·大家》)

太白天仙之词,语多率然而成者,故乐府歌辞咸善。或谓其始以《蜀道难》一篇见赏于知音,为明主所爱重,此岂浅才者徼幸际其时而驰骋哉?不然也,白之所蕴非止是。今观其《远别离》《长相思》《乌栖曲》《鸣皋歌》《梁园吟》《天姥吟》《庐山谣》等作,长篇短韵,驱驾气势,殆与南山秋色争高可也,虽少陵犹有让焉。余子琐琐矣,揭为正宗,不亦宜乎。(同上《七言古诗叙目·正宗》)

盛唐工七言古调者多,李、杜而下,论者推高、岑、王、李、崔颢数家为胜。窃尝评之:若夫张皇气势,陟顿始终,综核乎古今,博大其文辞,则李、杜尚矣。至于沉郁顿挫,抑扬悲壮,法度森严,神情俱诣,一味妙悟而佳句辄来,远出常情之外之数子者,诚与李、杜并驱而争先矣,今俱列之于名家。(同上《七言古诗叙目·名家》)

歌行长篇,唐初称骆宾王有《帝京篇》《畴昔篇》,文极富丽。至盛唐绝少,李、杜间有数首,其词亦不甚敷蔓,大率与常制相类。(同上《七言古诗叙目·歌行长篇》)

正宗之外,同鸣于时者,王维、贾至、岑参亦盛。又如储光羲、常建、高适之流,虽不多见,其兴象声律一致也。杜少陵所作虽多,理趣甚异,故略其颇同调者数首,以通天宝诸贤,得二十三人共诗九十九首为羽翼。(同上《七言绝句叙目·羽翼》)

杜公律法,变化尤高,难以句摘。如"吴楚东南拆[①],乾坤日夜浮"等句,世称之旧矣。余之所选者非旧选所常取,余于欲离欲近而取之矣。观者详焉。(同上《五言律诗叙目·大家》)

排律之盛,至少陵极矣,诸家皆不及。诸家得其一概,少陵独得其兼善者。如《上韦左相》《赠哥舒翰》《谒先主庙》等篇,其出入始终,排比声韵,发敛抑扬,疾徐纵横,无所施而不可也。(同上《五言排律叙目·大家》)

长篇排律,唐初作者绝少。开元后,杜少陵独步当世,浑涵汪洋,千汇万状,至百韵千言,气不少衰。及观杜审言《和李大夫嗣真》之作,乃知少陵出自其祖,益以信"诗是吾家事"矣。(同上《五言排律叙目·长篇》)

少陵七言律法独异诸家,而篇什亦盛。如《秋兴》等作,前辈谓其大体浑雄富丽,小家数不可仿佛耳。(同上《七言律诗叙目·大家》)

唐人倡和之诗,多是感激,各臻其妙。如《早朝大明宫》,杜甫云:"旌旗日暖龙蛇动,宫殿风微燕雀高。"王维云:"九天阊阖开宫殿,万国衣冠拜冕旒。"岑参云:"花迎剑佩星初落,柳拂旌旗露未干。"《登慈恩寺塔》诗,杜甫云:"高标跨苍穹,烈风无时休。俯视同一气,焉能辨皇州。"高适云:"秋风昨夜至,秦塞多清旷。千里何茫茫,五陵郁相望。"岑参云:"秋色从西来,苍然满关中。五陵北原上,万古青濛濛。"此类甚多,是皆雄浑悲壮,足以凌跨百代。(卷十二岑参《与高适薛据同登慈恩寺浮图》评语)

赵㧑谦

凡古圣贤名士、英杰俊良之辈,闻于天下后世者,皆志之所志者也。……枚乘、曹植、王粲、谢灵运、杜甫、李白之志于诗……皆极其至而沉潜笃乐者,故其名华丁后,历千万代而不泯也。(《赵考古文集》卷一《送赵中孚诗卷后序》)

李白、杜甫,精小技而得夸。(同上《坞山读书处后记》)

沙汀沙白白如银,竹村竹翠翠如云。鹁鸪拂羽春晖动,鸑鷟来仪月夜闻。中有人居杜工部,岂无字拟王右军。角巾来往共谈笑,便是浣花溪上邻。(卷二《题白沙翠竹》)

---

① "拆"当作"坼"。

王　褒

昌黎寄东野，杜陵怀太白。交情托浮云，千里犹咫尺。远树带余春，濛城澹将夕。即此那能忘，惆怅欲行客。（《王养静先生集》卷二《题宋适宾家方壶春云》）

雪飞坐空斋，萧萧入清夜。嗟予倦游人，风光不堪借。城头雪下啼曙鸦，独怜行客应思家。寸心撩乱若飞雪，东西飘泊随天涯。昔年人日欢未足，薄暮尚在城南麓。清冷台下寻旧踪，老鹳岩前按新曲。往事凄凉愁复多，纷纷雨雪当如何？山阴归舟漫乘兴，杜陵草堂空浩歌。才名贤达总何益，尊中有酒聊自适。（卷三《人日雨雪有怀闽中游好兼寄善化毛校文》）

孤舟尽日横江干，蘩芜生绿鸥鹭闲。典衣曾似杜陵醉，解带暂向辋川还。（同上《题陈季文山水图》）

杜陵昔作尽马歌，百年追逐称东坡。二公隽才不可见，萧索笔刀将奈何。（同上《题林典乐二马图》）

盛时不复念艰阻，公暇应得歌昇平。辋川药圃寄胜概，杜陵草堂含余清。跻攀未陪穷异境，唱和或喜随同声。（同上《题太仆寺丞吴鉴皆山轩》）

锦官文园赋，浣花杜陵吟。气凌雪山高，兴与巫峡深。设醴重前席，曳裾谐晚心。相思邈千里，迟尔瑶华音。（卷四《寄张先生拱辰》）

五柳陶潜宅，浣花杜甫花。江山成感慨，风树共凄凉。佐邑开芳誉，传家见义方。佳城碑碣在，千古有辉光。（同上《挽草堂先生李克真》）

苍茫一水舟中望，迢递三峰掌上开。谁复远游寻华岳，更于何处泛蓬莱？无边树邑凭轩见，不尽秋声入座来。莫怪杜陵多野癖，临风佳句为君裁。（卷五《题画山水扇面》）

林间结构似松巢，招隐毋劳赋解嘲。春雨只添淇水绿，秋风不卷杜陵茅。花分虚窦苍龙蛰，苔破空阶紫凤苞。笑我久耽泉石癖，卜邻何处近荒郊。（同上《晋府右长史王孟易竹林茅屋二首》其一）

舍南舍北看应惯，东阁余香趣更多。半醉开轩临玉树，绝胜倚杖望烟萝。春归有信传青鸟，日暮何人对素娥。却笑杜陵老风月，新诗千首奈梅何！（同上《题椽史汪伯全东阁清趣卷》）

绿竹王猷宅，沧江杜甫亭。钓游随寂寞，景物共凋零。（卷六《挽友竹山人陈季民》）

年少曾闻《白雪歌》，二毛旅邸笑重过。杜陵诗酒谁知己？渭树江云奈别何！（卷七《寄张有谦知己四绝》其二）

方孝孺

右《五马图》，宋时尝入内府，苏子美、赵德麟题识，以为韩干真迹，近藏临海钱氏。兵乱，马失其二，而题识犹存。钱君克邦重装裱之，恐后人不知其故也，俾著其语。干于斯艺，可谓精矣。而杜甫以画肉少之，世以为名言。余谓观画之法，山川草木当求其精华所聚，不必计其巨细疏密；鸟兽虫鱼当求其意态性情于笔墨之外，不必较其肥瘠大小。推而至于文章之繁简，字画之重轻，莫不皆然。甫论字则贵瘦硬，论画马则鄙多肉，此自其天资所好而言耳，未足为通论也。览此图者，尚以斯言求之。（《逊志斋集》卷十八《题韩干马图》）

诗者，文之成音者也，所以道情志而施诸上下也。《三百篇》，诗之本也；《风》《雅》《颂》，诗之体也；赋、比、兴，诗之法也；喜怒哀乐动乎中而形为褒贬讽刺者，诗之义也；大而明天地之理、辩性命之故，小而具事物之凡、汇纲常之正者，诗之所以为道也。诗道废久矣。自汉以下，编册之所载，乐府之所传，隐而章，丽而不浮，沉笃而雍容，博厚而和平者，则亦古诗之流也，而其体横出矣。体之变，时也；不变于时者，道也；因其时而师古道者，有志于诗者也。而师者寡矣。唐之杜拾遗、韩吏部皆深于诗，其所师则周公、吉甫、卫武公、史克之徒也。其体则唐也，而其道则古也。世之言诗者而不知道，犹车而无轮，舟而无柂也。虽工且美，奚以哉！（卷十二《时习斋诗集序》）

凡特立之士，多不合于人，非天欲困之也。取乎天者已多，其不能兼得乎人,亦其势然也。自古昔以来,惟圣人不常困于势,自圣人以下,多不免为势所屈。《诗》之亡,屈原之词为最雄,故原不为当时所知为最甚。庄周、荀况皆以文学高天下,故二子皆不遇。杜子美、李太白,诗人之绝群拔类者也。其他以道德才艺困者,甚众。夫既有得于此矣,其能与彼耶?负此以自珍,以为举天下之贵者不愿与易,人之见知与否,尚何足论!庄周谓"畸于人者侔于天",吾尝有感焉。(卷十五《畸亭记》)

其味和平清苦,善除物之毒而不生疾以病人,若是者其惟菜为然乎?世之名人贤士,每惩厚味之腊毒,而顾深嗜乎菜。若杜子美之于韭、薤,陆龟蒙之于杞、菊,苏子瞻之于芦菔、蔓菁,莫不遂称之,见于咏歌。而黄鲁直谓士大夫不可不知此味,允为笃论。盖贫贱者之所易得,则无逾分之思。而求之不劳,不为富贵者之所甚好,则享之也安,而用之也无愧。身不劳而心无愧,此君子之所以有取于斯欤。(卷十六《味菜轩记》)

(何)茂先生长于富贵之中,足未尝履丘壑,目未尝睹林岭,性雅好学,萧然有出尘之姿。其言论诗章,若林居涧饮、追云月而遗氛垢者之所为,绝刮去轩裳绮纨态。号其南门赐第读书之室曰"萝月山房",取杜子美《过何将军山林》诗语也。(卷十七《萝月山房记》)

以迹观人,不如以心观人之为得也。治水也,播种也,困穷于陋巷也,苟以迹论之,则乌得而苟同;苟以心而推之,则乌得而不同。岂惟圣贤为然,虽君子亦然。司马迁之感愤宏博,见于文辞;杜子美之忠义恳款,形于咏歌。其世殊,其业异,论者谓二子可以并称。(卷十五《企高轩记》)

物之美者,无所待于外。有待于外者,皆持不足之心者也。照乘之珠,盈尺之璧,不幸而置诸泥涂瓦砾之中,其光气之晶莹朗洁者固在。及识者得而有之,虽栖之于故箧,袭之以败絮,连数十城之价自若也。若夫藉之以良锦,韬之以文匮,尽饰乎其外而彰其美以示人,则其中之所存者可知矣。……自《诗》《书》以下,作者莫不有序,或同志者指其德业之所至,或门人故交发其所蕴而叹惜其遭逢①,初非有求于人。而司马迁、班固、扬雄之俦又直自述己意,以抒其奇伟之才,固未尝有待于外也。唐人之能诗者,莫如李白、杜甫。甫诗当时无序者,白诗李阳冰于其既没尝为作序,然其有无不足为二子轻重,而序者反托之以传。惟韩退之偶然一言推尊二子,至今人诵退之之文而知李、杜之不可及。(卷十一《答闵乡叶教谕》)

　　士之立言为天下后世所慕者,恒以蓄济世之道、绝伦之才,困不获施,而于此焉寓之。故其气之所至,志之所发,浩乎可以充宇宙,卓乎可以质鬼神,非若专事一艺者之陋狭也。荀卿寓于著书,屈原寓于《离骚》,司马子长寓于《史记》,当其抑郁感慨,无以泄其中,各托于言而寓焉。是以顿挫挥霍,沉醇宏伟,雷电不足喻其奇,风云不足喻其变,江海不足喻其深,卒之震耀千古而师表无极。苟卑卑然竭所能以效一艺,虽至工巧,亦技术之雄而已耳,乌足与大儒君子之寓于文者并称哉!少陵杜先生在唐开元、天宝间,怀经济之具而弗得施,晚更兵乱,益为时所简弃,由是敛所得于古人者悉于诗乎。寓之其言包综庶类,凌跨六合,辞高旨远,兼众长而挺出,追《风》《雅》以为友,盖有得乎《史记》之叙事,《离骚》之爱君,而忧民闵世之心又若有合乎《成相》之所陈者。微意所属,时以古昔命世圣贤自拟,不知者笑之以为狂,而知其粗者怜之以为诗人之大言,而孰能果识其所存哉!盖尝论人与物之品才,知仅施于身者,物之所以局于形;理无不备而知无不通者,人之所以异于物。至于不能扩其所有以济万物,而规图止乎一身,此则人而物者也。均是形也,而能践其形;均是性也,而能不私乎己。以宇内之治乱、生民之安危为喜戚,而劳思极虑,必期有以济之,此则所谓人而能天,而可以谓之大儒君子矣乎!自孔、孟没,圣学不传,士之卑者多以私智小数为学,枉道以取富贵,视斯民之困穷不少介于心,甚者或罔之以自利,圣贤仁义之道不绝如发。先生独有感于此,其心愿世之人咸得其所而已虽饥寒有不暇顾,视夫自私之徒,如蝼蚁之求穴,则叹而哀之。是心也,使幸而达诸天下,虽致治如唐虞之盛可也。彼浅于知德者,顾以

① "逢"当作"逢"。

大言为先生病。呜呼,先生庶乎人而能天者也!其寓于言,岂众人之所能识哉!成都浣花溪之上故有草堂,废于兵也盖久。大明御四海,贤王受封至蜀,以圣贤之学施宽厚之政,既推先王之心以惠斯民,贫无食者赐之以粥,陷于夷者赎之以布,岁所活以万计,欢声达于遐迩。复谓先生为万世所慕者,固不专在乎诗,而成都之民思先生而不忘亦不在乎草堂,然使士君子因睹先生之居而想先生之为,心咸有愿学之志,则草堂不可终废。乃于洪武二十六年冬十二月,命臣工更作之,不逾月而成。中为祠以奉祀,庑其左右而门其前后,为草堂以存其旧,高杰华厂皆昔所未有。下教俾臣某记其事。臣某惟先生不遇圣哲之君为知己,汝阳、汉中二王虽与友善而不能用其言,数百载之内在位而尊慕者间有其人,然皆以诗人称先生,而未能察其所存。至于今王,稽古尚德,而后先生之道益光。则夫怀奇抱节之士不有遇于时,必有合于后,而道之显晦莫不有命,观于此亦可以知劝矣。乃拜手献铭曰:天于万民,爱而子之。笃生圣贤,俾之理之。群聚错居,颠迷于欲。圣贤何事?为民耳目。其处大位,匪厚其身。为君为师,制产明伦。四海九州,若视闺闼。一物失所,仁圣忧怛。稷契佐虞,亦有伊周。劼毖其形,亿兆为忧。古道不传,士溺于利。以位自娱,以民为戏。卓哉先生,千古是怀。力不能止,诗以告哀。推其本心,可宰天下。利泽滂滂,物无遗者。世不能以,天实使然。不谐一朝,乃传万年。神施鬼设,地藏海涌。片言所加,山岳震动。载求其实,济众忠君。为唐一经,上配典坟。知言寥寥,贱德贵艺。摭其余膏,粱肉是弃。惟王浚哲,道协圣神。搜罗千载,友古之人。兴怀先生,爰作祠宇。江山改容,观者如堵。仁于黎庶,悯恤艰穷。闻其呻呼,如疾在躬。散粟赐糜,以起其瘵。百役不兴,以苏其力。问谁匡辅,惟王之明。先生之志,王举以行。由唐追今,历世悠久。孰谓贱士,而能不朽。嗟蜀多士,敬承王心。斯道在人,何古何今。(卷二十二《成都杜先生草堂碑》)

灵雨过瑶阶,朝阳丽金殿。吾王讲艺余,特赐群儒宴。兹惟杜子宅,遗址当郊甸。盛代仰前修,高堂欻重建。葺茅昭旧迹,拓地增新观。栋宇极崇华,檐甍俨雕焕。两楹陈绮席,仙醴兼珍膳。列坐无俗宾,衔恩共酬劝。花溪浮砌净,雪岭当窗见。览物独兴怀,古人如对面。追思天宝后,宇内疲征战。徒抱稷契心,莫睹唐虞禅。薄游经险阻,放意娱篇翰。使获遭圣明,宁令老贫贱。人生鲜遇合,自昔共嗟惋。并世或弃捐,千秋有相羡。吾曹独何幸,浅技蒙深眷。难报国士知,空为昔贤叹。江山钟粹美,天地存幽赞。仡俟英俊兴,重看盛文献。(卷二十三《四月一日蒙赐宴浣花新建草堂感恩怀古偶作》)

诸葛政犹在,少陵诗有神。(同上《又送叔贞之成都》)

少陵老翁饿濒死,意欲大庇天下人。一椽茅屋不足蔽风雨,安得万间之厦盖覆四海赤子同欣欣?言狂意广不量力,至今世俗闻者交笑嗔。侯城小儒愚独甚,不敢嗔笑,谓公之意厚且真。古来致乱皆有因,大臣固位谨持禄,其计止为安一身。高车大纛耀侈富,子女玉帛骄里邻。安危得失百不知,更僭膏腴便利田宅遗子孙。生灵穷苦堕沟渎,寒士困悴无衣绅,彼也珍羞绮席歌舞燕乐穷朝昏。老翁哀痛实为此,熟视鄙夫憸子辟之犬鼠加冠巾。曰我得志有不为,嫉邪愤世欲救其弊忘贱贫。至今已阅八百岁,知翁之意世独少,蹈翁所恶常纷纷。(卷二十四《题万间堂》)

举世皆宗李杜诗,不知李杜更宗谁。能探风雅无穷意,始是乾坤绝妙词。

前宋文章配两周,盛时诗律亦无俦。今人未识昆仑派,却笑黄河是浊流。

发挥道德乃成文,枝叶何曾离本根。末俗竞工繁缛体,千秋精意与离①论。

天历诸公制作新,力排旧习祖唐人。粗豪未脱风沙气,难诋熙丰作后尘。

万古乾坤此道存,前无端绪后无垠。手操北斗调元气,散作桑麻雨露恩。②(同上《谈诗五首》)

练子宁

驷马桥边秋水波,郎君此去意如何。衡阳雁阵惊寒早,巫峡猿啼入夜多。

---

① "离"当作"谁"。
② 《谈诗五首》代表方氏整体性的诗学认识,故而全文录之,不单单选其第一首也。

一水东来通汉沔，众山西上接岷峨。少陵祠宇清溪曲，为泻椒浆试一过。（《练中丞集》卷下《送周望往四川》）

王　绅

子长好远游，为文时出奇。子美遍涉历，穷达皆寓诗。斯文千载事，借此清淑资。（《继志斋集》卷二《送郑叔贞从驾巡边三首》其三）

峻嶒雁塔倚苍空，犹自支撑瓦砾丛。前代人名摩灭尽，清秋天籁杳冥中。芳声寂寂消秋雨，余韵沉沉托候虫。尚想慈恩旧游处，少陵遗兴蔼无穷。（卷四《雁塔秋声》）

世称司马子长好游，故其文有奇气。夫游乌足以资乎文哉！良以山川清淑之气，经之于目即会之于心，会之于心即形之于言，所以言必瑰伟而雄丽也。盖人之质性厚矣，问学富矣，其得诸内者至矣，必借夫游览之胜以资其外，然后吾之气内外交养者有其素，于是纵横上下，大小长短，轻重疾徐，惟吾之所欲言矣。岂特如其所欲哉？虽吾亦不自知其所以也，如是而有不奇者几希。古之诗人，其作者历历可数，然未必皆出于此。其得于此者，若渊明之啸傲物表，子美之经历艰关，太白之游情世外，可胜纪哉！（卷五《玉壶诗集序》）

君子之自待也重，而自视也高，则庸俗不足以厌其意。庸俗不足以厌其意，必求古之贤哲之士与己志相符者而友之。杜子美处流离困厄之中而自比稷、契，胡康侯爱诸葛孔明之为人，苏明允为文必取法于孟子，子瞻之心迹效白乐天，虽其所就有不齐，观其自待自视者如此，其能局于浅近而自狭耶！（卷八《尚友斋记》）

蜀士胡伯尚志笃而见明，绅之所敬也。近从方公于山南回，相亲既久，所得益富，愈觉可畏。兹共其鞭辟，此往则彼来，殆无虚日。尝相与诵工部之诗，有"二年客东都，所历厌机巧"之句，若有所契。因瞠目相视，以为孰谓古今人之不侔也。（卷九《寄俞子严外兄书》）

刘 鹰

杜老吟怀真自得,陶公饮兴欲无醒。(《盘谷集》卷四《寄诚讷斋二首》其二)

陶公饮兴谁能得,杜老吟怀似莫双。(同上《同陈孚中游涧滨作》)

胡 俨

昔人之于梅,好而咏之者不少矣。何逊之诗,宋广平之赋,杜甫、林逋之作,皆见称于世。而近代论咏梅者,独以逋诗为工。虞邵庵则曰:"以少陵'安得健步移远梅,乱插繁花向晴昊'之句,视'疏影暗香''昏月浅水'之语为何如?其气象固有径庭矣。"学者知此,乃可与言诗也。(《颐庵文选》卷上《梅花百咏诗序》)

天下言山之崔嵬巉岩、崝嵘崄巇者,必曰蜀焉……古之骚人墨客、放臣羁旅,其咏歌慷慨之情凄苦其间者,岂其心哉!盖触于景者异,则感于心者深。感于心者深,则其所发无非幽忧抑郁之思而已。若杜甫、元稹、刘晏、贾岛、黄庭坚之徒,岂能留一日之欢哉!此数子非无一日之欢于蜀也,奈何去国怀乡之思,自不能如在中州者耳。(同上《万山草堂记》)

永乐元年十一月一日,豫章熊先生卒于家,其孙翼之走京师来征铭。……先生讳钊,字伯几,姓熊氏。其先江陵人,后徙南昌。……其所著述有《学庸私录》《论孟类编》《春秋启钥》《杜子美诗注》及《虞亭文集》若干卷。俨皆得而读之,宏博精切,各极其底里。其卒也享年八十有三,其葬也以卒之次年十二月某日。(同上《熊先生墓志铭》)

闲阅老杜诗,恳恳得佳趣。虽复率尔为,玄酒有真味。仓皇侍从时,流落艰虞际。百年朋友交,万世君臣义。吐辞辄惊人,引物动连类。虞廷箫韶奏,周庙瑚琏器。鲸翻碧海波,月照珊瑚树。勇决龙虎争,冥搜鬼神避。千花与万卉,各斗春光媚。嫠妇及孤儿,共洒凄凉泪。丹山翔凤凰,赤汗骋骐骥。气排嵩华高,力救风雅坠。殷勤稷契心,漂泊生涯寄。斯人已云亡,遗编独传世。寥寥宇宙间,诗史孰能继？余波漾清川,兰苕鸣翡翠。(卷下《阅杜诗漫述》)

山林气萧瑟,飙爽凉飙起。缅怀沧洲趣,迢迢隔秋水。衰容日益枯,短发还自理。素怀玉壶冰,敢谓冻连底。昔玷蓬莱班,忝绅金匮史。出入承明庐,遨翔彩云里。夹座侍宸旒,帘开宫扇启。九成凤鸣韶,两观雉层垒。高步接夔龙,倾心竭蝼蚁。抱疾困沉绵,归来竟如此。服食求金丹,神仙渺何许。诛茅傍江郭,修竹映清渚。窗含梧叶风,坐对芭蕉雨。虽非诸葛庐,颇似苏公圃。蛩响悲早秋,蝉声咽残暑。司空即王官,六一思颍汝。玉笥白云深,矫首瞻天宇。

貂蝉树功勋,疏爵公侯伯。我独事文翰,于世寡才识。驱驰四十年,白首空自惜。桥山隔紫烟,苍翠难再觌。谢病遂归休,苦被形骸役。时时倚孤松,引领瞻天北。幸尔托丝萝,数慰幽栖迹。琼章诗律清,屐齿苔痕碧。鬓颜各老苍,灯火思宿昔。得谐今日欢,免使遥相忆。(同上《次韵一本集杜句见寄》二首)

夜深潭影黑,秋净月华明。游女珠频弄,潜蛟卧不惊。苏公《赤壁赋》,杜老《渼陂行》。千载神交处,高吟兴共清。(同上《墨潭秋月》)

秋雨催寒早,秋霜着物残。天高云影澹,树老叶声干。白发凭谁染,黄花只独看。杜陵笑彭泽,却自叹儒冠。(同上《病中秋思八首》其八)

翳翳景将入,凉风生夕襟。暗蛩连野径,惊鹊绕疏林。已与交游息,都无俗事侵。杜陵空老大,短发不胜簪。(同上《江村早秋露坐即事》二首其一)

雨霁群芳各斗妍,傍花随柳艳阳天。何如杜老栖夔府,一似王维爱辋川。紫燕入帘寻旧垒,黄鹂绕树喜新迁。儿童笑谓村居好,榆荚飞来满舍钱。(同上《村居即事十首》其二)

梦中握手不知劳,顾我犹穿旧赐袍。茅屋江头真野老,玉堂天上实仙曹。每见杜陵怀李白,何如若士望卢敖。自怜多病云霄隔,敢谓山林遂养高。(同上《次答杨少傅士奇见寄二首》其二)

杜陵右臂偏枯久,展卷长吟两鬓丝。(同上《抗云楼》)

桓荣漫言稽古力,杜甫莫叹儒冠误。(同上《还乡行》)

李杜诗篇今古豪,只缘体裁具风骚。昆仑万折归沧海,到底方知出处高。(同上《阅古作寄简子启八首》其六)

绝无人迹到,一室净纤尘。树老风梢折,阶寒露菊新。少陵悲旧雨,尼父叹孤邻。吾衰竟如此,吾道未忧贫。(同上《雨后咏怀四首》其一)

杜子美《杜位宅守岁》诗首句云:"守岁阿咸家。"注者云:"'咸'一作'戎',乃晋王戎。"昔阮籍与戎父浑为友,尝谓浑云:"共卿语,不如与阿戎谈。"黄鹤谓:"杜位乃公之从弟,不应用父子事,善本作'阿咸'。东坡《与子由》诗云:'头上银幡笑阿咸。'又云:'欲唤阿咸来守岁,林乌枥马斗喧哗。'正用公此诗也。"余尝观《南史》,齐王思远小字阿戎,王晏之从弟也。清介有识,鉴隆昌之事,尝规切晏。及晏贵盛,与思远兄征曰:"隆昌之际,阿戎劝我自裁,若如阿戎言,岂得有今日?"征曰:"果如阿戎言,尚未晚也。"晏大怒,后果及祸。子美诗用阿戎,盖出于此。注者失考,遂定为"阿咸",岂不知阮咸籍之侄,亦与兄弟之事不相当,而东坡于子由偶误用尔,何必据以为证邪?又尝于内阁见子美亲书《赠卫八处士》诗,字甚怪伟,"惊呼热衷肠"作"鸣呼热衷肠"。然则杜诗谓善本而其中之误者,岂止"阿咸"而已哉。(《胡氏杂记·杜诗阿咸辩》)

王 绂

浣花溪上草堂前,想像当时思惘然。鬓老风尘多自感,身经丧乱复谁怜?懒从江夏夸鹦鹉,独向西川拜杜鹃。知己惟应有严武,醉言何事又招愆。(《王舍人诗集》卷四《题杜工部浣花草堂》)

杨士奇

诗以理性情而约诸正而推之,可以考见王政之得失,治道之盛衰。……汉以来代各有诗,嗟叹咏歌之间,而安乐哀思之音各因其时,盖古今无异焉。

若天下无事，生民乂安，以其和平易直之心发而为治世之音，则未有加于唐贞观、开元之际也。杜少陵浑涵博厚，追踪风雅，卓乎不可尚矣。一时高材逸韵，如李太白之天纵，与杜齐驱。王、孟、高、岑、韦应物诸君子，清粹典则，天趣自然。读其诗者有以见唐之治盛于此，而后之言诗道者亦曰莫盛于此也。（《东里文集》卷五《玉雪斋诗集序》）

永乐癸卯正月乙未，天子大祀于南郊。……斋庐同宿者，予与余学夔、钱习礼、陈光世、周恂如、曾鹤龄、陈德遵、彭显仁、胡永齐、周功叙、刘朝宗，咸心悦神融，若堪适者。而焚香瀹茗，或论文谭道，或琴奕以嬉。余咏杜少陵《喜雨》之诗，顾谓众曰："曷有赋乎？"遂析"随风潜入夜，润物细无声"之句为韵，各赋五言六韵一首。士君子之适，夫岂以为己哉！忧乐以民，仁者之所存也。……凡十有一人，而赋者十人，盖退①余为序云。（同上《对雨诗序》）

三十年来士大夫以书名家者，光大之行草，民则之八分，皆独步当世。两人时同在禁林，亦交相推慕，尝出所有以易所无。此诗光大为民则书，跌宕雄伟，得意之迹也。（卷九《书沈学士所藏胡学士草书杜诗后》）

右信国文公集杜句二百首，皆在燕狱所作。每首有公自序，其后邓中斋撰《督府忠义传》，刘中斋撰公传，皆有资于此。初，公得死后，吉水士人张弘毅即序中所称千载心者，自燕以公爪发及遗文归，而此诗亦在其中。乡郡旧尝刻公遗文，兵后板废，今士大夫家间存其本。永乐丙申，余于京师遇此诗及《督府忠义传》，遂录藏之。（卷十《跋文山集杜句》）

公之文雄劲奇古，新意叠出。叙事高处，逼司马子长、韩退之。诗豪宕丰赡，似李、杜。（卷十七《前朝列大夫交址布政司右参议解公墓碣铭》）

上马逐西风，风寒夜正中。众星斜转北，一水背驰东。不恨冯唐老，虚怀杜甫忠。祗勤扈龙驭，何暇恤微躬。（《东里诗集》卷二《早发安家堡》）

吉水胡元节年未壮，举进士，擢官监察御史。时二亲具庆，其寮之友荣之，取杜少陵《入奏行》之语，名其奉亲之堂曰"彩绣"。后四年，超升广西按察

---

① 疑作"推"字。

使,是时其父敬方先生已捐馆,独奉母淑人就禄以养,而寮之友复荣之,以彩绣名其堂,于是元节求为之记。(《东里续集》卷四《彩绣堂记》)

吏部文选郎中郑诚文实既蒙恩封其父母,士大夫采诰辞,名其奉养之堂曰"隆寿",皆为之赋诗。今蒙恩归省于盱,士大夫又采杜少陵《入奏行》二语为韵,赋诗送之。(卷十《送郑郎中归省诗序》)

李、杜,正宗大家也。太白天才绝出,而少陵卓然上继三百十一篇之后。盖其所存者,唐虞三代大臣君子之心;而爱君忧国、伤时闵物之意,往往出于变风变雅者,所遭之时然也。其学博而识高,才大而思远,雄深闳伟,浑涵精诣,天机妙用,而一由于性情之正,所谓"诗人以来,少陵一人而已"①。世之注杜多矣,浅者或陋,深者或凿,不足以究杜之心。微辞奥义,盖有汨而不白者焉。虞文靖公集取其近体百余篇为之注,盖得杜之心。而长篇短章关乎世道之大者,未遍及也。剡单复阳元用志于杜,而不足于前注,遂以所自得亦为之注。考事究旨,必归于当,其疑不可通者阙之。凡十八卷,名"读杜愚得"。简直明白,要其得杜之心为多。阳元洪武中为汉阳湖泊官,谋刻以传,未有所遇而卒。武昌丁鹤年重其书,从其家求得遗稿,欲成阳元之志,又未有遇。前三十余年,余过武昌,鹤年以属余及张从善,余时未暇录而心恒不忘。比与训导严颐语及之,颐曰:"江阴之善庆兄弟清尚务义,喜为诗,尝刻当时名人所作以传,此其无难者。"遂求从善所录本证之,不数月,颐书来,言刻完求序。何其成之速也?事固各有遇,然今之遇如善庆,求十一于千百不易得也。论者谓杜集诗之大成,以其兼备众体也,文靖亦言学杜则无往而不在。善庆斯举,非徒不泯阳元之用心,其于学杜者有助益焉。遂书为序。(卷十四《读杜愚得序》)

律诗非古也,而盛于后世。古诗《三百篇》皆出乎情,而和平微婉,可歌可咏,以感发人心,何有所谓法律哉?自屈、宋下,至汉、魏及郭景纯、陶渊明,尚有古诗人之意。颜、谢以后,稍尚新奇,古意虽衰而诗未变也。至沈、宋而律

---

① 苏轼语。原文云:"诗人以来,一人而已。"

诗出,号近体,于是诗法变矣。律诗始盛于开元、天宝之际,当时如王、孟、岑、韦诸作者,犹皆雍容萧散,有余味,可讽咏也。若雄深浑厚,有行云流水之势,冠冕佩玉之风,流出胸次,从容自然,而皆由夫性情之正,不局于法律,亦不越乎法律之外,所谓"从心所欲不逾矩",为诗之圣者,其杜少陵乎!厥后,作者代出,雕镂锻炼,力愈勤而格愈卑,志愈笃而气愈弱,盖局于法律之累也。不然,则叫呼叱咤以为豪,皆无复性情之正矣。夫观水者必于海,登高者必于岳,少陵其诗家之海岳欤!百年之前,赵子昂、虞伯生、范德机诸公皆擅近体,亦皆宗于杜。伯生尝自比汉庭老吏,谓深于法律也。又尝取杜七言律为之注释。伯生学广而才高,味杜之言,究杜之心,盖得之深矣。观其《题桃树》一篇,自前辈已谓不可解,而伯生发明其旨,了然仁民爱物以及夫感叹之意,非深得于杜乎?或疑此编非出于虞,盖谓欧阳原功所撰墓碑不见录也。伯生以道学文章重当世,碑之所录取其大而略其小。故录此未足以见伯生,然必伯生能为此也。此篇旧未有刻本,江阴朱善继尝刻单阳元《读杜愚得》,其子熊得此编,又请于父而刻之。吾闻熊有孝行,固其克承父志欤!(同上《杜律虞注序》)

邹君顾谓众曰:"昔人宴会,咸有咏歌。兹焉弗继,曷彰雅集?"遂举杜少陵"迟日江山丽"之句,各钩探一字为韵赋诗。既皆醉,而余尤甚,最后乃出。(卷十五《新正宴集诗序》)

古之善诗者,粹然一出于正。故用之乡间邦国,皆有裨于世道。夫诗,志之所发也。三代公卿大夫下至闺门女子皆有作,以言其志,而其言皆有可传。三百十一篇,吾夫子所录是已。余蚤不闻道,既溺于俗好,又往往不得已而应人之求,即其志之所存者无几也。观水者必于溟渤,观山者必于泰华,央渎附娄奚取哉?《国风》《雅》《颂》,诗之源也。下此为《楚辞》,为汉、魏、晋,为盛唐如李、杜及高、岑、孟、韦诸家,皆诗正派,可以溯流而探源焉。(同上《题东里诗集序》)

余数录阴、何诗,皆为学者持去。在京师得此本于道官袁止安,虽少陵爱何,太白似阴,然学者宁求之李、杜可也。(卷十九《录阴何诗》)

《读杜诗愚得》,绍兴单复元阳著,凡十八卷。余家所录,总七册。昔之注杜诗者多矣,而简直明白、得古诗人之意者,惟此为优。虞道园尝注杜律诗百余篇,最为简明。此岂本诸道园者乎?元阳清修好古,洪武初为汉阳湖官,其注此诗未尝示人。武昌丁鹤年好论诗,与之厚,仅得一再见之。单卒,其子不振,鹤年从求其稿,已不存。后数年,始物色得之汉川民家,已失其后二卷。又十余年,求得于景陵士人,遂为全书。余客武昌,与鹤年往还,出此书示余及张从善,使录之。

右杜诗六册,外目录一册。初余与张从善得丁鹤年先生所藏单元阳《读杜诗愚得》本钞录,而虑其索之急也,则取书坊刻本就其空纸录焉,冀工省易完耳。皆从善亲录之。从善后既重录,遂以此本授余录,余亦已重录,然此故人手笔,不敢弃也。谨识而藏之。(同上《读杜诗愚得二集二首》)

右唐李翰林诗一部,五册,元萧士赟因杨齐贤所注而损益之者也。学诗者必求诸李、杜,譬观山必于嵩、华,观水必于河、海者焉。此编辨伪诗而列于各卷之末,甚善,然亦有过者。盖世之选李、杜者,范德机为精云。(同上《李诗》)

永乐庚子冬,士奇侍从来北京。独驰一骑,行李书册不得将及。至北京,日益暇,苦无书可阅,虽素交厚如颐庵祭酒、素庵庶子,有书不得借。武昌邓存诚时寓京师,数见过,辍其所藏分余者凡十数种,此其一也。且大字便老眼可爱。(同上《杜诗类编》)

文山旧有集杜绝句二百首,叙述甚详。此集为一诗,盖亦本于公所自述云。(同上《文山行述集杜》)

前辈云松雪作书,初规摹钟元常,后欲展大字,乃入李北海,而终主于右军。余及见公作《白驹图》,书《白驹》之诗四章在后,笔意皆出钟。此书杜《秋兴》诗,其又在习钟之前欤?而视公后来所书复异。曾子固论右军书亦出学力,非天成也。盖非学无以成名,观公此书尤信。(卷二十一《松雪书杜秋兴五诗后》)

承寄《杜诗愚得》及先世遗翰,皆拜赐矣。佳作尤明白雅正,惜乎无好怀

抱,详悉读也。姑留此,俟有闲日时也。(卷四十七《与杨仲举手简》)

梁　潜

上古之世,民何能巧,亦无有拙。巧拙未形,是谓得道本。得道之本者,不巧而巧,是名大拙。拙者,巧之至也。去古既远,然后巧言相欺,巧行相劫,巧名相炫,巧实相翘,靡然不得以安其生。其巧益滋,其拙亦至矣。故巧者之机,拙者恒执之,拙所以为巧也。韬华反朴,乃可用世。世无奇士,孰辩巧拙?惟柳宗元欲抱拙以终其身,而杜少陵欲用拙以存其道。少陵之拙屈于时也,宗元之拙亦以巧之穷耳。巧穷而拙者势也,屈于时者在天焉。(《泊庵集》卷四《用拙斋记》)

昔之人以谓不读书万卷,不行地万里,不可不①求之杜少陵之作。岂以其学问之富,周览涉历,穷极夫人情物理变化之由,有以奋发其志意,其言之工自足以垂不朽。故适于涧溪之小者不足与论洞庭之广,安于培塿之卑者不足与言泰华之高,其所见之小者不足与言其大者也。(卷五《送许鸣时诗序》)

人之情因事而感,固不系山川之遭。杜少陵穷愁悲慨,终身不释,岂蜀之山水独有以戚其中耶?彼所遭之时为然也。(卷六《送周如陵序》)

右阴常侍铿②、何水曹逊二家诗,共若干首。予既录为一帙……夫诗之变,至二家词益绮丽,而格调之卑弱亦极矣。故选古者于此辄弃而不录,非无意也。虽然,唐之始音实权舆于此,故以李、杜之豪,亦爱赏称慕之,不置其语,至往往有甚相似者,则又何可以其卑弱之极而遂少之耶?特其音调于古则已远,于唐又未尽纯,此所以为二家之作也。(卷十六《跋阴何诗后》)

---

① "不"字于文义不通,当是衍文。
② 原文作"鑑",有误,径改之。

黄　淮

杜甫作《八哀》悼王恩礼等辈,备述出处、履历、行业,文章长篇累牍,言不厌是,后作挽诗者多仿效焉。(《介庵集》卷三《杨处士挽诗集序》)

诗以温柔敦厚为教。其发于言也,本乎性情而被之弦歌,于以格神祇,和上下,淑人心,与天地功用相为流通,观于《三百篇》可见矣。汉、魏以降,屡变屡下。至唐稍惩末弊而振起之,而律、绝之体复兴焉。当时擅名无虑千余家,李、杜首称,而杜为尤盛。盖其体制悉备,譬若工师之创巨室,其跂立翚飞之势,巍峨壮丽,干云霄,焜日月,而墙高数仞,不得其门而入。析而观之,轩庑堂寝,各中程度;又析而观之,大而栋梁,小而节棁榱桷,皆梗楠杞梓、黝垩丹漆也。其铺叙时政,发人之所难言,使当时风俗世故了然如指掌。忠君爱国之意,常拳拳于声嗟气叹之中。而所以得夫性情之正者,盖有合乎《三百篇》之遗意也。(卷十一《读杜愚得后序》)

律诗始于唐而盛于杜少陵,盖其志之所发也,振迅激昂不狃于流俗,开阖变化不滞于一隅。如孙吴用兵,因敌制胜,奇正迭出,行列整然而不乱。其即景咏物,写情叙事,言人之所不能言,诵之者心醉神怡,击节蹈抃之不暇,诚一代之杰作也。……诗至于律,其变已极。初唐盛唐,犹存古意。驯至中唐、晚唐,日趋于靡丽,甚至排比声音,摩切对偶,以相夸尚,诗道几乎熄矣。文靖深为此虑,故因变律之中特取少陵之浑厚雅纯者表彰之,以为世范,是亦狂澜砥柱之意也。(同上《杜律虞注后序》)

若陆续颠危而不忘乎孝行,史迁残毁而犹校夫陈编,韩退之贬潮阳而侃然正大之气上干霄汉,杜子美走川峡而恳乎忠爱之情屡见诗篇,此皆腾辉于汗简,非徒夸大于浮言。(《省愆集》卷上《四愁赋》)

成人良有望,弱冠志方安。操履期无忝,辞章贵可观。少陵怜骥子,陶令责雍端。况我乖离久,兴思百念攒。(卷上《棐子弱冠成人伊始寄一律以勉之》)

愁中节序苦相摧,可奈重阳今又来。丛菊多情频入梦,浊醪无分且停杯。独醒翻笑陶潜醉,高咏空怜杜甫才。未卜明年当此日,更于何地好怀开。(卷下《重九》)

十年踪迹困沉疴,老去其如岁月何？风软应知花有信,雨晴遥觉水增波。空怜杜老狂犹在,却笑南荣虑尚多。他日得归寻旧业,半江春色一渔蓑。(同上《壬寅初春》)

坐待冰轮出海迟,光华此夕更相宜。谁知景物撩人处,正是穷途洒泪时。玉宇琼楼坡老句,清辉香雾少陵诗。古来才俊多豪迈,也向樽前叹别离。(同上《中秋次蘗庵韵二首》其一)

粤自盛唐推浑厚,迄于季世漫雕锼。杨王联轨方前迈,卢骆长驱亦并游。李白词锋曾陷敌,少陵家法善贻谋。岑参高适相追逐,贾至王维迭唱酬。格老趣高储与孟,律严义正耿兼刘。郊寒岛瘦难殊论,柳淡韦醇岂易俦。练句义山工丽密,摛辞用晦尚清修。子昂近古居然别,余辈争先未暇周。一代文章垂汗简,三千礼乐箸嘉猷。骊黄能识同还异,轩轾从知是与否①。何事颓风起菱芋,渐看姿媚逞娇羞。蜂腰鹤膝徒争诮,斗靡夸多总赘疣②。要使春容归大雅,须教敦厚更温柔。《阳春》一曲虽难和,也落诗家第二流。(同上《与节庵论唐人诗法因赋长律三十五韵》)

诗法年来孰与过,清新好似少陵多。云开华岳飞秋隼,露洗芙蕖映绿波。(同上《又用韵简濂泉》)

抛却青州从事,支开老秃中书。空诧狂如杜老,转添渴似相如。(同上《杂咏八首》其五)

呜呼,先儒论诗以为穷而后工。近古以来,若李白、杜甫、柳子厚、刘禹锡诸名公,其述作皆盛于困顿郁抑之余,至今脍炙人口。(黄宗羲《明文海》卷二百三十四《省愆集序》)③

---

① 自注云:"此言初唐、盛唐及晚唐。"
② 自注云:"此言晚唐以后。"
③ 《省愆集》本集中无此序。

金幼孜

寰中山林无处无,奚独将军名最都。不因工部有佳句,后人那得知其故。(《金文靖集》卷三《何将军山林图诗》)

解　缙

碧鸡坊里春风颠,浣花溪边晴日暄。浩歌一曲花弄影,慷慨不及开元前。饭颗山头忆相见,历下新亭旧时面。吟诗未遣髭须愁,愁绝边尘暗河县。平生落笔五岳摇,调笑不作儿女娇。锦袍仙人伯仲耳,孰谓有作徒相嘲！诗卷长留两不灭,玉颜癯骨俱清绝。万古诗人照胆寒,松柏苍然傲冰雪。吴兴公子真天人,落影自与韩众亲。新图古色照秋水,如此子美方逼真。槎翁老仙我所敬,十年寤寐游珠林。新诗墨妙聚片纸,今我观之谐夙心。嗟余岂是诸公徒,青天空行一字无。纷纷余子风斯下,独立惟见明星孤,吁嗟杜陵焉可呼！(《解文毅公全集》卷四《题赵文敏杜陵戴笠图》)

冰壶玉衡悬清秋,神仙中人不易得。往时文采动人主,自怪一日声辉赫。忆昨逍遥供奉班,风雨不动安如山。词源倒流三峡水,时闻杂佩声珊珊。先生早赋归去来,鲸鱼跋浪沧溟开。致身福地何萧爽,石田茅屋荒苍苔。绣衣春当霄汉立,云近蓬莱常五色。池上于今有凤毛,秋水为神玉为骨。百花潭水即沧浪,星宫之君醉琼浆。西望瑶池降王母,南极老人应寿昌。(同上《句容县茅山观道官东白能文章且长于诗予无以为寿集杜子美诗二十句以赠》)

初弦急切二弦迟,鹤鸣华表风凄凄。少陵无人谪仙死,黄金难铸钟子期。(同上《听琴歌》)

君不闻,薛少保,青田写真出天造。一笔能将万壑开,冰丸雪茧传皆好。又不闻,杜少陵,大篇短章鬼神惊。长禽自可千百岁,加之诗画何声名！嗟哉二老世岂无,何将军有双鹤图。(同上《题双鹤图》)

公讳泰,字季通,一字成我……学史以《春秋》为准绳,拘之于迁,纵之于固,驰骤之于唐史、五代史,而陈、范之徒在所不论。诗以陶、柳为户庭,以杜为经,上溯《三百篇》为指归,而太白之豪纵所不愿学。诸子惟取荀、扬文,中而间亦喜老、庄,申、商、韩非在所摈斥。(卷十一《渊静先生季通行状》)

乱离无书,太夫人手写《孝经》《论语》、古文、杜诗教之。(卷十二《先妣高太夫人鉴湖阡》)

孔殷年十余岁时,避仇乡之夏璜。予读书东溪,彭氏童奴负之过卢原岭,始教之学。其时已颖敏过人,为编次杜诗。作字端谨,动止循良。予方学举子业,每坐达旦,辄从旁注视,稍能通大意,予甚奇爱之。(卷十三《江孔殷墓志铭》)

袁端智,万安人,寓于永新……今其卷名"拙逸",岂少陵所谓"用拙存吾道"欤?(卷十六《跋袁端智拙逸卷》)

胡 广

一麾出守度淮流,五马春行望宿州。天上屡看承宠渥,尊前不用惜离忧。连城驿路中原出,近市人家小郭幽。莫羡杜诗多美政,须知黄霸早封侯。(《胡文穆公文集》卷七《赠徐太守之宿州》)

剑阁瞿塘有底奇,雪山寒影接峨嵋。少陵游处多怀古,一遇关情一赋诗。(卷八《送邹中书尹资县四首》其三)

作歌拟继《康衢》篇,愧无李杜笔如椽。(卷九《圣孝瑞应歌》)

夫蜀,古称天府之国,而士大夫多流寓于其间。杜少陵居之为最久,山川云物,陈踪旧迹,每发之于诗。虽幽花野草、虫鱼鸟兽,亦见于歌咏。千载之下,使人诵之者如亲历其地。然少陵遭播迁之余,所以形于忾叹者,不能无北风虚邪之感、黍离行迈之忧,其忠君爱国之诚,无非因所见而发其情也。(卷十一《送曾教授序》)

余将归。余方叹与荣十四年始一见,未展绸缪之情而遽有别离之感,继兹又讵可以期哉！昔杜少陵之别唐诫，以"九载相逢"兴"百年几何"之叹，顾余之于荣，其叹盖不啻少陵之于诫焉。（卷十二《赠王荣归闽序》）

集句起于近代，然非该博广览、用意精到者，弗能佳也。夫散取古人诗句，萃成篇章，牵联掇拾，必意贯辞达，如发于己心，出于己口，使人读之不厌不倦，不觉为古人之言，斯为佳矣。若王文公之送刘贡甫、吴显道，及《明妃曲》《虞美人》《胡笳十八拍》诸歌词之类，虽弛张游戏，然脱洒流丽，不涉形迹，尤为绝倡。又若丞相信国文公集杜句二百首，寓其孤忠愤切之情，宣其羁困堙郁之气，要非苟为之者。夫作诗为难，集句为尤难。情动于中而形于言者，诗也。随所感而发，随所至而止，意穷则辞尽，抑扬开阖，宛转布置，易于为工，作固不难于集尔。若夫裒古人之句以为诗，得其上或遗其下，得于此或忘于彼。苟不遗忘，求其意之联属无相龃龉，油然如出诸己者，戛戛乎其鲜矣。是以一篇之诗，必穷其智力，竭其心思，搜索研磨，协情比类，既谐且和，始克成就，是故集又难于作也。会稽刘天锡先生集古句为诗，汇为一卷，总若干首，间以示广。凡赠遗酬答、感寓题咏，各极其情意之所至，诵之缅然如贯珠，翕然如奏乐，俯仰疾徐，咸得其趣。噫，何其善集也！盖其遇太平无事之时，演冲澹和平之音，一本于性情之正，是又以集为作也。摘其精醇，撷其华美，长篇短章，春容典则，求于作者，意度或有过之。（卷十二《集句诗序》）

洪容斋谓："李太白、杜子美在布衣时同游梁、宋，为诗酒会心之友。考之杜集，称太白及怀赠之篇凡四十五。至于太白与子美，略不见一句。或谓《尧祠亭别杜补阙》者是已，乃殊不然。杜但为右拾遗，不曾任补阙，兼自谏省出为华州司功，迤逦避难入蜀，未尝复至东州。所谓饭颗山头之嘲，亦好事者所撰。"[①] 容斋考论如此。然以今太白集观之，有《沙邱城寄杜甫》诗云："我来竟何事，高卧沙邱城。城边有古树，日夕连秋声。鲁酒不可醉，齐歌空复情。思君若汶水，浩荡寄南征。"又有《鲁郡东石门送杜二甫》诗云："醉别复几日，登临遍池台。何时石门路，重有金樽开？秋波落泗水，海色明徂来。飞蓬各自

---

① 此段引文较洪迈原文，稍有删减。

远,且尽手中杯。"观二诗,可见李于杜之情,岂谓不见一句耶!(卷十九《李杜酬答》)

大月氏国出一封橐驼,颜师古谓脊上有一封也,"封"言其隆高若封土也。杜子美诗"紫驼之峰出翠釜",亦言其肉高如峰。然则封、峰不同,二说孰是?但"封"字尤古,而"峰"字亦明白。要之,无害于义。(卷十九《驼封》)

朱 椿

维洪武二十六年岁次癸酉十二月某日,遣官以牲醴之奠致祭于草堂先生杜公曰:先生距今之世数百余年,而成都草堂之名至今日而犹传。予尝纵观乎万里桥之西,浣花溪之侧,寻草堂之故址,黯衰草兮寒烟,是以不能无所感也。于是命工构堂,辟地一廛,扁旧名于其上,庶几过者仰慕乎先贤。然人之所传者,先生之遗编也。而予之所羡者,盖以先生一饭之顷,而忠臣爱国之惓惓。虽其出巫峡,下湘川,固不恋恋于此,而先生之精神如水之在地,无所往而不在焉。爰矢辞于翰墨,写予心之悁悁。临风酹酒,尚其来旃。(《全蜀艺文志》卷五十《祭子美文》署名"献园")

陈 琏

杜鹃叫破寒林烟,锦官城外春无边。碧鸡坊头酒欲熟,黄四娘家花正燃。少陵老子动幽兴,蹇驴破帽东风前。同行者谁二三辈,襟怀洒落如神仙。醉归不觉日已暮,小桥争渡催吟鞭。图中光景宛如昨,知是天宝开元间。(《琴轩集》卷二《杜子美寻芳图为指挥姜仲文赋》)

秦陇西来未几时,谁人为办草堂资?浣花溪上风光好,濯锦江前物色奇。柳岸和风莺语早,茅檐细雨燕归迟。欲知工部平居志,好读当年入蜀诗。(卷三《浣花草堂》)

松雪赵公书杜少陵《秋兴》八首,笔意苍古,无姿媚态,非少陵诗不足以发

其趣。(卷七《赵松雪书杜甫〈秋兴〉诗》)

杨　荣

又思杜陵老,所念在苍生。常欲得广厦,列置千万楹。大庇诸寒士,使遂欢乐情。(《杨文敏集》卷二《承恩堂为少师吏部尚书蹇公赋》)

先生天下士,道德人共推。承恩早休致,林壑闲自颐。当暑恒愦愦,那堪向衰迟。幸有贤方伯,经营慰心期。全胜杜陵客,不费草堂赀。(《卷三《池阁》)

遂摭唐杜少陵诗"绣衣春当霄汉立,彩服日向庭闱趋",析而为韵,赋诗凡十四首赠之。(卷十二《送刘副使归省诗序》)

夫鉴,镜之别名。唐太宗云:"以铜为镜,可以正衣冠;以古为镜,可见兴替;以人为镜,可知得失。"杜子美有"清鉴悬明镜""持衡留藻鉴"之句,则鉴之为义,不越乎明而已。(卷十六《朱鉴士明字说》)

吴　讷

唐初承陈、隋之弊,唯陈伯玉厚师汉、魏以及渊明,复古之功于是为大。迨开元中,有杜子美之才赡学优,兼尽众体;李太白之格调放逸,变化莫羁。继此,则有韦应物、柳子厚,发秾纤于简古,寄至味于淡泊,有非众人之所能及也。自是而后,律诗日盛,而古学日衰。(《文章辨体序说·五言》)

昔人论歌辞,有有声有辞者,若郊庙乐章及铙歌等曲是也;有有辞无声者,若后人之所述作,未必尽被于金石也。夫自周衰,采诗之官废,汉、魏之世歌咏杂兴,故本其命篇之义曰"篇",因其立辞之意曰"辞",体如行书曰"行",述事本永曰"引",悲如虿蜇曰"吟",委曲尽情曰"曲",放情长言曰"歌",言通俚俗曰"谣",感而发言曰"叹",愤而不怒曰"怨",虽其立名不同,然皆六义之余也。唐世诗人,共推李、杜。太白则多模拟古题,少陵则即事名篇,无复倚傍。厥后元微之以后人沿袭古题,倡和重复,深以少陵为是。故今是编凡拟古者,皆附乐府本题之内;若即事为题、无所模拟者,则自汉、魏以降,迄于近代,取其辞义之弗过于淫伤者录载云。(同上《歌行》)

律诗始于唐,而其盛亦莫过于唐。考之唐初,作者盖鲜。中唐以后,若李太白、韦应物犹尚古多律少。至杜子美、王摩诘,则古律相半。迨元和而降,则近体盛而古作微矣。大抵律诗拘于定体,固弗若古体之高远。然对偶音律,亦文辞之不可废者,故学之者当以子美为宗。其命辞用事,联对声律,须取温厚和平、不失六义之正者为矜式。若换句拗体、粗豪险怪者,斯皆律体之变,非学者所先也。杨仲弘云:"凡作唐律,起处要平直,承处要春容,转处要变化,结处要渊永。上下要相连,首尾要相应,最忌俗意、俗字、俗语、俗韵。尝用工二十年,始有所得。"呜呼,其可易而视之哉!(同上《律诗》)

联句始著于《陶靖节集》,而盛于退之、东野。其体有人作四句相合成篇,若《靖节集》中所载是也;又有人作一联,若子美与李尚书之芳及其甥宇文彧联句是也。(同上《联句》)

五言古诗,实继《国风》《雅》《颂》之后。若苏、李之天成,曹、刘之自得,以至陶靖节之高风逸韵,盖卓卓乎不可尚焉。三谢以降,正音日靡。唐兴,沈、宋变为近体,至陈伯玉始力复古作。迨李、杜后出,诗道大兴,而作者日盛矣。然于其间求夫音节雅畅、辞意浑融,足以继绝响而闯渊明之阃域者,唯韦应物、柳子厚为然尔。自时厥后,日以律法相高,议论相尚,而诗道日晦焉。(程敏政《明文衡》卷四十三《晦庵诗抄序》)

张　著

昔杜子美北游秦、晋,西行巴、蜀,南入衡、湘,东极吴、越、鲁、宋之墟。凡而泰、华之高,沧海、洞庭之大,瞿塘、滟滪、三峡之奔疾险绝,靡不尽之。故其放为歌诗,往往雄豪苍老,变态百出焉。尤至夔州,而句法益高,岂非得之心目既多而词气愈壮也欤!(《永嘉集》卷十一《虞山廿咏诗序》)

诗自《三百篇》,既终降楚、汉,以迄隋、唐,而为《离骚》,为古诗,为律,为歌行,其体制固不同也。然《骚》与古诗,其辞和婉,犹有吟咏性情之遗音。至律、歌行,则音节肃整雄丽,且即事触物,变态百出,苟非才思浩瀚峭绝,岂能以驰骋其意而吐苍老之辞哉!吁,千载之上,舍少陵其谁欤!今观其帙,粲然珠璧,片言只字,皆足以为后世法。(卷十二《书陆仲伟编类杜诗》)

李时勉

间而大风忽起,阴云四合,雨意近在眉睫,众复默然。主事刘求乐曰:"诸公但速为诗,诗成雨自不至。不然,杜少陵何以曰'片云头上黑,应是雨催诗'乎?诸公慎无忧。"(《古廉文集》卷四《七夕燕会诗序》)

今刘君行在即,盍亦以是为饯而赋诗以赠之乎?众咸曰:"然!"于是取杜少陵诗"主人送客何所作,饮酒赋诗殊未休"二句,各分一字,作五言八韵诗一首。(同上《中元日燕送刘主事序》)

侍讲取杜少陵《至后》诗中第三联,即席各分一字为韵,作五言八韵诗一首。吟咏之间而觞酌不废,虽丝竹管弦之音,有不足以喻其乐且适也。(同上《至日燕集诗序》)

魏 骥

忧国忧家款款吟,独骑羸马入山深。眼前丘壑经行遍,聊写春来愤懑心。(《南斋先生魏文靖公摘稿》卷八《杜甫游春》)

雄文字字欧苏笔,妙句篇篇李杜才。(卷十《初度日北京台阁诸老以礼来庆书此为谢》)

王 英

郡城西面拥清湘,湘水连山护草堂。卷幔浮云千嶂晓,入窗微雨百花香。

杜陵老去耽诗癖,阮籍闲来效醉狂。最好凭阑斜日外,数峰秋色是衡阳。(《王文安公诗文集》诗集卷四《唐氏隐居》)

南行久与故交违,何事迢迢动客思? 韩子每称东野句,杜陵多寄谪仙诗。闲看流水情难尽,静对孤云意独迟。有约来春再相聚,杏花坛畔听朱丝。(同上《和吴司业寄邓林忆别诗》)

李昌祺

秋林黄叶暗,春水碧芹香。杜子留遗迹,烦君访草堂。(《运甓漫稿》卷三《送梁佥事还蜀二首》其二)

别业在圆塘,无邻傍草堂。弥漫新水阔,远近好山苍。树密松依桧,林幽柘混桑。颇同严子濑,仍似杜陵庄。(卷四《题山水图》)

放逐仍居患难中,三年执役梵王宫。病来短发逢秋白,老去衰颜借酒红。心似葵花倾晓日,身同树叶感霜风。杜陵花竹频生梦,但觉阳春处处融。(卷五《酬曾学士子棨见赠复职之作》)

神情秋水态春云,菽粟甘腴布帛温。菊径秋风陶栗里,柴门落日杜羌村。鸾歌凤吹排空远,蚓窍蝇声到处喧。纵有黄金那可铸,寥寥骚雅向谁论? (同上《读元进士李祁云阳集》)

滴沥空阶不断鸣,淋漓彻夜到天明。残荷只送萧萧韵,落木仍兼飒飒声。竹榻寒惊僧梦醒,松窗凉助客吟清。杜陵屋漏无干处,喜见晨霜早放晴。(同上《秋雨》)

陈敬宗

丹葩翠柳媚春风,燕语莺啼春正浓。清思恼人禁不得,蹇驴骑过画桥东。杜陵诗思涌流泉,星斗蟠胸锦绣缠。想象当年驴背上,不知吟就几多篇。(《澹然居士文集》卷十《题杜甫游春小扇面》)

王　直

昔宋之时，翰林以是日进春帖于禁中，写时景而美德意。今虽不行，因时纪事以歌咏盛美而垂之后世者，本儒臣职也。于是取唐杜甫《立春日》诗"忽忆两京梅发时"之句，书为丸，投器中，各探一言为韵，赋诗一首，而直僭为之序云。（《抑庵文集》卷四《立春日分韵诗序》）

诗之变屡矣。《三百篇》之后而五、七言继作，至于有唐沈、宋之流又作为律诗，诗变至是极矣。开元、天宝以来，作者日盛，其中有奥博之学、雄杰之才、忠君爱国之诚、闵时恤物之志者，莫如杜公子美。其出处劳佚、忧悲愉乐、感愤激烈，皆于诗见之。粹然出于性情之正，而足以继《风》《雅》之什。至其触事兴怀，率然有作，亦皆兴寄深远，曲尽物情，非他之所能及。元微之尝谓"诗人未有如子美者"①，信哉斯言也。惜为之注者虽多，然不失之泛则失之凿，又或简略不足以尽发其意，读者病焉。虞邵庵先生独取其七言律诗一百五十余首而注释之，本朱子《诗传》之作，疏其事实，述其旨趣，而公所以作诗之意了然明白，其有益于学者不少。余姚魏仲厚与弟仲英最好读杜诗，得公所注，刻之梓以传，使天下作者皆有所悟入而得以臻其妙。厚矣哉，用心也！诗者，志之所发也。方其动于中而形于言，虽各有自然之机，然非取法于前人而欲从容中度，不失其正，亦难矣。杜诗天下后世之所取法也，而邵庵先生之注未盛传，闻者盖有愿见而不可得之叹。汉蔡伯喈得王充《论衡》，而秘玩以自资。今仲厚兄弟得此书，不私于为己而公以及人，其贤可知矣！刻既完，仲英之子瑶为泷水丞，述职来京师，请予序其首。予谓诗不待序而传，仲厚兄弟嘉惠学者之心不可不白也，故为序之。（后集卷十一《虞邵庵注杜工部律诗序》）

正统七年十二月甲子，余姚处士魏默仲英以疾卒于家，年六十五。其子

---

① 元稹原文作"诗人以来，未有如子美者"。

泷水丞瑶归服丧,属吏部员外郎柴兰庭芳状其行,来请于予曰:"瑶之奉葬事有日矣,葬而不得先生铭,将何以昭德垂后? 敢以请。"予念初因吏部侍郎魏公得识瑶,由是而知处士,及处士得虞邵庵所注《杜诗》,欲刊布以惠学者,求予序其所以刻之意。(同上卷三十一《处士魏仲英墓志铭》)

昔贤论书,贵人品高。盖其胸次闳爽,兴趣豪迈,纵笔挥洒,姿态横生,非拘拘摹拟者所能及。尝闻长老言松雪翁在元时风神最清秀,似非尘土中人,故其书特高妙。至于为诗,雄浑顿挫,深得杜子美家法,当时诸公少能及之。此纸乃学士曾公所藏。松雪书杜诗,任意自然,而极温润可宝爱,令人不忍去手,深有不可及之叹。反复数四,因题而归之。(同上卷三十六《题赵松雪墨迹》)

朱 模

十年乡国乱,几卷杜陵诗。闭户挑灯夜,深山积雪时。紫阳夸入蜀,双井喜居夔。岐路终何适? 吾将有所思。①(程敏政《新安文献志》卷五十三《雪夜读杜诗》)

镏 绩

《霏雪录》

卷 上

少陵《巳上人茅斋》,六一居士谓僧齐己也。按,齐己南唐人,姓胡氏,家益阳,出家于大沩山寺,性耽吟咏而项有瘤赘,时号"诗囊"。乐山水,不事请谒,与郑谷、沈彬、僧虚中同时,去少陵远甚。欧公一代伟人,不应如此谬误,恐别是一人。

---

① 原文诗后有程敏政注云:"张外史伯雨云:朱子范诗有虞、揭遗响。"

兄谓弟为舍弟，老杜集有《得舍弟消息》诗，又"舍弟卑栖邑"是也。虽谓之家弟，亦可。

卷　下

诗文不厌改。少陵、六一二公，皆一代伟人，制作未尝不改。如少陵"桃花细逐杨花落，黄鸟时兼白鸟飞"，有得其手稿，初作"桃花欲共杨花语"，后乃更定如此。公尝有诗云："新诗改罢自长吟。"此类是也。

唐时妇女画眉尚阔，故老杜《北征》云："狼藉画眉阔。"或云言女幼不能画眉，狼藉而阔耳。余记张司业《倡女词》有"轻鬓丛梳阔扫眉"之句，盖当时所尚如此。谚曰："宫中好广眉，四方且半额。"

《齐东野语》谓杜少陵父名闲，故诗中无闲字。余按，公诗有"曾闪朱旗北斗闲"，或云当作"殷"；又有"娟娟戏蝶过闲幔"之语，故蔡梦弼曰："岂非临文不讳乎？"

称时君曰上，诗家亦有用者，如老杜"张后不乐上为忙"，张祐"回望秦川上轸忧""泣话伶官上许归""妃子偷行上密随""莫说夫人上涕零"之类是也。

韩文公以道学文章自任，独于诗推尊李、杜，累累见诸篇什，如《城南联句》云"蜀雄李杜拔"，如《荐士》云"勃兴得李杜，万汇困凌暴"，如《酬卢云夫望秋》云"高揖群公谢名誉，远追甫白感至诚"，如《石鼓》云"少陵无人谪仙死，才薄将奈石鼓何"之类。此可见公不自高处。

《虞文靖公集》：在宜黄时尝倚楼吟诗，有"五更鼓角吹残雪"之句。忽隔溪一童揖而言曰："角可吹，鼓不可吹。"公亟命召之，已失所在，盖诗鬼也。余谓老杜"塞上风云接地阴"，云可言阴，风不可言阴。李长吉"芗角鸡香早晚含"，芗角岂可含耶？此自有流例，不必泥也。如宋玉赋，岂能与之料天地之高哉？后汉阳厚传《耳目不明记》①曰："大夫不可造车马。"此类甚多。

杜少陵好用经中全句为诗，如《病橘》云"虽多亦奚为"，《遣闷》云"致远思恐泥"②，又如"丹青不知老将至，富贵于我如浮云"之类。

---

① "阳厚"当是"杨厚"之误。
② 此句出自杜甫《解忧》。

前人注书过求而害理者，往往而见。如老杜《望岳》诗"岱宗夫如何？齐鲁青未了"，不烦求索而理甚易晓。而■■乃引《禹贡》"海岱惟青州"，为指齐、鲁、青三州而言，不惟不成语，且使此一篇粗野拙陋，而光彩顿失，成何语耶？可笑！可笑！

诗题长者，乃小序也。如老杜集中咏假山诗，其题云云，故■鹤注曰："此亦诗之序也，不当为题，合题曰'假山'是也。"

有士子问于予曰："昔邵庵虞公以《送袁待制扈从上京诗》示清江范太史，清江谓其失律而不语之，故公经年不解。徐叩之清江，乃曰：'后联上句第七字不当同声也。'"予谓此初学小子之谈耳，非清江语也。世以虞、杨、揭、范并称，目公为唐临晋帖，顾不知律乎？脱有是言，则清江平日之作必无犯此者，而集中……三诗每联上句第七字皆同声，且后章"莫"与"住"又同韵者，何耶？二公皆法老杜者。杜集《秋尽》一篇云："秋尽冬行且未回，茅斋寄在少城隈。篱边老却陶潜菊，江上徒逢袁绍杯。雪岭独看西日落，剑门犹阻北人来。不辞万里长为客，怀抱何时独好开。"又《赤甲》云："卜居赤甲迁居新，两见巫山楚水春。炙背可以献天子，美芹由来知野人。荆州郑薛寄书近，蜀客郗岑非我邻。笑指郎中评事饮，病从深酌道吾真。"又《郑驸马潜曜宅宴洞中》云："主家阴洞细烟雾，留客夏簟青琅玕。春酒杯浓琥珀薄，冰浆碗碧玛瑙寒。误疑茅堂过江麓，已入风磴霾云端。自是秦楼压郑谷，时闻杂佩声珊珊。"此三诗亦皆同声，而"麓"与"谷"又同韵，然则虽老杜亦不恤也。予每每与人辩而人不之信，故笔之于此，以塞士子好事者之口云。

少陵《秦州》诗云："鼓角缘边郡，川原欲夜时。秋听殷地发，风散入云悲。"咏鼓角也。下得"殷"字最好，戎马之际，四方鼓角之声殷殷而起，渐听渐振，因风激之而入云悲也。只此一字，其边愁暝色，盖可想见，公之用字可谓入冥搜矣。曲江钱思复登拱北楼一联云："风云壮气来尊俎，天地哀声入鼓鼙。"至正间，红巾苗獠横行吴、楚间，生民荼毒。予幼尝亲见之，每诵此联。几欲泪堕。

杜少陵："颂椒添讽咏，禁火卜欢娱。"吕■■谓："不说岁节但云颂椒，不说寒食但云禁火,亦文章之妙。"予谓老杜非有意于奇而为之也,势当然尔。若直曰"岁朝添讽咏,寒食卜欢娱",成何等语耶?"雕虫蒙记忆,烹鲤问沉绵",同一律也。

东坡读尽天下书,持文柄,睥睨四海,而独推尊李、杜二公。以《次韵张安道读杜诗》云"谁知杜陵杰,名与谪仙高。扫地收千轨,争标看两艘。诗人例穷苦,天意敢奔逃。巨笔屠龙手,微官似马曹",又"简牍仪刑在,儿童篆刻劳。今谁主文字,公合抱旌旄",数语观之,公可谓知言矣。

"饭颗山"事,西蜀赵次公彦材谓太白讥子美醒龊,言甫之为诗如砌饭为山也。此岂次公臆说欤!按李、杜二公集中唱和诸诗考之,相推尚不暇,太白岂独为此恶喙之人邪?以势言之,饭颗必是山名耳。

老杜诗:"苦遭白发不相放。"按,字书:放,置也,纵也,舍也,即杜牧所谓"公道世间惟白发,贵人头上不曾饶"之谓。乐天亦有"红颜今日虽欺我,白发他年不放君",自是唐人语也。

古人作诗命题亦不苟。如老杜《丽人行》,本王无功《三月三日赋》"聚三都之丽人"。

古人之于绘事以气格相高,非徒事粉墨而已也。观杜少陵诗,可思过半矣。于曹将军写凌烟功臣,则云:"褒公鄂公毛发动,英姿飒爽来酣战。"叙其画马,则云:"斯须九重真龙出,一洗万古凡马空。"又云:"曾貌先帝照夜白,龙池十日飞霹雳。"及"可怜九马争神骏,顾视清高气深稳"。《刘少府山水障》则云:"元气淋漓障犹湿,真宰上诉天应泣。"《王宰山水图》则云:"巴陵洞庭日本东,赤岸水与银河通,中有云气随飞龙。"《李尊师松树嶂》则云:"阴崖却承霜雪干,偃盖反走虬龙形。"《韦偃双松图》则云:"白摧朽骨龙虎死,黑入太阴雷雨垂。"《姜楚公角鹰》则云:"楚公画鹰鹰戴角,杀气森森到幽朔。"《天育骠骑》则云:"是何意气雄且杰,骏尾萧梢朔风起。""矫矫龙性合变化,卓立天骨森开张。"《壁上韦偃画马》则云:"戏拈秃笔扫骅骝,欻见麒麟出东壁。"《薛少保画鹤》则云:"佳此志气远,岂惟粉墨新。"《杨监书画鹰》则云:"殊姿冬独立,清绝心所向。疾禁千里马,气敌万人将。"《画鹘》则云:"高堂见生鹘,飒爽动秋骨。"今之画者，往往局于毫素，不知游心埃壒之外，而欲追踪古人，难矣哉。

高得旸

远师若拟招陶令，杜老平生喜赞公。（《节庵集》卷五《寄赠西径山双林寺愚蒙极长老》）

江亭曾为看潮来，又送孤帆趁雨开。我喜杜陵茅屋在，人知贺监酒船回。畲田火熟长腰米，溪水云蒸侧理苔。昨日相逢今日别，可容孤负掌中杯。（同上《和楼则中归奉化草堂韵》）

秋风卷茅乱交加，披图知是杜陵家。天阴漠漠云堆墨，屋漏床床雨似麻。长夜少眠无限意，当时多难不胜嗟。独怜广厦千间意，画史无由见际涯。（同上《题杜子美秋风茅屋图》）

黄润玉

先生观杜诗，洞晓其中趣。顾兹藜藿肠，焉识菽粟味。乾坤初未交，风云本难际。自匪假声诗，乌能吐忠义。高歌动千言，曲庇非一类。区区稷契心，绰绰廊庙器。胡为月下乌，却绕风前树。鱼龙方混争，鸿雁若相避。虽致杜鹃词，曷驱野狐媚。间关蜀道行，凄恻巫峡泪。累然丧家厖，困若伏枥骥。康衢本平夷，大雅惜颠坠。斯文既云亡，吾道安所寄。浩浩《三百篇》，寥寥千万世。惟公得其传，作者奚足继。公诗天宝间，落日山横翠。（胡文学《甬上耆旧诗》卷四《祭酒颐庵先生寄读杜诗一章因奉和》）

谢 晋

旧业成都万里桥，百花潭北草堂遥。门无县吏催租税，座有邻翁慰寂寥。松影满庭闲白日，茶烟绕榻扬清飙。酷怜杜甫成诗史，翻笑扬雄作解嘲。

草堂遗趾在,重构剪荒榛。松偃吴门月,花移蜀地春。流芳知有本,继业岂无人。喜到琼枝茂,诗宗又一新。(《兰庭集》卷下《题柱琼草堂遗意卷二首》)

王　洪

李杜于文章,两雄力相斗。弥天振长策,万物因奔骤。毫芒人间者,白日烛宇宙。(《毅斋集》卷三《读韩文有作柬时彦》)

《诗》三百篇盛矣。五言之作,出于苏、李,唐山夫人之歌则骎骎乎《雅》《颂》之遗意。至于建安,悲壮而激烈,君子不能无世变之感。及乎齐、梁,而侈靡极矣。唐诗倡于陈子昂,遂有李、杜、韩、柳之盛。若宋诸大儒,其精深造诣,盖亦可以求其本焉。(卷五《胡祭酒诗集序》)

王　佐

曲江宫殿画沉沉,细柳新蒲伤客心。天宝拾遗情思苦,蹇驴驼醉不胜吟。(《鸡肋集》卷三《杜甫游春图》)

薛　瑄

茫茫天地亦大矣,人生岂谓无知音!阳春白雪听者寡,巴人下里和如林。退之奇崛篇,子美烂漫吟。谪仙逸气隘六合,一字价抵千南金。神游八极不可见,独留文字几千卷。江河万古行地中,饮者杯勺各满愿。我生其后欲追逐,蹇若跛鳖趋紫燕。(《敬轩文集》卷二《赠刘金宪》)

辛丑进士河汾客,早向中州买居宅。宅有茅屋八九间,补葺聊以蔽床席。进士所好惟《诗》《书》,衣食取足无剩余。朝朝暮暮诵周孔,行行坐坐歌唐虞。以兹狂僻误生理,老屋支撑几星纪。前月大风撮茅去,今月久雨漏不已。移床徙榻那得干,堆书卷被空长叹。文章不足补穿漏,翻为儿女生靦颜。豪家大屋足欢笑,已觉纨袴轻儒冠。却忆唐朝老工部,西蜀草堂几风雨。亦有官居鼎鼐尊,欲起楼台无处所。昔贤穷达还复然,我何愠此沾湿苦。且待天晴饱读书,比屋渠渠不须数。(同上《茅屋漏》)

杜鹃变化有无宁,复论百鸟之中乃为众鸟尊。以兹少陵托忠愤,再拜谓是古帝魂。我来何处闻逸响,扁舟夜泊沅江上。林霏拂岸滩风清,峡影沉波江月朗。乍远乍近鸣未休,听之转急如有求。远客毋劳厌,恼聒少陵忠义方难俦。(卷三《续杜鹃行》)

吟哦未已欲将别,索我骢马行春歌。愧我诗才劣韩杜,长篇险语急难就。(同上《骢马行春歌为陈侍御赋》)

海右传闻此亭古,亭中送客豪英聚。清风入座华筵开,流霞满眼金杯举。是时霜落天宇高,岱宗南望干云霄。况复齐川走沧海,三山恍惚连六鳌。山奇海壮环名邑,落落高怀感今昔。琬琰难酬北海词,风雨宁如少陵笔。想当促膝兹亭中,飘飘逸气凌长空。至今草木生光彩,名将山水传无穷。(同上《送王秀才省兄归京师》)

醉吟之楼高且雄,谁其作之醉吟翁。翁心豁落真宰同,作楼直欲凌苍空。危梯缥缈叠撑拄,层轩洞达相开通。白云片片宿梁栋,青山隐隐当帘栊。长夏绝超爽,灵风洒清响。秋蟾散影九万里,晓雪悬光一千丈。四时风景佳,翁来日登赏。赏心苦未足,呼酒涤尘想。一觞一咏自风流,兴酣万物良悠悠。傲睨五岳众山小,吞吐七泽三江秋。有时醉倚栏干望八极,便欲排风御气仍丹丘。却思李杜文章伯,只今已作神游客。举杯且复一招之,招之共饮楼头月。月光入口清心魂,唾珠洒作澄江雪。澄江雪,何茫茫?瑶翻玉涌蛟龙翔。是时翁与二子相颉颃,搜括百怪神鬼藏,陶镕万象造化忙。乃知醉吟楼,不让采石江边亭,浣花溪上庄。(同上《醉吟楼歌为刘金宪父赋》)

每忆清谈对数公,别来无日不从容。少陵自是能诗者,却笑樽中酒屡空。(卷五《简焦李罗刘四侍御五首》其四)

行台西接大明湖,细柳新荷入画图。海石风光今古意,品题殊觉少陵孤。

(同上《行台杂咏简黄宪长暨诸宪僚二十首》其一)

云满青山水满溪,百花如锦草萋萋。少陵诗思知多少,到处娇莺恰恰啼。(同上《四景为张给事题四首》其一)

都城钟鼓夜深沉,棘寺灯前有客吟。不是少陵耽丽句,虚台元是发清音。(同上《斋宿杂咏十首》其十)

十日长沙住,登舟忆少陵。花飞有底急,酒美为谁倾?浩浩当年兴,悠悠此日名。幸逢明盛世,持斧故南征。(卷六《舟发长沙四首》其四)

当户海榴树,纷纷落绛英。竹林新笋出,石砌绿苔生。小屋知心静,繁花觉眼明。少陵今远矣,谁与论诗情?(同上《锦城寓馆八首》其四)

八月梨榴俱已熟,殷勤相送拣珍奇。黄如楚国来柑橘,红似泸戎擘荔枝。磊落堆盘香并美,酸甜溅齿味皆宜。少陵肺渴全消释,只欠琼瑶答所私。(卷八《沈广文送梨榴》)

少陵诗里见苍溪,今过苍溪日欲西。驻节驿亭天色暝,维舟江岸浪痕齐。风林疑有於菟啸,云木时闻杜宇啼。橘柚过时黄不见,峰峦依旧翠高低。(卷九《苍溪》)

闻道阆中山水奇,今来始得一见之。长江萦带碧浩渺,远峰环绕青参差。竹树茂密尘不起,天宇空阔云自移。锦屏近郭最明秀,佳句还吟子美诗。(同上《阆中》)

锦官驿吏送樱桃,红颗堆盘磊落高。时果已知西蜀美,古诗难见少陵豪。尝新暂遣中情悦,感物还添远意劳。多少上林莺啄遍,一春归兴正滔滔。(卷十《锦官驿官送樱桃》)

泉之北渚有古亭,遗址岿然尚存,即杜少陵与李北海宴集处,所谓"历下亭"也。(卷十五《历亭送别序》)

景泰元年九月二十五日,佥都御史李匡约予洎大理少卿张固、监察御史罗俊,同为草堂之游。草堂乃唐杜甫子美避地蜀中时,裴冕为作于浣花溪者,子美诗所谓"万里桥西一草堂"是也。当时之草堂,废已久矣。而后世作堂以象之者,则累累不废焉。至蜀献王崇尚子美之忠贤,一新其堂,且刻子美蜀中诸诗于板，以示景行前哲之意。每岁时良辰胜日，蜀之衣冠士庶与夫戴白之叟、垂髫之童，皆知草堂之名而出游其地，人物车马杂遝，道路至填溢，草堂不能容，由是草堂遂为蜀中之胜迹。虽朝之缙绅大夫有事于蜀者，亦必至其地焉。予与李、张、罗四人者，皆以事在蜀。既为斯约，是日早出中和门，度万里桥，循锦江西上。时霜降水落，江流之湍急锵鸣金石者，有以清人之耳；其洄泽之澄碧涵虚者，有以清人之目。与凡近岸之疏篁折苇，远波之浴凫飞鹭，皆足以娱心意而供出游之观。西行可五六里，有桥曰"遇仙"。过桥有宫曰"青羊"，乃道家者言老子降于蜀青羊肆云，后人因即其地以为宫。宫西行约一里，过溪桥，有曰"草堂寺"者，盖因子美之草堂而得名也。寺西行仅半里，门扁曰"杜工部祠"，以子美尝为工部郎，故以是扁其祠云。入门有堂三间，以奉子美之神。后有中堂三间，以为游者宴息之所。最后有堂三间，覆之以茅，盖象子美当时之草堂也。予四人者相与观子美诗刻，中有所谓"雪岭锦江"者，盖皆在今草堂之西南。然江山虽如故，而诗中所咏当时之物盖有不同者矣。方徘徊间，四川藩臬都阃诸公皆至，具小酌中堂，有丝竹之声以侑酒焉。酒半而起，还过青羊宫，复留，小酌至暮而归。予惟子美草堂不过江村一陋室耳，今去唐垂千余年，当时之草堂已化为尘土而荆榛矣。后世作堂以象之者，年愈久而名愈新，是岂徒以子美诗之工，而凌跨古今、冠绝百世哉！盖唐至中叶，为女子小人蛊惑君心，窃弄权柄，纪纲大坏，逆贼横发，黄屋出奔，四海溃乱。其人臣平日戴高位、食厚禄、号为亲信而近幸者，率多顿颡贼庭，受其伪职。子美在当时，一布衣耳。亦尝陷贼中，乃挺然无所污，其视失节之臣，已不啻麟凤之与犬豕矣。及其拔贼中，赴行在，肃宗拜拾遗。未几，竟以直言去官。乃客秦州，入陇、蜀，遂寓居草堂。适严武镇蜀，奏为检校工部员外郎，或去或来，不离草堂者仅五载焉。夷考子美平日所作诸诗，虽当兵戈骚扰流离之际，道路颠顿冻饿之余，其忠君一念炯然不忘。故其发而为诗也，多伤时悼乱、痛切危苦之词，忧国爱民、至诚恻怆之意。千载之下读之者，尚能使之愤懑而流涕，感慕而兴起。则子美之忠，终始不渝又如此，非特不污贼中之一节为然也。夫忠在人心，乃天理民彝万世之所同。故后世慕子美之忠则慕其为人,慕其为人则并慕其所居之室,此子美之草堂所以屡兴不废而名永长存也。且自子美草堂以来,以全蜀之盛,历代之豪族富家,高甍巨桷,歌台舞榭,蔽云日而出风雨者,不知其几万亿室也。今皆消灭泯尽,寂无名称。独子美区区一草堂而为后世之所景慕,兴葺游观,爱赏之不忘,名将与天地相为悠久。孔子所谓"诚不以富,亦祇以异"者,子美殆近之与!尝读子美诗,有所谓"百花潭"者。今访诸草堂之侧,无此潭,岂岁久而湮塞欤?独浣花溪在今草堂东北,即青羊宫西来所过桥下溪是也。时同游者,布政使张惠,按察使茅椎扬,金事刘福,都指挥李荣、周贵、廉恭,藩臬都阃共六人。其余文武将吏甚众,不能悉书。(卷十九《游草堂记》)

少陵诗曰:"水流心不竞,云在意俱迟。"从容自在,可以形容有道者之气象。(《读书录》卷三)

少陵诗"寂寂春将晚,欣欣物自私",可以形容物各付物之气象;"江山如有待,花柳自无私",唐诗皆不及此气象。(同上)

"人实不易知,更须慎其仪",杜诗之近理者也。(卷六)

唐文凤

承恩谕赋诗,效愚敬题字。愧乏杜老才,陋匪柳公记。(《梧冈集》卷一《咏棋》)

赋诗题画心悠然,才思安得如涌泉。酒酣击节唾壶缺,长歌杜陵《壮游》篇。(卷二《题长江万里图为赵中道赋》)

吴与弼

夙昔闻太华,耸拔何其尊。未遑游汗漫,流传少陵君。群峰无远近,环立皆儿孙。何当脱尘鞅,胜览跻青云。(《康斋集》卷二《追和刘秀野诗韵十首》其四)

古意千秋上,孤踪九夏初。高山方仰鲁,洪道已过徐。慈教三迁外,雄韬百战余。堪舆频怅望,风日共踌躇。(卷五《平野望邹鲁次少陵韵》)

清笳急管拥崇台,万里风云接泰阶。花柳漫村春似海,伊谁一访少陵才。(卷六《送原宪使考迹赴天官》)

旅棹无眠夜,寒衾独咏诗。江湖今日兴,宇宙昔人诗。蠛蠓身如梦,蜉蝣鬓久丝。冬来多雨雪,骥子念瓜期。(同上《旅夜次工部落日平台韵》)

翼翼趋朝候鼓催,共瞻小往大应来。新功煅炼当思奋,凤志骁腾孰肯灰。欲见天心时访柳,闲窥物理独寻梅。平生几案惟书册,谈笑何曾到酒杯。(卷七《至日次杜韵》)

当年谢病辞金阙,此日高登在凤台。嘉礼特蒙天使盛,客怀时向故人开①。浮沉转盼成今古,寒暑惊心几往来。万事蹉跎空白发,余龄程课为谁催。(同上《九日次杜韵》)

杜甫曰:"上有明哲君,下有行化臣。"君臣交尽其道,而治功不建者,未之有也。(卷八《陈言十事》其十"君相一德同心")

刘　球

至是方固欲询是方之俗,亦不可不求是方先贤往哲之流光遗润,以博其见闻,增益其所未逮。故登西山而想伯夷之风,临湘流而诵屈原之赋,过殷墟而绎箕子之畴,必将有得于心。至使命于蜀,则少陵杜先生草堂不可无其迹。游迹草堂,亦岂无所得哉!盖先生之文辞,冠于唐,超越于六朝、两汉,卓然成一家。于《三百篇》之后,凡习为诗者,皆知其然。至其处涧世,能不污其行赜其高,其清类伯夷;无日不怀其君忧于国,其忠类屈原;闵人穷伦纪,汲汲欲拯而叙之,以复古初,其虑世类箕子。有是道而未遇知当朝,复更世变,未及施诸用,穷亦至矣。惟其穷,故其道施于文者愈光。成都浣花溪草堂,其守道固

---

① 后有小字"程庸"。

穷之地也，距先生六百余年，而幸造焉。求其所谓万里桥、百花潭、雪峰锦里之胜概固在，而先生不可作，无由观道德而聆教诲。然徘徊沧浪之涘，桤林笼竹之间，阅景物而诵其诗，玩其雅澹之音而得其类伯夷者，亦足以劝己廉；沉潜其忧愤感激之词而得其类屈原者，亦足以隆君敬；探其陈古讽今之意而得其类箕子者，亦足以资民治。一行而三得者，谒草堂之谓也。草堂作于唐者毁于唐，复于宋、元者毁于宋、元。今茅茨如旧而益以享室、憩亭、门庑、垣藩者，昔献王王蜀兴其废而大于前也。时谒草堂者，永康侯合肥徐公安、兵部侍郎钱塘柴公车也。陪谒者，行人司行人闽南杨永钦、天监五官挈壶正屯留申九宁、士人祥符齐钦也。欲往谒而尼以事者，工部郎中广德谈信也。谒退而记于石者，礼部主事安成刘球也。（《两溪文集》卷四《谒少陵杜先生草堂记》）

有笃行敏学、举进士于乡曰周贵显氏，结书舍于尼山之麓，名之曰"希贤斋"。……贵显之言曰："古之人有程、朱者，《易》道明也，学《易》而不程、朱，希非学也；有韩、柳者，文之最也，为文而不韩、柳，希非学也；李、杜、二王，诗之工，书之法也，诗不希李、杜，书不希二王，非学也。故吾于《易》，则穷入画象，玩极辞占，常如睹程、朱于占毕间；于文与诗，则大而经营其篇章，细而陶炼其句读，常如会韩、柳、李、杜于制作之余；于书，则凡点画之布置，体象之构结，常如承接二王之颜辞于笔端。虽身之愈而罔怠，虽室之窭而罔惑，日悃悃焉望古人而不能及，故又名是斋以自勖焉。"吁，务学若贵显，亦可谓能志于古矣。（卷六《希贤斋记》）

上六载之绩于京师，而丘垄之念方切于怀，因乞归致展祭之私。朝廷以专城之寄不可虚，未允所请。故方奏最，而复官之期已迫，又足验其为上情所属。虽杜诗"不得去南阳"，不是过也。（卷十一《送郑太守复任宁波序》）

钱子正

鹤怨空山蕙帐寒，征衫随例拜春官。蔽尘曾障元规扇，新沐俄弹贡禹冠。庞老只闻耕陇上，杜陵未始厌江干。瞿塘日夜风湍急，切莫中流倚舵看。

(《三华集》卷一《闻子义弟预选赴京》)

耒阳江路草纷纷,工部荒祠迹尚存。牛酒一时传谤口,藜羹千古拜空坟。浣花溪在今无客,背郭堂成昔有孙。不是艰危能奉主,当时谁识帝王尊。(卷二《题杜工部祠》)

杜陵曾住浣花溪,之子林塘即瀼西。苔径不教官马过,柳桥随处野莺啼。钩帘秋雨敲棋局,携酒春风绕杖藜。羡尔已寻栖隐计,自惭劳苦听朝鸡。(同上《为邹士文赋林塘幽》)

颜公乞米曾书帖,杜老求钱解赋诗。却笑弃官陶靖节,寂寥空把菊花枝。(卷三《困乏戏作》)

锦水东来雪乍融,落花如雨涨春红。杜陵野老吟诗处,桤树萧萧动晚风。① (同上《浣花溪》②)

山色波光绕县青,瞿塘涨雪势崚嶒。杜鹃堂下来何晚,空忆能诗杜少陵。③ (同上《云安》④)

朝下天街响玉珂,剖符除制出銮坡。马从朱雀桥边去,船向黄牛峡下过。雪岭势因严武重,锦江春得杜陵多。离亭目断孤帆远,遥听烟中唱棹歌。(卷十二《题画送刘参议赴四川》)

天宝承平日,长安旧酒徒。至今千载下,犹见八仙图。任似船中载,何嫌市上呼。墨池追草圣,羯鼓让花奴。玉树真堪爱,金山卒受诬。长斋真旷达,五斗转卢胡。自得忘忧趣,那辞解带沽。因歌杜陵曲,遗迹叹荒芜。(卷十五《饮中八仙图》)

楚江云销凉雨歇,佳气浮空满双阙。凤城九月秋色残,自昔重阳称令节。

---

① 此诗实际上是钱子正其弟钱子义的诗作。按,《三华集》由钱子正编写,收录的是钱子正及弟义、侄仲益的诗作。

② 自注云:"杜甫,字子美,居成都,节度使裴冕为卜居西郭浣花溪上,作草堂,日吟咏于其中。"

③ 此诗亦是钱子义所作。

④ 自注云:"杜甫尝有咏杜鹃诗,云'西川有杜鹃,东川无杜鹃,涪万无杜鹃,云安有杜鹃'云云,盖有托兴云尔。后人因造杜鹃堂于云安县,今尚存。"

茱萸弄色黄菊香,钟山晓色横苍苍。君王对此兴不浅,浩然气压吴天长。援笔题诗不停手,吊古兴怀重回首。江州刺史近何人,谁送东篱一壶酒？登临四望心豁然,日华潋滟浮琼筵。龙山事往不足问,雁声叫落江南烟。杜陵野老身微贱,预忧未卜明年健。自惭白发老儒臣,长奉金舆侍游宴。（卷十八《寄永春侯丙戌九日奉令赋》）

男儿有志在弧矢,名位岂肯安卑微。却笑当年杜陵老,临岐何必空歔欷。（同上《送周纪善佺还吉安》）

郑　真

晚翠之说,本于杜陵。以经济之学,自比稷、契,遭世不偶,崎岖展转秦、蜀山水中。白谷深游,翠屏晚对,与浮鸥鸣雁相上下,岂尘俗所能羁耶？（《荥阳外史集》卷十二《晚翠轩记》）

周　叙

作诗命题,大为要事。或有先立题后赋诗者,或有因诗成而缀题者,随其赋性,有此二端。然自有诗以来,命题之语,代各不同。视其题语之纯驳,则知所作之高下,而可以窥见其识见之浅深也。……尝观唐人之作,一诗之意具见题中,更无罅隙。其所长者,虽文采不加而意思曲折,叙事甚备而措辞不系。所以觉唐见周人,诗无闲句。盖唐诗以法律名家,故其规矩谨严,不少放纵。如杜少陵《冬日洛城北谒玄元皇帝庙庙有吴道子画五圣图》,又《至德二载甫自京金光门出间道归凤翔乾元初从左拾遗移华州掾与亲故别因出此门有悲往事》,又《王十七侍御抡许携酒至草堂奉寄此诗便请邀高三十五使君同到》;……钱起《七盘岭阻寇闻李端公先到南楚因以赠之》,如此之类,不能枚举。至无可书,始有题曰送某人、寄某人、游某地、咏某物、述某事而已。但有余意,必形于题。（《诗学梯航》之《命题》）

琴操之后,乐府继兴,由汉及唐,为体不一。……至唐之盛年,作者尤众,然皆各具一长。若杜子美之典重,李太白之豪放,白乐天之指实,温飞卿之纤秾,卢仝之怪,刘驾之悲,长吉之鬼仙,义山之风流,皆足名家。……若唐之乐府,自足名家。要之,不必与汉、魏并论矣。……排律,即律诗之排叙者也。需先将己之胸次放阔,以次取诗之指意,展开铺陈错综,有条不紊。……五言(排律)者,唐人需推杜工部为第一,如《上韦左丞》之类,当反复详味,更以盛唐、中唐诸家参取之。七言者,唐诗亦不多见,杜工部《赠郑广文虔》一诗可取为式。比之五言句语,特加清醒雅健耳。(同上《述作上·总论诸体》)

唐初五言,犹循六朝。……至开元、大历之间,自成一体。观其词语充赡,理气通畅,虽不及魏、晋之阴微,而其据事直书,辗转开合,各尽一长。律以风雅,得六义之赋焉,有不必求之汉、魏也。其间若李太白《古风》五十首,杜子美秦、蜀纪行诸诗,率皆古雅,又非陈子昂《感遇》之可及。(同上《述作中·专论五言古诗》)

七言律诗至难作,在唐人中亦历历可数。杜工部最为浑成,中间却有太平易处,当择其精好如《秋兴》《诸将》《明妃村》《蜀相》之类学之。杜牧之冠冕佩玉,尽有可学,亦有一二不合者,须择而去之也。如岑参、王维等皆有唐之风,若刘长卿温和而蕴藉,钱起清新而葩藻,李商隐情悰而瑰迈,许浑哀思而词华,皆不失唐人风致。及刘禹锡、罗隐辈皆可取。要当立二杜、岑、王及盛唐名家为标准,以诸子为衡卫可也。其法要一句接一句,脉络须贯通,不可歇断。才歇断,意便不接。中间有说景处虽似歇断,而言外之意,其脉络自然贯通连属。题咏犹贵乎相着,又不可一向粘皮带骨。欲令脱丽,不可浅近,浅近则语俗;不可纤巧,纤巧则气弱。不可气馁,即是晚唐;不可气盛,便类宋元。须叫浑成,浑成中却欲词华典雅,气象深沉。全藉韵度,全藉性情,从容涵泳,感叹无穷。假如杜子美《蜀相》诗首云"宰相祠堂何处寻",便接以"锦官城外柏森森",而承之以"映阶碧草自春色,隔叶黄鹂空好音",可见武侯于蜀有许多大功而尽皆忘之,惟有碧草自能春色,黄鹂空复好音而已。因而思其往事,乃云"三顾频烦天下计,两朝开济老臣心",转此一意,已断武侯之出处,言因当日先主三顾之勤,故武侯所以报施之效,非图身后之事,而千载之下蜀人之思不思,焉足系武侯之重轻哉!若此则先主之顾,乃为天下之计;武侯之报,实历仕两朝,老臣之心又可见。当时君臣皆公天下之心,非私心也。结云:"出师未捷身先死,长使英雄泪满襟。"以收合上文句意,谓当时君臣际遇如此之笃,似可中兴汉室,而汉室之兴与否,只在武侯一人,惜其出师未捷而先死矣,所以千载之下英雄为沾襟也。多少笔力,多少意思,杜诗谓之史者,非以此乎?(同上《述作下·专论唐律》)

杜工部之作如台阁老臣,深知典故,动静自然,操持太熟。(同上《品藻》)

观古人之诗,亦当取其所长,舍其所短。如杜工部排律大篇,开合辗转,是其所长;短律绝句,粗率极多,乃其短处。(同上《通论》)

怀 悦①

中篇秘本谓之发思篇,以发思者动荡性情使之。若此类也,偏者得一偏,能者兼取之,始为全美,古今李、杜二人而已。(《诗家一指》之《二十四品》)

诗贵入门之正。行有未至,可加心力;路头一差,愈骛愈远。故曰:学其上,仅得其中;学其中,斯为下矣。凡《三百篇》已降,经史诸书,韵语、《楚辞》、古诗、乐府,李陵、苏武,汉魏晋人语,皆须熟读。次取李、杜、盛唐名家菁华,枕藉钩贯,横流胸中,久之自然悟入。虽未至,亦不失焉。(同上《三造》)

学者须熟看古人求其用心处,久久自然有个道理。悟入必自工夫中来。先参李、杜,如佛正宗,次第方及诸法。(同上)

---

① 周维德《全明诗话》、吴文治《明诗话全编》等书称《诗家一指》的作者名"释怀悦",年代说法不一。据陈尚君、汪涌豪《司空图〈二十四诗品〉辨伪》考证:怀悦,明永乐年间吴中人,其人无出家之说,怀乃其姓氏。

周 鼎

臣甫干戈日,桐村老耄年。逢时有否泰,得句无媸妍。碧涧沉孤月,沧溟混百川。坎蛙云外鹤,飞跃自天然。(《土苴集》卷下《读杜诗有感》)

聂大年

拾遗曾奏数行书,老去从教礼法疏。闻到三年橿木大,不如且卜瀼西居。(《东轩集选·题杜甫》)

徐有贞

右吴郡魏文忠所藏龚圣与①《瘦马图》。圣与名开,淮阴人,在宋季以诗画知名。其作此图,盖得杜子美《瘦马行》之意。(《武功集》卷二《登瀛稿·题龚圣与瘦马图》)

思深庾子《哀江南》,愁甚杜老歌同谷。(卷三《史馆稿·题西游遗稿后》)

刘定之

愚尝诵杜子美诗而梦寐凌烟阁功臣之像,又尝读吕和叔赞而遐想凌烟阁功臣之勋,"良相头上进贤冠,猛将腰间大羽箭",此杜之诗。(《呆斋稿》前稿卷十《策略工类》)

以诗言,杜比迹于李;以文言,柳差肩于韩。而以人言,则杜、韩阳淑,李、柳阴慝,如冰炭异冷热,薰莸殊芳臭矣。子美当安史作难时,徒步从肃宗,其

---

① 龚开的字通常都作"圣予",少数文献作"圣与"。

诗拳拳于君臣之义;太白于其时从永王璘,欲乘危割据江表,叛弃宗社,作《猛虎行》云:"旌旗缤纷两河道,战鼓惊山欲倾倒。一输一失关下兵,朝降夕叛幽蓟城。颇似楚汉时,翻覆无定止。张良未遇韩信贫,刘项存亡在两臣。"其辞意视禄山、思明反噬其主,比于刘、项敌国相争,尚安知君臣之大伦欤?元稹谓"太白不能窥子美藩篱,况其堂奥",得之矣。退之怀忠事主,辟邪宗圣,固有本原。其称子厚,谓斥不久其文必不能传于后,如今无疑,盖惟称其文而已。其阿附伾文胡致堂,谓忌宪宗在储位,有更易秘谋,未及为而败。后又托河间淫妇无卒者以诋宪宗,得免于大戮为幸。由是言之,文虽美而若斯过恶,固非可湔涤者也。朱文公《楚辞》①载子厚谪居时《惩咎赋》,取其有自悔之言。噫,既悔己,又诋主,则亦非真悔也,奚足录哉②!(续稿卷四《李杜韩柳》)

李 贤

既而领乡荐,上京师,登进士。公已弃世数年,自伤不幸,不得望见大君子威仪,以挹道德之余光,付之怅然而已。洎观杨文贞公所撰《神道碑》,乃知其平生履历之实,景慕之余,慨然于心,思欲为诗,以自附于杜子《八哀》之义,顾多事而未能也。(《古穰集》卷六《户部尚书古公挽诗序》)

予以公事干当蜀川。暇日无以自遣,因得杜律一册,咏之不已,复赓其韵。或曰:"世称杜诗冠绝古今,以为圣于诗者。诗至于是天下之能事毕矣,惟太白能与之齐名。后世虽有作者愿立下风,莫敢与之抗也。文人才子莫不窃效其体制,阴袭其辞意,而不敢明和其韵,第恐和之不如,徒取讥于人也。于何不此之顾耶?"虽然,恐取讥于人而不敢和者,诗人之虑耳。吾非诗人也,特怜子美之才不为世用而坎坷终身,郁郁不遂之怀,往往发泄于诗,盖苦其心志,行拂乱其所为者。予自思身虽未尝经此,亦当驱意于此,使知古人所遭之地,庶几亦能动心忍性,增益其所不能耳。初不计其可也,君子幸勿以为僭

---

① 即朱熹《楚辞集注·楚辞后语》,其卷五有柳氏《惩咎赋》。
② 原文多有缺漏,从程敏政《明文衡》卷五十六《李杜韩柳》补足。

焉。景泰三年岁壬申冬十月吉日,慎独子寓锦城序。(卷七《赓咏杜律序》)

郑文康

君不见七贤六逸风流师,兰亭修禊夸文辞。烦君从事汤盘刻,更读少陵桃树诗。(《平桥稿》卷一《竹溪》)

曹　安

《谰言长语》

卷　上

作古诗为上,刘坦之《选诗补注》可法,又李、杜全集不可不味。选唐者非一世,以《唐音》为尚。

老杜云:"文章千古事,得失寸心知。作者皆殊列,名声岂浪垂。骚人嗟不见,汉道盛于斯。"于以见汉之文章浑厚森严,试以汉之文章读之自见,汉诏尤不可及。

杜子美律诗,自成一家言。元进士临川张伯成注《杜诗演义》,曾昂夫作传有此作,又有刊版告语,惜其少传。往时见《杜律虞注》,以为虞伯生。古今人冒前人之作为己作者居多。

作诗亦要着题,如杜工部亦有不着题者。

宴集诗古今尤多。正统初,鸿胪杨善《东郭草亭宴集诗》一册。予时年十三四,独喜少师杨士奇一首有杜意:"帝城南畔寻韦曲,浩荡风光三月中。衢路尘埃过雨净,园林草木竞春红。主人置酒兴非浅,众客题诗欢不穷。一杯一曲日西下,莫待银蟾生海东。"

古人和诗和意,如贾至《早朝大明宫》和者杜子美、王右丞、岑参。可见后来次韵,未免屑僭。近时凡百诗章,惟歌律与古选全不之尚。予尝欲取《皋陶》①《赓歌》《五子之歌》《洪范》及诗之三言、五言、七言体刻之,使人习之以复古,而未暇。

陶渊明"采菊东篱下,悠然见南山",初不用意,而景与意会。后人易"见"字为"望",杨万里谓易此一字"便觉一篇神气索然"②。杜甫"山鸟山花吾友于",黄鲁直改曰"山鸟山花共友于",说者谓易一"吾"字便觉不健。不特此也,经书亦有妄加增损注解,其瓮天之蠛蠓耳,学者信之,作文尤为可笑。

宋儒有不喜杜甫诗而喜韩愈诗者,谓杜《题李尊师松障子歌》"老夫清晨梳白头,玄都道士来相访"二句之俗。一儒曰:韩之"昔在四门馆,晨有僧来谒",与此二句何异?亦不能答。人之好恶不同有如此!殊不知杜二句起得平直,似鄙俚;通篇变化之妙,意兼比兴。试取而味之,自见。

古今人诗,多无意作。人有病者疑之,遂成大祸。谢叠山解唐诗绝句,首首有意,予恐未然。解杜诗者,亦似此。

杜甫《赠虞十五司马》诗云:"书籍终相与。"说者谓子美欲悉以书籍与虞,庶几传子美之业也。沈约见王筠文叹曰:"昔蔡伯喈见王仲宣,称曰:王公之孙,吾家书籍悉当相与。仆虽不敏,请附斯言。"予蓄书千百卷,有子举人死,诸孙恐不能继,凡书多与人,盖亦此意。虽然,古今人家有书,遭子孙不肖,失之亦多。矧财帛之积,未有不散者也,不如遇贤者与之为高。

卷　下

老杜、二苏多不知道,叹老嗟卑,如《七歌》及《赤壁赋》"逝者如斯而未尝往也"等可见。

义鹘事杜甫得之樵夫,至今以为美谈,系乎所遇也。夷、齐古今义士,得孔子而名彰,然夷、齐岂求名者哉。

---

① 当指《尚书·皋陶谟》。
② 原出自苏轼《东坡志林》,杨万里非首创此论者。

叶 盛

杜子美诗,朱文公云:"作诗须先看李、杜,如士人治本经然。本既立,方可及苏、黄,以次诸家诗。"又曰:"杜诗初年甚精细,晚年旷逸不可当。"又跋集注杜诗云:"杜诗佳处有在用事造语之外者,惟虚心讽咏乃能见之。"文公此语,万世不易之论。盖取法于上,自当如此。作文皆然,学者不可忽也。近世士人惑于"苏文生,啜菜羹;苏文熟,吃羊肉"之语,更不肯做向上工夫,卒之又下于苏数倍也。何怪!(《〈诗林广记〉参评》)①

杜子美《和早朝大明宫》诗,梅圣俞《金针诗格》云:"诗有内外意,内意欲尽其理,外意欲尽其象。内外意含蓄,方入诗格。如'旌旗日暖龙蛇动,宫殿风微燕雀高','旌旗'喻号令,'日暖'喻明时,'龙蛇'喻君臣,言号令当明时,君出而臣奉行也。'宫殿'喻朝廷,'风微'喻政教,'燕雀'喻小人,言朝廷政教才出而小人向化,各得其所也。"胡苕溪云:"论诗若此,皆非知诗者。善乎山谷之言曰:'彼喜穿凿者弃其大旨,取其发兴于所遇林泉、人物、草木、鱼虫,以为物物皆有所托,如世间商度隐语者,则子美之诗委地矣。'"胡苕溪《丛话》云:"老杜《和早朝大明宫》诗,贾至为唱首,王维、岑参皆有和,四诗皆佳绝。"山谷之言云,山谷说当矣。②(同上)

杜子美《樱桃》诗,《诗眼》云:"老杜此诗前四句如禅家所谓信手拈来、头头是道者。直书目前所见,平易委曲,得人心所同然,但他人艰难,不能发耳。至于后四句,其感兴皆出于自然,故终篇遒丽。韩退之亦有《谢赐樱桃诗》,学老杜所作,然搜求事迹、排比对偶,其言出于勉强,所以相去甚远。若非老杜在前,人亦安敢轻议。"潜溪所谓"搜求事迹,排比对偶,出于勉强"之言,甚当。(同上)

---

① 叶盛《〈诗林广记〉参评》涉杜诸条目,《水东日记》卷三十六亦有收录,唯所引宋人文字皆省略耳。

② 此条所引宋人论杜文字局部有省漏以致文意不清,今据宋人原文径改之。

杜子美《九日》诗，杨诚斋云："唐律七言八句，一篇之中，句句皆奇，一句之中，字字皆奇，古今作者皆难之。余尝与林谦之论此事。谦之慨然曰：但吾辈诗集中，不可不作数篇耳。如杜《九日》诗'老去悲秋强自宽，兴来今日尽君欢'不特入句便字字属对。又第一句顷刻变化，才说悲秋，忽又自宽。以'自'对'君'，'自'者，我也。'羞将短发还吹帽，笑倩旁人为正冠'，将一事翻腾作一联。又孟嘉以落帽为风流，少陵以不落为风流。翻尽古人公案，最为妙法。'蓝水远从千涧落，玉山高并两峰寒'，诗人至此，笔力多衰。今方且雄杰挺拔，唤起一篇精神，自非笔力拔山，不至于此。'明年此会知谁健，醉把茱萸子细看'，末联意味尤为深长。"又云："诗已尽而味方永乃善之善者也。"诚斋二说，学者所当知也。（同上）

杜子美《绝句》诗，《室中语》云："杜少陵诗云：'两个黄鹂鸣翠柳，一行白鹭上青天。'王维诗云：'漠漠水田飞白鹭，阴阴夏木啭黄鹂。'极尽写物之工。后来惟陈无己有云：'黑云映黄槐，更著白鹭度。'无愧前人之作。"后山诗语与王、杜二诗未伦，以之无丑前人，恐误后学。（同上）

杜子美《羌村》诗，诚斋云："杜子美《羌村》诗，读之真有一倡三叹之声。"《冷斋夜话》云："'夜阑更秉烛，相对如梦寐。'言更相秉烛照之，恐尚是梦也。'更'字当作平声读，若作侧声读，则失其意矣。""夜阑更秉烛"，"更"字作平声读是。（同上）

杜子美《缚鸡行》诗，洪容斋云："此诗自是一段好议论，至结句之妙，非他人之所能企及也。"西山《文章正宗》云："一篇之妙在乎落句。黄鲁直深达诗旨，其《书酺池寺书堂》云：'小黠大痴螳捕蝉，有余不足夔怜蚿。退食归来北窗梦，一江风月趁渔船。'可与言诗者当自解也。"《步里客谈》云："古人作诗断句，辄旁入他意，最为警策，如老杜云'鸡虫得失无了时，注目寒江倚山阁'是也。黄鲁直作《水仙花》诗'坐对真成被花恼，出门一笑大江横'，亦是此意。"师民瞻云："杜甫《缚鸡行》末句云：'鸡虫得失无了时，注目寒江倚山阁。'东坡此诗末句正用杜甫诗意也。"诗与文稍异者，以诗兼兴趣，有感慨调笑、风流脱洒处，如长诗落句，翻空旁人，作散场语是也，然时一出奇可耳。前元诗人陈

孚《刚中集》中歌行,则全用此体,观者审之。(同上)

边城画阁起哀音,浩浩风尘满素衿。谁信文章千古事,自怜忠义一生心。武侯表向闲中读,杜甫诗从醉后吟。近日情怀偏作恶,大河南北苦相霖。(《菉竹堂稿》卷三《次韵答周拱》)

此本吾家旧藏,予幼时所读者。前后颇脱落,文集尤甚,而后来所得分类本有之。因取年谱附录之仅完者,赘分类本后。此特存之,盖亦不忍弃旧之意云。己巳二月望日。(卷七《书须溪评点杜诗后》)

诗人以来,以忠君爱国为心者,有杜子美氏。继子美而嶷然大臣君子之度者,有吾乡衮魏国文正公范希文氏。子美之诗曰:"必若救疮痍,先应去蟊贼。"魏国之诗曰:"四夷气须夺,百代病可针。"至哉言乎!(《叶文庄公全集·水东稿》卷五《赠医师张养正先生诗序》)

盖其天才不羁似李太白,学力精到似杜工部。(同上《如兰诗集序》)

盘回千里郁苍苍,华岳西边此独当。龙虎众山趋左右,乾坤正脉奠中央。气蒸云雾青冥近,势压华夷玉塞长。却忆杜陵诗句好,何人来与共徜徉。(《泾东小稿》卷二《子午岭》)

吾意大鼎仪,勿药之余,承欢膝下,当春酒之载卮,歌田园之卒章,岂非乐哉!然不可以徒乐,其亦将有思乎?思之何如?江湖魏阙之思,必若魏子牟;吾庐广厦之思,必若杜工部;璚楼玉宇之思,必若苏文忠公。若然士诚知鼎仪,鼎仪诚不负所知,当不止夫天下之士,虽百世可也。(卷四《送陆鼎仪修撰序》)

有唐三百年,用文治天下。陈子昂起于庸蜀,始振风雅。繇是沈、宋嗣兴,李、杜杰出,六义四始,一变至道。(《水东日记》卷十二)

李、杜诗虽齐名,而器识复不同。子美之言曰"庙堂知至理,风俗尽还淳""舜举十六相,身尊道何高""秦时任商鞅,法令如牛毛""用为羲和天为①成,用为水土地为厚",其志意可知。若太白所谓"为君谈笑静胡沙",又如"调笑

---

① 原文"为"作"道",据杜集改之。

可以安储皇",此皆何等语也!(卷二十七《李杜器识不同》)

真清二韵,本不宜通用。张筱庵兄弟云:"窃知忌此,但《诗》与《楚辞》多有之。"盖时或一见焉,杜工部《百舌》诗亦然。(卷十六)

韩　雍

"莫笑田家老瓦盆,自从盛酒长儿孙。倾银注玉惊人眼,共醉终同卧竹根。"杜少陵诗也。小山东构轩于丛竹中,号以卧竹。酒阑宾散时,醉卧林下,则知少陵之诗不我欺也。(《襄毅文集》卷一《刘金宪廷美小洞庭十景·卧竹轩序》)

大理少卿九川李公致政,既归之明年,作亭于别墅林塘之上,扁曰鸥波。……公以名亭,盖取杜少陵诗之意,以比其趣也。(卷九《鸥波亭记》)

今斯集所载,固皆老师宿儒之作,兼盛唐诸家体制,而肩摩踵接于今者,视昔尤盛。盖宗《三百篇》之派而颉颃李、杜居多,岂拘拘山谷、后山而已耶!又曰:诗之义大矣,故选为难,知尤不易。《三百篇》之后,固莫盛于李、杜,然不知者犹以优劣论之。今之所选,果皆精而传之天下,后世能必其无优劣之论乎?噫,此非余能尽知也!(卷十一《皇明西江诗选序》)

王　越

晓风残月送行旌,满路甘棠蔼颂声。正气敢为公道事,雅怀不弃故乡情。少陵夔府诗无恙,摩诘阳关酒有名。净洗一双穷老眼,扶摇万里看鹏程。(《黎阳王太傅诗文集》卷上《吉祥寺即席送王方伯》)

微茫春树暮云天,杜甫常怀李谪仙。莫怪相逢便倾倒,知交原在十年前。(同上《次韩贯道亚参韵四首》其四)

贫鬼也嫌原宪病,诗神应笑杜陵狂。(同上《感寓》)

西风黄叶又经秋,浪迹何时得暂休。万里胡天双倦翼,十年宦海一虚舟。

炎凉世态谁青眼,辛苦人生自白头。赢得两肩吟骨瘦,天教收拾杜陵愁。(同上《新秋写怀寄定襄》)

李愿不嫌盘谷小,杜陵偏爱草堂幽。(同上《裕轩》)

席帽长檐布袍宽,袖稳骑驴皆如船。软泥春径,行到画桥边。拍岸小溪春水暖,溶溶流过前川。好风景,莺簧蝶拍,花柳共争妍。 九十光阴几许?典衣沽酒,醉袭吟鞭。莫道先生落魄,此中天趣,悠然归路晚。草堂何处?一缕孤烟。(卷下《题诗人骑驴四图·满庭芳·杜少陵》)

张　弼

韩公未老齿先豁,杜子多愁鬓已秋。(《张东海诗文集》诗集卷三《寄龙太守先生》)

南安太守龚黄上,东海诗豪李杜雄。(文集卷五《金溪徐怀柏霖嘉兴知府》)

黄　瑜

信既状元及第,自修撰进侍读,时韩王、安王、靖江王以幼小,俱在文渊阁讲学。偶与右赞善王俊华司宪及韩、安二府长史黄章同坐,观杜诗绝句云:"舍下笋穿壁,庭中藤刺檐。地晴丝冉冉,江白草纤纤。"章举以为问,俊华曰:"此盖伤唐室衰微,有所为而作。观其《无题》可见矣。"信曰:"是时与贞观之风大异,宜有此诗。"已而诸王至,言奉旨各写古诗一首呈览。信即以此诗与韩王写去,御览大怒。韩王曰:"张信教儿写耳!"上由是恶之。(《双槐岁钞》卷二《海定波宁》)

童　轩

予既作《感寓》诗,览者率以出韵为言。余惟孙愐《唐韵》大抵为近体而作,非所以施于古诗者也。古诗如《十九首》及汉、魏诸名家之作,或二三韵,或上下韵,俱不嫌于并押,是有考于《三百篇》之体也。近代吴才老作《韵补》,亦以江阳、真庚诸韵相通,岂不以古今之诗不同而古今之韵亦不同与?且唐之诗人杜甫,最号大家,律诗中《玉山草堂》一首,亦用真文二韵。其古诗三四韵者,如《童关[①]吏》《彭衙》《春陵》《义鹘行》之类,尚多有之。(《清风亭稿》卷三《感寓》诗末跋语)

大雅寥寥久不作,畴能接武《三百篇》。西都苏李最卓荦,遗音近古犹堪传。后来文章建安骨,七子磊磊争雄先。晋朝鲍谢亦仅数,渊明制作真天然。悠悠理趣自萧散,不学小伎呈雕镌。齐梁之下委靡不复振,纷纷聒耳喧秋蝉。有唐作者相继出,一代雅奏鸣宫县。杨王卢骆首奇拔,高岑韦柳堪齐肩。天生李杜实冠绝,光焰万丈直视人无前。闵时愤事吃吃不离口,仿佛古意犹能全。(卷四《哀都宪张先生并叙》)

高卧陶彭泽,长吁杜拾遗。(卷五《久雨一百韵》)

画里蚕丛国,三川尽在眸。关城连远堡,形胜入边楼。落日乌蛮夕,西风白帝秋。断霞飞极浦,微雨暗芳洲。茅屋题工部,祠堂记武侯。柳垂泸上步,花发瀼西头。万里桥犹在,三巴水自流。数拳悬岸口,百丈上滩舟。滟滪高于马,岷峨列似虬。岭猱啼灌木,杜宇叫荒丘。地僻琴台古,山深剑阁幽。野花供客况,江草唤人愁。使节曾经驻,仙槎拟再浮。白云浑似旧,锦树镇常留。仿佛登临处,依稀汗漫游。披图一长慨,飞兴绕西陬。(同上《题西蜀江山图》)

性僻耽诗死不休,文光万丈谪仙俦。浣花溪上颓年兴,饭颗山前半世愁。风送雨声江合夜,云涵星影草堂秋。可怜一片经纶志,短褐长铲到白头。(卷六《题杜子美草堂》)

杜甫诗名空短褐,元龙豪气尚高楼。(同上《南行秋兴》四首之三)

黄鸟绿阴春树浓,韶光大半转头空。一百五日寒食节,二十四番花信风。

---

① 应作"潼关"。

杜老只应偿酒债,步兵何用哭途穷。人生遇景且为乐,莫遣霜华点镜中。(同上《寒食漫兴》)

无事且谋犀首饮,有怀多寓少陵诗。(同上《重至临安分司》)

诗自《三百篇》而降,世以诗鸣者,莫盛于有唐。唐之以诗名家者,莫圣于杜子美。盖子美学博而才高,气豪而识远,故其为诗薄《风》《骚》而该屈、宋,掩颜、谢而吞曹、刘。虽当时山东李白者能以光焰相高,然于铺陈时事,陶写景物,排比声韵,多或千有余言,需若江汉奔流,千派万折,起伏澎湃,而莫极其所穷。当是时,白亦瞠乎其后矣。况其忠君忧国、仁民爱物之心,溢于抽词之外者,恶可以他诗例论哉?故元稹有曰:"诗人已来,未有如杜子美者。"信知言也!嗣是而后,历五季,沿至有宋,凡与盟诗坛者,鲜不以杜为宗。往往则其体裁,模其兴象,状其风格,务力求其似。然而才不足者则体裁靡间,识不高者则兴象莫辨,气不充者则风格鲜存,愈似而愈不似,愈工而愈不工,是故宗杜为难也。迨有元以能诗称者,则有若虞、赵、杨、范、揭诸公,亦皆以宗杜名家。评者谓各得杜之一偏,盖必有所见也。呜呼,宗杜固难况,欲冥思其事,追和其韵者,岂不尤难矣乎?南京兵部侍郎万公恕之,少承今太子太傅吏部尚书谨身殿大学士竹坡先生家庭之训,授以《三百篇》之诗,用登丁丑进士,拜户部主事,四转而有今官。学博才敏,雅好吟事。当其酒酣兴发,健笔纵横,虽一日数十韵而无难者。间于退食之暇,常取宋人周伯弼①所选《唐诗三体》、元人杨士弘所选《唐诗正音》,历次其韵而和之,业已梓行于世矣。兹复取伯生虞公所注杜律暨韦布士董益所注杜,选排律、五七言绝句总若干首,不数月间尽和其韵。殆若出其时,履其地,亲聆其謦欬,而熟睹其眉宇者。其体裁、其兴象、其风格,虽不尽求其似而其豪迈浑雄者自无不似,虽不力求其工而其清淡闲雅者又自无有不工。故不必龙文虎脊也,其如过都历块何?不必兰苕翡翠也,其如天然秀出何?斯亦善于宗杜者矣,岂直和其韵哉!虽然,饭颗山前,苦吟生瘦,白尝有诗以赠甫也。子美自谓曰:"为人性僻耽佳句,语不

---

① 即周弼,字伯弼,其字或又作伯弨、伯敬等。

惊人死不休。"由是而言,是知子美之诗,亦且苦吟力索,殆不可以易而为之者。今毖之不数月间乃能追和其诗数百余首,至于公牒游从,举无废事,虽其天才踔绝,岂亦有神以助之与?不然,何子美之不易而毖之之易也?河南方伯吴公行俭雅爱毖之诗,欲寿诸梓,乃介书征予以序其端。然予之为诗,固尝见笑于大方,奚能序毖之诗乎?辞勿获,因论前人宗杜之所以难,毖之和杜之所以易如此云。(黄宗羲《明文海》卷二百六十一《和杜诗序》)

张　宁

晴空澹澹飞鸟没,野水连天月初出。人间天上不胜秋,一片烟波夜如日。杜陵老病卧孤舟,醉倚蓬窗看水流。满怀灏思无人会,惟有清光照白头。(《方洲集》卷五《为伍公矩题画二首》其一)

澄波练净天同色,万仞苍山垂绝壁。丹枫白榆相映寒,一片秋光九江碧。溶溶漾漾何时休,寥寥漠漠湘潭游。夕阳欲落未落处,都是人生离别愁。杜陵老病孤舟远,瘦影临江衣带缓。时平结伴好还乡,野渡无人天又晚。乘桴击楫事堪嗟,锦缆牙樯不到家。天风去顺来还便,高兴还须八月槎。(同上《题秋江远棹图》)

林外春阴晓风作,门径幽深野花落。东家春色过西家,井口篱根乱漂泊。溪头新水绕门生,扁舟一叶轻如萍。杜陵老病烟波远,欲载诗愁过洞庭。(同上《一径野花落孤舟春水生画》)

未发先期赏,临开不倦游。杜陵嗟有泪,彭泽故多愁。诗化寒香淡,情甘晚节优。宜男空自好,对此共忘忧。(卷六《菊乐》)

古澹色常在,苍茫势欲崩。阴风吹不尽,寒日照还凝。夏迹怀神禹,唐章重少陵。丰年欣有象,佳兴会堪乘。(同上《岷山晴雪》)

时逢杜老愁兼绝,诗许林逋句独新。东阁凭阑空有赋,西湖放鹤更何人。(卷七《忆园梅十四韵》)

少陵老去诗名重,张旭生来草翰工。(同上《挽王侍郎封公二十韵》)

曾见隐人说,湖山雨亦奇。常因游荡冗,独觉静闲宜。惨淡玄晖画,苍茫子美诗。欲穷幽爽趣,坐待晚晴时。(同上《湖山烟雨图》)

杜陵野老身如寄,家住千山独掩扉。万事浮沉遗构在,百年离合旧邻非。乱山风雨催吟尽,永夜星河照影微。不独南阳卧龙事,子云词赋未应稀。(卷九《题乾坤一草亭》)

一曲清江碧四围,江村日日净涵辉。烟深柳色迷花坞,风急蓣香满竹扉。巢燕飞闲应识主,汀鸥眠熟惯忘机。不知杜甫题诗处,景物于今似此非。(同上《江村一曲》)

瀼西佳致杜陵庄,曲径通幽入草堂。日映松皋穿户淡,水流花坞过桥香。条桑剪雨春蚕罢,败荞漂风晚稻长。胜事不穷清赏足,直须诗画为传芳。(同上《西林》)

珠林琼岛锦江滨,桃李东风满眼春。金碧楼台何处尽,丹青图画几回新。中山古道多行径,北海寒波隔要津。白发题诗思何限,少陵已是倦游人。(同上《为许明夫题金碧山水图二首》其一)

风尘双短鬓,天地一孤舟。老病三湘道,谁怜杜甫秋。(卷十《杂咏十三首》其九)

茅屋闭春芜,兰舟泛烟草。不是灞陵桥,疑逢杜陵老。(同上《题灵隐小画二首》其二)

彭老有许恨,杜陵无句诗。如何春后赏,却是折来枝。(同上《沈履德瓶中海棠》)

独树边崖叶尽枯,萝烟竹露共萧疏。杜陵老病扁舟去,一夜月明湘水孤。(同上《画景寄胡景容》)

瑞之读书好古,博雅不群,诛茅卜居,信有杜子美之意。(卷二十《独树轩图记跋》)

孔子谓伯鱼不学诗无以言,所谓学与言,通达志意,体切事理,而自有以善于言,非欲诵习其文,以资辩说也。自观兴群怨之教衰,而《三百篇》劝戒大义,尽湮于声律文词之末,虽盛唐诸家亦不出此。但视汉、魏以降,稍能和平雅澹,庶几温柔敦厚之遗意犹有存者耳。先辈谓删后无诗,盖自有见。或者遂洞视近古,至谓宋儒之诗为无物,几欲一扫而空焉者,弃本逐末,弊一至此。夫文章固各有体,声韵亦自不同,然未有外理趣、舍经典,而可以言诗者。诗有清新者,亦有优逸者,有沉着者,有痛快流丽者,有豪宏放荡不可拘者,有摸拟想像、捕风捉影、奇怪百变者,有浅薄掇拾、随口滑稽、不经蹈履者。遍长彼善,自昔有之。使不切理达情,不根艺实,则淫哇巧艳、荒唐汗漫之言,过耳辄了,无复遗意,于宋诗也远甚,况《三百篇》乎!故善诗者,必有定志高识,周知博览,本始于圣贤之言,师意变文,涵融浑化,寓理趣于声律之内,托著述于比兴之余,如八音协乐,五味和羹,充然有成,不见其迹,斯能兼总百家,超绝群作。古之人有如此者,杜子美是也。(卷二十一《学诗斋卷跋》)

何乔新

论诗于三代之上,当究其体制之异;论诗于三代之下,当辨其得失之殊。盖究其体制,则诗之源流可见;辨其得失,则诗之高下可知矣。……自已删之后,诗雅萧条,如苏、李之高妙,嵇、阮之冲澹,曹、刘之豪逸,谢、鲍之峻洁,其诗非不工也,然嘲咏风月,亡禆风教。求其有补风化者,晋之渊明而已。观其自晋以前,皆书年号;自宋以后,惟书甲子。是岂可与刻绘者例论耶?如元微之之雄深,韦应物之雅澹,徐陵、庾信之靡丽华藻,白乐天、柳宗元之放荡嘲怨,其诗非不美也,然夸耀烟云,无关政体。求其爱君忧国者,唐之杜甫而已。观其《杜鹃》之诗,忠爱之心见于言外;《北征》之诗,忧国之意见于终篇。又岂可与浮靡者例论耶?(《椒邱文集》卷一《论诗》)

每三复陶翁《停云》之诗,与杜陵"暮云春树"之句,未尝不怅然也。(卷十六《寄秋官何惟孝》)

雄拔追李杜,奇涩薄宗师。(卷二十一《读曾南丰诗》)

沈 周

少陵老子旧茨茅,小著乾坤气自豪。作者有程吾耳耳,视之如传世劳劳。图书可托斯文在,风雨无惊地位高。坐此笑歌三百岁,江山屏障一周遭。(《石田诗选》卷三《乾坤一草亭为狄天章赋》)

堂在瀼西黄草茨,吴乡莫把蜀乡疑。地从杜甫名全借,图为卢鸿我不辞。衣桁夕阳迷翡翠,竹坪春水下鸬鹚。百壶自醉苏司业,未解求人为酒资。(同上《瀼西草堂》)

十角黄牛五母鸡,知君旧业在双溪。寄人诗简秋裁竹,教子书灯夜照藜。四畔无争田井井,百夫戮力黍萋萋。却怜杜甫频移宅,才住东村又瀼西。(卷七《守庄》)

府尊严武位,幕集杜陵贤。(同上《会吴献臣兵备兼谢惠诗》)

粝饭粗衣常自足,犹胜杜甫客西川。(同上《奉和陶庵世父留题有竹别业韵六首》其三)

桃怪刘郎来不再,诗怜杜甫死方休。(同上《哭刘邦彦二首》其二)

满地干戈草木秋,漫将白发染穷愁。英雄感慨言空在,家国艰难盗未收。老泪边头哭尧舜,此心里许梦伊周。草堂依旧成都是,日暮门前江水流。

贫莫容身道自尊,先生肝胆照乾坤。泪因感事时时有,诗不忘君首首存。孔雀岂知牛有角,杜鹃还识帝遗魂。千年珍重丹青在,大雅何从著赞言。(卷八《题杜子美像》二首)

少陵东坡二豪者,风流在在留文章。(同上《为郭总戎题长江万里图》)

张 铁

夫诗,志之形于声者也。志与辞兼至,而后可以言诗矣。志未至焉,则不足以驾御其言辞;辞未至焉,则不足以抒写其志意。《楚骚》尚矣。唐杜子美所以凌驾百氏者,其志则爱君,其辞则忠告,志与辞俱至也。后世诗人学杜者不少,不立其志而徒攻其辞,吾未见其能杜也。石田先生……凡有感于中,则必动于志而形于辞,故其为杜不必篇仿句拟而杜固在也。(《石田诗选》卷末跋语)

倪　谦

谕蜀岂劳司马檄,入夔应忆少陵诗。(《倪文僖集》卷八《送徐瑄御史按蜀》)

原思自信贫非病,杜甫谁知老更狂。(卷九《夏日游宣府李挥使北园席上步于景瞻韵二首时天顺庚辰六月也》)

君子得遂隐处之乐者,必在于治平之时。康衢之老,出作入息而不知帝力者,有唐尧之在上也。子美以文章名海内,然遭天宝安史之乱,干戈播迁,殆无宁岁。虽营堂于成都,然居未三载而入梓及阆;复居成都,居未一载竟卜戎渝而出峡矣。堂之敝也,噫,谁与葺之?……地不自胜,因人而胜。前乎子美,浣花之溪固自若也。一得子美,遂流闻至今,而名益彰。(卷十三《巴湖草堂集》)

诗者,言之有音节者也。言之有音节,一皆本于自然而不容已焉。若《康衢》之谣,《击壤》之歌,二《南》之咏,是皆髫童野老、委巷女妇,达其情之所欲言者,初岂有意而为之哉?以今观之,虽学士大夫反有所不能道,何耶?由其被先王教化之深而发乎天性之真者,自然而成音也。后世之为诗者,养之未至,而欲模拟古作,极力驰骋,排偶声律,风云月露以为工,牛鬼蛇神以为奇,而古意索矣。惟陶、韦之冲逸,李、杜之典则,脍炙人口,世争传诵之,以至于今。岂不以其音节自然,有得于风雅之遗者乎?(卷十九《盘泉诗集序》)

章　纶

韦杜苍茫尺五天,灞桥诗思亦依然。少陵骑出多诗思,无限韶华在目前。

(《章恭毅公集》卷六《杜曲春游》)

陈献章

　　诗之工，诗之衰也。言，心之声也。形，交乎物，动乎中，喜怒生焉，于是乎形之声。或疾或徐，或洪或微，或为云飞或为川驰，声之不一，情之变也。率吾情盎然，出之无适不可。有意乎人之赞毁，则《子虚》《长杨》饰巧夸富，媚人耳目，若俳优然，非诗之教也。甚矣，诗之难言也。李伯药见王通而论诗，上陈应、刘，下述沈、谢，四声八病，刚柔清浊，靡不毕究，而王通不答。薛收曰：吾尝闻夫子之论诗矣，上明三纲，下达五常，于是征存亡、辨得失，小人歌之以贡其俗，君子赋之以见其志，圣人采之以观其变。今子之言诗，是夫子之所痛也。南朝姑置勿论，自唐以下几千年于兹，唐莫若李、杜，宋莫若黄、陈，其余作者固多，率不是过。乌虖①，工则工矣，其皆《三百篇》之遗意欤？率吾情盎然出之，不以赞毁欤？发乎天和，不求合于世欤？明三纲，达五常，征存亡，辨得失，不为河汾子所痛者殆希矣。故曰：诗之工，诗之衰。夫道以天为至，言诣乎天曰至言，人诣乎天曰至人。必有至人，能立至言。尧、舜、周、孔至矣，下此其颜、孟大儒欤？宋儒之大者曰周、曰程、曰张、曰朱，其言具存，其发之而为诗亦多矣。世之能诗者近则黄、陈，远则李、杜，未闻舍彼而取此也。学者非欤？将其所谓大儒者工于道不工于诗欤？将未至于诣乎天，其言固有不至欤？将其所谓声口弗类欤？言而至者，固不必其类于世。或者又谓"诗有别材，非关书也；诗有别趣，非关理也"，则古之可与言诗者果谁欤？夫诗小用之则小，大用之则大。可以动天地，可以感鬼神，可以和上下，可以格鸟兽。四时行焉，百物生焉。皇王帝霸之褒贬，雪月风花之品题，一而已矣。小技云乎哉！（《白沙子》卷一《认真子诗集序》）

　　受朴于天，弗凿以人。禀和于生，弗淫以习。故七情之发，发而为诗。虽

---
① 同"呜呼"。

匹夫匹妇,胸中自有全经,此风雅之渊源也。而诗家者流,矜奇眩能,迷失本真,乃至句锻月炼,以求知于世,尚可谓之诗乎？晋魏①以降,古诗变为近体,作者莫盛于唐。然已恨其拘声律、工对偶,穷年卒岁,为江山草木、云烟鱼鸟粉饰文貌,盖亦无补于世焉。若李、杜者,雄峙其间,号称大家,然语其至则未也,儒先君子类以小技目之。然非诗之病也。彼用之而小,此用之而大,存乎人。天道不言,四时行,百物生焉。往而非诗之妙用,会而通之,一真自如,故能枢机造化,开阖万象,不离乎人伦日用,而见鸢飞鱼跃之机。若是者,可以辅相皇极,可以左右六经而教无穷小技云乎哉！（同上《夕惕斋诗集后序》）

以诗之盛,莫如唐。然而世之大儒君子,类以技目之,而不屑效焉。则所谓诗之至者,果何人哉！仆于此道,未尝一得其门户。寻常间闻人说诗,辄屏息退听,不敢置一语可否。问其孰为工与拙,罔然莫知也。比岁闻南京有庄孔易者,能自树立于辞,不一雷同今人语。心窃喜之,稍就而问焉,果出奇无穷。及退取陶、谢、少陵诸大家之诗学之,或得其意而亡其辞,或得其辞而遗其意,或并辞意而失之。盖其所谓凤生晕血,终欠一洗之力,而又思其见讥于大儒君子,终所谓技不可旷岁月于无用,故绝意不为。凡学于仆者,亦以是语之,而无有疑焉者矣。（卷二《与王乐用金宪》）

何氏世居番禺之沙湾,当宣德、正统间,有号渔读居士者,名贞,字绍元……尤喜饮酒,子弟取杜诗之可歌者为越声,歌以侑觞,居士颓然。（卷四《渔读居士墓志铭》）

一日忽兴动,和得半山诗一十八首,稿寄时矩收阅。作诗当雅健第一,忌俗与弱。予尝爱看子美、后山等诗,盖喜其雅健也。若论道理,随人深浅,但须笔下发得精神,可一唱三叹,闻者便自鼓舞,方是到也。须将道理就自己性情上发出,不可作议论说去,离了诗之本体,便是宋头巾也。大概如此。中间句格声律,便一一洗涤平日习气,焕然一新,所谓濯去旧见以来新意,作诗亦正用得着也。批判去改定,乞再录来见示为幸。稿中有工拙,请下一转语,以

---

① 原文如此,明人多有用如此例者。

观识趣高下，可乎？（同上《次王半山韵诗跋》）

孟子诗肩高耸山，杜陵谈笑古风还。世间还对忧时画，美酒花前已破颜。（卷五《题杜少陵小影次韵柳文肃》）

昔别秋未深，今来岁方晏。吾衰忘笔砚，月记诗半板。或疑子美圣，未若陶潜淡。习气移性情，正坐闻道晚。为我试读之，如君当具眼。（同上《示李孔修近书》）

子美诗之圣，尧夫更别传。后来操翰者，二妙少能兼。（卷五《随笔》其六）

画纸敲针一杜诗，水生花落两天机。西风卷市尘高起，也到江心不解飞。（卷六《半江十咏为谢德明赋》其六）

黄屋门前缓辔行，上林花映赐衣明。怪来老眼模糊甚，道是寻春杜少陵。（同上《戏题顾进士琼林宴图》）

碧柳黄鹂三月画，江湖风雨万篇诗。花前浊酒不得醉，驴背春风空自吹。（同上《杜甫游春》）

男子固多奇，如公更不疑。经纶思昔日，功业问当时。鬼幸村巫小，棋还国手知。杜陵秋月下，兴尽《八哀诗》。（卷七《彭司寇挽词》其一）

短世渊明醉，长愁子美歌。高情谁复尔，久别公如何？淡月初出浦，好风来扬簑。买田沧海上，耕亦不须多。（同上《闻林缉熙初归自平湖寄之》）

碧玉丈人天性直，长以语人人不识。胸中一部《莲华经》，江云浩浩江泠泠。时取黄鹤楼中老铁笛傍崖吹之，江神敛衽无人听。安得张乖崖来分与衡山一半，今日在衡山为我作粥，便是当年事业成。（卷八《病中寄张廷实用杜子美韵》）

杨守陈

少陵《诸将》诗有云："早时金碗出人闲。"邵庵注引《南史·沈炯表》有"茂陵玉碗遂出人闲"之语，以少陵用此因避上句玉鱼，改玉作金。余以为不然。杜诗引用故事，若"河内尤宜借寇恂"者，此正用之也。若"山阴野雪兴难乘"

者,此借用之也。若"羞将短发还吹帽"者,此反用之也。然皆仍其语耳,岂有改其语而用之者哉? 观其《对雪》用"昏鸦"字,犹注所本,其肯改"玉碗"为"金碗"乎? 黄鹤注有"卢充与崔氏幽昏,崔抱儿还,又与金碗"之说。事虽不经,然亦玉鱼之类也。焉知其不借用之乎? 杜读书破万卷,或他有所据,则不可知,当阙如也。若谓其改"玉"为"金",则今之学者皆擅易古语以强对己诗,用黑以为白,更桃以为李,反西以为东,数八以为七也。亦何不可哉? 其不然也审矣。(《杨文懿公文集》卷一《金碗辨》)

栋飞南浦之云,窗含西岭之雪。日出篱东,云生舍北,幽于杜陵老之庄;鸟歌后院,花舞前檐,胜若东溪公之宅。(卷十七《上梁文》)

往岁尝邀阁下与屠朝宗数公共赏盆莲,取杜少陵"雨裛红渠冉冉香"之句,人各分其一字,以为韵而诗之,一时觞咏乐甚。(卷二十八《与彭彦实简》)

周　瑛

乌石山前旧草堂,秋来乡思迥茫茫。瀼西杜甫长为客,戟下冯唐犹是郎。驿路连云行独骑,海门和月倚危樯。请君莫听南楼笛,一曲梅花一断肠。(《翠渠摘稿》卷七《送方大衡还莆》)

清樽白发几人同,顿觉倏然有古风。瀼水却能留杜甫,滁山差可著修翁。无边清思尘埃外,几许浮名醉梦中。画史未知忘色相,欲将声迹绘元丰。(同上《游西塔次潘水部及伍宪副二公韵》其二)

罗　伦

诗非为传世作也。本乎情性,止乎礼义,诗不能以不传也。……王迹既熄,风雅道丧,宏材硕士,句攻字琢,用意非不精,用力非不勤,卒无异空花眩目,好音过耳。夫岂才之相远哉? 所以教而化之者,无其本也。然太极之运不息,则人心之天不丧。是故豪杰之士间生其中,亦无愧于古者。若灵均之忧愤、杜陵之忠忾、陶彭泽之冲澹,皆本乎性情之真,庶乎礼义之正,关于民彝物则之大,视风雅不知何如,恶可以后世之诗例视之哉!(《一峰集》卷二《萧冰崖诗集序》)

胡居仁

程子以诗文害道。非是诗文害道,是作诗文者志局于此,所以为道之害。若道义发于诗文,又何害?不合他专心致力于此,期于工巧,便与圣贤为己之心不同,于圣贤为学工夫必荒。杜子美、韩退之当初若能做圣贤工夫,不学诗文,其造必不止此。

今人只将圣贤之书资口语、做文章,与自己身心全无干涉,天地间道理无一时息,人心不可一时不存。(《居业录》卷二《学问第二》)

世之谈诗者,皆宗李、杜。李白之诗,清新飘逸。比古之诗温柔敦厚、庄敬和雅,可以感人善心、正人性情,用之乡人邦国以风化天下者,殆犹香花嫩蕊,人虽爱之,无补生民之日用也。杜公之诗,有爱君忧国之意,论者以为可及变《风》变《雅》,然学未及古,拘于声律、对偶,《淇澳》《鸤鸠》《板荡》诸篇,工夫详密,义理精深,亦非杜公所能仿佛也。呜呼,后世王道不行,教化日衰,风气日薄,而能言之士不务养性情、明天理,乃欲专工于诗,以此名家,犹不务培养其根,而欲枝叶之盛也,其可得乎?邵康节言删后无诗,其以此也。(《胡文敬公集》卷二《流芳诗集后序》)

寂寞虚堂里,琴书共晏然。饥炊野田粟,渴饮石溪泉。清淡四檐月,氤氲半篆烟。圣贤名教外,细玩杜陵编。(卷三《和》)

余祐

汉唐名家,最称扬、韩、李、杜辈。借有圣人重加删定,不知四子与程朱孰在所取,孰在所去乎?若四子者,虽未可与希圣,亦各聪明过人。使偕程朱而生,必

望其庐俯首帖耳,不敢自立异矣。(《胡敬斋先生文集》卷首《胡文敬先生集序》)

吴　宽

君诗不作宋元语,开元大历相追随。虽去专师李与杜,亦或下友参兼维。其余佺期之问辈,蔑视何异群小儿。(《家藏集》卷三《赠别丁凤仪刑部》)

曾读杜甫《佳人》篇,佳人今向画图传。练裙缟袂春风里,不减花神并水仙。牵萝补屋居空谷,日莫依然倚修竹。只隔西邻短短墙,杨花榆荚纷相逐。(同上《修竹仕女图》)

锦水筑堂从杜老,漆园成器想樊侯。(卷四《与诸友东郭草亭看牡丹二首》其二)

天落平湖见鬓丝,傍人休笑放舟迟。杜陵野老愁泥滓,只许青鞋布袜知。(卷五《次韵天全翁书遗光福徐用庄雪湖赏梅十二绝》之七)

杜翁昔赋《缚鸡行》,韩子曾联《斗鸡》句。(卷六《画鸡》)

杜陵诗翁去我远,愧此毕弘与韦偃。(卷八《张子俊画松》)

曹韩已远图有无,犹赖杜老诗如图。(同上《任月山九马图》)

药里长随老杜居,全凭坐客诵方书。(卷九《次韵鼎仪世贤问予病目》)

岁暮偏惊客过门,方书时与国医论。笻拖冻雪当松院,屋背方塘类水村。日籴五升知贵贱,月收一束问寒暄。杜陵诗句依然在,想见微吟对浅尊。(同上《次韵傅曰川病中》)

杜子刈葵蔬入馔,陶翁收秫酒盈尊。(卷十《三答刘道亨》)

杜陵亦是寻诗者,隔水空怜见丽人。(卷十一《清明日林亨大邀游兴隆寺饭聪老房聪出永乐初姚荣公与梁用行辈亦以是日游城南倡和四绝句见示为次韵》其二)

簿书怀杜老,笠屐来苏公。(卷十二《次韵沈时旸雨后过饮园亭兼怀李贞伯二首》其一)

舍人好画谁与俦,子美诗里之刘侯。(卷十三《为杨应宁题夏太卿墨竹》)

杜老还教径扫花,范家莫道尘生甑。(卷十六《中秋夜登仲山新楼赏月》)

杜老当时句宛然,况逢四月称高眠。绿池芳草纷纷积,白日游丝冉冉牵。史馆何人仍傺直,睡乡无事莫开边。炉熏已冷茶烟起,自笑闲官可质钱。(卷十七《和陆廉伯昼寝次老杜韵》)

杜陵休自托狂夫,肥遁中园不改图。应笑苍蝇随骥尾,谁将腐鼠饲鹓雏。晴云出岫无心计,流水当门隔步趋。犹有诗编题四兴,平生功业岂全无。(同上《次韵答费昭霁二首》其二)

嗟哉河豚鱼,未足充八珍。古人謷莫邪,信矣能杀人。烹调虽云善,发病莫与伦。奈何甘此毒,既死目须瞋。脯作子美祸,冰为圣俞屯。二物尚可食,所恶鱼无鳞。重价争买致,聚食当初春。匪直悼吾友,亦惟戒吴民。(同上《闻友人食河豚病发而卒》)

案上书签乱,赓歌有杜诗。(卷十八《对雨二首》其一)

子美清晨开画障,乐天终夜却诗魔。(同上《续和任太常写怀二首》其一)

黄花隐绿叶,雨过仍离披。不为杜老叹,未是凉风时。(卷十九《决明》)

一任西邻还扑枣,杜诗不用赠吴郎。(卷二十一《雨止后复续邻老句二首》其二)

栎社异兹种,如何身颡之。奇形岂天赋,割剥谅非时。磥砢还同瘿,扶疏不是痿。犹能为拂子,敢负少陵诗。(同上《棕》)

嘉树初从何处移,并持高节已虬枝。良材旧作荆州贡,别种休评杜老诗。①(卷二十二《赋苇庵新栽四桧》)

诗赠吴郎有杜公,西邻扑枣事还同。若将仙种来相比,小圃安能抵阆风。(卷二十三《答屠公谢送家园枣有仙种之称》)

谁拟棕榈为拂子,杜陵诗里独怜材。(卷二十四《马蔺草》)

八荒同一云,杜老感幽寂。(卷二十八《韩贯道示所和复次韵答之》)

杜少陵《茅屋为秋风所破歌》有"安得广厦""大庇寒士"之语,先生少陵后

---

① 自注云:"杜有四松之咏。"

人也,而老于诗。(卷三十一《重建延绿亭记》)

若草堂者,不丰不侈,不华不美。虽田夫野老,皆能办之,何贵于天下乎?盖堂不足贵也,而贵其人。昔之筑是堂而称于世者,杜子美之于浣花,白乐天之于庐山,仅仅一二而已。二公之人品,固皆足为斯堂增重。然子美生当乱离漂泊之际,不免有秋风所破之叹,况其困于无赀,盼盼①然望王录事成之。(卷三十二《西溪草堂记》)

东湖本陈湖也,在长洲邑东南,周可六七十里,其涯多良田,居民资之。予凡再游焉而再乐,皆以访陈氏故,而有汝器、玉汝昆仲为之主也。当成化己丑岁,予与玉汝同试礼部归。及秋,过其家,午饮毕,汝器亟命舟泛湖,入夜始还,则月色如昼,水波若空,尊俎之间,歌声相发,有杜子美渼陂之乐。(卷三十三《东湖记》)

为之题总名曰"中园四兴"。四兴者,盖仿杜子美之《秋兴》推而广之。而曰"中园",则系以其号也。(卷四十《中园四兴诗集序》)

湖州自昔称山水清远,人之产其地者,多以文雅相尚。其亦钟山水之秀而然乎?岂所谓清远者,亦有所助乎?盖言诗之盛者,必以唐为首。若辋川之有王右丞,香山之有白太傅,浣溪之有杜子美,樊川之有杜牧之,其尤著者也。是故市廛之尘埃,孰比乎烟霞之胜;闾巷之人迹,不若乎泉石之佳。发乎兴致,荡乎胸怀。景美而意自奇,迹爽而趣自妙,不期乎诗而诗随之。(卷四十二《樵乐存稿序》)

夫诗自魏、晋以下,莫盛于唐。唐之诗如李、杜二家,不可及已。其余诵其词,亦莫不清婉和畅,萧然有出尘之意。其体裁不越乎当时,而世似相隔;其情景皆在乎目前,而人不能道。是以家传其集,论诗者必曰"唐人唐人"云。抑唐人何以能此?由其蓄于胸中者有高趣,故写之笔下,往往出于自然,无雕琢之病。如韦、柳,又其首称也。(卷四十四《完庵诗集序》)

桃竹杖见杜集,或制压尺遗予。为之铭曰……(卷四十七《桃竹压尺铭》)

---

① 疑作"盻盻"。

苏文忠公有言："诗至于杜子美。"①故近代学诗者多以杜为师,而尤得其三尺者,虞、杨、范三家而已。然文忠又谓："子美以英伟绝世之资,凌跨百代,古今诗人尽废。然魏、晋以来,高风绝尘,亦少衰矣。"世以为确论。若季迪生值元季,非不知有子美者,独其胸中萧散简远,得山林江湖之趣,发之于言,虽雄不敢当乎子美,高不敢望乎魏、晋,然能变其格调,以仿佛乎韦、柳、王、岑于数百载之上,以成皇明一代之音,亦诗人之豪者哉。(卷四十九《题重刻缶鸣集后》)

昆山周寅之作《八哀诗》,盖拟杜子美以哀其乡八贤者也。(卷五十三《跋周寅之八哀诗后》)

韩干画马之妙,见于杜少陵之歌备矣。所谓画肉不画骨,观于此图尤信。(同上《跋韩干马图》)

杜陵野老句偏工。(卷五十七《张氏建楼上梁文》)

既老且病,不忘旧习。前卒数日,犹以杜少陵二句为韵,作《述怀》二十首,而时事所感亦寓焉。(卷七十三《明故工部营缮清吏司员外郎致仕胡君墓表》)

黄仲昭

白头杜陵叟,乾坤一诗豪。看山坐芳草,寻春访绯桃。一尊不自慰,奈此时绎骚。(《未轩文集》卷七《题四景山水图·杜甫游春》)

陆　容

杜子《饮中八仙歌》云："李白一斗诗百篇,长安市上酒家眠,天子呼来不上船。"说者以船为襟纽。窃意明皇或在船召白,白醉而不能上耳,不必凿说

---

① 苏轼原文云："故诗至于杜子美,文至于韩退之,书至于颜鲁公,画至于吴道子,而古今之变,天下之能事毕矣。"见《东坡集》卷二十三《书吴道子画后》,明成化刻本。

也。(《菽园杂记》卷二)

观属目,闻属耳。然佛书有观其音声之文,杜诗有"心清闻妙香"之句。正犹鸟不可以牝牡言,兽不可以雄雌言。《书》有牝鸡,《诗》有雄狐,此文字中活法,可以意会而不必泥也。(卷九)

《杜律虞注》本名"杜律演义",元进士临川张伯成之所作也,后人谬以为虞伯生所注。予尝见《演义》刻本,有天顺丁丑临川黎送久大序及《伯成传》。序其略云:注少陵诗者非一,皆弗如吾乡先进士张氏伯成《七言律诗演义》。训释字理极精详,抑扬趣致极其切当。盖少陵有言外之诗,而《演义》得诗外之意也。然近时江阴诸处,以为虞文靖公注而刻板盛行,谬矣。其《桃树》等篇,"来行万里"等句,复有数字之谬焉。吾临川故有刻本,且首载曾昂夫、吴伯庆所著《伯成传》并挽词,叙述所以作《演义》甚悉,奈何以之加诬虞公哉?按文靖早居禁近,继掌丝纶,尝欲厘析《诗》《书》、汇正《三礼》弗暇,独暇为此乎?杨文贞公固疑此注非虞,惜不知为伯成耳。嫁白诡坡,自昔难免哉。(卷十四)

唐诗大家并称"李杜",盖自韩子已然矣。或疑太白才气豪迈,落笔惊人,子美固已服之。又官翰林清切之地,故每亲附之。杜诗后人始知爱重,在当时若太白盖以寻常目之,故篇章所及,多不酬答。今观二公集中,杜之于李或赠或寄,或忆或怀或梦,为诗颇多,其散见于他作,如云"李白斗酒诗百篇""近来海内为长句,汝与山东李白好""南寻禹穴见李白,道甫问讯今何如"之类褒誉亲厚之意,不一而足。及观李之于杜,惟《沙丘城之寄》《鲁郡东石门之送》《饭颗山之逢》,仅三章而已。况《沙丘》《石门》略无褒誉亲厚之词,而"饭颗山前"之作又涉讥谑,此固足起后人之疑也。尝闻乡老沈居竹云:"饭颗山,天下本无此名,白以甫穷饿,寓言讥之。"未知然否。(卷十五)

杨守阯

葵之倾心向日,类乎臣之尽忠事主,盖花之忠臣。杜少陵有言:"葵藿倾

太阳,物性固莫夺。"盖少陵一饭不忘君,故以葵自况,亦所谓好其类者。(《碧川文选》卷一《辟雍赏葵诗序》)

诗瘦之说,始自崔浩之友,一言之戏,遂为后来诗家之口实。李白嘲杜甫:"为问因何太瘦生,只为从前作诗苦。"杜甫《寄裴迪》:"知君苦思缘诗瘦。"僧齐己《寄郑谷》:"常闻病亦吟,瘦应成鹤骨。"其后,又有谓"郊寒岛瘦"者。夫李、杜文章,光焰万丈;而裴、郑、贾、孟,亦各名家,岂可以一时善谑名之乎?(卷四《瘦斋诗稿序》)

吴俨

怀古视平芜,尝闻少陵语。今公复有怀,所怀在何许?前望龙盘山,道路修且阻。草木郁苍苍,独不见伊吕。(《吴文肃摘稿》卷一《平芜晓望》)

王鸿儒

杜子美《柏学士茅屋》云:"碧山学士焚银鱼,白马却走身岩居。"自昔读之,心以为疑,以为"银鱼"学士之服饰,苟欲弃官为学,抛之可也,藏之可也,何至于焚乎?且谓之"银鱼",体非草木,可以言"熔",不可以言"焚"。而学士之官无曰"碧山"者,岂依附瀛洲而立此名乎?"白马却走"之说亦不可晓。比缘侯朝得会同年石邦彦先生,论及于此,予因偶记《文选》应璩《百一诗》曰:"前者隳官去,有人适我庐。田家无所有,酌醴焚枯鱼。"遂疑"焚银鱼"者或是焚枯鱼之说,况子美诗事多出《文选》。归检杜集,又有《寄柏学士林居》云:"自胡之反持干戈,天下学士亦奔波。"其《进雕赋》亦云:"亡祖审言修文于中宗之朝,高视于藏书之府,故天下学士到于今而师之。""学士"不言"翰林""弘文""集贤"等称,而曰"天下学士",遂疑与"碧山学士"俱是学者之号,而非官称。"银鱼"当如应璩之说,言其绝去膏粱、食淡攻学也。以是请教,邦彦大不以为然,回柬曰:"银鱼、白马皆学士服御之物,今既隐于碧山岩穴以居,故弃银鱼而不服,屏白马而不用。"又言解诗之法与他训诂略殊,当详上下句势及字面均平、句法向背,咏叹淫泆,庶几不远。予用是甚悔轻发而蒙高叟之议,因复细检杜诗,颇得其详。盖柏学士乃柏贞节之侄,代宗大历元年春,杜甫至夔州时,贞节为夔州都督。初,崔旰反于蜀,贞节与侄茂林兄弟同起兵讨平之,朝廷加贞节御史中丞,为夔州都督,子侄数人皆除以官,杜甫诗所谓"纷然丧乱际,见此忠孝门。三止锦江沸,独清玉垒昏"是也。然所平者崔旰耳,而曰"三止锦江沸",是必有实,今不可考矣。其侄之官,仅见一柏二别驾,余不能知,要皆是军中事任,学士之职必不以赏功,若柏学士当是无军功无官赏者。其《柏大兄弟山居屋壁》曰:"叔父朱门贵,郎君玉树高。山居精典籍,文雅涉风骚。"由是观之,则所谓柏学士者疑即柏大或柏大之弟也。又曰:"江汉终吾老,云林得尔曹。"则柏大兄弟又从子美游矣,与下勉励之言曰"富贵必从勤苦得,男儿须读五车书"者意又相合,则所谓碧山学士者迹未尝涉于王朝,其非官称明矣。"白马却走身岩居",谓骑马至山,马则返家,而身留岩居。"却走"二字,用《老子》语,如曰"倒回"也。果谓"白马"为学士之御,则所谓"巷有白马生,朝回焚谏草""纷纷乘白马,攘攘著黄金""青衫冑子困泥途,白马将军若雷电""青袍白马谁家子,粗豪且逐风尘起""青袍白马果何意,金谷铜驼非故乡",此类甚多,皆当何以言邪?"焚银鱼"事,亦有可稽:欧阳永叔《过张至秘校庄诗》曰:"焚鱼酌白醴,但坐且欢忻。"梅圣俞《赋欧阳永叔刘原甫范景仁何圣徒见访之什》曰:"为君开蓬户,酌酒焚紫鳞。"刘贡甫《夜过曾孚先诗》曰:"度阡仍越陌,酌醴更焚鱼。"是皆用应璩诗意而可以为杜子美之证者也。(《凝斋集》卷九《杜诗解辩》)

石 瑶

丈夫得志横四海,焉得独守蓬瀛春。当时李杜亦落落,山川尚拟藏精神。(《熊峰集》卷二《送王懋纶佥宪还蜀》)

少陵三夜梦谪仙,魂来魄往枫林前。(同上《梦程正之》)

曾读壶关杜老诗,柏梁高咏有公词。(卷四《谒赵公墓》)

为月一登楼,长风更试秋。水摇城阙迥,河带斗星流。古木萧萧下,闲云淡淡浮。只应今夜景,能破杜陵愁。(卷九《月》)

倾盖论文两不疑,别难方恨定交迟。霜风万里随王使,月夜何人听杜诗。(同上《送谢侍御按云南》)

此麒所以有巢父掉头之欢,不能忘少陵野老之哭。(《可经堂集》卷十一《与杨方壶》)

庄 昶

子瞻谈笑皆成句,老杜忧虞亦在君。(《定山集》卷四《和盛文元答储吏部》)

不遇龙蛇有屈伸,悲秋可忍更伤春。唐虞回首封比屋,孔孟乐天非旅人。清世独来真自笑,黑头何处不堪贫。耒洲①五百年来水,谁照逍遥七尺身?

应葬不葬等是休,有生无生情肯留。寿迟殇子千年在,诗与江河万古流。天借人心都日月,山藏庙貌自春秋。拾遗苦被苍生累,赢得乾坤不尽愁。(卷五《耒阳吊工部祠墓》二首)

诗本平生非杜甫,琴才临老遇钟期。(同上《赠文二》)

河出龙马,洛出龟书,天地之秘泄矣。而伏羲、神禹之后,惟邵康节得之。光风霁月,鱼跃鸢飞,道之妙形矣。而仲尼、颜子之后,惟濂溪、二程、朱晦庵得之。《国风》《雅》《颂》,删自仲尼,人之善恶著矣。而《三百篇》之后,惟杜甫、李白、陈后山、黄山谷得之。云行雨施,山崎川流,天地之文著矣。而典、谟、训、诰之后,惟班固、马迁、韩愈、苏轼得之。……朱子谓:"子美夔州已后之诗,自出规模,横逆已甚。"②李、杜、陈、黄得诗之辞,而诗之理不得也。先

---

① 耒水边一沙洲名。
② 此句乃杂合朱熹《论文下·诗》两条内容而成。原文云:"杜甫夔州以前诗佳。夔州以后,自出规模,不可学。"又云:"杜诗初年甚精细,晚年横逆不可当,只意到处便押一个韵。"见《朱子语类》卷一百四十、《文渊阁四库全书》本。

儒又谓"六经已后无文",盖班、马、韩、苏得文之法,而文之理不得也。惟周、程、张、朱之学,可以无间。然孔子自以为不试故艺,而子贡又谓孔子天纵将圣又多能也。是则康节之数、子美之诗、太史公之文,又岂足为吾道君子之累哉!(卷六《送潘应昌提学山东序》)

往年予读杜子美"人生七十古来稀"之句,未尝不叹浮生短世,光景飘忽,而谓长生术不可以不学。(同上《寿朱处士七十序》)

夫月也,有诗人之月,有文人之月,有诗颠酒狂之月,有自得性天之月。韩昌黎《盛山十二诗序》谓"追逐云月",文人之月也;杜子美诗谓"思家步月清宵立",诗人之月也。李太白捉月采石而其诗又谓"醉起步溪月",诗颠酒狂之月也。黄山谷谓周茂叔人品甚高,其人如光风霁月,自得于性天者之月也。(卷七《月轩序》)

陆　简

古画多以工致为能,故艺不专门不足以名世。自元、宋①入国初,画手如吴仲圭、倪云林、王孟端辈,始以气韵相胜,清绝潇洒,谓之"士夫画"。正如唐之韩文、杜诗一出而六朝之俳体顿废,亦势所必至也。(《龙皋文稿》卷六《题沈石田画册后》)

钱　文

陶潜躬稼穑,杜甫忧乾坤。难遇古已然,辛勤种兰荪。(《钱山人集》之《长啸二首》其二)

① 原文如此。

朱存理

(陈)子贞尝序彦清诗云："诗由日锻月炼,然后为工。亦由随事感发,肆然为之,然后熟。"又尝手抄《杜律》一编,朱书小字,夹注其说。某为对起对结,某为散起散结,或缘某句应某字,或由某意发某语,脉络有自来,枝叶有所传。子贞其知诗者也。(《楼居杂著·又题子贞诗》)

周 琦

诗不可废,人性情所寓也。若诗可废,孔子不删,今不读之为经乎。但近体则坏《三百篇》旨,伤吾道矣。人有穷苦,非诗无以达；人有忠良,非诗无以显。使可废焉,孟郊、贾岛之穷苦,杜甫之忠爱,天祥之气节,殆将何托？诗固不可以不作也。作而从沈约近律之体制,莫若从孔子《三百篇》之体制也。(《东溪日谈录》卷十六《文词谈》)

世人惑月之说甚多。……其曰月中有兔捣药,致有"捣药兔长生"之句者,杜工部之误也。(卷十八《辟异谈》)

游 潜

《梦蕉诗话》

卷 上

宋诗不及于唐,固也。或者矮观声吠,并谓不及于元,是可笑欤！方正学论之,诗云："前宋文章配两周,盛时诗律亦无俦。今人未识昆仑派,却笑黄河是浊流。""天历诸公制作新,力排旧习祖唐人。粗豪未脱风沙气,难诋熙丰作后尘。""祖"字上便正学立论尺寸,若刘后村顾谓"宋诗岂惟无愧于唐",盖过之,斯言不免固为溢矣。近又见胡缵宗氏作《重刻杜诗后序》,乃直谓"唐有诗,宋、元无诗","无"之一字,是何视苏、黄公之小也。知量者将谓之何？

古今诗人寄吟于瘦马者多矣。杜子美一章,意度尤为宛尽,作者多不免落其窠曰。独国初张光弼一绝云:"少尽其力老弃之,此岂有意埋弊帷。不如汗血阵前死,以革就裹将军尸。"愤惋激烈,死竭所事而不悔,真志士语也。惜于征见之时,年已衰老。太祖忧悯之曰:"可闲矣。"因自号可闲翁。是岂徒负千金之骨而终不获振汛一骋者欤？

孟郊、贾岛皆穷困至死。或谓诗能穷人,未信也,殆诗必穷者而后工耳。昔有作诗却相者云:"貌拙惭君子细看,镜中我自觉神寒。试从李杜编排起,几个吟人作大官？"大抵年锻月炼,冥搜苦思,要非富贵中快意者所多。

杨万里论杜审言与甫祖孙诗句相似处,亦固有之。但审言之"鹤子曳童衣",乃言山庄景物,有雏鹤驯狎曳童子之衣也。甫之"儒衣山鸟怪",盖言殊方异俗,所居皆雕题之徒,鸟雀乍见儒衣而怪讶之也。二诗用意不同,万里特摘出言之,殊未思耳。

予敢谓伯温去元之迹似百里奚,忧国之忠似杜甫,攘夷之功似管仲,岂特知谋之似子房耳哉。

杜子美诗,不特律切精深,而其意度亦极高妙。虽于一字之用,亦不率易,熟玩之便自有觉。予尝以赞画从征香炉山与蔡方伯巨原露坐,军声夜色,隐动上下,因诵其《阁夜》诗云:"五更鼓角声悲壮,三峡星河影动摇。"相与审听,徐视久之。巨原起向予曰:"此老言意入神如此！"又尝十月之暮,泛舟吕梁,因诵其《秋兴》诗云:"江间波浪兼天涌,塞上风烟接地阴。"眼中一时景象,直如子美今日亲见而点染之也。故元稹谓"有诗人以来,未有如子美者",本传赞谓子美诗"浑涵汪洋,千汇万状,兼古今而有之"。独不识杨大年奚谓"不甚喜"之,是无怪乎米元章之不识欧阳六一也。

世称李太白为诗仙,杜子美为诗圣。孙器之①评云:"太白如刘安鸡犬,遗响白云,核其归存,恍无定处;子美如周公制作,尽善尽美,后世莫容拟议。"

---

① 有误,当是敖陶孙。敖陶孙(1154—1227),字器之,号臞庵、臞翁,福建福清人。有《臞翁诗集》,已佚。

确论也。或以善陈时事,称子美为诗史者,岂足以尽之哉?程子曰:"诗之盛莫如唐,唐人善论文莫如韩愈,愈之所称独高李、杜。尝有诗云:'李杜文章在,光焰万丈长。'"或又言长吉才气似不亚李、杜,如何?评者曰:"长吉如汉武帝饮露盘,无补多欲。"然使假之以年,涵养充实,则固未可知也。

渊明有《命子》《责子》诸作,盖自示训诲意也。其《责子》略云:"虽有五男儿,总不好纸笔。"末云:"天运苟如此,且尽杯中物。"可谓能不弃其子,而且顺乎天矣。人之贤父兄固自如此。子美乃嘲之云:"有子贤与愚,何其挂怀抱!"岂直欲置之度外,若秦人之视越人之肥瘠,漠然不以为意欤?顾复自誉其子曰:"骥子好男儿。"何亦不免于可嘲也!大抵子美借此见渊明怀抱,举天下物,无一系累,其不能忘者,只此天性之爱耳。

卷　下

李白《奔亡道中》诗云:"苏武天山外,田横海岛边。万重关塞断,何日是归年?"杜甫在蜀诗云:"江碧鸟逾白,山青花欲燃。今春看又过,何日是归年?"二诗结句不异,固非有相袭也。李属赋,先自况其危急,而却以道里间关言之;杜属兴,因有见于景象,而遂以岁月徂历言之,皆欲归而不可得也。然究其为心,李则岂方高力士辈谗谤被逐时欤?抑作永王事流窜时欤?身之祸也。杜则盖以乘舆播迁、两京未复,所以不得归者,岂一身之故而已哉?论诗者辩之。

少陵吟诸葛武侯诗云:"功盖三分国,名成八阵图。"此二句,言其功有在于当时,名可传于后世。第三句"江流石不转",言其沙石所列八阵图,虽春涛奔驰,不为少乱,见其精神在天地间,犹不没也。末句"遗恨失吞吴",则言所可恨者,不当汲汲于吴,以图复云长之仇,而魏人得以无虑东南,乃专意以谋汉也。此言不为无见。

程敏政

君子之为道也,行远登高,必有所从始。岂若世之偃然,不惭蒿自附于古人而卒无以副其实哉！武侯王者之佐，自比管、乐。子美诗人，顾以稷、卨自许，天下后世之公论岂可诬也？（《篁墩集》卷十五《怀凤堂记》）

《三百篇》而后，若楚之《骚》，若汉、魏之《选》，邈乎不可及矣。叔世以来，诗愈变而格愈卑，惟唐杜子美力追古作，号为正宗。……子美夙与严挺之善，挺之子武为剑南节度使，子美在馆，武厚遇之，而未尝事以执友。……昔有评子美者，谓其入蜀晚年之诗尤精，盖涉历之多也。（卷二十二《志云先生集序》）

《诗》美刺与《春秋》褒贬，同一扶世立教之意。后世词人遂有以诗咏史者，唐杜少陵之作妙绝古今，号"诗史"。第其所识者皆唐事，且多长篇，读者未能遽了。（卷二十三《咏史绝句序》）

盖经术文章之流弊甚矣，不得已而为说以通则若之何？亦独曰为毛、董而不为邹、枚，为韩、李而不为燕、许，为欧、曾而不为杨、刘，为陶、杜而不为徐、庾、温、李，则亦庶几可以广道术。（卷二十九《丘先生文集序》）

刑科左给事中陈君玉汝于君为同乡且厚善，析杜少陵诗两句为韵，坐友人赋诗以饯。（卷三十七《题周院判原已送行诗卷》）

有《古穰集》若干卷，诗冲澹温厚。有《和陶诗》二卷、《和杜诗》一卷。（卷四十《光禄大夫柱国少保吏部尚书兼华盖殿大学士赠特进光禄大夫左柱国太师谥文达李公行状》）

恨无大手如子美，为赋成都《古柏行》。（卷六十三《题杨补之松桧图》）

自从删述来，诗道几更变。骚些无遗声，汉魏起群彦。谢绝及宋沈，入眼已葱蒨。颓波日东驰，李杜出而殿。当时多浑成，岂必事精炼。云胡倡唐音，趋者若邮传。（卷六十七《宿宛陵书院》）

古人以物之美者为入画，画之佳者为夺真。若蔡君养草之癖，陶、杜二子写生之功，亦可谓两绝矣。（卷七十七《蒲窗清隐为蔡德馨赋》诗后跋语）

颜氏心斋已久，杜陵诗律方严。（同上《和副詹杨先生府中斋宿忆弟六言八句诗韵二首》其一）

龙形夭矫入青天，根托名园几百年。大厦明堂知有待，临风三诵杜陵篇。

（卷八十《赐庄八景为周草亭驸马作·古柏凌霄》）

卜筑山城岁几更，杜陵今幸草堂成。西邻喜接宫墙近，一酌时分泮水清。（卷八十四《筑居郡城山麓经始之日正值立春漫赋二绝》其一）

马中锡

民瘼正须卢扁术，我诗深愧杜陵才。（《东田漫稿》卷一《代元甫赠翁医官归八闽》）

塞翁得失难凭马，杜甫凄凉正拜鹃。（同上《寄赵时中谪居庐山二首》其一）

蜀天何处倚栏时，欲寄相思雁到迟。破屋且宜潜杜老，扁舟未可学鸱夷。朝廷有道终收用，边徼无聊莫怨咨。肯为一麾成潦倒，还看文教变休离。（同上《寄赵时中谪居庐山二首》其二）

白首龙钟古亦稀，雍琴声里忽生悲。岂知杜甫愁阴日，便是尧夫观化时。（同上《挽李彦明父》）

柴门流水杨雄宅，茅屋秋风杜甫家。（同上《城唐书屋》）

陶潜罢去缘耽酒，杜甫流离坐善诗。（卷二《感怀次郭子美韵》）

料得健吟狂杜甫，寂寥灯下亦深思。（同上《斋宿大兴隆寺怀圭峰侍读景范司封各一首》）

少陵有癖仍耽句，玄晏①无官爱读书。（同上《寿钱世恒父》）

狂来且学少陵老，典却春衣日醉酣。（同上《和吴掌科新正述怀》）

却笑杜陵缘底瘦，不如一醉破愁城。（卷四《偶成用别上谷韵》）

杜陵晚节从人笑，阮籍狂名举世仇。（同上《病述四首》其一）

杜陵勋业近如何，青镜流年两鬓皤。（同上《病述四首》其四）

草堂为卜锦宫城②，短褐麻鞋万里行。南国鱼龙方寂寞，中原豺虎正纵横。愁深异域吴郎狎，醉极登床仆射惊。李白沉身公稿葬，令人空恨曲先生。

---

① 皇甫谧（215—282），自号玄晏先生。一生以著述为业，手不释卷。
② 应作"锦官城"。

(同上《杜工部》)

却笑杜陵怀李白,一樽空自怅论文。(同上《花朝会饮》)

辟除岂是真工部,供奉元非正翰林。千载人人知李杜,流芳全不在华簪。(卷五《二绝句》其一)

花绕茅檐树绕溪,雨余芳絮委香泥。狂吟尚喜诗才健,痛饮兼逢酒价低。蝶厌昼长无力舞,鸟惊春去尽情啼。不知杜老东西瀼,有此风光入品题?(同上《独酌》)

杨　成①

依他人所押韵和诗,诗家最为害事。始于元、白,极于东坡。诸古人不如此,但和其意为诗耳,如杜《和贾至早朝》诸作是了。(《诗法》卷三)

古诗句语及盛唐诗句有似粗而实非粗,有似拙而实非拙。唐人命题,语亦不同,杜诗却最把得此处重,不轻易出个人名字。(同上)

李、杜二家不当优劣,二家各有好处,彼此都不可互能也。子美沉郁,太白飘逸。如太白《梦游天姥吟》《远离别》,子美不能作;如子美《北征》《兵车行》《垂老别》,太白不能作。(同上)

李、杜、韩三公诗如金鶂擎海,香象渡河,龙吼虎哮,涛翻鲸跃,长枪大剑,君王亲征,气象自别。(同上)

作句在读秦、汉以来文字,用三代古故事、古乐府,李、杜皆祖述之。(同上)

杜诗五言自是好,七言歌行又更好。老杜全是学力,所以不乏。险阻艰难,愈见精到,他一生把做事业看处在诗而已。(同上)

---

① 《诗法》一书杂汇前人之说,不知确系何人编撰。杨成于明成化十六年(1480)作序刻印。本书拣选其中涉及杜甫但又未明确标明出处者数条,以示存录其书之意也。

中编
明代中期杜诗批评资料汇编(弘治到隆庆年间)

李东阳

《怀麓堂诗话》

古诗与律不同体,必各用其体乃为合格。然律犹可间出古意,古不可涉律。古涉律调,如谢灵运"池塘生春草""红药当阶翻",虽一时传诵,固已移于流俗而不自觉。若孟浩然"一杯弹①一曲,不觉夕阳沉"、杜子美"独树花发自分明,春渚日落梦相牵"、李太白"鹦鹉西飞陇山去,芳洲之树何青青"、崔颢"黄鹤一去不复返,白云千载空悠悠",乃律间出古,要自不厌也。

诗贵意,意贵远不贵近,贵淡不贵浓。浓而近者易识,淡而远者难知。如杜子美"钩帘宿鹭起,丸药流莺啭""不通姓字粗豪甚,指点银瓶索酒尝""衔泥点涴②琴书内,更接飞虫打着人",李太白"桃花流水杳然去,别有天地非人间",王摩诘"返景入深林,复照莓苔③上",皆淡而愈浓,近而愈远。可与知者道,难与俗人言。

古律诗各有音节,然皆限于字数,求之不难。惟乐府长短句,初无定数,最难调叠。然亦有自然之声,古所谓"声依永"者,谓有长短之节,非徒永也。

---

① 李东阳原文作"还"。按,孟浩然集作"一杯弹一曲",其他引孟氏此诗者亦皆为"弹"字,无有异文作"还"者,故径改之。
② 杜集中"涴"皆作"污"。
③ 通行本作"青苔"。

故随其长短,皆可以播之律吕。而其太长太短之无节者,则不足以为乐。今泥古,诗之成声平侧短长,句句字字摹仿而不敢失。非惟格调有限,亦无以发人之情性。若往复讽咏,久而自有所得。得于心而发之乎声,则虽千变万化,如珠之走盘,自不越乎法度之外矣。如李太白《远别离》、杜子美《桃竹杖》,皆极其操纵,曷尝按古人声调,而和顺委曲乃如此,固初学所未到。然学而未至乎是,亦未可与言诗也。

唐诗李、杜之外,孟浩然、王摩诘足称"大家"。王诗丰缛而不华靡,孟却专心古淡而悠远深厚,自无寒俭枯瘠之病。由此言之,则孟为尤胜。储光羲有孟之古而深远不及,岑参有王之缛而又以华靡掩之,故杜子美称"吾怜孟浩然",称"高人王右丞",而不及储、岑,有以也夫。

诗与文不同体。昔人谓杜子美以诗为文,韩退之以文为诗,固未然。然其所得所就,亦各有偏长独到之处。

长篇中须有节奏,有操有纵,有正有变,若平铺稳布,虽多无益。唐诗类有委曲可喜之处,惟杜子美顿挫起伏,变化不测,可骇可愕。盖其音响与格律正相称,回视诸作,皆在下风。然学者不先得唐调,未可遽为杜学也。

陈公父论诗专取声,最得要领。潘祯应昌尝谓予:"诗,宫声也。"予讶而问之。潘言其父受于乡先辈,曰:"诗有五声,全备者少,惟得宫声者为最优,盖可以兼众声也。李太白、杜子美之诗为宫,韩退之之诗为角,以此例之,虽百家可知也。"

林子羽《鸣盛集》专学唐,袁凯《在野集》专学杜,盖皆极力摹拟,不但字面句法,并其题目亦效之。开卷骤视,宛若旧本。然细味之,求其流出肺腑、卓尔有立者,指不能一再屈也。

刘会孟名能评诗,自杜子美下至王摩诘、李长吉诸家,皆有评。语简意切,别是一机轴,诸人评诗者皆不及。及观其所自作,则堆叠饾饤,殊乏兴调,亦信乎创作之难也。

唐律多于联上著工夫。如雍陶《白鹭》、郑谷《鹧鸪》诗,二联皆学究之高者,至于起、结,即不成语矣。如杜子美《白鹰》起句、钱起《湘灵鼓瑟》结句,若奏金石以破蟋蟀之鸣，岂易得哉！

杜子美《漫兴》诸绝句，有古竹枝意。跌宕奇古，超出诗人蹊径，韩退之亦有之。

文章如精金美玉，经百炼历万选而后见。今观昔人所选，虽互有得失，至其尽善极美，则所谓凤凰芝草，人人皆以为瑞，阅数千百年几千万人而莫有异议焉。如李太白《远别离》《蜀道难》，杜子美《秋兴》《诸将》《咏怀古迹》《新婚别》《兵车行》，终日诵之不厌也。苏子瞻在黄州，夜诵《阿房宫赋》数十遍，每遍必称好，非其诚有所好殆不至此。然后之诵《赤壁》二赋者，奚独不如子瞻之于《阿房》，及予所谓李、杜诸作也耶？

李、杜诗唐以来无和者，知其不可和也。近世乃有和杜，不一而足。张式之所和《唐音》，犹有得意。至杜，则无一句相似。岂效众人者易，而效一人者反难耶？是可知已。

唐士大夫举世为诗，而传者可数。其不能者弗论，虽能者亦未必尽传。高适、严武、韦超、郭受之诗，附诸杜集，皆有可观。子美所称与，殆非溢美。惟高诗在选者，略见于世，余则未见之也。至苏端，乃谓其文章有神，薛华与李白并称而无一字可传，岂非有幸不幸耶！

虞伯生画竹曰"古来篆籀法已绝，只有木叶雕蚕虫"，画马曰"貌得当时第一匹，昭陵风雨夜闻嘶"，成都曰"赖得郫筒酒易醉，夜归冲雨汉州城"，真得少陵家法。世人学杜，未得其雄健而已失之粗率，未得其深厚而已失之臃肿。如此者，未易多见也。

诗有纯用平侧字而自相谐协者，如"轻裾随风还"，五字皆平；"桃花梨花参差开"，七字皆平；"月出断岸口"一章，五字皆侧。惟杜子美好用侧字，如"有客有客字子美"，七字皆侧；"中夜起坐万感集"，六字侧者尤多。"壁色立积铁""业白出石壁"，至五字皆入而不觉其滞。此等虽难学，亦不可不知也。

徐竹轩以道尝谓予曰：杜律非虞伯生注，杨文贞公序刻于正统某年，宣德初已有刻本，乃张姓某人注。渠所亲见。予求其本，弗得也。又言方正学《勉学诗》二十首，乃陈嗣初诗，为集者之误，亦未暇深考。姑记之。

杨文贞公亦学杜诗,古乐府诸篇间有得魏、晋遗意者。尤精鉴识,慎许可。其序《唐音》,谓"可观世变"。序张式之诗,称"勖哉乎楷"而已。

五七言古诗仄韵者,上句末字类用平声,惟杜子美多用仄。如《玉华宫》《哀江头》诸作,概亦可见其音调起伏顿挫,独为遒健,以别出一格。回视纯用平字者,便觉萎弱无生气。自后则韩退之、苏子瞻有之,故亦健于诸作。此虽细故末节,盖举世历代而不之觉也。偶一启钥,为知音者道之。若用此太多,过于生硬,则又矫枉之失,不可不戒也。

汉、魏以前,诗格简古,世间一切细事长语,皆著不得,其势必久而渐穷。赖杜诗一出,乃稍为开扩,庶几可尽天下之情事。韩一衍之,苏再衍之,于是情与事无不可尽,而其为格亦渐粗矣。然非具宏才博学,逢原而泛应,谁与开后学之路哉!

作山林诗易,作台阁诗难。山林诗或失之野,台阁诗或失之俗。野可犯,俗不可犯也。盖惟李、杜能兼二者之妙,若贾浪仙之山林则野矣,白乐天之台阁则近乎俗矣,况其下者乎。

天文惟雪诗最多,花木惟梅诗最多。雪诗自唐人佳者已传不可缕数,梅诗尤多于雪。惟林君复"暗香""疏影"之句为绝倡,亦未见过之者,恨不使唐人专咏之耳。杜子美才出一联,曰"幸不折来伤岁暮,若为看去乱乡愁",格力便别。

张亨父尝言:"杜诗好用真字。"岂所谓"许浑千首湿,杜甫一生愁"者,虽古人亦不能免邪?

太白天才绝出,真所谓"秋水出芙蓉,天然去雕饰"。今所传石刻"处世若大梦"一诗,序称"大醉中作,贺生为我读之"。此等诗皆信手纵笔而就,他可知已。前代传子美"桃花细逐杨花落"手稿有改定字,而二公齐名并价,莫可轩轾。稍有异议者,退之辄有"世间群儿愚,安用故谤伤"之句。然则诗岂必以迟速论哉。

韩、苏诗虽俱出入规格,而苏尤甚。盖韩得意时自不失唐诗声调,如《永贞行》,固有杜意而选者不之及,何也?杨士弘乃独以韩与李、杜为之大家不敢选,岂亦有所见邪?

诗用倒字倒句法,乃觉劲健。如杜诗"风帘自上钩""风窗展书卷""风鸳藏近渚",风字皆倒用。至"风江飒飒乱帆秋",尤为警策。

界画有金碧,要不必同,只各成家数耳。刘须溪评杜诗"楚江巫峡半云雨,清簟疏帘看奕棋",曰:"浅绛色画,正此谓耳。若非集大成手,虽欲学李、杜,亦不免不如稊稗之诮,他更何说邪!"

矫枉之过,贤者所不能无;静逸之见,前无古人,而叹羡王梅溪诗,以为句句似杜。予尝难之。

清绝如"胡骑中宵堪北走,武陵一曲想南征",富贵如"旌旗日暖龙蛇动,宫殿风微燕雀高",高古如"伯仲之间见伊吕,指挥若定失萧曹",华丽如"落花游丝白日静,鸣鸠乳燕青春深",斩绝如"返照入江翻石壁,归云拥树失山村",奇怪如"石出倒听枫叶下,橹摇背指菊花开",浏亮如"楚天不断四时雨,巫峡长吹万里风",委曲如"更为后会知何地,忽漫相逢是别筵",俊逸如"短短桃花临水岸,轻轻柳絮点人衣",温润如"春水船如天上坐,老年花似雾中看",感慨如"王侯第宅皆新主,文武衣冠异昔时",激烈如"五更鼓角声悲壮,三峡星河影动摇",萧散如"信宿渔人还泛泛,清秋燕子故飞飞",沉着如"艰难苦恨繁霜鬓,潦倒新停浊酒杯",精炼如"客子入门月皎皎,谁家捣练风凄凄",惨戚如"三年笛里关山月,万国兵前草木风",忠厚如"周宣汉武今王是,孝子忠臣后代看",神妙如"织女机丝虚夜月,石鲸鳞甲动秋风",雄壮如"扶持自是神明力,正直元因造化功",老辣如"安得仙人九节杖,拄到玉女洗头盆",执此以论杜,真可谓集诗家之大成者矣。

杜陵画纸那可著,火余冷玉差能仿。(《怀麓堂集》卷三《谢谢方石惠石棋子》)

吾观少陵有诗史,看君之诗宛相似。包罗巨细成大家,上穷伏羲下元季。秋姜冬桂老愈辣,翠竹青松寒不死。君诗在格不在辞,肯与时人斗红紫。(同上《答罗明仲草书歌》)

杜甫不堪垂老别,嵇康曾著绝交书。(卷七《送武昌徐翁南归》)

杜陵破屋随长镵,万间广厦犹空谈。(卷九《送徐复斋还宜兴》)

浮云如雪乱春晴,却怪行时路未平。杜老雾中真潦倒,韩家花里较分明。(卷十一《答陆克深次韵》)

一代文章数首诗,几人赢得鬓成丝。闭门颇笑陈无己,忧国谁怜杜拾遗。满座图书嗟我病,十年心赏荷君私。凭君直欲追风雅,须到《周南》未变时。(同上《次韵答邵户部文敬前后得七首》其二)

杜陵广厦万间同,千载江湖叹此公。(卷十二《苦雨后和乔师召喜晴韵四首》其三)

谋国忧民两意同,独于诗力愧诸公。风谣合采归天上,献纳谁能自牖中。漆室妇嗟蓬鬓改,杜陵人去草堂空。闲愁不独风和雨,一日回肠有万重。(同上《立秋雨不止再和师召韵四首》其四)

笔架山形奇且牢,上与列宿如相遭。光华照地夜初白,苍翠插空秋正高。大年登楼手可摘,杜甫上天诗更豪。乡人翘首望山斗,我亦念之心孔劳。(卷十三《笔架明星》)

骄阳五月渐生阴,病渴人方起上林。周稼有风还自熟,商郊虽旱岂妨霖。贫增贾客时时价,苦尽农家粒粒心。杜甫不胜忧国愿,向来真与海波深。(卷十四《次韵杨应宁久旱三首》其三)

长随待漏入金门,宦况诗怀得细论。刘向有才方汉阁,杜陵多病且江村。防身戒久同持律,爱国情深比负暄。此境定应闲处识,几时倾倒向清樽。(同上《次韵体斋病起见寄二首》其一)

杜陵西阁怜花冷,庾亮南楼恨月迟。(卷十五《题黄日升贡士东楼卷》)

绿波南浦江淹赋,白雪西山杜甫篇。(同上《次韵寄答方石二首》其二)

悲歌彻夜掩重门,急雨声高应鼓盆。破屋有情看突兀,颠崖无力救倾翻。街头浊浪如山壅,天上行云学马奔。误向北邻招杜甫,不胜愁绝对空樽。(卷十六《苦雨次韵方石五首》其二)

迹似杜陵休比浪,诗成曼硕自须怜。(同上《社斋院署次前韵答方石》)

流水平堤柳绕垣,重来又隔几寒暄。轻鸥似解随人意,老马犹能识寺门。千载高情彭泽社,百年幽事杜陵村。王郎亦有携琴兴,聊共清风石上尊。(同

上《重游西涯次韵方石》)

暗昧敢忘蘧瑗礼,寂寥深感杜陵悲。(卷十八《长至祀陵纪行》)

闻说当年杜陵老,老来诗画满江干。青林白屋萧条在,每到东曹一借看。(卷十九《题张仪制所藏杜甫嘉画时杜已没多年矣》)

《王城山人诗》者,黄岩谢君世懋之所作也。君居于王城山,逐①以其山自名居。为县学生,七试于有司不得荐,客死于武林之邸。其从子翰林编修鸣治辑其遗诗,得若干篇,予读而悲之。其诗始规仿盛唐诸人,得宛转流丽之妙。晚独爱杜少陵,乃尽变其故格,益为清激悲壮之调,思极其所欲言者。其死也,盖有遗力焉。然其叙事引物,感时伤古,忧思笑乐,往复开阖,未尝不出乎正。观此,亦可以知其人焉。夫诗者,人之志兴存焉,故观俗之美与人之贤者必于诗。今之为诗者亦或牵缀刻削,反有失其志之正。信乎,有德必有言,有言者之不必有德也。(卷二十二《王城山人诗集序》)

诗之体与文异,故有长于记述,短于吟讽,终其身而不能变者,其难如此。而或庸言谑语,老妇稚子之所通解以为绝妙,又若易然。何哉?若诗之才,复有迟速精粗之异者,而亦无所与系。杜子美以死徇癖,语必惊人,斗酒百篇者方嘲其太苦。而秦少游之挥毫对客,乃不若闭户之觅句者为工也,是又将以为易耶?以为难耶?盖其所谓有异于文者,以其有声律风韵,能使人反复讽咏,以畅达情思,感发志气,取类于鸟兽草木之微而有益于名教政事之大,必其识足以知其深奥而才足以发之,然后为得。及天机物理之相感触,则有不烦绳墨而合者。诗非难作,而亦不易作也。(卷二十五《沧洲诗集序》)

君之行能如杜诗所称"盛名富业城,兵甲安井田"者,庶不为玉汝负。而吾辈之饯,亦与有宠矣。(卷二十六《送广西按察副使林君诗序》)

至于司马迁之探禹穴,杜子美之观巫峡,苏子瞻之泛南海,其发诸文章、见诸歌咏者,皆足以寓彝伦、系风化,为天下重,岂徒为耳目之快、情欲之乐而已哉!(卷二十七《送伍广州诗序》)

---

① 疑作"遂"。

昔人谓必行万里道,读万卷书,乃能读杜诗。盖杜之为诗也,悉人情,该物理,以极乎政事风俗之大,无所不备,故能成一代之制作,以传后世,非惟不易学,亦不易读也。(同上《琼台吟稿序》)

右杜子美《茅屋秋风》诗,贺给事克恭所藏,云赵子昂书。今按,此书累有俗笔,当非子昂真迹无疑。呜呼,读是诗者,可以兴矣,书不足论也。唐室中兴,疮痍未复,子美以一布衣,衣不盖两肘,食不饱一腹,不愁朝夕冻饿,死填沟壑,乃嘐嘐然开口长叹,为天下苍生计,其事若迂,其志亦可哀矣。使开元之世,海内富庶,边尘不生,唐之君与相能以子美为心,岂有成都之祸哉!岂惟开元,古之人皆然。呜呼,漆室妇死、狂人病子之消,半天下孰可与言是计者哉?君卧病环堵间,展卷呻吟之下,尚有味于予言哉!(卷四十《题赵子昂书茅屋秋风诗后》)

师召陈先生初以《诗经》名天下,既入翰林,为古文精简有法,尤捷不容思,日可给数篇。或乘醉纵笔,不复记忆,若有神助。独于诗虽能而不甚好,人有乞者,不得已应之。朋辈投赠,多不裁答,领之而已。去年偶阅杜诗,有所得,乃揭其近体篇目于壁,暇则暗诵,至贯穿无遗,自是下笔滚滚,时出奇句,其锋甚锐。回忆囊时不此之好,口虽不言,察其有悔色也。(卷四十一《书愧斋倡和诗序后》)

愿为万间厦,意与杜陵别。(卷五十二《习隐二十首》其二十)

少陵门下多蹊径,五百年来见几人。久矣不闻空谷响,时哉羞效捧心颦。真仙混世元无迹,老将藏锋却有神。拟抱朱弦携白鹤,青城山下看嶙峋。(卷五十五《读虞邵庵诗》)

郢客高词惭寡和,杜陵新赠怯轻为。(卷五十六《寿祭酒罗先生七十次所寄韵二首》其二)

七重漫拟欧公记,万厦还歌杜甫篇。(同上《一舫斋诗二首》其二)

一春花信苦多风,胜会真怜一笑同。愁剧老怀兼抱病,忧深时事敢论功。杜陵醉后身犹健,司马才高赋更雄。对客挥毫休我羡,衰颜不似旧时红。(卷五十八《诸公过西庄联句走笔次韵》)

万厦直须酬老杜,重裘幸免作穷陈。(卷五十九《春寒二十韵》)

抱病每怜唐杜甫,谢官方慕汉韦贤。(同上《生日邃庵太宰贶以长律用韵自述并答雅怀》)

抽黄媲白总称才,谁遣山栀入画来?似为诗家少知己,杜陵吟罢不曾开。(卷六十《栀》)

三月江头花满枝,春光物物总宜诗。杜陵野客犹多兴,不是潜行痛哭时。(同上《游春图》)

夫文者,言之成章,而诗又其成声者也。章之为用,贵乎纪述、铺叙、发挥,而藻饰、操纵、开阖,惟所欲为,而必有一定之准。若歌吟咏叹,流通动荡之用则存乎身,而高下长短之节亦截乎不可乱。虽律之与度未始不通,而其规制则判而不合。及乎考得失,施劝戒,用于天下,则各有所宜,而不可遍废。古之"六经",《易》《书》《春秋》《礼》《乐》皆文也,惟《风》《雅》《颂》则谓之《诗》。今其为体,固在也。近代之诗,李、杜为极,而用之于文,或有未备。韩、欧之文亦可谓至矣,而诗之用,议者犹有憾焉,况其下者哉!后之作者,连篇累牍,汗牛充栋,盈天地间皆是物也。而转盻①旋踵,卒归于澌尽泯灭之地,其卓然可传者不过千万之十一而已。岂不难哉!且今之科举,纯用经术,无事乎所谓古文歌诗,非有高识余力,不能专攻而独诣,而况于兼之者哉!(卷六十三《春雨堂稿序》)

天下之名山巨浸,奇踪胜迹,或以人显,或以物著。大抵出于通衢大郡者易,而发于遐陬僻壤者难。如岱岳之峰以"日观"名,金山之亭以"留云"名,衡山之峰以"回雁"名,以至蜀江之濯锦、匡庐之瀑布皆以物著。他如王右军之兰亭、杜子美之浣花、裴晋公之午桥、李赞皇之平泉、苏子瞻喜雨之亭、赵子昂松雪之斋,皆以人显。而其弗显者,固不可以悉计也。(卷六十四《月桥诗序》)

予观雪楼程巨夫集,有诗曰:"长庚自是谪仙人,子美逢时稷契臣。"(卷

---

① 疑作"盼"。

七十四《七贤过关图跋》)

有才如此不得意,自千非一谁当吁。杜陵野老怜才客,思君不负青山色。(卷九十一《采石登谪仙楼》)

安得一洗空干戈,不然独破杜陵屋。(同上《风雨叹》)

北海书存谁问价,少陵诗罢独怜才。(同上《与钱大守①诸公游岳麓寺四首席上作》)

桑　悦

后世诗莫盛于唐,若李、杜大家,咏觞月露,搜尽珠玑,果知是理否耶?故曰"删后无诗"。(《思玄集》卷二《庸言》)

屈原《离骚》得变《风》《雅》之旨,《三百篇》后实可为诗之祖。汉、魏诸诗人得其比兴之意,各自成家。唐杜子美虽于比兴处不能触着撞着即能寄意,然其歌行绝妙今古,又能自为之祖。至宋苏、黄,披李、杜之裘,乘曹、刘之马,豪侠于千古之间,观其规模气象,终不出杜之规矩。……然自风雅以至《离骚》,《离骚》以至老杜,老杜以至苏、黄,验其体格之厚薄,则风气之日降可知矣。(卷九《复王元勋秋官书》)

唐人诗三百余家,大抵赋多而比兴少,句多而意少,其杰出者陈子昂、李太白、杜子美、韩昌黎四家耳。并唐三百余家之意,不如陈、李、杜、韩四家;并陈、李、杜、韩四家之意,又不如晋阮籍《咏怀》诗、汉古诗之数十首;并汉、晋数十首之意,又不如《清庙》《生民》之数篇。《清庙》《生民》之诗,所谓言有尽而意无穷者也。(同上《又跋唐诗品汇》)

罗　玘

先生自家以十咏抵御史属予和,予览其体裁类杜,甚爱之。(《圭峰集》卷

---

① 当作"钱太守"。

三《学古刘先生荣寿诗序》）

　　南园野老,吾友徐世明之尊甫也。……未至南园,果有意于洛阳之名园欤？未得拜于野老之前,其果有意于少陵之野老欤？洛阳之名园今虽废矣,而其后之兴也不可知。少陵野老复更千百年,亦未必有斯人也。想其奔走于王室艰难之时,虽其草堂亦为逆旅,何暇于名园之徘徊乎？况洛阳之名园,皆当时公卿戚里争为胜游,而不知实酿为鸩毒,盗之招耳。此少陵所以吞声于细柳新蒲之绿而不忍言,又忍入而纵其乐也哉！若兹南园,远王都四千里,山水草木,任自然之真,无洛阳名园假人力为之者；而野老实编氓,非如少陵尝食君之禄,当任君之忧。而非实野者比,鼓腹击壤,洋洋乎与造物者游,此其事也。野老之名,少陵固不得而争矣。然昔之野老有与人争席而已,而今也至与古人争名,得无不可。（卷十一《南园野老记》）

　　嗟夫,世之矜持门户多矣。任学术者非周则张,或自以为程、朱。语文章者非柳则苏,或自以为韩、欧。谈诗歌者非梅则黄,或自以为李、杜。（卷二十《祭匏庵先生文》）

　　五月寒风冷佛骨,中夜起坐万感集。僧宝人人明月珠,弟子谁依白茅室。（卷三十《集杜句送现升归作僧官》）

谢　迁

　　一经旧业本家传,盛世遭逢亦偶然。匡济已孤明主托,继承犹望后人贤。陶翁饮酒宁非达,杜甫吟诗只自怜。分付尔曹勤努力,未来吾复任苍天。（《归田稿》卷六《舟中课儿诵习》）

　　少陵有诗驱疟鬼,公诗亦合传万人。（同上《再叠前韵酬雪湖》）

　　汝水西头胜瀼东,诗名却愧少陵公。（同上《新构杏山田舍雪湖以诗来贺次韵三首奉答》其三）

　　死别吞声杜老诗,一吟双泪不胜悲。长笺短札劳频寄,海角天涯慰远思。阳羡卜居空有约,汝南会老更无期。瓣香聊寓平生意,目断寒云北雁迟。（卷

七《哭李西涯》)

破帽蹇驴归杜甫,旧庐尘榻卧袁安。(同上《元宵后雨雪连绵闷坐怀雪湖》)

妙手只输摩诘画,高怀且和少陵诗。(同上《听莺》)

王　鏊

杜诗前人赞之多矣,予特喜其诸体悉备。言其大,则有若"吴楚东南坼,乾坤日夜浮""日月笼中鸟,乾坤水上萍""地平江动蜀,天远树浮秦""五更鼓角声悲壮,三峡星河影动摇"之类。言其小,则有若"暗飞萤自照,水宿鸟相呼""仰蜂黏落絮,倒蚁上枯篱""修竹不受暑,轻燕受风斜"之类。而尤可喜者,如"水流心不竞,云在意俱迟",人与物偕,有"吾与点也"之趣。"片云天共远,永夜月同孤",又若与物俱化。谓此翁不知道,殆未可也。(《震泽长语》卷下《文章》)

子美之作,有绮丽秾郁者,有平澹酝藉者,有高壮浑涵者,有感慨沉郁者,有顿挫抑扬者,后世有作,不可及矣。若夫兴寄物外,神解妙悟,绝去笔墨畦径,所谓文不按古、匠心独妙,吾于孟浩然、王摩诘有取焉。(同上)

唐人虽为律诗,犹以韵胜,不以钉铛为工。如崔颢《黄鹤楼》诗"鹦鹉洲"对"汉阳树",李太白"白鹭洲"对"青天外",杜子美"江汉思归客"对"乾坤一腐儒",气格超然,不为律所缚,固自有余味也。后世取青媲白,区区以对偶为工,鹦鹉洲必对鸬鹚堰,白鹭洲必对黄牛峡,字虽切而意味索然矣。(同上)

秋尽燕南菊有华,品题犹自待诗家。酒浇屈子醒魂杳,灯晃西施醉影斜。九日风光今已负,百年世事亦无涯。升堂细碎还堪撷,杜老无庸晚见嗟。(《震泽集》卷二《九月晦日玉延亭看菊》)

杜陵卧病伤今雨,宋玉怀人感暮秋。(卷六《奉次杨靳二阁老见寿之韵》)

林　俊

　　古称诗穷人，文章憎命达，宰物者固不若是靳也。人有欲则争名之于朝，犹利之于肆，又欲之尤也。欲必争，争则必怒，而变以求胜，宰物者亦容得而深庇力御之哉？后而千百世，独耀闻焉。则宰物者之终惠，而争者迄莫置一喙。其间周公、孔子，大圣人也。流言于管、蔡，毁于叔孙、武叔，而其道益明。下而司马子长、班孟坚、李太白、杜子美、韩退之、柳子厚、欧阳永叔、苏子瞻诸贤，率以德业诗文名名天下，楷模后世，与三代而上几颉颃，然皆遭回踬蹭，时遭贬窜容，或滞一官。夫蹇其时，啬其位，怫其志，故德业益盛而诗文益以昌。（《见素集》卷一《送别序》）

　　子美不穷，退之不潮阳，子厚不久于柳，则后世无文章。方数三子幽沉困郁、忧谗畏讥之时，不有身为多而疣赘虮虱外物者哉！然而挫而成，抑而愈奋，以增益其不能者宜多。（卷三《郡斋别言》）

　　联后山之武，以骎骎上接少陵之席，与陶、谢、潘、左参①辈行，使人拈弄篇章，拾残楮断墨以自快，近时中杰作也。（卷五《白斋诗集序》）

　　诗抒性灵而补裨风教者也。感遇可以观化，讽谕可以观情，托兴可以观物。《关雎》《鹊巢》，见王化之盛。其衰也，《黍离》《扬之水》作焉。……虞、夏而降，汉、魏腾声，苏、李、颜、谢按音节而谐《风》《雅》。迨沈、宋律体盛而诗一大变，李唐时也。……成化间，刑部属称"小翰林"。王南郭存敬尤号奇崛，逸才横发，壮思雄飞，泉地出而星空流，主盟云物，以尽泄桃源山川之气。陈思之风骨、少陵之体裁，出入韦、柳、苏、黄，宋筋唐响，通其正变，意所诣极，将欲自附名家者流而未见其止也，公于是乎有遗音矣。（卷七《王南郭诗集序》）

　　始予读子美诗，则知浣花溪之胜，贮结者久之。庚午有事西蜀，意将出溪上吊先生，草堂一寓目焉。戎马驰逐，既毕事，买舟东还，锦城无因自至，溪之

---

① 原文如此。

胜徒寄之神游梦赏之间。迩者先生乡人李君来副闽宪,语次偶及,曰:"不肖先茔去草堂里许,历林塘过百花潭,追忆先生吏隐之处,云物具在,浣花犹为故有,其无复易也。缚茅附之,名以'借溪',寓不敢当先生之意,俟是溪纵老焉。幸为之记。"尝观夫物者品同而遇异,今都会之雄富,风景之繁丽,有不杭西湖、蜀浣溪者乎?湖乐天主之,溪子美主之,固亦并世。元人两祠并峙,殆其不孤矣。然蜀处一隅,游赏之盛,溪不当湖之半而名殆右之,岂非子美之沉落一世,瑰词杰制,尽用以发灵是溪,非若乐天假守于杭,为西湖风月勾留已也。(卷十二《借溪记》)

调绝几容寻杜句,菊香还拟着陶衣。龙山薄与青云近,竹杖人扶力尚微。(续集卷五《和铁桥都宪梦余过郭西韵》)

昔子长山水之助,徒寄文字之间。子美忠不自见,三高徒纪穷落之寓。夫体用偏胜,君子不谓学而体道于物流,止盈缩是之取尔矣。(续集卷九《三南记》)

沈　恺

杜律今何似?诗家总大成。体裁终自别,变化竟难名。已尽乾坤理,弥该品物情。独怜忧国意,白首负平身。(《沈凤峰集·读杜少陵诗》)

张　诩

其为文也,主理而辅之以气,虽不拘拘于古人之绳尺,故自有以大过人者。其为诗也,则功专而入神品,有古人所不到者矣。盖得李、杜之制作而兼周、邵之情思,妙不容言。故其诗曰:"子美诗中圣,尧夫又别传。后来操翰者,二妙少能兼。"(陈献章《白沙集》附录《陈白沙先生行状》)

文章以救时为贵。中古来,文若韩退之之《佛骨表》、欧阳永叔之《朋党论》、胡澹庵之《乞斩秦桧疏》,诗若杜少陵之《八哀》、石守道之庆历圣德之作①之类,排异端,崇正道,斥奸谀,百世之下读之,犹使人毛发森耸,恨不生并时而愿为之执鞭也。下此则斗富夸巧,虽极其工致,第取悦人耳目,而于纲常世道无所关系焉。亦奚贵于文章,而必以是传世为哉!(林俊《见素集》卷首《见素集序》)

储 瓘

史严宣父笔,诗冷杜陵杯。(《柴墟文集》卷一《元日雷雨三日雨雪仍雷四日雪》)

彩缕戏看荆俗胜,草堂遥忆杜陵行。(卷二《人日》)

杜陵衰老樊川病,空对佳辰把菊还。(卷三《次白岩韵二首》其一)

其为诗,师杜子美,效其诸体,悲壮沉着。五言律盖近之。(卷九《徐元定墓志铭》)

余闻之,定山诗初就少陵,既而读刘静修诗,酷爱之。近得其数十篇,横逸益不可当,遂与二公相忘矣。文章要为儒者余事,古今人善鸣者未有不自闻道始。观定山诗者,当以此意求之。(卷十一《题庄定山贻秦用中诗卷》)

朱诚泳

囊口徐徐起,号呼万窍通。秋林添病绿,春苑堕惊红。吹雨荒陂外,翻涛大海中。杜陵茅屋破,飘转瀼西东。(《小鸣稿》卷四《风》)

风送檐花落,沉沉听转更。银缸留湿焰,玉漏滴寒声。谪戍魂先杳,怀人梦未成。杜陵当此夜,醉咏动高情。(同上《听雨不寐》)

此日终南道,春风动物华。云连千陇麦,霞烂一川花。林杪穿驯鹤,池塘

---

① 指石介《庆历圣德颂》。

沸乱蛙。茅茨接烟火,谁是拾遗家。(同上《春日过杜曲从臣指言唐杜拾遗故宅在此今不可寻矣》)

杜陵骨瘦多忧国,范相心劳总为民。(卷五《送李叔渊绣衣还朝二首》其二)

雅趣天机动,豪吟一世惊。百篇谁复断,千载杜陵情。(卷六《咏诗》)

李杜神游杳莫攀,于今谁敢擅吟坛。等闲欲琢惊人句,羞涩应惭下笔难。(卷七《漫兴》)

跃马乘春到溁陂,溁陂风景足清奇。晴涵山影沉青黛,冷浸天光漾碧漪。盛代已无唐室禁,荒碑犹载杜陵诗。楼船箫鼓俱陈迹,禾黍斜阳异昔时。(卷十《予过溁陂是即岑参兄弟约杜甫以同游者也予亦好奇者想溁陂之名忆岑杜之游因成四韵以传好事者》)

张志淳

杜诗"教儿且覆掌中杯",虞注以"覆"为饮酒。尝见《家语》:"孔子问子路,使者云:'醢之矣。'孔子遂覆醢。"《韩非子》:子路"要作沟者于五父之衢而飡之",孔子"使子贡往覆其饭"。则"覆"字之义明甚,而"覆杯"为不注酒不待言,虞何以不考?(《南园漫录》卷五《覆杯》)

杜诗:"桤林碍日吟风叶,笼竹和烟滴露梢。"虞注"桤"甚明而不注"笼"。尝见《唐书·南诏传》:"吐蕃颙城将杨万波约降,事泄,吐蕃以兵五千守。韦皋将击破之,万波与笼官拔颙城以来。"又《旧唐书·吐蕃传》亦有笼官、太笼官之称,又《韦皋传》"擒笼官四十五人,擒主笼官节度",则"笼"固吐蕃之地名,"笼竹"盖笼地所产之竹也,故以对"桤林"。(同上《笼竹》)

杜诗:"古人已用三冬足,年少今开万卷余。"其意以学书为《诗》《书》之《书》矣。按《东方传》①云:"学书三冬,文史足用。"乃今之字书,在汉则史书篆隶之类也,故曰"文史足用"。观其下曰:"十五学击剑,十六学《诗》《书》。"

---

① 应指"《东方朔传》"。

则前三冬所学为字书可知。今为诗率承杜误,以为《诗》《书》之《书》矣。(同上《书二义》)

唐贾至《早朝》诗,王维、杜甫、岑参皆和之,今天下善书者皆书之。胡仔评:"四诗佳绝。"恐未深究。四诗至虽首倡,视三诗少劣。岑不及王,杜前四句浑雄奇特,三家皆当逊;后四句似乎力竭,视王若少贬焉。胡皆以佳绝,似欠别白矣。不识知诗者以为然否?(卷八《早朝诗》)

都 穆

《南濠诗话》

张伯雨外史晚居茅山,罕接宾客。一日有野僧来谒,童子拒之。僧云:"语而主,吾诗僧也,胡为拒我?"不得已乃为入报,伯雨书老杜"花径不曾缘客扫"之句,使持以示僧。僧略不运思,足成诗云:"久闻方外有神仙,只住华阳古洞天。花径不曾缘客扫,石床今许借僧眠。穿云去汲烧丹井,带雨来耕种玉田。一自茅君成道后,几人骑鹤下苍烟。"末二句颇涉讥刺,伯雨得诗大惊,延入置之上坐,留连数日。

昔人词调,其命名多取古诗中语。如《蝶恋花》取梁简文诗"翻街蛱蝶恋花情",《满庭芳》取柳柳州诗"满庭芳草积",《玉楼春》取白乐天诗"玉楼宴罢醉和春",《丁香结》取古诗"丁香结恨新",《霜叶飞》取老杜诗"清霜洞庭叶,故欲别时飞",《清都宴》取沈隐侯诗"朝上閶阖宫,夜宴清都关"。

李太白、杜子美微时为布衣交,并称于天下后世。今考之杜集,其怀赠太白者多至四十余篇,而太白诗之及杜者,不过沙邱城之寄,鲁郡东石门之送,及饭颗之嘲一绝而已。盖太白以帝室之胄,负天仙之才,日试万言,倚马可待,而杜老不免刻苦作诗,宜其为太白所诮。洪容斋、胡苕溪以《饭颗》诗不见《太白集》中,疑为后人伪作。予谓古人嘲戏之语,集中往往不载,不特太白为然。然后之人作诗,乃多学杜而鲜师太白,岂非以太白才高难及,而爱君忧民可施之廊庙者,固在于饭颗之人耶?

世人作诗以敏捷为奇，以连篇累册为富，非知诗者也。老杜云："语不惊人死不休。"盖诗须苦吟则语方妙，不特杜为然也。贾阆仙云："两句三年得，一吟双泪流。"孟东野云："夜吟晓不休，苦吟鬼神愁。"卢延逊云："险觅天应闷，狂搜海亦枯。"杜荀鹤云："生应无辍日，死是不吟时。"予由是知诗之不工，以不用心之故，盖未有苦吟而无好诗者。

古人诗有唱和者，盖彼唱而我和之，初不拘体制兼袭其韵也，后乃有用人韵以答之者。观老杜、严武诗可见，然亦不一一次其韵也。至元、白、皮、陆诸公，始尚次韵，争奇斗险，多至数百言，往来至数十首。而其流弊至于今，极矣。非沛然有余之才，鲜不为其窘束。所谓性情者，果可得而见邪？

江湖间呼舟子为"家长"，或疑其卑贱，不宜称之若是。近阅老杜诗云："长年三老歌声里。"《古今诗话》谓蜀中以篙手为"三长老"，老杜之语盖本于此。

老杜诗云："读书破万卷，下笔如有神。"萧千岩云："诗不读书不可为，然以书为诗，则不可。"范景文云："读书而至万卷，则抑扬高下，何施不可？非谓以万卷之书为诗也。"景文之语犹千岩之意也。尝记昔人云："万卷书人谁不读，下笔未必能有神。"严沧浪云："诗有别材，非关书也。"斯言为得之矣。

老杜诗云："安得广厦千万间，大庇天下寒士俱欢颜。"白乐天诗云："安得大裘长万丈，与君都盖洛阳人。"二公其先天下之忧而忧者与！

四月十五日，相传为吕纯阳诞日。吴中福济观每年遇是日，设大会，游人往来，箫鼓不绝。观主老道士为余言，是日必晴，虽阴霾亦必开霁。余十数年来，验之果然。陆放翁《笔记》云："四月十九日，城都①谓之浣花遨头，宴于杜子美草堂。余客蜀数年，屡赴此席，未尝不晴。蜀人云：虽戴白之老，未尝见浣花日雨也。"放翁是说，正与此类相似，皆非偶然者，不可晓也。（《都公谈纂》卷下）

昔之注杜诗者凡数十家，黄鹤注最下而最盛行。余所取惟刘会孟之《评

① 当作"成都"。

点》、董养性之《选注》、单元阳之《愚得》,此外又有张伯成之《演义》、赵子常之《类选》。伯成之注善矣,然惟律诗七言,而其他未之及也。子常所注,亦惟五言,视诸家犹为简当。而时取刘氏评语附之,岂其有意全诗而力有未暇,故所注仅止是与?子常名汸,新安人,仕元行枢密院都事。洪武初,预修元史,不仕而归,学者称东山先生。此书刻板在广平府,金陵何任自为府同知,近考绩京师,求序于余。余曰:他人诗可序,杜诗不必序也。漫为识之如此。(《南濠居士文跋》卷一《跋杜诗类选》)

杜少陵云"语不惊人死不休",此少陵作诗法也;昌黎公云"惟陈言之务去",此昌黎作文法也。诗者,文之精也。欲其句之惊人,言之去陈,岂易能哉!必本之以天质,加之以问学,正之以师友,而又有识以主之,于是吐辞为诗,不期惊人而人自无不惊,不期去陈而陈自无不去。盖其始也虽出于有心,而其后也卒泯于无迹。此诗家之至妙,而可易而言邪?古之诗人众矣,青莲居士独称谢朓有惊人之句……沧浪严氏谓诗有别材,复有别趣,殆主识而言。而其他日乃以粘滞腐熟为诗之大忌,此则少陵、昌黎之意也。(周鼎《土苴集》卷首《土苴集引》)

杨廷和

成都草堂,唐杜子美旧居之地也。堂屡废矣,辄新之者重其人也。子美出处具在本传,堂之兴废亦各有纪载,不复以云。今日之举,则巡抚都御史钟公蕃倡其议,巡按御史姚公祥主其成,而郑公弘协其谋也。既成,成都府同知吴君廷举以书与图来,属予记之。盖翘然而起、临于官道者为门,门之后为祠三楹。遗像俨然,春秋之所有事焉者也。祠之改作,钟公实委郡僚任之。于时以公帑无羡余,未遑其他。他日姚公往视之,则以为他之不葺,又遗后人以恤,是其责在我。再令郡中检括所藏,仍以两巡院所设入者益之,藩臬诸公亦各助之十一,于是他不治者并手偕作。祠后为书院,楹如祠之数,屋其左右,各称是。引水为流,横绝其后,桥其上以通往来于其前门焉。榜曰"浣花深处",进于是则草堂也。堂故在院之前,来游者杂然欢哗,弗严也。姚公乃令易置之院后,隙地尽以属之堂,而规制益宏矣。堂之左右亦各为屋三楹。其东则选释氏之徒居之,以奉祠之香火;其西则礼神之器与延宾之具皆贮焉。缭以周垣,廉隅有截。又其东偏为池,引桥下之水注其中,菱莲交加,鱼鸟上下相乐也。名花时果,杂植垣内,盆池楚楚,离列其间。其外则树以桤柳,象子美之旧也。经始于弘治庚申之春,落成于其年之秋,财不费而功侈,民不劳而事集。凡此皆吴君图之,而受之姚公者也。夫世称子美者,概以为诗人。愚尝不满于是,以为诗道之成,极于子美。而子美之重于人者,则不独诗也。唐三百年间,文章之士毋虑数千百人,而祠于后者仅可指数。李白之于潮州①,是其表著者。他若襄阳之孟亭,建州之梨山之类,则有知有不知者矣。而子美之草堂,夫人皆知之。是独以其诗而已哉!蜀自先秦以来,上下数千年间,古今通祀者才数人。若秦之李冰,汉之文翁、孔明,宋之张咏,皆以功德流远,比于甘棠,是以蜀人若是其慕之也。而子美徒以羁旅困穷之人,轩然与之并,是诚不独以其诗也。盖子美之为人,孝友忠信,大节俱备。读其诗,考其素履,一一可见。至若许身稷、契,则亦自其所能为者言之。观其"舜举十六相,身尊道何高。秦时任商鞅,法令如牛毛"之语,则其出处亦略可知。史家不能得其所存,而疑其议论漫,谓之高而不切,志其墓者亦不过称之为文先生耳。於乎,此何足以知子美哉!不知于当时而知于后世,一世之短,百世之长,子美之名若草堂,虽与天地俱存可也。今日诸公之举,尊贤厉俗,其于风教岂曰小补之哉!诸公之于蜀,皆有风烈可传于后,记为草堂作也,故不具述。记既勒石,自成都府检校崔塘而下,其姓名皆列之碑阴。(《全蜀艺文志》卷三十九《重修杜工部草堂记》)

---

① 据冯任修《成都府志》卷四十三所收杨氏文,此句当作"李白之于采石,韩愈之于潮州"。

邵　宝

文之好尚不同，而相信者绝少。盖文者，人心之声，信其人，斯信其文矣。人岂易信哉？见之而不能知，弗信也，知之而以为不足信，弗信也。杜子美之于李太白，韩退之之于柳子厚，张籍皆极推许，而三子者有异议焉。（浦瑾《容春堂集序》[①]）

老去才难尽，秋天忆射雕。白鸥波浩荡，寒水不成潮。

海内知名士，如公复几人。千秋一拭泪，鼓枻视青旻。（《容春堂集》前集卷五《舟中怀李方伯惟诚集杜二绝》）

夔府孤城看落日，杜陵野客梦沧浪。（前集卷七《得见素公书》）

鲁望江湖从故态，少陵花鸟负初心。（同上《送万晦之》）

百尺高台傍寺门，杜陵《秋兴》此犹存。赠行独愧清风句，留坐还依古树根。星共北辰双阙近，山连西岳一峰尊。明朝旌节投何处，望断秦云眼欲昏。（同上《次杨邃庵先生留别二首》其一）

处士西园公于宝为从叔父。……居常不饮，饮不醉不止，当其兴发，高歌杜子数诗，击节自赏，导客和之，音调悲壮，闻者知其为公也。（前集卷十八《处士西园公墓志铭》）

秋林杨君……暇则古衣冠，登山饮泉，高歌李、杜诸作，声振林壑，望之如神仙中人。盖其风度旷逸如此。（后集卷六《故杨秋林配陈氏墓前石表铭》）

冯生学画举业余，胸中尘土先扫除。清秋此幅展向我，请我茅笔纵横书。南沙风韵杜陵后，随物赋形吾不如。（后集卷九《题画》）

谢安卧不负东山，杜甫望常依北斗。（同上《九峰书院歌》）

杜陵诗人不可作，击节虚堂风雨寒。（同上《太白山人歌为关西孙太初赋》）

杜陵走笔题诗乃如史，子长有语称董生。（同上《再作太白山人歌》）

[①] 单个序跋见诸他人文集者，若未能亲见其人自己文集，其论杜文字不单列条目，附录于所见文集作者条目下，以便省简。

短壑层冰何处所,杜陵歌罢兴悠然。"(后集卷十二《一室》)

小堂开向绿阴边,故老相过问往年。水接少陵新槛外,草生茂叔旧庭前。(同上《书院新成再用前韵》二首其一)

三峡诸峰画里开,登高不见杜陵台。(同上《为龚时亨题王中书春流出峡图追次王耐轩学士韵》)

二诗皆有风致,而语尤清丽,"秦城北斗"一句,居然杜法。(后集卷十四《与施子羽》)

召伯风能为我留,杜陵诗不愁谁送。(续集卷一《谢王郡公惠风折古柏用杜韵》)

杜陵药饵长随我,韩子诗书正满家。(续集卷三《野色》)

杜老幽居常阒寂,谢卿群从总清华。(同上《与顾氏昆季饮海天亭复至绣岭草堂》)

指日生辰期不到,古稀真信杜陵篇。(续集卷四《哭节庵归有作》)

迎盘送菜吴人俗,拔剑弹琴杜老诗。(同上《谷日阴寒微雨寄友用前韵》)

公始爱柳,继充之以苏,又益之以欧,诗始驰骛中唐,久之得其风格。既而读杜,时取而出之,复参诸苏、黄以下数家,故所就如此。(续集卷十二《五峰遗稿序》)

予昔读《左传》,盖志于求经,故于其辞不求甚解。非不欲解也,思之不得,故遂已之,尝叹杜子美所谓"读书难字过"者之不诬!(同上《左觿序》)

公,古循吏也。故其为诗,往往上希古人。凡此诸作,有近杜者,有近盛唐、中唐者,有近宋诸名家者,晚唐及元人无有也。但中间时出今人句语,有志于古者宜一切去之,以求近古。一字未锻必锻之,一句未调必调之,久久成熟,有不为苟为之,当前无古人矣。虽然选诗词意有不可入歌行者,歌行词意有不可入律诗者,盖古今之别如此。以古入近体可也,以近体入古,无乃病于雅乎?高明于此,闻之熟矣。(续集卷十七《答王郡公简》其一)

大抵诸作皆出入盛唐老杜,直逼宋人高处,元人纤巧之习脱略殆尽。但声调之间更须留意,则美善兼尽矣。(同上《答朱巡按士光》其二)

所谓杜句者,谓词意之佳与杜无异,犹曰唐句、宋句云耳。(同上《答朱巡按士光》其四)

"老病人扶再拜难",少陵此言若为我设。(同上《答朱巡按士光》其七)

长歌杜甫诗,怀人渺云树。悠哉两地心,乃不阻途路。(别集卷二《寄黄肇庆》)

江鱼入馔故人心,萱草堂前夜雨深。每羡杜陵歌白白,只今尤爱色如金。(别集卷四《谢南沙送江鱼》)

杜陵故有江头兴,楚客今非泽畔吟。(同上《奉寄沈提学先生》二首其一)

予尝读杜子美《八哀诗》,而考其所谓八人者,则王公以下皆有勋伐,昭于海内,而郑司户亦获与焉。古之论人者,固惟其人,不问其位之崇卑也。(别集卷五《潘尚古追挽诗序》)

尤好诵老杜诗,时有赋咏,忠愤激烈,要亦近之。(别集卷八《林泉邹处士状》)

顾　清

宋玉杨朱各有悲,杜陵曾借草堂资。由来造物多儿戏,毕竟风流是我师。(《东江家藏集》卷九《次韵启衷给事病后见寄》)

梧槚不杂中林蒸,诗人以来称杜陵。(卷十五《敬亭见和山行有李杜齐能之句虽主押韵而亦非所当也因歌奉答拜写近怀》)

自昔文人才士,每患多疾,若文园令之消渴,少陵之肺气,昌黎韩子之蠚齿,柳州之痞积。其尤著者,说者谓其疲役精神、雕刻肠肾之所致。而予观是数公者,多坎壈于壮年,其涉历艰危,冲冒雾露,亦宜有以得之。(卷十六《送汪抑之告归弋易序》)

若渊明之悲仲德,少陵之哀曲江,昌黎韩子之哀欧阳……各极其情之至也。(同上《程太夫人哀挽序》)

非严郑公辈不能成此堂,非浣花溪不足置此堂,非少陵居之,后世不知有此堂。虽然,曲江不去,林甫不相,则如公者将从容青琐而息偃乎城南,亦无

自而居此堂也。丹青千古，其殆有数存乎？（卷二十四《书浣花草堂图》）

浣花溪上草堂幽，世乱公来客此州。卜筑旋应烦地主，感怀时复为君忧。飘飘身世辽东管，落落篇章邺下刘。拟驾吴船问遗迹，不胜江水日东流。（卷三十四《十二日至济宁秦凤山示和彭幸庵吊古诸作次韵八首·浣花草堂》）

祝允明

江山司马笔，民物杜陵吟。（《怀星堂集》卷四《又绝句》二首其二）

古人颂马自鲁《駉》，杜诗尤胜伯乐经。（卷五《任月山九马图歌》）

杜陵一匹好东绢，韦郎上植松两干。（同上《唐寅画山水歌》）

骀荡三春好，陂陀五里遥。篇章传保傅，地主识嫖姚。壁上县瑶轸，空中度玉箫。南塘无杜句，深愧故人邀。（卷七《三月三日施侍御邀宴姚将军庄宅即旧名东郭草亭遗址》三首其三）

祝子指数十箧曰："可烧也！"客试窥之，所谓相地风水术者……所谓古今人之诗话者，所谓杜甫诗评注过誉者，所谓细人鄙夫铭志别号之文、富子室庐名扁记咏为册者。（卷十《烧书论》）

今人幼小辄依闾阎童儿师，教以书市所卖号为古文者，一踏举业门，即遥置度外矣。又欲自进，亦锢蔽于宋后陋谈。问文，曰：祖韩。又曰：韩、柳、欧、苏耳。问诗，曰：宗杜。又曰：宋犹唐耳。噫，暗矣哉！然而知韩、杜等者，贵矣；知韩、杜等，未足擅众而止吾者，几人焉；知韩、杜等，未足擅众而止吾者，又贵矣。知而自信以自遂，又几人焉。斯其误宁小小然！（卷十二《答张天赋秀才书》）

昔人传杜少陵以啖牛浮①、白酒致祸，或谓杜贤者，宁以口腹害生？是不然。或无此事则已，假令有之，杜当时亦偶为寻常饮食，不料有后忧。不幸及之，亦漫偶尔，然可见干牛之厉矣。（卷十三《与连博士劝勿食牛饮水书》）

---

① 原文如此。

唐人以诗为学为仕，风声大同，情性略近。其间李、杜数子杰出，然而格有高下，音非辽绝。犹十五国各为一风，可按辞而知地。唐亦然尔，斯其美也。（卷二十四《刻沈石田诗序》）

公之能言也，盖其中诚抱气操，勤劳国家，寝食子美。又所历秦、陇、湘、桂，迹亦躅杜，肺肠耳目皆出没开元、天宝间。故其言与合者，居然妙契，与强捧心颦眉者殊，当不长留天地间邪？（卷二十六《跋侍御成公纪行集》）

此数卷中，咄咄劙唐贤之垒而夺其气。可窥者，或夷澹为辋川，或木强为昌黎，或雄擅为杜陵，其合处往往乱之。（卷二十六《书文选吕大夫祖邦夔诗卷后》）

或曰："审尔先生亦独洁者矣，而亦乌乎耀，弦无穷与？"余曰："先生之植志操节也，不可窥。吾试与若窥其诗，非孝忠节义也，无触于膺，无寄于声。油油乎苗元化之嘉种，粒烝民于终古，其不类杜少陵与？杜之位不过一员郎，无片事自振当时，而自方稷、契，人不笑之，以诗史耀也。"（卷二十八《石田记》）

李白百俊千英，万夫之望，又唐廷箫凤。①

演曰：太白志操行事，论者固多。予以详录集中自言及者，左验亦已甚著。要之，才识既高拔时世，为赤诚激。然至谓如或妄谈，昊天是极，其忠愤激烈，折骨涌飞血，什伯于甫，气盖且未论也。且必言于君邪妃宠、极盛难犯之际，祸萌未作之时，智勇二端，迥非众及。而甫特述于乱成之后，其心与识，相去亦远。学子见杜喋喋时事，便以为李忠义亚之，世所谓眼前三尺光也。青莲情见乎辞者，难以尽录，略举其目：最明白者，《流②夜郎书怀赠江夏韦太守良宰》一篇及《雪谗诗》。外可参决者，如诗《怀示息秀才书》《情赠蔡舍人雄》《上崔相百草章》《上魏郎中万愤词》《赠张相镐寓言二首》。内"周公负扆"

---

① 祝允明《祝子罪知录》之撰述形式比较复杂，容易混乱读者眼目。试略作说明：每一篇文章，大体上包括"举""刺""说""系""演"等不同形式。大约"举""刺"是祝氏之核心观点（"举"为推赏之意，"刺"乃批驳之论），多是三言两语出之，置于开篇处，类似于文题；而"说"则为详细阐释，"系"为前人论见之罗列，"演"为进一步推衍己论。

② 原文作"刘"，于文义不通，据李白诗原题径改之。

之篇①,《永王东巡歌》《赠王判官》等,可相覆察。他篇伤今援古,概言立世树声之词,类见胸怀本趣,又未暇究。抑公之言志,寥寥眇存,其亦欲千载之彦口而心之矣乎?今拈起之,颇近桐骦。

又曰:王安石谓李诗十句九句说妇人酒,此儿童之见。安石虽谬,不至此,恐非其语。不求其所以说妇人酒者,太白岂无故耶?不然,太白直一酒色儿曹耶?此正是宋人舍李取杜一种痴见,亦不足计。(《祝子罪知录》卷三)

言学则指程、朱为道统,语诗则奉杜甫为宗师,谈书则曰苏、黄,评画就云马、夏。凡厥数端,有如天定神授,毕生毕世不可转移,宛若在胎而生知,离母而故。解者可胜笑哉,可胜叹哉!(卷八)

刺曰:称诗不可以杜甫为冠,此议甚缪甚明。

举曰:李白应为唐诗之首,方前代或及不及过之。

说曰:甚矣,俗之不明不公而好党也!甫与唐室诸子一伦耳,安得俪以前之哲匠,况掩而擅之耶?就其辈言之,亦有越之齐之不至之者,与李并立,昉于韩愈②。遗李独推,乃自元稹,初非笃论,宁惬群惊。迨至宋人,昧眼揉思,曲词强诣,转入鄙陋,若侏儒从齐景以弄鲁侯,荆人僭王呼以登五伯。征实定名,畴其予之。奈何来者之不竞,而随人共拜贾竖之尘乎?以李媲度婢双跱为一室之栋,犹恐白隆而甫挠,矧欲并置长庚,孤植饭颗,是盲孙之识尔。亦不悟林林之众,何以颠缪如是。

演曰:余非好远众也。人不肯以平心,观以天性,概以定志,审以实学,验之焉。譬诸蠢夫,或过公府见其门堂高大,便谓极贵,不知其中何主者也。凡谀杜者不啻千喙,姑按其说而察辨之,岂不得其情乎?以其为苍古也,非苍古也,村野之苍古也;以为典雅也,非典雅也,椎鲁之典雅也;以为豪雄也,非豪雄也,粗犷悍鸷之豪雄也。又以为百态咸备,尽掩昔贤,何其狂言至斯与!昔贤多有具体而微者,然且冲退坚守,每以其最长者为定形,而姿态横生,时自出之乌有。若甫之偏堕自用,可为万羽之凤兮者乎哉!殊途百虑森森,众妙试

---

① 指李白《寓言三首》其一。
② 有自注云:"时亦尚有同者。"

谛诠之,甫也果何有哉!其极推者,以为忠义积发,度越诸子,是则未议辞体,别以理义论也。然而忠则信有之矣。忠蕴于胸臆,声形于颊舌,固当若是,叫呼诟怼,若捐家委命强驱赴敌之悍卒然耶!风雅之中,人伦万变,至忠至孝,至义至烈,百意千情,无不有之。而夷视其辞,大帅渊雅,所谓温柔敦厚诗之教也。甫也诗才独步千载,何独不能知诗教本旨如是,抑知而不能从耶!诗当温而甫厉,尚柔而甫猛,宜敦而甫讦,务厚而甫露,乃是最不善诗,戾诗之教者,何以反推而倒置之与?今万喙交鸣,塞室土聪,吾一唇舌,又倦于哗讦,安能一一举而辨之?亦任情云尔。岂无千年杨子?吾独愿人平心本性,定志厚学,以求于是也。

又曰:甫诗要亦似其祖必简家风,而更不若其纯粹耳。大略由其主于粗厉骄犷,将揽众有而一其彀中,更成外道耳。

又曰:谓甫字字有出为高,是何等见?纵令果尔,诗当然乎?善用事者,古与今会,不得已而用之,犹恶其露;务猎其英华而导以己意,运转含融,隐约映带,须缘情旨相契,不觉自然取之。由其先得之妙,不容自异,使改口不改胸,则将累一句一章之旨,故颇及之耳。非以能剽窃为贤也,奈何更重于是?宋人有天解绝时者,亦堕彼见,用事塞满章句,人已交爱。诚谛思之,胜耶?劣耶?亦当自哂,而误人多矣①。为杜者,至有不读万卷书不可读杜诗者,何其欺己欺人,不畏明者斥且笑耶!甫也之胸,遽信如更生、茂先、伯施等辈耶?亦可怪也!时有识者,亦尝谓《三百篇》何所出者,此语乃公,便当惩之,何尚不已!

又曰:人品李已前见,甫虽以忠自命,《传》亦称其褊躁傲诞,旷放不检,他多及之。所谓忠者,盖亦咸其辅颊耳。李之风操,略具前条,再征杜事,方之其实,亦自可见。

系曰:杨大年宋之儒宗,目少陵为邨夫子。欧阳文忠每教学者,先李不必杜。又云:"甫与白,得一节耳,天才高放,非甫能到也。"

---

① 有自注云:"其病迄今不除,以病为妍。"

又曰：评二家者，过多论甫，犹不胜举，悉不暇及。

刺曰：诗死于宋。

演曰：由变故以来，凡其自谓独尊杜而痛法之者，正是其失执而不回，且亦未尝果皆甫也。向令舍杜而他从，如太白等辈，虽不能及，犹唐遗韵也。学杜而劣，因成斯状，诸丑遂呈，不可观已。盖诗自唐后，大厄于宋，始变终坏，回视赧颜。虽前所论文变于宋，而亦不若诗之甚也。可谓《三百》之后，千年诗道至此而灭亡矣，故以为死。

又曰：宋人有一种言语，所谓诗话者，恶而且繁。就中名公数端，如涑水、公父一二之外，诪张为幻，为叙说评骘及佞杜者，总可收拾千编，付之一炬。（卷九）

杭　淮

李杜得诗圣，迥出诸家前。寂寞千载后，身死名流传。悲风动万里，长虹烛遥天。楚魂不可招，空有吊湘篇。（《双溪集》卷一《挽李献吉四首用曹太守韵》其二）

愧余论交忝管鲍，君有长才更年少。落笔雄辞神鬼惊，风雨夜中龙虎啸。李杜文章谁与俦，千载岂易垂光休。（卷六《赠赵户部叔鸣》）

海内相逢恨不早，忧时每见杜陵诗。（同上《奉送贵州周巡按子贤还朝》）

蒋　冕

杨文贞公序虞文靖公所注杜少陵七言律诗，所谓《杜律虞注》者，刻本在江阴，行于天下久矣。序不书年月，惟书"荣禄大夫少傅兵部尚书华盖殿大学士"官衔，盖在宣德、正统间。而宣德初年，已有金溪进士元人张伯成所注《杜诗演义》梓行于世。二书篇目次序虽微有不同，而皆用文公传《诗》与《楚辞》例，先明训诂，次述作者意旨，而以一圈别之，其同者盖十之八九。《演义》篇首有曾子白之子昂夫所撰《伯成传》,称伯成之文务在追古作者,尝以所著《尚书补传》《杜诗演义》、杂文若干,手抄成编,谓门人宋季子曰:"吾志在斯,惟求吾师曾先生正之而已。"先生指子白也。传后附录独足翁吴伯庆《哭伯成》诗,亦有"笺疏空令传杜律"之句,则注杜律者乃张伯成非虞文靖明矣。窃意文靖家临川,去金溪百里而近,伯成所注杜律,文靖岂尝见而爱之?其不同者,岂文靖尝笔削之欤?未可知也。文贞序有云:"或疑此编非出于虞。"盖当时亦未尝不致疑也。暇日曝旧书,偶见《演义》,漫笔识之,以谂知者。(黄宗羲《明文海》卷二百十三《书元张伯成杜诗演义后》)

张　习

人称杜少陵为"诗史",以其诗该古今朝野事实,可以备史氏之所未及载,谓之史诚宜然。(宋无①《啽呓集》卷末跋语)

钱百川

古诗《三百篇》,不知几千祀。后来继者谁,一个陶公耳。变风与变雅,其如杜子美。宋周程张朱,道大言莫比。迄今五百年,惟陈白沙氏。不日庄定山,鹤台先君子。造作非不多,亦得为诗史。(《钱逸人集·观沈石田诗集》)

王云凤

晦翁论君子,光明正大,疏畅洞达,磊磊落落,无纤芥可疑,以杜子美与诸葛、颜、韩、范公并称。四君子者,皆有功业,睹记在当时,诵说在后世,真如青天白日,如高山大川,如雷霆雨露、龙虎鸾凤者。而子美不过一穷饿人耳,称

---

① 又作"宋无",元代诗人。

之者曰"诗史"而已,曰"文章光焰万丈"而已,曰"诗人以来未有如子美"而已,曰"诗至子美天下之能事毕"而已,安在其并于四君子也?曰安在其不并于四君子也?富贵不能淫,贫贱不能移,威武不能屈,此君子立身之本,谓之大节。大节不立,万事皆颓。纵有功业,为世倚赖,不过权谋术数,塞漏补罅于一时者耳,非君子体用之学也。子美为拾遗,以救房琯失官;为严武参谋,又弃官寓廊,而婴孺饿死;客秦,而采拾自给;奔陷贼中,挺然不污;严武欲杀,泰然不惧。是岂以富贵、贫贱、威武动其心者哉!是岂有一毫之疑者哉!此五君子之所同也。大节既同,则其事业之显与不显,在所遇之亨屯、时之用与不用耳。何病于子美哉!况子美以稷、契自许,而忧国忧民之意十诗而九,使得行其志,其功业岂下四君子哉!但论者谓子美文不如诗,夔州以后诗不如前。以予观之,子美其气厚,故其文简奥浑健,不事藻饰,唐人一二大家外,皆鲜能及。夔州后诗,则晦翁所谓"晚年横逸不可当"者。或以为胜于前,则又不敢信也。若《封西岳赋》,未免惑于封禅之说,则司马氏以来诸贤之通弊,非可独诮子美也。广平太守张侯用昭,以子美集刻者虽多,然或以所至之地为类,或以所命之题为类,观者卒难得其各体之全。其释事释文,补遗补注,诸书则收载纷咙,未易寻省。乃以诗体分为八,为子美作者附录诗后,文又附其后,尽去其注,为卷十,每卷各著其目于首。判府宋君孟清实订讹焉。子美集斯明白矣。用昭求序于余,余以子美之诗不待赞也,故独举其大节,使世知子美诗之传愈久而愈为人所宝爱,殆将与天壤俱弊者有由然也。用昭名潜,岷州人,英爽精敏,作郡有余力,以及文事。孟清名灝,则吾邦之博能士也。(黄宗羲《明文海》卷二百四十四《杜少陵集序》)

夏尚朴

圣贤之训,明白恳切,无不欲人通晓。白沙之诗好为隐奥之语,至其论学处,藏形匿影,不可致诘。而甘泉之注,曲为回互,类若商度隐语,然又多非白沙之意。且诗自汉、魏以来,至唐、宋诸大家,皆有典则。至白沙自出机轴,好为跌宕新奇之语，使人不可追逐。盖其诗本之庄定山，定山本之刘静修，规模意气绝相类。诗学为之大变，独古选和陶诸作近之。朱子云："作诗须从陶、柳门庭中来乃佳，不然无以发萧散冲澹之趣。"又云："李、杜好处，多自《选》中来。"又云："杜诗夔州以前如画。夔州以后，自出机轴，横逆不可当。"①然变大段②是难事，须变而不失其正，若变而失其正，又不若守古本之为愈也。（《东岩诗文集》卷一《语录》）

好山围燕坐，亭榭十分幽。剩种东桥竹，能教老杜游（卷二《题赵千户皆山亭》）

元戎能爱客，载酒出湖头。夏木莺犹啭，烟波荷正稠。香风来别浦，嘉荫满行舟。似识南塘路，追随老杜游。（卷三《何都司约两司诸公泛湖以疾未赴口占呈顾宪长》）

少陵忧不到寒饥，老大还将稷契期。底事开元全盛日，却教壮士苦吟诗。（卷五《读杜诗有感》）

几曲清溪绕舍流，数峰晴点碧云头。无言可辩渊明意，有酒难消杜甫愁。（同上《次澄之韵二首》其一）

东风宜醉更宜醒，卧看虚窗月满棂。白鸟澄江空泛泛，青山终古自亭亭。睡魔不扰希夷梦，诗瘦偏生老杜形。偶与山僧分半榻，一春高卧簟纹平。（卷六《次刘仲素韵二首》其一）

故园闻说笋初苞，尘事有萦不可抛。细数落花穿柳巷，静闻啼鸟度林梢。携壶且尽今朝醉，鼓棹明寻胜处捎。杜老有诗终未古，谁能捣破旧窠巢。（同上《次人斋韵》）

年高杜甫空忧世，才短杨朱合爱身。（同上《对雪有感兼怀一之时往东浙未回》）

---

① 朱熹《朱子语类》卷一百四十《论文下》云："杜甫夔州以前诗佳。夔州以后，自出规模，不可学。"《性理大全》卷五十六《论诗》云："杜诗初年甚精细，晚年横逆不可当。"夏氏所引当是混合两处而成。

② "段"字于文意无助，疑为衍文。

诗从删后更无诗,此语多应欠致思。自古文章关所养,浪云高下系于时。淡中求味方知味,拙处藏奇始见奇。欲识少陵槖臼处,请看云在意俱迟。(同上《次潘德夫与友论诗韵二首》其一)

湛若水

谋,贵远不贵近,贵大不贵小。孔明有荆、益定三分,人皆以其谋之善,而不知其为第二义。而其志则远矣大矣,盖有荆、益以为国资而不在于荆、益也,定三分以为己援而不在于三分也,恢复大业非此莫能遽济尔。惟杜甫诗云:"三分割据纡筹策。"吁谟远猷,甫盖知之矣。(《格物通》卷六)

费　宏

李杜妙语垂琳琅,仙官好事犹取将。涪翁醉笔扫纨扇,江神贪买竞持献。固知墨宝世罕逢,鬼物所好于人同。而况文山诗与字,《楚骚》颜帖皆心事。(《费文宪公摘稿》卷一《题钱世恒吊文山遗墨卷》)

李白豪吟少拘束,杜陵即事多流便。(卷二《马公次韵见答复叠前韵谢之》)

□日放船好,春帆细雨来。白鸥波浩荡,坐稳兴悠哉。(卷三《十四日过武城历渡口驿细雨顺风舟行颇速戏集杜诗》)

茅屋归来万虑轻,弄嘲时借墨为卿。杜陵不复愁兵甲,真赖文翁是福星。(同上《再叠前韵答木亭》)

杜陵彩笔惊流辈,萧寺清谈记昔年。(卷四《次韵答娄诚善先生见赠五首》其二)

杜诗多具唐家史,陶集惟书晋希年。(同上《次韵答娄诚善先生见赠五首》其三)

诗有大家还李杜,才非匹锦笑丘江。(同上《和答娄元善七首》其一)

一字安排类有神,聊将余事作诗人。每惊新制思焚砚,频辱华缄必正巾。

郑谷格卑真后辈,杜陵性癖是前身。谁从碧海夸鲸力,制取难凭独茧纶。(同上《再答元善四首》其三)

将军好事约登高,远客凌寒不惮劳。落帽尚传前日迹,得名应贺此山高。旅愁浩浩凭诗遣,风力飕飕仗酒鏖。双鬓耐吹犹未短,整冠仍喜杜陵豪。(同上《至后一日与林都阃大用及郡士谢廷实胡廷瞻张东之谢天倪游龙山予弟官表弟张天与与焉》)

欧公自擅人天乐,杜老仍兼吏隐名(同上《送石邦彦学士之南院》)

汉仪不废千官拥,杜句休嗟万事非。(同上《湖广左方伯坏轩周公以元日生岁庚辰述职寓京有诗述怀南归过横林诵示诸公和章邀予同赋》)

贾传匡时言每激,杜陵忧国句偏工。(同上《送大司寇见素林公致仕》)

郑　岳

丰年妻子尚苦饥,况兹亢旱田尽曝。稻粱一饱不自谋,犹为苍生泪盈掬。古来贤达类如此,杜老秋风赋茅屋。(《山斋集》卷二《东岩祷雨题林以永寒谷山水障子》)

成周仍祀益,非子始封秦。列国舆图尽,西戎霸业新。山川犹故国,宇宙一浮尘。杜老侨居处,诗篇尚有神。(卷四《秦州》)

幕府功频上,骚坛兴每登。江摇青嶂影,树入碧云层。阵法依诸葛,诗篇出少陵。苍崖看墨迹,长忆汉中丞。(同上《奉候林见素都宪平蜀寇致仕三首》其三)

钱　琦

昔杜少陵奔骛巴峡而蜀中诸诗益奇,吴道玄历览夔梦而长江图入妙。(《钱临江先生集》卷十一《赠张雪樵司教番禺序》)

夏良胜

又"荷远致高作,情谊溢词表",清古逼杜家法。哦诵数四,不敢拈笔追步。(《东洲初稿》卷四《答勤甫提学》)

野寺寻芳着屐忙,雨花沾袖趁风香。从头捡点伤春事,抚掌薈腾过日光。黄四娘来迎笑脸,杜工部已破愁肠。流年去去谁留住,大债如天次第偿。(卷八《挽春二首》其二)

张　琦

万里桥西路,骑驴三十年。较量春厚薄,不及开元前。(《白斋诗集》卷一《杜甫游春》)

昔杜工部少陵自谓"语不惊人死不休",陆务观作诗日有课程,年八十犹苦吟不辍。古人与此一事相为命,同死生,非性癖则近呆者邪！(《白斋竹里诗集·自序》)

魂梦杜陵诗史,岁月黄公酒炉。(《白斋竹里诗集》卷二《四时杂咏四首》其四)

少陵千载是吾师,稷契心怀汗漫辞。高烛画檐亲把卷,两行清泪《北征》诗。(卷三《读杜诗》)

作诗难,则知诗又难也。诗非天资力到不能知,能知诗而后诗可作也。不然,如夏虫之语冰,可能得哉！汉、魏以下,五言变体,论者多矣,不赘语。姑以唐以后律绝及七言古体论之,前辈品评多未当。唐人李、杜当是大作家,王、岑、高、孟、韦、柳、陆、李辈诸作者,惟杨伯谦论得是。其分正音、余响,盛、中、晚唐,皆合格中理。若所谓《鼓吹》《三体》《品汇》等集,未免有所谬。杜子美圣于诗,达于天人,常变不可拘测,所谓"不读万卷书,看不得杜诗"是也。高棅乃置杜而不得入正宗,与太白异路,则其识见可见矣,余不必辨也。若

宋、元诗,则又当别看。(《白斋竹里文略·论诗》)

王九思

南苑来佳客,东风放杏花。耽诗怜杜甫,博物问张华。倦鸟林栖乐,亡羊世路差。一尊浑不醉,野兴浩无涯。(《渼陂集》卷四《浒西酒中呈重云先生》)

白首庞公能避世,青春杜甫未还乡。鹿门终去餐灵药,巫峡愁来望洛阳。开落桃花仍结子,飞归社燕已巢堂。山城日暮闻风雨,梁父吟成恨转长。(卷五《三月晦日二首》其二)

杜甫锦江茅盖亭,子云白首《太玄》经。风流一洒千秋泪,踪迹真如四海萍。公等庙堂应努力,野人农圃合劳形。泰阶不问东方朔,自卜贞符望六星。(同上《和韵与王中丞九首》其九)

戏折花枝来屋后,闲携稚子绕篱傍。却忆西川杜子美,要访前蹊黄四娘。(卷六《看花九首》其五)

莫笑浊醪频过墙,看花杜甫益颠狂。且教花下秦娥舞,绝胜人间傀儡场。(同上《与南川德一复至浒西赏杏花十首》其十)

自归里舍,农事之暇,有所述作,间慕子美,拟为传奇,所以纾情畅志,终老而自乐之术也。不意亲朋指摘瑕颣,投诸馆阁,发怒起祸,幸以消沮,而执事之书曰,风流可盖一世,政不必拘拘学寒酸语也。嗟乎,王子其真知我者乎!(卷七《答王德征书》)

文章传世久,富贵不名垂。万卷还须破,三冬勿暂离。位看京兆重,诗可杜陵迟。前哲风流远,千秋入梦思。(续集卷上《次瀛与张广文诗韵因示》)

子美长镵白木柄,黄精无苗空叹息。恒饥稚子色憔悴,时入深林拾橡栗。吟诗万首逼风雅,奇宝千金贱楚璧。金谷主人金塞厨,明眸皓齿为欢娱。剪霞百里锦步障,出海一丈红珊瑚。剑锋展转死孙秀,楼上须臾坠绿珠。呜呼!财多自古为身累,贫士从旁笑尔秽。君不见北邻白金不满千,儿操白刃爷叫天;南邻野老钱几何,白首犹能醉后歌。(同上《醉后歌》)

君不见,杜工部,四十白发垂两耳,总为从前作诗苦。(续集卷上《阅张太微镊白诗有感遂为长歌》)

丘壑渊明老,乾坤子美狂。(同上《雨夜有作》)

吟诗四十载,学海足生涯。汉魏二三子,唐人几百家。撚髭空锻炼,得意漫矜夸。不见少陵老,情真语自佳。(同上《吟诗》)

能诗唐杜甫,奉使汉张骞。使节空同过,诗名北斗悬。自惭黄发叟,虚负碧瞳仙。不远三千里,来寻紫阁前。(同上《送白贞夫八首》其五)

睡觉闻春雨,邻鸡第几声。檐风吹不断,灯影灭还明。碧讶琴丝润,青知麦浪平。杜陵诗句好,喜共古今情。(同上《和杏村喜雨二首》其一)

麦未获,籴旧麦,谷穗郁垒垒,出籴早谷米。南亩何曾废耘耔,田少口多困见底。吁嗟乎,有钱籴米尔莫叹,新谷登场亦不远,不见当年少陵叟,短褐长镵米何有!(同上《籴米谣》)

夫此渼陂者,关中之粤区也。自有子美之诗,而其名益著。(续集卷下《渼陂镇重修石桥记》)

玲珑唱我词,嗅黄花露满枝。东篱下饮,迟见南山落酒卮。鱼龙寂寞秋江冷,故国平居有所思。野人思,少陵诗,千古英雄感慨时。(《碧山乐府》小令卷下《春雨亭四时曲四首》其三)

我子见长江滚滚东流去,思量起悲秋杜甫,登高能赋。有谁如压碎了蛙雀喧呼,声随落木,风如剪影,湛清水月满壶。这人儿真堪顾,连城美玉,一束生刍。(套数卷下《秋兴次春游韵·耍孩儿》)

然谪仙、少陵之诗,亦往往有艳曲焉。或兴激而语谑,或托之以寄意,大抵顺乎情性而已。(《碧山续稿序》)

陈　沂

《拘虚诗谈》

唐人每窃用鲍、谢、阴、何之句,少陵亦多有之。所谓景云、垂拱之先驱,不诬也。

太白诗,如素月流光,彩云弄色,天色意态,无迹可寻。少陵诗,如风雨雷电骤至,霁则垂虹返照,光影顿殊。二家各具造化之妙,特分意之有无耳。

高棅论少陵诗,不列于正宗,而曰大家。盖如沧海,无崖涘可寻,其间蛟龙以至虾蚌,明珠、珊瑚之与沙石,无一不具,要识其所当取者。

少陵七言如《秋兴》《诸将》《蜀相》《怀古》《小至》《返照》《登楼》《宿府》《野望》《闻笛》诸诗,自唐大家作者,无此之多。且声宏气正,格高意美,非小家装饰。但才大不拘,后学茫昧,特拾其粗耳。五言律警妙处,首首见之,不可以择,可谓"诗圣"矣。

五言排律莫过于开元以前。少陵虽于五言律臻妙,至长律如《上韦左丞》之类,终欠谨严。

学四言者当咏味《风》《雅》,长辞当咏味《楚骚》,五言古必宗苏、李,近体必宗开元以前,七言长歌必宗太白,七言律必宗少陵,绝句必以太白为师。纵力不能及,咏味久则入步正,不蹈旁蹊矣。

稚子洲前浴,凫雏沙上眠。江村诗百首,须让少陵贤。(《拘虚后集》卷三《隐居十首》其四)

唐　寅

能赋相如已倦游,伤春杜甫不禁愁。(《唐伯虎集》外编卷一《和沈石田落花诗三十首》其四)

余子容弁访唐子畏于城西桃花坞别业,子畏适作山水小笔,诗云:"青藜竹杖寻诗处,多在平桥绿树中。红叶没胫人不到,野棠花落一溪风。"余曰:"诗固佳,但恐'胫'字押平声未安。"子畏曰:"出何处?"余答以老杜云:"黄独无苗山雪盛,短衣数挽不掩胫。"子畏跃然曰:"几误矣!"遂改"红叶没鞋人不到"。吁,子畏之服善也如此,与世之强辩自是者殆径庭矣。见《乌衣佳话》。(外编卷三《一集伯虎遗事》)

陶公一饭期冥报,杜老三杯欲托身。今日给孤园共醉,古来文学士皆贫。就题律句纪行迹,更乞侯鲭赐美人。公道吾痴吾道乐,要知朋友要寻真。(外编续刻卷七《正德己卯承沈征德顾学置酌禅寺见招猥鄙杯酒狼籍作此奉谢》)

文徵明

嘉靖甲申,钱君元抑以鸿胪丞致仕还长洲。阅六年,庚寅三月四日卒,年五十有九,是岁十二月廿又八日葬……君所著有《易通》《乾坤纂遗》《读史例余》《吴越纪余》《檀天解略》《骚经标注有问录》《杜律便览》《芹游记》《太常都编》总若干卷,藏于家。(《甫田集》卷三十《明故鸿胪寺寺丞致仕钱君墓志铭》)

(顾璘)所雅游,若李崆峒献吉,若何大复仲默,若朱昇之、徐昌谷,皆海内名流。一时诗名震叠,不啻李、杜复出,而公颉颃其间,不知其孰为高下也。(卷三十二《故资善大夫南京刑部尚书顾公墓志铭》)

笑杀杜陵常寄泊,却思广厦庇人寒。(《文氏五家集》卷六《玉磬山房》)

草堂故事诗篇在,应许多情杜甫知。(同上《人日杜氏南楼题赠允胜》)

王守仁

春寻载酒本无期,乘兴还嫌马足迟。古寺共怜春草没,远山偏与夕阳宜。雨晴涧竹消苍粉,风暖岩花落紫蕤。昏黑更须凌绝顶,高怀想见少陵诗。(《阳明文录》卷三《游清凉寺三首》其一)

子美、太白有造道之资,而不能入于贤圣者,词章绮丽之尚,有以羁縻之也。(《阴明先生则言》卷上)

李梦阳

愿宾与主酩酊归,不见昔时杜甫与高、李三子者,气压百代今尘埃。(《空

同集》卷二十一《相逢行赠刘按察麟》)

杜甫遗诗人罕全,鲍生记之将及千。论工尚恨黄初浅,泥古常卑大历前。(同上《徒步东行赠鲍潊》)

礼乐征王粲,声名采杜诗。(卷二十八《赠王秋官二十四韵》)

孔门诸子接升堂,杜甫交游尽老苍。万里南归望秋月,一樽对别逢春阳。(卷三十一《赠张含》)

焚草常怀杜拾遗,从容退食梧垣迟。人当名世汝其辈,国有中兴今固时。衰年丘园合潦倒,大业竹帛能留垂。迢迢故人寸心在,日日苦吟双鬓知。(同上《夏都给勘邺潞之战惠见忆之作寄答四首》其二)

冲泥杜甫吟愁雨,落帽参军醉倚风。(卷三十二《辛巳九日田子要东陂之游雨弗克赴》其三)

废苑迢迢入草莱,百年怀古一登台。天留李杜诗篇在,地历金元战阵来。流水浸城隋柳尽,行宫为寺汴花开。白头吟望黄鹂暮,瓠子歌残无限哀。(同上《吹台春日古怀》)

此去先过杜陵院,与谁同上合江亭。(卷三十七《送胡主事犒广西军便道耒阳迎母二十韵》)

(凌溪)年二十举进士,时顾华玉璘、刘元瑞麟、徐昌毂祯卿号"江东三才",凌溪乃与并奋竞,骋吴楚之间,欻为俊国。一时笃古之士争慕响臻,乐与之交。而执政者顾不之喜,恶抑之。北人朴,耻乏黼黻,以经学自文,曰:"后生不务实,即诗到李、杜,亦酒徒耳。"柄文者承弊袭常,方工雕浮靡丽之词,取媚时眼,见凌溪等古文词,愈恶抑之,曰:"是卖平天冠者!"于是凡号称文学士,率不获列于清衔。(卷四十七《凌溪先生墓志铭》)

夫诗发之情乎?声气其区乎?正变者时乎?夫诗言志,志有通塞,则悲欢以之,二者小大之共由也。至其为声也,则刚柔异而抑扬殊。何也?气使之也。是故秦、魏不贯调,齐、卫各擅节,其区异也。唐之诗最李、杜,李、杜者方以北人也,而张生者,滇产也,其为诗杜,何也?(卷五十一《张生诗序》)

迪功以文赋起吴中,十数年间,鸑翔而虎变,彬彬乎出人士前矣。然竟輣轲夭灭亡也,凡此天果弗谙之邪?乃予观李唐人李、杜,辘轳勃贺,则天未始不怜才流涕也。然犹异代足宽解,孰谓亲遘见之如迪功者云!(卷五十二《徐迪功集序》)

诗至唐,古调亡矣,然自有唐调可歌咏,高者犹足被管弦。宋人主理不主调,于是唐调亦亡。黄、陈师法杜甫,号大家,今其词艰涩,不香色流动。如入神庙,坐土木骸,即冠服与人等,谓之人可乎?夫诗,比兴错杂,假物以神变者也。难言不测之妙,感触突发,流动情思。故其气柔厚,其声悠扬,其言切而不迫,故歌之心畅而闻之者动也。宋人主理作理语,于是薄风云月露,一切铲去不为,又作诗话教人,人不复知诗矣。诗何尝无理,若专作理语,何不作文而诗为邪?今人有作性气诗,辄自贤于"穿花蛱蝶""点水蜻蜓"等句,此何异痴人前说梦也!即以理言,则所谓"深深""款款"者何物邪?《诗》云:"鸢飞戾天,鱼跃于渊。"又何说也?孔子曰:"礼失而求之野。"予观江海山泽之民,顾往往知诗,不作秀才语,如《缶音》是已。《缶音》,歙处士佘存修作,处士商宋、梁间,故其诗多为宋、梁人作。(同上《缶音序》)

章园之会,宾一人,升之;主三人,元瑞、庭实,其一予也。园主一人,千户伦是也……时升之报政将归,赠留之言皆不可少。予诵杜甫"千章夏木清"之句为五阕,令侍子拈送焉。……说者谓文气与世运相盛衰,六朝偏安,故其文藻以弱。又谓六书之法至晋遂亡,而李、杜二子往往推重鲍、谢,用其全句甚多。(卷五十六《章园饯会诗引》)

子又曰:"孔、曾、思、孟不同言而同至诚。如尺寸古人,则诗主曹、刘、阮、陆足矣,李、杜即不得更登于诗坛。……守之不易,久而推移。因质顺势,融镕而不自知。于是为曹、为刘、为阮、为陆、为李、为杜,即今为何大复,何不可哉?此变化之要也,故不泥法而法,尝由不求异而其言人人殊。(卷六十二《驳何氏论文书》)

古人之作,其法虽多端,大抵前疏者后必密,半阔者半必细,一实者必一虚,叠景者意必二,此予之所谓法圆规而方矩者也。沈约亦云:"若前有浮声,则后须切响。一简之内,音韵尽殊;两句之中,轻重悉异。"即如人身以魄载魂生,有此体即有此法也。《诗》云:"有物有则。"故曹、刘、阮、陆、李、杜能用之而不能异,能异之而不能不同。今人止见其异而不见其同,宜其谓守法者为影子;而支离失真者,以舍筏登岸自宽也。(同上《再与何氏书》)

陶潜、杜甫非不善人也,然率困苦不显见于世。乃其子率又不甚似,亦谓有天道否邪?故原宪、季次虽隐约,然不以其故而损名。陶潜、杜甫其子即不似,然议者不以是贬其行。故曰:君子强为善而已矣。(卷六十四《丘先生祭文》)

杜甫见道过韩愈,如"白小群分命""文章有神交有道",又如"随风潜入夜""水流心不竞""出门流水住"等语,信手拈来,头头是道。(卷六十六外篇《论学上篇第五》)

"小子何莫学夫《诗》",孔子非不贵诗;"言之不文,行而弗远",孔子非不贵文。乃后世谓文、诗为末技,何欤?岂今之文非古之文,今之诗非古之诗欤?阁老刘闻人学此,则大骂曰:"就作到李、杜,只是个酒徒!"李、杜果酒徒欤?抑李、杜之上更无诗欤?谚曰:"因噎废食。"刘之谓哉!(同上《论学下篇第六》)

孙　绪

心不大则无远韵,气不劲则无昌言。诗者,性情礼义之宗,言韵之精英也。浅胸卑局,而欲有轶尘迈俗之作,难矣。魏、晋而降,论诗例称唐人,唐人例称李、杜、昌黎。三君子之什,脍炙千载,不俟评议。然蠛蠓贵近,傲睨强藩,勇犯人主,此其人为何如?秋空江汉,沆漭无涯;泰华匡庐,俯视万象。神龙怪鳄,莫可羁羁。读其诗,想见其人,使人毛发森竖。……欲学李、杜、昌黎诗,当先论世以自厉。不然,窃片语,挦数字,规规于声韵步骤,吾恐模仿愈工,背驰愈远矣。(《沙溪集》卷一《马东田漫稿序》)

杜陵、昌黎,唐之文士耳。君子病其工于词章,陋于闻道。至杜陵之自许,一则曰皋、夔,二则曰皋、夔;而昌黎蚤夜以思去其不如舜与周公者,就其

如舜与周公者。夫圣如皋、夔、舜与周公,二子乃拟之,而人不以为僭。(同上《赠冯生嘉际擢乡试序》)

戏蝶娇莺俱得名,真成骥尾附蝇声。如今何地无黄四,千古难逢杜少陵。(同上《题画四绝·杜甫游春》)

《文选》中诸书,亦时有堆积无兴之句。司马迁孔门诸子传,亦多牵缀不续。细玩之自见,然其高处不可及也。苏东坡律诗诚有骋才太过、破废格律者,而大篇奇岖,时逼李、杜。李、杜或不得意句律,顾出其下。李贺才高不减李白,但未大成耳。今人掇拾前人残唾,才见贺诗,即曰鬼才;见苏诗,即曰不无利钝;至魏晋、李、杜之诗,秦、汉之文,即拱手降服,惟恐不及。问其所以为佳,茫然四顾。不取必于心而徒论世之先后,学之卤莽,一至于此。大抵文章与时高下,人之才力亦各不同。今人不能为秦、汉、战国,犹秦、汉、战国不能为六经也。世之文士,往往尺寸步骤,影响謦欬,晦涩险深,破碎难读。曰此《国语》体,《左氏》体,《史记》《汉书》体,此下视之渺然,燕、许、韩、柳诸公,俱遭诽薄。(卷十一《无用闲谈》)

钟期没而伯牙绝琴,惠施死而庄周不言,知己之难逢也。杜陵《别房琯墓》曰"近泪无干土",后山《哭曾南丰》①曰欲"死身以相从",故曰"士为知己者死",悲夫!(同上《无用闲谈》)

《三百篇》后,李、杜为万世诗人之宗,本不可以优劣。或欲强优劣之,右李者则曰李才飘逸如仙,杜未免有世俗语;右杜者则曰李诗不出妇人杯酒,杜诗句句忧国爱君。此晚宋人语,当时想亦偶有所见,人遂以为的论。假令村中学究句句说忠君爱国,便可跨谪仙;句句说神仙蓬莱,便可跨少陵耶?可发一笑。(卷十二《无用闲谈》)

大抵东坡之诗过于豪纵,如"老死南荒吾不恨,兹游奇绝冠平生"之类,可以屡数。其与少陵"尚怜终南山,回首清渭滨"、太白"回头语小姑,莫嫁如兄夫"、乐天"君王若问妾颜色,莫道不如宫里时"者,异矣。得诗人优柔忠厚之

---

① 即陈师道《妾薄命·为曾南丰作》其二。

体,宋人终输唐人一筹也。(同上《无用闲谈》)

元遗山编《唐诗鼓吹》,以柳子厚《登柳州城楼》诗置之篇首。此诗果足以压卷欤？李、杜无容论矣,高、岑、王、孟而下得意句,比此诗奚啻什百,而遗山去取乃若此。(同上《无用闲谈》)

刘须溪批点杜诗时有不满意,王梅溪注东坡诗亦或有异同。杜与苏千古人豪,刘、王岂敢固訾之哉。不但所见不能尽同,抑亦作者有得意、不得意,未能字字句句俱工也。近世胡云峰炳文于朱子《周易》《四书》注极口称诵,千篇一律,使人厌观。尹起莘作《通鉴纲目发明》,亦然。余尝谓,二子,朱晦庵家奴婢也。正德间,何侍郎子元、潘编修辰、谢内翰鸣治注西涯李文正公乐府,溢美尤甚,至谓西涯格律远在李、杜之上。时西涯方当国,喜人谀佞,故诸君投其好以要美秩,比之胡、尹,更在下风可笑。(同上《无用闲谈》)

孔子万世之师,恩同天地,诗人狂纵不检,直斥其名,如曰"何必衔恨伤丘、轲""何必效丘也"之类。至杜甫,乃直曰"孔丘盗跖俱尘埃"。孔子何人,与盗跖并称,且直斥姓名,可谓忍心无忌惮者也！其祖审言曰:"为小儿造物所苦!"天地尚比之小儿,何有于夫子！盖其家传傲睨无礼,非一日矣。虽有才艺,名教罪人之言不足多也。(卷十三《无用闲谈》)

虞邵庵慧识具眼,其所注杜律粗浅牵制不足观。初尝疑之,后见所谓《杜律衍义》者,中无一字不同,乃元初张进士伯成所注而虞欲窃之为己书也①。张没,诸友募财锓梓以传,并其募疏录之卷首。今二书并传,西涯李文正公亦疑是书,谓闻有所谓《衍义》者未之见,且著之《麓堂诗话》中。夫是诗,家家有之,而文正乃未之见,何也？(同上)

老杜《七夕》诗曰:"万古永相望,七夕谁见同。神光竟难候,此事终朦胧。"梅圣俞檃括为二句曰:"巧事世争乞,神光谁见同。"工则工矣,是固老杜意也。方万里《瀛奎律髓》载圣俞是诗,且称"神光"句之妙,又为细解其意,此

---

① 按,张伯成乃元末明初人,其所注杜律的书大多题为"杜律演义",署名"虞集"者乃书贾假托名家以取利之所为也,非虞氏自为之。详见拙作《明代杜诗接受研究》第五章之有关考论。

有何难晓而赘以注也？可笑。（卷十四《无用闲谈》）

张文潜《题磨崖碑》云"元功高名谁与纪,风雅不继骚人死",是学老杜《双松歌》曰"天下几人画古松,毕宏已老韦偃少"。山谷《过桂林》云"李成不生郭熙死,奈此百嶂千峰何",是学昌黎《石鼓歌》"少陵无人谪仙死,才薄将奈石鼓何"。（同上）

古人诗文亦自有不可解者,或当时偶有所寄,激而为言,今皆不可知,如老杜《桃树》诗、温飞卿《郭处士击瓯歌》、李贺《申胡子觱栗歌》、李义山《锦瑟》歌、樊绍述《绛守居园池记》、公孙龙《白马非马论》等篇。今人必欲解,且谓其高妙,亦随众悲喜而已。（同上）

洪武初,单元阳注杜诗,其序有曰："人苦不自知。前注之失,吾知之；吾注之失,吾不能知也。"是可为著述自信者之戒。（同上）

老杜《忧旱》诗自注云："楚俗旱则焚山击鼓,有合《神农书》。"起句所谓："楚山经月火,大旱则斯举。旧俗烧蛟龙,惊惶致雷雨。"用此意也。盖古《神农书》求雨,祈而不雨则曝巫,曝巫不雨,则积薪击鼓而焚神山是已。《檀弓》："岁旱公欲曝尪,县子以为不可。"《左传》："僖公欲焚巫尪,臧文仲以为非旱备。"世俗相传,以为蛟龙惧火,奋蛰而起,云雨或可得也。段成式《西阳杂俎》载："太原郡东有崖山,天旱,土人则烧此山以求雨。俗传崖山神娶河伯女,故河伯见火必降雨救之。"然则今人每遇旱即遍焚祠庙,盖亦有所本云尔。（卷十五《无用闲谈》）

山谷绝句云："闭门觅句陈无己,对客挥毫秦少游。正字不知温饱味,西风吹泪古藤州。"盖秦没于贬所而陈独存也。其意出于老杜《存殁口号》："席谦不见近弹棋,毕曜仍传旧小诗。玉局他年无限笑,白杨今日几人悲。"又曰："郑公粉绘随长夜,曹霸丹青已白头。天下何曾有山水,人间不解重骅骝。"盖席、曹存而毕、郑殁也。黄诗流丽悲壮,亦不减少陵。（同上）

孙樵《与贾秀才书》云："扬雄以《法言》《太玄》穷,元结以《浯溪碣》穷,陈子昂以《感遇》诗穷,王勃以《宣尼庙碑》穷,卢仝以《月蚀诗》穷,杜甫、李白、王昌龄皆以工诗穷。"（同上）

杜陵豪句愁仍在,方朔占书迹已陈。(卷二十《辛卯人日》)

杜老有情怜日暮,陶潜无酒怨云停。(同上《夜坐怀王守信守信病久不出》)

何孟春

《余冬诗话》

卷　上

杜子美诗:"文章一小技,于道未为尊。"甫之所谓文章,只是就诗言耳。韩退之诗:"文章自传道,奚仗史笔为?"韩退之所谓文,乃有见于孔、孟,知圣人之所以传道者。先儒谓退之因学文而见道,所见虽粗,而大纲则正矣。后世之士,诗要学杜,文要学韩,而未有决然能并之者,彼乌知子美之所不自满与退之所以自励者耶!

老杜诗:"黄羊饮[①]不膻,芦酒多还醉。"宋人解云:黄羊出关右塞上,无角,类獐鹿。夷人所造酒,荻管吸瓶中,故曰芦酒也。春按,今陕西近蕃地皆有黄羊,大如数岁羝,而角甚长。西地羊角皆拳曲,黄羊独与江南同,而生顺后。其肉肥美,膏黄厚而不膻。川中人造酒,荻管吸瓶,信然。陕以西人则高盆贮糟,饮时,量多少注水盆中,窃盆吸之,水尽酒干,谓之琐力麻酒,又曰杂麻酒,即芦酒之遗制。宋人之所见者,岂未详耶?

王荆公称老杜"钩帘宿燕惊,丸药流莺啭"之句用意高妙,他日作诗,得"春山扪虱坐,黄鸟挟书眠"句,谓不减杜语,叶石林赏识之。国初高季迪诗"梳头好鸟语窗下,洗盏流水到门前",其得诸此欤?

蜀中,古有乐土之称,中原士夫往往侨焉。天宝末,乘舆播迁入蜀,华族留而不归者多矣。李白《蜀道难》诗:"锦城虽云乐,不如早还家。"杜子美《五盘》亦云:"成都万事好,岂若归吾庐。"二公思乡怀土之情,不见于他而皆于蜀

---

① 当作"饫"。

言之,是固有为耳。

杜子美《戏为六绝》其一云:"王杨卢骆当时体,轻薄为文哂未休。尔曹身与名俱灭,不废江河万古流。"潘邠老《哭东坡十二绝》其一云:"公与文忠总遇谗,谗人有口直须缄。声名百世谁常在?公与文忠北斗南。"

宋孝武尝问颜延之曰:"谢希逸《月赋》何如?"曰:"美则美矣,但庄始知'隔千里兮共明月'。"帝召庄,语之,庄曰:"延之《秋胡诗》,始知'生为久别离,没为长不归'。"帝抚掌笑曰:"人好嘲谑,未有不遇其敌者。"春谓二子所嘲,皆以词害意之言,延之实失之,而庄应之如是,是则非庄正讥意也。杜子美《石壕吏》诗:"存者且偷生,死者长已矣。"今谓子美不鉴此失,可乎?

卷　下

老杜诗"花蕊上蜂须",妙在"上"字。李白诗"清水出芙蓉",妙在"出"字。韦苏州诗"微雨暗深林",更妙在"暗"字。

子美《寄裴十》诗:"知君苦思缘诗瘦。"太白嘲子美亦曰:"借问别来太瘦生,总为从前作诗苦。"

杜子美《北征》咏马嵬事:"不闻夏殷衰,中自诛褒妲。"用意忠厚,立论精当,乃如此。白乐天《长恨歌》:"六军不发无奈何,宛转蛾眉马前死。"又:"君王掩面救不得,回看血泪相和流。"此等叙述,夫岂非实在,于臣子终非所宜。郑畋为凤翔从事,过马嵬题云:"明皇回马杨妃死,云雨难忘日月新。终是圣明天子事,景阳宫井又何人。"观者以畋为宰辅器,不知畋特有见于子美《北征》篇终意耳。

沈佺期诗有"船如天上坐,人向镜中行"之句,李太白诗"人行明镜中,鸟度屏风里"用其下句作对,杜子美诗"春水船如天上坐,老年花似雾中看"用其上句作对。

退之"下视禹九川,一尘集毫端"、长吉"遥望齐州九点烟,一泓海水杯中泻"之句,与老杜所谓"摩胸荡层云,决眦入飞鸟",是诗家何等眼界!

调花谑草,诗人常态,而桃、柳二物,独得罪老杜。"颠狂柳絮随风舞,轻薄桃花逐水流""不忿桃花红胜锦,生憎柳絮白于绵",以"不忿""生憎"之心而为"轻薄""颠狂"之语,意者其有指耶?

杜以诗名,文非所长。不韵之章,骤读刺口,殊不快人。细而察之,自是一等句法,用意亦自有渊奥处,然不可为典要也。其诗《呈吴》即云:"堂前扑枣任西邻,无食无儿一妇人。不为困穷宁有此,只缘恐惧转须亲。即防远客虽多事,使插疏篱却任真。已诉征求贫到骨,正思戎马泪盈巾。"《题桃树》云:"小径升堂旧不斜,五株桃树亦从遮。高秋总馈贫人实,来岁还舒满眼花。帘户每宜通乳燕,儿童莫信打慈鸦。寡妻群盗非今日,天下车书正一家。"二者甚费解说,与他律不类。此非其为文之句法欤?

滕王阁僧晦几诗:"槛外长江去不回,槛前杨柳后人栽。当时惟有西山在,曾见滕王歌舞来。"胡颐庵集记虞伯生最爱此诗,至累登斯阁不敢留题。一日为诸生所强,乃即席赋三律并一绝。其绝句云:"豫章城上滕王阁,不见鸣銮佩玉声。惟有当时帘外月,夜深依旧照江城。"或谓此刘梦得《石头城》语,春以为只是要翻晦几意耳,黄鹤楼崔、李事与此正类。前辈服善,每如此。三律者:"天寒江阔立苍茫,百尺阑干送夕阳。岁久鱼龙非故物,春深蛱蝶是何王。帆樯星斗通南极,车盖风云拥豫章。灯火夜归河上雨,隔邻呼酒说干将。""高阁城头户牖开,江中照见碧崔嵬。文章谁复三王后,云气长从五老来。画角数声南斗落,白盐万斛北风回。洲南先有蛟龙窟,怪得诗成急雨催。""危楼百尺倚阑干,满目青山不厌看。空翠远凝江树小,落霞飞送酒杯干。千年剑气侵牛斗,半夜天香下广寒。我欲乘鸾朝帝阙,五云深处是长安。"西涯先生尝诵之,为春言:"宋、元来学杜之作,惟虞为近。而虞此诗尤近杜者。"此诗今载《道园诗稿》。《麓堂诗话》云:"遗稿如此诗者绝少,岂《学古录》所集其所自选耶?然亦有不能尽者,何也?"

昔人论房琯有高志虚名而无实才,此陈陶斜之所以败也。春观琯传,不惟以虚名自累,而又以人之虚名累己。己惟其好名也,故有自累之事。惟其好人之名也,故又有累己之人。效古法用车战,惟其好名故也。任书生蓄军旅,惟其好人之名故也。嗟乎,名之为累大矣!杜甫称琯醇儒,有大臣器。使丁承平,自当是一名卿贤大夫。而用违所长,一败涂地,功毁身废,岂不可惜哉！杜诗注谓子美以论房琯事贬华州，又谓贺兰进明谮琯并及子美，故被逐。质之甫传及年谱，盖不然也。甫论琯在至德二载，张相救之得免。寻还鄜州，扈从还京。乾元元年，任仍拾遗，秋始出为华州司功参军，不为论琯出也。然自是不蒙省录，间关流离，饥饿终世。嗟乎！许身稷、契之人，视诸以天下为己任者，竟何所成就哉？（《余冬序录》卷十七）

王廷相

拾遗已浪迹，检校空外员。岂足称裨补，庶可给饔餐。平生稷契心，绝代风雅言。昔困走三川，今来仰高山。眺远出城闉，披幽下江堧。古堂本疏豁，遗像犹癯然。飘林纷落英，冒石激回湍。尊移云日辉，席薄洲渚连。赏心良已多，即事还可叹。曰余值休明，萋菲遭诟愆。摈逐甘直道，流离怀古贤。古贤心迹遥，拙讷安足援。远游协宿志，遗荣愧当年。茫茫终何适，奔顿昏灵筌。（《王氏家藏集》卷十《浣花溪是杜工部故居春日游览有作》）

君不见杜陵愁白千丈发，还望关山心断绝。三川故人失所依，长年饥走荒山月。荒山摇落霜雾寒，四海无家歌路难。（卷十二《赠吴总兵东城饮酒歌》）

杜陵老兮悲远道，陶令归来酒钱少。（卷十三《南山篇寿丹阳孙隐翁》）

我来淮海地，吏隐古人同。百札题沧水，千秋见国风。虞卿非道屈，杜子岂诗穷。时向栖闲日，渺然怀二公。（卷十五《百札》）

大阮醉来轻世事，少陵老去有归音。（卷十七《和赠张少宰甬川》）

漫兴杜陵吟却苦，放怀阮籍饮能干。（卷十八《寄怀远夫》）

杜子东归滞三峡，秋风茅屋瀼西东。卧龙跃马几回梦，赤甲白盐相对雄。骥足如存看历块，凤翎崛起耻因风。长歌激烈悲生事，吾道扁舟异代同。（卷十八《登瞿塘城望杜工部故迹》）

叙南烽火杂松州，兵马三川尚未休。君向长安侍金殿，腐儒空抱杜陵愁。（卷二十《送卢师邵侍御还京五首》其三）

古人之作，莫不有体。《风》《雅》《颂》逖矣，变而为《离骚》，为《十九首》，为邺中七子，为阮嗣宗，为三谢，质尽而文极矣。又变而为陈子昂，为沈、宋，为李、杜，为盛唐诸名家，大历以后弗论也。据其辞调风旨，人殊家异，各竞所长以相凌跨，若不可括而齐之矣。君子之言曰："诗贵辩体。"效《风》《雅》类《风》《雅》，效《离骚》《十九首》类《离骚》《十九首》，效诸子类诸子，无爽也，始可与言诗已矣。嗟乎，斯亦艰哉！神情才慧，赋分允别；综括群灵，圣亦难事。吾闻其语，未见其人。求诸《三百》之旨，径域乃真耳。其教温柔敦厚，其志发乎情止乎义礼，其究形四方之风而已。能由是而修之，诗之正始得矣。今观梅国之诗，厥才广博，岳藏海蓄；厥气逸荡，霆奔风掉；厥辞精润，金相玉质。又皆本乎性情之真，发乎伦义之正，无虚饰，无险索，无淫取，可以移风易俗，可以助流政教。所谓温柔敦厚，发乎情止乎义礼，以形诸四方之风者，不其在是乎？（卷二十二《刘梅国诗集序》）

唐杜子美，词人之雄也。元稹称其薄《风》《雅》，吞曹、刘，掩颜、谢，兼昔人之所独专。今其集具在，虽云大家，要自成己格尔，乃若《风》《雅》、曹、刘、颜、谢之调有无哉，固知元氏子溢言矣。（卷二十三《李空同集序》）

古今论曰："文以代变。"非也。要之，存乎人焉耳矣。唐虞三代，礼乐敷教，诗书弘训，义旨温雅，文质彬彬，体之则德植，达之则政修，实斯文之会极也。汉、魏而下，殊矣。厥辞繁，厥道寡，厥致辩，厥旨近，日趋于变，然尔若所谓代变也。及考夫董、贾、杨、马、李、杜、韩、柳诸贤，各运机衡以追往训，当世文轨靡得而拘。今综八子视之，殆自致羽翮凌驾文囿者矣，非存乎其人何哉。（同上《何氏集序》）

廷相稽首杏东学士先生门下：比者蒙佳稿见教，捧读旬朔，若有得于言意之外者。见其变化自然，如秋云扬空倏成物象，浑然天造不烦雕刻；见其体质都雅，如贵豪公子，翠苑春游，冠盖轩挥，金相玉润；其气韵清绝，如石室道人，餐霞茹芝，滋味冲澹，精神独爽。嗟乎，诗之旨义备矣哉！发我情志，示我龟式，不啻多矣。仆不肖，猥于是艺，亦尝究心，蓄材会调，饰章命意，术合往古之度，用骛大雅之途，时省一斑，匪云冥契，敢因执事陈之，祈为裁教。夫诗贵意象透莹，不喜事实黏著。古谓水中之月，镜中之影，可以目睹，难以实求是也。《三百篇》比兴杂出，意在辞表；《离骚》引喻借论，不露本情。东国困于赋役，不曰"天之不恤"也，曰"维南有箕，不可以簸扬，维北有斗，不可以挹酒浆"，则天之不恤自见。齐俗婚礼废坏，不曰"婿不亲记"也，曰"俟我于著乎，而充耳以素乎，而尚之以琼华乎"，而则婿不亲迎可测。不曰己德之修也，曰"余既滋兰之九畹兮，又树蕙之百亩。畦留夷与揭车兮，杂杜蘅与芳芷"，则己德之美不言而章。不曰己之守道也，曰"固时俗之工巧兮，偭规矩以改措。背绳墨以追曲兮，竞周容以为度"，则己之守道缘情以灼。斯皆包韫本根，标显色相，鸿才之妙拟，哲匠之冥造也。若夫子美《北征》之篇、昌黎《南山》之作、玉川《月蚀》之词、微之《阳城》之什，漫敷繁叙，填事委实，言多趁帖，情出附辏，此则诗人之变体，骚坛之旁轨也。□学曲士志乏尚友，性寡神识，心惊目骇，遂区畛不能辩矣。嗟乎！言征实则寡余味也，情直致而难动物也，故示以意象，使人思而咀之，感而契之，邈哉深矣，此诗之大致也。然措手施斤以法而入者有四务，真积力久以养而充者有三会。谓之"务"者，庸其力者也；谓之"会"者，待其自至者也。何谓四务？运意、定格、结篇、炼句也。意者，诗之神气，贵圆融而忌暗滞；格者，诗之志向，贵高古而忌芜乱；篇者，诗之体质，贵贯通而忌支离；句者，诗之肢骸，贵委曲而忌直率。是故超诣变化，随模肖形，与造化同工者，精于意者也；构情古始，侵《风》匹《雅》，不涉凡近者，精于格者也；比类摄故，辞断意属，如贯珠累累者，精于篇者也；机理混含，辞鲜意多，不犯轻佻者，精于句者也。夫是四务者，艺匠之节度也。一有不精，则不足以轩翥翰途，驰迹古苑，终随代汩没尔。何谓三会？博学以养才，广著以养气，经事以养道也。才不赡则寡陋而无文，气不充则思短而不属，事不历则理舛而犯义。三者所以弥纶四务之本也。要之，名家大成罔不具此。然非一趋可至也，力之久而后得者也。故曰：会如不期而遇也，此工□之大凡也。譬医之治例，三焦五脏，风寒暑湿，药有定品，方有定拟，工医者能循持而守之，虽无大益，保无大缪矣。虽然，工师之巧不离规矩，画手迈伦必先拟摹。《风》《骚》、乐府，各具体裁；苏、李、曹、刘，辞分界域。欲擅文囿之撰，须参极古之遗调。

其步武约其尺度,以为我则所不能已也。久焉纯熟,自尔悟入,神情昭于肺腑,灵境彻于视听,开阖起伏,出入变化,古师妙拟,悉归我囷。由是搦翰以抽思,则远古即今,高天下地,凡具形象之属,生动之物,靡不综摄为我材品。敷辞以命意,则凡九代之英,三百之章,及夫仙圣之灵、山川之精,靡不会协,为我神助,此非取自外者也,习而化于我者也。故能摆脱形模,凌虚构结,春育天成,不犯旧迹矣。乃若诸家所谓雄浑冲澹、典雅沉着、绮丽含蓄、飘逸清俊、高古旷逸等类,则由夫资性学力好尚致然,所谓万流宗海、异调同工者也。究其六辔在手,城门之轨则一而已。嗟乎!择善而广道者,贤智之术业也。一道以成化者,圣神之功用也。执事之作,固已洞其几微,优入阃奥矣,而仆鄙陋之见,犹拳拳焉陈之。或者道化之妙,不无有助于万一尔,惟执事教之。(卷二十八《与郭价夫学士论诗书》)

昔杜子美、韩昌黎,词人之雄,号称绝代,迹其平生所作,多羁人逐客、凄楚无聊之词,与夫赞述当时卿士大夫官履家乘之美,求如公(少保桂州夏公)之上赞礼乐,仰和圣制,得以附丽宸翰,一不可得。夫二子岂不能哉?不遇故耳。(《内台集》卷五《应制集序》)

朱 谏

古人用韵不甚拘泥。如李白《江夏赠韦太守》,重叠数韵,不以为嫌;又如杜子《八仙歌》之重韵。可见唐人去古未远,而犹不屑屑于音韵之间也。(《李诗选注》卷一《古风》其十二)

白之乐府,可谓集诗家之大成者矣。或疑杜子无乐府,谓其少贬于白者。曰:杜子刚毅之气有余而婉柔之辞或不足,抑亦深知律吕之难谐,不敢轻易捏合以强为耳。在杜子必有定见,要之,不可以是遂多此而少彼也,又安知其少者之不为多乎?(卷二《古乐府小序》)

白此诗极其雄壮,而铺叙有条,起止有法,唐诗之绝唱者。杜子谓其长句之好,盖亦意醉而心服之者欤!(同上《蜀道难》)

按白《塞下》之曲与杜子《出塞》之诗,皆有纪事之法。其文辞之典雅,议论之切当者,则《出塞》之诗可以列于史氏之册。《塞下》之曲,清丽警拔则有之矣。(卷三《塞下曲》)

按诗意所谓"第一人"者,指贵妃也。当时,贵妃之宠冠绝后宫,杜子所谓"昭阳殿里第一人"者,同此意也。(同上《宫中行乐词》其二)

旧说此诗以为李白遭诬被谤之时所作,恐未尽然。白为乐府,因《君马黄》之义而敷扬之,未必专言己事也。况其时之先后亦无所考,每篇必求一事以实之者,恐失之凿。以此而观李、杜之诗,则泥矣。(卷四《君马黄》)

杜诗云:"马上谁家白面郎,临阶下马坐人床。不通姓字粗豪甚,指点银瓶索酒尝。"与此意同。皆状当时贵豪子弟之气象,盖讥之也。(同上《白鼻䯄》)

按古人之诗以句而得名者,如"池塘生春草""澄江净如练""枫落吴江冷""风暖鸟声碎""日高花影重""僧敲月下门",又如"长笛一声人倚楼"之类,皆以一句之佳而得名于后世,盖举其一善而称之者也。若李、杜之长篇累牍,无所不可,巨细毕举,固不可以一善名也,惟其不没人之善,所以为大也。(卷五《金陵城西楼月下吟》)

按,杜子《谢张舍人锦段褥》之诗,以富贵贫贱仪节自守,不敢妄受过分之物。白《酬殷明佐五云裘》之歌,则直受之而不辞,但美其物,以答其情而已,他皆不恤。白之文辞虽充溢,而检身或有所不及也。(卷六《酬殷明佐见赠五云裘歌》)

按,此诗李白必有不得意于新平之少年者,故咏之若此,犹杜子之《赤霄行》也。《赤霄》则有自反自修之意,李白则专于尤人以自夸,豪迈之气虽有余,而检束之意则少矣。故以辞较之则杜不如李,以意较之则李不如杜。(同上《赠新平少年》)

盛唐大家,脱略小疵。后世拘忌太深,故论事叙情晦而不明,迂而不切,但泛泛于形影之间而已。此后世之诗所以不如唐,唐人之诗所以不如李、杜也。说者谓杜子《北征》、李白《书怀》,皆长篇之作,冠绝古今,可拟《风》《雅》。

然《北征》论时事而辞严义正，《书怀》敷大义而痛切激扬。比而较之，《书怀》虽不若《北征》之纯而辞藻清丽，情思忧乐，充然有余，所以明治乱之迹，著君臣之义者，则又未尝不皎然而明白也。二公俱大手笔，叙事有条，整而不乱，宜芳誉并称而世为天下之法也。（卷七《经乱离后天恩流夜郎忆旧游书怀赠江夏韦太守良宰》）

按，此诗直叙实事，略无纤巧句语，而大方家格力过于唐之诗人绝句亦远矣。杜子绝句尤多老劲粗率之气，李、杜所以名家也。（卷八《赠汪伦》）

按，此诗体制似律而实非也，盖李白才高意广，俱从情思流出，自有天趣。但前后用二"舟"字为可疑耳，岂期失于检点，过于肆笔，不觉而然欤？抑盛唐之诗，不甚拘泥，如白之《书怀赠江夏韦太守》诗，杜子美《饮中八仙歌》，皆不以重韵为嫌，大抵长歌或偶用之，而律诗亦须有所避也。（卷九《寄崔侍御》）

按，此诗一韵七十二句，叙事详赡，次第分明，辞气典雅而切实，与《赠韦江夏》诗略相似。盛唐大方家之作，无有出其右者。惟杜子似之，如《秋日荆南叙怀》①并《述怀》②，与《寄张山人》③《彭高州》④《李秘书》⑤等作，俱三十韵，《舟中伏枕》三十六韵，《白帝城放船》及《赠王侍御刘伯华》等篇，各四十韵，寄《岳州贾司马》五十韵，《夔州府咏怀》一百韵，盖与李白《赠韦江夏》及此感时留别等作相颉颃。李之俊逸，杜之典雅，各有攸长。李则发于天趣，杜则根于议论。天趣者多性情，议论者多政事，故称杜曰"诗史"，李曰"天才"，亦就其所长而言也。噫！诗至于白，亦神矣哉。（同上《感时留别从兄徐王延年从弟延陵》）

此李白于金陵留别，辞意轻清而音调浏亮，又简短而显浅，故后世之人多脍炙之。遂拟为山谷之论，谓李诗之极致者是犹及肩之墙，人犹得以窥见其室家之好。其长篇之铺叙，沉郁秾丽，逶迤曲折，而情思议论之兼至者，是犹

---

① 即《秋日荆南送石首薛明府辞满告别奉寄薛尚书颂德叙怀斐然之作三十韵》。
② 即《秋日荆南述怀三十韵》。
③ 即《寄张十二山人彪三十韵》。
④ 即《寄彭州高三十五使君适虢州岑二十七长史参三十韵》。
⑤ 即《赠李八秘书别三十韵》。

数仞之墙不得其门而入，不见宗庙之美、百官之富也。大抵好事之人，欲为异说以伸己意，必假托古人之名，以取信于后世，李、杜集中往往有之。(同上《金陵酒肆留别》)。

杜将先归而白送之也，杜尝寻白，误落苍耳中，岂亦在于此地欤？二公平生相知相敬，斯文气谊之厚可见矣。(卷十《鲁郡东石门送杜二甫》)

按，此诗叙事有次第，词意简朴，音节清亮，描写景色有如画出。自老杜以下，王右丞或能企及，余则勉强妆点，而情与景亦反晦矣。(卷十一《下终南过斛斯山人宿置酒》)

按，杜子《谒玄元皇帝庙》诗，叙事详赡而法律精严。李白谒庙之诗，词语清畅而意多感慨。盖杜子道时王之制，而李白寓褒贬之辞；杜子婉言，李白正言之也。杜子不言其非而非自见。设使二公互见所作，必各相叹服，李当让杜之论，杜当爱李之清畅也。大抵议事之诗，李不如杜，于此可见其一端。(卷十二《谒老君庙》)

按，李、杜俱有《登岳阳楼》诗，古人皆谓李不如杜。夫"吴楚东南坼，乾坤日夜浮"之句固为绝唱，而三联之弱似为上句所压，则李白"云间连下榻，天上接行杯"之句又胜之矣。夫诗各有情思，所到有能与不能者，大方家不可专以一句一字为殿最也。抑不知老杜彼时得"吴楚"二句，许多气概，而下文"亲朋"二句，却又衰飒，远不相称，读之似若非出于一手一篇之作者，而说者强谓其略不用意而情境适等，亦附会也。大抵诗人兴之所至有神而来者，虽自己亦不知其所以然而然也。"枫落吴江冷"意亦若此，李白此诗平顺清丽，使老杜见之必不多相殿最，亦当各有所让也。(同上《与夏十二登岳阳楼》)

按，诗人用"落"字于物类最多，惟李、杜用之不同，众皆用于有形之物，而李、杜独用于无形之物。李云"岁落众芳歇"，杜云"风落收松子"，与彼用于日月星露，水石花木鸟兽之类者，语意自新，无蹈袭也。是知古人于句中用字，亦不轻易。(同上《太原早秋》)

按，《独酌》一诗天机流动，如造化生物，形色自然，人固不得以窥之也。如曰春草有意而罗生，东风吹愁而白发，独酌而劝乎孤影，长松为谁而萧瑟，

皆出无而入于有，真如化工之生物，形色出于自然者也。杜子所谓"文章含造化，讽咏托神祇"者是也。(同上《独酌》)

按，此二诗前之词似乎夸，后之词涉乎忿。盖未知道之士，得则骄，失则闷，骄则词多夸，闷则词多忿，白之所以为狂而放也。若杜子者，其志在于国家之丧乱，故得亦忧失亦忧，甘于贫贱而不自屈，其所见所立，固非白之可及也。(卷十三《效古二首》)

此诗辞微而意不显，不直指其人而讥刺之，盖谓贵妃之事也，如杜子《丽人行》之类。此则尤为微而隐也。(同上《感遇四首》其三)

白虽能文，史材恐非其所能，因仍固陋，不足深消。若杜子之见，必有过于此者矣。故曰，论人物言治乱，李不如杜，杜盖有史才者矣。(同上《避地司空原言怀》)

林文俊

琐闼仙郎冰玉姿，襟怀好似杜拾遗。孤忠时上皂囊疏，余兴春吟白雪诗。(《方斋存稿》卷十《赠朱云岩司谏》)

张孚敬

杜少陵诗代称"诗史"，而后《三百篇》者也。注家引证多妄释意，非浅则凿，其本旨远矣。夫少陵为诗，句中藏字，字中藏意，其引用故事，翻腾点化，故王介甫尝谓绪密思深，观者苟不能臻其阃奥，未易识其妙处。斯言信矣。愚窃于是诗讽咏涵濡，精以审察，然后乃见其立言之意。虽抑扬发敛，变态无常，而句句字字，自有跃如者在也。敢取七言近体以训解之，盖有不得不为少陵辩者。学者肯因而加详焉，则全诗其庶几乎？(《张太师集》文稿卷一《杜律训解序》)

康 海

古今诗人,予不知其几何许也。曹植而下,才杜甫、李白尔。三子者,经济之略停畜于内,滂沛洋溢,郁不得售。故文辞之际,惟触而应,声色臭味,愈用愈奇,法度宛然而志意不蚀,与他摹仿剽敚、远于事实者,万万不同也。(《对山集》卷四《韩汝庆集序》)

李杜既云殁,何以问大雅。(卷六《秋夜宴符园十四首》其九)

古人慎恒节,今人重虚名。盖棺事乃定,虚名终底成。年谱家乘死后物,人人传刻人人轻。那知身去事委地,蛛网冒门亲者避。制作徒为覆瓿资,喧轰真似儿童戏。临风三叹欲语羞,丈夫处世何须是。请看李杜偃蹇徒,千秋万古安能弊。(卷九《古人慎恒节行》)

吾道仍须酒,秋分酿更宜。便当炊百石,犹未足千卮。行乐年空暮,闻歌日尚迟。风流杜陵老,倾倒是吾师。(卷十《酿酒》)

君岂九龄后,翩然幽思多。衰残吾已矣,骨相尔如何。果有徐卿兆,当为杜甫歌。东归逢蔡老,为语未蹉跎。(卷十一《赠相士戴鹄兼讯承之》)

坐久吟成剧,灯花坠复重。紫团烹雀茗,香玉煮云春。刻烛教儿赋,更题且自封。始知杜陵老,无日不从容。(卷十四《夜坐》)

最爱高人杜少陵,平生行止未踆蹲。若当尊酒酣歌处,便有千军不可胜。(卷十八《漫兴八首》其八)

自开成以来,诗人务以奇靡钻研为巧,虽当世名作如李、杜,弗学之矣,又安肯轶代越世哉!(卷三十一《谢玄晖集序》)

与君真是死生交,义气才情世怎学。南山结屋无人到,那风流依旧好。载珠谗,空自哓哓。李杜诗,篇篇妙。钟王书,字字高。无福难消。(《沜东乐府》卷一《水仙子·怀渼陂子》)

安 磐

《颐山诗话》

诗岂易言哉！奇者诡而不法，兴者僻而不遂，丽者绮而不合，赋者直而不深，淡者枯而不振，比者泛而不揆，苦者涩而不入，达者肆而不制，巧者藻而不壮，质者俚而不华，丰者奢而不节，约者陋而不变，循者失之剽，新者失之怪，振者失之夸，径者失之浅，速者失之率，奥者失之沉，诗之难如此。《三百篇》尚矣，三代而下，如曹、刘风骨之古，李、杜选律之备，其庶几焉。

钟嵘云："任昉博物，动辄用事，所以诗不能奇。"然则用事不可耶？少陵"读书破万卷，下笔如有神"，未尝不用事，而浑然不觉，乃为高品也。

西涯《岳阳楼》："吴楚乾坤天下句，江湖廊庙古人情。"或驳之曰：杜子妙在"坼"与"浮"字，西涯失之。彭民望曰：然则必云"吴楚东南坼，乾坤日夜浮"，"天下句"而后可邪？或者之说，信不可。然病不在"吴楚""乾坤"也，曰"天下句"诗，语固如是乎？

杜子美《赠韦左丞》中颇自负云："读书破万卷，下笔如有神。赋料扬雄敌，诗看子建亲。李邕求识面，王翰愿卜邻。"继之曰："自谓颇挺出，立登要路津。致君尧舜上，再使风俗淳。"不知子美以上所云辞赋足以致君欤？抑别有道也？末云："朝扣富儿门，暮随肥马尘。残杯与冷炙，到处潜悲辛。"衰飒不振，致君尧舜者恐不如此也。今人以为出于子美，便不敢雌黄，亦过矣。

嘉靖初，下诏裁革传奉中书舍人，时有集杜诗嘲之者曰："马上谁家白面郎，初闻涕泪满衣裳。可怜怀抱向人尽，正想氤氲满眼香。近侍只[①]今难浪迹，青春作伴好还乡。三年奔走空皮骨，愁日愁随一线长。"亦诙谑可笑。

子美愁极，本凭诗遣兴，"诗成吟咏转凄凉"，盖用鲍明远"长歌欲自慰，弥起长恨端"之意也。

---

① 杜集原文为"即"。

(杨)月湖云:"子美'穿花蛱蝶深深见,点水蜻蜓款款飞',视孔阳'溪边鸟共天机语,担上梅挑太极行',尚隔几尘,以是知工于辞而浅于理者之未足贵也。"月湖所谓高于唐人者以此。予谓不然。蛱蝶之穿花,蜻蜓之点水,各具一太极,各自一天机,亦鸢飞鱼跃之意也。奚必待说天机太极,始谓之言理哉?且"穿"字更著"深深"字,"点"字更著"款款"字,微妙流转,非余子可到。就以理言,担挑太极,全不成语也。

思入于渺忽,神恍乎有无,情极乎真到,才尽乎形声,工夺乎造化者,诗之妙也。试以杜诗言之,"子规夜啼山竹裂,王母昼下云旗翻",非入于渺忽乎?"织女机丝虚月夜,石鲸鳞甲动秋风",非恍乎有无乎?"艰难苦恨繁霜鬓,潦倒新停浊酒杯",非极其真到乎?"五更鼓角声悲壮,三峡星河影动摇",非尽其形声乎?"白摧朽骨龙虎死,黑入太阴雷雨垂",非工夺造化乎?

东坡谪居齐安,妓有李宜常侍宴集。他妓俱得坡诗,惟宜以语讷不得。坡去齐安,宜哀请甚力,坡有诗曰:"东坡居士文名久,何事无言及李宜?恰似西川杜工部,海棠虽好不吟诗。"坡老于是失言矣。子美无海棠诗者,以母讳海棠耳,安可引用以与一妓哉?

题画诗,吴融"经年蝴蝶飞不去,累岁桃花结不成",此学究语也。太白"游云不知归,日见白鸥在""此中冥昧失昼夜,隐几寂听无鸣蝉",非不是此意而迥出如此。大抵画诗雄浑精妙,无出老杜,次惟太白,如《族弟烛照山水画歌》《赵少府粉图山水》,全篇飞动跌宕,真名笔也。

边 贡

苦恋三秋别,还为十日留。江湖宋玉感,风雨杜陵愁。坠叶鸣沙岸,寒云抱驿楼。河梁阻携手,谁与赋同舟。(《华泉集》卷四《留别张西盘大参二首》其一)

身是外台佐,心蟠中秘书。杜陵元自许,桓典或能如。梦结三湘外,神交十载余。同舟忽判袂,愁绝广川墟。(卷四《别周子贤金宪》)

怀旧独吟平子赋,感时偏忆少陵歌。(卷五《寄刘铜仁》)

人日旧京云日丽,钟山龙气郁开祥。腐儒推枕病忽去,野老占年喜欲狂。即起户帘通紫燕,早闻宫树啭黄莺。多情杜甫缘何事,解道他乡胜故乡?(同上《人日喜晴次蒲汀韵》)

圜丘围绕万松青,石磴萦纡忆旧经。乘月试观仙陛乐,倚风遥听属车铃。力堪供奉丁年健,心到斋明午夜醒。欲效杜陵歌大礼,书成谁为达皇扃?(同上《斋居候驾》)

卧病荆南逢暮春,水云江日俱鲜新。可怜杨柳色已暗,无奈流莺声太频。怀土仲宣空有赋,伤时杜老益沾巾。黄牛西接连天岭,烽火犹惊报塞尘。(卷六《病中》)

杜陵寂寞几经时,遣兴空留卷里诗。早觉冰霜成岁晚,可怜松菊后秋衰。秦城楼阁千年思,蜀道烟花万里悲。异代那知亦同感,古台寒日雨丝丝。(同上《和马尚宝文明读杜秋兴有感之作》)

此身飘泊苦西东,未就丹砂愧葛洪。多病所须惟药物,知君才是济川功。

卿到朝廷说老翁,秋来相顾尚飘蓬。钓竿欲拂珊瑚树,未掣鲸鱼碧海中。

长开箧笥拟心神,巾拂香余捣药尘。词翰升堂为君扫,已知仙客意相亲。

断肠分手各风烟,肺病几时朝日边。同辇随君侍君侧,自称臣是酒中仙。

(卷七《集杜句赠胡三良医》)

二月已破三月来,百年多病独登台。支离东北风尘际,怀抱何时得好开。

柴门空闭锁松筠,燕子衔泥两度新。不是尚书期不顾,故园犹得见残春。

未有涓埃答圣朝,便应华发老渔樵。东流江水西飞燕,人事音书漫寂寥。

自从官马送官,信有人间行路难。独在阴崖结茅屋,强移栖息一枝安。

(同上《春日杂兴集杜句》)

殷璠评嘉州诗曰:"语逸体俊,意每造奇。"而严沧浪则云:"岑诗悲壮,读之令人感慨。"味斯言也,予未尝不抚卷叹焉。而台峰子叙之,亟称其近于李、杜,斯可谓知言者矣。夫俊也逸也,是太白之长也。若奇焉,而又悲且壮焉,非子美孰能当之?子美尝曰:"岑生多新诗。"又曰:"篇终接混茫。"又曰:"沈鲍得同行。"味斯言也,意未尝不敛衽于嘉州也。二子之言,不有征乎哉!今诵其集,如所谓"山风吹空林,飒飒如有人",斯悲壮而奇矣;又如"长风吹白茅,野火烧枯桑"之句,不俊且逸也乎哉!夫俊也逸也奇也悲也壮也五者,李杜弗能兼也,而岑诗近焉,斯不可以刻而传之也乎哉?(卷十四《刻岑诗成题其后》)

鲁公,圣于书者也;子美,圣于诗者也。李子兼之,可谓豪杰之士已矣。今之学者之为诗若书,莫不曰乃所愿则学李子也。及其成也,弗颜弗杜,则顾曰:"非我也,天也。"嗟乎!诗有宗焉,曰《三百篇》;书有祖焉,曰虫沙鸟迹。斯李子之学矣,今之学者求颜、杜于李子,无乃已疏乎?古之人有言乎:取法乎上,仅得乎中。斯李子之谓矣!(同上《题空同书翰后》)

顾　璘

昌黎文章伯,后代罕俦匹。李杜虽云雄,气格差甲乙。奈何赋长篇,退让如自失。想像巨刃扬,魂魄生战栗。乃知作者苦,穷探极幽密。譬对百战场,动静慎师律。守正兼设奇,变化贵神出。左车井陉谋,淮阴几见绌。多畏乃胜人,名家有深术。(《顾华玉集·山中集》卷一《幽怀二首》其二)

黄菊真宜晚,霜寒色转鲜。栽培元得地,服食拟登仙。丹粉休论色,笙歌别有天。杜陵憔悴客,相伴草堂前。(卷四《对菊十首和鲁南》其十)

七言跌宕浏丽,号幽吹而霭春云,盖类杜甫、岑参。近体亦步骤杜、岑而自摅神情,殆与盛唐诸家相雄长,可谓诗人也已。特非其致也,所取于履吉者非以此。(《顾华玉集·凭几集续编》卷二《王履吉集序》)

诗则《风》《雅》之后,唯汉《十九首》及建安得其传。两晋若阮、陆、左、郭、靖节诸公,犹有存者。可怪宋谢氏一出,倡为刻画,凿死混沌,即他日西昆之义山,学者靡然从之,而末流遂至陈、隋之靡丽,古风尽灭,可为痛哭。至唐,陈、李崛起,苏州继之,真可谓大雅。工部及王、岑诸公,格律雄健,当孟氏泰山之岩岩,谓非圣人之徒哉?高氏《品汇》概题李、杜曰"大家",而别于正宗,未尽是也。(卷二《寄后渠》)

三贤皆余友，尝共讲习而商订之者，知其渊源所自，未尝不择法于古人。李主杜，何主李，徐主盛唐王、岑诸公，皆因质就长，各勤陶铸，是以立体成家，咸归伟丽，夫岂苟然而已哉？诗之为道，贵于文质得中。过质则野，过文则靡；无气弗壮，无才弗华，无情弗蕴。杜宗雅、颂而实其实，其蔽也朴，韩昌黎以及陈后山诸君是也；李尚《国风》而虚其虚，其蔽也浮，温庭筠以及马子才诸君是也；王、岑诸公依稀《风》《雅》而以魏、晋为归，冲夷有余韵矣，其蔽也易而俚，王建、白乐天以及梅圣俞诸君是也。呜呼！诸君并名世之才，而学诗之蔽犹至于此，诗可易言乎哉！余又有说：今世论诗者言《风》《雅》则妄耳，上汉、魏，次李、杜、王、岑诸贤，今贤虽众，俦能訾议，则词林之规矩在是的矣。举六朝则曰靡弱，举唐初则曰变体未纯，虽承先生之常谈，其实确论乎？外是谬矣！奈何临楮洒翰，率就其所非而弃其所是？缀叠双声，比合五色，虽呈灿烂，实昧性情，岂中道难从而偏长易勉乎？抑新奇易以惊世，乃违心以胜名乎？杜子曰："文章千古事，得失寸心知。"此当要诸后世，不可苟悦于目前也。或者谓杨雄《太玄》可覆酱瓿，桓谭以为必传。顾吾与子，不及见耳，斯所谓良工独苦者乎？余老衰不能复振，幸皇运之休明，慨英贤之太过，抑遏莫语，安得不尽于足下哉？载观前代之文，弊萌于所胜，变生于所穷，盛衰相因，关系非细。汉承亡秦纵横之余，建武一变，文章尔雅，其季乃至委靡不振。唐变六朝，开元之音，几复正声。宋变五代，元祐诸贤，遂倡道学。及其季也，各有纤琐繁芜之陋。文盛则运盛，文衰则运衰。庄生曰："世丧道也，道丧世也，世与道交相丧也。"可谓洞见几微者矣。国家今日之文，不知一变而盛乎？再变而衰乎？不可不深长虑也。足下示教新编，雅志高邈，将以扬《风》《雅》之坠绪，故辞旨气格直追李、杜而上之，展读再三，终夜忘寝，特其间六朝、唐初之语，时亦有之。余窃疑焉，岂风俗之变，贤者不免？或众耳难偕，苟为同声与？是二者，皆非足下所宜有也。间禀独见，必有定说，千万开教，以祛茅塞。幸甚！幸甚！（《顾华玉集·息园存稿》卷九《与陈鹤论诗》）

太史论文战国同，杜陵诗体次王风。即看今代词林伯，未觉前贤采笔雄。（卷十四《寄李献吉二首》其二）

唐　锦

《龙江梦余录》

卷　一

世谓韩退之性倔强，颇任气傲物。予谓退之乃婉慎人也，特傲其所当傲耳。如李、杜二公，退之肯相傲哉？观其《醉留东野》诗云："昔年因读李白杜甫诗，长恨二子不相从。"《酬司门卢院长》诗云："高揖群公谢名誉，远追甫白感至诚。"《石鼓歌》云："少陵无人谪仙死，才薄将奈石鼓何。"《调张籍》诗云："李杜文章在，光焰万丈长。平生千万篇，金薤垂琳琅。"又云："我愿生两翅，捕逐出八荒。"夫退之文章，唐以来一人而已，其诗岂尽出二公下哉？乃推奖退避如此，休休之量可想矣。其余诸子不能免其嘲侮，固亦宜也，何谓之傲乎？

诗话云：欧公一日被酒，语子棐曰："吾诗《庐山高》，今人不能为，唯太白能之。《明妃曲》前篇，太白不能为，唯子美能之。至于后篇，子美亦不能为，唯吾能之也。"予以为非欧公之言也，好事者为之也。夫三诗固佳，使遇李、杜，尚当北面听号令，况能过之哉？如或言出于棐，殆非所以爱其父也。

俞文豹论子美《醉时歌》云："'儒术于我何有哉，孔丘盗跖俱尘埃。'以百世帝王之师而侪之盗跖，何止得罪于名教！"夫善与恶对，故古人于圣狂、薰莸、是非、黑白之类，恒对言之。以此为罪，恐子美得有词矣。

卷　三

老杜《北征》诗云："惟昔艰难初，事与前世别①。……不闻夏殷衰，中自诛褒妲。"乃讳却六军不发之事使若明皇畏天悔过而自行诛绝者。然乐天《长恨歌》云："杨家有女初长成，养在深闺人未识。天生丽质难自弃，一朝选在君

---

① 宋以来常见的杜集版本中皆作"忆昨狼狈初，事与古先别"。但自宋惠洪《冷斋夜话》中引《北征》此句作"惟昔艰难初，事与前世别"，其后不少诗话著作流于摘抄杂汇，疏于考求杜诗原文，称引该句时往往沿袭惠洪之异文。

王侧。"亦深没寿邸一节。此皆《春秋》为尊者讳之意也。

"李杜"有四,李固、杜乔一也,李云、杜众二也,李膺、杜密三也,李白、杜甫四也。"苏李"有三,苏武、李陵一也,苏味道、李峤二也,苏颋、李乂三也。

周　用

衰老自成病,天涯故人少。苦乏大药在,形容真潦倒。南宫吾故人,前后缄书报。及兹烦见示,开怀慰枯槁。精凿传白粲,加餐可扶老。登于白玉盘,非独颜色好。衰疾惭加餐,谁云滑易饱。岂无青精饭,一饭迹便扫。受此原贶情,回首追谈笑。飘蓬逾三年,所历厌机巧。归山买薄田,粮粒或自保。天长眺东南,江湖多白鸟。(《周恭肃公集》卷一《谢同年赵宗伯惠白米集杜句为难》)

杜陵寒士勿等闲,此中大厦千万间。(卷二《纸伞》)

巢许山林志,何由见一人。乞归优诏许,回首大江滨。散地逾高枕,中原仗老臣。北宸征事业,早晚报平津。(卷四《集杜》)

总戎存大体,取次莫论兵。身许麒麟画,筇吟细柳营。先锋百胜在,恋主寸心明。近有风流作,防边讵敢惊。

胡虏何曾盛,羁栖尚甲兵。由来貔虎士,不独汉家营。会待妖氛静,能添白发明。秋风动关塞,寂寞壮心惊。(同上《次唐兵书总制韵集杜二首》)

不论十月看花迟,满地寒香蝶未知。老去正怜彭泽令,醉来浑忘洛阳时。玲珑白玉群仙佩,错落黄金万马羁。把酒公堂披宿雾,令人长忆杜陵诗。(卷六《再次刘尚宝对菊韵三首》其二)

登高一醉亦何意,千古斯楼以酒名。本为能诗留故事,不妨剧饮是平生。乘时未作云龙会,它日难为台沼荣。却恨忧时如杜甫,屋梁落月寄吞声。(卷七《太白酒楼》)

汉家山东二百州,万里风烟接素秋。顾我老非题柱客,对君疑是泛虚舟。鱼知丙穴由来美,禹凿寒江正稳流。东阁官梅动诗兴,春风回首仲宣楼。

地分清切任才贤,天子呼来不上船。纵酒欲谋良夜醉,晴窗点检白云篇。洛城一别四千里,时论同归月五天。此日此时人共得,将诗不必万人传。

寒雨飒飒枯树湿,风江飒飒乱帆秋。新添水槛供垂钓,故着浮槎替入舟。近侍只今难浪迹,老夫乘兴欲东流。美人胡为隔秋水,独立缥缈之飞楼。(卷七《集杜句戏简黄宫谕天井闸候水落三首》)

杜陵更有南池兴,洗马鸣蝉共晚凉。(同上《次顾东桥司寇过南望湖韵》)

阑干清晓见微霜,寂寞何人赋海棠。应念杜陵诗骨瘦,浣花溪上不曾香。(卷九《秋海棠》)

唐　龙

杜子名甫,字子美,襄阳人也。才振风雅,瑰奇负大节,傲睨公卿,择地而蹈之。玄宗开元二十五年,随京兆荐贡,而考功下之,困于长安之间。杜陵韦曲,川原寥廓,花木佳丽,地之胜也。爰卜而居之,栖栖凉凉,垂二十余载。天宝十三年,禄山称乱,乃徙于三川,于秦州,于剑南,于成都。既卒,还葬长安①。而今室莽莽然,垣隳而墟矣;墓累累然,木拱而薪矣。京兆弟子员吊孤远之躅,兴仰止之心,乃列牍请于巡抚中丞大夫王荩,行部侍御史郭登庸、吉棠、王鼎、段汝砺,愿即其里祠而祀之,诸君子是其议也。檄诸西安守赵伸,度址相材,经画规绪,官畀百金以考厥工,是用绩于成。或曰:子美诗人焉尔。提学副使唐龙曰:子美岂特诗人已哉! 夫子美乱不忘君,贫不苟禄,困不降志,盖有三难焉。是故天宝之乱,逆刃犯阙;天子蒙尘,子美挥涕行在,崎岖以从。闵至尊社稷之忧,激诸将讨贼之义,讽大臣安危之计,直欲挽天河,以洗渔阳之兵,以还灵武之驾。主忧臣辱,主辱臣死,实以之也。且贫无以振拔,衣不盖体,寄食于人,甚者采拾以自给,则就升斗之禄而衍衍卒岁亦可也。然擢河西尉不拜,移华州司功参军辄弃去,召补京兆功曹参军不赴,饿死沟壑,

---

① 原文如此。按,据《旧唐书·杜甫传》载:"元和中,宗武子嗣业自耒阳迁甫之柩,归葬于偃师县西北首阳山之前。"

固其志乎？末年趋蜀，会严武节度剑南，特往依焉。武是时权倾天下，使少自贬抑，则富贵可立至矣。乃坚壁立之操，抗岸帻之容，踞床瞪视，蹈刃不慑，岂非于大人则藐之哉！夫曰：不忘君、不苟禄、不降志，犹不足谓之难也。惟不忘君于乱焉，不苟禄于贫焉，不降志于困焉，斯其难之至矣，则祠之也固宜。况子美之诗，黜华挺实，削浮崇雅，畅叙彝伦，匡翼世教，《风》《骚》而下，无不愿执鞭焉。濯濯之灵，又何惭色于俎豆也！祀德者礼兴，甄烈者训广，诸君子于斯弘矣。刑部主事张治道窃慕子美之道，而诗日浸淫焉。勒于祠，犹不在后法，并得书。(《渔石集》卷一《杜子祠记》)

山色依然在，梅花久已逋。风流不可作，香影亦虚无。海内诗名远，天边客兴孤。荒祠残雪里，景物正模糊。(卷四《梅柯山杜甫游春处也距鄜州三十里中有祠》)

天宝流离际，移家住此村。江山惟白石，风雨自黄昏。幸吊天涯迹，谁招水上魂。暮春啼鸟歇，寂寂长溪孙。(同上《三川吊少陵故宅盖天宝之乱少陵寓居于斯宅废且久惟遗石碣字画亦灭没不可识矣》)

陆　深

浣花溪上草堂闲，多在青松白石间。不与风云重入梦，每逢山水一开颜。慕陶兴寄霜前菊，和杜诗成雨后山。闻道年来倍强健，溪藤高拄看云还。(《俨山集》卷十《次韵温菊庄大参》)

爱汝玉山草堂静，更有澄江消客愁。竹叶于人既无分，微躯此外复何求。穿花蛱蝶深深见，长夏江村事事幽。安得仙人九节杖，独立缥缈之飞楼。

尔家最近魁三象，童稚情亲四十年。避地何时免愁苦，断肠分手各风烟。谢安不倦登临费，苏晋长斋绣佛前。李杜齐名真忝窃，封书寄与泪潺湲。(卷十八《舟中集杜句寄顾九和谕德二首》)

诗句有相似而非相袭者，然亦各有工拙。杜甫云："江清歌扇底，野旷舞衣前。"储光羲云："竹吹留歌扇，莲香入舞衣。"李义山云："镂月为歌扇，裁云作舞衣。"刘希夷云:"池月怜歌扇,山云爱舞衣。"老杜格高,但歌舞于清江旷野之中,固不若竹下荷边之韵。"池月""山云"之句,风情兴致,霭霭政自可人。(卷二十五《诗话》)

《折杨柳》,古曲名,多用以咏笛。李太白《洛城闻笛》:"此夜曲中闻折柳,何人不起故园情。"杜工部《闻笛》[①]:"故园杨柳今摇落,何得愁中却尽生。"吾乡袁御史景文亦有《闻笛》,落句云:"天边杨柳虽无数,短叶长条非故园。"景文工诗,师法少陵。(同上)

《文选》所载汉苏、李诗,苏东坡以为齐、梁间小儿所拟,非真当时诗也。《古文苑》又载苏、李诗七首,《文苑》后出,尤可致疑。杜子美云:"李陵苏武是吾师。"然世必有真苏、李诗,当是何等? 又曰"五言起于苏、李",岂作始者固不传耶?(同上)

自迁《史》、班《书》而下,杜诗、韩文为世所流布,宜无限也。近时杜学盛行,而刻杜着亦数家矣。余所蓄《千家注》者,于杜事为备,间付汪谅氏重翻之,以与学杜者共诵其诗、读其书,且以论其世也。昔之君子称"诗人以来,未有子美",岂不信哉! 虽然,杜诗出而唐祚衰矣。何者? 淳庞朴厚之才,审于体而知务,弼成人国于肇基开业之会。暨其休养蕃息之已久,然后士无所见,往往悉其长于艺文,而于当务之急,顾有所略,积而至于弊且蠹焉,此孔子所为思先进也。自周之季,盖已然矣。故曰文盛者实衰,末茂者伤本,知者慎焉。若夫子美,沉郁顿挫之辞,忠义激昂之气,或因于所遇;而霖雨经纶之思,唐、虞、稷、契之志,至于一饭而不忘。后百世而习之,犹足以追想其冲襟雅韵,愿起而从之游,是其哀乐之所寓,尤为不远于情性者。此或诗人之所未讲也。工既成,因为之序,卷帙次第,固无改于旧云。(卷三十八《重刻杜诗序》)

襄城杨伯谦审于声律,其选唐诸诗,体裁辩而义例严,可谓勒成一家矣。唯李、杜二作不在兹选,昔人谓其有深意哉! 夫诗主于声,孔子之于"四诗",删其不合于弦歌者犹十九也。宋人宗义理而略性情,其于声律,尤为末义。

---

① 今通行本皆作《吹笛》。

故一代之作,每每不尽同于唐人。至于宋晚,而诗之弊遂极矣。伯谦继其后,乃有斯集,求方员于规矩,概丈石以权衡,可不谓有功者耶？独于初唐之诗无正音,而所谓正音者,晚唐之诗在焉,又所谓遗响者,则唐一代之诗咸在焉。岂亦有深意哉？旌德汪谅氏既刻杜集,力复举此,予嘉其勤也,复为之序。（同上《重刻唐音序》）

东石著书满家,别有杜少陵、苏东坡和篇,雅丽高深,金春玉应。真若起二公于今日,揖逊一堂之上,比肩并列,无少愧色。其所以为不朽者,又在是。（卷四十四《寿谈东石六十序》）

诗之作,工体制者乏宽裕之风,务气格者少温润之气。盖自李、杜以来,诗人鲜兼之矣。兼之曰:诗不其难矣乎！得其一体者,然且有至焉,有不至焉,则诗之道或几乎废矣,而世未尝无人也。《三百篇》多出于委巷与女妇之口,其人初未尝学其辞旨,顾足为后世经。何则？出于情故也。诗出于情,而体制气格在所后矣,此诗之本也。（卷四十八《澹轩集序》）

诗必穷而后工,此特世俗论尔。世俗者以饥寒为穷,以富贵为达尔。殊不知举一世之人,尊衔大爵、贯朽粟腐者,不少也；而诗人则或旷代而仅见,虽以唐学之盛,终三百年,李、杜两人而止尔,宋虽谓之无诗人可也。由是论之,则造物者于温饱之具,举以与人也。若不靳而独于此事,若深吝,若秘惜,若不欲令人闯觇者。（卷九十《跋张碧溪诗》）

万里桥边万里身,西风槭槭鬓毛新。天应怜我长为客,事到求名始累人。满院苍苔行省宅,一川黄叶大江滨。少陵老去多秋兴,且傍云山结四邻。（续集卷五《病后闭关》）

昔从夔府望京华,今去江南万里赊。亦有诗篇如杜甫,莫因辞赋吊长沙。人从五马怜春色,地接三巴切暮笳。天子正思苏远郡,长城时见倚云斜。（续集卷六《送刘德征赴夔州》）

作诗一事,古人论之详矣。要先认门庭,乃运机轴。须发之性情,写乎胸次,然后体裁格律辩焉。方今诗人辈出,极一代之盛。大抵古宗《选》,律宗杜,可谓门庭正、机轴工矣。惜乎过于摹拟,颇伤骨气。昔宋时有优人诮馆阁者,衣破碎之服,扬言于众曰:"我李义山也,为三馆诸公牵扯至此。"今日《文选》、杜诗,亦可谓牵扯尽矣。(续集卷十《与郁直斋七首》之三)

予观唐之盛,莫过于贞观、开元。其时文章则燕、许、沈、宋,字画则欧、虞、褚、薛,皆温润藻丽,有太平气象。天宝以后,多事之日,则杜工部、颜鲁公出焉。其辞翰非不雄伟俊拔也,而流离死亡之祸具见。弘治末,予初登朝,士大夫之贤者皆喜习颜书,学杜诗。每与亡友王韦钦佩论之,钦佩以为非佳兆。孝皇宾天,逆瑾乱政,辛未、壬申之间,霸州盗起,攻城破县,杀戮甚惨,至烦两路用兵。而川蜀之盗尤烈,竭天下之力仅能克之。于是鲁公之忠节,工部之诗史,亦略仿佛睹矣。呜呼,学术可不慎哉!(外集卷十四《停骖录》)

其子枝,字伯材,以《空同子》八篇来贶,燃灯读之,重为之流涕。内《论学》下篇一条书刘阁老言李、杜事,微失旨。刘名健,字希贤,号晦庵,洛阳人。相孝庙,首尾二十年,相业甚可观,素以理学自负。予乙丑登第,为庶吉士,与众同谒公于安福里第,公告诸吉士曰:"人学问有三事:第一是寻绎义理以消融胸次,第二是考求典故以经纶天下,第三却是文章。好笑后生辈,才得科第,却去学做诗。做诗何用?好是李、杜,李、杜也只是两个醉汉。撇下许多好人不学,却去学醉汉!"其言如此,虽抑扬之间不能无过,然意则深远矣。(同上《停骖录》)

古人谓:不行万里道,不读万卷书,看不得杜诗。有以哉!(外集卷十六《续停骖录》)

韩退之自视不下李、杜,况以退之之所长,概李、杜之所短,亦宜有缓急、小大之伦。观其《调张籍》一篇,则所以推崇卫护者,不遗心力,非独古人德厚,无媢嫉倾挤之习,亦其学力足以深知李、杜之所到与?(外集卷二十二《中和堂随笔上》)

崔铣

朋感不足以经物也,秕谈不足以纬事也,肆情之音不足以协志也。唐之人穷而善悲者,李白、杜甫是已。然舜于所予,而颠于所用,彼至德非弃才之时也。故君子将以喻人也先和其心,其陈政也先富其身,毋以藻丽伤其素,毋以浮诞灭其真,毋以虚文混其实,毋以陂见折其平,然后人皆听之矣。(《洹词》卷二《河风叙》)

诗之为用也,风忌显质而贵默移,今《三百篇》是也。唐人尚兴而失之浮丽,宋人谈理而失之僻滞,邵子盖曰"删后无诗"云。与不得已,唐为近之,是故其言婉,其词适。自《北征》《南山》作,已乃夸奇角富,迂于兴而侈词。(卷十《绝句博选序》)

其时北郡李梦阳、申阳何景明,协表诗法,曰:"汉无骚,唐无赋,宋无诗。"二子抗节遐举,故能成章,李之雄厚,何之逸爽,学者尊如李、杜焉。(同上《胡氏集序》)

张　含

缅怀谪仙人,藏名酒肆春。高风森江汉,后世谁等伦!独怜浣花叟,一官欲藏身。骑驴游京华,旅食空酸辛。(《张愈光诗文选》卷四《三藏谣》)

吕　柟

窃闻之,声者心之著也,诗者声之华也,义者诗之质也。故义以发志,则纲纪立,鬼神通;华以文言,则雷风章,寒暑时,山川奠,草兽若;著以表存,则隐微显矣。是故赋《棠棣》者悯阋墙,咏《渭阳》者轻琼瑰,感《伐木》者乐黄鸟,祈《天保》者比冈陵,歌《鱼丽》者薄鲂鲤,颂《清庙》者重显承。于是考信其质贞也,于是观荣其文顺也,于是谂情其究愍也。苏与韦也得其质,于汉盖十七于其华也;李与杜也掠其华,于唐盖十一于其质也。夫诗亦难言也。(《泾野先生文集》卷二《醯鸡集序》)

窃闻之,君子悯俗以观风,悯风以观政,因政以观化。木讷之人贡其意,明辩之人列其辞,博议之人县其象,稽数之人达其权,是故天明五纪,地效四维,人布五典,物陈万类。故君子将草木以尽天下之色,鼓雷霆以尽天下之声,阐幽隐以尽天下之蕴。互日月,旁山川,错鸟兽,以尽天下之变。故可以广忠,可以起孝,可以格鬼神。贤者闻之劝,不贤者闻之戒,于太平其庶几乎!或曰:李白、杜甫其殆是耶?曰:二子应博学宏辞科则可矣,于诗则未也。潘岳、刘琨、江淹、鲍照、二陆、三谢、沈、宋,如之何?曰:乱世之作也,宜勿有于世矣。问曹植、王粲、刘桢、阮籍,曰:其汉之衰乎?然涂斯人之耳目者,则自是耳。韦、孟、苏武、陶潜,曰:赖有此欤,其《鹤鸣》《蓼莪》《考槃》之亚耶?故君子不知《风》不足以成俗,不知《雅》不足以立政,不知《颂》不足以敦化。河州守熊君载刻溪田马伯循评点南厓李元白《观风余兴》之作,千里索序。当其体予未之暇讲也,睇其志殆有意于斯乎?不然,李子于一时之间,举茶马之政,峻夷夏之防,烈激扬之风,恤困穷之士,振纪纲之司,惠在边域,声振全陕,是其诗岂徒尔已哉!(《泾野先生文集》卷二《观风余兴序》)

窃谓诗有三便,皆志之敝也。便奇者失雅,便俚者失风,便于言貌謟佞①者失颂。三便兴而诗亡,故君子以发性情、止礼义为正。诗至唐室,人称其盛矣。然李、杜未免于奇,元、白未免于俚。其他诸君子又或工言貌、闲謟佞②而废其实也。(同上《玉溪诗集叙》)

观空同子与玉溪子诸诗,有苏武、李陵之志,有建安七子之质,有二陆、三谢之藻,今之作者鲜见其比。虽使子美、太白若在,与之并驰齐驱,未知谁其后先也。然予独惜夫民病而俗颓,忧世而乐学者寡。窃或闻一二焉,而质愚力薄,不克有往,则又未尝不兴心于斯人也。向接空同子之貌如玉,其言如春。当其俊迈,虽颜、孟可往而肩也。乃其为诗,全与七子、二陆、二谢业无异,何邪?(卷三十《跋空同子诗卷》)

楷问:"作文怎的是新意?"先生曰:"只要发挥本题如树木然,从根发出者自有生意。叶也绿,花也红,愈看愈好。若徒揽取陈言以为己说,譬如攘取别

---

① 疑作"谄佞"。
② 疑作"谄佞"。

处花叶缚在树上,自莫有生意。"楷问:"此生意须是由体验乃得?"先生曰:"要躬行,且如韩子作文也。还刻削如汉董仲舒、汲长孺,其文质实,自然有生意。长孺对武帝,只说'陛下内多欲而外施仁义,奈何欲效唐虞之治'。又如诸葛武侯二《表》,皆是何等气象。"一生曰:"韩子之文,其文与时高下,不得不然。"先生曰:"此系所养,不系于时。且如濂溪、明道之文,发出自然意新,与韩子不同。杜子美'语不惊人死不休',陈无己闭门觅句,这都为世俗所累,反忘其大者,不可学也。须立课程纪载,日之言动念虑,如古人黑白豆法,则时文之业亦在其中。"(《泾野子内篇》卷二十二《太常南所语》其三)

孙承恩

少陵诗之圣,浑浑元气通。尚论制作盛,尽善如周公。胸藏五车书,笔扫千军雄。辉煌《三礼赋》,曾献明光宫。平生用世志,自许稷契同。摧颓值时难,坎轲悲途穷。兵戈苦骚屑,黄屋当尘蒙。崎岖走行在,饥寒迫其躬。操觚赋时事,宇宙归牢笼。勤拳社稷虑,恳恻生民恫。凛凛忠毅色,烈日明秋空。上可继《风》《雅》,下应陋雕虫。一时旅人迹,万古诗坛宗。九原倘可作,执鞭吾当从。(《文简集》卷十四《襄阳七怀》之四《杜工部》)

唐诗盛千古,公也李杜行。(同上《襄阳七怀》之六《孟浩然》)

元亮昔徙宅,欲就素心人。少陵善邻翁,饮酒契谊真。(卷十五《迁居述怀》)

俗子无交涉,名贤辱眷临。辞荣元亮兴,忧国少陵心。黄鹄翩其逝,沧波流日深。阳春有高调,伫听一长吟。(卷十八《用前韵再呈石湖》)

尝读老杜徐卿二子诗,仿佛亲见二子奇。公家有子更奇特,我才非杜将何为!(卷二十《贺侯少府生子》)

危祠江上偶经寻,碧殿长松自郁森。落日烟云催暝色,空山猿鹤送哀音。百年臣子匡扶义,千古英雄激烈心。梁甫歌残有余恨,不胜清泪湿衣襟。(卷二十二《又用杜韵》)

古云诗能穷人，又有谓非诗能穷人，惟穷者则工，斯言颇有概于予心。《三百篇》，诗之准也，岂皆穷者之词哉。《风》《雅》《颂》并列，而惟慰劳悼恤、怨刺感愤之语，尤能动人。若唐人诗之工者，亦多迁戍、下第、离别、远行之什。故曰："欢愉之词难工，而穷苦之词易好。"有唐诗人，类非得志于时，李、杜、郊、岛，穷人之最。达而能诗者，指不一二屈。惟穷乃工，岂非然哉！三人者皆弗遇于时，故以吟咏发舒其抑郁，有感有愤，有怨有刺，有悼有讽，极其思致，镌肝镂心，闯诗家之阃阈，三人者即少自丰裕，当未至是也。穷而后工，不于三翁益征哉？虽然，诗本性情而发于才。才也者，天之所以付我，不可强也，非穷之所能限。李、杜穷同于郊、岛，而其才之宏阔，郊、岛所不得同也。故李之作为豪逸，杜之作为浑雄，郊、岛所无也。故曰：郊寒岛瘦，噢咿憾蹙，专于穷也。三翁者穷以没齿，而穷不能限其才，故其昌气伟辞时或发露，盖鹤坡、龙渊为尤。龙得李之放，鹤得杜之苍，张虽少劣，而歌行诸篇亦颇得白傅之赡，非郊、岛辈之一于穷也。（卷三十《刻三先生诗集序》）

《易》曰："地用莫如马。"利乘致远，莫过于马。坰野骐牝，诗人郑重，则马之为世用大矣。然凡马犹易得，而难得善马。汉武帝欲得大宛善马，劳师经年，而后得善马三，则难不难耶！杜子美诗有云："当时四十万匹马，识者叹其才尽下。"四十万匹而无一良，信乎难矣！……自汉《天马歌》后，代有作者，李太白《拟歌天马》固已称雄。杜、苏二公或歌或赞或颂，铿金戛石。评者谓其妙绝，声动宫商。予何为者哉？聊乘经史之暇，漫成无益之戏耳。（卷三十《石刻十四骏马图序》）

要之，摹写超脱，如昔人"吴楚乾坤"之句，神会天出，自是诗家难事。（卷三十四《书西湖十景题咏后》）

诗圣惟甫，崇雅镇浮。力敌元化，手遏颓流。宗社隐忧，稷契素志。一时旅人，令名百世。（卷四十一《古像赞·杜工部》）

至其制作高妙，词林擅雄，诗如杜少陵之沉着，文如欧六一之春融。（卷四十二《顾文僖东江先生像赞》）

夏　言

　　君不见杜陵老人气吐霓,下视建安数才子。剑外山川入品藻,浣花草堂手亲治。又不见李白天才负雄略,胸中磊磊万丘壑。俱说诗成泣鬼神,真能摇笔摧山岳。二公豪杰世难有,才自天成匪人授。(《桂洲诗集》卷五《次答王浚川云龙歌》)

　　君不见濂溪老子雅爱莲,徒能著说令人传。又不见少陵穷吟鄜杜里,红衣落渚愁菱苇。(同上《翰林院观莲歌次席虚山翰长韵》)

　　高堂此图何壮哉,岷峨剑阁争崔嵬。连岩雪深虎豹遁,极浦冻结蛟龙埋。林苍谷莽路幽绝,溪影山光递明灭。耳边仿佛闻啼猿,飒若回飙落飞雪。草堂隐隐倚风湍,野客相过兴未阑。就中一老吟髭直,无乃少陵歌苦寒。(卷七《题温托斋宫谕雪景山水图》)

　　风流不减李太白,气岸真同杜子美。倚阑拍手一长歌,白云飞起青山多。(同上《齐树楼歌为方思道作》)

　　杜老暮年诗律细,彩毫何惜慰平生。(卷十八《邺城寄李空同七首》其五)

　　兴剧独歌平子赋,忧多谁和杜陵诗。(同上《寄谈东石二首》其一)

　　少谷亲题象麓堂,百年谈笑落沧浪。郑婆塘西杨柳暗,王表洞前卢橘香。钓艇日依潭水静,酒樽时送竹阴凉。傍人莫讶为官在,吏隐吾兼老杜狂。(同上《象麓草堂初成和杜韵六首》其三)

　　雨声四月寒仍微,紫燕趋湿交愁飞。阶前藓封碧石烂,枝上梅落黄金稀。高江忽送万里舸,乱云密纫千山衣。闺中小妇思莫苦,早晚征人还自归。(同上《雨不绝次杜韵兼效杜体》)

　　总是杜陵高格,只有谪仙豪兴,郊岛太癯寒。知音谁大雅,文藻落江山。(《夏桂洲文集》卷七《柬浚川司马论诗》)

何景明

仆始读杜子七言诗歌,爱其陈事切实,布辞沉着。鄙心窃效之,以为长篇圣于子美矣。既而,读汉、魏以来歌诗及唐初四子者之所为,而反复之,则知汉、魏固承《三百篇》之后,流风犹可征焉。而四子者虽工富丽,去古远甚,至其音节,往往可歌。乃知子美辞固沉着,而调失流转;虽成一家语,实则诗歌之变体也。夫诗本性情之发者也,其切而易见者,莫如夫妇之间。是以《三百篇》首乎《雎鸠》,六艺首乎《风》。而汉、魏作者,义关君臣、朋友,辞必托诸夫妇,以宣郁而达情焉。其旨远矣!由是观之,子美之诗,博涉世故,出于夫妇者常少;致兼《雅》《颂》,而风人之义或缺,此其调反在四子之下与?暇日为此篇,意调若仿佛四子,而才质猥弱,思致庸陋,故摛词芜紊,无复统饬,姑录之,以俟审声者裁割焉。(《大复集》卷十四《明月篇序》)

杜甫唐三礼,班生汉两都。(卷二十三《郊观二十二韵》)

燕子飞时江柳春,眼看节序几回新。亦知社日归乡国,忍对秋风别主人。舒倦不殊群物理,往来宁有百年身。空帘寂寞山堂夕,惆怅花枝泪满巾。(卷二十四《燕子次杜工部韵》)

朔云卧对寒城菊,燕月留沽晚市醪。向客蘼芜南国远,背人鸿雁北风高。杜陵愁极惟双泪,潘岳情多已二毛。同病相怜不同去,莫将江海问西曹。(卷二十六《晚过君采次韵》)

书契以来,人文渐朗。孔子斯为折中之圣,自余诸子悉成一家之言。体物杂撰,言辞各殊,君子不例而同之也,取其善焉已尔。故曹、刘、阮、陆,下及李、杜,异曲同工,各擅其时,并称能言,何也?辞有高下,皆能拟议以成其变化也。若必例其同曲,夫然后取,则既主曹、刘、阮、陆矣,李、杜即不得更登诗坛,何以谓千载独步也?仆尝谓诗文有不可易之法者,辞断而意属,联类而比物也。……今为诗不推类极变,开其未发,泯其拟议之迹,以成神圣之功,徒叙其已陈,修饰成文,稍离旧本,便自杌陧,如小儿倚物能行,独趋颠仆。虽由此即曹、刘,即阮、陆,即李、杜,且何以益于道化也?佛有筏喻,言舍筏则达岸矣,达岸则舍筏矣。(卷三十二《与李空同论诗书》)

三代前不可一日无诗,故其治美而不可尚。三代以后言治者弗及诗,无异其靡有治也。然诗不传,其原有二。称学为理者比之曲艺小道而不屑为,遂亡其辞;其为之者率牵于时好而莫知上达,遂亡其意。辞意并亡,而斯道废矣。故学之者苟非好古而笃信,弗有成也。……盖诗虽盛称于唐,其好古者自陈子昂后,莫若李、杜二家。然二家歌行近体,诚有可法;而古作尚有离去者,犹未尽可法之也。故景明学歌行、近体有取于二家,旁及唐初、盛唐诸人;而古作必从汉、魏求之。……叟歌行近体法杜甫①,古作不尽是。(同上《海叟集序》)

山谷诗自宋以来,论者皆谓似杜子美,固予所未喻也。(卷三十八《读精萃录》)

杜甫其先自襄阳徙河南,父闲为奉天令,遂居京兆杜陵而生甫。玄宗朝献赋,命待诏集贤院,后转检校工部员外郎。甫博览群书,善为诗歌,涵浑汪洋,千态万状。至陈时事,虑切精深,世号"诗史"。元稹谓诗人以来,未有如子美者焉。(《雍大记》卷二十七《志献》)

魏 校

杜子美《滟滪》诗:"天意存倾覆,神功接混茫。"深哉言乎!(《庄渠遗书》

---

① 明中期何景明、李梦阳等人在为袁凯《海叟集》作序时,皆申言袁凯精于学杜,此后遂为定论。然检视袁氏《海叟集》四卷,几无片言论及杜甫者,集杜、和杜、用杜之例亦是难觅,不禁令人对何景明等人袁凯学杜之说大感不解。又,《千顷堂书目》卷十七,言袁凯除了《海叟集》四卷外,尚有《在野集》二卷。而李东阳《怀麓堂诗话》有云:"袁恺《在野集》专学杜,盖皆极力摹拟,不但字面句法,并其题目亦效之。开卷骤视,宛若旧本。"因此,据李东阳氏所言,袁氏之学杜乃见于《在野集》。但正德元年(1506)《海叟集》刻本陆深之序云:"《海叟集》旧有刻,又别有选行《在野集》者。"则《在野集》乃《海叟集》之选本,既然袁凯自己手订的《海叟集》中已经难觅学杜痕迹,则选刻本中从何可见袁氏之"专学杜"?难明其惑,姑且作小注于此。

卷十五《复毛希秉》其十)

孙一元

君不见杜陵诗中语意深,见诗对画如见箴。(《太白山人漫稿》卷三《画孔雀引》)

平生杜陵老,烂醉是生涯。(卷四《晓起》)

虞卿著书只愁思,杜陵老病惟孤舟。(卷六《次韵答邵国贤少司徒》)

杨子草玄遭客骂,杜陵痛饮真吾师。(同上《把酒漫成》)

长吟独坐思冲冲,回首江湖梦寐中。石壁青灯悬夜雨,山城画角散天风。十年故国忧戎马,万里音书滞塞鸿。避地风烟怜杜老,草堂今寄浣花东。(同上《有感二首简休阳程世大》其一)

客中此日逢佳节,扶醉来登千树林。斜日碧云秋寺净,折荷残苇晚湖深。中原目送双流泪,老马时存万里心。何处草堂还可借,杜陵今有卜居吟。(同上《九日登南屏山漫兴》)

张邦奇

陶情咏物,则贯百家而时出之。其沉厚雄俊,盖车①师韩、杜而得其要。(《张邦奇集》之《纡玉楼集》卷一《心斋稿序》)

昔人谓:行万里道,读万卷书,方可读杜诗。信者学不可不博耶。(同上《环碧堂集》卷三《复陈朝仪》)

冯唐到老官终小,杜甫惊人句复频。(同上《四友亭集》卷十五《次韵答冯景祥年兄山庄坐雨四首》其四)

英豪生世苦不并,白也天才本无竞。万颗山头遇甫时,千古乾坤一辉映。

---
① 原文如此。

采石江边斗大楼,浣花溪上茅堂幽。我昔临风洒双泪,屋梁落月魂悠悠。归来手检遗文读,五月金飙洗烦燠。叹惜人间复几何,六丁尽取归仙箓。忽谩风标尺素中,异代相看如稔熟。为想当年一笑间,玉宇琼楼万骊目。知音无人天沈寥,长松落影青山麓。草阁停杯欲问之,文章此日还谁属?(同上卷十八《李白杜甫图》)

郑善夫

雅音失其传,作者随风移。于楚有屈宋,汉则河梁词。曹刘气轩轩,逸文振哀悲。两晋一精工,六朝遂陵迟。觓然尚色泽,古风不成吹。卢王号词伯,只用绮丽为。千年取正印,乃有陈拾遗。或不尽反朴,朝代兼天资。所以王李辈,向道识所期。大哉杜少陵,苦心良在斯。远游四十载,而况经险巇。放之黄钟鸣,敛之珠玉辉。幽之鬼神泣,明之雷雨垂。变幻时百出,与古乃同归。律诗自唐起,所尚句字奇。末流亦叫噪,古意漫莫知。历兹六十纪,识路良独稀。凤鸟空中鸣,众禽反见嗤。夜寒理危弦,恻恻赏心违。(《少谷集》卷一《读李质庵稿》)

无家杜陵老,且结草堂缘。(卷四《汨汨》)

无家杜陵老,经乱郑康成。(卷六《除夕二首》其一)

邴原明进退,杜甫昧生涯。(同上《闻吾廷介避乱客死藁葬道隅》)

郑老有官无饱饭,杜陵多难每依人。(卷七《彭城避地》)

杜老中年更愁思,猿啼来往巴渝深。(同上《十三夜玩月》)

瀼东瀼西花映渠,浣花草堂今有无。苦忆平生杜陵老,暮年涕泪满江湖。(卷八《蜀中歌五首》其四)

《古厓集》为文若干首,今古诗若干卷,其狂傀雕锼,卤矜燥湿,错然弗伦,而悉和之以清扬,蔼如也。余尝辨其音节,多放手唐、宋之间,惟五言近体于杜为似,盖亦菀菀然充其性焉耳。杜诗浑涵渊澄,千汇万状,兼古今而有之,他人不足,彼乃有余。又善陈时事,精深至千言不少衰。世之学者,劬情毕生,往往只得其一肢半体,杜亦难哉！山谷最近而较少恩[①],后山散文过山谷远,而气力弗逮,简斋蠲而少春融,宋诗人学杜无过三子者乃尔,其他可论耶？吾闽诗病在萎腇多陈言,陈言犯声,萎腇犯气,其去杜也,犹臣地里至京师,声息最远,故学之比中国为最难焉。若非豪杰之士,鲜不为风气所袭者,况遂至杜哉？国初如林鸿、王偁、王恭、高廷礼辈,逖然离群出党,去杜且顾远与。古厓,闽产也。余读古厓诗,盖所谓豪杰者。窃尝评其诗如春空游絮,随温风飞扬,冲条附叶,虽乏秾绮,然自有一段丰神,犹至京师者,越浙度淮,骎骎乎北轨矣,尚论风气哉？或曰:如国初数子何如？昔人云:诗道如花,论高品则色不如香,论逼真则香不如色。古厓叶姓,名元玉,清流人,守潮为古良吏。(卷九《叶古厓集序》)

然则天资也,立志也,师友也,学问也,于人可缺一哉？如马迁、贾谊、陶潜、杜甫、李白、韩愈、柳宗元、欧阳修、苏轼,皆天资绝人,惜皆无志于道。又皆不遇师友之真讲,明圣贤学问之功,故其所成,仅止于事功、风节、词章而已。(卷二十三附录上黄绾《少谷子传》)

海内谈诗,无虑千家。其高者乃稍取裁汉、魏,至叩其音节,犹在朦中。人谓继之诗拟杜甫,即杜甫何拟？杜甫诗于古诗或出入,近体则齐、梁之变者也。夫自《三百篇》之不得不为汉、魏,汉、魏之不得不为齐、宋、王、岑、卢、骆者,时使之也。而能令曹、绛谈伊、周之事,不然矣。继之诗人,以杜甫七言变体,所谓抵掌叔敖；古诗绰有苏、李风致。至其恬澹冲雅,亦或离而去之。夫诗心,言燕、齐、梁、魏无方,言他或以方。江南之橘江北为枳,地土有然。吾以为词致可学,风骨不可学,此诗所以有列国之风也。(卷二十四附录中林民止《书少谷诗后》)

朱 渚

观翁自叙,其初得于杜律,故其所作多祖近体,而用意使事,组织少陵,特

[①] 原文如此。

其出入变化,使人不觉。(《天马山房遗稿》卷二《东窝诗序》)

常诵少陵"野人时独往,云木晓相参"之句,以为情景逼真。(卷三《持翁寿言》)

霍　韬

或曰:世传诗曰李、杜,曰晋、魏;论文曰韩、柳,曰秦、汉。何如?渭崖子曰:诗俾俾名教,助风化可也;文出德蕴,树道闲可也。古者崇地席,后世崇椅几;古者崇俎豆,后世崇盂盆。礼敬同也,斯可已。(《霍文敏公全集》卷五下《题〈白中丞文集〉》)

王廷陈

又见近日英俊辈出,妙善日臻,新论各持,更凌互竞。至所姗病,虽少陵诸什,犹不免焉。(《梦泽集》卷十七《答范东溟》)

夫历代之诗,犹之风气。《三百篇》,唐虞之醇也;汉、魏,夏、商之忠质也;晋,周之文也。六代则靡矣。至唐之盛,则能去靡还醇,故彬彬文质焉。何怪其表后世乎?诚不在乎情景事实之异,与夫字句之末而已。观夫李逸杜雄,同称词杰;高、岑、王、孟,并驾先驰。而体裁各殊,举斯镜鉴,断断可识矣。(卷二十一《楚三子诗评有序》)

赵　香

往事凄凉伤客心,少陵遗迹此沾襟。百年多难悲乡国,万里长吟动古今。秦地秋风茅屋破,巴山落日草堂阴。乾坤何处孤舟寄,江汉萧萧暮雨深。(陈田《明诗纪事》戊签卷一)

宿　进

著处兵戈了未收,漂泊踪迹尚容留。吟高白帝城头月,醉数浣花溪里鸥。高马达官非素志,寡妻群盗乃真忧。侬今亦有先生泪,日对南山空自流。(《正德夔州府志》卷十一《怀杜工部写呈求教并抒谢意》)

郎　瑛

《容斋随笔》辩《鬼宿度河篇》曰:"经星终古不动。"殊不思天是动物,经星即其体也。蔡传曰:绕地左旋一日一周而过一度,夜视可知矣。但不似纬星,周天各有年数。牵牛织女七夕渡河之说,始于《淮南子》"乌鹊填河而渡织女"。《续齐谐志》云:"七月牵牛嫁织女。"诗人后遂累累致词,殊不知《淮南》好奇,《齐谐》志怪,皆不足信。故杜老有诗云:"牵牛出河西,织女处其东。万古永相望,七夕谁见同。"可谓断案矣。(《七修类稿》卷一《经星牛女》)

予尝笑人见好画曰逼真山水,及见真山水曰俨然一幅画也。是不知孰真而孰伪耶?昨读杜诗《题蜀道画图》,有曰:"华夷山不断,吴蜀水相通。"是又以画为真矣!(卷十五《山水真假》)

杜子美死牛炙白酒见正史传。贾岛死牛肉酒见《唐诗纪事》。呜呼,二公食无珍羞可知矣。人何必食前方丈哉!(卷十八《杜贾死牛酒》)

子美诗有"夜足沾沙雨,春多逆水风",乐天诗云"巫山暮足沾花雨,陇水春多逆浪风",陶渊明诗云"采菊东篱下,悠然见南山",韦应物亦有"采菊露未晞,举头见南山",又东坡《续丽人行》首四句"深宫无人春昼长,沉香亭北百花香。美人睡起薄梳洗,燕舞莺啼空断肠",萨天锡《题杨妃病齿》诗则云"沉香亭北春昼长,海棠睡起扶残妆。清歌妙舞一时静,燕语莺啼空断肠",但略少变其文。如此等诗,不可尽述。每见录于诗话,美则以为点铁化金,刺则以为蹈袭古诗,附会讥诮,殊为可厌。予略录数首于右,以见陶、杜岂特待白、韦点化,而应物、天锡固窃诗者哉! 故老杜尝戏为诗曰:"咏及前贤更勿疑,递相祖述复先谁。"大抵诵人诗多,往往为己得也。(卷二十《诗非蹈袭》)

诗评云:许浑千首水,杜甫一生愁。不知太白七言绝句,每是地名,何也?(卷二十一《名公诗病》)

如白乐天《雪谳》有"岂知阌乡狱,中有冻死囚",杜子美《云安陪诸公宴》有"万国皆戎马,酣歌泪欲垂",皆具乐以天下之情。(卷二十三《孔溪不知诗义》)

诗话尝云,杜子美父名闲,诗中多不用闲字。母名海棠,故不咏海棠。予思杜诗中如"曾闪朱旗北斗闲""娟娟戏蝶过闲幔",何尝忌讳? 至如花卉多矣,而子美皆无所咏焉,岂独海棠也哉? 或者偶尔不赋之也。善乎东坡有云:"少陵为尔牵诗兴,可是无心赋海棠。"尽之矣。(卷二十六《子美不咏父母名》)

杜工部甫《咏怀》古诗云:"蜀主窥吴幸三峡,崩年亦在永安宫。翠华想像空山里,玉殿虚无野寺中。"温公作《通鉴》,不以正统与蜀,唯此诗许之。其曰幸、曰崩、曰翠华、曰玉殿,皆以天子与之也。张注谓若《春秋》之笔,信矣,老杜岂直诗人而已哉! 然"主窥"二字,尚有未满。盖主者一家一国之称,窥者睥睨觊觎之意也,天子有征无战,况窥窃云乎? 昭烈加兵于吴,问斩壮缪之罪,非无名之师也。愚意欲以"汉"字易"蜀",以"帝"易"主",以"征"易"窥",庶乎名正言顺,而于声律亦不乖也。(同上《老杜许蜀不真》)

尝言唐诗晋字汉文章,此特举其大略。究而言之,文章与时高下,后代自不及前,如风草之说是也。汉岂能及先秦耶? 字书变入草法,晋室能书者众矣。二王相继,盛于一时,故足称许。至如篆、隶,虽曰二王、僧虔能解,较之秦、汉,古意远不及也,故有"书学自羲之坏了"之说。唐以诗取士,故盛于唐,又得李、杜为之大宗。若较晋魏诸人,古选之雅,又不可得矣。至若宋之理学,真历代之不及。若止三事论之,则宋之南词,元之北乐府,亦足以配言耳。(同上《唐诗晋字汉文章》)

蜻蜓贴水飞时以尾蘸水中,杜诗所谓"点水蜻蜓款款飞"是也。(同上《蜻

蜓萤火》)

《三山老人语录》言唐人好饮甜酒,引子美"人生几何春与夏,不放香醪如蜜甜"、退之"一尊春酒甘若饴,丈人此乐无人知"为证。予则以为非好甜酒,此言比酒如蜜之好吃耳。子美、退之善饮者也,岂好甜酒耶?古人止言醇醪,非甜也。故乐天诗云"量大厌甜酒,才高笑小诗"是矣。(卷二十七《甜酒灰酒》)

《碎金集》云:"芒种后逢壬入梅,夏至后逢庚出梅。"《神枢经》又云:"芒种后逢丙入梅,小暑后逢未出梅。"人莫适从,予意作书者各自以地方配时候而云然耳。观杜少陵诗曰:"南京犀浦道,四月熟黄梅。湛湛长江去,冥冥细雨来。"盖唐人以成都为南京,则蜀中梅在四月矣。(卷二十八《梅雨》)

如陈无己《挽南丰》云"丘原无起日,江汉有东流",乃变老杜"尔曹身与名俱灭,不废江河万古流",皆此类也。(同上《夺胎换骨》)

四言古诗如《舜典》之歌,已其始矣。今但以《三百篇》而下论之,汉有《韦孟》一篇,虽入诸选,其辞多诽怨而无优柔不迫之意。若晋渊明《停云》《茂先》《励志》等作,当为最古者也,后惟子厚《皇雅》章其庶几乎,故子西曰:"退之不能作也。"盖此意摹拟太深,未免蹈袭风雅,多涉理趣。又似铭赞文体,世道日降,文句难古。苟非辞意浑融,性情流出,安能至哉?五言古诗,源于汉之苏、李,流于魏之曹、刘,乃其冠也。汪洋乎两晋,靖节最高古。元嘉以后,虽有三谢诸人,渐为镂刻。迨唐陈子昂出,一扫陈、隋之弊,所谓上遏贞观之微波,下决开元之正派。直至考亭夫子,又得其雅正之纯也。杨仲弘曰:"五言诗或兴起,或赋起,或比起,须要意深辞温。感慨伤思者贵乎感动人情,闲适写景者贵乎雅淡悠扬,如《古诗十九首》是也。呜呼,岂易能哉!"七言古诗,《唐诗品汇》《高漫叟诗话》皆云虽起于汉武《柏梁》之作,而宁戚《南山歌》已备其体矣。予意商歌后,虽七言首二句三言,已非古诗之体。盖歌行可以长短句,七言古诗恐当一律成文,始于汉武无疑也。若以商歌为是,则《薤露》等篇亦可以入矣。但选中有杂一二歌字者,不知何也。惟《品汇》最高,辞旨虽似古诗而终赘一歌字者,则多入长短句矣。故《诗法辩体》入韩公《河之水》于七言,不知刘履又断为此楚语也。绝句之法，杨伯谦曰："五言绝句，盛唐初变六朝子夜体。六言则摩诘效顾、陆作。七言唐初尚少，中唐渐甚。"杨言大略如此。而不考梁简文《夜望单雁》则已有七言绝，但少耳。又按，《诗法源流》云："绝句者截句也。如后两句对者，是截律诗前四句；前两句对者，是截律诗后四句；皆对者，是截中四句；皆不对者，则截前后各两句也。"故唐人称绝句为律诗，观李汉编《昌黎集》，凡绝句皆收入律诗是也。周伯弼曰："绝句以第三句为主，须以实事寓意，则转换有力，涵蓄无尽。"此又其法也。歌行等作，《诗林辩体》云："昔人论歌辞，有有声有辞者，若郊庙乐章及铙歌等曲是也；有有辞无声者，若后人之所述作，未必尽可被于管弦也。夫自周衰，采诗之官废。汉、魏之世，歌咏杂兴。故本其命篇之义曰篇，因其立辞之意曰辞，体如行书曰行，述事本末曰引，悲如虫螿曰吟，委曲尽情曰曲，放情长言曰歌，言通俚俗曰谣，感而发言曰叹，愤而不怒曰怨，虽其名各不同，然皆六义之余也。"唐世，诗人共推李、杜。太白则多拟古题，少陵则即事名篇，此又所当知也。律诗虽始于唐，亦由梁、陈以来骈俪之渐，不若古体之高远。大抵律诗拘于定体，诗至此而古意微矣。虽然，对偶音律，亦文辞之不可废者。但至于换句拗体之类，又律之变，斯为下矣。杨仲弘云："凡作律诗，起处要平直，承处要舂容，转处要变化，结处要渊永。上下要相联，首尾要相应。最忌俗字俗意，俗语俗韵。"可谓至妙之言也。排律虽始于唐，其源自颜、谢诸人古诗之变。首尾排句，联对精密。梁陈之间，俪句尤多，大抵止于五言，七言则绝少矣。不当炼句锻字，大致工巧，只要抒情陈意，通篇贯彻。若老杜《赠韦左丞》等作，前后不对处也有，此极其佳者也。（卷二十九《各诗之始》）

牡丹色夺众花，谱以为花王也。吟咏必须"天香国色"四字，唐人用之已多，后人不复再用，不知非四字不能称此花也。吾友金茂之珊，苦吟学杜，常有二联云："色疑倾国罕，香忆自天来。"又云："信知国内真无色，浪说天边别有香。"可谓善用四字者也。（卷三十一《牡丹诗》）

旧云韩诗似文，杜文似诗。予谓韦应物律诗似古，刘长卿古诗似律，子瞻词如诗，少游诗如词，固一病也。然亦因性所便，习而使之然耳。（同上

《诗文似》)

杜子美《早朝》诗有"旌旗日暖龙蛇动",虞伯生注:"龙蛇动,谓旌旗上雉尾也。惟日暖,故旗影动耳。"予以古者交龙为旗,析羽而注于旗竿之首曰旌。今日暖则旌旗飞扬,其上见龙蛇之动也。以雉尾释之,又以为影,恐非。(同上《旌旗日暖龙蛇动》)

子美《秋兴》八首,诚冠绝古今之句。世言和者,只不自知而徒取效颦之诮。余友四明洪贯,字唯卿,尝为崇化令,素以吟咏自夸。晚年致政,群友戏曰:"汝能和杜《秋兴》,则吾辈当倾囊为君一醉也。"洪一夜吟成,人咸以为句格切肖,真有神助,不免于无病呻吟之诮,实出人人也。因录于左,庶不泯其才。其一:叶落千山瘦尽林,峰尖如剑列森森。海沙郭索饥呈穟,庭砌蜉蝣出俟阴。弟妹存亡千里月,江湖风雨十年心。无端触目伤怀事,况复频添梦后砧。其二:剑阁西连鸟道斜,上皇今喜到中华。题情诗寄沟中叶,卖卜人看海上槎。霜冷玉楼思旧帐,月明胡骑泣寒笳。秋来怀抱偏难遣,城上芙蓉又着花。其三:岁月能消几局棋,白头空作楚囚悲。庙堂筹策非吾望,湖海疏狂似旧时。三辅关中围未解,六龙天上驾还迟。荒原战骨知多少,精爽谁无故里思。其四:金殿笼香绕博山,鸾舆隐隐出花间。丹青日照麒麟阁,钟鼓声严虎豹关。海岳有灵神圣治,华夷无路动天颜。五云影里帘开处,几忆趋跄到从班。其五:山川震荡日无辉,尽道将军智力微。暂喜崤函鼙鼓息,又闻河洛战尘飞。于今世事知谁在,老我人情与俗违。江上草堂风雨恶,饭盘端不待鱼肥。其六:西风吹浪打船头,白露寒雕玉树秋。金甲宝刀千骑老,紫薇黄阁几人愁。关河梦逐帘前燕,烟水情忘海上鸥。王粲近来消瘦尽,强携书剑客南州。其七:文皇身建救时功,四裔咸归覆帱中。西幸鸾舆悲险道,东还龙旆逐膻风。一身贫病头将白,三月天山火尚红。江畔秋云无限思,强歌巴曲醉巴翁。其八:御沟流水带逶迤,粉黛三千映月陂。寒露不雕三秀草,野禽飞上万年枝。将军书报降王死,河汉星看织女移。乡梦秋来频到阙,分明龙衮玉端垂。(卷三十二《和杜秋兴》)

今人但知和诗,不知义有三焉:依韵和之,谓之次韵。或用其题,而韵字同出一韵,谓之和韵,如张文潜《离黄州》诗而和杜老《玉华宫》诗是也。用彼之韵,不拘先后,谓之用韵,如退之和皇甫湜《陆浑山火》是也。然唐以前亦未闻也,必有赓焉,意兴而已。观《文选》何劭、张华、二陆、三谢诸人赠答,是可知矣。就使子美,不过如是。如高适寄杜云:"草玄今已毕,此外更何求。"杜则曰:"草玄吾岂敢,赋或似相如。"杜送韦迢云:"洞庭无过雁,书疏莫相忘。"迢则曰:"相忆无南雁,何时有报章。"杜又云:"虽无南去雁,看取北来鱼。"惟元、白二公,多有次韵,陆、皮则盛之矣。至宋苏、黄辈,唱一赓十,甚则全集,如苏和陶是也。嗟夫,诗以道性情,一拘韵脚,纵有高义,或不能用,况短于才者乎?且如东坡天纵,在惠州寄邓道士诗,即次韦苏州《寄全椒山中道士》韵。时事尚不同也,庶或可展其才,然拘之即有工拙。韦云:"今朝郡斋冷,或忆山阴客。涧底束荆薪,归来煮白石。欲持一樽酒,远慰风雨夕。落叶满空山,何处寻行迹。"苏曰:"一杯罗浮春,远饷采薇客。遥知独酌罢,醉卧松下石。幽人不可见,清啸闻月夕。聊戏庵中人,空飞本无迹。"观此二诗,已觉有性勉之别。至于韦结二句,先辈以为非复言语思索可到,出自天然,若有神助,然则苏结安能及之。(卷三十三《和诗》)

予尝读杜诗《秋兴》八首,虞注之谬者半焉,似皆穿凿,随正注下,今录之于稿。

"玉露凋伤枫树林,巫山巫峡气萧森。江间波浪兼天涌,塞上风云接地阴。丛菊两开他日泪,孤舟一系故园心。寒衣处处催刀尺,白帝城高急暮砧。"

虞注:公因感此而自叹留夔州已经两秋,故云丛菊之开,昔我尝感而挥泪矣。然下峡孤舟,则犹滞此,一系我故园之心也。"他日"言向日。"一系"言始终心在故园而身滞舟中,系身即所以系心也。

愚意:公居蜀,见秋来江山之景,如此萧森,则不胜其可悲。故计其岁月,则已见菊开两度。而他日见之,感物思旧,亦必堕泪矣。今孤舟一系于此,不可以去,而故园则在心矣,其不堪何如哉!中四句正指"江山"二字事,旧注似失其意。

"夔府孤城落日斜,每依北斗望京华。听猿实下三声泪,奉使虚随八月槎。画省香炉违伏枕,山楼粉堞隐悲笳。请看石上藤萝月,已映洲前芦荻花。"

虞注:尝闻峡中猿啼三声,客泪自堕,今我在此,则实闻之而下泪矣。尝闻张骞八月乘槎奉使,今秋我不得归,则八月乘槎之事或虚矣。我虽检校工部员外郎,而与尚书省入直之香炉相违远者。以病之故,但闻此城楼之上、雉堞之间,笳声隐隐,为可悲也。不特此耳,适间方见日斜,即今请看石上之月已映荻花,而明光阴代禅,如此其速,岂不尤可惜哉。

愚意:公自南而望北,当作南斗峡中猿甚哀,听其啼时真实,可以三声而下泪。张骞穷河源,作奉使乘槎至蜀,今我无故而至蜀,则我之奉使也,亦虚随骞八月之槎耳。昔也画省香炉相从入直,今相违而伏枕于此,但闻山城楼上之粉堞隐藏悲笳而已,两句皆在"望"字上来也。末二句是照前落日时已望京华,而石上藤萝之月,犹在望也。常自乘凉,今倏尔已映于洲渚芦荻之花。秋气萧瑟,通篇悲惋,"实""虚""违""隐",又是篇中之目。

"瞿塘峡口曲江头,万里风烟接素秋。花萼夹城通御气,芙蓉小苑入边愁。珠帘绣柱围黄鹄,锦缆牙樯起白鸥。回首可怜歌舞地,秦中自古帝王州。"

虞注:明皇友爱五王,尝自宫中穿夹城,至花萼相辉楼同寝,故云通御气也。芙蓉苑又近曲江,乃天子游幸之地,而关中数乱,故云入边愁也。又言花萼楼中之帘柱,皆盘黄鹄宛转之形,珠则织,绣则画也。苑外江中,御舟常惊白鸥飞起,以锦缆牙樯之华彩也。若此皆歌舞之地,今则焚荡残毁,令人回首,良可怜惜也。然神京地里,又在秦中,终非天下所能及也,我安得而不思归耶?

愚意:明皇友爱,起花萼相辉之楼,穿夹城以幸其上。通御气,通天子之气也。而内一不修,纳寿王之妃,召禄山之祸,渔阳报至,则芙蓉苑游幸之地,忽已入边塞之愁矣,此二句一意直下。公在蜀,故因及幸蜀之萌其初也。楼上何所有?则珠帘绣柱,围绕焚香之金鹄。苑中何所有?则锦缆牙樯,惊起在水之白鸥。今而豪华荡尽,回首可怜,不知此秦中乃自古帝王之都,可不保其基业哉!旧注不知其旨意之所在,而黄鹄、白鸥之解,尤为穿凿。

"昆明池水汉时功,武帝旌旗在眼中。织女机丝虚夜月,石鲸鳞甲动秋风。波漂菰米沉云黑,露冷莲房坠粉红。关塞极天唯鸟道,江湖满地一渔翁。"

虞注:乃谓剑关、秦塞,造天之高,惟一鸟道,所以不易还,以见此池之景。唯顺流下峡,则江湖满地,任我渔翁之漂泊,亦岂不令人感叹乎。

愚意:中四句在眼中之物也。今日不修武帝之备,徒见"虚夜月""动秋风"而已。菰米沉云,莲房坠粉,感叹深矣。关塞极天之高,唯飞鸟往来,人不得而至之。而江湖满地,俱有兵戈,只我若一渔翁而已,何不归依耶?"唯"字"一"字,正见深惜长安之意。旧注牵强,反失本旨。(卷三十五《杜律虞注差处》)

《清波杂志》载,东坡《留题南康寺重湖轩》诗曰:"八月渡重湖,萧条万象疏。秋风片帆急,暮霭一山孤。许国心犹在,康时术已虚。岷峨千万里,投老得归无。"苏自以律诗可用两韵,引李诚之《送唐子方》两押"山""难"字为证,今人遂为口实。予以坡诗必信手涂抹,而僧特宝之,故言如此,未必当时有跋也。苟如僧言只漏"无"字,庶几可耳。况此又非古韵,若李诗既是律矣,岂可两押韵耶?若曹植《七哀诗》有"徊""泥""谐""依"四韵,王粲有"攀""原""安"三韵,子美《夔府咏怀》排律重用"缠""船""弦"字,退之《咏笋》重用"根"字,皆有之。若律则不然也。(同上《东坡两韵律诗》)

《石林诗话》云:欧阳棐求章子厚书乃翁《庐山高》《明妃曲》藏于家,以公平日自喜此三诗也。尝被酒语棐曰:"吾诗《庐山高》,今人莫能为,惟李白能之。《明妃曲》后篇,太白不能为,惟杜子美能之。前篇则子美亦不能也。"及观《名臣言行录》又云:"公谓人曰《庐山高》惟韩愈可及;《琵琶前引》韩愈不可及,杜甫可及;《后引》,李白不可及,杜甫可及。"其与《石林》所记不同。予论:《庐山高》全似太白,《前引》类杜,《后引》类韩,当以《石林》所记为是。但欧公自不当谓《前引》则子美亦不能此,或棐乃过美乃翁之辞,抑梦得误纪之耶?

若《名臣录》所纪,《庐山高》岂似韩耶?二《引》既不拟李,又杂太白之名,何也?此必其传闻也。(卷三十六《庐山高、明妃曲》)

《石林燕语》曰:"绒坐不知始于何时,唐以前犹未施用。"不知子美已有诗,《赠郑广文》云:"才名三十年,坐客寒无毡。"则暖坐唐已有之,安知不施于舆马也?(卷三十七《狨坐》)

咏物之诗,即古赋物之体之变也,如荀子《蚕赋》《箴赋》之类。说者以为起于唐末,如雍陶《鹭鸶》、郑谷《鹧鸪》,殊不知元、白已①前,盖已有之,如子美《咏黑白二鹰》之类是矣。宋、元以下,作者多矣,然其亲切有蕴者,亦足比方前人。格律虽卑,亦诗之一种也。(卷三十七《咏物诗》)

古人论李、杜无优劣,故退之云"李杜文章在,光焰万丈长",此在后世观之也。《玉屑》《阳秋》皆轻议曰:杜岂白所能望耶?殊不知当观其彼此自言可知矣。杜言李曰"世人皆欲杀,吾意独怜才","李白斗酒诗百篇","清新庾开府,俊逸鲍参军",似皆重其才也。李言杜曰"醉别复几日,登临遍池台。何时石门路,重有金樽开","饭颗山头逢杜甫,头戴笠子日卓午。为问因何太瘦生,只为从来作诗苦",似不过平答而少讥之也。意当时李豪隽而才敏,杜质朴而才钝,相会若有低昂也。然则底于成也,同归于极焉。细而论之,则有一勉然、一自然之分耳。(卷三十八《李杜》)

杨万里序《杜审言集》,谓其祖孙诗句相似者数处,不知尤有极似者。如"日气抱残虹",即"日射江楼雾气黄"。"明年春色倍还人",即"锦江春色逐人来"。如"八荒平物土",即"八荒开寿域"。如"伐鼓撞钟惊海节",即"撞钟考鼓天下闻"。如"去岁兹辰捧玉床,五更三点入鹓行",即"季冬除夜接新年,帝子王臣捧玉床"。(卷三十九《甫似审言》)

卢多逊当直,宋祖命赋新月诗,限用"些子儿",诗曰:"太液池边玩月时,好风吹动万年枝。谁家玉匣开新镜,露出清光些子儿。"此见《后山诗话》。《锦绣万花谷》独载其诗后二句云:"谁家镜匣参差盖,露出楞边些子儿。"尤觉

---

① 原文如此。

善状。王禹偁当直,亦赋此,限敲、梢、交韵,诗曰:"禁鼓楼头第一敲,乍看新月出林梢。谁家宝镜初磨出,玉匣参差盖不交。"古人以为模多逊之句也,殊不知二诗皆祖袭老杜"尘匣元开镜"之句耳。《桐江诗话》禹偁又作曹希蕴。余忘年友处州王义中,少时同余夜坐,因新月语此二诗。明日,王呈一诗云:"风外空传药杵敲,云边微见桂枝梢。定疑今夜蟾蜍小,含出明珠口未交。"余讶之,以其他日必成大名,惜为弟子员,不久下世,至今梦寐常思之。"(同上《赋新月诗》)

吾友丰考功坊《纳凉碧沚》诗曰:"鉴湖洲上晚凉归,散发披襟送落晖。鸣雨乍收微雨续,黑云轻载白云飞。水风度筱遍流座,山月穿松故拂衣。倏忽阴晴堪一笑,年来世事已忘机。"此诗流丽畅逸,而第七句关瑣处即景生情,警拔深契云卿家法。好事者以为,雨时可有日耶?此于无过中寻过矣。予尝以杜诗"桃花细逐杨花落,黄鸟时兼白鸟飞",亦可以议论也。盖桃花落二月,柳絮落于四月,鹭鸶高飞,鸥鸟掠水,黄鹂则穿林度木而已,安得有同飞之理耶?此特举目前一时之事,不可拘于常理。(续稿诗文类《碧沚诗》)

"恰"字有三义,适然皃,用心也,又莺声,杜诗皆具之。如"野航恰受两三人",当训适然;"恰有三百青铜钱",用心之义也;"自在娇莺恰恰啼",则声矣。《猗觉寮》不察此意,反引《广韵》云:"恰恰,用心。啼,非止声也。"岂非不知字义而误以一偏言之耶?(同上《恰字》)

应大猷

四顾逢多难,孤踪暂此留。偶乘花鸟兴,不为草堂幽。幕府常高枕,行窝恣远游。无时忘宫阙,随处有春秋。(《容庵集》卷二《题杜祠》)

乾坤高枕即吾庐,底事偏怜水竹居。不向黄虞追稷契,却教白日弄樵渔。平生空志千间厦,落笔如神万卷书。怀古我来初展拜,息机亭下漫踌躇。(卷三《谒杜祠用张东沙韵句句本色》)

至谓文衰自韩始,殆如匠者之构居室;诗衰自杜始,殆如庖火之充俎豆。

盖为其斲天机而工斧凿,实高世之见、独得之妙,未可与俗共闻也。然究而言之,文已衰于六朝,至昌黎稍变,而人多宗之,则谓之始衰可也?诗已衰于初唐,至子美再振,而人多宗之,则谓之始衰可也?亦公之责备贤者耳。若所谓吐词为经、出言成章等高论,则系辞之为文,雅颂之为诗,乃大圣人作,用与天地自然之文相似。盖自左氏、司马、苏、李辈,已不足语此,而可以责之韩、杜乎哉!又若陶渊明,性情潇洒,胸怀夷旷,庶几孔门曾、点之流,其于功名富贵,直如浮云过太虚,一切任情忘机而无所婴其念;其为诗,亦直写性情,多任质而未尝求工,盖人品甚高,未可以诗人陈子昂、李太白辈例论也。是故论韩、杜者,姑论其诗文,而未可拟诸圣贤之文;论渊明者,先论其人品,而不必律以后世之诗也。(卷十《与张东沙书》)

俞 弁

《逸老堂诗话》

卷 上

芧栗,木果也,庄子所谓"狙公赋芧"者。今讹作茅栗,沈存中尝辩其非矣。杜诗云:"园收芧栗未全贫。"正指此物。今以芧栗解作蹲鸱之芋,一何远哉!

杜诗"衔杯乐圣称避贤",用李适之"避贤初罢相,乐圣且衔杯"之句。今俗本作"世贤"者,非也。

杜诗:"苔卧绿沉枪。""绿沉",以漆着色如瓜皮,谓之"绿沉"。

《荆州记》,盛弘之撰,其记三峡水急云:"朝发白帝,暮宿江陵,凡一千二百余里,虽飞云迅鸟,不能过也。"李太白诗云:"朝辞白帝彩云间,千里江陵一日还。"杜子美云:"朝发白帝暮江陵。"皆用盛弘之语也。

杜子美有《从韦明府续处觅锦竹两三丛》[①]诗,黄鹤注云:考《竹谱》《竹

---

① 此诗题中"锦竹"在更多杜集版本中作"绵竹"。

记》,无锦竹,意其文如锦名之。《竹记》有"蒸竹、篛堕竹,其皮类绣",岂即此乎?刘须溪亦不知所谓。近阅梅圣俞《宛陵集·锦竹》诗云:"虽作湘竹纹,还非楚筠质。化龙徒有期,待凤曾无实。本与凡草俱,偶亲君子室。"又自注其下云:"此草也,似竹而斑。"始知黄鹤有金注之昏耳。

老杜《秋兴》云:"红稻啄残鹦鹉粒,碧梧栖老凤凰枝。"荆公效其错综体,有"缲成白雪桑重绿,割尽黄云稻正青",言缲成则知白雪为丝,言割尽则知黄云为麦①矣。近时吴兴邱大佑有"梧老凤凰枝上雨,稻香鹦鹉粒中秋",亦得老杜不言之妙。

《天厨禁脔》,洪觉范著。有琢句法中假借格,如"残春红药在,终日子规啼",以"红"对"子";如"住山今十载,明日又迁居",以"十"对"迁"。朱子儋《诗话》谓其论诗近于穿凿。余谓孟浩然有"庖人具鸡黍,稚子摘杨梅",以"鸡"对"杨"。老杜亦有"枸杞因吾有,鸡栖奈尔何",以"枸"对"鸡"。韩退之云"眼昏长讶双鱼影,耳热何辞数爵频",以"鱼"对"爵"。皆是假借,以寓一时之兴。唐人多有此格,何以穿凿为哉?

郏九成与倪元镇齐名,诗亦清丽。其《春暮》诗云:"春色三分都有几,二分已在雨声中。墙东两个桃花树,恨杀朝来一番风。"又云:"世事总如春梦里,雨声浑在杏花中。"人多称诵。唐人有"二十四番花信风",山谷有"一霎社公雨,数②番花信风",皆平声用。今九成作去声,必有所自。杜诗:"会须上番看成竹",元微之有"飞舞先春雪,因依上番梅",俱用"上番"字,则"上番"不专为竹也。退之《笋》诗云"庸知上几番",又作平声押。

老杜《竹》诗云:"雨洗娟娟净,风吹细细香。"太白《雪》诗云:"瑶台雪花数千点,片片吹落春风香。"李贺《四月词》云:"依微香雨青氛氲。"元微之诗云:"雨香云澹觉微和。"以世眼论之,则曰竹、雪、雨何尝有香也?

卷　下

《竹坡诗话》云:"作诗止欲写所见为妙,不必过求奇险。"叶文庄公与中

---

① 据上下文义,"麦"应是"稻"之误。
② "数"字前原文有一"多"字,乃衍文,径删之。

云:"近之作者,嫫母蹙西施之额,童稚攘冯妇之臂,句雕字镂,叫噪聱牙,神头鬼面,以为新奇,良可叹也。"予尝见元人房白云颢①诗云:"后学为诗务斗奇,诗家奇病最难医。欲知子美高人处,只把寻常话做诗。"邱文庄濬《答友人论诗》云:"吐语操辞不用奇,风行雨②上茧抽丝。眼前景物口头语,便是诗家绝妙辞。"

杜少陵《冬日怀李白》诗:"裋褐风霜入。"惟宋元本仍作"裋",今新刊本皆改作"短褐",谬矣。"裋"音"竖",二字见《列子》。

沈石田《诗话》载薛沂叔《咏新溪小泛》诗云:"柳断桥方出,云深寺欲浮。"石田称"浮"字古人不能道。余见僧泐季潭有《屋舟》诗,有"四面水都绕,一身天若浮",皆本老杜"乾坤日夜浮"之句。石田称之过矣。

老杜《孟冬》诗云:"破瓜霜落刃。"《岁时杂咏》乃云:"破甘霜落瓜。"朱新仲《杂记》云:"孟冬无瓜,当以《杂咏》为是。"余谓西瓜冬天固少,则今冬瓜与瓠子皆有粉,故谓之"霜落刃"。若改作"破甘霜落瓜",则谬矣。

弘治间,文明中天,古学焕日。艺苑则李西涯、张亨父为"赤帜",而和之者多失于流易;山林则陈白沙、庄定山称"白眉",而识者皆以为傍门。至李空同、何景明二子一出,变而学杜,壮乎伟矣!然正变云扰,而剽袭雷同,比兴渐微,而风雅稍远矣。

《山樵暇语》

卷 一

老杜:"读书破万卷,下笔如有神。"葛常之《韵语阳秋》云:"欲下笔,自读书始。不读书,则其源不长,其流不远。欲求波澜汪洋浩渺之势,不可得矣!"萧千岩云:"诗不读书不可为,然以书为诗则不可。"千岩之语,犹葛氏之意也。严沧浪谓"诗有别材,非关书也",恐非确论。

近世好高者,喜学晋魏间诗,然极力模写,终不可及。翻为怪怪奇奇、不可致诘之语,诚学者之大病。如谢玄晖"鱼戏新荷动,鸟散余花落"、老杜"细

---

① 房皞,又作房颢、房灏,字希白,号白云子,金元时诗人。
② 疑作"水"字。

雨鱼儿出,微风燕子斜",混然天成,不假雕琢者也。曾何奇怪之有?

梅圣俞五言律诗,对联中十字作一意。如《送张子野》诗云"不知从此去,当见复何如",不若李太白"如何青草里,也有白头翁"、老杜"仰面贪看鸟,回头错应人"、任藩"碑已无文字,人尤敬子孙。何为百年内,不见一人闲"、杜荀鹤"承恩不在貌,教妾若为容",语意浑然。

诗人善用意而不蹈袭句语者,惟西涯李公见之。如东坡诗云"最后数篇君莫厌,捣残椒桂有余辛",西涯《寿潘南屏》则曰"节似松筠寒未改,味如姜桂老还辛"。东坡有"无官一身轻,有子万事足",西涯则曰"万事有孙何但足,一身无病即为仙"。杜诗云"眼前无俗物,多病也身轻",西涯则曰"长对此花还此客,从教多病也身轻"。东坡"一笑那知是酒红",西涯则曰"莫道欢颜是酒红"。太白"解道澄江静如练,令人却忆谢元晖",西涯则曰"诗成却笑张公子,解道中流两岸钟"。梅圣俞云"且独与妇饮,颇胜俗客对",西涯则曰"归来漫作灯前话,却喜妻儿是赏音"。此西涯善于用意,而不失为好语也。

熊士选卓,丰城曲江人也。中弘治丙辰进士,除平湖知县,后擢监察御史。会刘瑾用事,党论骤起,士选即恳致仕归故里。练诗工文,力追古作。其《送许给事中使交趾》云:"蛮王拜帝敕,草木识人文。"《白发》云:"已讶入梳纷满面,每于临镜一伤神。"《怀友》云:"高天野寺烟花豁,细雨河桥草树浑。"《春水和杜子美韵仍效其体》云:"何处水来骤尔强,涨号彻夜谁能当。开门江槛已不见,几个轻鸥浮席傍。"李崆峒梦阳评曰:"杨铁崖昔拟老杜作绝句诗,辄自咤曰:'吾为此诗,将以教后之学杜者也。'余诵其言悲焉!夫铁崖岂真至杜者邪?试以士选此作较之,则瑜瑕见矣。"吁!天不假之以年,未见其所至,咸为惜之。

桑思玄《西昌杂言》云:"大抵作诗固难,知诗尤难。唐诗传后者几三百家。予少年不试,亦曾沉览之。杜甫、李白、韩愈诸集,乃杰然者。"

卷 二

古人谓绝倡不当和,近顾晔和张继《枫桥夜泊》诗云:"南北游人万里天,黄昏桥畔听钟眠。江村近日无渔火,几处笙歌月满船。"昔有人和老杜《驿亭天字韵》诗,后人嘲之云:"想君吟咏挥毫日,四顾无人胆似天。"过者皆笑之。

卷　三

白赚,方言也,可对赤憎。杜诗云:"赤憎轻薄遮人①怀。""赤憎","赤"方言也。

卷　四

《岁寒堂诗话》云:"古今大手笔诸公,得'思无邪'者,惟陶渊明、杜子美耳,余皆不免落邪思中。"六朝徐、庾,唐李义山,宋朝黄鲁直,乃邪思之尤者。鲁直虽不说妇人,然其韵度矜持,冶容太甚,读之足以荡人心魄,此正谓邪思者也。

陆文量云:山阴夜兴一事,见称于人,尚矣。或笔之书,或绘之图,或形之咏歌。虽以杜少陵之博雅,其于《卜居》篇终亦致意焉。

古人服善,往往推尊于朋友。如杜子美:"不见高人王右丞,蓝田丘壑漫寒藤""复忆襄阳孟浩然,清诗句句尽堪传"。至高适则云:"美名人不及,佳句法如何。"岑参云:"谢朓每篇堪讽咏。"如太白《过黄鹤楼》则云:"眼前有景道不得,崔颢题诗在上头。"又云:"令人却忆谢玄晖。"韩退之云:"李杜文章在,光焰万丈长。"又云:"少陵无人谪仙死,才薄将奈石鼓何?"宋韩维诗云:"自愧效陶无好语,敢烦凌杜发新章。"古人如此逊让!今人操觚未能成章,辄阔视前古为无物,至有"李白无多让,陶潜亦浪传"之句,是何等语!或有驳云:老杜有"气劘屈贾垒,目短曹刘墙",又云"赋料扬雄敌,诗看子建亲",亦高自称许。予曰:"在杜则可,馀则不可。"

杜诗云:"江莲摇白羽,天棘蔓青丝。"王菉猗《春晚》诗云:"丝丝天棘出莓墙。"天棘,天门冬也,如茴香而蔓生。洪觉范以为柳,误矣。

宋人诗话中载,子美"李侯有佳句,往往似阴铿""清新庾开府,俊逸鲍参军",乃云讥太白蹈袭诸人之诗,故云然也,引据阴铿等诗与太白偶似相者为证。噫,老杜曷肯为是言以相诋毁!

---

① 据常见杜集,"人"当是"入"。

卷　五

余一日访唐子畏于城西之桃花坞别业,子畏适作山水小笔,诗云:"青藜挂杖寻诗处,多在平槁绿树中。红叶没胫人不到,野棠花落一溪风。"余曰:"诗固佳,但恐'胫'字押平声未安。"子畏曰:"汝何处?"余答以老杜云:"黄独无苗山雪盛,短衣数挽不掩胫。"子畏跃然曰:"几误矣!"遂改"红叶没鞋人不到。"吁,子畏之服善也如此,与世之强辨饰非者,殆迳庭矣!

老杜:"夜阑更秉烛,想对如梦寐。"晏原叔:"今宵剩把银釭照,犹恐相逢是梦中。"晏祖杜意。

宋政和中,著令士庶习诗赋者杖一百,谨者不敢发一语。故张芸叟有"酒间李杜皆投笔,地下班杨亦引车"之句。

卷　七

严武在成都,不堪少陵之慢,《题杜二锦江亭》云:"莫倚善题鹦鹉赋。"其诗有警戒之辞。少陵答曰:"阮籍焉知礼法疏。"武由是有杀甫之意。若武冠不钩于帘者三,其母来救,少缓,甫亦死矣。元人房白云诗云:"千里奔驰蜀道难,草堂宾主罄交欢。怒冠三挂帘钩上,谁谓将军礼数宽。"盖指前事也。

杨慈湖简有诗云:"莫学唐人李杜痴,作诗须作古人诗。世传李杜文章伯,问着《关雎》恐不知。"李、杜读书破万卷,岂不知《关雎》之义?所谓"蚍蜉撼大树,可笑不自量"者耶!

郑谷《海棠诗》云:"浣花溪上堪惆怅,子美无心为发扬。"王介甫《梅诗》云:"少陵为尔牵诗兴,可是无心赋海棠。"亦祖此意。

卷　八

唐时酒价甚高,白乐天《与刘梦得闲饮》诗曰"共把十千沽一斗,相看七十欠三年",李太白"金樽沽酒斗十千",王维"新丰美酒斗十千",许浑"十千沽酒留君醉",权德兴"十千斗酒不知贵",陆龟蒙"若得奉君欢,十千沽一斗"。或谓诗人托物寓言,然一时诸公,岂尽以十千为言哉!然乐天诗最号纪实者,岂酒有美恶,价不同欤?抑何其辽绝耶?惟老杜云:"速来相就饮一斗,恰有三百青铜钱。"真宗问唐之酒价,丁谓举此句以对,遂为定价。按《唐书·食货志》云：德宗建中三年禁民酤，以佐军费，置肆酿酒，斛收直三千。《唐会要》：正元二年，京城榷酒，斗百五十。比子美已减其半，此可见唐之酒价不一。汉昭时卖酒一升四钱。古谓一升，即今之一碗，其价适与今同。

小舟名行艓子，艓音叶，言轻如小叶也。老杜《最能行》云："富豪有钱驾大舸，贫穷取给行艓子。"近吴克温有舟名"白小"，亦取老杜"白小群分命，天然二寸鱼"之句。

卷　九

嘉靖六年六月十九日，京师雨钱，惟军职官屋上为多。成化丁酉六月九日，京师大雨，雨中往往得钱，钱皆侧倚瓦际。王文恪公有诗纪事云："苍天似悯斯人困，故向云中撒与钱。钱若了时民又困，何如只赐与丰年。"诵此作，亦老杜"安得广厦千万间，大庇天下寒士俱欢颜"之意。

卷　十

杨孟载《春草诗》云："近水欲迷歌扇绿，隔花偏衬舞衣红。"或谓舞衣、歌扇不脱元诗气习。余见李义山诗云："镂月为歌扇，裁云作舞衣。"刘希夷云："池月怜歌扇，山云爱舞衣。"储光羲云："竹吹留歌扇，莲香入舞衣。"老杜亦云："江清歌扇底，野旷舞衣前。"则歌扇、舞衣，唐人已用之矣。

梅花不入《楚骚》，杜甫不咏海棠，二谢不用菊，亦可恨也。

杨　慎

《升庵诗话》

卷　一

古诗二言至十一言　黄帝《弹歌》："断竹，续竹，飞土，逐肉。"二言之始也。《诗·颂》："振振鹭，鹭于飞。鼓咽咽，醉言归。"三言之始也。"郁陶乎予心，颜厚有忸怩"，五言之始也。《诗·雅》："我不敢效我友自逸。"八言之始也。杜诗"男儿生不成名身已老"，九言也。李太白"黄帝铸鼎于荆山炼丹砂，丹砂成骑龙飞上太清家"，十言也。东坡诗"山中故人应有招我归来篇"，十一言也。"我不敢效我友自逸",亦可作两句。若长吉"酒不到刘伶坟上土",八言一句浑全。

苏李五言诗　苏文忠公云:"苏武、李陵之诗,乃六朝人拟作。"宋人遂谓在长安而言"江汉","盈卮酒"之句又犯惠帝讳,疑非本作。予考之,殆不然。班固《艺文志》有《苏武集》《李陵集》之目。挚虞,晋初人也,其《文章流别志》云:"李陵众作,总杂不类,殆是假托,非尽陵志。至其善篇,有足悲者。"以此考之,其来古矣。即使假托,亦是东汉及魏人张衡、曹植之流始能之耳。杜子美云:"李陵苏武是吾师。"子美岂无见哉! 东坡《跋黄子思诗》云"苏、李之天成",尊之亦至矣。其曰"六朝拟作者",一时鄙薄萧统之偏辞耳。

谢灵运逸句　谢灵运诗:"明月入绮窗,仿佛想蕙质。消忧非萱草,永怀宁梦寐。"上二句乃杜工部"落月""屋梁"之所祖。

晚见朝日　谢灵运诗:"晓闻夕飙急,晚见朝日暾。"此语殊有变互。凡风起必以夕,此云"晓闻夕飙",即杜子美之"乔木易高风"也。"晚见朝日",倒景反照也。孟郊诗:"南山塞天地,日月石上生。高峰夕驻景,深谷夜先明。"皆自谢诗翻出。

驱雁　鲍照诗:"秋霜晓驱雁,春雨暗成虹。"佳句也。杜子美诗"朔风驱胡雁,惨淡带沙砾"之句本此。又,阳休之《洛阳伽蓝记》①有"北风驱雁,千里飞雪"之语,庾信诗"秋风驱乱萤"句亦奇甚。

卷　三

庾信诗　庾信之诗,为梁之冠绝,启唐之先鞭。史评其诗曰"绮艳",杜子美称之曰"清新",又曰"老成"。"绮艳""清新",人皆知之;而其"老成",独子美能发其妙。余尝合而衍之曰:绮多伤质,艳多无骨。清易近薄,新易近尖。子山之诗,绮而有质,艳而有骨,清而不薄,新而不尖,所以为"老成"也。若元人之诗,非不绮艳,非不清新,而乏老成。宋人诗则强作老成态度,而绮艳、清新概未之有。若子山者,可谓兼之矣。不然,则子美何以服之如此!

---

① 此书作者是杨衒之。阳休之之仕履,史载清楚,与杨衒之当不是同一人。杨慎著述多是在贬谪偏僻之所,少有典籍,多凭记忆,此处当是误记。

清新庾开府　杜工部称庾开府曰"清新"。清者,流丽而不浊滞;新者,创见而不陈腐也。试举其略,如"文昌气似珠,太史明如镜""凯乐闻朱雁,铙歌见白麟""杨柳歌落絮,鹅毛下青丝"……《寄王琳》云:"玉关道路远,金陵信使疏。独下千行泪,开君万里书"。《望渭水》云:"树似新亭岸,沙如龙尾湾。犹言吟暝浦,应有落帆还。"此二绝,即一篇《哀江南赋》也。又《别周尚书》云:"阳关万里道,不见一人归。惟有河边雁,年年南向飞。"《咏桂》云:"南中有八桂,繁华无四时。不识风霜苦,安知零落期。"唐人绝句,皆仿效之。

羊肠熊耳　庾开府诗:"羊肠连九坂,熊耳对双峰。"鲍照诗:"二崤虎口,九折羊肠。"可谓工矣。比之杜工部"高凤""聚萤""骥子""莺歌"之句,则杜觉偏枯矣。

任希古和七月七日临昆明池　"秋风始摇落,秋水正澄鲜。飞眺牵牛渚,激赏镂鲸川。岸珠沦晓魄,池灰敛曙烟。泛槎分写汉,仪星别构天。云光波处动,日影浪中悬。惊鸿结蒲弋,游鲤入庄筌。萍叶疑江上,菱花似镜前。长林代轻幄,细草即芳筵。文华开翠潋,笔海控清涟。不挹兰尊圣,空仰桂舟仙。"此诗工致严密,杜诗"石鲸鳞甲"之句,实祖之。结句尤工。

邻舍诗　陈张正见邻舍诗曰:"檐高同落照,巷小共飞花。"符载诗:"绿迸穿篱笋,红飘隔户花。"于鹄诗:"蒸藜尝共灶,浇薤亦同渠。传屦朝寻药,分灯夜读书。"刘长卿:"鸡声共林巷,烛影隔茅茨。"徐锴诗:"井泉分地脉,碪杵共秋声。"梅圣俞诗:"篱根分井口,壁隙透灯光。"总不如杜工部《赠朱山人》云:"相近竹参差,相过人不知。幽花欹满树,曲水细通池。归客村非远,残樽席更移。看君多道气,从此数相随。"浑成不见剖厥,而句句切题。

卷　四

杜少陵论诗　杜少陵诗曰:"不及前人更勿疑,递相祖述竟先谁?别裁伪体亲风雅,转益多师是汝师。"此少陵示后人以学诗之法。前二句,戒后人之愈趋愈下;后二句,勉后人之学乎其上也。盖谓后人不及前人者,以递相祖述,日趋日下也。必也区别裁正浮伪之体而上亲风雅,则诸公之上,转益多师,而汝师端在是矣。此说精妙。杜公复生,必蒙印可。然非予之说也,须溪语罗履泰之说,而予衍之耳。

晚唐两诗派 晚唐之诗,分为二派:一派学张籍,则朱庆馀、陈标、任蕃、章孝标、司空图、项斯其人也;一派学贾岛,则李洞、姚合、方干、喻凫、周贺、九僧其人也。其间虽多,不越此二派。学乎其中,日趋于下。其诗不过五言律,更无古体。五言律起结皆平平,前联俗语十字,一串带过。后联谓之颈联,极其用工。又忌用事,谓之点鬼簿,惟搜眼前景而深刻思之,所谓"吟成五个字,捻断数茎须"也。余尝笑之:彼之视诗道也,狭矣。《三百篇》皆民间士女所作,何尝捻须?今不读书,而徒事苦吟,捻断肋骨,亦何益哉!晚唐惟韩、柳为大家。韩、柳之外,元、白皆自成家。余如李贺、孟郊,祖《骚》宗谢;李义山、杜牧之,学杜甫;温庭筠、权德舆,学六朝;马戴、李益,不坠盛唐风格,不可以晚唐目之。数君子真豪杰之士哉!彼学张籍、贾岛者,真处裈中之虱也。二派见张洎集序项斯诗,非余之臆说也。

宋人论诗 宋人论诗云:"今人论诗,往往要出处。'关关雎鸠',出在何处?"此语似高而实卑也。何以言之?圣人之心如化工,然后矢口成文,吐辞为经。自圣人以下,必须则古昔称先王矣。若以无出处之语皆可为诗,则凡道听途说,街谈巷语,酗徒之骂坐,里媪之詈鸡,皆诗也,亦何必读书哉!此论既立,而村学究从而演之曰:"寻常言语口头话,便是诗家绝妙辞。"噫,《三百篇》中,如《国风》之微婉,二《雅》之委蛇,三《颂》之简奥,岂寻常语口头话哉?或举宋人语问予曰:"'关关雎鸠',出在何处?"予答曰:"'在河之洲',便是出处。"此言虽戏,亦自有理。盖诗之为教,多识于鸟兽草木之名。关关,状鸟之声;雎鸠,举鸟之名;河洲,指鸟之地,即是出处也。岂必祖述前言,而后为出处乎!然古诗祖述前言者,亦多矣。如云"先民有言",又云"人亦有言",或称"先民有作",或称"我思古人"。《五子之歌》述"皇祖有训",《礼》引逸诗称"昔吾有先正,其言明且清",《小旻》刺厉王而错举《洪范》之五事,《大东》伤赋敛而历陈《保章》之诸星,此即古诗述前言,援引典故之实也,岂可谓无出处哉!必以无出处之言为诗,是杜子美所谓"伪体"也。

诗史 宋人以杜子美能以韵语纪时事,谓之"诗史"。鄙哉!宋人之见,不足以论诗也。夫六经各有体:《易》以道阴阳,《书》以道政事,《诗》以道性情,《春秋》以道名分。后世之所谓史者,左记言,右记事,古之《尚书》《春秋》也。若《诗》者,其体其旨,与《易》《书》《春秋》判然矣。《三百篇》皆约情合性而归之道德也,然未尝有道德字也,未尝有道德性情句也。二《南》者,修身齐家其旨也,然其言琴瑟钟鼓、荇菜芣苢、夭桃秾李、雀角鼠牙,何尝有修身齐家字耶?皆意在言外,使人自悟。至于变风变雅,尤其含蓄。言之者无罪,闻之者足以戒。如刺淫乱,则曰"雍雍鸣雁,旭日始旦",不必曰"慎莫近前丞相嗔"也;悯流民,则曰"鸿雁于飞,哀鸣嗷嗷",不必曰"千家今有百家存"也;伤暴敛,则曰"维南有箕,载翕其舌",不必曰"哀哀寡妇诛求尽"也;叙饥荒,则曰"牂羊羵首,三星在罶",不必曰"但有牙齿存,可堪皮骨干"也。杜诗之含蓄蕴藉者,盖亦多矣,宋人不能学之。至于直陈时事,类于讪评,乃其下乘,而宋人拾以为己宝,又撰出"诗史"二字以误后人。如诗可兼史,则《尚书》《春秋》可以并省。又如今俗《卦气歌》《纳甲歌》,兼阴阳而道之,谓之"诗易"可乎?。

兰亭杜诗　近有士人熟读杜诗,余闻之曰:"此人诗必不佳,所记是棋势残着,元无金鹏变起手局也。"因记宋章子厚日临《兰亭》一本,东坡曰:"章七终不高。"从门入者非宝也,此可与知者道。

五言律起句　五言律起句最难,六朝人称谢朓工于发端,如"大江流日夜,客心悲未央",雄压千古矣。唐人多以对偶起,虽森严,而乏高古。宋周伯弜选《唐三体诗》,取起句之工者二:"酒渴爱江清,余酣漱晚汀",又"江天清更愁,风柳入江楼"是也,语诚工而气衰飒。余爱柳恽"汀洲采白苹,日落江南春",吴均"咸阳春草芳,秦帝卷衣裳"、又"春从何处来,拂水复惊梅",梁元帝"山高巫峡长,垂柳复垂杨",唐苏颋"北风吹早雁,日日渡河飞",张柬之"淮南有小山,嬴女隐其间",王维"风劲角弓鸣,将军猎渭城",杜子美"将军胆气雄,臂悬两角弓",孟浩然"八月湖水平,涵虚混太清",虽律也,而含古意,皆起句之妙,可以为法,何必效晚唐哉!伯弜之见,诚小儿也。

叶晦叔论诗　晦叔云:"七言律大抵多引韵起,若以侧句入,尤峻健,如老杜'幽栖地僻'是也。然犹是对偶,若以散句起又佳,如'苦忆荆州醉司马'是也。"洪容斋《送晦叔》诗[①]:"此地相从惊岁晚,登临况是客归时。却将襟抱向谁可? 正尔艰难惟子知。情到中年工作恶,别于生世易为悲。梅花尽醉沽江上,黯淡西风冻雨垂。"正用此体。予谓绝句如刘长卿"天书远召沧浪客"一诗,尤奇。七言律自初唐至开元,名家如太白、浩然、韦、储集中,不过数首。惟少陵独多至二百首,其雄壮铿锵,过于一时,而古意亦少衰矣。譬之后世举业,时文盛而古文衰废,自然之理。

卷　五

绝句　绝句者,一句一绝,起于《四时咏》"春水满四泽,夏云多奇峰,秋月扬明辉,冬岭秀孤松"是也。或以为陶渊明诗,非。杜诗"两个黄鹂鸣翠柳"实祖之。王维诗:"柳条拂地不忍折,松柏稍云从更长。藤花欲暗藏猱子,柏叶初齐养麝香。"宋六一翁亦有一首云:"夜凉吹笛千山月,路暗迷人百种花,棋散不知人换世,酒阑无奈客思家。"皆此体也。《乐府》有"打起黄莺儿"一首,意连句圆,未尝间断。当参此意,便有神圣工巧。

绝句四句皆对　绝句四句皆对,杜工部"两个黄鹂"一首是也。然不相连属,即是律中四句也。唐绝万首,惟韦苏州"踏阁攀林恨不同"及刘长卿"寂寂孤莺啼杏园"二首绝妙。盖字句虽对,而意则一贯也。其余如李峤《送司马承祯还山》云:"蓬阁桃源两地分,人间海上不相闻。一朝琴里悲黄鹤,何日山头望白云。"柳中庸《征人怨》云:"岁岁金河复玉关,朝朝马策与刀环。三春白雪归青冢,万里黄河绕黑山。"周朴《边塞曲》云:"一队风来一队沙,有人行处没人家。黄河九曲冰先合,紫塞三春不见花。"亦其次也。

唐诗不厌同　唐人诗句,不厌雷同,绝句尤多。试举其略:如"忽见陌头杨柳色,悔教夫婿觅封侯",王昌龄《春闺怨》也。而李颀《春闺怨》亦云:"红粉女儿窗下羞,画眉夫婿陇西头[②]。自怨愁容长照镜,悔教征戍觅封侯。"王勃《九日诗》云:"九月九日望乡台,他席他乡送客杯。人今已厌南中苦,鸿雁那

[①] 据洪迈《容斋随笔》三笔卷九所记,此诗乃叶晦叔送别洪迈二诗之第二首,非洪迈送叶晦叔之作也。

[②] "陇西头"三字原文缺,据《李颀集》补足之。

从北地来。"而卢照邻《九日》诗亦云："九月九日眺山川,归心归望积风烟。他乡共酌金花酒,万里同悲鸿雁天。"杜牧《边上闻胡笳》诗云："何处吹笳薄莫天,塞垣高鸟没狼烟。游人一听头堪白,苏武曾禁十九年。"胡曾诗云："漠漠黄沙际碧天,问人云此是居延。停骖一顾犹魂断,苏武争消十九年。"戎昱《湘浦曲》云："虞帝南巡不复还,翠娥幽怨水云间。昨夜月明湘浦宿,闺中环佩度空山。"高骈云："帝舜南巡不复还,二妃幽怨水云间。当时珠泪垂多少?只到①而今竹尚斑。"白乐天诗："绿浪东西南北水,红栏三百九十桥。"刘禹锡云："春城三百九十桥,夹岸朱楼隔柳条。"杜工部诗："新春看又过,何日是归年。"李太白云："万里关塞断,何日是归年。"莺莺诗："自从销瘦减容光,万转千回懒下床。不为傍人羞不起,因郎憔悴却羞郎。"欧阳詹《太原妓》诗："自从销瘦减容光,半是思郎半恨郎。欲识旧时云髻样,开奴床上镂金箱。"李贺《咏竹》云："无情有恨何人见,露压烟笼千万枝。"皮日休《咏白莲》云"无情有恨何人见,月晓风清欲堕时。"陆龟蒙《送棋客》诗云："满目山川似弈棋,况当秋雁正斜飞。金门若召羊玄保,赌取江东太守归。"温庭筠《观弈》诗云："闲对弈秋倾一壶,广羊枰上几成都。他时谒帝铜池水,便赌宣城太守无。"

书贵旧本　观乐生爱收古书,尝言古书有一种古香可爱。余谓此言末②矣。古书无讹字,转刻转讹,莫可考证。余于滇南见故家收《唐诗纪事》抄本甚多,近见杭州刻本,则十分去其九矣。刻《陶渊明集》,遗《季札赞》。《草堂诗余》旧本,书坊射利,欲速售,减去九十余首,兼多讹字。余抄为《拾遗辩误》一卷。先太师收《唐百家诗》,皆全集,近苏州刻则每本减去十之一。如《张籍集》本十二卷,今只三四卷,又傍取他人之作入之。《王维诗》取王涯绝句一卷入之,诧于人曰:"此维之全集。"以图速售。今王涯绝句一卷,在《三舍人集》之中,将谁欺乎?此其大关系者。若一句一字之误,尤多。略举数条:如王涣《李夫人歌》,"修娙"讹作"德所"。武元衡诗"刘琨坐啸风清塞"讹作"生苑",

---

① 《太平广记》卷二百《高骈》,"只到"作"直到"。
② 《升庵集》(明刻本)中"末"字作"未"字。据上下文义言,当以"末"字为是。文末杨氏有云:"书所以贵旧本者,可以订讹,不独古香可爱而已。"

琨在边城,则"清塞"字为是,焉得有"苑"乎？杜牧诗"长空澹澹没孤鸿",今妄改作"孤鸟没",平仄亦拗矣。杜诗"七月六日苦炎蒸",俗本"蒸"字作"热";"纷纷戏蝶过开幔",俗本"开"作"闲",不知子美父名闲,诗中无"闲"字;"邀欢上夜关",今俗本作"卜夜间";"曾闪朱旗北斗殷",妄改"殷"作"闲",成何文理？前人已辩之矣。刘巨济收许浑诗:"湘潭云尽暮烟出。"今俗本"烟"作"山",亦是浅人妄改。湘水多烟,唐诗"中流欲暮见湘烟"是也。"烟"字大胜"山"字。李义山诗:"瑶池宴罢留王母,金屋妆成贮阿娇。"俗本作"玉桃偷得怜方朔",直似小儿语耳。陆龟蒙《宫人斜》诗:"草著愁烟似不春。"俗本"草树如烟似不春",尤谬。小词如周美成"愔愔坊曲人家","坊曲"妓女所居,俗改"曲"作"陌"。张仲宗词"东风如许恶",俗改"如许"作"妒花",平仄亦失贴。孙夫人词"日边消息空沉沉",俗改"日"作"耳"。东坡"玉如纤手嗅梅花",俗改"玉如"作"玉奴"。其余不可胜数也。书所以贵旧本者,可以订讹,不独古香可爱而已。

熏风啜茗　杜子美《何将军山庄》诗"熏风啜茗时",今本作"春风",非。此诗十首,皆一时作。其曰"千章夏木清",又曰"红绽雨肥梅",皆是夏景可证。

逐子　杜诗:"大家东征逐子回。"刘须溪云:"'逐'字不佳。"予思之,杜诗无一字无来处,所以佳。此"逐"字无来处,所以不佳也。今称人之母随子就养曰"逐子",可乎？然亦未有他好字易之。近有语予以"将"字易之,诗云"不遑将母",盖反言见义。若春秋杞伯姬以其子来朝,而书"杞伯姬来朝其子"之例也。为文富于万篇,贫于一字,其难如此。古乐府有"一母将九雏"之句,则"将"字甚惬,当试与知音订之。

一笑　杜诗"一箭正坠双飞翼",黄山谷注作"一笑",盖用贾大夫射雉事也。

尹式诗　尹式和宋之问诗:"愁发含霜白,衰颜寄酒红。"杜子美:"发短何须白,颜衰肯再红。"宋陈后山云:"短发愁催白,衰颜酒借红。"皆互相取用,各不失为佳。

北走　李文正尝与门人论诗曰:"杜子美诗'北走关山开雨雪'与'胡骑中

宵堪北走",两'北走'字同乎①?"慎对曰:"按字书,疾趋曰走,上声;驱之走曰奏,去声。'北走关山',疾走之走也,如《汉书》'北走邯郸道'之走。胡骑北走,驱而走之也,如《汉书》'季布北走胡'之走。是疑不同。"先生曰:"尔言甚辨,然吾初无此意。"卢师邵侍御在侧曰:"恐杜公亦未必有此意。"盖如此解诗,似涉于太凿耳。

七平七仄诗句　"吐舌万里唾四海",宋玉《大言赋》②;"七变入白米出甲",纬书;"一月普见一切水,一切水月一月摄",佛经;"离袿飞髾垂纤罗",《文选》;"梨花梅花参差开",崔鲁;"有客有客字子美",杜。

卷　六

杜审言《早春游望》诗,《唐诗三体》选为第一首,是也。首句"独有宦游人",第七句"忽闻歌古调",妙在"独有""忽闻"四虚字。《文选》殷仲文诗"独有清秋日",审言祖之。盖虽二字,亦不苟也。诗家言子美无一字无来处,其祖家法也。

间丘均　成都间丘均,在唐初与杜审言齐名。杜子美赠其孙间丘师诗云:"凤藏丹霄莫,龙去白水浑。"盖称均之文也。均亦曾至云南,有《刺史王仁求碑文》《爨王墓碑文》,皆均笔也。《爨墓碑》,洛阳贾余绚书。予修《云南志》,以均与余绚入《流寓志》中。

王绩《野望》　"东皋薄莫望,徙倚欲何依?树树皆秋色,山山惟落晖。牧人驱犊返,猎马带禽归。相顾无相识,长歌怀采薇。"王无功,隋人,入唐隐。节既高,诗律又盛,盖王、杨、卢、骆之滥觞,陈、杜、沈、宋之先鞭也。而人罕知之,况文中子之道德乎?乃知名亦有幸不幸。古云:盖棺事乃定。若此者,千年犹未定也。

卷　七

太白用古乐府　古乐府:"暂出白门前,杨柳可藏乌。欢作沉水香,侬作博山炉。"李白用其意,衍为《杨叛儿》歌曰:"君歌《杨叛儿》,妾劝新丰酒。何

---

① "同乎"二字原文缺,据《升庵集》(明刻本)补足之。
② "宋玉《大言赋》"原为小字注释,为便于观览,调整为正文。本条后面例句同一处理。

许最关情,乌啼白门柳。乌啼隐杨花,君醉留妾家。博山炉中沉香火,双烟一气凌紫霞。"古乐府:"朝见黄牛,暮见黄牛,三朝三暮,黄牛如故。"李白则云:"三朝见黄牛,三暮行太迟,三朝又三暮,不觉鬓成丝。"古乐府云:"春风复多情,吹我罗裳开。"李反其意云:"春风复无情,吹我梦魂散。"古人谓李诗出自乐府、古选,信矣。其《杨叛儿》一篇,即"暂出白门前"之郑笺也。因其拈用,而古乐府之意益显,其妙益见。如李光弼将子仪军,旗帜益精明;又如神僧拈佛祖语,信口无非妙道,岂生吞义山、拆洗杜诗者比乎?故其赠杜甫有"饭颗"之句,盖讥其拘束也。余观李太白七言律绝少,以此言之,未窥六甲,先制七言者,视此可省矣。

东山李白　杜子美诗:"近来海内为长句,汝与东山李白好。"流俗本妄改作"山东李白"。按乐史序《李白集》云:"白客游天下,以声妓自随,效谢安石风流,自号'东山',时人遂以'东山李白'称之。"子美诗句,正因其自号而称之耳,流俗不知而妄改。近世作《大明一统志》,遂以李白入山东人物类,而引杜诗为证,近于郢书燕说矣。噫,寡陋一至此哉!

学选诗　李太白终始学《选》诗。杜子美好者亦是效《选》诗,后渐放手。初年甚精细,晚年横逸不可当。

评李杜　杨诚斋云:"李太白之诗,列子之御风也;杜少陵之诗,灵均之乘桂舟、驾玉车也。无待者,神于诗者与?有待而未尝有待者,圣于诗者与?宋则东坡似太白,山谷似少陵。"徐仲车云:"太白之诗,神鹰瞥汉;少陵之诗,骏马绝尘。"二公之评,意同而语亦相近。余谓太白诗,仙翁剑客之语;少陵诗,雅士骚人之词。比之文,太白则《史记》,少陵则《汉书》也。

刘须溪　世以刘须溪为能赏音,为其于《选》诗、李杜诸家皆有批点也。予以为须溪元不知诗,其批《选》诗,首云:"诗至《文选》为一厄,五言盛于建安,而勃窣为甚。"此言大本已迷矣。须溪徒知尊李、杜,而不知《选》诗又李、杜之所自出。予尝谓须溪乃开剪截罗缎铺客人,元不曾到苏、杭、南京机坊也。

巫峡江陵　盛宏之《荆州记》(称)巫峡江水之迅云:"朝发白帝,暮到江陵,其间千二百里,虽乘奔御风,不以疾也。"杜子美诗:"朝发白帝莫江陵,顷来目击信有征。"李太白:"朝辞白帝彩云间,千里江陵一日还。两岸猿声啼不尽,扁舟已过万重山。"虽同用盛宏之语,而优劣自别。今人谓李、杜不可以优劣论,此语亦太愦愦。白帝至江陵,春水盛时,行舟朝发夕至,云飞鸟逝,不是过也。太白述之为韵语,惊风雨而泣鬼神矣。太白娶江陵许氏,以江陵为还,盖室家所在。

卷　八

称许有乃祖之风　老杜高自称许,有乃祖之风。上书明皇云:"臣之述作,沉郁顿挫,扬雄枚皋,可企及也。"《壮游》诗则自比于崔、魏、班、扬。又云:"气劘屈贾垒,目短萧刘墙。"《赠韦左丞》则曰:"赋料扬雄敌,诗看子建亲。"甫以诗雄于世,自比诸人,诚未为过。至"窃比稷与契",则过矣。史称甫"好论天下大事,高而不切",岂自比稷、契而然邪? 至云"上感九庙焚,下悯万人疮。斯时伏青蒲,廷争守御床",其忠荩亦可嘉矣。①

不嫁惜娉婷　杜子美诗"不嫁惜娉婷",此句有妙理,读者忽之耳。陈后山衍之云:"当年不嫁惜娉婷,傅粉施朱学后生。不惜卷帘通一顾,怕君着眼未分明。"②深得其解矣。盖士之仕也,犹女之嫁也,士不可轻于从仕,女不可轻于许人也。"着眼未分明",相知之不深也。古人有相知之深,审而始出,以成其功者,伊尹、孔明是也。有相知不深,确乎不出,以全其名者,严光、苏云卿是也。有相知不深,闯然以出,身名俱失者,刘歆、荀彧是也。白乐天诗:"寄言痴小人家女,慎勿将身轻许人。"亦子美之意乎?

数回细写愁仍破　杜诗"数回细写愁仍破","写"洗野切。《礼记》:"器之溉者不写,其余皆写。"注:"谓传之器中。"《史记》始皇三十五年,"写蜀荆地材,皆至关中";三十六年,"每破诸侯,写放其宫室,作之咸阳"。《左传》注:

---

① 此条乃从《诗话总龟》后集卷九转引而来,非杨氏之首创发明也。《升庵诗话》中偶有此类,后不一一注出。
② 此四句乃陈师道《放歌行》二首相混而成,非为一诗也。前两句乃其二之首二句,后两句乃其一之末二句,个别文字不同。

"写器令空。"《东观汉记》:"封车载货,写之权门。"晋郄①夫人语二弟云:"倾筐倒写。"又四夜切。《石鼓》文:"宫车其写。"义与"卸"通。舍车解马曰写,舟车出载亦曰写。

杜诗夺胎 陈僧慧标《咏水》诗:"舟如空里泛,人似镜中行。"沈佺期《钓竿篇》:"人如天上坐,鱼似镜中悬。"杜诗:"春水船如天上坐,老年花似雾中看。"虽用二字②之句,而壮丽倍之,可谓得夺胎之妙矣。

子美赠花卿 "锦城丝管日纷纷,半入江风半入云。此曲只应天上有,人间能得几回闻。"花卿名敬定,丹棱人,蜀之勇将也。恃功骄恣,杜公此诗讥其僭用天子礼乐也。而含蓄不露,有风人言之无罪、闻之者足以戒之旨。公之绝句百余首,此为之冠。唐世乐府,多取当时名人之诗唱之,而音调名题各异。杜公此诗,在乐府为入破第二叠。王维"秦川一半夕阳开",在乐府名《相府莲》,讹为《想夫怜》。"秋风明月独离居"为《伊州歌》。岑参"西轮台万余"为《蔌拍六州》。盛小丛"雁门山上雁初飞"为《突厥三台》。王昌龄"秦时明月汉时关"为《盖罗缝》。张仲素"亭亭孤月照行舟"为《湖渭州》。王之涣"黄河远上白云间"为《梁州歌》。张祜"十指纤纤似笋红"为《氐州第一》。苻载"月里嫦娥不画眉"为《甘州歌》。无名氏"十年一遇圣明朝"为《水调歌》。"雕弓白羽猎初回"为《水鼓子》,后转为《渔家傲》云。其余有诗而无名氏者尚多,不尽书焉③。唐人乐府多唱诗人绝句,王少伯、李太白为多。杜子美七言绝近百,锦城妓女独唱其《赠花卿》一首,盖花卿在蜀颇僭,子美作此讽之。当时妓女独以此诗入歌,亦有见哉!杜子美诗,诸体皆有绝妙者,独绝句本无所解,而近世乃效之而废诸家,是其真识冥契,犹在唐世妓人之下乎?

---

① 据《世说新语》,当是"郗"字。但古代有郄、郗通用之例,故一仍其旧。
② 文义不通,当是"子"字。
③ 杨慎《绝句衍义》卷一收录此条,然无最后"唐人乐府"一段,丁福保《历代诗话续编》本《升庵诗话》亦无后面一段。按,本条后半段文意稍涉重复,然对前半段之论说亦稍有推展,故而保留之。

中编　明代中期杜诗批评资料汇编(弘治到隆庆年间)

袁绍杯　《后汉·郑玄[①]传》:"袁绍总兵冀州,遣使要玄。大会宾客,玄最后至,乃延升上坐,饮酒一斛。绍客多豪俊,并有才说,玄依方辨对,咸出问表,莫不嗟服。"杜诗"江上徒逢袁绍杯",公以玄自比,为儒而逢世乱也。须溪批云:"如此引袁绍事,不晓。"噫!须溪眯目之言,"不晓"真不晓也。王洙注引河朔饮事,尤无干涉。不读万卷书,不能解读杜诗。信哉!

止观之义　杜诗:"白首重闻止观经。"佛经云:"止能舍乐,观能离苦。"又云:"止能修心,能断贪爱;观能修慧,能断无明。"止如定而后能静,观则虑而后能得也。

雕苽　《说文》:"雕苽,亦名蒋。"徐铉曰:"雕苽,《西京杂记》及古诗皆作雕胡。"《内则》注作"雕胡",亦作"安胡"。枚乘《七发》"安胡之饭",注:"今所食茭苗米也。"宋玉赋:"主人之女,炊雕胡之饭。"《尔雅》:"啮雕蓬。"孙炎云:"米茭也。米可作饭,古人以为五饭之一。"《周礼》:"鱼宜苽。"干宝云:"苽米饭,膳以鱼,同水物也,其米色黑。"杜诗"波漂苽米沉云黑",言人不收取而雁亦不啄,但为波漂云沉而已,见长安兵火之惨极矣。

波漂苽米[②]　客有见予,拈"波漂苽米"之句而问曰:"杜诗此首句,亦有所本乎?"予曰:"有本,但变化之极其妙耳。隋任希《古昆明池应制》诗曰'回眺牵牛渚,激赏镂鲸川',便见太平宴乐气象。今一变云'织女机丝虚夜月,石鲸鳞甲动秋风',读之则荒烟野草之悲,见于言外矣。《西京杂记》云:'太液池中有雕苽,紫箨绿节,凫雏雁子,唼喋其间。'《三辅旧图》云:'宫人泛舟采莲,为巴人棹歌。'便见人物游嬉,宫沼富贵。今一变云:'波漂苽米沉云黑,露冷莲房坠粉红。'读之则苽米不收而任其沉,莲房不采而任其坠,兵戈乱离之状具见矣。"杜诗之妙,在翻古语。千家注无有引此者,虽万家注何用哉!因悟

[①] "袁绍杯"此条材料中"郑玄"皆写成"郑元",乃避康熙名讳而为之也。径改回"郑玄"。

[②] 此条材料在《升庵诗话》中原本是紧接上条末句"见长安兵火之惨极矣"而来,但两条之具体关注点其实大有差异。据杨慎《丹铅总录》(《文渊阁四库全书》本)卷二十,析为两条,题为"波漂苽米"。

杜诗之妙如此。四句直上①与《三百篇》"牂羊羵首,三星在罶"同,比之晚唐"乱杀平人不怕天,抽旗乱插死人堆",岂但天壤之隔。

日抱鼋鼍 韩石溪廷延语余曰:"杜子美《登白帝最高楼》诗云:'峡坼云霾龙虎卧,江清日抱鼋鼍游。'此乃登高临深,形容疑似之状耳。云霾坼峡,山木蟠挐,有似龙虎之卧;日抱清江,滩石波荡,有若鼋鼍之游。"余因悟旧注之非,其云:"云气阴黯,龙虎所伏;日光圆抱,鼋鼍出曝。"真以为四物矣。即以杜证杜,如"江光隐映鼋鼍窟,石势参差乌鹊桥",同一句法,同一解也。苏子《赤壁赋》云:"踞虎豹,登虬龙,攀栖鹘之危巢,俯冯夷之幽宫。"亦是此意。岂真有乌鹊、鼋鼍、虬龙、虎豹哉!

杜诗本谢 谢宣远诗"离会虽相杂",杜子美"忽漫相逢是别筵"之句实祖之。颜延年诗"春江壮风涛",杜子美"春江不可渡,二月已风涛"之句实衍之。故子美谕儿诗曰:"熟精《文选》理。"

东阁官梅 杜工部《和裴迪登州东亭送客逢早梅相忆见寄》诗云:"东阁官梅动诗兴,还如何逊在扬州。"按,《逊传》无扬州事,而《逊集》亦无扬州梅花诗,但有《早梅》诗云:"兔园标节序,惊时最是梅。衔霜当路发,映雪凝寒开。枝横却月观,花绕凌风台。应知早飘落,故逐上春来。"杜公以裴迪逢早梅而作诗,故用何逊比之,又以却月、凌风,皆扬州台观名耳。所谓东阁官梅者,乃新津之地也,非扬州有东阁也。宋世有妄人,假东坡名作《杜诗注》一卷刻之,一时争尚杜诗,而坡公名重天下,人争传之,而不知其伪也。其注此诗云:"逊作扬州法曹,廨舍有梅一株,逊吟咏其下,后居洛思之,因请再任,及抵扬州,梅花盛开,相对仿徨终日。"按,何逊未尝为扬州法曹。是时南北分裂,逊为梁臣,何得复居洛阳?洛阳,乃魏地也。既居魏,何得又请再任?请于梁乎?请于魏乎?其说之脱空无稽如此。略晓史册者,知其伪矣。近日邵文庄宝乃手抄其注,入《杜诗七言律》刻行,岂不误后学耶?伪苏注之谬,宋世洪容斋、严沧浪、刘须溪父子、马端临《经籍考》皆力辨其谬。而文章巨公如邵文庄者,乃

---

① 原文为"下"字,语义不通,据《丹铅总录》改为"上"字。

独信之，亦尺有所短也。①

绿沉　杜少陵《游何将军山林》诗："雨抛金锁甲，苔卧绿沉枪。"竹坡周少隐《诗话》云："甲抛于雨，为金所锁；枪卧于苔，为绿所沉。有将军不好武之意。"此瞽者之言也。薛氏《补遗》云"绿沉，精铁也"，引《隋书》文帝赐张渊绿沉之甲。赵德麟《侯鲭录》谓"绿沉"为竹，引陆龟蒙诗"一架三百竿，绿沉森杳冥"，虽少有据，然亦非也。予考"绿沉"，乃画工设色之名。《邺中记》云："石虎造象牙桃枝扇，或绿沉色，或木难色，或紫绀色，或郁金色。"王羲之《笔经》云："有人以绿沉漆管见遗。"《南史》："梁武帝西园食绿沉瓜。"是"绿沉"即西瓜皮色也。梁简文诗："吴戈夏服箭，骥马绿沉弓。"虞世南诗："绿沉明月弦。"刘邵《赵都赋》："弩有黄间、绿沉。"若如薛与赵之说，铁与竹，岂可为弓弦耶？杨巨源诗："吟诗白羽扇，校猎绿沉枪。"与杜少陵之句同，皆谓以绿沉色为漆饰枪②。

泥人娇　俗谓柔言索物曰泥，乃计切，谚所谓软缠也。杜子美诗："忽忽穷愁泥杀人。"元微之忆内诗："顾我无衣搜画匣，泥他沽酒拔金钗。"《非烟传》诗曰："郎心应以琴心怨，脉脉春情更泥谁。"杨乘诗："昼泥琴声夜泥书。"元邓文原《赠妓》诗："银灯影里泥人娇。"柳耆卿词："泥欢邀宠最难禁。"字又作䛱，《花间集》"黄莺娇啭䛱芳妍"；又"记得泥人微敛黛"。字又作妮，王通叟诗："十三妮子绿窗中。"今山东目婢曰小妮子。其语亦古矣。

杜工部荔枝诗　杜子美诗："侧生野岸及江蒲，不熟丹宫满玉壶。云壑布衣鲐背死，劳生害马翠眉须。"杜公此诗，盖纪明皇为贵妃取荔枝事也。其用"侧生"字，盖为庾文隐语，以避时忌，《春秋》"定哀多微辞"之意，非如西昆用僻事也。末二句盖昌黎《感二鸟》之意，言布衣抱道，有老死云壑而不征者，乃

---

① 针对本条，杨慎有自注云："伪苏注中，如谓'不分桃花红胜锦'为李夫人之语，'十年厌见旌旗红'为四皓语，皆架空妄说，如盲人风汉之言，然犹借古人名也。又谓'碧山学士'为梁章褒，又'昏黑应须到上头'为隋常琮语，并人名亦杜撰之。又妄撰景差五言律一联，尤可笑。苏、李始有五言古诗，而楚襄王时乃有五言律乎？其人信白丁也。而读者不之悟，其奈之何！"

② 《丹铅总录》卷二十、《升庵集》卷五十七等同条"枪"字后尚有"柄耳"二字。

劳生害马以给翠眉之须,何为者耶? 其旨可谓隐而彰矣。山谷谓"云鏊布衣"指后汉临武长唐羌谏止荔枝贡者,此俗所谓厚皮馒头、夹纸灯笼矣。山谷尚如此,又何以责黄鹤、蔡弼辈乎!

莺啼修竹　杜子美《滕王亭》诗:"春日莺啼修竹里,仙家犬吠白云间。""修竹"用梁孝王事,"犬吠云中"用淮南王事,人皆知之矣。予尝怪修竹本无莺啼字也。后见孙绰《兰亭》诗"啼莺吟修竹,游鳞戏澜涛",乃知杜老用此也。读书不多,未可轻议古人。

铁马汗常趋　安禄山之乱,哥舒翰与贼将崔乾佑战,见黄旗军数百队,官军以为贼,贼以为官军,相持久之,忽不见。是日昭陵内石马皆汗流。杜诗:"玉衣晨自举,铁马汗常趋。"李义山亦云:"天教李令心如日,可待昭陵石马来。"

卷　九

滕王①　杜子美《滕王亭子》诗:"民到于今歌出牧,来游此地不知还。"后人因子美之诗,注者遂谓滕王贤而遗爱于民。今《郡志》亦以滕王为名宦。予考新、旧《唐书》,并云:"元婴为荆州刺史,骄佚失度,太宗崩,集宦属燕饮歌舞,狎昵厮养。巡省部内,从民借狗求罝,所过为害。以丸弹人,观其走避则乐。及迁洪州都督,以贪闻。高宗给麻二车,助为钱缗。"小说又载其召属官妻于宫中而淫之。其恶如此,而少陵老子乃称之,所谓"诗史"者,盖亦不足信乎? 未有暴于荆、洪两州而仁于阆州者也。

滕王　杜工部有《滕王亭子》诗。王建诗:"搨得滕王《蛱蝶图》。"皆称滕王,湛然非元婴也。王勃记滕王阁,则是元婴耳。

江平不流　杜诗"江平不肯流",意求工而语反拙。所谓凿混沌而画蛇足,必夭性命而失厄酒也,不若李群玉乐府云"人老自多愁,水深难急流"也。又不若《巴渝竹枝词》云:"大河水长漫悠悠,小河水长似箭流。"词愈俗愈工,意愈浅愈深。

---

① 《升庵集》卷五十八同条目名作"民歌出牧"。

伏毒寺诗　　杜诗："郑国伏毒寺,潇洒在江心。"刘禹锡诗："曾作关中客,频经伏毒岩。晴烟沙苑树,晓日渭川帆。"

杜诗与包佶同意　　包佶诗"波影倒江枫",与杜诗"石出倒听枫叶下"同意。二句并工,未易优劣也。

天窥象纬逼　　杜工部《龙门奉先寺》诗"天阒象纬逼",或作"天阅",殊为牵强。章表臣《诗话》据旧本作"天阒",引《史记》"以管阒天"之语,其见卓矣。余又按,《文选》潘岳《秋兴赋》"阒天文之秘奥",注引陆贾《新语》："楚王作乾豀之台阒天文。"杜子美,精熟《文选》者也,其用"天阒"字,正本此。况天文即"象纬"也,不但用其字,亦用其义矣。子美复生,必以余为知言。天阒,阒天也;云卧,卧云也,此倒字法也。言阒天则星河垂地,卧云则空翠湿衣,见山中之殊于人境也。

古字窥作阒　　《论语》"阒见室家之好",《易》"阒观利女贞",《史记》"以管阒天",《庄子》"上阒青天";陆贾《新语》"楚王作乾豀之台阒天文",潘岳《秋兴赋》"阒天文之秘奥",杜诗"天阒象纬逼"正用上数语。不识古字者,改为"天阙"。王安石云"天阅",黄山谷亟赞其是,东坡云："只是怕他。"

社南社北　　韦述《开元谱》云："倡优之人,取媚酒食。居于社南者,呼之谓社南氏;居于社北者,呼之谓社北氏。"杜子美诗"社南社北皆春水。"正用此事。后人不知,乃改"社"作"舍"。

杜诗野艇字　　杜诗古本"野艇恰受两三人",浅者不知"艇"字有平音,乃妄改作"航"字,以便于读,谬矣。古乐府云："沿江有百丈,一濡多一艇。上水郎担篙,何时至江陵。"艇,音廷。杜诗盖用此音也。故曰:胸中无国子监,不可读杜诗。彼胸中无杜学,乃欲订改杜诗乎？

关山一点　　杜诗"关山同一点","点"字绝妙。东坡亦极爱之,作《洞仙歌》云"一点明月窥人",用其语也。《赤壁赋》云"山高月小",用其意也。今书坊本改"点"作"照",语意索然。且"关山同一照",小儿亦能之,何必杜公也！幸《草堂诗余》注可证。

秃节　　晁以道家有宋子京手书杜少陵诗一卷,"握节汉臣归"乃是"秃节","新炊间黄粱",乃是"闻黄粱"。以道跋云:"前辈见书自多,不似晚生,但以印本为正也。"慎按,《后汉书·张衡传》云:"苏武以秃节效贞。"杜公正用此语。后人不知,改"秃"为"握"。晁以道徒知宋子京之旧本,亦不知"秃节"之字所出也。况今之浅学乎!

避贤　杜诗"衔杯乐圣称避贤",用李适之"避贤初罢相,乐圣且衔杯"句也。今本作"世贤",非。"更取楸花媚远天"今本作"椒花",非。椒花色绿,与叶无辨,不可言媚。

裋褐　杜少陵《冬日怀李白》诗:"裋褐风霜入。"惟宋元本仍作"裋",今本皆作"短褐"。裋音竖,二字见《列子》。①

《丽人行》逸句　松江陆三汀深语余:"杜诗《丽人行》,古本'珠压腰衱稳称身'下,有'足下何所著,红渠罗袜穿镫银'二句,今本亡之。"淮南蔡衡仲昂闻之,击节曰:"非惟乐府鼓吹,兼是周昉美人画谱也。"

坐猿坐莺　杜诗:"枫树坐猿深。"又:"黄莺并坐交愁湿。"坐字奇崛。张说诗:"树坐参猿啸,沙行入鹭群。"前人已云矣。

杜逸诗　《合璧事类》载杜工部诗云:"三月雪连夜,未应伤物华。只缘春欲尽,留着伴梨花。"此诗旧集不载。又:"寒食少天气,春风多柳花。"又:"小桃知客意,春尽始开花。"则今之全集遗逸多矣。

卷　十

萤诗　唐刘禹锡《秋萤引》云:……宋张文潜《熠熠行》云:……刘禹锡、张文潜二集今不传,余家有之,兼爱二诗之工,故录之于此。昔年余寓居大理三塔寺,榛莽满目,飞萤数万如白昼。余戏相从诸生曰:"车胤②见此,不必囊萤;隋炀帝见此,不必下诏搜索矣。"因作《流萤篇》。何仲默枕藉杜诗,不观馀家,其于六朝初唐未数数然也。与予及薛君采言及六朝初唐,始恍然自失。

---

① 又见于俞弁《逸老堂诗话》卷下,文字完全相同。按,《逸老堂诗话》与《升庵诗话》重出的情况不止一例,以俞、杨二人之当时处境与身份判断,很大可能是俞氏从杨慎著作中过录而来。

② 原文写作"允",改回"胤"字。

乃作《明月》《流萤》二篇拟之,然终不若其效杜诸作也。如予此篇,"明珠按剑"及"鲲鹏斥鷃",皆与流萤无效涉,可以知诗之难矣。

黄夹缬林　"黄夹缬林寒有叶",白居易诗也,集中不收。"夹缬",锦之别名。"黄夹缬林"句甚工。杜诗所谓"霜凋碧树作锦树",同意。

元次山好奇　文章好奇,自是一病。好奇之过,反不奇矣。《元次山集》凡十一卷,《大唐中兴颂》一篇足名世矣。诗如《欸乃》一绝已入选。《舂陵行》及《贼退示官吏》虽为杜公所称,取其志,非取其辞也。其余如《㴩溪》诗:"松膏乳水田肥良,稻苗如蒲米粒长。麋色如珈玉液酒,酒熟犹闻松节香。"又"修竹多夹路,扁舟皆到门",东坡常书之。然此外亦无留良矣。

道林岳麓二寺诗　长沙道林、岳麓二寺之胜,闻①于天下,盖因杜工部之一诗也。杜公之后,有沈传师二诗、崔珏一诗、韦蟾一诗,皆效工部之体。余旧见家藏石刻有之。近阅《长沙志》,已失其半。今具录于此……二诗失传,杜诗见本集。

孟浩然诗句　《孟集》有"到得重阳日,还来就菊花"之句,刻本脱一"就"字。有拟补者,或作"醉",或作"赏",或作"泛",或作"对",皆不同。后得善本,乃知其妙。唐诗亦有之:崔颢"玉壶清酒就君家",李郢诗"闻说故园香稻熟,片帆归去就鲈鱼",杜工部诗题有《秋日泛江就黄家亭子》。而古乐府《冯子都》诗有"就我求清酒,青丝系玉壶。就我求珍肴,金盘鲙鲤鱼",则前人已道破矣。

卷十一

假诗　黄鄮山评翁灵舒、戴式之诗云:"近世有江湖诗者,曲心苦思,既与造化迥隔;朝推暮敲,又未有以溉其本根,而诗于是乎始卑。"然余以为其卑非自江湖始,宋初九僧已为许洞所困。又上泝于唐,则大历而下,如许浑辈,皆空吟不学,平生镂心呕血,不过五七言短律而已。其自状云:"吟安一个字,捻断数行须。"不知李、杜长篇数千首,安得许多胡须捋扯也?苦哉!又云:"诗

---

① 原文写作"開",于文义不通,据《升庵集》卷五十八同条改为"闻"。

思在灞桥风雪中驴子上。"不思周人《清庙》、汉代《柏梁》，何必尔耶？又曰："寻常言语口头话，便是诗家绝妙词。"又云："诗从乱道得。"又自云："我平生作诗，得猫儿狗子力。"噫！此等空空，知万卷为何物哉？然犹是形月露而状风云，咏山水而写花木。今之作赝诗者异此，谓诗必用语录之话，于是"无极""先天""行窝""弄丸"，叠出层见。又云"须①夹带禅和子语"，于是"打乖""打睡""打坐""样子""撇子""句子"，朗诵之有矜色，疾书之无怍颜，而诗也扫地矣。

卷十二

梅圣俞诗 梅诗："南陇鸟过北陇叫，高田水入低田流。"山谷诗："野水自添田水满，晴鸠却唤雨鸠来。"李若水诗："近村得雨远村同，上圳波流下圳通。"其句法，皆自杜子美"桃花细逐杨花落，黄鸟时兼白鸟飞"之句来。

集句 亡友安公石，嘉州人。妙于集句……又集杜句吊叶叔晦，读者为之泣下。其诗云："临江②把臂难再得，便与先生成永诀。文章曹植波浪阔，死为星辰亦不灭。老去新诗谁与传，男儿性命绝可怜。出门转盼已陈迹，妻子山中哭向天。中夜起坐万感集，人生有情泪沾臆。凤凰麒麟安在哉？石田茅屋荒苍苔。君不见空墙日色晚，悲风为我从天来。"

武侯祠诗 正德戊寅，予访余方池编修于武侯祠，见壁间有诗云："剑江春水绿沄沄，五丈原头日又曛。旧业未能归后主，大星先已落前军。南阳祠宇空秋草，西蜀关山隔暮云。正统不惭传万古，莫将成败论三分。"后有题云："此诗始终皆武侯事，子美或未过之。"方池不以为然。予曰："此亦微显阐幽，不随人观场者也。惜不知其名氏③。"

---

① 原文作"颜"，当是"须"之形误，径改之。
② 原文作"泣"，据杜集径改之。
③ 此诗作者为元人周伯琦，诗题曰《题南阳诸葛庙》。

补遗

乐些城　《唐书》：骠国之地，"南尽溟海①，北通南诏乐些城，东北距阳苴咩城六千八百。"乐些，即杜诗所谓"和亲罗些②城"是也。今作"摩些"。其字虽异，地一也，音一也。

竹香　杜子美《竹》诗："雨洗娟娟净，风吹细细香。"李长吉《新笋》诗："斫取青光写《楚辞》，腻香春粉黑离离。"又《昌谷诗》："竹香满凄寂，粉节涂生翠。"竹亦有香，细嗅之乃知。

屠苏为草名　周王褒诗："飞甍雕③翡翠，绣桷画屠苏。"屠苏，本草名，画于屋上，因草名以名屋。杜诗云："愿随金騕褭，走置锦屠苏。"屋名也。后人又借屋名以名酒，"元是屠苏酒"是也。又，大帽形类屋，亦名屠苏。《南史》谣云"屠苏日覆两耳"是也。

杜诗步檐字　杜子美诗："步檐倚杖看牛斗。"檐，古簷字。《楚辞·大招》："曲屋步櫩。"注："曲屋，周阁也。步櫩，长砌也。"司马相如赋："步櫩周流，长途中宿。""櫩"亦古檐字也。又，梁陆倕《钟山寺》诗："步檐时中宿，飞阶或上征。"沈氏《满愿》诗："步檐随新月，挑灯惜落花。"杜公盖袭用其字，后人不知，妄改作"步蟾"。且前句有"新月"字，而结句又云"步蟾"，复矣。况"步蟾"乃举子坊牌字，杜公诗宁有此恶字耶？甚矣，士俗不可不医也。

杜诗左担之句　杜子美《愁坐》诗曰："高斋常见野，愁坐更临门。十月山寒重，孤城水气昏。葭萌氐种迥，左担犬戎④存。终日忧奔走，归期未敢论。"葭萌、左担，皆地名也。葭萌人知之，左担人罕知也。注者不知，或改作'武担'，又改作"立担"，皆可笑。按《太平御览》引李充《蜀记》云："蜀山自绵谷、葭萌，道径险窄，北来担负者不容易肩，谓之左担道。"又李公胤《益州记》云："阴平县有左肩道，其路至险，自北来者，担在左肩，不得度右肩。"常璩《南中

---

① 作者自注云："即今滇海。"
② 原文写作"逻洋"，据杜集径改为"罗些"。
③ 原文少一"雕"字，据《乐府诗集》卷二十八王褒诗补之。
④ 原文作"羊"，据杜集径改为"戎"。

志》云:"自僰道至朱提,有水、步道。水道,有黑水及羊官水,至险难行;步道,度三津,亦艰阻。故行人为语曰:'楢溪赤水,盘蛇七曲。盘羊乌栊,气与天通。庲降贾子,左担七里。'又有牛叩头坂、马搏颊坂,其险如此。"据此三书,左担道有三:绵谷,一也;阴平,二也;朱提,三也,义则一而已。朱提今之乌撒,云、贵往来之西路也。

诗自黄初、正始之后,谢客以俳章偶句,倡于永嘉;隐侯以切响浮声,传于永明,操觚轾才,靡然从之。虽萧统所收,齐、梁之间,固已有不纯于古法者。是编起汉迄梁,皆《选》之弃余,北朝陈、隋,则《选》所未及。详其旨趣,究其体裁,世代相沿,风流日下,填括音节,渐成律体。盖缘情绮靡之说胜,而温柔敦厚之意荒矣,大雅君子宜无所取。然以艺论之,杜陵诗宗也,固已赏夫人之清新俊逸,而戒后生之指点流传。乃知六代之作,其旨趣虽不足以影响大雅,而其体裁实景云、垂拱之先驱,天宝、开元之滥觞也。(《升庵集》卷二《选诗外编序》)

予尝品唐人之诗,乐府本效古体而意反近,绝句本自近体而意实远。欲求风雅之仿佛者,莫如绝句,唐人之所偏长独至,而后人力追莫嗣者也。擅场则王江宁,骖乘则李彰明,偏美则刘中山,遗响则杜樊川。少陵虽号大家,不能兼善,一则拘乎对偶,二则汩于典故。拘则未成之律诗,而非绝体;汩则儒生之书袋,而乏性情。故观其全集,自"锦城丝管"之外,咸无讥焉。近世有爱而忘其丑者,专取而效之,惑矣!(同上《唐绝增奇序》)

五代刘昫修《唐书》,以白为山东人,自元稹序杜诗而误。诗云:"汝与山东李白好。"乐史云:"李白慕谢安风流,自号'东山李白'。"杜子美所云乃是东山,后人倒读为山东。元稹之序,又由于倒读杜诗也。不然,则太白之诗云"学剑来山东",又云"我家寄东鲁",岂自诬乎?(卷三《李太白诗题辞》)

杜诗可以意解,而不可以辞解。必不得已而解之,可以一句一首解,而不可以全帙解。全帙解,必有牵强不通,反为作者之累。世传虞伯生注杜七律,本不出自伯生笔,乃张伯成为之,后人驾名于伯生耳。其注首解《恨别》云:"杜公初至成都,未得所依,故以别为恨。"不知唐室板荡,故园陷虏,虽得所依,岂不以别为恨?公岂如江估淮商"风水为乡船作宅,一得醉饱不思家"①者乎?解"摇落深知宋玉悲"云:"惟深知其故,故千年之后,且为悲歌。惟其亦吾之师,故闵其萧条。"解"生长明妃"一首云:"惟其去紫台,故春风面不可见;为其独留青冢,故环佩声归月下闻。"此乃村学究腐烂讲套语,岂可笺杜乎?解"曾闪朱旗北斗闲"云:"亦尝树旌旗于北斗城中,以享安闲之富贵。""北斗闲"三字而上下添十二字乃成文,何异世传"怒挥门不报,打铺路无笼"之谑谣耶!"织女机丝虚夜月,石鲸鳞甲动秋风",本言乱离萧条之状,而解云:"织女不能机杼,故曰虚;石鲸,相传有灵,故曰动。"此何异眯目而道黑白者!"彩笔昔曾干气象"本说登山,而云:"以文采弄笔,干动时贵以拟飞胜。"此又视老杜为钻刺乞哀之徒矣!"幽栖地僻"一首,本是喜客至之意,乃云曰:"亦姑以觇其诚意否。"是杜之阴险逆诈也。岂所谓以小人之心,而度君子者乎!"预传籍籍新京兆②,青史无劳数赵张",本是期以古贤,乃注云:"此去朝廷定有升擢,既为京兆少尹,必升三辅大尹。"此何异星士寿书,预为赏帖耶?可恶!可厌!其它尚多,聊举一二耳。牵缠之长,实累千里。此既晦杜意,又污虞名,曷铲其板,勿误人也。(卷五《闲书杜律》)

诗歌至杜陵而畅,然诗之衰飒实自杜始;经学至朱子而明,然经之拘晦,实自朱始。是非杜、朱之罪也,玩瓶中之牡丹,看担上之桃李,效之者之罪也。(卷六《答重庆太守刘嵩阳书》)

禺山张子愈光,发益短,齿日衰,诗日盛。近作《结交行》,凡七百八十八字,纪海内交游名士,著升沉,感今昔,盖高允同征杜子美《八哀》之遗意也。(卷十《跋张愈光〈结交行〉》)

狂云妒佳月,蜉蝣撼大树。佳月了不嗔,人树何曾拒。轻薄哂王杨,群儿谤李杜。光焰万丈长,江河千古注。勿言人可欺,大言终自误。(卷十五《续东坡狂云妒佳月》)

滇海曾观社,重来岁月更。江山依旧丽,耳目幸犹明。袯服兼村雅,香醪

---

① 前一句出自白居易《盐商妇》。
② 杜集中"京兆"为"京尹"。

杂浊清。杜陵诗句在，久客惜人情。（卷十九《正月二日观社》）

云心陶令远，秋兴杜陵多。（同上《答杨从龙给事》）

桔柏古时渡，江流今宛然。名存巴国志，诗有杜陵篇。鸨鹢冲烟散，鼋鼍抱日眠。分留馀物色，朗咏惜高贤。（同上《桔柏渡》）

刘须溪云："九龄大节在奏请斩禄山以绝后患，杜公《八哀诗》既不明白，末亦不及另祭事，殆失诗史，未免拾其细而遗其大也。"慎辄为补一篇，岂敢以龙凉①斗华衮，铅刃齿步光哉！亦续须溪之余蕴，发曲江之幽光，观者勿哂之。（卷二十二《补杜子美哀张九龄诗》尾注）

何物少陵愁杜甫，短衣南山思射虎。老骥伏枥悲鸣苦，壮士哀歌泪如雨。（卷二十三《射虎图为箬溪都宪题》）

摧颓杜甫歌朱凤，憔悴王褒望碧鸡。白首艰难随去住，青云容易坠攀跻。（卷二十六《春兴八首》其六）

风檐水槛含清晖，月闰夏五暑气微。山中薜荔幽人带，池上芰荷游子衣。双鱼六马惯识曲，青蛉白鸥皆忘机。扬雄玄阁不寂寞，杜甫草堂天下稀。（同上《泛舟浣花东皋狷斋同赋》）

大贤为政即多闻，杜老曾云我亦云。（卷二十九《书扇赠薛曲泉二守治》）

杜陵巴国苦寒行，李白梁园昨夜情。山叶早梅心万里，雪窗风竹梦三更。河桥晨别南凫影，江汉春催北雁声。回首长安当日下，感时怀汝总难平。（卷三十《寄用贞弟》）

世无杜甫谁知音。（卷三十七《薛畏斋兵宪望鹤楼吟》）

《九州要记》云："睢、涣之间出文章，天子郊庙御服出焉，所谓厥篚织文也。"《述异记》："睢、涣二水，波文皆若五色，其人多文章，故名缋水。"《文选·陈琳书》云："游睢、涣者，学藻缋之彩。"杜诗："衣冠迷适越，藻缋忆游睢。"（卷四十二《厥篚织文》）

呜呼！子书之奥妙不传者何限？而今乃传《鬻子》《子华子》。唐诗之佳

① "龙凉"当是"厖凉"之误。

而不行者无算，而世乃盛传许浑、胡曾。小说之可观者多矣，而传《天宝遗事》。杜诗伪苏注，至名家亦为所惑，且引用焉。噫！（卷四十六《王嘉》）

杜工部诗："黄门飞鞚不动尘。"苏东坡云："走马来看不动尘。"而杜公语益精神。（同上《胶胶扰扰》）

苏老泉曰："经以道法胜，史以事辞胜。经不得史无以证其褒贬，史不得经无以要其归宿。"言经史之相表里也。……余尝欲以汉唐以下事之奇奥罕传者汇之，而以苏、李、曹、刘、李、杜、韩、孟诗证之，名曰《诗史演说》。（卷四十七《经史相表里》）

《北史·源思礼传》："为政当举大纲，何必太仔细也。"杜诗："野桥分子细。"俗语本此。（同上《子细》）

司空图《咏房琯》诗云："物望倾心久，匈渠破胆频。"谓禄山初见分镇诏书，拊膺叹曰："吾不得天下矣！"琯奏遣诸王为都统节度，此诚为社稷功矣！《唐书》不载，故特为表出之。当时杜甫救房琯，亦不及此事。其后《挽房公》诗有"一德兴王后"之句，盖指此也。（卷四十七《房琯》）

子仪之持重，光弼之劲捷，各有所长。以诗喻之，郭如子美，李如太白；以文喻之，郭如韩，李如柳。论诗文雅正则少陵、昌黎，若倚马千言，放辞追古，则杜、韩恐不及太白、子厚也。（卷四十八《李光弼中潬之战》）

颜延年《赭白马赋》"戒出豨之败驾，惕飞鸟之跱衡"，"出"字不如"突"字。杜子美诗"大家东征逐子回"，"逐"字不如"将"字。白居易诗"千呼万唤始出来"，"始"字不如"才"字。诗文有作者未工而后人改定者胜，如此类多有之。使作者复生，亦必心服也。（卷五十二《古诗文宜改定字》）

予尝言，宋世儒者失之专，今世学者失之陋。失之专者，一骋意见，扫灭前贤；失之陋者，惟从宋人，不知有汉唐前说也。宋人曰是，今人亦曰是；宋人曰非，今人亦曰非。高者谈性命，祖宋人之语录；卑者习举业，抄宋人之策论。其间学为古文歌诗，虽知效韩文杜诗而未始真知韩文杜诗也，不过见宋人尝称此二人而已。文之古者《左氏》《国语》，宋人以为衰世之文，今之科举以为禁约。诗之高者汉、魏、六朝，而宋人谓诗至《选》为一厄，而学诗者但知李、杜而已。高棅不知诗者，及谓由汉、魏而入盛唐，是由周、孔而入颜、孟也。如此，皆宋人之说误之也。吁，异哉！（同上《文字之衰》①）

李太白诗"朝辞白帝彩云间，千里江陵一日还"，杜子美云"朝发白帝暮江陵"，皆用盛弘之语也。然二公诗语亦自有优劣，试与诗流辨之。（同上《诸家地理》）

《三国典略》曰："萧明《与王僧辩书》：'凡诸部曲，并使招携，赴投戎行，前后云集。霜戈电戟，无非武库之兵；龙甲犀渠，皆是云台之仗。'"唐王勃《滕王阁序》："紫电清霜，王将军之武库。"正用此事。以十四岁之童子，胸中万卷，千载之下，宿儒犹不能知其出处，岂非间世奇才！杜子美、韩退之极其推服之，良有以也。使勃与杜、韩并世对毫，恐地上老骥不能追云中俊鹘。后生之指点流传，妄哉！（卷五十三《紫电清霜》）

李太白论诗云："兴寄深微，五言不如四言，七言又其靡也，况使束于声调俳优哉！"故其赠杜甫诗有"饭颗"之句，盖讥其拘束也。余观李太白七言律绝少，以此言之，未窥六甲先制七言者，视此可省矣。（卷五十四《李太白论诗》）

唐子元荐与予书，论本朝之诗：洪武初，高季迪、袁可潜一变元风，首开大雅，卓乎冠矣。二公而下，又有林子羽、刘子高、孙炎、孙蕡、黄玄之、杨孟载辈羽翼之。近日，好高论者曰："沿习元体，其失也。"瞽又曰："国初无诗，其失也聋。"一代之文，曷可诬哉！永乐之末至成化之初，则微乎藐矣。弘治间，文明中天，古学焕日。艺苑则李怀麓、张沧洲为"赤帜"，而和之者多失于流易；山林则陈白沙、庄定山称"白眉"，而识者皆以为旁门。至李、何二子一出，变而学杜，壮乎伟矣。然正变云扰而剽袭雷同，比兴渐微而风骚稍远，唐子应德箴其偏焉。嘉靖初，稍稍厌弃，更为六朝之调、初唐之体，蔚乎盛矣。而纤艳不逞，阐缓无当，作非神解，传同耳食。（同上《胡、唐论诗》）

晋释慧远《游庐山》诗："崇岩吐气清，幽岫栖神迹。希声奏群籁，响出山溜滴。有客独冥游，径然忘所适。挥手抚云门，灵关安足辟。留心叩玄扃，感

---

① 又见于《升庵外集》卷五十三《文艺·文字之衰》。杨慎论杜文字多有重出错杂，仅注此条目以为说明，余例不再注出。

至理弗隔。孰是腾九霄，不奋冲天翮。妙同趣自均，一悟超三益。"此诗世罕传，《弘明集》亦不载，犹见于古石刻耳。"孰是腾九霄"与陶靖节"孰是都不营"之句同调，真晋人语也。杜子美诗"得似庐山路，真随慧远游"，正用此事，字亦不虚。《千家注杜》乃不知引此。（卷五十五《慧远诗》）

《太平广记》有仙人伊周昌，号伊风子，有《题茶陵县》诗云："茶陵一道好长街，两边栽柳不栽槐。夜后不闻更漏鼓，只听锤芒织草鞋。"时谓之覆窠体。江南呼浅俗之词曰覆窠，犹今云打油也，杜公谓之俳谐体。唐人有张打油作《雪》诗云："江山一笼统，井上黑窟窿。黄狗身上白，白狗身上肿。"《北窗琐言》有胡钉铰诗。（卷五十六《覆窠俳体打油钉铰》）

《燕子》诗"穿花落水益沾巾"，范德机善本作"帖水"。"一笑正坠双飞翼"，黄山谷云"一笑"俗作"一箭"，非。"纷纷戏蝶过闲幔"，张文潜本作"开幔"。（同上《杜诗误字》）

"滟滪大如袱，瞿塘不可触。"太白诗："五月不可触，猿鸣天上哀。"又诗："瞿塘五月谁敢过""滟滪大如马，瞿塘不可下"。杜子美："沉牛答云雨，如马戒舟航""滟滪大如象，瞿塘不可上；滟滪大如鳖，瞿塘行舟绝；滟滪大如龟，瞿塘不可窥"。《南史》："滟滪如幞本不通，瞿塘水退为庾公。"（卷五十六《瞿塘行舟谣》）

谢灵运诗："明月入绮窗，仿佛想蕙质。消忧非萱草，永怀宁梦寐。""寐"叶音密。上二句乃杜工部"落月屋梁"之所祖。（同上《谢灵运逸句》）

杜工部《补稻畦水》诗云："芊芊炯翠羽，剡剡生银汉。鸥鸟镜里来，关山雪边看。秋菰成黑米，精凿传白粲。玉粒足晨炊，红鲜任霞散。"陆龟蒙《引泉诗》："曾闻瑶池溜，亦灌朱草田。凫伯弄翠芷，鸾雏舞丹烟。凌风掾桂柁，隔雾驰西船。"①（卷五十七《引泉诗》）

帆字，符咸切，舟上幔也。又扶泛切，使风也。舟幔则平声，盖动静之异也。……杜诗："浦帆晨初发。"（同上《帆字音》）

---

① 自注云："二诗曲尽农田之景，然而词语且落宕。"

《孝经纬》曰："酒者,乳也。"梁张率《对酒诗》："如花良可贵,似乳更堪珍。"杜子美诗"山瓶①乳酒下青云",本此。(同上《乳酒》)

杜诗："斗鸡初赐锦,舞马使登床。"马舞,古有之。《山海经》述海外太乐之野,夏后启于此舞九代之马。杜氏《通典》："凤花厩②有蹀马,俯仰腾跃皆合节。"奏明皇,尝令教舞马百驷。又施三层板床,乘马而上,抃转如飞;或命壮士举榻,马舞其上。观此说,则杜诗"登床"之语,盖纪实也。(卷五十八《舞马登床》)

杜诗语及太白处无虑十数篇,而太白未尝假借子美一语,以此知子美倾倒太白至难。(同上《评李杜韩柳》)

杜诗："五云高太甲,六月旷抟扶。"注不解"五云"之义。尝观王勃《益州夫子庙碑》云："帝车南指,遁七曜于中阶;华盖西临,藏五云于太甲。"《酉阳杂俎》谓燕公读碑,自"帝车"至"太甲"四句悉不解,访之一公。一公言："北斗建五,七曜在南方,有是之祥,无位圣人当出。华盖以下,卒不可悉。"愚谓老杜读书破万卷,自有所据,或入蜀见此碑而用此语也。《晋·天文志》："华盖杠③旁六星曰六甲,分阴阳而配节候。"太甲恐是六甲一星之名,然未有考证。以一行之邃于星历,张燕公、段柯古之殚见洽闻,而犹未知焉,姑阙疑以俟博识。(同上《五云太甲》)

杜工部竹诗："会须上番看成竹。"独孤及诗："旧日霜毛一番新,别时芳草两回春。不堪花落花开处,况是江南江北人。"番,去声。但杜公竹诗,番字于义不叶。韩石溪都宪家有《蔡梦弼杜诗》,注："上番,音上筭。蜀名竹丛曰林筭。《易·说卦》:'为苍筤竹。'古注音浪。"(同上《上番》)

刘梦得文集有《谢面脂口脂表》云："宣奉圣旨,赐臣腊日。口脂面脂,红雪紫雪。雕奁既开,珍药斯见。膏凝雪莹,含液腾芳。"与杜子美"口脂面药、翠管银罂"之句可参考。王建诗云："黄金盒里盛红雪,重结香罗四出花。一

---

① 原文作"城",据杜集径改之。
② 据杜佑《通典》卷一百四十五所载原文,"凤花"当是"凤苑"之讹误。
③ 原文误作"杜",于文义不通,据《晋书》径改之。

一傍边书敕字,中官送与大臣家。"(同上《红雪紫雪》)

杜诗:"江莲摇白羽,天棘蔓青丝。"郑樵云:"天棘,柳也。"此无所据,杜撰欺人耳。且柳可言丝,只在初春,若茶瓜留客之日,江莲白羽之辰,必是深夏,柳已老叶浓阴,不可言丝矣。若夫蔓云者,可言兔丝王瓜,不可言柳,此俗所易知,天棘非柳明矣。按《本草索隐》云:"天门冬,在东岳名淫羊藿,在南岳名百部,在西岳名管松,在北岳名颠棘。"颠与天,声相近而互名也。此解近之。(卷六十《杜诗天棘》)

佩鱼始于唐永徽二年,以"鲤"为"李"也。武后天授元年,改佩龟,以"玄武"为"龟"也。杜诗:"金鱼换酒来。"盖开元中复佩鱼也。李白《忆贺知章》诗:"金龟换酒处。"盖白弱冠遇贺知章,尚在中宗朝,未改武后之制。(同上《金鱼金龟》)

杜子美《腊日》诗:"口脂面药随恩泽,翠管银罂下九霄。"李峤文集有《谢赐口脂表》云:"青牛帐底,未辍垆香;朱鸟窗前,新调铅粉。揉以辛夷甲煎,燃之以桂火兰苏。"刘禹锡有《代谢赐表》:"宣奉圣旨,赐臣腊日。口脂面脂,红雪紫雪。雕奁既开,珍药斯见。膏凝雪莹,含液腾芳。"令狐楚《谢腊日赐口脂红雪表》云:"学散凝红紫之名,香膏蕴兰麝之气。合自金鼎,贮于雕奁。"其子令狐绹《谢紫雪表》云:"灵膏有琼液之名,仙散拟雪花之状。职当喉舌,匪效鲁庙之三缄;任在燮调,请献谢庄之六出。"此可补杜注之遗。(同上《口脂面药》)

《水经》:"河水必①东历凤林北。"注:"凤林,山名,五峦俱峙。"杜诗:"凤林戈不昔,鱼海路常难。"张籍诗:"凤林关里水东流,白草黄榆六十秋。边将皆承主恩泽,无人解道取凉州。"(同上《凤林》)

杜子美云:"读书破万卷,下笔如有神。"此子美自言其所得也。读书虽不为作诗设,然胸中有万卷,则笔下自无一点尘矣。近日士夫,争学杜诗,不知读书果曾破万卷乎?如其未也,不过拾《离骚》之香草,丐杜陵之残膏而已。

---

① 据《水经注》卷二,"必"字当为"又"字。

（同上《读书万卷》）

杜工部《上后园山脚》诗："石榞遍天下，水陆兼浮沉。"注曰："《唐韵》：'榞音原，木名。'沈曰：'石榞，其子如芎荛，其皮可以御饥。'时天下慌乱，小民转沟壑，水陆并载石榞以充粮也。"或曰：善本止是"原"字。（同上《石榞》）

《说文》："查，浮木也。"今作槎，非。槎，音诧，斜斫也，《国语》"山不槎蘖"是也。今世混用，莫知其非，略证数条于此。……杜工部诗"查上觅张骞"，又"沧海有灵查"，惟七言绝"空爱槎头缩项鳊"，七言律"奉使虚随八月槎"，古体近体不应用字顿殊。盖七言绝与律乃俗夫竞玩，遂肆笔妄改，古体则视为冷局，俗目不击，幸存旧文耳。（卷六十二《查字考》）

"点"与"玷"通，古诗多用之。束皙《补亡诗》"鲜侔晨葩，莫之点辱。"左思《唐林兄弟赞》："二唐洁己，乃点乃污。"陆厥《答内兄希叔》诗："既叨金马署，复点铜驼门。"杜子美："几回青琐点朝班。"正承诸贤用字例也。（卷六十三《点与玷通》）

《说文》："尉与炽本一字，昌志切，从上按下也。又持火申缯也。字从尸，尸音夷，平也。"后世军官曰校尉，刑官曰廷尉，皆取"从上按下"使平之意。尉斗申缯亦使之平，加火作熨，赘矣！古音炽，转音纡胃切。《王莽传》有"威斗"，既尉斗也。威与尉音相近，转音鬱字，一作爩，省文作燢，今俗言平曰郁帖。杜诗"美人细意熨帖平"是也。（同上《诗用熨字》）

方逊志云：杜子美论书则贵瘦硬，论画马则鄙多肉，此自其天资所好而言耳，非通论也。大抵字之肥瘦各有宜，未必瘦者皆好，而肥者便非也。（卷六十四《字画肥瘦》）

杜诗："花远重重树，云轻处处山。"画本可作。（卷六十六《杜诗入画》）

杜诗："黄羊饫不膻，芦酒多还醉。"①芦酒，以芦为筒，吸而饮之，今之啞酒也，又名钩藤酒。（卷六十九《芦酒》）

杜诗："岂无青精饭，使我颜色好。"青精，一名南天烛，又曰墨饭草，以其

---

① 原文只引了上句，但杨慎所论是"芦酒"，编者据杜诗补足其下句。

可染墨饭也,道家谓之青精饭。故《仙经》云:"服草本之正气,与神通;食青烛之精,命不复陨。"谓此也。(同上《青精饭》)

杜子美送人迎养诗:"青青竹笋迎船出,白白江鱼入馔来。"用孟宗姜诗事。韦苏州送人省觐诗亦云:"沃野收红稻,长江钓白鱼。"又云:"洞庭摘朱果,松江献白鳞。"然杜不如韦多矣。"青青"字自好;"白白"近俗,有似儿童"白白一群鹅,被人赶下河"之谣也。岂大家语哉!(同上《竹笋江鱼》)

萧子云《雪赋》曰:"韬罘罳之飞栋,没屠苏之高影。始飘舞于圆池,终亭华于芳井。"杜工部《冷淘》诗曰:"愿凭金騕褭,走置锦屠苏。"① 屠苏,庵也。《广雅》云:"屠苏,平屋也。"《通俗文》曰:"屋平曰屠苏。"《魏略》云:"李胜为河南太守,郡厅事前屠苏坏。"唐孙思邈有屠苏酒方,盖取庵名以名酒,后人遂以屠苏为酒名矣。何逊诗:"郊郭勤二顷,形体憩一苏。"又大冠亦曰屠苏。《礼》曰:"童子帻无屋,凡冠有屋者曰屠苏。"《晋志》:"元康中,商人皆著大帽。谚曰:'屠苏鄀,覆两耳,会见羯儿作天子。'"(卷七十二《屠苏》)

文章有似歇后语处,如渊明诗"再喜见友于",杜诗"友于皆挺拔""野鸟山花吾友于"。(同上《文章似歇后》)

元云峤居士徐士英作《金刚经口义》,多以儒书证佛语。其解"一相无相分四果"之义,以杜诗证之,亦甚可喜。其说曰:"第一果云不入色声香味触法,则是知欲境当避,此果之初生如'山梨结小红'之始也。第二果云一往来,则是蹈欲境不再,此果之方硕如'红绽雨肥梅'之时也。第三果云不来,则是弃欲境如遗,此果之已熟如'四月熟黄梅'之际也。第四果云离欲,则是去欲境已远,此果之既收如'挂壁移筐果'之日也。"以果字说经,又一一证以杜诗,亦可谓诗禅也已。(卷七十三《诗禅》)

蜀西南多雨,名曰漏天。杜子美诗"鼓角漏天东",又"径欲诛云师,畴能补天漏"是也。(卷七十五《汎月朸月》)

古诗:"默默布云根,森森散雨足。"云生于石,故名石曰云根。沈约赋:

---

① 原文缺"褭""走"二字,据杜集补足之。

"户接云根,庭流松响。"杜诗:"井邑住云根。"贾岛诗:"移石动云根。"元魏《裴粲传》:"栖素云根,饵芝清壑。"(卷七十八《云根》)

左思《蜀都赋》:"旁植龙目,侧生荔枝。"故张九龄赋荔枝云:"虽观上国之光,而被侧生之诮。"杜子美绝句云:"侧生野岸及江蒲,不熟丹宫满玉壶。"讳荔枝为"侧生",虽本之左思、张九龄,然以时事不欲直道也。黄山谷《题杨妃病齿》云:"多食侧生,损其左车。"则特好奇耳。(卷七十九《旁植侧生》)

芧栗,木果也,庄子所谓"狙公赋芧"者,今讹作茅栗,沈存中尝辨其非。杜诗"园收芧栗未全贫",正指此物。今以芧栗解作蹲鸱之芋,一何远哉!(同上《芧栗》)

姑苏守溪王公济之在阁日,论杜诗"闻知楷木三年大",因问先父:"楷木蜀产,楷字何音?"先父曰:"音歁。"守溪曰:"当依韵书音楷。"先父曰:"音歁①,则乡人农夫皆识之。若作楷音,不知何木矣。"因举王荆公《楷木》诗曰:"濯锦江边木有楷,野园封植伫华滋。地偏幸免桓魋伐,岁晚还同庾信移。"王乃悦服。盖王公平昔极爱荆公诗文,而此诗王公亦偶不记忆耳。(卷八十一《楷木》)

唐诗:"朝骑五花马。"又"五花马,千金裘。"杜诗:"萧萧千里马,个个五花文。"隋丹元子《步天歌》:"五个花文。"以马鬃剪为五花或三花,皆象天文也。白乐天诗:"马鬃剪三花。"《唐六典》云:"外牧遂进良马,印以三花、飞凤之字。"(同上《五花三花》)

王符《潜夫论》:"蓬中拾自照。"谓萤火也。杜子美诗:"暗飞萤自照。"李长吉诗:"俊健如生猱,肯拾蓬中萤。"皆用其语。(同上《自照》)

《三国典略》曰:"侯景篡位,令饰朱雀门,其日有白头乌万计,集于门楼。童谣:'白头乌,拂朱雀,还与吴。'"杜工部诗:"长安城头头白乌,夜飞延秋门上呼。"盖用其事,以侯景比禄山也,而《千家注》不知引此。(同上《白头乌》)

任愔《渠堰志》:"九升口堰,其源出于皂江,至郫之栅头,别流为温江口。曰九升口者,实两江之汇也。"晏公《类要》云:"鄩江,一名皂里。"杜子美《皂江

---

① 原文作"欲",据上下文义,当是"歁"字之讹,径改之。

竹桥》①诗即此地。(《升庵外集》卷六《九升口》)

　　唐之朝制:宣政,前殿也,谓之衙,衙有仗,杜诗所谓"春旗簇仗齐"。紫宸,便殿也,谓之阁,朔望不御前殿,而御紫宸,谓之入阁,杜诗所谓"还家初散紫宸朝",盖朔或望也。宋欧阳公去唐未远,入阁之制已不明,问于刘贡父而后知,然其大略不过如此。(卷八《唐之朝制》)

　　仙家称钟离先生者,唐人钟离权也,与吕岩同时。韩涧泉选《唐诗绝句》,卷末有钟离一首,可证也。近世俗人称汉钟离,盖因杜子美《元日》诗有:"近闻韦氏妹,远在汉钟离。"流传之误,遂附会以钟离为汉将钟离昧矣!可发一笑也。(卷十三《钟离权》)

　　魏明帝乐府:"画作不停手,猛烛继望舒。"晋庾阐《藏阄赋》:"督猛炬以增明,从因朗而心隔。"猛炬、猛烛,盖大烛、大炬也。《周礼》所谓"坟烛",《楚辞》所云"悬火"也。杜诗"铜盘烧蜡光吐日",其猛烛乎?(卷十八《猛烛猛炬》)

　　今河东闻喜县有干河口,但有故沟,无复水是也。今在陕州,唐名石壕,杜子美诗有《石壕吏》一首。今名干壕铺。(卷五十《干河》)

　　秦始皇墓中,水银为池,以金银为凫雁,机能飞动。杜诗:"银海雁飞沉。"(卷五十四《银雁能飞》)

　　《集韵》"缝衣曰缊",今俗云穿针缊线是也。杜诗:"褥缊绣芙蓉。"而字借"隐",又繲,即繲领字。"《升庵外集》卷六十三《缊线》)

　　谚语云:"三九二十七,篱头吹觱栗。"言冬至后寒风吹篱落,有声如觱栗也。合于《庄子》"万窍怒号"之说,而可以为《豳风》"一之日觱发"之解矣。贾人之铎,可以谐黄钟;田夫之谚,而契周公之诗。信乎六律之音出于天籁,五性之文发于大章,有不待思索勉强者,此非自然之诗乎?余尝戏集谚语为古人诗词中所引者数条,今附于此。……"秋甲子雨,禾头生耳",则杜工部"禾头生耳黍穗黑"也。(卷八十《谚语有文理》)

　　东坡谓:"书至于颜、柳,而钟、王之法益微;诗至于李、杜,而魏、晋以来高风

---
① 即杜甫《陪李七司马皂江上观造竹桥即日成往来之人免冬寒入水聊题短作简李公二首》。

绝尘亦少衰矣。"朱文公亦以为然。（卷八十八《刘静修跋王子端书》）

东坡云：杜工部有《除菼草》诗云："草有害于人。"菼，音爝，蜀名菼麻，又谓之毛菼。毛芒可畏，触之如蜂虿。治风疹，以叶之紫者入药，即山韭也。（卷九十八《菼草》）

昔之为诗，推表山川，脍炙人口，于吾蜀者，宜莫若杜子美之富且著，而下则宋之范至能、陆务观也。三子之集，大行于今。覆视其帙，居蜀之作过半矣！品格之间，古今之别，姑置勿问，且言其所值，杜则流离饥困，寂抑悦恨，故其言志恒多怨；陆则流连光景，肆情皋壤，故其命词恒多欢。若范公则分弓秉钺，开府行边，功建式遏，名垂不朽，而又以暇日余景掞藻觚，与文士埒，能一人争胜，其所题咏篇释声叶中和，而调谐贞则，亦其时之遇也。（《升庵遗集》卷二十三《东皋三蜀两游集序》）

昔贤有云："文章得江山之助。"岂虚语哉！……吾蜀为西南山水之窟，自古鸿笔骏发之士，无不乐游而钦观焉。杜工部前后寄寓于川之东西绵、汉、梓、阆、忠、渝、涪、万、云安、夔子，先后数千里，篇章在蜀著者近千首，传诵至今。（同上《吕芊川蜀稿序》）

慎早闻诗于李文正先生曰："唐人号能诗者，无虑千家，其有传者百余集而止。其集可以讽咏兴观、难以章什拈摘者，自李、杜外，虽高、岑、王、孟，固有憾然矣！"（卷二十六《刊二皇甫诗集跋》）

参当天宝，与杜子美并世，数与倡酬。比之谢朓，犹为诗言也。又公荐之肃宗，称其识度清远，议论雅正，时辈所仰，可备献替之官，是其卓尔大雅、绝类流俗者，岂惟诗哉！子美自许甚高，其立朝他无所见，独荐此一人耳。不知其人，视其与子美所推毂，其人可知也。方诸馀子，岂维等伍哉！唐史且传王维，而参也顾贵。异哉其所取乎！予故著之，补史氏之遗。（《升庵遗文录》卷上《新刊岑嘉州诗序》）

"朱丝玉柱罗象筵，飞管促节舞少年。短歌流目未肯前，含笑一转私自怜。"此喻君臣朋友相知不尽者也。《楚辞》："私自怜兮何极。"三字极有意。杜诗："唤人看䴙裹，不嫁惜娉婷。"亦是此意。陈后山诗："当年不嫁惜娉婷，

施朱傅粉学后生。""不惜卷帘通一顾,怕君着眼未分明。"尤见其意矣。(《绝句衍义》卷一《梁武白纻辞》)

"湖月林风相与清,残樽下马复同倾。久拚野鹤如双鬓,遮莫邻鸡下五更。"湖上林中,地已清矣;湖有月,林有风,景益清矣,故著"相与清"字。俗本作"湖上",或作"湖水",皆浅。既有湖,不须著"水"字,若云"湖上林风",不得著"相与清"字。此工致细润,味之自知。"遮莫",犹言假说教也。当时谚语。(卷四《杜子美书堂饮散复邀李尚书下马月下赋绝句》)

"梦断南窗啼晓鸟,新霜昨夜下庭梧。不知帘外如珪月,还照边庭到晓无?"江淹《别赋》:"秋露如珠,秋月如珪,明月白露,光阴往来,与子之别,思心徘徊。"此用其语,妙甚。杜工部"露从今夜白,月是故乡明",又斫①四字为十字,而情景入玄矣。(同上《罗邺闺怨》)

"黄河曲渚通千里,浊水分流引八川。仙槎逐源终未返,苏亭遗迹尚依然。眇眇云根侵远树,苍苍水气合遥天。波影杂霞无定色,湍文触岸不成圆。赤马青龙交出浦,飞云盖海远凌烟。莲舟渡沙转不碍,桂棹距浪弱难前。风重金乌翅自转,汀长锦缆影微悬。榜人欲歌先扣枻,津吏犹醉强持船。河堤极望今如此,行杯落叶讵虚传。"此六朝诗也。七言律未成而先有七言排律矣,雄浑工致,固盛唐老杜之先鞭也。(《千里面谭》卷上《沈君攸桂楫泛中河》)

"德阳宫北苑东陬,云作高台月作楼。金锤玉銮千金地,宝杖琱纹七宝球。窦融一家三尚主,梁冀频封万户侯。容色从来荷恩顾,意气平生事侠游。共道用兵如断蔗,俱能走马入长楸。红鬣锦鬃风骤骤,黄络青丝电紫骝。奔星乱下花场里,初月飞来画杖头。自有长鸣须决胜,能驰迅足满先筹。曹王漫说弹棋妙,剧孟休矜六博投。薄暮汉宫愉泝罢,还归尧室晓垂旒。"七言排律,唐人亦不多见,初唐有此三首,可谓绝倡。其后则杜工部《清明》二首,此外何其寥寥乎!杨伯谦选《唐音》,乃取王建二首,丑恶之甚,观者自能识之。

---

① "斫"字当是"析"字之形误。

中唐则僧清江一首,温庭筠一首,皆隽永可诵。伯谦纵不能取初唐三首,独不可取清江、庭筠之二首乎？何所见之不同也！清江、庭筠《唐诗品汇》已收,兹不书。(同上《唐人蔡孚打球篇》)

"月暗竹亭幽,萤光拂席流。还如故园夜,又度一年秋。""暂愜观书兴,何惭秉烛游。府中徒冉冉,明发好归休。"此二诗绝佳,予爱之。比之杜子美,则杜似太露。(卷下《韦应物萤火诗》)

又如曹孟德诗云"对酒当歌",而杜子美云"玉佩仍当歌",非杜子美一阐明之,读者皆以"当歌"为当该之当矣。杜子美诗"黄门飞鞚不动尘",而东坡云"走马来看不动尘",而杜之语意益妙。又如杜子美"石出倒听枫叶下",而包何①云"波影倒江枫",子美《桃花》诗云"影遭碧水相勾引",而孟郊云"南浦桃花亚水红"……此皆所谓披朝华而启夕秀,有双美而无两伤者乎！若夫宋人之生吞义山,元人之活剥李贺,近日之拆洗杜陵者,岂可同日而语！(《丹铅总录》卷十二《太白杨叛儿曲》)

《庄子》"人貌而天",《史记·郭解赞》"人貌荣名",唐《杨妃传》"命工貌妃于别殿",皆作入声读。杜诗"画工如山貌不同",又"曾貌先帝照夜白",又"屡貌寻常行路人"。梅圣俞诗"妙娥貌玉轻邯郸",自注音墨。(卷十三《貌字音墨》)

《汉书》:"霍去病为票姚校尉。"师古注:票姚劲疾貌,票频妙反,姚羊召切。荀悦《汉纪》作"票鹞",音义益明。票与鹯同,鹯鹞皆劲疾鸟也。杜子美律诗作平音。(卷十五《票姚》)

竹亦有香,人罕知之。杜诗:"风吹细细香。"李贺诗:"竹香满幽寂,粉节涂生翠。"(卷十六《竹香》)

韦应物《答徐秀才》诗云:"清诗舞艳雪,孤抱莹玄冰。"极其工致,而"艳雪"二字尤新。又《五弦行》云:"如伴流风萦艳雪,更逐落花飘御园。"又《乐燕行》云:"艳雪凌空散,舞罢起徘徊。"屡用"艳雪"字,而不厌其复也。或问予:

---

① "何"字当是"佶"字。

"雪可言艳乎?"予曰:"曹子建《洛神赋》以'流风回雪'比美人之飘摇,雪固有艳也。然雪之艳,非韦不能道;柳花之香,非太白不能道;竹之香,非子美不能道也。"(卷十八《艳雪》)

杜诗七言律,如《玉台观》第三句"遂有冯夷来击鼓",第七句"更有红颜生羽翼",《寄马巴州》首句"勋业终归马伏波",第五句"独把鱼竿终远去",犹王右军书贴,多误字,皆玉瑕锦颣,不可效尤也。今之临文荒率者,动以二公为口实,是寿陵学邯郸之步,良可笑哉!(卷十八《玉瑕锦颣》)

《上林赋》"垂条扶疏,落英幡缅,纷溶箾蔘,猗狔从风,浏莅芔歙"数句,皆言草木从风之形与声也。但其用字既古,其音又与俗音不同。今略解之:"纷溶",犹"丰茸"也。"猗狔",犹"猗那"也,字亦作"旖旎",又作"猗傩"。"箾蔘",即"萧森"。"浏莅",即"流丽"。"芔歙",即"欻吸"。"欻"字古作芔,见石鼓文,省写作芔,五臣注遂误以为"卉"字。……杜诗"巫山巫峡气萧森",则"箾蔘""萧森",一也。……杜诗"秋风欻吸吹南国",则"芔歙"与"欻吸",一也。字有古今,音有楚夏,类如此。聊举其略尔。(卷十九《上林赋连绵字》)

先辈言杜诗韩文无一字无来历,予谓自古名家皆然,不独杜、韩两公耳。……近日诗流,试举其一二:不曰莺啼而曰莺呼,不曰猿啸而曰猿喫……试问之,曰:"不如此不似杜!"是可笑也!此皆近日号为作手遍刻广传者,后生效之,益趋益下矣。谓近日诗胜国初,吾不信也。而且互相标榜,不惭大言,造作名字,掩灭前辈,是可为世道慨,岂独文艺之末乎!(同上《诗文用字须有来历》)

蔡邕《汉津赋》:"夫何大川之浩浩兮,洪荒森以玄清。"嵇康诗:"浩浩洪流,带我邦畿。"杜子美诗:"大水森茫炎海接。"皆本于此。(同上《大水浩浩》)

《周礼》"汧蒲"作"弦蒲",《左传》"雈浦"作"雈蒲"。杜诗:"侧身野岸及江蒲。"江蒲,江浦也。(卷二十一《江蒲》)

蜀江三峡水波圆折者,名曰盘涡。盘,音漩。杜诗:"盘涡鹭浴底心性。"张蠙《黄牛峡》诗:'盘涡逆入嵌崆地,断壁高分缭绕天。'"(同上《盘涡》)

杜工部《偪侧行》:"已令请急会。"黄山谷云:"晋令:急假者,五日一急,一岁

则六十日。《晋书》'车武子早急出谒子敬，尽急而还'是也。"（同上《请急》）

李正己曰："园庭中药栏，音义与籣同。药即栏，栏即药，非花药之栏也。"杜子美诗"乘兴还来看药栏"，王维诗"药栏花径衡门里"，皆贪新丽而理不通者也。今或加手作"拦"。官府文移曰"巡栏"、曰"花栏票"是也。以今花栏比古语药栏，语意益明。若以药栏为芍药之栏，则今花栏乃花蕊之栏，可乎？（卷二十五《药栏》）

翰，户旦切。董黄曰："马举头高昂也，此字多作平音。"杜诗："扁舟不独如张翰。"须溪云："翰音侧音始此。"不知《易·爻》古音已然。信乎，"不读万卷书，不可读杜诗"也！（《升庵经说》卷一《周易·白马翰如》）

濊，呼活反。《说文》曰："凝流也。"水平则流凝，杜诗"江平不肯流"、李端诗"水深难急流"是也。李贺诗："空山凝云颓不流。"（卷四《毛诗·濊濊》）

杨氏《南裔志》："马援建金标，为南极之铜柱也。"杜诗："建标天地阔。"（《均藻》卷一《建金标》）

杜诗："曾闪朱旗北斗殷。"殷，赤色也，此句祖《左传》"左轮朱殷"及班固"朱旗绛天"之语。今本作"闲"，非。（同上《北斗殷》）

杜甫诗："沈范早知何水部，曹刘不待薛郎中。"沈约、范云也。（同上《元景》）

齐郡函山，有鸟名王母使者。昔汉武帝上山，得玉函，长五寸。帝下山，函化为鸟飞去。世传山上有王母药函，常令鸟守之。杜诗："子规夜啼山竹裂，王母昼下云旗翻。"（《艺林伐山》卷七《鸟名王母》）

槎邪，斫木也，古作茬。《汉·货殖传》："山不茬蘖。"注："蘖，髡斩之也。查，水中浮木。"《博物志》："张骞乘槎入天河。"周舍诗："仙查犯斗牛。"杜子美《三川观涨》诗"枯查卷拔树"，《喜晴》诗"沧海有灵查"。《柴门》诗"最窄容浮查"。《秋兴》诗"奉使虚随八月查①"，雅州本犹是"查"字。又"浮查并坐得"，又"查上觅张骞"，可见杜公字学过人也。今《韵会》作楂，木上又加木，赘矣。（卷十一《槎当作查》）

---

① 此"查"字，据上下文义，当是"槎"字为妥。

晚唐惟韩、柳为大家,韩、柳、元、白皆自成家。余如李贺、孟郊祖《骚》宗谢,李义山、杜牧之学杜甫,温庭筠、权德舆学六朝,马戴、李益不坠盛唐风格,不可以晚唐目之,数君子真豪杰之士哉!(卷十九《晚唐两派诗》)

《韵语阳秋》曰:"秘省古今名画,殆充栋宇。余在省遂久,与同舍郎日取数轴评玩,殆有啖炙之味。如所用绢素,凡涉名笔,必密致紧厚,盖虑其易败也。"老杜《戏韦偃为双松歌》云:"我有一匹好束绢,重之不减锦绣段,请君放笔为直干。"则偃笔之妙,非好束绢不与也。(《画品》卷一《画绢》)

"石鲸吹浪隐,玉女步尘归",苏颋《昆明池》,即杜诗"织女石鲸"之句意。(《哲匠金桴》卷一《织女石鲸》)

"掩窗寂已睡,月脚垂孤光",东坡。诗人有"云脚""雨脚"之语,杜诗"日脚下平地",李贺诗"露脚斜飞湿寒兔",喻凫诗"雁天霞脚雨"。(卷二《月脚日脚云脚霞脚》)

《离夕有赠效垂拱体》:"仙子武陵溪,春深归路迷。翠翘迎露湿,罗袖避风啼。留佩花笼玉,分辉月印犀。金杯延落日,酒醒各东西。"近世学杜,而此样风致划尽,盖亦偏矣,善诗者必兼之。(杨慎评选《张愈光诗文选》卷二《离夕有赠效垂拱体》)

"李杜有诗相寄赠,翰林颇少拾遗多。固知二老无他意,后学相疑将奈何!"此二十八字诗话也。(卷三《绝句九首寄升庵》)

沈约之韵未必悉合声律,而今诗人守之如金科玉条。此无他,今之诗学李、杜,李、杜学六朝,往往用沈韵,故相袭不能革也。若作填词,自可通变。(《词品》卷一《填词用韵宜谐俗》)

中山王文《木赋》"奔雷屯云,薄雾浓雾",皆形容木之文理也,杜诗"屯云对古城"实用其字。李易安《九日》词"薄雾浓雾愁永昼",今俗本改"雾"作"云"。(同上《屯云》)

词名多取诗句。如《蝶恋花》则取梁元帝"翻阶蛱蝶恋花情",《满庭芳》则取吴融"满庭芳草易黄昏",《点绛唇》则取江淹"白雪凝琼貌,明珠点绛唇",《鹧鸪天》则取郑嵎"春游鸡鹿塞,家在鹧鸪天",《惜余春》则取太白赋语,《浣

溪沙》则取少陵诗意。(同上《词名多取诗句》)

杜诗:"灯前细雨檐花落。"注谓檐下之花,恐非,盖谓檐前雨映灯花如花尔。后人不知,或改作"檐前细雨灯花落",则直致无味矣。宋人小词多用檐花字,周美成云:"浮萍破处,檐花檐影颠倒。"又云:"檐花红雨照方塘。"多不悉记。(卷二《檐花》)

黄省曾

洋洋乎,古赋、《骚》、《选》、乐府、古诗!汉、魏而览眺诸篇,逼类康乐。近体歌行,少陵、太白。古文奇气俊度,跌荡激昂,不异司马子长,又间似秦、汉名流。呜呼,盛矣!盛矣!昔李、杜诗圣而文格未光,韩、柳文薮而诗道不粹,岂惟聪识之难兼哉?日月几何,力固有不逮矣。(《五岳山人集》卷三十《寄北郡宪副李公梦阳书》)

薛 蕙

翰墨何憔悴,英灵有屈伸。千年关气运,一代出精神。夫子兴篇什,声名动缙绅。波澜含诡谲,刻附露嶙峋。李杜那堪数,曹刘不足陈。无人宗大雅,举世拟凡伦。文学元同列,风骚自有邻。新章标创始,旧例起湮沦。已觉空前辈,悬愁绝后尘。(《考功集》卷六《寄何中舍》)

醉倚雕栏倒玉壶,贪看锦树色敷腴。根株海外何年至,风韵花中绝代无。西子浣纱低照影,文君酤酒正当垆。少陵才调难摹写,浪把燕脂污画图(卷七《海棠》)

王廷表

太史升庵杨子用修未第时,已有诗名名海内。至其迁谪南中,益老益工,

入玄入妙,其杜陵夔州之作乎?盖其穷,方与山川之奇秀以为景,取古今载籍之菁华以为材。(《桃川剩集·南中续集考》)

邵经邦

《艺苑玄机》

诗要见识,如季札观周乐,便知是兴是亡。当时岂是篇篇歌过,又岂是章章辨验,无非他心中领会的多。未闻乐时,先知唐风如此,卫风如彼;一闻之间,即赞其美,知其兴亡。今人陈、杜、沈、宋不能熟记,王、杨、卢、骆亦未全知,便议其优劣,如何使得?

诗之注,《三百篇》比于经义,又宗《小序》之旨,故以助语字发明之。至于律诗,已不待助语而自明矣。今之杜律虞注,皆附会如《诗传》。至五言赵注,皆老生见解。若当时作者意果如此,何足为"诗史"乎?今试举一二商之:

且如"银甲弹筝用,金鱼换酒来",何以谓之好客而贫?"越女红裙湿,燕姬翠黛愁",何以知其乘舟不惯?至"何日沾微露,归山买薄田。斯游恐不遂,把酒意茫然",诗意本谓未能得禄求田,故"意茫然"也。今反谓"一遂所愿,斯游反不可继",其背戾穿凿,大率类此,馀可见矣。

"送客苍溪县,山寒雨不开①。直愁骑马滑,故作放船回。"四句直直铺序,而格律自然。谓之放船之由,岂不拘牵可笑?

"小径升堂旧不斜"等篇,皆是促笔,随意而作。而求之如此穿凿,假使杜公复起,能不捧腹绝倒?又曰:"诗律中多是似有而无,似真而假。"即如二注,通作实解,反将诗意失却,岂不可叹!

近辩虞注非伯生,乃元季京口进士张伯成名性者所著,本名《杜律演义》,惟赵注未有辨者。愚谓伯成博学早亡,倘不亡,此解必不可传,而后世尚可宗之乎?

---

① 原文作"闲",据杜集改为"开"。

诗既不必注,惟须评。盖《尔雅·释文》①而后胡能益一词耶?今之评杜诗者,若刘须溪辰翁,以"避人焚谏草,骑马欲鸡栖"二句,谓点破古事。愚谓题旨尚暗。此诗乃《晚出左掖》,少陵之职拾遗也,焚草而出,岂旷日濡滞乎?古人退寝乃安之意,或如此。

杜诗如《诸将》五首,律中之《雅》;《草堂》数首,律中之《风》;《垂老别》等篇,《雅》中之变;至如"风尘三尺剑,社稷一戎衣"等作,则可以通乎《颂》矣。

杜集中《课子》诗称"熟知《文选》理",乃知《文选》在唐已重。若所选文类,未免六朝习气,却是《文章正宗》好。

许多《明妃曲》,安得如"群山万壑赴荆门"一首铿锵典实;许多牛郎织女诗,安得如《三谢集》中一首备极情文;许多玉环诗,安得如《北征》"未闻夏商衰,中自诛褒妲"规讽有体;许多"出塞曲",安得如《六月》"薄伐猃狁,至于太原"御戎有道。

读班、马者,譬如杜诗"马上谁家白面郎,临阶下马坐人床。不通姓字粗豪甚,指点银瓶索酒尝",故以一放勋、重华,文命尚然不稳;皋陶、廷坚②,名姓总未考详,何况其它乎?

读汉赋须分段数。学汉赋,学《甘泉赋》起。如今人先不领会字学,不能有这许多连绵形容字样,所以出手都成俗笔。扬雄、左思何等字学,《三都》《两京》何等胸襟!李、杜、韩、柳集中亦有赋,便不足观。《文选》内《籍田》《雪月》等赋,将与汉赋比,亦各不同,何况今世以后乎!

行路难,难行路,李白怨,杜甫怒。生碌碌,起床见日暴。县官来!县官来!(《弘艺录》卷一《阻冻词》三首其三)

为甚穿窬至不仁,不将吾腹剖吾珍。却来架上窥千轴,负出街头直几缗?未忿邺侯高阁束,生憎杜甫五车贫。从兹糟粕须当尽,造化经纶转更新。(卷十一《失书叹》)

亭高乍见一江水,地迥疑登万里台。天为浮云羞短日,人随胜地托高材。

---

① 《尔雅》有"释诂""释言""释训"等,无"释文"。邵氏或是兼指前三者而言也。
② 通常写作"庭坚",高阳氏时"八恺"之一。

花樽拟共三贤赏,笑眼偷将一日开。莫道杜陵无好兴,典衣几度为君来。(卷十二《候客》)

青楼朱槛压彤城,樊汉沧波万里情。虹驾倒缘江岸出,马行斜瞰晚山明。升平险阻非忘设,今古贤豪各有名。安得杜陵人尚在,也从山简与班荆。(同上《汉江》)

薇花未放顶先红,正是园林四月中。山小夕阳留树杪,亭危飞燕舞回风。董韩学道时虽偶,班马能言运未通。切莫许身如稷卨,杜陵今已叹诗穷。(卷十三《弘斋杂咏十首》其十)

两山何惜送晴来,痛忿孤臣拭不开。风急水潺同怅别,桃鲜柳嫩各徘徊。飞岚尽减高峰骨,点水从经社燕才。为甚少陵常恻恻,春深日午未衔杯。(同上《西湖送钱冯南江戍雷州二首》其二)

绿荷擎雨下明漪,昨夜轻雷过少微。自许客星能傲主,肯同水殿惜馀晖。流觞曲处枝三匝,复道通边锦一闱。鹭鹢蜻蜓皆画意,杜陵诗句未全非。(卷十四《明漪阁》)

大抵人生覆载中,气禀才华以为之主,而学问涵养以为之辅,以取其蕴藉温润,资深逢源,然后无往而不得。观于司马迁、李白,天才迥出,又得于肆意历览,以发其蹈厉奋扬之气。至于扬雄、杜甫诸人,刻意深造,所以致其精微纯粹如不得已。其诸天资近道不能,学以充之;学虽黾勉,而天分或不能及,皆所谓小乘而未能底于大成也。(卷二十二《林白石先生文集序》)

黄　佐

卜筑青门胜,云山紫逻通。萧条同杜甫,寂寞异杨雄。日月双飞乌,乾坤一断蓬。玉衡如可协,将子共丝桐。(《泰泉集》卷六《次韵梁应房园居四首》其四)

宋玉萧条曾作赋,杜陵摇落最关情。(卷七《感秋三首》其三)

忧世旧愁怜杜甫,阜民新调协虞华。(卷八《曲江晓发赠别符颖江太守》)

君不见陇山萧索秋云高,山巅朱凤鸣嗷嗷。侧身长顾求其曹,万古云霄一羽毛。君不见潇湘洞庭虚映空,中有云气从飞龙。天地黯惨忽异色,万斛之舟行若风。英雄有时亦如此,揽①环结佩相终始。凤臆龙鬐未易识,青眼高歌望吾子。(卷十《集杜句题彩凤云龙卷送方公子行》)

倚江柟树草堂前,忽漫相逢是别筵。纵酒欲谋良夜醉,将诗不必万人传。朝廷衮职谁能补,乡里衣冠不乏贤。此别应须各努②力,浊醪粗饭任吾年。(同上《草堂别友人集杜句》)

云水长和岛屿青,江中风浪雨冥冥。霜凋碧树作锦树,色过棕亭入草亭。诸葛大名垂宇宙,元戎小队出郊坰。卧龙跃马俱黄土,极目秋天虚翠屏。(同上《桂林雨中望诸葛亭有感集杜句》)

琴瑟几杖柴门幽,请公一来开我愁。夜如何其初促膝,岁云暮矣增离忧。飘零已是沧浪客,用壮翻同麋鹿游。走觅南邻爱酒伴,江花未尽会江楼。

东流之外西日微,羲和迭送将安归。江中淘河吓飞燕,天上浮云如白衣。即事非今亦非古,暂时相赏莫相违。因知贫病人须弃,独立苍茫自咏诗。(同上《草堂夜坐有怀梁南皋用韵集杜二首》其二)

万里风烟接素秋,杖藜徐步立芳洲。自知白发非春事,更有澄江消客愁。念我能书数字至,悲君已是十年流。更为后会知何地,须向山阴上小舟。(同上《秋日集杜句寄山阴周给事》)

君不见鞲上鹰,万里寒空只一日。焉能作堂上燕,可怜处处巢居室。丈夫垂名动万年,会是排风有毛质。天意冲寒欲放梅,江上徒逢袁绍杯。酒酣③击剑蛟龙吼,山根鱣鲔随云雷。男儿生无所成头皓白,我能拔尔抑塞磊落之奇才。速宜相就饮一斗,丝管啁啾空翠来,如何不饮令心哀。(同上《草堂招汤处士民悦饮集杜句》)

至日承伦、邓二侍御召饮,陪戴孟光巡按不赴。是日也,献酬歌乐,盛丽

---

① 原文作"榄",据杜集改为"揽"。
② 原文作"弩",据杜集改为"努"。
③ 原文作"阑",据杜集改为"酣"。

动人。夜坐有怀李三洲,以李子与兹席也。集杜成此,盖感今念昔,以见会合之难云尔。

东流江水西飞燕,只愿无事长相见。咫尺应须论万里,可惜刻漏随更箭。忆献三赋蓬莱宫,声价欸然来向东。喜得与子长夜语,意匠惨淡经营中。年年至日长为客,口脂面药随恩泽。此时与子空归来,鸿飞冥冥日月白。孤城西北起高楼,伐木丁丁山更幽。青鞋布袜从此始,长歌短咏还相酬。钟鼎山林各天性,后来况接才华盛。青眼高歌望吾子,苍苔浊酒林中静。冬至阳生春又来,亦知穷愁安在哉。江上被花恼不彻,安得健步移远梅。梅花欲开不自觉,细推物理须行乐。玉垒浮云变古今,瑶台侍臣已冥寞。君不见周南太史公,凡今谁是出群雄。词源倒流三峡水,胡为见羁虞罗中。君不见西蜀杜陵老,多才依旧成潦倒。且尽清尊恋物华,不知明月为谁好。高视乾坤又可愁,尊前还有锦缠头。绿云清切歌声上,多暇日陪骢马游。紫衣将炙绯衣走,饔人受鱼校人手。忆昨邀欢乐更无,此曲只应天上有。箫鼓哀吟感鬼神,回风飒飒吹沙尘。合欢却叹千年事,白水青山空复春。(同上《东流江水篇有引》)

晚来幽独恐伤神,相送柴门月色新。卜筑应同蒋诩径,名家莫出杜陵人。侍臣缓步归青琐,鸣玉朝来散紫宸。南极一星朝北斗,勿云江汉有垂纶。(同上《集杜句赠右溪伦子》)

《明音类选》奚以编也?《类选》治世之音,用昭隆盛于无穷也。属者予讲学于粤洲,诸明弦诵咏诗,各选已往遗音无虑数百家。廊庙山林、巨公畸士见存者,方将轹汉、魏,以追《风》《雅》则不与焉。……明音得自《风》《雅》,安数唐哉!陶渊明尝论诗哉,曰"宁效俗中言",是古诗贵雅不贵俗也;杜少陵尝论诗,曰"晚于诗律细",是律诗贵细不贵粗也。音也者,与诗高下,通乎政者也。(卷三十八《明音类选序》)

穷取卿先正白沙先生律诗,讽咏从容,觉胸次廓如也。后乃脱去宿习,求之乎李、杜,进之乎汉、魏,然后始知《三百篇》之大指皆出于自然也。先生有言:"子美诗之圣,尧夫又别传。"盖赏其自然也。意则欲兼二妙而有之,岂非

以自然为宗者……先生之诗,言近指远,因斯训释,当妙语入神矣。(同上《白沙律诗解注序》)

《书》曰:"诗言志,歌咏言,声依永,律和声。"夫诗也者,乐之始也;乐也者,诗之成也。自乐律不传,今之所知者,诗律而已,杜少陵所谓'晚节渐于诗律细'者是也。尝窃评三曹、阮、陶、谢之诗,优游雅淡,其音律如黄钟大吕。王、杨、卢、骆之诗,繁缛清绝,其音律如无射应钟。兼是二体,如《周官》之大合乐,庶几其集大成乎?古今大家,亦惟少陵乃能与于此。(卷四十一《振美堂稿序》)

唐诗以音名矣。音由心起,与政通者也。史臣称太宗除隋之乱,比迹汤、武。嗟乎,谅哉!夫变六朝之体,成一代之音,骈偶为律,错杂古体,实启于太宗,观《帝京篇》则可见已……迨《幸武功庆善宫》,乃乐其所自生者①。燕饮赋诗,被之管弦,乐名《九宫之舞》,惟用教坊俗调,以夹钟为律本,于是淫哇之风浃于四海矣。公卿名士,宫府边廷,翕然化之,而诗体古与律复分为二。虽绝句小词,乐伶皆能歌而奏之。后世为诗,莫不宗唐,而不知太宗所启也……故初唐之诗,太宗为主,而承于虞、魏诸臣。其音硕以雄,其词宏以达,洋洋乎其盛矣哉!故贞观之治,几致刑措,然心则不纯,有愧汤、武,此女乱所由作。而王、杨、卢、骆犹袭六朝之绪,陈、杜、沈、宋虽力振之,时称其工,而犹谄事武、韦。噫,可耻也哉!盛唐之诗,玄宗为主,而张说、苏颋,世称燕、许者,鸣于馆阁;李白、杜甫,各为大家者,鸣于朝野;王、孟、高、岑,名亦次之。(同上《唐音类选序》)

孔子诵《鸱鸮》之诗曰:"为此诗者,其知道乎!"及诵《烝民》,亦如之。夫盈天地间,物物皆道,民彝物则非精也,鸟兽草木非粗也。汉、魏以后,诗变极矣。陶潜曰:"娟娟云间月,灼灼林中花。"杜甫曰:"风鸳藏近渚,雨燕集深条。"犹有《三百篇》比兴之义焉。如作诗必言乾坤太极为知道,则《烝民》是而《鸱鸮》非矣。谢方石选集《伊洛遗音》,而谓近世道学诗为识者所讪笑,殊不

---

① 所谓"自生者",指武功县庆善宫乃李世民诞生地。贞观六年(632),唐太宗曾临幸旧地,作此诗。

知程、朱佳什,正合唐人也。可谓知言矣!(卷四十三《岩居稿序》)

胡缵宗

绝代文章客,瞻依倍感伤。正音先李杜,大雅失王杨。山色金华重,江声独坐长。萋萋芳草合,明月下空堂。(《鸟鼠山人小集》卷三《登陈伯玉读书台》)

征夫情独深,闺妇意难禁。褵重蟾蜍蚀,尘高豺虎侵。相公应握发,太史亦惊心。赖有杜工部,时时江上吟。(同上《次韵答张刑部孟复》)

姑孰经旬合,芜湖数日留。联床坐风月,并马话山丘。月下李白醉,江边杜甫愁。桥头忽分首,相对各悠悠。(同上《别留徽州克全》)

春草句高康乐梦,秋陂兴远杜陵诗。(卷四《分题赋得月池留别太之用修用叙用美用贞用德用安七君子》)

携筇晓起望荆山,数载崚嶒河济间。东海鸡声红日近,泰宫鹤驾白云闲。主人结屋凌霄汉,客子登门集佩环。万木翩翩千鸟逸,少陵诗思满人寰。(同上《少司马王公荆山书屋二首》其一)

看山空负池州约,邀月真悬北固思。文泣鬼神丁卯地,笔惊风雨少陵诗。(同上《寄许侍御伯诚》)

少陵恋国心千载,张翰怀乡客万程。(同上《白发》)

十载声名四海知,一言卷里见新诗。杜公音律非唐调,屈氏篇章自楚辞。衡岳山高青滴滴,洞庭水远碧漪漪,于今初下河中楫,秋月春风慰所私。(同上《马上柬河南刘太守》)

龙武营高羯鼓收,星旗月羽照彤楼。塞边搏虎云屯马,禁内打鱼花隐舟。旧苑歌声累夕起,新河帆影经旬留。江头恼杀杜工部,碧树连天无奈愁。(同上《柬徐给事之鸾》)

平生稷契志,一代杜陵诗。(卷五《吊朱参政凌溪中秋日》)

张颠书罢惊牛斗,杜老吟余泣鬼神。(卷六《西署小坐次韵》)

海内忽传崆峒颓,故人涕泗斯文哀。贾疏激昂底柱立,杜诗尔雅狂澜回。不堪白日骑鲸去,无复扁舟化鹤来。忍向春江泻春酒,《离骚》缕缕为谁裁!(同上《哭崆峒先生李献吉》)

叙曰:汉、魏有诗,梁、陈、隋无诗;唐有诗,宋、元无诗。梁、陈、隋非无诗,有诗不及汉、魏耳;宋、元非无诗,有诗不及唐耳。不及唐,不可与言汉、魏矣;不及汉、魏,不可与言《风》《雅》矣。孔子云:"不学《诗》,无以言。"於乎,诗岂易学哉!汉、魏而下,唐人亡虑数十,其诗亡虑数百,而世独称李、杜。元微之谓杜子美气吞曹、刘,则驾乎魏也;言夺苏、李,则凌乎汉也;下该沈、宋,则尽乎唐矣。宏辞奥义,殆上薄乎《三百篇》,而况于《骚》哉!夫杜感乎诗,触乎事,发乎情。一代之盛衰治乱,考之史未为有余,考之杜未为不足。而君臣朋友之间,大义炳炳,千载而下,读之亡不感慨,无愧于《风》《雅》。予三复之,未尝不以微之之言为然。当其诗与之齐名者,惟白耳。故世之人学《三百篇》者,不能舍汉与魏;学汉与魏者,不能舍唐;学唐者,又安能舍杜与李哉!若梁、陈、隋,若宋、元,代岂亡人,未见其能李、杜也。古今批注杜诗者众矣,其最著者,曰刘会孟,曰单元阳,曰董养性,曰虞伯生,曰赵子常。刘、赵其庶乎,单、董、虞亦不可诬也。其它吾无取焉。诸集盛行,而会孟本独少传。金生鸾学杜者也,若有得于会孟,故独刻云。鸾,予陇西人。(卷十一《杜诗批注后序》)

汉诗无调与格,而调雅而格浑;唐诗有调与格,而调适而格隽;五代以下,调不协而格不纯,未见其有诗也。杨未选李、杜,高李、杜亦入选;杨于晚唐犹有取焉,高于晚唐有数数首而止,其严哉!(卷十二《刻唐诗正声序》)

汉之文朴然,司马子长有不尽朴者而朴存焉;唐之文浑然,杜子美有不尽浑者而浑存焉。故言汉之文必归子长,言唐之文必归子美。(同上《廖太史采风集序》)

故世之论诗者,一曰汉、二曰魏而已矣,三曰晋、四曰唐而已矣。唐以下,未可以言诗也。观诸苏、李,观诸曹、刘,观诸陶、谢,观诸李、杜,不亦概可见哉!(同上《重刻选诗序》)

雍之文,笔于伏羲,阐于文、武、周公。《易》,源也;《诗》《书》《礼》《乐》,流也。逮秦焚坑,文几熄矣。至宋而有张子《西铭》,文斯续焉。《三百篇》多出于歧、丰,汉苏、李变为五言,唐李、杜加以七言,虽非《风》《雅》《颂》之基,然亦赋、比、兴之蕴也。汉诗曰苏、李,唐诗曰李、杜,触物兴怀,出骚入雅,不愧《三百篇》,雍之文不有余韵乎?明兴,韦杜遗音,河岳逸响,司徒古淡,方伯雄健,翰林飘逸,会魁典则,然郡守容斋、司徒平川方注意性理以承端毅公之学,未宣诗文。弘治间,李按察梦阳谓诗必宗少陵,康殿撰海谓文必祖马迁,天下学士大夫多从之。……一日视幼通,幼通曰:"固雍颂也。"风格韵致要不出于少陵,自为秦中一诗品焉。丰、镐诸君子,或以缵宗之言为然也。(同上《西玄诗集序》)

郡中故有二贤祠,祀唐学士贺先生、翰林李先生。贺先生尝宰任,李先生因贺先生寓于济亦久,而寓者时则又有工部杜先生焉。三先生唐文宗也,其在济文章动河岳,河岳因三先生而增重。敢并祀之,庶知济之人士敬仰三先生云。敢告!(卷十四《告济郡三贤祠文》)

缵宗始读举业书,乃不知读诗。既读诗,又不知《三百篇》之外读李、杜诗。既读李、杜诗,又苦无多李、杜诗本。杜诗本稍多,李诗唯内府本为善,而人不多得。尝闻刻于蜀,今求之亦不得。缵宗刻之力不暇及,故先刻绝句云。(同上《题李诗绝句后》)

律诗出唐以后,非古也。今世读律而遗古者,众矣。诗自四言而五言而六言而七言,自风、雅、颂而《离骚》而古体而近体,其变极矣。知诗者虽遗律而不传不习,亡伤也。宋以前称诗者,必曰唐;称唐诗者,必曰李、杜。而今世多读杜诗,岂以杜诗近体多于李诗,适中今时之好邪?今观李诗,近体虽仅百首,而其天才俊丽,不可矩蠖。试读之,夫岂在杜下哉!特人未多见,亦未熟读耳。因摘出刻之,以为读杜而遗李者助。夫岂敢遗古而尚今,自任其咎哉!同刻者又有《李诗全集》《杜诗全集》《李诗绝句》云。(同上《李诗近体跋》)

唐诗古体曰陈、李,近体曰李、杜,尚矣。王、孟、高、岑诸子亦称大家,然不能及也。李诗,杜子美亟称之,曰"不群",曰"无敌",曰"飘逸""清新",见之既真,品之亦切矣。夫李天才俊拔,不可矩矱,自为有唐一人豪。贺知章呼为"谪仙",谅哉!然杜易学,李难学;学杜如学颜,学李如学孟。孟子气象大,李才高。学道者学孟无进步处,学诗者学李无下手处。故曰:李多天仙之辞。(同上《跋李诗后》)

音也者,饮也。刚柔清浊,和而相饮也,是诗之体裁也。今观苏、李之淳朴,秦、徐之凄惋,傅、阴之质邃,李、杜之雄浑,王、韦之精澹,益、贺之隽奇,权、窦之冲赡,白、杜之平逸,以至宋、元之疏散,大都《三百篇》之余韵而西周之流风也。凡我雍人所当先天下士,庄诵佩服,以羽翼风雅者。(后集卷二《雍音序》)

诵唐诗而律之以雅,斯成一代之音,以续三代之韵。否则,不可言感格矣。今观唐诗,杨、王、卢、骆,辟之日初升,月初出,其光煜煜,其色沧沧;陈、杜、沈、宋、李、杜、王、孟、高、岑、储、李、王、常,辟之日既高,月既复,其光皜皜,其色盈盈;刘、钱、韦、柳,辟之日未昃,月未亏,其光晖晖,其色耿耿,皆可仰而不可及。……其诸《间气》《国秀》《箧中》《又玄》《三体》《百家选》《类选》,诸集要各有得,姑俟再订云尔。况诸本或不收杨、王、卢、骆,或不录李、杜、韩,或多如贾、温、许、李,则雅音不纯或阙,谓为一代之诗,恐未可称尽美也。(后集卷二《唐雅序》)

汉、魏诗不工,晋诗稍工;唐诗工,陶诗不工;谢诗工,李诗不工,杜诗工。故汉、魏诗不易学,唐诗可学,陶诗不易学,谢诗可学,李、杜诗俱不易学。然杜亦可学,试取其集而玩索之,当自见也。(《愿学编》卷下)

读汉诗当求其浑朴,读魏诗当求其沉厚,读晋诗当求其隽永,读唐诗当求其精到。读李诗(少卿)当求其委婉,读曹诗(子建)当求其典则,读阮诗当求其深奥,读陶诗当求其古淡,读谢诗当求其典丽,读李诗(太白)当求其飘逸,读杜诗当求其沉郁,读韦诗当求其冲澹,读柳诗当求其萧散。诗岂易读哉?然得其肯綮,亦不难探求也。(同上)

文至于苏,去昌黎远矣,况秦、汉乎;诗至于白,去彭泽远矣,况汉、魏乎。文法韩、柳,然可与言典谟训诰乎?诗宗李、杜,然可与言《风》《雅》《颂》乎?

(同上)

夫诗,乐府司马相如,古体四言曹孟德、子桓、子建、嵇叔夜、陶渊明,五言李少卿、班倢伃、曹子建、阮嗣宗、陶靖节、谢灵运、陈伯玉,七言张平子、蔡文姬、曹子桓、李太白、杜子美,近体五言王摩诘、孟浩然、杜子美,七言杜工部、王右丞,绝句五言李翰林、王辋川,七言李谪仙、王少伯,长篇李太白、杜子美。知此而学,《三百篇》其庶几乎。(同上)

国朝文袭宋,方孝儒其杰然者,自康德涵出而人人拟司马子长矣。诗袭元,高季迪其杰然者,自李献吉出而人人拟杜子美矣。时海内学者虽翕然相从,而崆峒、对山因得罪于世之君子矣。然汉文唐诗岂宋元比邪?夫学必学孔也,学诗与文不当自太史公、工部入邪?(同上)

常 伦

少陵本旷达,神秀钟华峰。兵戈蹈巴蜀,白首悲固穷。缅彼周汉还,谁为百世雄。茫茫延六季,绮丽分雕虫。尚友良卓然,一扫铅华空。旷哉走巨壑,皓若攀游龙。长怀阻今昔,寝寤揖高风。(《常评事集》卷二《杜工部》)

徐献忠

今予所选,圆润整丽,幽寂娴雅,皆类其人。乃于其辞悉加评议,妍媸在鉴,不敢自昧,盖慕之深,故知之真也。若上官昭容之媚私,二李之邪侧,虽开元盛时,亦弃之不录。至于李白之乐府词,杜甫之正律,美璞连城,又不与诸家相杂。(《长谷集》卷五《唐诗玉水集序》)

夫艺学各有门户,类无全袭其美,故少陵《三大礼赋》尚乏通才,昌黎诗世所称如"横飞玉盏,远蹀金珂",咸不入选。先生问学渊潜、陵跨高代,其文慷慨轶荡,得史迁大篇旨意,非后烦琐摹摸;诗自乐府而下,咸遵其美,而尤长于律,其平淡入陶、韦,骨气肩陈、杜。吾松今日号称雅道中兴,先生固其先驱

也。(同上《凤峰先生环溪集序》)

琏川施先生,吴兴之归安人,举嘉靖乙未进士。……自少天才颖异,若出夙成。十二岁时,其祖翁试《蛛网》诗,即颈联符少陵语,翁大奇之。既仕,遂以诗名于海内。(同上《琏川诗集序》)

学士高才命世,凌轹同等,律调琅然,极其华茂。然其心灵流畅,不烦构结,而自出雅致,旷代高出,以为家祖少陵,雄生后代,威凤之丸,不离苞素者也。《守岁》篇云:"宫阙星河低拂树,殿廷灯烛上熏天。"气色高华,罕得其比。(《唐诗品·修文馆直学士杜审言》)

季膺最善少陵,笃于雅信,故附离声诗若有合辙,然有收入杜集者,如"莫倚善题鹦鹉赋,何须不著鵔鸃冠",又"江头枫叶红愁客,篱外黄花菊对谁",又"郡邑地卑饶雾雨,江河天阔足风涛",兹皆善于拟近,谓优孟为真叔敖可尔。(《唐诗品·剑南节度使严武》)

水部长于乐府古辞,能以冷语发其含意,一唱三叹,使人不忍释手。张舍人序其能继李、杜之美。予谓李、杜浑雄过之,而水部凄惋最胜,虽多出瘦语,而峻拔独擅,贞元以后,一人而已。(《唐诗品·水部员外郎国子司业张籍》)

陆粲

岁辛巳四月之朔,少傅太原公张燕于怡老园之池亭,门下士侍坐者凡八人。……酒半,公取杜少陵句分韵,命人为诗一章。(《陆子余集》卷一《怡老园燕集诗序》)

谢榛

《四溟诗话》

卷一

诗至三谢,乃有唐调;香山九老,乃有宋调;胡、元诸公,颇有唐调;国朝何大复、李空同,宪章子美,翕然成风。吾不知百年后,又何如尔。

杜子美诗:"日出篱东水,云生舍北泥。竹高鸣翡翠,沙僻舞鹍鸡。"此一句一意,摘一句亦成诗也,盖《嘉运》诗①。"打起黄莺儿,莫教枝上啼。啼时惊妾梦,不得到辽西。"此一篇一意,摘一句不成诗矣。

用事多则流于议论。子美虽为诗史,气格自高。

《鹤林玉露》曰:"诗惟拙句最难。至于拙则浑然天成,工巧不足言矣。"若子美"雷声忽送千峰雨,花气浑如百和香"之类,语平意奇,何以言拙?刘禹锡《望夫石》诗:"望来已是几千载,只是当年初望时。"陈后山谓"辞拙意工"是也。

七言绝律,起句借韵,谓之"孤雁出群",宋人多有之。宁用仄字,勿借平字,若子美"先帝贵妃俱寂寞""诸葛大名垂宇宙"是也。

托物寓意,贵乎浑成,犯题亦可,不犯亦可,若子美"黑鹰不省人间有,双飞玉立并清秋"是也。范德机明暗之说凿矣。②

《云仙录》:杜甫寓蜀,蚕熟,每与妻子躬行乞,曰:"如或相悯,惠我一丝两丝。"《自京赴奉先》诗曰:"老妻寄异县,十口隔风雪。谁能久不顾,庶往共饥渴。入门闻号咷,幼子饥已卒。吾宁舍一哀,里巷犹呜咽。所愧为人父,无食致夭折。"子美贫到骨矣,千载之下,使人酸鼻。予《郏城秋雨》诗曰:"七月雨多烟火稀,茅堂燕雀傍人飞。山妻自是怜儿女,不顾秋风要典衣。"

左太冲《魏都赋》曰:"八极可围于寸眸。"子美"乾坤万里眼"之句,意本于此。若曰"眸",则不佳。

律诗重在对偶,妙在虚实。子美多用实字,高适多用虚字。惟虚字极难,不善学者失之。实字多则意简而句健,虚字多则意繁而句弱,赵子昂所谓"两联宜实"是也。

---

① 当即晚唐徐夤《嘉运》,其诗云:"嘉运良时两阻修,钓竿蓑笠乐林丘。家无寸帛浑闲事,身似浮云且自由。庭际鸟啼花旋落,潭心月在水空流。晨炊一箸红银粒,忆著长安索米秋。"一句一意,亦此诗之体式也。

② 《历代诗话续编》本《四溟诗话》缺此条,据李庆立等笺注本《诗家直说笺注》卷一补入。

子美《和裴迪早梅相忆》之作，两联用二十二虚字，句法老健，意味深长，非巨笔不能到。

景多则堆垛，情多则暗弱，大家无此失矣。八句皆景者，子美"棘树寒云色"是也。八句皆情者，子美"死去凭谁报"是也。

苏子卿曰："明月照高楼，想见余光辉。"子美曰："落月满屋梁，犹疑照颜色。"庾信曰："落花与紫盖齐飞，杨柳共春旗一色。"王勃曰："落霞与孤鹜齐飞，秋水共长天一色。"梁简文曰："湿花枝觉重，宿鸟羽飞迟。"韦苏州曰："漠漠帆来重，冥冥鸟去迟。"三者虽有所祖，然青愈于蓝矣。

《金针诗格》曰："内意欲尽其理，外意欲尽其象。内外涵蓄，方入诗格。若子美'旌旗日暖龙蛇动，宫殿风微燕雀高'是也。"此固上乘之论，殆非盛唐之法。且如贾至、王维、岑参诸联，皆非内意。谓之不入诗格，可乎？

陈无己《寄外舅郭大夫》诗曰："巴蜀通归使，妻孥且定居。深知报消息，不敢问何如。身健何妨远，情深未肯疏。功名欺老病，泪尽数行书。"赵章泉谓此作绝似子美。然两联为韵所牵，虚字太多而无余味。若此前后为绝句，气骨不减盛唐。

江总"平海若无流"，马周"潮平似不流"，杜甫"江平若不流"，三公造语相类，马句稳而佳。

杜少陵"避人焚谏草"之句，善用羊祜事，此即晏子"谏乎君不华乎外"①之意。

子美"星垂平野阔，月涌大江流"，句法森严，"涌"字尤奇。可严则严，不可严则放过些子。若"鸿雁几时到，江湖秋水多"，意在一贯，又觉闲雅不凡矣。

予初赋《侠客行》曰："笑上胡姬卖酒楼，赌场赢得锦貂裘。酒酣更欲呼鹰去，掷下黄金不掉头。"此结亦如爆竹而无余音。遂更之曰："天寒饮罢酒家楼，掷下黄金不掉头。走马西山射猛虎，晚来风雪满貂裘。"子美《少年行》结

---

① 见《晏子春秋》卷三。原文云："不掩君过，谏乎前，不华乎外。"

句,与前者相类,因拟之曰:"独过酒肆据胡床,指点银瓶索酒尝。连盏鲸吞不辞醉,直驱白马赴长杨。"

卷　二

诗有简而妙者。若……卫万"不卷珠帘见江水",不如子美"江色映疏帘"。……亦有简而弗佳者,若……王初"河梁返照上征衣",不如子美"翳翳桑榆日,照我征衣裳"。……王融"洒泪与行波",不如子美"故凭锦水将双泪,好过瞿塘滟滪堆"。

诗中泪字,若"沾衣""沾裳",通用不为剽窃,多有出奇者。潘岳曰:"涕泪应情陨。"子美曰:"近泪无干土。"太白:"泪尽日南珠。"刘禹锡曰:"巴人泪应猿声落。"贾岛曰:"泪落故山远。"孟云卿曰:"至哀反无泪。"何仲默曰:"笛里三年泪。"李献吉曰:"万古关山泪。"卢仝曰:"黄金矿里铸出相思泪。"此太涉险怪矣。

大篇决流,短章敛芒,李、杜得之。大篇约为短章,涵蓄有味;短章化为大篇,敷演露骨。

《扪虱新话》曰:"诗有格有韵。渊明'悠然见南山'之句,格高也;康乐'池塘生春草'之句,韵胜也。"格高似梅花,韵胜似海棠。欲韵胜者易,欲格高者难。兼此二者,惟李、杜得之矣。

许彦周曰:"作诗浅易鄙陋之气不除,熟读李义山、黄鲁直之诗则去之。譬诸医家用药,稍不精洁,疾复存焉。"彦周之谓也。陈后山曰:"学者不由黄、韩而为老杜,则失之浅易。"此与彦周同病。

陆士衡《日出东南隅》、谢灵运《还旧园》、沈休文《拜陵庙》,皆不过二十韵。洛阳王伟用五十韵献湘东王。迨子美《夔府》,乃有百韵。

陈后主曰:"日出光天德,山河壮帝居。"气象宏阔,辞语精确,为子美五言句法之祖。

李空同评孟浩然《送朱二》诗曰:"不是长篇手段。"浩然五言古诗近体,清新高妙,不下李、杜。但七言长篇,语平气缓,若曲涧流泉,而无风卷江河之势,空同之评是矣。

《庄子》曰："儵鱼出游从容。"是鱼乐也。白居易曰："獭捕鱼来鱼跃出。"此非鱼乐，是鱼惊，翻案《庄子》而无趣。《家语》曰："水至清则无鱼。"杜子美曰："水清反多鱼。"翻案《家语》则有味。

或曰："诗适情之具。染翰成章，自然高妙，何必苦思，以凿其真？"予曰："'新诗改罢自长吟'，此少陵苦思处。使不深入溟渤，焉得骊颔之珠哉？"

王建《留别杜侍御》曰："有川不得涉，有路不得行。沉沉百忧中，一日如一生。"此语无异孟郊。末曰："顾君去陇阪，长使道路平。"此结颇类子美。

屈、宋为辞赋之祖。荀卿六赋，自创机轴，不可例论。相如善学《楚词》，而驰骋太过。子建骨气渐弱，体制犹存。庾信《春赋》间多诗语，赋体始大变矣。子美曰："庾信平生最萧瑟，暮年词赋动江关。"托以自寓，非称信也。

赵章泉谓："作诗贵乎似。"此传神写照之法，当充其学识，养其气魄，或李或杜，顺其自然而已。

韩昌黎曰："妇人不下堂，游子在万里。"托兴高远，有风人之旨。杜少陵曰："丈夫则带甲，妇人终在家。"此文不逮意，韩诗为优。

诗无神气，犹绘日月而无光彩。学李、杜者，勿执于句字之间。当率意熟读，久而得之，此提魂摄魄之法也。

子美曰："碧知湖外草，红见海东云。"此景固佳，然"知""见"二字着力。至于"一径野花落，孤村春水生"，便觉自然。

学诗者当如临字之法。若子美"日出东篱水"，则曰"月坠竹西峰"。若"云生舍北泥"，则曰"云起屋西山"。久而入①悟，不假临矣。

杜子美《七歌》，本于《十八拍》。文天祥《六歌》，与杜异世同悲。李献吉亦有《七歌》，惜非其时尔。

今之学子美者，处富有而言穷愁，遇承平而言干戈，不老曰老，无病曰病，此摹拟太甚，殊非性情之真也。

刘禹锡赠白乐天两联用两"高"字："雪里高山头白早""于公必有高门

---

① 原文作"不"，于上下文义不顺，据《诗家直说笺注》本改为"人"字。

庆"。自注曰:"高山本高,高门使之高,二义不同。"自恕如此。两联最忌重字,或犯首尾可矣。子美曰"江阁要宾许马迎""醉于马上往来轻",王维曰"尚衣方进翠云裘""万国衣冠拜冕旒",二公重字,不害为大家。

《扪虱新话》曰:"文中有诗,则语句精确;诗中有文,则词调流畅。"而引谢玄晖、唐子西之说,胡氏误矣。李斯《上秦皇帝书》,文中之诗也;子美《北征》篇,诗中之文也。

杨仲弘律诗三十四格,谓自杜甫门人吴成、邹遂传其法。然窘于法度,殆非正宗。

屈原曰:"众人皆醉我独醒。"王绩曰:"眼看人尽醉,何忍独为醒。"左思曰:"功成不受爵,长揖归田庐。"太白曰:"若待功成拂衣去,武陵桃花笑杀人。"王、李二公善于翻案。子美曰:"明年此会知谁健,醉把茱萸仔细看。"刘浚曰:"不用茱萸仔细看,管取明年各强健。"太拙而无意味。杨诚斋翻案法专指宋人,何也?

李靖曰:"正而无奇,则守将也;奇而无正,则斗将也;奇正皆得,国之辅也。"譬诸诗,发言平易而循乎绳墨,法之正也;发言隽伟而不拘乎绳墨,法之奇也;平易而不执泥,隽伟而不险怪,此奇正参伍之法也。白乐天正而不奇,李长吉奇而不正。奇正参伍,李、杜是也。

李西涯阁老善诗,门下多词客。刘梅轩阁老忌之,闻人学诗,则叱之曰:"就作到李、杜,只是酒徒!"①李空同谓刘因噎废食,是也。

子美五言绝句,皆平韵律体,景多而情少。太白五言绝句,平韵律体兼仄韵古体,景少而情多。二公各尽其妙。

子美《居夔州》,上句曰"春知催柳别""农事闻人说","别""说"同韵……此非诗家正法。

"欢""红"为韵不雅,子美"老农何有罄交欢""娟娟花蕊红"之类。"愁""青"为韵更佳,若子美"更有澄江销客愁""石壁断空青"之类。凡用韵审其可

---

① 刘氏"李杜酒徒"之说,明中期多有人提及,乃其时"前七子"推尊盛唐、标榜杜诗风气之反动,可谓明代杜诗接受史上之一公案也。

否,句法浏亮,可以咏歌矣。

子美曰:"细雨荷锄立,江猿吟翠屏。"此语宛然入画,情景适会,与造物同其妙,非沉思苦索而得之也。

排律结句,不宜对偶。若杜子美"江湖多白鸟,天地有青蝇",似无归宿。

五言律首句用韵,宜突然而起,势不可遏,若子美"落日在帘钩"是也。若许浑"天晚日沉沉",便无力矣。

武元衡曰:"残云带雨过春城。"韩致光曰:"断云含雨入孤村。"二句巧思,不及子美"澹云疏雨过高城"句法自然。

子美不遭天宝之乱,何以发忠愤之气,成百代之宗!国朝何仲默亦遭壬申之乱,但过于哀伤尔。

空同子曰:"古诗妙在形容,所谓水月镜花、言外之言。宋以后,则直陈之矣。求工于句字,心劳而日拙也。"枚氏《七发》,非必于七也,文涣而成七。后之作者无七而必于七,然皆俳语也。杜甫见道过于韩愈,如"白小群分命""文章有神交有道""随风潜入夜""水流心不竞""出门流水住"等语,皆是道也。王维诗高者似禅,卑者似僧。奉佛之应人心,系则难脱。

马子端曰:"《楚词》悲感激迫,独《橘颂》一篇,温厚委曲。"子美"明霞高可餐",即"维北有斗,不可以挹酒浆"之意。

宋之问"鬓发俄成素,丹心已作灰",子美"白发千茎雪,丹心一寸灰";张说"洞房悬月影,高枕听江流",子美"疏帘残月影,高枕远江声";李玉群"水流宁有意,云泛本无心",子美"水流心不竞,云在意俱迟";徐晶"翡翠巢书幌,鸳鸯立钓矶",子美"翡翠鸣衣桁,蜻蜓立钓丝";韦庄"百年流水尽,万事落花空",子美"流水生涯尽,浮云世事空";陈陶"九江春水阔,三峡暮云深",子美"九江春水外,三峡暮帆前"。诸公句意相类,子美自优。

傅咸《萤火赋》:"虽无补于日月兮,期自照于陋形。当朝阳而戢景兮,必宵昧而是征。进不竞于天光兮,退在晦而能明。"骆宾王:"光不周物,明足自资。处幽不昧,居照斯晦。"二子皆有托寓,繁简不同。子美"暗飞萤自照"之句,意愈简而辞愈工也。

卷 三

古人作诗，譬诸行长安大道，不由狭斜小径，以正为主，则通于四海，略无阻滞。若太白、子美，行皆大步，其飘逸沉重之不同，子美可法，而太白未易法也。本朝有学子美者，则未免蹈袭；亦有不喜子美者，则专避其故迹。虽由大道，跬步之间，或中或傍，或缓或急，此所以异乎李、杜而转折多矣。夫大道乃盛唐诸公之所共由者，予则曳裾蹑屩，由乎中正，纵横于古人众迹之中；及乎成家，如蜂采百花为蜜，其味自别，使人莫之辨也。

章给事景南过余，曰："子尝云：'诗能剥皮，句法愈奇。'何谓也？"曰："譬如天宝间李谪仙、杜拾遗、高常侍、岑嘉州、王右丞、贾舍人相与结社，每分题课诗，一时宁无优劣？或兴高者先得警策处，援笔立就，自能擅场。如秋间偶过园亭，梨枣正熟，即摘取啖之，聊解饥渴，殊觉爽快人意。或有作，读之闷闷然，尚隔一间，如摘胡桃并栗，须三剥其皮，乃得佳味。凡诗文有剥皮者，不经宿点窜，未见精工。欧阳永叔作《醉翁亭记》，亦用此法。"

凡七言八句，起承转合，亦具四声，歌则扬之抑之，靡不尽妙。如子美《送韩十四江东省亲》诗云："兵戈不见老莱衣，叹息人间万事非。"此如平声扬之也。"我已无家寻弟妹，君今何处访庭闱？"此如上声抑之也。"黄牛峡静滩声转，白马江寒树影稀。"此如去声扬之也。"此别应须各努力，故乡犹恐未同归。"此如入声抑之也。

王摩诘《送少府贬郴州》、许用晦《姑苏怀古》二律，亦同前病。岂声调不拘邪？然子美七言近体最多，凡上三句转折抑扬之妙，无可议者。其工于声调，盛唐以来，李、杜二公而已。

予客京时，李于鳞、王元美、徐子与、梁公实、宗子相诸君招余结社赋诗。一日，因谈初唐、盛唐十二家诗集，并李、杜二家，孰可专为楷范。或云沈、宋，或云李、杜，或云王、孟。予默然久之，曰："历观十四家所作，咸可为法。当选其诸集中最佳者，录成一帙，熟读之以夺神气，歌咏之以求声调，玩味之以衰①精华。得此三要,则造乎浑沦,不必塑谪仙而画少陵也。夫万物一我也,千古一心也。易驳而为纯,去浊而归清,使李、杜诸公复起,孰以予为可教也。"诸君笑而然之。是夕,梦李、杜二公登堂谓余曰:"子老狂而遽言如此。若能出入十四家之间,俾人莫知所宗,则十四家又添一家矣。子其勉之。"

浚人卢浮邱名栴者,过邺访予草堂。樽酒款洽,因谈作诗有难易迟速,方见做手不同。卢曰:"格贵雄浑,句宜自然。吾子何其太苦,恐刻削有伤元气尔。"曰:"凡静卧,宜想头流转。思未周处,病之根也。数改求稳,一悟得纯,子美所谓'新诗改罢自长吟'是也。吾子所作太速,若宿构然。再假思索,则无瑕之玉,倍其价矣。"卢曰:"凡走笔率成一篇,虽欲求疵而治,竟不可得。做手定矣,奈何?"曰:"观子直写胸中所蕴,由乎气胜,专效背水阵之法,久而虽熟,未必皆完篇也。子所作惟以仙丹而疗人间百病,予诗如扁鹊诊脉用药,不失病源。"

子美《遣意》二首,皆偏入格。"四更山吐月,残夜水明楼",突然而起,似对非对,而不失格律。时孤城四鼓,睡起凭高,则前山半吐月矣。其清景快人心目,作者可以写其真,良工莫能状其妙,不待讲而自透彻,此岂偶然得之邪!此岂冥然思之邪!至于"啭枝黄鸟近,泛渚白鸥轻",此亦对起,颇似简板。况用二虚字,意多气靡,缓于发端。夫鸣于枝上者黄鸟,则近而可亲;泛乎渚者白鸥,则轻而可爱,着于前联则可。子美起对固多切者,宜在中而不宜在首,此近体定法也。又《寄刘峡州四十韵》,末二句云:"江湖多白鸟,天地有青蝇。"长律自无彻尾②属对,若蒸韵不穷,想更有布置。

凡作诗,悲欢皆由乎兴,非兴则造语弗工。欢喜之意有限,悲感之意无穷。欢喜诗,兴中得者虽佳,但宜乎短章;悲感诗,兴中得者更佳,至于千言反复,愈长愈健。熟读李、杜全集,方知无处无时而非兴也。

予客都门,雪夜同张茂参、刘成卿二计部酌酒谈诗。茂参曰:"贾舍人《早朝大明宫》诗及诸公和者,可能定其次第否?"予曰:"有美玉罗于前,其色赤黄

---

① "衺"字于文义不通,当是"衰"字之误。
② 别本《四溟诗话》"尾"字后有一"声"字。

白黑，烂然相辉，色虽异而温润则同，予非玉工，焉能品其次第哉！成卿世之宗匠，盍先定之？"成卿曰："予僭评之，何异蠡测海尔。杜其一也，王其二也，岑其三也，贾其四也。"予曰："子所论讵敢相反。颠之倒之，则伯仲叔季定矣。贾则气浑调古，岑则词丽格雄。王、杜二作，各有短长，其次第犹是一辈行。或有拟之者，难与为伦。"茂参曰："使诸公有之，评谁为同调邪？"

大梁田深甫从李献吉游，嗜酒耽诗，十三科不第，终于兵部司务。尝拟少陵《秋兴》诗，得盛唐气骨，眼中不多见也。

卷　四

《世说新语》："徐孺子九岁时，尝月下戏。或云：'若令月中无物，当极明邪？'"子美诗"斫却月中桂，清光应更多"，意祖于此，造句奇拔，观者不觉用事。所谓"读书破万卷，下笔如有神"，杜老不欺人也。

岑参《寄左省杜拾遗》诗云："联步趋丹陛，分曹限紫微。晓随天仗入，暮惹御香归。白发悲花落，青云羡鸟飞。圣朝无阙事，自觉谏书稀。"杜甫《答岑补阙见赠》云："窈窕清禁闼，罢朝归不同。君归丞相后，我住日华东。冉冉柳枝碧，娟娟花蕊红。故人得佳句，独赠白头翁。"岑诗警觉，杜作殊不惬意。譬如善弈者，偶尔轻敌，输此一着。

沈王西屏道人《寄怀大司马郭公》二首："忆昔论交即见知，几年良晤信难期。停云北极频回首，落木西风独赋诗。金鼎盐梅殷相业，玉阶剑履汉官仪。君今选将清边徼，画省忧心退食迟。""征骖别后几登楼，极目山川忆旧游。皛皛霜华寒已沍，冥冥云物夕仍留。九关甲士图功日，三辅丁男习战秋。闻道天骄还北遁，万年佳气绕皇州。"二诗辞雅气畅，造诣不凡。前联典重，不减少陵；后联假对干支，极妙。

凡作诗要情景俱工，虽名家亦不易得。联必相配，健弱不单力，燥润无两色。能用此法，则不堕歧路矣。少陵状景极妙，巨细入玄，无可指摘者；写情失之疏漏，若"读书难字过，对酒满壶频"，上句真率自然，下句为韵所拘尔。

江淹《贻袁常侍》诗曰："昔我别秋水，秋月丽秋天。今君客吴坂，春日媚春泉。"子美《哭苏少监》诗曰："得罪台州去，时危弃硕儒。移官蓬阁后，谷贵殁潜夫。"此皆隔句对,亦谓之"扇对格"。然祖于《采薇》诗:"昔我往矣,杨柳依依。今我来思,雨雪霏霏。"

诗韵罕用"腥"字。胡曾《洞庭湖绝句》:"鱼龙吹浪水云腥。"造句尽佳。沈宪王《夜雨》颈联:"树湿鸦群重,云低龙气腥。"格律尤胜。杜子美《索居》三十韵:"宇宙一膻腥。"此句非不能工,盖长律牵于韵尔。

凡诗用"恩"字,不粗则俗,难于造句。……杜子美"漏网辱殊恩",……此皆句法新奇,变俗为雅,名家自能吻合。

比喻多而失于难解,嗟怨频而流于不平。过称誉岂其中心,专模拟非其本色。愁苦甚则有感,欢喜多则无味。熟字千用自弗觉,难字几出人易见。邈然想头,工乎作手,诗造极处,悟而且精,李、杜不可及也。

凡作诗以"青"字为韵,鲜有佳者。如杜子美《不离西阁》云:"江云飘素练,石壁断空青。"下句奇特有骨。

子美诗"仰蜂黏落絮,行蚁上枯梨""芹泥随燕觜,花蕊上蜂须""翡翠鸣衣桁,蜻蜓立钓丝""鱼吹细浪摇歌扇,燕蹴飞花落舞筵"诸联,绮丽颇宗陈、隋。然句工气浑,不失为大家。譬如上官公服,而有黼黻绨绣,其文彩照人,乃朝端之伟观也。晚唐此类尤多,又如五色罗縠,织花盈匹,裁为少姬之襦,宜矣。宋人亦有巧句,宛如村妇盛涂脂粉,学徐步以自媚,不免为傍观者一笑耳。

子美《秋野》诗:"水深鱼极乐,林茂鸟知归。"此适会物情,殊有天趣。然本于子建《离思赋》"水重深而鱼悦,林修茂而鸟喜"。二家辞同工异,则老杜之苦心可见矣。

孔文谷曰:"……杜子美称李太白诗,清新俊逸,然却太快。太白谓子美诗苦,然却沉郁,缘其性褊躁婞直而多忧愁愤厉之气。其用字之法,则老将之用兵也。……"又曰:"长篇是赋之变体,而去一'兮'字。近体则研炼精切,隐括谐俪,如文锦之有尺幅。绝句皆乐府也。长篇当以李峤《汾阴行》为第一,近体当以张说《侍宴隆庆池应制》为第一,杜甫《秋兴》则'闻道长安似弈棋'一篇尤胜。绝句如王摩诘'武城边逢暮春'……,皆风人之绝响也。"

诗乃模写情景之具,情融乎内而深且长,景耀乎外而远且大。当知神龙变化之妙,小则入乎微罅,大则胜乎太宇,此惟李、杜二老知之。古人论诗举其大要,未尝喋喋以泄真机,但恐人小其道尔。诗固有定体,人各有悟性。夫有一字之悟,一篇之悟。或由小以扩乎大,因著以入乎微。虽小大不同,至于浑化则一也。或学力未全而骤欲大之,若登高台而摘星,则廓然无着手处。若能用小而大之法,当如行深洞中,扪壁尽处,豁然见天。则心有所主,而夺盛唐律髓,追建安古调,殊不难矣。

逊轩子曰:"凡作诗贵识锋犯,而最忌偏执。偏执不惟有焦劳之患,且失诗人优柔之旨。如贾岛'独行潭底影',其词意闲雅,必偶然得之,而难以句匹。当入五言古体或入仄韵绝句,方见作手。而岛积思三年,局于声律,卒以'数息树边身'为对,不知反为前句之累。其所为'一句三年得,吟成双泪流',虽曰自惜,实自许也。不识锋犯,偏执不回,至于如此。唐人中识锋犯者,莫如子美,其'落日在帘钩'之作,亦难以句匹者也,故置之首句,俊丽可爱;使束于联中,未必若首句之妙。学者观其全篇,起结雄健,颈颔微弱,可见矣。因拟阆仙,勉成一绝,附之末简:'杂树已秋风,空山又斜景。杖策不逢人,独行潭底影。'"

七言近体,起自初唐应制,句法严整。或实字叠用,虚字单使,自无敷演之病。……少陵《怀古》:"一去紫台连朔漠,独留青冢向黄昏。"此上二字虽虚,而措辞稳帖。《九日蓝田崔氏庄》:"蓝田远从前涧落,玉山高并两峰寒。"此中二字亦虚,工而有力。中唐诗虚字亦多,则异乎少陵气象。

郑国凡作辞命,必经四贤之手,故见重于列国。予因之以为诗法,每有疑字,示诸社友定正,丁而后已……或曰:"夫少陵之作,气格浑雄,虽有微疵,不伤大体。譬之沧海,无所不容。"适闻斯论,何其不广也!四溟子曰:"予诗如幽浈寒泉,湛然一鉴,自不少容渣滓,务浑净则易纯,使百代之下,知予苦心若是,安敢望于少陵也!"

自然妙者为上,精工者次之,此着力不着力之分,学之者不必专一而逼真也。专于陶者失之浅易,专于谢者失之饾饤。孰能处于陶、谢之间,易其貌,换其骨,而神存千古。子美云:"安得思如陶谢手!"此老犹以为难,况其它者乎？

太白少陵两诗豪，探奇不尽登临费。(《四溟山人全集》卷三《江南李秀才过敝庐因言及诗法赋此长歌用答来意》)

异代怀三老，风骚尚可亲。高名相照耀，片石自嶙峋。野旷青云暮，台空碧草春。至今遗响在，神鬼泣何人！(卷八《吹台吊三贤①》)

漠漠春天雨，冥冥晚树花。山云迷客路，海燕落人家。浊酒聊生计，狂歌任岁华。异时怀杜甫，老病滞三巴。(同上《春雨感怀》)

野风吹客袂，感慨一登城。孤鸟日边没，大河天外倾。年华悲杜甫，世故老虞卿。龙剑应相合，云霄无限情。(同上《登城有感奉寄江宁王怀易》)

杜陵老子昨梦见，笑来更拍狂夫肩。(卷十一《周才子见过谈诗》)

忽漫浓云西北生，斜风骤雨入重城。大川波动鱼龙气，空谷雷搜水石精。阮籍感时心独苦，杜陵忧国意难平。万家暝色孤灯外，弹剑长歌此夜情。(卷十二《暮雨》)

洞庭昔返楚天魂，孤冢千年失子孙。蜀道悲歌今不见，暮云愁色满中原。(卷二十《杜甫墓》)

吟诗为拟杜陵贤，罚酒宁辞金谷园。(卷二十《即席醉笔一韵十六首》其二)

周复俊

禽息曰坐，音上声，杜诗"黄鸟并坐交愁湿"是也。今人读"坐"字作去声，非。子美《咏萤》诗"(帘疏)巧入坐人衣"，"坐"亦音上声。(《泾林杂纪》卷二)

自古文人罕实，而诗人之言亦未足信。如子美称郑广文云："先生有道出羲皇，先生有才过屈宋。"才过屈宋未尝见之，道出羲皇又何舛也？少陵诗史，而亦若是邪？(同上)

---

① 题下自注云："李白、杜甫、高适曾会于此。"

人皆云诗五言难七言易,缘世人皆习学七言,将谓为寻常赠送之物,而风格标韵、兴象华色皆不暇顾,故自以为易耳。太白七言仅两篇。右丞英英,其合作者亦不过十篇。盛唐诸公,多者三四篇。惟少陵七言多至三十余篇,是可以为易乎?(同上)

少陵、太白,皆千秋高步。至唐刘昫辈品裁,竟钦杜而左李,识者恨之。然自宋、元洎国初,词人非杜莫学,曰:"吾希杜而止矣。"近时乃见少陵诗选,岂其孤篇半格,查滓犹有未融者邪?(同上)

右丞诗"江流天地外,山色有无中""行到水穷处,坐看云起时",雄雄浑浑,超绝今古。《送友人归山歌》,一字千金矣,盛唐诸公皆不能及。如少陵"水流心不竞,云在意俱迟",非为无见,犹是着物。(同上)

山人谢茂秦摹拟少陵,日锻月炼,亦觉其工。近代词人,其翩翩可咏者也。(同上)

皇甫汸

《解颐新语》

皎然论诗有三偷,谓语、意、势也。若陈后主"日月光天德",出于傅长虞;沈佺期"高树早凉归",出于柳文畅;王昌龄"手持双鲤鱼,目送千里雁",出于嵇中散。然辞相发明,语或暗合。子美"湛湛长江去",同于"湛湛长江水";"江平不肯流",同于"潮平似不流"。此类盖多矣。

博如子美,谢安所携岂是汉妓,而云"杳杳东山携汉妓"?

杜甫"野旷天低树,江清月近人",常建"夜久潮侵岸,天寒月近城",并佳。

诗有佳对,沧浪指孟诗"鸡黍杨梅"、李诗"云母石楠"、杜诗"竹叶菊花",不及谢诗"交交止栩黄,呦呦食苹鹿";又如"齿录牙绯,甲帐丁年",皆是。而文更多此类。

杜子美:"夜阑更秉烛,相对如梦寐。"诵者疟已。郭元振:"久戍人偏老,长征马少肥。"书之妖灭。诗亦有神哉!

诗中用字，多以平作去。如杜甫"会须上番看成竹"，独孤及"徒言沉水才容舠"，王建"劳动先生还相示"，朱褒"断肠犹系琵琶弦"。"番""才""相""琵"，俱作去。

殷进士璠曰："气因律而生，节假律而明，才得律而清。"严羽谓有古律、今律，知者盖鲜。王仲宣流落荆南，名士多造问诗律，故杜子美诗云："诗律群公问。"（同上）

杜甫晚于律细，故林通谓诗应细评，然又须玩理于趣中，逆志于言外。若谓谏草非献君之物，鸣钟岂夜半之时？则是明月不独照乎巴川，而周民诚无遗种于云汉矣！

李太白论诗："兴寄深微，五言不如四言，七言又其靡也，况束于声调俳偶哉！"故其《赠杜甫诗》有"饭颗"之句，盖讥拘束也。太白七言律绝少，惟马怀素多制七言[①]。

辛亥之春，余除服起家，朝谒甫毕，客舍颇暇。乃取唐诸家，选其诗类分之，专祖声韵，兼采才情。初唐未协，李、杜变格，皆不经选。崔颢鹤楼之咏，李颀璇池之作，亦别置焉。

滇中别去二年多，海上归来未息波。借箸何由闻妙算，输金岂合许求和。不堪郊垒生荆棘，且喜山居有薜萝。莫讶少陵秋易感，诗成底是咏兵戈。（《皇甫司勋集》卷二十九《秋兴》）

少陵初过四娘家，香气氤氲月色斜。别后青楼何处是，门前记取满溪花。（卷三十二《梁溪词三首》其三）

青海扬波白日低，玉山云树已全迷。少陵避乱花溪里，却指湖东作瀼西。（同上《张银台避兵湖上三首》其一）

君虽谢秩，犹眷念石城，将营别业。及桑梓荡于海波，柘林残于烽火，遂怀避兵之图，益坚卜居之志。杜甫草堂开于潭水，罗含精舍寄之江陵。（卷三十六《何翰林集序》）

[①] 清人编《全唐诗》所收马氏诗作12首，且半为五言之作，未知皇甫氏所称"多制七言"何所据耶？

君之作大家,昉于少陵。故《杜甫草堂》《子云书院》《武祠》《昭墓》,全似"剑外""巴西""蜀郡""夔府"诸篇。居庸虽地邻边塞,而境接畿辅,故《昌平》《八达》《望陵》《出塞》,则似秦州诸篇矣。(卷三十八《顾给舍二集题辞》)

笔札之间,笃嗜工部。既而何、李篇出,病其蹊径,专意建安。尝曰:"诗可无用少陵也。"至解巾登仕,与蔡、王二行人广搜六代之诗,披味耽玩,稍回旧好,雅许昌谷。乃曰:"诗可无用近体也。"又与王文部、李司封、唐陈二编修剧谈开元、天宝之盛而心醉焉,乃曰:"诗虽选体,亦无使尽阙唐风也。"至为歌行,一本乐府而参以太白,隐括铙吹之余。犹曰:"七言易弱,恐降格钱、刘也。"故其诗特工五言,而七言近体薄不经想。(卷四十《司直兄少玄集叙》)

惠及数帙,幸窥一班①。兹蒙全示,因得广览。知文以班、马为准,而吞吐六代,成一家言;诗以李、杜为宗,而综括三唐,亦成一家言。是谓集大而非具体,兼美而非偏伎也。夫文不难于铺叙累结,而难于波澜光焰;诗不贵于旨缀绮靡,而贵于兴寄才情。公如云蒸霞郁,变幻百端,河决川流,一泻千里,波澜涣而光焰长,兴寄深而才情赡,斯旨焉无尽而味之有余也。(卷四十八《答司马张公时彻书》)

然吴之黄口白丁,仅谙三体,未窥六义。载贽出疆,凭轼而游于名都,学士大夫延致之。与之谈,必虚左;与之唱酬,每出其下,咸谓少陵不死、谪仙复生也。顾不可笑乎!(卷五十《喻歆文》)

文　彭

小筑茅斋真胜绝,分明杜甫浣花川。(《文氏五家集》卷七《听涛》)
深夜蛟龙时一吼,独惊诸葛少陵心。(同上《古柏》)
杜陵李白风流在,送尔扁舟汗漫游。(同上《楚江秋泛为吴子赋》)
初夏新晴事事宜,定炉香爇海南奇。闲临淳化羲之帖,细读开元杜甫诗。

---

① "班"当是"斑"之误。

石鼎飕飗闲斗茗,松枰剥啄试围棋。新篁脱粉芭蕉绿,不怕星星两鬓丝。(同上《初夏抒怀》)

谁怜杜陵寄佳句,却忆故乡添客愁。(同上《人日望亭舟中》)

安得杜陵文藻笔,秋风茅屋赋长谣。(卷八《官舍敝漏朝来雪霰盈案赋此遣兴》)

林 春

昔孔、孟未尝以诗名,而后世言圣贤者归之。其工诗若李、杜、陶、谢,真能脱去常格,而功名富贵皆不足以动心,信人豪矣。(《林东城文集》卷上《寄孔文谷》)

薛应旂

唐人以诗取士,类多兴起。然惟张巡、元结、韩愈、颜真卿、司空图犹有古意,李白、杜甫可为诗史。其诸若高、岑、王、孟之属,则以"不落言筌,不涉理路"自相标致,而艺林词苑遂目为家法,交相夸诩。一及宋人,则虽《击壤》《感兴》诸作,悉置勿论。(《薛方山集》卷十二《枢筦集序》)

先生所著有《静庵文录》《诗录》《教录》《杜诗注》若干卷。(卷二十八《静庵萧先生墓表》)

高叔嗣

昔在巨唐,诗道中兴,许、燕擅其美,沈、宋极其至,其后李白、杜甫之流遂作,雄词逸气,沛若江河,上掩前古,莫之于京。白之诗曰:"扬马激颓波,开流荡无垠。"盖伤周、楚之声亡而汉、魏之声离已。然甫、白之开流则亦已甚,作者靡不遵其轨辙,慕其风猷,以至于今。群公继焉,点翰敷词不翅抗行,翕然

同响盈被朝野,文章之作于斯为盛。后有知言,必是焉。(《苏门集》卷五《研冈先生集序》)

夫李白有诗人之才而无诗人之识,杜甫有诗人之识而无诗人之度,故言非世法,动迕于时。余观先生雍容谦和,声华益远,制行以周、孔为师,陈词与《诗》《书》比轨,不激而高,不刻而工,治世之音于斯以备,明王之佐舍是焉适?(同上《任吏部集序》)

曩者数辱过视,伐其蒙蔽。弭节负郭之巷,举觞茂林之中。逍遥文史,夜以继昼。自惟亡侯生之奇而有虚左之顾,乏段干之德而辱过式之礼,非扬雄之玄而当造门之敬,匪杜甫之旧而接出郊之欢,是以临别之日,倚夷门而长谣,望天邑而太息,知遁迹之亡穷,寤离群之有限。(卷六《答袁永之书》)

孙　升

夫诗之道难言也。……古今论诗,主格调高古宛亮,严沧浪诸人发明殆悉,足下所知也。仆向云:先结构而后修词,盖主最上乘说也。今海内诗人,摹拟唐之声调,皆足成名。老杜最尚格,亦云:"语不惊人死不休。"试观杜律,冲淡而有气骨者甚多,不皆入选。而入选者,词率清丽。可见风容色泽,亦诗家之所崇尚也。李空同氏者,振古雄才,今之老杜,仆何敢望! 足下拟之过矣。若所与何大复辩论,诋其好词乖法之失,信有之。然何氏亦尝诋李,谓其作疏卤,间涉于宋。然乎? 否乎? 总之,负气求胜,各不相下之言,未足凭也。李氏秾调而不重浊,苍老而不枯寂,含蓄而不窒晦,即所讥评宋人数语,可概识也。曰宋人主理不主调,而唐调亡于宋。黄、陈二家学杜,而其词艰涩不香色流动,若入神庙,土木而冠服然者。语在《李集》中,足下何不取而观之? 何氏亦今代人豪,尝刊定《王右丞诗》。王诗尚调,何近之。历数古今名家大方,宗杜者不废王右丞,李不贬何,此又可以观也。诗如尽意兴所到,形神毕具,称善尽。诗又如乐,羽干在列,节奏比和,称备乐。故诗不得舍声调而专气骨,不得遗色相而事摹临;乐不得废音响而寻条理。诗本难言,然可意求;格由深造,亦从调入。足下所为声调,可当宛亮,继今脱去浅近,进之高古,开阖照应,倒插顿挫,变化不穷,则故从此其入门也。仆非知诗者,然亦岂专气骨而不事声调者哉!(《孙文恪公集》卷四《与陈山人论诗书》)

何　迁

明光使节下中州,司马今为故国游。辞赋再逢梁苑客,江山犹识杜陵愁。云移河色全经雨,鸟带松阴半入秋。为问仙槎何日返,丝纶应忆凤池头。(《何刑部集·别刘舍人使南阳》)

李开先

杜甫怜才意,深悲李翰林。畏途惟累足,世事可寒心。休赋昭君怨,聊为梁父吟。幸而容致政,谪窜亦恩深。(《闲居集》诗卷二《立秋日作一韵十六首》其十五)

诗有难题,有俗题,雪题甚雅而亦甚难。不惟难于今,而古亦难之。作者不惟鲜于今,而古亦鲜焉。惟其题难作鲜,而佳诗因是不多得。……韩退之、李、杜亦止数首,其不逮他作,与六朝人俱一焉而已,然当以《长安雪后》并《紫微晴雪》为冠。我朝自诗道盛后,论之何大复、李崆峒,尊尚李、杜,辞雄调古,有功于诗不小。然俊逸粗豪,无沉着冲淡意味,识者谓一失之方,一失之亢。其雪诗如《天门望雪》《梁园春深》等作,正坐方、亢之病。(文集卷六《咏雪诗序》)

李杜诗名远,人云亦酒徒。眼前虽得句,删后总然无。(诗卷四《四戒诗·戒诗》)

世之为诗有二,尚六朝者失之纤靡,尚李、杜者失之豪放。然亦以时代南北分焉:成化以前及南人,纤靡之失也;弘治以后及北人,豪放之失也。譬之画家,工忌俗软,大笔忌粗荡。古有以禅喻诗者,而画亦有诗理焉。移生动质,变态无穷,蕴彩含滋,随心写象,纵横神妙,烘染虚明,此画之大致也。诗则尤未易言者,感物造端,因声附气,调逸词雄,情幽兴远,风神气骨,超脱尘凡,非胸中备万物者,不能为诗之方家,而笔端有造化者,始可称画之国工矣。(文卷五《海岱诗集序》)

元之张(可久)、乔(吉),其犹唐之李、杜乎!(同上《乔梦符小令序》)

(李崆峒)作诗模拟杜子美,而寿算复与之同。然杜遭乱离,窘逼缊其身;崆峒虽四次下吏,而晚景富贵骄奢,以其据纷华之地而多卖文之钱耳。(文卷十《李崆峒传》)

及举进士,在弘治壬戌科……舆论谓今选庶吉士必在首列。而当国者方恶能诗之人,以为虽作到李、杜,亦不过一醉汉耳,选授中书舍人。……大复诗宗李、杜,文仿班、马,字兼颜、柳。(同上《何大复传》)

大抵李、何振委靡之弊而尊杜甫,后冈则又矫李、何之偏而尚初唐。(同上《后冈陈提学传》)

许　谷

薛君海内呼才雄,五车经史写心胸。挥毫巧夺机中锦,吐气直掩云间虹。忆昔从君过燕市,献书齐奉临轩试。敢云李杜并声名,实取雷陈作比谊。(《许石城集·与薛考功》)

姜　南

《蓉塘诗话》[①]

卷十一

诗惜武侯　成都城南旧有武侯祠,杜子美诗有云:"出师未捷身先死,长

[①] 《蓉塘诗话》多是采摭汇集他人诗话言语,本书稍引数条,以备一端。

使英雄泪满襟。"保宁广元城北有筹笔驿,昔武侯屯兵处。李商隐诗云:"他年锦里经祠庙,梁甫吟成恨有余。"薛逢诗云:"《出师表》上留遗恨,犹自千年激壮夫。"罗隐诗云:"时来天地虽同力,运去英雄不自由。"吁,千载之下,能言之士,皆痛惜!汉运告终,武侯虽忠义昭然如青天白日,而天夭其寿,使之不能尽用其才以光复汉业。读二三子之诗,未尝不流涕叹息也。哀哉!

卷十七

七夕歌 杜少陵《哀江头》、元微之《连昌宫词》、白乐天《长恨歌》,得风人之遗意。如张文潜《七夕歌》,辞浅意亵,不作可也。

卷十八

王虎谷先生书 杜子美赠裴道州,而曰:"早居要路思捐躯。"古人忠于国者,其相勉如此。所以相敬相爱,非所以相病也。

李 翊

诗有属对未能而他人代之者……古人诗有"风定花犹落"之句,谓无人能对,荆公以王籍诗中"鸟鸣山更幽"对之。又尝云:杜甫诗"当面论心背面笑",可对其《结交行》"翻手为云复手雨"。(《戒庵老人漫笔》卷二《天然对偶》)

杜子美诗:"震雷翻暮燕,骤雨落河鱼。"姚合诗:"惊飙坠邻果,暴雨落河鱼。"皮日休诗:"高风翔砌鸟,暴雨失池鱼。"雨下则鱼随水而去,验之不谬。(卷三《雨下失鱼》)

杜无海棠诗者,以母讳故耳。东坡之咏妓李宜,乃一时之失言也。西郊野叟《诗话》①载之,以为美谈,何耶?(同上《苏咏妓误使事》)

唐荆川罢官家居,颇自特立。知命之后,渐染指功名,因赵甬江以逢合严介溪,遂得复职,升至淮扬巡抚,殊失初志。乡人以诗吊之:"海门潮涌清淮水,燕塞云埋白羽旄。子美文章空寄世,孔明事业等轻毛。避人焚草宁辞谏,

---

① 即《庚溪诗话》。

策马先师不惮劳。莫讶今朝归未得,出山何似在山高。"……此为越中余师龙溪王公所作。(卷四《唐中丞》)

嘉靖初,下诏裁革传奉中书舍人,时有集杜诗嘲之者曰:"马上谁家白面郎,初闻涕泪满衣裳。可怜怀抱向人尽,正想氤氲满眼香。近侍只今难浪迹,青春作伴好还乡。三年奔走空皮骨,愁日愁随一线长。"(卷六《嘲赀衔传奉》)

诗有六义,兴居其一。凡阴阳寒暑、草木鸟兽、山川风景,得于适然之感而为诗者,皆兴也。《风》《雅》多起兴,而《楚骚》多赋与比。汉、魏至唐,杰然如老杜《秋兴八首》,深诣诗人阃奥,兴之入律者宗焉。(同上《月泉吟社·诗评》)

《后村诗话》云:"唐人不学杜诗,惟唐彦谦与今黄亚夫、谢思厚学之。"鲁直,黄之子、谢之壻也。山谷云:"东坡文章妙一世,乃谓效庭坚体,正如退之效孟郊、卢仝诗。"东坡云:"读鲁直诗,如见鲁仲连、李太白,不敢复论鄙事。"其互相推许如此。(同上《苏黄逸诗》)

葛常之《韵语阳秋》曰:"子美善用《文选》语,故宗武亦习之不置,所谓'熟精《文选》理,休觅彩衣轻。'又云'呼婢取酒壶,续见诵《文选》'是也。"今试取校之,两字连绵,同者甚众;三字四字以至五字而止,间一有焉,始知得于《文选》多矣。杜之源流所自,诚在于此。后之沉酣于杜者,则惟文信国公文山一人而已。其余但拾残唾,何足尚也!昔人言"《文选》烂,秀才半",盖以《文选》作本领故耳。(卷七《杜用文选》)

赵完璧

笔阵珍传几百春,杜家诗法要惊人。年来漫兴挥毫处,草草花笺不用真。(《海壑吟稟》卷六《癸酉次韵新春试笔十首酬友人》其六)

一枝春色自应怜,羞向东风斗媚妍。可恨少陵寥落久,无人驱马过寒川。(同上《次韵答张当轩节判》)

昔太史氏有云:诗三百篇,大抵圣贤发愤之所为作也。迄至盛唐,如李翰

林、杜工部二大家,古今称卓尔者,亦皆意有所郁结,不得通其道耳。(卷首王之垣序)

归有光

李元礼、郭有道生此世,必在尘埃中,无人知贵之者。杜子美诗云:"温温士君子,令我怀抱尽。灵芝冠众芳,安得阙亲近。"子美此意,暧①然甚可爱也。人无此,安得谓之能亲贤?……予每北上,常偊然独往来。一与人同,未免屈意以徇之,殊非其性。杜子美诗:"眼前无俗物,多病也身轻。"子美真可语也。(《震川集》别集卷六《己未会试杂记》)

旋字、枕字,即入《杜集》中,便称佳。上乘法全在此也!字所以难下者,为出时非从中自然,所以推敲不定耳。(别集卷八《与沈敬甫四首》其三)

尹　台

杜老诗篇浑遣兴,尚生婚嫁只随缘。(《洞麓堂集》卷十《答石城奉常六十自述之作四首》其四)

何良俊

李空同作朱凌溪墓志中,其言"是卖平天冠者"与"作诗到李、杜,亦一酒徒耳",此刘晦庵语也。晦庵敦朴质实,不喜文士,故有此语。同时唯李西涯长于诗文,力以主张斯道为己任。后进有文者,如汪石潭、邵二泉、钱鹤滩、顾东江、储柴墟、何燕泉辈,皆出其门。独李空同、康浒西、何大复、徐昌谷自立门户,不为其所牢笼,而诸人在仕路亦遂偃蹇不达。(《四友斋丛说》卷十五

---

① 原文作"暧",于文义不通,当是"暖"字之误刻,径改之。

《史十一》第九条）

世之言诗者皆曰盛唐，余观一时如王右丞之清深、李翰林之豪宕、王江陵之俊逸、常征君之高旷、李颀之沉着、岑嘉州之精炼、高常侍之老健，各有其妙，而其所造者皆能登峰造极者也，然终输杜少陵一等。盖盛唐之所重者风骨也，少陵则体备风骨，而复包沈、谢之典雅，兼徐、庾之绵缛，采初唐之藻丽，而清深、豪宕、俊逸、高旷、沉着、精炼、老健，盖无所不备，此其所以为集大成者欤？（卷二十四《诗一》第十七条）

宋初之诗，刘子仪、杨大年诸人皆学李义山，谓之西昆体。然义山盖本之少陵也，当时犹具体而微。至神宗朝，苏东坡、黄山谷、王半山、陈后山诸公出，而诗道大备。东坡、山谷专宗少陵，半山稍出入盛唐，后山则规模中唐，简质可尚。（卷二十五《诗二》第二十条）

顾尚书东桥好客，其坐上常满，又喜谈诗。余尝在坐，闻其言曰："李空同言'作诗必须学杜，诗至杜子美，如至圆不能加规，至方不能加矩矣'。此空同之过言也。夫规矩方圆之至，故匠者皆用之，杜亦在规矩中耳。若说必要学杜，则是学某匠，何得就以子美为规矩耶？何大复所谓舍筏登岸，亦是欺人。"（卷二十六《诗三》第八条）

黄五岳、皇甫百泉之诗，格调既正，辞复俊拔。黄摹写精深，皇甫思致渊永。余以为徐迪功之后，当共推此二人。世复有异同者，正杜少陵所谓"不觉前贤畏后生"者耶？（卷二十六《诗三》第二十七条）

金元人呼北戏为杂剧，南戏为戏文。近代人杂剧以王实甫之《西厢记》、戏文以高则诚①之《琵琶记》为绝唱，大不然。夫诗变而为词，词变而为歌曲，则歌曲乃诗之流别。今二家之辞，即譬之李、杜，若谓李、杜之诗为不工固不可，苟以为诗必以李、杜为极致，亦岂然哉！……苟诗家独取李、杜，则沈、宋、王、孟、韦、柳、元、白，将尽废之耶？（卷三十七《词曲》第四条）

苏子瞻云："老杜自秦川赴成都，所历辄作一诗，数千里山川在人目中，古

---

① 原文作"成"，有误，径改为"诚"。

今诗人殆无其比。"独明皇遣吴道子传画蜀道山川,归对大同殿,索其画无有,曰:"在臣腹中,请匹素写之。"半日都毕。明皇后幸蜀,皆默识其处,无不相合,唯此可用为比。(《何氏语林》卷十八《品藻第十》)

严武镇成都,奏杜甫为参谋。甫于浣花里种竹植树,结庐枕江,纵酒啸咏,与田畯野老相狎荡,都无拘检。武过之,有时不冠。(卷二十六《简傲第二十六》)

严武以世旧待杜甫甚善,甫性偏躁傲诞,尝醉登武床,瞪视曰:"严挺之乃有此儿!"(卷二十八《轻诋第二十八》)

杜少陵《宿龙门诗》云:"天阙象纬逼。"王介甫改"阙"为"阅",黄山谷对众极言其是。刘贡父闻之曰:"直是怕他!"(同上)

丘云霄

广文爱客贫无酒,杜老多愁不恋杯。晚杖白云诗社远,秋风黄叶野堂开。篱花犹是陶潜节,窗草空迟茂叔来。几度长安醉明月,相思他日忆京台。(《止山集·北观集》卷三《迹山主政迟酌不至时赵以进士乞教授因戏呈兼简迹山》)

登临独爱谢玄晖,风雅千年杜拾遗。蓬岛夜篝惊梦寐,舞雩春服叹追随。断云飞鸟相持落,曲水层峰两竞奇。廊庙江湖成异感,可堪兰棹晚还移。(《止山集·山中集》卷二《莫春陪沈拾遗泛舟九曲》)

不见任安重九秋,看云长望小溪头。盆声犹寄庄生思,野兴谁同郭泰舟。草径足音空谷断,竹床梦转下堂忧。少陵诗句能消病,老态疏狂试漫讴。(卷四《简任小溪伤足卧山中复闻失偶》)

晋安石门子,早善属词,不乐进士业……自号曰霞居子。善画,善草书,善八分书。家贫,性嗜酒,日以饮为事,遇饮则尽醉。……及醉,则寻常人投之楮素,欢然挥墨,任意纵横,而结构峻古,意态突兀,醒则虽工,意为之皆所不逮,盖其适在酒而神在醉故邪?乡有宋子者与之善,疟岁弗愈。一日造访之,宋强疾移榻就堂相见,因享之酒。酣,宋出素请画,遂染笔写鞠数本,倒垂悬厓而掩映于江波之间,香姿隐隐,有飘拂流动之状,宋子泠然疏爽。因再请复写奇石,亭立双竹,凌空萧萧数叶,风韵若有闻焉。宋跃起,视之毛发俱竦,是日疟不复发而就差焉。时为之语曰:"少陵有佳句,不若霞仙笔。醉后扫丹青,往往泣鬼神。"其妙入神态有如此者。(卷十《高石门传》)

苦吟愁杜老,况别远公庭。(《止山集·南行集》卷二《别梅山寺惠上人》)

寒菊花初放,虚舟风自移。兴寻彭泽酒,病遣杜陵诗。学得东山卧,时看左氏书。秋风江上早,山雨夜来初。(同上《江上》)

今海内之士论诗必曰杜少陵,论文必曰司马史氏。间学焉,而或近之,亦不过得其声色貌象之似耳。丘子诗则志在初唐,而或谓其有庆历之步骤;文则志在《礼经》,而或谓其出左氏之轨辙。得非欲以其不似以学其似与?(《止山集》卷首丰熙《止山集序》)

沈　炼

北风烈烈动征旗,南国悠悠感我思。属玉宫中香气满,黄金台畔漏声迟。旧从丹阙陈书疏,忆向金吾别帝畿。迁谪已无王国相,薄游犹有习家池。肝肠最苦人难识,名姓空为众所知。马援去家长作客,少陵生已不逢时。近闻邸报频搔首,又遇边声早着眉。(《青霞集》卷七《忧怀诗》[①])

唐顺之

公诗句句写胸臆,一滴水成大海翻。方皋牝牡无定相,曼倩滑稽有至言。扫除李杜刍狗语,出入鬼神傀儡门。异代或疑后身在,告终此地招其魂。(《荆川集》文集卷三《读东坡诗戏作》[②])

---

① 题下有自注云:"其间专指严氏也。"
② 诗题下自注云:"东坡卒于武进顾塘桥,去余家数十步。"

近来有一僻见，以为三代以下之文未有如南丰，三代以下之诗未有如康节者。然文莫如南丰，则兄知之矣；诗莫如康节，则虽兄亦且大笑。此非迂头巾论道之说。盖以为诗思精妙、语奇格高，诚未有如康节者。知康节诗者，莫如白沙翁，其言曰："子美诗之圣，尧夫更别传。后来操翰者，二妙罕能兼。"此犹是二影子之见。康节以锻炼入平淡，亦可谓"语不惊人死不休"者矣，何待兼子美而后为工哉！古今诗庶几康节者，独寒山、静节二老翁耳，亦未见如康节之工也。（卷四《与王遵岩参政》）

毛、郑说《诗》有《诗谱》，以谱诗人之世也。作《诗》者岂亦自谱其世矣乎？至如《羔羊》委蛇自公，《兔罝》之好逑公侯，《硕人》之隐于公庭，《考槃》之遁终涧谷，其人之进退隐显往往自见于《诗》，而说《诗》者为之谱其世，则因其人之进退隐显，而时之休明衰替，变化而蕃，闭塞而隐，亦因可见。故曰："颂其诗，知其人，论其世也。"……杜少陵一老拾遗，偃蹇无所与于世，以其忠义所发为诗，多纪时事，故谓"诗史"，而唐人又为《少陵诗谱》，以论其世。况公诗所纪当世之国家大事，皆身所历而自为之者。少陵诗谓之"诗史"，然则公之诗谓为"诗政记"亦可也。毛、郑《诗谱》，以谱众人，则详于其世，而人系之；少陵诗谱，以谱一人，则详于其人，而世系之。必有谱公之诗者，则公进退隐显之迹益以明，而世益可论矣。（续文集卷五《钤山堂诗集序》）

少陵诗云："华夷山不断，吴蜀水常通。"只此二语焉，写出长江万里之景如在目中，可谓诗中有画。今观周生所画《长江万里图》，又如见乎少陵之诗，可谓画中有诗。诗中有画，长江在诗；画中有诗，长江在画。然则长江属之诗耶？属之画耶？盖尝登金、焦之巅，俯江流而太息，其将谓之诗耶？画耶？（同上《跋周东村长江万里图后》）

俞宪

我朝称诗文大家必曰李空同、何大复，以其力变文体，首倡艺林，盖比之汉迁、固，唐李、杜云。今观空同先生诗，汪洋浩渺，光耀变幻，至不可测识，诚

哉一代之宗匠也！（《盛明百家诗》之《李空同集》卷首）

按潘学士序张心父集云："古之为诗也无专人，无名家，故《三百篇》虽田父、戍夫、女妇，皆录弗弃，取其得性情之正，合中和之道而已。岂直《关雎》《鹊巢》见风化所自出，而《驺虞》《麟趾》《凫鹥》《既醉》，足以想仁厚之德、雍熙之治哉！后世之诗，汉、魏为盛，而淳厚敦朴，去三代则远矣。况六朝之绮靡，岂可语诗乎？唐以诗取士，李、杜号称无愧风雅，然高朗或失而宕，渊邃或失而诡，风雅果如是乎？若宋元萎薾之习，则又下唐人一格矣。"（《盛明百家诗》之《张心父集》卷首）

王慎中

汴上宦游，无他所得，惟幸与公相见。……岭外中州，相去甚远，无由与公相闻。惓惓之意，想彼此不异也。居闲或追数践历事迹，辄有感叹：蓬池之上，阮公长啸。杜甫与高、李登吹台，悲歌酬谑，皆传为后人美谈，久而不泯。吾虽游汴，岂复能使其迹有记于后耶？然诸君子当时皆旅游寄寓其迹为奇，吾方拥旄乘传，从事于文法体势之间，固不能为奇。如高适持节彭门，今人亦不复道说。而瀼西夔门，杜甫融显之与漂泊，其得失固如此。（《遵岩集》卷三十七《与李嵩渚》）

伏读《闽游杂咏》，雄调丽藻，荡耀心目，底滞闭塞之久，忽焉开发，何快如之！《过南平县》一首，直与古人并驱，叙情陈事，轶宕古雅，少陵、昌黎未分高下也。（卷三十八《与江少峰书一》）

来书所问，诗作岂容易谈？第一要有学问，次亦要才力不弱。每见世所称才子，所作不但去古人远，虽何、李二公，尚隔多少层数！然今人易足，又眼不明，或已有轻视两公之心，而自谓所作者乃初唐也。不知初唐本未是诗之佳者，故唐人极推陈子昂，以其能变初为盛，而李、杜继出，此道遂振。同时高、岑、王、孟，乃其大家。今只取六家诗读之，便知其妙，而见今人之所为者皆陋浅无足观矣。故为诗于今之时者，使真做出初唐诗，已为择术不高，况又不如初唐？今且勿说道骨髓处，只说个大概。初唐之诗，千篇一律，数家之集皆若一人，而一人之作亦若一首，其声调虽俊美，体格虽涵厚，而变化终不足。盛唐之诗，则人人有眼目，篇篇有风骨。即此以观，亦略见不同大致矣。吾向赠宋仲石诗，如起句"洛阳桥外路，万里指长安"，今赠唐娄江如"帝心嘉劳来，户口不虚增"，结句如"相送情无已，宁因感遗肝""莫倚鸾凤志，今当作鸷鹰"，皆不容易得，然知之者少矣。旧岁与方洲游山诗，句句俱是风，不涉陈套，不守言筌，然方洲亦未解其妙也，信是知之者难。如"取路非高足，入山力复余。畏景在城中，聊兹惜茂阴"此等起语，如"堪嗟二亩半，促促邑中居。明归应复望，惆怅使颜衰"此等结语，都是《史》《汉》文气，一字一字都健，若一时诸作，惟荆川时时能出此妙意，然句语遣得亦有未到雅健古老处。今只看高、岑、王、孟、杜甫之诗，便能知之。李太白犹不免轻浮而失伦次也，但天才胜人，超绝千古，不得而肆讥弹耳。吾诗自觉于古人合处不如文，文则有全篇合，或有过之者，诗则不能如此。然今人窥我门户，则犹未耳。只自默默存记此言，日读古人，又忝看时人所作，久之自透露见识出来。则虽做不得古人之诗，亦论得古人之诗矣。但论得就是学力，更胜于作得也。论得者或不作得，不妨为名家；作得而见不得，终是偶合，且亦无不明而能作之事也。故凡事先须从识上起，因汝来问，偶及之，恐汝亦未得开晓也。（卷四十一《寄道原弟书十五》）

赵时春

琼树瑶山携玉壶，风闲日暖鸟相呼。春冰解尽鱼龙动，神马还随凤鸟无。院外小桃朱破嘴，沙边好草翠多须。经行逐处饶嘉兴，杜甫游春得似乎。（《浚谷集》诗集卷六《春兴八首》其六）

侧身常似李白诗，忧世还同杜甫记。（诗集卷六《与子明话蜀中事》）

吾亭有竹而塘有荷，而杜甫之诗所谓"风吹翠筱娟娟净，雨裹红渠冉冉香"者，适与吾塘亭契。吾既悦甫诗而益信吾塘亭之先有得于甫也，故以名吾亭，云亭系乎塘者也。（文集卷四《净香亭记》）

杜陵之名旧矣！少陵子生不能有其地，死不占一陇，历唐开元至有明嘉靖几千载。有悦少陵子之道者长安太微张子，乃以说御史吉君，即其地祠少陵子以实所谓杜少陵者。太微子又辑志以传，其考涉者详矣。想其雄都伟观，王公巨人，一时第舍池囿、服玩游乐之盛，声华气焰之雄，耀山川而贲草木者，可胜道哉！少陵子薄游寒士，操瓢吟咏，立其旁，渴得余沥，饥扣厌肉，固足矣。彼皆殚智竭力而后有此地，享此乐。然乐之未久，而其地已丘墟陵谷，已变迁姓字，已磨灭矣。安知千载之下，以虚名享实祠者，乃昔日孑然旅食之少陵子也！世之得失利害安足道，士之荣辱成败何可量哉！或曰：少陵子工为诗，诗人祠之。然孔子定诗三百，唐诗人亦数百家，无独受祠者。或曰：少陵诗不忘君，忠足祠焉。然唐有安史之乱，享祠忠臣甚众，今其存者无几何。矧有，特志其地而追为之祠者乎？抑杜子一居朝班而自比稷、卨，备尝艰阻而雅持不渝，屯邅乱离之极而能顺适委和，其志有足称者。士尚志而诗言志，此少陵子之所以祠而张子之志有足比而同之也与！张子名治道，太微其号，正德癸未进士，为刑部主事，以不得其志弃官归，尤以歌诗名。（文集卷六《少陵志序》）

王立道

万蕊妆成华屋春，一枝微亚金尊照。世人恨欠杜陵诗，此花真得无言妙。（《具茨集》诗集卷五《夜观海棠用故烧高烛照红妆韵七首》其五）

朱长春

垂杨夹沟水，云是古南池。物色怜春日，吟诗见往时。花翻闲榭爽，舟系晚杯迟。太白酒楼在，风流共所思。（《朱太复集》己集卷八《游子美南池》）

孤舟北下叹飘蓬，系缆南城吊杜翁。敢拟千秋词客共，可怜一疏逐臣同。亭池游迹荒秋水，江汉招魂邈古风。往日哀时泪未尽，留予摇落泣途穷。（卷十二《泊南池吊杜甫》）

海内习杜诗今特盛。吴有郑子、王子特异,其习也若不习也,非世谓习也。盖两子习十年余矣,而得余特起,若旦暮然。余盖见郑子所自抄《杜诗序》云,其言曰:"道性情者,诗之本。古有诗无法,今有法无诗。"因陈天下学杜词家三病,语截截有致也。余读而叹曰:何其忧乎?愤世之言也!故曰:吾明诗之本也,诗安得无法?今夫瘖者、嘶者、舌木者、齿齾者、唇缺者、鼻齁者,皆不可歌,此皆失其元声者也。若以令神巧辅,清喉童儿,授之篇数,不教以如亢如坠累累等法,直张口而呼呜呜,则巷中里下,顽儿妇女,接手蹋足,延声相和之曲,不比而登于堂上也。又不工者也,诗安得无法?吾所谓法,非沈约之法。盖诗在成周始盛,而孔子删二代列国朝里杂唱歌什,定篇三百,其法始严。盖尝曰:"《关雎》乐而不淫,哀而不伤。"乐哀,情性也。不淫不伤,非法何以得乎?要以情性为主,法为辅,辅具而主善,大约归之和,乃可协焉。自骚声赋诵庙曲乐府歌谣,长短参差,变方屈、宋、苏、李、柏梁、邺中诸流,未有遗法。而况至于律,则音节谐和,从风不妖,法久益严,自然之势也。杜氏盖备众体而律为最,其于诗盖乃法家深文无害者哉!尝订其法有四,非自杜始,古法也。四法者,由性情设,还为性情制。介胄之夫贲起,章甫之士修容,草莽之子夷率,山林之客逍遥,入朝极辩,履险多危,思妇悲衔,逐臣恨饮,别旅兴致,集燕增怀,戚俗无容,朋游感义,其于情也有理。理不可梦,其法在体。声过则厉,调过则离。情过则柔,理过则赘。太亢而比杀,太宛而比慢。太流而比滥,太苦而比数。豪心者荡焉,拘节者啬焉,荣华之人丽焉,靡靡者淫焉,俗夫鄙焉,溺无制焉,其于情也有僻。僻不可任,其法在格。首尾合以帝也,骨脉通以王也,节奏谐以中也,布置当以匀也,不秾不枯,不局不踰,不方不欹,不属不离,无情而若有情。至若不深,其整若乱,其高若平,不言而意存。其于情也为纲,合乃成方,其法在章。高如山,下如水,清如风,旷如天,动如云,一质一文,迭相为经,小大疏密,不相夺伦,如钟发声,中闳以平,既阕有音,一言不可更,一字易而不成声,其于情也为佐。变化无穷,其法在句。句合成章,章合成格,格合成体,体合成诗,此法古法也,而独备杜甫。当是时,唐中叶衰,天下定复乱、乱复安数四。甫以介忠孤愤,身丁盛衰多故,而又自初流迹吴落①,以至脱难赴主,服官抗词,遘迁奔走,其家族弟妹妻儿散不相顾,平生故交多零落浮沉,生死别离之思而亲遭饥寒困顿,免死偷安,一切寄之诗,而感多思深,毕其才于吟。故其发情性至真至变,法亦称焉,此所云主立而辅具者哉!甫性贞志苦,身担古人之事,以挽世兴雅为务,自言曰"作者寸心知",曰"晚节渐于诗律细"。律,是法也;细,详矣。今取其诗篇,一一按前四法,无不应性情者,故可备式,因论其指。夫衣者,抒而为匹,剪而为幅,缝而合之,缘而饰之,成而服之猿猱,无异陈袭然。使人裸而毁服,被褐之博立中朝,则童子笑之矣。故由前则无性情之喻,由后则无法之喻也。诗安得无法?郑子明诗之本也,予以此言也示王子,王子曰然,故当两行之,因序于后。(文集卷二十四《选杜诗序》)

高行不同尘,达人不取近名,志士必信古。周衰,游客横议,孟轲氏独推三代。汉武帝喜词人,司马相如为虚辞滥说,太史迁持以质核。杜甫见大历才子涤滥为新音,嗤其名与身灭,力挽而追古。当其生时,三人之事如一牛毛,不足胜天下,天下之名亦不振,藉为易而投时,岂不生享名高,力亦少省?(同上《与马主一论文》)

夫天下莫肖于人之言也,而绘象为小。故屈原之辞忧深,宋玉之辞情丽,子云故溪刻,长卿特闲曼,李白豪肆,杜甫朴忠,其性灵吐注,结不可变,故曰:诵其诗,读其书,尚论古之人。(同上《座师张理吾先生刻证义序》)

或曰:诗者,乐出也。三王不袭礼,五帝不沿乐,各自饰音华德,成方播曲,合一代之章,比于节,适于时,时之人箎和而习其音,是曰诗矣。必其初音,则土鼓之节加咸池而丽于《韶》《武》乎?当世为文急名忞,拂世而狎诸古,已用之,又有曰:声之滥也,如水之波每流愈下。杜甫之于诗,盖九河碣石之会哉,惊其望洋不知,且弱水入之尾闾也。诚郑子好古,奚不穷其源而扬其波?习杜者又曰:吾子美豪伉而郑曼清,子美博依而郑冲夷,子美无方物无不有而郑子亡已精乎,自已偏得老聃之道而奈何诟人偏之,极痼痼之极已甚。

---

① "吴落"即"瓠落"。"吴"与"瓠"声近而相通。

今其行《鸣缶集》则真矣,曷云质不俚焉? 滥觞而滔天,君子不防其流乎? 予曰不然,鸺鹠不可以语日,蜉蝣不可以语夕,染俗者不可以道古,鉴貌者不可以窥神。诗自江左三变,性情转离,巧以浮,溺以淫,浸入宫体,极矣。唐再变再进,至子美而汹汹始大雅也。根于周、楚,强以汉、魏,润以六朝体,既博比力,复纵横如山有岳、水有海,天下走望朝宗,而怪石恶涛亦往往以是,总之,不离性情得之。郑子会其本,撷其华,而避其怪,亦其才可精不可大,其为人清真冲委,与子美孤愤豪慷不同科,治乱不同时。言为心声,学焉得其性,如是耳。夫伶官畴人之比曲也,唱而难和而易,独进难旅而易,古而难郑卫而易,何则? 随附者易匿,而抗俗难为工也。(卷二十五《郑允升诗序》)

足下谈诗,谓无逾子美,而历数今人之病,扬摧大当。仆尝以诗自商、周来,沿代更体,至唐而止。独其发情止理,义必不可更,故《乐记》曰:"凡音生于人心者也,声成文谓之音。"子美所以独绝流辈,为其直追古始,含茹英华,本《骚》《雅》之意,参以汉、魏为骨,润以六朝为色,故其至者常命意象外,乃能不朽。此理唐诸公已不解,何论今哉! 故仆以为善学杜当自古始,如挹江之流,探其源则竭;决岷山之泉,万里如建瓴耳。今时,纵有一二似语,亦是色象之肖,不如虎头传神,都可目左道,不足论。足下雅识清才,当自立门户,为千古争雄。仆亦借左提右挈,共畅元音,亦世道大幸。夫静女冶容,不如却洗;武夫怒臂,不如讲剑术。习权家奈何文士作脂泽效人,徒恃气自壮哉! 弟甚耻之,请遂与足下肆谈今士。足下评诗自何、李中兴,夫自唐杜数百年靡靡滔滔,安得不归功二大夫? 然献吉已露粗蠢勇人态,似未解纪律者。子美元有二种诗,佳、累自不相掩。子美好《选》,未免纂组之累。而夔州后更多强缀,别为拙俚,乃其衰晚穷途、潦倒自放之态,无复剖劂神巧,故其自言亦云"衰老才力薄"云。诗尽人间意,已非自己满志快语矣。既雕既琢,复归于朴,用志不分,乃凝于神。今见工匠作器,凡非国手自多疵苦。即吾辈吟时,方注思未融,能无疵苦之景乎? 故子美云:"作者寸心知。"献吉反肆力于累者,要知寸心未了,已不免黄鲁直之病,大要风韵神情,尚逊何前驱,惜其骨薄,尚有步趋之勤,盖亦年限之。五子,盖几适燕而南车者也。济南好声,其入浅,其出浮,病于格;琅琊希博,其意支,其色杂,病于理。令天宝前数公见此且作门墙之麾,何论子美之堂乎!二公其坛之铮铮,犹忝,尚何他云!文运多艰,暂开复塞,深误时俊。足下不见弱丧,子之求还,方㤿㤿无如遇大男子将之他邦,馁以美俎,衣以绣袭,假为大亲之妪,煦乐焉忘反,曾不悟终迷之不如㤿㤿时也。今文士何多弱丧之迷哉!谁任其咎,谁又当觉之?知己枌肝,不觉狂言,子长云"难为俗人道"也①。(卷四十《复陈立父同年论诗书》)

杜集六本并奉完物,近检阅,又觉自有异同,高明得所旦暮,不妨他日尊酒商之。(卷四十八《复陈立父》)

陈 束

夫诗,以微言通讽喻,其教温柔敦厚为主。本不通于微,不底于温厚,不可以言诗。由《三百篇》迄于唐,其指一也。国朝以经义科诸生,诗道阙焉。洪武初,沿袭元体,颇存纤词,时则高、杨为之冠。成化以来,海内和豫,缙绅之声喜为流易,时则李、谢为之宗。及至弘治,文教大起,学士辈出,力振古风,尽削凡调,一变而为杜,时则有李、何为之倡。嘉靖改元,后生英秀,稍稍厌弃,更为初唐之体,家相凌竞,斌斌盛矣。夫意制各殊,好赏互异,亦其势也。然而作非神解,传同耳食,得失之致,亦略可言。何则子美有振古之才,故杂陈汉、晋之词而出入正变;初唐袭隋、梁之后,是以风神初振而缛靡未刊。今无其才而袭其变,则其声粗厉而畔规,不得其神而举其词,则其声阐缓而无当。彼我异观,岂不更相笑也!(《陈后冈集·苏门集序》)

俞 寰

杜陵久寂寞,花溪今在兹。大雅不坠地,划见开元时。(《俞绣峰集·海

---

① 司马迁《报任安书》原文为:"可为智者道,难为俗人言也。"

陵钱氏园林杂咏七首》其七)

张　瀚

《淮南子》云"雁乃西来""仲秋鸿雁来候"。雁比鸿小,又有白雁,来自霜降。杜甫诗"故国霜前白雁来",盖谓此也。(《奚囊蠹余补余》卷五《鸟兽纪》)

李　蓘

《黄谷琐谭》

卷　一

杜甫:"拭泪沾襟血,梳头满面丝。"崔峒则:"泪流襟上血,发白镜中丝。"……词人相袭,固自昔恒态耶?

隋炀帝《凤䴙歌》:"三月三日向江头,正见鲤鱼波上游。意欲垂钩往撩取,恐是蛟龙还复休。"杜少陵:"南有龙兮在山湫,古木巃嵷枝相樛。木叶黄落龙正蛰,蝮蛇东来水上游。我行经此安敢出,拔剑欲斩且复休。"故李、杜诗材无不出自古人。

诗多用"采薇"字。或以为嫌,宜避之,此盲人说也。……杜甫:"愁绝故山薇。""山中疾采薇。"……岂皆禁语耶!知此可与论诗矣。

卷　二

杜诗:"平生性僻耽佳句,语不惊人死不休。"是诗尚奇也。又曰:"赋诗新句稳,不免自长吟。"是诗尚稳也。奇而稳,稳而奇,循兹二法,可登骚坛。

凡曲解不可以入诗。老杜:"入天犹石色,穿水忽云根。"贾岛:"过桥分野色,移石动云根。"钱起:"交枝花色异,奇石云根浅。"只看为云之根也。为是若解为石,则于本联意叠,且句不俊迈矣。

他日,言后日也,亦可以言前日。……老杜"今日江南老,他时渭北童"

"今节成吾老,他时见汝心",皆指前日也;"客愁殊未见,他夕始相鲜""他时如按县,不得慢陶潜",皆指后日也。

杜诗:"百年粗粝腐儒餐。""粗粝"字出《后汉书·伏湛传》,注引《九章算术》云:"粟五斗,粝率三斗。一斛粟得六斗米,为粝也。"而虞注失引。杜诗"桃花气暖眼自醉",出江总诗"恼杀未归客,桃花曛眼醉",而虞注亦失引。李白嘲少陵"借问因何太瘦生",出《南史》庚亮谓周觊"君何忧惨而瘦"。李白"飘若浮云且西去",出《世说》"时人目王右军飘若游云",亦未见有引注者。

李、杜齐名矣,而宋人恒右杜焉,曰人品高也,而欣艳爵禄之语诗中何多也!韩、柳方驾矣,而宋恒申韩焉,曰因夕见道也。而乞怜富贵之词文中何屡也!矧考之它籍,则杜之疏噪、韩之浮薄,皆当时有素声者。而白诗之天才,柳文之沉郁,又当有遗论矣。

杜诗:"惟君最爱清狂客。"然"清狂"古非佳语,《汉书》:"昌邑王清狂不慧。"解者云:色理清徐而心不慧曰清狂。清狂如今"白痴"也。

李攀龙

唐无五言古诗,而有其古诗。陈子昂以其古诗为古诗,弗取也。七言古诗,惟杜子美不失初唐其格,而纵横有之。太白纵横,往往强弩之末,间杂长语,英雄欺人耳。至如五、七言绝句,实唐三百年一人。盖以不用意得之,即太白亦不知其所至,而工者顾失焉。五言律、排律,诸家盖多佳句。七言律体,诸家所难,王维、李颀颇臻其妙。即子美篇什虽众,愤焉自放矣。作者自苦,亦惟天宝生才不尽。后之君子,乃兹集以尽唐诗,而唐诗尽于此。(《沧溟集》卷十五《选唐诗序》)

海 瑞

古先王成就人才,由今考之,大抵六经并行,诗教为首。夫教以言行,诗亦言尔,何以益人而先之若是?盖人禀天地之精,言语文字之间,天地精神之发也。约而为诗,不多言而内见蕴藉,外著风韵,天地精神以诗而骋骋,则袭物感人,变化因之。礼称人声在上,长啸中宵,胡骑因之而北走①矣。诗能兴人,往往而是。时扬《九歌》之方、兴诗游艺之道,百世以俟,圣人不可易也。锦台廖先生有得于是,丁丑会试中乙榜,来署琼山学事,课弟子员,因出所注《唐诗鼓吹》八卷示之。夫宋一代,抡士用时义论策,我朝因之。先宋而唐,则以诗赋。锦台日课生徒,遵时制也。乃以先日于《鼓吹》中有见,并之前人之注《鼓吹》多矣。章什句解,究其事之所自来,探其意之所含议,较锦台不及为甚。余谓:同一文章取士,如以其文而已,兼唐及宋为得,我朝之阙亦宋人之阙也。使之文,不使之为诗,文且可以为全乎哉?锦台造精学博,得我心之然矣。虽然,锦台新会人,昔公甫陈先生讲学白沙,天下企仰,其品题以前诗人曰:"子美诗之圣,尧夫有别传。向来称作者,二妙罕能兼。"唐而下学诗匪杜,人卑其诗,未有许可及康节者,乃公甫又若于康节独推焉。少陵爱君忧国兼之,于野之获发之,视彼流连光景、漫无邑居为据,诚一人矣。吟哦浩歌,胸中造化,一动一静之间,天、地、人之妙也,少陵能之乎?盖不特文彩动君之夸,随尘冷炙不用为愧,一二不足道拳拳君国之念,尧夫亦奴仆而命之矣。宋进士许洞诗会九僧,约以"山水风云竹石花草雪霜禽日星鸟"无犯其一,九僧阁笔。夫天光物色,抑亦一时之触尔。本真在我,因触而悦,故亦因触而诗。假若周、朱、张、程有洞之约,性真之悦出之矣,无待于外,能困之乎?子美除却君国诸作,一时曳白,料必九僧同之,可圣取哉!严沧浪说诗,方之妙悟禅道,曰:"诗有别材,非关书也。诗有别趣,非关理也。"羚羊挂角,万履②庵鄙焉。夫水月镜象,言若荒诞。水诚有不可执著之月,镜诚有不可执著之象,而非诞也。文泥矣,以诗之曲畅旁通,随乐而兴,济之文之妙也。履庵直据文理,或者古诗人同物之趣,无深会乎伊川程子指穿花点水之句,闲言无用惜。工部一生之心,自少而老,止有二诗绝句,是亦履庵之见也。余尝谓唐宋诗人,均

---

① 原文"走"作"有",据他本改之。
② 原文"履"作"里",据上下文义改为"履"。

尔一知半解之悟,孰为唐高,孰为宋下,欲定说于沧浪、履庵之间,仿佛二妙合去取焉,而未之及。荆川唐子,履庵之师也。(《海忠介集》卷三《注唐诗鼓吹序》)

主恩三四及矣,如天之高,并地之厚。然瑞今何年耶?古人致事有期而今过其二,杜少陵之齿发,自料曰意深辞苦,瑞之谓矣。况人情世态见知于一时,焉保有终于后日!(卷四《复汪渠瀛广东巡按》)

杨 巍

子美称漫郎①,次山号漫叟。两公皆伟人,斯名传不朽。(《存家诗稿》卷一《漫翁诗》)

方弘静

《千一录》

卷二　经解二

夷、齐不食周粟,不食其禄也。其采薇也,犹杜子美之采橡餐柏也,时乎饥乏耳。若叩马不从,遂尔辟稻谷,三五之日,不能兴矣,恶能登彼西山耶?

卷八　子评

鲧化为熊,杜宇化为杜鹃,此盖落落之狂言,而《齐谐》者妄志之也。"谁言养雏不自哺,此语亦足为愚蒙","毛衣惨黑貌憔悴,众鸟岂肯相尊崇",子美固正言之矣。"岂思昔日居深宫,嫔嫱左右如花红",聊以耽佳句云尔。②

---

① 杜甫似无"漫郎"之称,而元结亦有称"漫郎"之例。杨氏诗或有误记。
② 此条所涉杜诗是《杜鹃行》"古时杜宇称望帝",宋初《文苑英华》题为司空曙作,但注又云"又见杜甫集",其著作权向有两说,所以宋代杜集版本中有不把该诗收入杜集的情况,如鲁訔编次、蔡梦弼笺注的《杜工部草堂诗笺》,今通行杜集中大都收入了该诗。按,杜集中其实有两《杜鹃行》,另一首为"君不见昔日蜀天子"云云,过去认为都是杜甫流寓夔州期间所作。仇兆鳌认为"君不见昔日蜀天子"作于初到成都时期,"古时杜宇称望帝"乃夔州时作品。

卷九　诗释一

杜诗"暖老须燕玉",本燕昭王有暖玉也。注以燕赵佳人如玉,而老者非人不暖,谬甚。

"饭抄云子白",佛经以稻为云子,《文选》:"汶阳之稼如云。""云子"二字自佳。

"有泪如金波",用汉《郊祀歌》"月穆穆以金波",金波状其晖也。又"委波金不定",尝于江舟玩之,乃见其工。

"江汉思归客",前四句思归之作,后四句疑别是一首,二首各逸其半而误合为一,读者不察也。不然,风云月日二联①并用可乎?才言夜月又言落日可乎?古诗:"老骥伏枥,志在千里。烈士暮年,壮心不已。"杜用其意而不必"长途"②,又别有义,乃工也。

《鼓角》诗"秋声殷地发","声"字重,当是"深"字。一本"听"字,亦似未妥③。韩无咎词:"鼓角秋深悲壮。"

"竹枝歌未好","好"当是"了"字。"齐鲁青未了"。岑嘉州《胡笳歌》:"吹之一曲犹未了。"

"枉道只从人"耳,"吟诗许更过"乎?以为尊慕前辈者是也。若谓许我更过一步,此近世浮夸者语,岂大雅之度乎。

"魑魅喜人过",言其甘人也,语自《大招》来。注谓魑魅尚知贤者之过而喜以愧朝士也,虽亦有义,而作者之意恐不然。

"荡胸生层云,决眦入归鸟。"《望岳》诗甚称下句,人易见其工。上句非胸中吞云梦,八九不能道。评者以为苦,知之浅矣。

"鹏碍九天""兔经三窟"语,千载有生气,盖不问狐狸之意也。注谓词有抑扬则索然矣,非惟不知诗,亦诬此鹰哉!

---

① 指《江汉》此诗之第二、三联:"片云天共远,永夜月同孤。落日心犹壮,秋风病欲疏。"
② "不必长途"云云,乃指杜甫《江汉》一诗尾联"古来存老马,不必取长途"一句而言也。
③ 今日所见各类杜集版本中此诗,皆作"秋听殷地发",无一例为"秋声"者。方弘静氏论杜文辞引据"稀见"版本者不止一例,或许是为表一己之得而妄称杜集罕见版本以为证据,大约类似于杨升庵之前例也。

"僧来不语自鸣钟",禅语也,非不足与语。苦吟而"万事慵",是莫逆语,非讥也。

"出处必须经"①,言有道不苟也,君子反经之经也。注非。

掖垣以竹为埤而其梧十寻也②,今读垣之竹、埤之梧,则萎弱矣。

"伬离放红药,想象颦青蛾。"当红药放时,人长伬离,对此其无愁思乎?其蛾眉之颦可想象也。牛女虽愁思,犹有渡河之期耳。但觉句之劲不深也,何至不可解?"斟酌嫦娥寡,天寒奈九秋"即此意,而此四句胜。说家言羿之妻奔月,固可云伬离,谑而雅矣。

"衣冠与世同",谓其言动遵古不随俗,但衣冠与世同耳。解者多不能知作者意,后世子云难矣。"良工心独苦","得失寸心知",良不我欺也。凡诗须有句外意,乃可讽咏耳。

"于人何事网罗求",言何预于人也。若作"千人"则一生百中犯矣,对"在野"亦不工。"于人"不雅。

驿名白沙,湖名青草,若非"新""旧"二字,则小儿对句耳③。不重纪地,纪时也。

"步月清宵立,看云白日眠。"④王子安诗"锦衣夜不襞,罗帏昼未空。歌屏朝掩翠,妆镜晚窥红",太白"后庭朝未入,轻辇夜相过",一例也。

"极乐三军士,谁知百战场。"上句用王仲宣"从军有苦乐",但见三军之乐耳,谁知从百战之苦而后有此乐耶,诗意乃佳。若不注出处,则不能拟作者心神矣。

"到林丘日斜"⑤矣,夜识金银之气非吾所贪,而麋鹿之游所欲看也,昏暮则殊妨耳。乘兴无伴偶来而杳然自迷,虽以境之幽,亦有不自觉兴之所以起者,真如虚舟相值耳,初无神醉心服之意。又"不贪""远害"二句,解亦谬,如

---

① 出自《覃山人隐居》,原句为"子知出处必须经"。
② 出自《题省中院壁》:"掖垣竹埤梧十寻,洞门对雪常阴阴。"
③ 出自《宿白沙驿》,其颔联云:"驿边沙旧白,湖外草新青。"
④ 出自《恨别》,原句为"思家步月清宵立,忆弟看云白日眠"。
⑤ 出自《题张氏隐居二首》其一,原句为"石门斜日到林丘"。

其解则句弱矣。杜诗多用"远愧""远害",犹言殊妙也。《世说》:"远有情理。"

舟中得病故移衾枕于洞中,"经春长薜萝",言久也。解者谬。

"雪残鸤鹄亦多时",有依恋之意。然雪之融高寒处自稍迟,注非。唐人以"余"为"残","闻说真龙种,犹残老骕骦"。

"浮云连阵没",万匹如云,今无存矣。赵注非。所谓如浮云者,岂以拟马乎?

"蓬生非无根"三首①,汉、魏风骨也。杜非不能为汉、魏语,后人妄评。

"幽意忽不惬,归期无奈何。"言不欲去耳。"谁能共公子,薄暮欲俱还","苑外江头坐不归",皆可并看。赵注谓久客思归,殊不相蒙。

"野旷舞衣前,玉袖凌风并。"颇犯作者,偶未检点耳。

"上客回空骑",舍骑而舟也;"白日移歌袖",舍舟而登也。其时白日未入,顷之则暮矣,故云"立马千山暮",乃从舟回耳。杜诗叙事如文,其亦圣于诗、僻于诗也。

"远寻留药价,惜别到文场。"评者云:留药价,雅耳;到文场,过矣。

齐桓②一有矜色,功业卑卑,勿谓千载下无人也。"吹帽""正冠",翻孟嘉事。而"正冠"字原有本,此诗意也。乃谓"落帽"以侮桓而"正冠"以尽崔欢,谬矣。

舟人渔子习水者也,故"歌回首";估客乃胡商也,故"泪满襟"。即"越女红裙湿,燕姬翠黛愁",语意相类如此。冒险得利而横,何足道哉!故寄语恶少,消之戒之耳。注谓估客丧亡而恶少幸济,误。作者岂欲后人不可解,或有亥豕之误者,不必强解也。又水月镜花,解与不解之间,难下转语者,正化境耳。

---

① 杜诗《遣兴》原为五首,此处言"三首"者,当是指五首组诗中的后三首而言。此诗前两首是写历史人物,后三首则是诗人对当下叛乱未定、亲人流离、国事不堪之时事的咏叹,就三诗内容言,正与"汉魏风骨"相关联也。

② 文中"齐桓"与杜诗或方氏评论之内容都无涉,当是"桓温"之误。按,杜诗中"落帽"之典,正好与桓温、孟嘉有关;而桓温一生三次北伐及最后试图代晋而立都未能成功,也和方氏"功业卑卑"之评相符。又,本条原文中与上一条"远寻留药价"相联属,但文义其实无所关涉,故析为独立之一条。

"予见乱离不得已",言值乱不得归隐,聊羁绊一官,实藏身耳。子守出处之"经",不苟出,是也。注以"去"为仕,以"经"为经过,谬。

"有时自发钟磬响",庄子所谓地籁者也,非谓法器。"疏松隔水奏笙簧""万籁真笙竽",可相发者甚多。

"短短桃花临水岸",此岂人所不能道哉？观其首尾转折,曲尽情事,而"短短""轻轻"之句雅称矣,乃五十六字古文也。在唐惟杜有之。

"战哭多新鬼",用《左传》旧鬼小新鬼大。"暂止飞乌将数子",用乐府"乌生八九子",凡如此类皆非漫尔。"万国兵前草木风",用八公山草木风声事。

晁以道云:"初见东坡词,知此老须过海。"盖"魑魅喜人过"之意,可谓歌以当泣也。《苕溪渔隐》谓近于幸祸忌长,谬矣。

题画诗作惊愕状无谓,"堂上不合生松树"等语是也。"低头愧野人","低头"二字非虚下,盖有折腰之感耳。

"童儿未遣闻"①,言其识不及也,非不欲人知。

"独鹤归何晚,昏鸦已满林",兴、比明白,从《骚》来。"重露成涓滴,稀星乍有无",直赋景耳,以为兴比,则非也。

"患气经时久",与"疏快颇宜人"相应。

"意惬关飞动",自是精绝之句,必曰与造化相流通,则谀矣。

"野桥齐度马",佳在"齐"字,盖野外之桥可连骑者鲜矣。注乃云:"蜀多竹为桥,参差不齐。今竹齐,故可度马。"②如其解,则句弱矣。"尝果栗园开"③,暗用庄子。

"无人觉来往",大是佳境。又"相过人不知",又"眼边无俗物",高士幽人,素怀可想。彼营营朝市者,当不会此意。

---

① 出自《秦州杂诗二十首》其十六,《九家集注杜诗》《补注杜诗》《集千家注杜诗》等宋本皆作"童儿未遣闻"。仇兆鳌《杜工集注》等清刻本杜集皆作"儿童未遣闻",今通行本亦皆如此。

② 黄鹤《补注杜诗》有此注,《集千家注杜诗》《九家集注杜诗》等本无此注。方弘静《千一录》论杜文字中作为批驳对象的"注曰",大多数都出于黄鹤本。

③ 《九家集注杜诗》《补注杜诗》等本都作"尝果栗皱开",今通行本亦如此。

"帖石防隤岸，开林出远山。"评者以为晚唐之祖。夫晚唐何必不佳，如此句自是妙境耳。初、盛、中、晚之别，乃在风韵格调，非一联一句间也①。

"读书难字过"，余事之懒可知矣。此真懒也，盖所最落意者，亦懒耳。

"啭枝黄鸟近"，"近"字佳。鸟近人，幽怀可掬。非此字，则鸟啭枝何足咏？"佳人满近舡"，"近"字未工，非字不工，由趣未雅也。

"一径野花落，孤村春水生。"摘何字为眼？初、盛诗如此句者多矣，然有必以一字为工者，又无论中、晚也，虽初、盛何能废之？

"冉冉柳枝碧，娟娟花蕊红"，即"退朝花底散，归院柳边迷"也，初非叹老喻新进意。注迂。

"自失论文友"，因赠高之族侄而思高也。注非。

"风送蛟龙雨"，兴而比也，谓其化为蛟龙则谬矣。"蛟龙得云雨"，景象不同，句法同耳。

"万里戎王子"，谓比安禄山迁②。

"降虏兼千帐，居人有万家"，华夷杂处，总言其庶耳，初无虏多民少意。注非。

"影静千官里"，言奔走始息也，注"乍归无友"，非。

"高门蓟子过"，用庄子"高门县薄无不走"语。

"送客苍溪县"，质而不俚；"寒花开已尽，菊蕊独盈枝"，质而无华。

"柑树"诗③，若青云比叶，白雪如花，则小儿语矣。用"羞避"二字差胜，竟非意惬句也。

《王十五前阁会》诗"情人来石上""何幸饫儿童"，近俚。此等句代简记事者也，不必效，亦不足为杜之疵。

《园官送菜》诗"丝麻杂罗纨"，与前语正称。评乃云牵强无味，盖未能拟作者心神，自茫昧耳。

---

① 此条原文中与"无人觉来往"为一段，但文义其实为二，故而析为两条。
② 原文如此，不知方氏"迁"何谓也。或其后有阙文，则"迁"字指安禄山调官某职。又，古今各家注释，"戎王子"皆作花名。
③ 即《甘园》。清杨伦《杜诗镜铨》卷十《甘园》题下注云："甘柑通。"甘园即柑园，长满柑树之园也。方氏以"柑树"指称其诗，盖由此而来。

《十六夜玩月》，"十六夜"字可去。

"仳离放红蕊"，杜集如此等句多矣，注者辄不可解。若云"对红蕊"，则庸人俱晓，然成庸句矣。非"放"字何以称佳，宁使庸人不可解耳。

《赤甲》诗前后若不相属。前四句安于所适，无不自得也；后四句乐其有朋，聊以道吾真也。所谓不烦绳削而合者也。

"牛马行无色"，用《秋水篇》"渚涯之间不辨牛马"。

"百舌欲无语"，春暮也。"赤叶枫林百舌鸣"，赤叶秋冬时矣，而百舌犹鸣，言春冬风土之异。

"塞柳行疏翠"，言柳色行且疏矣，以秋风也。而山梨犹结小红，纪异也。

"晨溪向虚驶①，归径行已昨。"山溪乍盈涸，向者虚驶，今归则可径矣。转盼陈迹，行已昨矣。

剑"暂拔"或可"冲星"②，琴未弹何可遂谓无知音也！直道未必不行，其无忧哉！善自宽矣。

人日也，故曰"此日此时人共得"，非徒泛言节日也。

"何人错忆穷愁日"，言在朝者焉念逐臣，亦能偶然忆我之穷愁乎？后忽忽穷愁是也。注以为愁尽之日，非。"有时颠倒著衣裳"，言愁极而心绪乱耳。

二月夜，未短也，饶睡，故见其短而昼犹分眠耳。③

青袍白马何意哉？而留滞焉。金谷铜驼非故乡也，弟在彼故思之。

杜诗中与章梓州良厚，其留别之作"常恐性坦率，失身为杯酒""不意青草湖，扁舟落吾手"等语，大有戒心。然则谓严杀章并欲及公，信矣。严与公诗"莫倚善题鹦鹉赋"，语大无赖。

"山阴雪夜兴难乘""安得赤脚踏层冰"，语意同，炎天作冰雪想耳。注非。

"晨钟云外湿"，"外"疑作磴。船宿而月出晴景也，忽风起灯乱而夜雨悬

---

① 通行本皆为"晨溪向虚驶"。按，驶作迅捷意，通"快"。此处若作"驶"字，与下一句诗意疏离不对。方氏原文当是讹误所致，非别有版本也。

② 出自《人日两篇》其二，原句为"佩剑冲星聊暂拔"。

③ 指杜甫《昼梦》首联"二月饶睡昏昏然，不独夜短昼分眠"二句。

注。及闻晨钟,欲往别之,则石磴湿矣。王所停石堂,胜地也。不得至焉,而柔橹且发矣,何凄然也。"胜地石堂偏","偏"误为"烟"①。

"天颜有喜近臣知",易勿药②。"有喜",《左传》:"喜而后可知也。"注:"喜见于颜色。"字皆有据,若泛览,未尽识其工也。

"遥忆旧青毡",许簿当是旧与同学者③。

"晴云满户团倾盖",门多长者车也④。注以倾盖比云,非。

"画图省识春风面",言今于图中识之,恨当时不得见也,暗用毛延寿事。注非。

宋玉、杨雄,杜所希也,"亦吾师"与!无心解嘲,宁有不满意耶!今之君子,开口即轻前贤,谓杜亦尔尔。

"厚禄故人",必有指,未必裴冕也。此类不烦解。

《玉台观》⑤诗"遂有""更有",颇犯,必一字误耳。今曰大家不拘,恐未然也。

"西蜀樱桃也自红",忆沾赐语耳,无隘小西蜀意。

"日落青龙见水中",用竹化龙事,注不知引。"合观","观"讹作"欢","欢"字无义。

"野店山桥",写景耳,非谓经草堂而不相过也。

"大家东征逐子回",杨升庵以"逐"字未雅,拟"将"字,不若赋中"随"字佳

---

① 无论宋本或今通行本皆作"胜地石堂烟"。按,"烟"对"湿",于诗意及韵律皆是无碍。以己意妄改杜诗,乃明人恶习,此前杨慎氏、谢榛氏等人诗论中尤其多见。

② 原文如此,不能明其意,当是有错讹或脱漏。

③ 本诗末句"旧青毡",向来杜诗评注者都以为典出王献之夜中语盗贼事。《世说新语》:王献之夜卧斋中,有盗入室,献之语曰:"青毡我家旧物,可特置之。"后世往往以"青毡"指代读书人故家旧物,在本诗中也被视为杜甫久游后生了乡思。方氏解为回忆同学旧谊,与整首诗意也大体相合,可以视为一家之言。

④ 方氏之解,与全诗之意大不相符,一反前人之论。大约宋人诸本涉及此句注释者,往往都认为是写夏日屋内外眺所见山中浮云之形状,与下一句写秋水大盛之状相对应。明中期以来,"非宋"成为一种习气,杜诗批评领域为了一反宋人之说,故意别出心裁,往往成生硬凑迫之论。

⑤ 杜集中有两《玉台观》,一五律一七律,此处指七律而言。

耳。然杜用"逐"字,盖以平声不响也。

杜《酬高使君》诗,觉胜一倍,一宦达一幽居,所潜心者异耶？及《答岑补阙和早朝》①,则不能过,盖联步丹陛时也。然则杜诗所以独盛者,天故穷之故纵之尔耶？千载下视之,何彼此轻重也。韩退之云："帝欲长吟哦,故遣起且僵。"非诗穷人,穷而工也。信哉！

"圉人太仆皆惆怅",言画马者赐金而养马者不与,叶公好龙之说也。

"行迟更觉仙",缓步以当车也。

"真作野人居",忘其为将军也。

"醉客拈②鹦鹉,佳人指凤凰",盖席中所见,句自佳丽。作者未自注,今强解,非也。

杜工部善郑广文,广文之妻病,杜举其得意句谓可以疗之,词人之自喜云尔。彼妇人也,将惊其语而愈乎？将鬼能爱其工而不为祟耶？工部诗："三年犹病疟,一鬼不销亡。"己不能疗,何以能疗人也！

"世人皆欲杀,吾意独怜才",用孟子"国人皆曰可杀",又魏武伎"欲杀则爱才"。此虽眼前语,读者所忽。然当知无一字不从经、子、《骚》《选》来,是以须读五车书也。

"丞相祠堂何处寻",感其地之幽僻,过者少也。"崩年亦在永安宫",言其复仇之举崩乃已也。蜀主窥吴与翠华崩幸,总是因其旧未见尊为正统意。注谓为春秋之笔,佞耳,非杜子所取。

"晚节渐于诗律细",莺"交愁",鹭"太剧",其咏物可谓细矣,本非大家正音,故云"戏""遣闷"。莺枝栖也,故湿而交愁；鹭水鸟也,故干而太剧。注未达,又谓自叹诗法之愈工,夫杜子岂若今之夸毗者哉！

---

① 当是指杜甫《奉答岑参补阙见赠》,其诗写的是早朝后各自赴办公地之情形。而杜集中涉及早朝唱和的是《奉和贾至舍人早朝大明宫》,岑参亦参与其事,诗题为《和贾至舍人早朝大明宫》,二人酬答的对象都是贾至。方氏称引诗名为"答岑补阙和早朝",当是混合了两首不同诗作之题目的结果。又,据方氏此段文字之措辞,或以为《酬高使君相赠》作于《答岑补阙和早朝》之前,又与事实正好相颠倒：后者作于杜甫长安任左拾遗期间,前者作于流寓成都之初。

② "拈"通行本皆作"霑"。

"锦江春色","巫峡清秋",此秋在峡作而忆春时事也。仆射共迎中使其在春乎,今忘矣,故云"万壑哀"。

"词客哀时且未还"。"还",庾信也,而寓自谓之意耳。庾《哀江南赋》:"壮士不还,寒风萧瑟。"

"渭水秦山得见否""肠断秦川流浊泾",一单言渭,一单言泾,自可互见耳,非以浊泾喻浊乱也。

"邻鸡野哭""物色生态",句正匀称。而谓之偷春,就句浅之乎?论诗哉,必欲鸡对鸭,物对人,乃可谓对偶乎?"已知出郭少尘事,更有澄江销客愁",佳对也,乃曰对属,不拘拘矣?

"昼漏稀闻高阁报",言昼永耳。注非。

"龙起犹闻晋水清",谓唐起于太原耳,王气如昔未改也。"北极朝廷终不改""煌煌太宗业",意同。

"百花潭水即沧浪",沧浪之水可缨可足,盖犹东行乘兴之咏也。

"自去自来梁上燕"数句,本江村事耳,并育忘机,老安少怀,不欲无营。谀词可厌,使人掩耳。

"炙背""美芹",苟安之意耳,与"强移栖息一枝安"同。爱君怀友、厚于天伦等解,殊无谓。

"许坐层轩数散愁",借客迁居,迭为宾主也。本无深义,而云不许直入,岂三思而惑者耶?

"野航恰受两三人",以秋水才至,然二难难并,喧杂难避,故"恰受"之稀,政为可咏也。注殊未达。

庐山之远,盖有成语,故太白亦用之,谓慧远也。若如注,远就庐山,则下句休上人孤矣,而休又与庐山不相蒙也。又,诗意似大易①欲往庐山耳。注谓杜先往香炉峰作寺,以伺大易飞锡而来,杜恐不能任此。檀越飞锡踏峰,自沙门事耳。

---

① "大易"杜集中通常作"太易"。

"片云何意傍琴台",暗用神女为云,以咏相如事,情景正稳,感讽备矣,此织女机中锦也。注谓无慕相如,非。

"风含翠筱娟娟净,雨裛红蕖冉冉香"二句,风雨互见,善画者所不能写。

杜两用"哀壑",皆悼忘语也。近以之咏悲秋者,谬矣。

"江上小堂巢翡翠,苑边高冢卧麒麟",即曹子建诗"生存华屋处,零落归山丘"也。李白诗"玉楼巢翡翠",本佳丽景耳。注云堂无人而鸟来巢,与"冢卧麒麟"一例,则句之工妙大减矣,而反谓上下句意皆不通贯。诗不易解,杜诗尤不易解哉!若以堂无人,则不堪行乐。庾信诗:"翡翠本微物,知爱巢高堂。"非以堂无人而巢也。

"思沾道暍黄梅雨,敢望宫恩玉井冰",沾雨望冰,自执热想耳,初无先人后己仁民之心。解者陋矣。

"吏情更觉沧洲远",吏情可厌,则沧洲愈觉其远,远可以违世也。注以为神仙境者,既谬;而谓官于朝与沧洲疏远者,亦浅。"传语风光共流转",与乃祖"寄语洛阳风日道"同调。

"何时诏此金钱会",盖忆天宝盛时景象,非不忍去其君之语也。上二句意本明,解者不达耳。

"佳人拾翠",用《洛神赋》中语,乃可与"仙侣同丹"作对,不则偏枯矣。

杜《十一月一日》第三首,言春意动矣。短短桃花,轻轻柳絮,不愁不烂熳矣。即看燕子来矣,翠微中岂已有黄鹂耶?见卯而求时夜,非太早计也。

"胜里金花巧耐寒",言早春寒未花而胜里之花耐寒耳,非以辟寒也。

"教儿且覆掌中杯",一杯难强进,故且覆之,用晋元帝事。注谓饮酒之俗,尽欢之意,非。

"金谷铜驼非故乡",所思兄弟盖在洛阳,洛阳亦非故乡也。各萍转而永相望,愁极可知。

"疏灯自照孤帆宿",所见也;"新月犹悬双杵鸣",闻砧也。二句四字当读,乃见句法之工。

"高江急峡雷霆斗",江高犹云海立。

"返照入江翻石壁",石壁倒映江中,如翻耳。"紫阁峰阴入渼陂","入"字同。

杖钺专征,褰帷出牧,故云"具美"。"自公多暇延参佐",暗比庾亮事,故云"万古情"。

"射洪春酒寒仍绿",春时酿至冬犹绿,非谓射洪寒轻也。

"主家阴洞细烟雾",谓公主家也。近有用为宾主之主者,偶误。此不容误者也,杯琥珀,碗玛瑙,二物在手,而疑为江麓茅堂之中,颇似不伦。俟质诸深于杜者,误疑已入,自是折旋之妙,惟杜擅之。

"翻疑柂楼底,晚饭越中行。"前六句,景情乃合。

"俱飞蛱蝶元相逐,并蒂芙蓉本自双"。"并蒂"比夫妇也,"俱飞蛱蝶"则兼喻稚子。

"新松恨不高千尺,恶竹应须斩万竿",此有所指,盖兴比之明切可见者也。兴比体,作者未尝废之,而牵合妄评,乃可厌耳。

《寄别马巴州》,巴州者其故人耶?久系缆而不一来,薄矣,故有"浮云"之句。不爱春湖之色,而意在奔驰名利之途,其人可知。若《酬郭判官》则曰"系帆何惜片时程",同声之言矣。注未得旨。

"宿鸟行犹去,花丛笑不来。"舟行见鸟宿,宿犹似去也;丛花如笑,然舟去而花不来,皆开船之景也。注云鸟宿而舟犹去,吾笑而花不来,非。

"破浪南风正,回樯畏日斜。"南风、畏日,夏时也。或误作落日,便非法。

"沧江剩水",引为池也;"碣石残山",累为山也。语意甚明,何云几不可通?

"野老来看客,河鱼不取钱。"十字句。

"未惜马蹄遥""将军有报书",幽兴洒洒,殊无不轻赴之意。解者每以俗情侫公,公当厌之。

"问讯东桥竹,将军有报书",乃暗翻"看竹不问主人事"也。注未达,乃云不轻往,殊失作者苦心妙语。

"真作野人居",言将军山林之幽乃似野人居耳。若如注,应第四句,则重矣。

"犬迎曾宿客,鸦护落巢儿"。以为晚唐所尚,然唐诗盛、晚之分乃在风韵,不专以句法也,盛有似晚者,晚亦间有似盛者,贵自得之耳。

夏月游而曰春风,误也,然未必是"薰"字①。

"到此应尝宿"一首,是四十字文,杜多有之。

"白发好禁春",犹云奈春何,非谓不流荡也。

"风林纤月落",作"林风"觉更佳,"林风""衣露"当读②。

"江水东流去,清尊日复斜",须接"宴赏"句,乃见"清尊"二字之工,此结构之法也。起"江水"矣,第五句又云"临山水",第六句"浦沙"亦与水涉重,然则"山水"水字可易也,疑字之误也。

"吏人桥外少",未易见其工。吏人守之,嵇叔夜所以不堪,此暗用其意也。"眼边无俗物""无人觉来往",会此意乃知其语之工耳,不可与俗道。

"为于耆旧内,试觅姓庞人",犹文中子云:"羊陆,仁人也,可使薄俗防人。"其用法,言面则人,心则兽也。注非。

《小园》诗"春深秋庭萱,寒事待物华",乃自春而秋冬又且春矣。以诗叙事难,律尤难,杜多此体。

"江阁嫌津柳",言望帆之来而津柳蔽之也。

"郑老身仍窜",窜已久也,亦幸其犹存也。

"陇月向人圆",盖有离合之感。

"晋室丹阳尹",指元二所经过耳,非比元也。

"短日行梅岭,寒山落桂林"十字,句奇。言短日经行梅岭而落于桂林之寒山,李常侍盖殁于桂林也。"长安若个畔,犹想映貂金",犹承"短日"来。杜

---

① 杜诗中有"春风"二字者共19处,然相关诗作中夏月游、薰字等方氏评论之关联项皆无有,难以明确方氏所指究竟是何诗。猜测当是《重过何氏五首》其三,一则该诗虽亦无"薰"字,但诗意稍类夏月之游耳;二则此条文字之上、下条,皆为《重过何氏五首》之相关评论。

② 其实明以前《夜宴左氏庄》首句都是"风林"。方弘静举"林风"更佳之说后,王嗣奭《杜臆》一书亦持此论。钱谦益《钱注杜诗》卷九"风林"下有注云:"晋作林风。"后清人唯仇兆鳌《杜诗详注》卷一《夜宴左氏庄》据此则直接改"风林"为"林风",其他清人杜集仍大多是"风林"。而今,通行所见杜诗《夜宴左氏庄》竟然往往是"林风"。溯其缘起,则方弘静氏乃作俑者也。

晚年律细，非正音也。唐正音则张燕公所书屏为进士式者，"客路青山外"之类是也。今学杜者宜择其正，毋效其颦。杜圣于诗、僻于诗者也，变化出入，从容规矩之中，疾徐自得，风韵故殊。苟不得其妙而袭其句，往往硬涩失和平之旨，而自以为杜体，未深晓者亦曰此杜体。非杜误人，乃人不善学杜耳。

"秦地应新月，龙池满旧宫"，言秦地新月应满于旧宫之龙池也，十字句。注失之"满"，谓月满非池满也。杜每喜作此等句，所谓其和弥寡，寸心自知。

"牛羊识僮仆"，佳语。注以为因夕照之明，殊无谓。"日之夕矣，牛羊下来"，正夕照时，杜用诗意也。

"荻岸如秋水"，与秋水一色也，正似画图。

"层阁凭雷殿"，雷殿阁边，若凭之也。"长空面水文"，天与水合也。"凭"字佳矣，"面"字尤奇，犹云面墙面壁。《史记·项羽传》："马童面之。"若作水面，即凡语。

"衣冠兼盗贼"，语可痛。盗贼无论，衣冠乃尔，盗贼犹可；衣冠而兼盗贼，民何以堪！

"绨衣挂萝薜，凉月白纷纷"，是萝薜之影纷纷也，而曰月纷纷，写景妙矣。今未有上句，亦曰月纷纷，则不可解。

山谷云："拾遗句中有眼，篇篇有之。"非独拾遗也，句之工在一字，凡唐音皆然。然有无字可摘者，乃诗之化境，更为高古耳。"云薄翠微寺""孤村春水生""故①人具鸡黍"，盛唐如此等句甚多，所以过于中、晚也。

"白鸥原水宿，何事有余哀"，自宽之词，非自喻也。

"物役水虚照"，"物役"用荀子"役物役于物"。语物役魂伤，山寂然而水虚照，何疑不成语？"水虚照"有吊其影之感。

"阮籍行多兴"，言虽穷途兴犹多耳，不专用故事乃佳。"船人相近报，但恐失桃花"，岸上桃花相近之间，船人须报，恐舟过而失看花也。

"文章落上台"，犹云自天子所，非指相国制文也。泰阶三台，上者天子，

---

① 原文为"厨"，误，据孟浩然集改之。

中者公侯卿大夫,下者士庶人。今或称执政为上台,谬矣。"中台星坼",张华当之。

"风磴吹阴雪,云门吼瀑泉。"飞瀑之溅乍疑吹雪,非实非譬,解者失之。

"杂虏横戈数,功臣甲第高。"匈奴未灭,何以家为!今杂虏数横戈而功臣甲第已高,此以霍骠骑激诸将也。注以为唐诸将之跋扈,非。

杜五言古有从《风》《雅》来者,李多从《骚》《选》。

"峡云行清晓,烟雾相徘徊","行"字从"朝为行云"来,"相徘徊"因"行"字来,"峡云"从"阳台之下"来。知字所从来,乃知句法。

"午时起坐自天明",《魏其传》中语也。虽无意用故实,然自是破万卷来。

《吹笛》诗"故园杨柳今摇落,何得愁中却尽生",与李诗"江城五月落梅花"意同。注非。①

"近识岷峨老,知予懒是真",此老必达者也,故能信杜之懒。今之相诒则欺谩满幅,相见则贿币,是将庄子所谓"不离乎苞苴竿牍"者。噫,安得不懒!

"忧国愿年丰",语大雅矣。"在家常早起",颇近俚,然大有趣。人情在朝早起,在家则晏起可耳。今在家早起者,以民事不可缓,愿年丰也。此岂一身一家之心哉?忧国之心也。语意俱挟风雅,故独步辞场,他人在风云月露,苦心故不能及。然学杜者不得其风韵,则成头巾语矣。

"欲知世掌丝纶美",有疑"美"字者,盖用《左传》"世济其美"语也。知字所自来,则佳矣。

"早泊云物晦",与起句"不夜楚帆落,避风湘渚间",觉重。

"不劳钟鼓报新晴",闻钟鼓之声,知风所从起,则当晴也。今夕照之景映楼台,晴色可嘉,不俟钟鼓声相报也。钟鼓声阴晴稍别。

"主人寂无为,众宾进乐方"②,宾主相忘,情之适也;"坐从歌伎密,乐任主人为",情兴两忘,情之戚也。发乎情,各指所之而不相袭,各臻其妙,诗之

---

① 《千一录》本节论杜诗以五言为主,偶有七言掺杂其中,全书体例不严之弊远非此一方面。故其论杜虽不乏真知灼见,然总不免草草之嫌。

② 出自曹植《斗鸡诗》。

工也。

"艰危气益增",士须有此气。

"吏人桥外少",暗用嵇叔夜"吏人守之"语。眼边无俗,即是佳境。"野航恰受两三人",亦以少而不杂也。

有一缙绅颇负时名者,初读杜诗,妄改"荆门郑薛寄书近"①"门"为"朋",盖以蜀客宜对荆朋也,见者以为笑。夫见书未多,安可轻改?圣人所以戒阙疑也。

"望尽似犹见,哀多如更闻",以第二句有"飞鸣"字,一言飞一言鸣也,此结构法。

《聂耒阳》诗"义士烈女",引聂政与其娣②,不亦太远欤?唐以前太重谱学,恐遥遥华胄之诮,或所不免。李献吉家谱仿眉山苏氏,善矣。近见谱之侈者,乃有本纪世家。若然,则凡荜门圭窦,孰非帝王之苗裔耶!

"旧识难为态,新知暗已疏。"末俗浇风,难乎免矣,岂特青羌之西、白帝之南哉!至于粗粝黄鱼,火耕瓦卜,此不足异者也。治生于此,斯人之与,徒恶能不关渠哉?杜子于是有褊心焉,殆未达也。夫君子素夷而夷,虚己以游世可也。故曰"虽蛮貊之邦行矣"。

王咏诗"深夜飞江鸟"③,杜"江鸟夜深飞"。鲍明远诗"争先万里途,各事百年身",杜"长为万里客,有愧百年身",皆用旧语,觉胜之。

东屯,屯田之所也,故云"防边旧谷屯"。注者务为谀词,乃曰公在旅中,犹能积谷以防边,其忧国深矣。子美漂萍孑老,无策免饥,恶能为卜式事哉!"忧国愿年丰",则其所惓惓者耳。

"兔应疑鹤发,蟾亦恋貂裘",注谓自言其老与贫,非也。鹤发白与兔月同色,故云"疑""恋"字,犹"照席绮逾依""依"字。蟾亦恋裘,以夜寒也。裘敝可

---

① 通行本皆作"荆州郑薛寄书近"。
② "娣"当是"姊"之误。
③ 所谓"王咏诗'深夜飞江鸟'"之说,出自伪苏注,他处全无记载。见《补注杜诗》卷三十二《夜》、《分门集注杜工部诗》卷三《夜》等。

言贫,非以貂裘为贫也。月色随人,有似依恋,鹤发非言老,非不言老。

"鲛馆如鸣杼",其工,对觉未称。"神女花钿落,鲛人织杼悲",则稳矣。泣珠,故下"悲"字。

"震雷翻幕燕,骤雨落河鱼",纪实景耳。注以燕为幕上之饰,河鱼为水上之尘,非。"幕燕"无足疑,雨骤波奔,鱼随波落,佳句也,何以不达?"潜鳞输骇浪",意同。

"麝香山一半,亭午未全分",山色有无中也。"亭午"接起句"晨光"字,此诗之结构也。

"已费清晨谒,那成长者谋",用孟子"为长者虑"①语,自不浅。注不能发杜,亦恃寸心知也。

"门庭闷扫除",何所闷?下句"杖藜还客拜"正发"闷"字。

"蒸裹""燋糖""秬秠",蛮语入杜诗,皆成佳句。今人仅仅从唐人中拆洗来,恐大家不须尔。

"英雄有时亦如此,邂逅岂即非良图。"言博塞本非良图,英雄邂逅,偶一为之,未讵过耳。注非。以谋富贵为良图,杜安得此鄙语?

《牵牛织女》诗,初无私合相从之疑,此事终朦胧,既不信俗说,第因戒女妇以礼法云尔。注谬。

《九日诗》"西北有孤云",为忆与苏、郑游。游时在长安,故称西北。注引狄梁公"望云思亲"事,无谓。

"长安城头头白乌,夜飞延秋门上呼",纪乘舆幸蜀自延秋门出也。唐尧得天下,夜有飞鹊数百,皆集延秋西门,呼鸣至夜分方散②。世以鹊噪为喜,乌为不祥,岂然耶!乘舆西出不堪纪,此最得体。他人叙之必芜蔓难了,反自矜赡缛耳。

"慎勿出口他人狙"。"狙",伺也。张良狙击始皇。

《寄狄明府》:"干谒王侯颇历诋。"注引息夫躬"历诋公卿",非。既飘泊干

---

① 见《孟子·公孙丑下》。
② 编者按:此段文字出于伪苏注。

谒,恶能历肆诋毁,义不相蒙。"诋"当作"氐"。"氐"至也,谓贵胄之门无不至耳。

《别李义》曰:"愿子少干谒。"曰:"少年早归来。"《寄狄明府》曰:"胡为飘泊岷汉间,干谒王侯颇历诋。"而豻①之饥、蛟之横,两致意焉,可谓忠告矣。顷,京师屡禁游士,诏书甚严,而交衢肩比,虚往实归,无不如愿。辇毂之下,奸侠所窟,从古以然,匪独今也。

"谢庭瞻不远,潘省会于斯",上句美其世家,下句言会于豆卢之署也。注非。如注,则结句"田翁号鹿皮",无义矣。

"宫衣亦有名",赐衣题名也。如注谓赐出于有名非滥,则"自天题处湿"不可解矣,且"亦"字亦不稳矣。

"有时自发钟磬响,落日更见渔樵人",正言其静,即"鸟鸣山更幽"也。无杂喧,无俗物,可知矣。

《赞公房》诗:"听听国多狗。"本《韩诗外传》晏子语:"左右者为社鼠,用事者为恶狗。"注不知引,乃引《楚词》。

"百花潭水即沧浪",沧浪可清可浊,可缨可足,堂堂荡荡,结意正称。若不逆其志,则岂徒取韵叶而已乎?

"无数蜻蜓齐上下""须向山阴上小舟",二"上"字,尾句似可易。原出处"棹舟","棹"字似可。

《赠韦左丞》乃辞河西尉时作也。注谓贬华州司功作,殊不达诗意②。

"有客虽安命,衰容岂壮夫。"言虽知安命无求,如已衰何?故接以"家人

---

① 按,据《别李义》《寄狄明府》二首原文,诗中只有虎、蛟字,无豻字,则"豻"字当是"虎"字之误。
② 杜甫有两首赠韦左丞的诗作,一是《赠韦左丞丈济》,一是《奉赠韦左丞丈二十二韵》,未知方氏所论是哪一首。按,通常认为,杜甫写作《赠韦左丞丈济》在前,《奉赠韦左丞丈二十二韵》则是第二次投递。两者早不早于天宝七载(748),那时韦济才升为尚书左丞,迟不迟于天宝十四载(755)年初。两首《赠韦左丞》之内容全是亟需汲引的未得官状态。十三载(754)冬,杜甫《进西岳赋表》尚自称"长安一匹夫",其得官最早在十四载年初。所以,说《赠韦左丞》是安史之乱爆发以后"贬华州司功作",自是绝无可能;说是"辞河西尉时作",却也难以确定——从诗情诗意看,辞河西尉之前或之后作,其实皆有可能。

忧几杖,甲子混泥途"也。注谓以穷达而肥瘠,非壮夫也。失诗意。

《赠鲜于京兆》:"奋飞超等级,容易失沉沦。""沉沦"犹云出潜离隐,言致身之易也。下句"脱略蟠溪钓",犹承此意。注以为解之之辞,无谓。

《五十韵律》"奉使待张骞""志必在腾骞",二字不同,而先元韵固可通用也。今本皆从马,徒以唐韵为必拘,而不知义之误,与韵之不可重,不亦固乎。

"江湖多白鸟,天地有青蝇。""白鸟"以为鸥鹭之类是也,言谗人多而江湖可以自适也。以为蚊蚋则与青蝇意同,不足为工矣。

"江清心可莹,竹冷①发堪梳",谓竹为梳,时寒觉冷也。

《崔评事公辅》②诗合入排律,而"我闻龙正直"四句不合。集中如此类,是当时体,不古不律,非法也。

"文章差底病,回首兴滔滔。"差,病间也。文章有神底处病?为会须差耳。暗用魏武愈头风事。滔滔之兴,不待回首,诗狂之态乃尔。

"闻道君牙帐",以"君牙"比董卿也,盖其祖父有名位者。"帐"则牙帐,开幕府也。如注但引牙帐,则以"君"为指董,起句弱矣。论文笑自知,当时已不能知,况后世陋儒乎!

"李杜齐名真忝窃",句则雅矣。"诗名惟我共",则近日夸诞之语乃其波也。且当时有诗名者非无人,句觉未稳。

"负米力葵外,读书秋树根",言力葵之外则负米承颜,而胝手足有如此,其有余力则据树根而读书焉。

"承颜胝手足,坐客强盘飧",客知主人贫,不欲费之,乃强留客而具盘飧焉。宾主俱得,余喜诵之。"竟日淹留佳客坐,百年粗粝腐儒飧",真率蔼然,异乎卪之燕朋索饮与米菽不分者。

"山杯竹叶春","山杯"不妥,作"村醪"是。

"北阙更新主",当有哀感意。接以"烂熳倒芳樽",似未稳。

"盍簪喧枥马",不知者以为工,颇费搜索耳,非其至者也。

---

① 原文作"泠"字,据杜集而改为"冷"字。
② 即《赠崔十三评事公辅》。

杜诗不能尽知其出处也，则阙所不知可也。然其用意处可以默会，昧者妄解，为可憎耳。

"落日要双鸟"，用《淮南子》"（重）羿、逢蒙子之巧，以要飞鸟"。

《游何将军山林》诗"将军不好武""雨抛金锁甲，苔卧绿沉枪"等语，本以美之。然天宝盛时玩弛如此，宜乎渔阳一鼓而中原犹竹破也，可鉴也夫！

歇后语以兄弟为友于，不可也。杜诗"山鸟山花吾友于"，谓花鸟与居，如弟兄而友于之，未为不可。

杜自云："赋诗新句稳，不觉自长吟。"句稳乃工耳，求奇而不稳，焉得工？又云："悬崖置屋牢。"非恃其牢，则悬崖缥缈，安可居哉？此可以论诗。诗固有险韵、险句，如悬崖之屋者，安而不危，乃可也。①

杜《七歌》，评者云："一歌唤子美，二歌唤长铲，岂不奇崛？"夫杜之奇崛，宜不在此。此见其浅者也。

杜"小吏最相轻"，似俚而有味。小吏多不知大体，但能奔趋上官，岂知重高贤乎！李将军困于陵尉，韩长孺辱于狱吏，乃恒态也。又云："狐狸何足道。"不足道，则不足置意中。

诗字字工而已，非佳境也。良工独苦，乃不在篆刻。杜诗昧者谓有凡语，语似凡而质不俚，人所能道者所不能道者耳。"老夫清晨梳白头"，乃初学所不道者，而宿学所不敢道者。解此者固不易，而欧阳子疑之，则不可解。

杜《兵车行》"耶娘妻子走相送"，人必以为俚，故自注出处。出处未能尽注，达者能以意逆耳。今篇中浅浅者犹妄解，又妄云佳。

卷十　诗释二

"斫却月中桂，清光应更多"，用《世说》"若使月中无物当极明耶"。

"儿童未遣闻"，用王右军语"恒恐儿辈觉"②。

"远愧梁江总"，乃春秋法也，迥出词人之作矣。《纲目》书"莽大夫""魏荀攸""晋征士"，盖其例也。

---

① 此条与上一条原文作一处，但考其内容本无关联，故析而为二。
② 语出《世说新语·言语第二》。

"荡胸生层云","荡胸"用《庄子》"此四六者不荡胸中"。

"忆年十五心尚孩",本《左传》"生十九年矣,而犹有童心"①。"一日上树能千回"用齐骠谓"一日一百回亦须来往",然不纯用其语。读书万卷,下笔有神,非虚语也。李十年不下山,读书不少,而曰"不必破万卷",虽云戏之,实有妙理。盖水月镜花,得心应手,可悬解而不可迹求。轮扁有言,固非糟粕以尽意也。要之,勤苦五车,岂徒腹笥;凝神三昧,匪恃冥搜。深造逢原,斯乃自得之耳。

"妻子寄他食"用《左传》"民食于他",不注出处,则见谓不雅。

"鲜鲫银丝鲙,香芹碧涧羹",宛是越中景耳。"拖②楼底""晚饭"五字,觉可商量。

"近侍只今难浪迹",此叔夜不堪之一也。注谓无官,非。"自是秦楼压郑谷"耳,江麓茅堂焉有佩声之珊珊乎?注谓为主之贤,殊无谓。

谱杜诗者,每首必曰某年作,亦多事矣。《垂白诗》"无家病不辞",则谓公携妻孥入蜀而云无家,岂专以故乡为家者乎?殊为可笑。即使诗在蜀作,岂无有故独行时哉?又"楼迥独移时",注云广德二年永泰元年皆未尝楼居,惟大历元年在夔州居西阁,故当为是年作也。夫楼何地无,诗中有楼者亦多矣,注者岂忘之耶?

"行迟更觉仙"③,委蛇缓步,自有仙才,岂必御风凌云也。注非。

《独坐》诗"沧溟服衰谢","服"字似误,作"恨"字亦未必是耳。"於菟侵客恨","恨"字必误,意可作"幔"字。

"庾信哀虽久,何颙好不忘",周颙佞佛,"何"字或误。句皆自咏,言有庾之哀而不忘颙之好也。注漫引后汉事,与诗不相符,乃为谀语云:"公所至为人所好,所谓在彼无恶、在此无射也。"迂陋甚矣。

"秋风淅淅吹我衣",律也。而类入古体,盖误律为古者,非止一首。

---

① 《左传》原文为:"昭公十九年矣,犹有童心。"
② "拖"字误,当是"桅"。
③ 宋本杜集多如此,但清以后通行本大多作"行迟更学仙"。

"杖藜妨跃马,不是故离群",用公孙跃马事。时蜀中有乱,故杖藜避之。注乃以"杖藜"为贫贱,"跃马"为富贵。鄙陋如此,何能知作者意?

《宴越公堂诗》"英灵如过隙",此不烦注,乃舍越公而指公孙述,谬。

《遭田父泥饮》,以为饮于泥淖之中者既非,而醉如泥之解亦未得也。泥,去声,田家村野留客之态,诗中"欲起时被肘",虽无礼,未觉其丑耳。

"冰浆碗碧玛瑙寒",乃述宴上物耳。注谓杜有渴疾,故喜饮冰浆,不知主家当日所宴客尽有渴疾耶?

《郑驸马池台郑广文同饮》诗中"秦箫""阮宅",盖以二郑比二阮也。注以广文之疏放比之阮籍,谬。

"杨王卢骆当时体",盖极其推重。乃谓欲人以四杰为戒而默寓其祖,得作文之正体,殊昧诗旨。

《棕拂子诗》,义有比兴。而以为刺李林甫,则凿矣。

"今晨清镜中,胜食斋房芝。余发喜却变,白间生黑丝",谓于镜中见发变,乃胜服灵芝耳。注者不达,乃曰"清镜中"指江上。尚未能读杜诗,何能注?又何以知其工?而专为谀辞,可厌也。

"紫衣使者辞复命",裴施州赠裘,必使人来辞而复命,再拜谢之,诗意甚显。乃云朝廷必遣使召之,徒妄解本句,而上下文义皆不达。

"忍待江山丽",愁雨阻而待霁也。注谓待春景,非。

"论文笑自知",非虚语也。又曰:"得失寸心知。"夫曰"自知",则人之知者希矣,不知自不免笑。"颜状老翁为","为"字写惊愕之意。"饥寒奴仆贱",眼前语,曲尽情态。

"起晚堪从事",王澄云:"晓来南风渐作秋声,故山杞菊苗,吾当从事于斯矣。"①注妄解。

"还将徐孺榻,处处待高人"。高人何地无之,欲其广延以济乱也。翻陈

---

① 此段文字出自伪苏注。杜甫原诗《览镜呈柏中丞》:"渭水流关内,终南在日边。胆销豺虎窟,泪入犬羊天。起晚堪从事,行迟更学仙。镜中衰谢色,万一故人怜。"按,杜诗本无南风秋声、山杞菊苗之词,伪苏注所云近乎胡扯一通,方氏特地引出,甚是无谓。

蕃事,遂作名语。

"衣冠起暮钟",暮钟动而衣冠起也。"洛阳钟鼓动,车马系迟回",言不欲起也。

"白头无籍在"。"籍在"非指通籍也,谓无所凭籍。在,语词。《壮游》诗"备员窃补衮",谓为拾遗也,前后诗意自明。注何云讥时相?

《石柜阁》诗"优游谢康乐",注以为玄晖,既谬;又云玄晖封康乐公,孙灵运袭封,故称康乐,又谬;玄晖与沈约同时,灵运乃其祖行耳。注者似以谢玄、玄晖为一人。

《次晚洲》诗"危沙折花当",言沙危欲倾而折花当之,经过偶然所见也。注"花当"乃花根,非。

"南纪巫庐瘴不绝,太古以来无尺雪"。庐山在九江,非瘴乡也,未尝无尺雪,"庐"字疑讹耳,不得引"巫山①不见庐山远"为解也。

"庐山远",太白、子美两用之,谓慧远耳。《元日示宗武》诗起句"汝啼吾手战",第九句乃应之,不则"赋诗犹落笔"何以称佳句也?"献寿更称觞"著一"更"字,则与"飘零还柏酒"非重耳,拈示儿辈。"罗袜红蕖艳,金羁白雪毛。舞阶衔寿酒,走索背秋毫"四句,相承"马能舞衔杯",上寿也。注谬。

"心弱恨容愁"。心弱矣,堪容几许愁乎?作"知"字未是。

"晚风②爽乌匼"。乌匼,巾名,乃方言,今折帽犹呼匼,匼音渴。

《伤春五首》《春日江村五首》,略及春事耳。《秋兴八首》亦然。

《登塔》③诗:"羲和鞭白日。"《淮南子》曰:"乘车驾以六龙,羲和为驭。"此荒唐之语,即如所云,日亦非可鞭也,"鞭"字似未妥。

"回首叫虞舜,苍梧云正愁。惜哉瑶池饮,日宴昆仑丘",非无比兴也,不必深求。而以为思高宗之晏驾,文德皇后之不留,则无谓。玩诗阅注,颇似说梦。

---

① 原文缺一字,据杜集补一"山"字。
② 原文作"来",误,据杜集改为"风"字。
③ 即《同诸公登慈恩寺塔》。

"天阴对图画,最觉润龙鳞",言阴雨对图画,觉画图龙鳞之润也。注非。

《赞公房》诗"心清闻妙香",又"地清栖暗芳",二"清"字必讹,"地幽"似可。"听听国多狗"非指禄山也,亦非陷贼中作。使陷贼中,安得徐步深院,微笑索诗耶?一篇中皆清暇语,注者何不达?

《谒文公上方》解者不知为僧,何能知杜诗?妄云佳。

"杨枝晨在手,豆子雨已熟"。"豆子",眼中黑精,其义本隐。乃云道术深妙,杨枝挥洒,便能致雨以熟豆田,真可供笑。"手把青杨枝,遍洒甘露水",洗心之义也。《道经》云:"机在目眚,熟则目自无邪视。"二句是内典精语。

"子规夜啼山竹裂",用窦谊事,"子规啼庭竹,是夕竹裂"①也。乃云山中恶其夜啼,爆竹以惊之。"王母昼下云旗翻",用周穆王事:会于瑶池,云旗霓裳,簇拥自天而下也。乃以为鸟名,正可与子规对,陋甚。子规王母,其对自工,然工不以此。鸟有名王母使者,未闻有王母名也。岂误读《杂俎》耶?

"知名未足称,局促商山芝",言四皓隐商山而使汉朝,知名应聘侍太子,不已局促乎?未足称也。笔下高妙,注者不知,乃作二句解,使作者心徒苦。杜又云:"常怪商山老,兼存翊赞功。"

"内惧非道流,幽人在瑕疵",言自惧已非道流,而幽人在所瑕疵也,承"弃我若遗来"②。"惠询辈"③,指惠远、许询是也。答问。

"昔谒华盖君,绿袍昆玉脚",未明。或云谓白足也,犹玉趾。

"檐影微微落",至第五句"云掩初弦月",乃明此诗之结构也。题但云遣意。答问。

"郑南伏毒寺",寺名伏毒,无义,或字之讹耳。"寺"作"守",尤不可通。《忆郑南玼》:"风杉曾曙倚,云峤忆春临。万里苍茫水,龙蛇只自深。"末二句指临峤所见,而忆之也。注以"苍茫"为沧浪,又妄解作者之意矣。

---

① 窦谊事出自伪苏注。宋以前无所闻也,宋以后《蜀中广记》《四川通志》等书亦见称。伪书流传,遗祸如此!

② 通行本作"弃我忽若遗"。

③ 杜诗原文作"慧荀辈"。

"猿鸣秋泪缺,雀噪晚愁空",猿鸣令泪落,不闻故泪缺;雀噪令人愁,不闻故愁空。"黄落惊山树,呼儿问朔风",不闻风声,惟惊叶落,故呼儿问之。题曰"耳聋",四句写其态耳。答问。

"吾怜孟浩然"诗①,"清江空旧鱼,春雨余甘蔗"当是用浩然语,第孟诗传者少,今无由考耳。答问。

"骨断使臣鞍",言使臣被刃,骨断于鞍也。注非。

"慎勿吞青海,无劳问越裳",言诸侯尚不贡,何言守在四夷耶？非戒之也,乃述昔盛时事不可见耳。

"卧疾数秋天",应起句"历历开元事"。答问。

"百戏后歌樵"。樵斗昼炊夜击,作"歌鐎",谬②。

"遗恨失吞吴","汉贼不两立,王业不偏安"。魏若定,吴自服,此诸葛复汉之规模也。当时蜀、吴通好不绝,何尝以吞吴为失哉！长公之梦误耳。

"王侯与蝼蚁,同尽随丘墟。愿闻第一义,回向心地初",在杜集中亦不足惊异。乃谓深入理窟,晋宋以来无此句,不亦佞乎！《留花门》"百里见积雪"须下句"长戟鸟休飞",则戟之雪色乃显矣。不读下句,"积雪"何见耶？此诗之节奏也。

古人惊人之句,非无来处。"斫却月中桂,清光应更多",本《世说》语。"欲折月中桂,持为寒者薪"③,因粒玉薪桂之语也。

苏徯,盖司业之子,诗中可见。

"登顿入矢石",谓贼盗出没,有戒心也。注以李广事为用事之妙,恐未然。

"远闻房太守","守"作"尉"可耳,以"安石竞崇班"句知之也。以为能言人所不能言,似迂。

---

① 即《遣兴五首》其五。又,申言"清江空旧鱼,春雨余甘蔗"乃孟浩然语,但又一无所据,甚是无谓。
② 从传播历史言,方弘静以前之杜集版本,皆作"歌樵",作"歌鐎"者未见一例。从诗意言,"歌樵"即樵歌,与上文"舞剑"正相对。若作"歌鐎",则前后文义涩滞不通。
③ 李白《赠崔司户文昆季》诗中语。

以古诗为律诗，其调自高，太白、浩然所长，储侍御亦多此体。以律诗为古诗，其格易卑，虽子美未免也。然子美古诗有揖风雅之起，短曹、刘之墙者，今人耳视梦语，乃谓无古诗耳①。

李江夏之死，非刑哉！以小故而杖杀二千石，李猫②之腹剑何甚也！杜"易力何深哜"，言哜者何易为力，慨愕之语耳。注不达。

"萧萧白杨路，洞彻宝珠惠"，用庄子口中珠事，言含以珠不若谒其碑也。

"时下莱芜郭，忍饥浮云巘"，以莱芜、甑中尘③相映。

"老去闻悲角，人扶报夕阳"，衰老矣，时未平，日又夕耶。公孙跃马，其意何长，今何在？"寇盗莫相侵"，衰老何必叹也。

鲁直谓夔州后诗"不烦绳削而自合"④，深于杜者也。朱子取其以前诗，自有见。盖前多正音，后多变体，学诗从正音入则不失。如"后人将酒肉"句近俚，晚年作或有此。然明月之颣，无损其宝。

"黄金倾有无"，黄金可倾，不论有无也。

"作歌挹盛事"，"挹"字妥。何云无谓？

"楚天不断四时雨，巫峡长吹万里风"。篇中得此句，如俊鸟六翮具，背上之毛、腹下之毳，皆可入云霄矣。"还一丛"未为不佳，何云可以不作也！

"起予幸班白"，言老人得之子"起予"以为幸。

"贱夫美一睡"，与炼丹砂者言也。修真者戒睡，故题云"戏呈"。

"野莧迷汝来，宗生实于此"，讽意甚明，犹云适从何处，遽集于此。注失。

《能画》一首，《容斋三笔》⑤得之。然此结构之常耳，疑其不相贯，则非也。

---

① 这是对李攀龙《选唐诗序》中"唐无五言古诗"之说的批评。
② 唐代负奸佞之名，被人称为"李猫"的有李义府、李林甫二人，此处应该是指李林甫。
③ 典出《后汉书》卷八十一《独行列传·范冉》。范氏曾除为莱芜长，以遭母忧不到官，其人狷急不从俗，敝服徒行，穷居乡野之间，闾里有歌曰："甑中生尘范史云，釜中生鱼范莱芜。"
④ 语出黄庭坚《与王观复书三首》其一。
⑤ 当指洪迈《容斋随笔》三笔卷六《杜诗命意》。

"草黄骐骥病",不必解。"禄薄",大概喻穷困耳①。

"燕辞枫树日",枫落而燕去,目中景,意中语。

"曹刘不待薛郎中",惜不同时也。何不能晓?

"未绝风流相国能","能"字妥帖,本谢法曹语"区惠恭君诚能"。杜又有"辞华哲匠能""鸣弓射兽能"。

"炎方每续朱樱献",未晦也。评者疑之,盖未深于杜耳。鲁直偏嗜此等,亦过。今人务凌前薪,又过。大都宇宙中自应有此格。

"解龟生碧草",解龟,谓废处;生碧草,谓历年。与"江干"句相映。

"田父嗟胶漆,行人避蒺藜",居则嗟留滞,行则避艰阻。以下句照映,则"胶漆"非难晓。杜又云:"陷此胶与漆,还闻宾客过。"是题郑家亭,语本郑庄好客事。又"郑庄宾客地"。

"无衣何处村",言民贫耳。谓不忧盗,非。

"寒江动夜扉",言扉中见江月之动,亦有撼扉之意。

"江浦寒鸥戏",赋物妙绝入微。云"类可笑",何也?

"名标五""度必三",亦常语,特非其至,何以失笑?

"池要山简马,月静庾公楼",正称上句,不记来处,故以为拙。

"猿挂时相学,鸥行烱自如",兴味既殊,风格自上。谓俭胜岛,未深达也。

"敢居高士差"。"差",等也,字妥,浅识乃为一笑。

"六安丞",桓谭事。谓难注,史不熟耳。

"七十""寻常","西南""十九",对工矣。"羁栖愁""二十四",工之工者也。《十七夜对月》,意在"仍""还""更"三字。

"泄云"②,泄之义,犹垂也,散也。至于"资""防""应",则显明无可疑。"泄云蒙清晨"。

---

① "禄薄"当语出《集千家注杜诗》卷十五《第五弟丰独在江左近三四载寂无消息觅使寄此二首》其一之注释:"孙莘老云'草黄骐骥病,沙晚鹡鸰寒',言禄薄,君子不得志,世乱兄弟不相见也。"

② 杜诗有"泄云"之语者有三,据下文之义,此处当指《课小竖锄斫舍北果林枝蔓荒秽净讫移床三首》其一。

"客散鸟还来",工。而"日斜鱼更食"未易评也,养鱼者饲之,亦有度耳。

"任转江淮粟,休添苑囿兵。由来貔虎士,不满凤凰城",此笃论也。子美许身稷、契,非漫语哉!子囊城郢,君子议之,以为必亡郢。添兵京城,可谓无策。

"一时今夕会",语自妥。评者失耳。

"樽蚁添相续",无奇。以下句兴味,觉并工耳。谓不成语,失评。

"藻镜留连客",谓赴选,非拙也,评失。

"春深买为花",常调以为倒句矫异,非也。

"柴荆"①即有焉,对上句正称,非无非怪。

《简吴郎》二首以诗代简,大家集中自不厌。以为愧笺解,误,后人未深于杜者也。

"高车驷马带倾覆",常语。何必居在大路傍,泥矣。

"暂睡想猿蹲",颇涉苦索,近俚。

"天寒潇湘素","素"字似难下,然素秋非隐。

"腊破思端绮",将成春服。与"纤绨恐自疑"意同而稍隐,未为不可解。

"照我衰颜忽落地",谓日中见影耳,然语未佳。

"接宴身兼杖,听歌泪满衣",非"身兼杖"三字,则未为佳句也。山韫玉而辉,川含珠而润,作者得心应手,自关飞动耳。

"北斗三更席",评如何看得?看下句自佳,如何看不得!"北斗"字与"宿春天"相映,作者非草草也。

"北斗"句与"宿春天"句,分看俱不见工,合看俱工耳。"杖藜登水榭",则凭高矣,故用"北斗"字,岂以"西江"作对哉!"书斋闻尔为",谓不与会今始知,正宜用"闻"字。乃云不可解,必是同字,何昧也?

《江边星月二首》咏星月,工矣。评乃谓"如何见是星月",又谓子美诗"每有此",是未深于杜者也。

---

① 杜集中凡有三诗有"紫荆"之语,此处当是指《舍弟占归草堂检校聊示此诗》一诗。

《送封主簿》诗，事既异，非浅学所能叙也。琐事好辞，而评者以为质野，谓是杜短处，盖不得其门者耳。

"斯文忧患余，圣哲垂象系"。作《易》者，其有忧患乎？圣哲犹不免，况鄙夫乎？语典雅乃谓肤引无当，不知己之浅乃以杜为深耳。是犹跂于履者，恶地之广也。

"日月笼中鸟，乾坤水上萍"，萍鸟自喻日月年年也，乾坤处处也，此明显句。何解者之昧？

《送王信州》诗，朗彻可诵也。评乃谓非子美吾不能读之，何哉？"风后力牧长回首"，与前羲和、尧、舜等语正合，山谷所谓"不烦绳削者"也。评乃云泛及无谓，难与言杜矣。夫不知杜者，亦恶能知唐诗哉！

《赠苏涣》诗，倾倒至矣。诗亦得意妙绝，涣后以从反诛，人固不可测也。乃谓题云记异有微旨，不亦佞乎？《赠哥舒翰》，颂赞盛矣，翰何以异于涣？

《可叹》诗"抉眼去其夫"与"正色动引经"，仁与不仁，何其相远，所谓万事无不有可叹者也。仁人长回首于上古而不得用，于时尤可叹也。太白诗："猰㺄磨牙竞人肉，驺虞不踏生草茎。""河东女儿""鄠城客子"，语意正称耳，乃谓全不相涉，恶能读杜诗！太白句警策易见，子美非不能也。可与知者道。

"气缠霜匣满"，知是匣中剑。然上下文无可见，则匣是何物，作者偶未照耶？剑动随身，匣乃可也。

"冰置玉壶多"，"多"字亦觉未惬。

《赠李八丈判官》诗，以反律看则工，然古诗也，此类故不宜效。夔州后诗不烦绳削者十之七八，不可效者十之二三，《二寺行》可作七言排律看。

"随风且间叶"，似谓着叶上，非空中有无也。

话诗者以"堂上不合生枫树"为惊人之句，此不足以惊人，乃自惊耳。"云薄翠微寺""孤村春水生"等语，老于诗者乃服其工。所谓惊人者也，庸人恶能惊，使庸人惊，定非佳句。

李令问①味闻天下，杜"谁看异味重"，盖有讽意。惨毒取物，不欲看之。得此意，乃知语之工。双鱼异味，以《左传》、乐府语为工也。答问。

"终不愧孙登"，岂徒押韵，苏门之啸正可与"丹梯""岩栖"等句，一片不烦绳削者，评失。若陈、黄祖述之过，则有之矣。

"读书破万卷，下笔如有神"，非不夸也，夸而不诬，亦自东方生以来例耳。知己者乃可吐也，以"破"字为不夸，是文也。

"白鸥波浩荡"，必非"没"字，不敢以东坡为然也。"鸥"不解，"没"亦无论。

"声价欻然来向东"，未读乐府，乃评其俚耳。

"画手看前辈，吴生远擅场"，言前辈画手凤推道子，初无深意。山谷浚求之矣，其谓古人于能事不独求夸时辈，便要于前辈中擅场耳。此乃名言。

"翰林逼华盖，鲸力破沧溟"，暗用鹍鹏扶摇九万事，继以"天上""宫中"之句，亦跃如矣。评谓两截不成对，未达耳。

"南山豆苗早荒秽"，杨恽以此语杀身矣，犹可袭用之耶？"青门瓜地"，则可也。

"方丈三韩外"，四句本用张骞事赠张卿也，接以"气得神仙迥"，非未易谕。然未见张骞，故注者多误耳。"世贤张子房"虽自注，然上下文意无所照映，可疑。

"灵虬传夕箭，归马散霜蹄"，言夜深始自青琐归耳。

"人实不易知，更须慎其仪"，送书记何以言此？殆觉哥舒非可依者耶？起四句正书记所当言，非不相涉。

《上韦左相》诗，颂相业大矣，管辂、陈遵似不伦。

杜诗用经语亦有着相处，如"恐泥窜蛟龙，登危聚麋鹿"，"恐泥""登危"俱未工。"恐泥"屡用之，颇觉未惬。今人见经语即忌之，亦非达识耳。

《送郭中丞三十韵》"松悲天外冷，沙乱雪山清"，承上"前程旆旌"句，叙途

---

① 原文下有"以异"小注。又，李厚奉养，奢饮馔，炙驴罂鹅，闻名当时。

路所见,长律应尔。乃谓点缀,无理谬评。

"诗成觉有神",屡自道,然非诬也。浮夸者拆洗一语,妄自谓神,神未有而鬼见之,李赤是矣。

"仙仗离丹极,妖星带玉除",叙出狩,已得体矣。"下殿走""好楼居""汾阳驾",俱非典雅,且近赘。

"慈颜赴北堂",句未俊。然"朱"①为不成语也,评者未达耳。"寿酒赛城隍"佳句,俗礼可入诗者多矣。铁可金,俗可雅也。

《得舍弟消息》诗,辞房之妾不若傍床之犬,此诗意也。

数物以个,谓食为吃,非俗也,亦不俟奇语映带。俗人作诗,岂用二字?然何能不俗?"却绕井栏添个个""但使残年饱吃饭",皆佳句。

"老大藤""一流水",近俚。杜集中有此等句,勿效可也。"两行秦树直",非俚也。"官柳著行新",大道之树,成行可咏耳。

"旧相恩追后","追"还朝也。"阙庭分未到",用分庭抗礼语。未得其意,妄评不佳,又谓不可解。《答杨梓州》诗,叙当时事,不必解,宜不可解。

《茅屋为秋风所破歌》,歌茅屋耳。辞旨明显,不烦解释。乃妄以时事傅会,谓句句字字皆有所指托,注家舛谬未有如此之甚者。说诗至此,诗之厄也。以此学诗,未抚诗矣。

《栏槛》诗,琐事妙辞。"临川视万里,何必栏槛为",自是达观之语。乃妄谓讥肃宗示人不广,可厌。此等注既不须览,亦何必辩,然其行布已久,恐误儿辈,为拈出耳。《柴门》诗,两用"回首"字,非谓大家不拘,偶未润耳。"回首犹暮霞",工起,可易也。

"白榜千家邑","白榜"犹白社、白屋。注谓"县额以白为榜"②,无义。"翠幕排银榜""天门日射黄金榜",言其华丽。此云"白榜",谓民间居室亦自有题榜耳,非必县额。

"落日邀双鸟",妙语。日坠林间,倦鸟知还,有若邀之。解者乃云"落日"

---

① 即指诗中"慈颜"改为"朱颜"也。
② 见《杜工部草堂诗笺》卷二十六《白盐山》注释,其中"榜"字为"牌"字。

喻暮年，"邀双鸟"言欲与妻子隐居于此，使佳句索然无才矣。恐子美不胜见梦，岂独吞吴一事！

"唐尧真自圣，野老复何知"，用击壤事。注非。

"为报鸳行旧，鹓鹓在一枝"，荗物自安之语，非谓其有所托也。

"天畔登楼眼，随春入故园"，"春"字多作"风"，览者亦多以"风"字可耳，然不如"春"字工。

"池水观为政，厨烟觉远庖"，殆有所讽也，不得其志，则下句觉未称矣。池水观其清也，远庖充其爱也，此作者之意也。

"朱绂犹纱帽，新诗近玉琴。功名不早立，衰疾谢知音"，四句相承，而诗旨乃显。不则"玉琴"之句艰矣。何敬祖《听阴子坚弹琴》云："古人不见哀丝上，写出千古之心。"①

"诗尽人间兴，兼须入海求"，信其僻于诗也。然诗犹日也，今日即昨日，昨日非今日，日一耳而万古常新，"谢朝华之已披，启夕秀于未振"，安有尽时？

"门鹊晨光起，墙乌宿处飞"，言晓景耳。乃以门鹊为鸩鹊门，墙乌为刻乌于竿上，大谬。且鸩鹊门是何所，而以题西阁耶？"稍通绡幕霁，远带玉绳稀"，言雨雪微而遂霁，比晓则晨光稍通于绡幕矣。其时未大明，故玉绳犹稀也。乃以"绡幕"为天色，非。注者不见题云"夜宿晓呈"也。《西阁》又一首："风幔不依楼。"又："楼雨沾云幔。"幔，即幕也。

《登历下新亭》诗"层冰延乐方"，"乐方"出曹子建诗"主人寂无为，众宾进乐方"。注者不知，故悬解无当。"层冰"，纪时也，当严寒之时，延为乐之方耳。后一首"芳宴此时俱""主称寿尊客"，旨乃显矣。

《甘林诗》两具问答，居然古调。杜五言古诗多自《风》《雅》、乐府来，何可谓唐无古诗？

《重过何氏》，非春也。"桐叶坐题诗""蜻蜓立钓丝"，皆夏景，以"春风"字误误注者耳。

---

① "何敬祖"云云，出自伪苏注。其事其诗皆不见于载纪。

《园人送瓜》诗"爱惜如芝草""种此何草草",两"草"字意不同,古诗故多重用,不足异也。

"知章骑马似乘船"。知章越人,不习鞍马,又用阮咸"醉骑马欹倾",如乘船行波浪中也。注乃云知章善乘船,安若骑马,而云骑马似乘船,乃倒用之法。谬。

《杜鹃行》:"万事反复何所无,岂忆当殿群臣趋。"此咏杜宇事宜尔也,乃谓讥肃宗不迎明皇,使怏怏化去。或又非之,以为专讥其为李辅国所间。二解俱谬,所谓齐失而楚未得也。鲍明远诗"岂忆往日天子尊",彼又何所讥耶?

《沙苑行》,天厩云屯,骐骥当御,长鱼如人,丹砂之尾,黄金之鳞,固足咏也。而谓马以比禄山,鱼以比思明,注者好不通之思乃尔,殆以"诗史"二字茅塞其胸中耶?《疲马行》,咏病马也。"愿试明年春草长",即古辞"志在千里",非无比兴,而以为为房琯作,则不然。

唐人诗喜用方言,殆非雅调,不足效也。"赤憎""遮莫""好在""藉在""生憎""生情""性底""心性""有底",余未悉数。

剪恶树诗:"枸杞固吾有,鸡栖奈汝何。"恶杂既剪,嘉蔬乃遂,枸杞吾固得而有之也。第幽阴无存,鸡失所栖矣,奈何!结乃有味。注以"鸡栖"为嘉木,未之闻也。"枸杞""鸡栖"对,工。

"雨洗娟娟净,风吹细细香"。或谓竹无香,余每于竹林中觉有一段清气,是其香也,岂必如花之香耶!若秕稷之馨香,竹固不减。

"南瞻按百粤,黄帽待君偏",言正冠以待,待之久,故帽偏耳。注非。

"深江净绮罗",以"奏乐""听歌"句照之。"风生锦绣香"以"结束多红粉"句照之。知其为携妓也,题但云《泛江》耳。注非①。杜又有"归轩锦绣香"句,非指花也。

《覆舟》诗:"羁使空斜影,使者随秋色。迢迢直上天,篙工幸不溺。"此言舟覆而使者沉,明矣。乃曰指张骞,曰无聊,殊不悟诗意。

---

① 此句当前置紧附于"深江净绮罗"一段话之后,因为第二句"风生锦绣香"一段话已是别一诗。

"春隔鸡人昼,秋期燕子凉。赐书夸父老,寿酒乐城隍",一本"竹引趋庭曙,山添扇枕凉。十年过父老,几日赛城隍",俱工,双璧握中,难舍其一。细玩之,前本更苍然矣。"桃花欲共梨花语"则与"桃花细逐杨花落"相去数舍。佳句不易得,固不免推敲耳。

"回首叫虞舜,苍梧云正愁",与"为入苍梧庙,看云哭九疑"意同,其思远矣,非若他人徒刻心于风月烟云也。《三百篇》后能留心于风雅者,惟杜子耳。

"日动映江幕",日不见其动,于江幕见之。"星临万户动""落月动沙虚",三"动"字,"日动"更难下。

"万岁蓬莱日,长悬旧羽林",既有时逝人非之感,又寓朝廷不改之意,最为得体。注未达。

《桥陵诗三十韵》排律也,而编入古体者,盖以"永与奥区固"四句隔对,骤读未觉其对。又"中使日夜继","夜"字不悟为虚耳。"日"字实,"夜"字虚,此固不易悟也。良工心独苦,杜之长律亦过自苦哉!

"披褐味空频",炎蒸似火,褐岂可披?若作"喝",则"披"字无义。《七月三日诗》"武王亲救喝","救""披"相近,可作"救"字。

"秋风淅淅吹我衣",律也。虞注无之,不以为律耶?

"死别已吞声,生别常恻恻",悲生别也。中云"逐客无消息,将老身反累",其义显矣。"魂来枫林青,魂返关塞黑",谓梦魂。注乃以"死别""吞声"为太白死后作,而以"水深波浪阔,舟楫恐失坠"证捉月之事,其陋至此,何以解杜诗哉!

"江山有巴蜀",犹"平野入青徐",言巴蜀江山尽在目中耳。如注所云,则非佳句矣。旧注既非,新解亦失。

水万折而必东,当其折也,固无方矣。"水号北流泉",何谓恶其逆,比于叛臣耶?"清渭无情极,愁时独向东""桂江流向北","北"非逆,"东"非顺也。"愁边有江水,焉得北之朝","北"岂逆耶?

"朱袖拂云和",云和,山名。"云和之瑟"与"山鸟山花吾友于"皆歇后语,杜亦有随俗未细处耶?

"江流泯泯清","泯"当是"潘",古"活"字也。《诗》:"北流活活。"此解得之。答问。

"野日荒荒白","荒"一作"芒",荒、芒义同。

"笋根稚子无人见",解者不一,"稚"作"雉"是也。《西京杂记》:"其间凫雏雉子布满充实。"下句"沙上凫雏傍母眠",正用其语。

"万里清江上,三年落日低",言于江上见落日者三年矣。"年"作"峰",非。

"山行落日下绝壁",仄律也。"北风吹南极"①,律也,杜集中此体少类太白。

杜《寄赞上人》"与子成二老",不必注,乃引伯夷、太公,可资一笑。

"春草鹿呦呦",非喻也。上句"鳣泼泼",又何所喻?

"杜酒""张梨",用两家旧事耳。遂以为宴饮惟园果,意勤不必物丰,真是痴人说梦。

"前村山路远,归醉每无愁",用意在"醉"字,暗用《庄子》"醉者之坠车全于酒"也。注非。

子美之于赞公有深契焉。观其诗"泱泱泥污人,听听国多狗""晤语契深心,那能总钳口",非所与方外者语也。赞公盖有心人,其见放宜哉!渊明、慧远则不然,志行超矣。

杜诗中两用"何颙",皆周颙事,偶误耳。注者即以东汉人释之,无论其辞意之不相蒙也。

《木皮岭》诗"远岫争辅佐"以下,本言其高峻耳。解者句句附会时事,使作者之意索然,乃杜之一厄也。

《龙门阁》诗"百年不敢料,一坠那得取",言其险绝,一失足则无生望矣。注者不知,漫引无谓之语,真木灾也。

"卧病数秋天","数"上声,计经几秋也。"秋花锦石谁复数",言归意速,眼中佳景不复数之,二"数"字义同。

---

① 通行本作"北风破南极"。

《宿凿石浦》诗"缺月殊未生,青灯死分翳","分翳"未觉工,似有误字。

《水会渡》诗:"山行有常程,中夜尚未安。"余入蜀乃信其语之工。盖叠嶂相连,间有人家,每日寓宿必有定所,纵雨雪疲极,不能中途而止也,故蜀道之难而计程不爽。

《早发》诗:"有求常百虑,斯文亦吾病。"有求则有虑,此古文语也。而作客不免请求,正所病耳。自伤之辞也。下又"干请伤直性""疑误此二柄"等语,意自显。注妄谓以斯文自任,殊乖诗旨,而浮夸之士,乃喜道焉。

《次晚洲》诗"坡陀风涛壮",注以"坡陀"为泛滥状,非也。诗意谓风涛平涌坡陀间耳,故云"棹经垂猿把,参错云石稠",其景状宛然可见。

《入衡州》诗称崔使亟矣。惜雕弊而节赐予,所以失军心也。注谓厚自奉养,不恤军旅,既不达诗意,又妄诬崔。

"楚筵""梁狱",为太白解犹可也,永王犹可以勤王名也。中允则汙①贼矣,比之"收庾信",庶亦近之。虽为之辞,犹未舛也。《三百》之后,词人华而不诬者,鲜哉!诗须从风、雅来乃成大家,渊明、子美盖涉其才者也,故无邪辞。

杜《送郭英乂陇右节度使》诗:"径欲依刘表,还疑厌祢衡。"其不足依可见。后镇蜀骄纵,足以杀其躯,宜也。然谓《赤霄行》《莫相疑行》俱为英乂作,而起去草堂之兴,则未然。英乂死蜀乱,子美至梓州,乱定归成都。无所依,乃游嘉、戎,次云安,移夔州耳。方英乂镇蜀,虽不足托,然居是乡而非其大夫且不可,乃以"悠悠世上儿"指其主将耶?又,是时英乂,岂可为年少耶?注者之谬,多类此。

杜《端午日赐衣》诗,"自天、当暑"用经语自工。而以东坡"公独未知其趣尔②,臣今时复一中之"为青出于蓝,评者之陋乃尔。昌黎所谓大好大惭者也,长公应汗浃矣。

---

① 原文如此,当是"汙"之误。
② 原文作"公但未知其趣耳",据苏轼诗集改之。

天台非恶地，郑虔以汙①贼贬，亦轻典矣。遂以为御魑魅。虽私所好，毋亦不近信乎！顷见以朝官升迁藩司辄称流落，何鄙浅也！

杜《寄张山人彪诗》称其诗与草书绝伦矣，其称高、岑与太白未是过也。而流传无一字，当其苦吟不休，语必惊人，何为哉？然赖杜诗传，后世知有张山人，并著其名亦幸耳。要之，"文章一小技"，真见道之语也。

杜"敢居高士差"，"差"字用孟子"其禄以是为差"。

薛华长歌②，子美以太白并称，必非诬也。夫子美之评，岂不足为重者哉？而后世竟未知有华者，苦心何益！或疑子美扬薛以抑李者，此以忮心窥古人，固匪人机械之态。世信有之，子美岂有是哉！

"边庭流血成海水"，或疑其过，非也。言穷兵之世纵流血成海而未已，犹《诗》之"靡有余民"也。

杜"系书请问燕耆旧，今日何须十万兵"，意以豪杰响应则王师可无敌也，韩"明天子在上可以出而仕矣"③，其旨同，其辞微而显，二公岂徒以诗文擅名者哉！

"淮王门有客，终不愧孙登"。"登"字韵，谓杜徒取押，杜必不尔，当时或有所指也，然承"淮王"，竟不类。若李颀"远公遁迹"之句而云玄度相寻，则误耳，事虽误而语自工也。作者兴至挥毫，未检册子，此亦常事。而注者遂云玄度与远公为物外友，注诗不检册子，则不可。

杜"未绝风流相国能"，言其弟缙能媲美耳。评以"未绝"为"未害"，非。

杜"未去小童催"，可以解"不去非无汉署香"。

杜"还闻宾客过"，暗用郑事。

杜"金吼霜钟彻"，相期同宿，钟声彻，蜡炬销，竟不到，乃至飘飘早凫空待之耳。注谓必其人能琴，非。

---

① 原文如此，当亦是"汙"之误。
② 指杜诗《苏端薛复筵简薛华醉歌》，中有言云："座中薛华善醉歌，歌辞自作风格老。近来海内为长句，汝与山东李白好。"
③ 出自韩愈《昌黎先生文集》卷二十《送董邵南序》。

杜"松柏邙山路",自忆清明景物耳,不必泥先墓,不必非先墓。

卷十一　诗释三

《秦州杂诗》,九十九泉作"十九泉",似未可以对,"西南"字则工矣。"寻常""七十","烟尘""八九","一万""春冬","筌蹄""百万","淹留""四五","三千""戎马","羁栖愁""二十四",皆其例也。

杜律,天字韵"志在必腾骞","骞"训马病;元字韵,"骞"训飞貌,则"腾骞"似误。"读书难字过",或未细检耶?

"胜里金花巧耐寒",人日非花时,花尚寒也,而胜里之花乃耐寒耳。注以花胜解寒,谬。

"匣琴流水自须弹",勿遂必无知音也,故无忧行路难,自宽之辞。

"石出倒听枫叶下",石出不见树,但听叶落耳。树在石上,舟过其下,故云倒听。注乃云石在上而树生于下,谬。

"九重春色醉仙桃",春色之浓,花可言醉,犹云春酣耳。"桃花气暖眼自醉",春色泥人似醉,"醉"字可并看。注引王母事,又谓喜容之,似皆非。

"沙上草阁柳新暗,城边野池莲欲红",言新见柳之绿而莲遂欲红,意含感慨,故为佳句。若曰柳暗莲红而已,亦奚足述。

"瓢饮惟三径,岩栖在百层"。注"瓢饮"不注"岩栖",宁识作者苦!"在"字从"在陋巷"来,"惟"字从"一"字来。今人第蠹唐诗而六经字不敢用,笔下无神耳。

刘廷芝诗:"愿作贞松千岁古,谁论芳槿一朝新。"杜子美诗:"新松恨不高千尺,恶竹应须斩万竿。"有二客谈艺,余举二诗问之,一客以杜为优,一客曰:"虽然,刘诗正音也,杜则启晚唐之阶矣。"余曰:"二客之论皆是也。'谢朝华之已披',毋乖其体,'启夕秀于未振',毋卑其调,其庶矣乎?"

杜诗古本:"握节汉臣回。""握节"为秃节,无疑矣。"新炊间黄梁","间"作"闻","闻"字奇矣,未若"间"字之妥。古称五饭,饭有五,可云"间"耳。"中天积翠玉台遥",不注列子"中天之台"则未觉其工,杜子是以破万卷也。

杜"青青竹笋""白白江鱼","白白"字疑有出处。即无出处,句未尝不佳。

用修以为大不如韦,近俗。过评耳,韦诗亦非警句。《孟子》:"白之谓白。"《道经》:"洁洁白白"。

用修以"诗史"二字误人,以史为诗则误矣,而谓诗不可以陈事亦误也。"千家今有百家存",即诗之"靡有孑遗"也;"哀哀寡妇诛求尽",即诗之"杼柚其空"也;"慎莫近前丞相嗔",则汉、魏以来乐府余音也。用修所引诗皆兴也,而杜则赋体。诗固有六义,非相戾也。词人之作多胜质而失实,杜则不然。如"受谏无今日,临危忆古人"等句可继风、雅,《八哀》等作史多可稽,故曰"诗史",言录实而不溢也。鄙哉之诮,亦近于作丑矣。

"诗尽人间兴,兼须入海求"。杜子之僻于诗也,盖亦寓乘桴浮海之意,道不行之叹也,非止言诗也。夫文犹日,万古得天而久照者非一日也,而日日新,何可尽乎?世无杜子耳,有杜子则有杜子诗,未常尽也。

"侵凌雪色还萱草",言萱草之青如故也,"还"向欲作"归"字看,似与"有"字未协耳。

"老困拨书眠",古之言好学者枕藉图书,不欲枕藉之,故拨而眠,翻旧语也。

杜《十二月一日诗》以寒轻日暖、春意早动,而预拟春景,故有"即看""岂有""短短""轻轻"之句。乃谓黄鹂出谷而不在山,鸟有不在山者乎?

"晚节渐于诗律细",非自矜精密,指工联。"交愁""太剧"等句,颇近纤体耳。盖亦老去诗篇浑漫兴之意,细论文细字乃谓详细也。

"早晚来自楚王宫",用宋玉赋"为云""为雨"意。

"去年今日","孤城此日",非重也,此杜所能,而学者所宜知。

《早朝》四诗,余尝以为犹八骏之并驱也,可无优劣论耳。世多右王而以"衣服"字多为疑,或右岑而以"晓曙"二字为疑。南冷右贾,以首尾俱胜而中联亦称也。未有右杜者,以五六句为不称。然《和贾》有"惹炉香"之句,而珠玉挥毫,不欲合掌,自杜法也。独第二句,解者以"仙桃"为醉容,则近陋,杜当见梦矣。夫花固可言醉,即花迎剑佩意耳。此解其句自佳,则五六未为不佳也。结句则王视杜为弱,未可擅美。

"晴窗点检白云篇"。"白云篇"唐人多用之,谓山林之文,是也。"山中何所有,岭上多白云"。青云之士则显者耳,舍人盖尝称所上赋者耶?故云"更有赋",因其好文而望其相引也。

"宫莺娇欲醉""九重春色醉仙桃",二"醉"字一例。杜为注者谬,使佳语成拙,乃见梦于吞吴耶?

排律太繁,虽子美不能无累句,非大雅所尚也。"范叔已归秦""聪明过管辂""岂是池中物",以颂左相似不合;"霜蹄千里骏",亦疑非颂王者语,若曰微瑕不损白璧,则可耳。

"奇毛或赐鹰","或"字用《周易》语"或益之",言益之多也。

"仙醴来浮蚁",来字用孟子语"原原而来"。"瓢饮惟三径,岩栖在百层",用《论语》"一瓢饮,在陋巷"。今人见经语辄云头巾,而效之者乃不免头巾,知《三体》不知《六经》,是以远于作者之藩也。杜句中从六经来者甚多,聊举一隅。

"征南多兴绪,事业暗相亲",解者谓深欲倚以成功业,殊不得诗意。此必当时语及,乃有此句耳。"观图忆古人",杜已自解,不意后人不能解也,杜盖以征南比中丞也。

"群盗哀王粲",粲有《七哀诗》,有"西京乱无象,窜身适荆蛮"之句,正是事实,而评者谓不必事实,似未达。"才高处士名",句未显。"处士"盖指祢衡,衡之才足以杀其躯。二子高矣,"怀二子"不能不惜衡,是以"复含情"也。作者之意殆然耶?

"春远独柴荆",他人多言地远耳,起有"花絮""红素"之句,"春"字乃显。"春远"字作者所得意,故以命题。

"江市戎戎暗,山云淰淰寒"。"戎戎""淰淰",当有出。吾辈万卷未破,或当时所览文字,今亦有亡者耳。谓不必有所出,非也。杜岂肯杜撰者?

"荡胸生层云",犹云身在云里,又如云胸中吞云梦八九。"荡胸"字则本庄子,谓不必可解,亦未达耳。

"楚山经月火,大旱则斯举","斯举"用《论语》,注者误。

杜《百韵律》"披拂云宁在"，用"披云雾"①语，非不可解。

"秋水清无底"诗，自是大家语。语无不工者而评无可取，未可言诗。

"向来吟橘颂，谁欲讨蓴羹"，评谓"谁"恐作"惟"。"惟"字觉未工，意欲作"殊"字。"惟"以其形之近，"殊"以其音之同也。俟与达者评之，"讨蓴羹"如云问酿法。

"素练风霜起"，谓绢色，是也。然含在秋天意，非徒指绢色。

"百谷漏波涛"，蜀地多雨，故称"漏天"，此"漏"字所从来。

"安西都护胡青骢，声价欻然来向东"，评者不读乐府，故云俚。杜又有"宛马又从东"之句。

"空同小麦熟，且愿休王师"，评谓四句后全不相涉，此但知唐音，未知古诗也。此主将为哥舒翰，诗中人实不易知，更须慎其仪，意含风刺而微婉不露，其旨远，其辞隐，可以继风人者也。

"未暇申安慰"，语不俗，评非。古诗方言俊语者多矣，评者未读乐府也。

杜《病后过王倚饮赠歌》，蜀中作也，中有"瘴疠三秋"②及"残年老马"语可见。而置之长安诗中，盖以"长安冬菹酸且绿"句也，此物蜀中不可求耶？若在长安，则无俟求矣。且菹可放长安为之，不必长安来也。集解杜诗者，往往不解诗意，杜亦不胜见梦耳。

《沙苑行》有"龙媒"句，因言其中巨鱼虽未成龙，亦异物同精气而有神者耳。鱼亦可咏也，总以咏马也。评谓解者失之，而评亦未得也。

"无计回船下"，用投辖意也。"九日意兼悲"，反举俗，爱其名语也，又用悲秋语。

评杜诗云："'孤峰石戴驿''龙吟回其头'，皆奇语。""石戴驿"奇矣，"回其头"未敢知。

---

① 出自《世说新语·赏誉第八》："卫伯玉为尚书令，见乐广与中朝名士谈议，奇之，曰：'自昔诸人没已来，常恐微言将绝，今乃复闻斯言于君矣。'命子弟造之，曰：'此人人之水镜也，见之若披云雾、睹青天。'"

② 通行本作"疟疠三秋"。

"帝曰大布衣",曰字不误疑误,误也。

杜"经纶皆新语",可谓善颂。徒读父书,高谈孙吴,乃无当于用耳。

杜《义鹘行》:"巨颡坼老拳。"虽未读《石勒传》,知必有据也,而刘梦得始犹疑之,况浅学乎?读杜诗者,未破万卷则勿妄解,可也。

"采菊东篱下,悠然见南山",佳句不易得。杜"夜阑接软语,落月如金盆",谓意度不减,可也。辄云雄健过之,则不知而为知者。

佳人锦瑟,舞衣歌扇,自是词人常语。而黄四娘得著其名,亦偶然也。谀子美者谓借四娘耳,何必尔不爱花即欲死,亦过情且近俚。"愿携王赵两红颜",不独黄四,谀者又作何解?

杜《得广州张判官书》诗"夜隔孝廉船",谓寄书者也,盖以诗代意,未面其使耳。

杜《越王楼歌》,楼越王作也,末云"君王旧迹今人赏",谓越王也。而注以"君王"字疑中宗、睿宗或刺此州,谬甚。又疑越王贞未尝刺绵州,此史阙文有之,杜不误也。此等无关工拙,何用注!"君王台榭枕巴山",亦谓滕王耳。

杜《秋尽》诗"篱边老却陶潜菊,江上徒逢袁绍杯",盖自暑时有所羁,至秋尽未回耳。何以谓不可晓也?

"近属淮王至,高门蓟子过",须杜自注,他诗类此。而未注者颇多,自可意逆,妄解乃可厌耳。

杜"千崖秋气高",语自工。小杜"南山与秋色,气势两相高",非其伦也,何谓"最奇绝",后山亦为此话乎?

陶"结庐在人境,而无车马喧",杜"虽有车马客,而无人世喧",陶超矣,杜句亦佳。若谓胜陶,则评者梦语。

杜"不愁巴道路,恐湿汉旌旗",二句之工,非以"湿"字,然"湿"字自妥。以"湿"为失者,非也。"行云莫自湿仙衣"。

杜"沾衣问行在",得体。"烟尘昏御道,耆旧把天衣",好。"遥闻出巡狩,早晚遍遐荒",语疵。"下殿走",尤不可。"夺马悲公主,登车泣贵嫔",不堪叙。"嵇绍血",太甚。

杜《山寺诗》"世尊亦尘埃""告诉栋梁摧"，自述废寺耳。初未及乘舆蒙尘、股肱非材意，而谓一饭不忘忠义，谀辞可厌。

杜"鬼妾与鬼马"，俗称寡妇"鬼妻"，入诗觉俚。

杜"偶然存蔗芋"，语不生，评非。

"男大卷书匀"，不乱耳，非谓各有一卷。

杜"日有习池醉，愁来梁甫吟"，谓陪宴之数，而知己则未也。

"通藉恨多病，为郎忝薄游"，此"不去非无汉署香"注也，与"看君宜着王乔履"相应。

杜《寄韩谏议》诗本用韩事，而云"韩张良"，一篇恍惚语，可疑也。附会者："不曰'汉张良'而曰'韩张良'，此春秋法也。"恐诗中无此意。

杜"天清木叶闻"，妙矣，非不可解，犹疑上句未称。

杜"对月那无酒"，后"樽蚁添相续"正相应，非叠也。"樽蚁"常用耳，何谓不成语？评失。

杜《岁晏行》，米贵阙食，米贱伤农，杼轴空矣。渔弋所有事，皆以还租庸也。"网罟冻"，鱼不可得；楚人不重鸟，枉杀飞鸿。而官事难完，则不得不鬻男女矣。上下空虚，私铸难禁，兵甲何由而息，故终之以"万国城头吹画角"也。评者不能意逆，乃谓"杂乱无次，老人语态，不可拘以常格"，过矣。山谷专主此等，则不可。

杜"木杂古今树"，"古今树"既拙，"木""树"又叠，此不可效者。

杜《客从》诗，托意颇怪。"开视化为血"，盖以此珠不易得，民竭膏血以应征求，珠即血耳。

湖湘之间，网罟相比，从古已然。杜诗"前王作网罟，设法害生成"，又"白鱼困密网"，过其地，诵其诗，则意中语也。泛览之，未觉其工，乃知作者触目应手皆妙境耳。

"山东残逆气，吴楚守王度。谁能叩君门，下令减征赋"，言山东既残矣，守王度者又以征求残之，载胥及矣。此古今所同叹，所宜鉴哉。

杜集中用经语叠出，盖志于经者也。太白多从《骚》《选》入，绝笔获麟，但佳句耳。

杜《新学堂诗》"耳闻读书声，杀伐灾仿佛"，暗用"子路鼓瑟有北鄙杀伐之声"，因以叹时也。后云"南纪收波澜，西河共风味"，前云"何必二千徒，始压戎马气"，义亦显矣。未可谓难晓也。

杜"何得空里雷，殷殷寻地脉"，盖雷出地奋意耳。注"空雷如此，安得入地寻之"，俚矣。

杜"避喧甘猛虎"，喧固可厌，宁甘兽食耶？亦似不情矣。彼虽甘，人自可防之，不若尘喧之难避也，非真甘之也，然句竟未工。杜"刘表虽遗恨，庞公至死藏"，其不轻附人，志可见矣。"白头趋幕府，深觉负平生"，盖不得已也。情语自真，非若他人竞进而貌为恬静者。

杜《送孔巢父诗》诗旨，乃乱离以前语也。与太白称"竹溪六逸"，故因问讯。其谢病归游江东，正与太白同值永王之辟，乃诗后事也。无常之见，"掉头"之句，题兼呈李白，遂以为不能无微意，大误。"掉头"自谓谢病耳。千载下乃为二公生忮心哉！"楚筵辞醴日，梁狱上书辰"，自长者语。"世人皆欲杀，吾意独怜才"，诗中意气，真如弟兄矣。安有借孔以形其失，下井而挤之石者乎？

"笔落惊风雨，诗成泣鬼神"，太白足以当之，非溢美也，然亦无以加矣。乃以庾开府、鲍参军之句为若轻之者，夫庾、鲍可轻者哉？太白诗中"江鲍堪动色""长忆谢玄晖"，岂轻庾、鲍者？后人能谈曹、刘耳，未必能超庾、鲍也。夫能为曹、刘者，乃能不轻庾、鲍者也。

杜"洗杓开新酝，低头着小冠"，若作"拭小盘"，不惟不工，不与"洗杓"重乎？"小冠"出《汉书》，自雅。

杜《青丝》诗未见为怀恩作，注多凿。杜《去矣行》，鲍以为在率府作，是也。鹤以为非，非也。"蓝水远从千涧落"，乃真入蓝田山耳。杜诗编年多舛者，由未详诗中语意。

《滕王亭子》诗，不可易者首尾四句，不在"犹自"二字。"犹自"二字，凡怀古皆可用也。

杜喜用经语,间亦有不工处。要之,志于经者,词人以来惟杜子耳。痴人闻忌头巾气,乃避六经,谓与诗背矣。妄者乃目杜为"村夫子"。

杜《东狩行》重用同字韵。诗在出入风雅耳,风雅中无后人拘忌限韵例也,亦无古诗近体分别也。《酒中八仙》谓八人自为韵,故可重,恐未然。谓杜不能另拈一韵而为曲解耶？余意他人能不重韵耳,杜乃能重韵。重韵者,盖以可重也。

杜"不复知天大",解谓树密,亦得耳。"空余见佛尊","见"作"现",谓"见在佛",此解陋矣。佛言天上地下,惟我独尊,无亦井中窥天,不知天之大而自见其大者乎？二语似赞似讽,可追风雅,奈何忽之？

"旧相恩追后",奉恩旨追还朝也。而所赏西池,来赏者不稀,风景不殊,而存亡之感系之矣。相国还朝,应膺分庭之宠,惜未到而逝。第三句承起句,第四句承第二句,五六承"赏"字,结句"皂盖""相依",所谓光辉也。谓不佳又不可解,由玩之未熟耳。杜诗无不佳,亦无不可解,恐不胜见梦。

《答梓州绝句》谓不可解,则宜不可解。诗中指当时事,非故事也,纵博极万卷,何以解之？此非不可解,不必解也,然自可意会,句自佳耳。

杜《山寺诗》"诸天必欢喜,鬼物无嫌猜,以兹抚士卒,孰曰非周才",盖谓咄嗟檀施,令兵徒趋事受其佣直,乃所以抚之也。向也寺废而穷子杂处其中,高人忧之,今失矣。一举而数善具,此诗意也,解者谬。

"莫取金汤固,长令宇宙新。不过行俭德,盗贼本王臣",此《三百篇》语,杜往往有之。何必建安后人效颦,则姿非西子,质而俚矣。

《占书》:"旱动摇,民将劳。"杜"三峡星辰影动摇"所本也,凡作者佳句,未有无来处者,非止杜。

杜《水阁朝霁简严明府》之作,结句似无干涉。评者疑之,盖篇中皆喜晴适意之语,而晚交明府,矧数相见,又可喜也。语意自合,所谓不烦绳削者也。

杜"多病所须惟药物",用刘越石《与兄子书》语。

"竹送清溪月,苔移玉座春",月之过竹,竹若送之,不必解风动竹开也。苔侵玉座,自可言移,不必解玉座移于苔上也。

"天意存倾覆,神功接混茫",自是咏滟滪佳语,苏赋未必祖此也。评者亦偶见之耳。

"阵图沙北岸,市暨瀼西巅","市暨"须自注,然对"阵图"未称。长律不能无牵缀,所谓癖也。"求饱或三鳣",用经语,亦未警。"暂拟控鸣弦",未见映带,百韵子美犹难之,今乃更务请益,作者多乎哉! 多则可耳,工则未易。

杜"诗态忆吾曹",诗有态乎? "赋诗新句稳,不觉自长吟",此其态也,可也。"文章差底病""诗成觉有神""兴来纵笔摇五岳",未可也。《风》《骚》、汉、魏乃未觉有态,以此言态,态乃惭矣。今之态,甚乎哉! "文章差底病",言何病不差,故接以"回首兴滔滔"。

杜《江边星月》点星月甚明,乃云"如何见是星月",难以言杜矣。前首夜景,后首曙景。曙矣,宜星月之不见也。评者不悟,乃云"子美诗每有此"①。

"四更山吐月,残夜水明楼",两句相映,因月有明耳。今题水边之楼曰"水明",亦犹舍萝薜而言月纷纷也。杜又有句"月朗自明船",船依水者也,可舍月而言明乎?

"汉庭和异域,晋史坼中台。霸业寻常体,宗臣忌讳灾",后二句与前相承,汉业王伯之间,"宗臣"指时事。评解谓"出孙于外,此宗臣所甚讳"②,谬。

杜《折槛行》,以为为崔旰作,无谓,安知非自叹乎? 娄、宋不同时,并称两见,疑误。

杜《送王评事使南海》,结句"鸾腾天""鹤鸣皋",承上文自言其志耳。评谓"鸾比王,鹤自喻"③,非。

"白水鱼竿客",以为自比太公,谀语可厌。"渔竿"人诗多矣,皆磻溪老耶?

杜《去矣行》,一以为蜀幕中作,一以为在率府作,皆未玩诗中意。观"明朝且入蓝田山"之句,乃华州司功时耳。

---

① 语出《集千家注杜工部诗集》卷十八《江边星月二首》其二尾注。
② 语出《集千家注杜工部诗集》卷十八《秋日荆南述怀三十韵》行间注。
③ 语出《集千家注杜工部诗集》卷十九《送重表侄王砅评事使南海》行间注。

"实不是爱微躯,又非关足无力",此信笔代束,非存稿浪传者也。不可以为工,亦不可以此论杜诗。

杜诗称"河南尹"为"河尹",评者疑之,过矣。盖"南"字可虚也,犹"淮南王"称"淮王"耳。东方去东乃不可,恐昧者云吾家曼倩矣。

"白鸥波浩荡","波"字无疑,以"没"字上下相应,惑也。

"灯影照无睡,心清闻妙香",此妙境也,易知也。"儿童汲井华,惯捷瓶在手。沾洒不濡地,扫除似无箒",此化境也,不易知也。"天阴对图画,最觉润龙鳞",此惊人句也。以"堂上不合生松柏"为惊人,未矣。"泱泱泥污人,狺狺国多狗",于水精域谈之,殆非春雨时哉,金人有铭,那能不错口也。"艰难世事迫,隐遁佳期后",余懔懔此语耳。上人盖有心人,然非与上人言者。

"杖藜妨跃马,不是故离群",盖当时相往来者,疑其厌蜀,故解之。注者不逆其意而妄解。

杜"北极朝廷终不改",语有体。结句"可怜后主还祠庙,日暮聊为梁父吟",其所感深矣。唐之不为后主,幸耳。

杜"俎豆腐膻肉,罘罳行角弓",谓宫阙遭羯胡排铁骑也,语自明显,评乃谓"角弓"字无意谓,浅矣。杜又有句"臂悬双角弓","角弓"字唐诗鲜用,而杜喜用六经字也。今人见六经字以为头巾,此犹适越而弃章甫,不知其贵耳。

杜《题覃山人隐居》"高车驷马带倾覆",招隐之辞也。乃谓此隐居必在大路傍,泥矣。

杜"半扉开烛影,欲掩见清砧",谓扉半开欲掩之,见捣衣者方借烛光,且未可掩耳。此亦何足咏?当观其叙事之工,他人所不必叙所不能叙也。杜好以诗叙事,每每入微,谓似司马子长,此亦一征欤!

杜"有瘴非全歇,为冬亦不难",言冬时瘴宜歇,今瘴未全歇,亦为冬耶?讶之也。

杜"江风亦自波",对上句称,然未见映带,故曰"江梅"。结句又从第六句来,乃无漏耳。"雪树元同色",殊不易对。此本咏梅诗,成题须着"江"字。

"山头落日半轮明"(杜),"长河落日圆"(王),二句并看。

杜《兵车行》自注云："古乐府：'不闻耶娘唤子声，惟闻黄河之水流溅溅。'"然则《木兰诗》非唐人作，可以释向来之疑矣。

"楚雨石苔滋，京华消息迟"，工在"楚"字，乃与"京华"应耳。对雨有所思，思京华也。

"却望怀清关"，"清关"犹云潭府。别首"清关尘不杂"，明矣。

"出号江城黑"，言未曙；"题诗蜡炬红"，则深夜矣。

杜诗中喜用六经字，自是大雅，而昧者以为头巾，然效颦者乃不免头巾耳①。

杜"忆昔南海使，奔腾献荔枝"，此可明非蜀献也。蜀虽有荔枝，殊不堪献。

杜《渔阳诗》"系书请问燕耆旧，今日何须十万兵"，言耆旧中必有豪杰，岂甘为贼用而烦王师耶！

"娟娟戏蝶过闲幔""曾闪朱旗北斗闲"，二"闲"字皆不可易，"开""殷"以对"急""逼"，不工也②。唐人虽甚泥讳，临文不讳，杜固尊所闻者，观诗中往往以经语成句，所诣超矣。时闲则"闪朱旗"，而缓急无补，语乃有味，"开"字似可，然大着意，且与"急湍"调不类。

杜《八月十五夜月》："张弓倚残魄，不独汉家营。"言刁斗催晓，蟾蜍且倾，彼张弓待曙而倚残魄者，岂独汉家营哉！言贼未平耳。注未得。

"恨无抱瓮力，庶减临江费"，言力不能抱瓮，未免倩人，既雨而减此费。注非。

《信行远修水筒》："讵要方士术，何假将军盖。""盖"字不得所谓，殆用大树将军事。触热往来，不息树阴，嘉其勤也。树如盖，先主门前事。《枏树歌》："浦上童童一青盖。"

---

① 方弘静《千一录》中与此相近文辞反复出现，一则见作者晚年著书，思力不继，难免于重复混乱之嫌；二则见子孙无人，疏于校对之功。

② "闲幔"，有人认为是"开幔"之讹误，而"北斗闲"有"北斗殷"之异文。

杜《赠秦少府短歌》，注谓"不如去年之乐"①，似非。"乐更无"谓更无如此乐也，故云"苦觉人情好"。

郑广文贬台州，台州佳境也，薄谪矣。而子美以为"御魑魅"，乃有"山鬼一脚、蝮蛇如树"之语，词人之作过实，虽号"诗史"者不免耶？

杜《咏孟浩然》："清江空旧鱼，春雨余甘蔗。"必用孟诗中语，以"空""余"二字寓感耳。谓近禅意，非。每惜孟诗传者太少，读"赋诗何必多"之句，乃由不轻作耳，益知薛考功达识也。"旧鱼"本《国策》"泣鱼"语，"甘蔗"本《世说》语。

杜："白头趋幕府，深觉负平生。"既就之而又不屑，非所以寡疑也。

"幕府愧群材"，语自雅而不露。

杜："上天铄金石，群盗乱豺虎。二者存一端，愬阳不犹愈。"余诵其诗，甚悲焉。与其锋刃也，无宁饥饿。民之罹此，亦已极矣！夫乱犹可避也，乃若苛政猛于盗则无所避之，有揭竿而呼者且望之耳。然则盗不犹愈乎？夫民以盗为愈于政，其心离矣。失其民者失其心也，可不惧哉？

杜子语务惊人，当时海内流传困矣，而选者仅得其《哭长孙侍御》之作。攉桂乘骢，凡进士御史可用，太熟无趣。流水浮云，尽人皆可，可为薤露曲耳。诗书赋颂，赋颂诗也，未宜作对，以唐人选唐诗乃尔，何论《鼓吹》《三体》哉！韩子云："小好小惭，大好大惭。"信矣！所谓惊人句者，乃未必万人传耶？

杜诗取材于齐、梁以后者，有之矣。其文不尽存也，又方言或自注未尽注也，宜阙之耳。强解则谬，况未达作者意乎？

"幽明迫""酒食傍"，近俚拙。评得杜。亦未字字经意也，故云"赋诗何必多"。

杜"宿鸟择深枝"，用鸟则择木，而上句"寒花隐乱草""隐"字甚称，"隐几"之"隐"，非"隐见"之"隐"也，盖万卷中可入诗者无不采掇矣。"诗尽人间兴"，言非无实也。郑谷"赖是蓬蒿力，遮藏见太平"，因杜句出新意耳，非杜意也。

---

① 语出《集千家注杜工部诗集》卷四《戏赠阌乡秦少府短歌》尾注。

而以郑解杜则不然，乃误读"隐"字耳。

"感时花溅泪，恨别鸟惊心"，常时见花闻鸟则悦，当感恨乃皆搅愁者耳。"溅泪""惊心"，非指花鸟也。"花鸟莫深愁，索共梅花笑"，又别有义解者，非。

话诗者云数物以个，谓食为吃，甚近鄙俗，杜屡用之，以篇中奇特，可以映带也。余意杜用字必有所本，非漫用方言也。"却绕井栏添个个""但使残年饱吃饭"，自佳，不必映带。且诗不受疵，不可映带耳。《秦誓》"一个臣"①，明堂"青阳左个""右个"。②

以经语入诗，杜擅美耳。然不善效者，恐失步。苏长公"公独未知其趣耳，臣今时复一中之"，漫尔戏作，非得意句也，乃云青出于蓝，则非得其门之语。

"此道昔归顺"，有介子从龙之感，而辞意归于厚，所谓"可以怨"者也。

"巢边野雀群欺燕"，郧署中屡见之，令儿童持竿护焉。夫雀有罗耳，燕近人，人怜之，微而良者欤！"诗尽人间兴"，非夸也。

"诸峰罗立似儿孙"，盖从五老丈人有此句也，然疑句未工。而评曰"奇"，未敢知耳。

"每愁夜中自足蝎，况乃秋后转多蝇"，此实语，何谓无稽？评失。

"飞鸟避辕门"，不待言肃是也。上句"孤云随杀气"，故鸟避之，十字相映乃工耳。

"吹帽""正冠"，冠、帽似叠，杜宁犯此？盖九日落帽、李下正冠二事也，各有出处耳。

杜《姜少府设鲙歌》，工极耳。觉非远庖之意，意当时放箸金盘，空令人戚戚腹脾。似不必解，乃待山谷解耶？

《观打鱼歌》哀暴殄，乃见仁人之言。

"老夫如有此，不异在郊坰"，此意远矣。夫游好园池，犹好山水也，一为明眼兴斯寄耳，何必吾有？观古图画亦然。彼什袭而藏者，亦为天下守耳，何

---

① 常见本《尚书·秦誓》中是"一介臣"，非"一个臣"。
② 此条与卷十某条有重复，唯后半段稍有扩展，姑且保留之。

能常在目中？仲长①《乐志论》毋乃出位之思乎？

"俛仰悲身世"，何以悲？花在石底，钟卧景边，荒凉可知矣。睹寺之废，而身世之感因之矣。

"星临万户动"，评者以"动"字为奇，未得其意也。民劳则星动摇，故曰"三峡星河影动摇"。夫临万户而动，岌岌乎殆矣！忧时之思，篇中见之。

"唐尧真自圣，野老复何知"，言无罪而意则切矣，诗之可以怨也。结句情见乎辞。

杜《天河》诗"纵被微云掩，终能永夜清"，忠爱之辞也，故有"双关""边城"之句。不，则五六非沉着语矣。结犹起意比之，显者也。

"看题检药囊"，"检"字非浅近，似与"看题"稍犯耳。"减"字有意，疑于用意更玩之。

"渐喜交游绝"，反翟氏书门语耳。非以为喜，亦何可喜？交态固然，无愠可也。

"行蚁上枯梨"，以为行别之行可耳。觉"倒"字胜，乃与"仰"字称也。

"把君诗过目"，"目"一作"日"，"目"字是。杜固破万卷，安得以"过日"？是何诗？②

"宽心应是酒，遣兴莫过诗"，诗人篇中不离酒者，亦其态耳，未必能豪饮也。观其诗"细把滑滑酒"，又云"开滑滴"，又云"滑滴就徐倾"，彼嗜者见酒流涎，安能尔尔耶？故知非嗜饮也，犹元亮之无弦琴，直寄焉耳。〇客有言："人有不能饮者，少饮而醉，不妨言酒，独怪丑诗令人作哕亦云感兴耳。"余笑曰："客过矣。方其得意，焉论美丑，犹李赤之清都③耳，何谓不可遣兴？必若杜

---

① 据上下文义，此处缺一"统"字。

② 此条批评的是王世贞。其《艺苑卮言》卷三云："杜诗善本胜者，如'把君诗过目'作'把君诗过日'。"《艺苑卮言》是嘉靖三十七年(1558)"世贞手自次录"，"是后而岁稍益之，以至嘉靖四十五年，乡人梓行之"；方弘静虽然长于王世贞10岁，但其《千一录》主要撰写于万历中期致仕乡居期间，始刻本是在万历三十九年(1611)。万历前期，王世贞为文坛宗主，书传天下，而方弘静在此期间与王有所交往。

③ 事见柳宗元《柳河东集》卷十七《李赤传》。

子'语不惊人死不休',太白讥其苦矣。杜亦谓裴迪"苦思缘诗瘦",诗何必苦!然则诗之遣兴,果不以美丑也。

李、杜于孟浩然厚矣。"迷花不事君",足使懦夫立志,然非本分语。"短褐即长夜",乃实录,然此亦何足怜?锦衣短褐,本无分别。余尝惜其"泪湿薜萝衣"之句,薜萝衣上,何当着泪也?

"晚起家何事"与"在家常早起"并看,则得诗意,得其意乃知其工。

诗赋中后二句续前二句,自是常体,而葛常之《韵语阳秋》以为杜甚多,太白亦有此格,又云此格起于灵运,其论赘矣。又谓杜多用"自"字,"自"字亦常用字耳。

杜绝句非谓不佳,然非正音也。好之者乃云:"每诵数过,可歌可舞,能使老人复少。"①余尝语友生:此真语也,老尚可少,奚有于愈疟?第刻心变体者,当不能使宋调为唐、晚为盛耳。

"云无心而出岫,鸟倦飞而知还","水流心不竞,云在意俱迟",皆妙语也,调别耳,文各有体也。谓杜不及陶,又云更混沦,乃易其言者矣,此未可读二公诗也。

杜《去秋行》"遂州城中汉节在,遂州城外巴人稀",言守者但能闭城自守,不能保障城外也。"汉节"暗用苏武节,不如是语而反其意。顷倭贼溃者五十人奔至境,郡城闭矣。余适在城中,请郡守出令,以五十金购一贼首,必有应募者,即费五百金贼当遁矣。令出贼遂出境,未敢伤一人。至南京官军大为所败,后用大师乃克之。

杜《青丝》诗,未见为怀恩作,不必妄注。

"老去悲秋强自宽",用《列子》"善自宽"语,曰强则非能善也。此等不知注,则何以称佳?

"白帝云偷碧海春",注谓荆门在东,概可言海,似未然,三峡自通海耳。"斑鬓总如银",昔别犹斑,今尽白矣。"中丞问俗画态频",问俗必巡历,故云

---

① 语出《集千家注杜工部诗集》卷七《江畔独步寻花七绝句》其一尾注。

"频"。楚宫荆门,白帝碧海,此体杜独多。

《游何将军山林》而云"山精白日藏",近迂。当时当有所纪也。结句"石林""水府"乃以相映,而"百顷风潭佳"才须发之耳。

杜"乌麻蒸续晒",养生方也。下句"神仙宅""烧药灶",相映"丹橘露应尝",则"山水乡""花屿"相映。"存想青龙秘",养生诀也,下句"肘后符""囊中药"相映。

杜《太平寺泉眼》诗:"青白二小蛇,幽姿可时睹。如丝气或上,烂熳为云雨。"此必传闻暂见,非可常睹也。《通志》此类非一,往往无足征耳。

唐人好以古人同姓者称今人,亦其蔽也。太白《送白利从征》曰"白起佐军威",白起非令终,毋乃不祥乎？杜"谷口子真正忆汝",乍读似梦。聊举一二。

"儒术诚难起,家声庶已存",言虽不得用,而三赋见称,庶可以继家声也。评以为自决,非。

王右丞《送钱少府还蓝田》云"手持平子赋",谓《归田赋》也,此易见事。以平子对老莱,工矣。若所引,僻则不可。

"钟残仍殷床",言未起也。

杜"魑魅喜人过"①,从《楚骚》、周语来,情理自惬,句乃精妙耳。"无使蛟龙得"意亦类之。然水中物不相及,疑未若"魑魅"句之工,可以吊汨罗,未可以梦太白也。太白竟溺采石江中,岂其谶耶？语之谶,虽子美有莫知其然者。评者因以为死别之作,泥矣陋矣。谓诗不关理,误矣。

"一德兴王后",评以为疑指玄龄,非也。此误看"后"字,盖以玄宗命奉册宝来,遂相肃宗,所谓"一德兴王"也；而后乃弃之,使"孤魂久客"耶？"孔明""安石",事正相应,玄龄无与。"旧相恩追后",二"后"字同。

---

① 此句前有云:"刘公干《公宴诗》,灵乌仁兽,亦借言耳。解以麟凤,泥矣。公子园中,乌灵兽仁,何谓？未可以上林卢橘例也,意殆以王者之瑞献韶耳。'贤主人''周公业',庶几善颂,仲宣之讽优矣。'昔我从元后'谓魏公,'圣心眷嘉节'谓宋公,岂人臣语？江左视君如奕选者,固不知其可鄙也。"文义与其后所论杜诗全无干系,不宜列于正文,乃下移于注。

杜"徒步觉自由",又"徐行得自娱",又"相过人不知",又"吏人桥外少",皆绝交书中意,非俗士所会也。

李"白发三千丈,缘愁似个长",句奇而非诬,缘愁故也。愁之长,虽三千丈可矣。若杜《老柏行》"四十围""二千尺",无乃过实乎?

"锦江春色来天地",谓波浪兼天,天与地并耳。注自有天地已如此,则浅矣。与"江流天地外"同,一言其来,一言其去。

"扶桑西枝对断石","断石"注云未详,此非必有出处,以对"长流"知之也。扶桑所生处,自应有断石耳。断石若可注,则长流非工矣。

"江草日日唤愁生",后四句所谓"愁"也。

"可怜怀抱向人尽",言所思不得见,以展怀抱,而怀抱乃向众人尽也。谓向人欲问平安,谬。

"五马旧曾谙小径",暗用"老马识途"语。

"不见旻公三十年",当是白头幕府时也。编年者往往不达诗意,第见"为官"字,遂置在朝中。

"片云何意傍琴台",怀古之辞。注谓无心于蜀,谬。

"剩水沧江破","破"字难下,挹彼注兹可以言破。庄子:"日之过河有损,风之过河有损。"①宗悫:"愿乘长风破万里浪。"

乐府题入新事,君子所许也。可以兴,可以戒,可资多识,诗之亡而未尽亡者也。

杜"二仪清浊还高下",楼之高半空也,句乃工耳。有于平地言天高地下,则无趣。童问。

"倏然欲下山阴雪",误倒一字,解为塞外阴山,殊无义。久疑之,乃涣然耳:是时宾客无一旧识者,将以为何处老翁耳,能赋诗乎?亦可怜也。因秋风之凉,思乘山阴之兴,故人在京华者,自可赴补鸫行而不去,其故可想矣。"楚江巫峡半云雨,清簟疏帘看奕棋",此真能赋者哉!嚣然②自得,豪而不露,工

---

① 见《庄子·徐无鬼》。原文为:"风之过河也有损焉,日之过河也有损焉。"
② "嚣然"则难以自得,疑"嚣"字有误。

妙至矣。杜深矣,不可复深;而云空同深于杜,过矣。之所好者,不知其近于阿也。

"大家东征逐子回","逐"字觉未佳。杨太史拟易"将"字,"将"字雅。然有说,风将雏子从母也,东征随子母从子也。余意"随"字可耳,杜盖以仄声也,"逐"字江左以来习用之,不必疑。又易曰"良马逐"。

"酒渴爱江清",内二"醉"字疑误,结句似可易。

"娟娟戏蝶"二句,"戏"对"开","轻"对"急",正称。由不知就句看,故"开""闲"二字不能定耳。"戏""开"二字,思未得者,恐犹未以为称也。

卷十二　诗释四

《恨赋》:"紫台稍远,关山无极。""紫台"犹紫殿,谓宫中耳。注谓"紫塞",非古辞,"上过蓬莱紫云台"。杜"一去紫台连朔漠",解者尤以为"紫塞"矣。将谓塞外朔漠乃可连耶?"紫云台""青草冢"对乃工,若泛言紫塞,以紫对青而已,杜岂有此句耶?

范云诗"昔去雪如花,今来花似雪",言时之异也。张说诗"去岁江南梅似雪,今年蓟北雪如梅",言地之异也。二诗调同而工亦同矣,而所以工者意不同也,张出于范而非袭范者也。又江总诗"不悟倡园花,遥同葱岭雪",说诗"欲持梅岭花,远竞榆关雪",先后并工,故不嫌于相因也,其与拆洗杜诗者殊矣。

盛唐诗王、孟并称久矣。王司寇《序卢山人诗》过为二家优劣,失言哉!且所序乃藩篱外者耳,恶可与襄阳同日而评也。余尝评二家:王如清水夫容,孟如深山老柏,风韵骨力,各臻其趣矣。杜子美谓浩然诗句句堪传,惜传者少,即"微云""疏雨"二语,自使作者阁笔,岂若卖菜佣求益哉?

李诗"览君荆山作,江鲍堪动色",谓文通、明远也。近贵州刻本"鲍"作"鲀",意以为误耳。乃释之曰"鲀音屯",选此诗者学宪也,校者其门人高等生。因忆浙中注李诗者,以"一忝青云客""忝"作"黍"。注引杀鸡为黍,即此首诗也,注者御史某。二刻本皆广布,恐为四夷所笑。杜"流传江鲍体",江、鲍并称久矣。

陈子昂力振六朝之衰,五言古诗质而不俚。李、杜集中其从风雅来者,不啻建安风骨也。此三家者,未可谓非古诗。李于鳞谓"唐无五言古诗",此由汉无骚、唐无赋之论而广之者也。然贾谊、扬雄之拟骚,不可谓非骚。唐之赋未有入室者,其然矣。太白七言古诗豪宕之态,有不自知其所至者,非长语也。盖有之,亦其兴至泉涌,偶未及精耳,非不能精而欺人也。子美节制之兵,太白飞将也,正不容横加优劣。七言律取王、李,是矣。然二家风韵之美,杜集中具之;而杜之变态,色色具足,王、李或未尽也,七言律竟当以子美为宗耳。且于鳞所选中犹有可评者,辄谓"唐诗尽于此",何其自矜而轻忽古人也!

杜诗"书乱谁能帙,杯干自可添",非其至者也,然风韵自佳。视于鳞所选"不用开书帙,偏宜上酒楼"远矣,而曰"尽唐诗"哉?

刘长卿诗诸体与五言未见优劣,而独以"五言长城"得名,盖一时之评也。杨子云深沉之思,时人好事者独能问其奇字耳。韩退之时仰之如泰山北斗矣,乃云"小好小惭大好大惭"。杜子美独步一时,语必惊人,时非不知之,杜不许也,曰"得失寸心知"耳。阮光禄云:非独能言人不可得,正索解人亦不得。有以哉!夫能解者,必能言者也,何可易言也!

严沧浪云:"诗有别趣,非关理也。诗有别调,非关书也。"其言似是而非。"读书破万卷,下笔如有神",子美岂欺人哉!其诗无一字不从古文来,注者不能发,乃妄云工耳。理之所无,恶得有趣?陶诗所以佳者,其趣真也;其趣真者,其理真也。"白发三千丈",乍疑无理。玩其意,乃以"缘愁似个长",非真谓发也。飞流直下,疑是银河,则矣翅三千尺矣,此何尝理外语哉!

太白《游泰山六首》,首首逢仙人,子美必不尔。然太白之才岂不能别为绮语?由歆慕之甚,津津不厌也,亦信笔之过。

太白《寄远曲》"何时一相见,灭烛解罗衣",太俚。子美不道也。

苏、黄相得者也,山谷非不知诗者也。"僧卧一庵初白头",乃以白为日,又云"岂有用白对天"①,诚谬矣。岂传者溢言耶?将思深而惑耶?山谷好深思,故于杜偏喜夔州以后之作。

太白开口语仙,又欲振大雅,而篇中不离酒色,多淫辞,此其远逊子美者。孰谓诗不关理耶?乃其才则无庸优劣,诸作意抑扬之所好而辟焉耳。

白诗令老妪解之,过矣;而杜诗令士人不能解,亦过。然杜诗未尝不可解,第为解者妄解,又妄谓不可解。乃其有不可解者,必讹也;而强解之,乃不可解矣。

胡宿"西北浮云连魏阙,东南初日满秦楼",对工,然诗之佳不在是。晋楚齐秦匹东西南北人,于鳞、元美集俱有之,使出苏、黄,则议之矣。"以文常会友,惟德自为邻",不宜效,然未妨正音也。杜"丹青不知老将至,富贵于我如浮云",则超然俊语,所谓转法华不为法华转也。

七言律至沈云卿乃精绝矣。《古意》"九月"言"燕双栖",《龙池篇》第五句稍不称,皆有微瑕。老杜八句,无一字可疑者,集中叠出,故当擅场。然学杜者效其正音,勿遽好变体,乃不蹈矩度,从沈、宋入则不落蹊径也。要之,杜为觳率矣。于鳞主王、李,王、李非不超秀,杜集中所具耳。

岑嘉州"满寺枇杷""回风细雨"二首,一例近套,虽语意并工,然非大家所宜,杜无是也。韩集中序志篇,自为体耳。

诗家用事多误,由兴至挥毫,惟求句工,不暇检册子也。老杜"读书难字过",故能破万卷。古之称博览者曰涉猎,盖掇其菁华、嗽其芳润也。然以"周颛"为"何颛",两用之则不可。

七言律结构之精,变化曲中,老杜至矣。盛唐名家犹有可指,如嘉州"雨滋苔藓侵阶绿"本言寂寞,右丞"草色全经细雨湿"意感世情,然前后句未见映带,兴比颇疏。又"周文""汉武""尧尊""舜乐",一首四君,杜无是也。钱、刘密矣,而格力盛、中之间,故当逊杜擅场耳。

---

① 张耒《明道杂志》:"苏公诗云:'身行万里半天下,僧卧一庵初白头。'黄九云:'初日头。'问其义,但云:'若此僧负暄于初日耳。'余不然,黄甚不平,曰:'岂有用白对天乎?'余异日问苏公,公曰:'若是黄九要改作日头也,不奈何他!'"

诗家好以古人同姓者赠,今人每不然之。陈子昂"兴尽崔亭伯"犹可耳,至"结绶还逢育",是何语?题虽有萧四,不足效也。子美"勋业终归马伏波",风韵佳,不徒用姓。"陶潜菊""袁绍杯",非其至者;"关羽寇",恂觉未雅称。浩然"支遁马""右军鹅",余尝以为赝,非孟作也。

延清《昆明池》之作,一时擅场,千载绝唱。然二"春"字起句可易,"舟凌石鲸度"对下句觉未称。子美"织女机丝虚夜月,石鲸鳞甲动秋风",乃精绝矣。

唐人诗中用经语,未尝不工也。其侍燕应制之作,如临若济,意挟风雅,不贤于年年庆寿者乎?后人见经语辄以为大忌,非经语害之,自其风韵不佳耳。老杜用经语,颇多从容而中,诗之圣者也。

严氏言诗非关理,世遂以理为诗病,惑矣。夫虞廷赓歌,以及五子之述戒,吉甫之作颂,其言有不本于理者哉?即宋之季如"山外青山楼外楼"之句,世所陋也,有中原之志者,可无取哉?夫诗有咏性情自得而不愿外者,陶是也;有述时事忠爱不忘而可称史者,杜是也。荆川之取《击壤》,则别有说。夫诗与其浮而靡也,宁质而俚,风云月露无可以兴,奚取焉?作者毋徒曰骚耳赋耳。"诗人之赋丽以则"者,胡可弗知也。

唐诗"门前便使觳觫乘",以牛为觳觫,非小疵也。"山鸟山花吾友于",杜亦承用之,此必不可。

王右丞诗:"晚钟鸣上苑,疏雨过春城。"唐人多于雨中言钟,盖雨则喧寂,寂故钟声清耳。雨骤则钟声反不易闻,故云"疏雨"。韦苏州:"楚江微雨里,建业暮钟时。"又:"禁钟春雨细。""细""微""疏"用意一例。杜拾遗"不劳钟鼓报新晴",则以久雨新霁钟鼓之声亮也。久雨甚,又宜于新霁也,故曰"疏""微""细"也。不得其才,则晚钟疏雨本不相属,奚取焉?

刘梦得言:"九日茱萸诗,人三道之,子美为优。"余意王、杜句俱工,未可优劣,朱放则非其伦耳。杜"醉把茱萸仔细看",王"遍插茱萸少一人",朱"学他年少插茱萸"。

"荆门郑薛寄书近",非近也,其情近也。"蜀郡郫岑非我邻",地近矣,书不来,非邻耶?语有怨意。郄未考,岑则近薄矣。杜之漂零,不能无望于故人。后世之干谒无厌者,胡可借口哉!

"独留青冢向黄昏",未觉工,至五六句大工,而前句亦工矣。诗之贵映带也。

"春雨黯黯塞峡中,早晚来自楚王宫","早晚"暗用"朝云暮雨"。

"朱绂即当随彩鹢",易困于朱绂,子美强栖幕府非其志也,即随彩鹢而下,岂为所困哉! 不得其意,则"朱绂"字非工。"禹凿"与"崤关"对,不得其意,则二字亦不足惊人耳。

杜"干戈盛阴气,未必自阳台",佳语,反宋赋耳。未有含天宝意,评非。

杜"闾阎缭绕接山巅",入蜀乃知其句之工。

杜"煌煌太宗业",又"太宗社稷一朝正",颇疑非体,觉与武周追王①之意不类。

杜"夜骑天驷超天河",譬也。由《楚骚》《南华》来,然不宜效。

杜"樽蚁添相续,沙鸥并一双",正应起"酒江"句,评未达。

杜"崤关""禹凿","枸杞""鸡楼",借对。借对非谓工,亦备一体。

"弱水东影随长流",或疑"影"字,夫弱水何在? 飞楼之上,如见其影耳。杜之用字,安有不稳者?

"合观却笑千年事","合观"犹云共观也,又借用《易》序卦语。注以为非,"观"作"欢",但能记酒以合欢耳,陋矣。

"何人错忆穷愁日","穷愁"用虞卿"非穷愁不能著书"耳。以至日为穷愁,谬。

"同舟昨日何由得",言昨与同舟,今方策马也,舟中良晤,可复得乎? 而谓前四句,皆述昨日同送之景,殊乖诗意。

"旧入故园尝识主","故园"何用注! 而曰指瀼西,非指洛阳,所谓齐、楚俱失。

---

① 即武则天改唐为周,追王其祖之事。

"远愧尚方曾赐履","远愧"犹远害,晋宋间多有此语。注谓履非亲赐故云远,以在外也。非。

"尊前柏叶休随酒",酒自可饮耳,不必柏叶也。翻旧语佳。注"无复椒柏之馈",非诗旨。

"胜里金花巧耐寒",剪彩为花,何寒不耐?注"花胜辟寒,家人自试其巧",非。

"故着浮槎替入舟",似非好奇,适未有舟耳。"令渠述作与同游",不必谓述我意,彼固述作才也。

"楚妃堂上色殊众,海鹤阶前鸣向人",言才见知而不得隐也。"万事纠纷犹绝粒",虽傍风尘,澹泊自如耳。注皆失之。而阶前求食,辟谷免饥,"一官"谓为"小官",尤陋。

"龙武新军深驻辇",言方讲武事而升平景象未可目也。落落诸作,此为得体。

杜"白帝云偷碧海春",解者多谬。太白"楚水清若空,遥将碧海通",可以悟杜句矣。

客有言:《秋兴八首》,独"佳人拾翠"之句未觉秋意,何也?余曰:诗意自明,第未细玩耳。盖渼陂之游数矣,春相问而岁晚更移舟,晚言秋也。

"珠帘绣柱"二句,指"歌舞地"也,此结构常体。"花萼楼"为友于也,故云"通御气",同气谓兄弟也。

"云断岳莲临大路","大路"用《孟子》。注地名,非。

元戎出郊,肯籍草色①,自是风流佳事,而云暂且藉草、尚稽剪薙,则陋语矣。

"舞石""行云"一联,自是大家风韵,以为奇怪。李义山所本,非结"眼前江舸何匆遽,未得安流逆浪归"。静者语可以抑躁心,不得其意则以为恒调耳。

"万事纠纷犹绝粒",谓其应世之淡。注食少事烦,非。

---

① 当是指《严中丞枉驾见过》一诗。

"近侍只今难浪迹",言礼束人,稽生所云不堪者。注"知其不久",非。

"卧龙跃马终黄土",用《三都赋》"公孙跃马而称帝"。注引蔡泽语,非。

"江汉风流万古情""况复荆州赏更新",皆用庾亮镇武昌事,注不引。

"白帝城中云出门",城在山巅,其门入云,故云也。或作云若屯,非。

杜《遣闷戏呈路十九曹长》诗,注时为拾遗,玩诗意似蜀中作耳。谱之不伦者非一,由未逆作者之旨也。

"一双白鱼""三寸黄柑",当日所见也。题云《即事》,已自注矣。馀未注者可类知也,如"佳人指凤凰"之类。

杜"出门转盼已陈迹",前"复欲罢""亦不迟",如"昨日能几时"之句,已自注矣。无心有情,入耳之异,解无味。

"舟中得病移衾枕,洞口经春长薜萝",叙事之工,言病于舟而移于山,遂经春也。解"不贴席",谬。

杜拾遗言"读书破万卷",昔人谓读书万卷乃可读杜诗。杜诗不易解者,间固有之。能逆能得,非不跃如也。句有高古而鲜能观其徵者,"仳离放红蕊"之类也;本有错误而误解者,"山阴雪"为"阴山雪"之类也;本不误而解误者,"醉仙桃""暖老玉"之类也;有不知出处而句不觉佳者,"挟子翻飞还一丛"之类也。黄太史深于杜,故云"不烦绳削",然杜自有正音有变体,所当知耳。

"呼婢取酒壶",若摘句,安得称佳?读全篇,乃知杜公非漫下笔者,此境固难彻耳。

"瓢弃尊无绿","瓢弃"用许由事,非虚下笔。"垆存"用高阳事。

卷十三　客谈一

"伯仲之间见伊吕,指挥若定失萧曹",此孔明定论也,杜子知言哉!至其云"出师未捷身先死,长使英雄泪满襟",则犹未达也。夫君子之于天下,为其所得为者而已矣,利钝生死固度外事也。余尝有一诗解之云:"五丈原头日月光,英雄何事泪沾裳。即看二表垂千古,已见三分定一匡。"

李、杜二集本难优劣,韩退之"李杜文章在"之句并称,宜矣。元稹以李之排律未窥杜之藩篱,非确论也。夫诗千言数百,铺成排比,古未有其体也。杜始为之耳,未可以此为擅场。近时杨用修举李"朝辞白帝彩云间"与杜"朝发白帝暮江陵"之句为优劣,又可谓不揣其本者,即以一人之作其能无得失哉!李于鳞又以李之歌行多长语,谓英雄欺人,欲以一时之见掩千古之定论,失言矣。人之于其所好恶而辟也,于古人尚尔,又何有于同辈者乎!

严挺之与张九龄善,劝其绝佞人,此其人劲正者也。杜子美何以向其子轻之?其不为弥正平,幸矣!

杜《剑阁》诗"吾将罪真宰,意欲铲叠嶂",以为割据者资也。然沛公王蜀,烧栈以兴;昭烈牧益,汉业偏复。设险守国,王者所不废也,奈何以为罪?吾徽以山谷为郡,四塞俱蜀道也。自昔纷扰之际,往往有保境安民以待天下之清者,则所赖者险耳。今商旅肩摩,日事开除,以便转毂金牛之事,不知鉴也。余尝反杜句"叠嶂日复铲,惧干真宰怒",盖有深虑焉。

古之名笔往往以方言入句,未尝不佳。如杜"侧生野岸及江蒲",以苗为蒲,此岂必五车中所载耶?方言可用,而六经语乃以为忌耶?六代菁华,唐人所未引者,非未引也,第未传也。乃遂不敢用,何哉?唐以后事,相戒勿引,引则以为不古。然则魏、晋事齐、梁不可用,南北事唐人不得用矣。李太白无用十年匡山,子美亦何所足三冬?自入井中,恶能多见也。李空同不读六代以还之书,盖矫枉宜然耳。苟能洞达今古,信手拈来,何必瞿瞿于折柳耶?伯夷若浼,仲尼不缁,牡牝骊黄之外,宜有达观者耳。

唐玄之昏也,宜亡而不亡,何以也?开元之政犹足系民心焉。杜子云:"不闻商周衰,中自诛妲姒。"夫马嵬之事,岂其得已哉!六军之不行,天也。天犹存之,则由民心未失也。孟子言天下之得失,必归之民心,讵不信夫!嗟乎,民心胡可忽哉!忽其民是忽其国也。

杜诗世谓穷而益工,又谓诗能穷人,此怼者之论也。不诵《天保》《卷阿》之什乎?穷愁乃能著书,则自古志之。然吾谓杜之穷,不徒工于辞,而所以薄《风》《雅》之趣者,实益邃矣。"朝回日日典春衣,每日江头尽醉归",朝士之怀,鸩毒若此,而宇内有久安者乎?乃其忧国造道之语,皆于蜀中见之,故杜之穷于一时而江河万古流者,在蜀不在朝也。

"朝回日日典春衣",谱者谓时为拾遗,非也。为拾遗时,播迁甫定,疮痍未复,君辱臣耻,而忍于每日尽醉乎？殆为参军,不得志以酒自遣,故云"纵饮久挤人共弃"耳。

卷十四　客谈二

杜《秋述》云：魏子"所不至于道者,时赋诗如曹、刘。"其思悲,其气增,殆以文章小伎矣,而僻于耽佳句,则不能自已也。士苟知诗至曹、刘不至于道,则几矣哉。然曹、刘者道宁限之耶？《三百篇》何非道耶？《风》《雅》之后,陶元亮恶可谓未达也,彼特以诗与酒适耳,岂曰"不惊人死不休"耶？其诗篇中有真意,乃所以至于道者,独花乌烟云、绮靡之语少耳,以是为枯槁耶？彼固所不屑也,杜子盖有激之辞欤！

杜诗"九月犹绨绤",咏贫也。去年秋热,登高汗浃,众皆无衣耳。"乞为寒水玉",三伏恒态也。今年六月苦溜,乃衣袷旬日,天行适然耶？人事使然耶？不敢知也。辛丑记异。

七言律至杜,乃尽其变化。于鳞好为异论,颇误学者。

王介甫过于自任,非独新法也。其论诗云："世之学者,至乎杜子美而后为诗,不能至,要之不知诗焉尔。"品唐诗以子美第一,太白第四。夫子美诗,五七言律擅场矣。"十二家"皆雁行者也,而未如子美之诸体悉备也。歌行则与太白各有独至者,未易优劣。五言古,高、参①风雅可短曹、刘墙者,允有之矣。然颇杂时调,未尽醇也。太白从《选》入,为近焉。绝句则逊太白、二王,焉可诬也。杨用修右李而抑杜,其过于自任类介甫欤！

卷十五　客谈三

文至江左,华而靡矣,昌黎振之！文至元季,质而俚矣,北地振之。北地之功伟矣！其曰"汉无骚",贾生、子云之骚未可谓无也；曰"唐无赋",则《三都》十年,李、杜、韩、柳未能肆力,《文粹》所载,信难以入相如之室矣；曰"宋无诗",则苏、黄诸家有离合耳,未可尽无也。即紫阳理窟,有类伯玉者,有效子

---

① 依上下文义,"参"当是"岑"。

美者，何可轻訾哉！李于鳞才足继北地而欲掩其美，乃曰微吾长夜，学士非之。又曰唐无古诗，唐古诗则何可无，其盛者庶几风雅遗音矣。夫于鳞所谓古者，谓建安耳。建安、开元异调同工，仲默之论余弗取焉，不敢雷同北地也。唐应德力能追古，早年妙解，已近化境。晚以"壮夫不为"讥刻子美，尧夫本非同声，盖失言耳。近乃有谓唐无诗，诗乃在宋、元。此其论益异，余不能知，乃不能不致疑于北地矣。夫言寡疑者，不亦难乎？圣人是以贵默识也。

杜"将诗莫浪传"，又"得失寸心知"，韩"小好小惭，大好大惭"，所谓索解人不可得也。《太玄》覆瓿，亦奚足怪？

卷十六　客谈四

王荆公以杜诗后来莫继，信矣。若子美第一，太白第四，无乃太远。子美"怜君如弟兄"之句，正可为二家诗评耳。或谓杜称李太过，及为所诮，不然也。斗酒百篇，遗逸多矣。韩退之时已有泰山豪芒之慨，当时相赠答者可尽见耶？太白虽天仙之才，岂无心人？黄鹤楼推崔颢不啻己出，乃轻子美耶？或又以杜比李于庾、鲍为轻之，又不然也。庾、鲍岂可易者耶！文人齐名如李、杜之相得者，足为古今美谈，后人乃以浮薄意妄测前贤耳。

杜："问法看诗妄，观身向酒慵。未能割妻子，卜宅近前峰。"此亦为佳句云耳。评以为有见地，其知子美浅矣。子曰"兴于《诗三百》"，非妄也。酒无量不为困，讵害于道？出王游衍皆天也①，奚必割妻子耶？大道甚夷而民好径，悲夫！

沈、宋、李、杜、王、孟，各齐名一时。至七言律，则宋不及沈，李不及杜，孟不及王，才固有所长短耶？诸家所长，杜无不具，所以为大成。

词人大言，自东方生以来，世不为怪，然亦勿令人洗耳也。"气挥屈贾垒，目短曹刘墙"，欲贾其勇而窥其好，可道者也。若"扫梁园之群英"，枚、马辈可易扫者哉！王逸少、张伯英，以为浪得名，今又千余载，孰齐之者？今之两司马兼杜、韩，匪阿所好，乃以相谩云尔。

---

① 语出湛若水《元旦立四出游吟》。其诗云："美景与良朋，月白仍风清。出王及游衍，是谓与天行。"

孔明自许管、乐,信优为之,其躬耕南阳不可得而招也。夫优为管、乐者,不为管、乐者也。太白自许管、葛,空名适自误,幸为夜郎之行,才士大言可以为戒矣。子美自许稷、契,未敢知也,志则正焉。子瞻云:"'舜举十六相,身尊道何高。秦时任商鞅,法令如牛毛。'固稷、契辈口中语也。"知言哉!

士不至饥饿,不能出门户,不宜言贫。杜子美囊惟一钱,食柏拾橡,则穷甚矣。及卜成都,草堂有高下亭台,酒有旧醅,鹅鸭长数,茗饮蔗浆,水槛扁舟,色色略具,亦足以耽咏遣愁,无忧沟壑也。

杜《八哀》去太冲《咏史》颇远,岂非以芜累乎?乐府《焦仲卿妻诗》非不长篇,别有体耳。然昭明不选,非无见也。诸家之评,余以叶氏为得。《八哀诗》中有琐细不必叙者,盖兼用乐府体,竟未为尽善,不宜效也。

杜《送贾阁老出汝州》,"五马贵"矣,而篇中多不得志之语,乃以"莫受二毛侵"勉之,何其也!人臣不能为主上分忧,而春明门外即曰天涯,何言上下不负哉!余登第廷试,分宜见抑,卷犹在进呈。进呈例不为州,必使为州,余未知避阱而嚣嚣承之。太宰三持之不得,乃得东平焉,知余病不胜也。乞休两台,不可改教,三上不许,而余病霍然已。上司不相左,百姓不相欺,余乃免焉。所不慊者,病愈视事仅二年,未能为所欲为,则余负州耳。

卷十七　客谈五

孔明之复汉,即"汉贼不两立"一言,名正言顺,正统必归焉。三代之有天下,王畿不过千里,岂以广土众民为赖哉?晋、楚、齐、秦非不大于周,周虽衰,犹为天下主也。"伯仲之间见伊吕",子美知孔明矣。而"汉祚终难复""志屈偃经纶"之句,犹以利钝言,未得孔明之心。孔明固云"鞠躬尽瘁"而已,而成败利钝非所逆睹也。此其心在复汉之名义,而僭窃未平,则有数焉。仁人者正其义,不计其功,其斯以为孔明乎?百世而下,非朱子大书之,以继《春秋》之笔,则魏为帝汉为蜀,而孔明之志屈矣。史之三长,识为要,陈寿不足以言史也。而温公仍之,无亦千虑之一欤!

韩退之去李、杜未远也,其诗不传者已多矣,故云"流落人间者,泰山一豪芒"。然则斗酒百篇,语不惊人不休,亦何为耶?薛考功五十后不作诗,有以也。

杜子《祭房相国文》:"曩者书札,望公再起。今来礼数,为忝至此。州府救丧,一二而已。"自昔一贵一贱,一死一生,人情固然哉!又何可责之薄俗也。

杜集中当代事与方言皆可入,何损其工耶?夫文犹日月也,日月终古常新,以今日非昨日耳。岂得仅仅写葫芦、甘残唾耶?善将者驱乌合市人可背水阵,何必如廉颇思用赵人也!此论出,斐然者必愕不然。异时当有以为然者。

杜子美之殁,旅殡岳阳四十余年,乃克襄事于首阳,元微之之志详矣。李太白卒于当涂,以集托邑令族叔阳冰,阳冰之序明矣。而稗家之说乃云皆以溺死。夫自汨罗以来,固无伤于二公,何好事者之喜诬也?二公生同声而没亦同毁,岂相嫉者流言而志奇者不察耶?

杨用修好为李、杜优劣,然非笃论。"朝辞白帝彩云间"与"朝发白帝暮江陵",岂可相提而论?绝句太白擅场,此作又集中最工者。若"负薪""最能"二行,自是夔府纪事,所用意乃在屈原宅、昭君村,足资博闻耳。太白《昭君咏》"昨日汉宫人,今朝胡地妾",若以子美《咏怀古迹》之作较之,奚啻倍行筐哉!要之,二家各负绝技,未易评也。近日,于鳞《选唐诗序》论疑愦愦。

杜《八哀诗》叙事觉稍烦,以为可以表里《雅》《颂》,谀辞也,杜自有自《风》《雅》来而媲美建安者。

卷十八　客谈六

李北海求识面子美,非不爱才,不知诗者也。崔颢之不遇,其所赘不能无疑焉。去之千载,斐然之士不以咎崔,而以疑李,何其果于不自反而过于望人也!

杜子美"读书难字过",苏子不检册子,用事多误。二子虽以真懒故,然考《说文》、检书笥,自儿子辈事。老人心力,安得复用于此?政当撮其大旨耳。余坐此二失,聊以自解。

杨用修以议礼谪戍滇中,不能多蓄书,借阅过目,自难复检,《丹铅》所录多误，须后人为正之耳，无庸以为疵也。乃其于诗则喜右李而抑杜，论理学未得朱子之意，轻肆讥驳，则其蔽耳。朱集儒之成，杜集诗之成，论定久矣，即百用修不能易也。

杜子美每朋友至，引见妻子。夫问知人客姓，骥子宜尔，妻见何礼耶？"昼引老妻乘小艇"，或偶值客，岂曰客至每见，必传者过也。韦侍御令其妻送夜飞蝉以助妆饰，有之矣。时人遂布此语耳。

杜《八哀诗》不惟表里《雅》《颂》，语皆实录，无愧责矣。如姚崇之算张说，以文为市，真秽笔墨耳。韩退之犹有谀墓中之诮，况夸浮者哉！

杜"轻薄哂未休"，反为后辈袭；垂之俟来者，"得失寸心知"。韩"蚍蜉撼大树"，"小好则小惭"。二公皆由衷语也，好古与自信，风乎百世君子哉！

"侧闻夜来寇，幸喜囊中净"，子美真僻于诗哉！盖即事皆可成句也，然囊中净未可幸，幸不幸有数焉耳。

文章喜用事，古昔所忌，恐其弥拘束而乖秀逸也。大方作者，破万卷而笔有神，则无不可。杜诗无一字无来处，宁有不秀之句耶？若徒用事而无风韵，则村塾对句矣。

杜"是身如浮云，安可限南北"，苏长公全用之，乃偶然也。古人非相袭，不啻自其口出而不觉耳。

子美在蜀，其草堂经营，有亭台敞豁，林泉连延，四松万竹，野航江槛。又佳客淹留，能供粗粝。老妻稚子，茗饮蔗浆，亦随所有，穷未甚哉！而万丈光焰，敛放笔端，千万年尚有生气。视当时王侯，奚啻泰山鸿毛，轻重不伦矣。

杜"内省未入朝，死泪终映睫。直笔在史臣，将来洗箱箧"，叙李武穆事，可谓实录。"百万攻一城，献捷不云输"，谓南诏丧师以捷闻也。"受谏无今日，临危忆古人"，指张曲江事也。"尧典""禹谟"以比高祖、太宗之际，殊得体。"楚筵辞醴日"出太白，亦公。文人名相齐则相嫉，其广隘不伦矣。

杜"杯迎露菊新"，知是酒杯，然觉未妥。解《庄子》者以卮言为酒卮，亦无味。古字多通用，或以音近讹，（"杯"字）必"枝"字耳。唐人往往以"杯"字当"酒"字，亦相沿不觉耳。如"无复故人杯"，篇中略未见宴饮，意何以知为酒也。

谢茂秦自称其歌行合李、杜为一,此其诞,自五子来也。王元美谓"一字不通","何不以溺自照"①,亦甚矣。元美尝刻其近体,称为一时之最。夫近体能最一时,而歌行遂不得一字耶?要之,毁誉皆由好恶,未可为定论也。

诗可以兴,《三百篇》虽远,后之作者须存风雅之意,乃可名家,杜工部所以独步词场也。王子安《春思赋》"因狂夫之荡子,成贱妾之倡家",是何语?夫狂而妻可倡耶?宾王代女道士赠道士李荣,污翰墨矣。卢照邻亦有赠李荣诗,此可与游者哉?

《辋川集》,裴迪竭力而不逮,若无右丞在前,亦自楚楚。故知才情由于天赋,不可强也。王《戏赠》"猿吟一何苦",杜亦云"知君苦思缘诗瘦",二诗盖实录哉!

开元、天宝之盛,可谓治平。渔阳一鼓,宇内鼎沸,王孙乞为奴,大官骨肉不相待。广文窜,太白流,犹其幸者。子美得与老妻稚子优游草堂,故人供禄米,邻舍与园蔬,而兄弟晚亦相聚,非至幸②者欤?矧不朽盛业,大半蜀地,不可谓穷也。余于子美有深感矣!

杜诗"何幸憔悴在山中",世乱得在山中幸矣。虽憔悴,犹苟免也。此语悲于痛哭矣,奈何安危。

"《尔雅》注虫鱼,定非磊落人",此读书观大旨以自恕也。圣人固云"多识于鸟兽草木之名",学何可厌哉!虽然,学有本末,匪惟德艺上下也。即以文艺言之,杜子"读书难字过",其破万卷,固咀其英华耳。注虫鱼而矜博识,信非大方家所尚也。

卷十九　客谈七

燕、许之文有太平气象,而子美备流离之状,此其时然耳。乃以学杜诗为非佳兆,则迂矣。杜《早朝》等作、《三大礼赋》,非太平气象耶?至于颜书,第

---

① 王世贞《艺苑卮言》卷七称谢榛诗作"丑俗稚钝,一字不通",对谢氏的高自称许,云"何不以溺自照"。
② 原文"至幸"二字重出,当是衍文,径删之。

见严正如其人耳,流离之状安在?此其论盖不习杜者也,又病颜书,何其过也!

韩公赠崔立之,朝为百赋,暮作千诗,乍览之可愕,盖非一朝一暮也。杜《八仙歌》斗酒百篇,皆酒中作可也,未必一饮一斗而百篇已成也。民无孑遗,以意逆志,其来远矣。

"百万攻一城,献捷不云输",杜诗信史也。自非综核之主,安免此弊?乃有甘受其欺,而反喜其謟①者矣。

杜诗:"清晨蒙菜把,常荷地主恩。守者愆实数,略有其名存。"此园官,与子产校人相类。盖厮养辈常态,从古然也。每见官,精明者则欺蔽不甚耳,于此可以观政。若曰渊鱼难察、乌攫吏肉,何以能察耶?亦不能用其明耳。

杜集中于章梓州颇厚,严武杀章并欲及杜,似有之也。藩镇之横,视刺史如草芥,唐是以亡。今也惩之,督抚权太轻,仓卒不能令下,小有潢池之警,束手闭城耳。《易》之《萃》"戒不虞",《丰》"宜日中",斯其时也。

杜"庶官务割剥,不暇忧反侧",痛切之语。割剥所以致反侧也,奈何不鉴!"必要救疮痍,先须去蟊贼",名言。杜《赠韩谏议魏将军歌二首》中"王京群帝集北斗""夜骑天驷超天河"等语,太涉虚诞,颇近老人恍惚之态。太白《梦游天姥》之作超矣,盖语梦则可也。

韩仲卿梦曹子建求序,非情也。子建之诗,岂俟仲卿而传?今曹诗孰不知诵,而仲卿序有无,焉能为重?子厚之智,非不及是也,何以异而志之?苏长公遗恨吞吴之论,非也,而以梦杜为解,盖卮言善谑云尔。平魏自吞吴,尺上皆汉也,此诸葛出师大义,苏意亦成一说耳。杨用修梦宋玉索赠诗,吾意子美千秋怅望之作难继,无庸更索耳。

杜"久客多枉友朋书,素书一月凡一束。虚名但蒙寒暄问,泛爱不救沟壑辱",言空书不分惠也。又"厚禄故人书断绝",则并一行不寄矣。夫杜在穷途,不得不望之朋友也,犹可谅也。今高位厚禄者,故人书苟无侑缄,则自浮

---

① 据上下文义,"謟"字当是"谀"字。

自沉,往往不答耳。苞苴重而意气轻,何云素交哉! 余意道州若分俸,则此诗犹可寄,乃以素书之故,厌其纸长。"烦儿孙""费灯烛"之语,颇近尤怨,亦乖大雅。子美所以坎轲于时,殆有由欤!

杜诗中叙其曾姑为尚书妇事,盖王与房、杜之于秦王,交久定矣。王为东宫官,则高祖所命,非若管、鲍分主而事者也。而责以死建成之难,不亦过乎?

子美为郭华州《进灭残寇形势图状》,及为王阆州《论巴蜀安危表》,不惟文类汉疏,其论破贼安人形势,如指诸掌,谓不能无韵之语,殆未得也。要之,用志不分,僻耽佳句,故其遗文寥寥耳。近者文士肆笔,乃谓二司马一不娴于赋,一不长于文。夫子长《史记》,尽一生精力,恶暇为《上林》等作;若长卿《封禅》《谕蜀》等文,则卓越可见矣,岂谓不善哉? 又李、杜、韩、柳才有偏长,尤为谬论。韩、柳之诗,评者轻有轩轾;《南山》《石鼓》之什,后生毛颖尽秃,未可窥其宫墙也。

房次律其殷深源之流乎①? 杜力救未为得,谓出于私情亦过。陈陶覆师,谁执其咎? 罢贬非重罚也。然临败犹持重,而为中人所促,乃大败,有可悲者。其征还卒赠,盖棺论定,则众议固惜之,非独子美也。

世谈天台者以为洞天福地,怅未能游耳。郑广文以污贼贬,犹得早秩,亦宽矣。而杜以为"御魑魅",山鬼一脚,蝮蛇如树,何其甚也! 文之胜质,往往过实。安得三复白圭,言必有中者乎?

汉诏"将残吏未胜",句异,言吏未胜残也。杜诗句有类此者。

杜《谒玄元皇帝庙》诗"世家遗旧史",意谓《史记》不称世家。然老子终于柱史,自宜列传;孔子汉有封矣,故云世家。世家与传,非有轻重也。晋、楚之爵,曾子固所不歉,彼非世家欤? ○孔子汉武时未封爵,意后人定为世家耳,非司马文也。②

---

① 次律为房琯之字。殷深源,即东晋大臣殷浩,早年有美名,后来轻率用兵北伐,大败,废为庶人。房琯仿春秋车战之例,以牛车与叛军战于陈陶斜,大败被贬,有类乎殷浩者也。

② 圆圈后文字当是后来校正补充,《千一录》中不时有这种编排之例。至于是作者自注,抑或子孙刊刻时补注,已不可知也。

司马畏蜀,非特才不逮也;汉贼两立,豪杰宁无动心?师直为壮,自反恶能不慊;食少事烦,聊以安部曲耳。而"汉祚运移",其言偶中。《魏志》述之,固未达也。宁静澹泊,泰宇自定,夫岂憧憧琐琐,以重伤者耶?杜子"伊吕""萧曹"之评确矣。"志决身歼军务劳",盖沿《国志》而未察也。

卷二十　客谈八

闻人说长安好则向西笑,然身未到长安,何由知其好?今注杜诗者,不知其出处,何以知其工?第知是杜诗,则极赞之耳。此何异闻长安而笑者耶?

渊明《士孝传》不叙曾子,夫"事亲若曾子可也",言孝而舍诸,何说哉?此公胸中天游坦荡,非以著述为业者也。略举数子,足示向往云尔。观其赞语,亦草率不事藻绘,非不能也。苏子瞻用事,往往不检册子,盖近此意。○《归去来辞》一篇,足辉映千古,馀文可不必工也。渊明真能不为者,杨子云云"壮夫不为",乃终身未忘篆刻耳。杜子美云"诗是吾家事",然骥子辈似未能绳武也。"有子贤与愚,何其挂怀抱",殆托以自咏,非不知渊明者也。过庭面墙之训,岂必远其子哉!多识前言而不逆其志,必弗达矣。○渊明不入莲社,更高于去彭泽。彭泽之去,节气之士或能之。于时天下之士胥溺于佛老而渊明独不屑,斯达道者也。杜诗非确论,惟其莲社不入,故能去彭泽,乃贫士之咏,则采薇之节也。乞食饿矣而未死,则故人颜延之辈能周之,靖节之谥孚矣,其近伯夷哉!

卷二十一　客谈九

用修谓杜"骥子莺歌、高凤聚萤"为"偏枯",殊不然,杜正以假对为工耳。羊肠熊耳,九坂双峰①,恐骥子知之,杜集中岂少此等语?

药栏,右丞、工部皆谓花药之栏,用修以为不通,以今化栏票为证。余意花栏票之义,正以栏之刻画文饰加花字耳。王、杜非误也。

人生四十九日而七魄全,其死四十九日而七魄散,是以有七七之说。盖为之说者也,生死者气之聚散,不散不死。礼之有复也,孝子②之情也,致其

---

① 指庾信《任洛州酬薛文学见赠别》"羊肠连九阪,熊耳对双峰"一句。
② 原文为"予",不通,据上下文之义改之。

情而止矣。严挺之宁不作相不见李林甫，宜其有仆射也。子美寄命于人而妄轻其父，其免幸矣。或曰登床之语，挂缨之事，皆诬也。观其诗，则始终全矣。其然欤？

李、杜交谊之厚，杜集中可见，李则寥寥，盖偶逸耳。"为问缘何太瘦生，总为从前作诗苦"，乃善谑，非薄也。"为人性僻耽佳句，语不惊人死不休"，杜自道，固云尔。其寄裴迪"知君苦思缘诗瘦"，所谓同病相怜，以诗瘦岂凡流哉？近世好相欺谩，以薄为厚耳。乃妄以窥高人之度，遂有李、杜相轻重之论，陋矣。

子美客蜀，方逾艾耳。《熟食日示儿》："令节成吾老，他年见汝心。""汝曹催我老，回首泪纵横。"①适来适去，何其不能忘也。贾生赋鵩则少年耳，靖节达生者也，乃谓其"挂怀抱"，不亦过乎？夭寿不贰，修身俟之，君子所以流命，又何必曰彭夭而殇寿也。此非达生者之言也，悦生者之言也。畏牺忌鵩，班氏其知言哉！贾生早夭，子美不及耆，盖兆之矣。

《庄子》："羿工于中微而拙于②使人，无已誉。"不读《孟子》，安知其语之工？凡读古文，皆宜以意逆之。杜子夔州以后诗，惟黄太史深契其趣耳。

诗须用易见事。子美虽破万卷，未尝有僻语也。间有稍僻事，辄为后人妄解，解者以其为杜诗耳。若不云杜作，必不能称佳，是以解人不易索也。

卷二十二　客谈十

杨子云教人作赋，令读赋千首，意当时所传作者几千人矣。今其传者不能百，不知其何谁也，况其不传者乎！文章亦小技，杜子美知之矣，而"语不惊人死不休"何其僻也。今乃倩人为文，或窃人所作云，百年后谁辩者？其汲汲于求名若是，不虞其覆瓿耳。

宋功烈之卑以议论多，而诗格之卑亦以议论。虽然，议论何可废也！不曰好谋而成，执两端而用其中乎？杜子美诗集大成，即议论，何损风韵？余谓宋诗所不能为唐者，非专以议论故也，自其风韵不称耳。

---

① 此四句并非出自一诗，前二句出于《又示两儿》，后二句出自《熟食日示宗文宗武》。
② "于"字《庄子》原文为"乎"。

孟浩然以"不才明主弃"取忤,崔颢以"十五嫁王昌"见讥,诗之穷,无妄之灾也。然未尝上书而诬明主,辞涉于怨,浚恒之凶①,其以之矣。北海求子美识面,岂不爱才？文苑所存,非不能也；后生行卷,宁无雅咏？而以轻艳语为先资,责之非过。此才士所宜戒,未宜为崔不平也。元美序潘生诗,则失余意,其偶误耶？

杜子美志于风雅哉,其称人也不溢美。高岑鲍谢,太白庾鲍,彼此无忤,可谓知言。"曹刘不待薛郎中",为薛据耶？则若过犹可也。"先生有文过屈宋",以许广文、屈、宋,可更过者耶？盖"吟诗许更过",推让前辈,斯厚矣。宋公者,信未易过也。

刘庭芝者,所传诗不多,多牵羊就肆之语,其人定宜夭耳。谓之问杀之,余尝以为枉。宋同时沈、杜,俱高名敌手,杜尤狂诞,可得而杀乎！且使庭芝不死,才可似舅,亦足张也,何以忌之？若其有他故也,则非所知耳。或曰:子美过宋公池馆云'吟诗许更过',谓不许更过也,似暗指庭芝事,则又罗织之辞酷矣。

紫阳论陶、韦诗云:"苏州直是自在气象,近道；陶欲有为而不能,又好名。"此非定论,当传录者失之。韦学陶而近之者也,陶可谓不近名矣,自在矣,有道矣。象山②云:"李白、杜甫、陶渊明皆有志于吾道。"此于尚论未有见③:李之于诗则仙才也,非志于道所当。异日论者,杜其因诗见道者乎？渊明深矣,风雅之后一人,宜自为一编。西山乃知言哉！

俗之好夸也,士也而称"不佞",居丧而称"孤",不知其不可也,犹可也。而曰"不穀",则侯王之自称者矣,不亦倍乎？乃其称人则夏后,玄圭以赐治河之臣,《关雎》窈窕以诔在位之妻,西伯作述以寿执政之父,至以苍苍者为寿,以天人至人为寿。铸颜回,侪曹植,不曰从来未有,则曰数千载一人,李、杜文未优,韩、柳诗未粹,以下无论也。居之不疑,言之不怍,此风也德、嘉之间未

---

① 语出《易·恒》,其文云:"初六,浚恒,贞凶,无攸利。"
② 原文作"象出",误,径改之。
③ 此句当是"此于论尚未有见"。

甚也。

友生论杜诗,偶阅《终明府楼二首》,语之曰:"诗必有警联,锦绣笙簧,非众所脍炙者乎?非谓不工,然非作者得意处也。诗中之画,此联画工皆能画也。结句之工,则妙手不易画者,杜所以惊人者在此耳。今以'山阴'为'阴山',不知辨也,又从而注之,又妄谓佳。'文章千古事,得失寸心知',子美早知之矣。"

杜子云:"语不惊人死不休。"又曰:"得失寸心知。"夫知者不惊,惊者不知;语必惊人,非其至也。"云薄翠微寺""孤村春水生",惊者鲜矣。韩子云:"小好小惭,大好大惭。"杨子云亦俟之后世耳。

卷二十三　家训一

礼义廉耻,国之四维。四维不张而不乱者,未之有也。夫是四者,耻为要:未有有耻而无礼,无义而寡廉者也,未有耻为非而好作乱者也。耻也者,其进德之基乎?其治乱之阶乎?故曰"耻之于人大矣""知耻近乎勇"。《易》曰:"困于酒食。"酒食人所欲,曷言困?肉胜食气,酒及乱,则困矣。杜诗:"野人对腥膻,蔬食常不饱。"予喜诵之,盖都会宾筵,方丈皆腥膻耳。予归田,乃与所好为真率之会,使蔬胜于肉,饱而不困,自是里闬宴集,食前有蔬食矣。此非徒崇俭也,以免困也。

食无求饱,衣不耻恶,乃可言志矣。志士不忘在沟壑,况未至是乎?杜子美拾橡栗自给,布衾如铁,冻馁矣,幼子之夭未必以饥也,而一夕乃以醉饱死。夫冻馁不死而死于醉饱,此生岂不有涯耶?懦夫可以立志矣。

杜集中于岑嘉州厚矣,而十余年无一书,犹可也。出守江城,草堂相接,不能一存故人,何耶?可懒于要津,不可懒于故人也。

论文者:"《昭明文选》精矣,古文赖以传。近者则真氏之《正宗》,唐氏之《文编》。"知言哉!若曰"古文亡于韩",曰"宋无文",吾弗敢知也。吾于是尚唐氏之识,其以杜、邵之诗合而言之则弗类,殆有激之论欤?唐氏非不知诗者也。

卷二十四　家训二

杜《夜归》诗"庭中把烛嗔两炬",以旅人之贫,偶得故人分俸,秉烛已幸,安用两炬乎？殊可嗔也。先夫人治家,未尝许灯有二草,余至老不敢违也。

杜子美立朝之日殊浅。其献赋时,思沾微禄买薄田而不得。将军不好武,苔卧枪,雨抛甲,天下晏然,岂虑危亡哉？及为拾遗,逍遥供奉。其时,上皇在蜀,京邑初复,干戈方事,而掖垣诸作①,宛贞观、开元间耳。方从容语笑,未有四郊多垒之忧,有喜无补也。乃至艰难奔走,皮骨空存,而裁诗遣闷,无非忧国忠君之辞矣。孟子所谓"空乏拂乱"所以增益人者,不既多乎？然则子美之穷,非徒益工于诗也。君子观于此,可以固穷矣,可以读《西铭》矣。

卷二十五　家训三

杜子美志其姑墓云：昔卧病姑家,姑之子又病,女巫曰："处楹之东南隅者吉。"姑遂易子之地以安甫,甫存而姑之子卒,以是铭之曰"义姑"也。夫死生有命,命有主之而不可移者,东南隅果吉哉？胡不并处其侄与子而俱存之？盖其姑有明识,不信巫言而嫌于不利其侄,故易其地耳。其子之不存则命也,非巫之验也。子美之云,毋乃滋世人之惑乎！余于是知笃信善道之难,而立言之不易也。

杜子美既依严武,在其幕中,乃登床斥其父名,使被杀,非其自取哉？武犹是可人耳。子美比身稷、契,羞为悠悠子者,醉后犹有此失。轻俊后生,其可不戒！

董仲舒对策若有神助,此自下帷不窥园得之。杨子云教人作赋,云熟读古赋千篇。杜子美云"读书破万卷",又云"须读五车书"。自古文章宗工,更无别法。

唐人云："浑诗远赋,不如不作。"非谓不工,谓无益风教耳,斯言文士所当服膺。又,文人无行之语,尤宜书之座右。"文章亦小技,于道未为尊",杜子之见,所以独超辞人之表也。

---

① 当指《宣政殿退朝晚出左掖》《题省中院壁》《春宿左省》《晚出左掖》等题中或文中有"掖""垣"等字样之诗,皆作于任左拾遗之时也。

李空同不读六朝以下之书,此羿之彀率、大匠之规矩也。杜工部五车万卷,多闻而择。淮阴所将多多益善,非徒能十万者耳。薛考功五十后不复作诗,此善全其天者。然高常侍五十始有诗名,庾开府文章老更成,自昔晚成益工者未可悉数。而考功未得中寿,文章亦未尝损性灵哉!然《西原集》自足传,奚以多为?余二十而僻于诗,三十而羸,几弃铅椠。六七十后,乃稍理旧业,则以体气渐克也。然亦不能肆力,多遗忘矣,造物者其有所限予者耶?孔子云:"不有博奕者乎?犹贤于饱食终日,无所用心者。"①宰予昼寝,则曰"予何诛"。子路曰"何必读书",则深恶之。圣门之教,所以讲学修德者居,可知矣。夫文以载道,开卷有益,其贤于博奕万万矣。

自昔名家,文辞不以难字称奇,浅学者乃以文其陋耳。杜子"读书难字过",所以破万卷也。好事者问字于扬雄,雄深湛之思,乃不在此。

君子不患莫己知,求为可知也。太白上李邕、哥舒大夫,大言不怍,无可知而望人知,不亦难乎?子美诗"李邕求识面",则非无心者,后世责其求识子美,不宜弃崔颢。然颢以轻薄语赘,不能寡尤。太白所上语,类有望大鹏九万,谁则征之?士之居身,不可不反求也。

士未遇则曰"岂是蓬蒿人",得位则曰"何由返初服",左迁则曰"幸兹谪"。夫云霄与蓬蒿,有宰之者;初服欲返,则由己耳,何曰何由?谪以为幸,胡不早退?此言之不近义不由衷者,非君子之言也。君子于其言毋苟哉!"何日沾微禄,归山买薄田",杜以稷、契自许者,亦为此语,可谓失言矣。士如干禄买田而已,何以尽职?志士不忘沟壑,非为处约也。锦衣可褐,肉食可藿,操不可拔也。饥附饱飞,士也鹰乎?

词人夸诞之习,杜集中鲜矣。《赠章梓州》:"指挥能事回天地,训练强兵动鬼神。"不惟过实语,意盖无主将矣。其赠严武无是语也,武见之宁不含怒?人之无良,既予爪牙,传之翼,使善噬矣,能避贤豪哉?士之涉世,白圭之诗②恶可不三复也。

---

① 见于《论语·阳货》,语句顺序与原文稍有差异。
② 《诗经·大雅·抑》有云:"白圭之玷,尚可磨也;斯言之玷,不可为也。"

杜"常时往还人，记一不识十"，盖在率府作，未老也。余亦早患此，每以自解，无亦疏简之过，后生宜戒之。然余非敢忽慢也，善忘耳，而相尤者屡矣。

卷二十六　家训四

"茅栋盖一床，清池有馀花。浊醪与脱粟，在眼无咨嗟。"杜子有此，"足了垂白年"。差高士矣，未为甚穷也。如其不足，则"日食万钱无下箸处"①。玉卮无当，何能厌哉！

杜子美飘泊远游，陶元亮固穷三径，称贫宜矣。今或厚积深藏，自陈窭乏，终岁干谒，曾无厌足，殊甚于墦间之乞，方且施施得意，不止私骄其妻妾而已。安得齐人之室，犹能讪其若此羞而泣乎？秦以来，士日益贱，苟能惕然于平旦，可与立矣。

温公读书堂，其言宝惜书卷详矣，后生所当知也。看书以指爪撮起犹不可，况拨书而眠乎？"书乱谁能帙"，子美第自状其老困耳。然万卷已破，客至始罢，盖无不读时也。今惰游子手，既未触纸已生毛，何必鸎及借人为不孝哉！

杜《示从孙济》诗："所来为宗族，亦不为盘飧。小人利口实，薄俗难具论。"嗟夫，子美何如人也，而有盘飧口实之疑，至以诗自明，济之为人可知矣。济而市人可也，济士人也，位至京兆尹，士哉！士哉！同姓古所敦，此诗可以风矣。

退之之子昶不辩金根，通人固有遗忘，不足为訾。遂改根为银，乃可消矣。书既未能博览，安可妄改？太白"一氽青云客"，改"氽"为"黍"；子美"荆门"，郑薛改"门"为"朋"；"江鲍堪动色"，改"鲍"为"鲀"。三子者一为侍御，一为学宪，一为比部，当世若论胄胤，不以为名家克肖耶？何以消昶？

"常时往还人，记一不识十"，殆非以衰故，子美亟破万卷，读书且难字过，安能记所往还乎？余自少以是取尤于世，老则甚矣。然非敢为简也，安得岷峨老知余真②哉！小子戒之。

---

① 《晋书·何曾传》："日食万钱，犹曰无下箸处。"
② 杜甫《漫成二首》其二："近识峨嵋老，知余懒是真。"

《三百篇》后有风人之思者,其惟子美乎?《李监宅》独①取味而曰:"且食双鱼美,谁看异味重。"《送高书记》云:"人实不易知,更须慎其仪。"盖所从者哥舒也,言之无罪而足以戒,故可尚也。长公好杜,以诗史危身,则远于白圭之义矣。

伏日读杜诗,憾其才高而不遇也,然不遇乃所以益昌其诗大矣远矣。百年千古,孰轻重哉!抑犹有大幸者,当其时,右丞、广文之才名未在子美右也,二子以才名不免。子美为时相所抑,时相所不知,贼固不知也,是以免也。使早为拾遗,与二子同列,贼其舍诸?不污则死矣。太白为永王迫胁,空名自误,是以为子美幸也。嗟乎,祸福之倚伏,信不可预期,君子行法以俟之而已矣。向使子美如退之三上宰相书,宰相即知之,安知其福耶祸耶?余适有感而书此。

子美称唐十八为族弟,诗云:"与君陶唐后,盛族多其人。圣贤冠史籍,枝派罗源津。在今最磊落,巧伪莫敢亲。"可见其时之重谱牒,然不能无伪矣。吾郡尚门第,犹存古意。吾家自西汉末避新莽乱渡江,子孙世守坟墓,派分各省,谱系可稽。嘉、隆以前,门中婚姻无非世族,虽甚贫窭,未肯自替也。万历以来,俗渐鲜耻,放利而已,遑恤其它。四维不张,国之忧也;先训不率,家之殃也。苟能长太息于是者,斯志士矣。

子美云"久遭诗酒污",亦暂悟耳。"语不惊人死不休",则所癖也。"流落人间者,泰山一豪芒",惊人语,未必尽传也。"赋诗何必多",既已知之,何其多多也。余少也苦思,而缘诗瘦,久不为矣。晚复漫兴,不足以愁花鸟,无乃自污欤!志之以儆,自今止焉。元亮之于酒犹能止,况雕虫之技,无益者乎?

陆 楫

要者,莫先于究述朝章及前辈风烈,以为他日敷张实用。若止于某日试

---

① 原文中"宅"误作"惨",据杜集改之。"惨"字后为"毒",据上下文义,当是"独"字。

一诗,某日试一赋,其士辈之相切劘也,亦止曰某人一诗优某人一赋优,而于经史之实学、典章之沿革漫不深求,则虽轩轾王、杨,驰骋屈、宋,亦不过嘲弄风云,流连光景,以为粉饰太平之具,何足以深副国家养士之初意?故刘文靖公尝谓:学诗到李、杜,亦只是两个醉汉!(《蒹葭堂稿》卷四《上徐少湖阁老书》)

陈士元

余尝谓楚人以艺文儒业称者,有四祖焉。鬻子为成周子书之祖,屈原为春秋骚赋之祖,襄阳杜子美为盛唐律诗之祖,道州周茂叔接群圣千载不传之秘,又为有宋道学之祖也。(《江汉丛谈》卷二《三楚》)

称李、杜者四:汉李固、杜乔,李云、杜众,李膺、杜密,唐李白、杜甫。(《名疑》卷三"李杜")

徐师曾

《文体明辨序说》

五言古诗　按,宋严羽云:"《风》《雅》《颂》既亡,一变而为《离骚》,再变而为西汉五言,三变而为歌行杂体,四变而为沈、宋律诗。"然论者以谓五言之源,生于《南风》,衍于《五子之歌》,流于《三百五篇》,而广于《离骚》,特其体未备耳。逮汉苏、李,始以成篇。嗣是汪洋于汉、魏,汗漫于晋、宋,至于陈、隋而古调绝矣。唐初,承前代之弊,幸有陈子昂起而振之,遏贞观微波,决开元之正派,号称中兴。于时李、杜、王、孟之徒,相继有作。元和以下,遗响复息。故今采汉、魏以来古诗,以类列之,断自韦应物、韩愈而止,使学者三复而有得焉,则其为诗不求高古而自高古矣。至论其体,则刘勰所云"五言流调,清丽居宗"者是也。他如《扶风歌》《五君咏》《夏日叹》等篇,虽云五言,实为杂体,故兹从略。

绝句诗　按，绝句诗原于乐府：五言如《白头吟》《出塞曲》《桃叶歌》《欢闻歌》《长干曲》《团扇郎》等篇，七言则如《挟瑟歌》《乌栖曲》《怨诗行》等篇。下及六代，述作渐繁。唐初，稳顺声势，定为绝句。绝之为言，截也，即律诗而截之也。故凡后两句对者是截前四句，前四句对者是截后四句，全篇皆对者是截中四句，皆不对者是截首尾四句。故唐人绝句皆称律诗，观李汉编《昌黎集》，绝句皆入律诗，盖可见矣。大抵绝句诗以第三句为主，须以实事寓意，则转换有力，旨趣深长。虽以杜少陵之圣于诗，而于此尚有遗憾，则此体岂可易而为之哉？今采晋、宋以下，讫于晚唐诸家诗，而以五、七言列之，仍各以类相从，使学者有所取法焉。

和韵诗　按，和韵诗有三体：一曰依韵，谓同在一韵中而不必用其字也；二曰次韵，谓和其原韵而先后次第皆因之也；三曰用韵，谓用其韵而先后不必次也，如韩愈《昌黎集》有《陆浑山火和皇甫湜用其韵》是已。古人赓和，答其来意而已，初不为韵所缚。如高适赠杜甫云："草《玄》今已毕，此外更何言？"甫和之则云："草《玄》吾岂敢，赋或似相如。"又如韦迢《早发湘潭寄杜甫》云："相忆无南雁，何时有报章？"甫和云："虽无南去①雁，看取北来鱼。"又如高适《人日寄杜甫》云："龙钟远属二千石，愧尔东西南北人。"②甫和云："东西南北更堪论，白首扁舟病独存。"又如杜甫《和裴迪逢梅相忆见寄》云："幸不折来伤岁暮，若为看去乱乡愁。"迪诗今不传，意其中必有欲折求及不得同看之语，故采其意而答之，不问其和韵也。又如杜甫、王维、岑参《和贾至早朝大明宫》诗，各自成篇，甫第云"诗成珠玉在挥毫"，参云"《阳春》一曲和皆难"，并其意不用，况于韵乎？中唐以还，元、白、皮、陆更相唱和，由是此体始盛，然皆不及他作。严羽所谓"和韵最害人诗"者，此也。今略采次韵诗二篇，以备一体，且著其说，使学者勿效尤云。

联句诗　按，联句诗起自《柏梁》，人各一句，集以成篇。其后宋孝武《华林曲水》，梁武帝《清暑殿》，唐中宗《内殿》诸诗，皆与汉同。唯魏《悬瓠方丈竹

---

①　"南去"原文为"过"，据杜集改之。
②　自注云："甫尝有诗云：'甫也东西南北人。'"

堂燕飨》,则人各二句,稍变前体。自兹以还,体遂不一:有人各四句者,如《陶靖节集》所载是也;有人各一联者,如杜甫与李之芳及其甥宇文或所作是也;有先出一句,次者对之,就出一句,前人复对之者,如《韩昌黎集》所载《城南诗》是也。然必其人意气相投,笔力相称,然后能为之,否则狗尾续貂,难乎免于后世之议矣。今取数首,以类列之,故不叙其世次云。

公讳启,字子由,姓沈氏。……善属文,喜吟诗,著述颇富,有《家居稿》《南北稿》……《杜律七言注》《晴窗便览》,总若干卷。(《湖上集》卷十三《大明故湖广按察司副使沈公行状》)

胡　直

张大夫藏赵子昂画马十六,索予题咏,予未知十六之数何取也。客曰:"杜子美《寓韦录事宅咏曹将军画马》[①]诗云:'其余七匹亦殊绝,迥若寒空动烟雪。'又云:'可怜九马争神骏,顾视清高气深稳。'以七合九,此非十六马乎?"(《衡庐精舍藏稿》卷四《张玉屏京兆藏赵子昂所画唐马歌序》)

同郡蒙山陈子,与予同官川南……暇日取古人归田诗共读之,以寄所怀,多见其有激而云:"独渊明之作可谓复矣,亦终不免于杜子美'枯槁'之讥。"(《卷八《刻击壤集摘要序》)

不佞少读彭泽诗,超忽蜕埃尘,冲融绝铲刻,意其独得诸天,非人力可勉企。比长知问学,稍能涉道之藩,复读其诗至《神释》一篇,反复其意,然后知彭泽之达道而子美未悉也。其能蜕埃滃绝铲刻者,有旨哉!故人之为言不患不能蜕埃滃绝铲刻,而患不知道。甚哉,知道之难得也!彭泽之后嗣其响者,在洪郡莫若山谷。山谷始尝踵杜与韩,其末则能刳剔皮毛直诣精髓,一不袭其畦径,绎其趣,若幽入绝岛,饥餐古雪,虽未得于道,未尝濒俗。第令歌之不中金石,被之弦管如击槁然,故近世作者多少之。乃若近世作者独喜追古辙

---

① 杜诗原题为《韦讽录事宅观曹将军画马图》。

朋,相拟效于时,洪郡则有熊士选氏。士选诗酷拟杜,不敢一失铢寸,形模肖矣,而以求山谷之精髓,不可几也。然则诗文亦难矣哉,矧言道耶!(卷九《莺谷山房藏稿序》)

某少读渊明诗,喜其辞旨冲逸,不犯功力,而未知其几于道。嘉靖乙卯秋,忽梦侍先府君谈诗。先府君曰:"诗人最浅陋者为孟郊,郊得第诗曰:'春风得意马蹄疾,一日看遍长安花。'是其器与辞咸浅陋不足观。"某因质古今诗谁胜,先府君曰:"无逾渊明。"某窃心识之。次年登第,乃悟先府君预用以示警然,因是益喜读渊明诗。反覆读至《神释》诸篇,然后知渊明之几于道,而杜子美未悉也。不然,何其明三才之中,重鲁叟之思,乃出于道丧世衰之余,若是乎勤且笃也!而世止以隐逸忠义概之,亦浅矣。然渊明以彼其资乃终逃于酒,弗能大有明于斯道,岂亦未有以参三才之学告之者欤?噫!使斯人果与闻于学,则冉、闵俦矣,乃益寤先府君之启予者深也。暇日复读渊明诗,因追书于简端。(卷十八《书陶靖节集后》)

昔子美著诗有"许身稷契"之语,或谓子美诓逮此。已而读其《赠吴郎》诗,至悯恻扑枣氂则恤恤焉,以"恐惧须亲"为嘱,然后知子美诚有稷契之一斑者也。伟哉!三代以下文士,笼挫古今,非不巨丽,乃有子美之心希矣。虽然,子美有其心无其学,故其自献止欲企及相如、枚皋,而与曩自许者若两人不相为,不可惜哉!(续稿卷四《复沈蛟门侍讲书》其二)

顾起纶

《国雅品》

张司丞来仪　至《游山寺》,句有"松老知僧腊,禅空悟佛心",或讥其剽窃韩翃"僧腊""禅心"语也。昔子卿有"明月照高楼,想见馀光辉",子美有"落月照屋梁,犹疑见颜色";庾信有"落花与芝盖齐飞,杨柳共青旗一色",王勃即仿"齐飞""一色"成句,不以为病。

张学宪节之　寓目成韵,风采蕴藉,如"秋声两岸叶,晚色万峰云""积水浮仙屿,寒星伴使舟""水萤飞不定,沙鸟宿还惊",陵逼少陵矣。

李献吉何仲默二学宪　二公古体并出《楚骚》词、汉乐府而宪章少陵者,近体尤酷拟杜。

蒋参政子云　才豪朗迈,颇好激赏,一时名士多延致之。其诗五言学杜,无幽闲奇语。《大婚》如"千行烛起鸳鸯合,万树花开凤鸟来。"《南京》云:"叠嶂千重过洛邑,澄江九派胜秦川。"足称胜句。

林兆恩[①]

或问:"李、杜之诗,均一盛唐也,岂其声之不相涉入耶?"林子曰:"李、杜之诗虽美,而李、杜之诗迥别。李、杜之声,岂相涉入耶!""夫宋以来,集杜者多矣,而一人之声有不相涉入者乎?"林子曰:"亦有不相涉入者。譬梨园子弟才作海盐之声,顷作弋阳之声,又顷刻作乡曲之声,而概谓一人之声率相涉入也,可乎哉?"(《诗文浪谈》)

田艺蘅

《留青日札》

卷　一

天上有　杜子美《赠花卿》云:"此曲只应天上有,人间那得几回闻。"李群玉《赠美人》云:"貌态只应天上有,歌声岂合世间闻。"夫既曰"天上有",则非天上人不足以当之也。李贺《刺少年》云:"美人狎坐飞琼筋,贫人唤云天上郎。"故必"天上郎"而后可以闻天上之歌曲也。张白《题崔氏酒垆》亦云:"灞陵城里崔家酒,地上应无天上有。"

卖文　扬雄家产不过十金,无甔石之储。其作《法言》,蜀贾赍钱十万,愿

[①] 据陈广宏、侯荣川《关于明诗话整理的若干问题》(《复旦学报(社会科学版)》2013年第1期第124页)考证,《诗文浪谈》的作者原题为林希恩所作,但实为林兆恩(1517—1598)。

载于书。子云却之，目为羊鹿，若段湛家贫，卖文为活。韩退之谀墓中人得金，视圈鹿栏羊何如也？故杜甫云："本卖文为活，翻令室倒悬。"有深意矣。

卷五　谈诗初编

诗类其为人，且只如李、杜二大家。太白做人飘逸，所以诗飘逸；子美做人沉着，所以诗沉着。如书称钟、王，亦皆似人。

太白宁放弃，而不作眷恋之态；宁狂荡，而不作规矩之语。子美不能不让此两着。元微之谓太白不能窥杜甫之藩篱，况堂奥乎？此非公论。退之云："李杜文章在，光焰万丈长。不知群儿愚，那用故谤伤。"齐己云："须知一一丈夫气，不是绮罗儿女言。"此真知太白者。

李长吉分明是一个太白，可惜天碎国宝，故奇而未纯。世以牧之为小杜，当以长吉为小李。

王勃《益州夫子庙碑》："帝车南指，遁七曜于中阶；华盖西临，藏五云于太甲。"《酉阳杂俎》谓燕公读碑，自"帝车"至"太甲"四句多不解。访之一公，一公言："北斗建午，七曜在南方，有是之祥，无位圣人当出。"而"华盖"以下不明焉。杜诗："五云高太甲，六月旷抟扶。"杨升庵以为《晋·天文志》"华盖杠旁六星曰六甲"，太甲恐是六甲一星之名，未有考证。……

世称"李杜"，因白、甫也。杜子美《长沙送李十一御》诗"李杜齐名真忝窃"，盖假李固、杜乔以自况也。

《九日》《登高》《落帽》，人人能用，惟高适、杜甫能翻案使事。仲武云："闭门无不可，何事更登高。"又云："纵使登高只断肠，不如独坐空搔首。"子美云："羞将短发还吹帽，笑倩傍人为整冠。"诚诗家起死回生手也。严正平《十日》诗："宿醒犹落帽，华发强扶冠。"亦妙。

杜工部："倾银注玉惊人眼，共醉还同卧竹根。"王介甫《除日立春》诗："迎春朝剪彩，守岁夜倾银。"虽用杜句，上下无映带，便不成话。或笑曰："此倾银匠出身，岁尽夜并炉底也。可鄙可笑。"

少陵《游子》云："巴蜀愁难语，吴门兴杳然。""兴杳然"者何？曰："九江春草外。""愁难语"者何？曰："三峡暮帆前。"生涯流落，不能上霄汉，故曰"厌向成都卜家国,忧勤不忍耽杯酒",故曰"休为吏部眠",终恋恋不忘朝廷,冀衰老而尤得见君,故末云"蓬莱如可到,衰白问群仙"也。范元实所注,不解其妙,乃谓:"君平之卜,所以养生;毕卓之饮,所以忘忧。今皆不能如意,又伤人事险隘,不能容己,故有蓬莱群仙之思。"呜呼,何好为臆说,以病作者之旨哉!

卷六　谈诗二编

杜子美"花亚欲移竹",孟东野"南蒲桃花亚水红",李嘉祐"霜浓竹枝亚",包佶"多年亚石松",方干"应候先开亚水枝":"亚"义如"压",言低枝也。

杜工部:"关山同一点。"岑嘉州:"严滩一点舟中月。"又《赤骠马歌》:"草头一点疾如飞。"又"西看一点是关楼"。朱湾《白鸟翔翠微》诗:"净中云一点。"花蕊夫人云:"冰肌玉骨清无汗,水殿风来暗香满。绣帘一点月窥人,欹枕钗横云鬓乱。起来庭户悄无声,时见疏星渡河汉。屈指西风几时来,不道流年暗中换。"①宋张安国词:"洞庭青草近中秋,更无一点风色。玉界琼田三万顷,着我扁舟一叶。"夫月、云、风也,马也,楼也,皆谓之"一点",甚奇!

北齐刘逖诗"无由似玄豹,纵意坐山中",张说"树坐参猿笑",杜甫"枫树坐猿猱""黄莺并坐交愁湿",又"巫山秋夜萤火飞,帘疏巧入坐人衣",薛能"花栏鸟坐低":"坐"字甚奇,而"萤坐"尤奇,唐人皆本于刘也。

《陈·月出》诗云:"月出皎兮,佼人僚兮。"李太白《送祝八》:"若见天涯思故人,浣纱石上窥明月。"杜子美《梦李太白》:"落月满屋梁,犹疑见颜色。"常建《宿王昌龄隐处》:"松际露微月,清光犹为君。"王昌龄《赠冯六》:"元二山月出华阴,开此河渚雾清光。"比故人豁然展心悟。以月比人,甚得怀人之体,皆出于《三百篇》也。

读书不能破其底里,则终不为我有,必使迎刃而解,如破竹之势,根书不滞,乃为善读书。故杜工部云:"读书破万卷,下笔如有神。"岑嘉州亦云:"读书破万卷,何事来从戎。""破"字甚妙,今曲调亦名"入破"②。

---

① 此为孟昶作《玉楼春》词,非花蕊夫人作也。
② 编者按,"入破"之破与"破万卷"之破,非为一事,田氏误。

卷十五

养老　八十曰耋耋老至。常珍月告存,齐丧之事弗及。杖于朝。月制,拜君命,一坐再至,非人不暖。杜子美诗"暖老须燕玉",谓燕赵美妇人如玉也。汉八十者二算不事注:免二口之算赋也,汉文帝赐米酒肉。唐太宗八十以上粟二斛,悼与耋,虽有罪,不加刑。

卷十八

步檐①　汉相如赋"步櫩周流",唐朱子奢《幽州昭仁寺碑》"步櫩拖虹霓之色",颜鲁公《太尉文贞宋公碑》"尝于光范门内坐步檐中",《梁书》"重斋步檐",简文帝《秋夜诗》"檐重月没早",晋夏侯湛《秋夕哀诗》"寻修庑之飞檐,览明月之流光",谢希逸《宣贵妃诔》"巡櫩而临蕙路",江文通诗"步櫩箧琼弁"。吕济曰:"步櫩,长廊也。"故杜甫诗:"步檐倚杖看牛斗。"今俗本作"步蟾",夫以月而为步蟾,则又易之为踏兔走蜍,可乎？盖步檐以混成而言,如今之飞檐步廊也,故屋之半间亦曰一步,非言步行于檐下也。余以为古者六尺为步,今之廊檐大率广六尺,即步檐之明证也。赵清旷《中秋送物启》云:"薄奉野芹,即瞻兔数秋毫之意;高攀仙桂,愿步蟾为天阙之游。"可谓依样画葫芦者也。

卷二十五

酒令　一日,酒所谈杜子美《大麦行》云"大麦干枯小麦黄,妇女行泣夫走藏。东至集壁西梁洋,问谁腰镰胡与羌",其意盖本于汉之童谣也。谣曰:"小麦青青大麦枯,谁当获者妇与姑,丈夫何在西击胡。"时正麦秋将至,海寇方猖,军民击倭,妇女耕获,颇合此景,因举以为令②。

卷二十六

桃花米饭　宋武帝张妃桃花米饭,见梁崔祖思《政事疏》。杜工部诗"玉粒足晨炊,红鲜任霞散",言饭红润之色也。又《收稻诗》"红鲜终日有,玉粒未

---

① 由杨慎《升庵诗话补遗·杜诗步檐字》而来,有所扩展。《留青日札》论杜解杜文字,多有此类。

② 前方弘静《千一录》论杜诗文字中亦提及倭寇入侵之事,由此可见当年倭寇为祸之广也。

吾悭",即桃花米也。

卷三十一

鸬鹚　乌鬼　相如赋"箴疵鵁卢"注："卢,鸬鹚也。水鸟,似鹍而黑,一名鷜,吐而生子。《图经》云'峡中人号曰乌鬼'。"故杜子美诗："家家养乌鬼,顿顿食黄鱼。"盖言此鸟捕鱼而人得食之也。又云："峡中养鸦雏,带铜锡环献神,名曰乌鬼。"见黄庭坚诗。然元稹云："病赛乌为鬼,巫占瓦代龟。"又云："商人赛乌鬼。"或言祭乌蛮鬼以禳厉鬼,是有两说也。今有乌蛮滩。

卷三十三

上番　下番　竹之有上番下番,即今言大番小番也。番去声,谓大年生笋多,小年生笋少也。杜诗："会须上番看成竹。"蔡梦弼注不知此义,乃云："上番音上筤,蜀名竹丛曰林筤。"误之甚矣。既不识竹,又不识诗,真瞎子也,何以注为？非万玉主人,不知此妙。

卷三十三

惜花人　杜子云"一片花飞减却春,风飘万点正愁人",所谓从爱生忧者也;又云"且看欲尽花经眼,莫厌伤多酒入唇",所谓从忧生爱者也。绮囵纷纷,无可奈何,非与花为命者,又何足以知之也哉。

卷三十九

阳关三迭图谱　唐人送别,率于渭城,故岑参《送杨子》诗："斗酒渭城边,垆头耐醉眠。"而"劝酒"二字,诗中多用之,如杜子美云"泪逐劝杯落,愁连吹笛生""黔阳信使应稀少,莫怪频频苦劝君",皆情之真而辞之切也。

《香宇集》

诗莫精于律,而律莫玄于五言。其播之弦歌也,五言以配五音,八句以象八风,六律调而五音具,五音具而八风宣,乐斯成矣。然五言间兴于《雅》《选》,俪律渐靡于齐、梁,要之,声韵不谐,体制多拗。迨夫唐作,始极典刑,王、杨擅其浑融,沈、宋倡其新腻,李、杜肆发,王、孟益精,中兴独美,钱、郎余响,亦推李、许,彬彬继武,在在名家,斯皆五言之选也。(初集卷二《唐诗五言律选叙》)

少陵"夜阑更秉烛,相对如梦寐",自诗人已来,罕有其匹。(初集卷三《客归》小序)

杜甫何多事,柴门莫□开。若为常不掩,时许鹿群来。(初集卷四《新树柴扉》)

城郭终何事,还怜杜少陵。共寻张乐地,况对盍簪朋。花气流琴湿,山容过雨蒸。主人能好客,夸有酒如渑。(初集拾遗稿《燕集洪子美山池》)

杜老莫须愁潋滟,谪仙应复惧横江。看余一叶沧溟去,谁道风波不可撞。(初集拾遗稿《浙江词》)

抚卷重思杜少陵,曾于此日苦炎蒸。望洋自喜临秋水,学幻谁能造夏冰。明月一方床是石,清风六尺簟铺藤。茂林茅屋皆吾有,何事潘郎叹夙兴。(续集卷七《七月六日苦热》)

杜甫常怀友哺情,世家吾舅更知名。子美《奉二十三舅》诗云:"吾舅尽知名。"(续集卷十二《江三舅子望顾余永福寺适在军中不遇简谢》)

七日逢晴,开尊更有情。人宜金镂胜,菜簇玉丝羹。乐事田园僻,安居海甸清。杜陵春兴早,不惮路难行。子美《人日》诗:"早春重引江湖兴,直道无忧行路难。"(续集卷十五《人日》)

堪笑风流杜少陵,老妻画纸作棋枰。何如混迹渔樵者,自有忘机水石盟。浊酒不须篱外唤,好诗多向醉中成。玄楼便是清虚府,树影当卤月正明。(续集卷十八《玄楼》)

三江摇影动星河,感慨惟应杜甫多。未必百川皆赴壑,争教少海不通波。九重东顾劳温问,诸将南征望凯歌。耕织敢辞供饷急,桑田变海欲如何。(续集卷二十七《星摇》)

少陵芋栗未全贫,何事门庭畏客频。俱见杜诗。我有一尊羞独酌,花前相见即相亲。(续集卷二十九《客至戏作》)

少陵解作惊人语 杜"语不惊人死不休",最爱乾坤一草亭。风月无边双鬓白,茅茨不剪数峰青。高名旧拟王官谷,雅望重瞻处士星。何日西湖穷胜事,淋漓醉墨点云屏。(续集卷三十三《姚子元书来称山中有方池别业日诵我平生之

作因为其先人索草亭诗抚今感昔有赠》)

王文禄

《诗的》

诗惟七言律为难,李太白止八首,杜子美为多,其浅而俚者亦有之。若"岸容待腊将舒柳,山意冲寒欲放梅","梅"对"柳",皆花木门;"冲寒"对"待腊"皆时令门;"岸"对"山",皆地理门。今为人家门对原造句时,乃门对也。故曰"一切惟心造"。又"思家步月清宵立,忆弟看云白昼眠","思家"对"忆弟",皆人事门;"看云"对"步月",皆天文门;"白昼"对"青宵",皆时令门。又"春水船如天上坐,老年花似雾中看","如"对"似"皆一意,"天上""雾中"皆天也。大凡以"日"对"时",象时文之合掌,甚可厌也。

七言律最难,如时文然,易得排比,而版须活动方妙。杜诗《逢早梅忆寄》四联,起皆虚而平,头却不版,圆活流转,无逾其妙。若《明妃村》起句对联,何妙也?只末句乃结第七句,非结全篇,岂若起句雄丽高远!曰"群山万壑赴荆门",此暗用"地灵人杰"也。"生长明妃尚有村",如时文承出正意,方有根据。如人咽喉之气,上贯泥丸,下透尾闾,其气方长。第三句接曰"一去紫台连朔漠",指生嫁之始,若海潮一浪之往也。第四句对曰"独留青冢向黄昏",指死葬之终,若海潮一浪之回也,大关健定矣。李空同所谓"前之疏也"。第五句曰"画图省识春风面","春风面",生也;"画图",死也,死中见生也。"省识",观于日也。第六句曰"环佩空归月夜魂","月夜魂",死也;"环佩",生也,生中见死也。"环佩",闻于耳也,此应前二句始终生死,诗法所谓"双应",李空同所谓"后必密也"。第七句曰"千载琵琶作胡语",应明妃去时,及后代犹带胡音,则感慨深矣。第八句"分明怨恨曲中论",此止结得琵琶意。盖第八句与第七句只做得一句。结尾欠悠长,应不着首句起得有含蓄意。予易二字,则精神百倍,应得首句来。予改曰"分明黄鹄曲中论",用前汉宫主嫁乌孙王之歌曰"愿为黄鹄兮归故乡",与明妃事相类。又追上前汉去,则此诗方成八句。

使杜复生见之，必心服也。或曰："恐无人信之。"予曰："能深知诗者，必信而爱之，难与俗人言也。"①杜诗中凡称令弟、令兄、先生、郑公、大夫、主人、宫主、附马②、老夫、公子，皆俚语，切不可效之入诗中，宜后人指杜为"村夫子也"。初唐诗无此俚语。

　　言之精者为文，文之精者为诗。唐朝以诗开科取士三百余年，诗之名家靳止数人，惟李、杜为最。科选反遗之，诗殆难知哉！况《三百篇》后以至于今，诗何多也！非奇妙有关，系能兴起，人决不传。是以一代不过数人，一人不过数首。李诗，予爱《与元丹丘方城寺谈玄》，诗曰："茫茫大梦中，惟我独先觉。腾转风火来，假合作容貌。灭除昏疑尽，领略入精要。澄虑观此身，因得通寂照。朗悟前后际，始知金仙妙。幸逢禅居人，酌玉坐相召。彼我俱若丧，云山岂殊调。清风生虚空，明月见谈笑。怡然青莲宫，永愿恣游眺。"见性之作也。《诗话》载，李太白"骑赤虬，行空去"，殆仙才乎？成化间，宪副河间张岐江行，见楼船上挂一幅曰"天下诗伯"。岐口吟问之曰："何人船上称诗伯？万斛珠玑借一观。"船上答曰："日暮不吟清绝句，恐惊星斗落江寒。"人疑为李太白云。杜诗，予爱《玉华宫》，诗曰："溪回松风长，苍鼠窜古瓦。不知何王殿，遗构绝壁下。阴房鬼火青，坏道衰③湍泻。万籁真笙竽，秋色正潇洒。美人为黄土，况乃粉黛假。当时侍金舆，故物独石马。忧来藉草坐，浩歌泪盈把。冉冉征途间，谁是长年者。"得汉、魏音调，感慨深矣。韩昌黎《东方半明》，诗曰："东方半明大星没，独有太白配残月。嗟尔残月勿相疑，同光共影须臾期。残月晖晖，太白睒睒。鸡三号，更五点。"调古而意渊，雄浑哉！但"同共光影"可以互移，未善耳。柳柳州《渔翁》，诗曰："渔翁夜傍西岩宿，晓汲清湘然楚竹。烟销日出不见人，欸乃一声山水渌。回看天际下中流，岩上无心云相逐。"气清而飘逸，殆商调欤！陶靖节，自桓公来世为晋臣，故诗年记

---

① 王文禄之论杜诗大是村学究做派。如此条，逐句分解《明妃村》八句，以八股文法解诗，随文演义，多是无谓之辞。后文多见称引伪书《杜律虞注》者，其人之不学亦可见也。又喜轻改杜诗，自以为高，后文反复自赞其事，大是可笑。

② 原文如此，当作"驸马"。

③ 原文如此，当作"衷"。

"义熙",有《麦秀》《黍离》之叹,音调法《古诗十九首》,诵之令人起尘外之思,昭明真知言哉。陆象山《语录》曰:"李白、杜甫、陶渊明,皆有志于吾道。"又曰:"人之文章多似其气质,杜子美诗乃其气质如此。"

诗题必首句或第二句承出,方见题目。如杜题蜀相祠律诗,首句曰"丞相祠堂何处寻",次曰"锦官城外柏森森",此二句犹时文之破题、承题,则蜀相祠方明白也。若前联第三、第四句,及后联第五、第六句指出题目,则偏矣。何大复《吕公祠》律诗,首句曰"落日荡漾古水滨,邯郸城边逢暮春",前联曰"越王台榭草花尽,吕公祠堂松桂新"。题乃"吕公祠",非"越王台",今以"越王台"对"吕公祠",非题意也。不特偏,且虚矣。题止曰"祠",句中不宜缀"堂"字于"祠"字下。惟深知律诗之严者,方能悟此。不特诗法当严,文法亦当严,故曰《春秋》谨严。

乙亥季春,灯下看杜诗而悟作文之法。盖作文不在词句之工,而在性情之正。杜先悟之,曰"文章有神"。神主意,正也。杜值天宝之季,兵乱世危,其爱君忧民之心,经国匡时之略,每于诗中见之。所谓"有神",非苟作者,宜其垂世之不朽云,故曰"一切惟心造"也。今作诗文而无主意,空谈则虚且伪,说铃耳,安得垂!

杜诗意在前,诗在后,故能感动人。今人诗在前,意在后,不能感动人。盖杜遭乱,以诗遭兴,不专在诗,所以叙事、点景、论心,各各皆真,诵之如见当时气象,故曰"诗史"。今人专意作诗,则惟求工于言,非真诗也。空同诗自叙亦曰:"予之诗非真也。"王叔武所谓文人学子之韵言耳,是以诗贵真,乃有神,方可传久。

杜《秋兴》曰:"织女机丝虚夜月,石鲸鳞甲动秋风。"皆无中生有,有中作无。虞注泥迹,非也。即予《天宁寺高僧梵琦偈》曰:"真性圆明,本无生灭。木马夜鸣,西方日出。"心悟之可也。

杜甫抱用世之志,故多悲愤之辞,曰"战伐乾坤破,疮痍府库贫。众僚宜洁白,万役但均平",曰"天地日流血,朝廷谁请缨。济时敢爱死,寂寞壮心惊",曰"必若救疮痍,先应去蟊贼",曰"人皆知饮水,公辈不偷金"。盖李唐之乱,由官邪也。官邪惟贪为最,故讽以"洁白"。"饮水",指为蟊贼;"偷金",惟贪则不均平。"战伐"兴而"疮痍"遍,安得不"破"不"贫"不"流血"!"爱死",则谁肯"请缨""济时"? 杜不用徒"寂寞""心惊"耳。心以壮言,志之奋也。有是志,诗焉不高。故曰"诗言志"。磨炼且久,履历甚艰,晚悟道曰:"王侯与蝼蚁,同尽随丘墟。愿闻第一义,回向心地初。金篦刮眼膜,价重百车渠。无生有汲引,兹理傥吹嘘。"象山许其有志于道,信哉! 孟子恶贪,故曰:"上下交征利,而国危矣。"陈白沙曰:"贪官侵民甚于盗贼。不除,虽有良法,孰行?"自后谈道论官,鲜克恶贪,宜贪风之日炽也。试观杜诗所讽,则国危由贪,与孟子同意。

"哉"字最难用,文用亦难,况诗乎? 用于句中,或可耳,如《九歌》曰"悲哉秋之为气也",如汉《临高台》诗曰"黄鹄高飞离哉翻",则奇矣。宋陈同父应试作《勉强行道大有功论》,首句曰"天下岂有道外之事哉",语友陈傅良,傅良戏曰:"出门便见灾。"亦以"哉"字不稳耳。杜诗如"供给亦劳哉","哉"字凡五见,虽用于各篇中,但"哉"字则音虚气散,非体矣。李沧溟诗七言律亦多用"哉"字,岂法杜乎? 必有能辨之者。

杜诗:"古城疏落木,荒戍密寒云。""疏""密"二字,诗眼也。"密"字上句呼,"疏"字下句应,则音、意俱缓。"疏"字上句呼,"密"字下句应,则音、意方急切而缴得起。以此为例,推类尽之,可也。

奇峰杨子问曰:杜诗《逢早梅忆寄》何以妙也? 曰:首句"东阁官梅动诗兴,还如何逊在扬州",比裴迪《登东亭赋梅》诗也。次句"还如"二字,乃虚字也。"此时对雪遥相忆",设言耳,未必对雪也。若对雪必忆梅,亦忆迪也。"送客逢春可自由",若逢春见梅,必折送客矣,就生出一"折"字。下句"幸不折来伤岁暮",若"折送客"即聊附一枝春矣。"幸不折来",以动岁暮感伤,又生出一"愁"字。因不折损,其花繁盛,看去一白迷茫,岂不搅乱思乡之愁乎? 指其处,"江边一树垂垂发";指其情,"朝夕摧人易白头"。睹梅之白,思发之白,即愁多易白头也。其四联起首,此时送客,"幸不""若为"皆虚字,平头而不版,如四个枢纽。然反覆照应,圆活流转,妙不可言,又无计可觅,真"水中影""镜中灯"云。

嘉靖庚子春季,王生游姑苏,会黄五岳于定慧寺一笑轩谈诗。五岳曰:"注杜诗甚多,皆未也。如'涧道余寒历冰雪,石门斜日到林丘',皆即一时景耳。涧道幽深,虽春月尚有余寒,犹历履于冰雪之中,形容寒意也。石门开敞,日光斜照,到于林丘之外,形容斜日也。何近易明白云。《注》乃曰:'春山而涧道犹寒者,冰雪未消,故杜践历冰雪而行也。石门深窅,斜照方能及之。杜到林丘,正日斜之时也。'非凿而晦乎?"予讲杜《怀古·汉明妃村》诗,五岳赞曰:"深契杜衷,结改入'黄鹄',尤超杜外。徐迪功《咏王昭君》曰'独去白龙道,遥将黄鹄同',同此意也。可见人心之同入杜结,妙甚。"

或曰:"诗文须官大则传。"王生曰:"何尘见之陋也。李、杜非科,孟、刘无爵,老泉、渊颖职卑,董、贾、马、杨微官也。东里、西涯,凡大官之集,可久传乎?不论官之大小有无,当论诗文之高下美恶。故曰美斯爱,爱斯传。"

《文脉》

杜子美曰"文章有神",陈绎曾《文筌·小谱》第一曰"澄神"。夫神者,性之灵颖,无微不透,无古无今,惟澄神则神清不杂。又曰"练气"。气者,神气也。惟练气,则气充不挠。刘勰《文心雕龙》赞曰:"百龄影徂,千载心在。"文章,心精也,神气钟焉,欲不垂世,得乎?(卷一《文脉总论》)

《王渼陂集》,文学汉而粗,诗学杜而放。……郑少谷文气促涩,诗思太苦,苍老而崛奇,学杜也。(卷三《文脉新论》)

熊士选卓,诗法杜;常评事伦,诗法李。志古而天夺之,悲哉!(同上)

高叔嗣《苏门集》,诗学杜,文学汉。(同上)

杨良弼①

《作诗体要》②

盛唐体 《渡荆门望楚》陈子昂　陈拾遗子昂,唐之诗祖也。不但《感遇》三十八首为古体之祖,其律诗亦近体之祖也。子昂、杜审言、宋之问、沈佺期俱同时,而皆精于律。孟浩然、李白、王维、贾至、岑参、高适与杜甫同时,而律诗亦足与杜甫相上下。唐诗一时之盛,有如此十一人,伟哉！大抵盛唐律体浑大,格高诗③壮,晚唐下细工小结束,所以异也。盛唐人多以起句十字为题目,中二联写景咏物,结句十字撇开却说别意,或以情缴之。此一大机括也,学者详之。盛唐名家颇多,不能悉举,取此以知律诗之所自云。后皆致④此。

晚唐体 《游春》姚合　姚少监合,初为武功尉,有诗声,世称为"姚武功",与贾岛同时,亦一时新体也。而格卑于岛,细巧则或过之。"嚼花香满口"一联,即老杜"步壑风吹面,看松露滴身",而深浅亦可见。"迎风蝶倒飞",即《春秋》"六鹢退飞"语耳。诗至此,自是新善可喜。其病多在矜夸无感慨,沾沾自喜之所为也。盖诗有大刚断,有小结裹,姚之诗专在小结裹。又所用料,不过花、竹、鹤、僧、琴、药、茶、酒,于此几物,一步不可离,而气象亦小矣。大抵晚唐诗,多先锻炼景⑤联、颔联,乃成首尾以足之。凡学诗,五言律可晚唐。如七言律,不可不老杜也。

江西体 《寄壁公道友》吕居仁　江西之说,盖自山谷法老杜。后山弃其

---

① 杨良弼生平难考,据朱易安《明代的诗学文献》(《南京师范大学文学院学报》2003年第1期第174~183页)一文,杨氏《作诗体要》成书于嘉靖年间。
② 杨氏此书编写体例,先立名目,再举诗例,后予评说。相关文字大多取自宋人方回《瀛奎律髓》一书。其评论之词往往是前半段录自方氏书,后半段则出于己意,前后语义关联,成为一体,故本书收录时不特加区别,全文照录。其所引诗正文为省便计,略去不录,后同此。
③ 原文如此,疑作"思"。
④ 原文如此,疑作"仿"。
⑤ 原文如此,当作"颈"。

学而学,遂名黄、陈,号江西派,非自为一家也,老杜实初祖也。居仁诗宗江西,而主于自然,号弹丸法。凡江西诗晚唐家,虽为可恶,然粗有之,无一点俗也。晚唐家吟不着卑而又俗,浅而又陋,无江西之骨之律。且如此诗五六,晚唐决不梦见"扇子""杏花",物对物也。"头角""红白"各自为对,亦诗法也。况山谷诗逼于老杜,恶可概以派云乎哉?

卑格体 《早发鄞江北渡寄崔韩二先辈》许浑 许用晦诗,体格太卑,对偶太切。东坡有云:"后世无高学,举俗爱许浑。"以此故也。所谓才得一句,便拿捉一句为联,而无自然真矣。又且涉乎浅近,老笔耻之。盖诗忌太工太偶,工而无味,如近人四六及小学答对,则不可兼。然诗备众体可也,亦不可无。此必如老杜能变化为善,是故学诗者必以老杜为祖,乃无偏僻之病也。

拗字体 《巳上人茅斋》杜甫 "入"字当平而仄,"留"字当仄而平,"许""支"二字亦然。如"欲陈济世策,已老尚书郎。不惜豺虎斗,空惭鸳鹭行。时危人事急,风逆羽毛伤。落日悲江汉,中宵泪满床"。"济世策"三字皆仄,"尚书郎"三字皆平,乃更觉入律。"豺虎""鸳鹭"又是一样拗体。"时危"一联,亦变体也。

吴体 《题省中院壁》杜子美 此等句法,惟老杜为多,谓之"吴体",如"负盐出井此溪女,打鼓发舡何郡郎。宠光蕙叶与多碧,点注桃花舒小红"之类是也。老杜七言律百五十余首,此体凡十九出,不止句中拗一字,往往神出鬼没。虽拗字甚多,而骨骼愈峻峭也。后皆祖之,如许浑"水声东去朝市变,山势北来宫殿高""湘潭云尽暮山出,巴蜀雪消春水来",以为丁卯句法,人皆喜之,殊不知始于老杜也。后黄山谷学老杜而得其法,如此拗字吴体,山谷亦多也。

变体 《上巳日徐司录林园宴集》杜工部 "鬓毛垂领白",言我之形容,情也;"花蕊亚枝红",言彼之物色,景也。既如此开劈,下面似乎难继,却在着一句应上句,形容其老为可怜,又着一句,言不辜物色之意。然后五、六一联,皆是以情穿景,而结句亦不弱,尚双峙力缴,惟老杜能之。愚按,周伯弼《诗体》,分四实四虚、前后虚实之异。夫诗止此四体耶?然有大手笔者,变化不同。用一句说景,用一句说情,或先后,或不测。此一联既然矣,则彼一联又如何处置?千变万化,岂拘拘者哉!观此类,则伯弼虚实之说穷矣。

各对体 《屏迹》杜拾遗 "雨露"二字双重,"生成"二字双轻,或为不可,盖以"雨"对"露","生"对"成",此轻重各对之妙法也。如"四十明朝过,飞腾莫景斜","四十""飞腾",亦是善学者能之。如陈后山"有家无食惟高枕,百巧千穷只短檠","有家""无食""百巧""千穷",自为对也。又如"乔木下泉余故国,黄鹂白鸟解人情""含红破连白连好,度水吹香故故长""熟路长驱聊缓步,百全一发不虚弦",不以颜色对颜色,犹不以数目对数目,皆各自为对。此等对法,皆祖老杜,而山谷为多。如"明月清风非俗物,轻裘肥马谢儿曹""功名富贵两蜗角,险阻艰难一酒杯""春风春雨花经眼,江北江南水拍天",俱各对法也。唐宋此体甚多,不能尽举,聊陈此以扩其体云。

真对假体 《九日》杜少陵 此"竹叶"酒也,以对"菊花",是为真对假也。

单对双体 《秋望》老杜 "吾老"单字也,"荣华"双字也。在老杜则可,在他人则不可。若吾辈必曰"衰老甘贫病",终是弱,不能如"吾老"之健也。

用人名体 《寄贯休》吴融 或谓诗不可多用古人名,谓之"点鬼簿"。晚唐人皆不敢下,惟老杜最多。吴融、韩偓①在晚唐之晚,乃颇参老杜如此,一联岂不佳乎?盖善用者不被其所拘,用之而不觉其用可也。

重字体 《曲江》杜甫 此诗三用"花"字,在老杜则可,在他人则不可。张文潜诗多重叠用字,朱文公《语录》道破,亦不以为病。然后学却合点检,必老成而后用此例可也。

有眼体 《奉酬李都督表丈早春作》杜工部 凡诗以字为眼。"桃花"对"柳叶",人人能之;惟"红"字下着一"入"字,"青"字下着一"归"字,乃是两句字眼是也。大凡诗,两句说景,大浓大闹,即两句说情为佳。"转添""更觉",亦是两句字眼,非苟然也。所以悲早春,所以转愁,所以更老,尾句始应破,以四海风尘,兵戈未已,望乡思土,故无聊耳,此乃诗法。大抵为诗,非五字字字

---

① 原文如此,疑作"偓"。

皆实之为难,全不必实而虚字有力为难。……老杜以虚字为工,天下之至难也。

顿挫体 《客亭》杜拾遗 老杜诗所以妙者,全在阖辟顿挫耳。平易之中有艰苦,艰苦之中有平易;虚中有实,实中有虚;景中有情,情中有景。如《将晓》一首:"军吏回官烛,舟人自楚歌。寒沙蒙薄雾,落叶去清波。壮惜声名晚,衰惭应接多。归期日簪笏,筋力定如何。"中四句,两言晓景,两言身事。均者欲句句言晓,即不通,而且拙矣。若着题体物诗,八句黏带,可也。老杜诗无一首不可法,姑言此以论其概。欲学杜者,必以贾岛幽微入,而参以岑参之壮,王维之洁,沈佺期、宋之问之整,盛唐之广大气魄,晚唐之纤细工夫,参而用之,一出一入,则庶乎其可及矣。

翻案体 《舟中夜雪有怀卢十四郎御弟》杜少陵 凡用事,必须翻案。雪中访戴,一时故实,今用为不识路而不可往,则奇矣。如后山《雪中寄魏衍》:"薄薄初轻眼,辉辉已映空。融泥还结冻,落木复沾丛。意在千年表,情生一念中。遥知吟榻上,不到絮因风。"末贰句,乃教人作诗之法也。"撒盐空中差可拟",此固谢家子弟之拙,未若"柳絮因风起",未可为谢夫人此句冠古也。想魏衍此时作诗,必不用此等陈言,乃后山意也。然则,诗家有翻案法,亦在乎人耳。

藏字体 《对雪》杜甫 诗家善用事,藏一字于句中。"银壶""易赊",非易也,乃不易也。钱囊既已空矣,酒可易赊乎?但吟此者,着些断续轻重,即见意矣。以尾句验之,盖无人肯赊酒,直待至昏黑也。

藏题体 《萤火》杜工部 此诗不露"萤火"二字,故曰"藏题"。如滕迈《杨柳枝词》"陶令门前冒接䍦,亚夫营里拂旌旗",杜牧舍人"巫娥庙里低含雨,宋玉堂前斜带风",皆不言"杨柳"二字,最为妙也。

问答体 《独酌成诗》杜拾遗 "灯花何太喜",问也;"绿酒正相亲",答也。"醉里""诗成"一联,天出奇语。

激烈体 《悲秋》杜子美 此诗不胜悲叹,五、六哀壮激烈。盖老杜处世变故,诗多如此。

平易体　《广宣上人频见过》韩退之　老杜诗无人敢议。"穿花蛱蝶深深见,点水蜻蜓款款飞",程夫子以为不然。自齐、梁、陈、隋以来,专于风花雪月、草木禽兽,组织绘画,无一句雅淡,至唐犹未尽革。而晚唐诗料于琴棋、僧鹤、茶酒、竹石等物,无一篇不犯。

乞怜体　《岁暮呈真翰林》戴式之　此诗止于诉穷乞怜而已。求尺书千钱物,谒客声气,江湖间人皆学此等衰意思,所以令人厌之。如老杜《送张参军赴蜀因呈杨侍御》:"好去张公子,通家别恨添。两行秦树直,万点蜀山尖。御史新骏马,参军旧紫髯。皇华吾善处,于汝定无嫌。"尾句有托庇之欲,亦一体也,较之乞怜者不侔矣。

梁　桥

《冰川诗式》

卷九"学诗要法上"

……然立志之目有八:心情必欲通神明,度量必欲包宇宙,聪明必欲察毫厘,裁处必欲合圣贤,识趣必欲度汉、魏,变化必欲该百家,体制必欲像沈、宋,格力必欲造李、杜。

学诗时须取李、杜盛唐诗,以稳、响、起、细、喝五字调切之久,自当心解。

凡《三百篇》以降,经史诸书、韵语、楚辞、古诗、乐府、李陵、苏武、汉魏晋人诗,皆须熟读,次取李、杜盛唐名家精华,枕藉钩贯,横流胸中,久之自然悟入。

学诗须枕籍《骚》《选》,死生李、杜。

以是为序,杜诗如"波飘①菰米沉云黑,露冷莲房坠粉红",为函盖乾坤句;"落花游丝白日静,鸣鸠乳燕青春深",为随波逐浪句;"百年地迥柴门辟,五月江深草阁寒",为截断众流句。

---

① 原文如此,当作"漂"。

惟杜甫上祖《雅》《颂》，下友楚、汉，俯拾齐、梁，体制格式，备极诸变。

卷十"学诗要法下"

论诗谓对偶不切，则失之粗；太切，则失之俗。此一偏之见耳。如老杜《江陵》诗云"地利西通蜀，天文北照秦"；《秦川》诗云"水落鱼龙夜，山空鸟鼠秋"之类，可谓对偶太切矣。又何俗乎？如"杂蕊红相对，他时锦不如"，"磨灭余篇翰，平生一钓舟"之类，不求太切，而未尝失格也。学者当审此。

诗有错综句，如老杜云："红稻啄残鹦鹉粒，碧梧栖老凤凰枝。"……用事不错综，则不成文章。若平直叙之，则曰："鹦鹉啄残红稻粒，凤凰栖老碧梧枝。"以"红稻"于上，以"凤凰"于下者，错综之也。

唐律七言八句，一篇之中句句皆奇，一句之中字字皆奇，惟杜少陵《九日》诗："老去悲秋强自宽，兴来今日尽君欢。"不特入句便字字属对，又第一句顷刻变化，才说悲秋，忽又自宽，以"自"对"君"，"自"者，我也。"羞将短发还吹帽，笑倩傍人为正冠。"将一事翻腾作一联。又孟嘉以落帽为风流，少陵以不落为风流，翻尽古人公案，最为妙法。"蓝水远从千涧落，玉山高并两峰寒。"诗人至此，笔力多衰，今方且雄杰挺拔，唤起一篇精神，自非笔力拔山，不至于此耳。"明年此会知谁健，醉把茱萸仔细看。"末联意味尤为深长。

虽无白事，亦坦然老健，直有少陵气象。

诗意贵开辟。凡作诗，使人读第一句知有第二句，读第二句知有第三句，次第终篇，为至妙。如老杜"莽莽天涯雨，江村独立时。不愁巴道路，恐湿汉旌旗"是也。

老杜诗，以后二句续前二句处甚多，如《喜弟观诗》云："待尔嗔乌鹊，抛书示鹡鸰。枝间喜不去，原上急曾经。"《晴诗》云："啼乌争引子，鸣鹤不归林。下食遭泥去，高飞恨久阴。"《江阁卧病》云："滑忆雕胡饭，香闻锦带羹。溜匙兼暖腹，谁欲致杯罂。"《寄张山人诗》云："曹植休前辈，张芝更后身。数篇吟可老，一字买堪贫。"如此类甚多。此格起于谢灵运《庐陵王墓下诗》，云："延州协心许，楚老惜兰芳。解剑竟何及，抚坟徒自伤。"李太白诗亦时有此格。如"毛遂不堕井，曾参宁杀人。虚言误公子，投杼感慈亲"是也。

自古工诗者,未尝无兴也。观物有感焉,则有兴。今之作诗者,以兴近乎讪也,故不敢作,而诗之一义废也。老杜《莴苣诗》:"两旬不甲拆①,空惜埋泥滓。野苋迷汝来,宗生实于此。"皆兴小人盛而掩抑君子也。……作诗者苟知兴之与讪异,始可以言诗矣。

诗有惊人句,乐天《月中桂》诗是也。又如杜子美《山水障歌》云:"堂上不合生枫树,怪底江山起烟雾。"……此语皆惊人者也。

古人作诗断句,辄旁入他意,最为警策。如老杜云"鸡虫得失无了时,注目寒江倚山阁"是也。

古人赠答多相勉之词。……杜子美:"君若登台辅,临危莫爱身。"往往是此意。

诗贵意,意贵远不贵近,贵淡不贵浓。浓而近者易识,淡而远者难知。如杜子美"钩帘宿鹭起,丸药流莺啭""不通姓字粗豪甚,指点银瓶索酒尝""衔泥点涴琴书内,更接飞虫打著人"。

诗有纯用平侧字而自相谐协者。……惟杜子美好用侧字,如"有客有客字子美"七字皆侧。"中夜起坐万感集",六字侧者尤多。"壁色立积铁""业白出石壁",至五字皆入而不觉其滞。此等虽难学,亦不可不知也。

杜诗有两等句,皆常自言之。其一曰"新诗改罢自长吟"。凡集中抑扬开阖,与造化争衡于一字间者皆是。其二曰"意惬关飞动,篇终接混茫",如"江山如有待,花柳更无私"之类是也。盖与造化相流通矣。

杜少陵《登兖州城楼》云:"东郡趋庭日,南楼纵目初。浮云连海岱,平地入青徐。孤嶂秦碑在,荒城鲁殿余。从来多古意,临眺独踌躇。"其法实出于其祖审言。

杜少陵《登岳阳楼》云:"昔闻洞庭水,今上岳阳楼。吴楚东南拆②,乾坤日夜浮。亲朋无一字,老病有孤舟。戎马关山北,凭轩涕泗流。"公此诗与孟浩然临洞庭所赋足以相敌。

---

① 原文如此,杜集常见版本作"坼"。
② 原文如此,杜集常见版本作"坼"。

诗之所以不厌改也,老杜有云:"新诗改罢自长吟。"

诗云:"有正有变。"如子美《惜春》诗云:"一片花飞减却春,风飘万点正愁人。"起处似甚突兀,然通篇意是惜春,起处正合,如此乃痛快语,而非陡顿语。"且看欲尽花经眼,莫厌伤多酒入唇。"一句承上,一句起下,甚得从容之体。第三联云:"江上小堂巢翡翠,苑边高冢卧麒麟。"就情景中寓感慨意,正得转处变化之法。结句云:"细推物理须行乐,何用浮名绊此身。"若非第七句沉静渊永,第八句便有断送之患矣。

杜诗:"迟日江山丽,春风花草香。泥融飞燕子,沙暖睡鸳鸯。"第一句"迟日江山丽",是中庸天地位之意。第二句"春风花草香",中庸万物育之意,起承处可谓平真①而从容矣。第三句"泥融飞燕子",是言万物之动者得其所也。第四句"沙暖睡鸳鸯",是言万物之静者得其所也。转合处可谓变化渊永,而升降开合之者见矣。作者用心如此之苦,而读者容易看过,殊不觉也。

杜少陵好用经中全句为诗,如《病橘》云:"虽多亦奚为。"又《遣闷》云:"致远思恐泥。"又如"丹青不知老将至,富贵于我如浮云"之类。

作诗多美句,绮丽太胜,人戏谓可入小石调。……杜子美"并蒂芙蓉本自双,水荇牵风翠带长"。

李豫亨

能诗者无文,能文者无诗。虽王、杨、韩、杜,不能兼长也,人自可精于一艺耳。(《推篷寤语》卷二《测人性之微》其六)

人任其劳而我享安逸,比其艰难,安佚之状何辽殊也。当思我生天地间享有是福德者,当作何功何德以报效君亲,酬答生民,使百姓俱有衣有食有家,如杜子美所称"安得广厦千万间,大庇天下寒士俱欢颜"者,然后我之安居粒食,丝苎之衣,可以无愧也。(卷六《还奉养之真》其四)

---

① 疑作"直"。

天地之间，景物非有所厚薄于人，人自有所顺逆于景。方人当意适情，顺则景与心融，情与景会，而景物之美，若为我而设。一有不协，则景自景，物自物，漠然与吾不相关。杜诗云"愁眼看霜露，寒城菊月花"，正谓情不能与景协也。（卷六《还游览之真》其一）

刘文靖公尝谓："学诗到李、杜，亦只是两个醉汉。"今见人有吟联琢句，动经旬日，何为也哉？尝谓："亘古今来，凡有一技，古人已到至处，如字于晋，诗于唐，已无余恨。今不过步其后尘，况犹不能不贻昔贤之诮乎？"学人须于自性中理会，有光风霁月气象，不妨吟风弄月以归。（卷七《订文史之疑》其八）

文裕尝语人曰："文字当各写胸次，落笔成家，如江河之润，日月之行，乃可传后。"近多绳趋尺步，于一句一字摹拟，曰：吾学班、马，吾学韩、柳。左矣！故公有一札云："过于摹拟，颇伤骨气。"昔宋时有优人诮馆阁者，衣破碎之服，扬言于众曰："吾李义山也，为三馆诸公所牵扯至此。"今日《文选》、杜诗，亦可谓牵扯尽矣。公文章家，语有深旨，漫著其说。（卷七《订文史之疑》其十二）

滟滪堆在夔州巫峡口，冬出水二十余丈，夏水涨半没。《水经》云："滟滪大如马，瞿塘不可下；滟滪大如象，瞿塘不可上。"以此为水候。杜子美诗谓："高江急峡雷霆斗，古木苍藤日月昏。"景象如此，则知客谈蜀险语自不妄。（卷七《订山川之疑》其十二）

世路抢攘之时，人材衰少，虽有豪杰之士，穷老在下，无由自效于世。杜子美感时而赋西马，谓："闻说真龙种，仍残老骕骦。哀鸣思战斗，迴立向苍苍。"其取喻微矣。（卷八《毗任用之政》其二十）

杜少陵画像，古今题咏多矣。独半山、山谷二先生诗最高，略举数语。半山诗："惜哉命之穷，颠倒不见收。青衫老更斥，饥走半九州。病妻僵侧子卧榻，攘攘盗贼森戈矛。"山谷诗："故衣未补新衣绽，定蟠胸中书万卷。探道欲度羲皇前，论诗未觉国风远。干戈峥嵘暗寓县，杜陵韦曲无鸡犬。"观二老之作，少陵以如彼其才，卒困于穷，以死伤哉，读之千古可为兴叹。（卷八《毗任用之政篇》其二十一）

佘　翔

为爱杜陵诗兴豪,浣花桥畔草堂高。沙堤垂柳移三竺,海岛横云驾六鳌。波荡楼台虹饮涧,声闻霄汉鹤鸣皋。明时空把中流柱,偃蹇江潭见楚骚。(《薜荔园诗集》卷四《题六桥图》)

谭　浚

《说诗》

卷　上

一　总辨

专一　文学贵乎专,词义忌乎杂。屈平、宋玉不闻著述,马迁、刘向不见歌谣。自成一家者可久,多而寡得者奚为? 齐君失路,管子请随之老马;樊迟问稼,孔子使学之老农。老农之智不圣于尼父,老马之智不贤于夷吾,农、马专一,固所能也。柳子厚曰:"褒贬本乎著述,词正而礼备,可藏于简册;讽喻本乎比兴,言畅而意美,其流为谣颂。"如张燕道以著述之余攻比兴而莫能极,张曲江以比兴之隙穷著述而不克备。此李、杜诗最而文格未光,韩、柳文美而诗体未粹。岂聪明而不逮哉? 亦才力难兼耳。是以一家之作,工拙天悬;一人之思,纯疵壤隔。能选之而不祚者,鲜矣。必仰山铸铜不和于铅锡,煮海为盐不杂于涓埃者得焉。

语类　明引者异于暗沿,托彼者异于即此。《书》云:"皇祖有训。"《诗》云:"先民有言,询于刍荛。"又曰:"人亦有言,进退惟谷。"明引也。贾谊《服赋》[①]摭鹖冠之语,相如《上林》撮李斯之书,暗沿也。《离骚》《九歌》,汉诗《纨扇》《织女》,李陵《别武》引仲尼、钟子,梁鸿《适吴》求季札、鲁连,皆托彼而言

---

① 当是"鵩鸟赋"。

事也。杜诗云"咫尺应须论万里",即用萧文奂"画扇山水咫尺内,便觉万里为遥"之语。李义山诗"海外徒闻更九州",用邹子"九州之外,更有九州"之说,皆即事而言此也。故沿革成语,扩克同类,譬寸辖制轮,尺枢运关矣。

二　得式

含蓄　事有余而词不尽,古人之用心;言有尽而意无穷,天下之至言。漫斋曰:"用意十分,下语三分,可几《风》《雅》;下语六分,可追李、杜;下语十分,晚唐及宋也。"如杜之"勋业频看镜,行藏独倚楼"含意也。何氏谓以艰诘晦塞为含蓄,失矣。

超诣　诗有恒裁,变无方体。贵在脱洒,不可滞泥。或超遥雅俗不群,诣极文质至当。苏氏曰:"《大王》《迁豳》,八章、九章,事文不属,气象自联。如杜甫《哀江头》,亦遗法也。白乐天拙于记事,寸步不移,犹恐失之,所以望杜远矣。"

飘逸　平易得之,其词飘;闲澹得之,其词逸。色象欲其平澹,其失也拙;韵度欲其飘忽,其失也轻。皎然曰:"欲高远而离疏阔,欲飞扬而离轻浮。"严氏曰:"太白诗飘逸,如《天姥吟》《远别离》,子美不能也。"

邃永　文自渊含,理惟远烛。深造以诣其极,修词以立其诚。称文小而指意大,举类迩而见意远。魏武之诗:"老骥伏枥,志在千里。"言用不言名也。杜甫之诗:"乾坤万里眼,时序百年心。"言近而指远也。

沉蔚　沉者,隐也,文外之重旨,隐以复意为工;蔚者,秀也,篇中之独拔,秀以卓绝为巧。若刻镂为巧,非蔚;隐僻为工,非沉。严氏曰:"子美诗沉蔚,《兵车行》《垂老别》也。"范氏曰:"优游不迫,沉着痛快是也。"

雄健　雄,辨而言端;健,羡而意骏。吞吐山川之象,俯仰古今之怀。气高而不怒,力劲而不犯,词豪而不放,字坚而难移,音响而不滞。如杜之《王兵马角鹰》之诗、《赵卿大食刀歌》是也。

壮丽　高论宏裁,正宗炳蔚。词丰而义贯串,文采而意周密。模式经典,洞达权变。体故而孔硕,用新而肆好。犹充实光辉之谓大,经天纬地之谓文。如杨、马之赋,李太白《天姥吟》、杜甫《洗兵马》之诗。

变化　动而变,变而化,化而裁之,变而通之。执正以驭奇,势虽反而相成,挫刚以制柔,体虽殊而相济,如《诗》云"牛不服箱,女不报章,斗更柄揭,箕更翕舌"之类,《骚》之"诡谲天门,歌舞祀神",杜之千汇万状也。

迁革　事有新故,法有因革。善述者明,不变者达。有反其意而用之者,谓之"翻案""驳文"。诚斋云:"'羞将短发还吹帽,笑倩旁人为正冠',孟嘉以落帽为欢,老杜翻意为羞。有用句而不用意,谓之'脱胎换骨'。"复斋云:"太白《侠客行》:'事了拂衣去,深藏身与名。'元稹《侠客行》:'事成不肯藏名姓。'"

精致　曹子建云:"离名辨白,分毫析厘。改章难于造篇,易字难于代句。必考殿最于锱铢,定去留于微茫。"吕氏曰:"文字频改,工夫自出。"子西曰:"苦吟成篇,未见羞处。明日取读,瑕疵百出。故杜'新诗改罢自长吟'也。"

充赡　气充者善舒,则理融而情畅;思赡者善积,则词殊而意显。义制而微,则隐晦而非充;词布而重,则芜秽而非赡。如蔡琰《悲愤诗》开其源,子美《北征》诗继其后。李空同曰:"元、白、韩、孟、皮、陆之辈,连联斗押数千百言,何异入市攫金,登场角戏也哉!"

三　失格

雕饰　追琢其章,素以为绚,经之文采,后之仪式。穷刻削则伤巧而不壮,繁彩绘则淫丽而不雅。唐子西曰:"'池塘生春草''澄江静如练',如鼻无垩,斤将曷连;如目无膜,篦将曷施。如李商隐改杜'桃花欲共杨花语',雕饰矣。"

局迷　局见谓明,无由洞达。迷执谓真,不能裁究。王岐公诗用金玉富贵,荆公谓之"玉宝册"。玉泉子云:"杨炯诗好用古人名,时谓之'点鬼簿';骆宾王好用数目对,时谓之'算博士'。如杜愁、李酒,性然。"

沿袭　征《诗》训而古式者善沿,酌《风》《雅》而富言者善袭。窃语非经者,拙钝无能而浅露;窃意换词者,假事用情而善避;窃势殊意者,才巧意精而无迹。则沿浊而更清,袭故而弥新,如杜甫用庾信诗也。

卷　中

一　时论

唱和　朱子曰："和诗原于《赓歌》。"今失其意也。夫舜歌勅命时几,皋陶飏言慎宪,舜《卿云》倡歌,八伯进和;夏人醉歌,伊尹赓和①。《玉海》云:"郑都则七子均赋,梁苑则三英接曲。唱和之制,由是生焉。"严氏曰:"次韵最害事。始于元、白,极于苏、黄,杜甫、王维等和贾至《早朝》诗未如是也。"洪氏曰:"古人答和来意,非若今人次韵所局也。"

二　章句

古篇五言　寓意深远,托词温厚,推己及人,感今怀古。悲欢则含蓄不过,美刺则婉曲不露,闲适则潇洒不流,反复深切而不迫,赋、兴、比义而不越。如短句者,汉《上留田》四句、成帝时谣二句也。长篇者,汉《羽林郎》《陌上桑》也。子美《北征》,退之《南山》,叙事敷衍,陈情附轸,《诗》之变体,《骚》之旁轨。蔡琰《悲愤诗》之作,开其源也。

古篇七言　铺叙开合,血气贯通,风度高雅,波澜宏阔,音韵铿锵,议论超然,学问充之。如短句,则《采葛词》《易水歌》也。长篇,汉、魏《燕歌行》《木兰词》,唐《兵车行》《天姥吟》尚矣。

律诗　守法度曰"律"。有古律,谢多此体;有排律,杜多此体。五言律始于沈约,七言律始于沈、宋。

绝句　句以绝名,义则数说:一曰不相联属曰"绝句";一曰绝妙之句;一曰绝取律之四句。五言绝句,乐府古词《出塞诗》也;七言绝句,后周赵王《从军行》也。绝律前四句,李白"昭君拂玉鞍"诗也;律中四句,如杜"江动月移石"诗也;律后四句,如杜"功盖三分国"诗也。七言绝仿此,须婉曲回环,删芜就简,句绝而意不绝,词短而情有余。

断续句　后二句互相续接前二句。杜甫诗"待尔嗔乌鹊"、李白诗"毛不随井"四句,及杜《存殁口号》二作也。

---

① 自注云:"俱见《尚书大传》。"

顺流句　二句一事，顺意成文。李白诗："如何青草里，也有白头翁。"杜甫诗："迁转五州防御史，起居八座太夫人。"

拗句　字当平声，易之以反；当反，易之以平。其言逆而气健。如司空曙诗："雁识楚山晚，蝉知秦树秋。"杜诗："一双白鱼不受钓，三寸黄柑犹自清。"

反意句　杜诗云"陂塘五月秋"，又"六月风日冷"，又"五月江深草阁寒"。方干诗："寒岩四月始知春。"

假言句　李白云："江城五月落梅花。"杜云："竹叶于人既无分。"

真伪句　杜诗云："笋根稚子无人见，沙上凫雏傍母眠。"

藏字句　杜云："岐王宅里寻常见，崔九堂前几度闻。"①

谬言句　杜甫云："霜皮溜雨四十围，黛色参天二千尺。"②

字眼句　"旅愁春入越，乡梦夜归秦。""朝登剑阁云随马，夜渡巴江雨洗兵。"此实字为眼。五言第三字为眼，七言第五字为眼。杜诗多用"俯"字、"自"字、"受"字，此虚字眼也。

三　对偶

首尾对　八句首尾皆对，杜多此体，如"鬓毛垂领白"之类。

偷春对　起联对而次联不对，如杜甫《百五日夜对月》诗。

就句对③　一句中对，《骚》云："桂棹兮兰枻，断水兮积雪。"杜云："三分割据纡筹策，万古云霄一羽毛。"

假对　"自朱耶之狼狈④，致赤子之流离⑤"。杜诗："枸杞因吾有，鸡栖奈尔何。"

以经对　杜诗云："车邻邻，马萧萧。""济潭鳣发发，春草鹿呦呦。"

---

① 注云："藏'君'字。"
② 注云："大而短不称。"
③ 注云："当对。"
④ 注云："兽名。"
⑤ 注云："鸟名。"

四　声韵

用韵① 朱子曰：古用叶韵，以头一字为准。《楚辞》叶不定，以转注也。古韵宽疏为好，后分韵严切，反隔矣。由周颙构其说，沈约著其书，唐因准之。分清浊轻重，以"东""冬""钟"不同也。韩愈"此日足可惜"，旁出六韵。杜甫《戏呈元》②，旁出五韵。故法古诸体用古韵，律、绝近体，唐韵可也。吴棫作韵补叶音，即六书之谐声。《杨升庵集》："转注亦六书之一。"③

重韵 古诗一篇一韵。六七用者，《焦仲卿妻》是也。一字二三用者：任彦升《哭范仆射》，三"情"字也。曹植《美女篇》，二"难"字也。杜甫《八仙歌》，二"船"字、二"眠"字、二"天"字、三"前"字也。

押韵 倒字押韵，经体既多。陶之"起坐弄书琴"、杜之"高秋爽气相鲜新"。全不押韵，古《采莲曲》也。押哑韵，五支二十四盐。押响韵，中原黄钟之音也。

偏声 律诗起句第二字平声为正格，反入为偏格。引韵失粘，如杜甫诗："浣花溪水水西头，主人为卜林塘幽。""花"字、"人"字皆平声。二联失粘，如杜诗："摇落深知宋玉悲。""落"字与第三句"望"字皆反声。三联失粘，如柳诗："衡岳新摧天柱峰。"第六句平声，第八句"想"字反声。首尾失粘者，如"扁舟径度石头去"一句，第三句、第五句、第七句之第二字皆平声也。以诸作推之，善学者岂局局乎声韵哉！

六　名目

离别 远曰离，近曰别。乐府《古别离》《翁离》《双燕离》。后有《潜别离》《远别离》《久别离》《长别离》《生别离》。杜甫有《无家别》《垂老别》《新婚别》。

口号④ 草成速就，达意宣情曰"口号"。杜有《存殁口号》。《增韵》曰："隐度其词，口以授人曰'口占'。"

---

① 注云："古今韵。"
② 当指《七月三日亭午已后较热退晚加小凉稳睡有诗因论壮年乐事戏呈元二十一曹长》。
③ 注云："俱见《元书》。"
④ 注云："口占。"

卷　下

一　世代

西汉　徐祯卿云："汉祚鸿朗，文章作新。"杜甫诗云："骚人嗟不见，汉道盛于斯。"故曰《大风》存霸，《柏梁》不亡，七言始也。孟玄成始四言，苏、李始五言，贾、马赋作，汉风盛矣。

建安黄初　建安，汉末。黄初，魏年。曹操父子，邺中七才。李白诗云："自从建安来，绮丽不足珍。"杜甫诗云："多病邺中奇。"所谓"慷慨任气，磊落使才"也。

元嘉①　杜诗云："永怀江左逸。"又云："安得思如陶谢手。"史称谢灵运"江左第一"，盖句则争奇，字以俪偶，极情写物，穷力追新。

六朝　魏、周、齐、梁，南北朝也。晋、宋、齐、梁、陈、隋，六朝也。杜甫诗云："恐与齐梁作后尘。"韩愈诗云："齐梁及陈隋，众作等蝉噪。"

盛唐　开元、天宝之间，陈子昂始变颜、鲍，以复晋、魏之体，遂有杜审言、张九龄。孟浩然之后，王维、岑参、高适，时惟李、杜为最。

二　编集

《文选》　梁昭明所编选赋、诗、文、词。赋始于屈、宋，诗始于苏、李。杜甫云："精熟《文选》理。"又云："续儿诵《文选》。"东坡云："去取失当，五臣所著荒陋，至唐李善颇详。"

三　人物

西汉　李陵，少卿，官都尉，在匈奴。相别《赠答诗》。杜甫云："李陵苏武是吾师。"元稹云："虽杂雅、郑，而词意简古，称五言肇作。"东坡云："后人所拟。"此谓宋无诗也。

宋　鲍照，明远，东海人，临海王前军书记。长于乐府。杜云："俊逸鲍参军。"

---

①　注云："宋年号。"

齐梁陈隋

谢朓，玄晖，参军。杜云："绮丽玄晖拥。"唐子西曰："江左六谢，庄无诗①，瞻、混有而不工，灵运、惠连为三谢。朓语益工，然萧散渐起唐风矣。"

阴铿，子坚，武城人，法曹，与何逊称"阴何"。杜云："太白有佳句，往往似阴铿。"今观太白，过铿远矣。

庾信，子山，南阳人。东海徐陵，文并绮丽，称"徐庾体"，见史。杜云："清新庾开府。"又云："庾信文章更老成。"又云："暮年诗赋动江关。"

唐

杨炯，待制弘文馆，终盈川令。自云"耻居王后"。张说云："文如悬河，注之不竭②。"王勃，子安，王通孙，援笔成篇，时云"腹稿"。卢照邻，升之，范阳人。王府典签，杨云："愧在卢前。"骆宾王，义乌人，临海丞。裴行俭谓："王、卢、骆，浮躁浅露，不得其死焉。"杜诗云："王杨卢骆当时体，轻薄为文哂未休。尔曹身与名俱灭，不废长江万古流。"盖称四子而抑时人也。

孟浩然，襄阳人。杜诗云："作诗何必多，往往凌鲍谢。"皮日休曰："涵然平天之兴，若公输子当巧而不者也。"殷璠云："半遵雅调，全削凡体。"东坡云："韵高才短。"刘须溪云："孟诗如雪，雅澹无采。"

王维，摩诘，右丞，别业辋川。东坡云："味其诗，诗中有画；观其画，画中有诗。"又曰："澹澄精致，格在其中。"殷璠云："在泉为珠，著壁成绘。一句一字，皆出常境。"朱子云："诗虽清雅，委若少骨气。独《山中人》《迎神曲》为胜。"山谷云："胸次有泉石膏肓之疾。"杜云："最传秀句寰区满，未绝风流相国能。"谓弟缙也。

杜甫，子美，仕工部、拾遗，祖居襄阳，周流吴蜀。元稹曰："善陈时事，律绝精深，千言不乏，世号'诗史'。"苏公曰："饥寒一饭未忘君。"朱子曰："杜少年精细，晚年横逸。秦州入蜀如画。夔州后，郑重烦絮。"荆公云："杜自云：'读书破万卷，下笔如有神。'"严氏云："宪章汉、魏，取才六朝。"

---

① 注云："《文选·月赋》。"
② 原文为"渴"，于文义不通。据《大唐新语》卷八改之。

李白，蜀人。时称"谪仙"，为翰林。曾巩序云："以污永王璘，流夜郎，赦释，徘徊浔阳、金陵，历宣城，病卒，年六十四。诗虽少中法度，其开肆佳伟，非骚人可及。"《史》曰："才气宏放，飘然超世之志。"李阳冰云："驰骋屈、宋，鞭挞扬、马。"殷璠云："七言古篇，骚人以还，鲜此体调。"朱子云："太白不专豪放，亦挨法度，《古风》五十首，原陈子昂《感遇诗》。"严氏曰："李、杜不当优劣。太白《天姥吟》《远离别》，子美不能；杜之《北征》《兵车行》《垂老》等别，太白不能。"

岑参，南阳人，嘉州刺史。殷云："语奇体峻，逸才幽致。"严氏曰："高、岑之诗，读之使人感慨。"杜甫诗云："高岑殊缓步，沈鲍得同行。"

柳子厚，宗元，为仪曹。苏云："李、杜之后，独韦、柳发纤秾于简古，寄至味于澹泊。渊明之下，应物之上，退之豪放奇险过之，而温厚清深不及也。谓外枯而中膏，似澹而实美。《南涧》诗，忧中有乐，乐中有忧。"朱子曰："学诗虽①从陶、柳门庭入。"严氏曰："唐人惟柳深得《骚》学。"刘辰翁云："短调纡郁，清美闲胜。"

韩愈，退之，南阳人，谥文公，《昌黎集》。苏曰："诗之变自韩始。"韩自谓"诗不逮李杜。"欧公云："韩诗得韵宽，则波澜横溢。泛入旁韵，出入回合，不拘常格，'此日足可惜'之类。"又云："唐无文章，惟《盘谷序》诗。"②唐子西云："《琴操》，柳不能。《皇雅》，韩不能。"严亦云："《琴操》，唐人皆不可及。语经而简、雅而文。"

僧　皎然，清书，谢灵运之后，叶石林云："优于唐僧，其评驳老杜，所知可见。汤灵澈，字澄源。"刘梦得序云："可入作者阃域，岂特雄于诗僧间耶！"严沧浪云："唐诸僧有法振、法照、无可、护国、灵一、清江、小特、尤本、齐己、贯休。皎然在诸僧之上。"其曰优于雄于之上，而《唐诗品汇》目为旁流，则人物可辨矣。

宋　李空同云："诗至唐，古调亡矣，自有唐韵可歌咏也。宋人言理不主

---

① "虽"字不通。据蔡正孙《诗林广记》前集卷一，当是"须"字。
② "诗"字不通。据胡仔《苕溪渔隐丛话》前集卷十八《韩吏部下》，当是"是"字。

调,于是唐调亦亡矣。如黄山谷、陈后山,师法杜甫,称为大家。如土木骸冠服与人同,而谓之人可乎?何尝无理,若专作理语,何不作文而诗为耶?"其言大家诗派若此①,则大儒周、程、张、朱、邵、陆固不屑于诗。其文士欧、曾、苏、王又岂在于诗说乎?夫载道莫大于经,《诗》之六艺,何非理也?学理莫胜于宋,诸儒文士何非诗也?此之谓风也、气也、教也、习也。君子察之,其尚以复振古乎哉!

文肇祉

卜居依虎阜,茂苑卧文园。心会禽鸟乐,门无车马喧。尘中三十载,归悟五千言。杜甫愁行役,常思晚计存。(《文氏五家集》卷十二《录事诗集·山居追和罗太史》)

徐 渭

仙华学杜诗,其词拙而古。如我写兰竹,无媚有清苦。(《徐文长文集》卷十五《写兰与仙华子》)

颈联乃因今年中秋月盈而及往年中秋月蚀。《淮南子》云:"蟹蛤视月之盛衰,从阴类也。"奏鼓,救月也。函丈疵其不整,诚然。但少陵《赐樱桃》诗颈联有云:"忆昨与沾门下省,退朝擎出大明宫。"亦似此体。古评云:"诗至李、杜、昌黎、子瞻而变始尽,乃无意不可发,无物不可咏。"正谓此也。彼以字眼绳者,所得盖少矣,有意而不能发矣。某匍匐学步,殊未到此,然却是望其门墙,不敢苟且,作不整也。冒妄之深,伏希函丈裁之。(卷十七《答龙溪师书》)

韩愈、孟郊、卢同、李贺诗近颇阅之,乃知李、杜之外复有如此奇种,眼界始稍宽阔,不知近日学王、孟人,何故伎俩如此狭小,在他面前说李、杜不得,

---

① 注云:"《江西诗派序》说得失,见《通考》及《宋文集》。"

何况此四家耶？殊可怪。叹菽粟虽常嗜，不信用却龙肝凤髓都不理耶？（同上《与季友》）

盖余读少陵前、后《出塞曲》，而镜古人御房之道焉。其曰"苟能制侵陵，岂在多杀伤"，又曰"已去汉月远，何时筑城还"，盖道古明王贤师，于夷狄且不忍杀伤之，故惟取筑城以制侵，刿吾民乎哉！（《徐渭集·徐文长逸稿》卷十四《按辽议建序代》）

余读书卧龙山之巅，每于风雨晦冥时，辄呼杜甫。嗟乎，唐以诗赋取士，如李、杜者不得举进士；元以曲取士，而迄今啧啧于人口如王实甫者，终不得进士之举。然青莲以《清平调》三绝宠遇明皇，实甫见知于花拖而荣耀当世；彼拾遗者一见而辄沮，仅博得《早朝》诗几首而已，馀俱悲歌慷慨，苦不胜述。为录其诗三首，见吾两人之遇，异世同轨，谁谓古今人不相及哉！（《徐渭集·徐文长佚草》卷七《题自书杜拾遗诗后》）

以时文为南曲，元末国初未有也，其弊起于《香囊记》。《香囊》乃宜兴老生员邵文明作，习《诗经》，专学杜诗，遂以二书语句匀入曲中。（《南词叙录》）

晚唐五代填词最高，宋人不及，何也？词须浅近，晚唐诗文最浅，邻于词调，故臻上品。宋人开口便学杜诗，格高气粗，出语便自生硬，终是不合格。其间若淮海、耆卿、叔原辈，一二语入唐者有之，通篇则无。有元人学唐诗亦浅近，婉媚去词不甚远，故曲子绝妙。《四朝元》《祝英台》之在琵琶者，唐人语也。使杜子撰一句，曲不可用，况用其语乎！（同上）

王樵

《方麓集》

浣花溪距城可十里，水木环合，幽谷犹青，诚为胜绝。杜少陵、宋景濂先生二祠在其侧。杜祠即草堂遗趾，宋先生谪死茂州，蜀献王以旧学恩礼为请于上，故成都有其祠墓，而方公希直者先生门人，尝为教授于此，故以配祀焉。（卷六《使蜀记》）

予年十三四时，从先君官东莱，尝一至海上。泰山虽未登，道中先君每指示之。初不甚了了，及过鲁境，东方空旷，远愈分明。后读杜诗，乃知所谓"齐鲁青未了"者为简而尽也。（卷七《海岱记》）

杜诗云："可怜怀抱向人尽。"最忌最忌！金坛人好接之，而少与言。……曾、王二集，今次未寄者，欲俟吾批点完整，同杜诗、韩集同寄耳。杜、韩与牧之集，旧皆批过，仍当细批以寄。吾尝谓老杜之诗，乃散文中之先秦两汉也。今学诗者宗唐，宗唐者，宗其丽而不知。此一部杜诗首首是大家，聊漫举之，如五言律中，《晴》一首、《闻雁》一首、《除架》一首，皆非摩诘诸人语也。有言杜诗之自沉着中来，为非初学诗之利者与。今论时文之病正同一辙，不知文若欲发意而主于理胜，则自然不容不沉着。沉着而意果达、理果胜，则沉着岂是板语重语乎？杜诗首首都是实事，都是实情，当时所遇人情事理世变艰难，一一铺叙得真，发抒得畅，而中间比兴讽谕，直陈各得其体。故吾谓乃散文中之先秦两汉者，非偶见之轻谈也。熟读当自知之，此吾泛论文耳。（卷九《与仲男肯堂书三十五则》之一）

孔明以恢复汉室为志，使其功获成，则杜少陵所谓"伯仲之间见伊吕，指麾①若定失萧曹"者，良非过许也。地虽狭，国以勤俭富；民虽寡，兵以节制强。业广惟勤，可见至于当几而克果断，亦惟孔明有之。其出师伐魏，皆有成算，故断而不疑。《后出师表》言刘繇、王朗各据州郡，论安言计，动引圣人，群疑满腹，众难塞胸，今岁不战，明年不征，使孙策坐大，遂并江东。不果断之失，此可见矣。（卷十五《戊申笔记·功崇惟志业广惟勤》）

诗到用事争奇，锻炼求工，摹仿求似，而诗格益卑，气益弱。无论《三百篇》，即如杜少陵诗，何尝有意于用事。求工摹拟前人，而随事感触，直写出性情中之所有，自然成文，自不可及，汪洋浑浩，大小成体，殆诗中之先秦、两汉也。虽太白仙材，犹在下风，况摩诘诸人乎。（卷十六）

《易·小过》程子传云："鸟飞迅疾，声出而身已过。"一日读至此，因忆杜

① 杜诗通行本为"指挥"。

诗云"身轻一鸟过"用"过"字,得此语之妙。(卷十六)

后人指此为海运之证,殊非其实。此贡道不过在冀本州,又不过本州东北方之一道,他州初无预焉,何得指为海运之证？杜甫诗有"云帆转辽海,粳稻来东吴"之句,此疑隋、唐征辽之役,间或有之,未尝为常运之道也。以海运为常,起于元。(《尚书日记》卷五《禹贡·冀州》)

钱文荐

若仆之称诗,其言曰:"少陵,唐一人。若坐,少陵于一堂之上,必当居首。青莲次之,高、岑、王、孟辈又次之,其余以次隅坐。坐位不及者,青衣侍酒而已。我辈于此中不可不占一坐位,即不然,亦须坐两庑中,与何、李辈共聆钟磬管弦之盛。若眉山上法少陵,下法昌黎,而又不肯隅坐,乃向堂庑外构层轩而南面之徒群。有宋一代之文人,而听我挝羯鼓、奏胡笳,以自为雄快可耳。其实堂上、堂下一切铿锵之音,叩之杳如也。历下诸公去堂上、堂下既已辽远,而又嫌羯鼓、胡笳颇近戎乐,乃张髯戟手立四通八达之衢,而叫号之曰:'大丈夫宁为鸡口,毋为牛后。'吾不能隅坐而听咸英韶濩,则徒歌徒謣而已。"石公听而呕哕,乃为言曰:"堂庑外隙地尚宽,眉山已构一轩,据南面而飨笳鼓之乐,物必有配,数必有偶,徒歌徒謣,不若其唱共和,是将有待而兴者也。"于是乃以首位让鬼怪禅悦之,文长而身为之亚,乐工抱器而进,姑将观焉。第所奏多楚国之巫音,巴西之妍唱,轻薄少年不知其淫于声而害于德也。听而忘倦,溺而不止,究将与天下而习为淫声,则羊舌大夫所称公室其卑乎,君之明兆衰矣。仆生平不屑为唐以下诗,两庑中当有坐位,久而升堂,亦未可必然,而逆知其非门墙外入矣。其所闻必堂上、堂下之音,亦逆知其非戎乐、非淫声矣。足下盛年其为诗,仆未穷其涯际,第恐认石公为眉山,又认眉山为少陵,而究且认凡侍二公之侧者,无一而不为少陵。眉山则上林所称,狄鞮之唱靡丽烂熳,君子弗听也,足下其肯甘为俳优否乎。……夫诗惟情境两端,善诗者情中有境,境中有情,思以袖之,气以贯之,总归一致而已。情可与境对,境不可与气对,思与意有二名无二义,而分析言之不几支离欤?乃诗本性情,仆童而习之,皓首勿废,仆所恶正恶夫非性情而托之乎性情者也。顾欢娱有欢娱之性情,穷苦有穷苦之性情,然亦有处欢娱而反抑郁,处穷苦而反恬愉者,则亦性情之变,而未可强人之性情皆如我之性情也。必谓欢娱之音难工,愁苦之辞易好,窃意人之性情喜而为笑,哀而为哭,其工者好者发于自然,亦发于不得不然,非有强也,而必指何者为易,何者为难,则世有能为哭而反不能为笑者哉!傥举国而皆为华周,杞梁之妻哭声非不振,厉然而其气凄、其节促、其音往而不返,则亦亡国之征而已。若诗之丰藻犹草木之有花,过阳和而盛,遇寒沍而衰,亦物之性情,与诗道不相刺谬者也。如怜衰而厌盛,则足下所处必冰崖必冻壑,而所闻必落叶陨箨之声,然后快于心、畅于志欤?足下盛称少陵诗,谓流离三峡二瀼间,其材亦愈练以出,境亦愈助以发是也。但谓少陵诗必穷而后工,则有如少陵而不穷又不流离三峡二瀼,其诗遂见拙乎?少陵处天宝初,其所涉历,非乐游之园,即慈恩之塔,不然则亦驸马将军之亭榭也。其所酬赠,非旧儒之韦左丞,即高才之李秘书监等,而上之则又开府之奇舒、特进之汝阳王,是皆赫赫奕奕者也。而其所交游往来,非豪饮之八仙,即风流之四娘。时或途遇之,而态若浓、意若远,则又虢国、秦国之丽人,而绣罗衣裳照耀暮春者也。当是时,赤甲白盐之景未经于目,采橡栗、扑黎枣之事未经于手,少陵纵欲冥搜,安所得酸措大之语而称之。故诗至少陵穷固工,不穷亦工,未可以始末岐也。(《古今振雅云笺》卷十《答颜茂齐论》)

吴国伦

三月曾束一书并《摩尼庵诗》,属顾氏子以上,想当不至浮沉。佳篇一册,久在案头,日取而诵之,不减与足下追随述作。足下盖勇于诗矣,五言古《九日》以前五章,酷学鲍、谢,所不似者几希!《咏菊》以下,浸淫魏、汉间,中微有纯杂,而亦多拾于鳞语。至如识曲听其伪,则于鳞模拟败句,而足下化而用之,反佳。七言古如《戚将军》《花卉歌》,大自宏丽,是少陵家法,当谓全胜。

(《甔甀洞稿》卷五十三《与宗良王孙书》）

饮中何代八仙人，仙骨已朽名尚新。杜甫作歌歌亦醉，仇英写像像如真。（《甔甀洞续稿》诗部卷三《题饮中八仙图》）

及门谁后至，望道汝先登。耻复驰中驷，因之托上乘。含毫舒感慨，沽酒慰飘零。贫病依严武，还如杜少陵。（卷五《寄门人王太古二首》其二）

扇头新诗，种种凌厉，别后奇进，一至于此，可谓不负知知己矣。及阅《沁草》，强半参差，岂里居与宦游其致固不同耶？乃执事雅志少陵，而少陵之自谓有曰"语不惊人死不休"，苦心可想。又曰"老去诗篇浑漫兴"，则至老而化也。执事当盛年，学杜奈何采其漫兴，而略其苦心耶？大率五七言律，当以少陵十二家为鹄，不厌沉着浑雅；绝句当以李白、王昌龄为鹄，不厌豪爽奇俊。七言古当以初唐诸子为鹄，而以少陵之气魄运之。格愈宏丽，句愈森严，斯为难耳。其有任意纵横，夹杂长短句，皆于鳞所谓英雄欺人耳，窃有所不采。至于五言古诗，鹄在汉、魏，今草中独少此，请俟异日再论。（文部卷十四《与子得论诗》）

宗　臣

余采艺林，抽绎千古，盖史迁其至哉；诗则工部。余束发而读二书，今十五年矣。……一日，张君睨余笥，意其有奇也，迫而察之，果得杜、李二集，即携去，读连日，夜不休。贻余书曰："足下所读两公书，无论数千万言，乃言为之笔，笔又精，盖千载奇觏矣。即两公复生，宁不北面为足下称谢者。"辄命其吏数十人录成二书，而以原书归余，时丙辰冬十一月既望也。己未，余在闽，而余君德甫以臬副至。余君，余故好也。夜召余君酒，酒酣，余君请观余所读者，余笑曰："子长不可得见矣，即李亦难。唯杜乎！唯杜乎！"遂出杜集观余君，余君且读且叹，盖类张君语云。夫余以十五年之心而读三书，未尝以睹世人也，两君一睹而咨嗟叹息，有同词焉，则所谓知己者岂在古今远近哉？千载神交，对面万里，盖自昔叹之矣。虽然，余于三子何有哉？张君名九一，上蔡

人。余君名应举,豫章人。(《宗子相集》卷十三《读太史公杜工部李空同三书序》)

日辱使使来遗书,仓卒裁报,未尽所怀。案牍之燕时,发所教诗三帙,帙读之,一读一叹。更读《乡长安》中语:"近者,七言愈益浑涵雄深。得之象,象不能求;出之意,意不能解。即杜尤难之,况其靡靡者乎?"可谓千古一步矣。七言绝句,唯李、王可以近之,清夜放歌,辄欲翩然高举,如听《羽衣霓裳》也。五言古不多见,律精诣。七言古者,则又可敌杜云。总之,包统群才,会以神解,俯仰寥寥,何哉?斯才乎浅鉴妄评,助足下一笑耳。(卷十四《报于鳞》)

夫诗至汉、魏上矣,李、杜称圣于选,则视二代愧焉。既善选矣,则律亡难者犹探源而可必之委也。(卷十四《报李伯章》)

来知德

豪杰之士不偶于时者,每于诗歌言其志、寄其兴。某所以说诗最难解。今之解杜诗者,每每因其字句而解之,而言外之意则未之发。间有发者,易至于凿。如陶靖节《述酒》一篇,独汤公汉以为恭帝哀辞。盖刘裕既受禅,使张伟以毒酒鸩帝,伟自饮而卒。又令兵人窬垣进药。帝不肯饮,兵人以被掩杀之,故哀恭帝之诗托名"述酒"。使无汤汉,此诗亦不知何说也。盖汤汉鄱阳人,靖节乃陶侃之曾孙,亦鄱阳人,后乃徙家浔阳也。(《来瞿唐先生日录》内篇卷五)

杜甫思深笔如扫,岁拾橡栗①常不饱。天寒雾重把长镵,白马黄牛身已老。李贺少年即特独,二十七岁人间哭。鳖掷鲸呿字字奇,天东不嚼烛龙肉。怪尔柳柳州,乞巧亦何由。晚到愚溪上,抱璞自遨游。(外篇卷三《拙轩》)

杨雄著《太玄》,《三都赋》亦妍。杜甫成诗圣,太白作诗仙。(外篇卷四《古诗》其六)

---

① 当作"栗"。

张佳胤

月前示及佳稿，行坐相携，读之不置。五言古，列之《十九首》，亦复何别。七言古，格斗高、岑间，或出李、杜奇正兵而攻之。五言律，不求险语，沉融潇远，酷似右丞。七言律，雄浑悲壮，拟以少陵，又作高、岑、刘、钱之调。（《居来先生集》卷五十一《复王鉴川中丞》）

大作篇篇合辙。自少陵入蜀之后，作者寥寥。岷渎何缘而遇明公哉！（卷五十四《与陈玉叔提学》）

杜朝绅

锦江之滨有杜工部祠，祠后有亭，亭东西有梅。亭以工部故，古今重焉；梅以亭故，古今游者又争重焉。植莳或亦远矣，清姿奇气，盎溢阶槛，增胜乎亭者也。嘉靖乙未冬，玉泉邵子以工部郎守成都，声实相望，契晤后先。瞻其亭隘朽，欲新之。恻惋梅下曰："工来新其亭，勿剪伐厥梅！"又曰："新其亭基，隆乃宏构，详乃规制，拓乃幽邃，勿剪伐实难，改卜则良。"于是卜之乎祠之东，为亭相向，凿池其中，盖犟如洞如，旧亭得以不毁而梅存矣。二江顾子、浣溪范子，相与重其事，号于游，而知之者珠江杜朝绅氏曰：邵子于是乎可谓仁矣！爱物，仁之施也。物与何有而爱必及之？感乎其外也，必动乎其中也；足乎其中也，必流乎其外也。《易》曰："君子体仁，足以长人。"言长人者，仁也。凡政，切近会者也。胡取乎往且远？推爱乎往且远者寡矣！胡有于物？爱其人，及于物，仁之事也。事以举废则周，文以饰史则雅，旧以图新则不费。周以正典，雅以贲治，不费以谨度。美惠一物存而三善具，仁之术也。且工部弗究于施，羁旅于蜀，寄物适情，有如梅焉。动兴东阁，索笑巡檐，亦甚爱矣。而之剑、绵、之涪、万，岁无宁居，欲草堂有梅不可得也。数百年有梅，邵子实存之，岂惟工部后之言梅者归邵子！《诗》曰："勿剪勿伐，召伯所茇。"于是乎又有仁闻焉。抑《诗》有之"惟其有之,是以似之",谓身有之而后似之也。《说命》曰"若作和羹,尔为盐梅",谓有之似之而后用罔不适也。邵子,西浙人,名经济,可无负于梅,是故其仁存梅。嘉靖岁丁酉秋七月望后,浣花溪主立石于新亭之阴。(《同治重修成都县志》卷十四《存梅记》)

王世贞

《艺苑卮言》

卷　一

世人《选》体,往往谈西京、建安,便薄陶、谢。此似晓不晓者。毋论彼时诸公,即齐、梁纤调,李、杜变风,亦自可采。贞元而后,方足覆瓿。大抵诗以专诣为境,以饶美为材,师匠宜高,捃拾宜博。

五言律,差易得雄浑,加以二字,便觉费力。虽曼声可听,而古色渐稀。七字为句,字皆调美;八句为篇,句皆稳畅。虽复盛唐,代不数人,人不数首。古惟子美,今或于鳞,骤似骇耳,久当论定。

七言律,不难中二联,难在发端及结句耳。发端,盛唐人无不佳者;结颇有之,然亦无转入他调及收顿不住之病。篇法有起有束,有放有敛,有唤有应,大抵一开则一阖,一扬则一抑,一象则一意,无偏用者。句法有直下者,有倒插者,倒插最难,非老杜不能也。字法有虚有实,有沉有响,虚响易工,沉实难至。五十六字如魏明帝凌云台,材木铢两悉配,乃可耳。篇法之妙,有不见句法者;句法之妙,有不见字法者。此是法极无迹,人能之,至境与天会,未易求也。有俱属象而妙者,有俱属意而妙者,有俱作高调而妙者,有直下不偶对而妙者,皆兴与境诣,神合气完使之然。五言可耳,七言恐未易能也。勿和韵,勿拈险韵,勿傍用韵。起句亦然,勿偏枯,勿求理,勿搜僻,勿用六朝强造语,勿用大历以后事。此诗家魔障,慎之慎之。

卷　二

杨用修所载七仄,如宋玉"吐舌万里唾四海",纬书"七变入臼米出甲",佛偈"一切水月一切摄",七平如《文选》"离袜飞绡垂纤罗",俱不如老杜"梨花梅花参差开""有客有客字子美"和美易读,而杨不之及。按,傅武仲《舞赋》,家有《古文苑》《文选》皆云"华袜飞绡杂纤罗",不言"垂纤罗"也。

卷　三

王处仲每酒间歌"老骥伏枥,志在千里。烈士暮年,壮心不已",其人不足言,其志乃大可悯矣。余自庚申以后,每读刘司空二语,未尝不欷歔罢酒。至少陵"千秋万死①名,寂寞身后事",辄黯然低回久之。

王处仲赏咏"老骥伏枥"之语,至以如意击唾壶为节,唾壶尽缺,即玄德悲髀肉生意也。桓元子恒言:"不能流芳百世,亦当贻臭万年",至今为书生骂端,然直是大英雄语。庾道季云:"廉颇、蔺相如虽千载上死人,凛凛恒如有生气,曹蜍、李志虽见在,厌厌如泉下人。"人虽不相蒙,意实有会。

偶阅士龙与兄书,前后所评骘者云:"《二祖颂》甚为高伟,《述思赋》深情至言,实为精妙,恐故未得为兄赋之最。《文赋》甚有辞,绮语颇多,文适多体,便欲不清。老杜赋睹云:'陆机二十作《文赋》',当已过二十也。《咏德赋》甚复尽美。《漏赋》可谓精工。"

古乐府:"悲歌可以当泣,远望可以当归。"二语妙绝。老杜"玉佩仍当歌","当"字出此,然不甚合,作可与知者道也。用修引孟德"对酒当歌",云"子美一阐明之,不然读者以为该当之'当'矣"。大聩聩可笑。孟德正谓遇酒即当歌也。下云"人生几何",可见矣。若以"对酒当歌"作去声,有何趣味?

沈休文所载"八病",如平头、上尾、蜂腰、鹤膝、大韵、小韵、旁纽、正纽,以上尾、鹤膝为最忌。休文之拘滞,正与古体相反,唯近律差有关耳,然亦不免商君之酷。今按平头,谓第一字不得与第六字同平声;律诗如"风劲角弓鸣,将军猎渭城","风"之于"将",何损其美?上尾谓第五字不得与第十字同声,如古诗"西北有高楼,上与浮云齐",虽隔韵何害?律固无是矣。使同韵如前诗"鸣"之于"城",又何妨也。蜂腰谓第二字与第四字同上去入韵,如老杜"望

① 当作"岁"。

尽似犹见"、江淹"远与君别者"之类,近体宜少避之亦无妨。鹤膝第五字不得与第十五字同,如老杜"水色含群动,朝光接太虚,年侵频怅望"之类,八句俱如是则不宜,一字犯亦无妨。

卷　四

五言至沈、宋,始可称律。律为音律、法律,天下无严于是者。知虚实平仄,不得任情而度明矣。二君正是敌手。排律用韵稳妥,事不傍引,情无牵合,当为最胜。摩诘似之,而才小不逮。少陵强力宏蓄,开阖排荡,然不无利钝。馀子纷纷,未易悉数也。

李于鳞评诗少见笔札,独《选唐诗序》云:"唐无五言古诗。陈子昂以其古诗为古诗,弗取也。七言古诗,唯杜子美不失初唐气格,而纵横有之。太白纵横,往往强弩之末,间杂长语,英雄欺人耳。"此段褒贬有至意。又云:"太白五七言绝句,实唐三百年一人。盖以不用意得之,即太白亦不自知,其所至而工者顾失焉。五言律、排律,诸家盖多佳句。七言律体,诸家所难,王维、李颀颇臻其妙;即子美,篇什虽众,隤焉自放矣。"余谓七言绝句,王江陵与太白争胜毫厘,俱是神品,而于鳞不及之。王维、李颀虽极风雅之致,而调不甚响。子美固不无利钝,终是上国武库。此公地位乃尔,献吉当于何处生活!其微意所钟,余盖知之,不欲尽言也。

李、杜光焰千古,人人知之,沧浪并极推尊,而不能致辨。元微之独重子美,宋人以为谈柄。近时杨用修为李左袒,轻俊之士往往传耳。要其所得,俱影响之间。五言古、选体及七言歌行,太白以气为主,以自然为宗,以俊逸高畅为贵;子美以意为主,以独造为宗,以奇拔沉雄为贵。其歌行之妙,咏之使人飘扬欲仙者,太白也;使人慷慨激烈,歔欷欲绝者,子美也。选体,太白多露语率语,子美多稚语累语,置之陶、谢间,便觉伧父面目,乃欲使之夺曹氏父子位耶!五言律、七言歌行,子美神矣,七言律圣矣;五七言绝,太白神矣,七言歌行圣矣,五言次之。太白之七言律,子美之七言绝,皆变体,间为之可耳,不足多法也。

十首以前,少陵较难入;百首以后,青莲较易厌。扬之则高华,抑之则沉实，有色有声，有气有骨，有味有态，浓淡深浅，奇正开阖，各极其则，吾不能不服膺少陵。

于鳞选老杜七言律，似未识杜者。恨囊不为极言之，似非忠告。

青莲拟古乐府，以己意己才发之，尚沿六朝旧习，不如少陵以时事创新题也。

盛唐七言律，老杜外，王维、李颀、岑参耳。李有风调而不甚丽，岑才甚丽而情不足，王差备美。

何仲默取沈云卿《独不见》，严沧浪取崔司勋《黄鹤楼》为七言律压卷。二诗固甚胜，百尺无枝，亭亭独上，在厥体中要不得为第一也。沈末句是齐、梁乐府语，崔起法是盛唐歌行语。如织官锦间一尺绣，锦则锦矣，如全幅何。老杜集中，吾甚爱"风急天高"一章，结亦微弱。"玉露凋伤""老去悲秋"，首尾匀称，而斤两不足。"昆明池水"，秾丽沉切，惜多平调，金石之声微乖耳。然竟当于四章求之。

有一贵人时名者，尝谓予："少陵伧语，不得胜摩语，所喜摩诘也。"予答言："恐足下不喜摩诘耳，喜摩诘又焉能失少陵也？少陵集中，不啻有数摩诘。能洗眼静坐，三年读之乎？"其人意不怿去。

摩诘七言律，自《应制》《早朝》诸篇外，往往不拘常调。至"酌酒与君"一篇，四联皆用仄法。此是初、盛唐所无，尤不可学。凡为摩诘体者，必以意兴发端，神情傅合，浑融疏秀，不见穿凿之迹，顿挫抑扬，自出宫商之表，可耳。虽老杜以歌行入律，亦是变风，不宜多作，作则伤境。

太白不成语者少，老杜不成语者多。如"无食无儿""举家闻若欬"之类。凡看二公诗，不必病其累句，不必曲为之护，正使瑕瑜不掩，亦是大家。

七言排律，创自老杜，然亦不得佳。盖七字为句，束以声偶，气力已尽矣。又欲衍之使长，调高则难续而伤篇，调卑则易冗而伤句，合璧犹可，贯珠益艰。

杨用修驳宋人"诗史"之说，而讥少陵云："《诗》刺淫乱，则曰'雝雝鸣雁，旭日始旦',不必曰'慎莫近前承①相哗'。曰悯流民,则曰'鸿雁于飞,哀鸣嗷嗷',不必曰'千家今有百家存'也。伤暴敛,则曰'维南有箕,载翕其舌',不必曰'哀哀寡妇诛求尽'也。叙饥荒,则曰'牂羊羵首,三星在罶',不必曰'但有牙齿存,所堪骨髓干'也。"其言甚辩而核。然不知向所称皆兴、比耳。《诗》固有赋,以述情切事为快,不尽含蓄也。语荒而曰"周馀黎民,靡有孑遗",劝乐而曰"宛其死矣,它人之室",讥失仪而曰"人而无礼,胡不遄死",怨谗而曰"豺虎不受,投之有界",若使出少陵口,不知用修何如贬剥也?"且慎莫近前承②相哗",乐府雅语,用修乌足知之。

杜诗善本胜者,如"把君诗过目"作"把君诗过日","愁对寒云雪满山"作"愁对寒云白满山";"关山同一照"作"关山同一点";"娟娟戏蝶过闲幔"作"娟娟戏蝶过开幔";"曾闪朱旗北斗闲"作"曾闪朱旗北斗殷";"只缘贫病人须弃"作"不知贫病关何事";"握节汉臣回"作"秃节汉臣回";"新炊间黄粱"作"新炊闻黄粱"。又《丽人行》"珠压腰衱稳称身"下有"足下何所着,红渠罗袜穿镫银",皆泓渟有妙趣。

岑参、李益诗语不多,而结法撰意,雷同者几半。始信少陵如韩淮阴多多益办耳。

卢照邻语如"衰鬓似秋天",骆宾王语如"候月恒持满,寻源屡凿空",绝似老杜。

灵武回天,功推李郭。椒香犯跸,祸始田崔。是则然矣,不知僖、昭困蜀凤时,温、李、许、郑辈得少陵、太白一语否? 有治世音,有乱世音,有亡国音,故曰声音之道,与政通也。大力者为之,故足挽回颓运;沉几者知之,亦堪高蹈远引。

宋诗如林和靖《梅花》诗,一时传诵。"暗香""疏影",景态虽佳,已落异境,是许浑至语,非开元大历人语。至"霜禽""粉蝶",直五尺童耳。老杜云"幸不折来伤岁暮,若为看去乱乡愁",风骨苍然。其次则李群玉云"玉鳞寂寂

---

① 当作"丞"。
② 当作"丞"。

飞斜月,素手亭亭对夕阳",大有神采,足为梅花吐气。

欧阳公自言《庐山高》《明妃曲》,李、杜所不能作。余谓此非公言也。果尔,公是一夜郎王耳。《庐山高》,仅玉川之浅近者,无论其他,只"半壁见海日,空中闻天鸡",太白率尔语,公能道否耶?二歌警句,如"红颜胜人多薄命,莫怨春风强自嗟",寻常闺阁,不足形容明妃也。"耳目所及尚如此,万里安能制夷狄?"论学绳尺,公从何处削去"之乎"拾来?

又有点金成铁者,少陵有句云"昨夜月同行",陈无己则云"勤勤有月与同归";少陵云"暗飞萤自照",陈则曰"飞萤元失照";少陵云"文章千古事",陈则云"文章平日事";少陵云"乾坤一腐儒",陈则云"乾坤着腐儒";少陵云"寒花只暂香",陈则云"寒花只自香"。一览可见。

子瞻多用事实,从老杜五言古、排律中来。鲁直用生拗句法,或拙或巧,从老杜歌行中来。介甫用生重字力于七言绝句及颔联内,亦从老杜律中来。但所谓差之毫厘,谬以千里耳。骨格既定,宋诗亦不妨看。

谢茂秦论诗,五言绝以少陵"日出篱东水"作诗法,又宋人以"迟日江山丽"为法。此皆学究教小儿号嗄者。

卷　五

胜国之季业诗者,道园以典丽为贵,廉夫以奇崛见推。迨于明兴,虞氏多助,大约立赤帜者二家而已。才情之美,无过季迪;声气之雄,次及伯温。当是时,孟载、景文、子高辈,实为之羽翼。而谈者尚以元习短之,谓辞微于宋,所乏老苍,格不及唐,仅窥季晚。然是二三君子,工力深重,风调谐美,不得中行犹称,殆庶翩翩乎一时之选也。乐代熙朝,风不在下,斥沉思于字外,撼流景于目前,志逞则滔滔大篇,尚裁则寂寂数语。武陵人之不知有晋,夜郎王之汉孰与大,非虚语也。其后成、弘之际,颇有俊民,稍见一班,号为巨擘,然趣不及古,中道便止;搜不入深,遇境随就;即事分题,一唯拙速;和章累押,无患才多。北地矫之,信阳嗣起,昌谷上翼,庭实下毗,敦古昉自建安,揽华止于三谢,长歌取裁李、杜,近体定轨开元,一扫叔季之风,遂窥正始之途,天地再辟,日月为朗,讵不微哉!

卷　六

景泰中,称诗豪者十才子,而刘溥、汤胤绩为之首。刘太医吏目,汤参将也。汤尤纵诞,每称杜陵无好句,然与刘论诗,伏不出一语。刘钦谟载其事及溥《白鹊》诗甚详。成化中,郎署有诗名者,无过于刘昌钦谟、夏寅正夫。钦谟《无题》与正夫《虔州怀古》诗,《怀麓堂诗话》亦载之,然俱平平耳,他作愈不称。

献吉才气高雄,风骨遒利,天授既奇,师法复古,手辟草昧,为一代词人之冠。要其所诣,亦可略陈。骚赋,上拟屈、宋,下及六朝,根委有余,精思未极。拟乐府,自魏而后有逼真者,然不如自运滔滔莽莽。选体、建安,以至李、杜,无所不有。第于谢监未是,初日芙蓉,仅作颜光禄耳。七言歌行,纵横如意,开阖有法,最为合作。五言律及五七言绝,时诣妙境。七言雄浑豪丽,深于少陵。抵掌捧心,不能厌服众志。文酷放①左氏、司马,叙事则奇,持论则短,间出应酬,颇伤率易。

国朝习杜者凡数家,华容孙宜得杜肉,东郡谢榛得杜貌,华州王维桢得杜一支,闽州郑善夫得杜骨。然就其所得,亦近似耳。唯梦阳具体而微。

明兴,称博学饶著述者,盖无如用修。其所撰有《升庵诗集》……《杜诗选》……

左太冲、谢灵运、邢子才篇赋一出,能令纸贵。王元长、徐孝穆、苏道衡朝所吟讽,夕传遐方。鸡林购白学士什,至值百金;蜀綮获梅都官诗,绣之法锦。而子云寂寞玄亭,元亮徘徊东篱,子美踯躅浣花,昌龄零落穷障,寄食人手,共衣酒家。工部云:"名岂文章著。"悲哉乎,其自解也。令数百岁后有人无所复虞,第作者不赏,赏者不作,以此恨恨耳。

卷　七

少陵句云:"淮王门有客,终不愧孙登。"颇无关涉,为韵所强耳。后世不解事人,翻以为法。至于北地所谓"郑綮骑驴,无功行县",行县、骑驴既非实

---

① 当作"仿"。

事,王绩、郑綮又否通人,生俗无谓,大可戒也。近代谢茂秦大有此病,盖不学之故。

始见于鳞选明诗,余谓如此何以鼓吹唐音?及见唐诗,谓何以衿裾古《选》?及见古《选》,谓何以箕裘《风》《雅》?乃至陈思《赠白马》,杜陵、李白歌行,亦多弃掷。岂所谓英雄欺人,不可尽信耶?

谢茂秦年来益老誖,尝寄示拟李、杜长歌,丑俗稚钝,一字不通,而自为序,高自称许。其略云:"客居禅宇,假佛书以开悟。暨观太白、少陵长篇,气充格胜,然飘逸沉郁不同,遂合之为一,入乎浑沦,各塑其像,神存两妙。此亦摄精夺髓之法也。"此等语何不以溺自照。又俞仲蔚古调本是名家,五言律亦不恶,沾沾为七言律不已,何也?乃知宇宙大矣,无所不有。

王允宁生平所推伏者,独杜少陵,其所好谈说,以为独解者,七言律耳。大要贵有照应,有开阖,有关键,有顿挫,其意主兴主比,其法有正插、有倒插。要之,杜诗亦一二有之耳,不必尽然。予谓允宁释杜诗法如朱子注《中庸》一经,支离圣贤之言,束缚小乘律,都无禅解。

于鳞拟古乐府,无一字一句不精美,然不堪与古乐府并看,看则似临摹帖耳。五言古,出西京、建安者,酷得风神。大抵其体不宜多作,多不足以尽变,而嫌于袭,出三谢以后者,峭峻过之,不甚合也。七言歌行,初甚工于辞,而微伤其气;晚节雄丽精美,纵横自如,烨然春工之妙。五七言律,自是神境,无容拟议。绝句亦是太白、少伯雁行。排律比拟沈、宋,而不能尽少陵之变。志传之文,出入左氏、司马,法甚高,少不满者,损益今事以附古语耳。序论杂用《战国策》《韩非》、诸子,意深而词博,微苦缠扰。铭辞奇雅而寡变,记辞古峻而太琢,书牍无一笔凡语。若以献吉并论,于鳞高,献吉大;于鳞英,献吉雄;于鳞洁,献吉冗;于鳞艰,献吉率。令具眼者左右袒,必有归也。

余十五时,受《易》山阴骆行简先生。一日,有鬻刀者,先生戏分韵教余诗,余得"漠"字,辄成句云:"少年醉舞洛阳街,将军血战黄沙漠。"先生大奇之,曰:"子异日必以文鸣世。"是时畏家严,未敢染指,然时时取司马班史、李杜诗窃读之,毋论尽解意,欣然自愉快也。

古乐府,王僧虔云:古曰章,今曰解,解有多少,当是先诗而后声。诗叙事,声成文,必使志尽于诗,音尽于曲。是以作诗有丰约,制解有多少,又诸曲调解有辞有声,而大曲又有艳有趣有乱。辞者,其歌诗也。声者,若羊吾夷、伊那何之类也,艳在曲之趋与乱在曲之后,亦犹吴声前有和、后有送也。

沈休文云:"子建函京之作,仲宣灞岸之篇,子荆零雨之章,正长朔风之句,并直举胸情,非傍诗史,正以音律,取高前式。"然则少陵以前,人固有"诗史"之称矣。

卷　八

开元帝性既豪丽,复工词墨,故于宰相拜上、岳牧出镇,往往亲御宸章,普令和赠,为一时盛事。四明狂客以庶僚投老得之,尤足佳绝。青莲起自布素,入为供奉,龙舟移馔,兽锦夺袍,见于杜诗及他传奇所载。天子调羹、宫妃捧砚,晚虽沦落,亦自可儿①。

谢安石见阮光禄《白马论》,不即解,重相咨尽。阮叹曰:"非唯能言人不可得,正索解人亦不可得。"杜公有云:"文章千古事,得失寸心知。"亦谓此耳。夫刳钵心腑,指摘造化,如探大海出珊瑚,奈何令逐臭吠声之士轻读之也。至于有美必赏,如响之应;连城隐璞,卞生动容;流水离弦,钟子抚心。古人所以重知己而薄感恩,夫岂欺我!

一贫困。颜渊箪食瓢饮,原思藜藿不糁,子夏衣若悬鹑,列子不足嫁卫。……杜甫浣花蚕月,乞人一丝两丝。

五流贬。流徙则屈原、吕不韦、马融、蔡邕……贬窜则贾谊、杜审言、杜易简、韦元旦、杜甫、刘允济……

吾于丙寅岁,以疮疡在床褥者逾半岁,几殁。殷都秀才过而戏曰:"当加十命矣。"盖谓恶疾也。因援笔志其人:伯牛病癞,长卿消渴,赵岐卧蓐七年,朱超道岁晚沉疴,玄晏善病至老,照邻恶疾不愈至投水死,李华以风痹终楚,杜台卿聋废,祖珽、胡旦瞽废,少陵三年疟疾一鬼不消。

---

① 原文如此。

《艺苑卮言》附录

刘瑾以扩充政务为名,诸翰林悉出补部属。鄠杜王敬夫,其乡人也,独为吏部郎,不数月长文选。会瑾败,谪同知寿州。敬夫有隽才,尤长于词曲,而傲睨多脱疏,人或谗之。李文正谓敬夫尝讥其诗,御史追论敬夫,褫其官。敬夫编《杜少陵游春》传奇剧骂,李闻之益大恚。虽馆阁诸公,亦谓敬夫轻薄,遂不复用。敬夫与康德涵俱以词曲名一时,其秀丽雄爽,康大不如也。评者以敬夫声价不在关汉卿、马东篱下。

《明诗评》

叙

昔者季氏旅泰山,盖父子伤之。於乎!泰山辱也。即泰山不季氏旅,何病尊云?唐开元、大历间,诗道遘日中,而少陵氏出,湛于诗,而一时高、岑、王、孟者流,方广竞逐,各倾其人人,少陵氏不能离而独尊,其尊故在也。宋人出,而论诗者亡虑数百千家,靡不皇皇然首推右少陵氏,一时诸公缩焉而莫抗。而要究所称说,乃逐景研响,凿空附丽,摽私其师言,而未有刻剡精致,推始究变,当于作者之旨,见以为尊少陵氏然耶!何宋人旅也。明兴,士大夫膏肓胜国之遗,然各悉其志力,往往偏到偶遇。而文、宣二主,寔号向宾大雅,润色鸿度,而巨公先生无以奉称下风,仅构台阁体。其所显爵清穆,声施焜赫,卒以此故。大抵缘势袭名,缘名易听,缘听生俗,斯道其途哉!盖少陵氏殁二千余年,而北地李梦阳出其渊朗,洞识契宗,始扫而归之少陵氏;超悟顿解,间得于青莲。海内操觚之士,疑骇中半,已渐翕然趋奉,而信阳何景明与下上而左右之,才力互称。弘、正之间,和熏被于寓宇,譬景星云物麟皇之类,并辉而骈见,作者宁无栩栩扬气于宜汉耶!二子逝,后进麦诈①鲜识,嗜甘其名,揣未易加也。日钩摘而攻之曰:"李子恶能自为诗?夫李子少陵氏盗侠耳。"又曰:"何子易易足竟也。"甚者则及少陵氏矣。大王父审言、云卿、延清之属,岂不凌驾远迈乎哉?又进而江、鲍、徐、庾亡得也,割裂支离,蝇啜其余馥,谓为

---

① 原文如此,不知何谓也。

萃芍而示之人也,沾沾喜且交誉矣。东方之壑,浩瀁汪洋,穷瞬莫际,续蔓曷底,涨有流沙,触而阏舟。舟人忿自咤曰:"恶骇是溟渤深哉!余舍傍溪,无阏舟也。"夫不知而尊之,奚尊也;不知而不尊之,又奚不尊也。世贞既辞乡学官,少知所创艾,旦暮讽少陵氏集,于道渐有所窥。近既而得李、何二君集而读之,未尝不掩卷三叹也。宏规卓思,具体而微,间有一二相袭,犹未悟象外,非若抵掌谈笑而效叔敖者也。即世所钩摘语,过矣过矣。历下李攀龙、贝人谢榛与予友,盛能言少陵氏。其所诣力逐二子,谢少推不能胜,李神采奕奕,逼且度之,而见辄敛衽,逊二氏功以为泰山北斗云。

卷 一

一 李君梦阳

李梦阳字献吉,庆阳人也。从其父宦游之大梁,遂家焉。举进士,为户部主事,迁员外郎,时长沙公为相,称能诗,赫然奔走,海内人士稍稍闻梦阳名。自折盛欲相近,而梦阳雅不欲,乃日夜取左氏迁史、骚雅、李杜二家集风之,其所作遂传海内云。

三 李君攀龙

李攀龙字于鳞,历城人也。举进士,今为刑部郎中。于鳞于书无所不通,为人狷介忠信,而好为深沉之思。当所未得,或竟日夕忘食寝。家故贫,又官常调,而绝不肯逐众为奸谒,泊如也。即世所称说名士,亡可当于鳞云。而于鳞顾折节与余好,居恒相勉戒:"吾子自爱,吴人屈指高誉,达书不及子,子故非其中人也。"予愧而谢之。又尝慨然称:"少陵氏没千余年,李、何廓而未化,天乎?属何人哉!"

八 郑郎中善夫

郑善夫字继之,闽人也。二十举进士,为工部主事,谢病归。起补礼部迁郎中,再乞归。今上初,召为南京吏部郎,道卒。所著集行于世。

评曰:善夫遭时不吊,抗疏削迹,日晏未炊,欣然自如。名山幽谷,芒簒几遍。诗规放少陵,兼目变故,时寓幽忧,或伤椎朴。如黄河积水,寒色千仞,石骨巉岩,俯入深涧。连城之璧,不损微瑕。

卷　二

二七　王宫谕维祯

王维祯，关中人。举进士，改翰林院庶吉士，授检讨，迁修撰。今为右春坊右谕德，视留院事。

评曰：宫谕高朗杰出，刻意少陵，一时藉甚之誉，海内无几。宛转屈曲，既乏天然，粗重突兀，良背人巧，自负诗宗上乘，永无改辙。冤哉！千余年杜氏；惜哉！二十载王君。彼逐影追声之徒何足道哉！

四一　陈山人鹤

陈鹤字九皋，山阴人也。世家武弁，当受秩不可，葛巾布袍，称山人云。

评曰：陈生气色高华，风调鸿爽。初法杜氏，未由点化；后入中睿，亦鲜悟解。既寡全牛之语，复乏半豹之蓄。春容乎短章，寂寥乎大篇，十室之肆，庶其宝而。

卷　四

九九　张山人含

张含字愈光，永昌人。举乡贡不第，尝师事李献吉。又自称何氏好友云。

评曰：山人才气粗横，律法少陵，仅得其拙。长歌下笔千言，节奏无端，精采不足。如落日忽霾，宿雅成阵，势虽猛快，无非恶声。

海内之士，结轨称说诗者，亡虑数百千家。大指私其师言，更互沿习，可等别也。……弘、正间，李、何起而振之，天下彬彬然知向风云。而其下者，至或好为剽窃傅会，冀文其拙，一二少年耳。观无当于心，翩翩然曰："士当自起名，奈何影响他人为也。"则又喑猎齐、梁之下，具而夸于人曰："吾乃得其精矣，彼为少陵氏者何？"吴人黄氏、皇甫氏者流，若倚门之妓，施铅粉，强盻①笑，而其志矜国色犹然哉。一者，公甫、孔旸，本无所解，为道理语，度其才气不足胜人，遁而自眩。夫太极阴阳无言已，且束之声韵，岂不冤耶？一者，应德、道思归田之后，驾驭陶、韦必谐自然目到之语，黜意象，凋精神，废风格，而

---

① 当作"盼"。

其徒洪朝选、万士和酷嗜其残馥,左右而播之。於乎!何舛也!一者,关中王维祯悉反诸作,推尊少陵氏,间出章什,朝野重之。此其为道弥迩,为祸愈重,何者?以宛转应接,为少陵氏之旨;以棘涩粗重,为少陵氏之语。至于神格无闻,四声未协,天下相率而聩听之,谓为真传而瞽行之,可不辨乎!孔子曰:"过我门而不入我室,我无憾焉。"即使蛙鼓蝉管,竞奏箾韶,稍具耳观,无见难析,丈夫铅椠之业,宁为椎刀鄙,勿为山鸡拟。吾怪夫斯人之滔滔也。盖又悲之其终天,弗与闻矣。(《明诗评后叙》)

长安送别今七夕,北斗卓地银河吴……开元以来八百载,少陵诸公竟安在?(《弇州四部稿》卷十六《谢生歌七夕送脱屣老人谢榛》)

四十明朝是,愁来酒易醺。流年杯后得,绪景句中分。寒勒孤村雪,春生大海云。浮名殊自苦,吾意欲无闻。

四十明朝是,抽簪岁屡更。自贪田父日,谁妒野人名。腊肉来乡社,春醪有弟兄。不教儿辈酌,知会减欢情。(卷二十七《除夕偶忆杜诗四十明朝是语有感作》)

神鸦向千载,依然少陵句。不学柏台乌,台迁乌亦去。(卷四十五《神鸦》)

长啸宇宙间,杨马宜同时。前辈复谁继,名家信有之。博采世上名,得失寸心知。李侯有佳句,突过黄初诗。伊昔临淄亭,痛饮真吾师。佳人绝代歌,行酒双逶迤。掌中琥珀钟,照耀珊瑚枝。快意八九年,浩荡从此辞。终悲洛阳狱,朱凤日威蕤。千载得鲍叔,弃我忽若遗。饮酣视八极,岁暮有余悲。(卷五十三《怀李于鳞戏集李杜各一首》之集杜)

春色生烽燧,关山信月轮。帝乡愁绪外,梁狱上□辰。社稷缠妖气,生涯脱要津。艰难随老母,寂寞向时人。年事推兄忝,门庭畏客频。要闻除猰貐,独泣向麒麟。磨灭余篇翰,飘零且钓缗。百年歌自苦,一字买堪贫。耕凿安时论,泥涂任此身。今秋天地在,怀旧益沾巾。(卷五十三《舍弟有投赠之作叙致酸楚余不能复续漫集杜句酬之凡十韵》)

汝思且死,属其家大人曰:"儿诗遂不幸中道矣,度无能传我者,是必北走齐谒于鳞,东走吴谒元美乎？吴差近,其且先元美。"于是,其家大人哀汝思遗诗凡四百余首,书谓予："幸无忘延陵之义。"予逊谢不获,则为汰别其猥杂者,仅得百五十余首付梓人。汝思多五七言近体,予故不别论……法家严而寡恩。又于乐亦为律,律亦乐法也,其翕纯曒绎,秩然而不可乱也。是故推盛唐,盛唐之于诗也,其气完,其声铿以平,其色丽以雅,其力沉而雄,其意融而无迹,故曰,盛唐其则也。今之操瓠者,日哓哓焉,窃元和、长庆之余,似而祖述之气则漓矣,意纤然露矣,歌之无声也,目之无色也,按之无力也。彼犹不自悟悔,而且高举而阔视曰："吾何以盛唐为哉！"至少陵氏,直土苴耳。汝思往与余论诗,固甚恨之。度汝思之所撰著,亡用句攻而字摘,业非盛唐弗述矣。（卷六十五《徐汝思诗集序》）

呜呼！此广陵宗臣子相之诗若文,武昌吴国伦传之,而吴郡王世贞为之序,曰：昔在建安,二曹龙奋,公干角立。爰至潘、陆衍藻,太冲修质,沈、宋丽尔,必简岳岳,李、杜并驱,龙标脱衔。古之豪杰于辞者,往往志有所相合,而不相下；气有所不相入,而相为用,则岂尽人力哉！（同上《宗子相集序》）

自《三百篇》出而诸为诗故者,亡虑数十百家。即为诗故者数十百家,而知诗者不与焉,独蔽之于孟氏曰"以意逆志"得之哉,得之哉！夫所谓意者虽人人殊,要之,其触于境而之于七情一也。唐杜氏诗出,学士大夫尊称之以继《三百篇》,然不谓其协裁中正也,谓其窥于兴赋比之微而已。诸为杜诗故者,亦无虑数十百家,而杜氏诗最宛然而附目、铿然而谐耳者,则五七言近体。诸专为近体者又亡虑数家,自张氏之故,托于虞而去杜远矣。夫不得其所属事而浅言之则陋,得其所属事而深言之则刻,不究其所以比则浅,一切究其所以比则凿,此四者俱无当于孟氏谓者也。余束发游学士大夫,遇关中王先生允宁为杜氏近体,抗眉掀鼻,鼓掌击节,若起其人于九京而与之下上,既赏其美,又贺其遇。然至读所谓解,盖精得夫开阖节辏照映之一端,正倒插之二法。而余里中老人刘诸暨间与为杜,甚乃捻鼻酸楚,读不能篇而时呜咽,赞一语涕洟岑淫下,或愤厉用壮,挥如意击,唾壶尽缺。既间出其书,读之往往纵吾偏至之锋以抉其所繇发之秘。吾意至而彼志来,而不务为刻凿以求工,于昔人之名称杜者,庶几孟氏所谓矣。夫杜氏之去《三百篇》固近,至于生贫贱而食肮脏,终始孰祸难,大要雅颂之和平,不胜其变风之懰激。今王先生用文显廊庙,而老人困诸生久,什褐仅得一尉,以谗罢,贫病且死,其于所从逆而入可知也。老人之尊杜氏诗,极以为古无匹者而不能不有所弹射,间为之雌黄窜易,虽以余不自量,亦窃骇其狂,然竟无以□之也。老人名瑄,其称"诸暨"则尝为其邑尉云。(卷六十六《刘诸暨杜律心解序》)

楚于春秋为大国,而其词见绝于孔子之采。至十二国之《风》废,而屈氏始以《骚》振之,其徒宋玉、唐勒、景差辈,相与推明其盛。盖逾千年而有孟浩然及杜必简、子美之为之祖若孙者,复以诗显。又几千年,而为明德、靖之际,王稚钦氏出,而张、廖诸公继之。自张公以气雄,而廖公以辞逞,稚钦最号为高华,然不能毋见才役。而少泉王公稍后出,独能折其衷。……公蚤达,类玉勒、必简,然不为丽词淫声,以祈主悦;沦落不偶似正则、子美,然无怨咨感慨不平之气,以见时左。(卷六十八《王少泉集序》)

自昔人谓言为心之声,而诗又其精者。予窃以诗而得其人,若靖节之言,澹雅而超诣;青莲之言,豪逸而自喜;少陵之言,宏奇而饶境;左司之言,幽冲而偏造。(卷六十九《章给事诗集序》)

自叙曰:王氏世以政术显。……《诗》《书》,吾窃有志焉,而未之逮也。《诗》变而屈氏之《骚》出,靡丽乎长卿,圣矣。乐府,三《诗》之余也。五言古,故李其《风》乎,而法极黄初矣。七言畅于燕歌乎,而法极杜、李矣。律畅于唐乎,而法极大历矣。(卷七十一《王氏金虎集序》)

公实为诸生,即名能歌诗,倾岭南矣;已成进士燕中,即又倾燕中人。而居恒不自得,郁郁思归。……百韵,即古自杜甫氏而外,不恒见也。(卷九十四《明承直郎刑部山西司主事梁公实墓表》)

吴下诸生,则人人好褒扬其前辈。……均之能大骂献吉,云:"献吉何能为?太史公、少陵氏为渠剽掠尽,一盗侠耳。"仆恚甚,乃又笑之不与辨。呜呼!使少有藻伟之见,可以饰其说,仆安能无辨也!夫献吉盗太史公、少陵氏而不怨也。吴子辈尊二君子,二君子不知也。(卷一百十七《李于鳞》)

于鳞诗,白云从西北起也,大风泱泱乎而雨随之矣。甚矣哉,于鳞之于仆也。即古所著屈、宋、苏、李、杨、马、甫、白之傅,或才力小让,或时代鲜接,或肝胆尚乖,或酬和未广。仆固不可就攀于鳞,然恐一时之盛,径绝今古;众口谣诼,便成丘山。要在身后,亦复何害!(卷一百十七《李于鳞》)

赖天之灵,不遂懵昧,自《六经》而下,于文,则知有左氏、司马迁;于骚,则知有屈、宋;赋,则知有司马相如、扬雄、张衡;于诗,古则知有枚乘、苏、李、曹公父子,旁及陶、谢;乐府,则知有汉、魏鼓吹、相和,及六朝清商、琴舞、杂曲佳者;近体,则知有沈、宋、李、杜、王江宁四五家,盖日夜置心焉。铅椠之士,侧目谁何?独于鳞不以为怪,时有酬唱,期于神赏已耳,不谓二三友生,复取其糠秕而簸扬之。(卷一百二十一《张助甫》)

汉乐府之变,自子建始。李、杜才高于六朝诸君子,然六朝乐府之变自李、杜始。(同上《张助甫》)

苏沧浪子美草书少陵《漫兴》八绝句,而遗其一。后不著名姓,或有谓为山谷道人及杜祁公者。南宋诸君子以书法及寓吴之岁考之,定为沧浪无疑也。(卷一百三十《苏沧浪真迹》)

此卷山谷老人诗,故夏太常家物,毁于火中,每行下辄缺一字。太常子大理德声补之,亦佳。卷尾有吴文定公跋及手简,要当有李文正篆首,今亦脱落矣。诗不着题,亦缺名氏,而考公集有之,《杜老浣花溪图引》也。歌词力欲求奇,然是公最合作语。(同上《山谷卷后》)

祝京兆书,本作颠旭,时时阑入颠苇中。此卷书少陵《秋兴》数行后,天骨遒发,几与"波浪兼天""石鲸鳞甲"语争雄长。小展视间,太行诸山忽若奔动,为之一快。(卷一百三十二《祝京兆秋兴八首为王明辅题》)

坡老言:"诗至杜工部,书至颜鲁公,画至吴道子,天下之能事毕矣。能事毕而哀生焉。"故吾于诗而得曹、刘也,书而得钟、索也,画而得顾、陆也。为其能事未尽毕也。噫!此未易道也。(卷一百三十六《东坡告史全节语帖》)

欧阳公《庐山高》,自谓出李、杜上,不满识者一笑。然其雄劲豪放,亦是公最合作诗也。凡李、杜长歌所以妙者,有奇语为之骨,有丽语为之姿。若十

万众长驱而中无奇正,器甲不精丽,何言师也?山谷此书姿态犹存而锋势都乏,岂石顽工拙之故耶。(同上《庐山高歌》)

偶阅张伯雨《赠纳琳大监》诗,跋云:"曾疏请以蜀文翁之石室、扬雄之墨池、杜甫之草堂,皆列祀典;又为甫请得赐谥曰'文贞'。"《虞奎章集》纪其事。按,《元史》有《纳琳传》而不载此事,又杜甫之谥"文贞",亦出奇闻。(卷一百六十《宛委余编五》)

莫山人公远好为诗……山人之集乃名曰《两都游纪》,是诗也,不可言纪。岂亦以眺览、酬赠、羁栖、牢骚之况托韵以悉之,而附于少陵之所谓史耶?(《弇州山人四部续稿》卷四十一《两都纪游小序》)

《诗三百》往往出于妇人女子,而莫备于宫掖,将以善则为化始,而恶者为乱枢耶?固也。彼其求而为《关雎》,思而为《卷耳》,恒而为《螽斯》,变而为《柏舟》,以寓劝足矣。"副笄六珈,而天而帝",要不过容饰之盛,极而至于"有泚有茨,上下禽聚"。此其视宋玉、司马所称述何如也!圣人乃采而编之曰《风》。《风》者,谓其可以风也。又曰"《诗》亡,然后《春秋》作"。《春秋》者,史也。史能及事,不能遽及情。诗而及事,谓之"诗史",杜少陵氏是也。然少陵氏夙疏贱,晚而废弃,寄食于西诸侯,足迹不能抵京师,所纪不过政令之窳邪,与丧乱乖离之变而已。(卷四十三《编注王司马宫词序》)

或谓:在明所酬倡篇什甚富,胡以寂寥若是?则不。然今天下才士大夫,结轨而谈秋者必趋唐,而唐之篇什最富者独少陵、香山氏,其次则李供奉、元武昌而已。彼《极玄》《英灵》之所载者,人不过十余章。初盛四杰悉其蘲,不能贵洛阳之纸,而崔员外《黄鹤》咏,标揭亡和;杨东川《兰亭》语,压倒时英……(卷四十四《朱在明诗选序》)

郭鲲溟先生始仕为袁司理,即能出奇策,以破散大奸憝,天下闻而壮之。……先生囊中诗可千余首,骇而读之,则自五七言古近体无所不有,而近体尤富,独得十之八。其辞旨咸调畅清丽,句稳而字妥,不露蹊径,而近体尤汎汎可咏。以编少陵诗例考之,则穷而诗,达而诗,游息而诗,感触而诗,适而诗,拂郁而诗,为赋、为兴、为比不一……(卷四十六《郭鲲溟先生诗集序》)

余观九崚先生，流易自放，天真烂如，华不至靡，劲不示骨，其启兀然，先生毋亦少陵氏之必简乎！（卷五十一《二顾先生集序》）

诗之病，起于半山，而成于双井。是二君子，其源非不出自少陵，特取其工与老之似，而加蛇足焉。（卷五十二《余德甫先生诗集序》）

公讳岩，字民瞻。……乡试不利，归而读书西山佛庐，始得开元诸名家诗，独于少陵氏有深契，曰："此吾师也。"乃复为诗，有佳语书壁，壁为满。（卷一百四《枣强丞赠文林郎元城令东丘万君墓志铭》）

闽之长乐陈公……公于书无所不读，谈说道理，博识今古若指掌。为文章雄浑明白，要取达意，所著有《毛诗四书囗义》《春秋集传》《读易管见》《双溪拙稿》《和陶杜二集》多传世，尤自谓于《春秋》有所发挥……公生于弘治戊午二月三十日，卒于万历癸未十二月十六日，寿八十有六。（卷一百十三《思恩府同守致仕累封通议大夫兵部右侍郎兼都察院右佥都御史双溪陈公墓志铭》）

羔羊居士者名升，逸老其字也。宣和中，尝以草书进御得官。此卷少陵《八仙歌》，暮年纷披老笔，有怀素、杨景度遗意。（卷一百六十一《羔羊居士饮中八仙歌》）

张温甫……此卷更勃郁有生气，其所托旨于杜歌四章，盖愤羯胡之滔天，冀恢复之有日。然未久而黍离继之，良可慨也。（同上《张即之书杜诗》）

祝京兆生平好书晚唐句，独此王右丞、岑嘉州、杜少陵、钱左司、刘随州诸公七章，乃唐人第一才情诗，其所作行草则吴下第一风骨书。（卷一百六十三《祝京兆书七诗》）

第二十册皆杜少陵七言歌行。陆士仁得十四章，文从先得十一章，顾绍辰得十四章，钱允治得十九章。始予以为五言选莫盛于思王，谓能穷《雅》之变也；七言歌行莫盛于少陵，谓能极《风》之变也。故乞诸名家合书之，总二册。此册皆近时名笔，端雅有致，陆当擅场，佻侧寡情，顾风斯下矣。（卷一百六十四《墨迹跋·有明三吴楷法二十四册》）

穆考功文熙寄余近作，内有《拟少陵秋兴八首》，而其子光胤集右军书书之者。偶一僧相过，拈以示之。问其："书似右军否？"曰："似似。"问："《秋兴》似少陵否？"曰："不似不似。"余不觉失声笑曰："不似不似，似亦不似，不似与似，总是不是。男儿堕地，自名自位，勿作第二人，勿落第二义。"僧亦笑曰："此戏也，而具少禅理。即令少陵再和《秋兴》，右军重书《兰亭》，其似耶？不似耶？"（卷一百六十五《穆光胤书父文熙诗》）

来谕："古人欲有所撰著，以自见后世，必用志不分，神有独至，可以成一家言。而近有友人好我，贻书相规，以为丈夫耳目口鼻与尧、舜等，奈何弊精神于小技，即《三都》之赋视若五禽之戏耳。"此语也，孟子舆已先之曰："尧、舜与人同耳。"非直立德之士能言之。即杜甫毕生于诗咏中，尚独谓："文章一小技，于道未为尊。"又曰："许身一何愚，自比稷与契。"则隐然若有所窥见。然甫之所谓稷与契者安在？而其诗名至与天壤俱敝，则彼之自歉以为"小技"者也。孔子称，诗可以兴，可以群，可以怨，迩之事父，远之事君。若仅以忠孝二言，或粗征其实，以示天下，后世安能使之感动，而得其所谓兴与群、与怨也。（卷一百九十《答邹孚如舍人》）

吾尝谓太白之绝句，与杜少陵之七言古诗歌，当为古今第一。少陵之五七言律，与太白之七言诗歌、五言律次之。当时微觉于摩诘卤莽，徐更取读之，真足三分鼎足，他皆莫及也。天子蒙尘于蜀，少陵叙致有慷慨恻怛无穷之感，而太白乃作《上皇西巡歌》，得非有胸无心者。"地转锦江成渭水，天回玉垒作长安"，虽或壮丽千古，何异宋人东狩、钱塘封事！《永王西巡歌》，彼诚以永王为中兴之贤王也，辞官不受赏，其语谁信？摩诘弱，故不能致死安民，然其意非肯为之用也。生平悟禅理、舍家宅，无妻子而不之恤，顾不能辞禁近以殁，岂晚途牢落，不能自遣，白香山之所谓"老将荣补贴"者耶？（《读书后》卷三《书李白王维杜甫诗后》）

苏长公之诗，在当时天下争趣之，若诸侯王之求封于西楚，一转首，而不能无异议。至其后，则若垓下之战，正统离而不再属，今虽有好之者，亦不敢公言于人。其厄亦甚矣。余晚而颇不以为然。彼见夫盛唐之诗，格极高，调极美，而不能多有，不足以酬物而尽变，故独于少陵氏而有合焉。所以弗获如少陵者,才有余而不能制其横,气有余而不能汰其浊,角韵则险而不求妥,斗事则逞而不避粗。所谓武库中器,利钝森然,诚有以切中其弊者,然当其所合作,亦自有斐然而不可掩。无论苏公,即黄鲁直,倾奇峭峻,亦多得之少陵,特单薄无深味,蹊径宛然,故离而益相远耳。鲁直不足观也。庄生曰:"神奇化而臭腐。"苏公时自犯之。臭腐复为神奇,则在善观苏诗者。(卷四《书苏诗后》)

下编
明代后期杜诗批评资料汇编(万历到崇祯年间)

李 贽

杜甫非耒阳之贤,则不免于大水之厄;相如非临邛,则程郑、卓王孙辈当以粪壤视之矣。势到逼迫时,一粒一金一青目,便高增十倍价,理势然也。(《焚书》卷二《复邓鼎石》)

魏武病头风,方伏枕时,一见陈琳檄,即跃然起曰:"此愈我疾!此愈我疾!"夫文章可以起病,是天下之良药不从口入而从心授也。病即起于见文章,是天下之真药不可以形求而但可以神领也。夫天下之善文章如良医之善用药,古今天下亦不少矣,故不难于有陈琳而独难于有魏武。设使呈陈琳之檄于凡有目者之前,未必不皆以为好,然未必遽皆能愈疾也。唯愈疾,然后见魏武之爱才最笃、契慕独深也。故吾不喜陈琳之能文章而喜陈琳之遇知己,盖知己甚难,虽琳亦不容不怀知己之感矣。唐之明皇岂不是能文章者?然杜甫《三大礼赋》浩然不才,诗已弃之如秦越人矣,况六朝之庸主哉。(卷五《曹公二首》)

卓吾子谓改形不成画,得意非画外。因复和之曰:"画不徒写形,正要形神在。诗不在画外,正写画中态。"杜子美云:"花远重重树,云轻处处山。"此诗中画也,可以作画本矣。(同上《诗画》)

水入南池读古碑,任城为客此何时。从前只为作诗苦,留得惊人杜甫诗。(卷六《南池二首》其二)

济上自李、杜一经过,至今楼为太白楼。经过淮、济者,泊舟城下,即见"太白楼"三字,俨然如照乘之璧。池经千百载,尚为南池,又为杜陵池。池不得湮,诗尚在石。吁!彼又何人,乃能使楼、使池、使任城之名,竟不能灭也!吾辈可以惧矣,真是与草木同腐也哉!(《续焚书》卷一《与凤里》)

少陵原自解传神,一动乡思便写真。不是诸公无好兴,纵然兴好不惊人。

困穷拂郁忧思深,开口发声泪满襟。七字歌行千古少,五言杜律是佳音。(卷五《读杜少陵贰首》)

李杜文章日月高,有身如许厌糠糟。由来造物难多取,但得时名气自豪。(同上《咏古五首》其四)

李谪仙、王摩诘,诗人之狂也;杜子美、孟浩然,诗人之狷也。韩退之文之狷,柳宗元文之狂,是又不可不知也。(《藏书》卷二十四《孟轲》)

甫少与李白齐名,时号"李杜"。尝从白及高适过汴州,酒酣登吹台,慷慨怀古,人莫测也。昌黎韩愈曰:"李杜文章在,光焰万丈长。"元稹作《子美墓志》曰:"余读诗至杜子美,而知古人之才,□有所总萃焉。始尧舜君臣以《赓歌》相和,是后诗人继作。历夏殷周千余年,仲尼缉拾选练,取其干预教化之尤者三百篇,其余无闻焉。骚人作而怨愤之态繁,然犹去风雅日近。秦、汉已还,采诗之官既废,天下俗谣民讴、歌颂讽赋、曲度嬉戏之词,亦随时间作。至汉武帝赋《柏梁诗》,而七言之体兴。苏子卿、李少卿之徒,尤工为五言。虽句读音律各异,雅郑之音亦杂,而词意阔远,指事言情,自非有为而为,则文不妄作。建安之后,天下文士遭罹兵战,曹氏父子鞍马间往往横槊赋诗,故其遒文壮节,抑扬、怨哀、悲离之作,尤极于古。晋世风概稍存,齐宋之间,教失根本,士子以简慢、矫饰、舒徐相尚,文章以风容、色泽、放旷、精清为高,盖吟写性灵、流连光景之文也。意义格力,固无取焉。陵迟至于梁陈,淫艳、刻饎①、佻巧、小碎之词剧,又宋齐之所不取也。唐兴,学官大振,历世之文,能者互出,而又沈、宋之流,研练精切,稳顺声势,谓为律诗。由是而后,文体之变极焉。

---

① 疑作"饰"。

然而好古者遗近,务华者去实,放齐、梁则不逮于魏、晋,工乐府则力屈于五言。律切则骨格不存,间暇则纤秾莫备。至于子美,盖所谓上薄风雅,下该沈、宋,才旁苏、李,气吞曹、刘,掩颜、谢之孤高,杂徐、庾之流丽,尽得古人之体势,而兼昔人之所独专矣。故予谓诗人以来未有如子美者。是时山东人李白亦以奇文取称。余观其壮浪纵恣,摆去拘束,模写物象,及乐府歌诗,诚亦差肩于子美矣。至若铺陈终始,排比声韵,大或千言,次犹数百,词气奋迈而风调清深,属对律切而脱弃凡近,则李尚不能历其藩翰,况壸奥乎!"(卷三十一《杜甫》)

议者谓,有唐之盛,文至于韩愈,诗至于杜甫,书至于颜真卿,画至于吴道元,天下之能事毕矣。"(卷三十八《吴道元》)

其论文有曰:古人言以见志,故其性情、其状貌求而可得焉,此孔子所以于师襄得文王也。故昔人陶则陶,杜则杜,韩则韩,柳则柳,咸自成家。今或不能自立,傍人门户,效嚬①而学步,志意性情,略无见焉,无乃类诸译人也耶?君子不凤鸣而鹦鹉言,陋矣哉。(《续藏书》卷二十六《修撰康公》)

论曰:弘治初,北地李梦阳首为古文辞,变宋元之习,文称左、迁,赋尚屈、宋,诗古体宗汉、魏,近律法李、杜。(卷二十六《副使何公》)

诗体《三百篇》流为楚辞,为乐府,为《古诗十九首》,为苏、李五言,为建安黄初,此诗之祖也。《文选》刘琨、阮籍、左、郭、鲍、谢诸诗,渊明全集,此诗之宗也。老杜全集,诗之大成也。(《骚坛千金诀②·总论》)

孙应鳌

大复子谓:"三代以前不可一日无诗,故治美;三代以后言治不及诗,故靡有治。"此诚高论。又谓:"称学为理者,比之曲艺,遂亡其词;其为诗者,率牵时好,莫知上达,遂亡其意。"乃指歌行、近体当取李、杜,及唐初、盛唐诸人,古

---

① 疑作"颦"。
② 此书或以为乃书贾托名李贽之伪书。

作必求诸汉、魏,所以令操觚者,审财择而得坚决,甚具。然余尝览《虞典》,见所谓声音克谐,可和神人,则又非专区区以声音示贵务也。大要则在所谓"诗言志"耳。志之指微矣,是性情之枢筦也。有其志,然后可言诗,志端则性情得矣,性情得则声音谐矣。皆自然所疏属,不可强也。而乃曰专尚诗,故治美不及诗,故靡有治,此何以称焉?志所体物为意,志所永言为辞。意亡斯不能存其辞,辞亡亦未有能独存其意者,形神相守,人所由生,若之何可以剖判也!无论三代,即后世专长擅能,如汉、魏之古作,唐人之歌行、近体,所由发藻树义,敷写委曲,使颂者哀歔而喜悦,慷慨而踟蹰,以皆有性情,故能传也。彼学步为趋,依妍为色,无论追汉、魏,追唐,即追《三百篇》,谓之言志,奚益?(《孙山甫督学文集》卷一《重刻海叟集序》)

邓元锡

唐杜子美,词人之雄也。元稹称其薄《风》《雅》,吞曹、刘,掩颜、谢,兼昔人之所独专。今其集具在,虽云大家,要自成己格耳。乃若《风》《雅》、曹、刘、颜、谢之调有无哉。固知元氏子溢言矣。(《皇明书》卷三十八《李提学梦阳》)

至若倒插、顿挫之法,自少陵来,善用之者,空同一人而已。学者未睹其大,谩肆丑诋,以为空同掠古,市有比之剽虏。嗟乎,空同富才神解,能自作古。假令与李、杜二豪并生同代,二豪当约为兄弟,补所未逮,增所未能。故官帑失金不可疑陶朱也,良骥骈足不可谓相肖似也。空同生李、杜先,不为李即为杜;若李、杜后空同生,亦不必不为空同,岂可谓李、杜掠人美哉?(卷三十八《何景明》)

五言古及七言歌行,太白以气为主,以自然为宗,以俊逸高畅为贵;子美以意为主,以独造为宗,以奇拔沉雄为贵。其歌行之妙,咏之使人飘扬欲仙者,太白也;使人慷慨激烈、歔欷欲绝者,子美也。太白古乐府,窈窅惝恍,纵横变幻,极才人之致,然自是太白。乐府十首以前,少陵较难入;百首以后,青莲较易厌。扬之则高华,抑之则沉实。有色有声,有气有骨,有味有态,浓淡深浅,奇正开阖,各极其则,吾不能不伏膺少陵。选体太白多露语、率语,子美多稚语、累语。五言律、七言歌行,子美神矣,七言律圣矣。五、七言绝,太白神矣,七言歌行圣矣,五言次之。太白之七言律,子美之七言绝,皆变体,间为之可耳,不足法也。(卷三十九《王世贞》)

董传策

莫云:秋歌八首,感时赋事,指义杂出,难以尽窥而气格浑融,音节悲壮,并臻巨丽。何云:初非用意学杜,无一字模拟,而气骨遒迅,词复俊伟,何意《秋兴》之后,复有此八首。①(《董传策集·邕歗稿》卷三《秋歌八首效拗句体》题下评语二则)

莫云:八首,首述遭遇盛明,仕处散曹。继叙幽卧逋迁之迹,而未归忧国忧时,欲自见之志,少陵《秋兴》不得专美矣。(《董传策集·邕歗稿》)卷三《秋歌八首效拗句体》诗后评)

莫云:一字不袭杜而音调合辙。何云:句意俱工,老杜于千载之后有此英对。(卷五《江上卧疴》题下评语二则)

王金陵乃以白耽于酒、妇人而薄其为人,世遂谓白诗徒豪举,不关规讽,劣于杜少陵之忠君爱国,非惟不知人,抑不知诗矣。(《奇游漫记》卷一《太白楼游谈记》)

朱孟震

杜牧之《阿房宫赋》云:"长桥卧波,未云何龙,复道行空,不霁何虹。"词最新丽,而讥之者云:"误用龙见而雩事,谓龙乃龙星,非龙也。"不知杜所用,乃"云从龙"之"龙",正取《易》"云从龙"之义,盖"云"而非"雩"也。少陵诗云:

---

① 《董传策集》万历刻本中有莫如忠等人评点,往往以杜诗为评说标准,但大都恒钉不成句,很少包含有价值之诗学批评意见,兹收录数条,以见其一斑。

"日落青龙现水中",与此正同,且"云"与"霁"正相对,若作"雩",乃祭名也,有何义相涉而引以为偶耶?(《续玉笥诗谈》)

《西畲诗话》云:殷璠集李白诗有《沙丘城下寄杜甫》云:"我来竟何事,高卧沙邱城。城边有古树,日夕连秋声。鲁酒不可醉,齐歌空复情。思君若汶水,浩荡寄南征。"其风骨音节,为白诗无疑。后人不之见,以为李无寄杜诗,乃伪作《饭颗》一绝,浅俗特甚,未有一字似白语。予观白集,又有《鲁郡东门送杜二甫》一首云:"醉别复几日,登临遍池台。何时石门路,重有金樽开。秋波落泗水,海色明徂徕。飞蓬各自远,且尽手中杯。"盖不止《沙邱》一首也。(同上)

未许少陵夸吏隐,真同摩诘作禅僧。(同上)

次日复命,珥求去,遂以李、杜二全集训之。珥复敛容谓:"汉有两司马、班、杨,而唐惟李、杜、韩、柳,宋称欧、苏二氏,合汉唐宋不越数人,而皇明自李、何后,统之亡虑数十人,以一时而倍前数代,皇明其千古绝胜哉。"(同上)

七言有小序云:《东坡志林》云:"七言之伟丽者,杜子美'旌旗日暖龙蛇动,宫殿风微燕雀高。五更鼓角声悲壮,三峡星河影动摇'。而后寂寞无闻焉……"(同上)

高仲武《中兴集》止取杜公一诗,所谓"流水生涯尽,浮云世事空"者也,且云"杜君诗调不失"而已,余乡简西畲绍芳尝以为讶云。近取高集阅之,乃杜诵,非杜公也。盖集曰"中兴",则开、天以前当不在所选矣。矧首以铣起,岂应列杜公于后?然杜公集实有此诗,又不可解,岂后人因姓而误入耶?书俟知者。①(《河上楮谈》卷一《杜诵诗》)

古今明妃诗多矣。曩见闽工书林公爌云:"当以储光羲为第一。盖即事写情,更无长语,而殊域不堪之态,尽于二十八字中。"真知言也。其诗云:"日暮惊筇乱雪飞,旁人相劝易罗衣。强来前殿看歌舞,共待单于夜猎归。"但穷庐毳帐,无宫室城郭,诗云"前殿"殆非事实。然老上有龙庭之称,恐匈奴中或

---

① 编者按,当是"诵"与"甫"字形相近,后世传抄中讹"甫"为"诵"了。

别有殿名,未可知也。考明妃事,班史纪之甚详。其失身夷狄又室其子,无足道者。青冢之传,画史之误,良不可信。自石季伦滥觞为曲,而后世词人连篇累牍,竞新角异,总之,不出哀怨悼惜,更无质其谬者。杜陵氏,百代诗圣也,而犹祖杂记之说,何也?(《汾上续谈·明妃诗》)

西上入锦官,谒昭烈、武侯二祠,浣花之上,草堂在焉,则杜子美氏所尝流寓者也。(《朱秉器全集》文集卷一《郁木生自叙》)

百华潭前江水长,杜陵异代流芬芳。……酌君一斗华阳春,君歌草堂歌有神。(诗集卷三《草堂寺送别徐子裁》)

艾　穆

盖《骚》《选》以还,诗家尚开元前语,而集大成必归之杜。杜公博极载藉,上薄《风》《雅》,即遭坎壈而忠爱蔼然,骚客墨卿亡与共执牛耳争雄长者。乃杜公则云:"此意陶潜解,吾生后汝期。"何复殷慕柴桑翁如是哉!观苏长公评杜公以诗入道,渊明才意高远,如大匠运斤,以知渊明是清澹之宗。子美独穷其旨,其歆艳宜尔而卒未免有异代之感也。余友洞衡陈公,胸次飘洒,睚眦空廓,负元龙豪气,步履常读书,名理内融,物缘外绝。其于风期月榭,剩水孤屿,所接无非佳趣,往往蔚为诗文,珠玑错落。如云:"五柳归来兴未阑,黄花三径助清欢。赏音自有无弦调,不向寻常指上弹。"盖脱然埃塻,游神邃初,大都靖节矣。顾其去就,亦居然似之。靖节为彭泽令,仅仅八十日即拂衣去,何甚功泽留民间?而昔人云彭泽,到今更几令县人开口说渊明,亡抑雅致奇姿,比之龙潜凤戢然邪?今读《赋归》《拟古》《饮酒》《咏贫》诸篇,总之,本乎性情,弗诡于道,是以不必仕,不必不仕,混人间世,作逍遥游,无之而不自得者,洞衡有焉。而余幸与公同时同里同科,蚤岁相与击筑燕市,贳酒垆头,其悲歌寄迹,又同兹抚蜀。闻公莅江阳,期年有遗爱。见督邮狂态,辄懒折腰,来归林谷,则彭泽令余风矣,斯其感讵啻异代也与哉!曩公谩稿业为缀语其前,已复走书都门,属序续集,逡巡未报也。顷乃药裹关心,辕门鞅掌,胠箧得手墨淋漓,漫卒业之。濯锦江头,浣花溪上,工部草堂岿然。古今赓唱娓娓,公胡不挈奚囊过之一问工部,谓时有并生陶、杜也者。续稿凡六卷,诗文杂著如千首。(《艾熙亭先生文集》卷二《洞衡续稿序》)

杜少陵至夔,而思幽入玄,觚翰始化,盖宦历壮游者,文艺之大薮,而豪夫喷藻者之所必需也。(卷二《洞衡漫稿序》)

是夜写疏时①,余放声歌杜律诗十数首,且饮且笑,呼纯父曰:"打起精神。"至漏下四鼓,疏写完。(卷四《恩谴记》)

柳子厚在柳州时,尽得柳之胜,而吐为文章,遂令百越有柳为天下重。夫子厚污叔文之党,世故薄之。其为柳重,独以其文耳。……昔高常侍年五十始诗,每观其集中与少陵诸公唱酬往来,得居其奥而名天下。少陵与高诗曰:"美名人不及,佳句法如何。"今幸公求少陵大将之旗而树之骚坛,穆当以小队从矣。(卷八《与少参王恒叔》)

昔人谓:"文章一小技,于道未为尊。"南华氏之"惟道集虚",老氏亦云"江海之为百谷王者,以其善下下"。诗文虽技艺,然虚则受益,化境可臻。若信心独往,终难入圣。读来教论诗文,蛩然之音,令坐空谷中者愕而幸。杨用修评杜诗绝句本无可解,惟取《花卿》一首得风人之遗,非谓一部杜诗只此入选也。用修诗亦全学杜,但调不如杜之逸耳。公欲我游心汉魏以昌其诗,上求西京以极其文,甚盛心也。汉魏、西京遨游有日矣,然其妙从悟入。今海内操觚为诗文者,无虑数百家,率多才具不类,而以此为套,本又可叹也。观舞剑而识草书,因解牛而得养生,正谓师其意不泥其迹,善学善悟者也。(卷八《与明府丘次峰》)

夔州江水滨,巫峡更嶙峋。战守称雄镇,安危寄直臣。也知心似铁,休道鬓生尘。杜老曾游地,词源况可亲。(卷十《又送艾使君观察巴蜀八首》其二)

---

① 指弹劾张居正之疏。

王世懋

《艺圃撷余》

今人作诗，必入故事。有持清虚之说者，谓盛唐诗即景造意，何尝有此？是则然矣。然亦一家言，未尽古今之变也。古诗，两汉以来，曹子建出而始为宏肆，多生情态，此一变也。自此作者多入史语，然不能入经语。谢灵运出，而《易》辞、《庄》语无所不为用矣。剪裁之妙，千古为宗，又一变也。中间何、庾加工，沈、宋增丽，而变态未极。七言犹以闲雅为致，杜子美出，而百家稗官都作雅音；马浡牛溲咸成郁致，于是诗之变极矣。子美之后，而欲令人毁靓妆，张空拳，以当市肆万人之观，必不能也，其援引不得不日加而繁。然病不在故事，顾所以用之何如耳？善使故事者，勿为故事所使。如禅家云："转《法华》，勿为《法华》转。"使事之妙，在有而若无，实而若虚，可意悟，不可言传；可力学得，不可仓卒得也。宋人使事最多，而最不善使，故诗道衰。我朝越宋继唐，正以有豪杰数辈，得使事三昧耳。第恐二十年后，必有厌而扫除者，则其滥觞末弩为之也。

作古诗先须辨体，无论两汉难至，苦心模仿，时隔一尘。即为建安，不可堕落六朝一语。为三谢，纵极排丽，不可杂入唐音。小诗欲作王、韦，长篇欲作老杜，便应全用其体。第不可羊质虎皮，虎头蛇尾。词曲家非当家本色，虽丽语博学无用，况此道乎。

诗有古人所不忌，而今人以为病者。摘瑕者因而酷病之，将并古人无所容，非也。然今古宽严不同，作诗者既知是瑕，不妨并去。如太史公蔓词累句常多，班孟坚洗削殆尽，非谓班胜于司马，顾在班分量宜尔。今以古人诗病，后人宜避者，略具数条，以见其余。如有重韵者，若任彦升《哭范仆射》一诗三压"情"字。老杜排律，亦时误有重韵、有重字者。……又如风云雷雨，有二联中接用者，一二三四，有八句中六见者，今可以为法邪？此等病盛唐常有之，独老杜最少，盖其诗即景后必下意也。

唐律由初而盛,由盛而中,由中而晚,时代声调,故自必不可同。然亦有初而逗盛,盛而逗中,中而逗晚者。何则?逗者,变之渐也;非逗,故无骤变。如四《诗》之有变风变雅,便是《离骚》远祖;子美七言律之有拗体,其犹变风变雅乎?唐律之由盛而中,极是盛衰之介。然王维、钱起,实相倡酬;子美全集,半是大历以后,其间逗漏,实有可言,聊指一二。如右丞"明到衡山"篇,嘉州"函谷""磻溪"句,隐隐钱、刘、卢、李间矣。至于大历十才子,其间岂无盛唐之句?盖声气犹未相隔也。学者固当严于格调,然必谓盛唐人无一语落中,中唐人无一语入盛,则亦固哉其言诗矣。

少陵故多变态,其诗有深句,有雄句,有老句,有秀句,有丽句,有鲜句,有拙句,有累句。后世别为大家,特高于盛唐者,以其有深句、雄句、老句也;而终不失为盛唐者,以其有秀句、丽句也。轻浅子弟,往往有薄之者,则以其有险句、拙句、累句也。不知其愈险愈老,正是此老独得处,故不足难之。独拙、累之句,吾不能为掩瑕。虽然,更千百世,无能胜之者何?要曰无露句耳。其意何尝不自高自任?然其诗曰:"文章千古事,得失寸心知。"曰:"新诗句句好,应任老夫传。"温然其辞,而隐然言外,何尝有所谓吾道主盟代兴哉?自少陵逗漏此趣,而大智大力者发挥毕尽,至使吠声之徒,群肆捃剥,遏哉唐音,永不可复。噫嘻慎之。

李于鳞七言律俊洁响亮,余兄极推毂之。海内为诗者争事剽窃,纷纷刻鹜,至使人厌。予谓学于鳞,不如学老杜;学老杜,尚不如学盛唐。何者?老杜结构,自为一家言;盛唐散漫无宗,人各自以意象声响得之政。如韩、柳之文,何有不从《左》《史》来者?彼学而成,为韩为柳。我却又从韩、柳学,便落一尘矣。轻薄子遽笑韩、柳非古,与夫一字一语必步趋二家者,皆非也。

今人作诗,多从中对联起,往往得联多而韵不协,势既不能易韵以就我,又不忍以长物弃之,因就一题,衍为众律。然联虽旁出,意尽联中,而起结之意,每苦无余。于是别生支节而傅会,或即一意以支吾,掣衿露肘。浩博之士,犹然架屋叠床,贫俭之才弥窘,所以《秋兴》八首,寥寥难继,不其然乎?每每思之,未得其解。忽悟少陵诸作,多有漫兴,时于篇中取题,意兴不局,岂非

《柏梁》之余材，创为别馆；武昌之剩竹，贮作船钉。英雄欺人，颇窥伎俩，有识之士，能无取裁？

于鳞选唐七言绝句，取王龙标"秦时明月汉时关"为第一，以语人，多不服。于鳞不止击节"秦时明月"四字耳。必欲压卷，还当于王翰"葡萄美酒"、王之涣"黄河远上"二诗求之。

杜必简性好矜诞，至欲衙官屈宋。然诗自佳，华于子昂，质于沈、宋，一代作家也。流芳未泯，乃有杜陵邑其家风，盛哉！然布衣老大，许身稷、契、屈、宋，又不足言矣。

子美而后能为其言而真足追配者，献吉、于鳞两家耳。以五言言之，献吉以气合，于鳞以趣合。夫人语趣似高于气，然须学者自咏自求，谁当更合。七言律，献吉求似于句，而求专于骨；于鳞求似于情，而求胜于句，然则无差乎？曰：噫，于鳞秀。

家兄谳狱三辅时，五言诗刻意老杜，深情老句，便自旗鼓中原。所未满者，意多于景耳。青州而后，情景杂出，似不必尽宗矣。

（郑善夫）其诗虽多摹杜，犹是边、徐、薛、王之亚。

君不见杜陵野老多贫交，广文司业时相逐。（《王奉常集》卷四诗部《访祯伯博士寺中留酌大觥为赋长歌》）

昔贤曾此混渔樵，筑室留题事已遥。唯有三川依旧在，涨痕犹似未曾消。（卷十五诗部《三川是杜少陵避兵处今有遗墨故居事颇傅会少陵故有观三川涨诗可据也》）

夫孔氏删诗至风雅之变，不得已而存之。若骚与赋，又雅、颂之变之余也。夫骚之言忧也，赋之意以讽也，令其时不为逐臣，胡以用骚；不事淫辟，胡所用讽。杜襄阳之不得已而为"诗史"，亦犹是也。（卷一文部《送陈大夫督学楚中序》）

其诗五言古高者追踪魏、晋，歌行、五七言律大率多宗杜陵，然不为刻字炼句，以求炫乎翰墨之场，其指在摅写襟怀而已。当其新意所出，即亡论格调可也。盖公意不屑以诗人自命，尝训其子云："比德思上，比欲思下。"其素所

抱负。(卷六文部《张侍御诗集序》)

至其为诗,乐府蔚跂,故是风雅所寄,而五七言古律间多率意之作。又慕少陵直摅胸臆,或用时人名号、爵里,或韵至便押,不必丽于雅。(同上《康对山集序》)

夫唐之人主以诗登士,士之工乎此无惑也,士业繇此登。吾以谓高者当在帝左右任密勿顾问之司,次者乃以试州郡诸散秩,及屈指而计其人乃多不然。开元以前,人主常命侍臣应制,苏、李、燕、许之流犹执文柄,厥后实寥寥焉,若权、武诸公未当作者,而诗家所推李、杜、顾在下僚,即高、岑、刘、白、韦、柳之徒大率多为刺史、郡守。若韦苏州、柳柳州,千载后以其州名不易也。诗道之广不必台阁,在唐已然矣。(同上《鹡鸰集后序》)

杨子云文似相如,晚而悔曰:"童子雕虫,壮夫不为。"杜襄阳诗人耳,乃其言云:"文章一小技,于道未为尊。"是二子者,未知其于所闻何如?亦诚不欲以技自命矣。(卷七文部《黄宪子临华新草小叙》)

三川驿即古三川县,杜少陵避兵处也。三川者,黑源、华池二水合流至驿东南,与洛水合,故曰三川。少陵诗有"观三川涨"者即此水也,土人名曰"葫芦河"。唐人诗所谓"葫芦河"者,似不在此。下坂纤行里许,始入驿,睹壁间诗版,知有少陵遗迹,便欣然访之。出驿稍涉溪,而南山石削立如魇,上多前人题名。有刻少陵门榜一联,云自土石间得之,其语似后人赝为之者,然刻痕已模糊矣。土人云:"少陵有窟室在山上。"余匍匐泉石间,经岖崎而上,得之一土窟耳,何所证为少陵居?独其下泉,瀄瀄自土中流出,循涧石而下注于溪,羞具览胜耳。(卷十二文部《关中纪行》)

细观足下诗,每一题必数篇。盖缘才丰意溢,思从联起,多得旁韵,惜不忍弃,辄生枝叶就之,倘非足下博裕伎俩,立逗矣。杜少陵诗,每借两字为题,似无执着意,亦足下用多之举而巧为之,英雄欺人法也。(卷三十六文部《答李本宁》)

若欲为时义,佳者当读老杜《丽人行》"肌理细腻骨肉匀"。吾子风骨自是神仙中人,绝似吾家阿骐,尚于寻微敷藻之功未到,恐场中七作未匀,然遇九

方皋已当取之。(卷四十一文部《与瞿茂才》)

诗道拓基于北地,极深于济南,然而采蓄之途尚狭,游矫之神未充,兼此二家登乎彼岸,古唯陈思、子美,今则吾兄庶几。(卷四十七文部《遗伯兄元美》)

余观古诗歌为《捣衣》篇者多矣,皆不明言其制。独杜少陵诗有"双杵"之句与今制同,乃知一杵用两女子对捣,唐以前制也。(卷五十一文部《跋捣衣图》)

马最难画,瘦马尤难画,即曹霸、韩干千古绝秋,不闻有病乘黄法传于后也。独杜少陵为此歌,悲壮奇稳,具有画意。(同上《题林静瘦马图后》)

吕　坤

学欲博,技欲工,难说不是一长,总较作人只是够了便止。学如班、马,字如钟、王,文如曹、刘,诗如李、杜,铮铮千古知名,只是个小艺习,所贵在作人好。(《呻吟语》卷二内篇《修身类》)

《四书》外,惟有《六经》及诸史最要,古文只读《文章正宗》足矣。宋文惟"三苏"发人才思,长人见识。一切害道丧心之书,死无入目。应世诗文,登临酬和,捐心放志,即成名不过李、杜。李、杜而在,成甚德业,何关有无?盖唐时以此应制取士,不得不然,儿曹戒之。(《四礼翼·冠前翼·书籍》)

张元凯

一歌杜甫《渼陂行》,再歌李白《乌栖曲》。临流击楫烟云开,欲倾李、杜平生怀。(《伐檀斋集》卷四《横塘逢钱功甫同泛湖上功甫作歌为赠率尔酬之》)

孔融意气存张俭,杜甫交游老郑虔。(卷九《清郡与郑中伯夜坐》)

爱住浣花唯杜甫,常来看竹有王猷。(卷十二《石湖草堂》)

温　纯

吾师淮海先生,故喜为诗已。在蜀登峨眉,陟汶岭,眺锦江玉垒,尽发为诗,何减工部夔府以后诸什？(《温恭毅集》卷七《归来漫兴序》)

《批杜律》先付去,孟子有"说诗"之言。昨《送行》诗,虽不工,然其体亦有节奏。首章起句,暗用于姓事中。四句前虚后实,应首句"西台",五六正揽辔事,末即明应高门以结,且生后章送别之情,然止"离筵"二字不详说,为再作后章也。后章承"离筵"始,尽其说又不可全抛使秦意,故止云,已回饥渴秦中色,其余皆别情耳。旧知又应首章首句,末句应"皇都"句。期望作二首三首,诗之法也,若前章可置之后,后章可置之前,则乱矣。此法惟子美知之,盖子美得之《三百篇》也。(《温恭毅集》卷二十九《与李渐庵谈诗》)

马　朴

杜子美《求小猢狲》诗曰："闻说夔州路,山猿树树悬。"[①]是以猢狲为猿也,误。(《谭误》卷一)

仇俊卿

《新唐书·严武传》曰："武在蜀放肆,房琯以故宰相为部内刺史,武踞慢不为礼。最厚杜甫,然欲杀甫数矣。李白作《蜀道难》,乃为房与杜危之也。"《新唐书》据范摅《云溪友议》言之耳。按,《唐书摭言》载：李白始自西蜀至京在天宝初,与严武帅蜀岁月悬远。尝见李集一本,于《蜀道难》题下,注讽章仇兼琼也,考其年月近之矣。谓危房、杜者,非也。……若曰为房琯、杜甫、章仇

[①] 杜诗原文为："人说南州路,山猿树树悬。"

兼琼而作,何至始引蚕丛开国,终言剑阁之险,复及"所守匪亲,化为豺狼"等语哉?引喻非伦,是知其不为章与房、杜也。……"间①君西游何时还"者,"君"字非泛然而言,犹杜子美《北征》诗"恐君有遗失"及"君诚中兴主"之义。所谓"君"者,明皇也。"西游"者,西幸也。"何时还"者,言既幸蜀矣,何时可还中原而为生灵之主也。"锦城虽云乐,不如早还家"者,语意盖自楚辞《招魂》中来,言蜀都之乐,不如早还中国之乐也。吁!(《通史它石》卷下)

焦 竑

乐天见地故高,又博综内典,时有默悟,宜其自运于手,不为词家溪径所束缚如此。近世宗尚子美,往往卑其音节,不复数第,肤革稍近,而神情邈若燕越,非但不知乐天,亦非所以学杜也。(《焦氏澹园集》卷十五《刻白氏长庆集钞序》)

昔李白有诗人之材而无其识,杜甫有诗人之识而无其度,故言非世法,动迕于时。(卷十六《弗告堂诗集序》)

苏叔大,岭以南人也。岭表犀兕玳瑁、海错玭珠,行于四方,而以文学著者始曲江张公,至国朝彬彬称极盛已。以余所睹记,叔大其一也。窃惟元季以来,词学纤靡,迨弘、德间李、何辈出,力振古风,学士大夫非马记、杜诗不以谈,第传同耳食,作匪神解。甚者,粗厉闸缓,扣之而不成声,识者又厌弃之。而冲夷雅澹之音,乃稍稍出焉。(卷十六《苏叔大集序》)

古今称诗,莫盛于李、杜。学者诵其诗,莫不思论其世,至为谱其年以传。盖自毛、郑以来皆然,不知《羔羊》《兔罝》《考盘》《硕人》,其人之进退隐显,往往自见于诗,有不待谱而知者。故李、杜之诗,编年为序,岂独行役之往来,交游之聚散,与夫文秋之变幻,犁然可考,而时之治乱升降,亦略具焉。昧者取其编门分类析,而因诗以论世之义日晦,余尝叹之……盖公所至必有诗,其出

---
① 当作"问"。

入交游,忧思愉快所自为纪者甚备。后之读者,低回吟讽而迹公之施于事者,不必即其貌望其庐,而一抚卷皆可得矣。视彼毛、郑、李、杜之谱,仰思于千百载之上而追录之,为何如也?然则即谓是编为诗史,无不可者。(卷十六《青溪山人诗集序》)

倘如世论,于唐则推初唐而薄中、晚,于宋又执李、杜而绳苏、黄,植木索途,缩缩焉循而无敢失,此儿童之见,何以伏元和、庆历之强魄也。(《焦氏澹园续集》卷二《竹浪斋诗集序》)

子美《昆明池》诗:"织女机丝虚月夜,石鲸鳞甲动秋风。"注未详明。按关辅古语曰:"昆明池中,有二石人,牵牛、织女。立池东西,以象天河。"张衡《西京赋》曰:"昆明灵沼,黑水元址,牵牛立其右,织女居其左。"是也。又《庙记》曰:"池中有石鲸,刻石为鲸,鱼长三丈,每至雷雨,常鸣吼,鬣尾皆动。"(卷二《昆明池诗》①)

子美《铜瓶》诗:"蛟龙半缺落,犹得折黄金。"盖井干辘轳,有为蛟龙之饰,而涂以金者,今已凋落,而黄金为人所折,隐然有荒颓寂寞之感。而缺折之余,犹有可折之金,则其当时井干之美,又可想见也。(卷三《铜瓶诗》)

余家有郑善夫批点杜诗,其指摘疵颣,不遗余力,然实子美之知己。余子议论虽多,直观场之见耳。尝记其数则,一云:"诗之妙处,正在不必说到尽,不必写到真。而其欲说欲写者,自宛然可想,虽可想而又不可道,斯得风人之义。杜公往往要到真处尽处,所以失之。"一云:"长篇沉着顿挫,指事陈情,有根节骨格,此杜老独擅之能,唐人皆出其下。然诗正不以此为贵,但可以为难而已。宋人学之,往往以文为诗,雅道大坏,由杜老起之也。"一云:"杜陵只欲脱去唐人工丽之体,而独占高古,盖意在自成一家,不肯随场作剧也。如孟诗云:'当杯已入手,歌伎莫停声。'便自风度,视'玉佩仍当歌',不啻霄壤矣。此诗终以兴致为宗,而气格反为病也。"善夫之诗本出子美,而其持论如此,正子瞻所谓知其所长,而又知其敝者也。(卷三《评杜诗》)

---

① 《焦氏笔乘》有重出,文字无甚差异,省去不录。如此例不止一处,比照处理。

何逊之诗，极为少陵推服，尝曰"能诗何水曹"是也。少陵常引"昏鸦接翅归""金粟裹骚头"等语，今集中无之，则轶者不少矣。他如"团团月隐洲""轻燕逐风花""野岸平沙合，连山远雾浮""岸花临水发，江燕绕樯飞""游鱼上急濑""薄云岩际宿"诸语，皆采为己句，但少异耳。（卷三《何逊为少陵所推》）

梅花诗古无佳者，王元美独称老杜"恨不折来伤岁暮，若为看去乱乡愁"。盖情在景中，意超物外，最得咏物之妙。（卷三《梅花诗》）

谢康乐《庐陵王墓下》诗："延州协心许，楚老惜兰芳。解剑竟何及，抚坟徒自伤。"以后二句，足前二句。李太白亦有此格，如"毛遂不堕井，曾参宁杀人。虚言误公子，投杼惑慈亲"是也。至老杜诗中，往往有之，《喜弟观到》诗云："待尔嗔乌鹊，抛书示鹡鸰。枝间喜不去，原上急曾经。"《寄张山人》云："曹植休前辈，张芝更后身。数篇吟可老，一字买堪贫。"《卧病》云："滑忆雕胡饭，香闻锦带羹。溜匙兼暖腹，谁欲致杯罂。"《晴》诗云："啼乌争引子，鸣鹤不归林。下食遭泥去，高飞恨久阴。"如此类甚多，不可悉举。（卷四《李杜》）

子瞻云："老杜自秦中赴成都，所历辄作一诗，数千里山川，在人目中，古今诗人，殆无其比。独明皇遣吴道子，传画蜀道山川，归对大同殿，索其画无有，曰：'在臣腹中。'请匹素写之，半日都毕。明皇后幸蜀，皆默识其处，无不相合，可用为比。"子瞻此言，可谓善喻。以此见古人集，当以编年为正。若近世各体为类，此等处无从考见矣。（卷五《杜诗如吴道子画》）

杜诗"会须上番看成竹"，独孤及诗"近日霜毛一番新"，番音饭。（卷五《琶番蒲司帆作仄声》）

蒙庄有言，诗以道性情。盖以洞达性灵而劝谕箴砭，以壹归于正，即其恳款切至，要必和平温厚，婉委而有余情。故言之无罪，闻之足以戒也。后世诗与性离，波委云属，只以为流连之资，而六秋之义微。杜子美力挽其衰，闵事忧时，动关国体，世推诗人之冠冕，良非虚语。乐天虽晚出，而讽谕诸篇直与之相上下，非近代词人比也。……其温厚尔雅，动物感时而无所容怼，此与子美、乐天何异？（卷九《题寄心集》）

《焦氏笔乘》

卷　一

一线　子美"刺绣五纹添弱线",又"愁日愁随一线长",鲁直诗"宫线添尺余",皆指女红以验日也。《荆楚岁时记》云:晋魏间,宫中以红线量日影,冬至后日影添长一线。其说又与此异,未知孰是?

一钱　阮孚日持一皂囊游会稽,客问:囊中何物?但一钱看囊,庶免羞涩。子美"囊空恐羞涩,留得一钱看"用此。然语意浑成,不觉其用事也。

卖文为活　子美本卖文为活,翻令室倒悬,言其无假借也。而语意不露,味之愈佳。子云家无儋石之储,其作《法言》,蜀人赍钱十万,愿载其名,子云却之。张知白守亳,亳富人修佛庙成,知白召穆修为记,富人遗五百金,求修附名。修投金庭下曰:"吾不忍以匪人污吾文也。"二子之自负何如哉?彼售金求米者,非惟人品径庭,即其书可知矣,卖文为活殷湛事。

杜诗重用字　杜《送田四弟将军》"离筵罢多酒""空醉山翁酒",一诗用两"酒"字;右丞:"暮云空碛时驱马""玉靶角弓珠勒马",用两马字,岂一时趁笔之过邪?

就用薛璩语入诗　后山云:子美《怀薛据》"独当省署开文苑,兼泛沧浪学钓翁",盖"省署开文苑,沧浪学钓翁",璩之诗也。予谓"即今耆旧无新句,共钓查头缩项鳊",亦用浩然语"试垂竹竿钓,果得查头鳊"。

卷　四

点朝班　子美:"几回青琐点朝班。"用修谓:"点"读如"玷",《汉书》"只足以发笑而自点耳",与此"点"字同。余谓不然,若作"玷"字,不得用"几回"字。王建诗:"殿前传点各依班,召对西来入诏蛮。"盖唐人屡用之,亦可证杜诗之不音玷矣。

摩诘见地超然　子瞻云:"子美诗'王侯与蝼蚁,同尽归丘墟。愿闻第一义,回向心地初。'知其文字外,别有事在。"然子美亦偶及此耳,要非本色。必也,其摩诘乎?观魏居士书胡居士三诗,可谓妙绝,如"即病即实相,趋空定狂走。无有一法真,无有一法垢",又"因爱果生病,从贪始觉贫",又"何津不鼓棹,何路不摧辀",非其见地超然,安能凿空道此?

杜诗无一字无来处　山谷谓"杜诗无一字无来处",今试拈一二。如"鬃尾萧萧朔风起"用汉《天马曲》,"眼有紫焰双瞳方"用《马经》语,"儒术于我何有哉"用崔祥语,"孔丘盗跖俱尘埃"用阮瑀语,"诗卷长留天地间"用刘桢语,"深山大泽龙蛇远"用左氏语,"远山却略罗峻屏"用孙绰语,"十日不一见颜色"用江淹语,"青鞋布袜从此始"用谢玄晖语,"青袍白马更何有"用庾信赋语,"舟人渔子入浦溆"用《海赋》语。

秦城　《三辅黄图》:"长安故城,城南为南斗形,城北为北斗形,故号斗城。"何逊《咸阳》诗云"城斗疑连汉",老杜"秦城近斗杓""秦城北斗边""北斗故临秦",皆用此。而秦中诗:"春城依北斗,鄠树发南枝。""春"无义,且不可对"鄠",当是秦城耳。

绿沉　绿沉,设色名,犹今所谓沉水色耳。宋人诗话解杜诗,乃谓:"甲抛于雨为金所锁,枪卧于苔为绿所沉。"此何等语邪?《南史》:"隋文帝常赐张齐以绿沉之甲。"薛氏遂以绿沉为精铁。陆龟蒙《竹》诗:"一架三百竿,绿沉森杳冥",赵德麟遂以绿沉为竹,皆误也。

孔明诗解　一日侍天台耿师侧,师问曰:"杜诗'三分割据纡筹策,万里云霄一羽毛'何谓也?"时解者芬芬,都未惬意。余曰:"人以三分割据为孔明功业,不知此其所轻为,正如'云霄一羽毛'耳。必也,偶伊吕而失萧曹,乃尽公之才。惜乎运移身殁,仅以三分之业自见,此天也,非人也。此章八句一意,读者逐句解之,失其旨矣。"时座人咸服,师亦首肯者久之。

诸将诗　《诸将》诗:"天下军储不自供。"唐制,府兵有事则征为兵,无事则散为农,是军储皆自供也。今兵不得休,故军储但取给别孔而不自供。惟王缙由侍中拜河南副元帅,力兴屯田,不失唐之旧制,故结云:"稍喜临边王相国,肯销金甲事春农。"特归美之。杜诗具时事,称为"诗史",以此。

诗用成语　诗有就用成语为句者。隋常琮侍炀帝游宝山,帝曰:"几时到上头?"琮曰:"昏黑应须到上头。"子美《香积寺》诗用之。谢灵运诗《题登临海峤初发疆中作与从弟惠连可见羊何共和之》,太白亦用其全语为诗。

杜诗用投字　"远投锦江波","投"音豆,假借为"逗合"之"逗"也,又借为"句读"之"读"。马融《长笛赋》:"察度于句投。"一借为酘酒之酘,梁元帝《乐府》:"宜城投酒今行熟,停鞍驻马暂栖宿。"盖重酝谓之酘酒。

杜诗用孙策语　《刘贡父诗话》云:"曹参曾为汉功曹。而杜诗云'功曹非复汉萧何',误矣。"按,曹参亦未为功曹,子美自用孙策语耳。吴虞翻为孙策功曹,策曰:"孤有征讨事,未得还府,卿复以功曹为吾萧何守会稽耳。"广德元年,子美在梓州补京兆府功曹,故以自况。《三国志》既非僻书,贡父乃未之见,而轻诋子美,何邪?

诗误出韵　杨用修云:杜诗"留欢卜夜阑",当是"下夜关"。少陵诗无出韵者。然《雨晴》诗:"天际秋云薄,从西万里风。今朝好晴景,久雨不妨农。"农出二冬韵。《九日奉严大夫》诗:"九日应愁思,经时冒险难。不眠持汉节,何日出巴山。""难"出寒韵。《崔氏草堂》诗:"爱汝玉山草堂静,高秋爽气相鲜新。盘剥白鸦谷口栗,饭煮青泥坊底芹。""芹"字出文韵。又贺知章:"少小辞乡老大回,乡音无改鬓毛衰。""衰"字出支韵。刘长卿:"青春衣锦更相宜,白首垂丝愿不违。""违"字出微韵。皆趁笔之误。

金碗　"昨日玉鱼蒙葬地,早时金碗出人间。"注云"玉鱼事见《西京杂记》;金碗即玉碗,本《南史》沈炯事,盖借用。"噫!子美自谓"读书破万卷"乃贫于一字如此哉?按孔氏《志怪》:"卢充入崔府君墓,与其小女婚。别后四年,女抱儿还充,又与金碗别,并赠诗曰:'煌煌灵芝质,光丽何猗猗。华艳当时显,嘉异表神奇。含英未及秀,中夏罹霜萎。荣曜长幽灭,世路永无施。不悟阴阳运,哲人忽来仪。会浅离别速,皆由灵与祇。何以赠余亲,金碗可颐儿。恩爱从此别,断绝伤肝脾。'充诣市卖碗,高举其价,冀有识者。欻一老婢问充得碗之由,因曰:'我姨姊崔少府女未嫁而亡,家亲痛之,赠一金碗着棺中。今视卿碗甚似。'"杜公盖用此,以世罕知,特详疏之。

杜诗误　"卫懿公好鹤,鹤有乘轩。""轩"指轩车之轩也。子美"轩墀曾宠鹤",则误以为墀。"乘槎至天河",海上客也。"奉使虚随八月槎",则误为汉之张骞。刘越石为胡骑所围,中夜奏胡笳,贼皆流涕,并起围奔去。"胡骑中宵堪北走",则误用为笛诗。李正巳曰:"园庭中药栏。""药"音义与籥同,药即栏,栏即药也。"乘兴还来看药栏",与王右丞"药栏花径衡门里",则误为花药之栏。

乌鬼　鸬鹚,水鸟,似鸦而黑,峡中人号曰乌鬼。子美诗:"家家养乌鬼,顿顿食黄鱼。"言此乌捕鱼而人得食之也。又元微之云:"病赛乌为鬼,巫占瓦代龟。"

当歌之当非去声　《卮言》云:古乐府"悲歌可以当泣,远望可以当归。"二语妙绝。老杜"玉佩仍当歌"本此。用修引孟德"对酒当歌"云:"得子美一阐明之,不然,读者以为'该当'之当矣。"大瞆瞆可笑。孟德正谓遇酒即当歌也。若以对酒当歌作去声。有何趣味?元美此言,误会用修之意矣。用修正读当为平声,如当时之当,言人生对酒与当歌之时无几耳。何尝作去声如当泣、当归之当哉?子美诗"当"亦作平声,若如元美读,不成诗矣。

续集卷三

水明楼　蜀王衍《宫词》曰:"晖晖赫赫浮五云,宣华池上月华春。月华如水浸宫殿,有酒不醉真痴人。"近世词曲"月明如水浸楼台"祖此。然水浸宫殿,虽有形容,而乏蕴藉。入词曲可,入诗则不可。乃知杜诗:"四更山吐月,残夜水明楼。"真古今绝唱也。

续集卷四

不烦绳削　为诗殚竭心力,方造能品;至于沛然自胸中流出,所谓不烦绳削而合,乃工能之至,非率易语也。子美云"或红如丹砂,或黑如点漆。雨露之所润,甘苦齐结实",太白云"晓月出天山,苍茫云海间。长风一万里,吹度玉门关",又"沙墩至梁苑,二十五长亭。大舶夹双橹,中流鹅鹳鸣",如此等语,酝酿于胸中,气象自别,知雕缋者不足道矣。

玉帐　子美《送严公入朝》云:"空留玉帐术,愁杀锦城人。"又《送卢十四侍御》云:"但促铜壶箭,休添玉帐旗。"王洙注:"玉帐术,云兵书也。"增释者不过引《唐·艺文志》有《玉帐经》一卷而已。至"玉帐旗"则不能通矣。按颜之推《观我生赋》云:"守金城之汤池,转绛宫之玉帐。"又袁卓《遁甲专征赋》云:

"或倚直使之游宫,或居贵神之玉帐。"玉帐乃兵家厌胜之方位,主将于其方置军帐,则坚不可犯,如玉帐然。其法出于《黄帝遁甲》,以月建前三位取之,如正月建寅,则巳为玉帐。李太白《司马将军歌》:"身居玉帐临河魁。"戌为河魁,谓玉帐在戌也。浅识者当未易解。

续集卷五

子美诗　孙莘老云:"子美'日长唯鸟雀,春暖独柴荆',言乱离,有深意也。得风雅体。"以此推之,如"草黄骐骥病,沙晚鹡鸰寒",谓禄薄君子不得志,世乱兄弟不相见也。"丛篁低地碧,高柳半天青",谓君子失时,小人得志也。

子瞻言岭南气候不齐。吾尝云:菊花开时乃重阳,凉天佳月即中秋,不须以日月为断也。今岁九月,残暑方退,既望之后,月出愈迟。予尝夜起登合江楼,或与客游丰湖,入栖禅寺,扣罗浮道院,登逍遥堂,逮晓乃归。杜子美云:"四更山吐月,残夜水明楼。"此殆古今绝唱也。(《焦氏类林》卷五)

杜诗"园收芧栗未全贫","芧"音"序",即庄子"狙公赋芧"之"芧"。雌黄云:"江南有小栗,谓之茅栗,读如'草茅'之'茅'。"何其谬也。即如其言入诗,亦自不典。(《俗书刊误》卷五《略记字义》)

孙　矿

画取少陵诗"石出倒听枫叶下,橹摇背指菊花开"意。(《居业次编》卷一《题扇图》题注)

夫史以纪事昭劝惩,兹艺也,何名为史?余尝闻唐人目少陵为"诗史",近弇州又谓"天地间无非史"。今公旦集一郡山川,略备宦越者生越者,显迹潜德靡不具,论世者将有征焉。名以史,夫奚不宜?集中有金陵、豫章诸志,按时日以纪,意态宛然若画,以此当石室之任,何让《汉宫仪》《东观记》[①]也!

---

① 即汉明帝时命班固等人所修撰之《东观汉记》。

(卷二《樵史序》)

又内"老瓦盆"一语,乃少陵诗尤疑碍眼。此语固不患无可易者,幸留意如何。

矿诗道所得原浅,又赋才近质实,于少陵诸篇犹稍能解,至于乐府一家则原未深探其原,所以每每抱而不畅。足下取矿五言古,矿于此体虽不敢谓能解,然质性犹近,顾奈今人多不好,何近日则大喜五言排律。矿窃妄谓,诗道止于四十字,即今欲只效孟襄阳,专工五言律。先生倘许之否?

"花隐掖垣暮"为五言律第一,仆元亦未惬于志,第不知在所云九首中否?若"东郡趋庭"则起结俱淡,"趋庭"字无照应,亦罕着落,稳帖有余而风神未足,以为具品第一或不错也。

唐五言律毕竟何首压卷?适偶思之,或仍当于"八月湖水平"及"风劲角弓鸣"二章较取焉。王诗精工无瑕;若气象宏阔,则孟也,第结句识卑耳。不则,"昔闻洞庭水"何如?

五言律压卷,果是难定。窃谓凡堪压卷者,必须自然,须本色,然又须意格高远,又须音节响,又须是神来之调。不敏前所拟九首,庶几近之。"东郡趋庭",本色自然有之,中四句虽云宏大,然意随语尽,不甚高远。又不响锻成偶语,终不是神来。若"冠冕通南极",则首二句既藻缋不本色,第三句更加嚼蜡。"野馆春帆"句虽工,然不切勒碑。凡点景亦必须中情,此一联,只可送为客商者耳,以送士大夫犹不称,况翰苑勒碑之使乎?结句又似送迁谪者,衔命勒碑须是计日回方合格,此结殊有忧其不回意,岂得佳乎?"纳纳乾坤大",杜诗常语,杜集中如此者,恐不下数十首,于前四者皆无当焉。若取此等,则又不若"凤林戈未息"也。"昔闻洞庭水",真是神来,又高远,又本色自然,又响,第结句太漫兴。"八月湖水平"起两句已庄,颔联复饶气概,于前四者无愧。颈联亦得,惟结语意稍卑,然犹胜"戎马关山北"也。"风劲角弓鸣"精工无疵,惟意象不高远。前所以取"花隐掖垣暮"者,以其高远,神来处多耳。"啾啾栖鸟"含比意,不为累句,若以风雅意律律之,恐终让此首也。(卷三《与余君房

论文书》①）

近日作文不枕籍于韩、柳者，以韩、柳而上多古彝鼎。韩、柳虽近代巨工，固委也，非源也，故不以为鹄也。若李、杜诗，乌可姑置不讲哉。杜诚魔宋，李未尝魔宋。杜岂诚魔宋，自是宋人不善学杜耳。近体不法杜，是登山不识泰岱，问水不识河海，可乎？

《唐诗品》已阅一过，但未暇评骘，大抵什可得五六耳。独以《春宿左省》为五言神品第一，却恐未然。左省景光何似而啾啾栖鸟，味之发端于皇家，气概殊不相似。然第颔联佳结佳，以愚意臆之，此韵颇难。因难而及玉珂，因玉珂而及金钥耳。此诗本无可訾，若以冠唐家三百年之五言而指为神品，或者未安乎？诗有所谓长城者，以我据其雄，而强有力者不敢闯其藩，有口者不得雌黄焉。顾于诸品中又未知居何等耳，此谓难之难者也。原本奉归计六册。

足下问五言律何首压卷，仆谓终须于杜集中求之。"八月湖水平"，结句弱，又寻常。"风劲角弓鸣"，自是好，然大概不及杜。摩诘气象，何尝不宏阔。孟襄阳终狭小，不得指"气蒸云梦"句，便谓阔大也。"昔闻洞庭水"安能及"东郡趋庭日"？足下尝嫌"东郡"结语，不知正是古雅。前曾以鄙意请问，首"东郡"，次"冠冕通南极"，结语不俚也，足下以为俚。再次，乃"昔闻洞庭水"耳。此愚意也。昨夜适检杜集，得"纳纳乾坤大"一首，谨以压卷何如？以"纳纳"居首，次乃及"风劲角弓"，后又历次之，"八月湖水"须在二十篇之外。辱问敬复，吾两人各抒所见，宁有他遁逃乎。

辱惠诸诗，敬读数过，大抵前日面言已尽。今早床上想"杨柳依依"及远犹辰告答问，毕竟杨柳之义长而辰告为不邕于旨，夫雅颂何难？难在风耳。韩、柳之诗，毕竟让李、杜。所以者，韩、郑②有余于颂，而李、杜则真风人之致也。试今披卷览之，仆言岂不然哉？（卷三《与余君房论诗文书》附录《君房报论诗文书》）

---

① 孙矿《居业次编》中写给同一人的书信皆汇集一处，未明确标明序次，本书摘录涉杜相关文字按其原顺序排列。
② "郑"字当是"柳"字之误。

王道思批杜诗，殊无所解。前书谓渠不识杜，良然。观其意，似欲以建安衡杜，然其实亦未识真建安，徒于面貌间仿佛臆求之耳。若杜，则乃真识建安者也。不敏今欲以今选今正，以杜批杜意耳。（卷三《与余君房论今文选书》）

唐歌行、五七言长篇新变，声虽足喜，要之，非诵唐诗者所构，待吐语逼曹、刘时，然后博及，未暮也。李、杜二家，是宋诗之魔，尤当姑舍。

所云五车一笈，若待删削始出，恐汗青无日。愚意但取《十三经注》，益之以《汲冢》《周书》；史则《国语》《策》《史记》《汉书》；子则《老》《列》《庄》《荀》《管》《韩》《吕》；佛氏则取《圆觉》《楞严》《维摩》；骚则《楚辞》；诗则《诗纪》。无已，则更加之《文选》，或再附以十二家、李、杜。此则可为五车一笈，余皆可不观矣。

若立程，愚以为……止诗一家，则《诗》《骚》《古逸》、汉魏诗纪、选诗，至《杜集》止。

《史记》可与杜诗同看，《汉书》可与李诗同看。

唐诗若太多不能尽刻，只刻律诗，尽一代为唐律纪，犹胜于断自盛唐而止。甥今诗宗何家？苏、李之五言，李、杜之近体，人人能言之，然恐未必真有入。

七言近体，勿随人多作。此体在诗中又别一境，大难言。古选固是诗本，或太远，只五言律为近而正。唐人五言律不问初中晚，无一不佳，杜尤臻神境。若常细玩诗，宁有不工者。诗必工始出，不轻易成篇，亦是入门一诀也。

杜诗信可玩，然须观千家注本。盖其诗以年叙，甚有次第可考。大历以前，殆无不佳，最可法。夔州以后，则颓然放矣。《千家杜》虽未详，然他亦未见详注，且以此为主，而以他注相参校，亦自足相发明。若自为杜注，搜罗标扬，不以贾注名，而用以精诗理，其为益固不小也。

注：王批点杜诗，若果发梓，亦大足喜。独念弇州公素疏逸，今齿已暮，安肯复屈首为此？恐终成蹉跎。然此实人人可为，愚今与甥且各草批一部相印证，何如李诗，亦宜将注本批看。《全唐诗纪》若出，乃一绛纱帑藏，虽不奇古，然亦太富，剪裁不尽矣。

近体乐府,如白乐天等篇,似非本色,或可删之。若增入太多,又恐浩瀚,翻失乐府本意耳。自上古至隋,俱是本色更不须摘,唐以后则须辨其体,李、杜及他名家可入乐府者,最须标别。得明此识鉴,亦不易大抵唐以后,宁遗无滥可也。(卷三《与吕甥玉绳论诗文书》)

又云:欲与元美先生各批杜诗而合刻之,应圈点者圈之点之,其不佳而应直者即大笔直之,不以其为作家而不直也。而两公意见或异,又不妨此圈彼直、此直而彼圈也。但欲合刻之,各标批语及圈点直在旁以相印证耳。两公久已订约而蹉跎未果,此亦一段可喜愉快之事。甥亦力赞司马速完此件也,但不知终能成否?(卷三《与吕甥玉绳论诗文书》附录《玉绳答论诗文书》)

李、杜、元、白、苏、黄俱名家,随所似俱无不可,正不必拘拘分别也。近评王、孟诗四帙,附去《唐诗品》,系一时偶然之见,未必便的确耳。杜律亦有三种:一单注者,则多与此全集批同;又一赵虞注,一邵二泉注,此两种批又各不同。(卷三《与吕美箭论诗文书》)

"能事毕"三字绝有分晓,画吾不能知,若谓诗文字至杜、韩、颜三公而极,余未服也。盖艺至此乃全入,今其机窍入人心髓,今人为艺若刻意搜求,未有不入三派者。其道至此穷矣。无但曹、刘、钟、索,即先天以前犹别是一面目。今人若舍三派,必须力仿古先,方能绝类不染,不然忽不知己入窠臼矣。何仲默谓"古诗亡于谢,古文亡于韩"亦是此意。第褒贬不同调耳。(《书画跋跋》卷二《东坡告史全节语》)

唐开元中,八仙为少陵拈出,觉竹林太寂寂也。(卷三《饮中八仙图》)

屠　隆

抒心而妙者十常八九,体物而工者丁不二三,盖古今难之矣。故"雨昏青草""花落黄陵"①,则都官以鹧鸪为号;"舞入梨花"②"飞归杨柳",则谢公以蝴蝶得名。物多则见贱,少则见珍。若使体物易工,则两君之诗何以独摽嘉誉,使少不足贵,则二子之号何以流照后来? 李、杜登坛称诗家大将,凡所吟讽,揭雷霆而吼风雨,乃求斯什,不亦寥寥乎,则又其效也。(《白榆集》文集卷一《咏物诗序》)

孟德、子桓之质而东阿之华也,彭泽之冲而江、鲍、徐、庾之绮也,沈、宋之工而储、韦之象也,元、白之纤而李、杜之大也。如鹤长凫短,乌黔鹄白,虽有智巧,莫之齐也。(卷二《刘子威先生澹思集序》)

夫清流不出于淤泥,洪音不发于细窍。襄阳萧远,故其声清和;长吉好异,故其声诡敹;青莲神情高旷,故多闶达之词;少陵志识沉雄,故多实际之语。诗本性情,写胸次捷于吹万,肖于谷响,弗可遁也。(同上《抱侗集序》)

诗者,伎也,其为道也小,其为象也假,而古今之人率驰焉,甚则毕一生之神力而为之。曹、刘、潘、陆、颜、谢、江、鲍、徐、庾、阴、何、萧、范以及三唐诸公专门名家,其于诗譬则其饮食裘葛固也。无论即至人玄圣匿迹含灵,英物大儒崇鸿务巨,非屑屑然为诗者而时或不废。孔子神授圣智,尝欲法天希言,而至手删诗以传后世。龟山之操,兕虎之咏,至今伊吾人口。竺乾古先生修真去妄,总空一切而间留偈语,诗格宛然。余读《黄庭·真诰》金简,玉书琅琅锵锵,尽作韵语。故知东华西池,南真北阴,郁萧弥罗之土,蕊珠之中,曷尝不以此物为贵也,又况文士墨卿畅情流响? 夫何怪其殚精竭神,而终其身为之哉! 古今之人,才智不甚辽绝,殚精竭神终其身而为之,而格以代隆体缘才限,俊流英彦逞其雄心于此:道浅者欲其深,深者欲其畅;塞者欲其疏,疏者欲其实;弱者欲其劲,劲者欲其和;俗者欲其秀,秀者欲其沉;狭者欲其博,博者欲其洁。以并驾前人,夸美后世。其心盖人人有之,而赋材既定,骨格已成,即终

---

① 郑谷《鹧鸪》。
② "舞入梨花"一句,宋人诗词之作多有之,比如谢逸《咏蝴蝶》、何应龙《粉蝶》、潘元质《孟家蝉》等。其中谢逸曾以蝴蝶为对象,写诗三百首,人称"谢蝴蝶"。屠隆此处所引,应当是谢逸的诗句。

身力争，而卒莫能改其本色，越其故步而止以精工。存乎力学而其所以工者，非学也，以超妙存乎苦思，而其所以妙者，非思也。三唐之不能为二代，亦犹六代之不能为三唐。五、七言近体之不能为《十九首》，亦犹《十九首》之不能为五、七言。近体徐、庾之不能为陶、韦，亦犹陶、韦之不能为徐、庾，青莲之不能为少陵，亦犹少陵之不能为青莲。世有智笼宇宙，力格罴虎，而用之声诗则短；辩倒江海，巧雕众形，而施之吟咏则拙，故虽小道亦有不可强而能者。云间范太仆先生，天资俊迈，器局端凝，为郎为督学为大方伯，所至展采错事弘伐隐起而闲情旷度，时寄之山川风月，车辙马迹殆半天下，而登览唱和之什布诸区内，云散霞流久而成集。不佞其得而读之，大都沉雄和畅，出之自然高者，业据大历上座，稍稍降格亦不失钱、镏雁行。盖先生身婴天人之大宝，心览性今之玄超，故虽簿书填委若在丘樊，王事纷拿不废吟啸。及其挂冠而归谷水之阳，轮鞅去体，禽鱼来亲，澡水晞崖，益耽篇什。不佞以吏牍小暇时得侍先生，秋屡于西余天马之间，见先生逸翰飘飞寿藻泉，当日不言而神伏焉。夫自《三百篇》而降，士大夫之攻声诗者，何可胜道。然而《英灵》《河岳》代不数人，秀句瑶华人不数首，其间刳心敝形，声销名灭，生有千万言而死不传一字者，又不知其几？比于候虫，方以候鸣，亦以候止，此修名之士所为涕泗嗟伤者也。顾万物之形容声响皆有销歇时，而惟精神不可磨灭，汉高帝、西楚霸王《大风》《垓下》之歌不过三言耳，而万古跌宕千秋悲凉，则其雄豪沉鸷之气不灭也。又况至人高士，陶洗性灵而发之者邪？孙公和块处石室竟日亡言，而后之人犹能道之，所以传者不在言即又安用多为？而范先生之诗固自有足传者，在要不在诗，将闲情旷度时寄之山川风月，是乃先生之所以传者也。（同上《范太仆集序》）

予读杜少陵诗"岱宗夫如何？齐鲁青未了"，则心神泠泠为爽也。……余读其诗，太史深秀婉畅，骨格天成，太理峭拔沉雄，高华绝世。方之老杜，可谓异曲同工。（同上《东游记序》）

先生尝从酒中大言曰：世人多称李、杜，率无定品。李如春草秋波，无不可爱，然注目易尽耳。至如老杜如堪舆中，然大山乔岳、长河巨海、纤草秾华、

怪松古柏、惠风微波、严霜烈日，何不有也？吾当李则颜行，当杜则北面，闻者错愕。（《由拳集》卷十二《沈嘉则先生诗选序》）

其为文，包罗《左》《国》，吐纳《庄》《骚》，出入杨、马，鞭棰褒、雄。其为诗，炼格汉、魏，借材六朝，同工沈、宋，登坛李、杜，诚天府之高华，人文之鸿巨，作者之极盛矣，观止矣。（卷十四《与王元美先生》）

里中有友人见过，与仆抵掌谭诗文，自《三百篇》下，逮唐人若李、杜，若高、岑、王、孟以及我朝李献吉、李于鳞、王元美诸公，率置喙焉，而独推宋人诗，若苏长公辈及我朝杨用修及一不知名某孝廉，谓周汉间文字不可学，独昌黎氏可学。唐人惟杜少陵兼雅俗文质，无所不有，比物连汇，字句皆凿凿有据，景与意会，情缘事起，随地布语，不执一途。其最可喜者，不避粗硬，不讳朴野，纵其才情之所之，若无意为诗者。李太白凌空驾语，务言言萧洒，都不切事情，如诗何！杜万景皆实，而李万景皆虚；杜深于赋，而李独长于兴。然杜犹恨其时有诗人之态耳。仆谓老杜大家，言其兼雅俗，文质无所不有，是矣。乃其所以擅场当时，称雄百代者，则多得之悲壮、瑰丽、沉郁、顿挫。至其不避粗硬、不讳朴野，固云无所不有，亦其资性则然。老杜所称擅场在此不在彼，明矣，而谓杜之妙在粗朴，何也？且杜亦自云："平生性僻耽佳句，语不惊人死不休。"良工苦心，往往形神为索，而谓杜无意于诗，且不击登闻鼓讼冤乎？李、杜品格诚有辨矣。顾诗有虚有实，有虚虚，有实实，有虚而实，有实而虚，并行错出，何可端倪？乃右实而左虚，而谓李、杜优劣在虚实之辨何与？且杜，若《秋兴》诸篇托意深远，《画马行》诸作神情横逸，直将播弄三才，鼓铸群品，安在其万景皆实？而李，如《古风》数十首，感时托物，慷慨沉着，安在其万景皆虚？夫品格既高，风韵自远，凌空驾语，何害大雅？屈大夫伤时眷主，见诸篇什，诚然实景，至其《远游》等篇，凌虚径度，岂不高哉？大人凌云畴非佳境，游仙招隐亦是美谈。今夫登阆风、坐天姥、傍日月、挟飞仙，即不能至言以快心思之神王，岂必据寸壤、处蓬茨，盘跚踯躅，食饮而已，然后为实景可书哉。赋之与兴，六义所该，诗人何可不有？而谓杜深于赋，李独长于兴，且以此置雌黄焉何居？杜如《垂老》《新婚》《潼关》《石壕》《兵车》《出塞》《悲陈涛》

《哀江头》,赋也,纪行怀古,赤霄朱凤,秋风佳人,何谓无兴也,李如《飞龙》《怀仙》《天姥》,太白兴也。"大雅蟾蜍,南箕北斗",兴也,何非赋也?客曰:李、杜之诗之美犹可识,李、杜而下,无论其他,即如世所称王、杨、沈、宋、高、岑、王、孟其美安在?藉令诸公得意之诗为后人所递相脍炙者,尝试存其篇什、掩其姓名而谓为近世之作人,奈何能知其美也。仆曰,人奈何能不知其美也,于此不知安用诗为?又云,唐人安得有诗?夫天下事物无尽,情景累移,唐人都不能随事触景,创出胸臆,或博搜古今奇文,奥义多所铺陈,而徒以天地、山川、风云、草木数字递相祖述,稍变换而为之,盖千篇一什也。而且自谓能发抒性灵,长于兴趣,安在其为诗?且诗道大矣,鸿巨者、纤细者、雄伟者、尖新者、雅者、俗者、虚者、实者、轻而清者、重而浊者、华而缛者、朴而野者、流利而俊响者、艰深而诘屈者,景之所触,质直可情之所向,俚下亦可;才之所极,博综猥琐亦可,如是乃称无所不有,兹老杜之所用擅场也。而唐人徒用丽字秀语为声俊,取其鼓吹铿然如出一口,今之王、李,如足下往往诵法,唐人务为工致而已。于鳞既已若此,足下何不广心自纵,搜隐博古,标异出奇,旁通俚俗,自为一家言。以杰然特立诸公之上,而徒沾沾工致自喜,学唐人不成,即又为于鳞而已。仆谓何言之易也,唐人长于兴趣,兴趣所到固非拘挛一途。且天地、山川、风云、草木,止数字耳,陶铸既深,变化若鬼,即不出此数字而起伏顿挫、回合正变、万状错出、悲壮沉郁、清空流利,迥乎不齐,而总之协于宫商,娴于音节,固琅然可诵也。子徒以其琅然可诵也,而谓一切工致已尔,唐人不又称大冤乎?诚如子云,诗道不已杂乎?诗者非他人声,韵而成诗,以吟咏写性情者也,固非搜隐博古、标异出奇、旁通俚俗,以炫耀恢诡者也。即欲搜隐博古、标异出奇、旁通俚俗,以炫耀恢诡,曷不为《汲冢竹书》《广成素问》《山海经》《尔雅》《本草》《水经》《齐谐》《博物》《淮南》《吕览》诸书,何诗之为也?且诗出于《三百篇》,《三百篇》诚多识鸟兽草木。然不过就其所见触物而为之,何尝炫奇标异?试取《三百篇》而读之,大率闲雅且都出于田夫里妇之口,何者不委宛曲折,琅然可诵,而乃务以朴野质直为能,自脱笔墨蹊径不落藩篱乎?老杜语多质朴,滥觞苏、黄诸君,不知老杜之所以高妙特立,正不在此矣。如"落日照大旗,马鸣风萧萧",如"阴房鬼火青,坏道哀湍泻",如"青眼高歌望吾子,眼中之人吾老矣",如"万里悲秋长作客,百年多病独登台",如"江间波浪兼天涌,塞上风烟接地阴",如"三年笛里关山月,万国兵前草木风",如"五更鼓角声悲壮,三峡星河影动摇",如"永夜角声悲自语,中天月色好谁看",如"金粟堆前松柏里,龙媒去尽鸟呼风",如"斯须九重真龙出,一洗万古凡马空",不大悲壮乎?如"岱宗夫如何,齐鲁青未了",如"公主歌黄鹄,君王指白日",如"中宵驱车去,饮马寒塘流",如"俯视但一气,焉能辨皇州",如"云气生虚壁,江声走白沙",如"吴楚东南坼,乾坤日夜浮",如"星随平野阔,月漫大江流",如"诏从三殿去,碑到百蛮开",如"山河扶绣户,日月近雕梁",如"楼雪融城湿,宫云去殿低",如"浮云连海岱,平野入青徐",如"锦江春色来天地,玉垒浮云变古今",如"织女机丝虚月夜,石鲸鳞甲动秋风",如"江光隐见鼋鼍窟,石势参差乌鹊桥",不大瑰丽乎?如"落月满屋梁,犹疑照颜色",如"天寒翠袖薄,日暮倚修竹",如"勿为新婚念,努力事戎行",如"妾身未分明,何以拜姑嫜",如"信美无与适,侧身望川梁",如"孰知是死别,且复伤其寒",如"少壮几时奈老何,向来哀乐何其多",如"古人白骨生青苔,如何不饮令心哀",如"青丝络头为君老,何由却出横门道",如"君王旧迹今人赏,转见千秋万古情",如"野馆浓花发,春帆细雨来",如"暗水流花径,春星带草堂",如"露从今夜白,月是故乡明",如"亲朋尽一哭,鞍马去孤城",如"江清歌扇底,野旷舞衣前",如"龙武新军深驻辇,芙蓉别殿谩焚香",如"疏灯自照孤帆宿,新月犹悬双杵鸣",如"画图省识春风面,环佩空归月下魂",不大宛转流利乎?老杜之美,其大者灼灼若是。乃一切置不论,而独取其粗朴以为擅场,老杜有灵,不月庐地下乎?(卷二十三《与友人论诗文》)

李、杜诗称大将,而沈、宋、王、孟、钱、刘、元、白各把一麾。(《鸿苞节录》卷六上《文章》)

杜甫之才大而实,李白之才高而虚。杜是造建章宫殿千门万户手,李是造清微天上五城十二楼手。杜极人工,李纯是气化。(同上《论诗文》)

陶渊明得诗人之质,李、杜得诗人之材。(同上)

诗,汉、魏为古,至曹子建而丽,至六朝而葩,至康乐而俊,至陈、隋而靡,至唐而近,至李、杜而大,至晚唐而衰,至宋而俗,至元而浅,至国朝雅而袭。(同上)

于鳞诗丽而精,其失也狭;元美诗富而大,其失也杂。若以元美之赡博,加之于鳞之雄俊,何可当也? 诗道之所为贵者,在体物肖形,传神写意,妙入元中,理超象外,镜花水月,流霞回风,人得之解颐,鬼闻之欲泣也。如……"星垂平野阔,月涌大江流""吴楚东南坼,乾坤日夜浮""浮云连海岱,平野入青徐""野旷天低树,江清月近人"……(同上)

唐人清绮如沈、宋,雄大如子美,超逸如太白,闲适如右丞,幽雅如襄阳,简质如韦、储,俊丽如龙标,劲响如高、岑,何必鲍、谢!(同上)

王元美谓《少陵集》中不啻有数摩诘,此语误也。少陵沉雄博大,多所包括,而独少摩诘。摩诘之冲然幽适,冷然独往,此少陵生平所短也。少陵慷慨深沉,不除烦热,摩诘参禅悟佛,心地清凉,其胸次元自不同也。(同上)

李似杜,尚愧杜之大;何似李,不如李之超。(同上)

诗莫天然于《十九首》,而雕饰如三谢者,亦自不可废。莫雄大于李、杜,而幽适如韦、储者,亦自不可废。(同上)

孔、孟雅正,老氏深含,庄、列元虚,佛氏闳奥,左氏庄严,屈、贾凄惋,班、马雄裁,刘、杨奇衍,崔、蔡平实,曹、刘绮缛,潘、陆富丽,江、鲍、徐、庾工妍,李、杜极材,韩、柳禀法,元、白尽情,王、孟得趣,庐陵体洁,眉山气昌,斯声以人殊者也。(同上)

画花,赵昌意在似,徐熙意不在似,非高于画者不能以似、不似第其高远。盖意不在似者,太史公之于文,杜陵老之于诗也。(《考槃余事》卷五《似不似》)

声必谐律,体必禀裁,外无乏境,内无乏思,是唐人之长也。即如四杰佻放,其诗砰宏;沈、宋俊轻,其诗清绮;审言简贵,其诗沉拔;无功朗散,其诗间远;燕公流播,其诗凄惋;曲江方伟,其诗峭岩;少陵思深,其诗雄大;青莲疏逸,其诗流畅①;右丞精禅,其诗玄诣;襄阳高隐,其诗冲和;东野苦心,其诗枯瘠;长吉耽奇,其诗谲宕。譬如参佛豫流,各自其见解而入焉,不无小大,及其印可证果则同,而义王者之政驱之风移之,莫有出其笼罩者。初唐之政善,其风庞,诗葩而含;盛唐之政洽,其风畅,诗蔚而藻;中唐之政衰,其风降,诗惋而弱;晚唐之政乱,其风敝,诗飒而悲。人代递迁,其间率有名家者,后来用以聆音亦以观世,故并传选唐诗者,无虑数百家。(《栖真馆集》卷十《唐诗类苑序》)

乃圣门自游夏而下,若大夫左丘明、贾长沙、董江都、郑康成、服子慎、孔安国、班叔皮、张平子、孔文举、皇甫玄晏、张茂先、陆平原、束广微、夏侯孝若、陶靖节、萧统、子云、任彦升、徐孝穆、张曲江、苏许公、杜少陵、韩昌黎、白香山、孟襄阳、司空文明、欧阳文忠、苏端明诸公行义踔绝,粹美无瑕者,上下数千载莫可偻指。而谓文士悉皆无行,如乌之必黔,鹄之必白,亦敢于厚诬古人矣。(卷十五《答王胤昌太史》)

周履靖

《骚坛秘语》

卷 中

刘琨　忠义之气,自然形见,非有意于诗也。杜子美以此为根本。

谢灵运　以险为主,以自然为工。李、杜取深处,多取此。

杜甫　体制格式,备极诸变,上祖《雅》《颂》,下友楚、汉,俯拾齐、梁,故历代尊之,永以为训,诗家之圣者也。

李白　祖《风》《骚》,宗汉、魏,下至徐、庾、扬、王,亦时用之,善掉弄造出奇怪,惊动心目,忽然撇出,妙入无声,其诗家之仙者乎?格高于杜,变化不及。

---

① 据前后文义,"畅"当是"畅"字,文中凡两用之。畅意为除草,并无畅义,此处或是通假用法。《大戴礼记》卷二"夏小正"条卢氏注文云:"畅、鬯、畅古通用。"

公之诗篇,沉郁典重。词苑弥宗,千古称颂。公之忠爱,颠沛糜[①]忘。赐珏不复,旅人彷徨。(《闲云稿》卷二《杜子美赞》)

杜诗曰:"刈葵莫放手,放手伤葵根。"刈葵教其为人:少可自足,勿多责望耳。(《茹草编》卷三《茹草纪言》)

郭子章

《豫章诗话》

卷 一

杜子美嘲渊明曰:"有子贤与愚,何其挂怀抱?"……杜则责备于陶,张则责报于天。

卷 三

或问荆公云:"编《四家诗》,杜甫第一,李白第四,岂白不逮甫耶?"公曰:"白诗豪放,人固莫及,然格止此而已,不知变也。甫则悲欢穷泰,发敛抑扬,疾徐纵横,无施不可。其诗有平淡简易者,有骈丽精确者,有严重威武若三军之帅者,有奋迅驰骤若泛驾之马者,有寂泪闲静如山谷隐士者,有风流蕴藉若贵介公子者。其绪密而思深,光掩前人,后来无继。"或曰:"唐人之呼,何以李加杜?"公笑曰:"名姓先后之呼,岂足以优劣人?汉有李固、杜乔,世号'李杜'。李膺、杜密亦语'李杜'。当时甫、白复以能诗齐名,因亦语'李杜',取其称呼便耳。退之诗有曰'李杜文章在',又曰'昔年尝读李白、杜甫诗'则李在杜先。若曰'沅迫甫白感至诚',又曰'少陵无人谪仙死',则李居杜后。如此,则孰为优劣?……"或又曰:"评诗者谓甫期白太过,反为白所消。"公曰:"不然。甫赠白诗云:'清新庾开府,俊逸鲍参军。'但比之庾信、鲍照而已。"又云:"'李侯有佳句,往往似阴铿',又在庾鲍下矣。饭颗之嘲,一时戏剧之谈。然二人者名既相逼,亦不能无相忌也。"

[①] "糜"于文义不通,当是"靡"字之误。

卷 六

予告之曰：子美奏赋三篇，玄宗奇之，命宰相试文章，故杜诗有云："天老书题目，春官验讨论。倚凤遗鹓路，随水到龙门。"

姚舜牧

诗言志也，志之所至，诗亦至焉。志明良则歌喜起，志游豫则歌休助，非颂即规，其有深意，非偶然者。《三百篇》其皆祖，是故称诗教，何正大雅致足风来世哉！唯屈子遭谗不能直正其辞，杜陵逢乱不克身匡其溺，故一假妃匹以志思，一多悲悼以志刺，其情有甚不得已者。乃后来作者，谓惟是足以动人。（《来恩堂草》卷一《自题乐陶吟草》）

于慎行

先生才高而俊，学博而精，发为文辞，探源《国》《左》，托体六朝，埒近世黄五岳、皇甫司勋之法。然自谓应世之作非其至也。歌诗春容遒雅，取裁盛中，以为学杜不成且落宋人恶趣，此固卓有所见，非拾人咳唾者。（《谷城山馆文集》卷十二《冲白斋存稿叙》）

山斋谁寄《四愁》篇，儒术家声自广川。健笔凭陵宁玩世，长吟激烈为忧天。少陵苦思应同调，北地雄词可并传。此日君王歌云汉，试调繁露佐祈年。（卷十五《董司马寄示春怀八首附此奉答》）

李诗似放而实谨严，不失矩矱；杜诗似严而实跌宕，不拘绳尺，细读之可知也，然皆从学问中来。杜出"六经"、班《汉》、《文选》，而能变化不露斧痕；李出《离骚》、古乐府，而未免有依傍耳。（《谷山笔麈》卷八《诗文》）

宋文之浅易，韩文兆之也；宋诗之芜拙，杜诗启之也。韩之文大显于宋，而宋文因韩以衰；杜之诗盛行于宋，而宋诗因杜以坏。虽然宋文衰于韩而韩不为之损，未得其所以文也；宋诗坏于杜而杜不为之损，未得其所以诗也。嗟

夫,此岂可为世人道哉！韩杜有知,当为点头耳。(同上)

伍袁萃

言以文而行,文以品而重。士君子之所不足者,非文也,品也。品之不端,焉用文之。韩、柳并驱而毕竟韩珍于柳,李、杜方轨而毕竟李逊于杜,故士君子欲以文章成名于天下后世,则人品尚矣。(《林居漫录》卷四多集)

吴稼竳

眼中何有今人诗,今人师心心亦苦,师心安能不师古？自昔神奇称太白,更复沉雄推杜甫。(《玄盖副草》卷七《君不见答柯茂倩》)

杜陵昔作南池游,何哉许簿为其俦。菱熟蒲荒八月雨,句中萧瑟舍清秋。我今来游不忍去,不见杜陵吟杜句。(同上《游任城南池歌》)

冯梦祯

以故迁书与杜诗无不家传而户诵。然竟为割裂,妄著题评。(《快雪堂集》卷一《新镌史记序》)

杜子美诗人冠冕,遭乱流离三巴、吴、楚,游踪颇阔。故曰:"不开万卷,不行万里,不能读杜诗。"良然！岂非名山大川足以涤人胸怀,发人才性,而五方谣俗,方言物产,仙踪灵迹,怪怪奇奇,其于新耳目、廓拘蔽,良有助焉。(卷二《王恒叔广志绎》)

至其诗则沉冥入情,古选、杜陵纵横有之。昔年华格俊调,遂为绛、灌屠狗时境界。珠玉在旁,不觉自秽。(同上《陆序沈茂仁南还诗及纪行》)

见其合者,五言古典则雄浑,有建安、黄初气骨；七言古高绝清爽,长于叙事,直入少陵之室。(同上《陆子玄诗集序》)

公于诗不喜杜陵,而余最所左袒。公曰:"若能醉心六朝诸名家,吾言当不至河汉。"余渐悟入,则公之教也。(卷二十《明迪功郎楚府典宝正樟亭沈公洎配董孺人墓志铭》)

《长歌》读之,哀酸胜于痛哭,当与杜陵《石壕吏》诸篇并传。(卷三十四《答来梦得》)

嘉靖以来,作者如云,当以唐中丞为上首,茅鹿门方中丞,时业于王摩诘之诗。摩诘高秀有之,而中丞老成痛快,似兼杜陵之长。(卷四十二《答费学卿》)

杜诗云:"眼前无俗物,多病也身轻。"不佞既远俗,又健饭,可谓两得之矣。(同上《报汪任丘》)

老杜诗云:"厚禄故人书断绝,恒饥稚子色凄凉。"(卷四十三《报傅伯俊》)

告家中明日绝粮,妇甚愁。余诵老杜"失学从儿懒,长贫任妇愁"之句以自嘲。(卷五十《庚寅日记》)

张凤翼

《谭辂》

卷　中

包弹与杜撰,相对为甚的?包拯为台官,严毅不恕,朝列有过,必被弹击,故事无疵者曰"没包弹"。杜律为诗多不合律,故言事不师古为"杜撰"。

王摩诘"世事浮云何足问,不如高卧且加餐"较之杜子美"细推物理须行乐,何用浮名绊此身",语意虽同而风度自别。宋人只知效子美口吻若干,摩诘则风马牛矣。

卷　下

杜少陵诗谓:"当今海内为长句,汝与山东李白好。"白时流寓在山东,故云"山东李白",非白果山东人也。用修太史辨之似矣。独以白慕谢安风流,自号"东山李白",而杜诗亦是说东山,后人乃倒用之,得无失之凿乎。

学古人诗亦须择,其佳境如"细推物理须行乐,何用浮名绊此身",谁不知为杜语?苟效此口吻,便是老头巾矣。

□张华《博物志》言,有人居海渚者,年年八月乘槎入海,见织女及牵牛,人云问严君平云云,并未言张骞。而《荆楚岁时记》以此事属之张骞,何耶?岂因少陵诗有"奉使虚随八月槎"之句耶?或杜因《荆楚》传闻而作耶?然"虚"字亦自可味。

昔人谓子美诗若"江流石不转,遗恨失吞吴",是就成败论,非断案也。吴亦岂易吞哉!孔明本意只是可与为援,但吴人以彼之得志为我之忧,故有袭关之事。要之,赤壁之役,非德汉也,不欲刘之并于曹也;荆州之役非德魏也,不欲曹之入于刘也,大都为己谋耳。

向晚泊城边,闻铙犹避船。回峰身作雁,抱叶迹同蝉。黄绢千秋事,青梅三月天。孤怀浪增感,生计只儒毡。(《处实堂集》卷二《济宁南池读杜少陵诗碣次韵》)

大都诗不贵多而贵精,不贵速而贵妥。故正平之文不加点固善,而左思之十年后成亦传;李、杜之联篇累帙固重,而沈、宋之人不百篇亦珍,良有以矣。……吴中新刻《唐诗正声》颇具近体风格。其他若《河岳英灵》《中兴间气》《国秀》等集与夫《品汇》,中唐以上可以佐之。字法、句法悉取诸此,而通篇抑扬、顿挫、对偶胥从此出,久之则神来者自生,不必远步少陵而近趋何、李也。(卷五《答陈金部汝化书》)

孔氏之于六经也,《易》则述,《春秋》则修,至《诗》独云删者,何欲其美而爱、爱而传,无所事侈靡为也。故杜子美选其大父审言诗,存不盈百,而至今传信者,具在信乎。诗犹兵也,贵精不贵多也,多而弗精,则瑕之掩瑜,莠之灾谷,其不为覆瓿者,鲜矣。(卷七《题障风集后》)

凡物之历冰雪、耐岁寒者,其质必坚,故其流荫可远,此所贵于松竹者也。惟人亦有焉。尝三复子美"松竹远还青"之句,而知其寓意深矣。(后集卷四《还青亭诗序》)

夫诗言志也,为诗不以志,即驰声骋调足以传,名高不足以摅性灵,胡谈古诗者？动援屈、宋，然所撼不过兰椒鸾鸥、招魂笙梦之类，以为屈、宋在是乎？语近体者，动推少陵，然所袭不过乾坤宇宙、百年万里之类，以为少陵在是乎？（续集卷六《文国博和州诗集序》）

元日到人日，未有不阴时。今兹似畴昔，却忆少陵诗。少陵处唐季，天宝方乱离。今兹升平日，恒阴岂其宜。（续集卷七《谷日有感作》）

饮中八仙皆盛唐名流，犹有晋人之遗风焉。当时，杜少陵播诸声诗，遂成一段佳话。后五百年而李龙眠图之，又五百年而仇实甫摹之。公瑕，因录杜作于后，八君有灵，当为唤醒。（续集卷八《题饮中八仙卷》）

狄遵度好为古文，尤嗜杜甫诗，一夕梦甫为诵世所未见诗，及觉，才记十余字，遵度足成之，为《佳城》篇。（《梦占类考》卷八《杜甫诵诗》）

余尝治古文辞，枭声律家言，见《楚辞》得之幽愤，杜律得之坎壈，因意文章不牢骚则不高古，不郁勃则不沉雄。盖侘傺之余，取精邃闳，以故发而为文，砰訇洞渲如昆仑倒泄，不撼龙门不止也。（《句注山房集》卷十四《高孟门制义引》）

顾宪成

弟始从邑中少弦张师游，师教之以博，曰："读书破万卷，下笔如有神！"此事不可拘拘，只在占毕中求已。（《泾皋藏稿》卷二《复邹孚如书》）

其为诗，笃好少陵氏，当其倚梧而吟，沉思极虑，无所不究，即一语合辄津津喜，即不合数迁而不悔其意，以为千驷万钟无以易此也。……自《三百篇》而下，若汉若魏，旁趋六朝，究乎开元、大历而止，靡不极其趣而会其旨归。然后综之以变化，出之以日新，流之以天倪，而又积数年不懈，诚不敢冀少陵，高、岑、王、孟岂足道哉！……久之，出守怀庆，予甚喜，伯子当遂并驱少陵无疑也。……夫少陵氏，非工于诗者也，工于所以为诗者也。其忠厚恻怛、爱君忧国，故自天性。而终其身偃蹇憔悴，郁郁无所托，乃时发之乎诗。至于今读之，靡不咨嗟叹息，徘徊而不忍舍。藉令生是时，得当一郡，以彼其素，其建立

宁在龚、黄诸君下也?（卷八《送肖桂朱先生守怀庆序》）

儒家之有朱子,其诗家之有杜工部乎?读工部集,洪纤浓淡,浅深肥瘦,新陈奇正,险易巧拙,无不具备。溯而上之,自两汉而魏而晋而六朝,沿而下之,自中唐、晚唐而五代而宋而元,无不兼包。且言理则近经,言事则近史,尤为杰出,所以独称大家。然而具眼者,率谓自诗人来未有此老,相与推为诗圣,至轻俊之流,亦往往摘瑕索瘢,执其一句一字而弹射之。要之,益以见其大也,知此可与论朱子矣,若象山便是个李太白也。(《小心斋札记》卷十六)

汤显祖

余见今人之诗种有几。清者病无,有者病浊。非有者之必浊,其所有者浊也。杜子美不能为清,况今之人。李白清而伤无。(《玉茗堂全集》文集卷五《徐司空诗草叙》)

唐贞元以后,言诗而相逊焉,李、杜止尔。予观右辰才气,浡积崒崪,瑰玮延衍。魁然其大,而不可以细视也;又兀乎其奇,而不敢以正视也……诚有陇西不足为其轻,少陵不足为其重者。(同上《金竺山房诗序》)

古文赋,秦、西汉而下,率以不足病,无有余者。诗,唐四杰、子美而外,亦无有余,从其不足而足焉,斯已几矣。(尺牍卷四《与陆景邺》)

邓伯羔[①]

朱子尝谓杜诗多误字,欲为作考异而未暇也。举其"风吹苍江树,雨洒石壁来"。谓"'树'字无意思,当作'去'字,以对'来'字"。又举其"鼓角满天东",谓"蜀有天漏之说,当是'漏天东'也"。改"满"为"漏"却好,改"树"为"去",点金作铁。子美若有天幸者,仲晦一生无暇。(《艺彀》卷上《朱子论

[①] 邓伯羔,字孺孝,常州人,生卒年不详,精善《易》学,与胡应麟、汤显祖等有诗文往来。

杜诗》)

梅圣俞《和范尧夫殿后书事》："天子寻常幸直庐，裹头宫女捧雕舆。"观此则知宋之内庭以宫女直舆。杜子美《紫辰殿退朝口号》："户外昭容紫袖垂，双瞻御座引朝仪。"观此则知唐之外庭以宫女引朝仪。不惟诗好，足备故实。（卷下《诗故》）

王兆云

公名林，字士齐，新会人也。洪武丙子领乡荐为广西贵县教谕。林素嗜学，能为古文章，复长于诗歌。自谓学诗于陶、韦、李、杜，学文于《史》《汉》、韩、柳，学书于晋、唐诸名家。考满京师时，大学士杨士奇、祭酒李时勉阅其诗文，相谓曰："岭南一代文人也。"（《皇明词林人物考》卷二《邓士齐》）

朱应登，字升之，宝应人也。童时即解声律，谙词章，十五尽通经史百家言，下笔为文，驰骋横放，锋不可撄然，承父师矩矱之教也。乃著《申臆赋》以见志，年二十三举进士。时北地李梦阳、信阳何景明、武功康海、姑苏徐桢卿、顾璘、济南边贡、仪封王廷相、湖州刘璘，迭倡古文辞，应登乃与并奋兢骋，力绍正宗，刊落近语，卓然以秦、汉为法。诗则上准《风》《雅》，下采沈、宋，磅礴沉郁，聿兴一代之体，四方笃古之士影附响臻，执政者顾不之喜，恶抑之。北人朴，耻乏黼黻，以经学自文，曰："后生不务实，即诗到李、杜，亦酒徒耳。"而柄文者承弊习常，方工雕浮靡丽之辞，取媚时眼。见应登等古文辞，愈恶抑之曰："是卖平天冠者。"于是凡号称文学士，率不获列于清衔。（卷四《朱升之》）

刘天民，字希尹，济南历城人。弘治甲戌进士，仕至副使。诗得华泉指授而有少陵体裁，胡世甫称其"清新隽逸，继华泉而嗣大雅"。（同上《刘希尹》）

左国玑，字舜齐。其先江西之永新人也。……喜读《史记》《文选》、李杜诸家诗。其为文驰骋踔厉，落笔滚滚千百言不休，如绝群之马奔蹀腾骛于平旷之野，武夫悍卒莫得而羁縻之。五、七言律诗学杜甫，沉着悲壮，如边城鼓角，闻者动色。歌行长篇又往往学李白，沛放厥辞，才藻逸发，如汉滨游女，靓

妆丽服,委蛇容与,日暮忘归。顾所作多不存稿,尝自言曰"诗文乃儒者余事,奚用稿为"。(卷五《左舜齐》)

刘隅,字叔正,范东其号也。兖之东阿人。嘉靖癸未进士,官至副都御史。其为文无剿说、无习见,清逸俊拔。诗意气安闲,辞旨沉快,要之,盖有杜陵遗意。(卷七《刘叔正》)

公名叔嗣,字子业,大梁人。外朴中慧,读书尚古,为诗文苦心矢力,几于灭性,故淡然闲寂,时为名家。初为工部主事,调吏部考功,以事请告三年,筑读书园,探讨其中。再起为山西布政使司参政湖广按察廉使,卒年三十七。叔嗣尝自号"苏门山人",有集八卷,因以苏门命之。其友陈束序曰:国朝以经义科诸生,诗道阙焉。洪武初,沿袭元体,颇存纤词,时则高、杨为之冠;成化以来,海内和豫,缙绅之声喜为流易,时则李、谢为之宗;及乎弘治,文教大起,学士辈出,力振古风,尽削凡调,一变而为杜诗,则有李、何为之倡;嘉靖改元,后生英秀稍稍厌弃,更为初唐之体,家相凌竞,斌斌盛矣。夫意制各殊,好赏互异,亦其势也。然而作非神解,传同耳食,得失之致亦略可言。何则?子美有振古之才,故杂陈汉、晋之词,而出入正变,初唐袭隋梁之后,是以风神初振,而缛靡未刊,人无其才而习其变,则其声粗厉而畔规,不得其神而举其词,则其声阐缓而无当。彼我异观,岂不更相笑也。(同上《高子业》)

公名鹏,字少南。其先直隶徐州人。……其序初唐诗曰:诗自删后,汉、魏古诗为近,汉、魏后六朝滋盛,然风所靡矣。初唐无古诗而律诗兴,律诗兴而古诗势不得不废。至于康德涵书又言:初唐诗如春园草木杂生,未放之花,含蓄浑厚,生意勃勃,但少轻理;盛唐则淘洗锄治,条理可观,生意稍薄矣。近日,名家冠绝海内,自许古人之上或失之粗者,棱角峭崎而乏温柔敦厚之旨,或失之易者,流丽光泽而少含蓄浑成之趋。所以然者,何孜孜于杜,未尝引而上之也。夫杜亦诗之变体,析中于古风斯为下。所云"今人专守绳墨,不离尺寸,不法乎上,苟就于中者",盖深不足于关中耳。(同上《樊少南》)

陈凤,字羽伯,应天人也。其履历载家乘中,兹不具论。刻有《杨升庵批点陈玉泉诗选》,冯少洲评曰:"五言古体初启唐人扃钥,后入晋魏阃奥。七言歌行豪逸雄俊，真得盛唐三昧，固已迥绝流调矣。五七言近体雅秀清畅，王、孟之流也。惟五言绝少伤平淡，古人云：'字少意多，薄有让焉。'"杨升庵书曰："承寄示清华堂摘存稿，连日手之不释，其诸体之分，信如冯子之评，走所深致者，学古而不蹈袭以矫近日之蔽，良是。尝慨近日一二学古者，规规杜子美，不学其意而袭其句，是少陵之盗臣也。少陵称太白诗为清新俊逸，岂曰规规蹈袭哉！文章如日月，朝夕常见而光景常新。"（卷八《陈羽伯》）

王维祯，字允宁，陕西华州人。举进士，改翰林庶吉士授编修，历官至南京国子祭酒……诗法汉、魏近体，法盛唐，尤宗杜氏。（同上《王允宁》）

公名士瀹，字心父，昆山人。潘水帘叙其集云：古之为诗也，无专人无名字，故《三百篇》虽田父戍夫女妇皆录弗弃，取其得性情之正合于中和之道而已，岂直《关雎》《鹊巢》见风化所自出，而《驺虞》《麟趾》《凫鹥》既醉足以想仁厚之德、雍熙之治也哉！后世之诗，汉、魏为盛，而淳厚敦朴去三代则远矣。况六朝之绮靡，其可与语诗乎？唐以诗取士，李、杜号称无愧风雅，然高朗或失而宕，渊邃或失而诡，风雅果如是乎？若宋、元，萎薾之习，则又下唐人一格矣。因及明兴诸家而著心父之集之所由刻，且曰：心父之诗，是真有得于风雅之体乎。心父少陁于科第，长累于饥寒，独其气格和平若坦然自得，远非诸人所及者，则进之三代夫何难，爰陈所见以报他日，删诗者出，当自有定论矣。"（卷十一《张心父》）

臧懋循

此广陵冒伯麟诗也。伯麟束发希古即能诗，诗不尽于此，要之，举一脔而全鼎可知也。予既辑《古诗所》，将举全唐附之。时客居秦淮，伯麟每过，扬榷辄移日。予因谓唐时乐府杂于铙歌，五言穷于汉、魏，独歌行、近体、七绝有前人所不能加。盖其格气浑厚，意象含蓄，声调和平，一唱三叹，深得《国风》微旨故也。李于麟之评少陵，犹以为篇什虽富，颓然自放，况大历而降，元、白诸人者哉！夫诗之不可为史，犹史之不可为诗。世顾以此称少陵大家，此予所未解也。大抵能变一代之体者必擅一代之才,故陈思出而汉体亡矣,平原出而魏体亡矣。然而论者以冠陈思于河间,跻平原于步兵,则又夫人而知其不可也。少陵淹通梁《选》,出入《楚骚》,其志量骨力岂不凌厉千载?然而唐体亦自此亡矣,今之宗少陵者,如射覆然,高之存金存玉,卑之存瓦存石,甚至阴摹而阳篡之,几于生折少陵。而娴然自托以为神奇者何其纷纷也!伯麟诗于唐体无所不拟,倘亦有当少陵乎?慎毋若今之宗少陵者。(《负苞堂集》文选卷三《冒伯麟诗引》)

诗书足以适志。……少陵谓:"李侯有佳句,往往似阴铿。"足下庶几近之。然黄金白雪,殊自难兼。若于鳞诸君子,诚不知呕血几许,方得此声名。(文选卷四《与章元礼》)

赵南星

三十年前秦青伍,皙面娇喉一何嫮!其时余方初得意,黄鹂树下桃花坞。今番相见惊老丑,了鸟单衫复褴褛。齿豁唇低语不真,主人更命歌金缕。久雪初罢天沉阴,填门塞巷寒殊苦。嗟尔老者宜安之,胡为泥中徒受侮。见人长跪即呼耶,膝痛腰挛力强努。头上有冠身有衣,其中多少守钱虏。毁钱铸作杜子美,纵不吟诗貌亦古。此辈聪明在尔下,奈何向渠求酒脯。半夜三更常候人,一言不合恐逢怒……(《赵忠毅公诗集》卷三《郭氏席上见魏守坎作歌劝之》)

诗之道至大矣,至妙矣,非夫洞彻无遗之识,其孰能知之?非夫员神不滞之才,其孰能为之?而世之人往往托于雕虫之说以掩其陋。夫善雕虫者未有过于天地者也,而不以贬天地之大,要之,出于自然归于大雅乃足观也。以此求之,昔之诗人传称至今者,盖亦鲜有可观者焉。嗟嗟难言哉!盖诗必从悟入,悟而后有所用其才,否则以巧益其丑,悟而后有所用其学,否则以博益其腐。故世之人于子美、献吉之诗,大率随声妄赞耳,真知之者与有几。(卷七《李于田诗集序》)

今夫《三百篇》固不可解也，而儒者以选举升第之故，不得已而解之。其所谓道学家者又多迂阔强解之，夫惟以不解解之者，则可与言诗矣。夫孔子尝以言诗许子贡、子夏矣，其所解者非后儒之所谓解也，犹不解也。无论《三百篇》，即杜子美之诗固亦未易知，不知而赞之者多矣，其不欺者直以为秦声，非诗之正体，或曰往往颓然自放，以子美之雄浑矫健似西秦之文而曰秦声，则先秦之文亦非正体。然子美亦何所不有为文者，或谨严或澹荡，此文武张弛之道也，而云颓放。至有言王摩诘之诗天也，子美之诗人也，彼自出之不欺，无足怪者。李献吉学子美而未备其妙，然近代罕及之者，即深知其解者亦罕矣。盖世之人知文之文而不知质之文，知巧之巧而不知拙之巧，知腴之腴而不知淡之腴，知正言而不知倒言，知直言而不知旁言，知显言而不知微言，知已言而不知未言，知有言而不知无言。有读鲁褒之《钱神论》，而驳之者曰"钱不若金玉之贵而挟持便，世人之称诗皆若此矣"，是何能知诗，何能为政？能知诗者，则其性地近于灵明矣，其何事不彻？今天下南方之为诗者，尤不喜杜、李。孔谏甫生于广东乃独喜之，一一诵之于口。其为诗不专学二子，然皆唐人之致，其气骨大与二子类。（卷八《孔谏甫诗序》）

夫诗者，兴也，缘人情而为之者也。庸人之情不扬，俗人之情不韵。诗不难言，人自难之耳。……夫有一代之兴，则有一代之诗，故《三百篇》风各不同，代革世沿，各得其性之所近。《三百》自《三百》，汉、魏自汉、魏，唐自唐，明自明耳。以优孟而为叔敖，神骨终别，只自见其不陶、不杜、不李，为俗、为俚、为野而已矣。（卷八《冯继之诗序》）

承论以久不得志，有郁郁之意，恐不可尔。吾人须是自信，可为圣贤无论卿相，然后神气长王、光采长新。杜子美诗云："岁拾橡栗随狙公，天寒日暮山谷里。"夫拾橡栗者子美也，此狙公、此山谷皆有光辉。子美故不为苦，卿相须此辈作。直是有时见得如此胸襟，多少磊落学问，亦自胜进也。（卷二十二《答张生桢》）

杜子美之歌曰："岁拾橡栗随狙公，天寒日暮山谷里。"此俨然舜在深山景象，何愁之有哉？天下惟俗人常愁，此等人无数，凡有数之人必不常愁，彼皆

有所为快者也,而况于道德真有所得者乎。(卷二十三《答丁慎所》)

大抵诗文之道无穷,学之者各就其意之所尚耳。兄爱欧阳永叔之文,李、杜、王、孟之诗,亦言其所尚也,以为前人莫及则未必然。要之,古之传世者,皆有真骨格、真力量,自成一家。今人惟饾饤古人字句,求之皮毛之间,绝无古法,况其精微玄妙者乎?识者良亦甚难。(同上《与李于田》)

胡应麟

《诗薮》

内编卷一

四言之赡,极于韦孟。五言之赡,极于《焦仲卿》。杂言之赡,极于《木兰》。歌行之赡,极于《畴昔》《帝京》。排律之赡,极于《岳州》《夔府》诸篇。虽境有神妙,体有古今,然皆叙事工绝。诗中之史,后人但知老杜,何哉?

老杜无四言诗,然《羌村》"峥嵘赤云西"、《出塞》"朝进上东门"二篇,实得《风》《骚》遗意,惜不尽脱唐调耳。

汉乐府多于古诗,六朝相半,盛唐前尚三之一。中、晚唐而下,至于宋、元,律诗日盛,古体且寥寥矣,况乐府哉。

《三百篇》荐郊庙,被弦歌,诗即乐府,乐府即诗,犹兵寓于农,未尝二也。诗亡乐废,屈、宋代兴,《九歌》等篇以侑乐,《九章》等作以抒情,途辙渐兆,至汉《郊祀十九章》《古诗十九首》不相为用,诗与乐府门类始分,然厥体未甚远也。如"青青园中葵",曷异古风;"盈盈楼上女",靡非乐府。魏文兄弟崛起,建安拟则前规,多从乐府,唱酬新什,更创五言,节奏既殊,格调复别,自是有专工古诗者,有偏长乐府者。梁、陈而下,乐府、古诗变而律、绝,唐人李、杜、高、岑,名为乐府,实则歌行。

"兔丝附蓬麻,引蔓故不长。嫁女与征夫,不如弃路傍。"子美之极力于汉者也,然音节太亮,自是子美语。

唐人诸古体四言,无论为骚者,太白外,王维、顾况三二家,皆意浅格卑,相去千里。若李、杜五言大篇,七言乐府,方之汉、魏正果,虽非最上,犹是大乘。韩《琴曲》、柳《铙歌》,仿佛声闻阶级,此外蔑矣。

内编卷二

古诗浩繁,作者至众,虽风格体裁,人以代异,支流原委,谱系具存。炎刘之制,远绍《国风》;曹魏之声,近沿枚、李。陈思而下,诸体毕备,门户渐开。阮籍、左思,尚存其质;陆机、潘岳,首播其华。灵运之词,渊源潘、陆;明远之步,驰骤太冲。有唐一代,拾遗草创,实阮前踪;太白纵横,亦鲍近孅。少陵才具,无施不可,而宪章祖述,汉魏六朝,所谓风雅之大宗,艺林之正朔也。

汉称苏、李,然武帝,苏、李俦也;魏称曹、刘,然文帝,曹、刘匹也;唐称李、杜,然玄宗,李、杜流也:三君首倡,六子并驱,盛绝千古,非偶然也。

五言古,先熟读《国风》《离骚》,源流洞彻。乃尽取两汉杂诗、陈王全集及子桓、公干、仲宣佳者,枕藉讽咏,功深日远,神动机流,一旦吮毫,天真自露。骨格既定,然后沿回阮、左,以穷其趣;颉颃陆、谢,以采其华,旁及陶、韦,以澹其思;博考李、杜,以极其变。超乘而上,可以掩迹千秋。循辙而趋,无忝名家一代。

诗不可以一首得失概一人终身。诗家咸谓《蒲生》不如《塘上》①,信矣,然可谓子建之才不如甄后耶。若余所举数条,则彼此皆常语,而常语之中,具见优劣。且诸作多尔,非若杨用修品题李、杜,舆羽钧金也。

"明月照高楼,想见余光辉",李陵逸诗也。子建"明月照高楼,流光正徘徊",全用此句而不用其意,遂为建安绝唱。少陵"落月满屋梁,犹疑照颜色",正用其意而少变其句,亦为唐古峥嵘。今学者第知曹、杜二句之妙,而不知其出于汉也。

泛观前三句,则子建魏诗之神,杜陵唐体之妙,而少卿不过汉品之能。若究竟言,则明月流光,虽神韵迥出,实灵运、玄晖造端。落月屋梁,颇类常建、昌龄,亦非杜陵本色。少卿虽平,然自是汉人语。

---

① 《塘上行》相传为甄宓所作诗,然今可见的曹植诗集中却没有以"蒲生"为题为辞者。又,"蒲生"乃是《塘上行》首句二字。

长篇《孔雀东南飞》，断不可学，则李、杜二家，滔滔莽莽，其长亦不容掩。然大须酌量，勿得造次。

杜之《北征》《怀述》，皆长篇叙事。然高者尚有汉人遗意；平者遂为元、白滥觞。

陈王古诗独擅，然诸体各有师承。惟陶之五言，开千古平淡之宗。杜之乐府，扫六代沿洄之习。真谓自起堂奥，别创门户。然终不以彼易此者，陶之意调虽新，源流匪远。杜之篇目虽变，风格靡超。故知三正迭兴，未若一中相授也。

四杰，梁、陈也；子昂，阮也；高、岑、沈、鲍也；曲江、鹿门、王丞、常尉、昌龄、光羲、宗元、应物，陶也。惟杜陵《出塞》乐府有汉、魏风，而唐人本色时露。太白讥薄建安，实步兵、记室、康乐、宣城及拾遗格调耳。李于鳞云："唐无五言古诗而有其古诗。"可谓具眼。

备诸体于建安者，陈王也。集大成于开元者，工部也。青莲才之逸，并驾陈王。气之雄，齐驱工部，可谓撮胜二家。第古风既乏温淳，律体微乖整栗，故令评者不无轩轾。

《三百篇》，非一代音也；《十九首》，非一人作也。古今专门大家，吾得三人：陈思之古，拾遗之律，翰林之绝，皆天授，非人力也。

古诗自有音节。陆、谢体极俳偶，然音节与唐律迥不同。唐人李、杜外，惟嘉州最合。襄阳、常侍虽意调高远，至音节时入近体矣。

世多谓唐无五言古，笃而论之，才非魏、晋之下，而调杂梁、陈之际，截长絜短，盖宋、齐之政耳。……太白《古风》《书怀》，少陵《羌村》《出塞》……皆六朝之妙诣，两汉之余波也。

乐府则太白擅奇古今，少陵嗣迹《风》《雅》。《蜀道难》《远别离》等篇，出鬼入神，惝恍莫测。《兵车行》《新婚别》等作，述情陈事，恳恻如见。张王欲以拙胜，所谓差之厘毫；温李欲以巧胜，所谓谬于千里。

少陵不效四言，不仿《离骚》，不用乐府旧题，是此老胸中壁立处。然《风》《骚》、乐府遗意，杜往往深得之。太白以《百忧》等篇拟《风》《雅》，《鸣皋》等作拟《离骚》，俱相去悬远。乐府奇伟，高出六朝，古质不如两汉，较输杜一等也。

世多訾宋人律诗，然律诗犹知有杜。……黄、陈、曾、吕，名师老杜，实越前规。

然高者不过王、孟、高、岑，最上李供奉、陈、杜二拾遗耳。

由大历而国初，五百余载，中间歌行、近体未尝绝也，独古体寥寥宇宙间。中兴之绩，信阳、北地断不可诬。

古诗杜少陵后，汉、魏遗响绝矣，至献吉而始辟其源；韦苏州后，六朝遗响绝矣，至昌谷而始振其步。故谓杜之后便有北地可也，谓韦之后便有迪功可也。

宋主格，元主调；宋多骨，元多肉；宋人苍劲，元人柔靡；宋人粗疏，元人整密。宋人学杜，于唐远；元人学杜，于唐近。

内编卷三

七言古乐府外，歌行可法者，汉《四愁》，魏《燕歌》，晋《白纻》。宋、齐诸子，大演五言，殊寡七字。至梁乃有长篇，陈、隋浸盛，婉丽相矜，极于唐始，汉、魏风骨，殆无复存。李、杜一振古今，七言几于尽废。然东、西京古质典刑，邈不可观矣。

至"爱惜加穷袴，防闲托守宫"，则全是唐律矣。少陵"慎莫近前丞相嗔"，出此。后二句杨用修以为此老本色，何也？

齐、梁、陈、隋五言古，唐律诗之未成者；七言古，唐歌行之未成者。王、卢出，而歌行咸中矩度矣。沈、宋出，而近体悉协宫商矣。至高、岑而后有气，王、孟而后有韵，李、杜而后入化。

仲默谓："唐初四子，虽去古甚远，其音节往往可歌。子美词虽沉着，而调失流转，实诗歌之变体也。"此未尽然。歌行之兴，实自上古，《南山》《易水》，隐约数言，咸足咏叹。至汉、魏乐府，篇什始繁。大都浑朴真至，既无转换之体，亦寡流畅之辞，当时以被管弦，供燕享，未闻不可歌也。杜《兵车》《丽人》《王孙》等篇，正祖汉、魏，行以唐调耳。

李、杜歌行，扩汉、魏而大之，而古质不及。卢、骆歌行，衍齐、梁而畅之，而富丽有余。

陈、杜歌行不概见。沈、宋厌王、杨之靡缛，稍欲约以典实而未能也。李、杜一变，而雄逸豪宕，前无古人矣。盛唐高适之浑，岑参之丽，王维之雅，李颀之俊，皆铁中铮铮者。崔颢、储光羲篇什不多，而婉转流媚，亦有可观。常建已开李贺，任华酷似卢仝，盛衰倚伏如此。

自五言古律以至五七言绝，概以温雅和平为尚，惟七言歌行、近体不然。歌行自乐府，语已峭峻，李、杜大篇，穷极笔力，若但以平调行之，何能自拔。七言律声长语纵，体既近靡。字栉句比，格尤易下。材富力强，犹或难之。清空文弱，可登此坛乎？

凡诗诸体皆有绳墨，惟歌行出自《离骚》、乐府，故极散漫纵横。初学当择易下手者，今略举数篇：青莲《捣衣曲》《百啭歌》，杜陵《洗兵马》《哀江头》，……皆脉络分明，句调婉畅，既自成家，然后博取。李、杜大篇，合变出奇，穷高极远。又上之两汉乐府，落李、杜之纷华，而一归古质。又上之楚人《离骚》，镕乐府之气习，而直接商周。七言能事毕矣。

阖辟纵横，变幻超忽，疾雷震霆，凄风急雨，歌也；位置森严，筋脉联络，走月流云，轻车熟路，行也。太白多近歌，少陵多近行。

短歌惟少陵《七哀》等篇，隽永深厚，且法律森然，极可宗尚。近献吉学之，置《杜集》不复辨，所当并观。

太白《蜀道难》《远别离》《天姥吟》《尧祠歌》等，无首无尾，变幻错综，窈冥昏默，非其才力学之，立见颠踣。少陵《公孙大娘》《渼陂行》《丹青引》《丽人行》等，虽极沉深横绝，格律尚有可寻。

歌行兆自《大风》《垓下》，《四愁》《燕歌》而后，六代寥寥。至唐大畅，王、杨四子，婉转流丽；李、杜二家，逸宕纵横。献吉专攻子美，仲默兼取卢、王，并自有旨。

唐五言古，作者弥众，至七言殊寡。初唐四子外，惟《汾阴》《邺都》。盛唐李、杜外，仅高、岑、王、李。中唐刘、韦一二，不足多论。至元、白长篇，张、王乐府，下逮卢、李，流派日卑，道术弥裂矣。

李、杜二公，诚为劲敌。杜陵沉郁雄深，太白豪逸宕丽。短篇效李，多轻率而寡裁；长篇法杜，或拘局而靡畅。廷礼首推太白，于鳞左袒杜陵，俱非论笃。

太白幻语，为长吉之滥觞；少陵拙句，实玉川之前导。集长去短，学者当先明此。

李、杜歌行，虽沉郁逸宕不同，然皆才大气雄，非子建、渊明判不相入者比。有能总统为一，实宇宙之极观。第恐造物生材，无此全盛。近时作者，间能具备两公之体，至镕液二子之长，则未睹也。

唐七言歌行，垂拱四子，词极藻艳，然未脱梁、陈也。张、李、沈、宋，稍汰浮华，渐趋平实，唐体肇矣，然而未畅也。高、岑、王、李，音节鲜明，情致委折，浓纤修短，得衷合度，畅乎，然而未大也。太白、少陵，大而化矣，能事毕矣。降而钱、刘，神情未远，气骨顿衰。元相、白傅，起而振之，敷演有余，步骤不足。昌黎而下，门户竞开，卢仝之拙朴，马异之庸猥，李贺之幽奇，刘乂之狂谲，虽浅深高下，材局悬殊，要皆曲径旁蹊，无取大雅。张籍、王建，稍为真澹，体益卑卑。庭筠之流，更事绮绘，渐入诗余，古意尽矣。

李、杜外，短歌可法者，岑参《蜀葵花》《登邺城》⋯⋯虽笔力非二公比，皆初学易下手者。但盛唐前，语虽平易，而气象雍容。中唐后，语渐精工，而气象促迫，不可不知。

崔颢《邯郸宫人怨》叙事几四百言。李、杜外，盛唐歌行无赡于此，而情致委婉，真切如见，后来《连昌》《长恨》，皆此兆端。

元微之乐府古题序云："自《风》《雅》至于乐流，莫非讽兴当时之事，以贻后世之人。沿袭古题，唱和重复，于文或有短长，于义咸为赘腰，尚不如寓意古题，刺美见事，犹有诗人引古以讽之义。近代惟诗人杜甫《悲陈陶》《哀江头》《兵马》《丽人》等，凡所歌行，率皆即事名篇，无有倚傍。余少时与友人白乐天、李公垂辈谓是为当，遂不复拟赋古题。"观微之此序，则唐人亦自推毂少陵乐府，近时诸公多主斯说，而微之序人少知者，故特录之。

仲默《明月篇》序云："仆始读杜子七言诗歌，爱其陈事切实，布辞沉着，鄙心窃效之,以为长篇圣于子美矣。既而读汉、魏以来歌诗,及唐初四子者之所为而反复之,则知汉、魏固承《三百篇》之后,流风犹可征焉。而四子者虽工富丽,去古远甚,至其音节往往可歌。乃知子美辞固沉着,而调失流转,虽成一家语,实则诗歌之变体也。"于鳞云:"七言歌行,惟杜不失初唐气格,而纵横有之。太白纵横,往往强弩之末,间以长语英雄欺人耳。"李论实出于何,而意稍不同。

杜《七歌》亦仿张衡《四愁》,然《七歌》奇崛雄深,《四愁》和平婉丽。汉唐短歌名为绝倡,所谓异曲同工。

元和中,李绅作《新乐府》二十章,元稹取其尤切者十五章和之,如《华原磬》《西凉伎》之类,皆风刺时事,盖仿杜陵为之者,今并载郭氏《乐府》。语句亦多仿工部,如《阴山道》《缚戎人》等,音节时有逼近。第得其沉着,而不得其纵横;得其浑朴,而不得其悲壮。乐天又取演之为五十章,其诗纯用己调,出元下。世所传《白氏讽谏》是也。

题画,自杜诸篇外,唐无继者。王介甫《画虎图》……皆有可观,而骨力变化,远非杜比。惟李献吉《吴伟》《林良》等六诗,模写精绝,而豪宕纵横,几欲与杜并驱,真杰思也。

"小麦青青大麦枯,谁当获者妇与姑,丈夫何在西击胡。"三语奇绝,即两汉不易得。子美"大麦干枯小麦黄,妇女行泣夫走藏,问谁腰镰胡与羌。"才易数字,便有唐、汉之别。杜尚难之,况其下乎!

"长安城中头白乌,夜飞延秋门上呼,又向人家啄大屋,屋底达官走避胡。""车辚辚,马萧萧,行人弓箭各在腰,爷娘妻子走相送,尘埃不见咸阳桥。"二起语甚古质,类汉人。终是格调精明,词气跌宕,近似有意。两京歌谣,便自浑浑噩噩,无迹可寻。

初唐七言古以才藻胜,盛唐以风神胜,李、杜以气概胜,而才藻风神称之;加以变化灵异,遂为大家。宋人非无气概,元人非无才藻,而变化风神邈不复睹,固时代之盛衰,亦人事之工拙耶。

古诗窘于格调,近体束于声律,惟歌行大小短长,错综阖辟,素无定体,故极能发人才思。李、杜之才,不尽于古诗,而尽于歌行。

唐人歌行烜赫者:郭元振《宝剑篇》,宋之问《龙门行》《明河篇》,李峤《汾阴行》,元稹《连昌辞》,白居易《长恨歌》《琵琶行》,卢仝《月蚀》,李贺《高轩》,并惊绝一时。今读诸作,往往不厌人意,而卢、骆、杜陵、高、岑、王、李,大家正统,俱不以是著称。同时惟太白《蜀道难》等篇,为世所慕,差不爽名实耳。

元和间,乐天声价最盛。当时挽诗云"孺子解吟《长恨》赋,胡人能诵《琵琶》篇",又一女子能诵白《长恨歌》,遂索值百万。其为一代惊艳如此。少陵同谷作歌时,正拾橡栗,随狙公,觅一饱不可得,诗固有遇不遇哉。

宋黄、陈首倡杜学。然黄律诗徒得杜声调之偏者,其语未尝有杜也。至古选歌行,绝与杜不类,晦涩枯槁,刻意为奇而不能奇,真小乘禅耳。而一代尊之无上。陈五言律得杜骨,宋品绝高,他作亦皆悬远。

杨用修《诗话》所载《洛春谣》《夜归曲》,皆宋人七言古可观者。

胜国诸家七言古篇什甚不乏,然自是元人歌行。拟王、杨则流转不足,攀李、杜则神化非俦,至于瑰词绮调,亦往往笔墨间,视宋人觉过之。

玉川拙体非自创,任华与李、杜同时,已全是此调,特篇什不多耳。

苏子瞻《定慧寺海棠》、郭功父《金山行》等篇,亦尚有佳处,而不能尽脱宋气。欧学韩,黄学杜,用力愈多,去道愈远。

仲默论歌行,允谓前人未发。然特专明一义,匪以尽概诸方。王、杨四子,虽偏工流畅,而体格弥卑,变化未睹。唐人一代皆尔,何以远过齐、梁?必有李、杜二公,大观斯极。

退之《桃源》《石鼓》,模杜陵而失之浅;长吉《浩歌》《秦宫》,仿太白而过于深。惟献吉宗师子美,并夺其神;间作青莲,亦得其貌,然为初唐则远。仲默,李同调,气稍不如。《明月》《帝京》,风神朗迈,遂过卢、骆。元美后起,并前诸子奄而有之。千古宗工,五君而已。

内编卷四

五言律体,极盛于唐。要其大端,亦有二格:陈、杜、沈、宋,典丽精工;王、孟、储、韦,清空闲远。此其概也。然右丞赠送诸什,往往阑入高、岑。鹿门、苏州，虽自成趣，终非大手。太白风华逸宕，特过诸人。而后之学者，才匪天仙，多流率易。唯工部诸作，气象嵬峨，规模宏远，当其神来境诣，错综幻化，不可端倪。千古以还，一人而已。

学五言律，毋习王、杨以前，毋窥元、白以后。先取沈、宋、陈、杜、苏、李诸集，朝夕临摹，则风骨高华，句法宏赡，音节雄亮，比偶精严。次及盛唐王、岑、孟、李，永之以风神，畅之以才气，和之以真澹，错之以清新，然后归宿杜陵，究竟绝轨，极深研几，穷神知化，五言律法尽矣。

近体先习杜陵，则未得其广大雄深，先失之粗疏险拗，所谓从门非宝也。

排律，沈、宋二氏，藻赡精工；太白、右丞，明秀高爽。然皆不过十韵，且体在绳墨之中，调非畦径之外。惟杜陵大篇巨什，雄伟神奇。如《谒蜀庙》《赠哥舒》等作，阖辟驰骤，如飞龙行云，鳞鬣爪甲，自中矩度；又如淮阴用兵百万，掌握变化无方。虽时有险朴，无害大家。近选者仅取"沱水临中坐①"，以为他皆不及，涂听耳食，哀哉。

宋人学杜得其骨不得其肉，得其气不得其韵，得其意不得其象，至声与色，并亡之矣。

作诗不过情景二端。如五言律体，前起后结，中四句，二言景，二言情，此通例也。唐初多于首二句言景对起止，结二句言情，虽丰硕，往往失之繁杂。唐晚则第三四句多作一串，虽流动，往往失之轻狷，俱非正体。惟沈、宋、李、王诸子，格调庄严，气象闳丽，最为可法。第中四句大率言景，不善学者，凑砌堆叠，多无足观。老杜诸篇，虽中联言景不少，大率以情间之。故习杜者，句语或有枯燥之嫌，而体裁绝无靡冗之病。此初学入门第一义，不可不知。若老手大笔，则情景混融，错综惟意，又不可专泥此论。

李梦阳云："叠景者意必二，阔大者半必细。"此最律诗三昧。如杜："诏从三殿去，碑到百蛮开。野馆浓花发，春帆细雨来。"前半阔大，后半工细也。"浮云连海岱，平野入青徐。孤嶂秦碑在，荒城鲁殿余。"前景寓目，后景感怀

---

① 通行杜集版本"坐"皆为"座"。

也。唐法律甚严惟杜,变化莫测亦惟杜。

用事之工,起于太冲《咏史》。唐初王、杨、沈、宋,渐入精严。至老杜苞孕汪洋,错综变化,而美善备矣。

"荒庭垂橘柚,古屋画龙蛇。""锡飞常近鹤,杯度不惊鸥。"杜用事入化处。然不作用事看,则古庙之荒凉,画壁之飞动,亦更无人可著语。此杜老千古绝技,未易追也。

杜用事错综,固极笔力,然体自正大,语尤坦明。晚唐宋初,用事如作谜:苏如积薪,陈如守株,黄如缘木。

杜用事门目甚多,姑举人名一类。如"清新庾开府,俊逸鲍参军",正用者也;"聪明过管辂,尺棰倒陈遵",反用者也;"谢氏登山屐,陶公漉酒巾",明用者也;"伏柱闻周史,乘查似汉臣",暗用者也;"举天悲富骆,近代惜卢王",并用者也;"高岑殊缓步,沈鲍得同行",单用者也;"汲黯匡君切,廉颇出将频",分用者也;"共传收庾信,不比得陈琳",串用者也;至"对棋陪谢傅,把剑觅徐君""侍臣双宋玉、战策两穰苴""飘零神女雨,断续楚王风""晋室丹阳尹,公孙白帝城",锻炼精奇,含蓄深远,迥出前代矣。

审言"楚山横地出,汉水接天回""飞霜遥渡海,残月迥临边"等句,闳逸浑雄,少陵家法宛然。宋人掇其牵风紫蔓小语,以为杜所自出,陋哉!

子昂"古木生云际,归帆出雾中",即玄晖"天际识归舟,云中辨江树"也。子美"薄云岩际宿,孤月浪中翻",即仲言"白云岩际出,清月波中上"也。四语并极精工,卒难优劣。然何、谢古体,入此渐启唐风;陈、杜近体,出此乃更古意,不可不知。

元微之云:"太白模写物象及乐府歌诗,诚有差肩子美者。若铺陈始终,排比故实,大或千言,小犹数百,则李尚不能历其藩篱,况闳奥乎!"白乐天云:"杜诗最多,至贯穿古今,觑觎格律,尽善尽美,又过于李。"二公议论如此,盖专以排律及五言大篇定李、杜优劣。然李所长,五七言绝亦足相当,而杜句律之高,在才具兼该,笔力变化,亦不专排比铺陈,贯穿觑觎也。

李、杜才气格调,古体歌行,大概相垺。李偏工独至者绝句,杜穷变极化者律诗。言体格,则绝句不若律诗之大;论结撰,则律诗倍于绝句之难。然李近体足自名家,杜诸绝殊寡入彀,截长补短,盖亦相当。惟长篇叙事,古今子美。故元、白论咸主此,第非究竟公案。

唐人才超一代者,李也;体兼一代者,杜也。李如星悬日揭,照耀太虚;杜若地负海涵,包罗万汇。李惟超出一代,故高华莫并,色相难求;杜惟兼总一代,故利钝杂陈,巨细咸畜。

李才高气逸而调雄,杜体大思精而格浑。超出唐人而不离唐人者,李也;不尽唐调而兼得唐调者,杜也。

太白笔力变化,极于歌行。少陵笔力变化,极于近体。李变化在调与词,杜变化在意与格。然歌行无常矱,易于错综;近体有定规,难于伸缩。调词超逸,骤如骇耳,索之易穷;意格精深,始若无奇,绎之难尽。此其稍不同者也。

太白五言沿洄魏、晋,乐府出入齐、梁,近体周旋开、宝,独绝句超然自得,冠古绝今。子美五言《北征》《咏怀》,乐府《新婚》《垂老》等作,虽格本前人,而调出己创。五七言律广大悉备,上自垂拱,下逮元和,宋人之苍,元人之绮,靡不兼总。故古体则脱弃陈规,近体则兼该众善,此杜所独长也。

盛唐一味秀丽雄浑。杜则精粗、巨细、巧拙、新陈、险易、浅深、浓淡、肥瘦,靡不毕具,参其格调,实与盛唐大别,其能会萃前人在此,滥觞后世亦在此。且言理近经,叙事兼史,尤诗家绝睹,其集不可不读,亦殊不易读。

太白有大家之材,而局量稍浅,故腾踔飞扬之意胜,沉深典厚之风微;昌黎有大家之具,而神韵全乖,故纷挐叫噪之途开,蕴藉陶镕之义缺。杜陵氏差得之。

杜集大成,五言律尤可见者。

"山随平野阔,江入大荒流。"太白壮语也。杜"星垂平野阔,月涌大江流",骨力过之。"九衢寒雾敛,万井曙钟多。"右丞壮语也。杜"星临万户动,月傍九霄多",精彩过之。"气蒸云梦泽,波撼岳阳城。"浩然壮语也。杜"吴楚东南坼,乾坤日夜浮",气象过之。"弓抱关西月,旗翻渭北风。"嘉州壮语也。杜"北风随爽气,南斗避文星",风神过之。读唐诸家,至杜辄令人自失矣。

咏物起自六朝,唐人沿袭,虽风华竞爽,而独造未闻。惟杜诸作自开堂奥,尽削前规,如《题月》:"关山随地阔,河汉近人流。"《雨》:"野径云俱黑,江船火独明。"《雪》:"暗度南楼月,寒深北浦云。"《夜》:"重露成涓滴,稀星乍有无。"皆精深奇邃,前无古人,后无来者。然格则瘦劲太过,意则寄寓太深,他鸟兽花木等多杂议论,尤不易法。

杜排律五十百韵者,极意铺陈,颇伤芜碎。盖大篇冗长,不得不尔。惟赠李白、汝阳、哥舒、见素诸作,格调精严,体骨匀称,每读一篇,无论其人履历,咸若指掌,且形神意气,踊跃毫楮。如周昉写生,太史序传,逼夺化工;而杜从容声律间,尤为难事,古今绝诣也。

"力侔分社稷,志屈偃经纶。"欧、苏得之而为论宗。"江山如有待,花柳更无私。"程、邵得之而为理窟。"鲁卫弥尊重,徐陈略丧亡。"鲁直得之而为沉深。"白屋留孤树,青天失万艘。"无己得之而为劲瘦。"烟花山际重,舟楫浪前轻。"圣俞得之而为间澹。"江城孤照日,山谷近含风。"去非得之而为浑雄。凡唐末宋元人,不皆学杜,其体则杜集咸备。元微之谓自诗人来,未有如子美者,要为不易之论。至轻俊学流,时相诋驳,累亦坐斯,然益足见其大也。

惟杜《登梓州城楼》《上汉中王》《寄贺兰》《二收京》《吾宗》《征夫》《可惜》《有感》《避地》《悲秋》等作,通篇一字不粘带景物,而雄峭沉着,句律天然。古今能为澹者,仅见此老。世人率以雄丽掩之,余故特为拈出。第肉少骨多,意深韵浅,故与盛唐稍别,而黄、陈一代尸祝矣。

杜诗正而能变,变而能化,化而不失本调,不失本调而兼得众调,故绝不可及。国朝明卿得杜正,不得其变;献吉得杜变,不得其化。

杜五言律,规模正大,格致沉深,而体势飞动。自守以来,学杜者但刻意深沉,如枯梢朽株,无复生意。惟献吉于杜体势最亲,所恨者陶冶未融,刻削时露,且于正大沉深处,反欠功夫耳。至句语偶尔相犯,岂足为疵,观其安身立命可也。

杜五言律,自开元独步至今。七言,则国朝入室分庭者,往往不乏。然就杜论,七言亦微减五言。

唐人赋兴多而比少,惟杜时时有之。如"寒花隐乱草,宿鸟择深枝""独鹤归何晚,昏鸦已满林"之类。然杜所以胜诸家,殊不在此。后人穿凿附会,动辄笑端。余尝谓千家注《杜》,类五臣注《选》,皆俚儒荒陋者也。

初唐四十韵,惟杜审言,如《送李大夫作》,实自少陵家法。杜《八哀》,李北海云:"次及吾家诗,慨慷嗣真作。"是也。而注者懵然,可为一笑。

宾王《幽絷书情》十八韵,精工俪密,极用事之妙。老杜多出此。如"地幽蚕室闭,门静雀罗开""日悯秦庭痛,谁怜楚奏哀""争缣非易辨,疑璧果难裁""覆盆徒望日,蛰户未惊雷"之类,皆少陵前所未有。

沈、宋本自并驱,然沈视宋稍偏枯,宋视沈较缜密。沈制作亦不如宋之繁富。沈排律工者不过三数篇,宋则遍集中无不工者,且篇篇平正典重,赡丽精严。初学入门,所当熟习。右丞韵度过之,而典重不如。少陵闳大有加,而精严略逊。

排律自工部、考功外,云卿《酬苏员外塞北》、必简《答苏味道》……皆一代大手笔,正法眼,学者朝夕把玩可也。

作排律先熟读宋、骆、沈、杜诸篇,仿其布格措词,则体裁平整,句调精严。益以摩诘之风神,太白之气概,既奄有诸家,美善咸备,然后究极杜陵,扩之以闳大,浚之以沉深,鼓之以变化,排律之能事尽矣。

盛唐排律,杜外,右丞为冠,太白次之。

杜赠李,豪爽逸宕,便类青莲。如"笔落惊风雨,诗成泣鬼神"等语,犹司马子长作《相如传》也。

杜《谒玄元皇帝庙》十四韵,雄丽奇伟,势欲飞动,可与吴生画手,并绝今古。《岷山图诗》气象笔力,皆迥不侔。君采、用修舍此取彼,何耶?

读唐盛时排律,延清、摩诘等作,真如入万花春谷,光景烂熳,令人应接不暇,赏玩忘归。太白轩爽雄丽,如明堂黼黻,冠盖辉皇。武库甲兵,旌旗飞动。少陵变幻闳深,如陟昆仑,泛溟渤,千峰罗列,万汇汪洋。

杨又有长律四十韵,鸿赡典实,多得老杜句法,章法亦近。大历后仅此一篇。

刘长卿："地远心难达，天高谤易成。"顾况："六气铜浑转，三光玉律调。"二作颇整赡，近老杜句格。

大概中唐以后，稍厌精华，渐趣淡净，故五七言律清空流畅，时有可观。至排律亦仿此，则蹶矣。排律自杨、卢以至王、李，靡不丰硕浑雄，盖其体制应尔。惟老杜大篇，时作苍古。然其材力异常，学问渊博，述情陈事，错综变化，转自不穷。中唐无杜材力学问，欲以一二致语撑柱其间，庸讵可乎！

洪景卢云："作诗至百韵，词意既多，故有失于检点者。如杜老《夔府咏怀》，前云'满座涕潺湲'，后又云'伏腊涕涟涟'。白公《寄元微之》云'无杯不共持'，又云……一篇之中，说酒者十一句，皆不点检之过也。"按洪说，作排律及长篇者，最所当知。第言酒，虽数联并用，骈比一处，自不妨。若前后相犯，即老杜所重字，亦诗家所忌。白之十余酒中语，尤不成章也。

内编卷五

初唐七言律缛靡，多谓应制使然，非也，时为之耳。此后若《早朝》及王、岑、杜诸作，往往言宫掖事，而气象神韵，迥自不同。

王、岑、高、李，世称正鹄。嘉州词胜意，句格壮丽而神韵未扬。常侍意胜词，情致缠绵而筋骨不逮。王、李二家和平而不累气，深厚而不伤格，浓丽而不乏情，几于色相俱空，风雅备极，然制作不多，未足以尽其变。杜公才力既雄，涉猎复广，用能穷极笔端，范围今古，但变多正少，不善学者，类失粗豪。钱、刘以还，寥寥千载。国朝信阳、历下、吴郡、武昌，恢扩前规，力追正始。大要八句之中，神情总会者，时苦微瑕；句语停匀者，不堪颖脱。故世遂谓七言律无第一，要之，信不易矣。

七言律，唐以老杜为主，参之李颀之神，王维之秀，岑参之丽。

唐七言律自杜审言、沈佺期首创工密，至崔颢、李白时出古意，一变也；高、岑、王、李，风格大备，又一变也；杜陵雄深浩荡，超忽纵横，又一变也。

盛唐王、李、杜外，崔颢《华阴》、李白《送贺监》、贾至《早朝》……皆可竞爽。

唐七言律起语之妙，自"卢家少妇"外，崔颢"岩峣大华俯咸京，天外三峰削不成",王维"汉主离宫接露台,秦川一半夕阳开",贾至"银烛朝天紫陌长,禁城春色晓苍苍",李白"凤凰台上凤凰游,凤去台空江自流",李颀"朝闻游子唱离歌,昨夜微霜初度河",杜甫"西北楼成雄楚都,远开山岳散江湖""花近高楼伤客心,万方多难此登临""中天积翠玉台遥,上帝郊居绛节朝""寺下春江深不流,山腰宫阁迥添愁""万里桥西一草堂,百花潭水即沧浪""兵戈不见老莱衣,叹息人间万事非",皆冠裳宏丽,大家正脉,可法。

对起则杜之"风急天高猿啸哀,渚清沙白鸟飞回"实为妙绝。

老杜"野老篱前江岸回,柴门不正逐江开""白帝城中云出门,白帝城下雨翻盆""青娥皓齿在楼船,横笛吹箫悲远天""霜黄碧梧白鹤栖,城上击柝复乌啼"……虽意稍疏野,亦自一种风致。

大率唐人诗主神韵,不主气格,故结句率弱者多。惟老杜不尔,如"醉把茱萸仔细看"之类,极为深厚雄浑。然风格亦与盛唐稍异,间有滥觞宋人者,"出师未捷身先死"类是也。

仄起高古者:"故乡杳无际,日暮且孤征""士有不得志,栖栖吴楚间""人事有代谢,往来成古今""楼头广陵近,九月在南徐"。苦不多得。盖初、盛多用工偶起,中、晚卑弱无足观。觉杜陵为胜:"严警当寒夜,前军落大星""不识南塘路,今知第五桥""今夜鄜州月,闺中只独看""带甲满天地,胡为君远行""吾宗老孙子,质朴古人风""韦曲花无赖,家家恼杀人",皆雄深浑朴,意味无穷。

唐五言多对起,沈、宋、王、李,冠裳鸿整,初学法门,然未免绳削之拘。要其极至,无出老杜。如"国破山河在,城春草木深""战哭多新鬼,愁吟独老翁""冠冕通南极,文章落上台""死去凭谁报,归来始自怜""城晚通云雾,亭深到芰荷""秋月仍圆夜,江村独老身""四更山吐月,残夜水明楼""江汉思归客,乾坤一腐儒""路出双林外,亭窥万井中""满目悲生事,因人作远游""寺忆曾游处,桥怜再渡时"之类,对偶未尝不精,而纵横变幻,尽越陈规,浓淡浅深,动夺天巧。百代而下,当无复继。

结句之妙者:……杜则"明朝有封事,数问夜如何""经过自爱惜,取次莫论兵""亲朋满天地,兵甲少来书""安危大臣在,不必泪长流""万里黄山北,园陵白露中""无由睹雄略,大树日萧萧"。唐人五言律,对结者甚少,惟杜最多。"无家问消息,作客信乾坤"之类,即不尽如对起神境,而句格天然,故非余子所办,材富力雄故耳。

杜语太拙太粗者,人所共知。然亦有太巧类初唐者,若"委波金不定,照席绮逾依"之类;亦有太纤近晚唐者,"雨荒深院菊,霜倒半池莲"之类。

杜《题桃树》等篇,往往不可解。然人多知之,不足误后生。惟中有太板者,如"思家步月清宵立,忆弟看云白日眠"之类;有太凡者,"朝罢香烟携满袖,诗成珠玉在挥毫"之类。若以其易而学之,为患斯大,不得不拈出也。

近体,盛唐至矣,充实辉光,种种备美,所少者曰大、曰化耳。故能事必老杜而后极。杜公诸作,真所谓正中有变,大而能化者。今其体调之正,规模之大,人所共知。惟变化二端,勘核未彻,故自宋以来,学杜者什九失之。不知变主格,化主境,格易见,境难窥。变则标奇越险,不主故常;化则神动天随,从心所欲。如五言咏物诸篇,七言拗体诸作,所谓变也。宋以后诸人竞相师袭者是,然化境殊不在此。

老杜字法之化者,如"吴楚东南坼,乾坤日夜浮""碧知湖外草,红见海东云",坼、浮、知、见四字,皆盛唐所无也。然读者但见其闳大而不觉其新奇。又如"孤嶂秦碑在,荒城鲁殿余""古墙犹竹色,虚阁自松声",四字①意极精深,词极易简,前人思虑不及,后学沾溉无穷,真化不可为矣。句法之化者,"无风云出塞,不夜月临关""露从今夜白,月是故乡明""江山有巴蜀,栋宇自齐梁""近泪无干土,低空有断云"之类,错综震荡,不可端倪,而天造地设,尽谢斧凿。篇法之化者,《春望》《洞房》《江汉》《遣兴》等作,意格皆与盛唐大异,日用不知,细味自别。

七言如"锦江春色来天地,玉垒浮云变古今""织女机丝虚月夜,石鲸鳞甲动秋风""香稻啄余鹦鹉粒,碧梧栖老凤凰枝""听猿实下三声泪,奉使虚随八

---

① 四字指的是"在""余""犹""自"。

月槎",字中化境也;"无边落木萧萧下,不尽长江衮衮来""二仪清浊还高下,三伏炎蒸定有无""永夜角声悲自语,中天月色好谁看""绝碧过云开锦绣,疏松隔水奏笙簧",句中化境也;"昆明池水""风急天高""老去悲秋""霜黄碧梧",篇中化境也。

盛唐句法浑涵,如两汉之时,不可以一字求。至老杜而后,句中有奇字为眼,才有此句法,便不浑涵。昔人谓石之有眼为砚之一病,余亦谓句中有眼为诗之一病。如"地坼江帆隐,天清木叶闻",故不如"地卑荒野大,天远暮江迟"也;如"返照入江翻石壁,归云拥树失山村",故不如"蓝水远从千涧落,玉山高并两峰寒"也。此最诗家三昧,具眼自能辨之。齐、梁以至初唐,率用艳字为眼,盛唐一洗,至杜乃有奇字。

老杜用字入化者,古今独步。中有太奇巧处,然巧而不尖,奇而不诡,犹不失上乘。如"孤灯然客梦,寒杵捣乡愁",则尖矣;"流星透疏木,走月逆行云",则诡矣。

大概杜有三难:极盛难继,首创难工,遘衰难挽。子建以至太白,诗家能事都尽,杜后起集其大成,一也;排律近体,前人未备,伐山道源,为百世师,二也;开元既往,大历系兴,砥柱其间,唐以复振,三也。

曰仙、曰禅,皆诗中本色。惟儒生气象,一毫不得着诗;儒家语言,一字不可入诗。而杜往往兼之,不伤格,不累情,故自难及。

杜七言律,通篇太拙者"闻道云安曲未春"之类,太粗者"堂前扑枣任西邻"之类,太易者"清江一曲抱村流"之类,太险者"城尖径仄旌旆愁"之类。杜则可,学杜则不可。

李集赝者多,杜诗赝者极少。惟"酒渴爱江清"不类,是畅当作也。"道为诗书重"稍近,然高仲武以为杜诵,恐因同姓而讹。虢国夫人一首殊远,张祜无疑。

"舜举十六相,身尊道何高?秦时用商鞅,法令如牛毛。""王侯与蝼蚁,同尽随丘墟。愿闻第一义,回向心地初。"此等语虽自是少陵句格,然识趣非汉以来诗人才子所及。

盛唐脍炙佳作,如李颀"朝闻游子唱离歌,昨夜微霜初度河",颈联复云"关城曙色催寒近,御苑砧声向晚多","朝""曙""晚""暮"四字重用,惟其诗工,故读之不觉,然一经点勘,即为白璧之瑕,初学首所当戒。又如右丞《早朝》诗"绛帻""尚衣""冕旒""衮龙""佩声",五用衣服字;《春望》诗"千门""上苑""双关""万家""阁道",五用宫室字;《出塞》诗"暮云空碛时驱马,玉靶宝弓珠勒马",两用"马"字;《柳州》诗"衡山""洞庭""三湘""夏口""盆城""长沙",六用地名,虽其诗神骨冷然,绝出烟火,要不免于冗杂。高、岑即无此等,而气韵远输。兼斯二美,独见杜陵。然百七十首中,利钝杂陈,正变互出,后来沾溉者无穷,注误者亦不少。

高、岑明净整齐,所乏远韵;王、李精华秀朗,时觉小疵。学者步高、岑之格调,含王、李之风神,加以工部之雄深变幻,七言能事极矣。

老杜七言拗体,亦当时意兴所到,盛唐诸公绝少。黄、陈偏欲法此,而不得其顿挫辟阖之妙,遂令轻薄子弟以学杜为大戒。近献吉亦坐此,然其才力雄捷,合作处尚可并驰。时尚风靡,熊士选、郑继之、殷近夫辈七言,遂无一篇平整,皆贤者之过也。

老杜七言律全篇可法者,《紫宸殿》《退朝》《九日》《登高》《送韩十四》《香积寺》《玉台观》《登楼》《阁夜》《崔氏庄》《秋兴八篇》,气象雄盖宇宙,法律细入毫芒,自是千秋鼻祖。异时微之、昌黎,并极推尊,而莫能追步。宋人一概弃置,惟元虞伯生、杨仲弘得少分。至近日诸公,始明此义。

初唐王、杨、卢、骆,盛唐王、孟、高、岑,虽品格差肩,亦微有上下。惟陈、杜、沈、宋,不易优劣。

《早朝》四诗,妙绝今古。贾舍人起结宏响,其工语在"千条弱柳"一联,第非作者所难也。工部诗全首轻扬,较他篇沉着浑雄,如出二手。"朝罢香烟"句,王道思大讥之,然是和舍人"衣冠身惹御炉香"意耳。

杜"风急天高"一章五十六字,如海底珊瑚,瘦劲难名,沉沉莫测,而精光万丈,力量万钧。通章法、句法、字法,前无昔人,后无来学。微有说者,是杜诗,非唐诗耳。然此诗自当为古今七言律第一,不必为唐人七言律第一也。元人评此诗云：一篇之内，句句皆奇，一句之中，字字皆奇，亦似识者。

《黄鹤楼》《郁金堂》，皆顺流直下，故世共推之。然二作兴会诚超，而体裁未密；丰神故美，而结撰非艰。若"风急天高"，则一篇之中句句皆律，一句之中字字皆律，而实一意贯串，一气呵成。骤读之，首尾若未尝有对者，胸腹若无意于对者；细绎之，则锱铢钧两，毫发不差，而建瓴走阪之势，如百川东注于尾闾之窟。至用句用字，又皆古今人必不敢道、绝不能道者，真旷代之作也。然非初学士所当究心，亦匪浅识士所能共赏。此篇结句似微弱者，第前六句既极飞扬震动，复作峭快，恐未合张弛之宜，或转入别调，反更为全首之累。只如此软冷收之，而无限悲凉之意，溢于言外，似未为不称也。"昆明池水"虽极精工，然前六句力量皆微减，一结奇甚，竟似有意凑砌而成。益见此超绝云。

杜七言句壮而闳大者，"二仪清浊还高下，三伏炎蒸定有无"；壮而高拔者，"蓝水远从千涧落，玉山高并两峰寒"；壮而豪宕者，"五更鼓角声悲壮，三峡星河影动摇"；壮而沉婉者，"三年笛里关山月，万国兵前草木风"；壮而飞动者，"含风翠壁孤云细，背日丹枫万木稠"；壮而整严者，"江间波浪兼天涌，塞上风云接地阴"；壮而典硕者，"紫气关临天地阔，黄金台贮俊贤多"；壮而秾丽者，"香飘合殿春风转，花覆千官淑景移"；壮而奇峭者，"窗含西岭千秋雪，门泊东吴万里船"；壮而精深者，"织女机丝虚月夜，石鲸鳞甲动秋风"；壮而瘦劲者，"万里悲秋常作客，百年多病独登台"；壮而古淡者，"百年地辟柴门迥，五月江深草阁寒"；壮而感怆者，"锦江春色来天地，玉垒浮云变古今"；壮而悲哀者，"雪岭独看西日落，剑门犹阻北人来"；结语之壮者，"关塞极天唯鸟道，江湖满地一渔翁"；叠语之壮者，"高江急峡雷霆斗，古木苍藤日月昏"；拗字之壮者，"侧身天地更怀古，回首风尘甘息机"；双字之壮者，"江天漠漠鸟双去，风雨时时龙一吟"。凡以上诸句，古今作者无出范围也。

宋人谓"老觉金腰重，慵便玉枕凉"为乞儿语，而以"楼台侧畔杨花过，帘幕中间燕子飞"为富贵诗。至今无道破者。不知此特诗余声口，景象略存，意味何在！杜集得一联云："落花游丝白日静，鸣鸠乳燕青春深。"秾丽隽永，顿自不俦。至"香飘""合殿"十四字，天然富贵；"杨花""燕子"，又不免作乞儿矣。

七言律最宜伟丽，又最忌粗豪，中间毫末千里，乃近体中一大关节，不可不知。今粗举易见者数联于后：宋人《吴江长桥观月》诗，郑毅夫云"插天螮蝀玉腰阔，跨海鲸鲵金背高"，杨公济云"八十丈虹晴卧影，一千顷玉碧无瑕"，苏子美云"云头滟滟开金饼，水面沉沉卧彩虹"，三联世所共称。欧阳独取苏句，而谓二子粗豪，良是。然初句苦斤两稍轻，不若子瞻"令严钟鼓三更月，野宿貔貅万灶烟"自称伟丽，盖庶几焉。又不若老杜："三年笛里关山月，万国兵前草木风。"以和平端雅之调，寓愤郁凄惋之思，古今言壮句者难及此也。

崔颢《黄鹤楼》，李白《凤凰台》，但略点题面，未尝题黄鹤、凤凰也。杜赠李但云庾开府、鲍参军、阴子坚，未尝远引李陵，近攀李峤也。……故古人之作，往往神韵超然，绝去斧凿。宋元虽好用事，亦间有一二，未若近世之拘。

杜《题柏》："双皮溜雨四十围，黛色参天二千尺。"说者谓太细长。诚细长也，如句格之壮何！《题竹》："雨洗娟娟净，风吹细细香。"说者谓竹无香。诚无香也，如风调之美何！

李驳何云"七言律若可剪二字言，何必七也"，此论不起于李，前人三令五申久矣。顾诗家肯綮，全不系此。作诗大法，惟在格律精严，词调稳惬。使句意高远，纵字字可剪，何害其工。骨体卑陬，虽一字莫移，何补其拙。如老杜"风急天高"，乃唐七言律第一首。今以此例之，即八句无不可剪作五言者。又如"江间波浪兼天涌，塞上风云接地阴""五更鼓角声悲壮，三峡星河影动摇"等句，上二字皆可剪，亦皆杜句最高者，曷尝坐此减价？

何仲默云："诗文有中正之则，不及者与及而过焉者，均谓之不至。"至哉言也！然有以用工过而得者，有以用功过而失者。老杜《题雁》："欲雪违胡地，先花别楚云。"既改云："见花辞涨海，避雪到罗浮。"愈思愈精。鲁直题小儿云："学语春莺啭，书窗秋雁斜。"尚不失晚唐；既改云："学语啭春鸟，涂窗行暮鸦。"虽骨力稍苍，而风神顿失，可谓愈工愈拙。举此二例，他可尽推。

杜"桃花欲共杨花雨"，后改为"细逐杨花落"，亦改者胜。然不可据此为案。

严羽卿云:"诗者别才,非关书也;诗有别趣,非关理也。"十六字,在诗家即唐虞精一语不过。惟杜老难以此拘,其诗错陈万卷亡论。至说理如"寂寂春将晚,欣欣物自私"之类,每被儒生家引作话柄。然亦杜能之,后人蹈此,立见败缺。益知严语当服膺。

王次公云:"杜陵后能为其调而真足追配者,献吉、于鳞二家而已。"然献吉于杜得其变,不得其正,故间涉于粗豪。于鳞于杜得其正,不得其变,故时困于重复。若制作弘多,体格周备,竟当属之弇州。

国朝学杜若袁景文、郑继之、熊士选,其表表者。要之,所得声音相貌耳,又皆变调。惟李观察得其风神,王太常得其骨干,汪司马得其气格,吴参知得其体裁。李之高华,王之沉实,汪之整健,吴之雄深,皆杜正脉法门,学者所当服习也。

老杜好句中叠用字,惟"落花游丝"妙绝。此外,如"高江急峡""小院回廊",皆排比无关妙处。又如"桃花细逐杨花落""便下襄阳向洛阳"之类,颇令人厌。唐人绝少述者,而宋世黄、陈竟相祖袭。国朝献吉病亦坐斯。嘉、隆一洗此类并诸拗涩变体,而独取其雄壮闳大句语为法,而后杜之骨力风格始见,真善学下惠者。

嘉、隆学杜善矣,而犹未尽。"迁转五州防御使,起居八坐太夫人",本常语而一时模尚。遂令大夫使者,填塞奚囊;太尉中丞,类被差遣。至"不佞扶风汉大藩"之类,亦后学之前车也。

内编卷六

"少陵虽号大家,不能兼美。近世爱忘其丑者,并取效之,过矣。"用修生平论诗,惟此精确。近世学杜,谓献吉也。然献吉间有杜耳,多作盛唐。

子美于绝句无所解,不必法也。

杜陵、太白七言律绝,独步词场。然杜陵律多险拗,太白绝间率露,大家故宜有此。

古人作诗,各成己调,未尝互相师袭。以太白之才,就声律即不能为杜,何至遽减嘉州？以少陵之才，攻绝句即不能为李，讵谓不若摩诘？彼自有不可磨灭者，毋事更屑屑也。

自少陵绝句对结，诗家率以半律讥之。然绝句自有此体，特杜非当行耳。如岑参《凯歌》"丈夫鹊印摇边月，大将龙旗掣海云""排兵鱼海云迎阵，秣马龙堆月照营"等句，皆雄浑高华，后世咸所取法，即半律何伤。

五七言各极其工者，太白；五七言俱无所解者，少陵。

杨谓杜绝句不合律，故妓女止歌"锦城丝管"一首，非也。太白、江宁绝妙千古，妓女所唱几何？

少陵不甚攻绝句，遍阅其集得二首。"东逾辽水北滹沱，星象风云喜色和。紫气关临天地阔，黄金台贮俊贤多。""中巴之东巴东山，江水开辟流其间。白帝高为三峡镇，夔州险过百重关。"颇与太白《明皇幸蜀歌》相类。

杜之律，李之绝，皆天授神诣。然杜以律为绝，如"窗含西岭千秋雪，门泊东吴万里船"等句，本七言律壮语，而以为绝句，则断锦裂缯类也。

刘辰翁评诗，有绝到之见，然亦时溺宋人。如杜《题雁》："翅在云天终不远，力微缯缴绝须防。"原非绝句本色，而刘大以为沉着遒深，且谓无意得之。此类是也。

杜《少年行》："马上谁家白面郎，临门下马坐人床。不通名姓粗豪甚，持点银瓶索酒尝。"殊有古意，然自是少陵绝句，与乐府无干。惟"锦城丝管"一首近太白，杨复以措大语释之，何杜之不幸也？

外编卷一

刘向《别录》云："参，杜陵人，以阳朔元年病死，年才二十余，亦夭折之一也。《艺文志》作：博士弟子杜参有赋三篇。然则子美前杜陵已有若人矣。"

唐初四子乃盛，有赋述而失之繁冗。惟少陵《哀江头》《王孙》《兵车》《丽人》《画马》等行，大得汉人五言法，而体格复不卑，绝可贵也。

六朝乐府虽弱靡，然尚因仍轨辙。至太白才力绝人，古今体格于是一大变。杜陵独得汉人遗意，第已调时时杂之。

"伯仲之间见伊吕，指挥若定失萧曹。"可与言孔明者，杜氏而已。

外编卷二

严氏云:"汉、魏尚矣,不假悟也。康乐以至盛唐,透彻之悟也。"此言似而未核。汉人直写胸臆,斫削无施,严氏所云,庶几实录。建安以降,稍属思惟,便应悬解,非缘妙悟,曷极精深。观魏文《典论》,极赞文章之无穷。陈思书牍,欲以翰墨为勋绩。点窜相属,笔削不遑,锻炼推敲,殆同后世,岂直曰悟而已。吾为易曰:两汉尚矣,不假悟也。曹、刘以至李、杜,透彻之悟也。

宋人一代,康乐外,明远信为绝出。上挽曹、刘之逸步,下开李、杜之先鞭。

子美之不甚喜陶诗,而恨其枯槁也;子瞻剧喜陶诗,而以曹、刘、李、杜俱莫及也。二人者之所言皆过也。

供奉之癖宣城也,以明艳合也;工部之癖开府也,以沉实合也。然李于谢未足青冰,杜于庾乃胜之倍蓰矣。

世谓杜诗法庾子山,不然。庾在陈、隋淫靡间,语稍苍劲,声调故无大异,惟《述怀》一篇,类杜诸古诗耳。

唐人品第最精,如杨、卢、沈、宋、王、孟、李、杜、钱、刘、元、白,即铢两稍有低昂,大较相若,故不妨并称也。

外编卷三

《河岳英灵》不取拾遗,《间气》《极玄》兼遗供奉,宋人谓必有意,非也。《英灵》集于天宝,杜诗或未盛行。《间气》俱中唐,姚大半晚唐,惟《国秀》盛唐颇备,而不及二公。总之,当时议论未定,如庄生道术不及仲尼,尊与贬与,未可知也。后杨伯谦选《唐音》,不收李、杜,则有意尊之矣。

唐诗赋程士,故父子兄弟文学并称者甚众,而不能如汉、魏之烜赫。至祖孙相望,则襄阳之杜亦今古所无也。

《明皇杂录》云:天宝末,刘希夷、王泠然、王昌龄、祖咏、张若虚、张子容、孟浩然、常建、李白、刘慎虚、崔曙、杜甫,虽有文章盛名,皆流落不偶。……李、杜古今流落之魁,然置诸人中,觉犹为显达也。一笑。

陆子渊云:"开元中,有风雅古调科,李、杜皆不与,而薛据为首。"余谓据在盛唐为李、杜之亚，足称不愧科名，而李、杜旋以布衣受知人主，未为不遇。元、白、牛、李宗闵诸公，俱对策名动天下，而刘蕡独传，亦不遇之遇也。

太白于子美甚疏，子美惓惓，自是爱才之故。杜当时，高、岑、王、贾、李、郑等辈，靡不输心。又王季友、孟云卿皆汲引弗及，而况李也。李、杜之称，当出身后，未必生前。

世知杜之为拾遗，而不知李亦拾遗也。世以草堂属杜，而李集亦号草堂也。李卒后，代宗征拜左拾遗，见《范传正碑》，碑题尚称"唐左拾遗"。

《饮中八仙》子美诗，名姓甚确，而《范碑》以裴周南与焉。考《旧唐书》，白少与鲁诸生孔巢父、裴政、张叔明、陶沔、韩沔隐徂徕山，号六逸。或周南即政字，范误为八也。

杜子宗武，李子伯禽，皆流落蚤卒。而宗武子嗣业，能乞元碑以葬先人，孝矣。

唐以诗赋声律取士，于韵学宜无弗精。然今流传之作，出韵者亦间有之。盖检点少疏，虽老杜或未能免。今稍识数条，以自警省，非曰指摘前人也。

一东 杨巨源《圣寿无疆词》、王逖《上武元衡》七言律、王建《宫词》俱出宗字，刘得仁《秋日》、杜甫《雨晴》五言律俱出农字。

四支 杜甫《北风》首尾俱四支韵，而中两用五微，盖古体通用，非出韵也。今诸选多作五言律，误矣。又七言近体，刘长卿《卧病官舍》第二句用"违"当作"遗"字，或谓出韵，亦非也。

十一真 杜甫《玉山》七言律出芹字，《赠王侍御》排律出勤字。

《唐小说》载：杜甫子宗武作诗示友人，友人以斧答之。宗武曰："欲使我斤正吾父耶？"友人云："令若自断其臂耳。不尔，天下诗名又在杜家矣。"此事甚新，然史传不载。宗武诗亦竟不传。岂三世为将，道家所忌哉。按"斧"字从父从斤，杜尝命宗武熟精《文选》，又作诗屡令其诵，友人言宜有可信者，惜无从互订之。

外编卷四

大家名家之目，前古无之。然谢灵运谓东阿才擅八斗，元微之谓少陵诗集大成，斯义已昉。故记室《诗评》推陈王圣域，廷礼《品汇》标老杜大家。

偏精独诣，名家也。具范兼熔，大家也。然又当视其才具短长，格调高下，规模宏隘，闯域浅深。有众体皆工，而不免为名家者，右丞、嘉州是也。有律绝微减，而不失为大家者，少陵、太白是也。

六代则公干之峭，嗣宗之远，元亮之冲，太冲之逸，士衡之秾，灵运之清，明远之俊，玄辉之丽，皆其至也，兼之者陈思也。唐人则王、杨之繁富，陈、杜之孤高，沈、宋之精工，储、孟之闲旷，高、岑之浑厚，王、李之风华，昌龄之神秀，常建之幽玄，云卿之古苍，任华之拙朴，皆所专也，兼之者杜陵也。

诗最可贵者清，然有格清，有调清，有思清，有才清。才清者，王、孟、储、韦之属是也。若格不清则凡，调不清则冗，思不清则俗。王、杨之流丽，沈、宋之丰蔚，高、岑之悲壮，李、杜之雄大，其才不可概以清言，其格与调与思，则无不清者。

清者，超凡绝俗之谓，非专于枯寂闲淡之谓也。婉者，深厚隽永之谓，非一于软媚纤靡之谓也。子建、太白，人知其华藻，而不知其神骨之清，枯寂闲淡则曲江、浩然矣；杜陵，人知其老苍，而不知其意致之婉，软媚纤靡则六代、晚唐矣。

《十九首》后，得其调者，古今曹子建而已；《三百篇》后，得其意者，古今杜子美而已。元亮之高、太白之逸，自是词坛绝步，但入此二流不得。

其才，则许不如李，李不如温，温不如杜。今人于唐，专论格不论才；于近则专论才不论格，皆中无定见，而任耳之过也。

唐人每同赋一题，必推擅场。如钱起《送刘相公》、李端《与郭都尉》之类。今同赋多不传，即擅场者未必佳也。若高适、岑参、杜甫同赋"慈恩寺"三古诗，贾至、王维、杜甫、岑参同赋"早朝"四七言律，宋之问、沈佺期、苏颋同赋"昆明池"三排律，沈佺期、皇甫冉、李端、王无竞题"巫山高"四五言律，皆才格相当，足可凌跨百代。就中更杰出者，则"慈恩"当推杜作，"早朝"必首王维，"昆明"之问为最，"巫山"皇甫尤工。

王、杨、卢、骆以词胜，沈、宋、陈、杜以格胜，高、岑、王、孟以韵胜。词胜而后有格,格胜而后有韵,自然之理也。

太白多率语,子美多放语……皆大家常态,然后学不可为法。

余尝谓大家如卓、郑之产,高腴万顷,轮奂百区,而硗瘠痹陋,时时有之。名家如李都尉五千兵,皆荆、楚锐士,奇才剑客,然止可当一队。

古大家有齐名合德者,必欲究竟,当熟读二家全集,洞悉根源,彻见底里,然后虚心易气,各举所长,乃可定其优劣。若偏重一隅,便非论笃。况以甲所独工,形乙所不经意,何异寸木岑楼,钩金舆羽哉!正如"朝辞白帝"乃太白绝句中之绝出者,而杨用修举杜歌行中常语以当之。然则《秋兴》八篇,求之李集,可尽得乎?他日又举薛涛绝句,谓李白亦当叩首,则杜在李下,李又在薛下矣。甚矣其妄也!

李、杜二家,其才本无优劣,但工部体裁明密,有法可寻。青莲兴会标举,非学可至。又唐人特长近体,青莲缺焉,故诗流习杜者众也。

李、杜皆布衣受知人主,李声价重生前,杜誉望隆生后。

唐至宋、元,选诗殆数十家……至明高廷礼《品汇》而始备,《正声》而始精习,唐诗者必熟二书,始无他岐之惑。杨用修乃极诋之,何也。

《正声》于初唐不取王、杨四子,于盛唐特取李、杜二公,于中唐不取韩、柳、元、白,于晚唐不取用晦、义山。非凌驾千古胆、超越千古识不能。用修于此四者,政自不能了了,宜其轻于持论也。

《正声》不取四杰,余初不能无疑。尽取四家读之,乃悟廷礼鉴裁之妙。盖王、杨近体,未脱梁、陈;卢、骆长歌,有伤大雅。律之正始,俱未当行。惟照邻、宾王二排律合作,则《正声》亟收之。至李、杜二集,以前诸公未有敢措手者,而廷礼去取精核,特惬人心。真艺苑功人、词坛伟识也。

沈云卿《龙池篇》用经语,不足存,而于鳞亟取之。老杜律仅七篇,而首录《张氏隐居》之作,既于舆论不合,又已调不同。英雄欺人,不当至是。

花卿盖歌伎之姓,"此曲只应天上有"本自目前语,而用修以成都猛将当之,且谓僭用天子礼乐,真痴人说梦也。

杜《诸将》诗:"昨日玉鱼蒙葬地,早时金碗出人间。"说者谓杜本用茂陵

"玉碗遂出人间"语,以上有玉鱼字,遂易作金碗。或谓卢充幽婚自有金碗事,杜不应窜易原文。然单主卢充,又落汗漫。二说迄今纷拏,不知杜盖以金碗字入玉碗语,一句中事词串用,两无痕迹。如《伯夷传》杂取经子,熔液成文,正此老炉锤妙处,而注家坐失之。淮阴侯云:"此自兵法,顾诸君不省耳。"余于注杜者亦云。

杜:"拭泪沾襟血,梳头满面丝。"崔峒:"泪流襟上血,发白镜中丝。"全首拟杜,亦婉切可观,而力量顿自悬绝。

李群玉《赠歌妓》"貌态只应天上有,歌声岂合世间闻",盖祖袭杜语也,证此益明。

杜:"野日荒荒白,江流泯泯清。"刘评"'荒荒'最警,'泯泯'略称意",似不满下句。诚然第叠字最难,此又叠字中最警语,对属尤不易工。一日,偶读杜"山市戎戎暗,江云淰淰寒",以下五字属前联,上五字铢两既敌,而骈偶天成,不觉自为击节。昔人有以"雨荒深院菊,风约半池萍"为的对者,彼特常格常语耳。

李献吉:"层崖客到潇潇雨,绝顶人居淰淰寒。"张助父:"萧萧哀鸿参断吹,戎戎寒雾挟飞涛。"皆用杜后联字。张又有"楮叶荧荧遥入宋,杨花冉冉独游梁"之句,并奇。

《巳上人茅斋》,注:"欧阳公云齐巳也。"按巳与贯休同出晚唐,政郑谷辈同时,何缘与杜相值?此不必辨。但伪托六一语,聊为洗之。

杜警句众所脍炙外,排律中如"远山朝白帝,深水谒夷陵""蛟龙缠倚剑,鸾凤夹吹箫",用字皆极工而不觉巧。此类甚众,学者当细求。

薛君采云:"王右丞、孟浩然、韦苏州诗,读之有萧散之趣,在唐人可谓绝伦。太白五言律多类浩然,子美虽有气骨,不足贵也。"此论不为无谓。才质近者,循之亦足名家。然是二乘人说法,于广大神通,未曾透入。

樊少南《初唐诗叙》云:"诗自删后,汉、魏为近。汉、魏后,六朝滋盛,然风斯靡矣。至唐初,无古诗而律诗兴。律诗兴,古诗不得不废。精梓匠则粗轮舆,巧陶冶则拙函矢,何况达玄机,神变化者哉。"观此,则李于鳞前,唐古已有斯论,然李、杜大篇,前代所无,不得尽置也。

唐初王、杨、卢、骆、李百药、虞世南、陈子昂、宋之问、苏颋、李峤、二张辈,俱诗文并鸣,不以一长见也。开元李、杜勃兴,诗道大盛,孟浩然、沈千运等,遂独以诗称,而文不概见。

盛唐萧颖士、李华、元结,文名皆藉甚当时,而湮没异代者,前掩于王、杨,后掩于韩、柳也。中唐白居易、刘禹锡、元稹诗,皆播传四裔,而不满后人者,一摈于李、杜,再摈于钱、刘也。然萧、李名浮其实,即非诸子掩之,固自难久。刘、白时代压之,格律稍左,其才故自纵横。

按昌黎:"国朝盛文章,子昂始高蹈。"中及李、杜而末言孟郊,其意盖专在于诗。

子美以赋敌扬雄、相如,诗亲子建,方驾屈、宋,同游陶、谢。而以庾信、鲍照、阴铿、苏端、薛复拟太白,一何颠倒豪杰也。"饭颗山头"之句,苦无事实,未为深讥。世徒以太白儇轻,而少陵尤巧矣。

世以供奉、拾遗皆死于酒,而皆死于水,皆非也。太白晚依宗人李阳冰,终于紫极宫。少陵将归襄郡,终潭、岳间。采石固谬,耒阳亦未可凭。

唐赵骃云:"裴晋公《铸剑戟为农器文》,观其气概,已有立殊勋、致太平意。进士李为作《轻》《薄》《暗》《小》四赋。李贺乐府,多属意花草蜂蝶间。二子身名终不远大,有以也。"按,骃以著作觇人品,未必尽然,然大是诗家三昧。试以李、杜诸作置温、韦、罗、郑间观之,兴象规模,居然自见,不待智者而审矣。

司空图云:"杜子美《祭房太尉文》、李太白《佛寺碑赞》,宏拔清丽,乃其歌诗也。"

图又与王驾评诗云:"沈、宋始兴之后,杰出于江宁,宏肆于李、杜,极矣。右丞、苏州,趣味澄复,若清沇之贯达。大历诸才子,抑又次焉。元、白力就而气孱,乃都邑之豪估耳。刘梦得、杨巨源亦各有胜会。阆仙、无可、刘得仁辈,时得佳致,足涤烦襟。厥后所闻,逾褊浅矣。"按,唐人评骘当代诗人,自为意见,挂一漏万,未有克举其全者。惟图此论,撷重概轻,繇巨约细,品藻不过十数公，而初、盛、中、晚，肯綮悉投，名胜略尽。后人综核万端，其大旨不能易也。

孤独及云："沈、宋既没，王右丞、崔思勋复崛起开元、天宝间，殊不及李、杜。至元微之而杜始尊，李虽稍厄，亦因杜以重。至韩退之而光焰万丈矣，岂二子亦有待哉！"

汉称苏、李，唐称李、杜，尚矣。汉之李、杜，唐之苏、李，亦人所共知。博雅之士，引证李、杜凡数处，而有未尽者。以唐一代言之，苏味道、李峤外，苏瑰、李峤并为宰相，苏颋、李乂对掌丝纶，咸称苏、李，是唐有三苏、李也。李白、杜甫外，杜审言、李峤结友前朝，李商隐、杜牧之齐名晚季，咸称李、杜，是唐有三李、杜也。又杜赠李衔，有"李杜齐名真忝窃"之句，衔亦当能诗耶！

子美又与卢象齐名，刘梦得云："高名如卢、杜。"是也。太白又与吴筠齐名，见唐史。虽拟非其伦，时亦矫矫。

自宋有田庄牙人之说，诗流往往惑之，此大不解事者。盛唐"窗中三楚尽，林外九江平"，中唐"东屯沧海阔，南瀼洞庭宽"，晚唐"到江吴地尽，隔岸越山多"，皆一时警句。杜如"地利西通蜀，天文北照秦"，尤不胜数，何用为嫌？惟近时作者粘带皮骨太甚，乃反觉有味斯言耳。

外编卷五

声诗之道，始于周，盛于汉，极于唐。宋、元继唐之后，启明之先，宇宙之一终乎？盛极而衰，理势必至，虽屈、宋、李、杜挺生，其运未易为力也。

古今题梅，五言惟何逊，七言惟老杜，绝句惟王适，外此无足论者。

欧盛称圣俞"焚香露莲泣，闻磬清欧迈"；苏盛称文潜"众绿结夏帷，老红驻春妆"。此等既非汉、魏，又匪六朝，大率宋人五言古，知尊陶不知法陶，知尊杜不解习杜，作者赏者皆梦中语耳。

二陈五言古皆学杜，所得惟粗强耳。其沉郁雄丽处，顿自绝尘。无己复参鲁直，故尤相去远。大抵宋诸君子以险瘦生涩为杜，此一代认题差处，所谓七圣皆迷也。工部诗尽得古今体势，其中何所不有，而仅仅若此耶？

子瞻极推鲁直，而鲁直不满子瞻。"文章妙一世，诗句不逮古人"，鲁直语也。鲁直盛称无己,而无己时轻鲁直过于用奇,"不若杜之遇物而奇",无己语也。

欧阳自是文士,旁及诗词。所为《庐山高》《明妃曲》,无论旨趣,只格调迥与歌行不同。惊骇俗流可耳,唐突李、杜,何也?《沧浪篇》《咏雪行》,体制稍合,然亦退之后尘。

昔人评郊、岛非附寒涩,无所置材。余谓黄、陈学杜瘦劲,亦其材近之耳。律诗主格,尚可矍铄自矜。歌行间涉纵横,往往束手矣。然黄视陈觉稍胜。

陈去非短歌学杜,间得数语耳,无完篇。

宋之学杜者,无出二陈。师道得杜骨,与义得杜肉。无己瘦而劲,去非赡而雄。后山多用杜虚字,简斋多用杜实字。

李献吉云:"黄、陈师法杜甫,号大家。今其诗传者不香色流动,如入神庙坐,土木骸即冠服人等,谓之人可乎?"

苏、黄初亦学唐,但失之耳。眉山学刘、白,得其轻浅而不得其流畅,又时杂以论宗,填以故实。修水学老杜,得其拗涩而不得其沉雄,又时参以名理,发以诙谐。宋、唐体制,遂尔悬绝。

南渡诸人诗尚有可观者……至陈去非宏壮,在杜陵廊庑,谢皋羽奇奥,得长吉风流,尤足称赏,以其才则远不如王、苏、黄、陈。

宋之学陈子昂者,朱元晦;学杜者,王介甫、苏子美、黄鲁直、陈无己、陈去非、杨廷秀;……亦自有近者,总之,不离宋人面目。

宋五言律近杜者:"地盘三楚大,天入五湖低。""万国车书会,中天象魏雄。""夜雨黄牛峡,秋风白帝城。""关河先垅远,天地小臣孤。""独乘金厩马,遥领铁林兵。""地邻夔子国,天近穆陵关。""峡长深束渭,路险曲通秦。"此得杜之正,盛唐所同者也。

"相逢楚天晚,却看蜀江流。""乾坤德盛大,盗贼尔独存。""烂倾新酿酒,饱载下江船。""宵征江夏县,睡起汉阳城。""末路惊风雨,穷边饱雪霜。""辍耕扶日月,起废极吹嘘。"此得杜之偏,宋人酷尚者也。

"令严钟鼓三更月,野宿貔貅万灶烟。""万马不嘶听号令,诸蕃无事乐耕耘。""登临吴蜀横分地,徙倚湖山欲暮时。""四野冻云随地合,九河清浪著天流。""天开云雾东南碧,日射波涛上下红。"此雄丽冠裳,得杜调者也。

"多事鬓毛随节换,尽情灯火向人明。""萧条寒巷荒三迳,突兀晴空耸二楼。""九日清尊欺白发,十年为客负黄花。""四壁一身长客梦,百忧双鬓更春风。""五年天地无穷事,万里江湖见在身。"此瘦劲沉深,得杜意者也。然调近者不失唐风,意近者遂成宋格,得失判矣。

去非句,如"湖平天尽落,峡断海横通""摇楫天平渡,迎人树欲来""风断黄龙府,云移白鹭洲""乱云交翠壁,细雨湿青林""一时花带泪,万里客凭阑",皆宏丽沉雄得杜体,且多得杜字法。

无己句,如"百姓归周老,三年待鲁儒""丘原无起日,江汉有东流""事多违谢传,天遽夺杨公""公私两多事,灾病百相催""精爽回长夜,衣冠出广廷",皆典重古澹得杜意,且多得杜篇法。

老杜吴体,但句格拗耳。其语如:"侧身天地更怀古,回首风尘甘息机。""落花游丝白日静,鸣鸠乳燕青春深。"实皆冠冕雄丽。鲁直:"黄流不解涴明月,碧树为我生凉秋。""蜂房各自开户牖,蚁穴或梦封侯王。"自以平生得意,遍读老杜拗体,未尝有此等语。独"盘涡浴鹭底心性,独树花发自分明"稍类。然亦杜之僻者,而黄以为无始心印。天下几人学杜甫,谁得其皮与其骨?其鲁直谓哉!

周尹潜"斗柄阑干洞庭野,角声凄断岳阳城",陈去非"晚木声酣洞庭野,晴天影抱岳阳楼",二君同时,二联语甚相类,皆得杜声响,未易优劣。

黄、陈律诗法杜,可也,至绝句亦用杜体七言小诗,遂成突梯谑浪之资。唐人风韵毫不复睹,又在近体下矣。

陈去非诸绝,虽亦多本老杜,而不为已甚。悲壮感慨,时有可观处。

外编卷六

萨天锡诵法青莲,范德机、傅与砺、张仲举步趋工部。虞文靖学杜,间及六朝。

吴立夫学杜,大篇气骨可观,而多奇僻字。

新喻、晋陵二子,稍自振拔,雄浑悲壮,老杜遗风,有出四家上者。

宋、元排律少大篇,独高子勉《上黄太史三十韵》,傅与砺《寿陈都事四十韵》,风骨苍然,多得老杜句格。

(杨廉父)漫兴学杜,亦略近之。

胜国诸名胜留神绘事,故歌行、绝句凡为渲染作者,靡不精工,其源实出老杜。

元裕之他诗不习杜,独五言绝学少陵,殊可笑,后《平湖曲》中得四句:"秋风拂罗裳,秋水照红妆。举头见郎至,低头采莲房。"殊有六朝风致。

刘梦吉古选学陶冲淡,有句无篇;歌行学杜,《龙兴寺》《明远堂》等作,老笔纵横,虽间涉宋人,然不露儒生脚色,元七言苍劲,仅此一家。

长篇如《南城纪游》《修河道中》等作,老笔纵横,殊得工部叙事体。

杂编卷一

嗟乎,千古风人之义,惟灵均、子美为得其正也哉!

杂编卷二

唐诗之盛,无虑千家,流传至宋,半已亡逸。度南而后,诸家所畜仅三百余,盖五百之中又逸其半矣。今世传《百家唐诗》《十二大家》《二十六名家》,盖以单行别刻,才百数十而已。余凤嗜艺文,至于拮据唐业,颇极苦心。购募残编、钞誊秘录之外,凡散见诸书,附载群集,稍堪卷轴,靡不穷搜,总之,不盈三百之数。间……如曰蹖驳淆乱,速朽为宜,则杜、李以还,例应焚掷,余固亡所容余喙矣。

今世传大家,惟李、杜、韩、柳、元、白诸集差全。

杂编卷五

晏同叔自以"梨花柳絮"取称,然实西昆之一也。"冰从太液池边动,柳向灵和殿里看。""灵和"字面稍僻,又于柳不切,遂落西昆,余为易作"长杨",便了无痕迹。盖太液切冰,长杨切柳,本天生的对。彼嫌其熟,稍进厘毫,顿成千里。此西昆与老杜分界处,初不在用事间,学者当细酌也。

唐自李、杜之出,焜耀一世。后之言诗,皆莫能及。

刘辰翁评诗有妙理，如杜"日月低秦树，乾坤绕汉宫"，刘云："此语投赠中有气，若登高览胜则俗矣。"按杜登览诗，如"三河扶绣户，日月近雕梁"类，何尝不佳，第彼是本色分内语。惟投赠中错此，则句调尤觉超然。此当逆之意外，未可以蹊径论也。

《早朝》诗："九天阊阖开宫殿，万国衣冠拜冕旒。"刘云："帖子语，颇不痴重。"《秋兴》诗："雕阑绣柱围黄鹄，锦缆牙樯起白鸥。"刘云："对偶耳，不足为丽。"皆有深致。余每谓千家注杜犹五臣注《选》，辰翁解杜犹郭象注《庄》，即与作者语意不尽符，而玄言玄理往往角出，尽拔骊黄牝牡之外。昔人苦杜诗难读，辰翁注尤不易省也。

杜："委波金不定，照席绮逾依。"刘云："金波绮席，如此破碎，谓之不谬不可。"至王禹玉用其格云："双凤云中扶辇下，六鳌海上驾山来。"顿觉新奇。后来述者益众，实杜为开山祖第，刘评尤不可不知。

张文潜以杜"涓涓戏蝶过闲幔"为开幔，"曾闪朱旗北斗闲"为殷，皆非是。论诗最忌穿凿，当观古人通篇语意文势，庶得之。惟"恐湿汉旌旗"，刘从失字为近。

老杜："无复随高凤，空余泣聚萤。"刘注云："谓凤飞于高，何物小儿政是人名戏笔，如李白桃红类。"余以高凤不作人名亦自可，第杜本意用聚萤，故引高凤作对。不然，则聚萤全不相关。此惟深于诗又深于杜者得之。诸家何解会此？然以为警句，则非也。盖聚萤本趁韵，高凤又趁聚萤。总之，非出经意，必欲对聚萤，何患无佳事佳语耶！

"读书破万卷，下笔如有神"，本自眼前语，刘嫌其夸。注云："破字犹言近万。"非也。下"赋料扬雄敌，诗看子建亲"，言自料雄敌植亲耳。刘以为他人不能敌雄，惟有子建近之，皆求取太深，失其本意。

杜《课伐木》，语多难解而令宗武诵，又作诗《催宗文树鸡栅》。刘云："宗武诵前诗，宗文树此栅，皆苦事。"殊可发一笑也。

"文章一小技，于道未为尊"，刘注：此甫谦词，以答柳侯尊己，本涉用意而今为名言。由世之谈道者借甫自文，不可不辨，每阅刘注，必含蓄远致，与杜诗互相映发，令人意消。

续编卷一

盛唐李、杜，气吞一代，目无千古。然太白《古风》，步骤建安；少陵《出塞》，规模魏、晋。惟歌行、律绝，前人未备，始自名家。……歌行甫遒，则李、杜为之冠；近体大畅，则开宝擅其宗。使枚、李生于六代，必不能舍两汉而别构五言；李、杜出于五季，必不能舍开元而别为近体。

今人因献吉祖袭杜诗，辄假仲默舍筏之说，动以牛后鸡口为辞，此未睹何集者。就仲默言，古诗全法汉、魏，歌行短篇法杜，长篇王、杨四子。五七言律法杜之宏丽，而兼取王、岑、高、李之神秀，卒于自成一家，冠冕当代，所谓门户堂奥，不过如此。古人影子之说，以献吉多用杜成语，故有此规，自是药石。非欲其尽弃根源，别安面目也。今未尝熟读其诗，熟参其语，徒执斯言。师心信手，前人弃去，拾以自珍；一时流辈，互相标鹄，将来有识，渠可尽诬。譬操一壶，以涉溟渤，何岸之能登！

及乎弘治，文教大起，学士辈出，力振古风，尽削凡调，一变而为杜诗，则有李、何为之倡。嘉靖改元，后生英秀，稍稍厌弃，更为初唐之体，家相凌竞，斌斌盛矣。夫意制各殊，好赏互异，亦其势也。然而作非神解，传同耳食，得失之致，亦略可言。何则，子美有振古之才，故杂陈汉、晋之词，而出入正变。初唐袭隋、梁之后，是以风神初振，而缛靡未刊。今无其才而习其变，则其声粗厉而畔规；不得其神而举其词，则其声阐缓而无当。

续编卷二

自北地宗师老杜，信阳和之。海岱名流，驰赴云合。而诸公质力，高下强弱不齐，或强才以就格，或因格而附才。故弘、正自二三名世外，五七言律往往剽袭陈言，规模变调，粗疏涩拗，殊寡成章。嘉靖诸子见谓不情，改创初唐，斐然溢目，而矜持太甚，雕缋满前，气象既殊，风神咸乏。既复自相厌弃，变而大历，又变而元和，风会所趋，建安、开、宝之调，不绝如线。王、李再兴，扩而大之，一时诸子，天才竞爽，近体之工，欲无前古，盛矣。

于鳞七言律所以能奔走一代者，实源流《早朝》《秋兴》、李颀、祖咏等诗。

大率句法得之老杜,篇法得之李颀。

"紫气关临天地阔,黄金台贮俊贤多。""万里悲秋常作客,百年多病独登台。"少陵句也。……凡于鳞七言律,大率本此数联。今人但见黄金、紫气、青山、万里,则以于鳞体,不熟唐诗故耳。

《弇州四部稿》,古诗枚、李、曹、刘、阮、谢、鲍、庾以及青莲、工部,靡所不有,亦鲜所不合。歌行自青莲、工部以至高、岑、王、李、玉川、长吉。近献吉、仲默,诸体毕备。每效一体,宛出其人,时或过之。……王太常云:"诗家集大成,千古惟子美,今则吾兄。"

弘正之后,继以嘉隆,风雅大备,殆于无可着手而敬美王公,特拔新标异于四家七子之外。……五言律,气骨虽自老杜,旨趣时属右丞。

献吉、仲默,各有《秋兴》八章,李专主子美,何兼取盛唐,故李以骨力胜,何以神韵超。

杜之和贾,大减王、岑;李之岳阳,远惭孟、杜。……皆一日之短长,非终身之优劣。

国朝学杜者:献吉歌行,如龙跳天门;明卿近体,如虎卧凤阁。献吉得杜之神,明卿得杜之气,皆未尝用其一语,允可为后学法。

使事自老杜开山作祖,晚唐若李商隐深僻可笑。宋人一代坐困此道。后之作者,鉴戒前规,遂为大忌。国朝诸公,间有用者,束而未畅。惟弇州信手匠心,天然凑泊,千秋妙解,独擅斯人。观察系兴,尤得三昧,极盛之后,殆难继矣。

七言非五言比,格少贬则卑,气少偷则弱,词少淡则单薄,句稍缓则沓拖。国朝惟仲默、于鳞、明卿、元美妙得其法,皆取材盛唐,极变老杜。近以"百年""万里"等语,大而无当。诚然彼白云芳草,非钱、刘剿言乎;红粉翠眉,非温、李余响乎?去此取彼,何异百步笑五十步哉。

献吉章法多纵横,才大不欲受篇缚也;于鳞对属多偏倚,才高不欲受句缚也。其故于鳞以易,献吉以避,故二君诗格高绝,而无卑弱之病。然以是言律,终非本色当行。遍读《杜集》,即排律百韵,未有不整俪者。

七言律，八句之中，往往冗弱，况衍之十韵以上，其难可知。唐老杜外，作者绝少。惟近王次公《寿长公十五韵》，丰匀整密，字字精工，足为此体作祖。且尽刷铅华，独存风骨，尤排律所难也。

凡诗初年多骨格未成，晚年则意态横放，故惟中岁工力并到，神情俱茂，兴象谐合之际，极可嘉赏。如老杜之入蜀，仲默、于鳞之在燕，元美之伏阙三郡，明卿藏甲西征，敬美幨帷兰省，皆篇篇合作，语语当行，初学所当法也。

老杜夔峡以后，过于奔放；献吉江西以后，渐失支离。仲默秦中之作，略无神彩；于鳞移疾之后，大涉刻深；元美郧台之后，务趋平淡。视其中年精华雄杰，往往如出二手。盖或视之太易，或求之太深，或情随事迁，或力因年减，虽大家不免。世返以是为工者，非余所敢知也。

献吉学杜，趋步形骸，登善之模《兰亭》也。于鳞拟古，割裂馁钉，怀仁之集《圣教》也。

七言律，唐人名家不过十数篇。老杜至多不满二百，弇州乃至千数，诚谓前无古人。

李于鳞以诗自任，若"微吾竟长夜"等语，诚有过者，至今为轻俊指摘。然亦出于古人。如杜子美献书，自谓扬雄、枚皋，臣可企及。又"李邕求识面，王翰愿卜邻"，又"赋料扬雄敌，诗看子建亲""读书破万卷，下笔如有神""九龄书大字，七岁咏凤凰"之类，不可胜道。

同时（嘉靖初）为杜者，王允宁、孙仲可；为六朝者，黄勉之、张愈光。允宁于文矫健，勉之于学博洽，皆胜其诗。

唐歌行，如青莲、工部；五言律、排律，如子美、摩诘；七言律，如杜甫、王维、李颀；五言绝，如右丞、供奉；七言绝，如太白、龙标，皆千秋绝技。

《八哀》皆当世巨公名流也，昔杜陵咏《八哀》，以李北海、苏司业之文学，张相国、严郑公之政事，李司空、李大尉之勋劳，李汝阳、郑司户之才艺为次，盖通举当代之烜赫者，不必受知也。若国朝名臣辈出，嘉隆之际……爰效杜体为《八哀》之篇，其文辞则瞠乎昔人后矣。（《少室山房集》卷十八《八哀诗有序》）

三叹杜陵诗,高才日凌替。(同上《太常东吴王公世懋》)

调笑滴仙人,骑鲸堕烟霄。悲伤杜陵叟,二顷荒衡茅。马迁下蚕室,相如困中消。东方枉设难,子云徒解嘲。造物真小儿,役我随尘嚣。黄土抟下愚,茫茫若蟪蛄。南阳贵宾客,什九横金貂。(卷二十《忆在京洛遇鸣皋游契甚洽一别五载鸣皋既赴召玉京余亦辘轳家难偶祝生如华携所业印正门下诗以勖之》)

远甘杜陵豪,迩向弇州博。(同上《李生归东阳益肆力千载手札寄余几数十返推挹过甚弥非所安报赠六百字》)

自从战国更王风,屈原师弟俱称雄。西京苏李复继作,遗篇十九真宗工。黄初七子各有得,勃兴杜李文章伯。此道凌迟大历还,世代纷纷转荆棘。千年大雅几茫然,信阳北地何翩翩。力剪榛芜继唐汉,恍揭日月悬高天。(卷二十一《送朱可大还万安》)

君不见天宝词人高达夫,行年五十执金吾。一朝作诗遇杜老,声华奕奕留吾徒。君不见成均胄子视懋学,五十无闻甘寂寞。一朝坛上逢胡君,奋臂词林问前矱。沉吟二事迹颇奇,千载何当复遇之。汝为常侍理或有,我说杜甫人争嗤。丈夫有志未可轻,古人讵必皆无成。杜陵四十始献赋,当时颇遭俗子凌。脱身锦里拾橡栗,长镵短褐徒悲鸣。达夫青云本自致,高牙大纛悬长城。呜呼后世两寂寞,惟有只字留其名。(卷二十四《祝太学逊之五十始为诗戏作短歌赠之》)

杜陵布衣老且拙,典尽春衣兴逾发。黄四娘家花满蹊,大白携生醉明月。(同上《夜同方吴两生集汪士能宅留宿作新都豪士歌》)

杜陵老子笔扛鼎,恣写篇章豁怀抱。金茎碧瓦扶雕梁,旌旗冕黻争飘扬。词锋绘事两突兀,恍揭日月悬宫墙。(卷二十六《李大将军惟寅得唐吴生观自在菩萨真迹长裾跣足天男相一洗世人称谓之谬且庄严妙好六法具备非五代宋元诸名家所办因手勒心经其上而属余长歌识之》)

君不见太白翁鲸吞鳌吸三千钟,君不见少陵叟蝉腹龟肠三百首。狂歌痛饮差快意,典尽春衣漫回首。身后河山千载名,生前宇宙一壶酒。人生有钱

付酒家,十日五日倾流霞。今辰何辰夕何夕,试问耒阳与采石。(同上《后醉中放歌五章》其四)

岳阳楼头唤杜甫,乾坤万古留诗狂。(卷二十七《逍遥篇为袁履善八秩赋》)

大雅开元际,高风正始前。几人操白雪,四海和朱弦。磊落陈王调,凄凉杜甫编。余波空绮丽,哲匠几雕镌。(卷四十二《奉赠督学乔公四十韵》)

济上故有太白楼及杜陵南池,云两拾遗尝客其间,岁久皆颓没荒草。乙未之春,晋陵龚观察子勤来莅兹土,不逾月修葺缮治,翼然更新,仍别为祠,合酹李、杜其中。

齐东浮大泽,济北汇飞泉。亭古淹词客,楼高卧谪仙。声名偕宇宙,藻绘划星躔。(卷四十三《龚使君合祀供奉拾遗于任城纪事三十韵有序》)

唐五言排律,沈、宋肇端,盛唐则供奉、右丞,大都不过十韵上下,繇简故精,而千言数百匪冗则糅故也。明杨用修选杜,发明斯义,大有抑扬。虽其意左袒青莲,要非,亡谓乃杜诸短章亡。若吴生《画壁》十韵,杨特舍旃;而"沱水临中坐",亟称绝到,则其舛也。夫诗近体五七言,八句至矣尽矣,既曰排律矣,恶用以长短限之。况篇短而精,由隆准公将才止堪十万众,过此非长;韩淮阴悉蓄汉以成蹒楚之大勋,乱于何有。则杜陵固其鹄已,惟是才赋所趋人难强合。且用韵多取材博,得与失参互其间,则用修之论政自有不可废者。(卷四十六《结夏西山诸佛刹效初盛体为排律十首》自注)

笑杀杜陵狂,题诗欲断肠。宁知谪仙子,捧研在沉香。(卷七十二《嘲老杜》)

满蹊花色绣平沙,自在娇莺唤落霞。莫笑杜陵衣尽典,曲江还醉四娘家。(卷七十五《访汪士能不值吴生留饮狭斜席中漫兴二绝》)

十层珠瓦乱云齐,百丈金身落日低。几许慈恩高刹上,千秋惟睹少陵题。(卷七十八《马上望天宁寺浮屠作》)

野史氏曰:伤哉!鸣皋之困于酒也。昔唐李、杜两布衣,偕死于客,而偕厄于酒。(卷八十八《长安酒人传》)

莘野躬耕、南阳抱膝，处全也；成汤三聘、豫州三顾，出全也；伐桀吊民、出师复汉，心全也；德感嗣王、诚格庸主，道全也。尹奋乎百世之上，故人亡异词；亮崛起三代之后，故家肆臆喙。杜工部云"伯仲之间见伊吕"，盖千载论孔明者至是始定。孰谓文士笔端迂远情事亡足重轻哉。（卷一百二《读杜甫咏怀古迹诗》）

石羊生曰：武乡之自拟管、乐，宣父窃比彭、聃耳，杜陵氏"伯仲伊吕"之评，观其深矣。……大都外王之事、内圣之学也，则杜陵二语，意尚有未能尽者。（卷一百五《读诸葛武侯全书》）

老杜极苦作无韵语，而"九天之云下垂，四海之水皆立"特奇。（同上《读李华文》）

弘正七言律，李、何外集中殊寡，佳者往往为杜陵变体所误，气骨虽胜而韵调殊乖。独顾华玉一禀唐音，故视诸家独多合作，此例数篇，皆灼灼可传者也。（同上《读顾华玉诗》）

汪司马伯玉尝谓余：三代而下有才子、有文人、有学士、有作者，才子、文人、学士代有之，作者非屈之骚，司马之文赋，杜、李之五言，白、甫之律绝，莫能当，唐以后无作者矣。（卷一百六《题骆宾王帝京畴昔篇后》）

夫杜甫、韩愈博识矣。其蔽也，学术囿于诗文而莫能自见。（卷一百十一《与王长公第二书》）

尝谓唐之老杜、今之弇州，皆学人，末后一著，非入门发轫所先政，若汰其离而标其合，则唐人何渠能越老杜，今人何渠能望弇州。（卷一百十三《报伯玉司马》）

乃使事之工、联类之富，绮而不繁，大而能化，则自老杜外，惟弇州伯仲。（卷一百十四《再报欧桢伯》）

葛常之云：太白不取建安七子，而少陵亟称垂拱四杰，七子固兆端绮靡，而王、杨、卢、骆亦词人之小巧者耳。此正论也，而非所以论太白、少陵。李气岸高拔，故持论常轻，又篇名"古风"，挟风雅以令曹、刘，不取固宜。杜意度包含，故立论多恕。又篇名为戏愤轻薄之讪，前哲亟称有故，夫李于杜犹然不满,而杜于高、岑、苏、李、富嘉谟、孟云卿皆什九见于题咏,矧王、杨、卢、骆辈耶。(卷一百十八《与顾叔时论宋元二代诗十六通》其四)

笃而论之,四杰固以巧丽为宗。然长歌婉缛,上继四诗;近体铿锵,下开百世,其功力匪邈小也。自五言律掩于沈、宋、王、岑,七言古掩于少陵、太白,后人展卷忽之不思。陈、隋极敝之后,非四子草创,厥初、盛唐诸公能遽抵妙境至此耶?乃其万言一挥,滔滔混混,恐陈思而后贤劫①中未有过者,总之,才情富而气格卑,骈俪工而典则远。故视李、杜、韩、柳四家,声实悬逊,要之,长处不可尽诬也。杨用修以杜、韩于王,犹地上老骥不能追云中俊鹘,亦偏见,未足凭。(同上《与顾叔时论宋元二代诗十六通》其五)

仆尝欲……仿高氏所辑,为古今诗汇一编,以汉郊庙铙歌洎诸乐府为始音,《十九首》洎苏、李《河梁》《两京》杂诗为正始,陈思、李、杜及明王元美为大家,曹、刘、阮、左、潘、陆、陶、谢、沈、宋、王、孟及明高、李、何、徐辈为正宗。(同上《与顾叔时论宋元二代诗十六通》其七)

汪司马伯玉尝属仆选古今诗,以《三百》为祖,分风、雅、颂三体隶之:凡题咏、感触诸诗属之风,如太白《梦游》等作是也;纪述、伦常诸诗属之雅,如少陵《北征》等作是也;赞扬、功德诸诗属之颂,如退之《元和》等作是也。意亦甚新。(同上《与顾叔时论宋元二代诗十六通》其八)

博洽必资记诵,记诵必籍诗书,然率有富于青缃而贫于问学,勤于访辑而怠于钻研者。好事家如宋秦、田等氏弗论,唐李邺侯何如人,天才绝世、插架三万而史无称,不若贾耽辈之多识也。扬雄、杜甫诗赋咸征博极,而不闻畜书,雄犹校雠天禄,甫僻居草堂拾橡栗,何书可读。当是幼时父祖遗编长笥胸腹耳。(《少室山房笔丛》甲部《经籍会通》四)

仙家称钟离先生者,唐人钟离权也,与吕岩同时。韩涧泉选《唐诗绝句》,卷末有《钟离》一首,可证也。近世俗人称汉钟离,盖因杜子美《元日》诗有:"近闻韦氏妹,远在汉钟离。"流传之误,遂附会以钟离权为汉将钟离昧矣!可

---

① 原文如此。考校其文义,当是"杰"字。

发一笑也。①

　　用修所解钟离大可笑。案,《宣和书谱》"神仙钟离先生,不知何时人,自谓生于汉,吕洞宾于先生执弟子礼。其状虬髯蓬鬓双髻,自称天下都散汉",则汉钟离之名实出此,而用修以杜陵诗误之,其可笑有如此者。夫汉钟离地名而以为神仙,则"韦氏妹"即何仙姑耶。漫书此发读者一大噱。(甲部《丹铅新录》二《钟离权》)

　　杜诗:"关山同一点。""点"字绝妙。东坡亦极爱之,作《洞仙歌》云:"一点明月窥人。"用其语也。《赤壁赋》云:"山高月小。"用其意也。今书坊本改"点"作"照",语意索然。且关山一点,小儿亦能之,何必杜公也。载《草堂诗余》注可证。

　　按,《草堂诗余》:苏子瞻《洞仙歌》云:"冰肌玉骨,自清凉无汗。水殿风来暗香满。绣帘开,一点明月窥人;人未寝,欹枕钗横鬓乱。　起来携素手,庭户无声,时见疏星度河汉。试问夜如何?夜已三更,金波淡,玉绳低转。但屈指西风几时来,又不道流年暗中偷换。"

　　杜诗非"点"字,余已详辩《诗薮》中,弟杨引坡词"一点明月窥人",乃"绣帘开一点","点"字句绝者。读本词,杨之误不辩自明。(同上《关山一点》)

　　杜子美诗:"近来海内为长句,汝与东山李白好。"流俗本妄改作"山东李白"。按,乐史《序李白集》云:"白客游天下,以声妓自随。效谢安风流,自号'东山。'时人遂以东山李白称之。子美诗句,正因其自号而称之耳,流俗不知,而引杜诗为证,近于郢书燕说矣。

　　《晁公武读书志》:古人名地理多误。如云李白为山东人,不知乐史所序,谓太白携妓游山,慕谢安之风,自称'东山李白'。杜工部因有"汝与东山李白好"之句,而俗士不知,倒之为山东也。

　　麟按,《南部新书》云:白歌咏之际,屡称"东山李白",子美所谓"汝与山东

---

①　这一段为杨慎原文,下为胡应麟批驳文字。按,胡氏《少室山房笔丛》中很多文字属于辩驳性质,往往是先引一段批驳对象,然后下以自家判语。本书收录其中论杜材料,格式上保持其旧,后面不再一一注释说明。

李白好",当本于此。乐史《序》无此文,用修盖误忆不考,非伪作欺人也。杜田注亦非伪作,是引宋杨天惠《彰明逸事》,而误为范传正《碑》,其病正与用修一类。今并载下,为二子解嘲。然《彰明逸事》,天惠似得之野人传闻。中间附会匡山、陇西,穿凿可笑之甚。岂可引以证杜诗乎?《南部新书》东山事,又本魏万《碑》。万与太白游处宜可信,第白流寓山东甚久,况《旧唐书》、元微之《序》,并称"山东",即子美以此呼李,奚不可者?唐时李、杜诗题,但称名不称字,讵至如今人以号为称,此则用修之癖论也。景庐、晦伯辩自得之,独《彰明逸事》及魏万《序》未及考,或亡以服用修之心,余说出,庶几尽之。(甲部《丹铅新录》五《东山李白》)

唐以前作史者专精于史,以文为史之余波;唐以后能文者泛滥于文,以史为文之一体。惟赋与诗亦然,故赋迄于左思,史穷于陈寿,皆汉之余也。故曹、刘、李、杜、韩、柳氏出,而宇宙耳目又一观矣。(乙部《史书占毕》一)

文人无行,信乎。太史雪李陵,少陵拯房琯,戛戛乎难哉。陈思之忧国,韩愈之格君,无论。白从永王,疏矣,然而非逆也;柳党叔文,躁矣,然而非奸也。(乙部《史书占毕》二)

唐人乐府,多唱诗人绝句,王少伯、李太白为多。杜子美七言绝近百,当时妓女独唱其《赠花卿》一首,所谓"锦城丝管日纷纷,半入江风半入云。此曲只应天上有,人间能得几回闻"也。盖花卿在蜀,颇僭用天子礼乐,子美作此讽之,而意在言外,最得诗人之旨。当时妓女独以此诗入歌,亦有见哉!杜子美诗,诸体皆有绝妙者,独绝句本无所解。而近世乃效之而废诸家,是其真识冥契,犹在唐世妓人之下乎?

花卿蜀小将耳。虽恃功骄横,然非有韦皋、严武之权,王建、孟昶之力,即欲僭用天子礼乐,恶得而僭之。用修以子美赠诗为讽,真儿童之见也。凡词人赞叹声色,不曰"倾城",则曰"绝代"。子美盖赠歌者,偶姓字相合,亦云花卿,实何戡、薛涛辈。用修便以破段子璋者当之,然求其说不得也。故有僭用礼乐之解。匡衡解颐,阿平绝倒,斯兼之哉。

李群玉《赠歌妓诗》:"貌态只应天上有,歌声岂合世间闻"。与杜合,岂亦有所讽耶？

工部诸绝，非漫兴则拗体，以入歌曲自不宜，独此首风致翩翩，音节调美，故诸妓女习之。其为赠歌者益明。信如杨说，则一老头巾咏史语耳，风致音节何在？用修以后世真识，在唐妓人之下，不惟诬后世，并诬妓人矣。杜他诗自有讽时事者，若此篇，虽用修亲见子美，余不敢谓然。

用修《唐绝增奇序》："以龙标、太白为冠，而谓工部不当学，论自卓然。"然实本高廷礼《品汇》语。高曰："盛唐绝句，太白高于诸人，其次则王少伯，二公篇什亦盛。少陵制作虽多，理趣甚异，仅取数章，至正声则杜七言绝无复选者。"噫！宋元而下，有能明目张胆，首泄此机者乎？余不敢以用修为阴袭阳訾，然二君书必皆传于后世，读者当自有公论也。（乙部《艺林学山》一《锦城丝管》）

杜诗语及太白处，无虑十数篇，而太白未尝假借子美一二语，以此知子美倾倒太白至难。

考子美不但虚心太白，即高、岑辈，无所不倾倒。然二子诗推毂杜者亦无几，遂谓子美出高、岑下，可乎？文人相轻，尚矣！子美揖让诸公，正其卓尔难及处。后世惊奇之士，遂为口实。奈何！杜以阴铿拟李，大似轻薄。（同上《太白子厚》）

盛弘之《荆州》记巫峡江水之迅，云"朝发白帝，暮到江陵"，其间千二百里，虽乘奔御风，不以疾也。杜子美诗："朝发白帝暮江陵，顷来目击信有征。"李太白："朝辞白帝彩云间，千里江陵一日还。两岸猿声啼不尽，扁舟已过万重山。"虽同用盛弘之语，而优劣自别。今人谓李、杜不可以优劣论，此语太愦。

此寸木岑楼、钩金舆羽之说也，下答是也，何有？李、杜并有《岳阳楼诗》。录左方以质用修。

太白《岳阳楼》诗云："楼观岳阳尽，川迥洞庭开。雁引愁心去，山衔好月来。云间连下榻，天上接行杯。醉后凉风起，吹人舞袖回。"右李作亦五言律，视杜"吴楚东南""乾坤日夜"等句何如？亡论二公敌国，即李之"凤皇"，何如崔颢？杜之"五夜"，何如王维耶？

二公制作，他不必多论，止据自相酬和之篇杜赠李《二十韵》，真可惊风雨、泣鬼神，而李"饭颗山头"四语，殊近鄙猥，岂止"两岸猿声""江陵""白帝"之相去哉！然以此定李、杜优劣，诚坐井窥天也。（乙部《艺林学山》一《江陵》）

庾开府诗"羊肠连九坂，熊耳对双峰"，鲍照诗"二崤虎口，九折羊肠"，可谓工矣。比之杜工部"高凤""聚萤""骐子""莺歌"之句，则杜觉偏枯矣。

"羊肠""熊耳"，六代寻常，开府之工不在此。"高凤""聚萤"，大家戏剧，工部之偏不在此。

杨又谓杜"白白江鱼入馔来"语粗，不若韦"长江钓白鱼"；"江平不肯流"语拙，不若李"水深难急流"，则皆近之。然杜前句意自工，后句意过苦耳。（同上《羊肠熊耳》）

杨诚斋云："李太白之诗，列子之御风也；杜少陵之诗，灵均之乘桂舟、驾玉车也。无待者，神于诗者与；有待而未尝有待者，圣于诗者与。然则东坡似太白，山谷似少陵。"余谓太白诗仙翁剑客之语，少陵诗雅士骚人之词。比之文，太白则《史记》，少陵则《汉书》。

二杨语皆为李左袒者也，其说非。……古人拟伦俱似亡当，余尝以李犹庄周，杜犹左氏，庶几近之。（同上《评李杜》）

宋人以杜子美能以韵语纪时事，谓之"诗史"，鄙哉，宋人之见，不足以论诗也。杜诗之含蓄蕴藉者，盖亦多矣，宋人不能学之，至于直陈时事，类于讪訕，乃其下乘末脚，而宋人拾以为己宝，又撰出"诗史"二字，以误后人。如诗可兼史，则《尚书》《春秋》可以并省，又如今俗《卦气歌》《纳甲歌》，谓之"诗易"可乎？

按，以杜为"诗史"，其说出孟棨《本事诗话》，非宋人也。若"诗史"二字所出，又本钟嵘"直举胸臆"，非傍"诗史"之言，盖亦未尝始于宋也。杨生平不喜宋人，但见诸说所载，则以为始于宋世，漫不更考，恐宋人有知，挪揄地下，以明人卤莽至此乎？（同上《诗史》）

韩石溪廷延语余曰：杜子美《登白帝最高楼》诗云："峡坼云霾龙虎卧，江清日抱鼋鼍游。"此乃登高临深，形容疑似之状耳。云霾坼峡，山木蟠拿，有似龙虎之卧。日抱清江，滩石波荡，有若鼋鼍之游。余因悟旧注之非，其云云气阴黯,龙虎所伏,日光围抱,鼋鼍出曝,真以为四物矣。

峡坼鼋鼍,作形似之状,亦诗家当行,未为无见。然下云"扶桑西枝风断石",则上当作实景,不然冗矣。(同上《杜诗》)

杜少陵《游何将军山林》诗:"雨抛金锁甲,苔卧绿沉枪。"

此说本姚宽《丛语》。余谓"绿沉"当有二:《隋书》所载铁名也,《王帖》所云漆色也。老杜或以铁名对金锁。漆色虽意义可通,然古人之枪往往有纯铁者,如王彦章之属,讵皆漆柄。又杜以枪对甲,则所重在刃不在柄,安得据以漆色为是,铁名为非耶。如据杨说,铁与竹不可为弓弦,则据《隋书》,漆亦讵堪为甲耶。若周、赵二子之见,则诚可嗤也!

《西溪丛语》云:"杜甫诗'雨抛金锁甲,苔卧绿沉枪'。"薛仓舒注:引车频《秦书》,苻坚造金银绿沉细铠,金为縫以缧之。"绿沉",精铁也。《北史》"隋文帝尝赐张渊绿沉甲"。《武库赋》云"绿沉之枪"。唐郑概有"亭亭孤笋绿沉枪"之句。《续齐谐记》云:王敬伯夜见一女,命婢提绿沉漆合。王羲之《笔经》有"以绿沉漆管见遗,亦可爱玩"。萧子云诗"绿沉弓项纵",恐"绿沉"如今漆调雌黄之类,非精铁也。按,用修驳周、赵诸人之误,而姚语未尽引援,因并录之。

余更总会诸家说酌之,姚、杨执以绿沉为漆,固失之;薛氏执以绿沉为铁,亦未尽。窃意绿沉者颜色之名,凡诸物有此色,皆可名之。或言铁,或言漆,或言竹,或言瓜,惟所遇耳。工部意自当主铁,然谓绿沉之铁则可,谓绿沉即铁则不可也。

续读王樵《丛书》论"绿沉",乃知古人已先得矣。王曰:杜之绿沉,正谓精铁。《唐百家诗》亦曰"校猎绿沉枪",此岂枪卧于苔,为绿所沉邪。竹坡谓:以绿沉为精铁,则金锁甲当是何物。仆谓金锁甲者,即黄金锁子甲耳。贯休诗曰"黄金锁子甲,风吹色如铁",此亦用金锁甲事,安谓何物?竹坡言枪卧于苔,为绿所沉,固已甚凿;言甲抛于雨,为金所锁,尤为不通。仆尝考之,所谓绿沉者,不可专指一物,顾所指何物耳。如梁武帝食绿沉瓜,是指瓜也。如人以绿沉漆管笔遗王逸少,是指笔也。如刘邵赋"六弓四弩,绿沉黄间",古乐府

"绿沉明月弦",唐太宗诗"羽骑绿沉弓",是指弓也。以至宋元嘉间,广州作绿沉屏风,石季龙用绿沉扇,是亦有绿沉之说。岂可专指一物为绿沉哉。《侯鲭录》引龟蒙诗,以证绿沉为竹,见亦未广。前此郑概诗尝曰"亭亭孤笋绿沉枪",则知龟蒙之言,不为无自。然则绿沉又不可专谓精铁,盖有物色之深者为绿沉也。右王说自当,但云物色深者为绿沉稍未安,不若言绿色深者为绿沉也。(同上《绿沉》)

古字"窥"作"闚"。《论语》"闚见室家之好",《易》"闚观,利女贞",《史记》"以管闚天",《庄子》"上闚青天",陆贾《新语》"楚王作干溪之台闚天文",潘岳《秋兴赋》"闚天文之秘奥",杜诗"天闚象纬逼",正用上数语,不识古字者改为天阙。

末句是张文潜语,作子瞻误。天阙本龙门故事,《珊瑚钩》之论确矣。介甫之"阅"、用修之"窥",一而二、二而一者,天下本无事,庸人自扰之,吾末如之何也已。"(乙部《艺林学山》二《古字窥作闚》)

杜《出瞿塘峡》诗"五云高太甲,六月扩抟扶",注不解"五云"之义。

右一则全录王伯厚《困学纪闻》语,或用修喜此说,信笔钞之。《茸丹铅》者不审,混载杨集,非必有意剽王也。王、杨诸子,世知其巧丽,而不知王之学术有大过人者,星历尤其所邃。华盖以下语断有所出,非杜撰之文,惜不获起子政、光伯辈问之。

严羽卿云:太甲疑是太乙之误,然杜已全用王语,不得为字讹,第未知杜于此出处,能洞然否也。(同上《五云太甲》)

韦述《开元谱》云:倡优之人,取媚酒食。居社南者呼社南氏,社北者呼社北氏。子美"社南社北皆春水",正用此事,不知者改为舍耳。

按杜"舍南舍北皆春水",盖在蜀草堂诗也。花溪僻地,何得有倡优居之。且此诗上以"舍"字引起,下用"群鸥",而"花径""蓬门",意脉直贯。若改为社,则并不沾带矣。且既曰倡优所居,必酒食丰渥之地,而杜诗下有"盘餐市远"之句,何耶? 又,既曰倡优取媚酒食,而杜之遗杯残沥,不以及之,乃与邻翁对酌,何耶? 杜他日绝句云"云生舍北泥",岂亦"社北"耶。考杜集他本,绝

无"社"字之讹。特用修读书偶得此,遂白赖少陵耳。(同上《社南社北》)

昔宋人选填辞曰《草堂诗余》。其曰"草堂"者,太白诗名《草堂集》,见郑樵《书目》。太白本蜀人,而草堂在蜀,怀故国之意也。曰"诗余"者,《忆秦娥》《菩萨蛮》二首为诗之余而百代辞曲之祖也。今士林多传其书而昧其名,故于余所著《辞品》首揭之云。

此用修《词品》中第一误处。蜀草堂始自子美,李于杜年行俱先,讵肯以其草堂名集?盖杨以李为蜀人,故傅会其说,靡所不至。夫《草堂》所选,太白止二首,余尝疑非其作,余率宋人之制,安得尽系于李之草堂哉。二词非太白作,余详辩于《庄岳委谈》。李集名"草堂",见唐《艺文志》,当自有他取义。

诗圣如杜子美,而填词若《菩萨蛮》《忆秦娥》者,集中绝无云云。

《菩萨蛮》起宣宗世,杜何缘预知其调。杨硬遣太白承当,故娓娓不已,且波及少陵。一小词累二巨公,可笑。(乙部《艺林学山》三《草堂》)

孙洙字巨源,尝注杜诗,今注中"洙曰"者是也。元丰间为翰林学士,与李太尉往还尤数。尝饮李氏,听新纳妾琵琶,会中使宣召促行,因作词投李云云。或传以为孙觌,非也。

注杜诗者王洙原叔,今序载杜集中,谓孙洙误。唐亦有进士王洙,字学源,见《东阳夜怪录》。

余戏谓:巨源生前之墨既为莘老所留,死后之词复为原叔所夺,何一姓一名触处不利耶。闻者大笑。(同上《孙洙》)

《三国典略》曰:"萧明与王僧辩书:凡诸部曲,并使招携,赴投戎行,前后云集。霜戈电戟,无非武库之兵。龙甲犀渠,皆是云台之仗。"唐王勃《滕王阁序》"紫电清霜,王将军之武库"正用此事,以十四岁之童子胸中万卷,千载之下宿儒犹不能知其出处,岂非间世奇才。杜子美、韩退之极其推服,良有以也。使勃与杜、韩并世对豪,恐地上老骥不能追云中俊鹘,后生之指默流传,妄哉。

此等语皆用修太偏处。子安诚俊才,第此文之工讵在此事。杜陵用事之妙绝出千古,即子安生开元间亦当退舍,何以云不能追也。都缘四字稍僻,杨

读六朝人语,偶得之,便自手舞足蹈,亦子安有缘耳。(乙部《艺林学山》五《紫电清霜》)

晁公武《读书志》载人名、地里多误。如云李太白为山东人,不知乐史所序谓太白携妓游山,慕谢安之风,自称"东山李白",杜工部因有"汝与东山李白好"之句,而俗士不知,倒之为山东也。太白之生则在蜀,本其胄则在陇西,与山东风马之不相及也。又以张唐英与张君房合为一人,尤可笑。张君房,太宗时人,唐英乃商英之兄,字次功,蜀之新津人,何得为一人乎。其疏略如此。

"紫电清霜",凡语也,子安幸而合于杨,故凡语而剧赏。唐英、君房,小失也。公武不幸异于杨,故小失而大讥,皆非平心易气之道也。(同上《晁公武读书志》)

唐诗至许浑,浅陋极矣,而俗喜传之,至今不废。

无己学杜,与许绝不同,言自应尔,然亦趁浑字韵。(同上《许浑》)

庾信诗为梁之冠绝,启唐之先鞭。史评之曰"绮艳",杜称之曰"清新",又曰"老成"。绮艳、清新,人皆知之;老成,独子美能发其妙。余尝合而衍之曰:绮多伤质,艳多无骨。清易近薄,新易近尖。子山诗绮而有质,艳而有骨,清而不薄,新而不尖,所以为老成也。

清新、绮艳,六代之常,独"老成"二字于庾为合,杨说是也。"绮多伤质"四语尤名言,惟以庾为梁冠则非,江、鲍诸人皆出庾上,置何地耶。"(同上《庾信》)

按,西施事,诸学士纷纷,迄无定论。麟谓:词人之言,乘兴点笔,自老杜外,罕足据者。(乙部《艺林学山》七《西施》)

阮籍《咏怀》诗"西游咸阳市,赵李相经过",颜延年以为赵飞燕、李夫人,刘会孟谓安知非实有此人,不必求其谁。

然余意直并举交游氏姓,如杜诗"高、岑殊缓步"之类,使常侍、嘉州二集不传,今亦不知何等人矣。又杜"孟子论文更不疑",非自注孟云卿,则孰不以孟轲,况承上李陵、苏武耶?(乙部《艺林学山》八《赵李》)

又一五言律云:"蛟室围青草,龙堆隐白沙。护堤盘古木,迎棹舞神鸦。破浪南风正,收帆畏日斜。云山千万叠,何处上仙槎。"此老杜《过洞庭》诗也,李希声云:得之于江心一小石刻。此诗当是杜陵尾句,与今集中小异①。(己部《二酉缀遗》下)

《树萱录》,宋王铚性之撰。盖幻设怪语以供抵掌,取忘忧之义,而郑樵列于种树家,大为可笑。其载元撰梦中遇李长吉、白乐天等共赋诗,至老杜一律仅四句,宋人诗话以为非杜不能。真所谓梦中说梦者。景庐辨为秦少游诗,得之矣。然其诗亦颇有杜意,今录于此云:"紫领宽袍漉酒巾,江头潇散无闲人。西风有意吹芦叶,落日无情下水滨。"《树萱》载止此,全首见《秦集》中。(己部《二酉缀遗》下)

漆园之评道术,太史之论六家,斑氏之列九流,任宏之录四种,稚川之纂、仲容之钞、克构之林、子厚之辩,皆博于子者与。集则有博于骚者、赋者、诗者、文者。屈、宋、唐、景诸人,骚之博者也;扬、马、斑、张诸人,赋之博者也;曹、陆、杜、韩诸人,诗之博者也;任、沈、王、骆诸人,文之博者也。彼皆目下十行,胸罗万卷,旁搜广撷,集厥大成,名世之称良非袭取。(庚部《华阳博议》上)

三代下,儒术之显,有出荀况、仲舒、王通、韩愈乎?然荀述礼乐,董究天人,王拟六经,韩起八代,其学皆极博也。文章之显,有出左氏、屈原、司马、杜甫乎?然左穷九丘,屈罗万汇,马探千古,杜总百家,其学皆极博也。至于宋,文盛于辞,儒壹于道矣。(庚部《华阳博议》上)

白昔博学而擅文辞者,公孙侨、左丘明、东方朔、司马迁、刘向、杨雄、曹植、王勃、杜甫、韩愈十数人耳。(庚部《华阳博议》上)

学问在赋中最为本色,故屈、宋、司马、班、张皆冠古今,以其縣硕也,而入诗最易误人,古今惟老杜能耳。宋人不以学为赋而为诗,六朝不以学为赋而为文,故皆失之。然赋中又自有本色学问,不可不知。(庚部《华阳博议》上)

---

① 此诗尾句通行本皆作"直是泛仙槎"。

汉之为经者,仲舒、康成;为史者,马迁、中垒;为子者,子云、淮南;为赋者,孟坚、平子,无非博极之士。六朝尚浮夸,故博之名在张、王、刘、陆诸子,然玩物之意胜矣;三唐尚藻绘,故博之名在王、杨、杜、韩诸子,然修词之意胜矣。(庚部《华阳博议》下)

今世绘八仙为图,不知起自何代,盖由杜陵有《饮中八仙歌》,世俗不解何物语,遂以道家者流当之。(辛部《庄岳委谭》上)

自文皇以鸿裁硕藻,拨六朝余习而力反之,子昂、太白相望并兴,逮少陵氏作,出经入史,划绝淫靡,有唐三百年之诗遂屹然羽翼商、周,驱驾汉、魏,借令非数君子砥柱其间,则《花间》《草堂》将踵接于武德、开元之世,讵宋、元而后显哉。盖六朝、五代一也,障其澜而上溯则诗盛而为唐;袭其流而下,则词盛而为宋。余因是知陈、李、少陵厥功于秋苑甚伟,而欧阳、王、苏、黄、秦诸君子弗能弗为三叹而致惜也。(辛部《庄岳委谭》下)

西厢主韵度风神,太白之诗也;琵琶主名理伦教,少陵之作也。西厢本金元世习,而琵琶特创规㨾,无古无今,似尤难。(辛部《庄岳委谭》下)

彭大翼①

杜甫本襄阳人……以诗鸣于时,凡出处去就,动息劳逸,忠奋感激,一见于诗,士大夫谓之"诗史"。(《山堂肆考》卷一百二十七《诗史》)

唐杜牧为诗,情致豪迈,人号为"小杜",以别杜甫。(同上《情致豪迈》)

李阳冰序李白:"不读非圣之书,耻为郑卫之作,自《风》《骚》之后,驰骋屈宋,鞭挞扬马,千载独步,唯公一人。"又岑参诗,与李、杜相颉颃,歌行则流出肝肺,无斧凿痕。郊、岛之句锻月炼者,参谈笑为之。(同上《鞭挞扬马》)

---

① 彭氏《山堂肆考》论诗文字往往引前人之言而不作标明,任意删减,古今难分,姑录数条以存其事。

张　萱

苏东坡绝世之才,早年学诗,独宗刘禹锡,而不及王、杨、卢、骆、高、岑、李、杜诸公。晚年虽曰学李青莲,其得意处虽迫真,然多失于粗。止能为白居易,则以信手拈来,不复措意耳。(《疑耀》卷二《坡公诗文》)

先辈谓杜诗、韩文无一字无来历,余谓自古名家皆然,不独杜、韩两公。他且勿论,即作古选体,有一字不从汉、魏中来,便不是古选;做律诗,有一字不从盛唐诸公中来,便不是律诗。故唐选体之所以不及汉、魏者,是以唐人字眼作古选;宋律诗所以不及唐者,是以宋人字眼作唐律也。(卷三《诗文必有所本》)

何宇度

《益部谈资》

卷　上

海棠有色而无香,惟嘉州色香并胜。大足治中,旧有香霏阁,号曰海棠香国。谓杜子美讳母乳名,诗中不之及,恐亦宋人傅会。

蜀中诸郡,天气不一。重、夔四面皆山,城基少土,冬虽不寒,夏则最热。六七月间,裸体终日,瞆瞆如醉梦,中夜寝汗透枕簟。惟锦城隆冬时或挥扇,夏夜间覆单衾,乃四时阴多晴少,数郡皆同。每诵子美"蜀星阴见少,江雨夜闻多",感叹此老信是诗史。

卷　中

杜少陵胜国时加谥文贞,祠在浣花溪上,云即草堂旧址,人多以草堂呼之。祠后堂匾,陈方伯鎏即书"万里桥西一草堂"。栋宇尚未倾圮,盖监司郡邑常宴会处。予稍为之修葺,镌公遗像及唐本传于石。榜署皆用公诗,而櫽括之曰:"背郭堂成,锦里溪山千古在;缘江路熟,青郊竹树四时新。"又:"万丈光芒,信有文章惊海内;千年艳慕,犹劳车马驻江干。"又:"万里桥西,草堂佳句如新,宛见卜居之兴;百花潭上,水槛苍波依旧,长留怀古之思。"不知堪博此公捧腹否。

卷　下

杜工部祠在郡东数里,倚山俯江,云亦新创。祠中止塑像,其《秋兴》八诗近代虽有刻字,殊不佳,余无足观者。予置碑二,一刻公像及史传,树祠中;一大书"唐杜工部游寓处",树道旁。

工部旧日草堂,在城东十余里外,尚有遗址可寻。止一碑,存数字,题"重修东屯草堂",记似亦元物。

子美游蜀凡八稔,自大历元年春至夔,大历三年去而之楚,寓夔之东屯、西瀼者凡三年,得诗四百余首。瀼者,土人谓山间通江之流曰瀼。

夔谯楼上柱联即当用杜诗"五更鼓角声悲壮,三峡星河影动摇",何等壮丽!俗人因讳悲字,置之。

志称有诗史堂,刻杜工部遗像;又有万丈堂,取"光焰万丈"之义:俱在府治内,今不可考。

郡斋望隔江群山咫尺,七峰分列,若屏朝暮之间,翠色扑人衣袂。予因取杜句"翠屏"名署中小斋。

邢　侗

刘司空之《伤乱》,郭弘农之《游仙》,许征君之《自叙》,陶彭泽之《田居》,卢照邻之《折柳》,陈子昂之《感遇》,岑嘉州之《沪水》,高达夫之《安西》,孟襄阳之《清镜》,王右丞之《辋水》,杜拾遗之《秋兴》,刘随州之《听笛》,皇甫氏之《江草》,靡不条流橐括,兴象速肖。(《来禽管集》卷六《吴景猷先生诗序》)

降而论代,屈先生与李、何角,则李宜逊姿,何宜逊骨。不宁唯是,假令江东以欲野歆山之势而遇先生,不能不左辟中原之固垒;即起历下而抵掌于黄石之次,历下能无爽然于衔勒而推先生国步乎!夫抗声文苑,则夔、龙弗愈于

马、班；正色台司，则李、杜或惭于伊、傅。何也？则以全力之难而齿、角、翼、足之鲜备也。（同上《谷城山堂诗草序》）

（彭伯子诗）大抵立骨而饶气，舍泽而略姿，祢献吉而祖子美，卓然翘独之业哉。（同上《彭伯子诗序》）

试绎公诗，君君臣臣、父父子子、夫夫妇妇、兄兄弟弟、婚姻朋友、鸟兽草木之大凡，因遇而触，随籁而鸣，具天质焉。可以兴、可以观，不敢遽拟于孔子删之《三百》，而以推而侪之杜陵之诗史，其又奚至腼颜而左辟乎！（同上《顾水部竹梧集序》）

夫庙堂之上高文典策，用相如；军旅之中露檄巧捷，用枚叔，固也。则又闻之，江南之致，韶秀而藿靡；中原之风，雄劲而扶疏，然乎？则又闻之，李白、杜陵，见长于有韵；史迁、班椽，取胜于鸿裁，然乎？则又闻之，董、贾能文而绌武，卫、霍能武而绌于文，然乎？以斯论代，以斯程人，则攀龙先生者，可指次谈已。（同上《张攀龙先生芝楼草序》）

唐时升

秦、汉以还，作者代兴，彬彬丽藻，各名其能。于皇我公，迈古先登，龙骧虎变，雾郁云蒸，无所不有，孰得而称。四部之文，播于八荒，上轶屈、宋，下蹴班、扬，苏、李浑成，颜、谢洁芳，或如曹、刘，遒壮纵横。及为律诗，并包李唐，供奉仙仙，拾遗堂堂。后无高、岑，前失卢、王，牢笼宇宙，鼓铸阴阳。广弥六合，高并三光。（《三易集》卷十三《祭大司寇王弇州先生文》）

费尚伊

昔张茂先赋《鹪鹩》而识者知为王佐之才，杜陵作《缚鸡行》而论者得一体民物之意，今以况丞得无似乎？诗可以观，信在此矣。（《市隐园集》卷二十一《刻郡丞潘公觳音草序》）

先生以命世之才崛起弘、正间,高览遐瞩,谓文不秉于《左》《国》、东西京,不足为文;诗不程于晋、魏诸名家以讫杜少陵,不足为诗。即所撰构,一裁诸古。盖是时学大夫始知文有《左》《国》、东西京,诗有晋、魏名家以讫少陵,莫不改易弦辙以应先生。(同上《刻李崆峒先生文集序》)

南溪放歌,极才骋辨,遂阃杜陵堂奥。七言律时诣钱、刘佳境。与丈别十年,而不朽之业乃尔,即令丈旦暮钟鼎,何如坐进此道耶?(卷二十八《寄张质卿侍御书》之二)

江盈科

《雪涛诗评》

用今　诗言志。志者,心之所之,即性情之谓也,而其发挥描写不能不资于事物。盖比兴多取诸物,赋则多取诸事。诗人所取事物,或远而古昔,近而目前,皆足资用。其用物也,如良医用药,牛溲马勃随症制宜,不专倚人参、茯苓也;其用事也,如善书之人睹惊蛇而悟笔意,观舞剑而得草法,不专倚临帖、摹本也。本朝论诗若李崆峒、李于鳞,世谓其有复古之力,然二公者固有复古之力,亦有泥古之病。彼谓文非秦、汉不读,诗非汉、魏、六朝、盛唐不看,故事凡出汉以下者皆不宜引用。噫!何其所见之隘而过于泥古也耶!夫诗人所引之物皆在目前,各因其时不相假借,如雎鸠、螽斯、桑扈、蟋蟀、檪木、桃夭、苤苢、葛藟是《三百篇》所用之物也,降而为《离骚》,则用芷蕙荃茝、兰芳菊英、蛟龙凤凰、文虬赤螭,曾有一物假借于《毛诗》乎?又降而为唐人之诗,则用江梅、岸柳、涧草、林花、乳燕、鸣鸠、群鸦、独鹤,曾有一物假借于《离骚》乎?非不欲假,目到意随,意到笔随,自不暇舍见在者而他求耳。至于引用故事,则凡已往之事与我意思互相发明者,皆可引用,不分今古、不论久近。盖天下之事,今日见在则谓之新,明日看今日即谓之故,他不泛引。如杜诗云"龙舟移棹晚,兽锦夺袍新",李诗云"选妓随雕辇,征歌出洞房",非二公目见本朝之事耶。居今之世,做今之诗,乃曰汉以上故事方用此,特有见于汉家故事,字眼古雅,遂为此拘泥之言,其实字眼之古不古、雅不雅,系用之善不善,非系于汉不汉也。怪彼用字之俚俗者,欲尽废汉以下故事不看,何异爱春景者欣艳桃、梅、梨、李,而弃莲、菊、芙蓉、山查、水仙于不观,曰化工之妙尽属于春也,谁其信之? 故吾以为善作诗者,自汉、魏、盛唐之外必遍究中、晚,然后可以穷诗之变,必尽目前所见之物与事,皆能收入篇章,然后可以极诗之妙。若但泥于古而已,即如作《早朝》诗,千言万语,不过将旌旗宫殿、柳拂花迎、金阙玉阶、晚钟仙仗左翻右覆,及问之,则曰:不如此便不盛唐。噫! 只因盛唐二字把见前诗与见前诗料一笔勾罢,如此而望诗格之新,岂非却步求前之见也欤!

拟古　古乐府古诗所命题目,如《君马黄》《雉子班》《艾如张》《自君之出矣》等类,皆就其时事构词,因以名篇,自然妙绝。而我朝词人乃取其题目各拟一首,名曰复古。夫彼有其时、有其事,然后有其情、有其词,我从而拟之,非其时矣,非其事矣,情安从生强而命词,纵使工致,譬诸巧工能匠塑泥刻木,俨然肖人,全无人气,何足为贵? 夫肖者且不足贵,况不肖者乎? 且《君马黄》《雉子班》等题,若必一一拟作,则《关雎》《螽斯》之类何为丢下不拟,岂古乐府、古诗能古于《三百篇》耶? 以此见拟古无用叠屋架床,虚糜岁月,不足立名。若李、杜歌行如《庐山高》《蜀道难》《美陂》《打鱼》《缚鸡》《茅屋为秋风所破》等类,皆因时因事命题名篇,自是高古奇绝,所以为诗中豪杰。然则作诗者不能自出机轴,而徒局蹐千古之题目名色中,以为复古,真处袴之虱也。

评唐一　李太白诗,清虚缥缈,如飞天真仙,了无行迹,下八洞仙,人欲逐其后尘,已无可得,况凡人乎? 若七言律诗,彼自逃束缚,不肯从事,非才不逮杜也。杜子美诗,古骨古色,如万金彝鼎偶遇买手,逢识者自然善价,而沽若百室之邑,千人之聚,不必开口问价,谁能偿得此老? 至其七言律固云宏肆,然细读细思,何一句一字不是真景真情,在盛唐中真号独步。

评唐二　杜少陵夔州之后诗,突兀宏肆,迥异昔作。非有意换格,蜀中山水自是挺特奇崛,少陵能象境传神,使人读之,山川历落,居然在眼。所谓春蚕结茧,随物肖形,乃谓真诗人、真手笔也。

评唐三　李青莲是快活人,当其得意时,斗酒百篇,无一语一字不是高华气象。及流窜夜郎后,作诗甚少,当由兴趣萧索。

评唐四　杜少陵是固穷之士,平生无大得意事,中间兵戈乱离、饥寒老病,皆其实历。而所历苦楚都诗中写出,故读少陵诗即当少陵年谱看得。

评唐五　杜少陵《诸葛》五言绝云:"江流石不转,遗恨失吞吴。"或误疑孔明恨不能吞吴,此常人之见耳。孔明平生不欲吞吴,观草庐中谓先主曰:"孙权据江东三世,国险民富,可与为援而不可图。"其后先主报云长之怨,伐吴取败,此最孔明恨处,恨其不当图吴也。然而无一言谏阻者,亦知先主君臣义重,甘心一败,不容不报怨耳。此意读史者未必不知,苏长公乃托于杜陵梦中相告,岂非英雄欺人乎?

评唐六　李太白作诗无意传世,杜子美作诗有意传世,观其诗曰:"平生性癖耽佳句,语不惊人死不休。"至苏子瞻亦云:"生前富贵,死后文章。"盖亦知其文之必传于世者也。

诗文才别　从古以来,诗有诗人,文有文人,譬如斫琴者不能制笛,刻玉者不能镂金,专擅则独诣,双鹜则两废。有唐一代,诗人如李如杜,皆不能为文章。李即为文数篇,然皆俳偶之词,不脱诗料,求其兼诣并至,自杜樊川、柳柳州之外,殆不多见。

诗品　诗本性情。若系真诗,则一读其诗,而其人性情入眼便见。大都其诗潇洒者,其人必骀快;其诗庄重者,其人必敦厚;其诗飘逸者,其人必风流;其诗流丽者,其人必疏爽;其诗枯瘠者,其人必寒涩;其诗丰腴者,其人必华赡;……其诗森整者,其人必谨严。譬如桃、梅、李、杏,望其华便知其树。惟剿袭掇拾者,麋蒙虎皮,莫可方物。假如未老言老,不贫言贫,无病言病,此是杜子美家窃盗也。不饮一盏而言一日三百杯,不舍一文而言一挥数万钱,此是李太白家掏摸也。举其一二,余可类推。如是而曰诗本性情,何啻千里?

法古　诗所为贵,古者自《雅》《颂》《离骚》之后,惟苏、李《河梁诗》与《十九首》系是真古。彼其不齐不整,重复参差,不即法不离法。后不模之,莫得下手,乃为未雕之朴。若晋、魏、六朝,则趋于软媚,纵有美才秀笔,终是风骨脆弱。唯曹氏父子,不乏横槊跃马之气,陶渊明超然尘外,独辟一家。盖人非六朝之人，故诗亦非六朝之诗。沿及唐兴，毕竟风气完聚，所以四杰之琳琅，十二家之敦厚，李、杜之逸迈瑰玮，直凌《离骚》，而方之驾，非六朝所能仿佛万一也。

朱淑真："谁家横笛弄轻清，唤起离人枕上情。自是断肠听不得，非干吹出断肠声。"杜工部云："谁家巧作断肠声。"此诗直翻其案，清绝可爱。（《闺秀诗评》）

古工诗之士，其较有三：有正，有奇，有奇之奇。唐杜工部诗，宏博精炼，如石季伦觞客，俎馐肴核，不离世品，而麟脯凤炙间出，天下所未尝之味，此夫正而能奇者也。李青莲使事不必如杜之核，用书不必如杜之富，而超脱绝妙，飘飘欲仙，泠然如列子御风而行，此夫以奇为奇者也。（《雪涛阁集》卷八《解脱集引》）

董其昌

担荷安危报主身，杜陵诗曲最传真。指麾能事回天地，训练强兵动鬼神。（《容台集》诗集卷四《题何兵部天玉像》）

荔枝三观入楞严，香味还将色共兼。常恨海棠无杜句，故应磅礴为君拈。（同上《题梯绿楼图为黄仲石少府时以荔枝见饷》）

唐以诗取士，而诗无当于名公卿，何则？凡诗之工必颛意一行，不他迁业，与之相终始而后成一家。故穷而工则为孟浩然、杜甫，而不必以诗昌其身也；贵而工则为宋之问、王维，而不必以诗重其人也。（文集卷一《青藜馆诗集序》）

《芝山集》者，丽江世守生白木公之所著也。德靖间，李、何、边、康扬搉雅道，海内向风已东渐西被矣，未南暨也。自杨用修远戍碧鸡，张愈光鸣皋和鹤，滇洱诸侯有雪山公者起而应之。大历典刑，杜陵膏馥，宛然肖也。（同上《芝山集序》）

有征南者，好左氏学，世比之马癖、钱癖。又三百年，为少陵有佳句癖，自

谓"语不惊人死不休"。(同上《榆林杜日章三教逸史序》)

"丹青不知老将至，富贵于吾如浮云。"老杜语殊可味。又云："惜哉功名迕，徒见书画传。"似犹不免俗态。(别集卷二《书品》)

江右甘侍御雨以所藏鲜于伯几书老杜《茅屋秋风歌》见示，余为跋其后，并临一卷。侍御颇讶其相肖，不知余乃降格为之耳，因识于此。(同上《书品》)

"天下几人学杜甫，谁得其皮与其骨""世人但学兰亭面，欲换凡骨无金丹"，老杜诗政如右军书，学之转远。李邕云"学我者死"，良然。(同上《书品》)

东坡此词(《念奴娇·赤壁怀古》)，次阕自伤不如周瑜之遇主，子美一饭不忘君，同意。(别集卷二《书品》)

余友陶周望论诗，谓苏子瞻绝类杜少陵，余人仅得其皮肉耳。(别集卷三《书品》)

长沙岳麓寺有李太和碑。李，江夏人，其为楚书碑惟此，而褚登善亦在潭，乃无遗碑。杜工部云："贾傅才未有，褚公书绝伦。"今固寥寥也。(同上《书品》)

月露风云相沿，六代盖选学大行，虽李、杜不能独创也。(同上《书品》)

昔人评赵大年画，谓"得胸中著千卷书更佳"。又大年以宋宗室不得远游，每得一新境，辄目之曰"又是上陵回也"。不行万里路，不读万卷书，看不得杜诗，画道亦尔。马远、夏圭辈不及元季四大家，观王叔明、倪云林《姑苏怀古》诗可知矣。(别集卷四《画旨》)

赵承旨画滚马，管夫人隔垣窥公作滚马形，自此绝笔。盖传神之妙能使生马之神收入笔端，杜工部《丹青引》所谓"花骢却在御榻上""圉人太仆皆惆怅"也。(同上《画旨》)

陆士衡作《竹林七贤论》，以嵇、阮为标。颜延之作《五君咏》，王濬冲、山巨源皆在门外弗复及。少陵《八仙歌》，其尤著者贺季真、太白耳。他日作《八哀诗》，于饮中八仙独著汝阳王，所谓"虬须似太宗，色映塞外春"者，岂让帝之

子负奇自废,韬光铲采,醉乡为隐者耶？即诸子当非酒人可概矣。(《画禅室随笔》卷一《书饮中八仙歌后》)

"灯影照无睡,心清闻妙香。"杜少陵《宿招提》绝调也。予书此于长安僧舍,自后无复敢题诗者。(卷三《评诗》)

杜子美云:"擒贼先擒王。"凡文章必有真种子,擒得真种子,则所谓口口咬着,又所谓点点滴滴雨都落在学士眼里。(同上《评文》)

子美论画,殊有奇旨,如云"简易高人意",尤得画髓。(卷四《杂言上》)

王烈入太行山,忽闻山如雷声。往视之,裂百余丈,一径中有青泥流出。烈取抟之即坚凝,气味如香粳饭。杜子美诗云:"岂无青精饭,使我颜色好。"即此事也。(同上《杂言上》)

杜子美作《八哀诗》,于李北海云:"干谒走其门,碑板照四裔。独步四十年,风听九皋唳。"北海当时恃文以名,后乃为书所掩。(同上《杂言上》)

朱国桢

浔上渔翁敢自夸,岁残四壁贮烟霞。玉堂元只清如水,铁干还应看有花。单卧袁安谁命驾,一钱杜甫漫名家。寒枝不受风欺弄,曾奉东皇羽葆□。(《朱文肃公诗集》七言律诗《岁除自嘲并嘲复元上人》)

有作李太白祠碑,而甚訾老杜曰:"同于遇主,自足枋榆。避地三川,依人转侧。卑栖待哺,不异鹡鸰。猥人忧国忧民,许身稷契。浸假而常一官受一事,即啁啾奚益焉？"夫文字中毁桀誉尧已非,况骂尧以誉舜乎？(《涌幢小品》卷十八《文照顾》六则之二)

自古名臣才士困厄者,多读杜诗,且集句遣闷。如洪忠宣困松漠,谪岭表;文丞相囚燕中,皆沉酣于此,若与饮食俱。盖悲壮感慨,即景会心,真是穷苦中好友,即此便非诸家可及。(卷二十二《集杜诗》)

黄汝亨

古今人酒德不同，如嗣宗放其简易，元亮率乎澹漠，太白挥之①豪达而诗亦因之，少陵离愁感愤为悲壮沉郁之诗，而酒亦因之，政所谓醉翁之意不在酒也。彼意不在酒与诗，而酒与诗无非意者所以为诗酒人之雄。以此读进父《饮酒》诗所与少陵予倡汝和者，即千载下可见也。（《寓林集》卷三《朱进父饮酒杂诗序》）

朱进父用杜子"浅把涓涓酒"二句，作《饮酒》诗十六首。而南太史子兴竟集杜句，为之得三十首，两公俱称绝调，而为太史更难，何者？我与我周旋易，而我与人相代而竟作我，非谐情合体、仿性纾才不能也。昔庄惠游濠梁之上，惠曰："子非鱼，安知鱼之乐？"庄曰："子非我，安知我不知鱼之乐？"请以此下一转语曰："子兴非少陵者，安能集众少陵之为一，少陵而又有我在也？"然则古今才子非诗非酒，而有所以为诗酒人之雄者，览斯集可三叹焉。（同上《南太史饮酒集杜小序》）

古之传吏治详矣，要以静奸殖民、俗革教行而止。然而一察亦称明，一利亦称惠，不必其兼，由百世之后，举古所传循良吏上下而等之，论者不易定。如诗家之有青莲、少陵，俱千古雄霸，而良工上首少陵，哲匠推毂青莲。余尝妄论之，必左祖李而右杜，何者？人之不胜天久矣。仲尼好学而上生知，刘劭志人物而贵聪明，非知与聪明之去学问行事也。天而摄人者，通也；人而持天者，艰也。繇斯以观神道雅化，固非人之所得几也。（卷四《长兴令熊公考绩序》）

其②始不可不慎。如少陵所谓"语不惊人死不休"，此词人之雄作欺漫一世语。而子云之玄也，亦子云之所谓寂寂寞寞于世俗人者耳，岂道家之所贵哉，而奈何以之自好且以尝试于名利之场者乎？（《寓林集》卷二十三《答鹿门

---

① "挥之"当作"挥洒"，《文章辨体汇选》卷三百二选录该文时即改为"挥洒"。
② 指学习写作科场应试之文。

先生》）

即文如昌黎，诗如少陵，亦未尝有少年得意之遇。（卷三十一《学政申言九条》之"义命"）

张懋修

《墨卿谈乘》

卷四　人物

李白　东蜀杨天惠《彰明逸事》云：元符二年正月，天惠令于此求闻逸事。闻唐李太白，本邑人，微时募县小吏，入令卧内。尝驱牛经堂下，令妻怒，诘之。太白亟以诗谢云："素面倚栏钩，娇声出外头。若非是织女，何得问牵牛？"令惊异。后屡于令前越和诗章，令忌之。白恐，去，隐于戴天大匡山，往来旁郡，依潼江赵征君蕤，为纵横学。岁余，游成都。始太白与杜甫相遇梁、宋间，交欢久，乃去。客鲁，居徂徕山。甫从严武寓成都，白益流落不能归，故甫诗云："匡山读书处，头白好归来。"玩此二记，白必竟是陇西人，踪迹浮浪无定，故寓蜀则蜀人，寓鲁则山东人。而文人好事，每作传纪，必引之为山川借耳。如唐元稹，去杜子美没后才四十年耳，其作子美墓铭亦曰："是时山东人李白，亦以奇文见称，时人谓之'李杜'。"……杨用修《李太白诗序》引证白为蜀人，自尊其乡，遂谓白慕谢安风流，自号"东山"，而子美之诗，乃是东山，非山东也。元稹倒读杜诗，是以误耳。《成都古今记》："白生于彰明县之青莲乡。"……以定李白之踪迹，曰生于蜀可也，曰家世于蜀非也；曰流寓山东可也，曰山东人非也。

颜驷老为郎　汉武见颜驷庞眉皓首，问何时为郎？对曰："文帝好文而臣好武，景帝好老而臣尚幼，陛下好少而臣老矣！"老于为郎，此事尤著。老杜白首为郎，每称冯唐，不及颜驷，惜乎！驷生前不遇三君，身后又不遇老杜，可叹！然唐宋诗好称"头白冯唐"者，老杜为之先也。今人合于用老郎故事，一洗唐宋而称颜郎可乎？

杜诗不宜初学　初学不可看杜诗，必目破万卷，身行万里，方可。若才释训诂时文理縠，见杜诗为史，多用故事，必以理解求之。且杜诗有少半可删，俚言率句，易入蓬心；庄词严调，习成笨伯，必至误人。初学，宜看盛唐十二家、中唐十二家，若王右丞、岑嘉州、刘随州，且习其浏漓飘扬之态，然后再取杜诗自选玩之，又再取晚唐如李长吉、李才江好句点缀之，于诗路方得走入盛唐。若骤而语杜，必至误人。且宋人注杜诗，捻出其用虚字法，何其妙也！而为诗多晚唐巧而反拙之句，杜诗曰"大雅何寥阔，诗道自难言"乎。若理学名公诗，当以另眼。

顿挫　歌行宜顿挫，使之气脉相接，宫商皆应，如古乐府法。唐人如李太白、白乐天极得顿挫之法，故当时教坊往往入乐府。若杜子美则商声太紧，李长吉阴吕偏多，学者举一隅以反之，自然之音律合矣。

杜诗不模拟　唐人大家，固推子美。谓自诗人以来，未有若子美者也。扬诩不无太过。然余知其自成一家，不事模拟。元微之曰：杜甫《悲陈陶》《哀江头》《兵车》《丽人》等，皆即事为名，无有倚傍。或疑杜无乐府，以其刚毅有余，宛柔不足。抑亦知乐府之难，不敢强合律吕者。余则谓甫不但诗不模拟，即赋与文、表，何尝定拟两汉、六朝也？其才沉学博，亦可自为耳。

戏假霜威　杜工部诗《王侍御抡携酒草堂寄此诗便请高适使君同到》："戏假霜威促山简，须成共醉习池回。"注者病其言鄙俗，诚然。然余以为，工部明知山简非可折简而促，工部自况亦非肯假人霜威之人，故用一"戏"字。若云山简俊士，召之不来，麾之不去，今设戏召之，其侮弄权势，大有"简兮简兮，方将万舞。日之方中，在前上处"，贤人玩世之意如此，乃见诗人寓笔之妙。若工部狂态，登严武床大呼："严挺之乃有此儿！"真态如此，若真假霜威，则无用戏之也。

曹于汴

汴素承乏淮阴，其于督抚褚公为属吏，读公所为诗及词若干首，大都忠爱孝节之念，随感而发，于以匡时动众，其意油如也，公之性情可观矣。夫诗家若以沈约、杜甫为孔子，逐声咻响，铢两而较之，曰："此为诗，此非诗。"其论当自有在。乃所愿学不在此，谓作诗若公之忠爱孝节，可以法已。(《仰节堂集》卷三《公余漫兴跋》)

陈继儒

《佘山诗话》

卷　上

左思《蜀都赋》"旁挺龙目，侧生荔支"，张九龄《荔支赋》云"维观上国之光而被侧生之诮"，杜子美绝句云"侧生野岸及红蒲，不熟丹宫满玉壶"，讳荔支为"侧生"，虽本之左思、张九龄，然以时事不欲直道也。

元结刺道州，承兵赋之后，征率烦重，民不堪命，作《舂陵行》，其末云："何人采国风，君欲献此诗。"以传考之，结以入困甚，不忍加赋，尝奏免税租及和市杂物十三万缗……困乏流亡尽归，乃知贤者所存，不特空言而已。杜子美称之云："今盗贼未息，得结辈数十公，落落然参错为天下邦伯，天下少安，可立待已。"夫文人作史，非厌其烦，则厌其俗，使摘辞之士，尽如元次山，孰谓词赋家不可入循良传耶？

卷　下

古人憔悴字，憔写蕉，悴写萃，杜子美诗云"中郎石经后，八分盖蕉萃"。

咏物如写照，不在形而在神。亦复如临帖，不在点画而在波澜。然写照之与真像，临帖之与真迹，则又远矣。夫古今咏物律诗，惟杜少陵不远不近，若离若合，使事精敏，声格沉往。无论中、晚唐，即六朝诸公，未有与之摩垒而问鼎者。信乎，咏物之难也！(《陈眉公集》卷六《咏物诗序》)

老杜有墨迹"桃花欲共杨花语"，自以淡墨改三字，书画故不妨点窜也。(《书画史》)

郝　敬

《艺圃伧谈》

卷一　古诗

古人诗温丽尽乎技矣,虽《三百篇》不能违也。若唐人尚声偶,丽不乏而温特少。韩退之谓:"李杜文章在,光焰万丈长。""光焰万丈"岂可论诗,几于不知诗矣。

渊明《乞食》诗,亦是偶然情兴语。杜甫诗染其习,每遇饮食,着意食饶,差可厌矣。

卷二　辞赋

诗变为辞,辞变为赋。世运递降,渐染成习气矣。人世间浑是习气用事,而文章一途为甚;文章习气,辞赋一途为尤甚。……故辞赋与古诗,损益得失,相去甚远。……即使高才驰骤,如李白、杜甫辈,感遇托兴,讽规谲谏,言者无罪而听者足兴。不如辞赋之浮泛、支离可厌也。

乐府　唐李白、杜甫诗,或借用乐府目,或并旧目改换,皆称"乐府"。大抵诗、乐无二,俗士日用不知耳。

卷三　唐体

中唐诗清平,本欲脱去初、盛壮丽之习。而韦应物、刘长卿实主盟。钱起有俊采,与盛唐王维、储光羲伯仲。韩愈、张籍雄奇似杜甫。僧皎然淹雅,为中唐正派。大抵中唐人目初为板,目盛为放,有意矫之。晚唐雕几精攻,反近冲淡。盛唐冠冕博大,笼罩一代。中、晚各自擅场,不可相掩。技至晚唐精已。优初、盛而黜中、晚,亦未为允。

王昌龄雄奇,颇类杜甫。好为独创语,过当处往往入幽僻。

杜甫诗"一片花飞减却春,风飘万点正愁人",又"风急天高猿啸哀,渚清沙白鸟飞回",此等语势壮浪,人所脍炙,其实非雅音也。又如"王郎酒酣拔剑砍地歌莫哀,我今拔尔抑塞磊落之奇才",与李白《蜀道难》《天姥吟》《北风行》

等篇，皆险峭翕忽，如飙风走石，霆火焚槐。温柔敦厚之意，性情之理，所损实多。故气格壮厉者，雅意寖微。

五言古惟杜甫《新婚》《垂老》《无家别》《新安吏》等篇，浑厚逼汉、魏，格理接《风》《雅》，故为唐一代诗人领袖。元结《舂陵行》《贼退示吏民》诗，亦其伯仲也，故甫极称之。然则诗之所重，可知已。

杜甫诗多感时忧国，卓有仁人义士之风，非独才致兼人也。李白一味风流豪放。杜壮而悲，李雄而宕，宕不如悲。他如白乐天、元稹之疏快，孟郊之孤峭，李贺之雕刻，卢仝之奇怪，李商隐、温庭筠之纤丽，皆一时才士，而皆千古诗障。

律体板，而七言较五言多两字，反觉委蛇宽舒。如崔颢《黄鹤楼》、沈佺期《卢家少妇》《龙池篇》，有汉、魏遗音。五言律，如李白"塞虏乘秋下，天兵出汉家"，杜甫"胡马大宛名，锋棱瘦骨成""莽莽万重山，孤城山谷间"，王维"太乙近天都，连山到海隅""风劲角弓鸣，将军猎渭城"，孟浩然"八月湖水平，涵虚混太清"，此等句，气急响促，今日谓为警策。警策非所以论诗也，诗主和平，大都古体七言不如五言近《雅》，唐体五言不如七言近《骚》，唐体五言伤于急，古体七言过于放。

平易语，后人以险刻求之。如杜甫《宿龙门寺》诗"天阙象纬逼，云卧衣裳冷"。只是高处夜景，宫殿兀突，故云"天阙"，与"云卧"正对，犹"云际""日边"云尔。"阙"字用得变幻，犹言天门，甚言高耳。后人遂猜作"天阅""天窥"，迂凿多类此。

孟浩然是李白一派，王昌龄是杜甫一派。然李不如杜大，王不如孟清。

七言律，王维、岑参、高适、李颀、刘长卿，最为长技。李白无七言律，杜甫有而驳杂，完璧少，《秋兴》《早朝》最著。《早朝》如"九重春色醉仙桃""旌旗日明龙蛇动""云近蓬莱常五色"①"天颜有喜近臣知"②；《秋兴》如"画省香炉违伏枕""花萼夹城通御气""珠帘绣柱围黄鹄"，此等句，词林概以为佳，其实杜

---

① 诗句出自《宣政殿退朝晚出左掖》，非《早朝》也。
② 诗句出自《紫宸殿退朝口号》。

撰无稽。

近体原是诗道伎俩,才大者气魄笼盖,掩其瑕疵。如李白、杜甫,天资横逸,风气猛力,故以博大胜,所以佳句不如佳篇。

宋人谓杜甫为"诗史",近世杨慎驳之云:"《三百篇》刺淫乱,则曰'雍雍鸣雁,旭日始旦',不必曰'慎莫近前丞相嗔'也。悯流民,则曰'鸿雁于飞,哀鸣嗷嗷',不必曰'千家今有百家存'也。伤暴敛,则曰'维南有箕,载翕其舌',不必曰'哀哀寡妇诛求尽'也。叙饥寒,则曰'牂羊羵首,三星在罶',不必曰'但有牙齿存,所悲骨髓干'也。"宗城①非之曰:"此所称者,比兴耳。诗固有赋,以述情切事为快,不尽含蓄。如语荒曰'周余黎民,靡有孑遗',劝乐曰'宛其死矣,他人入室',讥失仪曰'人而无礼,胡不遄死',怨谗曰'豺虎不食,投畀有昊'。若出自少陵口,不知又作何讥贬?"又云:"'慎莫近前丞相嗔',此乐府雅语。"按二家之说,各有攸当,含蓄切直,惟其所宜。宗谓赋主切事,不尽含蓄,非也。夫诗虽有六义,经可离,纬不可离也。赋当何尝离比兴?比兴何尝非赋?朱元晦解诗,离赋比兴,所以谬也。比兴可含蓄,赋独可径直乎?乐府本郑声,何得称雅?乐府称雅,二《南》反为伧父耶?

诗主声,声主平和,此不易之理也。凌厉奋猛,驰骋飞扬,非风雅本色。一落近体,自然尔耳。但就近体中亦有和平者,如王、孟、高、岑、李颀、刘长卿辈,自是一代正声。李白、杜甫气魄材具有余,而壮浪不羁,时有猛狎之习。近代论唐诗,推初、唐而卑中、晚,不知中、晚人正薄初、盛,欲陶洗磨砻以求冲雅,非不能企而及之,实欲敛而退之也。

李白、杜甫纵笔挥霍,口无择言,如洪钟贲鼓,铿訇镗鞳,声满天地,所以为大。王、孟诸人非不佳,数米撇发,择而后言。至晚唐喂嚅不出,如单丝独管,啾唧细响耳。李白一味嘹唳豪爽。杜甫亦豪,时而朴野,时而温婉,时而凄凉,时而纤丽,时而深沉,时而冲淡,所以轶群绝伦。杜牧之谓:"自有诗人

---

① 后文所引乃王世贞语,见《艺苑卮言》卷四。按,王世贞无"宗城"之名号,其出生地与官爵亦与"宗城"概念无涉,郝氏以此称之,未详何故也。或"宗城"为"宗臣"之误,郝氏误将王氏之言归于宗臣名下也。

以来，未有如子美者。"非谀语也。

李白称仙才，惟是七言歌行豪宕俊爽，绝尘而奔，前无古人，后无来者。然蕴藉深厚处绝少，直以便利之舌吐放任之气。只是一声一腔，不如杜甫《七歌》有《风》《骚》之遗。杜甫七言古亦豪放，而气味沉浑。自谓"作诗苦"，甫谓白"飞扬跋扈"，各中其僻。其实甫能兼白，白不能兼甫也。读白诗，令人气放；读甫诗，令人心悲，故甫胜。

诗至子美、太白，各以雄放之才、壮浪之气，吐泄其胸中不平，故温柔之意尽矣。诗至李、杜愈盛，自李、杜愈衰。

杜甫歌行，如《大食刀》《二角鹰》之类，穷奇吊诡，大亏风雅。后世效颦者，借以文其陋，如拙工好画牛鬼蛇神，令绘美人鸡犬则扼腕耳。风雅沦亡，皆由于此。

诗极变于杜甫，而韩愈效之。先辈谓甫"以诗为文"，愈"以文为诗"，诗文同而体别也。诗近性情，文直写胸臆。文所难言者，诗以咏之。五经同文而别有风雅，其来远矣。夫既谓之诗，又焉可以为文？卤莽混同，自是后人驰骋之习，非诗之正体也。唐人破坏古诗，但不敢侮《三百篇》，而诋梁、陈以前为靡曼。靡曼近温柔，驰骋凌厉则去风雅远矣。韩愈《荐孟郊》云："有穷者孟郊，受材实雄骜。横空盘硬语，妥帖力排奡。"夫横空排奡是诗家狞态，未为佳。愈之荐郊，实自荐也。盖退之为文朴直，为诗奇险，如《和皇甫湜陆浑山》《答郑余庆樊宗师》等作，与孟郊等联句，皆艰涩不可读，岂得概以为佳？其材气迅猛，与子美风期相亲，故云："李杜文章在，光焰万丈长。"夫"光焰"非风雅本色也。又云："百怪入我肠，刺手拔鲸牙。"又云："垠崖划崩豁，乾坤摆雷硠。"此等岂风雅正义？李、杜所以称雄伯，《三百篇》所以绝响矣。

唐古诗如李白、杜甫、韩愈数子之作，驰骋突兀，皆作俑于汉乐府郊庙、铙歌，后遂猖獗耳。世竞趋此途，谓逼真《骚》《雅》，诋晋、六朝以后无诗。向使无汉乐府，唐人不敢决藩，即有汉乐府，不遇武帝好奇，相如、李延年辈无所售其伎俩。古今文章变态，时使之然耳。

佛书有"乾慧"，道书有"乾汞"，唐人诗有"乾死"语，从此化出。李白"乾死明月魂,无复玻璃鬼",杜甫"穷巷杳然车马绝,案头乾死读书萤",韩退之"神迁虽然有传说,知者尽知其妄矣。圣君贤相安可欺,乾死穷山竟何俟"。三用"乾死",杜为佳。

杜甫、李白诗,佳者与性情合,多得之朴直,使儿童、妇女可观可兴。……雕巧过甚,流为艳冶谐谑,是宋之小词之滥觞耳。

杜甫律诗多壮丽,人便以为佳。亦有甚无味者,如《题张氏隐居》有云"涧道余寒历冰雪,石门斜日到林丘",《题起居田舍人》"晓漏近随青琐闼,晴窗检点白雪篇",《赠田九判官》"宛马总肥春苜蓿,将军只数霍嫖姚",此等句虽壮丽,其实无谓。诗以意趣为佳,不全在句。

杜诗长篇,多者千言,其气愈壮,人所难及。然诗佳处不在多,以不尽为温,以有余为厚。杜诗叙事期于竭尽无余,如《北征》岂不佳,而叙致骈累。首叙君臣国事一段,继叙时境一段,又到家对妻子哭穷一段,末又转入军国一段。就使行文如此,亦嫌冗沓,岂诗人咏叹不足之意?唐子西谓"文章欲如作家书",未免伧矣。

凡诗兴到,语不求工,自有生气。如子美"不见旻公三十年""去年兹辰捧御床""清江一曲抱村流"之类,一气呵成,活动可风。

兼容并包之谓大。帝王大,圣贤大。文章有大家,亦谓无所不包也。诗,杜甫大,众体兼备,尘垢糟粕,时亦有之。无朽腐不化神奇,不得以瑕訾瑜也。

或谓长歌不必句句相丽为连属,当如巉岩断谷,高下崎岖,气脉自然相应。此唯杜甫多。苏子瞻谓白乐天"拙于纪事,寸步不遗,犹恐失之",然《琵琶行》未为不佳也。

或谓宋人诗使事,唐人不使事。唐人非不使事,使事而人不觉。……唐诗莫如杜甫,使事莫如杜甫,而使事人不觉莫如杜甫。韩愈诗好使事,人卒然难解。人不解,何由观兴?何贵为诗?

唐人诗,取音律宏畅,辞彩高华,不涉事理,不关典要,清空罔象,如林风水月,别册所录,即其佳篇也。程以古义,好滥淫志,促数烦志,傲避骄志,唐诗皆有,非尽温柔敦厚、性情之正。而惟杜甫在唐人中,砥节固穷,忠义自许。

其为诗,感慨忧时,根柢性情,非徒讽风弄月而已者也。余童就外傅,先君命每夕诵杜诗一章。时年甫龀,已知有杜陵老翁,勃勃向往矣。比长,受《三百》为诸生,成进士。箧中本手泽浼故,犹日月至焉。譬之庄岳十年,日挞而求齐也。夫诗至唐,古意已微,世运所趋,人力无如何。虽使皋、夔、周、孔生六朝后,亦不得不俯从近体。如杜甫材品人地,生逢三五盛际,《卿云》①《喜起》之歌,《国风》《雅》《颂》之韵,追踪何难哉!人不愧古人,文章古今,可置勿论已。(《似谷吟》六十一首其五十四《批选杜诗题辞》)

支允坚

《艺苑闲评》

《史记》与杜诗,皆深浑高厚,其叙世态污隆、人情惨舒悲喜之变,如口书指挥,神化橐钥,有余材焉。第迁有繁词,甫有累句,不害其为大家。迁芟其冗,则经矣;甫加以穆,则《雅》矣。

杜子美自耒阳渡江,江水暴发。子美为惊湍漂泛,其尸无知者。李白入水捉月而死;二公皆死于水。

杜诗、韩文,予所深嗜。然杜诗本忠爱,且读万卷书而备诸家体,实为鼻祖,集诗之大成。韩文正大明白,真日光玉洁。而《佛骨》一表,尤千古卓识。

杜诗"短褐风霜入",宋、元本皆作"裋","裋"音竖,二字见《列子》。

杜律精妙,字句俱不苟,然尚可疑者。如《冬深》诗云"花叶随天意,江溪共石根。早霞随类影,寒水各依痕。"上用"随"而下亦"随",上用"共"而又用"各",何也?《向夕》诗云:"鹤下雪汀近",句甚轻亮;而"鸡栖草堂同",则重浊矣。《收京》诗云:"克复成如此,扶持在数公。""如此"何以对"数公"?《草屋》诗云:"枕席还相似,紫荆即有焉。"《龙门》诗云:"往来时屡改,川陆日悠哉。"《夜宴》诗云:"尊蚁添相续,沙鸥立一双。"下二字俱不成对。律如军律、法律,

---

① 原文作"庆云",改为通行"卿云"之名。

大家恐不宜此。

史传石崇、王恺斗富,可发一笑,然此守财虏不足置喙。乃太白云:"玉壶系青丝,沽酒来何迟?"又云:"兰陵美酒郁金香,玉碗盛来琥珀光。"太白常用酒器乃是玉壶、玉碗。子美云"金错囊垂罄,银壶酒易赊",是子美常用银壶赊酒,诗老欺人至此。东坡云:"二子有灵应抚掌。"予于此亦云。

杜诗"日月笼中鸟,乾坤水上萍",此本杜陵有感而叹,世乃以为壮丽,何也?盖谓拘束以度日月,若鸟在笼中;漂泛于乾坤间,如萍浮水上:皆形容其凄凉耳。

昆明池刻石为鲸,每雷雨,即鸣吼,毛发皆动,汉时祭之以祈雨。杜云"石鲸鳞甲动秋风",此也。

杜诗《行次昭陵》:"玉衣晨自举,铁马汗常趋。"《汉书》有"高帝庙中御衣,自禁中出舞于殿上"。禄山犯潼关,官军与贼相拒,忽有一军,人马旗帜皆黄。会有昭陵来者,见石人马皆汗云。但以石马作铁马,是以明时金碗出入人间之例。夫以太宗威灵,能驱石人马,自九嵕而抵潼关,何其神也。然竟不能遏逆虏之来而俾之燕于凝碧池,何耶?虽然,天网不漏,彼李猪儿者,安非太宗之所使乎?

杜诗"新松恨不长千尺,恶竹应须斩万竿",此喻君子扶直之难,小人驱除之难也。世道至此,良可叹矣。

杜诗《杜鹃行》"西川有杜鹃,东川无杜鹃。涪南无杜鹃,云安有杜鹃",与古《采莲曲》"鱼戏莲叶东,鱼戏莲叶西",俱朴赡有古意。杜诗"风含翠筱娟娟净,雨裹红蕖冉冉香",此互体也。上句风中有雨,下句雨中有风。

杜诗"江莲摇白羽,天棘梦青丝",下句殊不可解。或曰:"天棘,柳也,亦天门冬也。梦作弄。"殊陋。盖此处佛书,终南老入定,梦天帝赐青棘之香。言江莲之香,如所梦天棘之香耳。此诗为僧斋之赋,故用此事。

杜《口送杨六判官》云:"子云清自守,今日起为郎。"人疑其不相对切。"今日"字当是"令尹"字传讹。不知其工处正在假"云"对"日",两句一意,否则索然无神矣。

杜诗"色难臭腐食风香","色难臭腐"此仙家王方平事,独"食风香"不可解。然佛经有云"凡诸所觑,风与香等",盖出于此。

"万里悲秋常作客,百年多病独登台",一联中含八意。盖万里,远地也;秋,时之摇落也;作客,羁旅也;常,见其久也;百年,衰暮也;多病,则又衰疾也;而又独登台,虽游赏而无亲朋也。与青莲《峨眉山月》一绝中有八地名。二老锤炉之妙,古今罕及。

杜诗:"不分桃花红胜锦,生憎柳絮白于绵。"盖绵、锦皆有用之物,而桃叶、柳絮乃以区区之颜色胜之,亦犹小人以巧言令色而胜君子也。

杜诗"几岁寄我空中书",用史宗引小儿腾空,觉脚下有波涛寄书事。乃蓬莱仙人洪庆善以为雁足书,误矣。

杜诗"尘匣元开镜,风帘自上钩",乃用沈云卿《月诗》"台前疑挂镜,帘外自悬钩";又云"春水船如天上坐",沈云"人如天上坐,鱼似镜中悬";又云"嫩蕊浓花满目斑",沈云"园花瑪瑙班"。虽一字,亦有所本也。

杜诗"黄羊饫不膻,芦酒多还醉"。宋人解云:"黄羊出关右塞上,无角类獐鹿。夷人所造酒,荻管吸瓶中,故曰芦酒也。"按,今陕西近蕃地,皆有黄羊,大如数岁羝,而角甚长。西地羊角皆拳曲,黄羊独与江南同,而生顺后,其肉美而不膻。川中人造酒,荻管吸瓶,信然。陕西人则高盆贮糟,饮时量多少,注水入盆中吸之,水尽酒干,谓之琐力麻酒,又曰杂麻,即芦酒之遗制。宋人之所见者,岂未详耶?

王荆公称老杜"钩帘宿鹭起,丸药流莺啭"之句,用意高妙。他日作诗,得"春山扪虱坐,黄鸟挟书眠",自谓不减杜语。国初高季迪七言"梳头好鸟语窗下,洗盏流水到门前",盖原于此。

杜陵集中无海棠诗,相传谓母名海棠,故讳之。余阅李贺等集,亦皆无之,岂亦母之名耶?蜀中多海棠,一时人往往入诗,若南宋之言梅花,特厌而不言耳。

欧阳文忠公《庐山高》自谓出李、杜上,不满识者一笑。然其雄劲豪放,亦是公最合作也。凡李、杜长歌之妙,有奇语为之骨,丽语为之姿。若千万兵马并驱,而奇正器甲,无不精丽。文忠视之,谓无有愧色耶? 王元美曰:"此论学绳尺语,公从何处拾来?"

苏子瞻尝曰:"诗至杜工部,书至颜鲁公,画至吴道子,天下之能事毕矣。"坡老此言岂逸少所云尔,时真大醉耶? 诗之有曹、刘也,书之有钟、索也,画之有颜、陆也,能事毕而未尝毕也,噫!

李、杜之外,孟浩然专心古淡而无寒枯之病,王摩诘丰缛而不靡,储光羲有孟之古而以浅露,岑参有王之缛而以华掩。

邓志谟

(景翩翩)《赠王生》好一句"兰为相思柳为愁",此是杜公口吻。(《丰韵情书》卷六《闺阁丰韵情诗》)

(李素素)《寄情郎》"黄花""对月"二句,除是李、杜,有此口吻?(同上)

(吕楚卿)《观女弟观》此诗不是杜拾遗、李翰林,难得此声口。(《新刻洒洒篇》卷四)

周　祈

古诗:"盈盈一水间,脉脉不得语。"杜诗:"微微向日薄,脉脉去人遥。"古诗以牛女相去河汉一水之间,不得与语,意甚含蓄,此古诗之妙也;杜亦是雪诗绝唱。然二"脉脉"字不可解。按"脉",《说文》:"血理之分,邪行体中者。"古诗"脉脉",当作"觅觅"。《尔雅》:"觅,相视貌。"谓相去虽近,彼此盼视而语不相通,意笃至矣。杜诗"脉脉",当作"霢霢"。《增韵》:"霢,越也。"谓空中之雪,愈望愈远。"脉脉去人遥",犹言"越越去人远"也。古字通用,若直以"脉"字求之,不得其意矣。(《名义考·人部·脉脉》)

白居易诗:"枫叶荻火秋槭槭。"《广韵》:"槭槭,陨落貌。"潘岳赋"庭树槭以洒落",苏轼《金山寺》诗"槭槭风响变",后人误以"槭槭"作"瑟瑟"。杜甫

诗:"雨多往往得瑟瑟。"《博雅》:"瑟瑟,碧珠也。益州城西每雨过,人多得瑟瑟。"(《名义考·物部·瑟瑟》)

顾天埈

诗赋文章,唐、宋取士之制也,是时上无所不试以穷士,士无所不习以备上,广搜远采,各操一得,而诗文竞盈于世,彼李、杜、韩、柳暨欧、苏、王、曾诸君子,特其著者耳。(《顾太史文集》卷三《王明初诗文稿序》)

龙膺

而杜陵诗,奇厥常,工厥易,新厥陈,故称圣。晚近则大弗然矣,愈新愈乖,愈奇愈腐。余不知于介甫诸君如何,其敢望工部?李学语儿动辄拾工部一二败意语诋訾之,殊为此道厄。善乎,知言者谓老杜诗不成,犹刻鹄类鹜;学晚唐以后人诗,则所谓作法于凉而已矣。幼芝深于诗,绝无晚近口吻,而又与吾友羡长善也。此书此商之,且以质诸殳武。(《沧隐文集》卷三《钟幼芝四壁堂稿序》)

隐人曰:古今诗何尝不穷人哉!独一陈白云先生昂耶?即昂所自称:右丞、工部两人虽不如昂贱,亦綦穷矣。工部当天宝难起,奔窜求活,与昂被倭同;而右丞以授伪官下诏狱,欲求为织履买卜作佣之事而不可得。(同上《白云集诗序》)

孙能传

《剡溪漫笔》

卷 一

孟浩然诗出《文选》 唐人重《文选》学,平日口诵心惟,直与冥会,流出笔端,绝不见痕迹,淡宕疏秀,卓然成一家言,与活剥李贺、拆洗杜陵者,正自不同。

歇后语 诗文用歇后语亦是一疵,东京①、魏、晋以来多有之。崔骃云"非不欲室也,恶登墙而搂处"……少陵诗"山鸟幽花皆友于"②,昌黎诗"岂谓贻厥无基址",颜鲁公《郭汾阳家庙碑》"友于著睦,贻厥有光",皆未免俗。若尔则"率土之滨,莫非王",何以云"倒绷孩儿"也?

一点 岑嘉州诗喜用"一点"字,《赤骠马歌》"草头一点疾如飞,却使苍鹰翻向后"……其下语皆工。杜诗"关山同一点",亦指月言。

萧何功曹 杜子美诗"功曹非复汉萧何",刘贡父谓曹参尝为功曹,云鄣侯非也。虞伯生谓子美用孙策语,虞翻为策功曹,策曰:"孤有征讨事,未得还府,卿复以功曹为吾萧何守会稽耳。"后阅《避暑录》《墨庄漫录》,皆引《高帝纪》"萧何为主吏",孟康注云:"主吏,功曹也。"考之《史》《汉》,良然。乃知功曹自何本色,特未之深考耳。子美破万卷书,虽注脚亦不放过,出入笔端,皆成故实,其精如此。后人卤莽,涉猎罕能致精,即目所常见之书,经人拈出,恍同秘籍。强作解事,妄为雌黄,皆子美之所窃笑也。

卷　二

笛诗注误 杜少陵《笛诗》"胡骑中宵堪北走",旧注引刘琨中夜吹胡笳事,说者以为用事之误。余谓杜诗无一字无来历,岂有咏笛而用胡笳故事乎?按《初学记》,周弘让《长笛吐清气》诗云:"胡骑争北归,偏知别乡苦。"少陵盖用此,独"中宵"字周诗未有,所出当是借用刘琨"中夜"耳。老杜使事,间于本事外旁借一二字,如"早时金碗出人间",本沈炯《通天台表》"茂陵玉碗,宛出人间"。其以"玉"为"金",亦旁借卢充"金碗"故事。

卷　三

马迎 王右军在郡迎王敬仁叔仁,辄同车,常恶其迟,后以马迎敬仁,虽复风雨亦不以车也。杜诗"江阁邀宾许马迎"用此事,时当泥雨尤为著题,但

---

① 原文如此。据前后文义,"东京"当是"东汉"之误。
② 通行本作"山花山鸟吾友于"。

骤读之不觉耳。

星河动摇　少陵《阁夜》诗："三峡星河影动摇。"《天官书》注："两旗者，左旗九星在河鼓左，右旗九星在河鼓右，皆天之旗。鼓动摇则兵起。"少陵用此，慨兵戈之未息耳。故下云："野哭千家闻战伐。"虞注引《汉武故事》"东方朔谓民劳之应"，恐非也。

比拟精当　少陵谓孟浩然"赋诗何必多，往往凌鲍谢"。今观孟诗，如"落景余清晖""檀溪不更穿""石潭傍隈隩""极目无端倪""岂直昏垫苦""辛勤难具论""岭猿相叫啸""谓予独迷方""客行愁落日""无复越乡忧""万里忽争先""风波厌苦辛"，皆从康乐、明远来，乃知古人赏誉语皆实际，与近世浮诩者不同。其《怀李白》云："清新庾开府，俊逸鲍参军。"亦谓太白多仿效子山、明远。如《白纻辞》《宫中行乐词》《乌夜啼》等作，犹有迹可寻。少陵胸中如波斯贾胡，无所不有，见人只语，即知所从来。比拟精当，不为溢美，盖以见少陵之大也。

李　鼎

《偶谭》

水流云在，想子美千载高标；月到风来，忆尧夫一时雅致。

捐百虑而定中生慧，纵齐寒山、拾得之肩，酷无裁制；破万卷而下笔有神，即接拾遗、供奉之武，终鲜性灵。

杜少陵大海回波，无妨污垢；王摩诘澄潭浸月，妙在渊停。

徐㷆

《徐氏笔精》

卷三　诗谈

古词有本　古乐府"巴东三峡猿鸣悲，夜鸣三声泪沾衣"，杜甫"听猿实下三声泪"本此。梁简文"采莲渡头拟黄河,郎今欲渡畏风波",李白"郎今欲渡缘何事,如此风波不可行"本此。古辞"白石郎,临江居,前导江伯后从鱼",李贺"沙浦走鱼白石郎"本此。古辞"陈孔骄赭白,陆郎乘斑骓",李贺"陆郎去矣乘斑骓"本此。唐人作诗必熟读乐府诸作,能化旧为新,时时见笔端,不为蹈袭。

东邻枣　庾肩吾云:"池通西舍之流,窗映东邻之枣。"杜子美诗"堂前扑枣任西邻",用庾语耳。

蹈袭古句　晋羊球《西楼赋》"画栋浮细细之轻云,朱栱湿濛濛之飞雨",王勃《滕王阁》则袭为"画栋朝飞南浦云,珠帘暮卷西山雨"也,杜甫《阳城郡王新楼》又袭为"碧窗宿雾濛濛湿,朱栱浮云细细轻"也。唐人多读古赋,往往变化而用之。

唐诗蹈袭　唐诗往往蹈袭六朝人语句。……杜甫"薄云岩际宿,孤月浪中翻",则何逊"薄云岩际出,孤月波中上"也。

金碗　《南史》沈炯"行经汉武通天台,为表奏之"曰:"甲帐朱帘,一朝零落;茂陵玉碗,遂出人间。"杜诗:"早时金碗出人间。"注杜者谓欲避玉鱼,故改作金曲,为掩护耳。金、玉两物安可通用耶?《焦氏笔乘》载"卢充金碗",足破诸注之妄。

云霄一羽毛　杜甫《咏诸葛》云:"三分割据纡筹策,万古云霄一羽毛。"虞伯生注云:"三分鼎立之计,可谓屈曲而费心思矣。然此筹策无以复加,独见之超出万古之上,云霄之间见一羽毛,无与俦匹也。"乡先辈谢大司农汉甫詹言云:"虽三分割据未伸其筹策,而万古云霄长瞻其羽毛,羽毛犹言羽仪也。"二说予犹有疑焉,予谓武侯三分割据之筹策其功甚大,然以武侯视之,不过万古云霄之上一羽毛耳,言视如此大功轻若鸿毛也。

杜律虞注　《杜律虞注》,杨文贞作序,疑其不出伯生之手,然实京口张性伯成所著也。性亦元进士,后世借伯生之名以行。予家有张刻古本,名《杜律演义》,世所罕知也。谢司农尝言:"使琉球时见彼国读书无经,而以《杜律虞注》当之,是以燕石宝少陵也。"今其注具存,若莺啼修竹不知为梁孝之园,犬吷白云不知为淮南之宅，宗臣之赞不知为萧何，频烦之表不知为庾亮，如意不知为王戎，下韝不知为桓虞，仗钺不知为宗资，褰帷不知为贾琮，断石不知为峡，长流不知为江，自宽不知有荣期，息机不知有马援，如泥不知有周泽，高门不知有鲍宣，郫筒不知有李商隐，行路难不知有袁山松，乌皮几不知有谢玄晖。与夫穷愁之本于《史记》，独夜之本于《七哀》，纠纷之本于贾谊，幽侧之本于沈约，真源之本于昭明，青龙之本于葛陂，朱栱之本于西楼，伯仲之本于《典论》，指挥之本于《汉书》，莫打鸦之本于《古曲》，欲教锄之本于《卜居》，芰荷之本于《离骚》，蕙叶之本于《孔雀赋》，悲壮之本于《渔阳》，挝奉引之本于圣公传，袈裟之本于四分律。甚者金碗泥于玉碗，步檐讹为步蟾。军储自供未稽府兵之制，洞门对雪莫察掖垣之规。高叶忽云石之光，打鼓昧发船之节。芋栗忘其橡实，诸天遗乎内典。柑黄三寸莫忆义康之豪，鹏碍九天弗纪楚文之异。则其涉于芜陋也滋甚，曾谓闻人之注有是乎！燨按，张本编次与虞本大异，其中训诂张简而虞繁，必后人以张之旧稿稍增益之，伪为伯生所注。盖伯生位极人臣而张宦不达故耳。元吴伯庆有《挽张伯成》诗云："何处重逢说别时，斯文千载尽交期。学怜知己先登早，生愧同庚后死迟。笺疏空令传杜律，志铭谁与继唐碑。寡妻弱子将焉托，节传遗文只益悲。"杨文贞素以博洽闻，又去元季未远，序文犹未能决其非虞笔，宜乎愈久而愈误也。

乾坤　杜少陵喜用乾坤字，曰"乾坤万里眼""乾坤一草亭""乾坤一腐儒""无力正乾坤""纳纳乾坤大""乾坤水上萍""乾坤一战收""乾坤绕汉宫""开辟乾坤正"，皆鄙俗可厌，惟"乾坤日夜浮"一句颇佳。

岳阳楼诗　杜甫《岳阳楼》诗，大都与浩然伯仲。杜起首句："昔闻洞庭水，今上岳阳楼。"孟云："八月湖水平，涵虚混太清。"杜首联："吴楚东南坼，乾坤日夜浮。"孟云："气蒸云梦泽，波撼岳阳城。"皆浑雄警策。至于杜次联"亲朋无一字"，孟云"端居耻圣明"，觉无谓，而结句各不称矣。

卷四　诗谈

印文砚匣　柳子厚《柳州》①诗云："印文生绿经旬合，砚匣留尘尽日封。""印文生绿"，公事绝少；"砚匣留尘"，私事亦稀。投荒情况，不尽凄凉，况十二年之久乎！李、杜、韩、柳辄遭放逐，往往文生于情，信夫富贵之言难工也。

长吉俊语　长吉诗，评者以为牛鬼蛇神。二百三十余篇，颇难解说，然其佳处固不在于诡怪也。如……又"春罗书字邀王母，共宴红楼最深处。鹤羽冲风过海迟，不如却使青龙去"，如此工炼，即少陵、太白未必能道也。

卷　五

杜律双字　杜律喜用双字，泠泠、冥冥、皎皎、凄凄、霏霏、细细、阴阴、娟娟、冉冉、事事、深深、款款、荧荧、飒飒、丁丁、寂寂、悠悠、处处、泛泛、纳纳、飞飞、萧萧、滚滚、短短、轻轻、片片、姗姗、飘飘、个个、辉辉、青青、白白、纷纷、淅淅、团团、双双、的的、漠漠、迟迟、荒荒、泯泯、欣欣、时时、村村、岸岸、惺惺、句句、哀哀、匆匆、晖晖、苍苍、茫茫、微微、脉脉、湛湛、袅袅、戎戎、淰淰，至古风、歌行，又不可胜数矣。

骥子熊儿　杜甫二子，一曰熊儿，宗文也；一曰骥子，宗武也。甫诗云"骥子好男儿"，又云"骥子春犹隔"，又云"骥子最怜渠"，又云"诗是吾家事"，又云"汝啼吾手战"，而无一语及熊儿，何也？岂宗文失学耶？"失学从儿懒"，岂指宗文耶？

卷　六

扇书杜诗　宋高宗绍兴元年，赐经筵官扇，皆书杜甫诗句，亲书与之。赐学士王绚曰"霖雨思贤佐，丹青忆老臣"，赐尚书胡直孺曰"文物多师古，朝廷半老儒"，赐舍人胡交曰"相门韦氏在，经术汉臣须"，高宗之光宠儒臣如此。

卷　七

严武不杀杜甫　《新唐书·严武传》云："武最厚杜甫，然欲杀甫数矣。"甫本传云："武欲杀甫，集吏于门，武将出，冠钩于帘者三，左右白其母，奔救得

---

① 柳诗原题为"柳州寄丈人周韶州"。

免。"而旧史甫本传云:"甫登武床,瞪目视曰:'严挺之乃有此儿!'武虽急暴,不以为忤。"然则武未尝欲杀甫也。武卒,甫赋《八哀诗》云:"空余老宾客,身上愧簪缨。"甫之感武者至矣,岂人有欲杀我者而反哀之耶? 必不然矣。

李杜子孙　盛唐诗人莫过李、杜,其子皆早夭,至孙、曾则泯然矣。晚唐诗人莫过元、白,又皆无嗣。惟韩退之子㫤,孙绾、衮,俱登进士,蝉联金紫,天之报施诚不可知。

叶秉敬

咏洞庭诗,以老杜为最。然细玩浩然诗"气蒸云梦泽,波撼岳阳城",虽不如"吴楚东南坼,乾坤日夜浮"之大,而要之实得洞庭真景。若老杜诗无"吴楚东南坼"一句,则"乾坤日夜浮"疑于咏海矣。(《敬斋诗话·杜诗洞庭》)

陶望龄

刘邵志人物,尝言其体而微谓之大雅,一至而偏谓之小雅,盖以诗喻人耳。予尝覆引其论,以观古今之所谓诗辞,求其具体者不可多见。因妄谓自屈、宋以降,至于唐、宋,其间文人韵士,大抵皆小雅之流。而偏至之器,惟人就其偏,而后诗之大全出焉。夫人之性有所蔽,材有所短,短而蔽者若穷于此,而后修而通者始极于彼,此恒数也。古之人缘性而抒文,因能而效法,文以达意,法以达材,务自致于所通而不求全于所短,如火炎则弥扬之,水下则弥浚之,醴盈其甘,醯究其酸,不独无以糅之也,而且为之极焉。故其势充其量,满其神,理所至,自足以轶往古、垂将来。吾观唐之诗,至开元盛矣。李、杜、高、岑、王、孟之徒,其飞沉舒促,浓淡悲愉,固已若苍素之殊色。而其流也,抑又甚焉。元、白之浅也,患其入也,而郊、岛则惟患其不入也;韦、柳之冲也,患其尽也,而籍、建则惟患其不尽也;温、许之冶也,患其椎也,而卢、刘则惟患其不椎也。韩退之氏抗之以为诘崛,李长吉氏探之以为幽险。予于是叹曰：诗之大，至是乎，偏师必捷，偏嗜必奇。诸君子者殆以偏而至、以至而传者，与众偏之所凑，夫是之谓富有；独至之所造，夫是之谓日新。向令诸君子者，舍独以群众，易已以摹古，疗偏以造完，将困踬之不暇，而暇成其能哉！而说者遂谓唐以后无诗，於戏，诗也者，富有日新之业也。无诗焉，是无才与情也。斯人之生久矣，其状貌有同而莫辨者耶？童而老，辰而暮，酬酢论说有穷而莫继者耶？此不求异而异，无意为新而时出焉。人之材如其面，而情如其言。诗也者，附材与情而有者也。欲不新与异得耶？鸟之慧者，其效人至数十语而止；善绘人者，其肥瘠动静，各异态焉，然至百人而止矣。此人言者也，非自言也；人貌者也，非自貌也。欲新与异得耶？然则所云宋以后无诗者，非诗之果穷，为者穷之耳。夫杜、韩之诗，信大矣。群宋人之称诗者，而毕效焉，不亦至小而可笑乎！（《歇庵集》卷三《马曹稿序》）

泰州王先生尝言学乐之旨，学者多诵之，然此非泰州之言也。孔子曰："兴于《诗》，立于《礼》，成于《乐》。"所称《诗》与《乐》者奚物哉？夫其油油焉，融融焉，天地与舒，日月与明，百物与昌，若崋浴囚系而游之庄馗，抉重翳而昭白昼者，此之谓不韵之真诗，无声之大乐乎？真乐难名而寄名于诗乐，诗即乐也，乐即诗也。趣有深浅，机有生熟，终始条贯，一言而蔽之，学乐而已。白沙子曰："子美诗之圣，尧夫更别传。"予谓子美诗即圣矣，譬之犹以甜说蜜者也，尧夫蜜说甜也。梧桐月照，杨柳风吹，人耶诗耶？此难以景物会而言语解也。（同上《明德诗集序》）

游南池，观少陵旧题，回望城头杰然而峙者，太白酒楼在焉。自有此州以来，王侯之尊，缨冕之盛，非一人矣。而羁愁流浪、薄游而漫饮者，反得以一篇一什，有此州于千古之下甚矣。文章之为用，久远也。自唐始设进士科，以诗赋取之，故其诗独盛。然当时孰有善于李、杜者，而弗及收；顾又以其弗收也，而资后世谈者之口。由此言之，其人诚伟，文诚工，则一时得丧之浅浅者，举不足较科目，何足以定人，而彼固无借，是以自永也。（卷四《王淡我制义序》）

弟初读苏诗，以为少陵之后一人而已；再读，更谓过之。初言之，亦觉骇人。及见子由已先有此论，兄言又暗合，益知非谬。（卷十一《与袁六休》其二）

许学夷

《诗源辨体》①

凡例 《辨体》中论汉、魏时,先总而后分;论初、盛、中、唐诗,先分而后总者。盖汉、魏体浑沦,别无蹊径,然要其终,亦不免有异,故先总而后分;至唐人,则蹊径稍殊,体裁各别,然要其归,则又无不同,故先分而后总。若李、杜则皆入于神,韦、柳则并称冲淡,故先总而后分;至元和、晚唐,则其派各出,厥体甚殊,故但分而不总也。

此编唐人诗惟李、杜、高、岑、王维、钱、刘、韩、白诸体备录,余则各录其所长。晚唐七言绝为胜,即一二可采者,亦录之。

卷 三

或问:汉、魏诗与李、杜孰优劣?曰:汉、魏五言,深于兴寄,盖风人之亚也。若李、杜五言古,以所向如意为能,乃词人才子之诗,非汉、魏比也。读汉、魏诗一倡而三叹,有遗音矣。

屈、宋《楚辞》,本千古辞赋之宗,而汉人模仿盗袭,不胜餍饫。惟小山《招隐士》一篇,声既峻绝,而语复奇警,在屈、宋后矫矫独胜。胡元瑞云:"求《骚》于汉之世,其《招隐》乎?较之《秋风》,《招隐》奇,《秋风》正。太白多类《招隐》,子美常近《秋风》。"

卷 四

汉人五言,本乎天成,固无堂奥可臻。魏人虽渐见作用,然亦无阶级、无造诣,但才高者更条远华赡耳。钟嵘云:"孔氏之门如用诗,则公干升堂,思王入室,此但以其才质所就言之。必至李、杜、高、岑,方可以堂室论也。"

---

① 许学夷《诗源辨体》正文中往往夹有自注,大多是常识性知识,如涉及李白时会注"字太白"云云,于诗论无所补益,故所录材料中涉及自注内容者大都删去不录。其中确实有益于正文理解,或补充正文之义的,则以注释的方式,录于页下端。

卷 五

五言自汉、魏至陈、隋，自初、盛至晚唐，其变有渐，正由风气渐衰，习染相因耳。至李、杜、韦、柳以及元和诸公，方可谓自立门户也。今之轻进自喜者，谓汉、魏、六朝、唐人之变者皆自立门户，此虽一己之偏，实未知其变之有渐耳。试以予说求之，当一一有证，非牵强附会也。

愚按，景纯《游仙》中虽杂坎壈之语，至如"放情凌霄外，嚼蕊挹飞泉"……等句则亦称工矣。然陈绎曾乃谓"三谢皆出于此，杜、李精奇处皆取此"，则又不可知。

靖节与灵运，诗本不当并称。东坡云"陶、谢之超然"，但谓其意趣超远耳。子美诗云："为人性僻耽佳句，语不惊人死不休。焉得思如陶谢手，令渠述作与同游。"岂以靖节亦为性僻耽佳句者乎？

卷 六

靖节诗惟《拟古》及《述酒》一篇中有悼国伤时之语，其他不过写其常情耳，未尝沾沾以忠悃自居也。赵凡夫①云："凡论诗不得兼道义，兼则诗道终不法矣。如谈屈、宋、陶、杜，动引忠诚悃款以实之，遂令尘腐宿气孛然而起。且诗句何足以概诸公？即稍露心腹，不过偶然，政不在此时诵其德业也。"

卷 七

明远五言如"蔓草缘高隅，修杨夹广津""迅风首旦发，平路塞飞尘"……等句最为轶荡，其气象已近李、杜。元瑞谓明远开李、杜之先鞭，是也。较之颜、谢，如释险阻而就康庄矣。

明远乐府，七言有《白纻词》，杂言有《行路难》。《白纻词》本于晋，而词益靡；《行路难》体多变新，语多华藻，而调始不纯。此七言之三变也。《行路难》如"奉君金卮之美酒，玳瑁玉匣之雕琴……"等章，则体皆变新、语皆华藻者也。冯元成云："《行路难》纵横宕逸，长短恣意，遂兆李、杜诸公轨辙。"得之。

---

① 赵宦光，字凡夫，一字水臣，明后期书法家。

卷　十

庾信五言句法音调多似其父，而才力胜之。陈、隋诸子皆所不及，杜子美亦屡称焉。但以之比太白，则非其伦矣。

卷十三

杜子美诗云："王杨卢骆当时体，轻薄为文哂未休。尔曹身与名俱灭，不废江河万古流。"此盖推之至矣。使四子五言律体尽成，绮靡尽革，七言古调皆就纯，语皆就畅，虽驾沈、宋而凌高、岑，不难也。乃为时代所限，惜哉！杜"当时体"三字，最宜详味。

卷十四

古人为诗，不惮改削，故多可传。杜子美有"新诗改罢自长吟"，韦端己有"卧对南山改旧诗"之句是也。

唐人五言古自有唐体，初唐古、律混淆，古诗每多杂用律体。惟薛稷《秋日还京陕西作》，声既尽纯，调复雄浑，可为唐古之宗。杜子美诗云"少保有古风"，得之，《陕郊篇》是也。

卷十五

胡元瑞云："五言古李、杜外，惟岑嘉州最合。"……胡元瑞云："岑质力造诣皆出高上。"是也。①

高、岑五言不拘律法者，犹子美七言以歌行入律，沧浪所谓"古律"是也。虽是变风②，然豪旷磊落，乃才大而失之于放，盖过而非不及也。

高、岑五言，子美七言，不拘律法者，皆歌行体也。故意贵倾倒，不贵含蓄，未可以常格论也。

卷十六

孟浩然古、律之诗五言为胜，五言则短篇为胜。古诗长篇平韵者杂用律体，仄韵者亦多忌"鹤膝"。子美称其"赋诗何必多，往往凌鲍谢"，正谓其古、

① 自注云："子美赠高诗云：'毫发无遗恨，波澜独老成。'是不独高加于岑，而太白亦出其下矣，是专尚气格也。"
② 自注云："变风二字见子美论中。元美语。"

律短篇胜耳。元美亦谓浩然"句不能出五字外,篇不能出四十字外,此其所短",深得之矣。

浩然才力虽小,然为短篇则有余,李、杜、摩诘并相推重。①

李、杜二公诗甚多,而浩然诗甚少,盖二公才力甚大,思无不获;浩然造思极深,必待自得。故其五言律皆忽然而来,浑然而就,而圆转超绝,多入于圣矣。须溪谓浩然"不刻画,只似乘兴",沧浪谓浩然"一味妙悟",皆得之矣。

杜子美《题王宰山水歌》云:"十日画一水,五日画一石。能事不受相促迫,王宰始肯留真迹。"夫一水一石,宁必十日、五日哉?直是兴到,方始下笔耳。浩然为诗亦然。

卷十七

五言排律,有双韵,无单韵。盛唐惟李、杜、高、岑、孟浩然极守此法,而浩然实不严整,摩诘而外,复多有单韵者矣。《正声》于排律单韵者不录,得之。

太白《鹦鹉洲》拟《黄鹤楼》为尤近,然《黄鹤》语无不炼,《鹦鹉》则太轻浅矣。至"烟开兰叶香风暖,岸夹桃花锦浪生",下比李赤,不见有异耳。以三诗等之,《龙池》为过,《鹦鹉》不及,《黄鹤》得中。②

盛唐七言律,多造于自然。而崔颢《黄鹤》《雁门》又皆出于天成,盖自然尚有功用可求,而天成则非人力可到也。予尝谓浩然五言、崔颢七言如走盘之珠,非若子美之律,以言解为妙耳。

沧浪《答吴景迁书》云:"论诗用健字不得。"予谓此论唐律平和之调则可,若沈佺期《卢家少妇》、崔颢《黄鹤》《雁门》,毕竟"圆健"二字足以当之。若高、岑五言,子美七言以古为律者,不待言矣。

元结,字次山。五言古,声体尽纯,在李、杜、岑参外另成一家。结《与刘侍御燕会诗序》云:"文章道丧久矣!时之作者,烦杂过多,歌儿舞女,且相喜爱,系之风雅,谁道是耶?"故其诗不为浮泛,关系实多。但其品高性洁,激扬

---

① 自注云:"杜云:'赋诗何必多,往往凌鲍谢。'又云:'复忆襄阳孟浩然,清诗句句尽堪传。'摩诘爱其诗,尝过郢州,画其像于刺史亭,因曰'浩然亭'。"
② 自注云:"此过不及,专主气格言,与高、岑、李、杜不拘律法者不同。"

太过,故往往伤于吁直。中如《贱士吟》《贫妇词》《下客谣》等,质实无华,最为淳古。其他意在匠心,故多游戏自得而有奇趣。盖上源渊明,下开白、苏之门户矣,惜调多一律耳!

山谷诗云:"建安才六七子,开元数二三人。"才难不其然乎?故盛唐李、杜而外,其体仅称高、岑,而高则又亚于岑矣。王、孟律诗虽胜,而固则不逮其他诸公,仅得一体两体,而亦不能尽工也。今初学不知,以为盛唐诸公体靡不皆攻,而诸体靡不尽善,是虚慕古人而不得其实者也。

五言古至于唐,古体尽亡,而唐体始兴矣。然盛唐五言古,李、杜而下,惟岑参、元结于唐体为纯,尚可学也;若高适、孟浩然、李颀、储光羲诸公,多杂用律体,即唐体而未纯,此必不可学者。王元美谓"惟近体必不可入古",李本宁谓"初、盛诸子啜六朝余沥为古选,不足论",皆得之矣。若今人作散文而杂用四六俳偶,亦是文体之不纯也。

唐人沿袭六朝,自幼便为俳偶、声韵所拘,故盛唐五言古自李、杜、岑参、元结而外,多杂用律体,与初唐相类。其仄韵犹可观者,盖仄韵多忌鹤膝,声调四句一转,故古声虽没,而音节犹可歌咏耳。平韵者,虽杜子美"纨绔不饿死""往者十四五"亦未免稍杂律体,太白仄韵诸篇又多忌鹤膝,他人不足言矣。

盛唐七言歌行,李、杜而下,惟高、岑、李颀得为正宗,王维、崔颢抑又次之。然今人才力未必能胜高、岑,而驰骋每过之者,盖歌行自李、杜纵横轶荡,穷极笔力,后人往往慕李、杜而薄高、岑,故多不免于强致,非若高、岑诸公出于才力之自然也。试以全集观之,高、岑诸公虽未极纵横,而众作可观;今人虽或纵横,而他不免于失故步矣。

盛唐诸公律诗,多融化无迹而入于圣,血气方刚时,未易窥其妙境。李本宁云:"弇州先生元美尝谓'杜子美不啻有十王摩诘'语,窃谓轩轾太过。后见先生晚年定论,殊服膺摩诘。"即此而推,则元美之主于沈、宋者,亦血气方刚时见也。

盛唐律诗,子美信大,而诸家入圣者亦是诣极。严沧浪云:"诗之大概有二,曰优游不迫,沉着痛快。"此正诸家与子美境界也。又云"盛唐诸人,惟在兴趣,羚羊挂角,无迹可求"云云,则诸家境界宁复有未至耶？元美必欲以子美为极至,诸家为不及,其说本于元微之及宋朝诸公。开元、大历不闻是论也。故予论唐律诗为破第三关①,学者过此无疑,斯顺流而下矣。元瑞实破三关。然是书苟行,十年之后必有挟天子以令诸侯者,顾学者造诣何如耳。造诣定,则识见自不惑也。

盛唐诸公律诗,得风人之致,故主兴不主意,贵婉不贵深②,冯元成谓"得风人之旨,而兼词人之秀"是也。子美虽大而有法,要皆主意而尚严密,故于雅为近。此与盛唐诸公各自为胜,未可以优劣论也。

严沧浪云:"诗有词理意兴。南朝人尚词而病于理③,本朝人尚理而病于意兴,唐人尚意兴而理在其中。"数语言言中綮。然前言兴趣,而此言意兴,正兼诸家与子美论也。宋人尚意,而此言病于意兴,盖子美之意深,而宋人之意浅也。

盛唐诸公律诗,即景缘情,不必泥题牵带。后人之诗,必句句切题,言言当旨,殆与举业无异矣。……"天阙象纬逼,云卧衣裳冷",奉先之义奚存？而皆妙绝千古,则诗之所尚可知。

卷十八

开元、天宝间,高、岑二公五、七言古再进而为李、杜二公。李、杜才力甚大,而造诣极高,意兴极远④,故其五、七言古⑤体多变化,语多奇伟,而气象风格大备,多入于神矣⑥。严沧浪云:"诗而入神,至矣尽矣,蔑以加矣,惟李、杜得之,他人得之盖寡也。"然详而论之,二公五言古实所向如意而优于圣,七言古则变化不测而入于神矣。此格有所限,非五言有未至也。

---

① 许氏"破三关"说见《诗源辩体》卷七"予之论谢灵运诗"。
② 自注云:"谓用意深也,非情深也。"
③ 自注云:"谓语多淫艳,不循义理也。"
④ 自注云:"李主兴,杜主意。"
⑤ 自注云:"兼歌行、杂言言之。"
⑥ 自注云:"唐人五、七言古至此始为入神。"

或问：李、杜二公诗本乎性生，初不假悟入，岂复有造诣耶？曰：太白《大鹏赋序》云："余昔著《大鹏遇希有鸟赋》传于世，往往人间见之。悔其少作，未穷宏达之旨，遂更记忆云云。"然则二公之诗虽曰性生，岂能即入神化耶？但不若他人尺寸而进、锱铢而成耳。

汉、魏五言及乐府杂言，犹秦、汉之文也。李、杜五言古及七言歌行，犹韩、柳、欧、苏之文也。秦、汉四子，各极其至，汉、魏、李、杜，亦各极其至焉。何则？时代不同也。论诗以汉、魏为至而以李、杜为未及，犹论文者以秦、汉为至而以四子未为极，皆慕好古之名而不识通变之道者也。夫秦、汉、魏犹可摹拟而得，四子、李、杜未可摹拟而得也。不能摹拟而讳言未极，此非欺人，适自欺耳！

五言古、七言歌行，其源流不同，境界亦异。五言古源于《国风》，其体贵正；七言歌行本乎《离骚》，其体尚奇。李、杜五言古虽不能如汉、魏之深婉，然不失为唐体之正。过此，则变换百出，流为元和、宋人，不得为正体矣。

七言歌行，体虽纵横，然后进有才者往往能窥其域。五言古，体虽平典，然自开元、天宝九百年来，求为岑嘉州者已不多得，求为李、杜者则益寡矣。盖歌行大小短长，错综阖辟，其势自然超逸；五言古体有常法，苟非天纵，则长篇广韵未有所向而如意者。今人于五言古不能自运，辄自托于汉、魏，盖昧于西京、建安，多不足以尽变之说也。

李、杜五言古，正与歌行相匹。今人于歌行知宗李、杜，而于五言古必宗汉、魏者，是于唐古实无所得也，故予不得不服膺国初诸子①。

五言古，灵运诸子千古体既亡，李、杜二公于唐体为纯。灵运诸子体亡而或以为至，李、杜二公纯而或以为不及，是虚慕古人而不得其实者也。王元美云："选体，太白多露语率语，子美多稚语累语，置之陶、谢间，便觉伧父面目。"今无论其体制，即灵运拙句，丑恶实具，元美岂皆视为雅语耶？大抵国朝人之失，在宗六朝而后唐人耳。

---

① 自注云："张来仪、杨东里诸子。"

五言古自汉、魏递变以至六朝,古、律混淆,至李、杜、岑参始别为唐古,而李、杜所向如意,又为唐古之过壶奥。故或以李、杜不及汉、魏者,既失之过;又或以李、杜不及六朝者,则愈谬也。

胡元瑞云:"古诗窘于格调,近体束于声律,惟歌行大小长短,错综阖辟,素无定体,故极能发人才思。李、杜之才不尽于古诗,而尽于歌行。孟襄阳辈才短,故歌行无复佳者。"故予谓其古诗为圣,歌行为神也。

或问予:"子尝言初唐七言古偶俪极工,绮丽变为富丽,然调犹未纯,语犹未畅,其风格虽优,而气象不足。必至高、岑,乃为正宗。逮乎李、杜,则变化不测,而入于神。何仲默乃云:'七言诗歌,唐初四子虽工富丽,去古远甚。至其音节,往往可歌,乃知子美词固沉着,而调失流转,虽成一家语,实则诗歌之变体也。'与子言不甚相戾耶?"曰:"七言古正变与五言相类。张衡《四愁》、子恒《燕歌》,调出浑成,语皆淳古,其体为正。梁、陈而下,调皆不纯,语多绮丽,其体为变。盖古诗调贵浑成,不贵谐切。但汉、魏篇什不多,而体未宏大,学之者不足以尽变,故直以高、岑为正宗,李、杜为神品耳。……胡元瑞云:"七言歌行,四子词极藻艳,然未脱梁、陈也。沈、宋稍汰浮华,渐趋平实,唐体肇矣,然而未畅也。高、岑、王、李,音节鲜明,情致委折,畅亦然,而未大也。太白、少陵大而化矣,能事毕矣。"又云:"初唐以才藻胜,盛唐以风神胜,李、杜以气概胜,而才藻、风神称之,加以变化灵异,遂为大家。"此论甚当。若仲默之论,非但不知有神境在,且不识正变之体,故其律诗虽胜,而歌行远逊国朝诸子耳。

五、七言律,沈、宋为正宗,至盛唐诸公而入于圣;五、七言古,高、岑为正宗,至李、杜而入于神。然沈、宋之于盛唐诸公,非才力不逮,盖为时代所限耳。若高、岑之于李、杜二公,非时代不同,实为人力所限也。故古诗以才力为主,律诗以造诣为先。

韩退之诗云:"李杜文章在,光焰万丈长。"然二公之诗,又各不同:太白以天才胜,子美以人力胜;太白光焰在外,子美光焰在内。王元美云:"五言古及七言歌行,太白以气为主,以自然为宗,以俊逸高畅为贵;子美以意为主,以独造为宗,以奇拔沉雄为贵。其歌行之妙,咏人使人飘扬欲仙者,太白也;使人慷慨激烈、歔欷欲绝者,子美也。"愚按,太白歌行,窈冥恍惚,漫衍纵横,极才人之致;子美歌行,突兀峥嵘,俶傥瑰玮,尽作者之能。此皆变化不测而入于神者也。元美之论虽善,不免于太白神奇处失之。然今人学子美或相类而学太白多不相类者,盖人力可强,而天才未易及也。

五言古、七言歌行,太白以兴为主,子美以意为主。然子美能以兴御意,故见兴不见意;元和诸公则以巧饰意,故意愈切而理愈周。此正变之所由分也。

五言古、七言歌行,太白语虽自然,而风格自高;子美语虽独造,而天机自融。学者苟得其自然而不得其风格,则失之轻而流;苟得其独造而不得其天机,则失之重而板。

予尝谓古诗歌行,必李、杜兼法乃为善学。或曰:古诗歌行,李、杜既其至矣,后人顾反能兼法,乃能相济,岂必尽兼二公所至,始为尽善哉?胡元瑞云:"近时作者,间能具备两公之体,至镕液二子之长,则未睹也。"语甚有见。

五言古、七言歌行,太白语多豪放,子美语多沉着。……子美五言古如"中天悬明月,令严夜寂寥。悲笳数声动,壮士惨不骄""百川日东流,客去亦不息。我生若飘荡,何时有终极""安得万丈梯,为君上上头。恐有无母雏,饥寒日啾啾。我能剖心血,饮啄慰孤愁""秦山忽破碎,泾渭不可求。俯视但一气,焉能辨皇州""白水暮东流,青山犹哭声。莫自使眼枯,收汝泪纵横。眼枯却见骨,天地终无情""献书谒皇帝,志已清风尘。流涕丽丹极,万乘为酸辛""积水驾三峡,浮龙倚长津。扬舲洪涛间,仗子济物身",歌行如"去年江南讨狂贼,临江把臂难再得。别时孤云今不飞,时独看云泪横臆""高帝子孙尽隆准,龙种自与常人殊。豺狼在邑龙在野,王孙善保千金躯""明眸皓齿今何在?血污游魂归不得。清渭东流剑阁深,去往彼此无消息""年多物化空形影,呜呼健步无由骋。如今岂无騕褭与骅骝,时无王良伯乐死即休""自从献宝朝河宗,无复射蛟江水中。君不见,金粟堆南松柏里,龙媒去尽鸟呼风""君不见,青海头,古来白骨无人收。新鬼烦冤旧鬼哭,天阴雨湿声啾啾"等句,语皆沉着。若至二公所向如意、变化不测者,则又未可以句摘也。

或问予:"子尝言元和诸公之诗,快心露骨,故为大变。今观李、杜五言古、七言歌行,实多快心,与元和诸公宁有异乎?"曰:"太白快心,本乎豪放;子美快心,本乎沉着,自是诗歌极致。若元和诸公,则凿空构撰,议论周悉,其快心处往往以文为诗,方之李、杜,其正与变不待较而明矣。"

太白古诗、歌行,庸鄙者不能知;子美古诗、歌行,浮浅者不能读。

五言古,太白如天马长驱,奋迅无前;子美如銮舆出警,步骤安重。

七言歌行,太白如峨眉剑阁,奇幻不穷;子美如大海重渊,涵蓄无量。

世谓长短句为歌行,七言为古诗。愚按,太白长短句甚多,不必皆歌行也;子美歌行甚多,不必皆长短句也。然长短句实歌行体,歌行不必长短句耳。大抵古诗贵整秩,歌行贵轶荡。

太白五言古长篇如"门有车马宾"……等篇,兴趣所到,瞬息千里,沛然有余。然与子美各自为胜,未可以优劣论也。或以此倾倒为嫌而取其含蓄蕴藉者,非所以论太白也。

太白五言古、七言歌行,多出于汉、魏、六朝,但化而无迹耳。若子美五言古,虽亦源于古选,而以独造为宗,歌行又与汉、魏、六朝迥别。严沧浪云:"少陵宪章汉、魏,而取材于六朝,至其自得之妙,则先辈所谓集大成者也。"愚谓此论太白古诗、歌行,尤切。

太白奇警处或不及子美,而累语亦不若子美之为甚也。

高、岑五言,子美七言,以古为律者,固失之过;太白才大兴豪,于五、七言律太不经意,亦过也。

王荆公次第四家诗,以子美为第一,欧阳永叔次之,韩退之又次之,以太白为下。曰:"白识见污下,十首九说妇人与酒。"愚按,以李、杜与韩、欧并言,固不识正变之体。

苏子由云:"李白诗类其为人,骏发豪放,华而不实,好事喜名,不知义理之所在也。语用兵则先登陷阵,不以为难;语游侠则白昼杀人,不以为非。此岂其诚能也哉!唐诗人李、杜首称,甫有好义之心,白所不及也。"愚按,宋儒议论往往皆然。田子艺云："太白宁放弃而不作眷恋之态,宁狂荡而不作规矩之语,子美不能不让此两着。"斯足以知太白矣!

卷十九

五、七言乐府,太白虽用古题,而自出机轴,故能超越诸子;至子美,则自立新题,自创己格,自叙时事。视诸家纷纷范古者不能无厌。胡元瑞云："少陵不效四言,不仿《离骚》,不用乐府旧题,是此老胸中壁立处。然《风》《骚》、乐府遗意,杜往往得之。"

子美五言古,短篇如"朝进东门营""男儿生世间""献凯日继踵""下马古战场""蓬生非无根""白马东北来""峥嵘赤云西""溪回松风长""贺公雅无语""涪石众山内",字字精炼,既极其至。长篇又穷极笔力,皆非他人所及也。《草堂》一篇,则全用乐府语。

子美五言古,如《自秦州入蜀》诸诗,写景如画;《石壕》《新安》《新婚》《垂老》《无家》等,叙情若诉,皆苦心精思,尽作者之能,非卒然信笔所能办也。

子美《石壕吏》与《新安》《新婚》《垂老》《无家》等作不同,《石壕》仿古乐府而用古韵,又上、去二声杂用,另为一格,但声调与古乐府不类,自是子美之诗。

子美五言古,凡涉叙事,纡回转折,生意不穷。虽间有诘屈之失,而无流易之病。

朱子云："杜诗初年甚精细,晚年旷逸①不可当。"愚按,子美五言古,如《自秦州入蜀》诸诗及《新安》《新婚》《垂老》《无家》,洎七言律声调浑纯者,为甚精细。五言古如《柴门》《杜鹃》《义鹘》《彭衙》,及七言以歌行入律者,则甚旷逸。然未必精细者,尽初年作;旷逸者,尽晚年作也。

子美五言古有《登慈恩寺塔》云："回首叫虞舜,苍梧云正愁。惜哉瑶池饮,日宴昆仑丘。"注谓"天宝十载在长安作",是也。时玄宗荒淫,初政尽改,故以周穆比玄宗,而有"回首叫虞舜"之词。其言"黄鹄去不息,哀鸣何所投?

---

① 据《朱子语类》,"旷逸"作"横逆"。然宋以来诸家诗话称引朱子此句时,往往多作"旷逸",《事文类聚》《升庵诗话》诸书则又作"横逸"。

君看随阳雁,各有稻粱谋",则贤人退而徇禄者进矣。赵注以为慈恩寺乃高宗为文德皇后立,谓子美托虞、舜以思高宗,托西王母以思文德后,迂远无当。秦山,樊察作"泰山",亦非。此言塔高三百尺,远见秦地众山细小,而泾、渭在众山之外,又不可见。俯视下界,但苍苍一气耳。其语甚明,无俟穿凿。

子美七言歌行,如《曲江第三章》《同谷县七歌》《君不见简苏溪》《短歌赠王郎》《醉歌赠颜少府》及《晚晴》等篇,突兀峥嵘,无首无尾,既不易学;如《哀王孙》《哀江头》等,虽稍入叙事,而气象浑涵,更无有相类者;至若《画马引》《丹青引》等,纵横轶荡,而精严自如。千载而下,惟献吉能之,他人不能得其仿佛也。

谢茂秦云:"长篇最忌铺叙,意不可尽,力不可竭,贵有变化之妙。"苏子由云:"老杜陷贼时,有《哀江头》诗,予爱其词气,如百金战马,注坡蓦涧,如履平地,得诗人之遗法。如白乐天诗词甚工,然拙于纪事,寸步不遗,犹恐失之。此所以望老杜之藩垣不及也。"愚按,子由此论,妙绝千古。然子美歌行,此法甚多,不独《哀江头》也。

子美《饮中八仙歌》中多一韵二用,有至三用者,读之了不自觉,少时熟记,亦不见其错综之妙。或谓此歌无首无尾,当作八章。然体虽八章,文气只似一篇,此亦歌行之变,但语未入元和耳。至"焦遂"二句,如《同谷第七歌》,声气俱尽。

子美五言古、七言歌行多奇警之句,今略摘以见:五言古如"落日照大旗,马鸣风萧萧""魂来枫林青,魂返关塞黑""天长关塞寒,岁末饥冻逼""日色隐孤戍,乌啼满城头""磊落星月高,苍茫云雾收""高壁抵欹崟,洪涛越零乱""万壑欹疏林,积阴带奔涛。寒日外淡泊,长风中怒号""长风驾高浪,浩浩自太古""寒山出雾迟,清江转山急""高标跨苍穹,烈风无时休。自非旷士怀,登兹翻百忧""涕泪渐我裳,悲风排帝阍",歌行如"七歌兮悄终曲,仰视皇天白日速""深山穷谷不可处,霹雳魍魉兼狂风""王郎酒酣拔剑斫地歌莫哀,我能拔尔抑塞磊落之奇才。豫章翻风白日动,鲸鱼跋浪沧溟开""蛮夷长老怨苦寒,昆仑天关冻应折。玄猿口噤不能啸,白鹄垂翅眼流血,安得春泥补地裂""秋风淅淅吹我衣,东流之外昔日微""松浮欲尽不尽云,江动将崩未崩石""三更风起寒浪涌,取乐喧呼觉船重。满空星河光破碎,四座宾客色不动""来如雷霆收震怒,罢如江海凝清光""云来气接巫峡长,月出寒通雪山白""褒公鄂公毛发动,英姿飒爽来酣战""斯须九重真龙出,一洗万古凡马空""魏侯骨耸精爽紧,华岳峰尖见秋隼"等句,皆为奇警者也。后山谓子美"遇物方奇,如三江五湖,平漫千里,因风景作而后出奇",是也。至五、七言古,入声或多借韵,又与古韵不合,此前古所无。《哀江头》本二韵,后人误作一韵者,非。

子美歌行,起语工拙不同,如"曲江萧条秋气高,凌荷哭折随风涛""四山多风溪水急,寒雨飒飒枯树湿""秋风淅淅吹我衣,东流之外昔日微""今日苦短昨日休,岁岁暮①矣增离忧""疾风吹尘暗河县,行子隔年②不相见""诸公衮衮登台省,广文先生官独冷。甲第纷纷厌粱肉,广文先生饭不足""十日画一水,五日画一石。能事不受相促迫,王宰始肯留真迹"等句,既为超绝。至"男儿生不成名身已老,三年饥走荒山道""王郎酒酣拔剑斫地歌莫哀,我能拔尔抑塞磊落之奇才""高唐暮冬雪壮哉,旧瘴无复似尘埃""庙朝之具裴施州,宿昔一逢无此流""悲台萧瑟石巃嵷,哀壑杈桠浩呼汹"等句,则更奇特。如"陆机二十作《文赋》,汝更小年能缀文""昔有佳人公孙氏,一舞剑器动四方""今我不乐思岳阳,身欲奋飞病在床"等句,未可为法。至"天下几人画古松,毕宏已老韦偃少""闻到南行市骏马,不限匹数军中须""麟角凤嘴世莫识,煎胶续弦奇自见",则断乎为累语矣。今人于工者既不能晓,于拙者又不敢言,乌在其能读杜也?后梅圣俞、黄鲁直太半学杜累句,可谓嗜痂之癖。

子美《丽人行》歌行用乐府语,不称,《品汇》不录,良是。《忆昔行》"更讨衡阳董炼师","讨"当作"访"。或以"讨"字为新,不复致疑,安可便谓知杜耶?又篇中如"先帝侍女八千人,公孙剑器初第一""惜哉李蔡不复得,吾甥李潮下笔亲""或从十五北防河,便至四十西营田"等句,即予所录者,亦不免为累语。至歌行或用俳调,又不可为法。

---

① 原文讹为"慕",据杜诗原句改为"暮"。
② 杜集中"隔年"皆作"隔手"。

或问：子美五、七言律，较盛唐诸公如何？曰：盛唐诸公惟在兴趣，故体多浑圆，语多活泼；若子美，则以意为主，以独造为宗，故体多严整，语多沉着耳。此各自为胜，未可以优劣论也。

子美五、七言律，命意创句，与诸家不同。后之学者欲学子美，必须先学诸家。既而于子美果有所得，然后变调以学之，庶几不谬。不然，恐徒有重拙之颣，不能入其壶奥也。今之初学，辄慕子美，及问子美佳处，直儿童之见耳。故予论之如此，此前人所未道也。

子美律诗，大都沉雄含蓄，浑厚悲壮，然有句法奇警而沉雄者，有意思悲感而沉雄者，有声气自然而沉雄者。五言如"风连西极动，月过北庭寒""江雪飘素练，石壁断空青。沧海先迎日，银河倒列星""吴楚东南坼，乾坤日夜浮""星垂平野阔，月涌大江流""万象皆春气，孤槎自客星""地平江动蜀，天阔树浮秦"，七言如"锦江春色来天地，玉垒浮云变古今""江间波浪兼天涌，塞上风云接地阴""五更鼓角声悲壮，三峡星河影动摇""山连越巂蟠三蜀，水散巴渝下五溪""峡坼云霾龙虎睡，江清日抱鼋鼍游"等句，皆句法奇警而沉雄者。五言如"亲朋无一字，老病有孤舟""勋业频看镜，行藏独倚楼""独坐亲雄剑，哀歌叹短衣""名岂文章著，官应老病休""圣朝无弃物，老病已成翁""近泪无干土，低空有断云""风尘逢我地，江汉哭君时"，七言如"万里悲秋常作客，百年多病独登台""衰年肺病惟高枕，绝塞愁时早闭门""海内风尘诸弟隔，天涯涕泪一身遥""时危兵甲黄尘里，日短江湖白发前""侧身天地更怀古，回首风尘甘息机"等句，皆意思悲感而沉雄者。五言如"剑阁星桥北，松州雪岭东""南纪连铜柱，西江接锦城""楼角凌风迥，城阴带水昏""秦地应新月，龙池满旧宫""日出寒山外，江流宿雾中""诏从三殿去，碑到百蛮开""北阙心常恋，西江首独回"，七言如"无边落木萧萧下，不尽长江滚滚来""殊方日落玄猿哭，旧国霜前白雁来""返照入江翻石壁，归云拥树失山村""雪岭独看西日落，剑门犹阻北人来""长路关心悲剑阁，片云何意傍琴台"等句，皆声气自然而沉雄者。然句法奇警、意思悲感者人或识之，声气自然者则无有识也。学杜者必先得其声气为主，否则终非子美耳。学初唐亦然。

胡元瑞云："盛唐句法浑涵，如两汉之时，不可以一字求。至老杜而后，句中有奇字为眼，才有此，句法便不浑涵。"愚按，老杜五言律，妙处原不在眼，浅薄者但得其眼耳。

子美五言律，沉雄浑厚者是其本体，而高亮者次之。他如"胡马大宛名""致此自僻远""带甲满天地""岁暮远为客""何年顾虎头""光细弦欲上""亦知戍不返"等篇，气格遒紧而语复矫健，虽若小变，然自非大手不能。其他琐细者非其本相，晦僻者抑又变中之大弊也。

古今说杜诗者不能悉举，大要多穿凿附会，浅妄支离。盖其人兴趣既少，而于唐人玲珑透彻、浑圆活泛之妙，既不能知。其质性庸下，于少陵沉雄含蓄、浑厚悲壮之处，又不能得。徒以耳食慕少陵，不得已而求之篇格之间、字句之末，故不免于支离穿凿耳。王元美云："王允宁生平所推服者，独杜少陵。其所好谈说以为独解者，七言律耳。大要贵有照应，有开阖，有关键，有顿挫。其主意主兴主比，其法有正插、有倒插。要之，杜诗亦一二有之，不必尽然也。"山谷亦云："彼喜穿凿者，弃其大旨，取其发兴。于所遇林泉、人物、草木、鱼虫，以为物物皆有所托，如世间商度隐语者，则子美之诗委地矣。"愚按，说诗至此，自是子美厄运。至国朝弘、正诸子学杜，则杜学始昌也。

太白古诗、歌行，与子美并驾千古。宋人多推子美而遗太白者，盖宋人自欧、苏二三名家而外，率皆浅鄙疏陋，于古诗、歌行略无所得，一时所崇尚者七言律耳。而子美七言律最多，说者又有篇格、句字、照应、关键等说，故浅鄙者好之，实于杜律一无所解也。

胡元瑞最爱老杜"风急天高"一篇，反复赞叹，凡数百言，要皆得于影响。惟云："一篇之中，句句皆律；一句之中，字字皆律。锱铢钩两，毫发不差。"又云："微有说者，是杜诗，非唐诗耳。"此论可谓独得。然此篇在老杜七言律诚为第一，但第七句，即杜体，亦不免为累句。

元美尝欲于老杜"玉露凋伤""昆明池水""风急天高""老去悲秋"等四篇定为唐人七言律第一，中虽稍有相诋，又皆无当。愚按，杜律较唐人，体各不同，无论若"丛菊两开他日泪"语非纯雅；"织女机丝虚夜月，石鲸鳞甲动秋风"

细大不称;"休将短发还吹帽,笑倩旁①人为正冠"似巧实拙,故自"风急天高"而外,在杜体中亦不得为第一,况唐人乎?"老去悲秋",宋人极称之,自无足怪。

子美七言律,如"风疾天高""重阳独酌""楚王宫北""秋尽东行""花近高楼""玉露凋伤""野老篱前""群山万壑"等篇,沉雄含蓄,是其正体。国朝诸公多能学之,而稳贴匀和较胜。如"年年至日""近闻宽法""使君高义""曾为掾吏""寺下春江"等篇,其格稍放,是为小变,后来无人能学。至如"黄草峡西""苦忆荆州""白帝城中""西岳崚嶒""城尖径昃""二月饶睡""爱汝玉山""去年登高"等篇,以歌行入律,是为大变,宋朝诸公及李献吉辈,虽多学之,实无有相类者。

或问:子美"年年至日"一篇,一气浑成,与崔颢"黄鹤""雁门"宁有异乎?曰:律诗诣极者,以圆紧为正,驰荡为变。"黄鹤"前四句虽歌行语,而后四句甚圆紧;"雁门"则语语圆紧矣。"年年"一篇,虽通篇对偶,而淋漓驰荡,遂入小变,机趣虽同,而体制则异也。然读"年年"等作,便觉《秋兴》诸篇语多窒碍。予尝谓子美七言律变胜于正,终不能祛后世之惑。

王元美云:"老杜以歌行入律,亦是变风,不宜多作,多作则伤境。"愚按,子美七言,以歌行入律,虽是变风,然豪旷磊落,乃才大而失之于放,盖过而非不及也。冯元成谓"如促柱急弦,雷轰石飞,落落感慨,令人兴怀不浅",得之。

唐人诗惟杜诗最难学,而亦最难选。子美律诗,五言多晦语、僻语,七言多稚语、累语,今例以子美之诗而不敢议,又或子晦僻稚累者多录之,则诗道之大厄也。晦僻者不能尽摘,稚累者略举以见,如"西望瑶池降王母""柴门不正逐江开""三顾频繁天下计""风飘律吕相和切""不分桃花红胜锦,生憎柳絮白于绵""桃花细逐杨花落,黄鸟时兼白鸟飞""酒债寻常行处有,人生七十古来稀。穿花蛱蝶深深见,点水蜻蜓款款飞"等句,皆稚语也。如"艰难苦恨繁霜鬓""昼漏稀闻高阁报""恒饥稚子色凄凉""志决身歼军务劳""宠光蕙叶与

---

① 原文讹为"傍",据杜诗原句改为"旁"。

多碧""太向交游万事慵""总戎楚蜀应全未,方驾曹刘不啻过""不为困穷宁有此,只缘恐惧转须亲"等句,皆累语也。胡元瑞云:"子美利钝杂陈,正变互出,后来沾溉者无穷,诖误者亦不少。"按,宋梅、黄诸人,于其晦僻稚累处悉力拟之,此是意见乖谬,非诖误也。

王元美云:"子美七言绝变体,间为之可耳,不足多法也。"愚按,子美七言绝虽是变体,然其声调实为唐人《竹枝》先倡。须溪谓"放荡自然,足洗凡陋",是也。惟五言绝失之太重,不足多法耳。

子美众作,虽与诸家不同,然未可称变。至五言古,如《柴门》《杜鹃》《义鹘》《彭衙》,用韵错杂,出语豪纵;七言古,如《魏将军歌》《忆昔行》,用韵险绝,造语奇特,皆有类退之矣。《茅屋为秋风所破》亦为宋人滥觞,皆变体也。又七言律如"伯仲之间见伊吕,指挥若定失萧曹""韩公本意筑三城,拟绝天骄拔汉旌。岂谓尽烦回纥马,翻然远救朔方兵",始渐涉议论;五言律如"吾宗老孙子,江皋已仲春",七言律如"清江一曲""一片花飞""朝回日日"等篇,亦宛似宋人口语。予尝与方翁恬论诗,予曰:"元和诸公,始开宋人门户。"翁恬曰:"杜子美已开宋人之门户矣。"此语实不为谬,但初学闻之,反以为怪耳。后观冯元成议论,亦同。

杨用修云:"宋人以子美能以韵语纪时事,谓之'诗史'。鄙哉!夫六经各有体,若《诗》者,其体其旨,与《易》《书》《春秋》判然矣。《三百篇》皆意在言外,使人自悟。杜诗含蓄蕴藉者,盖亦多矣,宋人不能学之;至于直陈时事,类于呼讪,乃其下乘末脚,而宋人拾以为己宝,又撰出'诗史'二字以误后人。如诗可兼史,则《尚书》《春秋》可以并省矣。"愚按,用修之论虽善,而未尽当。夫诗与史,其体其旨固不待辨而明矣。即杜之《石壕吏》《新安吏》《新婚别》《垂老别》《无家别》《哀王孙》《哀江头》等,虽若有意纪时事,而抑扬讽刺,悉合诗体,安得以史目之?至于含蓄蕴藉,虽子美所长,而感伤乱离,耳目所及,以述情切事为快,是亦变雅之类耳,不足为子美累也。

或问予:欧阳公不好杜诗,其意何居?曰:至和、嘉佑间,场屋举子为文尚奇涩,读或不成句,欧公力欲革其弊。既知贡举,凡文涉雕刻者,皆黜之。时杨大年、钱希圣、晏同叔、刘子义为诗皆宗李义山，号"西昆体"。公又矫其弊，专以气格为主。子美之诗，间有诘屈晦僻者，不好杜诗，特借以矫时弊耳。或言欧公欲倡古文以抑末学，是又不然。果尔，则欧公但不为诗足矣，何既为之，而又不好杜耶？

开元中，任华杂言有《寄李白》《寄杜甫》及《怀素草书歌》三篇，极其变怪。然语实鄙拙，未足成家。盖其人质性狂荡，而识趣庸劣，心慕李、杜而不能，故其流至此耳。今以其诗附见李、杜诗后，以见极盛之时，已有大变者在也。

任华如《寄李白》云："登庐山，观瀑布。海风吹不断，江月照还空。"余爱此两句。"登天台，望渤海。云垂大鹏翼，山压巨鳌背。"斯言亦好。至于他作，多不拘常律，"而我有时白日忽欲睡，睡觉忽①然起攘臂。任生知有君，君也知有任生未？"《寄杜甫》云"杜拾遗，名甫第二才甚奇。……昨日有人诵得数篇黄绢词，吾怪异奇特借问，果然称是杜二之所为。……古人制礼但为防俗士，岂得为君设之乎？而我不飞不鸣亦何以，只待朝廷有知矣。已曾读却无限书，拙诗一句两句在人耳"等句，最为鄙拙。以此效李、杜，正犹东施捧心，见者惊走耳。近世好奇者往往堕此障中，故详言之。若《寄李白》"目送飞鸿对豪贵"，可称佳句。

卷二十

盛唐高、岑五言，子美七言，以古为律，虽是变风，然气象风格自胜。钱、刘诸子五、七言，调虽合律，而气象风格实衰，此所以为不及也。

卷二十一

五言古，如杜子美《石壕吏》等，正是古拙；若卢纶《与张擢对酌》诗，读之诚欲呕吐。此本不足致辩，但初学者不能无惑耳。卢诗《品汇》入录，大是可笑。

卷二十四

元和诸公五、七言古，其资性庸下者既不能读，资性高明者又未可遽读。

---

① 李诗原文作"欻"。

元和诸公如异端曲学,多纵恣变换,资性高明者未识正变而遽读之,不免为惑耳。李献吉云:"夫诗,宣志而导和者也。故贵宛不贵崄,贵质不贵靡,贵情不贵繁,贵融洽不贵工巧。"此论于元和诸公甚当。今或以元和诸公为陋劣者,甚失之;或以为胜李、杜者,则愈谬也。

予尝谓三教之理,判若河汉。世之儒者,惑于二教,不敢遽毁先圣,乃欲合而通之,其罪甚于毁儒。当如三家比居,其垣墙门户,界限分明,庶无混媟之虞。袁中郎谓"诗至李、杜始大。韩、柳、元、白、欧,诗之圣也;苏,诗之神也",此合而通之,且欲以变为主矣。又或心知韩、白、欧、苏之美,恐妨于李、杜而不敢言,此又不能分别门户也。苟能于诸家门户判然分别,则谓韩、白诸子为圣可也,神亦可也。

《后山诗话》云:"诗、文各有体。韩以文为诗,杜以诗为文,故不工耳。"愚按,退之五言古,如"屑屑水帝魂""猛虎虽云恶""驽骀诚龌龊""双鸟海外来""失子将何尤""中虚得暴下"等篇,凿空构撰,木之就规矩,议论周悉。《此日足可惜》,又似书牍。此皆以文为诗,实开宋人门户耳。然可谓过巧,而不谓不工也。

退之五言古《此日足可惜》一篇,措语与众作不同。此篇故为拙朴,字字有金石声,学者必先读子美《杜鹃》《义鹘》《彭衙》诸作,乃可读此。否则,不免惊异耳。张籍《祭退之》仿此,而庸鄙处实多。后惟欧阳公《送吴生》一篇,足以嗣响。

卷二十六

其(李贺)七言难者,读之十不得四五;易者,十不得七八。予所录,乃其稍易者。杜牧之极推贺,而亦曰:"理或不及,辞或过之。"然今人学李、杜或相远,而学贺反相近者,即元瑞所谓"犹画家之于佛道鬼神"也。

卷二十七

张籍五言古极少,王建五言古声调仅纯,然不成语者多。乐府七言,二公又是一家。王元美云:"乐府之所贵者,事与情而已。张籍者善言情,王建善征事,而境皆不佳。"冯元成谓"较李、杜歌行,判若河汉",是也。愚按,二公乐府,意多恳切,语多痛快,正元和体也。然析而论之,张语造古淡,较王稍为婉曲;王则语语痛快矣,且王诗多而入录者少,故知其去张实远也。其仄韵亦多上、去二声杂用。

卷二十八

或问:子言乐天五言古叙事详明,以文为诗,今观杜子美《新婚别》《垂老别》《无家别》等,亦皆叙事,何独谓乐天以文为诗乎?曰:子美叙事诗,迂回转折,有余不尽,正未易及;若乐天寸步不遗,犹恐失之,乃文章传记之体。试以二诗并观,迥然自别矣。

卷二十九

梦得七言绝有《竹枝词》,其源出于六朝《子夜》等歌,而格与调则子美也。黄山谷云:"刘梦得《竹枝》九章,词意高妙,元和间诚可独步。道风俗而不俚,追古昔而不愧,比之子美《夔州歌》,所谓同工而异曲也。"按,今之《吴歌》,又是《竹枝》之流。

卷三十

子美七言,以歌行入律,豪旷磊落,乃才大而失之于放,其机趣无不灵活。杜牧七言律,僻涩怪恶,其机趣实死,人称"小杜",愧甚。沧浪论诗,以兴趣为先,诚为有见。

卷三十二

或问:唐人律诗以刘长卿、钱起、许浑、韦庄、郑谷、李山甫、罗隐为正变,古诗以元和诸子为大变,何也?曰:……古诗如元和诸子,则万怪千奇,其派各出,而不与李、杜、高、岑诸子同源,故为大变。其正变也,如堂陛之有阶级,自上而下,级级相对,而实非有意为之。

卷三十四

予尝谓:学诗者必先读《三百篇》、楚骚、汉魏五言及古乐府,次及李、杜五言古、歌行,以至初、盛唐之律,如今人诵习经书者,姑不必求其旨趣,诵读之久,详于论说,自能有得。否则,学律既久,习于声韵,熟于俳偶,而于古终不能入矣。沧浪谓"工夫须从上做下",得之。

读古诗如饮醇酒,能饮者其醇醨自别;不能饮者但时时强饮,久之,其醨者亦自能别矣。学诗者苟先读《三百篇》、楚骚、汉魏五言及乐府,次及李、杜五七言古、歌行,以至初、盛唐之律,久之,则于六朝、晚唐亦自能别矣。

李献吉自序其诗,大抵由唐人律诗进而为李、杜歌行,又进而为六朝,又进而为汉魏,又进而为赋骚、琴操、古歌、四言。予谓学李、杜由高、岑诸公而进,此升堂入室之次第;学汉魏,由六朝而进,则谬甚矣!汉魏、六朝,由天成以变至作用,由雕刻以变至绮靡,学者必先有得于汉魏,时或降格而为六朝,乃易为力。苟先习于六朝,而欲上为汉魏,岂易能乎?元瑞谓"骨格既定,然后沿回阮、左,以穷其趣,颉颃陆、谢,以采其华",是也。且徒以世代之先后,而欲以六朝加于李、杜,是犹殷之末世于周之盛时也。献吉之进于诗也如此,故其歌行虽胜,而为汉魏诸诗,远逊于鳞耳。

诗文虽与国运同其盛衰,然必盛于始兴,衰于末造,故古诗必合汉魏、六朝以为盛衰,唐律则以初、盛、中、晚为盛衰也。胡元瑞云:"五言盛于汉,畅于魏,衰于晋、宋,亡于齐、梁。"故以古而论,则晋、宋而下,古体既亡,雕刻日繁,而绮靡渐出,本不得与李、杜争衡;以律而论,亦不当以唐与六朝并言也。李献吉自序,其诗由李、杜进为六朝,则于盛衰正变果何辨也?后宗六朝、初唐,皆自献吉始。

或言:汉魏、六朝、初盛中晚唐各有所至,未易优劣。予曰:不然。《三百篇》而下,惟汉魏古诗、盛唐律诗、李杜古诗歌行,各造其极;次则渊明、元结、韦、柳、韩、白诸公,各有所至;他如汉魏以至齐梁、初盛,以至中晚,乃流而日卑,变而日降。其气运消长,文运盛衰,正当以此别之。苟为无别,则齐楚可并汉魏,而中晚可并初盛也。诗道于是为不明矣。

苟造诣日深,识见益广,则精粗自分,好丑自别。即李、杜全集,瑕疵莫掩,况他人乎?

故四言未兴,则《三百》启其源;五言首创,则《十九》诣其极;歌行甫遒,则李、杜为之冠;近体大畅,则开宝擅其宗。盛唐而后,乐、选、律、绝种种具备,无复堂奥可开、门户可立,古惟独造,我则兼工,集其大成。

先进后进，趋向不同，大都皆由矫枉之过。成化以还，诗歌颇为率易，献吉、仲默、昌谷矫之，为杜为唐，彬彬盛矣。下逮于鳞，古仿汉、魏，律法初唐，愈工愈精，然终不能无疑者。乃于古诗、乐府，悉力拟之，靡有遗什。律诗多杂长语，二十篇而外，不奈雷同。

诗有本末，体、气本也，字、句末也。本可以兼末，末不可以兼本。予少学古诗，于汉、魏主体，于李、杜主气，故于元嘉以后之诗，多所不喜；而于唐人以律为古者，尤所痛疾。大本既立，旁及支末，则凡六朝、唐人所称佳句，多有可取，而于后人所谓诗眼者，亦间有可述。今之学者，专心于字法、诗眼，于古人所称佳句已不能识，又安知有体气耶？

唐人律诗，炼格、炼句、炼字，皆无迹可求，今人以新巧奇特为工，则多见斧凿痕矣。欧阳公《诗话》："陈舍人得杜集旧本，其《送蔡都尉》诗'身轻一鸟'，其下脱一字。陈公与数客各用一字补之，或云'疾'，或云'下'，后得善本，乃是'过'字。陈公叹服，以为虽一字，诸君亦莫能到。"舍人之言虽善，恐非所以论杜，杜另为一源。

诗体之变，与书体大略相类：《三百篇》，古篆也①；汉、魏古诗，大篆也；元嘉颜、谢之诗，隶书也；沈、宋律诗，楷书也；初唐歌行，章草也；李、杜歌行，大草也；盛唐诸公近体不拘律法者，行书也；元和诸公之诗，则苏、黄、米、蔡之流也。

然盛唐古诗已不及汉、魏。向言汉魏、李杜各极其至，各就其所造而言。此言盛唐不及汉、魏，乃风气实有降也。

或言：唐以诗赋取士，故其诗独工。愚按，唐虽以诗赋取士，然但备制举之一，亦犹今之表判耳。然又皆有程墨牵束，故中选者悉非佳制。试观李、杜及韦应物诸名家，多不由于科目也。然唐诗之所以独工者，盖由齐、梁渐入于律，至唐而诸体具备，其理势宜工。唐既盛极，至元和、宋人，其理势自应入变耳。

---

① 自注云："仓颉书自黄帝至三代，其文不改。"

卷三十五

诗道不明久矣！李、杜二公知之而弗言，他人言之而弗知，此诗道之所以不明也。虽然，二公之意可见也。子美于五言古，推薛稷《陕郊篇》；太白于七言律，爱崔颢《黄鹤楼》。盖五言古至初唐古律混淆，薛稷《陕郊篇》声既尽纯，而调复雄浑，初唐五言古无足与比；崔颢《黄鹤楼》兴趣所到，形迹俱融，为唐人七言律第一。即二公之意推之，其所尚可知矣。

东坡论诗，散见其集中，而独得之见为多。予最爱其《书王子思集后》云："苏、李之天成，曹、刘之自得，陶、谢之超然，盖亦至矣。而李太白、杜子美以英伟绝世之姿，凌越百代，古今诗人尽废。然魏、晋以来，高风绝尘，亦少衰矣。"此语简而尽，曲而当，既云李、杜凌跨百代，古今诗人尽废；又云魏、晋以来，高风绝尘，亦多衰矣。有斟酌，有权变，而后世论李、杜者，皆弗及也。

傅与砺《诗法正论》，述范德机之意而作。……又言作诗成法有起承转合，起处要平直，承处要春容，谓李、杜歌行皆然，则谬戾甚矣！

黄澄济《诗学权舆》二十二卷……十卷以后，皆录古人歌诗，然以李、杜与韩退之、白乐天、马子才、宋诸公并录，略不识正变之体，而注释又多穿凿。至以陆龟蒙"丈夫非无泪"为五言律，杜子美"纨绔不饿死"为五言排律，盖亦类次旧编，不足辩也。

皇甫子循《解颐新语》，疏浅浮漫，且务以俪语为工，殊无省发。较之《谈艺录》，不逮远甚。中载杜子美"夜阑更秉烛"，诵者症已；郭元振"久成人偏老"，书之妖灭；及刘希夷"年年岁岁"句，宋之问欲夺为己作，以土囊压杀之，直齐东野语耳。

《诗法源流》一书，乃嘉靖间王用章取元人论述古人诗，增广而成者。古诗采自《十九首》，至陶渊明共九十九首。律诗采杜子美五言九首、七言四十二首。其所引元人语，纯驳不齐，而略无己见。后附《诗法源流》旧序，乃杨仲弘作。仲弘言：少从叔父杨文圭游西蜀，抵成都，遇杜工部九世孙杜举。求先生所藏《诗律》。举言：吾鼻祖审言，以诗名世。审言生闲，闲生甫，又以诗鸣，至于今，源流益远。然甫不传诸子，而独于门人吴成、邹遂、王恭传其法。予传之三子,因以授仲弘。及观用章所采杜七言律,中有吴氏、邹氏、王氏所解,而每诗之下,定以篇格之名,盖《诗法源流》之始也。此宋人伪撰相欺而举不知,仲弘又深信而传之。宋、元人浅陋,大率类此。或疑仲弘论诗多有可观,此序当为伪撰,盖因文圭曾游西蜀故也。当时虞、杨、范、揭俱有盛名,故浅陋者托之耳。

予尝谓学诗者,当取古人所长,济己之短,乃为善学。于鳞谓唐无五言古诗,太白七言古往往强弩之末,此虽意见有偏,亦是己不能骋而忌人之骋耳。观其所选唐人五七言古,是岂足以知唐人,又岂足以知李、杜哉!

王元美《艺苑卮言》,首泛前人之论,次则自《三百篇》、骚赋、汉魏、六朝、唐、宋、昭代之诗,以及子史文章、词曲书画,靡不详论,最为宏博。然志在兼总,故亦互有得失。其论汉魏五言、沈宋律诗、李杜古诗,最为有得。至或以李、杜五言不及灵运,又古、律独推子美而不及太白、盛唐,自是偏见。至盛推同列而多贬古人,虽曰私衷,亦识有所偏耳。

(谢榛)至因读李长吉诗,爱其奇古,因以奇古为骨,平和为体,欲取初、盛唐合而为一。不知李、杜正中之奇,乃可合一,长吉乃诗体大变,安可与初、盛唐合一乎?又引孔文谷言"初唐张说、张九龄擅其宗,长篇以李峤《汾阴行》为第一,近体以张说《侍宴隆庆池》为第一",愦谬益甚。

袁中郎论诗……唐人不能为汉、魏,李、杜诸公无古乐府,既不识通变之道;谓国朝人多法古人,不能自创自立,此又论高而见浅、志远而识疏耳。

卷三十六

《国秀集》……且选既主盛唐,而李、杜、岑参不录,高适亦止一篇,其所尚可知。陈、苏谓挺章曰:作者务以声折为宏壮,势奔为清逸,此蒿视者之目,聩听者之耳。此盖讥李、杜也,尚足与较短长乎?

殷璠《河岳英灵集》所选二十四人,共诗二百三十四首,止于天宝十一载,皆盛唐诗也。按,唐人五言古自有唐体,故盛唐自李、杜、岑参而外,五言古多不可选。王昌龄体虽近古而未尽善,储光羲格虽出奇而不合古,其他体制未纯,声韵多杂,未若李、杜、岑参滔滔自运,体既尽纯,声皆合古耳。今璠所选,五言古十居八九，中惟太白一首、岑参二首，而子美不选。

唐人选诗，与今人论诗，相背而相失之。盖诗靡于六朝，唐人振之，李、杜古诗、歌行，为百代之杰，盛唐五、七言律绝，为万世之宗。今《搜玉》《英灵》所采，皆六朝之余，而《箧中》又遗近体，此唐人选诗之失也。诗至于唐，众体既具，流变已极，学者无容更变。今欲自开堂奥，自立门户，为索隐吊诡之趋，此今人论诗之失也。于此而知所反之，斯有适从矣。

韦縠《才调集》所选唐人古、律、歌诗凡一千首中，如元稹、李商隐、温庭筠、韦庄各五六十篇，而佳者多遗；高、岑、王、孟诸公仅见一二，而又非所长；至不知者，十居二三；晚唐怪恶，亦每每而见。自题曰"暇日因阅李、杜集，元、白诗，其间大海混茫，风流挺特，遂采遮奥妙，并诸贤达章句"云云。今所选杜又不录，岂以元、白为有调，杜反为无调耶？若太白《长干行》乃晚唐人诗，刘长卿"垂柳拂金堤"乃薛道衡诗也。

王介甫《百家诗选》，予搜访多年，尚未有见，今姑采沧浪、得华之说以补之。严沧浪云："王荆公《百家诗选》，盖本于唐人《英灵》《间气》集。其初，明皇、德宗、薛稷、刘希夷、韦述之诗，无少增损，次序亦同。孟浩然止增其数。储光羲后，方是荆公自去取。前卷读之尽佳，非其选择之精，盖盛唐人诗无不可观者。至大历以后，其去取深不满人意。况唐人如沈、宋、王、杨、卢、骆、陈拾遗、王维、韦应物、刘长卿诸公，皆大名家，李、杜、韩、柳以家有其集，故不载而此集无之。荆公当时所选，当据宋次道之所有耳。其序乃言'观唐诗者，观此足矣'，岂不诬哉！今人但以荆公所选，敛衽而莫敢议，可叹也。"马得华云："王荆公号称知言，而《百家选》偏得晚唐刻削为奇。盛唐冲融浑灏之风，在选者戛戛焉无几，他盖可知矣。"

方虚谷《瀛奎律髓》，其序乃元世祖至元癸未作。采唐、宋五七言律，以登览、朝省等为类，凡四十九卷。每卷首多录陈、杜、沈之诗，故多有可观；中录晚唐，实无足取；后采宋人过半，读之颇为闷绝。大意兼诗话为之，然于正体多不相及。而于许浑尤加诋毁，是以新奇意见为主，而不以音节气格为主也。其录黄、陈诸子，声调多偏，深晦为甚。其盛推黄、陈，皆属梦语。中既诋许浑,而他类浑者又取之,盖习于宋人议论而实无己见。然则陈、杜、沈、宋之取,特借以压服人心。至子美僻调,亦多录之,乃挟天子以令诸侯耳。学者识见未定,断不可观。十三卷以后,议论愈谬,且以茶酒、梅花、雪月系于前,而以陵庙、边塞、旅况、迁谪系于后,尤为谬甚。严沧浪云:"唐人好诗,多是征戍、迁谪、行旅、离别之作,往往能感动激发人意。"盖此公于此题初不相契也。其序曰:"瀛者何?十八学士登瀛洲也。奎奈何?五星聚奎也。斯登也,斯聚也,而后八代五季之文弊革也。"读之可发一笑。其所选多非作者,故不暇论。

吴敏德《文章辨体》……中论排律,以老杜《赠韦左丞》为法,则于古、律之体且不能辨,尚足与言诗乎?

高廷礼《唐诗品汇》,谓唐、宋以来选唐诗者,立意造论,各该一端,仅取杨伯谦《唐音》而复有所诋,故其选较诸家为独胜。至其所分,有正始、正宗、大家、名家、羽翼、接武、正变、余响之目,似若有见,而实多未当。如初唐五言古,以太宗、虞、魏、王、杨、卢、骆、沈、宋诸家为正始,既已大谬;而五言律、排律复以太宗、虞世南诸公及陈、杜、沈、宋为正始,则又无别。至五、七言古,以太白为正宗,子美为大家,既浅之乎知李;而以韩退之、孟东野、李长吉、王建、张籍为正变,是亦岂识正变耶?且于元和以后,多失所长,又未可名《品汇》也。

廷礼复于《品汇》中拔其尤者,为《唐诗正声》,既无苍莽之格,亦无纤靡之调,而独得和平之体,于诸选为尤胜。胡元瑞谓:"于初唐不取王、杨四子,于盛唐特取李、杜二公,于中唐不取韩、柳、元、白,于晚唐不取用晦、义山,非凌驾千古胆,超越千古识,不能也。"此论甚当。但所取五言古,杂用律体者众,既未可名"正声",而五言律,于初、盛唐虽得其风神而不先其气格,终未免小疵耳。

康文瑞《雅音会编》,取《英灵》《三体》《鼓吹》《唐音》《正声》等选,及李、杜、韩全集,摘其五、七言律绝,依韵编次,仅可为初学之资,未可供诸大方也。然诸家全集既不及收,而唐、宋诸选又不及录,且以《鼓吹》所选混入,不免甚误初学耳。

予尝谓选诗者须以李选李,以杜选杜,至于高、岑、王、孟,莫不皆然。若以己意选诗,则失所长矣。故诸家选诗多任己意,不足凭据。若于鳞选诗,又与己作略无交涉,良可怪也。

《诗归》如汉武《落叶哀蝉曲》、刘越石《胡姬年十五》等,俱伪而入录,其识为浅;如朱穆《绝交诗》、程晓《潮热客》等,最鄙而入录,其识为陋。若王仲宣《从军诗》,首句云"朝发邺都桥,暮济白马津",最为轶荡。子美"朝进东营门,暮上河阳桥",实仿之。谭云:"恨不将此等语为今人熟便者尽抹之。"三秦民谣甚幻,钟云:"似识、似铭、似记,置心口间,可救肤近之气。"《白狼王歌》悉为夷语,谭云:"妙在无中国淹熟之气,无文人摹拟之象。"嗟乎!人心至此,世变可知,有志者堪为恸哭。

《诗归》于唐诗取舍,不能一一致辩,姑论其最谬者:五言近体,王、杨、卢、骆,惟杨声体稍纯,今惟杨不录。初唐五言古,其体甚杂,今于沈、宋诸人每多录之,且云:"五言古唐人先用全力付之,而诸体从此分。"陈子昂、张九龄《感遇》虽出阮嗣宗,而远不逮。钟盛推子昂、九龄,而独黜嗣宗。盛唐五言古,惟李、杜为诣极,其余诸人体实多杂,今所采王维、王昌龄、储光羲、常建最多。谭云:"唐人神妙,全在五言古,太白似多冗易,非痛加削除不可。"此类颠倒殊甚。且于太白集中,伪撰者既不能辩,而于《蜀道》《天姥》,又皆削之,是其生平好奇,特字句琐屑之奇耳,非变化不测之神奇也。

或问予:子既能辩古今人诗,又有辩诸家论诗、选诗得失,今试举古今人诗,果能辩为古人、今人否?曰:予弱冠时,初读《唐诗正声》,后见友人扇,录东山布衣《明古今》一篇,予以为类高达夫诗。既而检《达夫集》,得之。后十余年,略涉宋诗。友人出茶具示予,上有铭云:"春风饱食太官羊,不惯腐儒汤饼肠。搜搅十年灯火读,令我胸中书传香。"予曰:"惜哉美器!无是铭可也,然必山谷诗句耳。"既而检《山谷集》,良是。此皆予之足自信者。至若国朝高季迪五言古学李、杜,李献吉五言律学初唐、子美,李于鳞乐府及五言古学汉、魏,何仲默、徐昌谷五、七言律学盛唐,有逼真者,使予未睹诸家全集,固不能知为今人之诗。又如大历以后,集中已多庸劣之句;开成而下,复有村学堂最猥下语。使或摘以为问,予亦安能知为唐人诗耶?

《后集纂要》

卷　一

胡元瑞云:"宋人近体胜歌行,歌行胜古诗,至风雅乐谣,几于中绝。"又云:"律诗犹有如杜。"愚按,谓"风雅乐谣,几于中绝",甚当。谓"近体胜歌行,歌行胜古诗",则谬甚矣!宋人古诗、歌行,多出于退之、乐天,体虽大变而功力恒有过之。律诗虽多出子美,然得其粗而遗其精,明于变而昧于正,故非枯槁拙涩则鄙朴浅稚,如杜之沉雄含蓄、浑厚悲壮者,有一语乎?徒原其所出,而不究其所从归,则岑楼寸木矣。张文石云:"衰周无颂,汉无雅,晋无四言,唐无选,宋无律。"斯并得之。

元美、元瑞论诗,于正者有所得,于变者则不能知;袁中郎于正者虽不能知,于变者实有所得。中郎云:"至李、杜而诗道始大。韩、柳、元、白、欧,诗之圣也;苏,诗之神也。"以李、杜、柳与四家并言,固不识正变之体;以韩、白、欧为圣,苏为神,则得变体之实矣。

唐子西谓荆公得子美句法,正未识子美也。

黄鲁直诸体生涩拗僻、深晦底滞者,悉主圣俞。宋人尝谓欧公以文为诗,坡公罕逢酝藉,此论诚当。然于鲁直则反称美之,岂以欧、苏为变,鲁直为正耶?甚矣,宋人之愈惑也!陈无己谓鲁直过于用奇,不若杜之遇物而奇。愚谓太白之窈冥恍惚,子美之突兀峥嵘,乃古今至奇。鲁直不能仿佛一二,徒欲以一字一句取异于人,即使果为奇句,亦是小道,况若是乎?

胡元瑞云:"宋黄、陈首倡杜学,然黄律诗徒得杜声调之偏者,至古选、歌行,绝与杜不类,晦涩枯槁,刻意为奇而不能奇,而一代尊之无上。"又云:"宋诸子以险瘦生涩为杜,此一代认题差处。"予欲改"险瘦"二字为"艰深",更为妥帖。

李献吉云:"黄、陈师法杜甫,今其诗传者不香色流动,如入神庙坐土木骸,即冠服人等,谓之人,可乎?"愚按,鲁直五言律,惟《王文恭挽词》二首略得杜意,余皆僻调,去杜绝远。陈之胜黄,实在五言律也。

方虚谷云:"乾、淳间诗,巨擘称尤、杨、范、陆。"陆文圭云:"渡江初,诚斋、放翁、后村号三大家。"虚谷又云："乾、淳以来，尤、杨、范、陆为四大家，自是格降而为江湖之诗。叶水心以文为一时宗，永嘉四灵从其说，改学晚唐，宗贾岛、姚合，凡岛、合同时渐染者，皆阴拮取摘用，骤名于时，而学之者不能有所加，日益下矣。名曰厌傍江西篱落，而盛唐一步不能进。天下皆知四灵之为晚唐，而巨公亦或学之。四人或字或号，皆有'灵'字，故曰'四灵'。"或问："四灵较江西诸子如何？"曰：四灵、江西俱未见全集，然四灵宗岛、合，虽晚唐，犹有可观；江西宗山谷，山谷宗子美，所谓正变两失。选宋者亦然，皆挟天子以令诸侯也。……"

朱元晦五言古最工。宋人五言古，欧、苏门户虽大，然悉成大变；国朝诸公则选体稍近，而唐体实疏。元晦五言古初年尝拟《十九首》，既而悉学应物，又既而学子昂，又既而学子美，音节步骤，十不失一，实在我明诸家之上。元瑞称其"制作颇溯根源"，是也。元晦尝言："其后生见人做得诗好，锐意要学，遂将渊明诗平仄用字一一依他做到，一月后方得作诗之法。"盖元晦本学渊明，然未易仿佛，故其冲淡者遂为应物，宏大者即成子美也。人知陶、韦为一源，不知子美音调实与陶为一源也。

元裕之才力少逊宋人，而怪恶鄙俗处则无，然不完纯者多，中亦有晦僻语。五言古入录者实为明爽，而七言颇见才情，为元人、国初诸子先倡。但古诗及律多用旧句，又兼用时事，则前人所无。至五、七言古入声借用，则自子美已然。

卷　二

国朝人诗，五言古、律，五、七言绝，断不能及唐人，惟歌行与七言律为胜。五言古，李、杜之所向如意，韦、柳之萧散冲淡，各极其至。国朝人既不能学，即韩、白、东野变体，亦未有能学之者。五言律，五、七言绝，入录者诚足配唐，而全集则甚相远。若歌行，李、杜虽极变化奇伟，而继之者绝响，高、岑、李颀仅称正宗。至国朝诸名家，则黾勉强致，其入录者往往逼李、杜而轶高、岑。

国初诗首称高、杨、张、徐。胡元瑞云："季迪下便应及杨、张、徐二子远矣。"愚按，季迪才情特胜，五言古唐体可二十篇，直逼李、杜，国朝李、何而下所无;歌行多出青莲,而才力豪迈,当为称首无疑。杨五、七言古每多任情。张五言古,六朝、唐人体无不具,而学杜者为优;歌行步骤既超,才力亦称,实在季迪之亚。乃知后人未睹诸家全集,断不可轻立议论也。

张来仪五言古靡所不有,而学杜者为优。歌行完美者在伯温之上。五、七言律悉入中、晚,其为中唐者淘洗颇工,然与古诗、歌行如出二手。七言绝太逼晚唐。

袁景文七言律悉学子美,而不成语者几半,然仅得杜之骀荡。至《白燕》《荷花》《镜中梅》,则晚唐格也。《白燕》最工,当时号为"袁白燕"云。五、七言绝多非本相。

何仲默云:"取我朝诸名家集读之,弗多得,得而读之者,又皆不称意,独海叟诗为长。叟歌行、近体法杜甫,古作不尽是,为国初诗人之冠。"李献吉云:"叟师法子美,时有出入。集中《白燕》诗最下最传,诸高者顾不传。云间故吴地,叟亦不与四杰列,皆不可晓。仲默谓国初诗人叟为冠。"详二公之意,其所推重者在歌行、近体耳。愚按,景文五、七言律,玷缺者甚多。七言入录者,仅得杜之骀荡,而警绝处绝少。歌行仅能学杜短篇,而长篇较高、张、伯温相去甚远。概谓其为国初诗人之冠,亦矫往之过。

世之论李、何者,莫不谓献吉效颦,仲默舍筏,此似晓不晓。献吉五言古粗率不纯,及汉魏、六朝、李、杜靡所不有,而相肖者无几,信为效颦;若歌行虽学子美,而驰骋纵横,实有过之,又未可以言效颦也。仲默五、七言古,信多舍筏,于国朝诸子,不足当其下驷,而七言律则元瑞所谓"温雅和平,动合规矩"者也。盖献吉山斗一代,实在歌行;而仲默冠冕诸公,实在七言律耳。或选何歌行篇什与李相等,选李七言律篇什与何相等,是全不知诗者。

歌行本于《离骚》,献吉熟于《骚》,其歌行妙处皆得于《骚》;于鳞于《骚》学实疏,故歌行无一可采。献吉歌行入录者迂回隐约,有余不尽。短篇严紧精炼,不杂一常语,此国朝诸公所无;长篇体虽纵横,而意实浑涵,实兼李、杜所长。其不及李、杜者,则累语、累字为多,而全集益见苍莽也。《汉京篇》《杨花篇》《去妇词》专学初唐,附见本体之后。

献吉五言律,入录者仅十之一,然于初唐、子美得其神髓,惜不免有玷缺者。元美刻意慕杜,兼爱初唐,实未有一语也。

献吉五、七言律、绝,于朝廷、郊庙、边塞诸作则工,于山林、田野、闲适诸诗则拙,盖才性各有所宜,若李、杜则无不兼善矣。七言绝《帝京篇》《郊祀歌》等,气格本乎李、杜。

仲默《袁海叟集序》云:"景明自为举子,历宦十年,日觉所学非是。李、杜歌行、近体诚有可法,而古作尚有离去。景明学歌行、近体,有取二家,旁及初、盛,古作必从汉、魏求之,虽迄今一未有得,而执以自信,弗敢有夺。"愚按,此论虽于李、杜古诗有不相契,然与前舍筏之说,及所云子美歌行不及初唐,意甚相反。盖此言"自为举子,历宦十年",乃三十以后言;而前所云则三十以前见也。然集中五言古学汉、魏实疏,歌行较李、杜又自迥绝,盖仲默转想虽切,而资性实远,终未有一得耳。至年三十九而卒,惜哉!

王元美论李、何诸子云:"长歌取裁李、杜,近体定轨开元,天地再辟日月为朗。"此见元美及李、何诸子所见所造皆归于正。薛君采、杨用修工于六朝、初唐,又自以导仲默为功。予谓辞、杨二子实为祸首,然仲默入初唐,止七言古一体,而他则未尝入也。献吉、元美亦有六朝、初唐,实以备众体耳,非有意学之也。

仲默五言律全集太弱,元美谓"不能讳其屠"是也。然入录者,多出盛唐、子美。

仲默七言律风体不一,入录者多出盛唐、子美,亦有出大历者,余虽稍弱,无不可观,当为国朝七言律第一。盖于鳞高壮雄丽,不免铦颖太露耳。献吉《驳仲默书》云:"仲默诗如抟沙弄泥,散而不莹。"

子美七言律尚有杂语、累语,仲默学杜,虽气格稍逊,而纯美胜之,故仲默五、七言律及献吉五言律,皆子美嫡嗣也。

徐昌谷《迪功集》,乐府杂言《槃舞歌》《闾阖行》《猛虎行》,宛尔西京,而语无盗袭,当在于鳞之上;献吉以下,勿论也。五言律兴象玲珑,风神超迈,乃盛唐化境,元美、元瑞俱不相契,七言律出于子美,变者在献吉诸子之上。

边庭实五言古,语多错出,出汉、魏者较于鳞则为浅易。乐府杂言格新调婉,惜变化差少,然以意为主而不以格为主。五言律多出子美、盛唐。

王敬夫全集多不可观,即入录者,非窜易一两字不可。七言律概多学杜,较景文得杜之正,然不免稍为束缚。

(薛)君采五言律,集中前半截为工,后半截为劣,中有出初、盛者,而初唐为工。七言律有出子美者,然于沉雄浑厚处无一语也。七绝如《凉州词》《塞下曲》《皇帝行幸南京歌》《海上杂歌》《远游曲》,可继献吉、庭实,至学子美变体,则入录者少。

(李)于鳞七言律冠冕雄壮,诚足凌跨百代,然不能不起后进之疑者,以其不能尽变也。唐人五、七言律,李、杜勿论,即王、孟诸子,莫不因题制体,遇境生情;于鳞先意定格,一以冠冕雄壮为主,故不惟调多一律,而句意亦每每相同,元美谓"守其俊语,不轻变化"是也。然或厌其一律而录其别调,则又失其所长,非复本相矣。余子亦然。

王元美《四部稿》前、后集共四百五十四卷,古今文集未有若是之多者。窃谓刘向、张华学称博矣,而著述未尝多;太白、子美诗称工矣,而文章未尝富。今元美诗数倍于李、杜,文数倍于韩、苏,且于天地、人物、文章、政事、释老、九流以及书画、工技,靡所不通,而侈言之,此势之必不能兼而理之必不能精者。但其陵轹中原,气盖一世,又能奖借后生。后生出其门者,皆一时之杰。咸以谓诗兼李、杜,文胜韩、苏,古今集大成者一人而已,后人何敢措一喙焉?

元美识超一代,力敌万人,有兼功而无专力。总诸体而论:乐府变数篇,可称诣极;五言古,选体最劣,唐体稍胜,变体及学东坡者多有可观;歌行,六朝、唐、宋靡所不有,而入录者不能什一,中虽有奇伟之作,而纯全者少,变体始多全作;五言律,仅得百中之一,而实非本相;七言律,意在宗杜,又欲兼总诸家,然臃肿支离,复多深晦,晚唐奇丑者亦往往见之,此英雄欺人耳。

太白"斗酒诗百篇",故其语俊逸而高畅;子美"语不惊人死不休",故其语奇拔而沉雄。元美七言律意在宗杜,而恒以仓卒得之,宜其支离愈甚也。

盛名最易误人，献吉、元美七言律，读者不敢少贬，此信耳也；作者不复自疑，此信人也。信人者时一见之，信耳者天下皆是也。然献吉之卤莽率意，昧于杜之变；元美之支离深晦，昧于杜之奇，于奇、变皆无所得也。

孙承宗

一亭特结西园客，满座翻疏北海杯。不是当车难缓步，只缘多落易纷挨。种花自凑河阳胜，增灶人传虞诩来。几咏杜陵真切句，安危须仗出群材。（《高阳集》卷五《适园八首》其七）

其才堪世忌，道与天经。董、贾不逢，竟弄半川风月；庄、《骚》杜笔，顿成持世文章。（《高阳集》卷十六《南京吏部稽勋清吏司郎中文翔凤》）

顾起元

世之作者代不乏人，二者并杂，故难俛得，魏、晋以还，子美一人而已。观其博极群书，驰骋古今，周行万里，浏览风谣，浑涵汪茫，千汇万状，残膏剩馥，沾丐后人。元稹称古人之才兹总萃焉，即所自名，亦以万卷既破，下笔有神。后人苟无是学，空取其声调，摹而肖之，衣冠楚相，形似华歆，方驾并驰，不已远矣！近代名法杜者，或得其皮，或得其骨，或得其筋，或得其肉，第其所至概乎有闻，若综其所学诣以元睹记，盖无有逾我菊山先生者。……工部之学，上薄《风》《雅》，下该沈、宋，古旁苏、李，气吞曹、刘，掩颜、谢之孤高，杂徐、庾之流丽，故能英跱一时，孤骞百代。今先生不沿其末，直探其本，堂皇森广，府奥郁深，谓其得杜之学，肩前数子，又何让焉？《诗》不云乎："惟其有之，是有似之。"他人剽古人之似，以求古人之有。先生有古人之有，而得古人之似。九原可作，工部必有先生为鲁男子矣！视彼寒肤嗛腹者，制裁虽工，边幅自窘，即成拟议之功，终掩宏通之度，并云尸祝子美，相去奚翅径庭哉？（《懒真草堂集》文集卷十四《黄菊山先生诗集序》）

轩策将闻锁院开,骑鲸何意厌尘埃。伤心忍听诸姬哭,执手怜看末婢才。寂寞桃源空逝水,萋迷冶麓有荒台。秣陵雕敝尤堪恨,杜甫能无赋《八哀》?(《雪堂随笔》卷一《朱元介宗伯挽章八首》其八)

不甘雌伏要雄飞,大耋犹牵短后衣。爱客独言公子是,和歌宁顾酒人非。过河雁度霜华冷,绕树乌啼月影稀。杜甫最怜垂老别,锦城虽乐不如归。(卷三《沈五陵丈年八十四矣慨然命驾访米观察于京师余高其义壮其志而惜其别也赋此送之并寄观察二首》其二)

外舅少冶公尝手批《李于鳞集》,唯七言律耳。言其诗律细而调高,然似吴中新起富翁,局体止是华俊精致;若杜工部便如累世老财主,家中百物具足,即陈朽间错,愈见其为富有也。又曰:"弇州好用古之奇字奇句,凑合一处,诗文皆然。终不似古之大家,滔滔莽莽,无意为奇而卒亦未尝不奇者。"平日论文章之达者,独首推王成公,曰:"能道其胸中所欲言,婉折畅快,是国朝第一人。"(《客座赘语》卷五《少冶先生评李王诗》)

少冶先生尝批点《杜律虞注》,今止记其二条。"三分割据纡筹策,万里云霄一羽毛"注云:"鼎足之功,不可谓不大,自孔明视之,直一羽毛耳。霍光知此,安能赤宗?"又"蜀主窥吴幸三峡"注云:"'窥'字不妥,'征'字事体又太大。"后见《澹园笔乘》解前二语,正与此同。(同上《少冶公注杜诗》)

东桥先生喜谈诗,尝曰:"李空同言:'作诗必须学杜。诗至杜子美,如至圆不能加规,至方不能加矩矣。'此空同之过言也。夫规矩方圆之至,故匠者皆用之,杜亦在规矩中耳。若必要学杜,只是学某匠,何得就以子美为规矩邪?何大复所谓'舍筏登岸',亦是欺人。"又尝语人曰:"何大复之诗虽则稍俊,终是空同多一臂力。"(卷六《东桥先生论诗》)

李日华

《恬致堂诗话》

岭南有梅无雪,塞北有雪无梅,梅雪相遭,周遮仅千余里,地界得之耳。

然能拈条嗅蕊，挹爽吸清，令寒香心腑，而又能为梅雪吐一转语者，宇宙以来竟几何人耶！余昔倅江州、摄瑞昌，邑在荒江邃谷之中，逢迎绝少。衙退，即手杜诗一篇，坐后圃亭中，作诗人矣。雪中一绝句云："雪来庭树暗栖鸦，铃索无声吏散衙。独立虚檐人不见，自团残雪瞰梅花。"余今解组，日盘桓百树梅中，而若为俗务所婴，翻忆尔时意味，为不易得也。

杜诗《元坛歌》①云："子规夜啼山竹裂，王母书下云旗翻。"说者是瑶台之金母耳。张邦基《墨庄漫录》云："宣和间，中官陈彦和掌禽苑，见蜀中贡一鸟，状如燕，色绀翠，尾甚长，飞则尾开展如雨旗，故名曰'王母'。"杜诗诚未易读也。

杜诗"急急能鸣雁，轻轻欲下鸥"，"能鸣"用《庄子》，"欲下"用《列子》，而操纵则所自出。

杜诗"宠光蕙叶与多碧，点注桃花舒小红"，"宠光""点注"，唐时有此二语，施之官职选授间。所云"宠光"者，特恩之意；"点注"者，注授之意，所以为妙。今本讹一字作"点缀"，何啻嚼蜡！

虽三曹雄丽，二谢秀逸，杜陵沉顿雄豪之篇，长庚高亮空玄之句，偶一讽之，不以宿我灵府也。何也？以新新之机不存焉故也。（《恬致堂集》卷十四《陆水部嗣端诗稿序》）

"百年遗墨尚精神，鉴赏还归杜老真。今日长垣传法眼，固知少嫩亦如人。"顷余，读《东原遗稿》，其论云林《画品》云："世率以其书辨真伪，不知早岁作书少嫩如其人，先生知画之深者也王鏊。"（《六研斋二笔》卷一《吴周瑞》）

"曲江洗刷云满身，雄姿逸态何超群。眼中但觉肉胖骨，干也合让曹将军。嗟哉今人画唐马，艺精亦出曹韩下。玉堂学士重名誉，一纸千金不当价。山窗拥雪观画图，据案便欲擒於菟。天厩真龙有时有，杜老歌行绝代无。史

---

① 杜诗原题为《玄都坛歌寄元逸人》。

官察伋士安。"①竹懒②曰：察伋意似嫌子昂此马稍肥，故谓在曹、韩之下，横以时名取重耳。求其如杜老所歌"扫空万马"者，则绝代未有也。何物胡奴，强作解事如此！（同上《赵文静公画马》）

文衡老诗清婳婉约，弇州、历下诸公每以吴歈目之。然独施于登眺燕集，或稍涉轻缛流易耳。余见屠伯起所藏公书《文信公事》诗四首③，不独忠愤激烈，耿耿有贯虹偃日之气，而语格亦多雄浑典硕，舍杜老未易窥者，乃知公养邃蓄深，盖难为垂绠也。（同上《文衡老诗》）

杜子美诗云"夜阑更秉烛，相对如梦寐。"疗疟法：对日握枣，书此十字于空中。仍噙日气一口吹枣上，不换手以啖，病者辄愈。此又何理也？岂才灵之语出于元化，被之者靡不通彻耶？（卷四《白乐天孙白龟年》）

孙绰为著作郎，自于暗中见所使笔，吐光如火；杜少陵作诗句精绝者，其子宗武每觉纸上作金字。此皆文章精气所结也。（《六研斋三笔》卷一《孙绰》）

杜少陵《七歌》之四，曰："呜呼四歌兮歌四奏，竹林为我啼清昼。""竹林"本鸟名，同州有之，色正青如雀，善啼。杜老本用此，后注者乃作"林猿"，不读万卷，不行万里，可轻窥少陵耶？（《紫桃轩杂缀》卷一）

子产字子美，东坡《放鱼诗》云："不怕校人欺子美。"注者疑误指少陵，又欲竟易"产"字，陋矣。（同上）

唐人《早朝》诗，贾至倡诗，王维、岑参、杜甫和之，俱称典丽。然王警句则曰"九重阊阖开宫殿，万国衣冠拜冕旒"，岑曰"花迎剑佩星初落，柳拂旌旗露未干"，贾则曰"剑佩声随玉池步，衣冠身惹御炉香"，气象诚高，波澜诚阔，终是落境语耳。杜子则云："旌旗日暖龙蛇动，宫殿风微燕雀高。"以旌旗所画之龙蛇，对真燕雀，已极变化，而"动"字、"高"字，俱含生气。"风微"字则以燕雀

---

① 此诗为元人诗，但作者记载不一，或云察伋士安，或云冯子振，诗题为《题赵承旨番马图》，亦名《题赵承旨白鼻䯄图》。
② "竹懒"为李日华本人之号。
③ 文徵明诗原题为《咏文信国事四首》。

因风微得至殿屋,风稍壮不免抢地矣。且大厦成而燕雀贺,又本成语,见朝廷宽大、群情乐附之意,有比有兴,六义具涵,转辗咏之,弥堪咀味。杜真诗圣,三子咸当北面。(《紫桃轩又缀》卷二)

祝枝山草书杜陵《秋兴》,良雄快可喜。(《味水轩日记》卷一)

三十日雨,为孙令宏书陈眉公《读书十六观》中语七则。余又益以一则云:"昔陶渊明读书不求甚解,赵州和尚看《涅盘经》只是遮眼。竹懒一日山行,有客穿林踏石,都不领略,口喃喃语:'十年恩怨事不休。'竹懒笑曰:'余亡友吴元铁与余对勘杜诗,元铁好记佳句,余初不留念,只触眼取快而已。以为丈夫胸次当荡荡,即杜句不欲点之,矧人间恩怨耶?夫渊明之不解与余之不记,亦读书观中所当参取也。'"不知令宏以为何如?(卷七)

杜子云:"明年今日知谁健,醉把茱萸仔细看。"情深哉!(同上)

孙慎行

魏、晋来作者代不绝,皆骋于浮藻。其盛者鸣,独得潇然闲远,不关世也。杜甫、元、白所作诸诗,志天宝后祸败之因,皆道之事后,非规之事前。然千载诵歌其致,能令人可涕可思、歔欷而不忍什者,何也?此亦直之未亡于人心也。(《玄晏斋集》文抄卷一《诗说》)

世皆知杜子美爱君忧国,有《三百》之遗,而不知太白之爱君忧国,更复不减。其渴仰浩然,止以为"迷花不事君"?其《清平调》《宫词》《乌栖》等曲,盖皆以诗为谏者也。(同上《书青莲集》)

朱子示后学,自《四书》《五经》完后,便当首读《离骚》。并读杜诗、韩文,词义兼美,无如两集者也。非独以教人,盖躬寔似之。(同上《读朱子编选文后记》)

夫古今有诗客诗,有学士家诗,学士家以学以才,诗客家以手以格。吾尝谓自宋以来即做到欧、苏,不过学士家耳……即杜学非不闳博,李才非不瑰玮,而终不可议于文,其擅长古今者诗家诗,即诗家宗也。欧之拟李,苏之拟

杜,非真也。(同上《荆翁诗选重序后》)

子美集终章云:"湖光与天远,直欲泛仙槎。"呜呼,以子美一生忧国凄楚,而终乃委运迁化,古来达人自得,世之不能羁绁,类如此。(同上《读唐集二绝句书后》)

自李、杜后,诸作家大约以华清、马嵬起感,即人不必《三百篇》人,而心则《三百篇》之苦心,言则《三百篇》之庄言,诸家无不以兹为第一义。(同上《诗杂论》)

尝以为唐世之材如用诗,则李、杜之博大为阿衡,元、白之闳玮为铨宰,韩昌黎之雄健为司马……王绩、孟浩然之廓达为客星,他不可一概量。若江湖凫雁,大夏丹青,岂忧乏哉! 唐以诗取士,人才乃毕凑于诗,然而应制省试类反壹不及格。非独寸晷风檐,展错不及,亦人主好尚,选诗衡量,各有运会,不可齐也。(同上)

小人常欲操天下之权利,最切最巨者莫如边功。……小人恐不足奉奔走,势必以边境安危恫疑虚喝,移人主坐朝问道之心,为聚财强兵之计,而忠言弼士,不得关其口。小人独以小利取荣进,以大祸窃威福,小人乃惛然满志,而人主安受其敝? 以是志士深忧,多好作为塞上歌行,以抒愤郁。愤郁之小者,乃在将帅不恤士卒,而使夫妇流亡,横起灾衅;愤郁之大者,乃在将相善交贵要,而使内外关隔,立成崩解。盖有识其大者,有识其小者。先事而忧为识之大,李、杜是也;见形而摸①为识之小,则元、白以下诸家是也。(同上)

杜云:"胡虏何尝盛,干戈不肯休。闾阎还小子,谈笑觅封侯。"余尝读而悲之。古来勾夷如中行龛侯辈,贾傅直欲缚之笞之,此真非难也。独唐自安史乱,含元殿所列跪五六百人,宁可诛尽,非散之四方甘佐使,即潜入京师工细作,如朱泚、姚令言之乱,可视也。庙堂倘肯采诗,即诸家歌行,谁在无此意? 故云:"莫道词人无胆气,临行将赠绕朝鞭。"余赠更有味,其言古来著作,多纪世事。然有文字所不能尽,而必假之诗,故诗一二言,便连篇大束之所不

---

① "摸"当是"模"。

能悉，而令人宛如在者也。而论诗者反言杜述时事，何不以文而以诗，可为不知诗已。杜云："江流石不转，遗恨失吞吴。"数百年讲解纷纷，至夜托梦告之，文人诗之奥也如此。（同上）

夫古有朴言之而愈文，有长言之亹亹而愈觉蓄无尽者，《焦仲卿妻》之诗是也。……其一衍之而为子美之《北征》，一衍之而为乐天之《琵琶行》，又一衍之而为元微之《感梦》，繁简不同，天窍良合。（同上）

如云："华夷山不断，吴蜀水常通。"一言而能道尽寰中者，子美也。（同上）

诗之失愚，要见得利巧之人易儇薄。儇薄者，视人得失不关，遂亢焉翘过使不可当，而温柔敦厚之意何来？故夫宜愚不愚，其为温柔敦厚也，善有所以自将，而加于利巧倍矣。吾独于子美见之，其言曰："杜陵有布衣，老大意转拙。"（同上）

诗所谓"兴观群怨"者，要以事父事君，而余乃及多识。若后世人言诗，专以多识先，而君父则缺①矣，即于兴观群怨茫无归着。……古今所宗独李、杜，人第知才高百代、衣被词人，而不知其君父大义焯知②也。子美一饭不忘君，人犹知之。而太白以诗为谏，《乌栖曲》《清平调》《苏台越中作》，真所谓咏歌之不足则长言之，长言之不足则嗟叹之者也。……尝以四种衷裁之：如太白歌曲、七言古风，有迫狭一世之心，是之为可兴；乐天《新乐府》，极铺陈百年之变，是之为可观；子美《北征》《秋兴》《收京》，历艰难而无訾诽，是之谓可怨；太白《宫中》《行乐》词、《闺情》诗，写深至而无艳冶，是之为可群。……"楚骚"极命椒兰、桂芷、虮蝎、鸾皇比兴，要念念在君国而无他之，故为《风》《雅》之遗。若诸家从《风》《雅》起义，不第以《楚骚》起格，自李、杜而外，则昌黎、次山，今未见也。（同上《选诗序》）

栀子花，世未有好者。……而古唯爱竹者、爱莲者，乃称雅好，至若芬椒不御，兰芷不佩，骚人志士感叹伤嗟，至没首不已。然世之好之者尚多，未若

---
① "缺"当是"缺"。
② "知"当是"如"。

栀之一未有赏耳。俗称供养佛祇以栀，不以他花，而世俗富贵家为苑囿观游者，至遍植他花，曾不一用栀，岂其意尚各然耶？盖至子美咏之，犹以为与道伤和，何况其他。（卷二《爱栀记》）

斯文如未丧，脉脉通心神。众才多杂还，智者识其真。建安盛慷慨，晋宋富清彬。衣冠而粉黛，靡荡成梁陈。唐初沿末调，开元始一新。李杜称大家，王孟亦绝尘。尺度既有则，波澜实无垠。遂令一朝士，皓首疲辞津。至今铺糟徒，贱玉而贵珉。拟古酷似古，取笑于古士。拟古不似古，当世不一珍。苟不自得吾，谁与古人亲。西风忽扫涤，绿草都沉湮。胸臆平生积，潇潇对青筠。（卷二《古风四首》其一）

今人不出户，空说古人心。只一赴行在，易说难为任。时时艰苦路，处处生死临。盗贼昼满野，蚁度山之阴。盘纡晡空腹，四望绝烟林。当年若白刃，节烈有余歆。似彼岩畔僵，痛楚谁肯谌。行人不遑抚，室家杳无寻。岂为走一官，躯命轻微禽。元首所在处，手足须护深。家难主人出，童仆号可禁。当前或不死，安坐反陆沉。入蜀入秦篇，酸恻不可吟。（卷五《读杜集》）

古所谓"诗史"，诗谏者也。迨其后有欲射谏臣者，有欲立法监谤者，而道路且相目莫敢言，即《黍离》大夫其言曰"知我者谓我心忧，不知我者谓我何求"，盖隐讽云耳。而二雅之意熄矣，如是则主纵臣谀，将何逄不可？故曰："《诗》亡，然后《春秋》作。"（黄宗羲《明文海》卷一百零八孙慎行《诗说》）

吴桂森

少陵忠愤，有《离骚》之思。篇中《丽人行》，"副笄六珈"之什也；《秋兴》八章，"彼黍离离"之咏也。含意深远，读之有无穷之感。取最沉郁者，为笺释一篇："夔府孤城落日斜"，身在夔府①；"每依北斗望京华"，心在京华；"听猿实下三声泪"，在夔府；"奉使虚随八月槎"，望京华；"画省香炉违伏枕"，望京华；

---

① "身在夔府"四字原为注释格式，今调为正文。原因有二：一则从语义看，宜在正文；二则以今人书籍排版形式，以原样为页下注释，过于烦琐。后同。

"山楼粉蝶隐悲笳",在夔府;"请看石上藤萝月",追忆京华之月;"已映洲前芦荻花",目中夔府所见。旧解殊未识其意。(《息斋笔记》卷上)

诗中下字之妙,谓之点铁成金。有用奇字者、深字者、实字者,如杜诗中百法俱备,然必于平常字中却含无穷意思,而又混然天成,乃为神境。如庄姜之诗"乃如之人兮",只一"之"字,无限悲嗟感慨,又怨而不伤,斯不求工之工,天然真妙,与有意者迥别。(卷下)

杜诗有不看注不知其妙者,如《寄常征君》是也。盖征君以隐士应召,公微讽之,而诗极浑融,不易窥见。诗云"白水青山空复春",山水无主也;"征君晚节旁风尘",不终其节;"楚妃堂上色殊众",不出则美殊于众;"海鹤阶前鸣向人",出则旁人而鸣;"万事纠纷犹绝粒",犹修辟谷之术;"一官羁绊实藏身",则出者以吏隐耳,为常解嘲也;"开州入夏知凉冷",常之所居;"不似云安毒热新",工部所居,若羡之,实言所处分矣。微词妙旨,宛然《三百》遗意。选者多不及,亦未知其深情也,特为拈出。(同上)

诗家李、杜,千古无匹。杜穷工极变,李淡宕天成,俱为绝调,而所作有各不同者。如道天宝间事,《阳春歌》第云"圣君三万六千日,岁岁年年奈乐何",含蓄不尽言;而《丽人行》则摹写无遗,末句则归之"丞相嗔"一语,盖君德当讳而臣不必讳也。至谈玄、肃父子间事,《哀江头》但云"渭水东流剑阁深,去往彼此无消息",止寓感慨于言外;而《远别离》则变虎幽囚之言,无不颠倒,盖灵武之事可原,而良姊、辅国之恶不可原也。若隐若现,最得《三百篇》中深旨。所以不妨殊调,各擅其美。至于二公自相酬答,李之送杜曰:"秋波落泗水,海色明徂徕。飞蓬各自远,且尽手中杯。"杜寄李则曰:"渭北春天树,江东日暮云。何时一樽酒,重与细论文。"如出一手,信乎同声之应也。要李以逸才,不作铮铮细响;而杜游神象外,直夺天巧,所以俱成独步,奇哉!(《同上》)

杜诗:"江豚吹浪夜还风。"其出也常在风前,风未起,豚先出,若有以招之。然豚何知?风则有以感之。其感应之际,有不知其然而然者,最可观相乎微理。(《周易像象述》卷八《中孚》)

邓云霄

《冷邸小言》

诗之最上者,须在禅味中悟入。唐之诗入禅者,无如王摩诘、孟浩然。王则珠缨宝络,而如意指点,寂若无言;孟虽破衲芒鞋,而一钵之中,降龙而有余地。杜子美眼高一世,而曰"吾怜孟浩然",又曰"高人王右丞",知言矣。

花鸟可娱之物也。杜工部乃云"感时花溅泪,恨别鸟惊心",陆士衡亦云"目散随气草,耳悲咏诗禽",文士怀抱,千古如一,非有意于蹈袭也。

余读杜工部诗至"侧闻夜来寇,幸喜囊中净",拍案长吟,欣然有会。因忆四年前京邸候命时,余亦有"客子庖厨薄,日来蝇鼠稀"之句,颇恍惚此意,亦暗合也。

诗虽富贵壮丽,亦须带俊逸蹁跹,方称妙技。如杜工部"旌旗日暖龙蛇动,宫殿风微燕雀高",评诗者谓非得"微"字,终堕痴肥。王摩诘"九天阊阖开宫殿,万国衣冠拜冕旒",评诗者亦讥为帖子语。观此可知其概矣。

歌行之体,须以汉铙歌为骨。一句之中,顿挫转折若相问答、相顾盼者,方入佳境,如"江有香草目以兰,黄鹄高飞离哉翻",杜工部深得此法,如"十步回头九步坐"①"问谁腰镰戎与羌"之类是也。

杜工部诗"薄云岩际宿,孤月浪中翻",正用何逊"薄云岩际出,初月波中上"也。然"宿""翻"二字,终是青出于蓝,以"宿"静而"翻"动也。"出""上"二字,则合掌矣。于此可悟字法。

杜工部"山虚风落石",果是奇句。不知本于隋史万岁"更鼓误闻风落石",又更奇矣。

诗贵句中有开阖,以上下动荡也,杜工部"江间波浪兼天涌,塞上风云接地阴"是也。夫波浪本在下也,而曰"兼天";风云本在上,而曰"接地",其中动

---

① 杜甫《忆昔行》原句为"三步回头五步坐"。

荡处便觉神奇流通。其法古已有之,隋孙万寿诗曰:"惊波上溅日,乔木下临云。"夫非其尺度欤?又"悬峰白云上,挂月青山下",则超神入圣矣。

诗家贵有怪语,怪语与癫语、痴语相类而兴象不同。杜工部云:"砍却月中桂,清光应更多。"李太白云:"我且为君槌碎黄鹤楼,君亦为吾倒却鹦鹉洲。"此真团造天地手段。苏东坡云:"我持此石归,袖中有东海。"抑又次之。

诗忌以叫噪为豪,以高抬自见为高。此特可谓村夫俗物,面目可憎,语言无味。孰如王、谢子弟,不言不笑,却自风流。张子房状貌如妇人好女,乃能持金槌,几夺祖龙之魂。如孟襄阳"当杯一入手,歌妓莫停声",其闲雅洒落,何等风致!杜工部"但觉高歌有鬼神,安知饿死填沟壑",何尝衿夸自诩,而愤烈之气,干空薄云,不可逼视。

诗最忌者切,亦忌不切,惟如水墨写意画为佳。若太白之《凤凰台》、王湾之《北固》、杜少陵之《奉先寺》,何曾涉地名、故事及佛家语!可以类推。

诗贵用事而人不知其用,乃臻妙境,如杜之"荒庭垂橘柚,古屋画龙蛇""五更鼓角声悲壮,三峡星河影动摇""春日莺啼修竹里,仙家犬吠白云间"是也。

学书者学一"永"字,则各体皆备。诗家亦有"永"字,其杜之"一片花飞减却春"乎!其中字字相生,句句叫应,流转无穷,诸法尽矣。

李献吉云:"叠景者意必二,阔大者半必细。"此言泄律诗三昧。杜之"吴楚东南坼,乾坤日夜浮",此叠景而意二也,然极阔大矣。下即接以"亲朋无一字,老病有孤舟",又何情绪凄怆而极其细也。又"锦江春色来天地,玉垒浮云变古今"下即接以"北极朝廷终不改,西山寇盗莫相侵",亦是景二而上阔下细。大都唐人多得此法,不独杜为然。

凡诗须一联景一联情,固也。然亦须情中插景,景中含情。显露者为中乘,浑化者为上驷。如杜之"孤嶂秦碑在,荒城鲁殿余",景中情也;王之涣"流水如有意,暮禽相与还",情中景也,然犹显露者也。至杜之"片云天共远,永夜月同孤",谁共耶?谁同耶?不落思议,乃情景浑化之极矣。

人但知用《四书》字落俗,若化工妙手用之,更觉超超。如杜少陵"沙暖低风蝶,天晴喜浴凫",岂非从"浴乎沂,风乎舞雩"来乎?何俗之有!至宋人用经书字,则俗气熏人,其笔俗故也。

杜诗浅浅句亦具变化,如"岷岭南蛮北,徐关东海西""相逢半新故,取别随薄厚""松浮欲尽不尽云,江动将崩已崩石"。悟此机括,便知元、白辈为直口布袋矣。

谢茂秦论诗有两语可取,彼云:"诗之幽险,如暝壑风生、重岩月堕,时时山精鬼火出焉。"余谓古人当此者惟杜工部"豺狼塞路人断绝,烽火照夜尸纵横",贾浪仙"怪禽啼旷野,落日恐行人"庶几近之。国初杨孟载亦有"学人孤拜月,照骨鬼吹灯"之句,皆可竖人毛发,足称幽险也。

问:"词人间出,何为定一双?屈宋也,江鲍也,沈宋也,李杜也,王孟也,其风神格力,悉足相敌。古称阳春寡和,不我诬耶?"曰:"同声相应,同气相求。"

水本无情之物也,因其无情则曰"清渭无情极,愁时独向东";反言有则曰"凭将锦水寄双泪,好过瞿塘滟滪堆",此杜之变任意也。然不若江淹"桂水日千里,因之平生怀",更约而味长。

同送人入蜀也,李太白云:"升沉应已定,不必问君平。"杜少陵云:"烦将百钱卜,漂泊问君平。"用一事而各变化,二公真敌国矣。

阎立本善画,其见张僧繇画也,明日再往,后日又再往,因坐卧观之,留宿其下。欧阳率更善书,其看索靖碑也,驻马一观,下马又立观,亦宿其下,三日乃去。盖彼自得书画窍,如琴遇知音,山水皆叶。比之诗道,杜子美、李献吉,非坐卧盘桓,竟日累月,鲜得其解者也。

诗贵谦冲温厚,风韵自然可挹,如老杜云:"白头授简焉能赋,愧似相如为大夫。"绰有典刑,不堕浮薄。若李于鳞则云:"主家池馆帝城隅,上客相如汉大夫。"痴蠢之气熏人,真村汉耳。

诗道景虽极高极阔,亦须说得缥缈方不落俗。老杜"二仪清浊还高下,三伏炎蒸定有无",献吉"霜色诸天镜,窗风四海涛",皆飘飘欲仙,不见夸口。

桓镇恶以勇闻,呼其名可以断疟;诵杜工部诗亦断疟,可谓人文有神。

王嗣奭

青莲号诗仙,我翁号诗圣。仙如出世人,轩然远污泞。在世而出世,圣也斯最盛。学仙如画鬼,舐笔随手使。学圣如画虎,见巧纤毫里。诗祖《三百篇》,我翁嫡孙子。诗豪立如林,双鞭眠翁指。嗟余偷壤虫,何缘梦见翁?草堂留古色,檐花落轻红。典衣易斗酒,雄谈凌霄虹。觉来謦欬在,山寺鸣晨钟。起床讶余辉,初旭破昏蒙。翁今在何所?脉脉通灵通。贱质若顽石,未谂堪磨砻。(《密娱斋诗集》卷一《梦杜少陵作》①)

忆昔攻诗梦少陵,草堂疏豁冒寒藤。典衣沽酒观相引,短述长吟愧未能。居在市廛仍半虎,止非樊棘转多蝇。白头入蜀因公误,公因穷愁我亦应。(卷九《忆昔》②)

益都胜地浣花溪,水竹沙村好杖藜。筑舍累年差得稳,会心多景不胜题。身羁夔梓神空到,舟下荆衡意转迷。今日草堂长作主,达人应悟死生齐。

诗圣神交盖有年,到来追想一凄然。浮云转盼失苍狗,古帝遗魂空杜鹃。背郭堂成辞郭去,惊人句好任人传。黄精未必生毛羽,名不刊时骨是仙。(同上《浣花草堂二首》)

佳句死就怜性僻,晚看律细倍情真。剑门巫峡经行地,到处伤心忧国人。论事迂疏唐史陋,逢时坎坷皇天仁。学诗学道企游夏,炼世得仙轻惠询。篱里重来遗憾少,草堂一梦晤言亲。已招稷契作前辈,应许偶翁为后身。(《浣花草堂集》卷五《杜臆脱稿覆阅漫题》)

杜少陵自许稷契,人未必信。今读其诗,当奔走流离,衣食且不给,而于国家理乱安危之故、用人行政之得失、生民之利病、军机之胜负、地势之险要、

---

① 题下自注云:"梦谒公于草堂,解衣沽酒,相对谈诗。"
② 题下自注云:"余尝梦访少陵于浣花草堂,典衣沽酒,对酌谈诗,可三十年往矣。临老入蜀,实兹梦之践,而草堂在成都,距涪千里,以赴勘始至,数也奚尤?噫,神交诗圣,获登草堂拜瞻遗像,虽罹辘轳,未为非幸也。"

夷虏之向背,无不见之于诗。陈之详确,出之肯挚,非平日留心世务,何以有此? 杜之诗往往与国史相表里,故人以"诗史"称之,然岂足以尽少陵哉! (《管天笔记外编》卷上《尚论》)

子美诗谓孔明"伯仲伊吕",固属卓识。尤奇者,又有诗云:"凄其望吕葛,不复梦周孔。"夫古来合称之人,如稷契、周召等甚多,皆同时并列。即伊吕异世,亦以商周踵接,功业相当。今吕、葛相去千余年,而功之所就悬殊,乃比而同之,岂不骇人? 盖论其品也。子美真是孔明知己,识在宋儒之上。余在成都访诸葛祠,土人指锦官城外者是,及往,乃昭烈庙而以侯配享,但土人则呼为丞相祠,不知何故。再访子美草堂,则有丞相专祠列于草堂之左,盖嘉靖间创建者。余谓二公神交有年,今作比邻,九泉之下,定当相视而笑,亦应以"葛杜"称之。(同上)

诗文各自有法,既为之,须按其法。即道学先生,不得谓诗文绪余而不加之意,此亦有物有则之理也。但为诗而止以诗人自待,为文而止以文士自待,诗文纵佳,减一格矣。李、杜以诗名,韩、苏以文名,其所重者有在矣,可曰诗人之诗、文士之文而已哉? (卷下《文学》)

少陵之诗,昌黎之文,何尝不脱胎于古人,而各自名家,绝无模仿之痕。盖横绝宇宙,而无与为对者也。(同上)

思苟无邪,则子为真孝,臣为真忠,喜怒哀乐必无妄发。而发之于诗,理趣益溢,即眼前山光水色,鸟韵花香,皆为理趣之助,而愈玩愈佳。故老杜诗极多忠君爱国语而人不厌,发自真心也。后人无其心而仿效其语,人遂厌之。而近有好新异者,以谈及君国为戒,犹之惩噎废食,可笑也。(同上)

郑所南云:"诗之法,祖于《三百篇》,下逮曹子建、陶渊明辈。诗之律,宗于盛唐,主以杜,兼之李,次以孟浩然、高适、王维辈。要在漱诗书之润,益其灵根。岁月至,才华吐为天芬,其体制欲温柔敦厚,雅洁浏亮。意新语健,兴趣高远,追淳古之风,归于性情之正,毋为时之所夺焉。"(同上)

于鳞最为一时脍炙者,七言律。其评唐人云"王维、李颀,颇臻其妙",而不满于少陵,以为"颓焉自放"。至其自作,全是步趋少陵。然唐人皆缚于律,即以太白之豪,畏其拘束,不敢多作。独少陵之作最多,而穷工极变,无一复语。于鳞诗读至十余首,天地风尘,百年万里,屡出可厌。盖止于学少陵感慨悲壮一种,且守而不化者也。(同上)

《李长吉传》称其未尝得题然后为诗,此亦诗家一诀,古之名家往往如此。即李、杜除酬赠、即景咏物外,大都先有诗而后缀以题。今人必先有题目,如秀才作制义,止发挥题目,而去性情远矣。(同上)

古人诗有对法,错综而读之,不觉其参差。如"裙拖六幅潇湘水,鬓绾巫山一段云""紫驼之峰出翠釜,水晶之盘行细鳞",句法最妙。(同上)

"云无心而出岫,鸟倦飞而知还"二句,皆顶"矫首""遐观"来,两喻一意,转换呼应,文法最妙。杜诗"蛰龙三冬卧,老鹤万里心",同一文法。(同上)

今人歌行鲜有作五言者,古人多有之。如……少陵有《彭衙行》《义鹘行》,皆五言,歌则无之。……至少陵《贫交行》,用仄韵,止四句,内用"君不见",又他人所未有者。(同上)

子美善咏马,亦善咏鹰,皆借以写其用世之志与经世之略。《鹰》①诗云:"一生自猎知无敌,百战争能耻下鞲。"具见其英雄本色。当时如郭如李,若假之权,而不掣其肘,何忧乎安史,而亦无藩镇之横矣。(同上)

若以世俗之矩矱语诗,则少陵亦有在绳尺之外者。然钩深撷奇,穷变极化,刻画幽渺,攫拿龙螭。如入武库,五兵纵横;如探海屋,万宝璀璨,固辞擅百代之雄也。盖祖汉魏,轶六朝,包四唐,孕宋元,无不入其范围,所以谓之大家,而后人必不能至也。苏长公差步后尘。然少陵于性情近,长公远;少陵用意,长公骋才。诗之所贵,在有才而不用其才也。(同上)

不读杜诗,不极诗之变。虽有利钝,当自辨之。学其利,毋学其钝可也。昔人选唐诗而不及杜,亦有见选诗不免局于一家。王遵岩概以品唐诗者品杜,而一有不合,尽从抹杀。不知看大家诗,当另具只眼也。(同上)

注杜诗牵合附会,谓必有为而发,固非;山谷谓全出无意,亦非也。诗有

---

① 杜诗原题为《见王监兵马使说近山有白黑二鹰罗者久取竟未能得王以为毛骨有异它鹰恐腊后春生骞飞避暖劲翮思秋之甚眇不可见请余赋诗二首》。

赋、比、兴，果如山谷之论，不阙一比耶？凡杜之咏物诗，皆比也。（同上）

青莲有志复古，故七言律最少。少陵七言律在盛唐诸公中为最多，能于规矩绳墨中错以古调，如生龙活虎，不可把捉。自可雄视百代，即太白不能及也，况于鳞辈乎？而讥其颓焉自放，此可与立，未可与权者也。（同上）

余平生不喜作应酬诗。……盖诗所自来，不外情景。或触景生情，或缘情写景。……杜诗云"陶冶赖诗篇"，又云"陶冶性灵须底物"，此皆实历语也。（同上）

昌黎之《南山》韵赋为诗，少陵之《北征》韵记为诗，体不相蒙。孙莘老、王平甫相提而争优劣，固非；至断定于山谷之评，亦未是也。《南山》琢镂刻画，诘屈聱牙，自创为体，杰出古今。然不可无一，不可有二。固不易学，亦不必学。总之，未脱文人气习也。《北征》固是雅调，古来词人亦或有之。（同上）

谢肇淛

《小草斋诗话》

卷一　内篇

近之学杜者，无病而呻吟；学李者，未言而嚎叫；学六朝者，男作女吻；学汉者，少为老态。

诗不可太着议论，议论多则史断也；不可太述时政，时政多则制策也；不可太艳丽，艳丽则词曲也；不可太整齐，整齐则对子也；不可太铺叙，铺叙则游记也；不可太堆积，堆积则赋序也。故子美《北征》，退之《南山》，乐天《琵琶》《长恨》，微之《连昌》，皆体之变，未可以为法也。

五言古，学汉、魏足矣！即降而为陈拾遗、韦苏州，不失淡而远也。七言古，学李、杜足矣，即降而为长吉、飞卿，不失奇而俊也。……惟七言律未可专主必也，以摩诘、李颀为正宗，而辅之以钱、刘之警炼，高、岑之悲壮，进之少陵以大其规，参之中、晚以尽其变……方是作手。

诗中诸题，惟七言律最难，非当家不能合作。盛唐惟王维、李颀颇臻其妙。然顾仅存七首,王亦止二十余首,而折腰叠字之病时时见之,终非射雕手也。自少陵精粗杂陈,议论间出,后人效颦,反以是为藏垢之府矣。

律诗拗体,始自少陵,第可偶为之耳。……既已谓律矣,可不谨言乎?后人效颦,徒增其丑。

卷二　外篇上

古人名家之作,未有不仪刑往哲者,不见服善之盛心,亦足考衣钵之所自。李白推谢玄晖不置,子美常言鲍、谢,韩愈、元稹极称李、杜,李洞、孙晟至铸贾岛像,日夕拜之如神,六一、眉山动必称韩与杜云。今人稍能落笔,便欲诃佛骂祖,非其胸中无主,大言欺世,要当由渊源之未识耳。何异不知稼穑,嗤笑农夫?

李攀龙曰:"唐无古诗,陈子昂以其古诗为古诗,君子弗敢取也。"斯言过矣。子昂、太白力欲复古而不逮者也,未达一间耳。惟少陵《玉华宫》《石壕吏》、刘长卿《龙门咏》等作,可谓"以其古诗为古诗",然亦风会之趋也。

帝王诗有帝王相,贞观、开元不免也;富贵诗有富贵相,青莲、香山不免也;寒素诗有寒素相,少陵、柳州不免也。

子美之浑雄闳肆,其源出于康乐。

太白选诗所以不及子昂者,稍涉豪放耳。如《赠何七判官》《月下独酌》等篇,语虽奇崛,终非本色。子美往往入别调。

太白如神童,时有累句者,为才所使也。少陵如老吏,时无逸句者,为律所缚也。

宋人推尊子美太过,杨用修掊击子美亦太过,近代如献吉、继之,效拟子美又太过。

学杜多于学李者,李放纵也。排杜多于排李者,杜缠累也。然李之五律法极谨严,杜之七言神骏斩截,譬之国手,互有胜负,未可执一,以议其余。

宋人一生只学韩、杜两家。本朝功令不一,趋向多歧,亦有学杜者,学长吉、玉川者,学钱、刘者,学元、白者,学许浑、李商隐者,学六朝者,近来常有学坡、谷者,然到底未得盛唐门径。

少陵以史为诗,已非风雅本色,然出于忧时悯俗、牢骚呻吟之声,犹不失《三百篇》遗意焉。

元美制作宏肆,自是文人领袖,间世鸿笔,而推尊之者必欲举其诗与杜配,政似宋人欲以退之诗压子美也。至谓二司马晚年弥工,曲笔尤甚,令人代之赧然。

后生作诗,开口便诮于鳞。不知于鳞崛起山东,位既不尊,地复寡援,一时制作便使天下后世从风而靡,即拔山盖世不雄于此矣。盖其时正当少陵滥觞之后,一旦雄峻警拔之语变之,自能移风易作,然此老苦心至矣,其用力亦深矣。

诗自有法,何必抵死学杜!宋三百年,正坐此病。而今人往往未能脱去口吻,至谓献吉得杜之变,于鳞得杜之正。夫北地规杜者无论,济南与杜原不干涉,况其立意正欲矫献吉之弊者,安得强而合之?至谓王太常得其骨干,汪司马得其气格,吴参知得其体裁,附会糊涂,益堪捧腹。即使诸君子各得杜一节,亦何足为推尊之?至弇州干局似之,而终不类也。何也?杜精深沉着,而王粗心浮气多也。

咏物,诗之一体也。比象易工,意兴难具,苟得为物传神,则鹧鸪白燕足以脍炙千古。如其不然,虽多何益。盖杜陵上国武库,已不无利钝矣,况近代乎!元瑞以此夸弇州,非知弇州者。

咏物一体,而赋、比、兴兼焉。既欲曲尽体物之妙,而又有意外之象、象外之语,浓淡离即,各合其宜。音韵响而不哑,气格雄而不纤。噫,亦难矣!他姑勿论,即如《梅花》诗,"暗香""疏影"两语自是擅场,所微乏者气格耳。玉鳞素手,近而稍远,雪满山中,月明林下,离而实合。老杜"幸不折来伤岁暮,若为看去乱乡愁",谓之情至语可耳。谓为梅花传神,吾未敢以为然也。

子美诗中重用韵者甚多,《八仙歌》无论已,如《园人送瓜》重押二"草"字,《上后园山脚》诗重押二"梁"字,《北征》诗重押二"日"字。……虽汪洋自恣,然亦白璧微瑕矣。

作诗人不可不识字,如上下之"下"乃上声,而礼贤下士乃去声也。老杜

"广文到官舍,系马堂阶下"是以上声为去声,王摩诘"公子为嬴停驷马,执辔愈恭意愈下"是以去声为上声,皆误用之,读者习而不察耳。又如道路之道从上声,道引之道从去声。押韵者不可不知也。

卷三　外篇下

孟襄阳"气蒸云梦泽,波撼岳阳城",杜少陵"吴楚东南坼,乾坤日夜浮",浑雄峻拔,足压千古矣!然襄阳接语"欲济无舟楫,端居耻圣明",已觉索莫,不称少陵接语"亲朋无一字,老病有孤舟"愈见衰飒。信哉,全璧之难也!张祐《金山寺》六语俱佳,而"终日醉醺醺"尤不成语。

子美诗如"迟日江山丽",是齐、梁之浮弱者。"旌旗日暖龙蛇动""红豆啄残鹦鹉粒"①,是初、盛之痴重者;"石出倒听枫叶下",是中、晚之纤靡者;"仲伯之间见伊吕""顾我老非题柱客""众流归海意,万国奉君心",是宋人之滥恶者。至于"锦江春色来天地""彩笔昔曾干气象",又俨然七子门径矣;"举家闻若骇""顿顿食黄鱼",又胡钉铰、张打油唇吻矣。谓之上国武库,信然;谓之集大成,则吾未敢。

子美诗"雀啄江头杨柳花",起语之入中、晚者也;"林花着雨胭脂湿",聊语之入中、晚者也;"请看石上藤萝月",结语之入中、晚者也。但其气象终自沉郁。

《早朝》诗四首,惟贾舍人原倡浑涵蕴藉,绝是初唐法度。……子美诗如疥骆驼,凝重而乏妩媚,八语中仅得第五语佳,余皆未成诗也。当由劲敌在前,未免气慑耳。

杜甫非诗人,自比稷与契。献赋不见收,经纶遂磨灭。遭时既未浩,发语动哽咽。诗史岂本怀,致君志未辍。蜀道危嶮巇,谋生亦已拙。千古浣花堂,清风仰前哲。(《小草斋集》卷六《咏史一百首》其九十七)

少陵诗助应有神,阮籍穷途终落魄。(卷八《送郑初游吴》)

高歌击筑酒如渑,天末西风济水冰。候雁一声秋嶂月,寒星数点夜船灯。

---

① 杜集常见版本皆作"香稻啄余鹦鹉粒"。

池边岸帻归山简,草里残碑吊杜陵。失路相怜且沉醉,坐看北斗拂觚棱。(卷二十《济上同刘殿卿郡丞游杜陵池》)

落日高台酒一樽,南楼东郡迹仍存。天边树绕黄河曲,海上云生岱岳昏。飒沓寒声三径竹,微茫春雨万家村。宾朋词赋无虚日,未许千秋有兔园。(同上《为滋阳王题杜甫台》)

七月六日苦炎热,火云硉兀池沸汤。花枝低垂无起色,巾舄错落愁中肠。冰山满眼不足恃,玉宇清切空相望。会当脱屣泛沧海,松风瑟瑟吹萝裳。(卷二十四《甲寅七月六日暑甚因忆老杜语戏作》)

翠色柔枝别样奇,却疑云鬟护胭脂。妖妃睡起缠金钏,仙客巢中绕玉卮。有艳柳条风裊裊,无胎豆蔻月离离。杜陵野老丝如雪,怪得愁看不赋诗。(同上《垂丝海棠》)

《尔雅》:"风从上而下曰飙,亦曰扶摇。"《庄子》"抟扶摇羊角而上者九万里",言大鹏抟此二风而上也。近见诸书引用多云"摇羊角而上",而以"抟扶"作连绵字,误矣。即杜少陵诗"五云高太甲,六月旷抟扶",想此老亦误读也。(《五杂俎》卷一)

《尔雅》:"小闺谓之阁。"闺即门也,故金门亦谓金闺,处子谓之闺女,以其处门内也。今人闺阃概作闺阁,至以朝廷东阁亦巍然揭东阁之额而不觉其非,盖"黄阁老"①已误用之矣。若称阁下为合下,举世有不笑之者耶?(卷三)

杜少陵文:"九天之云下垂,四海之水皆立。"坡诗:"天外黑风吹海立。"余从祖司农公杰以大行奉使,过海中流,有龙见焉,倒垂云际,距水尚百许丈,而水涌起如炊烟,直与相接,人见之历历可辨也。始信水立之语非妄。(卷四)

人之技巧,至于画而极,可谓夺天地之工,泄造化之秘。少陵所谓"真宰上诉天应泣"者,当不虚也。(卷七)

岭南多蛇,人家承尘屋溜,蛇日夜穿其间,而不啮人,人亦不惧也。闻有人面蛇者,知人姓名,昼则伺行人于山谷中,呼其姓名,应之,则夜至杀其人。

---

① 自注云:"子美诗。"即杜甫《将赴成都草堂途中有作先寄严郑公五首》其四,诗中有云:"生理只凭黄阁老。"

然主家多蓄蜈蚣，蛇至近，则蜈蚣笼中奋掷，纵之出，径往咋蛇。或曰子美诗"薄俗防人面"，盖谓此也。（卷九）

子美于蜀不赋海棠，此未必有别意，亦偶不及之耳。且诗中花谱不及之者亦多，何独海棠也？自郑谷有"子美无情为发扬"①之语，而宋人动以为口实，至谓子美母名海棠者，不知出于何书，亦可谓穿凿之甚矣。（卷十）

杜少陵诗极精细，然亦间有误用处。如《吹笛》诗用胡儿北走事，乃吹箛，非吹笛也。"不闻夏殷衰，中自诛褒妲"，褒妲乃周，非夏事也。"娄公不语宋公语"，娄、宋二公年代相远，原非同时奉使。"虚随八月槎"，八月乘槎，原非张骞事。"还如何逊在扬州"，何逊原未作扬州。"何颙好不忘"，又"何颙引兴孤"②，何颙不闻佞佛。"轩墀雪宠鹤"，鹤轩且非轩墀也。（《文海披沙》卷二《杜诗误语》）

古人学事精专，其一生精力意气亦只用之一事，故艺必极精，名垂永久。子长之史，长卿之赋，子云《太玄》，太冲《三都》，羲、献书法，李、杜声律，纵有他长，不以分心。（同上《古人学诗》）

杨子云之子乌童，九龄而与玄文，可谓夙慧，然卒苗而不秀，竟无一语可传。杜子美子宗武，以诗示阮兵曹，兵曹答以斧一具，曰："告子斫断其手，不然天下诗名，尽在杜家矣。"然宗武之诗，人间未尝见也，斯亦苗而不秀者乎，抑虚名之爽实也？冯履谦七岁读书数万言，九岁能属文；宋蔡伯希、吕嗣兴皆四岁举神童，而卒无文名；国朝如戴大宾、刘子钦皆以髫龀取高第，自负才名，而皆无成。大材晚成，固非虚语。（同上《苗而不秀》）

以"梨花枝上雨"一语为点铁成金，以"调鼎论花语"为"可使和靖作衙官"，改滕元发"直与水相连"为"自与水相逢"，以王观《游侠曲》为似太白，引《史记·天官书》释杜诗"影动摇"句，大似喑呓中语耳。至评鲁直《食笋》诗，似并《高力士传》未之见者，岂所谓"不读万卷书，看不得杜诗"者耶！（同上

---

① 出自郑谷《蜀中赏海棠》。宋人释永颐所作《游张园观海棠戏作》末句亦有此句诗，当是借用前人。

② 杜诗原句为："细学何颙免兴孤。"见《岳麓山道林二寺行》。

《诗话》)

严武欲杀杜子美,宋人极口为之辨。夫以武之阴贼残忍,八岁时即以铁椎击杀父妾,在京城时纳邻女之奔,又惧其追,而以琵琶弦缢杀之。其视杜陵老叟机上肉耳。武之所为不杀者,杜虽失言,不过潦倒诗酒,无足深忌。至于《八哀》挽词,政自少陵全交厚道,未足为不杀左券也。(卷五《严武》)

齐陆澄,博学多识,过于王俭,观其所言,俭亦心服。至于读《易》三年,不通文义;欲撰《宋书》,竟不能成,终贻"书橱"之诮。……至于杜少陵、苏子瞻,间关奔走,殆无宁日,势岂能以载籍自随,而其诗文贯穿淹洽,似一一检故事用者,又何也?岂天分之有限耶?抑鉴裁与自运,原属两途也。(同上《务多无用》)

世间第一害事,无如饮酒,以治身则败德丧仪,以待人则起争生衅,以为学则废时失事,以治家则招盗生奸,以临民则损威失重,以为政则颠倒错乱。唯有苦寒孤客以此消忧,囚禁罪人藉之度日,舍是,无一可者也。今人但见古人亦有耽酒者,不知陶潜、嵇、阮、李、杜之辈,盖遭世乱家破,愁不聊生,而其才名为世所崇重,恐有不测之祸,故以此自污耳,韩退之所谓"有托而逃者"是也。(卷六《饮酒害事》)

魏武读陈琳檄曰"此愈我头风",此是称赞之词。杜子美谓郑广文"吾诗可以愈疾",此是自得之语。(同上《诗文愈疾》)

桓石虔之名,陈琳之檄,杜子美之诗,文潞公之押,王摩诘之画,王渐之经义,皆能愈病。乃知邪祟之气,不敌人道。舍人而事鬼者,非术士之谈,则妇人女子之见也。(同上《愈病》)

陈子昂阆州人,阆州有陈拾遗庙,讹为十姨,遂更庙貌为妇人像,崇奉甚严。温州有杜拾遗庙,后亦讹为杜十姨,塑妇人像。又以五髭须相公无妇,移以配之,五髭须者即伍子胥也。拾遗之官,误人身后如此。子昂屈为妇人犹可,独奈何令子美为鸱夷子皮①妻也!(卷七《拾遗》)

---

① 鸱夷子皮,一般指范蠡。

俗说羿善射，尧时十日并出，羿射落其九，然其妻窃不死之药奔入月，而不能射也。唐时，人有病疟者，子美谓吾诗可以疗之，及诵至"子章髑髅血模糊，手提掷还崔大夫"，疟病果愈。然子美诗有"三年犹病疟，一鬼不销亡"之语，何不自诵其诗以断之也？事之相舛，可笑如此。（同上《后羿子美》）

娄　坚①

可怜杜陵翁，穷途眚魍魉。（《吴歙小草》卷二《书怀送茂实少参之部东川五首》其二）

白氏集校刻完，而巽甫复属予序其端，予曰：白之所以为文者，元序之详矣。子之合刻二氏者，向已具言其概矣。窃尝尚论其世，以谓二君子当元和、长庆之间，以才力敏赡相敌相推，无倡不和，少或二韵，多至千言，实诗人次韵之所从始，其于作者之指，无所不窥。而尤以杜子美为宗师，虽浑涵雄伟未足，庶几要为能言其所欲言矣。（《学古绪言》卷一《白氏长庆集序》）

自唐殷璠选唐诗，宋严氏以禅为喻，至高氏之《品汇》出，而世渐不识诗之有真，皆皮相耳。以故于子美之诗，且有优劣之论，盖律体之自创，绝句之怪奇，其入选者希矣。如此非独不知杜，且不知汉、魏，况《三百篇》哉！此犹均屈氏《骚》也，而不无置论于《卜居》《渔父》者耳。予以为，苟出于杰然超然，则虽宋，与汉、唐作者何异？若苟以形似而已，吾未见其果有合也。元微之诗云："杜甫天材颇绝伦，每寻诗卷似情亲。怜渠直道当时语，不著心源傍古人。"谓真知之矣。而韩昌黎犹有蚍蜉之诮，则尤高出于其上矣。雨窗为李为舆司农作草书，因僭以此质之，不知亦有合焉否也？（卷二十三《题草书杜诗后》）

孟阳少喜为诗，于古人之遗编，无所不窥，而尤爱少陵之作。其在于今，尝称李献吉。虽规规摹拟，而才气实非余人所及也……若曰杜之雄浑逸宕，

---

① 本书排序取娄坚生于1567年之说。或又云，娄氏生于1554年。

当令独立千古,善学者正不当求肖于皮毛,至其神情所注,反或去之远也。……予尝闻,长者之论,凡为诗若文,贵在能识真耳。苟真也,则无古无今,有正有奇,道一而已矣。唐之诗人,固多卓然名家,而尤以李、杜并称,一或较其优劣,辄贻讥于不自量。(卷二十五《书程孟阳诗后》)

昔人论魏、晋时书,至谓结体之变,亦非后世所及。盖其心手相应,巧运法外,诚有然者。尝以是求之文辞,惟诗歌多有之,就一象一事而穷工极微,篇各臻妙,然实迭出于众能者之手,非一人所能办也。虽李太白、杜子美之豪荡挥霍,多至千言,若其一题数十篇,或古或今,要必各有所指,与倡和之作异矣。(同上《书徐汝廉一题六义后》)

如唐世诗人最多,独推李、杜,岂止才力豪健凌跨一代而已!盖二公之所自负,读其诗可以想见焉。(同上《题手书陶诗册子后》)

袁宏道

举业之用,在乎得隽。不时则不隽,不穷新而极变则不时。是故虽三令五督,而文之趋不可止也,时为之也。才江之僻也,长吉之幽也,《锦瑟》之荡也,《丁卯》之丽也,非独其才然也。体不更则目不艳,虽李、杜复生,其道不得不出于此也,时为之也。(《袁中郎全集》卷一《时文叙》)

凡《六经》《语》《孟》所言饮式,皆酒经也。其下则汝阳王《甘露经》《酒谱》、王绩《酒经》、刘炫《酒孝经》《贞元饮略》、窦子野《酒谱》、朱翼中《酒经》、李保绩《北山酒经》、胡氏《醉乡小略》、皇甫崧《醉乡日月》、侯白《酒律》诸饮流所著记传赋诵等,为内典。《蒙庄》《离骚》《史》《汉》《南北史》《古今逸史》《世说》《颜氏家训》,陶靖节、李、杜、白香山、苏玉局①、陆放翁诸集,为外典。(卷十四《掌故》)

大抵物真则贵,真则我面不能同君面,而况古人之面貌乎!唐自有诗也,

---

① 即苏轼,曾任玉局观提举。

不必《选》体也。初、盛、中、晚自有诗也,不必初、盛也。李、杜、王、岑、钱、刘,下迨元、白、卢、郑,各自有诗也,不必李、杜也。(卷二十一《丘长孺》)

苏公诗无一字不佳者。青莲能虚,工部能实。青莲唯一于虚,故目前每有遗景;工部唯一于实,故其诗能人而不能天,能大能化而不能神。苏公之诗,出世入世,粗言细语,总归玄奥,恍惚变怪,无非情实。盖其才力既高,而学问识见,又迥出二公之上,故宜卓绝千古。至其遒不如杜,逸不如李,此自气运使然,非才之过也。(卷二十三《答梅客生开府》)

小修帖来,知翁在栖霞,彼中有何人士可与语者?生在此甚闲适,得一意观书。学中又有《廿一史》及古名人集可读,穷官不须借书,尤是快事。近日最得意,无如批点欧、苏二公文集。欧公文之佳无论,其诗如倾江倒海,直欲伯仲少陵,宇宙间自有此一种奇观,但恨今人为先入恶诗所障难,不能虚心尽读耳。苏公诗高古不如老杜,而超脱变怪过之,有天地来,一人而已。仆尝谓六朝无诗,陶公有诗趣,谢公有诗料,余子碌碌,无足观者,至李、杜而诗道始大。韩、柳、元、白、欧,诗之圣也;苏,诗之神也。彼谓宋不如唐者,观场之见耳,岂直真知诗何物哉!(同上《与李龙湖》)

唐人妙处,正在无法耳。如六朝、汉、魏者,唐人既以为不必法;沈、宋、李、杜者,唐之人虽慕之,亦决不肯法,此李唐所以度越千古也。(同上《答张东阿》)

尝谓少陵真法魏、晋者,坡公真法班、马者。若直取其形似,是今之多髯者皆孔子,而面如瓜者皆皋陶也。(卷二十五《答曾退如》)

尝闻工书人,见书长一倍。每读少陵诗,辄欲洗肝肺。体格备《六经》,古雅凌三代。武库森戈戟,庙堂老冠佩。变幻风云新,妖韶儿女黛。古鬼哭幽冢,羁游感绝塞。古人道不及,公也补其废。化工有遗巧,代之以覆载。仅仅苏和仲,异世可相配。剪叶及缀花,诸余多琐碎。纷纷学杜儿,伺响任鸣吠。入山不见瑶,何用拾琼块。(卷二十八《夜坐读少陵诗偶成》)

野花遮眼酒沾涕,塞耳愁听新朝事。《邸报》束作一笔灰,朝衣典与栽花市。新诗日日千余言,诗中无一忧民字。旁人道我真聩聩,口不能答指山翠。

自从老杜得诗名,忧君爱国成儿戏。言既无庸默不可,阮家那得不沉醉。眼底浓浓一杯春,恸于洛阳年少泪。(卷二十九《显灵宫集诸公以城市山林为韵》其二)

画有工似,有工意。工似者亲而近俗,工意者远而近雅。作诗亦然。余此诗从似而入意者也。何逊之题梅也,似而意者也。子美之"幸不折来",意而意者也。李群玉之"玉鳞寂寂",可谓工似,然亦不俗。如林处士之"霜禽粉蝶",俗矣。至云"疏影横斜""水边篱落"①,可谓意中之似。若李锦瑟辈,直谜而已。如《雪诗》则云"欲舞定随曹植马",《人日》则云"舜格有苗""周称流火",此可与工意者道哉?谓之似,亦未也。唐人咏月多矣,如云"只益丹心苦,能添白发明",深沉古雅,非子美不能。至云"暂将弓并曲,翻与扇俱圆",此恶道语也,似而俗者也。(卷三十六《风林纤月落跋语》)

毕自严

庄诵二记一歌②,摹写龙门汾阴之胜,炫奇耀景,尽态极色,真文中画也。且能发抒性灵,住世超世,倏然烟霞之外,即苏长公之《赤壁》、杜少陵之《渼陂》,不是过矣。(《石隐园藏稿》卷八《上苏直指云浦》)

胡震亨

《唐音癸签》③
卷 三

歌行自乐府语已峭峻,李、杜大篇,穷极笔力,若但以平调行之,何

---

① 出自林逋《梅花》。
② 当是指苏云浦的作品。苏云浦,名惟霖,字云浦,万历二十六年(1598)进士,其文集不存,难以确知毕自严文中所指具体是其何记何歌。
③ 《唐音癸签》中正文下常有自注,大多是说明性文字,与正文之义理关系不大,本书录入时径直删去。若有与杜甫其人其诗关联紧密者,则以注释的方式少量保存之。

能自拔？

卷　四

律诗忌犯叠音字，固也。然杜甫之卑枝、接叶①，白乐天之嫌甜、笑小，李群玉之崎岖诘曲、钩輈格磔，非故用叠音以示巧乎？知用字活法，非可一端尽。

诗用助语字，非法也。惟排律长篇或间有之。②

续句对。律诗如老杜"待尔鸣乌鹊，抛书示鹡鸰。枝间喜不去，原上急曾经"，排律如老杜"神女峰娟妙，昭君宅有无。曲留明怨惜，梦尽失欢娱"之类：一顺续，一倒续。

刘勰云："改韵从调，所以节文辞气。""两韵辄易，则声韵微燥；百句不迁，则唇物告劳。"七古改韵，宜衷此论为裁。若五言古毕竟以不转韵为正。③

《柏梁》押重韵者，人占一句，故犯重韵以争胜也。……杜子美《饮中八仙歌》押二船韵字、二眠字、二天字、三前字，体正类《柏梁》，故重用韵耳。

诗家使事，必仍其事之本字，其常也。然亦不尽然。如老杜"玉衣晨自举，铁马汗常趋"，非用昭陵石马汗出事乎？却更为"铁马"。"但使闾阎还揖让，敢论松竹久荒芜"，非用陶潜"三径就荒，松菊犹存"语乎？却更为"松竹"。但细读全篇，觉仍之不稳，必更之才合者，则颊上三毛之谓也。于此参究，可悟使事活法。

体物用乾坤字最多者杜甫④，用元气二字最多者刘长卿。境穷于睫量，语亦穷于吻量，非此等字不足副之。后学用此为袭腐，触此堪反隅。

诗家拈教乘中题，当即用教乘中语义。旁撷外典补凑，便非当行。唐诸

---

① 自注云："《何将军园》诗。"
② 自注云："如杜老'余力浮于海，端忧问彼苍'，尚不觉用语助字。至王、孟'畅以沙际鹤，兼之云外山'及'依止此山门，谁能效丘也'之类，则恶矣。岂可妄效？"
③ 自注云："汉、魏古诗多不转韵，《十九首》中亦只两首转韵耳。李青莲五古多转韵，每读至接换出，便觉体欠郑重。惟杜少陵虽长篇亦不转韵，如《北征》六十五韵，只一韵到底。一韵五言正体，转韵五言变体也。"
④ 自注云："'乾坤万里眼''乾坤日夜浮'及'日月低秦树，乾坤绕汉宫'之类。"

家教乘中诗,合作者多,独老杜殊出入,不可为法。①

诗中用姓,即老杜亦不免。如赠贾至、严武云:"长沙才子远,钓濑客星悬。"又:"买斧论孤愤,严君赋几篇。"又《饮张氏隐居》:"杜酒偏劳劝,张梨不外求。"此法今吟人概用以救急矣。② 嘉、隆学杜善矣,而犹未尽。"迁转五州防御使,起居八坐太夫人",本常语,而一时模尚,遂令大夫、使者填塞奚囊,太尉、中丞类被差遣。至"不佞扶风汉大藩"之类,亦后学之前车也。

诗家虽刺讥中要带一分含蓄,庶不失忠厚之旨。杜甫《秋兴》:"同学少年多不贱,五陵裘马自轻肥。"着一"自"字,以为怨之,可也;以为羡之,亦可也。何等不露!

杜甫云:"杨王卢骆当时体,轻薄为文哂未休。尔曹身与名俱灭,不废江河万古流。"吾谓今之好讥议前辈诗者宜读此。

卷 五

唐人推重子昂,自卢黄门后,不一而足。如杜子美则云:"有才继《骚》《雅》……名兴日月悬。"

杜甫称云卿云:"一饭未尝留俗客,数篇今见古人诗。"观集中《哀哉行》《古挽歌》《途中寄友》诸篇,允惬杜句。

卷 六

孟棨《本事诗》云:"杜甫逢禄山之难,流离陇、蜀,毕陈于诗,推见至隐,殆无遗事,当时以为'诗史'。"知"诗史"之评,原出唐人也。

卷 八

凡七言律作拗峭语者,皆有所不足也。杜牧之非拗峭不足振其骨,刘蕴灵非拗峭不足宕其致。材愈降,愈借以盖其短。岂唯二子,即少陵之拗体,亦盛唐之变风,大家之降格,而非其正也。

---

① 自注云:"如《慈恩塔》一诗,高、岑终篇皆彼教语,杜则杂以望陵寝、叹稻粱等句,与法门事全不涉。他寺刹及赠僧诗皆然。"

② 此条为注释文字。其正文乃是转引胡应麟评论苏轼诗歌之文字,于杜无涉,故正文隐去而注释录存。后有相类条目,一并按此例处理之,不再一一注释。

卷 九

拟古乐府，至太白几无憾，以为乐府第一手矣。谁知又有杜少陵出来，嫌模拟古题为赘剩，别制新题，咏见事，以合风人刺美时政之议，尽跳出前人圈子，另换一番钳锤，觉在古题中翻弄者仍落古人窠臼，未为好手。"尽道胡须赤，又有赤须胡"，两公之谓矣。

籍、建、长吉之不能追李、杜，固也。但在少陵后仍咏见事讽刺，则诗为谤讪时政之具矣。此白氏讽谏，愈多愈不足珍也。

子昂"野戍荒烟断，深山古木平""城分苍野外，树断白云隈"等句，平淡简远，王、孟二家之祖。审言"楚山横地出，汉水接天回""飞霜遥度海，残月迥临边"等句，闳逸浑雄，少陵家法宛然。宋人掇其牵风紫蔓小语，以为杜所自出，陋哉！

卷 十

自景龙始创七律，诸学士所制，大都铺扬景物，宣诩燕游，以富丽竞工，亡论体变未极，声病亦多未调。开、天以还，哲匠迭兴，研揣备至，于是后调弥纯，前美益郁，字虚实互用，体正拗毕摄，七言能事始尽。所以溯龙门之派者，必求端沈、宋；穷沧海之观者，还归大杜陵。

七言律独取王、李而绌老杜者，李于鳞也；夷王、李于岑、高而大家老杜者，高廷礼也；尊老杜而谓王不如李者，胡元瑞也。谓老杜"即不无利钝，终是上国武库"，又谓摩诘"堪敌老杜，他皆莫及"者，王弇州也。意见互殊，几成诤论。虽然，吾终以弇州公之言为衷。

王风调正似云卿，岑茂采堪追廷硕。李存藻不多，既同考功；高裁体欲变，亦类左相。以盛配初，约略不远。惟杜子美无一家不备，亦无一家可方尔。

杜公七律，正以其负力之大，寄慨之深，能直抒胸臆，广酬事物之变而无碍，为不屑屑色声香味间取媚人观耳。中间尽有涉于倨诞，邻于愤怼，入于俚鄙者，要皆偶趁机绪，以吐吸精神，材料一无拣择，义谛总归情性，令人乍读觉面貌可疑，久咀叹意味无尽。其夺爱王、李，生异论，以此；虽有异论，竟不淆千古定论亦以此。

或问：杜公律句，何者为人所不能道？余曰：是讵易悉数哉？聊举一联，"二仪清浊还高下，三伏炎蒸定有无"，登楼者试拟来看。

少陵七律与诸家异者有五：篇制多，一也；一题数首不尽，二也；好作拗体，三也；诗料无所不入，四也；好自标榜，即以诗入诗，五也。此皆诸家所无。其他作法之变，更难尽数。不善学者，多岐为惑，每至失步；善学者一体各占，尽足成家。

《早朝》四诗，名手汇此一题，觉右丞擅场，嘉州称亚，独老杜为滞钝无色。富贵题出语自关福相，于此可占诸人终身穷达，又不当以诗论者。胡元瑞云：岑作精工整密，字字天成。景联绚烂鲜明，早朝意宛然在目；独颔联虽绝壮丽，而气势迫促，遂致全篇音韵微乖。王起语意偏，不若岑之大体；结语思窘，不若岑之自然；景联甚活，终未若岑之骈切；独颔联高华博大，而冠冕和平，前后映带宽舒，遂令全首改色，称最当时。但服色太多，为病不小。而岑之重两春字，及曙光、晓钟之再见，不无微颣。① 信七律全璧之难。

七言律压卷，迄无定论。宋严沧浪推崔颢《黄鹤楼》，近代何仲默、薛君采推沈佺期"卢家少妇"，王弇州则谓当从老杜"风急天高""老去悲秋""玉露凋伤""昆明池水"四章中求之。今观崔诗，自是歌行短章，律体之未成者，安得以太白尝效之遂取压卷？沈诗篇题原名《独不见》，一结翻题，取巧六朝乐府变声，非律诗正格也，不应借材取冠兹体。若杜四律，更尤可议。"风急天高"篇，无论结语腊重，即起处"鸟飞回"三字，亦勉强属对，无意味。"老去悲秋"篇，本一落帽事，又生"冠"字为对，无此用事法。"蓝水"一联尤乏生韵，类许用晦塞白语。仅一结思深耳，可因之便浪推耶？"玉露凋伤"篇，较前二作似匀称，然斤两自薄，况"一系"对"两开"，"一"字甚无着落，为瑕不小。"昆明池水"前四语故自绝，奈颈联肥重。"坠粉红"尤俗。况律诗凡一题数篇者，前后皆有微度脉络，此《秋兴》八首，首咏夔府，二、三从夔府渐入京华，四方概言长

---

① 此段文字乃胡应麟《诗薮》内编卷五两条内容的合编。

安,五、六、七、八又各言长安一景,八首只作一首,若相次相引者。通读之,始知其命篇之意与一切贯穿映带之法,未有于中独摘其第一首及第六首能悉其妙,可诧为压卷者。取及此,尤无谓也。吾谓好诗自多,要在明眼略定等差,不误所趋足耳。"转益多师是汝师",何必取宗一篇,效痴人作此生活!

排律沈、宋二氏,藻赡精工。太白、右丞,明秀高爽。然皆不过十韵,且体在绳墨之中,调非畦径之外。惟杜陵大篇巨什,雄伟神奇,开辟驰骤,如飞龙行云,鳞鬣爪甲,自中矩度;又如韩信用兵,百万掌握,变化无方。时有险朴,无害大家。

(排律)次则过接为难。骆宾王《边城怀京邑》篇"季月炎初尽,边庭草早枯",沈佺期《扈从出长安》篇"是节严阴始,寒郊散野蓬",初唐转接法,不过如是。逮老杜,法乃益精,如述怀入往事云"得丧初难识,荣枯划易该",赠人入自叙云"勋业青冥上,交亲气概中",融洽中兼之顿挫,又不知费几许炉锤矣!至结语,关锁全篇,尤为吃紧,亦惟杜尽善。诸篇不作郑重语收煞,即作洒逸语送之,似先拣下好韵,留为押尾者。细参自见。

卷十一

老杜诗好用"自"字,如"寒城菊自花""故园花自发""风月自清夜"之类,不一而足。"受"字,"修竹不受暑""吹面受和风""轻燕受风斜""野航恰受两三人"。"进"字,"树湿风凉进""山谷进风凉"。"逗"字,如"残生逗江汉""远逗锦江波"。阴铿诗有"行舟逗远树",其所本也。"俯"字,"傲睨俯峭壁""展席俯长流""杖藜俯沙渚""此邦俯要冲""四顾俯层巅""旄头俯涧瀍""层台俯风渚""游目俯大江""江槛俯鸳鸯""悬江路熟俯青郊",凡十数处。"坐"字,"枫树坐猿深",又"黄莺并坐交愁湿"。《萤火》"帘疏巧入坐人衣",以"坐"字体物,颇奇。然北齐刘逖诗"无由似玄豹,纵意坐山中",张说诗"树坐参猿啸,沙行入鹭群",皆本汉乐府"乌生八九子,端坐秦氏桂树间",非始杜也。[1]

杜又用俗字。葛常明云:数物一个,谓食为吃,甚近鄙,独杜屡用,"峡口

---

[1] 此条举例皆是注释,因举例烦琐不耐一一注出,且其与正文关联紧密,语义前后衔接,遂一体并录之。后有同类情形者,一并如此处理。

惊猿闻一个""两个黄鹂鸣翠柳""却绕井边添个个""临岐意颇切,对酒不能吃""楼头吃酒楼下卧""但使残年饱吃饭""梅熟许同朱老吃"。篇中大概奇特,用俗字更可映带益妍耳。用方言、里谚。孙季昭云:杜子美善以方言、里谚点化入诗句中,如云"吾家老孙子,质朴古人风""客睡何曾着,秋天不肯明""枣熟从人打,葵荒欲自锄""一夜水高二尺强,数日不可更禁当""不分桃花红胜锦,生憎柳絮白于绵""负盐出井此溪女,打鼓发船何处郎"。此类尤多,不可殚述。

九日用茱萸。杜子美云:"醉把茱萸仔细看。"王右丞云:"遍插茱萸少一人。"朱仿云:"学他年少插茱萸。"刘梦得以为更三诗人道之,子美为优。

孟浩然"万壑归于汉,千峰划彼苍",杜子美"余力浮于海,端尤问彼苍",对法正同。

王昌龄《龙潭》诗:"百泉势相荡,巨石皆却立。……昏为蛟龙怒,清见云雨入。"杜甫《万丈潭》诗:"前临洪涛宽,欲立苍石大。……黑知湾澴底,清见光炯碎。"语不袭而肖,而通篇杜尤雄拔尽善,名家、大家之分也。

杜甫有句云:"诗尽人间兴,兼须入海求。"非深于搜索者,无此想头。李克恭《吊孟郊》诗"海底也应搜得尽"①,正祖此意。

韦庄诗"静极却嫌流水闹,闲多翻笑野云忙",本于老杜之"水流心不竞,云在意俱迟",但多着一"嫌"字、"笑"字,觉非真闲、真静耳。

诗亦要占些地步。退之《赠李愿》云:"往取将相酬恩仇。"达夫《赠王彻》②云:"吾知十年后,季子多黄金。"岂理耶? 惟杜老有斟酌,此等语不可轻下。然如"何日沾微禄,归山买薄田"等,亦未能陶洗净尽,为有讥者所微窥云。

今世所道俗语,多唐以来人诗。当时原说得太俚,后来便作俗谚相举。宋人以王季友《观壁画山水》诗"于公大笑向予说,小弟丹青能尔为"等语为浅陋类儿童幼学者,一拈出便欲喷饭。唐初题画诗未凿窍,故以此等语为工。

---

① 此诗题应为《悼贾岛》,诗句通行本皆作"海底也应搜得净"。
② 高适原题为《别王彻》。

今则老杜语亦稍稍退位矣，下笔正难。

卷十五

唐人乐府不尽谱乐　至唐人始则摘取诗句谱乐，既则排比声谱填词。其入乐之辞，截然与诗两途，而乐府古题，作者以其唱和重复，沿袭可厌，于是又改六朝拟古之旧，别时事新题，杜甫始之，元、白继之。杜如《哀王孙》《哀江头》《兵车》《丽人》等。

卷十六

蔚蓝　《度人经》：诸天名也。隐语无义理可解，非青蓝之蓝。杜甫《梓州金华道观》诗："涪右众山内，金华紫崔巍。上有蔚蓝天，垂光抱琼台。"借作颜色字，为蕊宫写貌。

云根　杜诗："穿水忽云根。"钱起："奇石云根浅。"贾岛："移石动云根。"诗人多以云根名石，以云触石而生也。六朝人先用之。宋孝武《登乐山》①诗："屯烟扰风穴，积水溺云根。"

市暨　杜："市暨瀼西巅。"市井泊船处，夔人呼为"市暨"；水横通山谷处，夔人谓之"瀼"。杜有《瀼西寒望》诗。

卷十七

六印　杜《瘦马行》："细看六印带官字。"考《唐六典》："凡在牧马，以小官字印印右膊，以年辰印印右髀，以监名印印尾侧。二岁以飞字印印左髀膊。细马次马以龙形印印项左。送尚乘者，印三花及飞字印。外又有风字印。官马赐人者，以赐字印。配诸军及充传送驿者，以出字印。"印凡八，此云六印，意赐、配者不在数耳。

两省　杜甫《退朝》诗："宫中每出归东省。"《赠岑参》诗："君随丞相后，我往日华东。"按唐制，宣政殿前东廊曰"日华门"，门东门下省在焉；西廊曰"月华门"，门西中书省在焉。两省遗补，以东西分左右。时杜为左拾遗，岑为右补阙，故其诗云云。政事堂设中书省中，宰相共议政事于此。故岑之出，又为

---

① 诗题原为《登作乐山》。

"随丞相后"也。

黄阁　杜《赠严武》诗："扈圣登黄阁，明公独妙年。"武时为给事中，王伯厚云："给事中，属门下省。开元中改为黄门省，故名'黄阁'。"此非是。汉旧仪：宰相听事阁曰"黄阁"。给事分判省事，得借称"黄阁"也。诗题称严为"阁老"，《六典》云："中书舍人在省，以年深一人为阁老，判本省杂事。"给事之在东省，其判事与中舍对秩，抑又可借称"阁老"矣。伯厚又引《通鉴》，王涯亦尝称给事中郑萧、韩佽为"阁老"，此为得之。

一麾　《笔谈》谓今人守郡用颜延年"一麾乃出守"，误自杜牧始。此说亦未为是。观《三国志》"拥麾守郡"、《文选》"建麾作牧"，此语在牧之前久矣。汉制，太守车两幡，所谓"麾"也，唐人如杜子美、柳子厚、刘梦得皆用之，谓之误不可。

簿尉　杜《送高适》诗："脱身簿尉中，始与捶楚辞。"韩愈诗："判司卑官不堪说，未免捶楚尘埃间。"杜牧诗："参军与县尉，尘土惊勖勤。一语不中治，笞棰身满疮。"据此，唐时卑官，不免笞挞，正与今代同。史称代宗命刘晏考所部刺史有罪者，五品以上刻治，六品杖讫奏闻，岂但簿尉已哉！

卷十八

东选南选　唐贞观初，以京师米贵，令东人选者集洛州，谓之"东选"；高宗时，以岭南五管，黔中都督府得即任土人，而官或非其才，乃遣郎官、御史为选补使，谓之"南选"。其后江南、淮南、福建，因岁水旱，亦时遣选补使就选，废置不恒。老杜《送魏司直》诗"选曹分五岭，使者历三湘"，谓魏充南选也。铨选何事，可便宜越万里外行乎？杜戒魏"雅节在周防"，又云"嫌疑陆贾装"，则一时掌南选使，概可知矣。

白题　《史记·功臣表》："颖阴侯斩胡白题将一人。"服虔注："白题，胡名。"梁有白题国入贡，裴子野引以证，人服其博识。白题出处止此，欲求其所以名白题，无说也。杜《秦州》诗"马骄朱汗落，胡舞白题斜"，借为题额之题属对，意指当时《胡旋》等舞。入秦西北，桐衫珠帽，有似白额者而言，正诗家使字功法，非真谓白题当如此解也。

卷二十

黑暗　杜诗："黑暗通蛮货。"段成式以为南人称象牙白暗，犀角黑暗。杜盖用方言，而不详暗之义。考《本草图经》云："文有倒插，有正插，有腰鼓插，其类极多，足为奇异。"波斯呼犀角为"黑暗"，言难识别耳。

乌鬼　杜《峡中》诗有"家家养乌鬼，顿顿食黄鱼"之句，解"乌鬼"者，其说不一。有引元微之诗"病赛乌称鬼"，云南人染病竞赛乌鬼，为杜诗之证，似乎为确。然于"养"字终说不去，对下联亦无情。至有谓乌鬼为祀神之猪，尤可笑。毕竟是"鸬鹚"，方与"食黄鱼"可通，联法为合耳。若谓今峡中称鸬鹚无此名，因生他辨，方言今古不同者多，可一概论耶？

稚子　杜诗："笋根稚子无人见。"姚宽引杜牧诗："小莲娃欲语，幽笋稚相携。"孔平仲引唐人食笋诗："稚子脱锦绷，骈头玉香滑。"证稚子为笋。然作此解，与下凫雏句亦不成联法。僧赞宁谓竹根有鼠，大如猫，名"竹豚"，亦名"雉子"。稚即雉字，字画小讹。《桐江诗话》又谓笋生正雉哺子之时，言雉子之小，在竹间，人不能见。二说依稀近之。虽未必果是，然犹不失解诗之法。

卷二十二①

杜子美《龙门奉先寺》："天阙象纬逼，云卧衣裳冷。"宋人以"阙"为实字，属对不切，欲改为"阅"，又有欲改为"窥"者。龙门号"双阙"，自有据。此古诗，何论对法乎？介甫诸公，枉费雌黄到此。

《宴王使君宅》"留欢卜夜闲"。或谓"闲"为杜公家讳，必"阑"字之误，如失韵何？考宋卞氏本，自作"上夜关"，盖投辖之意，合上"泛爱容霜鬓"读之，殊稳帖。

《北征》："天吴及紫凤，颠倒在短褐。"刘子威以"天吴""九凤"同出《山海经》，欲改"紫"为"九"。又引王中行说，"吴"当作䕏，以字书无此字为疑。按，《诗》"不吴不敖"之吴，空胡切，《说文》徐注云："作音华者谬。"则世故有读作华者矣。王所云音䕏，当作"华"字，或笔误，或古自有此别体耳。诗第取声律

---

① 本卷全部是杜诗之诂笺。

可讽,"吴"字作空胡切读,欠响;读若华,即响。用"紫凤",响;用"九凤",抑又欠响。然则"紫凤"自可无改,而"吴"之读为华,王说亦尽自有会,可无疑也。

"披垣竹埤梧十寻,洞门对雪长阴阴。"黄山谷以下有"青春深"句,不宜有雪,当是画壁上雪,既牵强;张伯成以西北地寒,积阴处深春雪间未消,又认做真雪,说不去。此"雪"字自为梧竹清阴下耳。

《送李秘书赴蜀幕》:"石出倒听枫叶下,橹摇背指菊花开。"下句注者多不得其解。今按,《十道记》:荆州有菊潭,芳菊被涯,所谓饮其水者多寿,即此也。李从荆州上峡,故云"背指"。又"橹摇"用荆州故事,令贴切,非泛泛言时物也。"倒听"句既奇,非此"背指"险绝语,对之不称。十四字具许大神力,岂容草草读过。

《竹桥》:"天寒白鹤归华表,日落青龙见水中。"《异苑》:"太康二年冬,大雪,南州人见二白鹤语桥下曰:'今兹寒不减尧崩年也。'"旧注作丁令威化鹤事,误。桥可称龙,出《楚辞》"麾蛟龙以梁津"。本竹桥,故又用费长房葛陂竹化为龙事,云龙见水中也。

《出峡》诗:"五云高太甲,六月旷抟扶。""五云""太甲",出王勃"华盖西临,藏五云于太甲",《益州夫子庙堂碑》语。黄帝象五色云作华盖,星之有华盖,以象华盖名之。其杠旁六星,曰"六甲"。文人笔藻,尊名之为"太甲"。凡云西行不雨。言"西临",言"藏"者,勃以华盖当云,言云之不雨,喻夫子道之不行也。杜用此,盖即借为蜀中故事。若云回望西蜀,五云空高,况己之不得志于蜀而去耳。下句是言此去南徙,未有抟扶风力可借。一言蜀,一言出蜀后。用事虽实,而调故灵活,此其所以为老杜欤!

《刘贡父诗话》以杜诗"功曹非复汉萧何"为误用。王定国引《高祖纪》孟康注:"萧何为主吏。主吏,功曹也。"叶石林甚韪之。然诗如此,亦僻矣。杜修可曰:"《吴志》:虞翻为孙策功曹,策曰:'孤有征讨事,卿复以功曹为吾萧何,守会稽耳。'"时子美有京兆功曹之命,故以之自况。

《杜位宅守岁》诗,称位为"阿戎"。按,阮籍与王戎父浑为友,尝谓浑曰"共卿语,不如与阿戎谈"。后人以位为甫从弟,不应用父子事,妄改"阿戎"为

"阿咸"。正不知呼人为阿戎,必父前可呼,想其时位恰有父在,故云。此自可意而得,何以疑而改为?

杜公《蜀中答裴迪逢早梅见忆》诗:"东阁观梅①动诗兴,还如何逊在扬州。"《梁书》:"建安王伟刺扬州,逊为水曹行参军兼记室。"逊集有《扬州法曹梅花盛开》诗。时迪在蜀依王侍郎②,东阁云者,拟王也。裴依王,何依建安,而何恰有梅诗,故用相比。今人咏梅辄曰何水部,岂知老杜初拈出时,切确不可移易如此!

子美《赠重表侄王评事》诗,言己之曾老姑嫁为王之高祖尚书妇,与房、杜交,识秦王潜龙时,反复数百言,甚备。尚书疑指王珪,然史自言珪母李,房、杜微时知其必贵耳,非杜亦非妻也。更珪初为太子僚,与秦王水火,长流后召用,廷臣犹加以仇仇之目,元非太宗素交。此必另一人,虽显贵,史失传耳。古今从龙勋旧,为史传所漏者多矣,何独此!

《饮中八仙》内苏晋,无一事可考。旧注云:"苏珦子。"又云:"许公之子。"许公止一子,名善。珦子即同名,彼说直有时誉,不闻嗜酒,且前卒,总非也,当从阙疑。焦遂止袁郊《甘泽谣》载其与陶岘诸人为山水游一事,余无见。旧注伪造醉吃一则,云出《唐史拾遗》,近《天中记》亦误收入酒部,不可不辨。

《寄刘使君伯华》,叙其先世,当是刘宪后人。宪仕天后朝,以推按来俊臣贬,俊臣败,转凤阁舍人,故云"翠虚捎魍魉,丹极上鹍鹏"。景龙中,宪选直修文馆学士,时文馆宠赉甚盛,故又有"雕章五色笔,紫殿九华灯""宴引春壶酒,恩分夏簟冰"等句。刘辰翁既不悉其为宪,即亦不忆有"景龙文馆记"内事,浪读"冰"字为"凝",欲改"酒"字为"满"对之,殊太妄率。

《天育骠骑歌》:"伊昔太仆张景顺,考牧攻驹阅清峻。遂令大奴字大宵,别养骥子怜神骏。"旧注以"大奴"为王毛仲,非也。景顺官太仆少卿秦州监牧都副使,毛仲即起自奴隶,时以霍国公领内外闲厩,景顺实为之属,尝对玄宗云:"臣禀仲之令。"其语见张说《监牧颂德碑》中,可考。此"大奴",第牧马监

---

① 常见杜集版本皆是"官梅"。
② 自注云:"杜有诗与迪云:'风物悲游子,登临忆侍郎。'自注:王侍郎时为蜀牧。"

奴耳。

"一辞故国十经秋，每见秋瓜忆故丘。今日南湖采薇蕨，何人为觅郑瓜州？"自注："郑秘监审。"刘辰翁以瓜州为金陵瓜步，此非郡望，可呼人乎？况审，繇之子，郑州人，非升州人也。审尝仕为袁州刺史，或又刺陇右之瓜州，史失载耳。然因瓜忆瓜州退官，亦太谑，非诗之正。

《答杨梓州》："闷到杨公池水头，坐逢杨子镇东州。却向清溪不相见，回船应载阿戎游。""杨子"谓梓州也，"阿戎"谓梓州之子。公到梓州，不得见杨，聊与其子游，因寄杨此诗耳。杨公池定是古迹，以与梓州姓同，取巧用之。或疑杨公必梓州父，既可笑；或又欲改"杨公池"为"房公池"，合读之何味？旧注皆梦说也。

《丽人行》："杨花雪落覆白𬞟，青鸟飞去衔红巾。"注者作春游景色解，大愦愦！此诗纪杨氏诸姨与国忠同游事，非苟作也。《广雅》："杨花入水化为萍。"《尔雅翼》："𬞟根生水底，不若小浮萍无根漂浮。"国忠实张易之之子，冒杨姓，乃与虢国通，不避雄狐之消，是无根之杨花落而覆有根之白𬞟也。又"杨白花，飘荡落南家"，为北魏淫词，用之真切于比者。青鸟，西王母使者。"飞去衔红巾"，则几于"感帨"矣。咏时事不得不隐晦其词，然意义自明，惜从来无与发覆者。

《哀江头》："一箭正中①双飞翼。"诸家不得其解。如黄山谷、杨用修"射雉"等说，皆可笑之极。不知"双飞翼"正指上第一人之同辇者而言，谓贵妃也。本由军士逼缢，而托之随辇才人箭射而堕，总不敢斥言其事而为之辞。诗为君父咏，应如是也。读下句即接"明眸皓齿今何在"云云，其义自明，何假多说乎？唐制，巡幸，宫人扈从者骑而挟弓矢，见武宗朝《王才人传》。想明皇时早已然，盖实有其事而借用之。

"黄昏胡骑尘满城，欲往城南望城北。"有作"忘城北"，又有作"忘南北"者，讫无定本。今按，曲江在都城东南。《两京新记》云："其地最高，四望宽

---

① 常见杜集版本皆为"正坠"。

敌。"灵武行在,正在长安之北。公自言往城南潜行曲江者,欲望城北,冀王师之至耳。他诗"都人回面向北啼,日夜更望官军至",即此意,若用"忘"字,第作迷所之解,有何意义?且曲江已是城南矣,欲更往城南,何之乎?

《哀王孙》起语:"长安城头头白乌,夜飞延秋门上呼。"①延秋门,帝西幸所出门也。梁侯景克建业,修朱雀等门,人心不忘梁,有童谣云:"白头乌,拂朱雀,还与吴。"引用正寓复兴之望。乌得云呼者,《说文》:"乌,孝乌也。孔子曰:'乌,盱呼也。'取其助气,故以为乌呼。"刘孝威《咏乌生八九子》云:"氄毛不自暖,张翼强相呼。"杜诗无一字无来历如此。

《鄜州省家》②:"远愧梁江总,还家尚黑头。"旧注及刘辰翁评注皆云:总,梁臣,后历陈入隋,放还江都,杜以其仕三朝失节,揭梁字愧之。今考总放还时,年已七十余,故其诗亦自有"白首入辕辕"之句,何言黑头?此自就总初陷侯景时事自比耳。按《总传》:"初,总年少,仕梁,有名。景陷台城,避难崎岖,还会稽郡山阴都阳里。"公遘禄山难,已近五十,叹己乱后还家,不及总尚是黑头时为可愧;非以总为堪愧,下"梁"字学《春秋》笔法也。

杜之去国,以救房琯。琯之贬,虽以陈涛之败,实因诸王分镇之策深中肃宗之忌,为谗者所构而致。集中诗为琯伤者不一,伤琯正伤己也。而尤莫详于《荆南述怀》之三十韵,中间"盘石圭多剪"为琯之建策原,"凶门毂少推"又若为琯之自将咎,最一篇警策所在。其"汉庭和异域,晋史坼中台。霸业寻常体,宗臣忌讳灾"等语,似又举和亲回纥事,较分镇抑扬论之,若曰琯去位始有和亲事,国体损而宗臣以忌讳斥矣。无非宛转为琯出脱,明己之救琯者,未为不是。生平出处,一大关目,莫备此篇,无一字不深厚悱恻,读之如起少陵与之晤语。向来诸家,句句错解,埋没至宝到今,殊可太息。

代宗避吐蕃幸陕,仓卒中百官少有至者。杜咏其事,有"狼狈风尘里,群臣安在哉"之句。公意中大有昔年灵武追驾之感,言随主患难者少,以叹己之尝效忠,未蒙报礼。若仅为当日群臣刺讽,有何意味?

---

① 此诗句原刻错入其他文字,据杜集而改之。
② 杜诗原题为"晚行口号"。

卷二十三

附订伪　杜甫《诸将》诗用"玉鱼""金碗",本沈炯"茂陵玉碗,遂出人间"语,以上有"玉鱼"字,遂易作"金碗"。"何颙好不忘""细学何颙免兴孤",凡两用于佛寺,当是周颙,因周妻"何肉"语,失忆其姓而误。卫鹤乘轩,指轩车之轩,云"轩墀曾宠鹤",误。乘槎至天河,海上客也,"奉使虚随八月槎",误为汉之张骞。刘越石为胡骑所围,中夜奏胡笳,贼流涕解围去,"胡骑中宵堪北走",误用为笛诗。又"赠尔秦人策,莫鞭辕下驹",误与李白同。

卷二十四

底　颜师古《刊谬正俗》云:"或问俗谓何物为底,底义何训?答曰:此本言何等物,其后遂省,但直云等物耳。"等字本音,都在反,又转音丁儿反。应瑗诗云:"文章不经国,筐箧无尺书。用等称才学,往往见叹誉。"言其用何等才学,见叹誉而为官。以是知去"何"而直言"等",其言已旧。今人不详所本,乃作"底"字。老杜:"文章差底病。"差底,犹何底之意也。

相　杜:"恰似春风相欺得。"白:"为问长安月,谁教不相离?"相,思必切,读若瑟,今北人皆呼相为瑟,是也。

磷　《论语》:"磨而不磷。"力刃切。杜"此道未磷缁""但取不磷缁",皆作平声。

与　杜《简郑广文》:"赖有苏司业,时时与酒钱。""与"字有四音,本音余吕切者,读之不响;作于改切,读响。黄山谷改为"乞"字,音丘即切读,正不必也。

中兴之中　《诗·蒸民序》:"任贤使能,周室中兴焉。"中,陆德明《释文》:"张仲反。"故老杜诗云"新数中兴年",又"百年垂死中兴时",诗人留意音训如此。

遮莫　《艺苑雌黄》云:"遮莫,盖俚语,犹言尽教也。"自唐以来有之,故当时有"遮莫你古时五帝,何如我今日三郎"之说。然词人亦稍有用之者。杜诗云:"久拚野鹤如双鬓,遮莫邻鸡下五更。"李太白诗:"遮莫根枝长百尺,不如当代多还往;遮莫亲姻连帝城,不如当代自簪缨。"有用为禁止之辞者,误。

斟酌　杜:"斟酌嫦娥寡,天寒耐九秋。"又:"经过忆郑驿,斟酌旅情孤。"斟酌,犹约略之意。

料理　杜:"诗酒尚堪驱使在,未须料理白头人。"料理,出《王微之传》。六朝歌谣有"皂荚相料理"之语。

禁当　杜:"数日不可更禁当。"禁,平声读。

斩新　杜:"斩新花蕊未应飞。"非斩字不能形容其新,在可解、不可解之间。

上番　杜:"无数春笋满林生,柴门密掩断人行。会须上番看成竹,客至从嗔不出迎。"番,甫患切,数也,递也,更也。似用意屡屡看之,犹谚上紧之意,见毛晃《韵书》。字本去声,韩退之用做平声,云:"且叹高无数,庸知上几番。"翻案故借别音示巧,非真谓当作平声读也。

龙钟　老杜诗:"何太龙钟极,于今出处妨。"薛苍舒注:"龙钟,竹名,谓其年老如竹叶摇曳,不自矜持。"说即可笑。唐李济翁《资暇录》云:"钟即涔蹄,足所践处。龙致雨上下,所践之钟,固淋漓淀矣。"尤穿凿难通。惟苏鹗《演义》云:"龙钟,不昌炽、不翘首貌,如鬖参、拉搭、毂觫之类。"似为近之,然未有实据。考《埤苍》:"躘踵,行不进貌,古字从省,躘因作龙,踵又借作钟。"此自有正解,何烦曲为之说乎?

卷二十五

四子轶事,不少概见,惟杨盈川有呼朝士为麒麟楦一事。"当时自谓宗师妙,今日唯观对属能",义山自咏尔时之四子。"尔曹身与名俱灭,不废江河万古流",杜少陵自咏万古之四子。

杜子美傲诞,好自夸标其诗,尝向郑虔言之。虔狠云:"汝诗可已疾。"会虔妻疟作,语虔:"去读吾'子璋髑髅血模糊,手提掷还崔大夫',立瘥矣。如不瘥,读句某;未间,更读句某;如又不瘥,虽和扁不能为也。"余每诵此,觉此老称诗豪,举态跃跃目前,为绝倒。是出《语林》,唐撰也。本朝人岂不悉郑远谪,无从取蜀诗举似,要以借同心期人曲模高诣生面,正所谓"颊添三毛,不必有之"而愈肖者。后人拈公诗"气劘屈贾垒,目短萧刘墙"等,为公大言自负证,太实相,那能使吟子得真杜影子看!

千载仅有杜诗,千载仅有杜公诗遘耳。凡诗,一人有一人本色,无天宝一乱,鸣候止写承平;无拾遗一官,怀忠难入篇什,无杜诗矣。故论杜诗者于杜世与身所遘,而知天所以佐成其诗者实巧。

杜陵之依严武,契分不薄。斥武父名一事,《旧史》云"不为忤",《新史》云"武衔之",欲杀而免。《新史》本唐小说,以武贻杜诗有"莫倚善题鹦鹉赋"之句也。洪容斋独以为武决不肯自比黄祖,杜集中诗为武作者几三十篇,意并殷至,没后《哭归榇》及《八哀诗》尤痛,似决无欲杀事,不如《旧史》足据。其言甚辨。虽然,武伉暴人也,于幕客他可忍,肯并忍其呼父名,恬不介意乎?言欲杀过,言不为忤亦过。重以武有杀章彝之事,杜尝依彝梓州,最厚且久,处其际不尤难言哉!《荆南追述》诗"结舌防谗柄,探肠有祸胎",情稍见矣。杀机时动,幸不犯杀锋,《新史》殆非全诬。若赠答追挽诗中无一语介介,则甫之厚,而亦风人之义也。

诗道须前后辈相推引。李、杜两大家,不曾成就得一个后辈来,殊可惜。惟昌黎公有文章官位声名,任得此事。公又实以作人迪后担子一身肩承,史称其奖借后辈,称荐公卿间,寒暑不避。而会其时,所曲成其业与其身名如孟郊、李贺、贾岛其人者,又皆间出吟手,能偕公翻斗新异,换夺一世心眼传后。以故继诸人而起者,复灯灯相继续不衰,追颂公亦因不衰。终唐三百年,求文章家一大龙门,非公其谁归?

卷二十六

杜甫诗中每自称"潜夫",顾况诗中每自称"悲翁",可作对。

老杜宴集,往往赞人食味,如"且食双鱼美,谁看异味重"之类,不一而足。至"华筵直一金",直与估价,过矣。酸穷可怜,于法自当得贫。

苏涣以盗始,以盗终,其人何如人哉!杜称为静者,寄诗望其致主尧舜,屡赞不已,殊可怪。湖南后,交游益寥落,穷途倾盖,许与遂至过滥耳。"即今漂泊干戈际,屡貌寻常行路人",岂独为曹将军言哉!

李赠杜止一诗,杜忆李有数诗①,意尤恳至。李阔略,杜缱绻,同调也,疑李轻杜者非是。

大历才子及接开、宝诸公相倡和者,未可缕指。钱起、司空曙之于王维,戎昱之于杜甫,其尤著者。

以时事入诗,自杜少陵始;以名场事入诗,自孟东野始。

诗不改不工,老杜所谓"语不惊人死不休"是也。今人第哂白香山诗率易,不知其诗亦非草草就者。宋张文潜尝得公诗草真迹,点窜多与初做不侔云。

方采山云:"书有态乎哉?乃杜有'诗态忆吾曹''赋诗新句稳,不觉自长吟',此其态也欤?可也。'诗成觉有神''兴来纵笔摇五岳',以此言态,态乃惭矣。今之态甚乎哉!"此言有为而发,然实中诗人通病。

杜诗云:"任转江淮粟,休添苑囿兵。由来貔虎士,不满凤凰城。"最曙天下大计矣。人主守在四夷,区区添兵京城,足救缓急乎?

卷二十七

唐词人自禁林外,节镇幕府为盛。如高适之依哥舒翰,岑参之依高仙芝,杜甫之依严武,比比而是。

唐至开元而海内称盛,盛而乱,乱而复,至元和又盛。前有青莲、少陵,后有昌黎、香山,皆为其时鸣盛者也。

卷二十八

唐人一时齐名者……其专以诗称有沈宋、……咸通十哲等目。至李杜、王孟、高岑、韦孟、王韦、韦柳诸合称,则出自后人,非当日所定。按,杨凭有诗云:"直用天才众却瞋,应欺李杜久为尘。"凭,大历中人也。知两公身没未几,世已有并称矣,但至韩公始大定耳。王孟以下诸合称,则宋人论诗所定也。

右二条②,盛唐诗人穷者。李、杜,古今流落之魁,然置诸人中,觉犹为显达也。

---

① 胡震亨此说有误。李赠杜不止一诗,杜忆李有十余首。
② 指上文《国史补》《明皇杂录》中所胪列者。

欧阳澥、李山甫、司马礼等，大率皆晚唐。而盛唐则老杜以不第献赋，其他孟浩然等虽布衣，然非举子也。诸人生不成名，今纪载又将没没，余惜而详著之。

卷三十一

胡元瑞云："芮挺章《国秀》不取李颀七言律，姚武功《极玄》不录王维五言绝，殷璠《河岳英灵》不称龙标七言绝，当时月旦乃尔。"愚谓诸家选岂必尽允，要论其去取大凡，窥唐人指趣耳，元瑞徒绳其细。宋人以诸选多不载杜甫、李白，为有意尊之，此又非也。《国秀》成于天宝三载，白入长安未久，甫则漂泊东都齐鲁间，名尚未起，何从知而尊之？《英灵》之选稍后，故有白仍无甫。他《南薰》《御览》《间气》《极玄》，例皆选中叶之诗，盛时诸家多不入，不独李、杜也。惟顾陶《类选》则取冠李、杜，韦縠《才调》更有李无杜，才若有意独尊之者。

初，棨以杨氏《唐音》分始音、正音、余响，独得唐人三尺，遂因其目，又详分之为正始、正宗、大家、名家、羽翼、接武、正变、余响、傍流，一体之中，各以此九目区辨其人，叙次其诗……而诸体皆以杜甫为大家。

自宋以还，选唐诗者，迄无定论。……而李、杜大家，猥云示尊，未敢并骛，岂非唐篇一大阙典？……（《品汇》于）李、杜两家，尤多为宋人之论所囿，不能别处手眼，有所去取。

卷三十二

吾尝谓近代谈诗，集大成者无如胡元瑞。其别处胜解者，惟郑继之《老杜诗评》。

唐人诗集，多出后人补编，故多遗漏。其编次之序，又各人自为政，故本多不同。至注释尤难言之。他不暇缕举，即李、杜二大集，经多手改编并注，可商者正夥，附志后以例其余。

李太白集，其存日魏颢有编，临终时又手授李阳冰编次为序。至宋朝，乐史、宋敏求复为之增益。白罹永王祸后，旧稿散落。阳冰序云："避地八年，著述十丧其九。"乐与宋从异代搜辑，真有功于李者。敏求本所增者，沿旧目相从，是犹存阳冰所次，未紊也。其后曾南丰校书，始取而考其作之先后，重为之次，阳冰之旧遂不复存。太白诗闲适游览居多，罕及时事，安能如杜诗一一得其岁月次第之？且读白诗，与读杜诗自各一法，舍旃白诗中灵笔妙趣，顾作诗时日，是求何为？

　　杜甫集编自唐人樊晃。其后，五代孙光宪，宋初郑文宝、孙仅各有编，今无考。宝元初，翰林王洙原叔始分古体、近体二类，考其岁月以次之。其合古、律为编，始自黄长睿及吾邑鲁泠斋先生訔。① 嘉泰中，建安蔡梦弼据泠斋本为会笺，岁月可疑者明著其莫可考，附卷后。嘉定中，临川黄鹤父子始取分体旧本，于题下确定其岁月，犹未敢便更其次也。元大德中，庐陵高楚芳者，刘辰翁门下士，则直据黄氏，并其次尽易之，居然不疑，今行世本是也。初原叔编年，第约略诗中语，求其时以为次，非真有确然可据之岁月。中间牵合虽多，而阙疑之意尚存。自概定于黄鹤，紊改于高氏，高又附辰翁批评以行，于是耳食者奉若杜陵手撰，次序颠倒，不复知原本为何矣。读杜诗者，即不可不稍知其岁月，然亦何至每首必定以所作之年，强为穿凿，而终失于不可通乎？宋徐居仁、方温叟各有《门类杜诗》一编，似厌诸家拘挛，为之破除者。今传世亦有编体者，不知是其本否？惜义例亦未见妥。老杜一生诗，境遇转困，格律亦转老，其孰为东都、长安，孰为秦川、蜀中，孰为夔府、湖南，明眼人覆卷可按。若未到此处，且未许看杜诗，在与分别时次何益？大可省此葛藤也。

　　宋人注杜诗者，王原叔、宋次道、崔德符、鲍钦止、王禹玉、王深父、薛梦

---

① 自注云："泠斋序云：骚人雅士，同知祖尚少陵，同欲模楷声韵，同苦其意律深严难读也。余谓少陵老人，初不事艰涩左隐以病人，其平易处有贱夫老妇所可道者，至其深纯宏妙，千古不可追迹，则序事稳实，立意浑大，遇物写难状之景，纾情出不说之意，借古的确，感时深远，若江海浩洋，风云荡汩，蛟龙鼋鼍出没其间，而变化莫测，风澄云霁，象纬回薄，错峙伟丽，细大无不可观。离而序之：次其先后，时危平，俗微恶，山川夷险，风物明晦，公之所寓舒局，皆可概见。如陪公杖履而游四方，数百年间，犹对面语，何患于难读耶？名公巨儒，谱叙注释，是不一家，用意率过，异说如猬。余因旧集，略加编次。古诗近体，一其先后，摘诸家之善，有考于当时事实及地里岁月，与古语之然者，聊注其下。若其意律，乃诗之六经，神会意得，随人所到，不敢易而言之。叙次既伦，读之者如亲罹艰棘虎狼之惨为可惊愕，目见当时氓庶被削刻、转涂炭为可悯。因感公之流徙，始而适，中而瘁，至于为少年辈侮忽以讫死，可伤也。"

符、薛苍舒、蔡天启、蔡致远、蔡伯世、王彦辅、苏东坡、徐居仁、谢任伯、吕祖谦、高元之、赵子栎、赵次翁、杜修可、杜立之、师古、师民瞻、蔡梦弼、郭知达，非一家，皆无可观，以诸注半出学究手，其托名人以行者，皆伪也。杜集虽编自王原叔，而原叔实未尝注。东坡《杜诗故事》，乃闽人郑印所为，造伪古人名，伪古人事，增减杜诗，见句附合之，而不能言所自出之书，朱晦庵、洪容斋、严沧浪诸公皆详辨之。今行世"千家注"中，尚淘汰未尽。祝和父、陈晦伯类书中亦误引一二，流传乱真，盖最可恨者。① 陆务观云："近世注杜诗者数十家，无一字一义可取。欲注杜诗，须去少陵地位不大远，乃可下语。今诸家徒欲以口耳之学，揣摩得之，不如勿注可也。"此言诚然。但吾观诸家，并口耳之学尚未敢言耳。注杜律单行有《虞集注》，实豫章张性所撰也，学究气正同宋人。②

坡公论李、杜二集，谓《杜集》较《李集》伪撰为少，此殆不然。宋宝元初本杜诗一千四百五篇，至皇佑中王介甫竟增入二百余篇，自为序曰："予令鄞，客有授予古之诗所不传者二百余篇，予知非人所能为，实甫也。自《洗兵马》而下，序而次之。"云云。今其诗皆杂入集中，但即看此《洗兵马》一篇，已较然不可溷真，固易鉴别也。《江南逢李龟年》"岐王""崔五"云云，岐王薨于开元十四年，崔五涤亦卒于开元中，时子美方十五岁，天宝后子美又未尝至江南，他人诗无疑。七言古《杜鹃行》二篇，其一见《司空曙集》；五言律"酒渴爱江清"，见《畅当集》；《哭长孙侍御》，载《中兴间气集》，杜诵作。绝句《虢国夫人》，张祜集《灵台》之第二篇。推此，知他集误入者自复不少。

杜诗即不无误字，然本无误而后人以意妄改者亦有之。宋蔡兴宗者，为《杜诗正异》，颇以意改定其字。朱晦庵嫌其未尽，欲改"风吹沧江树""树"字为"去"，"鼓角满天东""满"字为"漏"。以"漏天"对上句"烧栈"，犹可也；"风

---

① 自注云："祝《事文类聚》，如学士类萧梁之碧山学士；陈《天中记》，如陶侃之海山使者、胡奴，不一而足。又焦弱侯《笔乘》亦引阮孚看囊钱、崔浩诗瘦等，皆伪苏注所误也。"

② 自注云："刘将孙曰：'注杜者，谓少陵诗史，谓少陵一饭不忘君，因深求之字句间，强传以时事曲折，第知肤引以为忠爱，不自知陷于险薄。凡注诗尚意者，易蹈此弊，而杜集为甚。诸后来忌诗、妒诗、疑诗、开诗祸，皆起此而莫之悟，此不得不为少陵辨者。'将孙，辰翁子也。"

吹沧江树，雨洒石壁来"，正谓风吹树、雨随来耳，若第云吹江去，岂复成句哉？亦恐天下无此逆风雨也。近代杨升庵更好改杜诗，如"航"为"艇"，"照"为"点"，不一而足。后贤因之，为然为疑未休。用修当年何不以推敲功改己诗，暇与此老改诗乎？①

唐诗不可注也。诗至唐，与《选》诗大异，说眼前景，用易见事，一注诗味索然，反为蛇足耳。有两种不可不注：如老杜用意深婉者，须发明；李贺之谲诡、李商隐之深僻及王建《宫词》自有当时宫禁故实者，并须作注，细与笺释。今杜诗注既如彼，建与贺诗有注与无注同。而商隐一集迄无人能下手，始知实学之难，即注释一家，亦未可轻议也。

卷三十三

江心小石诗② "蛟室围青草，龙堆拥白沙。护江蟠古木，迎棹舞神鸦。破棹南风正，收帆畏日斜。云山千万叠，底处上仙槎。"王直方云："此老杜过洞庭湖诗也。"李希声云："得之于岳州江心一小石刻。"潘子真云："元丰间有人得此石刻于洞庭湖中，而不载名氏。或以示山谷，曰：'子美作也。'"今蜀本已收入集，而不纪其得诗之由，故录其详于此。③

杜子美两川夔峡诸诗石刻　在眉州，黄庭坚书。

杜少陵诸诗石刻　少陵游蜀凡八稔，而在夔独三年。平生所赋诗凡千四百六篇，而在夔者乃三百六十有一。治平中，知州贾昌言刻十二石于北园，岁久字漫灭。建中靖国元年，运判王蓬新为十碑，今碑在漕司。

---

① 自注云："改航为艇，说始山谷，杨实之直谓见古本如是。'关山同一照，乌鹊自多惊'，杨附会坡公词'一点明月窥人'句，云本之此。'照'与'惊'偶俪相当，孰稳易辨也。又如'把君诗过目'作'把君诗过日'，'愁对寒云雪满山'作'愁对寒云白满山'，'娟娟戏蝶过闲幔'作'娟娟戏蝶过开幔'，'曾闪朱旗北斗闲'作'曾闪朱旗北斗殷'，'因知贫病人须弃'作'不知贫病关何事'，'握节汉臣迴'作'秃节汉臣回'，'新炊间黄粱'作'新炊闻黄粱'。诸家欲为此老更弦者甚众，恨无从起此老问之。"

② 杜集中原题为"舟泛洞庭"，又作"过洞庭湖"。

③ 此为《王象之舆地碑记》中"江心小石诗"条目下自注。下两条亦见于《王象之舆地碑记》。

戴君恩

杜甫云:"文章千古事,得失寸心知。"韩子苍云:"作诗文常得文人许可,乃自不疑。"予谓"得失寸心知",当是老杜晚年自信后语耳。若无老杜之自信,何可无子苍之自下?(《剩言》卷十四"外篇三")

人谓李、杜工于诗,不必工于文。老杜姑无论,若李白《送侄端游庐山序》及《送张承祖之东都》《送烟子元演隐仙城山序》,皆森挺奇异,仙气逼人,使人读之飘然如在蓬莱方丈间,岂文人学士所能摹拟?(同上)

袁中道

杜陵狂夫老更狂,惟余严武能相爱。(《珂雪斋集》前集卷二《寄梅开府衡湘兼呈宏甫先生》)

学古诗者,以离而合为妙。李、杜、元、白各有其神,非慧眼不能见,非慧心不能写。直以肤色皮毛而已,以之悦俗眼,可也。近世学古人诗离而能合者,几人耳!而世反以不似古及唐为恨。(前集卷九《四牡歌序》)

天下之文,莫妙于言有尽而意无穷……杜工部、李青莲之才实胜王维、李颀,而不及王维、李颀者,亦以发泄太尽故也。(前集卷十《淡成集序》)

天下无百年不变之文章。有作始自有末流,有末流还有作始。其变也,皆若有气行乎其间。创为变者与受变者,皆不及知。是故性情之发,无所不吐,其势必互异而趋俚。趋于俚,又将变矣。作者始不得不以法律救性情之穷,法律之持,无所不束,其势必互同而趋浮。趋于浮,又将变矣,作者始不得不以性情救法律之穷。夫昔之繁芜,有持法律者救之。今之剽窃,又将有主性情者救之矣。此必变之势也。变之必,自楚人始。季周之诗变于屈子,三唐之诗变于杜陵,皆楚人也。夫楚人者,才情未必胜于吴越,而胆胜之。当其变也,相沿已久,而忽自我鼎革,非世间毁誉是非所不能震撼者,乌能胜之。

(同上《花雪赋引》)

近日学诗者，才把笔，即绝口不言长庆。如《琵琶行》，使李、杜为之，未必能过。大都元、白之警策处亦自有李、杜，李、杜之流畅处亦自有元、白，未可轻议也。(前集卷十二《东游日记》第十三条)

又其次为五代僧齐巳[①]诗。此公本世外人，而曳裾侯门，故其诗无韵。子瞻比于亚栖之字，良有以也。欧阳公注杜诗"巳公茅屋下"，以为齐巳，大误。巳，唐末五代僧，安得与子美同时？子美诗中"巳公"，当别是一人。至今沿欧公之说，指此处巳公岭，为巳公茅屋处，皆讹甚。(前集卷十四《阅玉泉诗碑记》)

外史氏曰：古之诗文大家籍中，有可爱语，有可惊语，亦间有可笑语。良以独抒机轴，可惊可爱与可笑者，或合并而出，亦不暇拣择故也。然有俚语，无套语。俚语虽可笑，多存韵致；套语虽无可笑，觉彼胸中烂肠三斗未易可去。是以文人有俚语，无套语也。人情好检点，见其有可笑语，遂不复读其可爱可惊之语。而彼无可爱可惊并无可笑者，专以套语为不痛不痒之章，作乡愿以欺世。当时俗人，因无可检点，反以加于真正文人之上。及至百年后，人心既虚，其可爱可惊之精光，人争喜之。并其可笑者，亦任之不复加刺，故共相推尊。而彼作乡愿之诗者，无关颦笑，有若嚼札，更无一篇存于世矣。以此诗文不贵无病，但其中有清新光焰之语独出，不同于众，而为人所欲言不能言者，则必传，亦不在多也。若唐之王摩诘可笑者少，孟浩然、李白已不无矣，子美尤多。虽可笑，亦自有韵，如"家家养乌鬼，顿顿食黄鱼"之语是也。险浑，亦不宜轻作，要以大家无害。(前集卷十六《江进之传》)

李、杜诗，《瑟琶》《金钗记》，皆可泣鬼神。古人立言，不到泣鬼神处不休。今人水上捧，隔靴痒也。(外集卷十《游居柿录》)

李卓吾常云："杜子美救房琯是侠骨。"又曰："太史公有侠气。"(外集卷十三《师友见闻语》)

[①] 所谓五代诗僧齐巳当是齐己之误。为保持原文语意上下衔接，一仍原貌。

马迁之救李陵,杜甫之救房琯,心肠一也。甫救房琯亦致帝怒,幸张镐助之。(外集卷十四《拈史语》)

问杜甫①。曰:"今人徒知杜甫诗之妙,不知甫是何等人。当甫从贼中奔行在,千辛万苦,魂尚未定,甫得一官,救妻子之不暇,于时即荐岑参为补阙,你看是何等心肠!如今人困穷投人,不知如何承人颜色。当时甫漂零严武幕下,一日乘醉,忽然张目大言曰:'严挺之乃有此儿!'你看是何等气岸。"予曰:"武当时生杀在手,假令因此言被杀,也无用。"曰:"渠当时也不暇计他杀与不杀,直是胸中豪气不可忍耳。即杀,也顾不得。"(外集卷十四《柞林纪谭》)

宋懋澄

古诗云:"人生一世间,忽如远行客。"则世人尽客居也。杜拾遗《羌村》诗云:"夜阑更秉烛,相对如梦寐。"则真境皆幻缘也。(《九钥集》文集卷二《偏怜客序》)

具神仙之才,故降而为词人,稚川、隐居、白叟类也;禀帝王之资,复佻而为文士,魏文、梁武、唐文皇也。是皆有凡骨焉。德乏皋、夔,才非周、傅,而欲致君尧、舜、汤、武者,屈大夫、贾太傅、曹陈思、杜拾遗、李供奉、韩吏部之牢骚也。(同上《九钥集文序》)

少陵潦倒天宝之间,其词赋不忧身家饥寒,而时时为天下申其疾痛。当时天子,若效先王采风,择其言用之,唐之天下岂遂困于夷,衡于河北?举朝分党而貌琋窃柄,卒以流离割裂终哉!(续集卷九《得玉说》)

---

① 万历十八年(1590)春,李贽与袁氏兄弟等交游,《柞林纪谭》是其间师友问答之记录。问者主要是大哥伯修和三弟小修,答者为李贽。

冯复京

《说诗补遗》

卷 一

吴声、西曲绵弱而淫巧，鼓角、横吹矫悍而激扬。此数者，神情迥别，节度乖舛，积习凝领，挥洒盘礴。如少陵以时事创新题，纵横自在，妙夺其神，上也。任仿一体，能转法华，不袭牙慧，不失宗风，次也。

古诗浑厚典则，酝籍和平。李翰林之狂率，杜拾遗之刻露，皆非诗之正也。使谓为李杜体，可以师法，岂不误哉！

七言歌行，当以高达夫为正宗，杜子美为大家，王维、岑参实相羽翼。卢、骆长篇靡褥相矜，太白骚体跌宕过度，均伤雅道，学者姑舍焉可也。即弇州所称奇语夺魄者，多出李、杜二集，英雄欺人，无轻堕彼云雾中。

五言律，须刊贞观、垂拱之浮靡，主开元、天宝之正格，队仗整严，音吐鸿亮，风骨高峻，滋味隽永。畅之以才气，润之于丹采，结构规模，必无爽尺寸，虽错综变化，亦由斯假途焉。王、孟清芬闲澹，学之者易流于枯寂；杜陵博大雄深，学之者易失于粗险。善学下惠者，其可以不慎乎！

五言律，有彻首尾对者，杜《所思》《屏迹》《登牛头山亭子》之类是也。……全诗音节舛谬，句调险棘，如杜《白帝城最高楼》《晓发公安》《憩息》之类者，谓之拗字。……杜陵仄体，则格乖平整，势必僵枯，百代悠悠，当绝此弊法。究而论之，所以名律者，正取其音谐对切，则中二联必应骈俪，无为规图自便，以畔正规。

对偶之变体，如骆宾王"皆流桐柏远，逗浦木兰轻"，孟浩然"主人开旧馆，留客醉新丰"，名曰"借对"。少陵"桃花细逐杨花落，黄鸟时兼白鸟飞"，"小院迴廊春寂寂，浴凫飞鹭晚悠悠"，名曰"就句对"。晚唐诗有第一句对第三句，第二句对第四句，名曰"扇对"。此皆作者嬉弄伎俩，宋人妄立名色。诗家奇妙，全不在此。

五言排律，本取陈、隋拗句。……作法之妙，莫如初唐骆、宋。大观之极，止于盛唐少陵。故短章小韵以下，欲得气象峥嵘，笔力飞动；长篇数十韵以上，欲得条贯有序，位置得所。

李太白有三五七言，傅休奕《鸿雁生塞北行》作半五六言，隋炀帝纪辽东作半七五言，梁释惠令有一三五七九言，唐鲍防、严绀联句有一字至九字诗，又如"杨柳袅袅随风急"三句成章，杜《曲江》诗五句为格。此皆弄奇笔苑，非可长价诗场。

杜陵《酒中八仙歌》，全篇皆平韵。

试以古作者评之：枚、李以古诗鸣，沈、宋以近体著。陈思之清绮，不为魏武之莽苍；杜陵之浑融，不效东山之飘逸。然而名家各擅，何必具体大成哉！

五曰"标韵"者①，鸿钧播气，雕刻万有，色象音声之外，各有韵焉。……子美之韵深沉而有味，太白之韵飘举而欲仙，王、孟之韵闲淡而绝尘，高、岑之韵秀令而近雅，靡不旨趣无穷，芬芳可佩，作者虽已会众条，必待斯成品矣。

学华相国者，在形迹间，去之愈远。临《兰亭》者，从入门不是家宝，标此义可以戒寻行数墨者。若肤浅不学而云何必读书，昏狂任意而云自我作古，此乞丐消金波旬谤法②也。子美曰"读书破万卷"，又曰"熟精《文选》理"，则古今诗圣，又何尝矜独得哉！

卷　二

"十九章"大都古奥精奇，错以流丽。……《天地》《天门》《景星》，皆骚体也，颇艰曲难读。然如"月穆穆以金波，日华耀以宣明""百末旨酒布兰生，泰尊柘浆析朝酲"，词丽气逸，震动心魄。子美诗"天门晴开诛荡荡"③"委波金不定"之句，全出于此。

少卿《别子卿》杂言，亢厉愤激，似不如五言浑厚。拟苏李十首，规矩步趋

---

① 冯复京认为"诗有恒体"，细分为十，包括达才、构意等，其五为标韵。
② 金波旬即佛教中魔王波旬，佛祖菩提树下证道，带八十亿众扰乱其修行。
③ 此句"诛荡荡"殊不通，杜诗原句为"闾阖晴开昳荡荡"，当是传抄者之笔误（《说诗补遗》原版只有抄本传世）。

……"明月照高楼,想见余光辉",杜甫"落月照屋梁,犹疑见颜色"祖之。

卷　四

庾肩吾《侍宴乐游苑》,全似唐排律。……"黑米生菰叶"①,语无深趣。杜袭之,稍加变化,曰"风飘菰米沉云黑",遂为七律上乘。

庾(信)诗才力沉腿,用事平典。……杜子美剧喜其诗,盖其笔苍体肃,流派相合故尔。如诗才诗韵,恐未能跨越六朝诸公也。子美目之曰"清新",又曰"老成",似"老成"为当。

卷　五

诗至盛唐,泰极否兆,又唐一世盛衰之大界也。何者?卢仝之狂纵,太白之乐府为之也;昌黎之怪拙,子美之古诗为之也;陈、黄之枯瘦,子美之近体为之也。

刘舍人元济、薛少保稷,五言古诗各一首,为唐初杰作。《庐岳》闳肆而气壮,《陕郊》简静而调雅,脆骨柔筋,浮文曼藻。于是稍变子美,称少保古风,鉴赏不虚也。

武、韦之朝,淫牝扇秽。慕富贵者,蛾飞蝇集,献媚容身,廉耻维绝,言之泚颡。而文章特盛,不容以人废言。诸人中,沈、宋才最高,崔融、郑愔次之。七言排律老杜所难,而安成《从军行》独格整气雄。

陈拾遗、杜员外二家近体,以气韵为主,不作雕镂。

杜结句之佳者,"坐携余兴往,还是未离群"的是匹敌。杜"六位乾坤动"排律,赡而不秽,详而有体。杜陵家法所自,则陈所无也。

《新唐书》云:"建安后迄江左,诗律屡变,至沈约、庾信以音韵相婉附,属对精密。及宋之问、沈佺期,又加靡丽,回忌声病,约句准篇。"独孤及云:"沈、宋始裁成六律,彰施五采,使言之中伦,歌之成声,缘情绮靡之功,于是大备。"呜呼!诗至沈、宋,诚古今变格之极也。然梁、陈艳句,何异宋词元曲?高、岑、王、孟、李、杜律诗,可与枚、李、曹、左、陶、谢诸公分庭抗礼,虽体制稍分,

---

① 出自庾肩吾《奉和太子纳凉梧下应令》。

神契自合。二公先驱，诚可谓艺苑功人，无惭风雅者矣。

卷　六

杜子美"浮云连海岱，平野入青徐"，孟浩然"气蒸云梦泽，波撼岳阳城"，虽纪地理，气势飞动。

盛唐并推李、杜，然杜才力气焰笼罩诸公各体，自成一家，不傍他人门户，不必为盛唐第一，自可为唐代第一。李意致翩翩，亦多出六朝，但李才大耳。王摩诘才拙于李，而各体兼工，王之不能为五言古，亦犹李之不能为七言律也。以李配杜差弱，以王拟李稍过，李当居杜、王之间矣。

宋人沾沾李、杜，实不识李、杜。

杜诗佳处，有雄壮语、痛快语、秀丽语、苍老语、忠厚语、平典语；累处，有粗豪语、村俗语、险瘦语、庸腐语、鬼怪戏剧语、强造生涩语。盖此老胸中壁立，无一体不自运天矩，"语不惊人死不休""恐与齐梁作后尘"，是其一生本领。然窃攀屈、宋，熟精《文选》，亦自明言其所得，如河润千里，必本星宿之源，所以利钝杂陈，泾渭并泛，终不失为大家。古今不可无一，不可有二。其诗不可不读，亦最不易读，非具天眼者，未有不堕雾随场者也。然予得一读杜诗捷法，但看宋人诗话，所甚口赞叹者，非老杜极佳之诗，即系其极恶之诗，以此参之，十不失一。刘须溪旁门小乘，间或窥斑，然终溺宋人见解，阅者大须甄择，勿误祈向。

杜诗五言古，当以"朝进东门营"①为压卷。其次《渼陂西南台》，字字作康乐体，今人不能读也。"男儿生世间"近六朝语，"献凯日继踵"得乐府意，……中时出弊态露语，所以为杜也。

宋人不解诗，尤不解古诗，以其数典忘祖。子昂、李、杜之上，更不知汉、魏、六朝也。以两汉体引绳杜诗，则杜乃村仆伧童，坏家法者耳。如刘须溪评"始知众星乾"云"穷而不涩"，评"齐鲁青未了"云"雄盖一世"，"心清闻妙香"云"便尔超悟"……杜之所以尚逊陶、谢者，弊正坐此。宋人所赞扬、以为不可

---

① 即指《后出塞五首》其二。

及者,亦正在此。呜呼,宋人误认子美乎?子美误导宋人乎?如"荡胸生层云,决眦入归鸟"之奇险,"羲和鞭白日""巨颡坼老拳"之怪怖,昌黎一生险句、诨句不能出此境。呜呼,子美又误昌黎矣!

工部五言古,一以沉着痛快为主。"磨刀鸣咽水,水赤刃伤手""径危抱寒石,指落层冰间""中天悬明月,令严夜寂寥。悲笳数声动,壮士惨不骄""送行勿泣血,仆射如父兄""急应河阳役,犹得备晨炊。……天明登前途,独与老翁别""妇人在军中,兵气恐不扬""家乡既荡尽,远近理亦齐""千秋万岁名,寂寞身后事""夜阑更秉烛,相对如梦寐""天寒翠袖薄,日暮倚修竹"诸句,皆古人所未道者,不妨自子美作古。有失之太尽者,若"生死向前去,不劳吏嗔怒""眼枯却见骨,天地终无情""幸有牙齿存,所悲骨髓干""朱门酒肉臭,路有冻死骨",气愤脉张,悲伤怨怒,乃害古也。七言歌行亦然。"清渭东流剑阁深,去住彼此无消息。人生有情泪沾臆,江水江花岂终极""梨园弟子散如烟,女乐余姿映寒日。金粟堆南木已拱,瞿塘石城草萧瑟""四山多风溪水急,寒雨飒飒枯树湿。黄蒿古城云不开,白狐跳梁黄狐立",真境真事,庶几可观可怨之音。"况复秦兵耐苦战,被驱不异犬与鸡""县官急索租,租税从何出""岂闻一绢直万钱,有田种谷今流血",则怨悱而乱,乖敦厚之本教矣。宋诗有如戟手骂詈者,亦其流弊也。

予尝读杜陵古诗深奥者,辄虑云:得无流为韩昌黎乎?读王维古诗浅直者,辄虑云:得无流为白香山乎?盖未尝不惕然为戒,视为止、行为迟也。毫厘千里,作者慎之。

杜陵歌行,气骨崚嶒,语意奇奥,卓然创体。《哀王孙》《哀江头》,悲壮可泣鬼神。《短歌行赠王司直》《莫相疑行》《薛华醉歌》《醉歌行》《乐游园歌》,豪气横溢不可挡。一人促节,感人潜涕。题咏则《曹将军画马图引》《丹青引》《郑公骢马行》《高都护骢马行》《剑器行》,铦锋老笔,慷慨精神,千秋独绝。《洗兵马》骈偶壮丽,又诸篇之别调。《夜闻觱栗越王楼歌》,用初唐八句二韵格,而气韵自是。老杜《渼陂行》,峻语骇心,而不沦异趣。此十六首并佳什也。《兵车行》之痛快,亦佳亦不佳。《七歌》如危弦急管,短促哀惨,但长鸰驾鹅、蛇游龙蛰之类,则欺人伎俩,不模不范。《丽人行》填塞少风味,《八仙歌》戏剧无检裁,俱不足尚。

(杜甫)七言古诸佳篇,多陡然而发,腕有万斤力;中间起伏转接,怪怪奇奇;结如"眼中之人吾老矣""足茧荒山转愁疾""青鞋布袜从此始""青丝络头为君老""仰视皇天白日速""独立苍茫自咏诗",正所谓橛声一击,万骑寂然者。"君知天地干戈满,不见江湖行路难""君王旧迹令人赏,转见千秋万古情",又何其凄婉而多风也。

世人言杜律诗,必称其神化。予谓律之神化,乃人巧之极,妙夺天工,从心不逾,周旋自中。若瘦硬生涩,巧稚颠纵,以为神化,非予所知也。其五言律作法虽多端,不过雄浑精丽、奇拔清峭二品。如《春宿左省》《送张司马南海勒碑》《兖州城楼》《岳阳楼》《秦州》"隗宫""凤林"二篇、《旅夜书怀》《夜绝岸篇》《晓望房兵曹胡马》十首,上也。《晓出左掖》《月夜忆舍弟》……《武威将军挽词》十八首,次也。《江汉》若非"乾坤""日月""风"字混杂,可入上选。《禹庙》"早知乘四载,疏凿控三巴",毕竟收顿不住,或曲与生说,非也。《正声》选《宿江边阁》后四句,最恶。胡元瑞所云"淡而洗削"者,《吾宗》《可惜》《避地》之属,肤庸憔悴,甚者若枯株死灰。夫西子不洁,过者掩鼻;大木朽蠹,匠石不顾。概应焚弃,永绝祸端。

(杜)诸排律强力宏蓄,排荡汪洋,气压沈、宋、王、李诸公。集中当以《谒先主庙》为第一:"锦江元过楚,剑阁复通秦"无限伤感,"虚檐交鸟道,枯木半龙鳞"描写景色,"如何对摇落,况乃久风尘"十字开阖古今,无如此磊落浑成者。刘须溪所评,得之。《寄李白》"五岭炎蒸地"以下,一唱三叹,伤心酸鼻,而从容于法律之中,尤不可及。……长篇三十韵至百韵,虽如淮阴将多,终有屑凑繁碎及位置失所之病。……七言排律四首,板对芜辞,此公蛇足也。

王元美谓杜七言律微减五言,而品五律为神,七律为圣,殊未然。李新乡之风华圆秀,固是正宗;杜拾遗之老练雄深,允为大家。"老去悲秋""西山白雪""花近高楼""玉露凋伤""昆明池水""岁暮阴阳""楚王宫北""风急天高"诸章,跌宕瑰奇,悲凉浓厚,精神凌厉千古,法律细入毫芒。其次《宣政》《紫宸退朝》《送韩十四省亲》《野老》《秋兴》……《和裴迪早梅见寄》《将赴荆南别李剑州》《宿府》《小寒食舟中作》，唐人一代诸集，有此大观极则否邪？余篇有全不用事不着色，清空质劲，如水棱石骨者。有异体劣调，生拗崎险，懈怠草率，如枯骸占诀者。苏、黄、陈宗派，全为此老所误。又有虚喝套句若"二仪清浊还高下，三伏炎蒸定有无"，措大腐谈若"朝廷衮职谁能补，天下军储自不供"，为今人酷尚极摩者。在杜则可，学杜则不可。作法于凉，当以为戒。《秋兴》之"两开""一系"，实下"虚随""御气""小苑"。《曲江》之桃花杨花、黄鸟白鸟，皆字法之嫩俗者。"碧梧栖老凤凰枝"，盖凤非梧桐不栖故云，然当是岂真有凤凰乎？句本直下，后人勿得误认。

子美之诗，大都作于天宝乱离之代，陇蜀漂泊之秋。故眷念阙庭，悲怀骨肉，关塞干戈，艰难老病，苦心怨调，凄断紫魂，非直才性所近，亦适会其时耳。《紫宸》《左掖》诸作，则一味浓丽已，绝不作此体。今代际明盛，朝野欢娱，自有太平之音，何必再陈刍狗，无疾呻吟哉？学杜者先须识此。

杜句如"宫殿青门隔，云山紫逻深""春色浮山外，天河宿殿阴"……"绝壁浮云开锦绣，疏松隔水奏笙簧"，皆美秀文雅，极风人才子之致，但中间有造语响字，所以为杜格耳。黄、陈学杜，于此等处，亦曾理会否？

杜集最多雄句，五言"北风随爽气，南斗避文星"……"所向无空阔，真堪托死生"，七言"船舷暝戛云际寺，水面月出蓝田关"……"百年地僻柴门迥，五月江深草阁寒"，已上诸语，真有金鸡擘天、神龙戏海之势。"织女机丝虚夜月，石鲸鳞甲动秋风"，以浑融语写寂寞境，尤此老奇绝。至若"白屋留孤树，青天失万艘"则尖矣，"朝罢香烟携满绣，诗成珠玉在挥毫"则俗矣，"日月笼中鸟，乾坤水上萍"则大言无当矣。集长弃短，法戒具存。

"近泪无干土，低空有断云"……"路经滟滪双蓬鬓，天入沧浪一钓舟"，惟子美于声律之间，多作伤心苦句，而沉雄遒古，绝无哀气，所以为杜也欤！

（杜甫）律诗工于发调者，"冠冕通南极，文章落上台"……"瞿唐峡口曲江头，万里风烟接素秋"之气概，"满目悲生事，因人作远游"……"岁暮阴阳催短景，天涯霜雪霁寒霄"之凄婉，"今夜鄜州月，闺中只独看"……"野老篱前江岸回,柴门不正逐江开"之自在。工于结尾者,"万里黄山北,园陵白露中"……"云白风清万余里,愁看直北是长安",大略感慨沉雄者十居八九,遂为老杜家数矣。

五、七言绝,世谓子美一无所解。予取"江碧鸟逾白""钓艇收缗尽""马上谁家白面郎""东逾辽水北滹沱"四首,皆非世所尝选也。

《彭衙行》……《又呈吴郎》诸七言律,俱全篇村鄙。七言绝尤甚。余篇往往有一二句或三四句村气不可耐者。又有如"鱼龙开辟有,菱芡古今同"……之庸陋者,又有如"韩蔡同巘屃,童卭连居诸"……之类不成语者,又有如"正想滑流匙"……之类太卑琐者。村夫子之目,子美何以自解?然人知其为纰漏,不足误后生。惟"魂来枫林青,魂返天地黑""阴房鬼火青,坏道哀湍泻"之幽昧,"乃是满城鬼神入,真宰上诉天应泣"……之怪谲,"韦曲花无赖,家家恼杀人"……之戏浑,"杀人亦有限,立国自有疆"……之史断,"江山如有待,花柳更无私"……之学究,"思家岁月请宵立,忆弟看云白日眠"……之板拙,"遣兴莫过诗""新诗句句好""渐于诗律细"之类,开口说诗之可厌。宋人种种魔境,皆此公作导师。故诗至子美,实唐之终而宋之始也。《蓬莱》《织女》一种句格,又是"西昆"之祖。

原杜"织女回车",及"冯夷击鼓""湘妃出歌"等语,源出《楚词·九歌》。然《九歌》以事神,汉《郊祀歌》亦是此意,若吟咏情性,不得用此杳冥恍惚语。

五言古《杜鹃》、七言古《桃竹杖引》之类,皆体之怪者。"燕子来舟中"之论说,尤是魔道。

杜《咏竹》云"风吹细细香",或谓竹无香,不知竹有一种清芬气韵,嗅之扑鼻者,即香也。《咏柏》云:"霜皮溜雨四十围,黛色参天二千尺。"或谓太细长,不知参天者其色耳。人眼光可望天际,何谓无二千尺邪?如此论诗,皆高子咸丘之见,惟"日月笼中鸟"诸句,簸弄之极,失于巧稚耳。

学杜不烧却宋头巾诗话,鲜有不坠恶趣者。

宋人又有专主爱君忧国、恻怛忠厚为杜胜李者,如"独使至尊忧社稷,诸君何以答升平""唯将迟暮供多病,未有涓埃答圣朝",惟杜集有之。杜气勃笔苍,适罗世变,故应创千古未备一格。盛唐诸公不必如此,后人学老杜,又未若学盛唐也。

杜诗最恶陋,无如咏物诸篇。《楼拂》云"不堪代白羽,有足除苍蝇",《雨》云"随风潜入夜,润物细无声",《月》云"兔应怜鹤发,蟾亦恋貂裘",《栀子》云"于身色有用,与道气伤和"……俱田叟樵童羞报咋舌者。诸篇若作比喻解之,以理趣求之,尤可厌恶。

杜必简《咏月》云:"暂将弓并曲,翻与扇俱团。露濯清辉苦,风飘素影寒。"前二句嫩拙,后二句清高。少陵《咏月》云:"入河蟾不没,捣药兔长生。只益丹心苦,能添白发明。"前二句板笨,后二句老劲。其得失正相似,岂家法固然邪?为之失笑。

杜之有余者,气骨也,才力也;不足者,和平也,酝籍也。杜有秀句、丽句,所以与高、岑唱和也;杜有粗句、村句,所以与李邕、元结酬答也。

韩退之自评其文"不专一能,怪怪奇奇",而称杜"光焰万丈",则韩之知杜,知其奇怪而已。元、白本好穷极声韵,千言五百言以相驱驾,而元之称杜惟曰"铺陈排比",白惟曰"觑缕贯穿"而已。王敬美谓"子美无刻露",而杜诗骨多肌少,气锐神伤,痛快至极,实多刻露。胡元瑞又以杜兼储光羲、孟云卿、常建、任华为集大成,则是檀下必有箨而后为观美,佛头必看粪而后为严饰,清朝圭璋借润于瓦砾,幽谷之兰袭气于鲍肆也。子美之诗岂易言哉!"正索解人不可得",此之谓乎?

严仪卿《答吴景仙书》谓"雄深健雅此四字,但可评文,于诗则用健字不得",此因坡、谷诸公一派,过为丁宁耳。诗如子美,拨剌执动,蚰蜒气雄,如激矢之末,力可以穿七札;垂云之余,怒可以抟九霄。亦何尝不健也。

卷　七

唐人不知五言古之法,李多仿六朝,杜自操己调。右丞亦但知剀濯浮华,以自然闲远胜耳。

唐人五言律,子美而下,当推摩诘。

唐人七言古,除子美大家别调外,达夫诸作,其起句或惊挺峭峻,或闲远坦夷。其结句或如柝声一击，万骑寂然，或如娇喉婉转，余弄未尽。中间转调之迤缓，构词之秾纤，应弦赴节，得衷合度，修短任意，伸缩自由。自有歌行以来，未有盛于达夫者也。其妙处在起伏音节，当玩其全篇章法如汉诗，不可句采。

杜拾遗律诗多用响字，已为诗之一病，况用尖字乎！盖新之于尖，似是而非。新则芳鲜，尖则儇薄。嘉州句云："近钟清野寺，远火点江村。海树青官舍，江云黑郡楼。孤灯然客梦，寒杵捣乡愁。""近、远、清、点、青、黑、孤、寒、然、捣"十字，尖巧太甚，种种魔道开矣。岑又有朴直不文者，如"侍女捧香烧"，与李颀"侍女新添五夜香"，本一意也，然饰与不饰相去什百。

合高、岑、王、孟四家论之，……才莫大于王，高、岑实堪鼎足，古人或评云：王维诗天子，杜甫诗宰相，杜岂可屈居王下？若曰杜甫诗天子，王、高、岑诗宰相，而以太白为客卿，曰东方生傲睨汉廷、翱翔十洲者。

予尝谓李、杜二家不能备美，太白不长七言律，而子美外李颀为唐第一。子美不长七言绝，而王昌龄可与太白比肩。造化生才各擅，合之以成开、宝之盛，真千古奇观也。

严郑公武《巴岭答杜二》七律，《军城早秋》七绝，神气魁杰，称其为人。《题光福寺楠木》"高枝闹叶鸟不度，半掩白云朝与暮""闻道偏多越水头，涔生霁敛使人愁"，俱英发语。以季鹰才气，子美不应傲睨至此。"莫依善题《鹦鹉赋》"，盖亦微托讽云。

盛唐有任华，乃是禹代之罔两，殷朝之桑榖，不祥莫大焉。无端癞犬狂嗥，厕牏流污，借与李、杜酬唱，应是李《蜀道难》、杜七绝诸作口业报耳。

卷 八

开元、天宝诗道，日中之候。杜拾遗大家孤兴，凿混沌而开谿径。重以元结、常建辈为妖为孽，诗体决裂。于是刘随州、钱起功辈挺起大历，欲以风韵自标，而清虚浅易，无复雄深博大之观。属对欲得变换流动而偏枯不整，中、盛遂分界矣。余尝譬之：李、杜大海也，汪洋浩淼，吞吐百怪；高、岑、王诸公江河也，发源名山，浸润千里；钱、刘池沼也，清光碧色，洞彻见底，游鱼梦藻，点缀可怜，然一览而尽，挹注易穷。

王建、张籍之七言古，李商隐之七言律，晚唐诸子之七言绝句，愈刻意愈厌观。学者须顶门上具副眼，勿为宋人盲说，误引拍肩相随。有刘辰翁者，其评李、杜、王、孟虽未透汗，尚堪小乘。其评韩、柳、郊、贺、岛、籍，吠声倒见，害人入髓。严仪卿、胡元瑞尚未逆此关，未免迕道，而说诗真独知之契哉！

前人分盛唐中次第，亦是辨其诗格，不专论时代。如刘长卿开元二十一年进士，李嘉佑天宝七年进士，钱起天宝十年及第，韩翃天宝十三年进士，皇甫兄弟、郎士元皆天宝中成名，与高、岑、李、杜同时。特高、岑、李、杜之诗，调鸣格正，才大思雄。钱、刘诸公之诗，如嚼白蜡、丈青芦，不堪淡弱，较其大量，以此分区。

记予髫年好谈诗，而无诗学。前辈郭春卿戏予曰："子知开、宝之为盛唐，亦知老杜实终于大历间乎？'大历十才子'为谁？"予无以应。已阅《唐书·卢纶传》，乃知"十才子"者，纶与吉中孚、韩翃、钱起、司空曙、苗发、崔洞、耿湋、夏侯审、李端诸子。

杜甫云："一字买堪贫。"刘勰云："改章难于造篇，易字艰于代句。"诚诗家刻苦钻厉者。然论诗惟取全首正大工密，若一字一句求精鹜巧，则李贺之锦囊呕心肝而不已，贾岛之推敲犯京尹，而不知终为劣调邪！近世评杜者，多以句字课工拙，盖为宋人邪说所误。

曹学佺

严武，年二十二，为给事黄门郎。明年，拥旄西蜀。杜甫乘醉言："不谓严挺之乃有此子也！"武恚目久之，曰："杜审言孙子拟捋虎须？"合坐皆笑，以弥缝之。房太尉琯，惟有所误，忧怖成疾。李太白作《蜀道难》，为房、杜危之也。武子季鹰，永泰初卒，母哭之曰："而今而后，吾知免为官婢矣！"（《蜀中广记》

卷一百一①)

杜子美《愁坐》诗曰:"高斋常见野,愁坐更临门。十月山寒重,孤城水气昏。葭萌氐种迥,左担犬羊存。终日忧奔走,归期未敢论。"葭萌、左担,皆地名。葭萌,人知之。左担,人罕知也。注者或改作"武担",又改作"立担",皆可笑。(同上)

子美《题忠州龙兴寺所居院壁》诗云:"忠州三峡内,井邑聚云根。"今其驿名曰"云根驿",有笔亦名"云根笔"。(同上)

唐常征君隐居开州,永秦元年秋,杜少陵自忠州至云安,征君来访之。杜有《别征君》诗云:"儿扶犹策杖,卧病一秋强。白发少新洗,寒衣宽总长。故人忧见及,此别泪相忘。各逐萍流转,来书细作行。"后又寄之诗,有云:"开州入夏知凉冷,不似云安毒热新。"故知征君开人也。(同上)

杜少陵《暮登四安寺钟楼寄怀裴十》,即裴秀才迪也。寺在新津昭觉山,楼与雪峰相对。是时,王缙为蜀州守。三人盖朝夕于斯云。(同上)

杜少陵《冬日怀李白》诗:"裋褐风霜入。"惟宋元本乃作"裋",今本皆作"短"。裋音竖,字见《列子》。(同上)

杜诗云:"江莲摇白羽,天棘梦青丝。"下句殊不可晓。说者曰:"天棘,柳也。"或曰:"天门冬也。梦当作弄。"既无考据,意亦短浅。(同上)

杜子美《玄都坛歌》云:"子规夜啼山珠裂,王母画下云旗翻。"说者多不晓王母,或以为瑶池之金母也。(同上)

王思任

然渊明之诗,晦翁犹谓其"带性负气",而杜老亦谑其子"挂怀抱"。(《王季重集》卷二《茵花馆诗序》)

诗莫名于李、杜,而李常逊杜者,李甘而杜苦也。便以两人论,李之神在

---

① 曹学佺《蜀中广记》卷一百一"诗话",多是杂合《唐诗纪事》、杨慎诗话等前人之言,人我难分。全抄他人者则删之,难区分者则录之,以稍存其事。

夜郎而始厚,杜之法出夔州而益高,此有目者所共睹也。(同上《萍吟草序》)

李流芳

杜子美云:"语不惊人死不休。"而白乐天诗成,欲使老婢读之皆能通其意。两人用心不同,其于以求工一也。(《檀园集》卷五《蔬斋诗序》)

五言古诗,至少陵而一变,流而为退之、乐天。至于东坡,而变已极矣。然皆不出于少陵,而能各成其一家者也。(卷十二《题闲孟诗册》)

鹿善继

夫诗,第沿其末流,较派论宗,争位置于毫芒,狎主代兴,迄无定说。然退原本始,不曰道性情乎?果以诗为不可知,必有无性情之人然后可。独所谓性情者,动于有感,出以无心,情景如冷暖之自知,宫商如四体之默喻,则其为人,即诗而在;如人之外,另自有诗。步青莲者,多不情之笑傲;模少陵者,概无病之呻吟。虽工,亦奚以为?(《鹿忠节公集》卷五《孙鲁章诗序》)

陈 衎

子美忠愤,大半是热中。盖献赋得官,原非清高之士,一经沦落,难免汲汲耳,视青莲于纳陛之前敷陈讽谏者不同。(《槎上老舌》"一饭不忘君"条)

姚希孟

唐自李、杜、元、白以还,而欲镂混沌之须眉,盗渊岳之锸钥者,必称温、李诸子。(《响玉集》卷七《合刻中晚名家集序》)

青莲、少陵,皆漏网珊瑚;清才如孟襄阳,竟为明主永弃。(卷九《十五科

文选序》）

艾南英

少陵自陷贼至行在，后①更鄜、秦、梓、阆、云安、夔、巫，艰难百折，尽见于诗。（《天佣子全集》卷三《韩丹水先生诗文集序》）

今予客衡阳，衡阳令与予不相识，无白酒牛炙之赠，不至如子美之酷醉；而念铭张公、贞符樊公两先生为予地主，亦不至如子美之穷饥；而又得雁峰烟雨之胜，取龙生之诗序而传之，视子美之流寓所得孰多？（卷四《张龙生近刻诗集序》）

周 婴

《笔乘》曰："北齐刘逖诗：'无由似玄豹，纵意坐山中。''坐'字甚奇。张说'树坐参猿啸'，杜甫'枫树坐猿猱''黄莺并坐交愁湿'，又'巫山秋夜萤火飞，帘疏巧入坐人衣'，薛能'花栏鸟坐低'，盖皆出逖。然'黄莺''萤火'二语，风致远胜，可谓青出于蓝矣。"通之曰：豹本能蹲，猿更解坐。此原物性，何足为奇？且潜坐山中，逖以自况，非指系豹而言。张说之"树坐参猿啸，沙行入鹭群"，"坐参""行入"亦写人游，非为猿鸟咏也。至黄鹂、丹鸟，用之虽曰清新，亦涉纤巧。刘逖狂非作者，子美曷为相师？予按，古乐府"乌生八九子，端坐秦氏桂树间"，汉人所唱，杜、薛盖祖之耳。（《卮林》卷六《通焦》）

杨用修曰："杜诗'关山同一点'，'点'字绝妙。东坡亦极爱之，作《洞仙歌》云'一点明月窥人'，用其语也；《赤壁赋》云'山高月小'，用其意也。今书坊本改'点'作'照'，语意索然。且'关山一照'，小儿能之，何必老杜也。"《丹铅新录》胡元瑞曰："案《草堂诗余》，苏子瞻《洞仙歌》云：'……绣帘开一点，明

---

① 原文为"中"字，不合史实，据文义改为"后"字。

月窥人。……'杜诗非'点'字,余已详辨《诗薮》中。第杨引坡词'一点明月窥人',乃'绣帘开一点','点'字句绝。读本词,杨误不辨自明。"《诗薮》曰:"论诗最忌穿凿。'关山同一照,乌鹊自多惊','照'与'惊'偶俪相当,而用修以为'一点',杨好尚新僻故也。"谂曰:四明孙一之《剡溪漫笔》曰:"岑嘉州诗喜用'一点'字。《赤骠马歌》'草头一点疾如飞,却使苍鹰翻向后',《送王少府》'西看一点是关楼',《送李明府》'严滩一点舟中月',其下语皆工。杜诗'关山同一点',亦指月言。东坡《夏夜洞仙歌》'一点明月窥人'本此。若郑谷之'一点山萤'、李群玉之'一点残灯'、秦少游之'一点青山',则人能道之。"此说与用修皆同,然其解亦自有异。"草头一点",如谚言点头之点,他则入书家一点书之类矣。子瞻之"一点明月"乃用岑"严滩"句,非祖少陵也。元瑞谓"一点"属上"绣帘开"为读,则于文理大不可通。予请以一之之笔为用修拔山之力。然二字虽见微茫之致,终非大雅。隋侯夫人《看梅》诗"先露枝头一点春",与《洞仙歌》均儿女小词耳。(卷八《谂胡》)

刘若愚[①]

郑太监之惠,号明渊,北直任邱人。亦二十九年选,为牌子王奉名下,王则大司礼田太监义名下。王率众名下叩见,田遍熟视之,惟以手抚郑顶嘱王曰:"此子顶圆眼秀,人中端正,山根直接印堂,合伏犀贯顶法,宜令读书。"不数年,王与田相继卒,即派与管事田太监诏令名下,始深心夺志,受业与卢山人龙节。山人杭州人,号九虬,博学能诗,于人落落寡合。闻垒臣名,便交如旧识者,赠垒臣诗云:"栖迟数载谁曾记,我亦疏狂不记人。自接刘生杯酒语,常惊李白屋梁神。宫云冉冉明千树,玉漏迢迢隔九阍。只令阳回春意早,鹓鸾究竟出风尘。"郑自此愈专心经史古文《左》《国》等书,诗习杜工部,字临黄山谷帖,亦能做时艺古文。性好种植牡丹等花,嗜音善射。(《酌中志》卷二十

[①] 刘若愚此条诗学批评意味并不大,原不值得收录。今姑录之,聊见明末内监于文墨一道之状况。

二《见闻琐事杂记》)

沈颢

少陵云:"高简诗人意。"①今人刻意求简,便落倪迂;不刻意求简,欲为倪迂不可得也。(《画麈·定格》)

孙、虞习右军书,而孙、虞截然;李、何学工部诗,而李、何各别。虽然,彼观剑而悟走瓮而成其为师也,非上上根不能。(《画麈·临摹》)

董斯张

唐人用叠语,如太白"枯杨枯杨尔生稊",又"美人美人归去来",少陵"长铲长铲白木柄",长吉"采玉采玉须水碧",乐天"刘郎刘郎莫先起""苏台苏台隔烟水"。黄诗意祖之。宋人用成语,如"谁其言者两黄鹄,何以报之双玉盘",亦可咏也。独谢康乐《白岸亭》诗:"交交止栩黄,哟哟食苹鹿。"神奇巧妙,居然千古之只。(《吹景集》卷二)

《复愁》诗:"莫看江总老,犹被赏时鱼。"注谓公以总自况,那得尔!公诗有"远愧梁江总,还家尚黑头"之句,其薄总甚矣,何至身拟之耶?当时凝碧闻弦,有不辞臣贼如张均辈,故发愤作此诗,玩"莫看"两字,便了了矣。"赏时鱼"殊费解。或云:总宦陈,称狎客冠,每一诗成,辄为后主所赏。言总虽老而仕隋,而其躬所被服者,犹当时之金鱼也。张按,刘煦《唐书》:"高宗永徽二年五月,开府仪同三司,及京官文武职事四品、五品,并给随身鱼袋。"则鱼袋颁自唐年,故非陈、隋间朝服。此解未可强通,询之洽闻者。(卷六《笺杜陵诗二十则·复愁诗》)

《至日遣兴》:"愁对寒云雪满山。"升庵云"雪"字善本作"白"字,弇州亦持

---

① 杜诗原文为"简易高人意",见《观李固请司马弟山水图三首》其一。

此论。予谓"白满山"是小儿吻中语,依旧本"雪"字为正,言山寒云缟,望如雪积,即太白所云"床前明月光,疑是地上霜"。"霜"之与"月","雪"之与"云",了不相关。此中有宾主句,"云"之一字,禅家句中眼也。杜陵复起,不易吾言。(同上《寒云雪满山》)

"笋根稚子",善本作"竹根"。按,刘欣期《交州记》云:"竹鼠食竹根,出封溪县,闽中呼之为'鼺'。《庄子》:"执留之狗。"司马云:"留,一作狸,竹鼠也。"或云老杜诗"竹根稚子"正此物也。此说疑近之。第以鼠为"稚子",殊属傅会。或云"稚"当作"雉",引《尔雅》"雉之暮子为鷕",及老杜《屏迹》诗"鸟下竹根行"证之,亦未确。盖此老惯用假对为游戏场,如"高凤"对"聚萤","子云"对"今日","饮子"对"怀君","呼儿"对"次第","稚子""凫雏"亦其游戏习也。但旧注谓公长子宗文字稚子,次子宗武字骥子,极可笑。骥子,见杜陵诗。宗文之字稚子,何所据?按《少年行》云:"莫笑田家老瓦盆,自从盛酒掌儿孙。倾银注玉惊人眼,共醉终同卧竹根。"此亦岂竹鼺耶?山雉耶?宗文耶?眼偶然而得竹根,竹根偶然而戏雉子,神来境合,写之于诗,何事凿论?潘安仁《笙赋》云:"若群雏之从母也。"凫雏傍母,本借此意。乃宋儒以此诗伤时事而作,噫!说诗如此,所谓说不得一句闲话者也。诗话行而诗道熄,诚然哉!按段氏《蜀记》云:"巴州以竹根为酒注子。"庾信诗:"野镰烧树叶,山杯捧竹根。"陈晦伯援此,证杜诗"卧竹根"之说。夫"卧"之与"捧",岂可强合耶?晦伯盖未绎诗情耳。唐人《食笋》诗云:"稚子脱锦绷,骈头玉香滑。"(同上《竹根稚子》)

《归来》诗:"洗盏开新酝,低头拭小盘。"善本作"着小冠",此正用《汉书》杜邺事。又,杜之松尹太原,请与王无功相见,卒不敢屈,但岁时赠以美酒。二联俱用杜姓,故实亦有致。(同上《低头着小冠》)

《放船》诗:"江市戎戎暗,溪云淰淰寒。"须溪云:"此'戎戎''淰淰'亦不必所出,偶然适似。"余谓"荒荒""泯泯""冉冉""晖晖"之类,便不可烦注脚。此诗刘实未晓,何强作欺人语耶?案,毛苌传"何彼秾矣",云"秾"犹戎戎也。《古文苑》载张衡赋云:"乃树灵木,灵木戎戎。"注:"戎戎,盛貌。"盖野市临江,草木翳荟,著一"暗"字可晓。淰,音审。《礼运》云:"龙以为畜,故鱼鲔不淰。"

注：“群队惊散貌。”沦沦者，状云物散而不定也。《广雅》：“沦，混浊也。音徒感切。”一说云水不波也。升庵主此说，谓"寒云凝聚，如不波之水也"，此与《礼运》义相左，不可从。须溪评诗极脱宋人窠臼，此处未免太卤，其璜之一考乎？（同上《戎戎沦沦》）

刘渊林《三都赋》注云："蕊香，或谓之华，或谓之实，一曰花须头点也。""随意数花头，黄须照万花。"诸家注亦无及此者。（同上《花须》）

叶敬君《书肆说钤》云："《岳阳楼》诗若无'吴楚东南坼'一句，则'乾坤日夜浮'疑于咏海矣，不如'气蒸云梦泽，波撼岳阳城'得洞庭真景。"案，郦善长《水经注》云："洞庭湖，广五百里，日月若出没其中。"少陵实本此意。不读郦生书，不知杜句之妙也。或疑洞庭楚地，何得以吴系之？案，盛弘之《荆州记》："君山在洞庭中，上有道，通吴之包山。"今吴之太湖亦有洞庭山，以潜通君山，故得名耳。阴铿《青草湖》诗："穴去茅山近，江连巫峡长。"吴楚东南，自是洞庭本色，确不可移。又王子年《拾遗记》云："洞庭山，浮于水上……楚怀王时举秀才赋诗于水湄，故云潇湘洞庭之乐。"一"浮"字，少陵亦不肯泛用如此。（同上《岳阳楼诗》）

"护堤盘古木，迎棹舞神鸦"，亦老杜洞庭句。或谓张勃《吴录》云："彭蠡有鸟善接丸，行人丸饭投之，高下无失，至今呼为神鸦。"梁刘删《宫亭湖》诗："樯乌排鸟路。"神鸦似非楚产也，此诗觉杜老少检点处。考《岳阳风土记》云："巴陵鸦甚多，土人谓之神，无敢弋者。"郭景纯谓巴陵是湘君所游处，故曰君山。然则残食饲鸦，非独宫亭湖也。"读书破万卷"，真非妄语儿哉！（同上《神鸦》）

《笔乘》中拈少陵亦有出韵诗，驳用修"留欢下夜关"之凿①。然所引《九日寄严武》诗："九日应秋思，经时冒险难。不眠持汉节，何日出巴山？"余阅善本作"险艰"，此诗原未曾出韵也。晋《陌上桑》曲："天路险艰独后来。"②颜延之《使洛》诗："首路局险艰。"初唐王丘《东山》诗："盛名亦险艰。"孟浩然《下灨

---

① 杨慎认为杜诗"留欢卜夜阑"是"留欢下夜关"，见《焦氏笔乘》卷四。
② 《楚辞·九歌》："路险难兮独后来。"晋曲全袭此辞。

石》诗,及少陵《彭衙行》,都以"险艰"为韵,诸诗皆本左氏"险阻艰难"语。语不眠持节,此老以典属国自况,乃中丞而匈奴之使,帘钩不挂,骷髅血模粘,不几躬蹈哉!嗟乎!"磨牙吮血,杀人如麻",此《蜀道难》之所以作也。(同上《九日寄严武诗》)

《至后》云:"青袍白马有何意,金谷铜驼非故乡。"旧注云:"甫自言止服九品服耳。"须溪云:"'青袍白马',眼见小子辈纷纷而起,有何意味?"赵东山云:"公在严武之幕,服青袍而乘白马。"予谓三君解诗如品字,相去不辽远也。庾开府《哀江南赋》云:"杰黠构扇,冯凌畿甸,青袍如草,白马如练,天子履端废朝,单于长围高宴。"少陵正用此语,以侯景喻安史也。言当此王室流离,百忧咸集,为人臣者方不胜新亭之泪,复有何意耶?"梅花""棣萼",亦暗用花萼楼事,伤太平盛事不复见也。观起句"洛阳"二字,可见诸家都是说梦。又《青丝行》云:"青丝白马谁家子,粗豪且逐风尘里。"诸家注亦未详所出。按,梁大同中童谣云:"青丝白马寿阳来。"侯景涡阳之败,遣人求锦,朝廷给之青布。其后皆用为袍,景乘白马,青丝为辔,欲以应谣。庾子山"如草"二语,正当时目击事。二语互观,少陵之意益显矣。徐幼文《青丝白马行》云:"银鞍白马青丝缰,容颜花艳少年郎。有时击马垂杨树,逐翠寻香入花去。"幼文诗又本乐府《陌上桑》,非本浣花翁也。笺诗半月后,读《笔乘》引山谷语,乃知鲁直先得我心,狂叫"黄九可儿"者数四。须溪亦江西产,未见黄语,何也?"有何意",黄本作"更何有",亦佳。但黄知语本子山,而未知子山直指侯景事,应读《梁书》未串耳。①(同上《青袍白马》)

《溪上》诗:"古苔生迮地。"善本作"苕"。《诗·小雅》:"有苕之华,芸其黄矣。"《尔雅》云:"苕,一名陵苕。"郑诗笺云:"陵苕之华,紫黑而繁。"陆机疏云:"一名鼠尾,生下湿水中,七八月华紫,似今紫草。"《礼记正义》云:"椒长四尺,中画青云气、陵苕华为饰。"《史记》赵武灵《梦中歌》曰"美人荧兮,颜若苕之荣",即此也。《图经》云:"苕溪在余杭,岸多苕花,故名。"杨倞《荀子》注云:

---

① 自注云:"焦又引甪里先生语及李夫人语,殊可喷饭。此妄男子伪托山谷,已经升庵拈出,焦仍其误,何欤?"

"茗,荈之秀者。"然而陵苕故是水际物,读诗题"溪上"二字,从"茗"不从"苔"明矣。(同上《古苔生迮地》)

《巳上人茅斋》诗:"江莲摇白羽,天棘蔓青丝。"郑渔仲云:"天棘,柳也。"已经用修所驳。旧注以为天门冬,一名颠棘。"天"与"颠"声相近而互名。考《尔雅》:"蘠,即门冬。"注:"乃颠勒,非颠棘也。"又《尔雅》:"髦,颠棘。"注:"细叶有刺,蔓生。"《广雅》云:"女木也。""女木"不详。《鹤林玉露》引佛书青棘事,然但言青棘香,了无蔓丝之目。又喻莲香如青棘,殊觉牵强。即谭浚明云终南长老入定事,亦未知内典何出?按《本草别录》云:"墙蘼,一名山棘,即今蔷薇也。"保昇云:"所在有之,蔓生,茎间多刺。'天棘'疑作'山棘'。"齐生云:"《凯风》:'棘心夭夭。''天棘'当是'夭棘'之误。"此解殊可喜也。"蔓"字依旧本"梦"字为正。羽非莲,丝非棘,曰摇曰梦,从想象间得之。白羽如值其鹭羽之羽,状莲之迎风而舞也。注云扇也,可笑!①(同上《天棘梦青丝》)

《白凫行》云:"黄鹄高于五尺童,化为白凫似老翁。故园遗穗已荡尽,天寒岁暮波涛中。鳞介腥膻素不食,终日忍饥西复东。君不见,鲁门鹡鹤亦蹭蹬,闻道如今犹避风。""黄鹄"二语,罗景纶目为倒句,与"鹦鹉粒""凤凰枝"例看,非也。屈平《卜居》云:"将泛泛若水中之凫乎?将与黄鹄比翼乎?"少陵陶冶此意,借此自况,意云作赋摩空,犹然昔之黄鹄也。今且飘飘萍梗泛泛若凫,而素心了了不变,任其波涛。岁暮腥膻者,终不可以食我也。落句"鲁门鹡鹤",隐然有"不响太牢,不乐钟鼓"之态。此老倔强,百折不回矣。(同上《白凫行》)

《谒先主庙》诗:"空山泣鬼神。"东山本"泣"作"立",妙甚。盖生擅英雄,已摄老瞒之胆;魂称蜀帝,犹警百神之趋。"立"之一字,真有乘回风、载云旗意,读之觉森森发竖,如陟降之不远也。《大礼赋》:"四海之水争立。"此老惯以"立"字较胜。(同上《先主庙》)

"功曹无复汉萧何"。刘贡父谓:"曹参尝为功曹,非酂侯也。"焦漪园引孙

---

① 自注云:"齐己,晚唐诗僧,罗以巳上人为齐己,亦误。'蘠冬',《山海经》作'虋冬'。"

策语虞翻曰:"聊复以功曹为吾萧何,守会稽耳。"《三国志》亦非僻书,贡父乃未见而轻诋子美,何耶?按《汉书·高帝纪》云:"萧何为主吏,主进,令诸侯大夫曰'进不满千钱者坐之堂下'云云。"孟康曰:"主吏,功曹也。"然则少陵用此非误也,贡父偶未之思耳。此《墨庄漫录》所引,较瀹园殊确。刘生月旦,大是卤莽。(同上《萧何功曹》)

《紫阳语录》:"杜诗最多误字,如'鼓角满天东',改'满'字为'漏',精绝。"又《雨》诗:"狭云行清晓,烟雾相徘徊。风吹苍江树,雨洒石壁来。"紫阳云:"'树'字当作'去'字。"仆意未敢然之,若定以"去"对"来",钝置少陵不少。太宗诗:"昔驰四马去,今驱万乘来。"此诗"去""来"字必不可易。若《雨》诗作"去"字,即子瞻所谓"大江东去"者,语便索然矣。妄意"树"当作"澍",盖峡中波浪险绝,长风吹江,涛惊沫溅,势如暴雨之澍也。又《洞箫赋》:"声礚礚而澍渊。"李善云:"澍,古注通。""风吹苍江",注:"一语嵯峨,萧瑟不可言。"(同上《风吹江上澍》)

或曰:少陵《梅雨》诗"湛湛长江去,冥冥细雨来",又《登白马潭》诗,俱以"去""来"为对,何独于"苍江"语而疑之?曰:"树"之为"澍",无疑矣。即足下所举二诗,仆以为"去"字必误。湛湛江水,语创《招魂》所云"目极千里伤春心"也。若夏雨时,那得有晴春湛湛之色!"去"字定作"失"字。次联云"云雾密难开",可见大江失其湛湛矣。《白马潭》诗云:"宿鸟行犹去,花丛笑不来。"此"去"字,仆亦定以为"失"字。须溪评云:"鸟则宿矣,吾行犹去,笑亦吾笑,作者自然别。夫既行矣,而复曰犹去。"与俗称牙木梳何异哉!"行"当读作"杭","去"当作"失"。此诗发端云"日出野船开",其不指日暮明甚。言舟行之早,林鸟之宿者已起而成行,而行子犹与之相失也。花丛之笑,即桃花笑人,意言吾舟汲汲,往而不来,花丛亦将笑其无情也。须溪云:"花丛在岸,吾犹笑而不来。"花笑之与笑花,必有能辨之者。(同上《湛湛长江失宿鸟行犹失》)

"家家养乌鬼",沈存中、黄朝英并以为"鸬鹚"。焦氏亦主之,引元微之诗"病赛乌为鬼"为证。《野客丛书》又引冷斋乌蛮之说。按,庐陵罗泌有家藏山谷笺杜诗真迹,云:"峡中养鸦雏,带以铜锡环,献之神祀中,谓之乌鬼。"此公客戎、涪久,必得之土风。元九诗语益了矣,诗笺凡六十一则,皆典练可喜。世有通人,得尽笺之,亦是涪幡后五百年知己也。(同上《乌鬼》)

古《琴操》载许由曰:"君志在青云,何乃劣劣为九州长乎?"嵇康《答向秀难养生论》云:"练骸易气,染骨柔筋,涤秽泽气,志凌青云。"孙拯《答陆士龙》诗云:"青云方乘,芳饵可捐。达观在一,万物自宾。"裴松之《荀攸传》注云:"张子房青云之士。"陶贞白云:"仰青云睹白日。"《北史》云:"使君将我入青云。"俱祖箕公遗语。少陵诗乃云:"青云犹契阔,是羽可为仪。"直为进贤冠,借用失之矣。太白《猛虎行》:"贤哲栖栖古如此,今时亦弃青云士。"差中其解。用修录群书中八则,证宋人误用登科事,极当;然不知古人语本许由,宋人语本少陵也。(同上《青云契阔》)

王勃《益州夫子庙碑》云:"述夫帝车南指,遁七曜于申阶;华盖四临,藏五云于太甲。虽复星辰荡越,三元之轨躅可寻;雷雨沸腾,六气之经纶有序。"老杜"五云太甲"语,实本此。(同上《五云太甲解》)

若老杜引子安语,别是一意,此诗大历三年白帝城放船将适江陵作。按,代宗广德元年,吐蕃逼京师,帝幸陕州,故有"旄头初俶扰,鹑首丽泥途"句。"鹑首",长安分野。"丽泥途",蒙尘之意也。"五云太甲",正用"苍帝起苍云扶日"意。苍帝盛德在木,太昊历起甲寅,代宗正以壬寅岁即位,而改元之春实唯甲寅。言国虽多难,人有离心,而五云犹扶翼苍帝,巍然为江汉之朝宗也。"六月旷抟扶",言元振用事,豪杰解体,至王室有飘摇之叹,如楚庄王三年不飞者然,然帝亦六月息耳。一朝憬焉悟,乘扶摇而上九万里,风不在下哉!孟棨谓:"少陵推见至隐,殆无遗事。"如此诗,不爽此论矣。予少时读杜诗,辄以"五云"语置臆,二十年始笺之,可为庆快平生。若曰食肉不食马肝不为不知味,读杜诗不解"太甲"不为不知诗,予无以应之矣。(同上《五云高太甲六月旷抟扶》)

"毫发无遗恨,波澜独老成",亦少得其解者。按贾子《新书》云:"十毫曰发,十发曰厘,十厘曰分。"《说文》云:"大波为澜,小波为沦。"言文章家小者易略于微,所谓蚁漏者也,求之而已无遗憾;大者易跳于法,所谓河曲者也,按之而尚有典刑。作者之要,不越此二语矣。(卷六《赠郭谏议诗》)

少陵诗:"鹅鸭宜长数,柴荆莫浪开。"按,《西京杂记》:"曹元理善算术,尝从其友人陈广汉,羊豕鹅鸭皆道其数。"杜借用《西京》事也。又:"出门复入门,雨脚但仍旧。""雨脚"二字,本《齐民要术》"种胡麻截断雨脚"语。(卷十四《少陵诗》)

於之为言,于也,押韵未有用之。应劭《风俗通》引孔子曰:"临大节而不可夺。"相"於"之义,具于此矣。《大涅槃狮子吼品》云:"如蛇、鼠、狼各各相於,常生怨心。"《金光明经忏悔品》云:"愿诸众生色貌微各各相於,共相受念。"蔡中郎书:"岸帻广坐,举杯相於。"曹子建诗:"广情故心相於。"古乐府《读曲歌》:"君行负心事,那得厚相於。"唐太宗诗:"调轸坐相於。"少陵诗"良友幸相於"本此。又《史记》相如《上林赋》云:"垂条扶於。"郭璞云:"扶於,犹扶疏也。"庾新野诗:"舍风摇古度,防露动林於。""林於",竹名,见戴凯之《竹谱》,不同前训。退之《示儿》诗云:"东荣馈亲宾,冠昏之所於。"造语太诡,未可为后学式①。按,《华严清凉钞》云:"如来具足六十四音,以声有八转,一曰体,二曰业,三曰具,四曰为,五曰从,六曰属,七曰於,八曰呼。乃至七补卢锻,是所'於'声如客依云,故云於也。於,即依义。"观此,则韩诗似有所本。盗其语,又欲火其书乎?昌黎何以置对?(同上《诗押於字韵》)

张次仲

古云:诗穷而益工。夫诗岂穷而后工哉! 非诗之因穷而工,而穷者能工于诗。……余卒业于《易》,复留心于《三百篇》,以求古人所云"诗言志,歌咏言"者。而长公所作,其风肆好,其诗孔硕,得《三百篇》之遗意焉。昔李、杜穷困于时,其诗文光焰万丈,千古莫及。今长公性仁孝,不以家计自累,怡情讽

---

① 自注云:"《诗林广记》载韩诗,作'冠昏所依於'。"

咏,虽局处城隅而声歌若出金石。岂非天之所以穷长公者,正所以昌其诗也哉!(《张待轩先生遗集》卷四《吴南村诗序》)

诗可以兴,《三百篇》去今虽远,读之犹令人感动勃发,故诗非风云月露之谓。作诗而不由风、雅,不得参诗人之席。世之言诗者率推李、杜,皆有天才,不可矫强而能。今人习之者纷如牛毛,专之者鲜如麟角。初能识字,便道一东二冬,强袭古人口吻,何异三家村中俗汉学说官话乎?(卷六《与崔辰长》)

近读杜诗,其爱君忧国、苦乐痛痒,一一托之于诗,真可得《三百篇》遗旨。如卢、骆、王、杨,到底是风云月露之词,视杜先生有间矣。(卷七《与朱璧人》)

杜诗"关山同一点","点"字足悟古人用字之妙。东坡亦极爱之,《洞仙歌》"一点明月窥人",用其语也;《赤壁赋》"山高月小",用其意也。今本"点"作"照","关山同一照",有何意味?《草堂诗余》足证也。(卷九《续笔记言》)

瞿式耜

胜地因人著,游踪旷代新。儿童知李杜,宾主各精神。高阁凌霄迥,平池与郭邻。苍茫收一望,晻霭护深春。①展到心先跃,楼空貌转亲。②风流余几席,尊酒浥光尘。残碣千年在,新碑片字珍。逸情追往哲,韵事愧今人。羁旅同心友,天涯逐客身。凭栏一俯仰,万感集兹晨。(《瞿忠宣公集》卷七《己巳三月十九日过济上游古南池登太白楼有感而作》)

王 铎

注杜者不下数十家,半有牵合。学者读书著作,解悟少陵,地位必相去已近,则真气通;真气不通,不如无附会也。譬如观书法,必知羲、献显处藏处,观至无声色处,然后下笔,自尔不伍唐宋。吾观于注杜,不能不叹《十三经》之

---

① 自注云:"南池有垂杨覆水。"
② 自注云:"楼有李、杜遗像。"

注失其半也。呜呼,世之揣摩古今人物忠佞贤否,轻为之评,天地间宁止《十三经》半乎?(《拟山园选集》卷十五《跋杜诗虞赵注》)

李应昇

作诗者写景易而咏物难。景多千变之容,尝在意言梦想之别;物有一成之质,须在色声香味之中。故写景者每病于刻虚,咏物者每穷于蹠实。严沧浪云:诗有别材别趣,而非读书明理则无以极其至。斯笃论也。古诗咏物,《三百》为最,东坡云:"《诗》有体物之工,如'桑之未落,其叶沃若',他物殆不可以当此。"少陵诸诗,善于借景写物,因物寓景,如"远鸥浮水静,轻燕受风斜",可谓妙极其趣,至"静"字微理,尤写出野鸥忘机之妙。彼以"认桃无绿叶,辨杏有青枝"赋红梅者,与三家村语何异!乃知赋物知写照,得其意思所在而已,不在使事配形也。文叔先生高才积学,敦尚风雅。其诗诸体俱备,而尤于咏物为工。(《落落斋遗集》卷十《观文叔咏物诗序》)

谈 迁

今房中之歌、秋风之词,源于《雅》《颂》。《采葛》《白石》《炭廖》《箜篌》,源于《风》。李、杜巨擘一代,供奉长于寄兴,工部长于比事,其托赋一也。诘其旨归,要不能外《三百篇》而驰之。(《北游录》纪文《朱方庵诗稿序》)

郑 鄤

杜陵千古人,块垒盈中负。当其颠沛时,较然意不苟。奔走穷皮骨,天练惊人口。能使破壁光,相逢小虫友。凉风起天末,交情容易不?阅历纪当年,大鉴亦在后。放言无不尽,想见唐初厚。局促聊为题,秋江落寒斗。(《峚阳草堂诗集》卷六《读杜诗题后》)

维舟不成闷,得与杜陵亲。浪阔蛟龙卧,风惊草树神。流离天意厚,浩荡主恩新。独有怀天末,怜才鬼喜人。(卷九《阻风舟中读杜诗》)

李白千古人,本是神仙谪。闲寻司马桥,常访丹邱客。道骨与仙风,相订寥天展。尘心偶参差,世纲遂踢蹰。于世了何求,悠悠苦相厄。杜陵老布衣,道破尘凡窄。世人皆欲杀,传与才人绎。君恩付夜郎,群公意未释。魑魅独能喜,未似人心隔。枫林谁返魂,此意空脉脉。浮云暗长天,想梦还真宅。不有郭汾阳,怜才亦何益?(卷十五《读杜陵天末诗》)

坡仙有诗教,《离骚》与国风。若言非关学,珠隐光将空。若言非关才,龙泉谁为雄?初盛与中晚,一朝犹不同。寒瘦与轻俗,咄咄几乎穷。所以作者徒,苦心未必工。《三百篇》之遗,独有杜陵翁。(同上《又迭前韵教珏儿》)

吴应箕

诗非穷不工,是言也,果遂为定论哉?陶靖节怀用世之志,杜子美有忠君忧国之心,而时不称,率多寄意于篇什。于是而谓诗以穷工,亦宜。若本非其具,即老死沟壑,方求一言之几于道不可得,其诗文又安问工拙哉!(《楼山堂集》卷十六《卷园诗集序》)

叶廷秀

《诗谭》[①]卷一

新安吏 "客行新安道,喧呼闻点兵。借问新安吏:'县小更无丁?'府帖昨夜下,次选中男行。中男绝短小,何以守王城?肥男有母送,瘦男独伶俜。白水暮东流,青山犹哭声。莫自使眼枯,收汝泪纵横。眼枯即见骨,天地终无情!我军取相州,日夕望其平。岂意贼难料,归军星散营。就粮近故垒,练卒

[①] 叶廷秀《诗谭》论诗,半出前人诗话,半出己意,时有全篇抄录者。其论杜文字亦是如此,姑录之,以见杜诗学之传承流衍也。

依旧京。掘壕不到水,牧马役亦轻。况乃王师顺,抚养甚分明。送行勿泣血,仆射如父兄。"愚议,国家征募,动点乡兵,所谓驱市人而之战也。府帖下之州县,州县下之乡村,转报而上,竟成纸上画虎耳。欧阳文忠《置兵御贼议》曰:"去年所置乡兵弓手等,无一处州县得力者,盖由官吏不得人,赏罚无法,而所置乡兵弓手皆不堪使用。所以张皇骚扰,空有为备之名,而无为备之用。今朝廷虽依富弼起,请令州郡置兵,若不先择官吏,严立法令,则依前置,得不堪使令之兵,空有其名,终不济事。天下盗贼日甚,岂可不忧? 如必行州县置兵之法,先须澄汰官吏,免致虚伪骚扰,反更害民。有是哉!"文忠之论为至也。愚尝谓察吏安民为弭盗良策,不知于时务何如?

石壕吏　愚尝谓诗生于情,情至自能动人。稽古征役之苦,载在变雅,如有"有杕""何草""渐渐"之类,洵足为穷民挥涕。偶读杜子美之《石壕吏》,描情写景,凄楚不堪。有意民瘼者,宜何如动念也! 诗云:"暮投石壕村,有吏夜捉人。老翁逾墙走,老妇出门看。吏呼一何怒,妇啼一何苦。听妇前致词:三男邺城戍。一男附书至,二男新战死。存者且偷生,死者长已矣。室中更无人,惟有乳下孙。有孙母未去,出入无完裙。老妪力虽衰,请从吏夜归。急应河阳役,犹得备晨炊。夜久语声绝,如闻泣幽咽。天明登前途,独与老翁别。"夫吏呼及老妪,诚为异事,然在征役烦苦之日,实有此景。后世差役之出,驱民如赴汤火,往往公费一而私费百,不鱼肉尽不止。间以情免者则伤其财,以身免者则去其乡,犹未已也。一人役而扳累数人,一家逃而移祸数家。含酷之吏,且利其遗产,擅行计卖,致民流离无所,生还无路。如之何民不穷而盗不起也?

卷 二

守庚申诗　道家言"人身三尸",又谓之"三彭",每庚申日,乘人之睡,以其过恶陈之上帝。故学道者,遇是日辄不寐。许郢州诗"寒夜初共守庚申",杜子美云"孤灯照夜守庚申"是也。柳子厚有《骂尸虫文》,元吴渊颖有《三彭传》,则儒者亦信有是物矣。

织妇词　尝读杜甫之《石壕吏》,张谓之"白头翁",道穷民应征之苦,凄楚不堪。近吾濮李先芳《织妇词》，可谓同一情至矣。词云："白露沾衣，草虫唧唧。老妇田间，夜夜防绩。达曙犹闻机杼声，衰年辛苦何时极。初三初四见，连宵坐待月如练。木绵花少筋力衰，七日促成一匹半。儿啼饥女号寒，里胥到门横索钱，机杼倚壁泪双涟。"

卷　四

诗有道气　少陵诗："水流心不竞，云在意俱迟。"从容自在，可以形容有道之气象，岂寻常诗人可及！

卷　五

诗喜同道　自昔士之闲居野处者，必有同道同志之士，相与往还，故有以自乐。陶渊明《移居诗》云："昔欲居南村，非为卜其宅。闻多素心人，乐与数晨夕。"又云："邻曲时时来，抗言谈在昔。奇文共欣赏，疑义相与析。"则南村之邻，岂庸庸之士哉？杜少陵在锦里，亦与南邻朱山人往还，其诗云："锦里先生乌角巾，园收芋栗未全贫。惯看宾客儿童喜，得食阶除鸟雀驯。秋水才深四五尺，野航恰受两三人。白沙翠竹江村暮，相送柴门月色新。"又云："相近竹参差，相过人不知。幽花欹满树，小水细通池。归客村非远，残樽席更移。看君多道气，从此数追随。"所谓朱山人者，固亦非常流矣。李太白《寻鲁城北范居士误落苍耳中》诗云："忽忆范野人，闲园养幽姿。"又云："还倾四五酌，自咏猛虎词。近作十日欢，远为千载期。风流自簸荡，谑浪偏相宜。"想范野人者，固亦韵人也。

临危莫爱身　士大夫危言峻节，迁谪凄凉，晚岁收用，衰落征创，刓方为圆者多矣。吕子约谪庐陵，量移高安，杨诚斋《送行诗》云："不愁不上青霄去。上了青霄莫爱身。"盖祖杜少陵《送严郑公》云："公若居台辅，临危莫爱身。"然以之送迁谪向用之士，则意味尤深长也。

野色天光　张子韶读子美"野色更无山隔断，天光直与水相通"，叹曰："此诗非特为天光野色，凡悟道理透彻处，境界皆如此。"

卷　六

乞食诗　陶渊明《乞食诗》云："饥来驱我去，不知竟何之。"续云："感子漂母惠，愧我非韩才。"杜子美《上山遣怀》云："驱驰四海内，童稚日糊口。"续云："但遇新少年，少逢旧知友。"则乞食亦有不可必得者矣。又山谷《乐贫斋》云："饥来或乞食，有道无不可。"《过青草湖》云："我虽贫至骨，犹胜杜陵老。忆昔上岳阳，一饭从人讨。"由是论之，贫者固士之常也。无论士人居官，受得贫穷，然后做得实事，程子所谓"若要熟也，须从这里过"。明吕仲木教学者，每举夫子"士志于道"章为言。士非安贫，安可与之谈道哉！

共醉竹根　杜少陵诗云："莫笑田家老瓦盆，自从盛酒长儿孙。倾银注玉惊人眼，共醉终同卧竹根。"盖言以瓦盆盛酒与倾银壶、注玉杯同一醉也。由是推之，晚食以当肉，安步以当车，则富贵贫贱同一视可矣。

忧国泪　陈去非读《中兴颂诗》乃云："小臣五载忧国泪，仗黎今日溪水侧。欲搜奇句谢两公，风作浪涌空心恻。"盖谓黄鲁直、潘大临两公也。当建炎乱离奔走之际，庶几少陵不忘君之意耳。

水心句　叶水心为诗多有义理，如"万卉有情风暖后，一筇无伴月明边"，又"次日深探应彻底，他时直上自摩空"，又"因上岩峣览吴越，逐从开辟数义皇""门邀百客醉，囊讳一金存"。此等胸次，此等境界，前此惟子美能之。

卷　七

羌村诗　"峥嵘赤云西，日脚下平地。柴门鸟雀噪，归客千里至。妻孥怪我在，惊定还拭泪。世乱遭飘荡，生还偶然遂。邻人满墙头，感叹亦嘘欷。夜阑更秉烛，相对如梦寐。"再添一二句，则不苦矣。"群鸡正乱叫，客至鸡斗争。驱鸡上树木，始闻叩柴荆。父老四五人，问我久远行。手中各有携，倾榼浊复清。莫辞酒味薄，黍地无人耕。兵戈既未息，儿童尽东征。请为父老歌，艰难愧深情。歌罢仰天叹，四座泪纵横。"此二首杜老似咏生还之乐耳，以为偶然，以为意外，则许多《垂老》《无家》《新婚别》等篇，流离死亡，反是寻常事矣。民生其时，不可长太息哉！

劝孝勉廉　"兵戈不见老来衣，叹息人间万事非，我已无家寻弟妹，君今何处访庭闱？黄牛峡静滩声转，白马江寒树影稀。此别自须各努力，故乡犹恐未同归。"杜甫诗，勉友以孝，凄而至。"不择南州尉，高堂有老亲。楼台重蜃气,邑里杂鲛人。海暗三山雨,花明五岭春。此乡多宝玉,慎勿厌清贫。"岑参诗勉子以廉,婉而切。

卷 八

杜诗论 白乐天《海图屏风》之作,前辈窥见其心之不忍用兵;刘禹锡《三阁诗四章》,识者谓可以配《黍离》。后之读工部诗者,安可不求诗之意哉!吾观公之气节高迈,秋霜争严,风标屹立,砥柱中流。嗜杀人如严武,则瞪睨而儿戏之;房琯毁师,公乃排众而申救之。而议者不挈置于仁人之列,至与沈宋韶谀、温李浮艳者为伍,前辈深以是为恨,惜哉!① 夫公之诗,盖爱君之盛心也。《北征》之篇,盖仓皇问家室而作也。使或者处之,对童稚,语妻孥,他人不暇顾,而终篇谆复,惟及国事②。山谷喜之,谓:"退之《南山》不必作,《登慈恩塔寺》③此正陪诸公游邀而作也,固宜笑谈风月、傲睨八极,以乐其心,而措意立辞,意在言外。"荆公谓其讥天宝时事,则其爱国之意果何如?"微升古塞外,已隐暮云瑞",夏郑公知其为肃宗而非为月也;"初月出不高,众星尚争光",或谓史思明尚在而非为星也;《石壕吏》之作,韩魏公知其论戍役之苦;茅壁之咏,苏公知其嫉藩镇之强,乌可与骚人墨客同日而语哉!不特此也。《百舌》一脉,恶谗佞也;《恶木》一章,伤小人也;腐草纸萤,讥阉寺也;寒城之菊,悯士操也;《悲青坂》,伤战败之无功也;叹秋雨,刺暴虐之伤思也;《兵车行》,盖念驱中国之众开边境之地也;《洗兵马》之作,盖言复西京之地,扫犬羊之虏也。又不特此也。以是心而处己,又以其处己者而待人。其送严郑公也,则曰"公若登台辅,临危莫爱身";其寄裴道州、苏侍御也,则曰"致君尧舜付公等,早据要路思捐躯";其寄董嘉荣也,则曰"云台画形象,皆为扫妖气"。呜呼,又何待人之厚耶!先辈谓公诗足以历知一代治乱,以为一代之史,则非词人之诗,乃诗中之史也。先儒作公诗序,又谓诗与唐录犹概见事迹,复许之以为时代之六经,则非特诗中之史,又诗中之经也。曾谓《三百》既删之后,果无

---

① 自注云:"人知杜之诗而不知杜之人,可乎?"
② 自注云:"诗乃有用。"
③ 杜诗原题为"同诸公登慈恩寺塔"。

诗乎?①

卷　九

瘦马行　愚往读"世路尽嫌良马瘦"之句,辄叹道出以目前论人之世情。及读李端《瘦马行》,乃为道尽。其词曰:"城旁牧马驱未过,一马徘徊起还卧。眼中有泪皮又疮,毛骨焦瘦令人伤。朝朝放在儿童手,谁觉举头有故乡?生时汉地相驰逐,如雨如风过平陆。岂意今朝驱不前,蚊蚋满身泥上腹。路人识是名马儿,畴昔三军不得骑。玉勒金鞍俱经过,追奔获兽有谁知。终身枥上食君草,遂与驽骀一时老。倪借长鸣陇上风,犹期一战西安道。"末句与杜甫《骢马行》结句"近闻下诏喧都邑,肯使麒麟马上行"同意。

卷　十

知孔明诗　吴临川曰:"开诚心,布公道,集众思,广忠益,诸有忠虑于国,但勤攻吾之阙。"此孔明语也,可为万世相天下者之法矣,孔明岂不知为相之体哉?于杨颙之谏,夫岂不知其言之忠哉?然则罚二十以上皆亲览,食少事繁,至为敌国所窥,孔明岂不知爱重其体哉?若是者,未可以常情度、浅识议也。当时事势,如以一木支大厦之倾,事君而致其身,尽悴于国,遑恤其他,夫岂可已而不已者?杨颙之谏,谓之爱孔明则可,谓之知孔明则未可。杜子美诗云:"三分割据纡筹策,万里云霄一羽毛。"又云:"运移汉祚难恢复,志决身歼军务劳。"②庶乎知孔明之心者!诗可订千古是非,于此可见矣。

续录

拙句　作诗必以巧进,以拙成,故作字惟拙笔最难,作诗惟拙句最难。至于拙,则浑然天全,工巧不足言矣。古人拙句,曾经拈出,如"池塘生春草""风落吴江冷""澄江静如练""空梁落燕泥""清晖能娱人,游子憺忘归""大江日夜流,客心悲未央""明月入高楼,流光正徘徊""采菊东篱下,悠然见南山",如此等类,固已多矣。以杜陵言之,如"两边山木合,终日子规啼""野人时独往,云水晓相参""喜多无屋宇,幸不碍云山""在家长早起,忧国愿年丰""若无清嶂

---

① 自注云:"出《源流至论》。"
② 自注云:"子美知孔明之心。"

月,愁杀白头人""百年浑得醉,一月不梳头""一径野花落,孤村春水生",此五言之拙者也。"春水船如天上坐,老年花似雾中看""迁转五州防御使,起居八座太夫人""竹叶于人既无分,菊花从此不须开""莫思身外无穷事,且尽身前有限杯""雷声忽送千峰雨,花气浑如百合香""秋水才添四五尺,野航恰受两三人""酒债寻常行处有,人生七十古来稀",此七言之拙者也。他难殚举,可以类推。杜陵云:"用拙存吾道。"夫拙之所在,道之所存也。诗文独外是乎?

杜陵论孔明　史言:"蜀诸贤凋丧,孔明身当国之务,罚二十以上皆亲之,以劳瘁致毙。"此其儿童之论也。夫孔明不死,则汉业可复,礼乐可兴;孔明死,则为五胡乱华,为六朝幅裂,其所关系甚大。中营陨星之变,天意盖可知矣。岂因罚二十以上皆亲之而致毙乎?且孔明死时才四十四,初非癃老不任劳苦之时。况以孔明之明达,岂不能量事之小大、身之劳逸,而顾弊精神于琐琐,以自殒其躯乎?此决无之理也。杜少陵知之,故曰:"伯仲之间见伊吕,指挥若定失萧曹。运移汉祚难恢复,志决身歼军务劳。"言孔明之死,乃汉运图已移,汉祚已终,不可支持耳。志决身歼,岂因军务劳乎?盖不然史臣之说也。

桃锦柳绵　杜陵诗云:"不忿桃花红胜锦,生憎柳絮白于绵。"初读只似童子属对之语,及细思之,乃送杜侍御入朝。盖锦绵皆有用之物,而桃花柳絮乃以区区之颜色而胜之,亦犹小人巧言令色而胜君子也。侍御,分别邪正之官,故以此告之。观不忿生憎之语,其刚正嫉邪可见矣。

雨晴诗　杜陵诗云:"雨晴山不改,晴罢峡如新。"言或雨或晴,山之体本无改变。既然雨初晴,则山之精神涣然,乃如新焉。朱文公《寄籍溪胡原仲》诗云:"瓮牖前头翠作屏,晚来相对静仪刑。浮云一任闲舒卷,万古青山只么青。"胡五峰见之,以为有体而无用,乃赓之曰:"幽人偏爱青山好,为是青山青不老。山中云出雨乾坤,洗出一番青更好。"文公用杜上句意,五峰用杜下句意。然杜只是写物,二公则以喻道。

乱离杜甫念家邦　少陵当流离播迁之时,而忠君爱国之句慷慨淋漓,如《石壕吏》之作,韩魏公知其论戍役之苦;茅壁之咏,苏公知其嫉藩镇之强,非念念不忘君父者能之乎?独使至尊忧社稷,请君何以答?升平则教人以忠者,不啻垂涕而道,不止为诗之经史而已也。原其气节高迈,风标屹立,即其儿戏严武,排救房琯,风流在贤豪间,人知杜之诗而不知杜之人,可乎?

赵士喆

《石室诗谈》

卷上　总论二十四条

唐人作诗而不谈诗。善谈诗者,惟严沧浪及朱子耳。沧浪倡专主盛唐之说,今日之攻诗者,亦不以为异。至于朱子,则妄意以为迂阔,而不知朱子之说与沧浪不谋而同,而渊源深且远也。沧浪言:学诗者以识为主,立志须高,入门须正,行有未至,功力可加,入路一差,愈趋愈远。须先取《楚辞》《十九首》,汉魏古诗及李、杜诸大家之作,枕藉观之,如士子之治经者焉,久之自然悟入。此之谓向上一路,谓之顶门。朱子则云:"诗也者,志之所之。"古之君子,德足以充其志,其诗不学而能。大抵古今之诗凡三变,自虞、夏、殷、周以及汉、魏为一等,自晋宋颜、谢下及唐、宋为一等,自沈、宋律诗至于今日为一等。诚能取三代逸诗、汉魏古诗以及乎郭景纯、陶渊明之作为诗之准则,取唐、宋诸家之近古者为之羽翼,其不合者则悉去之,但得方寸中无一字世俗意态,则所为诗不期高远而自高远,此《诗准》《诗翼》之所以编也。然是编本实出于何、倪二生之手,王伯○之所鉴定,其上卷于汉、魏之作太觉寂寥,下卷自李、杜以迄苏、黄,皆不能窥其妙境。至于柳宗元、王安石、秦观之诗,反有不必收而收者,故无以厌服人心而起其向往,宜乎至今犹覆瓿耳。使朱子自为鉴定,当有不止于是者。(第一条)

余尝为一初学言,我辈作诗慎勿用俗字及生字,然二者又有辨焉。凡作古诗者,或间用生字,断断不能用俗字。作近体者,在善用俗字,断断不可用生字。如陆士衡诗"望舒离金虎",谢元晖诗"匪直望舒圆",皆无妨古雅。唐律云:"不必燃宫烛,中流有望舒。"钟伯敬云:"批字丑则真丑矣。"杜诗有云:"秋水才深四五尺,野航恰受两三人。""恰""才"二字,绝有精神,有景色,使用汉魏体中,岂不堪喷饭乎?虽然,惟老杜善用俗字。若初唐人,宁用"初添四五尺,止受两三人",而不敢用"才"与"恰"。自老杜创开此绽,脍炙人口,元、白效之。于长庆至于晚季,街谈巷语,尽入篇章,而雅道亡矣。谢茂秦言:"唐诗用生字者,'原言返鱼筱',又'安得中流百尺篊'①,固堪一笑。"然此等弊今人绝少。以"筱""篊"等字,原不在其笔端也。或又为险韵所拘,不得已而委屈迁就者。此弊与用生字等,戒之戒之。(第十二条)

王元美言作诗者勿涉议论,观古大家,其诗未尝无议论也。"岂不尔思,室是远尔",便是议论之祖。《十九首》有云:"服食求神仙,多为药所误。不如饮美酒,被服纨与素。"陶元亮云:"人生会有道,衣食固其端。孰是都不营,而已求自安。"老杜则云:"忆昨狼狈初,事与古先别。不闻夏殷衰,中自诛褒妲。"元次山云:"安人天子命,符节我所持。州县忽乱亡,得罪复是谁?"则纯乎议论矣。或者谓古风用议论则可,近体用之则不可,此亦未然。盖古风篇大,故议论之用多;近体篇小,故议论之用少。然中、晚人作七言诗,有四句之中而三转者,其转处即议论也。又如杜牧之咏项籍及周郎事,翻案见奇,论英雄于成败之外,此非议论之最显者乎?吾盖尝平心论之,《三百篇》《十九首》以及陶公,非有意于议论,但其诗灵圆活泼,如珠走盘,故有似于议论耳。老杜乃真议论者,然本其至性之所发,而瑰词灏气,足以佐之,令读者浑然不觉,所以为佳。杜牧所谓"包羞忍耻是男儿",未免露头巾本色。若欧阳公《明妃诗》,元美已笑为论学绳尺。至云"汉廷当论画师功"②,更迂阔不情之甚。作诗至此,安得不坠魔境乎?初学之士识见未定,骨格未成,凡涉议论者,一切戒之,亦未尝不可。(第十三条)

自古诗人,有纸上不传之意。孟子云:"以意逆志。"又曰:"颂其诗,必知其人。"选者、评者俱当于此着眼,庶可以旦暮遇之。如陶公不止高节,盖几于闻道者。其《临终》诗云:"但恨在世上,饮酒不得多。"元美曰:"此谑词耳。得此一语,陶公胸次朗然,正见无罣碍之极。"老杜有云:"江流石不转,遗恨失吞

---

① 此条在谢榛集中未见,文中所引两句诗,检索《全唐诗》,亦皆未见。
② 元刘因《静修集》卷十八《昭君扇头》其一。

吴。"人皆以为恨不得吴,东坡独以为失在伐吴之谋,此定论也。岑参《送人尉南海》结句有云:"此乡多宝玉,深恶厌清贫。"语气凛然,真朋友赠言之义。批点唐音者乃以为鄙,其意以为莫怨地方苦寒,自待待人,皆处于何等乎?晚唐有"别僧骑马入红尘",虽不甚佳,乃自愧未能脱俗。伯敬云:"笑尽俗僧,则以为僧骑马。此或因忙中之差,与不解岑诗者不同。若老杜空谷佳人,乃国风'季女斯饥'之旨。"其末云:"侍婢卖珠回,牵萝补茅屋。天寒翠袖薄,日暮倚修竹。"原本评云:"似悲似诉,自誓自言,妖丽端庄,矜持慷慨,画所不能如,论所不能及。"可谓得作者之神。伯敬乃云:"非贪暴者,不知此境,则以卖珠为实事,可为骇矣。"伯敬绝世聪明,其所评往往出人意表,《诗归》之所以可传者以此。然评语太繁,未能皆善。吾尝欲严加澄汰,存其十分之六者以此。(第十七条)

老杜之《咏猿》云:"袅袅啼虚壁,萧萧挂冷枝。艰难人不免,隐见尔如知。惯习元从众,全生或用奇。前林腾每及,父子莫相离。"吾友宿艮墟甚爱此诗,尝评云:"艰难隐见,从众用奇,可为吾辈处乱世之法。"伯敬亦云:"四语似闻道之言,如此一诗,乃此公借以自况,必非无意之作也。"其诗又有"择木知幽鸟,潜波想巨鱼。鹳鹤追飞尽,豺狼得食喧",皆风人之比体,不待穆然可会。而过求者至于以"微升古塞外,已隐暮云端"而强以为比肃宗,果尔,则结句之"露满花团"如何发付?又李石与文宗论古诗"昼长苦夜短"①者,治日少、乱日多也;"何不秉烛游",劝之以自照也。其志虽存乎纳牖,真所谓郢书而燕说矣。(第十八条)

元美又云:"实境诗于实境读之,哀乐便自百倍。东阳既弃,夷然以送甥江口,诵曹彦远'富贵他人合,贫贱亲戚离',泣数行下。予每览刘司空'岂意百炼钢,化为绕指柔',未尝不掩卷酸鼻也。呜呼,越石千载犹生,石勒段匹碑今竟安在?"予读而叹曰:"先生至此,乃始言实境哉!"古人诗罔非实境,亦罔非实情,自然旷世而相感。《诗》有之:"我思古人,实获我心。"晋人云:"未知

---

① 此句误,原诗是"昼短苦夜长"。

文生于情,情生于文,凄然增伉俪之重。"所以兴观群怨者,即此也。仲文感曹摅贫贱之诗,至于泣下,鄙夫贱态不足齿。今后进少年有血性者,于研穷经史之暇,取屈子《离骚》、贾子《惜誓》、子建《赠白马王》、越石之《答卢子亮》,及杜少陵、元道州、韩昌黎、文信公之作,虚心吟咏,有不勃然于父子君臣兄弟之际者乎?即最朴鄙者,如《孤儿》《妇病》等行,使身尝其苦者读之,掩鼻不知当何状也。王粲诗云:"路旁有饥妇,抱子弃草间。未知生死处,何能两相完。"亦是实境,为少陵诗史所宗。至陷曹氏,自失本心,《公宴》诸诗遂靡靡无生气耳。以此言之,作诗者之肝胆与读诗者之眼界,有不至圣贤豪杰之地而不可者,虽举世笑我为迂阔,吾甘以迂阔终矣。(第二十四条)

卷下　论诸体二十一条

弇州谓:"世人选体,往往谈西京、建安,便薄陶、谢,此似晓似不晓者。诗以专诣为境,以饶美为才,即齐、梁纤调,李、杜变风,亦有可采。"予以为弇州之论诗妙矣,但其以陶、谢并称,尚未脱流俗之见。又以李、杜与齐梁人而同谓之可采,则更不伦。齐、梁纤调正汉、魏之罪人,即谓之无足采可也。陶、杜乃汉、魏之嫡派,但皮毛稍不同耳。李与杜既称可采,唐之可采者又不止此。如陈拾遗、张相国之感遇,王右丞、储参军之田家,以及宋之问、刘希夷、刘慎虚、常建、王昌龄五言古,佳者甚多。弇州此论,未免为于鳞"唐无五言古"所误。不知五言古一派,陶、谢后便数盛唐。善乎钟伯敬有言:"五言古乃诗之本,唐人先用全力注之此,而诸体从此分焉。"彼谓唐人无五言古者,本之则无,不知以何者而看唐人之诸体也。(第三条)

伯敬言乐府可拟,盖以近代诸公以古诗为古而后发。然古岂易言哉?第一要知其来历,第二要辨其体裁,第三要使其风神酷肖而特出新意。太白拟之,病于离;于鳞拟之,病于合,皆非妙手。元美论乐府:"如《郊祀》《房中》,须极古雅,而发以俊峭。铙歌诸曲,勿使可解。诸小曲系北朝者,勿使胜质;系齐、梁者,勿使胜文。拙不露态,巧不露痕。宁近勿远,宁朴勿虚。"可谓得乐府三昧,故其所拟视太白之离、于鳞之合者独胜。又有所谓乐府变者,盖为仇鸾、严嵩、赵文华所作,特创新题,篇篇神妙,不减少陵之诗史,而古奥过之。

前无古人,后无作者,则此公之此种是也。(第五条)

作歌行须大手笔,然学问大则手笔大,故善此体者,不尽以时代拘。元美言长篇不得不推卢、骆。其实二子尚不免浮,李、杜、高、岑乃称杰构。元、白气骨虽让高、岑,而才情可喜。《琵琶行》《连昌宫词》,岂在《长安古意》之下耶？张籍、王建独工于乐府,韩昌黎之《送区弘》及《董生行》俱称奇品。李义山《咏淮四碑》亦是一时雄快。子瞻律绝,诚远于唐。至七言长篇,则无憾矣。献吉歌行专摹老杜,大复《明月》虽步骤初唐四子,而风韵胜之。于鳞、子舆各有佳章。元美云："献吉之于歌行也,其犹龙乎！于鳞其麟凤乎！然凤质而龙变者,未见其人。"言外不无自负。然此种乃此公长技,虽谓之提二李而攀少陵,亦应无愧。今之作者,恐未能并驾也。"(第七条)

五言律虽创于初唐,实肇于陈、隋之际。其后遂分为二种,有对不甚整、声不甚谐,而气特高古者,此陈伯玉、两张相公之所长,在盛唐则高、岑及襄阳、太白；有精工细密而宫徵铿锵者,此杜必简、沈、宋所长,在盛唐则老杜、右丞,然杜亦有似高、岑者。世但知有沈宋派,而不知有伯玉。(第九条)

假对是诗中妙境,然须在有意无意而联合有情。如老杜之"薄俗防人面,全身学马蹄""信宿渔人还泛泛,清秋燕子故飞飞",斯善于假矣。又如唐诗"新作一浑山县长,旧传三礼甲科名。此日六军同驻马,当时七夕笑牵牛",及元人之"秋千院落人初下,春半园林酒正中",皆属假对。盖人面马蹄、秋千春半则虚实对,渔人燕子、一浑三礼则以声对,六军七夕、驻马牵牛则人思议之不到者也。或意对而字不对,如"有酒每邀东省月,退朝长对掖门松。十年放逐同梁苑,中夜悲歌泣孝宗"。又或句法字眼无不对,而新彩异常,如"卧病山中生桂树,怀人江上落梅花。春风鸿雁书千里,夜色楼台雪万家",何尝不妙！此可与悟者言耳。(第十三条)

论诸家二十二条

自昔称大家者,在晋初则有潘、陆,在晋末则有陶、谢；在唐初则有沈、宋,在盛唐则有李、杜,在中唐则有钱、刘,钱、刘以下则不足称。吾以为名称其实者,陶、谢及李、杜是也；名不称其实者,潘、陆及沈、宋是也。康乐之人品、诗品俱不及陶。然其沉雄壮丽者,实足振江左之衰而为唐人嚆矢,胜潘、陆之浮华远矣。沈、宋之诗,其所长者,惟对偶精工,故排律一体称为独步。谓名家则可,谓大家则非,仅胜于潘、陆,而埒于钱、刘耳。元美《与张助甫书》言:"于古诗则知有苏、李,以及陶、谢,于近体则知有沈、宋、李、杜。"此固轻重不伦。钟、谭二子自谓黜浮名而取真诗,不顾世人之笑骂,于潘、陆则毒手铲除,所存者不能当十分之一,于沈、宋则津津不置,皆吾所不解,愿与具眼者商之。(第一条)

沈、宋在则天之世,始终是彻底小人。然吾所谓不当比李、杜者,非以其人,即诗亦远不及。元美有言:"读之使人飘扬欲仙者,太白也;使人唏嘘欲绝者,子美也。可群可怨,正在其中。"两人能有其万一乎?伯敬云:"之问躁兢人,其为诗深静幽适,有绝不似其人者。"以予观之,宋诗之精工华艳,略与沈同,惟能假作禅悟语。伯敬好禅,故不觉坠其云雾之间。又有梁宣王、鲁忠王挽词,伯敬亦极为击节。其挽梁宣者曰:"爱贤惟报国,乐善不防身。"伯敬评云:"宰相要明此道。"不知夫梁宣王者,武三思;鲁忠王者,则其子延秀。所谓"不妨身"者,盖以三思为节愍太子之所诛也。孟子:"颂其诗,读其书,不知其人可乎?"伯敬乃深知其人者,而犹有此误。评古人之制作者,可不慎与?(第二条)

钟、谭之选,大都以翻案见奇。于帝皇之诗则录之,仙释之诗则录之,将帅之诗则录之,妇女之诗则录之,而文人词客素以诗名者多不录。故晋之潘、陆,唐之杨、卢,连篇累牍,挥斥无余。彼以为帝皇、仙释、女子、武夫,诗出性情,无格套,而文人之诗多格套也。独至陶、杜,而不敢以文人目之,所以尊公者至矣。余尝为朋党言,诗家之有陶、杜,如吾道之有狂狷,不知者见以为异,知之者见以为同。元亮之《读山海经》《赠羊长史》《咏荆轲》《饮酒》诸诗,俯仰古今,淋漓慷慨,有目空一世之意,此之谓陶即是杜;杜诗之《赠卫处士》《遭田父泥饮》《在蜀中课仆》诸诗,恻怛之怀,溢于言外,此之谓杜即是陶。储光羲《田家诗同王十三偶作》,神则陶而气则杜;元次山之《舂陵行》,论官吏,论旧部曲,神则杜而气则陶。然二子未尝学陶、杜也。呜呼,此其所以为真陶、杜

与!(第五条)

　　陶诗不多,吾不难其选,而难其评。其①不满子瞻外苦中腴之言,而直以"厚"之一字尽之,可谓卓识。至杜诗之去取,则稍可议矣。陶诗之妙在自然,其病少;杜诗之妙在独创,其病多,正不必曲为之讳。但以杜诗之疏野者,谓之神妙,则不免贻误后人。吾尝见宋儒谓陶诗止书甲子,所以示不臣于宋;子美知昭烈为正统,故书"幸"书"崩",待以天子之礼;知曹氏非正,但称英雄割据而已矣。此语似是而不然。陶诗之书甲子者,自安帝末年已尔,原不以晋亡之故。子美果帝蜀僭魏,则当云"汉帝东征幸三峡",乃和紫阳之《纲目》。今曰"蜀主窥吴",不自相矛盾乎?朱子曰:"凡隐者都是带性气人,渊明《咏荆轲》露出本色。"又云:"老杜自比稷契,未知能否,然人品却高。其救房琯,亦正此语。"真两公知己。大抵两公之诗之妙,固自其人品学问中来,如字搜句剔,类学究之说书,则反增障碍。岂惟陶、杜,《三百篇》无不然者。(第六条)

　　予与澄岚论杜诗,澄岚曰:"老杜不尽似盛唐,吾辈但当学盛唐,不必学老杜。"予以为老杜不尽似盛唐,是也。谓不必学杜,则愚意有所未安。诗莫盛于唐,唐莫高于杜,不学老杜,将奉何人为宗主乎?若就老杜全集论,岂止不尽似盛唐,且有绝不似盛唐者。盖此老之本领大、规模阔,原非唐人所能囿耳。吾盖以虚心论之,有似初唐者,有似晚唐者,其至高有似汉、魏者,其至卑有似宋人者,亦有宋人所不为者。"入河蟾不没,捣药兔长生",此非初之巧而织者乎?"友于皆挺拔,公望各端倪",此非初之拙而滞者乎?"且将棋度日,应用酒为年",此非晚之情真而流于俗者乎?"鹭鹚窥废井,蚯蚓上深堂",非晚之景真而流于鄙者乎?若乃其《三吏》《三别》、前后《出塞》,浑然苏、李、《十九首》,而不袭其皮毛。《北征》诗、《彭衙行》《丽人行》《哀王孙》,创汉、魏之所未有,而深心厚力,断非汉、魏人不能办。且写景宛然,逼真乐行,岂唐人所能办乎?"细推物理须行乐,何用浮名绊此身",大类康节、紫阳之作。"富贵必从勤苦得,男儿须读五车书",则紫阳所不屑,想当日为俗人设耶?我辈学杜,

---

① 此条承上一条而来,指钟惺、谭元春之《诗归》。

但当学其似汉魏、盛唐,其似初、晚及宋人者,则不必效。更取王、孟、高、岑、陈伯玉、张子寿佐之,则卓然大家,而无复病矣。(第七条)

有宋诸公,其气骨在长庆、贞元之上,其学识即老杜无以过之。所以渐远于唐者,正以其抗之使高,凿之使深,离于风人之雅致,又以其胆粗手滑,破坏前人之成法,而开后人之恶习为可憾耳。王、李诸公一概以为无足齿,似觉太过。(第九条)

晋人南渡,诗道几亡,乃后得一陶靖节;宋人南渡,诗亦不振,乃后得一文信公。如《通鉴》所载,数篇已堪不朽。后人又得其《吟啸集》《指南集》及集杜读之,乃知文信公不可以宋人目也。其七言律虽雄快自喜,实未脱苏、黄一派。五言律、七言绝,其佳者不减唐人。五言古、七言歌行,遂逼真老杜矣。《七歌》本法《同谷》,犹惜稍伤华丽。至若"北征垂半年""雨雪止燕山"二首,则一味真朴,在《三吏》《三别》之间。"岁在火鼠乡"一首,瑰奇壮丽似《八哀诗》,而无其滞;《崖山歌》两句一转,虽用"东飞伯劳"体,而慷慨淋漓,毫无遗恨。老杜生平之得意者,堪伯仲耳。(第十条)

元美云:"方今习杜者数家,华容孙宜得杜肉,东郡谢榛得杜貌,华州王维贞得杜一支,开州郑善夫得杜骨。就其所建,亦近似耳。惟李梦阳具体而微。"予以杜不易学,亦不易得。谓孙得其肉,郑得其骨,此吾所断不敢信。究而言之,如空同亦止得其一支耳。空同学杜,止得其所谓雄浑者,而杜别有奇险者、婉至者、精工者、朴茂者,与夫纵横变化者,空同皆未窥其藩篱,而况其堂奥乎?然学杜者如之何?无以杜诗学杜诗,而求杜学之所从出,则不铢两揣摩,启口声容,已得少陵之神髓矣。(第十五条)

献吉之才,自能学杜。但当探其神髓,而不必袭其皮毛。乃献吉多用杜诗,甚者至抄其全句。又有不必拟而拟者,如杜诗云:"负盐出井此溪女,打鼓发船何处郎。"有何佳处?空同乃云:"卖鱼沽酒此村口,打鼓鸣锣何处船。"不几令人捧腹乎?予尝与石巢谈诗至此,石巢亦笑,固谓予曰:"宁之诗有'月明汲井此村女,风急吹箫何处楼',此亦拟两公者也。何如?"予曰:"此等诗固不必拟,宁之此诗可免效颦之丑。盖妙在'月明''风急'字,点出光景。'吹箫'

句更饶风韵,不可侪之'打鼓'耳。"石巢曰:"两公诗虽丑,不失为古。宁之诗虽妙,而落于今。且'打鼓''鸣锣'之后,即继之以'白昼蛟龙时一闹,中流日月晚双悬',亦何惭于老杜乎?"予时亦心折其言。(第十六条)

或问予甚爱《诗归》之评选,而尤爱其评陶、杜,则二子于陶、杜深矣,其诗亦不似陶、杜,何也?曰:"资与学各有病焉。陶、杜之气厚,而二子之气薄;陶、杜之体大,而二子之体小,夫是之谓限于资。陶、杜之篇,虚实互见,而二子之诗好为虚;陶、杜之语,巧拙皆佳,而二子之语偏尚巧,夫是之谓溺于习。二子之所以尊者陶、杜也,其学者非陶、杜也。其远尊者刘慎虚及李长吉,近之参之徐与袁。自石公倡论归王、李,今日诗人予所识者,王无竟、徐大拙皆刻意钟、谭,钱为玉、刘孟门则学长吉。夫学钟、谭者,取其旷也,旷则孰旷于渊明;学长吉者取其奇也,奇则孰奇于老杜。元美论长吉云:"不可无一,不可有二。"予亦尝言,钟、谭一派之诗,如饮食之有酱醋,断不可无,少用则令朵颐,太多则反皱眉矣。在知味者善酌之。(第二十条)

夫以学问为诗而多使事,则二李及弇州是也。以议论为诗,则石公及钟、谭是也。言李、杜而未尝梦见,则孙宜、谢榛是也。(第二十一条)

吴从先

杜子美《八哀》、皮日休《七忧》[①],一样怜才之心;柳子厚《八愚》、东莱公《六悔》[②],总属自怜之忿。(《小窗自纪杂著》)

杜少陵大海回波,无妨污垢;王摩诘澄潭浸月,妙在渊渟。(同上)

徐𣗗丕

"夜凉吹笛千山月,路暗迷人百种花。棋罢不知人换世,酒间无奈客思

---

① 今所存皮日休集中无有名"七忧"者,当是《七爱》之误。
② 即寇准《六悔铭》。

家。"此欧阳公绝妙之句,然以四句各一事,似不相贯穿,故名之曰《梦中做》也。永嘉士人薛韶喜论诗,尝立一说云:"老杜近体律诗精深妥帖,虽多至五百,亦首尾相应,如常山之蛇,无间断龃龉处。而绝句乃或不然,五言如'迟日江山丽,春风花草香。泥融飞燕子,沙暖睡鸳鸯''急雨梢溪足,斜晖转树腰。隔巢黄鸟并,翻藻白鱼跳''江动月移石,溪虚云傍花。鸟栖知故道,帆过宿谁家''凿井交棕叶,开渠断竹根。扁舟轻褭缆,小径曲通村''日出篱东水,云生舍北泥。竹高鸣翡翠,沙澼舞䴏鸡''钓艇收缗尽,昏鸦接翅稀。月生初学扇,云细不成衣''舍下笋穿壁,庭中藤刺檐。地晴丝冉冉,江白草纤纤',七言如'糁径杨花铺白毡,点溪荷叶迭青钱。笋根雉子无人见,沙上凫雏傍母眠''两个黄鹂鸣翠柳,一行白鹭上青天。窗含西岭千秋雪,门泊东吴万里船'之类是也。"予因其说,以《唐人万首绝句》考之,但有司空图《杂题》云:"驿步堤萦阁,军城鼓振桥。鸥鸣湖雁下,雪隔岭梅飘。舴艋猿偷上,蜻蜓燕竞飞。樵香烧桂子,苔湿挂莎衣。"(《识小录》卷三《绝句诗不贯穿》)

近时赵紫芝诗云:"一瓶茶外无祇待,同上西楼看晚山。"以为佳。然杜少陵云:"莫嫌野外无供给,乘兴还来看药栏。"即此意也。杜子野诗云:"寻常一样窗前月,才有梅花便不同。"世亦以为佳。然唐人诗云"世间何处无风月,绕到僧房分外清",亦此意也。欲道古人所未道,信矣其难矣!紫芝又有诗云:"野水多于地,青山半是云。"世尤以为佳,然余读《文苑英华》所载唐诗,两句皆有之,但不作一处耳。唐僧诗云:"河分冈势断,春入烧痕青。"有僧嘲其蹈袭云:"河分冈势司空曙,春入烧痕刘长卿。不是师兄偷古句,古人诗句犯师兄。"此虽戏言,理实如此。作诗者,岂故欲窃古人之语以为己语哉!景意所触,自有偶然而同者。盖自开辟至于今,只如此风花雪月,只如此人情物态耳!(卷四《诗犯古人》)

费经虞

《雅伦》[1]

卷二　体调

诗体有时代不同,如汉、唐不同于齐、梁,初、盛不同于中、晚,唐不同于宋,此时代不同也;有宗派不同,如梁、陈好为宫体,晚唐好为西昆,江西流涪翁之派,宋初喜《才调》[2]之诗,此宗派不同也;有家数不同,如曹、刘备质文之丽,靖节为冲淡之宗,太白飘逸,少陵沉雄,昌黎奇拔,子瞻隽永,此家数不同也。诗之不同如人之面,学者能辨别其体调,分其高下,始能追步前人。然一家有一家之体,不能备载,惟为人所效法及播于诗话者,乃具列如左,余不既录。又如建安之曹、刘,元佑之苏、黄,既列于代,复列其人,因论世论人,说各不同,故两见之,非敢复也。

盛唐体　自明皇开元后至肃宗大历为盛唐,高、岑、王、孟、李、杜诸公之诗。

江西宗派体　江西宗派专学杜、韩,实则诸公自为体耳。

孟襄阳体　孟浩然诗自然之极,天真独出,雅致无双。杜少陵、李太白极推服之,有以也。

李太白体　李、杜诗,规模弘远,前贤屡论,未易优劣也。自宋人专言学杜,至正、嘉间,遂以杜为至,而李稍绌矣。杨用修始伸李焉。以愚论之,杜少陵如巨家大族:累世素封,人又精敏,楼台壮丽,器用周全,金谷之积无算,僮婢千人,陆行车马,水行舟楫,宾客之至如归,亭榭饮食,事事如意,皆有法度,多而不紊,久而不困,太白诚不能与之并驱。而太白则王孙公子:人既风流,

---

[1] 《雅伦》体例类似于胡应麟《艺林伐山》,胪列前人论述,后继以自己的论断,然而省略所列前人引文并不影响对费氏论断的理解,故而本书收录其文,费氏之外的文字全部省去。

[2] 五代韦縠《才调集》选诗以"韵高""词丽"为准,多晚唐诗及中唐元、白等人诗作,大合宋初诗坛风向,故此处"才调"二字当非泛称之词,而是特指《才调集》是书也,所以需加书名号。

宾从亦盛，银瓶负酒，骏马驮倡，出郭之步障十里，笙歌溢路，就席熏香，高谈大笑，旁若无人，少陵亦安能与之争衡哉！二公之作，所谓金翅劈海，香象渡河，君王亲征，气象自别，则同其根宗所来，精力所至，大不同也。然少陵尚有模范可学，虽王导金翘，后妃体制，与民间自是殊绝。而太白则散花天女，乘风驾雾，乌可学耶！先辈论李、杜，为太白十首九首言酒，又谓结构多同。此亦未免以大小论夜光之珠，尺寸度天孙之锦也。

卷十一

歇后　少陵"山花山鸟吾友于"，昌黎"为悆惜居诸"，皆其法也。

卷十二

虚字　昔人云诗，用助语字，贵妥帖，然各家风骨不同。孟浩然"重以观鱼乐，因之鼓枻歌"便秀，杜少陵"去矣英雄事，荒哉割据心"便壮，其妥帖一也。若软若轻，即是乱道。宋人诗"且然聊尔耳，得也自知之。命也岂终否，时乎不暂留"，"酒成岂见甘而怀，花在须知色即空"，岂不可笑！

金线葫芦　五字七字中，唯一二平字，一二仄字，若金线系葫芦也。杜子美用此，往往变格。如"主人送客"以下，又一法也。

列章　集字成句，集句成篇……宋至近代，言长篇，动举杜子美为规，以雄浑为上。殊不知，雄浑不过诗中一种耳。

卷十三　下

工力二　杜子美云："美名人不及，佳句法如何？"又云："晚节渐于诗律细。"又云："新诗改罢自长吟。"又云：'熟知二谢能事，颇学阴何苦用心。"

卷十四

时代　风雅虽出乎性情，通乎政教。和美风俗，所由淳也；乖离纪纲，所由乱也。……魏、晋以来，浑成高风益失。然闲雅之辞，婉曲之旨，亦未易臻。杜少陵云"恐与齐梁作后尘"，畏之也。隋既混一，风旨重辟，规格未就。唐兴，以南朝多纤弱，其调遂改。陈、隋遗意，犹相沿习。至于贞观以后，为邦百年，兵戎既戢，礼乐旋兴，故其为音，温厚者珠华玉润，骈俪者紫电青霜。即体调未同，而大旨相近。幸蜀还都，藩镇擅命，诏谕陵彝。于是，李太白之肆志弘辞，杜子美之哀音博调，笼罩一世，而唐诗敦厚纯正之风大替矣，唐亦不复有贞观、开元之声。至于其后，元、白、温、李、昌谷、香奁，杂然并出，愈变愈下。……故开元一变而阔大高深，大历以后再变而清婉曲折。至于晚唐之变，则意浅辞促，调弱格卑，而变遂极。然余芳尚在，故步未亡，传开元、大历一种意致，见于篇章之中。自初、盛至中、晚，其成家各世者，各有风骨韵调。虽大小不同，可贵一也。……迨李献吉、何景明发论，专学杜少陵，谓之盛唐，规模弘远，气象峥嵘。

卷二十

古题　先辈有以第三句始见题为病者，殊不然。杜甫《可惜》第三句，严维《夏口》《纳凉》末句。

卷二十二

人有恒言六朝绮靡，亦是道听途说。高古简朴，果下汉、魏一格。然气不怒张，辞不粗率，宛转不迫，浑朴不雕，音节悠扬，姿态横生，近古而雅，杜子美恐"作后尘"，先贤服善之心如此。

黄鲁直为江西宗派之祖，李空同为前后七子之宗，两君皆学杜。黄意在瘦兀峭拔，李意在浑雅大方。虽各有所造，然去杜尚远。

风骨高、岑为最，姿态王、孟为最，格力李、杜为最，韵致钱、刘为最，缛腻温、李为最。

宋元以来，学杜者太卤莽，无沉细之致；学陶者太俭啬，无融和之色。

古人用事有法，辞可用则用其辞，字可用则用其字，名可用则用其名，地可用则用其地。俱不可用，只取其事，润以佳辞而出之。古法不传，后世不悟，稗官野史，鄙字陋辞，乱妄入笔，以为阔大学杜，而诗遂恶劣矣。

诗要到家，只是不隔。旅中房屋、器用、饮食虽济楚，毕竟隔一层。若到家，即竹树、鸡豚皆自家物，风雅但要如此。……杨大年不喜杜少陵诗，谓之村夫子，欧阳公亦不喜。苏子瞻不喜孟东野、贾浪仙，顾华玉不喜温飞卿。人之所见，各有不同也。……故君子论文章，不可执定己见，又不可因人是非。

李、杜不可学,不能学,亦不必学。惟沈、宋、王、孟、卢、骆诸公,当以为法,以其文质得中也。即常建、储光羲、韦应物幽沧异趣,然亦难学,力量不到,翻成枯槁。故学者当就其性之所近,而求其法之大同。

朱之瑜

杜诗不必更寄,郑儆老书已致之矣。(《朱舜水集》卷六《与安东守约书十二首》其十二)

杜诗即欲寄上,因来人不能多带,止寄五七律,陆本希照收。(卷十二《答安东守约九首》其二)

唐以声诗取士,凡掖庭永巷、嫔嫱歌伎、伶官教坊之所歌舞肄业,皆是物也。其隽者谱之纮管,奏之燕私。天子闻其歌而想见其人,不啻《子虚》之于相如也。工部诗为古今绝唱,宜其青钱万中矣,而当时不能博一第,岂功名富贵得之不得有命焉,而不必尽系乎其才耶?若然,则是时为之主司而按剑者均可以无罪。而先是民谣有"糊心存抚使,眯目圣神皇",又何说也?至今脍炙人口、独据诗坛之上,千年以来,未有能与之争旛鼓者,又何必也?此一小技耳,犹然莫之为而为、莫之致而今,况乎其为圣人之道,穷通得丧,治乱否泰,足关乎天下万世者。(卷十七《题杜子美像赞》)

论议之次,偶及杜少陵、元次山。勉亭曰:"少陵诗圣,翁奈何与次山并称?"余曰:"少陵特擅名诗坛耳,其他无少概见。抗章论救,既失之于房琯;倚毗留连,复失之于严武。次山远谪道州,未尝放情诗酒,拳拳爱君化民,忧公靖位。由此言之,殆不及也,岂特并称乎。"(卷十八《勉亭林春信碑》)

问:"词章之习,害于道义乎否?"答:"即无害于道义,亦无益于身心。今之诗词,与古人之诗远矣,诚能如杜子美、元次山,固自佳耳。"(卷二十二《笔语》)

问:"元次山一代之才子耳,公乃与诗圣之少陵并称,其说如何?"答:"少陵圣于诗,但就诗言耳。元次山无限情事,尽见于诗。其治道州也,绝无牢骚

佻达之态。台兄乃以才子少之耶？少陵保房琯、比严武，未必无可议也。"（同上《笔语》）

问："唐诗家李、杜为最，未知二公有优劣否？"答："李、杜齐名，究竟李不如杜。李秀而杜老，李奇险而杜平淡。李用成仙等语更不经，炼丹等殊不雅。不若杜家常茶饭有味也。然不奇奥之极，造不得平淡。有意学平淡，便水煎豆腐汤矣。"又曰："诗贵秀贵逸，著理学语，须要脱得头巾气。不然，便老学究可厌可唾矣。前日佳作多有用此等，然不十分犯手。"（同上《答安东守约杂问》）

张　溥

集中文章，实无鄙言累句，不知当时何以相加？……鲍文最有名者，《芜城赋》《河清颂》及《登大雷书》。《南齐·文学传》所谓"发唱惊挺，持调险急，雕藻浮艳，倾炫心魂"，殆指是邪？诗篇创绝，乐府五言，李、杜之高、曾也。（《汉魏六朝百三家集·鲍参军集》）

二九者，徐子九一、宋子九青也。二子作诗，于古人不少推让，独心许少陵。于是世称二子诗者，皆以少陵目之。嗟乎，使唐无少陵，二子于今岂遂不得独行乎？（《七录斋集》卷四《宋九青诗序》）

邝　露

猺人社日，以南天烛染饭，竞相遗送，名曰"青精饭"。杜诗："岂无青精饭，令我颜色好。"（《赤雅》卷下《青精饭》）

予游诸夷中，有摛文而宗淮南者，有称诗而薄少陵者，有黜元、白而消长吉者，有谈古今而訾訾者。於戏，礼失而求诸野矣。（同上《诸夷有学》）

张时为

吴氏寿昌曰："先生每遇一水一石、一草一木稍清阴处，意日月不瞬，饮酒不过两三行，又移一处，大醉，则趺坐高拱。经史子集之余，虽记录杂说，举辄成诵。微醺则吟哦古文，气调清壮。某所闻见，则先生每爱诵屈原《楚骚》、孔明《出师表》、渊明《归去来辞》，并杜子美数诗而已。……"（《界轩全集》之《读朱子行实》）

黄淳耀

唐世诗人以李、杜并称，至王文公始置轩轾于其间，以谓太白辞语迅快，然十句九句皆言妇人与酒耳。自此论出而子美始独为雄霸。然考太白元本《风》《骚》，含嚼汉、魏，其生平爱君忠国、愍时病俗之志，方诸少陵，无好发惭负，特以其才高气雄，故精意深识反为所掩。读者徒得其横被六合、飘飘凌云之致而已。今夫朱颜娱光，极美人之形容；清香冻歠，备醴齐之妙理。而后世卒不闻以酒色病骚人者，知其为寓言也。希圣有立，绝笔获麟，太白之所挟持，何如而可以轻俊目之哉！近世诗人学少陵而得其皮毛者颇多，学太白而得其天机者绝少，盖学可以渐进，而才不可以强为也。（《陶庵集》卷二《吴定远小山集序》）

东汉诸君子以德行称者，莫如荀季和氏、陈太丘氏。是二君子，皆暗笃无文者也，而季和之后有才子八人，太丘之后仍世卿宰。彬彬乎，或或乎，何其祖父之质而子孙之文也！盖文者，质之余也。子孙之文，祖父之质之余也。祖父以文教，文胜则质漓矣。夫子孙之质日漓，则子孙将不能有其文。是故韩愈之文比于荀、扬，而其子有不识字之诮；李、杜之诗上规风雅，而宗武、伯禽无闻焉，文胜故也。（同上《金怀节文稿序》）

世之论文者恒曰："某某能开宗，某某能复古。"余以为不然。夫文未有不复古而能开宗者也。诗至于李、杜,文至于韩、柳,天下之所称开宗者也。然李、杜以前,卢、骆、沈、宋虽称作者,而不无尚沿齐、梁之余波。至少陵,一则曰风骚,再则曰陶、谢,太白亦慨然以大雅不作为己任。是李、杜之于诗,不过能复古而已。前乎韩、柳者,燕、许称大手笔,然其体制骈偶,去古甚远。至昌黎,始能本原三代、两汉,力追孟、荀、迁、固之文,而子厚亦云参之《穀梁》,参之《孟》《荀》,参之《庄》《老》《国语》《离骚》、太史诸书,而后为文,是韩、柳之于文,亦不过能复古而已。复古以为诗文,而诗文之能事尽,天下后世之言诗文者皆范围焉。吾故曰:文未有不复古而能开宗者也。(同上《董圣褒文稿序》)

朱子有言:"文字有笔力,有笔路,笔路随时增益,笔力自二十余已定。"旨哉言也!子美夔州之诗,顿挫沉郁;东坡海外之文,精深华妙,此笔路也。诵"云垂""海立"之篇,观"带余""马后"之句,已知其晚年所造如此矣,此笔力也。(同上《暹社题辞》)

蒙[①]不知诗而喜言诗。诗者,持也。古之人持此物以为训,非取其廉纤绰约、聊有风采而已,将必有裨于世者而后言之。三代以后,诗人之与风人合者晋渊明、唐子美,自染翰为诗者,无不置两公口齿间。乃数千年来,学陶者恒失之枯,学杜者恒失之累,求其神似者,几如咸池之音,不可复闻。此无他,古之人有所持,今之人无所持故也。夫贤达之士,奇情浩气素菀畜于胸中,仕则托功名气节以传,不仕则为诗若文以微自表见。陶、杜两公之诗,大抵从穷入也。有陶之挂冠乞食、环堵萧然,而后有其恬澹任真、超绝六代之诗;有杜之流离转徙、浮游避乱,而后有其沉郁顿挫、跨压三唐之诗。岂独陶、杜而已,古之人皆然。盖穷则闲,闲则多读书,多游名山水,交天下幽忧沉废之士,凡国家之治乱、人事之得失、土风物宜之瑰细,皆逖览而周知之。故其为诗,可兴可观,确然有以备一代之风雅。嗟夫,此岂世之浅浅者所得而究与!吾师伯衡先生工为制举业,禀经酌雅,廿年揣摹,亦既老于斫轮矣。卒无知先生者,先生亦不以不知故有所贬以逢世。蒙于众中览察之,魁闳宽通,神宇落

---

① 跋语中凡作者自称有四处,"蒙""耀"杂用。考查史志,未有见黄氏名"蒙"的记录。因黄与所跋诗集作者乃师生关系,"蒙"或是其早年读书时所用名字也。

落,信其中之所得深矣。乃其无聊不平之意,亦往往见之于诗。诗多咏物拟古,余为酬赠,凡若干首。蒙卒读之,曰:穷之益人甚矣哉!使先生不穷,或未暇为诗,即诗亦未必其工至此也。今拟古则逼古,咏物则肖物,政使陶、杜复作,何必去人有间哉!独惜先生之奇情浩气,仅仅以胸中之万卷,目中之数子了之,而语及于山水游历,则犹有歉焉。夫山水者,天地之真诗也。向使夺陶公之庐山、杜老之巴蜀而求其诗,如今日之所称陶与杜者,不能也。以两公之所不能,而先生当之,此其穷有甚于古人者矣。虽然,古之人不有积书以当卧游者乎?徐仲车杜门不出而四方之事无不知者,多读书故也。传曰:"知者乐水,仁者乐山。"知、仁之于山、水,岂必身至之而后为乐也哉!今先生之所与游,多缁流墨客,一丘一壑者能各出其诗,鼓吹而陶咏之。若其于古人之书,则又深探力取,如悍将之穷追,而未有已也。其所持以立言者,岂小生世儒所能测邪!耀也何知,知先生之诗之甚有似乎古人而已。(卷二《尹伯衡先生诗集跋》)

研德与几道同齿,其好古力学亦相颉颃。评研德之文,必也清新俊逸乎!秋水芙蓉,倚风独笑,清新之谓也;千金骏马,注坡蓦涧,俊逸之谓也。昔少陵以此目太白,而后世小儒之言以为少陵轻太白,故仅比之庾、鲍,此呓语耳。(卷六《上谷五子新撰评词》)

朱子《四书集注》中未尝无病,要之后学不可轻议。今人读李、杜、韩、欧诸集,其中诗文佳者固不胜举,然而字句之瑕与文义之累理者,亦未尝无之,终不以此掩其大美也。(卷十二《自监录四》)

扬子云云:"雕虫小技,壮夫不为也。"杜子美云:"文章一小道,于技未为尊。"彼所谓文,大者钻窥微密,小者推敲风骚,此后世学文之徒所呕心不能到者也,二公犹轻之若此。今人所业者,不过应举时义耳,以视二公之文,奚啻爝火之于日月?乃至穷年累月,疲耗心力于此中,可谓不知务矣。(同上)

子美诗中伎女,岑参句里歌儿。彼似青蝇附骥,我如斗酒听鹂。(卷二十二《无题》六首其四)

黄河碧海更难言,溪涧潺潺总一门。莫道光焰归李杜,便驱郊岛出乾坤。

(同上《哭闵裴村四首》其四)

贺贻孙

《诗筏》

诗亦有英分、雄分之别。英分常轻,轻者不在骨而在腕。腕轻故宕,宕故逸,逸故灵,灵故变,变故化。至于化,而英之分始全,太白是也。雄分常重,重者不在肉而在骨。骨重故沉,沉故浑,浑故老,老故变,变故化。至于化,而雄之分始全,少陵是也。若夫骨轻者佻,肉重则板,轻与重不能至于变化,总是英、雄之分未全耳。

诗以蕴藉为主,不得已溢为光怪尔也。蕴藉极而光生,光极而怪生焉。李、杜、王、孟及唐诸大家,各有一种光怪,不独长吉称怪也。怪至长吉,极矣,然何尝不从蕴藉中来。

李、杜诗,韩、苏文,但诵一二首,似可学而至焉。试更诵数十首,方觉其妙。诵其全集,愈多愈妙。反复朗诵至数十百过,口颔涎流,滋味无穷,咀嚼不尽,乃至自少至老,诵之不辍。其境愈熟,其味愈长。后代名家诗文,偶取数首诵之,非不赏心惬目,及诵全集,则渐令人厌,又使人不欲再诵。此则古今人厚薄之别也。

厚之一言[①],可蔽风、雅。《古十九首》,人知其澹,不知其厚。所谓厚者,以其神厚也,气厚也,味厚也。即如李太白诗歌,其神、气与味皆厚,不独少陵也。他人学少陵者,形状庞然,自谓厚矣。及细测之,其神浮,其气嚣,其味短。画孟贲之目,大而无威;塑项籍之貌,猛而无气,安在其能厚哉!

诗文有神,方可行远。神者,吾身之生气也。老杜云:"读书破万卷,下笔如有神。"吾身之神,与神相通;吾身既来,如有神助。岂必湘灵鼓瑟,乃为神助乎?老杜之诗所以传者,其神传也。田横谓汉使云:"斩吾头,驰四十里,吾

---

① 此条乃承上一条"诗文之厚"而来。

神尚未变也。"后人摹杜,如印板水纸,全无生气。老杜之神已变,安能久存!

杜诗韩文,其生处即其熟处。盖其熟境,皆从生处得力。百物由生得熟,累丸斫垩,以生为熟,久之自能通神。若舍难趋易,先走熟境,不移时而腐败矣!

凡诗文可盗者,非盗者之罪,而诲盗者之罪。若彭泽诗、诸葛《出师》文,宁可盗乎?李、杜、韩、欧集中,亦难作贼。间有盗者,雅俗杂出,如茅屋补以铜雀瓦,破衲缀以葡萄锦,赃物现露,易于捉败。先明①七才子诸集,递相剽劫,乃盗窃耳。

少陵称太白诗云"飞扬跋扈",老泉称退之文云"猖狂恣睢",若以此八字评今人诗文,必艴然而怒。不知此八字乃诗文神化处,惟太白、退之乃有此境。王、孟之诗洁矣,然"飞扬跋扈"不如太白;子厚之文奇矣,然"猖狂恣睢"不如退之。有志诗文者,亦宜参透此八字。

少陵诗云:"前辈奔腾入②,余波绮丽为。"盖谓前辈时有绮丽之句,不过余波及之耳。若其入手,则如良马奔腾,不可控驭也。以"奔腾"二字合之"飞扬跋扈"四字,觉李、杜存日,龙飞虎跃,凤骞鸾翔,如在目前。

同时齐名者,往往同调。如沈宋、高岑、王孟、钱刘、元白、温李之类,不独习尚切劘使然,而气运所致,亦有不期同而同者。独李、杜两人分道扬镳,并驱中原,而音调相去远甚。盖一代英绝,领袖群豪,坛坫设施,各有不同,即气运且不得转移升降之,区区习尚,何足云乎!

诗至中、晚,递变递衰,非独气运使然也。开元、天宝诸公,诗中灵气发泄无余矣。中唐才子,思欲尽托橐曰,超乘而上,自不能无长吉、东野、退之、乐天一番别调。然变至此,无复可变矣。更欲别出手眼,遂不觉成晚唐苦涩一派,愈变愈妙,愈妙愈衰。其必欲胜前辈者,乃其所以不及前辈耳。且非独此

---

① 贺贻孙生于1605年。明亡之后,隐居不仕,以至于剃发入山,以避征招,向来被视为有明之遗民。其《诗筏》一书虽写成于入清以后,但将其纳入明代诗学的范畴,除诗学延续之因素外,亦是尊敬贤者之志之意也。

② 常见杜集,此句皆作"前辈飞腾入"。

也,每一才子出,即有一班庸人从风而靡,舍我性灵,随人脚根,家家工部,人人右丞,李白有李赤敌手,乐天即乐地前身,互相沿袭,令人掩鼻。于是出类之才,欲极力剿除,自谓起衰救弊,为前辈功臣。即此"起衰救弊"一念,遂有无限诗魔入其胸中,使之为中为晚而不自知也。盖至此,而诗运与世运亦若默受作者之升降矣。嗟夫!由吾前说推之,则为凌驾前辈者所误;由吾后说推之,又为羽翼前辈者所误。彼前辈之诗,凌驾而羽翼之,尚不能无误,乃区区从而刻画模仿之,吾不知其所终也。嗟夫,此岂独唐诗哉!又岂独诗哉!

李翱有云:"读《春秋》如未尝有《诗》,读《诗》如未尝有《易》,读《易》如未尝有《书》,读屈原、庄周如未尝有《六经》。"此数语,真善读古人书者。余亦谓终日看太白诗、子瞻文,每至极佳处,辄不信世间复有子美、退之;及读子美诗、退之文,每至极佳处,又不信世间复有太白、子瞻。即此便见四人身分。譬如人食西施乳时,不复知肉味中有熊蹯;饱熊蹯时,亦不复知鱼味中有西施乳。若食他鱼肉,便不尔尔也。

少陵诗中如"白摧朽骨龙虎死"等语,似长吉;"叶里松子僧前落""天清木叶闻"等语,似摩诘;"水流心不竞,云在意俱迟"等语,似常建;"灯影照无寐,心清闻妙香"等语,似王昌龄。其余似诸家处,尚不可尽指,而终不能指其某篇某句似太白。太白诗中如《凤凰台》作,似崔颢;《赠裴十四》作,似长吉;《送郄昂谪巴中》诸作,似高、岑;《送张舍人之江东》诸作,似浩然;"城中有古树,日夕运秋声"等语,似摩诘。其它似诸家处,尚不能尽指,而终不能指其某篇某句似少陵。盖其相似者,才有所兼能;其不相似者,巧有所独至耳。

梅圣俞有《金针诗格》,张无尽有《律诗格》,洪觉范有《天厨禁脔》,皆论诗也。及观三人所论,皆取古人之诗,穿凿扭捏,大伤古作者之意。三书流传,魔魅后人,不独可笑,抑复可恨。不知诗人托寄之语,十之二三耳。既云托寄,岂使人知?若字字穿凿,篇篇扭捏,则是诗谜,非诗也。《三百篇》中有比、有兴、有赋,尽如圣俞、无尽、觉范所言,则《三百篇》字字皆比,更无赋、兴。千古而下,只作隐语相猜,安能畅我性情,使人兴、观、群、怨哉!惟子美咏物诸五言,则实有寄托,然亦不必牵强索解,如与痴人说梦也。因书此以为注书之戒，并将古诗数十首，稍为笺破于后，以见古人作诗大意，不过如是而止，则唐诗可以类推矣。

诗中说梦，如蔡伯喈"梦见在我傍，忽觉在他乡"，拟是空泛，恰是梦境。然"凛凛岁云暮"一篇，皆梦境也。"凛凛岁云暮，蝼蛄夕鸣悲。凉风率已厉，游子寒无衣。锦衾遗路浦，同袍与我违。独宿畏长夜，梦想见容辉。"前七句，梦前之因也，至第八句方入梦。遂有"良人惟古欢，枉驾惠前绥。愿得长巧笑，携手同车归"四句，梦中欢聚，一段空喜。最妙在"既来不须臾，又不处重闱"二句，倏忽变态，遽失前境。在梦中尚不免匆遽，亦安往而不得匆遽也。"盼睐以适意，引领遥相睎"二句，梦中送痴，无聊已极。结云"徒倚怀感伤，垂涕沾双扉"，则醒后忆梦，情愈迫而景愈难堪矣。段段空泛，不独为少陵梦太白二诗之祖，且开汤临川《牡丹记》无限妙想。

枚乘《七发》、东方朔《客难》，创体也。后人虽沿袭其礼，然其丰神气韵，终不能及。张平子《四愁诗》，亦创体也。拟之者不独沿其体，并沿其调，一拟便肖矣。夫使人一拟便肖者，非诗之至；拟而必期于肖者，亦非拟之至者也。杜子美《同谷歌》，虽略仿《四愁》，然而出脱变化，胜平子远矣。

杜子美以"清新""俊逸"分称庾子山、鲍明远二人，可谓定评矣。但六朝人为清新易，为俊逸难。诗家清境最难，六朝虽有清才，未免字字求新，则清新尚可兼人巧。而俊逸纯是天分，清新而不俊逸者有矣，未有俊逸而不清新者也。子美虽两人并称，然大半为明远左袒耳。及取两人诗读之，明远既有逸气，又饶有清骨；子山虽多清声，不乏遗响。且俊逸易涉于佻，而明远则厚；清新易涉于浮，而子山则警。明远与颜、谢同时，而能独运灵腕，尽脱颜、谢板滞之习。子山当陈、隋靡靡之日，而时有骨气，不为肤立。六朝人多不能为七言，而明远独以七言擅长。庾子山五言诗，竟是唐人近体佳手矣。虽所就不同，要皆一时出类之才也。

前辈有教人炼字之法，谓如老杜"飞星过水白，落月动沙虚"是炼第三字法，"地折江帆影，天清木叶闻"是炼第五字法之类。不知古人落想便幻，触景便幽。"飞星过白水"与《人日》诗"云随白水落"，皆当时实有此境，入他想中，无非空幻。"月落动苍虚",则满眼是幻,不可思议,但非老杜形容不出耳。岂胸中先有"飞星""白水""落月""苍虚"八字,而后炼"过""动"二字以欺人乎？"天清木叶闻"与孟浩然"荷枯雨滴闻",两"闻"字亦真亦幻,皆以落韵自然为奇,即作者亦不自知何暇炼乎。落韵自然,莫如摩诘。如"潮来天地青""行踏空庭落叶声","青"字"声"字,偶然而落妙处,岂复有痕迹可循？总之,本领人下语下字,自与凡人不同。虽未尝不炼,然指他炼处,却无炉火之迹。若不求其本领,专学他一二字为炼法,是药汞银,非真丹也。吾尝谓眼前寻常景、家人琐俗事,说得明白,便是惊人之句。盖人所易道,即人所不能道也。如飞星过水,人人曾见,多是错过,不能形容,亏他收拾点缀,遂成奇语。骇其奇者,以为百炼方就,而不知彼实得之无意耳。即如"池塘生春草","生"字极现成,却极灵幻。虽平平无奇,然较之"园柳变鸣禽"更为自然。"枫落吴江冷""空梁落燕泥",与摩诘"雨中山果落"、老杜"叶里松子僧前落",四"落"字俱以现成语为灵幻。又如老杜"杖藜还客拜""旧犬喜我归",王摩诘"野老与人争席罢",高达夫"庭鸭喜多雨",皆现成琐俗事,无人道得,道得即成妙诗,何尝炼"还"字、"喜"字、"罢"字以为奇耶？诗家固不能废炼,但以炼骨炼气为上,炼句次之,炼字斯下矣。惟中、晚唐始以练字为工,所谓"推敲"是也。然如"僧推月下门","敲"字所以胜"推"字者,亦只是眼前现成景,写得如见耳。若喉吻间吞吐不出,虽经百炼,何足贵哉！

杨升庵讥少陵《丽人行》云："《诗》刺淫乱,第曰'雍雍鸣雁,旭日始旦'而已,不必曰'慎莫近前丞相嗔'也。"盖谓少陵无含蓄。王元美驳之云："彼所称者,兴比耳。诗固有赋,以述情切事为快,不必尽含蓄也。"元美辨则辨矣,而未尽也。就"雍雍鸣雁"本章言之,雉鸣求其牡,非比兴乎？何尝含蓄！且郑、卫刺淫,至于"期我桑中""车来贿迁"等语,皆无含蓄,姑不必尽举。即如同一刺卫宣姜也,有直陈者,《新台》之篇所云"燕婉之求,籧篨不鲜",《墙茨》之篇所云"中冓之言,不可道也",《鹑奔》之篇所谓"人之无良,我以为君"是已。有隐讽者,《君子偕老》一篇……少陵则末语微露"慎莫近前丞相嗔"七字,而前此全不指破,手法微换耳。彼其意以为如此人、如此事,与其直指其秽,徒令人鄙,不若悉举其美,乃令人恨也。……盖以怜才慕色之诚,迫为嫉恶,其嫉恶更深。所以反复叹美如此,其用意倍苦而其刺淫倍刻矣。盖嘲笑甚于骂詈,而怜惜尤甚于嘲笑也。吾方谓少陵含蓄太深,不为《墙茨》《新台》而为《君子偕老》,用修乃谓其不肯含蓄乎?

太白仙才,然其持论,不鄙齐、梁;子美诗圣,然其持论,尚推卢、骆。譬之沧海,百川细流无不容纳,所谓"不薄今人爱古人"也。虚心怜才,殊为可师。今之名流,递相搘击,拔帜立帜,争名丧名,较之李、杜,度量相越,岂不远哉!

少陵云:"李陵苏武是吾师。"少陵沉雄顿挫,与苏、李淡宕一派殊不相类。乃知古人师资,不在形声相似,但以气味相取。然渊明气味大近苏、李,少陵既师苏、李矣,奈何诋渊明为"枯槁"耶?

少陵不喜渊明诗,永叔不喜少陵诗,虽非定评,亦足见古人心眼各异,虽前辈大家,不能强其所不好。贬己徇人,不顾所安,古人不为也。

作诗必句句着题,失之远矣。子瞻所谓"作诗必此诗,便知非诗人"也。如咏梅花诗,林逋诸人,句句从香色模拟,犹恐未切;庾子山但云"枝高出手寒",杜子美但云"幸不折来伤岁暮,若为看去乱乡愁"而已,全不黏住梅花,然非梅花莫敢当也。如子美《黑白二鹰》诗,若在今人,必句句在"黑白"二字寻故实,子美却写二鹰神情,只劈头点出黑白。如一幅双鹰图,从妙手绘出,便觉奇矫之骨、搏空之气、惊秋之意俱从纸上活现,只轻轻将粉墨染黑白二色而已。

三代之民,直道而行,毁不避怒,誉不求喜。今则为匿名谣帖,连名德政碑矣。偶触褊心,则丑语丛生,唯恐其知;忽焉摇尾,则谀词泉涌,唯恐其不知也。至于赠答应酬,无非溢词;庆问通赘,皆陈颂语。人心如此,安得有诗乎?独唐人为之,尚能自占地步。……子美《遭田父泥饮美严中丞相》诗,遭田父泥饮与严中丞何干?发题便妙。诗云:"步屧随春风,村村自花柳。……月出遮我留,仍嗔问升斗。"篇中政简俗庞、家给户饶景象,尽从田父口中说出,却将大男放营一事,点缀生动。前后形容,只一"真"字,别无奇特铺张,而颂声已溢如矣。既自占地步,又为中丞占地步,又为田父占地步。若在今人,不知如何丑态也。

自皎然有"三偷"之说,因指子美"湛湛长江去"同于"湛湛长江水","江平不肯流"同于"潮平似不流",而后人遂谓少陵诗未免蹈袭。如"船如天上坐,人似镜中行""人如天上坐,鱼似镜中游",沈佺期诗也;子美"春水船如天上坐,老年花似雾中看",特袭沈句耳。不知少陵深服沈诗,时取沈句流连把咏,烂熟在手口之间,不觉写出。观唐诸家,语句相似颇多,大抵坐此,非蹈袭也。且"人如天上坐"不及"船如天上坐",加"春水"二字作七言,却更活动。而"老年花似雾中看",描写老态,龙钟可笑,又岂"鱼似镜中游"可及哉!《古诗十九首》中,有意用他家句者,曹孟德亦然。不独写来无痕,试取前后语反复讽咏,反似大出古人之上。非如今人,本无佳句,偶盗他语,便觉态出,如穷儿盗乘舆服物,一见便捉败也。

杜子美诗云"熟精《文选》理",而子瞻不喜欢《文选》。盖子瞻文人也,其源出于《国策》《庄》《孟》,而助以晁、贾诸公之波澜,所浸灌古者深矣。《文选》之文,自秦、汉诸篇外,其余皆不脱六朝浮靡,其为子瞻唾弃,无足怪者。若子美,则诗人也。诗以《骚》为祖,以赋为祢,以汉、魏、六朝诸古诗,苏、李、《十九首》,陶、谢、庾、鲍诸人为嫡裔。子美诗中,沉郁顿挫,皆出于屈、宋,而助以汉、魏、六朝诗赋之波澜。《文选》诸体悉备,纵选未尽善,而大略具矣。子美少年时,烂熟此书,而以清矫之才、雄迈之气鞭策之,渐老渐熟,范我驰驱,遂尔独成一体。虽未尝袭《文选》语句,然其出脱变化,无非《文选》者。生平苦心,在此一书,不忍弃其所自,故言之有味耳。今人以子美誉《文选》而亦誉之,以子瞻毁《文选》而亦毁之,毁誉皆在子美、子瞻,与己何与?又与《文选》何与哉?

学诗者不可学古人无病处,亦不必学古人有病处。非大家,亦不能有病。盖其才无所不具,其学无所不有,故于深浅浓淡,洪纤高下,种种皆备,而其瑕颣亦复不免。如长江大河,不乏腐骴;名山巨岳,亦有恶木。其所以异于他山水者,政在波涛之鼓荡无所不有,地势之庞厚无物不生耳。若夫丘峦涧沚之盛,一览即尽。纵复幽雅奇秀,然非所语于大观也。后之学诗者,毛举琐求,以一字之累,一语之犯,遂弃其全。而负才不羁之士,又不肯深求古人精神之所存,见陶之时有似于枯淡也,遂以枯淡为陶;见杜之偶似于滞累也,遂以滞累为杜;见李之偶似于轻率也,遂以轻率为李;见苏之偶似于谐浅也,遂以谐浅为苏。此犹学孔子者,但学其微服过宋,君命召,不俟驾;见南子,佛肸召,欲往而已,岂学孔子者哉!

元微之作《杜子美墓志铭序》云:"上薄《风》《雅》,下该沈、宋,言夺苏、李,气吞曹、刘,掩颜、谢之孤高,杂徐、庾之流丽,尽得古今之体式,而兼人人之所独专。"是矣。然余观子美诗,创而不沿,孤而无偶,竟不能指某篇某句出《风》《雅》,出沈、宋,出苏、李,出曹、刘,出颜、谢,出徐、庾也。如蜂采百花以酿蜜,不能别蜜味为某花也;如秦人销天下兵器为金人十二,不能别金人之头、面、手、足为某兵器也。合众体以成一子美,要亦复其自体而已。今之学少陵者,分其一体,便谓逼真少陵,恐少陵不如是之多也。

微之称少陵诗"铺陈始终,排比声韵,大或千言,次犹数百,太白不能历其藩翰,况堂奥乎",而乐天谓子美"贯穿古今,觇缕格律,尽工尽善,过于李白"。夫李白以天分独胜,而杜则天工人巧俱绝。欲推杜于李上,宁患无说?乃独推其"排比声韵""觇缕格律",何耶?以声韵格律论诗,已近于学究矣,况"排比""觇缕"俗学所病。苟无雄浑豪迈之气行于其间,虽千数百言,何益于短长?以此厌太白,恐太白不服也。大凡读子美洋洋大篇,当知他人能短者不能长,能少者不能多,能人者不能天。惟子美能短能长,能少能多,能人能天;亦复愈长愈短,愈多愈少,愈人愈天。如韩信用兵,多多益善,百万人如一人。汉高虽以神武定天下,然所将不过十万而已。然则子美能长能多,而非"排比""觇缕"之谓。"排比""觇缕"亦子美用长用多之一斑,然不足以尽子美也。韩信用兵多多益善,然其奇在以万人作背水阵,破赵兵二十万。尽韩信之能在用多,而其奇在用少。子美亦然。故于五言长篇虽见能事,然其短篇尤为神奇。三韵诗,短极矣,然短而愈妙,尽未有不能用少而能用多者。若太白短篇佳矣,乃其《蜀道难》《鸣皋歌》《梦游天姥吟》诸篇,亦何遽不如子美长歌?读二家诗者,勿随人看场可也。

子美《羌村》诗,有"夜阑更秉烛,相对入梦寐"之句,写乱后生还,惊喜猜疑,情景如见,读者多忽之。宋计敏夫《唐诗纪事》述盛文肃尝梦朝上帝,见殿上题诗云:"夜阑更秉烛,相对如梦寐。"初谓天上人作,及读唐集,乃知为子美诗也。彼天上人具眼如此,下视人世论诗者,真愦愦耳!

唐之才子,自李、杜数人而外,其他人品多有可讥者。盖唐人约句准篇,必以沈佺期云卿、宋之问延清二人为祖。张燕公尝谓"沈三兄须还他第一",而之问词更藻发,故当时号称"沈宋"。然二人谄事易之、三思,无所不至,使生于今日,士林且羞与为伍,必不齿于诗文人之列矣。唐承六朝余习,操觚之家,才能属律,便欲荡闲,往往自谓文人无行。而沈、宋复扬其波,后人艳其词而慕之,夫何所顾忌哉!之问求北门学士不得,遂为《明河篇》,天后见之曰:"吾非不知其才,但鄙其有口过耳。"然篇中乘槎问卜,实露谄兢。"口过"一语,武后已唾弃之,何足数哉!

严季鹰诗,世人未有推重之者,余独爱其骨气近少陵,咏《楠木》篇尤似少陵《古柏行》诸作,盖亦朋友渐摩之力耳。因此推之,凡与王、孟同时者,气韵亦往往相类。如綦毋潜《灵隐寺》诗云:"塔影挂清汉,钟声和白云。"《题栖霞寺》云:"天花飞不着,水月白成路。"《送章彝下第》云:"黄莺啼就马,白日暗归林。"……祖咏《泊扬子津》:"林藏初过雨,风退欲归潮。"此等语置之摩诘、襄阳集中,殆不能复辨,岂独风气使然耶!

刘长卿诗,能以苍秀接盛唐之绪,亦未免以新隽开中、晚之风。其命意造句,似欲揽少陵、摩诘二家之长而兼有之,而各有不相及不相似处。其不相似、不相及,乃所以独成其为文房也。

唐人五言古,气沉力厚,初看似难入眼,反复读之乃佳者,为杜少陵、王少伯二人。但少伯在沉厚中时有生拗费力处,若少陵则生处皆熟,拗处皆圆,每于似生似拗之间,忽复光怪灿闪,捉摸不住,所以高少伯数筹耳。若少伯七言绝,却又浑融无迹,在诸体之上,又非少陵所及也。

徐文长七言古,有李贺遗风。七言律虽近晚唐,然其佳者,升少陵、子瞻之堂,往往自露本色。惟五言律味短,而五言古欠蕴藉。集中谀语俊语,学之每能误人，此其所病。然嘉、隆间诗人，毕竟推为独步。近日持论者，贬剥文长，几无余地，盖薄其为诸生耳。谚云："进士好吟诗。"信哉！

伯敬评杜虽未尽确，然不可谓非别眼。若非其评太白，则未悉所长。

刘孝则先生诗，自《崇祯集》外，有《遗诗》三卷。其诗沉痛真挚，少陵之遗风也，虽然有异焉。少陵之得官甚微，而其受知甚薄。方落魄时，会肃宗立，乃自鄜赢服走行在，拜右拾遗。其后，沦落成都，又依故人严武为谋工部员外郎。当其称拾遗也，不过如今日下第诸生，间关入闽粤、承乏京秩而已；及其称工部也，不过如今日幕宾记室，委授监纪职方而已。然犹忠爱悱恻，一咏一吟不忘天子，则刘公之诗从可知矣。公为先帝亲拔第一，先帝殉社稷，公方家食，恸哭吐血不食，屡绝复苏，扶病视师，尽瘁行间，遂以殉国。今读其《哀至》《诔忠》诸篇，叙述慷慨，不愧诗史。而其祈死之诚，沥血之状，干霄射日，走雷电而泣鬼神，有少陵所欲言而不忍言者，盖其遭遇荣于少陵而忧伤过之。遭遇荣则情愈哀，忧伤过则思益苦。以益苦之思发逾哀之情，学问才具，猝不及施，涕泪所涌，自然淋漓。即作者不自知其然而然，此其所以异也。每怪文文山服习杜诗，自谓不及，及在狱中作《集杜》二百首，纯用杜语，悲怆感愤，乃过于杜，于今乃知其故矣。昔人谓读《出师表》而不哭者，其人必非忠臣，今天下忠臣何在哉！其或有捧公诗而擗踊抚旧、裂眦扼腕者乎？则夫虞渊之落照、鲁阳之残戈，举人所梦寐、想望而不得见者，皆可从诗中高吟热咏以求之也已。（《水田居文集》卷三《为刘孝则先生遗诗序》）

每怪近日评诗者以官爵崇卑为诗人殿勋，不识彼意欲置吾仁山季子于何地乎？宋太祖时，执政深忌诗人，禁人为诗，下令追褫陶元亮、杜子美、李太白官爵。岂知三家之诗如日丽天，区区拾遗、供奉及八十日之彭泽令，当其存日，固已赘疣视之矣，奚待褫哉！（同上《龙溪族侄季子诗序》）

陈子龙

余幼而好诗，颇有张率限日之僻，于今十余年矣。始未尝不见其甚易，而后未尝不见其甚难也。乐府谣诵，调古而旨近，似其音节，侧笔可追。然而太文则弱，太率则俗，太达则虚，太坚则讹，太合则袭，太离则野。此一难也。五言古诗，苏、李而下，潘、陆而上，意存温厚，辞本婉淡，声调上口，便欲揣摩，然集彼常谈，侈为新制，宛然成章，实见少味。至于宗六季者，多组已谢之华；法盛唐者，每溢格外之语。此一难矣。七言古诗，初唐四家极为摩詟，元和而后，亦无足观。所可法者，少陵之雄健低昂，供奉之轻扬飘举，李顾隽逸婉娈。然学甫者近拙，学白者近俗，学顾者近弱。要之体兼《风》《雅》，意主深劲，是为工耳。此一难矣。五、七言律用意贵隐约，而每至露直使事，欲变奥而每至平显，轻与重必均而殊少合作，雄与逸并美而未见兼能。此一难矣。五七言绝句，盛唐之妙在于无意可循而风旨深永。中、晚主于警快，亦自斐然。今之法开元者，取谐声貌而无动人之情；学西昆者，颇涉议论而有好尽之累，去宋人一间耳。此一难矣。（《安雅堂稿》卷三《六子诗序》）

魏学洢

尝笑杜工部破屋数间，狂风卷其茅以去，飞挂林梢，村童攫取之，自此长夜沾湿，斯亦黯惨之至矣，而诗顾曰："安得广厦千万间，大庇天下寒士皆欢颜。"嗟乎，公之念天下寒士若此哉！余所识才士无多，人率无弗寒者，而顾病已家为酷贫，其友王兰九之贫也则并无家。岁且暮，病已过余曰："兰九行至矣，缆船我门前枯树下，我两人者将以啸歌卒岁。"因出兰九《秋残十咏》视余。余读之，憭乎若薄寒之中焉。夫士之坎壈怀不平也，虽春原芳草，裘马蹁跹，对之常有凄清之色，矧以秋人为秋声，且得不神悴乎？若刘昼每言："使我书数十卷传世，当不易千驷。"今兰九挟崎岖历落之调，其所以致穷有余矣，而又好与病已处，其穷殆不可量，诗安不得传？吾知千载后，定复有崎岖历落如兰九者，向秋风黄叶之下，倚扁舟而读之，读已复歌，歌已复泣，泣已投其纸于流，将见此数咏者飘飘焉、泛泛焉，出没于荒芦断岸之间矣。（《魏子敬集》卷四《秋残十咏小引》）

予读唐人诗,叹前后作者交相困,前人之困类剥笋,力去数层,仅足攻肤壳,而佳境乃在后;后之人困类披沙,先至者攫精镠已去,而后特崎岖瓦砾间拾胜宝自雄。开元大家,独蹯前后之会而夺其胜,翻意之夷者使沉,翻词之木者使粲,翻格之滞者使动。沉矣,粲矣,且动矣,更谁翻哉!止留一尖脆,僻险之径以遗后,而后起者亦宁尖脆、宁僻险,而断不肯为初、盛优孟,于是一代之风气遂日迁而不穷。姚合选唐诗,黜去李、杜,盖亦英雄无可奈何之策乎?(卷五《支小白新语序》)

尚奇者宗时杰,尚正者宗先民,今两无当焉。恶乎文曰"文章一小技,于道未为尊",然亦"从乎所好"焉耳。达则为欧、苏,穷则为李、杜,岂能舍此而他慕耶!(卷八《春夜与仲弟论文数条》其六)

蒋一葵

老杜《出瞿塘峡》诗"五云高太甲,六月旷抟扶",全用王(勃)语,注亦不释其义。老杜"读书破万卷",自有所据,或入蜀见此碑①而用其语也。(《尧山堂偶隽》卷二《唐》)

吴璘在兴元,修塞两县决坏渠,洪景卢为奖谕诏曰:"刻石立作三犀牛,重见离堆之利;复陂谁云语黄鹄,讵烦鸿却之谣。"用老杜《石犀行》云"秦时蜀太守,刻石立作三犀牛",及《汉书》翟方进坏鸿隙大陂,童谣云"反乎覆,陂当复。谁云者,两黄鹄"等语也。(卷七《宋》)

杜甫子宗武以诗示阮兵曹,兵曹答以石斧一具,随使拜诗还之。宗武曰:"斧,父斤也。兵曹使我呈父,加斤削之。"俄而阮闻之曰:"误矣。欲子斫断其手。此手若存,天下诗名又在杜家矣。"②(《尧山堂外记》卷二十六《杜甫》)

杨大年不喜杜工部诗,谓村夫子。乡人有强大年者,令续杜句曰"江汉思

---

① 自注云:"王勃《益州夫子庙碑》。"
② 自注云:"廖凝好滑稽,裴说尝经工部墓,以诗示之,其句云:'拟凿孤坟破,重教大雅生。'凝览而笑曰:'吾谓足下为诗人,不料君是劫墓贼耳。'说甚惭。"

归客",杨亦属对。乡人徐举"乾坤一腐儒",杨默然,若少屈。①(卷四十四《杨亿》)

朱应登,字升之,宝应人,伦文叙榜进士。与李梦阳、何景明、王九思、边贡、徐祯卿、郑善夫、康海、顾璘、陈沂,时称"十子"。李空同作《凌溪墓志》,中有言"是卖平天冠者,与作诗到李、杜,亦一酒徒耳",此刘晦庵语。(卷九十二《朱应登》)

陆时雍

《诗镜总论》②

世以李、杜为大家,王维、高、岑为傍户,殆非也。摩诘写色清微,已望陶、谢之藩矣,第律诗有余,古诗不足耳。离象得神,披情著性,后之作者谁能之?世之言诗者,好大好高,好奇好异,此世俗之魇见,非诗道之正传也。体物著情,寄怀感兴,诗之为用,如此已矣。

七言古,盛于开元以后,高适当属名手。调响气佚,颇得纵横;勾角廉折,立见涯涘。以是知李、杜之气局深矣。

杜少陵《怀李白》五古,其曲中之凄调乎?苦意摹情,过于悲而失雅。《石壕吏》《垂老别》诸篇,穷工造景,逼于险而不括。二者非中和之则,论诗者当论其品。

少陵苦于摹情,工于体物,得之古赋居多。太白长于感兴,远于寄衷,本于十五国《风》为近。

七言古,自魏文、梁武以外,未见有佳。鲍明远虽有《行路难》诸篇,不免

---

① 自注云:"宋初,自西昆体兴,唐贤诸诗集几废而不行。陈从易偶得《杜集》旧本,文多脱误,至《送蔡都尉》诗云'身轻一鸟',其下脱一字。陈公因与数客各用一字补之。或云'疾',或云'落',或云'起',或云'下',莫能定。其后得一善本,乃是'身轻一鸟过',陈公叹服,以为虽一字,诸君亦不能到也。"

② 《诗镜总论》向被视为《诗镜》外之单独诗话著作,故其所论杜诗文字亦收录入本书。而《诗镜》中杜诗评点文字则依本书《凡例》之规则,弃而不录。

宫商乖互之病。太白其千古之雄乎！气骏而逸，法老而奇，音越而长，调高而卓。少陵何事得与执金鼓而抗颜行也？

少陵五古，材力作用，本之汉、魏居多。第出手稍钝，苦雕细琢，降为唐音。夫一往而至者，情也；苦摹而出者，意也。若有若无者，情也；必然必不然者，意也。意死而情活，意迹而情神，意近而情远，意伪而情真。情意之分，古今所由判矣。少陵精矣刻矣，高矣卓矣，然而未齐于古人者，以意胜也。假令以《古诗十九首》与少陵作，便是首首皆意；假令以《石壕》诸什与古人作，便是首首皆情。此皆有神往神来，不知而自至之妙。太白则几及之矣。十五国《风》皆设为其然而实不必然之词，皆情也。晦翁说《诗》，皆以必然之意当之，失其旨矣。数千百年来，愦愦于中而不觉者，众也。

《三百篇》每章无多言。每有一章而三四叠用者，诗人之妙在一叹三咏。其意已传，不必言之繁而绪之纷也。故曰："《诗》可以兴。"诗之可以兴人者，以其情也，以其言之韵也。夫献笑而悦，献涕而悲者，情也；闻金鼓而壮，闻丝竹而幽者，声之韵也。是故情欲其真，而韵欲其长也，二言足以尽诗道矣。乃韵生于声，声出于格，故标格欲其高也；韵出为风，风感为事，故风欲其美也。有韵必有色，故色欲其韶也；韵动而气行，故气欲其清也。此四者，诗之至要也。夫优柔恻侧，诗教也，取其足以感人已矣。而后之言诗者，欲高欲大，欲奇欲异，于是远想以撰之，杂事以罗之，长韵以属之，俶诡以炫之，则骈指矣。此少陵误世，而昌黎复懑其波也。心托少陵之藩，而欲迫《风》《雅》之奥，岂可得哉？

子美之病，在于好奇。作意好奇，则于天然之致远矣。五、七言古，穷工极巧，谓无遗恨。细观之，觉几回不得自在。

少陵五言律，其法最多，颠倒纵横，出入意表。余谓万法总归一法，一法不如无法。水流自行，云生自起，更有何法可设？

少陵"绿樽须尽日，白发好禁春"，一语经几折。本是惜春，却缘白发拘束，怀抱不能舒散，乃知少年之意气犹存，而老去之愁怀莫展，所以对酒而自伤也。少陵作用，大略如此。

宋人抑太白而尊少陵，谓是道学作用。如此将置风人于何地？放浪诗酒，乃太白本行。忠君忧国之心，子美乃感辄发。其性既殊，所遭复异，奈何以此定诗优劣也？太白游梁、宋间，所得数万金，一挥辄尽，故其诗曰："天生我才必有用，黄金散尽还复来。"意气凌云，何容易得？

少陵七言律，蕴藉最深，有余地，有余情。情中有景，景外含情。一咏三讽，味之不尽。

诗之所以病者，在过求之也。过求则真隐而伪行矣，然亦各有故在。太白之不真也为材使，少陵之不真也为意使，高、岑诸人之不真也为习使，元、白之不真也为词使，昌黎之不真也为气使。人有外藉以为之使者，则真相隐矣。

深情浅趣，深则情，浅则趣矣。杜子美云："桃花一簇开无主，不爱深红爱浅红。"余以为深浅俱佳，惟是天然者可爱。

司空曙："蒹葭新有雁，云雨不离猿。""云雨"句，似不落思虑所得。意何襞积，语何混成，语云："已雕已琢，复归于朴。""穷水云同穴，过僧虎共林。"昔庾子山曾有"人禽或对巢"之句，其奇趣同而庾较险也。凡异想异境，其托胎处固已远矣。老杜云："勋业频看镜，行藏独倚楼。"语意徘徊。

盛唐人工于缀景，惟杜子美长于言情。人情向外，见物易而自见难也。司空曙"乍见翻疑梦，相悲各问年"，李益"问姓惊初见，称名识旧容"，抚衷述愫，馨快极矣。因之思《三百篇》，情绪如丝，络之不尽，汉人曾道支语不得。

张籍、王建诗有三病：言之尽也，意之丑也，韵之窿也。言穷则尽，意衰则丑，韵软则窿。杜少陵《丽人行》、李太白《杨叛儿》，一以雅道行之，故君子言有则也。

五言古非神韵绵绵，定当捉衿露肘。刘驾、曹邺以意撑持，虽不迨古，亦所谓"铁中铮铮，庸中姣姣"矣。善用意者，使有意如无，隐然不见。造无为有，化有为无，自非神力不能。以少陵之才，能使其有而不能使其无耳。

杜子美之胜人者有二，思人所不能思，道人所不敢道，以意胜也；数百言不觉其繁，三数语不觉其简，所谓御众如御寡，擒贼先擒王，以力胜也。五、七古诗雄视一世，奇正雅俗称题而出，各尽所长，是谓武库。五、七律诗，他人每以情景相合而成,本色不足者,往往景饶情乏。子美直抒本怀,借景入情,点镕成相,最为老手。然多径意一往,潦倒太甚,色泽未工。大都雄于古者,每不屑于律。故知用才实难,古人小物必勤,良有以也。王摩诘之清微,李太白之高妙,杜子美之雄浑,三者并称,然而太白之地优矣!①(《唐诗镜》卷二十一)

吴蕃昌

仲谋之序道庵诗也,曰诗非能穷人也,诗之工莫逾于穷,亦其时为之也。予申其说曰:诗固不可以穷人,人亦不可以诗穷。人之不可以诗穷,则又岂可以时穷哉!吾将进道庵之诗,而言无穷焉。夫人之俯仰天地,睥睨万物,何者非吾性情之所有?则其凉燠荣落与屈伸穷通、顺拂枉直,莫不有自然之期。吾亦与之为自然期,亦何思何虑之有?思虑且不可得,又安得有韩子所称"不平之鸣",而与蛩螀草土争偪亿之概乎?天地广而自隘之,万物同而人自异之,贵贱顺逆之,故自然而人自营之,不营于道路,则营于笔墨。吾见人之自穷于时,而非时之能穷人也。……道庵且去市门而返村墅,奉尊公先生之教以传其令子,岁时入城访一二故人。其诗非陶靖节之恬淡、杜少陵之诚恳,不吐于口而落于楮也。(《祇欠庵集》卷二《澄怀草序》)

周　晖

瓠斋主人《独监录》云:"论诗贵美恶不相掩。如杜少陵'岱宗夫如何','夫如何'三语,头巾气甚矣。注诗者反目为跌荡,何也?"段虎臣云:"'夫如何'果是头巾气,细思之'夫'字,当是'大'字之误。上云'大如何',下云'青未了',正见其大也。"此论似得之。(《金陵琐事》卷一《雨花台诗集序》)

蛰南黄公评李、杜诗云:"太白五七言绝句甚佳,少陵则甚拙。少陵五七

---

① 《唐诗镜》中具体评说杜诗诗篇之文字,大多琐细不足观,故一概省去不录。唯此条稍见思想,姑违背《凡例》而收录之。

言律沉着跌荡,壁立万仞,太白则远不及。太白《凤凰台》一首外,鲜见其匹。太白飘逸中每失之率易,少陵沉郁中每失之蹇滞。太白长篇多趁韵,少陵长篇多累句。"(《续金陵琐事》卷下《评李杜》)

杨升庵先生云:"南京一士人谓:'李空同翻杜诗,李日华翻《西厢》,坏了好诗好曲,二李一律。'"①(同上《二李一律》)

何栋如

今天下尤竞言诗哉,高者出青天,卑者入黄泉。非风云月露之为工,即牛神蛇怪之为险。大都失意之人直写牢骚不平之气,而浅衷之夫又独任其猖狂自恣之为,莫知底止云耳。回视《三百篇》有温厚和平、发情止义、可兴观群怨者,无有哉! 微独《三百篇》,即以方阮、陶、庾、鲍、李、杜、王、孟诸人,不啻径庭而天渊矣,而乌足以言诗,此何以故? 言者,心之声;而诗又言之深长隽永,发挥吾性情者也。必期心廓然了无一物,如阮之达,陶之真,庾、鲍之清逸,李之豪宕,杜之忠贞,王之精研内典,孟子藐视富贵,以是发之为诗,自肖其生平一段精光,自不可磨灭,传之千载而有余味。(《何太仆集》卷三《李惺庵诗序》)

张 燧

《千百年眼》

卷 八

杜子美隐德 杜子美,诗人之豪也。初拜右拾遗,即上书论救房琯,语甚切至,几以得罪。此岂附膻下石之徒比耶? 世谓文人无行,殆虚语耳。

杜子美诗意 焦澹园曰:"杜诗:'三分割据纡筹策,万里云霄一羽毛。'人

---

① 此论不见于杨慎集中。

以'三分割据'为孔明功业,不知此其所轻为,正如'云霄一羽'毛耳。必也,偶伊吕而失萧曹,乃尽公之才。惜乎运移身殁,仅以三分之业自见,此天也,非人也。此诗八句一意,读者逐句解之,失其旨矣。"

杜子美不咏海棠有故 子美父名闲,故诗中不用"闲"字。"娟娟戏蝶过闲幔",原作"开幔",刻本之误也。母名海棠,故不咏海棠。坡公有诗云:"少陵尔来牵诗兴,可是无心赋海棠。"岂亦未之考耶?

儒者说诗之谬 诗出于小夫贱隶之口,而说诗者多不免于高叟之固,则所号为穷经稽古之儒,乃反贱隶之不若矣。盖诗人吟咏性情,故意象宽平;老儒执守训诂,故意象窄狭。如杜子美"仰面贪看鸟,回头错应人",乃诗家上乘。而朱考亭引之,谓其为"心不在焉,则不得其正"。何异痴人说梦乎!真可发笑。

李杜始末考 世知杜之为拾遗,而不知李亦拾遗也。世以草堂属杜,而李集亦号草堂也。李卒后,代宗征拜左拾遗,见范传正碑,碑题尚称"左拾遗"。世又以供奉、拾遗皆死于酒,而皆死于水,亦非也。太白晚依宗人李阳冰,终于紫极宫。少陵将归襄阳,终潭、岳间。采石固谬,耒阳亦未可凭。①

唐科目不足凭 唐室名臣,多起于科目。惟张九龄尝应二科。一则才堪经邦,一则道侔伊吕。后来相业称,不负科名矣。而裴晋公度在裴垍下第四人及第。颜鲁公真卿之忠节,乃在于文辞秀逸之科。开元、天宝之际,有风雅古调科。及薛据及第,而李白、杜甫并不在兹选。由此观之,谓科目尽足得上,亦岂容遽信哉!

陈 恂

杜诗"莹莹金错刀",注引《续汉书》"佩刀,诸侯王黄金错环谢承"、《后汉书》"诏赐应奉金错刀",又《汉·食货志》"新室铸钱,更造错刀,以黄金错其

---

① 此条乃杂合胡应麟相关文字而成。

文"。大抵古器物,以黄金错之,皆谓"金错"。如《对雪》诗云:"金错囊徒罄。"乃是钱刀,而以金错也。《虎牙行》云"金错旌竿满雪霜",谓以金而错镂旌竿也。(《余庵杂录》卷上)

世多传李太白在当涂采石醉后泛舟于江,见月影而俯取之,遂至溺死。然李阳冰作《太白草堂集》云:"阳冰试弦歌于当涂,公疾亟,草稿万卷,手集枕上以授,俾为序。"又李华作《太白墓铭》,亦云:"赋临终歌而卒。"乃知俗传皆妄。如谓杜子美食白酒、牛炙而死者,亦诞也。(同上)

双 清

沧浪日,赤城霞,峨嵋雪,巫峡云,洞庭月,彭蠡烟,潇湘雨,广陵涛,庐山瀑布,合宇宙奇观,绘吾斋壁;少陵诗,摩诘画,《左传》文,马迁史,薛涛牋,右军帖,《南华经》,相如赋,屈子《离骚》,收古今绝艺,置我山窗。(《晋麈》)

刘仕义

昔人谓"诗有别才,非关学也",诚然矣;其谓"诗有别趣,非关理也",则殊未是。杜子美诗所以为唐诗之冠冕者,以理胜也。彼以风俗容色放荡情怀为高,而吟写性灵为流连光景之词也,其足以语《三百篇》之旨哉!(《新知录摘抄·诗有别趣》)

古人一歌一咏,每惓惓有天下之虑。杜子美《茅屋歌》曰:"安得广厦千万间,大庇天下寒士俱欢颜,风雨不动安如山?"卢仝《茶歌》曰:"安知百万亿苍生……"此皆非徒探奇撷英,但以为工焉而已者。(同上《歌咏》)

惠康野叟

余生长泽国，每闻舟子呼帆曰"欢"，以牵船之索曰"弹子"①，称使风之帆为去声，意谓吴谚耳。及观唐乐府诗有云："蒲帆犹未织，争得一欢成。"而钟会呼捉船索为"百杖"。赵氏注云："百丈者，牵船篾。"内地为之"宣"②。韩昌黎诗云："无因帆江水。"而韵书去声"内"，亦有扶泛切者。是知方言俗语，皆有所据。陆放翁入蜀，闻舟人祠神，方悟杜诗"长年""三老""摊钱"之语亦此类也。（《识余》卷一《字考》）

余读杜诗"偏劝腹腴愧年少"，喜其知味。坡诗亦云"更洗河豚烹腹腴"，黄诗亦云"故园溪友脍腹腴"，又云"飞雪堆盘脍腹腴"。（卷二《诗考》）

自古耽诗之人，未有不瘦者。崔浩病起，友人戏之曰："非子病，乃苦吟诗瘦耳。"李太白嘲杜子美云："借问因何太瘦生？总为从前作诗苦。"子美嘲裴迪云："知君苦思缘诗瘦，太向交游万事慵。"……吴明仲常与余论今作诗者，名曰"长肉诗"，言未尝苦心，不至瘦损也。因成句曰："莫饮断肠酒，须吟长肉诗。"相对绝倒。（同上）

杜子美"岂有四蹄疾于鸟？不与八骏俱先鸣"，佳绝。至岑嘉州"扬鞭只共鸟争飞"，又"看君马去疾如鸟"，遂不及。（同上）

---

① 自注云："平声。"
② 自注云："弹音。"

李 介[①]

陕西同官县壁,杜子美曾题诗其上,今止传二句:"县古槐根出,官清马骨高。"[②]同官邻白水,定避禄山乱至其地者。此虽吉光片羽,要当表出与世共宝之。(《天香阁随笔》卷一)

[①] 明清之际人,常用名李寄,字介立,徐霞客庶出幼子。徐霞客出游期间,其妾周氏不容于嫡妻,有孕而出之,育于李氏,承其姓;成年后归族被阻,遂终生以李为姓。李介是《徐霞客游记》的主要整理者,其生平见徐镇《李介立先生小传》(上海古籍出版社1987年版《徐霞客游记·附编》)。又,明代另有一李介(1445—1498),《明诗话全编》把《天香阁随笔》的作者误认为是明中期之李介,有误。

[②] 李氏所载此二句,其著作权别有异说。如李东阳说为宋代九僧诗句,清人萧穆说为贾岛诗句。

主要参考书目

A

《艾熙亭先生文集》艾穆撰,明万历刻本。
《安雅堂稿》陈子龙撰,上海古籍出版社2002年版。

B

《白沙集》陈献章撰,《文渊阁四库全书》本。
《白石山房逸稿》张孟兼撰,《文渊阁四库全书》本。
《白榆集》屠隆撰,明万历刊本。
《白云稿》朱右撰,《文渊阁四库全书》本。
《白云集》唐桂芳撰,《文渊阁四库全书》本。
《白云樵唱集》王恭撰,《文渊阁四库全书》本。
《备忘集》海瑞撰,《文渊阁四库全书》补配《文津阁四库全书》本。
《泊庵集》梁潜撰,《文渊阁四库全书》补配《文津阁四库全书》本。

C

《沧溟集》李攀龙撰,《文渊阁四库全书》补配《文津阁四库全书》本。

《藏书 续藏书》李贽撰,中华书局1975年版。

《草阁诗文集》李昱撰,《文渊阁四库全书》本。

《草木子》叶子奇撰,明刻本。

《槎翁诗集》刘嵩撰,《文渊阁四库全书》补配《文津阁四库全书》本。

《柴墟文集》储巏撰,明嘉靖四年(1525)刻本。

《陈后冈集》陈束撰,《四明丛书》本。

《陈眉公集》陈继儒撰,明万历四十三年(1615)刻本。

《诚意伯文集》刘基撰,《四部丛刊》本。

《处实堂集》张凤翼撰,明万历刻本。

《吹景集》董斯张撰,明崇祯二年(1629)刻本。

《翠屏集》张以宁撰,《文渊阁四库全书》本。

《翠渠摘稿》周瑛撰,明嘉靖七年(1528)刻清雍正十三年(1735)续刻本。

D

《大复集》何景明撰,明崇祯十六年(1643)刻本。

《大泌山房集》李维桢撰,明万历三十九年(1611)刻本。

《呆斋稿》刘定之撰,明万历二十二年(1594)刻本。

《丹铅总录》杨慎撰,清刻本。

《丹崖集》唐肃撰,明末祁氏澹生堂抄本。

《定山先生集》庄昶撰,明嘉靖刻本。

《东皋录》妙声撰,《文渊阁四库全书》本。

《东里文集》杨士奇撰,《文渊阁四库全书》本。

《东里续集》杨士奇撰,《文渊阁四库全书》本。

《东田漫稿》马中锡撰,明嘉靖十七年(1538)刻本。

《斗南老人集》胡奎撰,《文渊阁四库全书》本。

《读杜愚得》单复撰,明刻本。

《杜诗胥钞》卢世㴶撰,明崇祯刻本。

《杜臆》王嗣奭撰,上海古籍出版社1983年影印本。

《对山集》康海撰,万历十年(1582)潘允哲刻本。

F

《方麓集》王樵撰,《文渊阁四库全书》本。

《方山先生文录》薛应旂撰,明嘉靖东吴书林刻本。

《方洲集》张宁撰,《文渊阁四库全书》本。

《霏雪录》镏绩撰,《文渊阁四库全书》本。

《费文宪公摘稿》费宏撰,明嘉靖三十四年(1555)刻本。

《汾上续谈》朱孟震撰,明万历刻本。

《焚书 续焚书》李贽撰,中华书局1959年版。

《凤池吟稿》汪广洋撰,《文渊阁四库全书》本。

《甫田集》文徵明撰,明嘉靖刻本

《负苞堂集》臧懋循撰,古典文学出版社1958年排印本。

《覆瓿集》朱同撰,《文渊阁四库全书》本。

G

《高太史凫藻集》高启撰,《四部丛刊》本。

《高阳集》孙承宗撰,清顺治十二年(1655)刻本。

《古廉文集》李时勉撰,《文渊阁四库全书》本。

《古穰集》李贤撰,明成化刻本。

《谷城山馆文集》于慎行撰,明万历刻本。

《顾华玉集》顾璘撰,《金陵丛书》本。

《顾太史文集》顾天埈撰,明崇祯刻本。

《管天笔记外编》王嗣奭撰,《丛书集成续编》本。

《归田稿》谢迁撰,《文渊阁四库全书》补配《文津阁四库全书》本

《归田诗话》瞿祐撰,《知不足斋丛书》本。

《圭峰集》罗玘撰,《文渊阁四库全书》补配《文津阁四库全书》本。

《桂洲诗集》夏言撰,明崇祯十一年(1638)刻本。

H

《海桑集》陈谟撰,明嘉靖刻本。

《杭双溪集》杭淮撰,明嘉靖刻本。

《何翰林集》何良俊撰,明嘉靖刻本。

《何太仆集》何栋如撰,明末刻本。

《河上楮谈》朱孟震撰,明万历刻本。

《衡庐精舍藏稿》胡直撰,明万历刻本。

《鸿苞集》屠隆撰,明万历刊本。

《胡文穆公文集》胡广撰,清乾隆十五年(1750)刻本。

《胡仲子集》胡翰撰,《金华丛书》本。

《华泉集》边贡撰,明万历刻本。

《怀麓堂全集》李东阳撰,清康熙刻本。

《怀麓堂诗话》李东阳撰,《文渊阁四库全书》本。

《怀星堂集》祝允明撰,《文渊阁四库全书》本。

《环溪集》沈恺撰,明刻本。

《洹词》崔铣撰,明嘉靖三十三年(1554)刻本。

《皇甫司勋集》皇甫汸撰,《文渊阁四库全书》本。

《皇明词林人物考》王兆云撰,明万历刻本。

《皇明书》邓元锡撰,明万历刻本。

《篁墩程先生文集》程敏政撰,明嘉靖刻本。

J

《继志斋集》王绅撰,《文渊阁四库全书》本。

《家藏集》吴宽撰,《四部丛刊》影正德刻本。

《见素集》林俊撰,明万历刻本。

《江盈科集》江盈科撰,黄仁生辑校,岳麓书社1997年版。

《椒丘文集》何乔新撰,清康熙刻本。

《焦氏笔乘》焦竑撰,明刻本。

《焦氏澹园集》焦竑撰,《金陵丛书》本。

《觉非斋文集》金寔撰,明成化刻本。

《节庵集》高得旸撰,《武林往哲遗著》本。

《介庵集》黄淮撰,《敬乡楼丛书》本。

《戒庵老人漫笔》李诩撰,中华书局1982年版。

《金陵琐事》周晖撰,万历三十八年(1610)刻本。

《金文靖集》金幼孜撰,《文渊阁四库全书》本。

《晋麈》双清撰,明天启刻本。

《泾东小稿》叶盛撰,明弘治刻本。

《泾皋藏稿》顾宪成撰,《文渊阁四库全书》本。

《泾林杂纪》周复俊撰,明刻本。

《泾野先生文集》吕柟撰,明嘉靖刻本。

《荆川集》唐顺之撰,明刻本。

《敬轩文集》薛瑄撰,《文渊阁四库全书》补配《文津阁四库全书》本。

《九家集注杜诗》郭知达集注,《文渊阁四库全书》本。

《九籥集》宋懋澄撰,明万历刻本。

《旧唐书》刘昫等撰,中华书局1975年版。

《拘虚诗谈》陈沂撰,《四明丛书》本。

《居业次编》孙矿撰,明万历四十年(1612)刻本。

《居业录》胡居仁撰,清康熙三十九年(1700)刻本。

《浚谷集》赵时春撰,明万历八年(1580)周鉴刻本。

K

《康斋集》吴与弼撰,《文渊阁四库全书》本。

《考功集》薛蕙撰,《文渊阁四库全书》本。

《珂雪斋集》袁中道撰,上海古籍出版社1989年版。

《珂雪斋近集》袁中道撰,上海书店1982年版。

《客座赘语》顾起元撰,明刻本。

《空同集》李梦阳撰,明万历刻本。

《快雪堂集》冯梦祯撰,明万历刻本。

L

《来禽馆集》邢侗撰,明崇祯十年(1637)刻本。

《来瞿唐先生日录》来知德撰,明万历刻本。

《谰言长语》曹安撰,《文渊阁四库全书》本。

《懒真草堂集》顾起元撰,《金陵丛书》本。

《冷邸小言》邓云霄撰,明刻本。

《骊山集》赵统撰,明万历刻本。

《黎阳王太傅诗文集》王越撰,明嘉靖九年(1530)刻本。

《李杜诗通》胡震亨撰,清顺治七年(1650)刻本。
《李诗选注》朱谏注,明隆庆刻本。
《历代诗话》何文焕辑,中华书局1981年版。
《历代诗话续编》丁福保辑,中华书局1983年版。
《历代唐诗论评选》陈伯海主编,河北大学出版社2003年版。
《练中丞集》练子宁撰,《文渊阁四库全书》本。
《两溪文集》刘球撰,明成化刻本。
《林登州集(外四种)》林弼等撰,上海古籍出版社1991年版。
《刘仲修先生诗文集》刘永之撰,清抄本。
《留青日札》田艺蘅撰,浙江古籍出版社2012年版。
《六研斋二笔》李日华撰,《文渊阁四库全书》本。
《龙江梦余录》唐锦撰,明弘治十七年(1504)郭经刻本。
《龙皋文稿》陆简撰,明嘉靖元年(1522)刻本。
《楼山堂集》吴应箕撰,《贵池先哲遗书》本。
《箓竹堂稿》叶盛撰,清初抄本。
《鹿忠节公集》鹿善继撰,清刻本。
《落落斋遗集》李应昇撰,明崇祯刻本。

M

《茅鹿门先生文集》茅坤撰,明万历金陵戴应斌等刻本。
《茅檐集》魏学洢撰,《文渊阁四库全书》本。
《眉庵集》杨基撰,《文渊阁四库全书》本。
《渼陂集》王九思撰,明嘉靖刻崇祯补修本。
《梦蕉诗话》游潜撰,《学海类编》本。
《密庵集》谢肃撰,《文渊阁四库全书》本。
《名义考》周祈撰,民国《湖北先正遗书》本。
《明诗话全编》吴文治主编,江苏古籍出版社1997年版。

《明诗纪事》陈田撰,上海古籍出版社 1993 年版。
《明诗评》王世贞撰,《丛书集成初编》本。
《明诗综》朱彝尊编,《文渊阁四库全书》本。
《明史》张廷玉等撰,中华书局 1974 年版。
《明文海》黄宗羲编,《文渊阁四库全书》本。
《明文衡》程敏政编,《四部丛刊》本。
《鸣盛集》林鸿撰,《文渊阁四库全书》本。
《墨卿谈乘》张懋修撰,上海古籍出版社 1980 年版。

N

《南濠诗话》都穆撰,清《知不足斋丛书》本。
《南园漫录》张志淳撰,明嘉靖刻本。
《南斋先生魏文靖公摘稿》魏骥撰,明弘治刻本。
《倪文僖公集》倪谦撰,《武林往哲遗著》本。
《鸟鼠山人后集》胡缵宗撰,明刻本。
《鸟鼠山人小集》胡缵宗撰,明刻本。
《凝斋集》王鸿儒撰,明嘉靖十二年(1533)王鸿渐刻本。

P

《批选杜工部诗》郝敬批选,明天启刻本。
《平桥稿》郑文康撰,明刻本。

Q

《七录斋诗文合集》张溥撰,崇祯九年(1636)刻本。
《七修类稿》郎瑛撰,上海书店出版社 2001 年版。

《畦乐先生诗集》梁兰撰,清初刻本。

《千百年眼》张燧撰,明刻本。

《千一录》方弘静撰,明万历刻本。

《琴轩集》陈琏撰,明刻本。

《清风亭稿》童轩撰,明刻本。

《清江贝先生文集》贝琼撰,《四部丛刊》本。

《清诗话续编》郭绍虞编选,上海古籍出版社1983年版。

《瞿忠宣公集》瞿式耜撰,清道光十五年(1835)刻本。

《全明诗话》周维德集校,齐鲁书社2005年版。

《全蜀艺文志》周复俊辑,明嘉靖刻本。

R

《容春堂集》邵宝撰,《文渊阁四库全书》本。

《容台集》董其昌撰,明崇祯刻本。

《蓉塘诗话》姜南撰,明嘉靖二十二年(1543)张国镇刻本。

《茹草编》周履靖撰,明万历《夷门广牍》本。

S

《三易集》唐时升撰,《嘉定四先生集》本。

《沙溪集》孙绪撰,《文渊阁四库全书》本。

《山草堂集》郝敬撰,明万历崇祯间郝洪范刊本。

《山樵暇语》俞弁撰,《涵芬楼秘笈》本。

《山堂肆考》彭大翼撰,明万历二十三年(1595)刻本。

《剡溪漫笔》孙能传撰,明万历四十一年(1613)刻本。

《尚䌹斋集》童冀撰,《文渊阁四库全书》本。

《少谷集》郑善夫撰,清道光四年(1824)刻本。

《少室山房笔丛》胡应麟撰,中华书局1958年版。

《少室山房集》胡应麟撰,《续金华丛书》本。

《少室山房类稿》胡应麟撰,《金华丛书》本。

《佘山诗话》陈继儒撰,清刻本。

《升庵集》杨慎撰,明刻本。

《升庵全集》杨慎撰,清乾隆刻本。

《升庵著述序跋》王文才、张锡厚辑,云南人民出版社1985年版。

《省愆集》黄淮撰,《文渊阁四库全书》本。

《剩言》戴君恩撰,明刻本。

《诗的》王文禄撰,《丛书集成初编》本。

《诗筏》贺贻孙撰,清康熙刻本。

《诗法》谢天瑞辑,明复古斋刻本。

《诗归》钟惺、谭春元编,明君山堂刻本。

《诗镜总论》陆时雍撰,《历代诗话续编》本。

《诗薮》胡应麟撰,明刻本。

《诗薮》胡应麟撰,上海古籍出版社1979年版。

《诗谭》叶廷秀撰,明崇祯八年(1635)刻本。

《诗学梯航》周叙撰,明成化刻本。

《诗源辩体》许学夷撰,明崇祯刻本。

《诗源辩体》许学夷撰,人民文学出版社1987年版。

《十二家唐诗类选》何东序编,明隆庆四年(1570)刻本。

《石门集》梁寅撰,清乾隆十五年(1750)刻本。

《石室谈诗》赵士喆撰,《东莱赵氏楹书丛刊》本。

《石田诗选》沈周撰,《文渊阁四库全书》补配《文津阁四库全书》本。

《石隐园藏稿》毕自严撰,《文渊阁四库全书》本。

《识小录》徐树丕撰,《涵芬楼秘笈》影稿本。

《识余》惠康野叟撰,《笔记小说大观》本。

《始丰稿》徐一夔撰,《武林往哲遗著》本。

《市隐园集》费尚伊撰,《湖北先正遗书》本。

《菽园杂记》陆容撰,中华书局1985年版。

《蜀中广记》曹学佺编,《文渊阁四库全书》本。

《双槐岁钞》黄瑜撰,清道光同治间《岭南遗书》本。

《水东日记》叶盛撰,中华书局1980年版。

《说诗》谭浚撰,明万历七年(1579)刻本。

《说诗补遗》冯复京撰,稿本。

《思玄集》桑悦撰,明万历刻本。

《四溟集》谢榛撰,《文渊阁四库全书》本。

《四溟诗话》谢榛撰,《历代诗话续编》本。

《四友斋丛说》何良俊撰,中华书局1959年版。

《宋文宪公全集》宋濂撰,明严荣校刻本。

《苏平仲文集》苏伯衡撰,《四部丛刊》本。

《素园存稿》方弘静撰,明刻本。

T

《太白山人漫稿》孙一元撰,《文渊阁四库全书》本。

《泰泉集》黄佐撰,《文渊阁四库全书》本。

《谭辂》张凤翼撰,明万历刻本。

《唐伯虎集》唐寅撰、何大成辑,明万历二十年(1592)刻本。

《唐诗品汇》高棅编,明弘治六年(1493)张璁刻嘉靖十七年(1538)康河重修本。

《唐诗选》李攀龙编,明万历二十八年(1600)武林一初斋刻本。

《唐诗增奇》杨慎编,明刻本。

《唐音癸签》胡震亨撰,上海古籍出版社1981年版。

《陶庵全集》黄淳耀撰,清康熙刻本。

《陶学士先生文集》陶安撰,明弘治刻本。

《天香阁随笔》李介撰,清《粤雅堂丛书》本。

《天佣子集》艾南英撰,清康熙刻本。

《恬致堂集》李日华撰,明崇祯刻本。

《推篷寤语》李豫亨撰,明隆庆五年(1571)思敬堂刻本。

W

《万卷楼遗集》丰坊撰,明万历刻本。

《王奉常集》王世懋撰,明万历刻本。

《王季重集》王思任撰,明崇祯刻本。

《王南郭诗集》王弼撰,明正德刻本。

《王舍人诗集》王绂撰,《文渊阁四库全书》本。

《王氏家藏集》王廷相撰,明嘉靖刻本。

《王文安公诗文集》王英撰,清朴学斋抄本。

《王文成公全书》王守仁撰,《四部丛刊》本。

《王养静先生集》王襃撰,明成化谢光刻本。

《王忠文公集》王祎撰,《文渊阁全库全书》补配《文津阁四库全书》本。

《危学士全集》危素撰,清乾隆二十一年(1756)刻本。

《未轩公文集》黄仲昭撰,明嘉靖刻本。

《味水轩日记》李日华撰,《嘉业堂丛书》本。

《文海披沙》谢肇淛撰,明万历三十七年(1609)刻本。

《文简集》孙承恩撰,《文渊阁四库全书》本。

《文敏集》杨荣撰,《文渊阁四库全书》本。

《文氏五家集》文洪撰,《文渊阁四库全书》本。

《文体明辨序说》徐师曾撰,人民文学出版社1962年版。

《文章辨体序说》吴讷撰,人民文学出版社1962年版。

《五岳山人集》黄省曾撰,明嘉靖刻本。

《五杂俎》谢肇淛撰,中华书局1935年版。

《武功集》徐有贞传,《文渊阁四库全书》本。

X

《西庵集》孙蕡撰,《文渊阁四库全书》补配《文津阁四库全书》本。

《西村诗集》朱朴撰,《文渊阁四库全书》本。

《西郊笑端集》董纪撰,《文渊阁四库全书》本。

《西隐集》宋讷撰,《文渊阁四库全书》补配《文津阁四库全书》本。

《息斋笔记》吴桂森撰,明崇祯刻本。

《夏东岩集》夏尚朴撰,明嘉靖四十五年(1566)刻本。

《岘泉集》张宇初撰,《文渊阁四库全书》本。

《香宇集》田艺蘅撰,明嘉靖刻本。

《襄毅文集》韩雍撰,《文渊阁四库全书》本。

《响玉集》姚希孟撰,明崇祯刻本。

《小草斋集》谢肇淛撰,明万历刻本。

《小草斋诗话》谢肇淛撰,清刻本。

《小鸣稿》朱诚泳撰,《文渊阁四库全书》本。

《歇庵集》陶望龄撰,明万历间乔时敏刻本。

《解文毅公全集》解缙撰,清乾隆刻本。

《新安文献志》程敏政编,《文渊阁四库全书》本。

《熊峰集》石珤撰,《文渊阁四库全书》本。

《徐氏笔精》徐𤊹撰,明崇祯刻本。

《徐天目先生集》徐中行撰,明万历二十一年(1593)刻本。

《徐渭集》徐渭撰,中华书局1983年版。

《玄盖副草》吴稼竳撰,明万历间家刻本。

《玄晏斋集》孙慎行撰,明崇祯刻本。

《学古绪言》娄坚撰,《文渊阁四库全书》补配《文津阁四库全书》本。

《雪堂随笔》顾起元撰,明天启七年(1627)刻本。

《雪涛诗评》江盈科撰,民国印本。

《逊志斋集》方孝孺撰,明成化十六年(1480)刻本。

《逊志斋集》方孝孺撰,徐光大校点,宁波出版社2000年版。

Y

《雅伦》费经虞撰,清康熙四十九年(1710)刻本。

《俨山文集》陆深撰,明嘉靖刻本。

《弇州山人四部稿》王世贞撰,明万历刻本。

《弇州山人续稿》王世贞撰,明刻本。

《阳明文录》王守仁撰,明嘉靖十四年(1535)刻本。

《杨文懿公文集》杨守陈撰,《四明丛书》本。

《仰节堂集》曹于汴撰,《文渊阁四库全书》本。

《尧山堂偶隽》蒋一葵撰,明木石居刻本。

《一峰集》罗伦撰,明嘉靖二十八年(1549)刻本。

《颐庵文选》胡俨撰,《文渊阁四库全书》本。

《颐山诗话》安磐撰,《文渊阁四库全书》本。

《疑耀》张萱撰,明万历三十六年(1608)刻本。

《艺彀》邓伯羔撰,《文渊阁四库全书》本。

《艺圃伧谈》郝敬撰,《山草堂内集》本。

《艺圃撷余》王世懋撰,清《说郛续》本。

《艺苑闲评》支允坚撰,《梅花渡异林》本。

《艺苑玄机》邵经邦撰,《武林往哲遗著》本。

《艺苑卮言》王世贞撰,明万历十七年(1589)武林刻本。

《抑庵文集》王直撰,《文渊阁四库全书》本。
《益部谈资》何宇度撰,清抄本。
《逸老堂诗话》俞弁撰,清抄本。
《毅斋集》王洪撰,《文渊阁四库全书》本。
《蚓窍集》管时敏撰,《文渊阁四库全书》本。
《永嘉集》张著撰,上海古籍出版社2005年版。
《甬上耆旧诗》胡文学编,清康熙十五年(1676)敬义堂刻本。
《涌幢小品》朱国祯撰,明天启二年(1622)刻本。
《由拳集》屠隆撰,明秀水朱仁刻本。
《余庵杂录》陈恂撰,《学海类编》本。
《余冬诗话》何孟春撰,明刻本。
《余冬序录》何孟春撰,明嘉靖刻本。
《玉茗堂全集》汤显祖撰,明天启刻本。
《寓林集》黄汝亨撰,明天启四年(1624)刻本。
《豫章诗话》郭子章撰,民国《豫章丛书》本。
《袁宏道集笺校》袁宏道撰,钱伯城笺校,上海古籍出版社1981年版。
《袁中郎先生全集》袁宏道撰,清同治刻本。
《远山堂集》祁彪佳撰,清刻本。
《愿学编》胡缵宗撰,明嘉靖刻本。
《运甓漫稿》李昌祺撰,《文渊阁四库全书》补配《文津阁四库全书》本。

Z

《则言》王守仁撰,明嘉靖十六年(1537)刻本。
《张邦奇集》张邦奇撰,明刻本。
《张东海诗文集》张弼撰,明正德十三年(1518)刻本。
《张太师集》张孚敬撰,明万历四十三年(1615)刻本。
《张愈光诗文选》张含撰,《云南丛书》本。

《张子宜诗文集》张适撰,清十万卷楼抄本。

《赵考古文集》赵㧑谦撰,《文渊阁四库全书》补配《文津阁四库全书》本。

《赵忠毅公文集》赵南星撰,明崇祯十一年(1638)范景文刻本。

《柘轩集》凌云翰撰,《文渊阁四库全书》本。

《震川集》归有光撰,清康熙十四年(1675)刻本。

《震泽长语》王鏊撰,《宝颜堂秘笈》本。

《震泽集》王鏊撰,《文渊阁四库全书》本。

《郑山斋集》郑岳撰,清补刻本。

《芝园集》张时彻撰,明嘉靖刻本。

《周恭肃公集》周用撰,明嘉靖刻本。

《朱太复文集》朱长春撰,明刻本。

《朱文肃公诗集》朱国祯撰,清初抄本。

《祝子罪知录》祝允明撰,明刻本。

《宗子相集》宗臣撰,《文渊阁四库全书》本。

《尊水园集略》卢世㴶撰,清刻本。

《遵道录》湛若水撰,明嘉靖二年(1523)刻本。

《遵岩集》王慎中撰,《文渊阁四库全书》本。

后　记

　　《明代杜诗批评资料汇编》此书缘起于十几年前所做的国家社科基金项目"明代杜诗传播与接受研究"。当初为了便于研究的展开,乃在最大能力范围内对明人之杜诗言说做一搜罗工作。项目完成后,对所收集材料又断断续续做了更进一步的整理,或删减淘汰,或更新补充,遂成今日之规模。其间审定体例,校注错讹,亦稍稍有用力处也。不免敝帚自珍,以为或可有助于相关领域学人查检资料之用,遂尔谋求梓行。今书稿三校已过,付梓在即,且作数言,以为后记。

　　是书之成,首先需要感谢我的本科学生陈燕、王鹤,硕士研究生冯明涛、汤婷婷、祝婷婷等诸位同学。因为各种因缘际会,他们曾先后或短期或长期地参与了此汇编的资料搜集工作。大约在近两年的时间之内,大家定期见面商讨,常常为一条少见材料的发现而额手称庆;定量分摊任务,大多能在一点竞争之意下精诚合作。资料搜集工作之外,时或作一聚会,其间随兴谈天说地,种种相得之情,信可乐也。今日回视当初,我于诸同学之教育之功或无几分,而诸同学于此编之襄助之力所在实多。嗣后,诸同学或上班从教,或读研读博,星散四方,常不能一见,然每至岁时年节,多能互致问候。所可惜者,世事人情,往往转移无常,也有同学自毕业后因故再也无法联系,今日书成,却无由告知,思之令人怃然不乐。

后　记

　　是书之成,其次需要感谢本书的责任编辑李加凯先生。我与加凯两度合作,前后"相识"几近十年,但至今日执笔之际,其实尚未曾有一面晤也。然借空中电波之交流,微信短语之互动,我于加凯君温润如玉之性情、专业严谨之气度,实多有感怀焉!吾辈材质粗陋,少学不文,在科研项目之加持下,偶然凑迫而成一二小书,其中错讹疏漏之处,往往非少也。幸赖加凯以最端正之编辑态度加以把关,纠错补漏之处,所在甚夥也。而《汇编》之定稿成书,更尤其要归功于加凯也。且吾辈又怠懒成性,每稍稍试图有所振作,则往往会将事情拖延无算,而加凯两度为我小书之责编,其间受累实多。好在加凯工作大有章法,不温不火,有张有弛,督促与鼓励并行,建议与帮助兼有,激荒怠之心,正粗糙之意,惠我实多。今日回顾,惭愧之外,感佩无极也。

　　是书之成,最后要感谢我的朋友考槃居士。我与居士少小共长,稍大共学,虽是身为邻里两家之子,实则相知托契如一人。居士为人坦率,处世随性,一切事皆擅于作乐观想,读书而外别无所好。与之相交,最是让人放松愉快。犹记三十余年前,我和居士以相同高考分数报考安徽师范大学中文专业,居士顺利达成目标,我则因身体之故被黜落,且第二志愿所填报系列专科学校也同样全无结果。无可奈何之中,只能重新回到母校正阳中学继续复读。在那个网上直播求打赏、外卖快递任意行、工厂快乐拧螺丝等诸多社会底层普适性工作尚未发明的时代,对一个无力耕田且考大学无望的农村青年而言,似乎人生一切的希望之门窗全都关闭了,心情之郁闷可想而知了。居士借中秋节之便,特地从芜湖回来宽慰我。当时学校西南方向有一座清代所建四角高亭,犹记得居士连天拉我于月下古亭上谈心,天上月轮皎洁如玉,亭中居士滔滔不歇,几乎每一晚都能谈到月斜西天、白露泠泠,有一次甚至把我谈睡着了。七天后,居士回返江南,背了个旷课处分,而我也似乎豁然而释了,来年也终于顺利地考取了南京的大学。居士大学毕业时,学业甚是优异,本可获得进一步深造之机会,但为分担家累计,居士选择了回乡教书。其所教学生,大多村劣难驯,偶有一二稍具天分、刻苦勤读的学生,居士无不是倾心教诲——若是那种家境特别差的,免不了又要倾囊相助。居士之为人,大略如此。我博士毕业后，工作牵绊，家计拖累，与居士则不能如少小时一般平居相守也。但每值寒暑长假期间，务必与居士约一见面。每一见必畅谈痛饮，无所顾忌，俗日里之种种琐碎龌龊皆抛却无迹，誓成尽日之欢，才好罢休。当脚乱步散、揖手相别时，则仿佛少小时无所忧惧之快活光景又依稀重现矣。今春又访居士于山中，向其求序。才翌日，五千言已见于邮箱也。其有所议论处，往往深得我心；其有所批评处，亦正吾病之所在也。所谓同心君子，其居士之谓乎！

　　书稿校阅数过，错讹处每每有见，似乎永难除尽，而于此汇编之心力则亦渐渐耗费无遗留也。今草草付印，自忖当多有遗憾处也。

　　我的同事孙宏新教授对书稿的出版曾给予过特别的关注与支持，田亮先生在书稿早期校对工作中也曾有所助力，这里一并表示感谢！

　　此为记。

金生奎甲辰季秋字